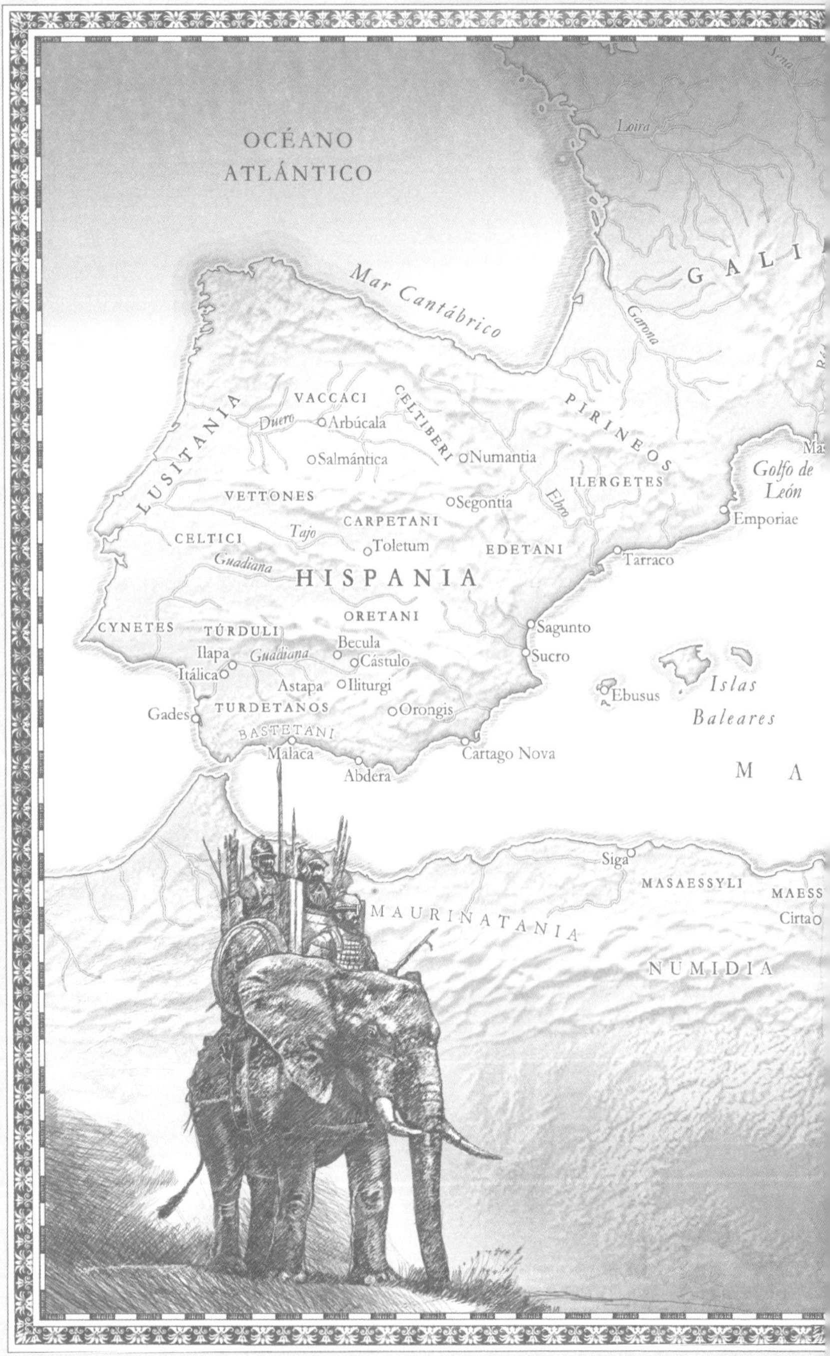

OCÉANO ATLÁNTICO
Mar Cantábrico
Loira
Garona
LUSITANIA
VACCACI
CELTIBERI
PIRINEOS
Duero
Arbúcala
Salmántica
Numantia
VETTONES
ILERGETES
Golfo de León
Segontia
Ebro
Emporiae
CARPETANI
CELTICI
Tajo
Toletum
EDETANI
Tarraco
Guadiana
HISPANIA
ORETANI
CYNETES
TÚRDULI
Becula
Ilapa
Guadiana
Cástulo
Sagunto
Sucro
Itálica
Astapa
Iliturgi
Ebusus
Islas Baleares
Gades
TURDETANOS
Orongis
BASTETANI
Malaca
Cartago Nova
Abdera
Siga
MASAESSYLI
MAURINATANIA
Cirta
NUMIDIA

MEDITERRÁNEO
OCCIDENTAL
Finales del Siglo III a C.
0
500 km
ALPES
Castidium
Placentina
Po
Genua
VIA
AEMILIA
Arno
Arrentium
Crotona
Lago Trasimeno
Tiber
VIA CASSIA
VIA
FLAMINIA
Sena Gallica
ILIRIA
Mar Adriático
CÓRCEGA
Aleria
ROMA
Alba Fucens
VIA LATINA
VIA
APPIA
Luceira
Salapia
Cannae
Olbia
Capua
Neaopolis
Alba Fucens
Epidamno
MACEDONIA
PROTECTORADO
ROMANO
Pella
Tesalónica
ERDEÑA
Brundisium
Metaponto
Casilium
Tarento
Apollonia
Mar
Tirreno
Golfo de
Tarento
ÉPIRO
Dodola
Farsalia
Crotona
LIGA
ETOLIA
Termópilas
MEDITERRÁNEO
Castra-Hannibalis
SICILIA
Amfisa
Lilibeo
Locri
Atenas
Utica
Castra
Cornelia
Mar
Jónico
LIGA
AQUEA
Corinto
CARTAGO
Clypea
Siracusa
Esparta
Zama
Hadrumentum
Thapsus
Pequeña
Syrte
TRIPOLITANIA
Gran
Syrte
CIRENAICA

SANTIAGO POSTEGUILLO, doctor europeo por la Universidad de Valencia, es en la actualidad profesor titular en la Universidad Jaume I de Castellón. Ha estudiado literatura creativa en Estados Unidos, y lingüística y traducción en diversas universidades del Reino Unido. En 2006 publicó su primera novela, *Africanus: El hijo del cónsul*, el inicio de una trilogía que continuó con *Las legiones malditas* y *La traición de Roma*. También es autor de la Trilogía de Trajano, compuesta por *Los asesinos del emperador*, *Circo Máximo* y *La legión perdida*. Posteguillo recibió el Premio a las Letras de la Generalitat Valenciana en 2010, el Premio Barcino de Novela Histórica de Barcelona en 2014 y, en 2018, fue galardonado con el Premio Planeta por su novela *Yo, Julia*, a la que siguió *Y Julia retó a los dioses* en 2020. Actualmente está dedicado a su proyecto literario más ambicioso: una serie de novelas dedicadas a la vida de Julio César, que inicia con *Roma soy yo* (2022) y continúa con *Maldita Roma* (2023). Es el autor más vendido de novela histórica en lengua española con más de 4.500.000 de lectores. Además, en 2018 fue profesor invitado del Sidney Sussex College de la Universidad de Cambridge.

www.santiagoposteguillo.es

Papel certificado por el Forest Stewardship Council®

MIXTO
Papel | Apoyando la silvicultura responsable
FSC® C117695
www.fsc.org

Penguin Random House Grupo Editorial

Primera edición en B de Bolsillo: julio de 2011
Primera edición con esta presentación: marzo de 2022
Quinta reimpresión: octubre de 2025

Printed in Spain – Impreso en España

ISBN: 978-84-1314-360-6
Depósito legal: B-991-2022

Impreso en Black Print CPI Ibérica
Sant Andreu de la Barca (Barcelona)

BB 4 3 6 0 B

La traición de Roma

SANTIAGO POSTEGUILLO

Al primer por qué de Elsa.
A Lisa por ser la mejor respuesta.

Y a todas esas maravillosas personas
que nos han dejado:
A mi tía Lidia, a mi tío Paco
y al profesor Enrique Alcaraz Varó

La historia fue vida real en el tiempo en que aún no se la podía llamar historia.

José Saramago,
Discursos de Estocolmo

Agradecimientos

Una novela de esta extensión no es posible sin la ayuda de muchas personas del pasado y del presente. Gracias a todos los historiadores clásicos por ocuparse de tomar nota detallada de su tiempo y gracias a todos los historiadores modernos por sus estudios, su trabajo y su dedicación.

Gracias a mi familia: a mi esposa y mi hija por ceder parte de su tiempo para que pudiera seguir escribiendo, con frecuencia, más allá de lo racional y por resistir mis historias de la antigua Roma durante semanas, meses, años y seguir queriéndome como compañero o como padre. Gracias a mi madre Amparo, a mi padre Isidro, y a Melinda y a Pedro y al resto de mi familia por apoyarme.

Gracias a Javier por su paciencia al leer un primer borrador de esta novela y compartir conmigo sus impresiones que, sin duda, han ayudado a mejorar el texto final. Gracias a Carlos García Gual (catedrático de Griego de la Universidad Complutense de Madrid), Salvador Pons (catedrático de Lengua Española de la Universidad de Valencia) Alejandro Valiño (catedrático de Derecho Romano de la Universidad de Valencia), Jesús Bermúdez (catedrático de Latín de la Universitat Jaume I) y a Rubén Montañés (profesor asociado de Griego de la Universitat Jaume I) por su ayuda, su tiempo y su paciencia con todas mis dudas, por revisar o proporcionar traducciones, por sugerirme documentación y bibliografía o por indicar modificaciones y correcciones. Los aciertos que pueda encontrar el lector en esta novela se deben en gran medida a la ayuda de estas personas; los errores que pudiera haber son sólo responsabilidad del autor.

Gracias a todo el equipo editorial de Ediciones B, a Faustino Linares, a Ricardo Artola y Ramón Ribó, a Verónica Fajardo, a Carmen Romero, Desirée Baudel, Francisco Navarro y Andrés Laína; a

Samuel Gómez por las magníficas cubiertas, y a Antonio Plata por el diseño de los mapas, y a todas las personas involucradas en la edición y la promoción de la novela; y gracias a los comerciales por su distribución y a todo el resto de departamentos de la editorial, ya que todos, de una forma u otra, están contribuyendo a la difusión de las tres novelas de la trilogía sobre Escipión. Gracias también a José Sanz por mantener y diseñar la web *www.santiagoposteguillo.es*. Además, un millón de gracias a los libreros y a los miles de lectores cuyo creciente interés en mis relatos ha hecho que éstos se conozcan y se difundan cada vez más.

Y un agradecimiento muy especial a Lucía Luengo, mi editora, por creer en mí como escritor y por tener fe en esta trilogía desde un principio muy por encima de mis propias expectativas. Gracias también a Alberto por sugerir el capítulo 133.

Y no seré yo quien le traicione una vez más: gracias a Publio Cornelio Escipión por existir y por tener una historia tan absolutamente extraordinaria que contar.

Información para el lector

El contenido de las memorias de Publio Cornelio Escipión aquí reproducido es una recreación elaborada por el autor de esta novela sobre los pensamientos íntimos de este gran personaje de la historia de Roma. Esta recreación es fruto de la imaginación del escritor, pero fundamentada en una escrupulosa investigación sobre la figura pública y privada de Publio Cornelio Escipión; por otra parte, los hechos históricos referidos —batallas, sesiones del Senado de Roma, negociaciones entre diferentes reinos del mundo antiguo, juicios públicos, etcétera— así como la mayoría de los personajes, son reales. Hay acontecimientos que están entre la historia y la leyenda y hay vacíos en la vida privada de Escipión que ha sido preciso completar por el autor de forma coherente con las costumbres y tradiciones de la época que se describe para mantener la trama del relato.

Publio Cornelio Escipión escribió sus memorias y, con toda probabilidad, lo hizo en griego, la lengua de comunicación y cultura más importante de su tiempo. Estas memorias se han perdido. ¿Cómo se perdieron? Se desconoce. Esta novela reconstruye fragmentos de esas memorias y, al tiempo, describe la parte más desconocida de la vida de Escipión y su familia, de la vida de Aníbal y otras grandes figuras de la Roma republicana como el senador y censor Catón, el dramaturgo Plauto u otros importantes senadores como Tiberio Sempronio Graco, o legendarios reyes de la época como el monarca Antíoco III de Siria, el rey Filipo V de Macedonia o el rey Eumenes de Pérgamo, entre otros muchos personajes que constituían el complejo universo del Mediterráneo a principios del siglo II a.C. Cabe indicar que al final de la novela se incorporan apéndices con un glosario, mapas y otros datos que pueden complementar la lectura de esta historia. Sólo queda dar la bienvenida al lector tal y como el propio Plauto haría al principio de una de sus representaciones:

Salvere iubeo spectatores optumos,
fidem qui facitis maxumi, et vos Fides (...)
vos omnes opere magno esse oratos volo,
benigne ut operam detis ad nostrum gregem.
eicite ex animo curam atque alienum aes
ne quis formidet flagitatorem suom:
ludi sunt, ludus datus est argentariis;
tranquillum est, Alcedonia sunt circum forum:
ratione utuntur, ludis poscunt neminem,
secundum ludos reddunt autem nemini.
aures vocivae si sunt, animum advortite:

[¡Salud al mejor de los públicos que tiene en tal alta estima a la Buena Fe y la Buena Fe lo tiene a él! (...) A vosotros todos quiero pediros encarecidamente que seáis amables y prestéis atención a nuestra compañía. Desterrad de vuestro espíritu las preocupaciones y, sobre todo, olvidaos de las deudas: que nadie tema a sus acreedores. Son días de fiesta; también lo son para los banqueros. Todo está en calma; en torno al foro se celebran las *alcionias*. Ellos (los banqueros) piensan con la cabeza: durante las fiestas no reclaman nada a nadie para, después de las fiestas... tampoco devolver nada a nadie.

Ahora, si vuestros oídos **y ojos** están desocupados, atended y **leed con sosiego**.]*

PLAUTO
de su obra *Casina*, versos 1-2 y 21-30

* Traducción de José Román Bravo (véase la bibliografía). Las palabras en negrita han sido añadidas por el autor de la novela.

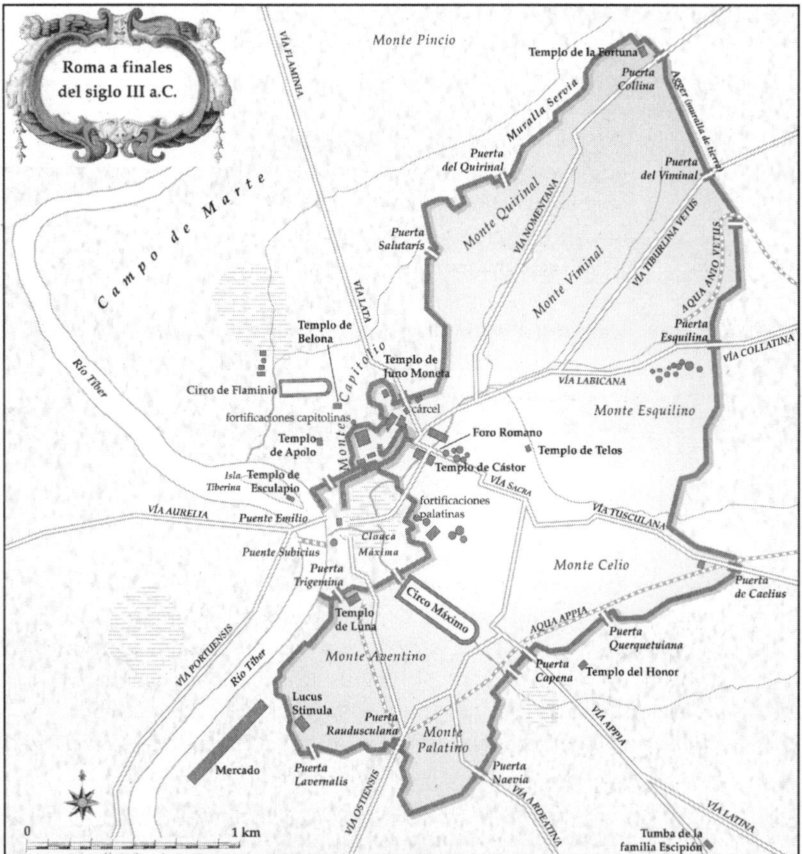

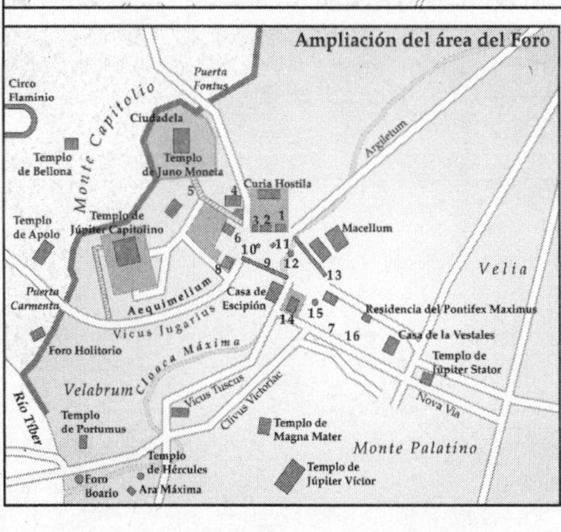

1. Rostra
2. Graecostasis
3. Senaculum
4. Cárcel
5. Scalae Gemoniae
6. Templo de la Concordia
7. Lago de Juturna
8. Templo de Saturno
9. Tabernae veteres
10. Lapis Níger
11. Templo de Jano
12. Templo de Venus
13. Tabernae novae
14. Templo de Cástor
15. Templo de Vesta
16. Arboleda de Vesta

Dramatis personae

Publio Cornelio Escipión, ***Africanus***, protagonista de esta historia, general en jefe de las tropas romanas destacadas en Hispania y en África, edil de Roma en 213 a.C., cónsul en 205 a.C., procónsul en 204, 203 y 202 a.C., censor del año 199 al 195 a.C., cónsul de nuevo en 194 a.C. y *princeps senatus*

Emilia Tercia, hija de Emilio Paulo, mujer de Publio Cornelio Escipión

Lucio Cornelio Escipión, hermano menor de Publio Cornelio Escipión, cónsul en 190 a.C.

Cayo Lelio, tribuno y almirante bajo el mando de Publio Cornelio Escipión y cónsul en 190 a.C.

Cayo Lelio (Sapiens), hijo de Cayo Lelio

Lucio Emilio Paulo, hijo del dos veces cónsul Emilio Paulo, caído en Cannae; cuñado de Publio Cornelio Escipión

Cornelia mayor, hija de Publio Cornelio Escipión

Publio, hijo de Publio Cornelio Escipión

Cornelia menor,* hija pequeña de Publio Cornelio Escipión

Icetas, pedagogo griego

Lucio Quincio Flaminino, pretor en 199 a.C. y cónsul en 192 a.C.

* Las mujeres en Roma sólo recibían el nombre de su *gens*, en este caso ambas pertenecían a la *gens* Cornelia y de ahí sus nombres, pero no recibían un *praenomen* como los hombres, por ello se las distinguía dentro de una familia con apelativos como *mayor* o *menor*.

Acilio Glabrión, pretor en 196 a.C. y cónsul en 191 a.C.
Silano, tribuno al servicio de Escipión
Domicio Ahenobarbo, pretor en 194 a.C. y cónsul en 192 a.C.
Publio Cornelio Escipión Násica, cónsul en 162 y en 155 a.C.
Marco, *proximus lictor* al servicio de Escipión

Atilio, médico de las legiones romanas

Areté, *hetera* de Abydos
El padre de Areté
Tiresías, un médico de Sidón

Laertes, esclavo espartano, *atriense* en casa de los Escipiones

Netikerty, esclava egipcia
Jepri, hijo de Netikerty
Casio, mercader romano en Alejandría

Marco Porcio Catón, *quaestor* en 204 a.C., pretor en 198 a.C., cónsul en 195 a.C. y censor del año 184 al 179 a.C.
Quinto Petilio Spurino, tribuno de la plebe en 187 a.C., pretor en 181 a.C. y cónsul en 176 a.C.
Lucio Valerio Flaco, pretor en el 199 a.C., cónsul en 195 a.C. y censor en 184 a.C.
Lucio Porcio Licino, pretor en 193 a.C. y cónsul en 184 a.C.
Quinto Petilio, tribuno de la plebe en 187 a.C.
Quinto Fulvio, cónsul en 237, 224 y 209 a.C y pretor en 215 y 214 a.C.
Craso, centurión de las *legiones urbanae*
Tiberio Sempronio Graco, tribuno de la plebe en 184 a.C., pretor en 180 a.C. y cónsul en 177 y el 163 a.C.

Helvio, pretor en Hispania

Marco Claudio Marcelo, legado romano
Quinto Terencio Culeón, legado romano
Cneo Servilio, legado romano

Sulpicio Galba, embajador romano

Publio Vilio Tápulo, embajador romano
Publio Aelio, embajador romano

El príncipe de los ilergetes, hijo del rey Bilistage en Hispania
Megara, hijo del rey de Numancia
El rey de Numancia
Tito Macio Plauto, escritor de comedias y actor

Aníbal Barca, hijo mayor de Amílcar, general en jefe de las tropas cartaginesas durante la segunda guerra púnica
Maharbal, general en jefe de la caballería cartaginesa bajo el mando de Aníbal
Imilce, esposa ibera de Aníbal

Hanón, jefe del Consejo de Ancianos de Cartago
Giscón, general cartaginés

Sífax, númida de los maessyli, antiguo rey de Numidia
Masinisa, númida de los maessyli, rey de Numidia

Escopas, *strategos* etolio

Filipo V, rey de Macedonia

Antíoco III, rey de Siria y señor de todos los reinos del Imperio seléucida
Epífanes, consejero del rey Antíoco III
Seleuco, hijo del rey Antíoco III
Toante, general de Siria
Antípatro, general de Siria, sobrino del rey Antíoco III
Filipo, general de Siria
Minión, general de Siria
Heráclidas, consejero del rey Antíoco III

Ptolomeo V, rey de Egipto
Agatocles, consejero de Ptolomeo V
Cleopatra I, hija de Antíoco III, esposa de Ptolomeo V de Egipto

Eumenes II, rey de Pérgamo

Prusias, rey de Bitinia

Artaxias, general del ejército seléucida

Polibio, político e historiador de origen aqueo

Aristófanes de Bizancio, sexto gran bibliotecario de la biblioteca de Alejandría

LIBRO I

EL TRIUNFO DE ESCIPIÓN

Año 201 a.C.
(año 553 *ab urbe condita*, desde la fundación de Roma)

Pace terra marique parta, exercitu in naues imposito in Siciliam Lilybaeum traiecit. inde magna parte militum nauibus missa ipse per laetam pace non minus quam uictoria Italiam effusis non urbibus modo ad habendos honores sed agrestium etiam turba obsidente uias Romam peruenit triumphoque omnium clarissimo urbem est inuectus.

[Una vez asegurada la paz por tierra y por mar, (Escipión) embarcó las tropas y se trasladó a Lilibeo, en Sicilia. Desde allí mandó en barco una gran parte de las tropas y él llegó a Roma atravesando una Italia exultante por la paz tanto como por la victoria: las ciudades se vaciaban para rendirle honores, y los campesinos en masa flanqueaban los caminos; entró en la ciudad en el desfile triunfal más famoso de los celebrados.]*

TITO LIVIO,
Ab urbe condita, libro XXX, 45

* Traducción de José Antonio Villar Vidal en su edición de la obra de Tito Livio en el año 1993.

1

Memorias de Publio Cornelio Escipión, *Africanus* (Libro I)

Δυνατώτατος μέν, προδοτότατος δὲ ἀνὴρ ἐγενόμην...

*[He sido el hombre más poderoso del mundo, pero también el más traicionado.]*La maldición de Sífax se ha cumplido. Hubo un momento en el que pensé que mi caída era imposible. El orgullo y los halagos con frecuencia nublan nuestra razón. Luego empecé a temer por mi familia. Entonces aún creía que, si yo caía, mi caída arrastraría a toda Roma. Luego comprendí que mis enemigos me habían dejado solo. Al fin llegó la humillación más absoluta. Lo que ningún extranjero consiguió en el campo de batalla, lo alcanzaron desde la propia Roma mis enemigos en el Senado: ellos me derribaron, sólo ellos fueron capaces de abatirme para siempre. Sé que están contentos y sé que Roma me olvidará durante largo tiempo, ellos creen que para siempre, pero llegará un día, quizá no ahora, sino dentro de quinientos o mil años, llegará un día en que un general de Roma, en las lindes de nuestros dominios, sintiendo las tropas del enemigo avanzar sin freno arrasándolo todo a su paso, se acordará de mí y me eche de menos. Entonces me buscarán, entonces querrán mi consejo. Pero ya todo se habrá perdido y será demasiado tarde. Mi espíritu vagará entonces en el reino de los muertos y contemplaré la caída de Roma con la indiferencia del exiliado.*

Pero todo relato debe empezar con orden o, de lo contrario, no se entenderá nada y es crucial que se sepa lo que ocurrió tras la batalla de Zama, que se tenga conocimiento preciso de los acontecimientos que se sucedieron desde aquella victoria hasta el final de mis días.

Mi nombre es Publio Cornelio Escipión. He sido edil, dos veces

* La sección entre corchetes traduce el texto griego, original de Rubén Montañés.

cónsul, censor y princeps senatus *de Roma. Siempre he servido a mi patria con orgullo y lealtad. Debo admitir que nunca pensé en escribir unas memorias. Creo que en mi vida ha habido sucesos sobresalientes, algunos de ellos referidos por poetas y que pensé que, sin duda, quedarían en los anales de la historia, pero las circunstancias actuales han llegado a tal extremo que he considerado necesario que yo mismo deje por escrito mis pensamientos sobre todo lo ocurrido en estos últimos años en Roma, un tiempo en el que nuestra ciudad ha pasado de ser un centro importante en Italia a convertirse en la capital de un inmenso imperio, un imperio al que yo no veo límites claros aún. Todo esto no habría sido posible sin mi contribución al Estado. Mis trabajos han sido notables, mi esfuerzo ímprobo, el precio que he pagado desolador. He perdido a mi padre y a mi tío, las dos personas que más me enseñaron en esta vida, en aras de una larguísima guerra a la que yo mismo puse fin. Y he sufrido en mi propia descendencia el pavor que provoca la guerra. Y, después, he terminado enfrentándome con todos los que me quieren y a todos he hecho daño. Esto, sin duda, es lo que más me duele.*

He conquistado Hispania, ciudad a ciudad, empezando por la inexpugnable Cartago Nova. En aquel país derroté uno tras otro a tres ejércitos púnicos. Recuperé para el combate a las legiones V y VI y con ellas me atreví a lo que todos consideraban una locura: me adentré en África y, al contrario de lo que ocurrió con Régulo y sus legiones, yo salí victorioso de la empresa, derrotando uno tras otro al general Giscón, al rey Sífax de Numidia y al mismísimo Aníbal, pero todo a costa de perder a mis mejores oficiales en el campo de batalla. Pese a ese nuevo sacrificio, tras ello continué sirviendo al Estado en innumerables trabajos que requerían de mi experiencia, ya fuera en negociaciones con reyes extranjeros o en el campo de batalla en lejanas tierras donde se ponía en peligro nuestra red de alianzas para mantener a Roma fuerte y segura frente a los avatares de reyes ambiciosos y belicosos, siempre acechantes y deseosos de apoderarse de nuestros territorios.

Tras la batalla de Zama pensé que sería respetado en Roma de forma perenne, constante, inquebrantable. Y, sin embargo, ¡qué azaroso y voluble es el pueblo romano y más aún cuando es manipulado por senadores cegados por el odio y la envidia! Ahora, desde la lejanía, veo llegado el momento de poner en claro los acontecimientos que ocurrieron tras la batalla de Zama. He de remontarme más de quince años atrás de la fecha actual. Escribo en el año 569 desde la fundación de

Roma, pero sólo remontándome al pasado se puede entender lo que ocurre hoy conmigo y lo que acontece en Roma. Sé que Catón se esforzará en borrar toda huella mía y sé que pondrá todo su empeño en que sólo quede en los anales de Roma su versión de todos estos hechos; es probable que intente acabar también con los poetas que alaben mis hazañas, por eso escribo estas memorias y por eso lo hago en secreto, porque no quiero que nadie sepa que estoy plasmando por escrito todo lo que ha ocurrido, no por ahora, no hasta que decida el momento y la persona a la que deba desvelar este preciado secreto. Y escribo en griego, para que mis pensamientos queden preservados para el mayor número de personas que en el futuro puedan acceder a estos humildes rollos de historia.*

Empezaré mi relato de los sucesos.

Tras Zama todos pensamos en Roma que el peligro de Aníbal estaba conjurado para siempre y, más aún, pensamos incluso que Roma era ya indestructible, pues si habíamos sobrevivido a Aníbal, nada peor podía desafiarnos. ¡Qué equivocados estábamos! ¡Qué soberbia es la ignorancia del ser humano! Pero estoy dejándome llevar por los sentimientos y no debo anticipar acontecimientos o mi relato quedará confuso. No. He de ser meticuloso. Después de la victoria de Zama, meses antes de la batalla de Panion, cuando aún estaba en África, recibí la que pensé que debía ser la última mala noticia que escucharía en mi vida sobre mi familia: Pomponia, mi querida, amada y respetada madre había muerto. Tuve el consuelo de saber que conoció por boca de mi hermano y de mi esposa la victoria que había conseguido en Zama. Fue doloroso saber de su muerte y más aún estando en el extranjero, pero que los padres mueran forma parte del curso natural de la vida y, de un modo u otro, estamos preparados para ello. Lo que nadie puede soportar es ni tan siquiera la posibilidad de que el curso natural de las cosas se trastoque. Una vez más divago.

(Debo revisar esta referencia a mi madre cuando la fiebre remita.)

Tras Zama, desde el punto de vista político, todo marchaba bien para mi familia, muy bien, demasiado bien. La verdad es que me alegro de que mi madre no tuviera que presenciar la traición de Roma.

* 185 a.C.

2

El regreso a Roma

1 año antes de la batalla de Panion.
Viaje desde África hasta el sur de Italia.
Marzo a julio de 201 a.C.

Publio Cornelio Escipión se había convertido en el hombre más poderoso de Roma, en el más alabado, en el más temido. Mientras, en Oriente, Filipo V de Macedonia, el Egipto tolemaico y el cada vez más temible Antíoco de Siria iniciaban un larga guerra por el control de Fenicia, Grecia y el mar Egeo, pero en Roma todo aquello quedaba lejos, distante, y lo que importaba era que Escipión, tras su victoria absoluta sobre Aníbal y la conquista de África, era aclamado por sus legiones, por sus oficiales, por toda Italia con el sobrenombre de *Africanus* y reconocido como el mejor general de todos los tiempos. Era la primera vez que un general romano adquiría el sobrenombre de un territorio conquistado, una costumbre que luego copiarían otros muchos hombres de menos mérito y también los emperadores de siglos posteriores.

Publio Cornelio Escipión, *Africanus*, zarpó desde Útica en el norte de África con gran parte de su ejército, una vez sellada la paz con Cartago. El general romano inició su regreso a Roma recalando primero en Lilibeo, en la costa occidental de Sicilia. Ya allí fue recibido como un héroe por unos ciudadanos cansados de años de combates interminables que habían empobrecido su región y esquilmado sus campos, pero aquellas muestras de gratitud no eran nada comparado con lo que Publio habría de encontrar más adelante. De Lilibeo prosiguió por mar con toda su flota y sus legiones hasta Siracusa, donde se detuvo para que sus *turmae* de jinetes de caballeros sicilianos regresaran a su ciudad natal tras su magnífica campaña en África. Los caballeros de Siracusa, bajo el mando de Lelio, junto con la caballería númida de Masinisa, habían sido la base sobre la que Publio había conseguido su, para muchos, imposible victoria contra Aníbal.

La entrada en el Portus Magnus de Siracusa fue triunfal: centenares de embarcaciones de toda condición y factura salieron engalanadas a recibir la flota del victorioso general romano. Hubo un improvisado desfile por las calles de la ciudad que Publio procuró acortar para no levantar resentimientos en Roma. No quería que se le acusara de celebrar un *triunfo* o algo parecido a un *triunfo* en una ciudad que no fuera Roma, y menos aún sin el consentimiento oficial del Senado, un consentimiento, por otra parte, nada fácil de conseguir. Aun así, fue inevitable que en el desfile por Siracusa las legiones y los caballeros se exhibieran exultantes por todo el corazón de la Isla Ortygia, avanzando de sur a norte, por la misma ruta que hiciera antaño Publio junto a su esposa la primera vez que llegaron a la gran Siracusa. Las tropas desfilaron pues ante el templo de Atenea y el templo de Artemio y la ciudadela de Dionisio hasta alcanzar el estrecho istmo que separaba los dos puertos de la capital de Sicilia. Publio ordenó que su ejército se encaminara por las calles en dirección oeste y así llegar lo antes posible al gran foro de la ciudad. Se escuchaban vítores y gritos de júbilo por todas partes y varios ciudadanos prominentes propusieron al general que se celebrara un gran sacrificio en altar de Hierón II, una gigantesca ara sagrada de más de doscientos metros de largo, pero Publio declinó la oferta repetidas veces, siempre con palabras nobles y de agradecimiento, y es que aquel altar estaba dedicado a Zeus y no era oportuno que llegaran a Roma noticias de que él, Publio Cornelio Escipión, general romano, senador, procónsul y sacerdote de la orden sagrada de los *salios*, se prestaba a adorar a dioses extranjeros. Lo que sí aceptó Publio, y de buen grado, fue dirigirse al pueblo de Siracusa en la gran explanada del foro. Así, Publio Cornelio Escipión, emocionado, se situó frente a la caballería siciliana, y allí, rodeado por miles de ciudadanos, con una voz vibrante lanzó un breve pero sentido discurso.

—¡Ciudadanos de Siracusa! ¡Ciudadanos de Siracusa, escuchadme bien, por Júpiter y por todos los dioses! ¡Ciudadanos de Siracusa, vengo a devolveros vuestra caballería y sabed todos de su valor y de su hombría en el campo de batalla! ¡Sin ellos, sin los caballeros de Siracusa, la campaña de Roma en África habría estado condenada al fracaso! ¡Roma os está agradecida! ¡Yo os estoy agradecido! ¡Que los dioses colmen de parabienes a todos los ciudadanos de esta ciudad y que disfrutéis de paz y riquezas en el presente y en el futuro!

La gente congregada en el foro aclamó al victorioso cónsul de Roma, muchos con cierta emoción, otros con medida apariencia. Roma había derrotado a Cartago, sí, pero no todos los ciudadanos de la ciudad estaban completamente satisfechos. Siracusa había oscilado durante la guerra, en ocasiones apoyando a Cartago y en otros momentos a Roma y, siempre, buscando la forma de mantener su independencia. La victoria sin paliativos de Escipión implicaba que, al no existir ya contrapoder alguno contra Roma en todo el Mediterráneo occidental, Siracusa, como toda Sicilia, para bien o para mal, quedaba ya bajo el control de la ciudad del Tíber, una ciudad que, entre otras cosas, tras la caída de Siracusa en manos del ya fallecido cónsul Marcelo, les había arrebatado todas sus estatuas para engalanar las vetustas y, según habían oído los ciudadanos de Siracusa, malolientes calles de Roma. «Menos discursos y más devolver lo que nos habéis robado», pensaban algunos, eso sí, sin dejar de aclamar a Escipión, por si acaso, pues la ciudad estaba tomada por las legiones V y VI de aquel conquistador romano. Había otros muchos, no obstante, que veían en la victoria del general romano un futuro estable de paz en la región, bueno para el comercio y que veían en una Italia devastada por la guerra, con campos yermos, un excelente mercado donde vender el excedente de grano que en poco tiempo volvería a tener una reconstruida Sicilia.

Publio, al alejarse del foro, de regreso al *Portus Magnus* reflexionaba sobre qué diferente había sido este retorno a Sicilia, repleto de vítores y aclamaciones, en comparación con su desembarco hacía tan sólo tres años en una isla hostil y desconfiada ante su proyecto de atacar África. Todos parecían tan sinceros que estaba extrañado, conmovido, intrigado, pero no había tiempo para disquisiciones sobre lo que pensaban o dejaban de pensar los ciudadanos de aquel territorio ya conquistado desde hacía tiempo. La estancia en Siracusa fue muy corta: una sola noche y la flota reemprendió su marcha hacia el sur de Italia. Publio tenía ganas de saborear su victoria de forma plena cruzando la península Itálica desde el sur en dirección norte hasta llegar a Roma. Anhelaba escuchar a los pueblos itálicos gritando su nombre y, por encima de todo, después de dos años en África, sentía auténtica ansia por reencontrarse con su mujer y sus hijos, algunos de los cuales, como la pequeña Cornelia, ni siquiera conocía, pues había nacido mientras él combatía a vida o muerte contra Aníbal.

Decidió desembarcar en Locri, como si con ello buscara reafirmarse en que sus acciones del pasado, cuando sin permiso del Senado intervino en el sur de Italia para reconquistar esa ciudad, fueran correctas. Sin duda, para sus enemigos, como Catón, aquel desembarco en Locri se interpretó como una muestra de la soberbia que, según ellos, cada vez dominaba más las acciones de Escipión. Publio, no obstante, parecía ajeno a aquellas críticas. En Locri, como esperaba y como era lógico, fue recibido como un libertador y el tormentoso conflicto del pasado, cuando el general dejara al miserable Pleminio como gobernador de la ciudad, parecía haber desaparecido del ánimo de todos. Pero Locri fue sólo el principio de una larga marcha triunfal hacia el norte.

Los habitantes de todas las ciudades próximas a la gran calzada del occidente itálico se arremolinaban para saludar, aclamar y agasajar a las dos legiones que habían conseguido lo imposible: sembrar el terror en África hasta que Cartago reclamó a Aníbal haciendo que el general púnico, al fin, después de dieciséis años, dejara de asolar sus granjas, sus ciudades, sus familias en territorio itálico; y una vez con Aníbal en África, esas mismas legiones que ahora desfilaban ante ellos, habían conseguido derrotar al hasta entonces invencible general cartaginés, conduciendo así la guerra a su fin con una Cartago arrodillada, obligada a aceptar todas y cada una de las condiciones de paz impuestas por Roma. Así, los ciudadanos de Vibo Valentia y de Consentia en el Bruttium, y luego todos los de la región de Lucania y los de Nuceria, Nola, Cuessula o Calatia salían de sus casas para vitorear a Publio Cornelio Escipión y sus tropas. Y más aún, de ciudades alejadas más de una jornada de marcha de la Via Latina se organizaron inmensas procesiones de ciudadanos que descendían desde el interior, desde Volvei o Casilinum o que ascendían desde la costa, como los habitantes de Neapolis, para poder tener el privilegio de, aunque tan sólo fuera por unos instantes, vislumbrar el rostro del mayor general de Roma.

Aunque las tropas de Escipión estaban capacitadas y acostumbradas a marchas forzadas que podrían haber hecho de aquel viaje desde el sur hasta Roma una cuestión de pocos días, Escipión, conocedor de la necesidad de reparación que tenían sus tropas, soldados que durante años fueron maldecidos por todos por haber sido partícipes, que no culpables, de la derrota de Cannae, decidió ralentizar la marcha y hacer que su acercamiento a Roma durara más de dos semanas, en marchas más breves, alargando los períodos de descanso y permitiendo así que los pechos de sus legionarios se fueran hinchando del orgullo que necesitaban y que merecían. Muchos de aquellos hombres habían padecido primero las penurias de los ataques de Aníbal en el norte de Italia, con la larga serie de derrotas militares que culminó en Cannae, para luego ser desterrados y olvidados por todos, para, al final, ser rehabilitados por Escipión, pero, eso sí, con el fin de acometer la más dura de las campañas militares posibles: atacar el corazón de África y enfrentarse contra Cartago y Aníbal y todos los aliados de los púnicos en aquella región del mundo. Aquellos hombres, los supervivientes a los tres años en África, bien merecían escuchar todos los vítores y, al mismo tiempo, ir preparando su ánimo para reencontrarse con los suyos, pues la gran mayoría llevaba más de quince años sin haber podido ver a sus familias.

Llegaron a Capua, antigua aliada de Roma, pero luego la gran traidora al pasarse al bando de Aníbal. Allí el ambiente, aunque festivo, dejaba traslucir la ambivalencia de sentimientos de una ciudad que había aspirado a ser la capital de Italia si Aníbal hubiera triunfado y que ahora no tenía más destino en la historia que la de un eterno vasallaje a Roma. Desde Capua, Publio envió emisarios a Roma anunciando su próxima llegada y, por segunda vez en su vida, solicitando poder disfrutar de su derecho a un *triunfo* para sus tropas, para que cada uno de esos hombres, con él al frente, pudiera marchar por las mismísimas entrañas de Roma y ser aclamados como lo que eran: vencedores absolutos de la más cruenta de las guerras que nunca antes había disputado Roma. Sin embargo, Publio no se quedó en Capua a esperar la respuesta del Senado a su petición. A la mañana siguiente de haber acampado frente a Capua, ordenó a sus tropas que cruzaran el Volturno y que prosiguieran su marcha hacia Roma. Bajaron más ciudadanos desde Telesia o Allifae, cruzaron por Casinum y fueron especialmente bien recibidos en Fregellae, pero Publio desconfiaba de las aclamaciones de los habitantes de aquella ciudad.

—No quiero que hagamos noche aquí —dijo Publio a Cayo Lelio, que marchaba a su lado, pues el general, fiel a su costumbre, no cabalgaba en los largos desplazamientos de sus legiones, sino que, para dar ejemplo, marchaba al frente, como uno más, marcando el paso que todos debían seguir—. No quiero hacer noche aquí —repitió.

Lelio asintió mientras respondía.

—Sí, no es sitio donde sentirse seguro y eso que nos han enviado una carta los caballeros de la ciudad manifestando su deseo de que nos quedemos unos días para festejar nuestra victoria.

—Por eso, menos aún —se reafirmaba Publio—. Seguiremos unas horas más y acamparemos en campo abierto.

Lelio no necesitaba más explicaciones. Sabía que el general renegaba de Fregellae, de una ciudad cuyos caballeros, cuando participaron en una misión de escolta del cónsul Claudio Marcelo, en lugar de defenderlo con su vida, se rindieron a las tropas de la emboscada de Venusia que Aníbal había preparado contra el veterano cónsul, una rendición que contribuyó a facilitar el objetivo de Aníbal de eliminar a uno de los mejores generales de Roma en toda aquella larga guerra. Así, los ciudadanos vieron cómo las legiones V y VI aceleraban el paso y, sin detenerse, pasaban por las puertas de su ciudad a gran velocidad. Muchos pensaron que Escipión tenía ganas de llegar pronto a Roma, pero otros muchos también sabían leer entre líneas, apretaban los dientes y maldecían la cobardía de sus conciudadanos en la funesta emboscada de Venusia, siete años atrás.

Al día siguiente, se prosiguió el avance por la Via Latina hasta pasar por entre Tusculum y Velitrae, donde Publio decidió acampar de nuevo. Fue entonces cuando se recibieron mensajeros que llegaban desde Roma. Publio abrió el correo oficial y lo examinó con tiento. Junto a él se encontraban Cayo Lelio, Silano, uno de los pocos oficiales veteranos de las campañas de Hispania superviviente, junto con Lelio, a las terribles batallas de África, y Marco, el *proximus lictor*, escolta y hombre de confianza del general que desde Zama acompañaba a Escipión en todo momento. Una vez leído el mensaje, Publio dejó la tablilla sobre la mesa de la tienda del *praetorium* donde se encontraban reunidos.

—Nos citan en el Templo de Bellona —dijo Escipión.

—Por Hércules, eso son buenas noticias, ¿no? —apuntó Silano—. Allí es donde se acude antes de entrar en la ciudad para recibir un *triunfo*.

—Allí es donde se cita al general victorioso para transmitirle si el Senado acepta conceder el *triunfo* o no —corrigió Publio—. Ya he pasado por esto una vez —añadió Publio en alusión a la negativa del Senado a concederle un *triunfo* tras la campaña de Hispania, de donde también había regresado victorioso en un pasado que pese a no estar tan distante parecía algo ya lejano.

—Pero esta vez —intervino Lelio—, ni tan siquiera Catón podrá oponerse a un *triunfo*. La victoria ha sido absoluta... y contra el mayor de los enemigos.

—Lo sé, lo sé —afirmaba Publio caminando de un lado a otro de la tienda—, pero no es ya por mí por lo que estoy nervioso, sino por todos esos legionarios: quince años de destierro, las batallas más brutales que nunca he visto, merecen, necesitan un *triunfo*. Y bien, sí, también por vosotros y también por mí. Mi familia merece un reconocimiento después de haber entregado tanta de nuestra sangre en esta maldita guerra. Mi padre, mi tío... —guardó un segundo de silencio y continuó—. Acudiremos al Templo de Bellona y veremos qué es lo que tiene el Senado que decir esta vez y más vale que sea... —Pero aquí se detuvo. Sabía que sus enemigos en Roma le acusaban de soberbia, ya le habían llegado noticias sobre cómo habían arremetido contra su decisión de regresar a Roma desde el sur desembarcando en Locri y no quería añadir más leña al fuego con palabras impulsivas. No temía ser traicionado por Lelio o Silano, o Marco, eso era imposible, pero la experiencia le había enseñado que las paredes de las tiendas de una campaña militar son demasiado finas para contener en su interior todas las palabras que allí se pronuncian. Publio salió al exterior en un movimiento súbito. Allí le recibieron, volviéndose algo sorprendidos, cuatro de los *lictores* que custodiaban la tienda.

—¿Ocurre algo, mi general?

Era la voz de Marco, el *proximus lictor*, que siguió al general en su repentina salida.

—¿No hay nadie alrededor de la tienda? —preguntó Publio.

—Nadie, mi general.

Marco fue contundente en el tono y en la respuesta, toda vez que recibió las señales de asentimiento por parte del resto de *lictores* que confirmaban la ausencia de espías.

—Bien, Marco, bien. —Y Publio regresó al interior; Marco saludó a los centinelas y regresó dentro con el general; una vez en el corazón de la tienda, Publio detalló las órdenes a seguir a Lelio, Silano y Marco—. Cuando lleguemos a la puerta Naevia, rodearemos la ciudad por el este, para evitar el río, hasta llegar al Templo de Bellona. Allí saldremos de dudas de una vez por todas. —Y suspiró.

—Creo que podríamos tomar una copa y relajarnos un poco —aventuró Lelio.

Publio le miró serio primero y luego sonrió.

—Crees bien, mi buen Lelio, crees bien. —Y elevando el tono de voz para que le oyera uno de los esclavos siempre pendiente junto a los *lictores* a cualquier petición del general, añadió unas palabras—: ¡Vino para tres veteranos de guerra! ¡Para cuatro! —completó al volverse y observar a Marco, como siempre, a su espalda—. ¡Vino y *mulsum*!

Las antorchas chisporroteaban en torno a la tienda del general. En su interior se escuchaban risas. En el exterior los *lictores* montaban guardia en turnos de cuatro hombres. Hacia el norte y hacia el sur se veían las hogueras de los legionarios. Era un ejército en calma en un territorio en paz.

3

La semilla de cebada o de trigo

Mediterráneo oriental.
Costa de Egipto.
Febrero de 201 a.C.

Durante todo el largo viaje en barco, la joven Netikerty había estado orinando sobre los dos pequeños sacos de dátiles y arena. Acababan de avistar el faro de Alejandría y ninguna de las semillas había germinado aún. Su preocupación era creciente, pero decidió no compartirla con ninguna de sus hermanas. Según la tradición egipcia, una mujer embarazada podía conocer con anticipación el sexo de su futuro hijo o hija al introducir unas semillas de cebada en un saco y otras semillas de trigo en otro saco y orinar sobre los mismos a diario a la espera de ver si entre la arena y dátiles que debía contener cada saco germinaban primero las semillas de cebada o las de trigo. En el primer caso significaría que el bebé sería un varón y en el caso de que germinara primero el trigo eso sería señal inequívoca de que la nueva vida sería una niña. Si no germinaba ninguna de las semillas en ninguno de los dos sacos era señal de que el bebé nacería muerto. De ahí la congoja de la joven muchacha egipcia. Netikerty dejaba el terrible pasado más reciente atrás: una vida de esclavitud en la lejana Roma y en los confines occidentales del mundo al servicio de uno de los generales más poderosos de aquella emergente ciudad, Cayo Lelio, para, una vez manumitida y liberada por el propio Escipión, regresar de nuevo, con sus dos hermanas que la habían acompañado en aquel suplicio, a su añorado Egipto, al abrigo del amor de sus padres y sus dos hermanos. Todo era perfecto, pero como si los dioses nunca quisieran sosegarla por completo, la ausencia de semillas germinadas le hacían presagiar un mal parto. Quizá fuera mejor así, quizá fuera mejor que nunca naciera el hijo de quien había sido su último amo durante aquellos años de viajes por occidente, un amo que primero la amó para, al final, despreciarla por completo.

—Quizá eso sea lo mejor, sí. —Se encontró a sí misma musitando en silencio unas palabras que silbaron suaves en aquella noche fresca pero sin nubes en la cubierta de aquel navío romano que se acercaba hacia la luz lejana del faro de Alejandría.

—¿Has dicho algo, Netikerty? —preguntó una de sus hermanas que no estaba segura de haberla oído hablar.

Netikerty sonrió al responder.

—Sólo decía que es maravilloso regresar a casa. —La esclavitud le había enseñado a mentir con habilidad. Su hermana asintió sin pensar más y se quedó, al igual que Netikerty, contemplando cómo la gran llama del faro de Alejandría crecía y crecía en el horizonte oscuro de la noche.

Al cabo de un rato se acostaron, pues el capitán les indicó que, pese a haber divisado la luz del gran faro, aún tardarían horas en llegar a puerto. Las tres descendieron a su pequeño camarote, habilitado para ellas por expreso mandato de Cayo Lelio y donde nunca fueron molestadas en todo el viaje; algo de lo que las jóvenes se sorprendían cada día, pero al poco tiempo comprendieron que, incluso ya tan lejos de Roma, el brazo protector de los generales romanos que las habían liberado llegaba incluso allí. Aquélla era, a fin de cuentas, una *quinquerreme* romana. Y lo mejor es que una vez en el puerto retornarían a la protección de su propia familia con la que habían podido comunicar antes de partir de Sicilia.

—Es de día, pequeña. —Netikerty desplegó los párpados y vio los brillantes ojos de sus dos hermanas mirándola con una felicidad intensa. Erróneamente, Netikerty pensó que era porque ya llegaban a casa. Se sentó en la cama, pero sus hermanas seguían mirándola y ahora se reían abiertamente. Ella se atusó el pelo, como si buscara algo enganchado en su larga melena azabache y lacia, pero no había nada.

—¡Por Isis! ¿Por qué os reís tanto de mí?

Las dos hermanas se miraron y asintieron. Entonces una se agachó y extrajo de debajo de la cama uno de los pequeños saquitos con arena, dátiles y semillas. Por entre las costuras del saco emergía un pequeño brote. Netikerty abrió sus ojos de par en par al tiempo que se llevó la mano al vientre. Una de sus hermanas puso voz a sus pensamientos.

—Es cebada, hermana mía. Vas a tener un niño.

4

La respuesta del Senado

Roma, julio de 201 a.C.

Las columnas del Templo de Bellona permanecían allí igual de impasibles que la última vez que Publio y sus hombres aguardaron la respuesta del Senado. Eso había sido hacía cinco años, cuando regresaron victoriosos de las duras campañas de Hispania. En aquel momento, el viejo Fabio Máximo hizo valer un subterfugio legal, el hecho de que formalmente Escipión había comandado las tropas en Hispania sin tener asignado por el Senado el título de cónsul, para así negarle a Publio y a sus tropas el merecido *triunfo* por las calles de Roma. De nada valieron todos los argumentos que el joven general interpuso entonces. Máximo fue tajante y vino él mismo a disfrutar comunicando la negativa en persona. Pero de eso hacía tiempo y, desde entonces, Publio había comandado nuevas tropas en una campaña aún más dura, aún más épica pero también si cabe aún más victoriosa: la conquista de África con la derrota de Aníbal incluida, y, no sólo eso, sino que además lo había hecho todo ejerciendo el cargo de cónsul y procónsul. Ya no quedaba forma alguna de poder oponerse a que celebrara el tan demandado *triunfo*, pero, pese a tenerlo todo a su favor, Publio desconfiaba. Ya había sufrido demasiadas decepciones en el pasado y la edad le había hecho prudente, especialmente en todo lo relacionado con las complejas decisiones del Senado. Su corazón, no obstante, dio un vuelco en su interior cuando vio que no era Catón quien comandaba la comitiva que el Senado enviaba para comunicar las decisiones tomadas. Se veía en la distancia un grupo de senadores descendiendo desde la puerta Carmenta y desfilando frente al Templo de Apolo, dejando a su derecha las murallas de la ciudad y a su izquierda las laderas del Campo de Marte. No se distinguía aún quién encabezaba aquel grupo de togados romanos, pero Publio fue concluyente en su comentario a Lelio, que, acompañado por Silano, Marco y el resto de oficiales, esperaban junto a su general igual de ansiosos.

—No viene Catón —empezó Publio en voz baja, pero lo suficiente para que Lelio, Silano y Marco le oyeran—. Por todos los dioses, eso son excelentes noticias. Si nos hubieran denegado el *triunfo* sería Catón el que vendría en persona.

—¿Estás seguro de que no es Catón ese senador que va delante? —preguntó Lelio; la edad le había hecho perder vista, pero se negaba a reconocerlo. Lo suyo era el combate cuerpo a cuerpo y no lanzar *pila* a larga distancia, así minimizaba los perniciosos efectos de su pérdida de visión en el campo de batalla.

—Seguro —confirmó Publio con contundencia—. Es difícil no reconocer ese andar de pato que tiene, tambaleándose de un lado a otro... —E imitó a un torpe animal que se bamboleaba al caminar. Todos rieron la parodia de su general, por graciosa y porque la risa les permitía eliminar un poco de la tensión acumulada durante las horas de espera aquella mañana junto al Templo de Bellona.

La comitiva fue acercándose y Publio intentaba adivinar quiénes iban delante. Se veía a un senador mayor, entrado en la cincuentena, que parecía ser el que presidía al grupo y tras él otro más joven, adusto y serio, demasiado joven para ser senador; quizá fuera uno de los ediles de la ciudad.

—El que va delante es Spurino —dijo Lelio con seguridad. Publio asintió.

—Así es, Spurino.

—Es uno de los aliados de Catón —añadió Silano desconfiando del desenlace final de la entrevista que iba a tener lugar—. Eso no es bueno.

Publio meditó su respuesta.

—Es cierto —hablaba despacio, pensando cada palabra—; sin duda, Catón ha heredado de Fabio Máximo el control del Senado, pero es impensable que no haya venido si lo que tuviera que comunicársenos fuera una negativa al *triunfo*. No. Más bien creo que es un aviso: aunque consigas el *triunfo*, porque no te lo puedo negar, has de saber que domino el Senado. Eso es lo que nos quiere decir. Me intriga más quién va detrás de Spurino.

Lelio, Silano y Marco miraban interesados. Marco parecía saber algo y carraspeó. No se atrevía a dirigirse al general sin ser preguntado antes.

—Si sabes algo, habla, Marco —dijo Publio con rapidez.

—Sí, mi general; creo que es uno de los Sempronios, Tiberio Sempronio Graco, creo que es su nombre. Coincidí con él cuando nos adiestrábamos en el Campo de Marte, cuando sólo éramos unos muchachos. Es rápido con la espada... y ágil... pero no sé de política... no sé en quién o quiénes estarán sus afectos, mi general.

Publio cabeceó afirmativamente un par de veces mientras escuchaba los comentarios de Marco y no dijo nada. Se limitó a volver su mirada hacia el joven Sempronio Graco. De la familia Sempronia. Su padre ya tuvo enfrentamientos con otro Sempronio, con Tiberio Sempronio Longo en el norte, cuando ambos eran cónsules y Sempronio Longo se empeñaba en enfrentarse a Aníbal en campo abierto. Aquello terminó en la desastrosa derrota de Trebia. A Publio no le gustaban los miembros de la familia Sempronia. Y tan joven. Pero ya estaban allí, y habían llegado junto a ellos. El cónclave iba a tener lugar frente a las escaleras del Templo de Bellona.

—Te saludo, Publio Cornelio Escipión —empezó el veterano Spurino—. Como ya sabes mi nombre es Quinto Petilio Spurino y me envía el Senado para comunicarte nuestra respuesta con respecto a tu solicitud de poder celebrar o no un *triunfo* por las calles de Roma.

—Te saludo, Quinto Petilio Spurino y te escucho, como te escuchan todos mis tribunos y oficiales. ¿Qué hay del Senado?

Spurino no se sorprendió por lo directo que era aquel victorioso general. La ambición siempre venía engalanada en aires de precipitación. Decidió deleitarse alargando la entrega de la respuesta del Senado.

—Veamos, por los dioses, Publio Cornelio Escipión —comentó Spurino mientras extraía de debajo de su *toga viril* un abultado rollo de papiro—. El Senado ha deliberado y ha dictaminado que —empezó a leer despacio—, reunidos en sesión plenaria con el objeto de debatir sobre la oportunidad o no de conceder al general magistrado procónsul de Roma, Publio Cornelio Escipión, un *triunfo* por las calles de Roma que culmine en el Templo de Júpiter Óptimo Máximo, todo ello tras examinar las campañas realizadas en África, en donde se ha establecido un número de enemigos abatidos que ronda los...

Spurino no pudo seguir leyendo. La mano de Escipión se había agarrado a su muñeca como una tenaza de hierro y apretaba con fuerza. El veterano senador le miró combinando desprecio y sorpresa.

—¿Sí o no, senador Quinto Petilio Spurino? ¿Sí o no? —preguntó Publio con un tono tan hostil que el senador apretó los labios y tragó saliva mientras sostenía la mirada de su agresor. Pero los ojos del general eran tan duros, tan pétreos, tan henchidos de tensión, que Quinto Petilio Spurino bajó al fin sus propios ojos y, mirando al suelo, respondió con la mayor dignidad que pudo en un intento por aparentar que no cedía ante la fuerza del general.

—Estás asiendo a un senador de Roma, procónsul...

Tras el veterano senador, el resto de *patres conscripti* hundían sus manos bajo sus togas asiendo todos dagas afiladas, mientras que el joven edil Tiberio Sempronio Graco lanzaba una rápida mirada a las dos docenas de legionarios de las *legiones urbanae* que habían sido designadas como escolta de la comitiva senatorial. Estos soldados echaron mano a sus espadas, pero tras el general Publio Cornelio Escipión emergieron más de una cincuentena de soldados de las legiones V y VI armados hasta los dientes y dispuestos al combate. Los legionarios de la ciudad, jóvenes e inexpertos, reclutados en las últimas levas, sabían que aquéllos no eran otros sino los legionarios que habían derrotado al mismísimo Aníbal.

—¿Sí o no? —insistió Publio Cornelio Escipión sin soltar la muñeca de Spurino—. No tengo tiempo para largos discursos, ni me hace falta que me digas a cuántos enemigos hemos abatido. Eso ya lo sé. Recuerdo cada batalla, cada lucha, cada ciudad, cada muerto. Haz ahora, Quinto Petilio Spurino, haz uso de tu famosa retórica y resume en una palabra si el Senado nos concede el *triunfo* o no. —Y apretó con más saña aún.

—¡Por todos los dioses, Escipión! —gritó Spurino—. ¡Sí, el Senado te concede el permiso...! ¡Un *triunfo* completo... mañana... al mediodía!

—Sea, entonces. —Y soltó la muñeca del senador—. Pues ya no hay más que hablar. Que me traigan a Sífax esta noche. Quiero exhibirlo en mi desfile.

Spurino se entretenía masajeándose la muñeca con la otra mano. Había soltado el rollo con el informe del Senado y éste yacía sobre el suelo, medio desplegado. Sempronio Graco se adelantó, tomó el rollo del suelo y se lo devolvió a Spurino. Una vez delante del veterano senador y cuando Escipión ya les daba la espalda, el joven Graco alzó su voz.

—¡Procónsul, eso no será posible... traer a Sífax!

Publio Cornelio Escipión se detuvo en seco. Lelio y el resto de oficiales le vieron trazar un terrible rictus de tensión en su faz mientras se daba la vuelta para dirigirse al joven edil de Roma.

—No he pedido permiso, Tiberio Sempronio Graco —dijo Publio con voz más mesurada que lo que sus oficiales habían previsto—. He ordenado que se me traiga a Sífax.

—Sífax está ahora preso en las cárceles de Roma y creo que lo más seguro es que permanezca allí hasta el día de su ejecución. Es en prisión donde se puede garantizar mejor que no escape, procónsul de Roma —replicó el edil Graco con firmeza.

Publio le miró en silencio. Era insultantemente joven para haber accedido a la edilidad en Roma, pero él mismo también accedió al mismo cargo muy joven, ambos quebrantando así las tradiciones de Roma. No podía criticarle por su juventud sin criticarse a sí mismo, de modo que ése no era un buen argumento que esgrimir. Además, lo que indicaba todo aquello es que la familia Sempronia estaba fuerte en Roma. Podía ser un gran aliado o un temible enemigo. Publio decidió contenerse con el joven Graco, al contrario de lo que había hecho con el viejo Spurino. Quinto Petilio Spurino estaba ya más allá de toda posible alianza; era casi la mano derecha de Catón. El joven Graco era algo distinto, al menos, por el momento.

—Llevo muchos días de marcha, edil de Roma —reinició la conversación Publio con tono conciliador—, y varios años de campaña en África. Quizá haya olvidado un poco las formas —esto lo dijo mirando a un dolido Spurino ocupado en enrollar bien el informe del Senado—, pero el rey Sífax está prisionero en las mazmorras de Roma porque mis legiones le derrotaron en varias ocasiones en África hasta que mis legionarios lo apresaron y lo cubrieron de cadenas. Sífax es parte de los trofeos que deseo exhibir en mi entrada triunfal en Roma y creo que si fuimos capaces de apresarlo cuando tenía más de 60.000 guerreros bajo su mando, ahora, desarmado y encadenado, creo, Tiberio Sempronio Graco, que mis legiones sabrán custodiarlo como corresponde. Por eso ruego al edil de Roma que se conduzca al rey Sífax esta noche al campamento de mis tropas en el Campo de Marte. ¡Por todos los dioses, edil, nos lo hemos ganado!

El joven Graco mantuvo su mirada fija en el procónsul mientras escuchaba sus palabras. La petición, más allá de afectos o desafectos, era razonable y, además, se había planteado de forma menos agresiva.

El edil miró a Spurino y éste, muy a su pesar, asintió, pues, entre otras muchas cosas, el informe del Senado ratificaba el derecho de Escipión a exhibir al rey Sífax en el *triunfo*, de modo que era absurdo negarle lo que el Senado había concedido. Catón se había esforzado en evitarlo, en un vano intento por reducir la majestuosidad del desfile que debía tener lugar, pero eran demasiadas las presiones, demasiados los senadores proclives a recibir a Escipión como el general victorioso que era, y era demasiado el clamor del pueblo por las calles de la ciudad a favor del procónsul como para negarse, además de que el pueblo anhelaba la ejecución pública de uno de los grandes aliados de Aníbal precipitándolo al vacío desde lo alto de la roca Tarpeya. Al pueblo romano le gustaba la sangre en vivo. Catón cedió y el Senado concedió; por eso Spurino, incluso sumido en su humillación, asintió a la vez que engullía rencor a manos llenas. El joven edil, ante el consentimiento del presidente de la comitiva del Senado, asintió también.

—Sífax te será conducido al campamento antes de que caiga la noche, procónsul de Roma.

—Te lo agradezco, edil de Roma —dijo Publio y, antes de volverse, dirigió unas últimas palabras a Spurino—. Ahora, si el senador quiere, puede leer a las columnas del Templo de Bellona el largo informe del Senado o, si lo prefiere, puede darme ese rollo y ya lo leeré yo con sosiego durante la noche. —Y alargó la mano.

Quinto Petilio Spurino extrajo de nuevo el rollo del Senado de debajo de su *toga viril* y estiró el brazo con el mismo. El rollo pasó de una mano a otra en un imperceptible segundo y el general se volvió y desapareció rodeado de sus tribunos y oficiales de regreso a las laderas del Campo de Marte donde miles de legionarios le esperaban ansiosos por saber si, por fin, tras quince años de destierro, podrían entrar de nuevo en la ciudad que les vio nacer y, por encima de todo, si podrían hacerlo con todo el orgullo que entrañaba un *triunfo* por las calles de Roma.

Tiberio Sempronio Graco se quedó unos momentos mirando cómo Escipión se perdía entre sus hombres. Aquél era, sin lugar a duda, un general adorado por sus legionarios. Aquello era un hecho que merecía respeto. El joven Graco se debatía entre la admiración que despertaba quien había conseguido derrotar al hasta hacía muy poco invencible Aníbal y la preocupación que despertaba en todos esas formas rudas, directas y hostiles del Escipión para con los enviados del Senado. ¿Quién era Publio Cornelio Escipión? ¿El mayor general de Roma o alguien cuya ambición no tendría límites hasta coronarse rey y terminar con la República? Catón no dudaba en reiterar esa idea a cuantos le escuchaban; otros eran más cautos, observaban y callaban. ¿Había derrotado Roma a Aníbal, el peor de sus enemigos, para caer ahora en manos de un tirano? Tiberio Sempronio Graco creía en la República, en Roma, en sus instituciones. Eso le habían enseñado en su familia y eso respetaba. Se volvió y se percató de que la comitiva del Senado ya estaba entrando en la ciudad. Spurino tendría prisa por transmitir a Catón lo que había acontecido en aquella entrevista. Sólo quedaba media docena de legionarios que aguardaba al joven edil de Roma.

—Vamos —dijo Graco, y se encaminó con rapidez hacia las murallas de la ciudad. Tenía que organizar la entrega de Sífax. Sólo el tiempo daría o quitaría la razón a Catón. Sólo el tiempo.

Aquella noche, un manípulo de las *legiones urbanae* se presentó ante el cuerpo de guardia nocturna del primer turno a la entrada del campamento levantado por las legiones V y VI en el Campo de Marte, frente a las murallas de la ciudad eterna.

—Traemos a Sífax —dijo el oficial al mando.

Los centinelas llamaron a un centurión y éste se hizo cargo del preso. Cubierto de cadenas, encorvado y sucio, Sífax, quien fuera rey de toda Numidia durante años, caminaba despacio al reencuentro de sus enemigos. No tenía ya nada con que luchar ni nadie por quien combatir, pero su odio había encontrado algo de consuelo en meditar cómo y cuándo maldecir al general que le había arrebatado a su reina y a su reino en África. Una maldición númida era algo contra lo que no podría proteger a Escipión jamás ninguna legión. Por eso, pese a no ser ya apenas nada, Sífax, aun caminando encorvado, humillado, vencido, avanzaba despacio pero decidido, con una extraña sonrisa en su rostro.

5

El recuerdo de Nevio

Roma, julio de 201 a.C.

Aún no había amanecido pero las calles de Roma ya estaban revueltas. La gente, aún en medio de la oscuridad de la noche, se agolpaba por todas las avenidas y plazas por donde debía transcurrir el gran desfile militar. Nadie quería perderse el gran *triunfo* de Escipión. Tito Macio Plauto, sin embargo, había optado por refugiarse en su casa del Aventino, el viejo barrio donde se concentraban la mayoría de los escritores y otros artistas de Roma. Era una modesta *domus* levantada próxima a los templos de Diana y de la Luna. A Plauto aún le parecía escuchar las palabras de su amigo Nevio respondiéndole cuando, hacía ya años, el propio Plauto se mofara de que se levantaran tantos templos a unos dioses que luego ni tan siquiera se acordaron de ellos, pobres mortales, en aquellos momentos pasados angustiados terriblemente por la larga guerra contra Aníbal.

—Te equivocas, querido Plauto, ahí te equivocas. Se acuerdan cada día y cada noche de nosotros. Es sólo que los dioses se regocijan mortificándonos. Por eso esta guerra, por eso tanto sufrimiento. —Así se expresó Nevio entonces, con su típico cinismo propio de alguien a quien la vida había transformado en un gran escéptico.

Plauto no sabía exactamente por qué, pero aquella noche el recuerdo de su buen amigo recientemente fallecido había permanecido con él de forma insistente. Nevio se enfrentó con los patricios y terminó en la cárcel. Al fin, después de mucho tiempo, Publio Cornelio Escipión intervino en su favor para sacarlo de prisión, pero ya era tarde. La humedad de la terrible *Lautumiae* le había consumido para siempre. Apenas llegó Nevio a su obligado destino de Útica, cuando a las pocas semanas falleció. Sí. Ahora se daba cuenta. Era por Escipión. Publio Cornelio Escipión regresaba victorioso mientras que su amigo deportado a África había muerto. Eran destinos cruzados, pero siempre la peor parte se la llevaban los más débiles. Como ocurriera en el pasado con Druso. Era su sino. Plauto sentía una confusa mezcla de rabia y agradecimiento hacia Escipión que le reconcomía las entrañas. Se sabía obligado a sentir agradecimiento porque, a fin de cuentas, Escipión fue el único patricio que intervino para sacar a Nevio de la cárcel, pero, por otro lado, la rabia parecía erigirse triunfante en esa batalla absurda de sentimientos internos en su pecho, pues la intervención, después de todo, había sido demasiado tardía para surtir un efecto realmente liberador. Ahora regresaba el gran Escipión a Roma y Roma entera se aprestaba a arracimarse por todas las calles de la populosa urbe, pero él, Tito Macio Plauto, a contracorriente de todo el mundo, había decidido ausentarse de forma voluntaria de semejante exhibición de poder patricio. Era un acto de despecho, una pequeña rebelión inútil y que, en cualquier caso, no tendría efecto alguno ni sobre su persona ni sobre el que celebraba el gran *triunfo*. Pese a haberse convertido en el escritor más afamado de Roma, en medio del gigantesco tumulto en el que se estaba transformando la ciudad para recibir a Escipión, nadie notaría su ausencia. Y, en todo caso, si alguien le preguntaba y se apoderaba de él su creciente sensación de cobardía, siempre podía mentir y decir que estuvo en tal o cual calle viendo el desfile. Sí, para vergüenza suya, el éxito de sus obras le había hecho débil. Después de tantos años de sufrimiento era tan cómodo sentirse seguro en su pequeña casa, poder comer caliente a diario y, por qué no, yacer con alguna de sus esclavas cuando le placiera. Cada vez reducía más las críticas a los patricios y al poder en general en sus obras y estaba optando por incorporar más y más cantos a las representaciones, algo que al público parecía gustarle y que le alejaba de las tentaciones que proporcionaba la redacción de nuevos textos. Incluso revisaba obras ya estrenadas para hacerlas más ágiles, más vivas, más divertidas para el pueblo. Más insulsas en su crítica social, habría dicho Nevio. Pero el mismo Nevio, de eso estaba seguro, habría añadido: pero hay que vivir, mi buen amigo, hay que vivir.

Aquella noche, Plauto, rodeado de rollos con obras de Menandro, Filemón, Dífilo, Posidipo, Teogneto o Alexis, entre otros muchos autores griegos, se había concentrado en revisar su último gran éxito, la *Cistellaria*. Había pasado varias horas de insomnio ocupado en revisar la obra íntegra, para terminar dándose cuenta de que apenas había cambiado algo. Sólo quedaba el final y le pareció bien como estaba:

Ne exspectetis, spectatores, dum illi huc ad vos exeant:
nemo exibit, omnes intus conficient negotium.
ubi id erit factum, ornamenta ponent; postidea loci
qui deliquit vapulabit, qui non deliquit bidet.

nunc quod ad vos, spectatores, relicuom relinquitur,
more maiorum date plausum postrema in comoedia.

[Espectadores, no esperéis que salgan de nuevo al escenario. Nadie volverá a salir; todos arreglarán el asunto dentro. Cuando todo esté terminado, se quitarán sus trajes; después, el que lo hizo mal, será azotado, y el que no lo hizo mal, beberá. Ahora ya sólo os queda a vosotros una cosa por hacer: siguiendo la costumbre de vuestros antepasados, dad un fuerte aplauso; la comedia ha terminado.]*

Y como si el pueblo estuviera coordinado con las revisiones sobre las que trabajaba, desde la calle llegó un poderoso aplauso. ¿Era el recibimiento de los ciudadanos de Roma a las primeras unidades del victorioso general que ya debían estar entrando en la ciudad? No, era demasiado pronto. El *triunfo* estaba programado para el mediodía, para la hora sexta. Sería algún amigo o algún familiar de los Escipiones que era reconocido por la plebe. Tito Macio Plauto decidió seguir dando la espalda a la historia y extrajo nuevas *schedae* de un cajón y más *attramentum*. Necesitaba más hojas y más tinta. Estaba dispuesto a empezar la redacción de una nueva obra. Cualquier cosa antes que salir a la calle. El sueño, no obstante, se apoderó de él y el viejo escritor se quedó con la cabeza apoyada sobre un brazo cuya mano sostenía un *stilus* que emborronaba una hoja con una gran mácula de tinta negra. Mientras, en el exterior, la ciudad de Roma se entregaba rendida al hombre que la había rescatado de la peor de las guerras.

* Traducción del original según la edición de José Román Bravo. Véase referencia completa en la bibliografía.

6

El triunfo de Escipión

Roma, julio de 201 a.C.

Antes del amanecer, aún en medio de la noche, el *curator*, un hombre recio, adusto, serio, de unos treinta años, con la mirada decidida y aire ocupado, cubierto por una fina *toga viril*, llegó al Templo de Bellona y detuvo allí su marcha y la de la media docena de legionarios de las *legiones urbanae* que le escoltaban, y quedó a la espera de que las legiones V y VI formaran en el Campo de Marte. La suya era una misión importante. Era el encargado de velar por la perfecta organización del desfile triunfal de los cónsules victoriosos. Por eso le gustaba estar frente a aquel templo con tiempo de anticipación suficiente para transmitir a los que venían a desfilar por la ciudad, normalmente henchidos de orgullo y vanidad, que él era un hombre que no entendía de retrasos.

El sol despuntaba y algunos de sus rayos, tímidos aún, se empezaban a arrastrar por la tierra de la inmensa ladera del noroeste de Roma cuando los pequeños ojos del *curator* parpadearon varias veces. No daba crédito: al tiempo que amanecía, ante él emergía la imponente silueta de miles de soldados en perfecta formación. Las legiones V y VI de Roma estaban ya preparadas para inspección. ¿Desde cuándo? Parecía que por primera vez en su vida había alguien con más capacidad de anticipación que él mismo a la hora de preparar un *triunfo*. El *curator* se permitió una leve sonrisa que ocultó bajando el rostro hacia el suelo. Parecía que iba a ser cierto lo que todos decían: Escipión lleva años esperando este día. Borró la sonrisa. Ésa sería la única muestra de satisfacción que se permitiría en todo el día. No podía permitir que le malinterpretaran y que por una mueca estúpida no se le tomara con la seriedad que se debía a su persona en razón a su cargo. Carraspeó y, sin inmutarse, rodeado por la sorpresa de los legionarios de las *legiones urbanae*, que no estaban seguros aún de presenciar aquel amanecer que iluminaba las legiones más valientes de la historia de la ciudad formadas y detenidas en el horizonte como efigies provenientes de un tiempo remoto, lejano, desconocido, el *curator* se encaminó directamente hacia la figura central de la formación: el procónsul al mando Publio Cornelio Escipión.

Llegado frente al general, el enviado del Senado se dirigió al procónsul con dignidad.

—Te saludo, procónsul de Roma, héroe de África y general victorioso contra nuestros enemigos. Mi nombre es Tito Quincio Flaminino. He sido designado *curator* de tu *triunfo* y como *curator* me corresponde velar por la organización del *triunfo*. No es la primera vez que ejerzo este cargo. Es costumbre que el general que va a desfilar me brinde su cooperación.

—Así es, Tito Quincio Flaminino, *curator*. Te saludo con respeto y con satisfacción. Es para mis tropas un gran orgullo ser merecedoras de disfrutar de un *triunfo,* pero no quiero que nuestro orgullo se interponga en tu labor. —El *curator* asintió mientras escuchaba al procónsul, que proseguía con sus explicaciones—. En primera línea están las tropas que he seleccionado para el desfile. Soy consciente de que sólo una pequeña parte de las tropas puede disfrutar del honor de desfilar en formación por las calles de Roma. Como verás por los *torques* y *falerae* que exhiben la mayoría de los seleccionados, se trata de los legionarios que más se distinguieron en la campaña de África. Es a ti a quien corresponde decidir si la selección es apropiada o si me he excedido en el número de legionarios.

El *curator* volvió a asentir sin decir nada mientras miraba a un lado y a otro del general examinando la larga hilera de tropas alineadas para ser inspeccionadas. Le estaba cayendo bien aquel general pese a que venía prevenido en su contra, pues en Roma eran muchos senadores los que le habían advertido de la vanidad de aquel recio procónsul, pero a él lo único que le importaba era la eficacia y el orden y allí, por de pronto, estaba disfrutando de ambas cosas. En sólo un vistazo el *curator* comprendió que los seleccionados excedían lo habitual en un *triunfo*, pero era él quien decidía.

—Tengo la sensación, procónsul de Roma, que habéis seleccionado más legionarios de lo habitual para estos casos —dijo el *curator,* y cruzó su mirada con la del general; Escipión mantuvo sus ojos abiertos y su boca cerrada sin interrumpirle; el *curator* transmitió su conclusión sobre el asunto—, pero también es cierto que la victoria de Publio Cornelio Escipión tampoco ha sido la habitual, ni el enemigo derrotado un enemigo más. Creo que en este *triunfo* desfilarán más legionarios que en otras ocasiones. Eso, probablemente, alimentará la envidia, pero no me parece que el general esté preocupado por ello.

Y sin quedarse a esperar respuesta por parte del cónsul, el *curator* se dio la vuelta para empezar una inspección más pormenorizada de las tropas. Publio se volvió hacia Lelio, Silano y Marco, que le acompañaban.

—Este hombre me cae bien —dijo Lelio a Publio. El general sonrió y asintió.

—Recordemos su nombre —dijo Publio con seriedad—. Tenemos demasiados enemigos en Roma. La familia de este *curator* puede ser un buen aliado. He de pensar en ganarlo para nuestra causa. —Y miró al cielo que estaba completamente despejado—. Ésta va a ser una mañana magnífica —concluyó el procónsul de Roma. Todos asintieron. Nadie comentó nada sobre el asunto de la envidia. Para los cuatro la vida era demasiado maravillosa aquella jornada como para pensar en nada que pudiera ensombrecer el día más importante, según creían, en la existencia de todos ellos.

Pasadas un par de horas, junto al Templo de Apolo, a doscientos pasos de donde tenía lugar la entrevista entre el *curator* y el general victorioso, Marco Porcio Catón, Lucio Valerio Flaco, Spurino, Quinto Petilio, Lucio Porcio y el resto de senadores enfrentados con Escipión se congregaba a la espera del arranque del desfile. Junto al Templo de Apolo también, pero un poco más apartados, se reunía otro grupo de senadores, también bastante nutrido, en el que se veía a Lucio Emilio Paulo, el cuñado de Publio, al propio Lucio Cornelio Escipión, el hermano del procónsul, y otros más que se saludaban afectuosamente sin ocultar en modo alguno su enorme felicidad por el día que había llegado.

—Vuestro padre y vuestro tío estarían orgullosos —le dijo Lucio Emilio Paulo a Lucio Cornelio Escipión.

—Lo sé, lo sé —confirmó el aludido con voz emocionada—, y, más aún, lo sabe Publio, lo sabe y sé que pensará en ello durante el *triunfo*.

Entre un grupo y otro de senadores, se veía a otros *patres conscripti* que no se decantaban, al menos por el momento, entre estar a favor o en contra del general que iba a ser vitoreado. Entre estos últimos destacaba la figura alta y firme, joven y poderosa de Tiberio Sempronio Graco, heredero de la familia Sempronia, que lo observaba todo intrigado y atento.

No hubo mucho tiempo para saludos, pues no llevaban ni media hora reunidos cuando las tropas seleccionadas para el gran desfile de las legiones V y VI se pusieron en movimiento. Por delante de ellas iba el *curator*, adelantado para asegurarse de que los senadores formaban y se adentraban por la puerta Carmenta donde, rápidamente, se estaban concentrando todos los senadores, de uno y otro bando y los independientes, pues aquélla era la *porta triumphalis* de aquella jornada festiva. Los senadores abrían así el gran día, desfilando por delante del propio general como señal de que ni siquiera el más victorioso de los procónsules o cónsules de Roma estaba por encima del Senado. Los *patres conscripti* cruzaron la puerta de la ciudad y se adentraron entre la multitud que se arremolinaba a ambos lados del *Vicus Jugarius* que ya a vítores recibía a toda la comitiva henchida de júbilo. Catón miraba a un lado y a otro: había venido toda Roma. Toda Roma para rendir pleitesía a Escipión. Marco Porcio Catón mantenía la boca cerrada, apretaba los dientes y registraba todo en su mente con su acostumbrada precisión tras años de *quaestor* de las legiones.

Tras los senadores, aparecieron decenas de *bucinatores* y *tubicines* haciendo sonar sus trompetas como preludio de todo lo que debía seguir, como anuncio de todo lo que debían admirar los ciudadanos de Roma. En seguida, entrando por la *porta triumphalis*, medio centenar de portaestandartes exhibía con orgullo los *tituli*, una minuciosa serie de tablillas en donde el público podía ver en diferentes imágenes recreaciones de las grandes hazañas de aquel ejército, de aquellas legiones V y VI que surcaron el mar en busca de una muerte segura y que, sin embargo, años después, regresaban a Roma investidas con el halo de los héroes. En los *tituli* se narraban visualmente el desembarco en África, el interminable asedio de Útica, la confrontación con la caballería de Hanón, el ataque nocturno contra los ejércitos de Sífax y Giscón, la batalla de *Campi Magni*, y tras los acontecimientos de Túnez, una veintena de tablillas estaba expresamente dedicada a la épica batalla de Zama. En ellas se podía ver la temida carga de los elefantes, las maniobras de las legiones V y VI para afrontar aquella bestial acometida, un ataque al que nunca antes ninguna legión de Roma había hecho frente con éxito. Se ilustraba la heroicidad de Cayo Valerio, Sexto Digicio, Quinto Terebelio, Lucio Marcio Septimio y Mario Juvencio. Se narraba la persistencia del ataque de las tropas de Aníbal, el relevo de las diferentes líneas de *hastati, principes* y *triari*, el agotamiento de todos, la sangre que lo inundaba todo, la retirada progresiva, la pérdida de esperanza, el combate de las caballerías romana, númida y cartaginesa, hasta el desenlace final victorioso con la intervención de Cayo Lelio y Masinisa. La gente, admirada, se esforzaba por ver cada tablilla, por captar la esencia de cada suceso; los que no habían podido ver alguna preguntaban, unos narraban a otros lo que habían visto y todos, con rostros repletos de asombro, se felicitaban por tener un ejército tan valiente y un general tan astuto y valeroso.

Y tras los *tituli*, las pruebas de la victoria: una larga serie de carrozas cargadas hasta los topes con oro, plata y joyas expoliadas a los ejércitos derrotados hasta alcanzar un total de 123.000 libras de plata, una cifra hasta entonces desconocida para Roma. Los metales preciosos brillaban bajo la luz del sol y el público aplaudía y gritaba sin cesar. Las primeras aclamaciones que manifestaban el deseo del pueblo por hacer de Escipión cónsul vitalicio empezaron a emerger ante aquella fastuosa e interminable exhibición de fortuna y poder.

—¡Cónsul, cónsul, cónsul! ¡Escipión, cónsul para siempre!

Marco Porcio Catón ya estaba descendiendo por las calles del *Velabrum*, pues la comitiva debía ir avanzando para permitir que el resto de participantes en el desfile triunfal pudiera entrar en la ciudad, pero hasta sus oídos llegaron aquellas aclamaciones y el senador detuvo su marcha. Spurino se acercó a él y le habló en voz baja.

—Ahora no. Ahora no.

Catón seguía inmóvil. Quinto Fulvio, el más viejo de entre todos los seguidores de Catón se le acercó entonces.

—Spurino tiene razón, Marco; no es el momento, pero ese momento llegará, Marco, llegará. —Y Quinto le tomó del brazo de modo que Catón, con las facciones tensas en su faz, empezó a moverse de nuevo con el resto de senadores, pero en sus tímpanos reverberaban nuevas aclamaciones que cada vez eran más numerosas, pronunciadas por más gargantas, gritadas con mayor fanatismo.

—¡Cónsul, cónsul! ¡Dictador vitalicio! ¡Escipión, dictador de Roma! ¡Por todos los dioses, dictador, para siempre!

—¡Por Hércules, es el mejor de los hombres de Roma!

—¡Por Júpiter, cónsul eterno!

Por la *porta triumphalis* entraba ahora un rebaño de bueyes blancos enormes, especialmente criados para aquella ocasión, para ser sacrificados en el altar del templo de Júpiter Capitolino como colofón al gran desfile triunfal. Los *victimarii*, sobre quienes caía la responsabilidad de sacrificar a los animales bajo la atenta mirada de los tres *flamines maiores* del Templo de Júpiter, seguían a las bestias a la espera del momento en que debieran emplearse a fondo para poner término a la vida de aquellos animales y así satisfacer al dios supremo con la sangre vertida en su honor. Y justo después de los *victimarii*, entró en Roma el rey Sífax de Numidia, encadenado de pies y manos, andando casi a rastras, con sangre fluyendo por las heridas que los hierros le hacían en tobillos y muñecas, mirando al suelo, sabiéndose un buey más de aquella maldita procesión, ajeno a los vítores y aclamaciones que a su paso se tornaban en escupitajos e insultos. La saliva de los romanos pronto le cubrió el rostro decrépito por el cautiverio y la derrota, pero, pese a todo, seguía andando en busca de una muerte segura a la que se acercaba con sensación de alivio, pues su existencia ya carecía de sentido, sin reino ni poder ni reina. Todo perdido por una mujer y, sin embargo, qué recuerdos de felicidad de los tiempos pretéritos. El rey Sífax de Numidia se pasó la palma de una mano encadenada por el rostro y barrió así parte de los escupitajos que seguían lloviendo sobre él, cerró los ojos y se permitió seguir andando a ciegas, pues de él, a fin de cuentas, tiraban dos legionarios de una cadena engarzada a una pesada argolla que le destrozaba el cuello; a ciegas seguía caminando con los ojos cerrados, hundiendo su mente en los recuerdos de las noches de pasión y deleite pasadas con Sofonisba, su reina, su máximo placer, su mayor derrota.

Pero todas las muestras de júbilo del pueblo de Roma se quedaban en nada en comparación con el tropel de nuevas aclamaciones que emergió de los ciudadanos de la ciudad del Tíber cuando por debajo del arco de la *porta triumphalis* surgió la silueta de Publio Cornelio Escipión, el *imperator*, el jefe militar de las tropas que estaban a punto de entrar en la urbe. El general llevaba toda la faz pintada de rojo, como exigía la costumbre de aquella ocasión única, portando con su mano izquierda las riendas del más engalanado de los carros militares del que tiraban cuatro hermosos caballos blancos. Una toga púrpura cubría el cuerpo del gran guerrero, ribeteada con bordados de oro y otros con decoraciones florales donde sobre todo se discernían filigranas de hojas de palma. A su espalda, un esclavo mantenía en alto una corona de laureles entrecruzados, a la vez que repetía en voz baja, al oído del propio general, las palabras *Respice post te! Hominem te esse memento!* [¡Mira atrás y recuerda que sólo eres un hombre!], y, al cabo de un instante, añadía: *Memento mori, memento mori* [Recuerda que vas a morir, recuerda que vas a morir].

Publio Cornelio Escipión, con su faz roja miraba a un lado y a otro y veía en los ojos de la gente una felicidad y una paz inconmensurables. Sabía que para aquellos hombres él, como dijo Lelio tras la batalla de Zama, era prácticamente un dios. Gracias a él dormían ahora con sosiego todos aquellos que le aclamaban, a sabiendas de que los enemigos de la ciudad habían caído todos abatidos por el poder de su mano, por la fortaleza de sus legiones, denostadas en el pasado, agasajadas, sin embargo, como heroicas en el presente. Asía entonces Publio con la mano derecha, con fuerza, el cetro culminado en un águila que sostenía en señal de su poder. Lo apretaba con tanta fuerza que sus dedos palidecían por el esfuerzo. Era la única forma que encontró de controlar el tumulto confuso de sentimientos que invadían su ser. Habían sido demasiados años esperando aquel momento. Pensaba en su padre y en su tío. Sabía que ahora estarían orgullosos de él.

El *curator* detuvo un momento el desfile para que todas las líneas se reagruparan y para que la comitiva de senadores esperara al general y todos los que debían desfilar tras él: sus hijos adultos, si los tuviera, pero el pequeño Publio aún contaba sólo con 8 años y todavía llevaba su *bulla* de niño colgada al cuello; en ausencia de hijos adultos, los que seguían al general victorioso eran sus oficiales supervivientes a Zama: Cayo Lelio, Silano y Marco, el *proximus lictor*, y tras ellos los centuriones y decuriones del resto de unidades de las legiones V y VI.

Catón aprovechó el momento de parón en el desfile para volver su mirada hacia atrás y buscar la figura de Escipión sobre el gran carro triunfal.

—Mirad cómo se aferra al cetro del águila, mirad cómo se aferra al poder que el Senado le ha otorgado —dijo al resto de senadores a su alrededor. Todos asintieron.

En el otro extremo de la comitiva, en la puerta Carmenta, empezaron a desfilar los valerosos legionarios de Roma. Entraban felices, orgullosos, con uniformes inmaculados, con la cara bien alta, sin armas ni corazas ni protección alguna, pues iban a desfilar por el corazón de Roma, por el *pomerium*, el centro sagrado de la ciudad, donde sólo *triunviros* o tropas de las *legiones urbanae* podían portar armamento militar y uniformes de guerra y eso en ocasiones especiales.

Flaminino ordenó que la comitiva triunfal volviera a reiniciar su marcha y Catón se vio obligado a obedecer, darse la vuelta de nuevo, y continuar caminando en dirección al Templo de Júpiter. Por detrás, Publio Cornelio Escipión, al salir del foro por el sur, desfilaba justo frente a su *domus* y ante él, rodeados por un mar de personas lanzando vítores y aclamaciones, vio a su esposa, con Cornelia mayor a un lado y el pequeño Publio a otro. Como padre se sintió especialmente afortunado de poder exhibirse así ante sus hijos. Miró con atención, pero no alcanzó a distinguir a la pequeña Cornelia, su hija más joven. Tenía ganas de conocerla. Todos los que habían tenido oportunidad de verla y habían luego hablado con él no dejaban de decir que la pequeña había heredado la belleza de su madre. Publio ardía en deseos de comprobarlo, pero ahora el desfile le llevaba hacia el Templo de Júpiter. Su hija, que tanto había esperado, tendría que esperar un poco más. Sólo unas pocas horas más.

7

La sombra de Aníbal

Cartago, verano de 201 a.C.

La casa de Aníbal era austera, propia de un guerrero, no de uno de los grandes magistrados o miembros del Consejo de Ancianos que gobernaban la ciudad. El general cartaginés, sentado en su cama, miró a su alrededor: una ventana pequeña, abierta al fondo de la habitación por la que entraba apenas una leve brisa de aire renovado; una mesa pegada a la pared frente al lecho, con una bacinilla con agua limpia y unos paños blancos. No había más. Eso sí, una espada preparada para ser blandida bajo la cama, y una daga afilada debajo de la almohada, ambas siempre dispuestas y relumbrantes. Miró por encima de su hombro. Su esposa Imilce no estaba. Se levantaba más temprano que él y se ocupaba con diligencia de que los esclavos tuvieran listo el desayuno, la casa limpia y que salieran a comprar a diario fruta y verdura fresca para la comida y la cena de cada jornada.

Aníbal Barca se levantó despacio y caminó hasta situarse frente a la bacinilla de agua. Habían pasado meses desde la derrota de Zama. La ciudad seguía aún perpleja y, peor aún, asustada, temerosa de que los romanos no se conformasen con las terribles condiciones impuestas. Cartago debía pagar miles de talentos en varios plazos a Roma en concepto de indemnización por los gastos de la guerra, toda la flota debía ser destruida, se tenía que entregar a todos los prisioneros y, a su vez, enviar a Roma cien nobles de la ciudad que servirían como rehenes y cuya vida dependería de que Cartago cumpliera fielmente cada una de esas y otras condiciones adicionales: entregar toda Numidia al ambicioso Masinisa y enviar barcos cargados de trigo a sus eternos enemigos y no se sabía cuántas cosas más.

Aníbal se echó agua en la cara y el frescor del líquido le transmitió una relajante sensación de placer y calma. Mientras se secaba, su mente seguía repasando los acontecimientos recientes. Cartago se debatía entre la rebelión contra Roma y el temor a alzarse de nuevo en armas y ser aniquilados. En los campos se había sembrado el doble que otros años, a costa del sacrificio de esclavos y campesinos, con el fin de poder reunir el suficiente cereal con el que satisfacer los enormes requerimientos de Roma. Pero eso no era lo peor: el Consejo de Ancianos, apoyado por muchos senadores y por los magistrados, incluidos los cuestores de la ciudad, había promulgado una serie de leyes con las que incrementaban los impuestos a todos, bajo la excusa de la necesidad de reunir suficiente dinero para satisfacer las exigencias de un enemigo victorioso, cruel y egoísta. El descontento era creciente. Ese malestar pronto germinaría en altercados en las calles. Aníbal sabía que el Consejo de Ancianos, arropado por el resto de poderosos de Cartago, no dudaría en usar los restos del ejército para disolver los grupos de incontrolados que intentaran negarse a pagar los nuevos impuestos o sublevarse contra el gobierno de la ciudad. Maharbal venía esa mañana a desayunar con él. Sabía que no era una visita de cortesía. Muchos de los descontentos con el Consejo de Ancianos y su forma de encauzar la situación de Cartago tras la derrota buscaban un líder para cambiar las cosas. Para cambiar las cosas. Aníbal sonrió lacónicamente. Como si reemplazar o modificar las instituciones centenarias de una ciudad como Cartago fuera algo tan sencillo.

Aníbal se presentó en el pequeño patio de su casa donde Imilce había dispuesto todo lo necesario para el desayuno: uvas, leche de cabra, cuencos, pan, queso y agua fresca. Su esposa, como siempre que venía alguien, no estaba presente, pero el perfume de pétalos de rosa con el que se acicalaba cada mañana sí estaba allí. Después de dieciséis años de guerra contra Roma, Imilce, su esposa ibera, era lo único valioso que le quedaba. Su padre, Amílcar Barca, había muerto durante la conquista de Iberia y luego, sus dos hermanos, primero Asdrúbal y luego Magón, habían muerto a manos de los romanos. Y la guerra se había llevado también al resto de su familia. Sólo le quedaba Imilce, la dulzura de una fiel esposa entremezclada con la amargura de no haber tenido hijos; Imilce aún era joven y aún había tiempo para resolver ese asunto, aunque al general cartaginés le quedaba la duda de si merecía la pena traer hijos a una Cartago derrotada, a un mundo cada vez más sometido al poder omnipotente de Roma. Pronto ya nadie traería hijos al mundo, sino que desde Hispania hasta Grecia ya sólo nacerían esclavos de Roma. Y él, él ya no era quien fue en el pasado. Aníbal se sabía perdedor, se sentía derrotado, se veía como una sombra, una sombra de quien una vez fue capaz de rodear la mismísima ciudad de Roma con sus ejércitos. Una sombra perdida. Una sombra. Aire oscuro, sin rumbo.

Maharbal entró en el patio acompañado del esclavo que le había permitido entrar en casa de su señor. El sirviente se retiró tras asegurarse con una rápida mirada que en la mesa el general disponía de todo lo que acostumbraba a tomar cuando desayunaba.

—¿Qué noticias tenemos hoy en Cartago? —preguntó Aníbal, sin levantarse, pero ofreciendo un cuenco con leche al recién llegado. Maharbal tomó el cuenco y se sentó en una silla de madera frente a Aníbal. La frugalidad y la austeridad era algo que Maharbal admiraba en el gran general. Tantos se rodeaban de oro y plata y lujos, pero Aníbal no era así. Para aquel general el dinero era sólo una herramienta más a usar cuando era preciso. Una herramienta que los senadores de Cartago y el Consejo de Ancianos no supieron emplear en su momento.

—Más de lo mismo —respondió Maharbal, y bebió un buen trago. Traía sed. El sol caía fuerte aquel verano.

Aníbal asintió y, sin decir nada, se cortó un buen trozo de queso que introdujo en su boca mientras meditaba. Maharbal había venido decidido a respetar los silencios de su admirado amigo, pero cuando Aníbal se cortó un nuevo trozo de queso y, obstinado, guardaba silencio, el veterano jefe de la caballería púnica se rebeló.

—¡Por Baal, hemos de hacer algo! ¡Hemos de dar una respuesta clara a los que quieren cambiar todo esto! ¿Hasta cuándo vamos a estar escondidos en nuestras casas? —espetó Maharbal casi de sopetón, y, en seguida, lamentándose de verdad, se disculpó—. Lo siento, pero ver al Consejo de Ancianos haciendo y deshaciendo a su antojo, ver a esos inútiles que nos negaron los recursos necesarios con los que habríamos ganado la guerra, reuniendo el dinero de los ciudadanos para pagar una y otra vez a Roma, me hace hervir la sangre.

Aníbal dejó de comer.

—No tienes que disculparte por sentir lo que dices, Maharbal. Más bien al contrario. Me gusta saber que aún hay en Cartago quien cree que esto debe cambiar, pero la gente está demasiado exaltada. Quieren atacar a los Ciento Cuatro y el Consejo de Ancianos es demasiado poderoso como para caer, incluso si una gran mayoría siente el yugo de los impuestos sobre sus hombros. No, Maharbal. Las cosas han de cambiar, pero desde dentro, no contra todo. —Y tomó de nuevo su cuenco de leche y bebió un trago.

—¿Desde dentro? —inquirió Maharbal confundido.

—Desde dentro —reiteró Aníbal dejando el cuenco vacío sobre la mesa—. Hemos de cambiar las reglas del juego, hemos de poder cambiar las leyes, pero lo hemos de hacer sin rebelarnos contra todas las instituciones.

—¿Pero cómo vamos a hacer eso?

Aníbal le miró fijamente.

—Hemos de conseguir ser sufetes* de Cartago, Maharbal. Necesitamos controlar el sufetato de la ciudad.

—Pero aunque consiguieras eso, son los Ciento Cuatro los que tienen el poder real. Los sufetes son sólo bufones en manos del consejo y del senado.

Aníbal se inclinó hacia delante en su silla y clavó su único ojo sano en Maharbal.

—Mírame bien, amigo mío, ¿crees acaso que quien te habla es un bufón?

Maharbal negó despacio con la cabeza. Durante el resto del desayuno apenas hablaron más. Eran muchos años combatiendo juntos y la intimidad concede el derecho a compartir silencios largos sin sentirse incómodos aunque en cada uno de los comensales reinaban pensamientos muy distintos: Maharbal estaba convencido de que el gran general había perdido definitivamente el juicio, pero no le culpaba por ello; Maharbal apenas probó nada más de la mesa. Aníbal, sin embargo, se sentía lleno de energía. De pronto había encajado las piezas del enorme mosaico que estaba intentando componer y empezaba a ver el camino a seguir. Roma, a fin de cuentas, no era mejor que Cartago. Si

* Equivalente a cónsul en Roma. Se elegían dos sufetes cada año para el gobierno de la ciudad, aunque el gobierno efectivo recaía en el Consejo de Ciento Cuatro Ancianos.

acaso, lo único realmente merecedor de respeto era Escipión e incluso Escipión, como el resto de cónsules romanos, como el mismísimo Marcelo, tendría su punto débil. La cuestión era esperar y descubrir esa debilidad. Todo a su debido tiempo. Cartago podía rehacerse y Roma podía ser derrotada, no necesariamente destruida, pero Cartago podía ser de nuevo lo suficientemente fuerte como para que Roma tuviera que ceder parte de los territorios arrebatados en la última guerra. Eso podía conseguirse. Eso debía conseguirse. Su espíritu indómito necesitaba energías más que nunca. Su cuerpo terrenal también. El general se comió el queso entero, las uvas, se sirvió otro cuenco de leche que apuró hasta el final y no dejó más que unas pocas migas de pan desparramadas por la mesa.

8

La roca Tarpeya

Roma, julio de 201 a.C.

La multitud se agolpaba frente a la gran roca Tarpeya en espera del sacrifico final. Para júbilo de todos los presentes, el rey Sífax de Numidia fue separado de la comitiva triunfal por varios legionarios de las míticas legiones V y VI de Roma y conducido a rastras, pues estaba agotado y débil por los largos meses de cautiverio en las entrañas de las mazmorras de la ciudad, hasta el pie de la gran roca. Allí soltaron su cuerpo y Sífax, como una amalgama de huesos quebrados, se derrumbó. El sonido de las cadenas al chocar contra el suelo marcó el final de su desplome. Se acercaron a él entonces otros dos legionarios y, tomando al débil y semiinconsciente rey de Numidia por las axilas, lo alzaron de nuevo y lo arrastraron por la rampa que permitía el acceso por detrás de la roca hasta su misma cúspide. Así, durante unos minutos, el humillado rey númida, uno de los grandes aliados de los cartagineses durante toda aquella larga y dolorosa guerra, desapareció de la vista de los romanos allí congregados, ciudadanos de toda clase y condición, patricios, plebeyos, libertos y esclavos, hombres y mujeres, todos unidos en aquella mañana por el fin común de ver morir a uno de los hombres que más fuerzas había entregado a Aníbal para aterrorizarles. Era un momento de catarsis multitudinaria en la ciudad de Roma que nadie quería perderse. Nadie excepto quizá algún escritor excéntrico al que, en aquel momento, nadie echaba de menos. Por eso, la gente empujaba desde el *Vicus Jugarius* y desde todas las escalinatas que ascendían hacia el monte Capitolino intentando abrirse un hueco desde el que contemplar la ejecución de aquel odiado rey. Publio, desde el carro triunfal, asistía como testigo privilegiado a aquella escena, cruenta para los ojos de los extranjeros que, curiosos, habían decidido personarse en la ejecución, pero que, sin embargo, era un momento de necesaria y ansiada redención para toda Roma. Publio había derrotado a Aníbal y sus aliados; él había apresado al rey Sífax en la mismísima África y él había hecho que lo condujeran a Roma cubierto de cadenas para ahora presidir el final de la vida de un monarca que, pese a sus advertencias, persistió en alzarse en armas contra sus legiones, convencido de que la superioridad numérica de su ejército masacraría las legiones V y VI como el viento de una tempestad lo deshace todo a su paso. Pero no fue así. No fue así. A Publio se le hinchaba el pecho de orgullo al recordar el ataque nocturno que dirigió en las costas del norte de África para desarbolar el ejército de Sífax y las tropas cartaginesas. Fue una jugada maestra, merecedora del *triunfo* que estaba disfrutando aquel día, en compañía de todas sus tropas y de todos los ciudadanos de Roma, amigos y, lo que era aún más importante, frente a todos sus enemigos también, lo que, sin duda, intensificaba el placer con el que Publio estaba viviendo aquel momento. Sin embargo, Escipión no compartía esa necesidad del pueblo de Roma por ver la sangre del enemigo desparramada al pie de la roca de ejecuciones levantada junto al templo del Capitolio. Quizá él ya había visto demasiada sangre en tantas batallas como había tenido que dirigir en la larga guerra. Su ánimo no ansiaba más sangre, sino paz y sosiego, pero el pueblo reclamaba estos sacrificios como una forma de sacudirse de encima todos los miedos del pasado y algo tenía que darles, pues todos los que allí le aclamaban, aún le habrían aclamado con más empeño si en vez de a Sífax hubiera traído al mismísimo Aníbal para ser despeñado desde la roca Tarpeya. Aquél era un anhelo silencioso que Catón no dejaba de alimentar en cada sesión del Senado, en cada reunión informal en el *senaculum* del *Comitium* y en cualquier otro lugar de reunión pública o privada donde asistiera. Al menos, entregando a Sífax,

Publio satisfacía en parte el ansia pública de sangre enemiga vertida en el corazón de Roma.

Un clamor emergió de los millares de gargantas allí reunidas y Publio parpadeó para ver lo que ocurría: el rey Sífax, encadenado, sudoroso y con regatas de sangre cada vez más largas y tortuosas en sus muñecas, cuello y tobillos, allí donde los cepos de los hierros rozaban contra su maltrecha piel, reapareció ante todos, custodiado por los legionarios que debían darle el empujón final. Y para mayor satisfacción de todos, el rey númida parecía haber recuperado, aunque sólo fuera por unos instantes, el aliento y el sentido.

Sífax miraba alrededor como si buscara a algo o alguien. Por su pelo negro, rizado, largo y sucio corrían las gotas restantes del agua con la que los legionarios le habían reanimado para no privar al público de una ejecución en toda regla: arrojar a alguien semiinconsciente no deleitaba tanto como empujar al abismo a un enemigo lleno de vida y energía que todos verían como un peligro potencial que, en apenas unos segundos, iba a dejar de serlo y, además, ante sus propios ojos. De pronto Sífax dejó de mirar a un lado y otro nervioso y se quedó quieto, como petrificado. Ya había encontrado lo que buscaba, no, mejor aún: a quien buscaba. Publio Cornelio Escipión aceptó el último desafío de su enemigo vencido y mantuvo su mirada fija en él. Sífax levantó entonces su mano derecha, obligatoriamente acompañada de una cadena y de la otra mano, y le señaló, mientras extraía de lo más profundo de su ser las fuerzas necesarias para lanzar su último ataque, ya sin armas, sin ejército, sin nada más que el odio alimentado desde la derrota, la humillación y la cárcel. Sífax aulló su miseria en una voz grave y poderosa que hizo callar a la multitud, y lo hizo en un latín tosco, pero comprensible para todos en un intento último porque sus palabras finales quedaran bien grabadas en la memoria de todos aquellos que se habían congregado allí aquel día para verle morir.

—*Damnatus est, damnatus...* ¡Estás maldito, Publio Cornelio Escipión! ¡Maldito!

Publio se sorprendió de aquel repunte de energía del rey númida, de que se dirigiera a él justo antes de morir y de que retomara de nuevo las viejas maldiciones que ya pronunciara cuando cayó preso; eso fue antes de Zama y en su momento pensó que quizá aquella maldición pesara sobre sus tropas en el enfrentamiento definitivo en África contra Aníbal, pero luego se consiguió la victoria y Publio ya había olvidado aquella maldición. No veía entonces, desde la victoria absoluta, en el momento de su triunfo completo, qué podía temer de una maldición pronunciada desde el horror ante su ejecución inminente por un rey malherido, débil y ya sin reino; pero Sífax elevaba su voz con un poder y una fuerza enigmáticos que ensombrecieron la faz del general triunfador aunque sólo fuera por unos breves segundos.

—¡Estás maldito por mí, que fuera rey de Numidia, estás maldito por Sofonisba, quien fuera reina de Numidia con dos reyes distintos, y estás maldito por el asqueroso Masinisa, el actual rey de Numidia al que tú mismo has puesto en el trono! ¡Estás maldito por todo cuanto representa Numidia en el pasado, en el presente y en el futuro! ¡Maldito tres veces y esa maldición, general de Roma, esta maldición te alcanzará un día y se llevará consigo aquello que más quieres...! —Y Sífax tenía intención de seguir, pero un golpe seco en la espalda propinado por uno de los legionarios que lo custodiaban le hizo callar. El centurión encargado de la ejecución pensó que ya había hablado bastante, aunque Publio sintió que le habría gustado que Sífax terminara y precisara más a qué se refería, pero la multitud volvío a gritar y el centurión hizo una indicación a los dos legionarios situados a ambos lados del rey Sífax y éstos, ante su señal, tomaron al númida por los brazos y, veloces, lo empujaron al abismo. El que fuera rey de toda Numidia, quien tuviera la reina más hermosa, quien gobernó el vasto territorio entre Cartago e Hispania con su poderoso ejército de cien mil hombres, cayó al vacío agitando brazos y piernas sin dejar de gritar.

—¡Malditooooo...!

Hasta que el violento choque de sus huesos contra el suelo reventó en un chasquido mortal del que emergió sangre en todas direcciones salpicando incluso a aquellos que se encontraban más próximos. Pero ninguno se molestó, sino que contentos exhibían sus togas y túnicas empapadas en la sangre del enemigo vencido, humillado y ejecutado por oponerse al poder de Roma.

Todos se volvieron entonces hacia el general victorioso y Publio Cornelio Escipión correspondió a los vítores del pueblo alzando los brazos en alto y dejándose aclamar como cónsul eterno, liberador de Roma y azote mortífero del enemigo. Pero por dentro, tras su amplia sonrisa, por debajo del clamor del pueblo, en lo más profundo de su mente, Publio no dejaba de inscribir en su recuerdo las palabras finales de Sífax: «Esta maldición te alcanzará un día y se llevará consigo aquello que más quieres.» Y pensó en lo que más quería y comprendió que era su familia, su hijo, sus hijas, su esposa. Pero ahora venían los sacrificios de los bueyes en honor de la gran victoria de Zama, así que el general se sacudió el miedo que entonces consideró absurdo e irracional y descendió del carro en busca del calor del pueblo, del sabor de la victoria, del amor de Roma. Allí en medio, nada ni nadie le podía hacer daño ni a él ni a los suyos. Ni ahora ni nunca. Se lo repetía una y mil veces, mientras los bueyes caían desplomados uno tras otro y su sangre regaba el gran altar de Júpiter Capitolino.

9

El círculo de Catón

Roma, finales de julio de 201 a.C.

Catón era quien había convocado aquel cónclave de senadores en la apartada villa del fallecido Quinto Fabio Máximo. Los Fabios habían cedido el lugar para aquella reunión con una mezcla de agrado y sentido del deber. La familia del viejo Máximo había entendido lo simbólico de aquella villa para todos aquellos que debían reunirse allí aquella tarde y debatir sobre el futuro de Roma, esto es, de una Roma libre, sin dictadores perpetuos, sin un Escipión que los gobernase a todos como un rey todopoderoso. Ése era el temor compartido por todos ellos. Eran más de veinte, pero Catón sabía que había aún más que no se habían atrevido a venir un poco por miedo a las posibles represalias que los Escipiones pudieran tomar, un poco porque no estaban aún persuadidos de que todo aquello fuera a ser necesario. Para Catón, estos últimos eran los peores, pues en su ingenuidad pensaban que el Escipión que se paseaba triunfal por todas las calles de Roma no anhelaba más reconocimiento que el habitual. Incautos. Menos mal que quedaban algunos pocos con sentido común en Roma.

Catón los recibió a la entrada de la villa y los acompañó por el camino que ascendía desde las murallas de la gran residencia hasta la entrada de la enorme mansión. A un lado dejaron un pequeño sendero que serpeaba hacia lo alto de una colina. Era el camino que el viejo Máximo tomaba antaño para ascender a su *auguraculum* particular donde, con su capacidad de augur, desentrañaba los misterios del futuro. Hubo un tiempo en que Catón, joven e impulsivo, desdeñaba aquellas dotes de su antiguo mentor. Ahora las echaba de menos más que nunca. Igual que poseer una villa como aquélla, no por deseo de poseer cosas terrenales, sino porque sabía que muchos se dejaban impresionar por esas fatuas exhibiciones de poder y en esos momentos le habría venido bien poder mostrarse también como alguien poderoso, temible. Eso era un asunto que debería solucionarse con el tiempo. Dar réplica al poder omnímodo de Escipión, sin embargo, no podía esperar.

Una vez en la gran mansión, abiertas de par en par las gigantescas puertas custodiadas por guardias armados, antiguos legionarios que sirvieran bajo el mando del propio Máximo en la campaña de Tarento, la comitiva irrumpió en un inmenso atrio repleto de mosaicos que cubrían todos los suelos y las paredes con imágenes representativas de las grandes hazañas del último de los dueños de aquella residencia: destacaban los grandes murales de miles de teselas que recreaban la victoriosa campaña de Fabio Máximo contra los ligures y, sobre todo, el gran mosaico central con la toma de Tarento por el cinco veces cónsul de Roma.

—Pasad, pasad. —Catón se mostraba especialmente atento con sus invitados. Tenía mucho de qué convencerles. Había elegido aquel lugar para que todos recordaran a Fabio Máximo y lo que él había significado en el pasado: un ejemplo de moral y rectitud al servicio del Estado y, muy importante, una oposición constante y férrea a las manipulaciones de los Escipiones. Ahora, más que nunca, debían recordar aquella faceta.

Por las venas de Catón, mientras todos iban tomando asiento, reclinándose en los numerosos *triclinia* que se habían distribuido por el atrio formando un círculo cerrado, fluía el ansia por cumplir la promesa que hiciera al moribundo Máximo en aquel mismo lugar: terminar con el ascenso de Escipión y los suyos, finiquitar su poder y exterminar de Roma la perniciosa influencia extranjerizante de toda aquella familia como quien extrae el veneno de una serpiente mortal.

Una decena de esclavos distribuía fruta, aceitunas y nueces entre los presentes, acompañadas de algo de vino rebajado con agua. Catón no creía en aquellos placeres del cuerpo que distraían a todos del objetivo central de la reunión, pero había aprendido que pocos aceptaban su modo de vida austero y que, si quería conseguir el concierto de muchos de los allí reunidos, le convenía ser generoso en cosas mundanas y carentes de importancia para que todos, al final, se concentraran en aceptar lo realmente importante: enfrentarse a Escipión.

—Creo, Marco, que deberíamos empezar; estamos todos —le comentó en voz baja el anciano Quinto Fulvio; alguien que, por razón de su edad y veteranía, se tomaba la libertad de dirigirse a Catón por su *praenomen*, un hecho que Catón aceptaba sin acritud. A fin de cuentas, el propio Fulvio podría haber reclamado para sí el derecho a dirigir aquellas reuniones, el derecho a sustituir a Máximo en la gran tarea de oponerse a Escipión y así restituir al Estado a su orden natural o el también allí presente Lucio Valerio Flaco, pero Fulvio le confesó sentirse demasiado mayor, demasiado débil para dirigir toda aquella operación y argumentó por qué debía ser él, Catón, quien les liderara.

—Debes ser tú, Marco. —Catón recordaba las palabras que Fulvio le dirigió durante el funeral de Máximo—. Debes ser tú el que nos dirija, Marco; Valerio Flaco y otros podrían liderarnos también, pero les falta tu decisión; no, debes ser tú. Tú tienes las energías, estás persuadido del objetivo y conoces muy bien a nuestro enemigo, quizá mejor que nadie. —De esa forma Fulvio le había cedido el mando y con esas palabras aludía a los años en los que Catón se vio obligado a servir en las legiones de Escipión como *quaestor*. Cuántas humillaciones se acumularon en aquellos tristes meses de servicio en las legiones V y VI. Allí germinó el rencor, un rencor que ahora debía canalizar en venganza fría y calculada y, como todas las venganzas que fructifican, lenta y meditada. Debían moverse con tiento, pero debían hacerlo de modo constante.

Catón carraspeó un par de veces y el gesto sirvió para captar la atención de sus invitados.

—Todos sabéis por qué os he hecho venir y todos sabéis que no soy hombre de rodeos, así que, por Hércules, iré al grano: Publio Cornelio Escipión se pasea por las calles de Roma aclamado por el pueblo y piden para él todo tipo de parabienes perpetuos. Roma está ciega, pero no inválida, pues sus piernas, sus brazos, sus manos, somos nosotros. Escipión ha puesto una venda en los ojos de Roma, en su pueblo, pero aún no ha podido maniatarnos a todos y menos aún a los que estamos aquí reunidos, pero ése es, sin lugar a dudas, su fin último. No fui yo, sino el gran, y para tristeza de todos ya fallecido, Quinto Fabio Máximo el que supo poner nombre a las aspiraciones de ese Escipión: ser rey. Así nos lo advirtió Fabio Máximo en el Senado, así lo escuchasteis todos. Máximo no está entre nosotros en cuerpo, pero sí en espíritu, y por eso creo que éste es el mejor lugar y también el momento más oportuno para recordar la advertencia de nuestro viejo amigo. Escipión quiere ser rey, mandar sobre todo y sobre todos, disponer de todo lo que es nuestro, ganado con enorme esfuerzo y sacrificio por cada una de las familias aquí representadas y, no sólo eso, quiere disponer de todo el Estado. Esto no puede ser, no debemos permitir que las circunstancias discurran de tal modo que esto que os anticipo, que esto que ya nos advirtió el agudo discernimiento de augur de Máximo, tenga, al fin, lugar. Os he reunido aquí porque siento que aún estamos a tiempo, todavía podemos intervenir en los acontecimientos que han de suceder y, estando adecuadamente prevenidos, impedir el asalto que Escipión prepara sobre todas las instituciones de Roma. —Catón vio que muchos asentían, entre otros su primo Lucio Porcio o los senadores Quinto Petilio y Quinto Petilio Spurino, conocidos por todos por sus agrias e hirientes diatribas en el Senado; los asentimientos de éstos llevaron a Catón a culminar su discurso con más presión aún sobre los Escipiones, llegando al límite de lo razonable en aquellos momentos donde su *triunfo* aún estaba reciente en la mente de todos—. Y tenemos la ventaja de su soberbia, de la vanidad de un hombre, de Publio Cornelio Escipión, que estará confiado en su poder y en el amor del pueblo; estará distraído; podremos encontrar el momento de atacarle y acabar con él. Podemos y debemos hacerlo. Hemos de ser implacables, pues nuestro enemigo es hábil y escurridizo y oculta, tras hermosas palabras y promesas al pueblo, sus fines perniciosos y hostiles para todos.

Nada más concluir, Catón comprendió que había ido demasiado lejos, pero las palabras una vez pronunciadas no pueden ser ya enmudecidas. El silencio se apoderó del cónclave y Catón, en un intento de mantener la calma y el control, se acercó una copa de vino y mojó, sin beber, los labios en el líquido oscuro de la misma.

Sólo Spurino, azuzado por el rencor hacia Escipión que había germinado en él tras ser humillado por el victorioso general frente al Templo de Bellona, se atrevió a plantear la pregunta que atenazaba el corazón de todos.

—¿Estás proponiendo un asesinato?

Marco Porcio Catón miró a su alrededor antes de responder. Demasiadas dudas en las miradas de algunos de los allí presentes. El asesinato era una salida, rápida, expeditiva y limpia, como la operación de un buen cirujano cuando amputaba un miembro para evitar la gangrena. Pero los que estaban allí no estaban preparados para aquella acción. Y había otras posibilidades que podrían explorarse antes y que reunirían un apoyo más amplio.

—No, por todos los dioses. ¿Cómo voy yo a proponer semejante desatino? —Catón sintió cómo varios suspiraban recuperando la respiración contenida, entre otros el joven Tiberio Sempronio Graco—. No, lo que yo propongo es que marquemos muy de cerca todos los movimientos y propuestas de Escipión en el Senado, que no cedamos ni un ápice de la soberanía del Senado a manos de los Escipiones y que controlemos las futuras acciones militares en las que su familia pueda verse envuelta. Estoy seguro de que el futuro no muy lejano nos proporcionará alimento suficiente para mostrar al pueblo el auténtico tirano que se esconde tras la fachada de aparentes virtudes del Escipión al que todos ahora, ciegamente, aclaman y para quien reclaman el consulado vitalicio. Eso es lo que propongo. Sólo pido que estemos vigilantes, vigilantes y unidos. Os he reunido aquí, porque sé que Escipión trama hacerse con el poder completo del Estado y sé que si no estamos atentos y unidos lo conseguirá, pero, sin embargo, si todos nos erigimos en guardianes del Estado y nos comunicamos entre nosotros y nos apoyamos en el Senado, esto podrá evitarse. Eso es todo lo que pido: que preservemos al Estado, y creo que en eso todos podemos estar de acuerdo.

Catón concluyó su discurso mirando al joven Sempronio Graco. Qué gran aliado si conseguían el apoyo de la familia Sempronia. Familia que, por cierto, ya tuvo sus más y sus menos con los Escipiones como era de todos sabido concretamente cuando el padre de Escipión y un Sempronio coincidieron en el consulado y tuvieron profundas desavenencias a la hora de buscar el modo más adecuado de detener el avance de Aníbal que acababa de cruzar los Alpes. Desde entonces, durante años, las dos familias, los Sempronios y los Escipiones, se acusaban en privado, cuidándose de no hacer públicas sus protestas, de que fue culpa de la otra familia el que Aníbal lo tuviera tan fácil al principio de su invasión de Italia. Aquélla era una enemistad latente que convenía avivar. Catón estudiaba los labios apretados y el ceño fruncido del joven Sempronio Graco intentando extraer del heredero de los Sempronios una respuesta clara y precisa. Y lo consiguió.

—Mi familia está de acuerdo en ese objetivo común —acertó a decir al fin el joven Graco, que había visto en la insinuación de asesinato una propuesta desmedida, pero que veía con buenos ojos controlar a alguien tan ambicioso como el Escipión que él había conocido junto al Templo de Bellona y que poco menos que le había obligado a entregar a Sífax sin casi tener en cuenta la autoridad edil de la que estaba investido—. Debemos velar por el Estado y debemos impedir que Escipión se haga con el poder de forma permanente. Para este fin, Marco Porcio Catón, puedes contar con mi apoyo, con la amistad de Tiberio Sempronio Graco y con la del resto de mi familia.

Catón, en un notable esfuerzo por su parte, sonrió como muestra de gratitud. Tras el apoyo del joven Graco, el resto de los presentes hizo votos, con breves pero sentidos discursos, en favor de secundar el proceso de vigilancia a las maniobras políticas de los Escipiones. Aquella reunión había sido un éxito razonable. Catón vio cómo sus amigos, sus aliados en aquel largo pulso que se avecinaba, se alejaban por el sendero que conducía al muro que se estaba construyendo alrededor de toda la hacienda. «Caminos», pensó Catón. El camino sería aún largo y tortuoso, pero, si el apoyo de los Sempronios se mantenía, el destino de Escipión estaba decidido.

Al regresar hacia la *domus* observó cómo un esclavo pugnaba con un buey que se negaba a arar. El esclavo, en su tozudez e ineptitud, no veía que el animal estaba enfermo. Cuidar bien a los bueyes era el secreto de una buena hacienda, pero éstos caían enfermos con frecuencia. Catón se detuvo un momento frente al pobre animal que, pese a recibir los golpes del esclavo, se negaba a tirar del arado. Si se encontrara un buen remedio contra las enfermedades de los bueyes, se podría mejorar en mucho la producción en los campos. Catón asintió en silencio para sí mismo. Era algo sobre lo que investigar. Tenía pensado adquirir una villa en las inmediaciones, cuando su ascenso en el *cursus honorum* se lo permitiera, y estaba convencido que mejorar pequeños asuntos como el de la salud de los bueyes podría hacer de su futura villa una de las más ricas de la comarca que rodeaba Roma.

10

La pequeña Cornelia

Roma, julio de 201 a.C.

Una vez en su gran *domus* próxima al foro, Publio Cornelio Escipión fue recibido por su esposa y sus familiares y amigos, pero el general, tras un rápido saludo a todos, acompañado por Emilia, se adentró en el interior de la casa, en una de las habitaciones contiguas al atrio, para poder bañarse y quitarse toda la pintura roja con la que había exhibido su piel teñida de carmesí sangre para deleite de todos los ciudadanos de Roma. En la paz de su baño, hundido su cuerpo en una pequeña piscina de agua caliente, atendido por dos esclavas, y escoltado siempre por el pequeño cuerpo de su joven y bella esposa, el general se sumergió por completo, haciendo que el agua transparente se tornara rosa primero y luego roja, como si absorbiera la sangre de tantas batallas como las que había presenciado aquel general que buscaba en lo profundo de aquel baño liberarse del recuerdo de los amigos perdidos en combate. Al emerger de nuevo a la superficie, Publio, con los ojos aún cerrados, escuchó dos fuertes y secas palmadas y supo que su mujer estaba indicando a las esclavas que les dejaran solos. El general de Roma se puso en pie en el agua y, con cierta sorpresa, que no desagrado, vio como su esposa, sin dudarlo, se introducía vestida en el agua y con paños tibios fue secando su piel tostada por el sol de África. Él se dejó hacer. Estaba desnudo. Emilia pasaba las toallas sobre su cuerpo y a veces sentía el paño caliente y en ocasiones el dorso o la punta de los dedos de las manos de su esposa. El general la abrazó con fuerza.

—Aquí no, ahora no —musitó ella; pero su marido no aflojaba y buscaba con sus labios la piel de su mejilla, de su boca, de su cuello. Era imposible zafarse de aquel poderoso abrazo, pero Emilia, cuando su boca quedaba libre del asedio, se defendía con las palabras—. Tenemos la casa llena... los amigos... tu hermano... los niños...

—Nadie nos echará de menos por unos minutos —respondió Publio tomando a su esposa en brazos emergiendo de la piscina y tumbándola en el suelo. Estaba frío, pero era una sensación agradable en medio del verano. Sin soltar a Emilia, echó las toallas teñidas de rojo sobre el suelo y trasladó el cuerpo de su mujer sobre las mismas—. Están mojadas, pero es más blando —añadió.

Emilia negaba con la cabeza.

—No, ahora no... —Él se detuvo. La soltó y esperó a que su mujer se decidiera.

—¿Por todos los dioses, Emilia, realmente no quieres? Si no quieres, sólo tienes que irte —concluyó el general, pero su esposa se quedó quieta, bajo su cuerpo; liberada de la presión de los brazos de su marido podría deslizarse de debajo de su cuerpo y regresar al atrio.

—Me has manchado toda —respondió ella—. ¿Cómo voy a regresar al atrio así?

—Es cierto. Deberías bañarte, ¿no crees?

Emilia sonrió al fin.

—Supongo que sí.

El general de Roma no necesitó más. Liberó a su mujer de sus ropas, extrayéndola con suavidad de su túnica manchada en rojo y luego de su *túnica íntima* y, feliz, la llevó en brazos, desnudo él, desnuda ella, de regreso a una piscina de aguas rojas que ambos consideraban en aquel momento tan hermosa como el lejano Manantial de Aretusa, un recuerdo que les había mantenido tan unidos, pese a la distancia y la guerra y el tiempo, durante todos aquellos días, semanas, meses.

Hacía tres años que no hacían el amor.

De regreso al atrio, bañados los dos, marido y mujer, vestidos con una *toga viril* él, impoluta, y con una túnica azul suave ella, y una *stola* del mismo color, con una faz relajada Publio y con unas mejillas sonrojadas ella, saludaron ahora con más sosiego a todos los presentes: a Cayo Lelio primero, el veterano y más fiel general de Escipión; a Silano, uno de los pocos tribunos supervivientes a la brutal batalla de Zama; Lucio, el hermano del general; a Lucio Emilio, el hermano de Emilia, y a una veintena más de familiares y amigos próximos a los que, por orden expresa de Publio, se había permitido acceder al atrio de la *domus*. En el exterior, se agolpaban centenares de clientes, otros amigos, oportunistas, curiosos y, por qué no, algún enemigo atento a todo lo que ocurría aquel día en aquella casa.

Publio iba de uno a otro, acompañado por su esposa, ahora ya sin tocarla o abrazarla, cumpliendo con la costumbre tradicional romana de no mostrar en público el afecto íntimo de los esposos. Entre las personas que saludaba, de pronto, el general se vio frente a frente con Tito Quincio Flaminino, el *curator* del grandioso desfile triunfal que acababa de tener lugar. Junto a él se encontraba Lelio, a quien Publio había encomendado al final de los sacrificios en el Templo de Júpiter que buscara al *curator* y que le invitara a la *domus*. Publio se dirigió a Flaminino de forma efusiva. Realmente se sentía agradecido.

—El desfile triunfal ha sido perfecto —dijo el general con vehemencia—. Una organización perfecta, Tito Quincio Flaminino. Una organización perfecta.

El aludido se inclinó levemente ante el procónsul de Roma.

—He cumplido con la obligación que me fue asignada —respondió Flaminino con discreción.

—Has cumplido, ciertamente, y con creces dicha obligación —continuó Publio Cornelio Escipión sin moverse, pese a que una gran cantidad de personas esperaba su turno para saludarle—. Tito Quincio, me gustaría que fueses el encargado del reparto de tierras entre mis veteranos. Es algo que se han ganado los hombres de la V y la VI, un derecho merecido que me gustaría que se administrara con el rigor adecuado. Estoy seguro de que un hombre como tú haría de esa tarea un reparto equilibrado y que satisfaga a todos.

—El procónsul me honra con su confianza —respondió Flaminino—. Si el Senado me asigna esa tarea la cumpliré con... —Aquí Publio le interrumpió.

—El Senado poco puede negarme ahora. —Y mirando con una amplia sonrisa a Lelio añadió—: Poco puede negarnos ya el Senado, ¿no, Lelio?

—Poco —confirmó Lelio con alegría. Ya llevaba varias copas de buen vino, y, como era su costumbre, sin rebajar con agua tibia.

—Exactamente, Tito Quincio —insistió Escipión—. El Senado te asignará esa tarea de administrar el reparto de tierras entre mis veteranos. Cuenta con ello, Tito Quincio.

Flaminino iba a responder algo, agradeciendo una vez más la confianza del procónsul, pero Publio Cornelio Escipión se alejaba ya saludando a más clientes y amigos. El general siguió así, yendo de un lado a otro del atrio, junto a su esposa, hasta que, nuevamente, se detuvo junto a un hombre enjuto con barba y pelos canos incipientes, de mirada tranquila, que permanecía solo en una de las esquinas del atrio, sin moverse, sin hacer preguntas, sin mirar con admiración pero sin mostrar desprecio o indiferencia en sus ojos. Era un hombre griego, por sus ropas de origen heleno, que lo observaba todo como quien analiza cada gesto, como quien digiere cada palabra, pero con la ecuanimidad de quien no prejuzga. A él dirigió Publio sus palabras.

—¿Te han tratado bien en mi casa, Icetas, estos años?

Icetas se inclinó levemente ante el general.

—Se me ha tratado con mucha corrección, procónsul —respondió el interpelado.

—Procónsul ya por poco tiempo.

—Estoy seguro de que Roma sabrá encontrar otro puesto civil o militar a la altura de los servicios que el procónsul ha realizado para este Estado —precisó el pedagogo griego.

Publio asintió un par de veces mientras ponderaba las palabras de aquel hombre, el tutor que él mismo eligió en Siracusa para que educara a sus hijos, a Cornelia, la primogénita, y al pequeño Publio, el que debería sucederle al frente de la familia. De hecho, ¿dónde estaban sus hijos? Quería hablar con ellos, pero ahora tenía ante sí al pedagogo y una conversación abierta. «Por tus servicios realizados a *este* Estado», remarcando la palabra «este», subrayando el hecho de que Roma no era el único Estado del mundo. Icetas siempre tan exacto, tan puntilloso, y tan osado pero al tiempo mesurado. Por todo ello le había elegido tutor de sus hijos, por todo ello y por ser discípulo del genial Arquímedes.

—Sí, seguramente, Roma requerirá de mis servicios pronto, pero ¿y mis hijos? ¿Han escuchado al sabio que les traje para que les educara?

—Han escuchado y, a mi entender, han aprendido. Son bastante disciplinados, los tres.

Dos palabras quedaron grabadas en la mente de Publio, «bastante», luego era mejorable aún su actitud y, más aún, el número «tres». Era cierto, tenía una nueva hija, la pequeña Cornelia, nacida cuando él estaba ya en África, fruto de sus últimas noches con Emilia en Siracusa. Una nueva hija a la que ni tan siquiera había conocido.

Publio asintió levemente a modo de despedida de Icetas y, dando la espalda al tutor griego, se dirigió a su mujer.

—Quiero ver a los niños.

—Están en el *tablinium* —respondió su esposa—. He pensado que era mejor que estuvieran allí hasta que los hicieras llamar.

—Bien, eso está bien, que vengan ahora.

Emilia dio una orden a uno de los esclavos y éste, raudo, desapareció tras las espesas cortinas del *tablinium.* Al cabo de unos segundos el esclavo apareció de nuevo en el atrio acompañado por tres niños: una niña de unos once años, Cornelia mayor, un niño de ocho, Publio hijo, el heredero de la familia de los Escipiones, y una pequeña niña que rondaba los tres años que caminaba detrás de su hermana mayor ocultándose del mar de miradas que se vertía sobre ellos, y eso que todos callaron por un instante, interrumpiendo sus conversaciones sobre la guerra y las épicas victorias del dueño de aquella casa para detenerse un instante y ver de cerca a los jóvenes vástagos de la que entonces era ya sin duda alguna la familia más poderosa de Roma.

Publio Cornelio Escipión se aproximó a sus hijos. Los niños avanzaban entre un amplio pasillo que de forma natural habían abierto todos los presentes para favorecer el encuentro. Hacía casi tres años que Publio no veía a sus hijos mayores y a su pequeña Cornelia ni siquiera la había conocido. Publio hijo, en lo que debía de ser una escena ensayada bajo la dirección de Emilia, se situó al frente de sus dos hermanas, para, en calidad de heredero de la familia, recibir y saludar a su padre. El niño se adelantó entonces un par de pasos y con una voz aguda y algo entrecortada se dirigió al hombre al que todos los presentes admiraban.

—Te saludo, padre, Publio Cornelio Escipión, y te feli... te felicito por... por tu victoria contra Cartago... mis hermanas nos alegramos... mis hermanas y yo nos alegramos mucho de verte de regreso... de regreso, sí. Toda Roma se alegra, padre... aquí... aquí estamos tus hijos... para servirte... padre.

Su padre le escuchó con orgullo. Para ser el primer discurso público del niño no estaba mal del todo. Estaba la casa repleta de gente y debía de sentirse intimidado, eso era natural, pero un Escipión, no importaba lo tierno de la edad de su hijo, tendría que aprender a sobreponerse a estas situaciones pronto. En cierta forma, los titubeos de su hijo le habían decepcionado algo, pero, rodeado de familiares y amigos decidió no incidir sobre el asunto.

—Y yo te saludo a ti, hijo, y a tus hermanas, y me alegro mucho de veros de nuevo a todos... —Y se detuvo y miró a su hija mayor, que asintió sin decir nada y bajó la mirada, mientras que Publio padre buscaba con sus ojos el pequeño cuerpecito de su hija pequeña que se apretujaba tras las piernas de su hermana mayor—. ¿Y dónde está mi pequeña Cornelia? ¿Por qué se esconde de su padre?

Pero no hubo respuesta, sino un piececito pequeño con diminutos dedos que asomaban por una sandalia infantil que se replegó para ocultarse también tras su hermana mayor. Emilia suspiró. Eso no era lo que la pequeña había hecho en los ensayos, pero la pequeña Cornelia era siempre tan imprevisible que su madre no se sintió sorprendida, tampoco humillada, pero sí algo incómoda. Ya había leído en los ojos de su marido una cierta desilusión por los nervios de su hijo; no era buena idea que la pequeña Cornelia intentara tensar, como solía hacer, la situación, y menos con un padre que nunca la había visto. La voz de Publio padre fustigó los oídos de Emilia al avivar aún más su preocupación.

—Cornelia menor, sal ahora mismo de detrás de tu hermana. Quiero verte, quiero ver el rostro de mi hija pequeña.

Se hizo el silencio completo.

—Sal, pequeña —intercedió Emilia intentando endulzar con su intervención el primer encuentro entre padre e hija.

—No —se escuchó desde casi el suelo, desde una garganta infantil, desde un cuerpecito escondido apretujado si cabe aún más contra las piernas de su hermana mayor.

Emilia se llevó la mano a la frente. Publio padre dio un paso adelante. Su hijo, algo asustado, se hizo a un lado y su hermana mayor hizo lo propio, pero no pudo zafarse de su hermana pequeña que, como una lapa, se movió también para seguir oculta a sus espaldas. Publio Cornelio Escipión, procónsul de Roma, se puso muy recto, muy serio, estiró su musculoso cuerpo y levantó la barbilla. Habló con la seguridad de quien está acostumbrado a que cuando impartía una orden decenas de miles de hombres le obedecieran a ciegas, con el aplomo de quien había conquistado ciudades inexpugnables, con la determinación de quien ha resistido a la embestida de una carga de elefantes en la más cruel de las batallas o de quien ha sobrevivido al asedio por un enemigo que le triplicaba en número.

—Cornelia, sal de detrás de tu hermana y deja que te vea.

No levantó la voz, ni puso un ápice ni de rencor ni de decepción ni de duda en el tono. Fue una òrden clara, precisa, limpia.

—No —se escuchó una vez más desde detrás de la hermana mayor; un no diminuto en su voz, inmenso en su osadía, imperturbable en su decisión. Publio se quedó inmóvil durante unos segundos que a su esposa le parecieron eternos. El general estaba intentando recordar cuánta gente le había dicho que no con esa determinación y sólo recordaba un nombre: Quinto Fabio Máximo, pero aquél fue durante varios decenios el senador más poderoso y temido de Roma, hasta cinco veces cónsul de Roma; este nuevo sorprendente, inesperado y obstinado no provenía de una niña que no llegaba a los tres años de edad. Sin embargo, para sorpresa de todos, el procónsul se echó a reír y con él todos, sin saber muy bien por qué, rieron y en la risa encontraron cierto sosiego. Emilia se limitó a esbozar una contenida sonrisa, pero también relajó las tensas facciones de su rostro. Por un momento temió lo peor, y es que, aunque la pequeña Cornelia ya había sido aceptada como hija de los Escipiones por Lucio Emilio Paulo, su tío político, ante la ausencia de su padre, quien en el momento de su nacimiento se encontraba en África combatiendo contra Aníbal, la niña aún no había sido reconocida oficialmente por Publio y, en cierta forma, la ley le amparaba y, si así lo decidía Publio padre, aún podía repudiar a la pequeña y obstinada Cornelia. Emilia no pensaba, no quería pensar que eso pudiera ocurrir, pues pese a su testarudez la pequeña Cornelia era una preciosa criatura que encandilaba a todos con sus ocurrencias y con su sonrisa de niña dulce, con sus hermosos rizos morenos chisporroteando por su frente y su cuello pequeños, y, sin embargo, sobre la pequeña pesaba aún la mala fortuna presagiada por la matrona que ayudó en el parto, pues la niña nació al revés, con los pies por delante, y eso era siempre señal de mala suerte. Quedaba por dilucidar si mala suerte para ella misma o para toda su familia. Como luego llegaron las noticias de la victoria de Zama, Emilia había desterrado de su mente aquellos malos pensamientos, pero la estridencia de aquel encuentro entre padre e hija le había traído a la memoria las palabras de la vieja matrona durante el problemático nacimiento de la pequeña... «es un mal augurio, es un mal augurio»... palabras que creía olvidadas y que ahora se daba cuenta de que sólo estaban dormidas.

Ajeno a los oscuros pensamientos de su esposa, Publio, aún con la sonrisa en los labios, se arrodilló ante sus hijas.

—Cornelia menor, soy tu padre, sal de detrás de tu hermana: sólo quiero verte. No te haré daño. —La voz era dulce y Emilia en seguida recordó la primera vez en que habló con aquel hombre que la enamoró desde el primer momento, pero sus recuerdos se frenaron, pues en el presente, su hija pequeña, por fin, asomaba la cabecita por un lado, y sus grandes ojos negros en medio de un pequeño rostro de contornos suaves y casi perfectos barrieron con su mirada el entorno del atrio hasta posarse, intensos, infantiles, enigmáticos sobre aquel hombre que una y otra vez la llamaba y que decía ser su padre, el papá del que tanto tiempo le había hablado su madre; un papá que ella nunca había visto. Publio, al arrodillarse, se había remangado la *toga viril*, pues últimamente no se manejaba con soltura con la compleja toga romana, acostumbrado como estaba durante los últimos años a vestir ropa militar y arroparse con el *paludamentum* púrpura propio de los generales romanos. Y al remangarse, de entre los pliegues de su toga blanca, emergió su recio muslo izquierdo, fuerte y vigoroso, pero cercenado en mitad por un profundo corte cuya cicatriz aún reciente dejaba ver a todos los presentes lo profunda y dolorosa que había sido aquella herida: un corte destinado a ser letal y que sólo la agilidad del procónsul había conseguido, al saltar hacia atrás, trasformarlo en herida profunda, en agrio recuerdo de un todavía cercano pasado de guerra y sufrimiento. Un murmullo de comentarios se apoderó de todo el atrio: muchos sabían que aquella herida había sido provocada ni más ni menos que por el mismísimo Aníbal, y los que lo sabían compartían su conocimiento con los que desconocían aquel hecho quedando todos asombrados y admirados por igual, pues nadie en Roma, más aún, nadie en el mundo podía exhibir una herida de aquella magnitud épica; sólo el procónsul que había sobrevivido a un ataque tan mortal de un enemigo tan feroz podía pasearse por mares y países sin fin con el recuerdo de la espada de Aníbal hendido en las entrañas de su cuerpo. La mirada de la pequeña Cornelia, como la de todos los demás, también se clavó sobre aquella cicatriz de guerra. Ella nunca había visto algo así. Intrigada, salió de detrás de su hermana mayor, que suspiró al fin aliviada. Esto permitió que Publio la pudiera observar mientras daba pequeños pasitos hacia su persona: la pequeña Cornelia era preciosa, tal y como su madre la había descrito en sus últimas cartas. Su hermana mayor era una adolescente en ciernes, pronto una mujer, de complexión delgada, pero había heredado las facciones más hoscas de su padre y, sin dejar de tener cierto atractivo, no era llamativa, algo que compensaba con un carácter dócil y amable que su madre siempre subrayaba en sus comentarios. La pequeña Cornelia, por el contrario, era un mar de belleza en miniatura: a sus ojos grandes y negros y brillantes que todo lo miraban, se le unía la pequeña frente recubierta de rizos negros que se enrollaban en tirabuzones desordenados pero cada cual más gracioso; sus labios sonrosados y carnosos trazaban una sonrisa curiosa mientras seguía su lento pero decidido acercamiento hacia su padre. Andaba muy rectita, con una soltura y agilidad sorprendentes para su edad. Publio la observaba sin moverse. La niña caminó hasta ponerse a su lado sin dejar de mirar la cicatriz.

—¿Papá *vulnus*? ¿Papá sangre? —preguntó.

Su padre asintió despacio.

—Sí, es una herida de guerra. A veces duele.

La pequeña Cornelia posó su pequeña manita sobre la cicatriz. Le intrigaba el tacto de aquella piel rasgada. Su hermano a veces tenía heridas parecidas, pero nunca tan grandes. Emilia fue a decir algo, pero su esposo levantó su mano derecha y se calló. La niña acarició la cicatriz desde el principio hasta el final. Una vez satisfecha con la exploración, en un movimiento inesperado, posó sus tiernos labios sobre la herida y dio un pequeño beso dulce que resonó en el atrio. Su mamá, cuando tenía una herida o un golpe, le daba un beso a ella o a su hermano —su hermana mayor nunca se hacía heridas—, y ella se sentía mejor después. Desde entonces había adquirido la costumbre de darse a sí misma o a su hermano pequeños besos en las heridas cuando alguno se había golpeado. El procónsul se vio sorprendido por la afectuosa forma con la que su pequeña hija mostraba preocupación por su cicatriz de Zama. Publio posó entonces el dorso de sus dedos sobre la mejilla de su hija. La piel era inmensamente suave.

—Gracias —dijo el general—. Me siento mucho mejor. Hoy no dolerá. Casi me alegro de que Aníbal me hiriera en el campo de batalla. Así al menos he podido verte de cerca. No sabía el cartaginés qué servicio me estaba prestando cuando me atacó.

La pequeña sonrió, no entendía bien el complejo significado de las palabras de su padre y regresó corriendo a esconderse detrás de su hermana. Publio Cornelio Escipión se incorporó, dejó que su toga cubriera de nuevo la herida de guerra y se dirigió a todos sus familiares y amigos.

—¡Por todos los dioses, saludados mis hijos y mi esposa, creo que lo que procede es que aquí celebremos un gran banquete desde ahora mismo hasta bien entrada la noche, hasta la *cuarta vigilia*!

Todos recibieron el anuncio del festín con gran algarabía y voces de agradecimiento para su generoso anfitrión, mientras que Publio buscaba la aprobación de su esposa y la recibía, al cruzar su mirada con la de ella: una casi imperceptible señal de asentimiento, justo antes de que Emilia desapareciera para poner en marcha en la cocina al regimiento de esclavos que servía en la gran *domus* de los Escipiones junto al foro de Roma.

11

El nacimiento de Jepri

Alejandría, Egipto,
agosto de 201 a.C.

La habitación tenía columnas que se asemejaban a rollos de papiro. La casa del nuevo marido de Netikerty no era muy grande, pero sí lo suficiente como para poseer su propio pabellón de nacimiento, pequeño y humilde pero, al menos, una sala independiente al resto. A ambos lados del lecho en el que estaba recostada, habían situado pequeñas estatuas en las que se veía a Tueris, la mujer hipopótamo, y a Bes, el dios enano músico, dos de las deidades egipcias que protegían a la parturienta durante todo el proceso de traer al mundo una nueva vida. Las contracciones se hicieron más frecuentes y las dos hermanas levantaron a Netikerty y la ayudaron a situarse sobre los cuatro ladrillos mágicos que recibían ese nombre por representar a Nut, Tefnut, Isis y Neftis, las cuatro diosas centrales en la creencia egipcia. La comadrona, además de a todos los dioses mencionados, añadió a Heqet y Mesjenet en sus imprecaciones y ruegos a favor de la protección divina en el momento clave que ya se acercaba.

Netikerty, sudorosa, de cuclillas, pero sin perder el sentido en ningún momento y sin gritar, aunque resoplando con fuerza, empujaba siguiendo las instrucciones de la comadrona, siempre sostenida por cada una de sus hermanas. Netikerty no temía por el niño. Nadie había visto en su familia germinar una semilla de cebada con tal fuerza como la del pequeño saco que había traído del barco para que lo vieran sus padres. La joven estaba convencida de que el niño nacería sano y fuerte. Y, sin embargo, su mente estaba repleta de preocupación, pero no por ella, ni por sus hermanas ni por el ser que estaba trayendo al mundo, sino por su hermano, su padre y su recién encontrado esposo. Y es que de inmediato, tras llegar a Alejandría, con un embarazo cada vez más evidente, sus padres no dudaron en que lo conveniente era que Netikerty diera a luz ya casada con algún joven egipcio de su entorno. La virginidad en Egipto, de modo excepcional en el mundo antiguo, no era una virtud en sí misma ni un requisito fundamental para el matrimonio, especialmente en la tradición del más clásico Egipto, pero la creciente influencia griega proveniente de la corte hacía conveniente que Netikerty se casara para mantener las apariencias. En un principio, todos pensaron que la tarea de encontrar marido para una joven en tan avanzado estado de gestación podría resultar complicada, pero ninguno había contado con la belleza de Netikerty.

No fue difícil.

La joven tuvo, en pocos días, varios pretendientes, todos hombres solteros, egipcios y con buena situación económica en Alejandría. Netikerty eligió a su antojo y eligió bien: el hijo de uno de los mercaderes más acaudalados de la región fue el afortunado. Al menos, así se sintió él cuando ella le aceptó como esposo. Y él correspondió asumiendo a la criatura que había de nacer como suya y tratando a Netikerty con respeto y cariño. Ella correspondió con dulzura y satisfaciendo a su recién elegido marido en el lecho tanto como le permitía su actual estado. Fueron unos breves meses de felicidad, pero, una vez más el mundo se conjuraba para impedir que aquellos días se dilataran. El temible rey Antíoco III de Siria avanzaba contra Egipto desde el norte con el mayor de los ejércitos inimaginables. Egipto y Siria habían luchado ya cuatro guerras en el pasado, y los generales griegos de la corte egipcia habían conseguido siempre defender las fronteras, pero el reino estaba ahora debilitado por los levantamientos en el sur, por la rebelión de las colonias en el Mediterráneo y gobernado por un faraón niño aconsejado por regentes de dudosa capacidad. Agatocles, el hombre fuerte del momento, había recurrido a los servicios de un general etolio mercenario, Escopas, de gran prestigio, pero aun así, tan grande era el ejército enemigo que se temía que no sólo las fronteras del reino cayeran, sino que el mismísimo Antíoco llegase hasta la propia Alejandría al igual que Alejandro Magno hiciera en el pasado. Así, Agatocles había tomado la decisión más complicada de su vida: armar a los propios nativos egipcios para de esa forma completar un ejército que pudiera afrontar con alguna opción el inexorable avance de las huestes de Antíoco III. Muchos egipcios acudieron de forma patriótica a la llamada del faraón niño y entre esos que acudieron se encontraban el esposo, el hermano y el padre de Netikerty.

—¡Empuja! ¡Por Isis, empuja con fuerza! —gritó la comadrona.

Netikerty gimió y empujó. De pronto, el llanto de un recién nacido llenó la estancia de fuerza y de vida.

—Es hermoso —dijo una de sus hermanas—, un niño hermoso y fuerte.

Netikerty, agotada, se sentó en el suelo, mientras la comadrona cogía al niño después de cortar el cordón umbilical. Las hermanas de la joven se afanaban en limpiarla. Netikerty, de pronto, empezó a llorar de felicidad: había traído al mundo a un niño, a un nuevo egipcio fuerte para cuidar las fronteras del reino. Cerró los ojos. Lloraba por fuera y por dentro.

—Tengo miedo —dijo Netikerty en voz baja, entre sollozos.

—El niño está bien —le aseguró una de sus hermanas.

Netikerty sacudió la cabeza.

—Es por padre, y por nuestro hermano, y por mi marido; temo por ellos, temo esta nueva guerra.

Para los egipcios, una mujer que acaba de dar a luz está en un estado de gracia. Hay quien dice que ve el futuro.

—Volverán, ya lo verás —aseguró una de las hermanas, pero las tres compartían el mismo temor. La comadrona rompió el círculo de duda que se había establecido entre las tres al traer en brazos al pequeño niño al que había lavado con cuidado. Netikerty, ya recostada en la cama, lo tomó en brazos. La criatura había dejado de llorar y tenía los ojos cerrados. Parecía tan seguro de sí mismo como su padre romano. Era el momento en el que la madre egipcia daba el nombre al niño. Ella y sólo ella tenía ese derecho.

—Te llamarás Jepri. —Y las tres mujeres que escucharon el nombre con claridad asintieron. Jepri, *el que se crea a sí mismo*. Teniendo en cuenta los orígenes del niño, un niño que con toda seguridad nunca conocería a su padre verdadero, aquel nombre era el más apropiado—. Te llamarás Jepri. —Y Netikerty lo abrazó con cariño y lo condujo a su pecho. El bebé, por puro instinto, empezó a mordisquear el pezón de su madre.

Netikerty cerró los ojos y se quedó dormida.

LIBRO II

LA PROFECÍA

Año 200 a.C.
(año 554 desde la fundación de Roma)

Convertetur enim rex Aquilonis, et praeparabit multitudinem multo maiorem quam prius: et in fine temporum, annorumque veniet properans cum exercitu magno, et opibus nimiis. (...) Et veniet rex Aquilonis, et comportabit aggerem, et capiet urbes munitissimas: et brachia Austri non sustinebunt, et consurgent electi eius ad resistendum, et non erit fortitudo.

[El rey del norte (Antíoco III) volverá a poner en campaña una multitud mayor que la primera vez, y al cabo de unos años vendrá con un gran ejército y con abundantes recursos. (...) Y el rey del norte vendrá y formará terraplenes y se hará dueño de las ciudades más fuertes y las fuerzas del sur (Egipto) no resistirán; ni siquiera sus tropas escogidas podrán resistir.]*

La Biblia, el libro de Daniel, 11, 13-15

* Versión de la edición bilingüe en castellano y latín de la Biblia publicada en 1854 en España con pequeñas modificaciones estilísticas por parte del autor de la novela.

12

Memorias de Publio Cornelio Escipión, *Africanus* (Libro II)

Estaba en la cima de mi poder cuando el complejo mecanismo de mi destrucción se puso en marcha. Es momento ahora de hablar de la profecía de los judíos. Este pueblo posee unos escritos antiguos en los que se predecía la llegada del rey del norte que lo arrasaría todo a su paso. Para los judíos el rey del norte es el rey de Siria. En aquellos momentos todo aquello parecía tan ajeno, tan distante a todos nosotros que apenas le dimos importancia; se trataba de un tema banal para las conversaciones en las largas y felices veladas tras el gran triunfo. Alargábamos la comissatio *hasta casi el amanecer y cualquier cosa nos entretenía. Hablar de lejanas tierras, de reyes extraños y de guerras que pensábamos que no nos afectaban era una forma de pasar el tiempo en la cálida compañía de los viejos amigos. Yo, por entonces, estaba ocupado en controlar la vida política de Roma, en obtener una censura para cerrar un brillante* cursus honorum *con el que dejar en el mejor lugar posible el nombre de nuestra familia. Me preocupaban también otros asuntos personales no por ello menos importantes: debía empezar a pensar en encontrar maridos para mis hijas, pero éstas eran aún jóvenes, en particular la pequeña, que seguía siendo una niña, aunque con un espíritu tan audaz que aún debería proporcionarme intensa satisfacción e intenso dolor por partes iguales. Siempre fue difícil la relación con mi hija pequeña, siempre rebelde, dura, tierna, todo a la vez. Un puro torbellino que ni Emilia ni yo ni nadie podíamos dominar. Era todo lo opuesto a su hermana mayor, discreta y dócil. Y luego estaba el espinoso asunto de mi hijo. El joven Publio estaba destinado a reemplazarme al frente del clan en el momento de mi muerte. En aquellos años las fiebres me dieron un descanso y no veía el último viaje como algo cercano, pero, pese a eso, tenía claro que era una prioridad empezar su adiestramiento militar a una edad temprana. Más pronto que tarde, el joven Publio tendría que intervenir en una campaña, en una de las innumerables guerras en las que nos veíamos envueltos de forma casi permanente en Hispania, en Liguria o en Grecia y debíamos prepararle bien. En un primer momento, pensé que yo mismo debía adiestrarle para el combate, pero luego recordé que ni mi propio padre se atrevió a tanto, sino que recurrió a mi tío Cneo. Siempre he guardado el mejor de los recuerdos de aquellas tardes con mi tío entrenándome para el combate cuerpo a cuerpo junto con mi hermano Lucio en las laderas del Campo de Marte, a los pies de las murallas de Roma. Todo aquello me parece ya tan lejano, otra vida, pero pasó. Una vez más los recuerdos me arrastran y me alejan de mi relato. Podría haber reproducido el mismo esquema y recurrir a mi hermano Lucio, para que como tío del joven Publio le adiestrara en el Campo de Marte, pero pensé que si alguien sabía luchar en el campo de batalla, si alguien sabía sobreponerse a cualquier enfrentamiento cuerpo a cuerpo, ese alguien no era otro que el propio Cayo Lelio. Lucio estuvo de acuerdo. Hablé entonces a Lelio y, como siempre, como toda su vida, accedió a mi petición. Quizá todo habría ido mejor si les hubiera dejado solos, si no me hubiera inmiscuido en los entrenamientos, si no hubiera puesto tanta presión sobre mi hijo. Pero era inevitable: me sentía el general más poderoso de Roma y quería un hijo a la misma altura, como si yo todo lo hiciera bien, como si yo no tuviera defecto alguno, como si fuera perfecto. Es cierto que el éxito y la gloria le ciegan a uno. A mí me pasó, aunque sólo en parte y no de la forma en la que Catón se empeña en presentarme ante todos. Pero es cierto que a fuerza de escuchar halagos, unos sinceros y otros de clientes aduladores, uno ya no sabe discernir bien lo que es real de lo que es mentira. Quería un hijo igual de perfecto a la percepción que yo tenía en aquel momento de mí mismo. Por todos los dioses, qué ingenuo fui. Ni yo era perfecto ni mi hijo tan débil. Yo cometía errores fatales en el Senado, donde debía haber concentrado mi lucha, mientras no dejaba de atosigar a mi hijo para que fuera tan buen estratega militar como lo fui yo o tan bueno en el combate como cualquiera de mis oficiales. Mi hijo no era mejor ni peor que yo, era simplemente diferente, pero eso es fácil verlo ahora, después de que ha pasado todo. Luego volveré sobre mi hijo. Es el tema que más dolor me produce y no quiero decir sobre ello más de lo estrictamente necesario. Lo esencial ahora en mi relato de los hechos es que la profecía de los judíos estaba en marcha. El rey del norte avanzaba contra el rey del sur: Antíoco III de Siria buscaba ampliar sus territorios arrebatándoselos al faraón niño de Egipto, Ptolomeo V. Panion fue una batalla brutal. Cuando Escopas, el veterano* strategos *etolio me la describió en nuestra entrevista en Grecia, años después, aún podía leer el miedo en sus ojos. Su aviso, al saber que yo iba a luchar contra el mismo terror frente al que él había caído derrotado, aún retumba en mis oídos: «Nada ni nadie puede detener a los* catafractos *de Antíoco. Primero el rey sirio te lanza su infantería, sus carros escitas, sus elefantes si le parece, sus unidades de élite y si, pese a todo pronóstico, consigues mantener la posición, lanza por las alas a su caballería blindada. Los* catafractos *lo arrasan todo a su paso, te desbordan por las alas y luego se vuelven contra tu retaguardia. Es siempre la misma estrategia, pero no hay nada que pueda detenerlos. Nada ni nadie.» Las tres últimas palabras me las dijo mirándome a los ojos. Sé que leyó en mí una determinación que respetaba. Era un general hablando a otro general. Lo peor de todo era saber que estaba siendo honesto y que Escopas llevaba razón. Nada podía hacerse contra aquel ejército y, sin embargo, los acontecimientos me empujaban de forma inexorable contra los* catafractos *de Oriente, contra los mismos que lo arrasaron todo en la batalla de Panion.*

13

La profecía

Frontera entre el reino de Egipto
y el Imperio seléucida
junto al río Jordán,
verano de 200 a.C.

Vanguardia del ejército egipcio

Treinta mil soldados al servicio del reino de Egipto se apiñaban en su frontera norte, próxima al nacimiento del río Jordan. Era un ejército con nativos egipcios. Era la primera vez que la dinastía tolemaica alistaba a nativos egipcios en las filas del ejército, una decisión complicada que ya había dado problemas en el pasado y de consecuencias imprevisibles en el futuro próximo, pero que en aquel momento parecía secundaria, pues lo principal era, antes que nada, detener a Antioco y preservar el Estado del ataque extranjero; se trataba de una lucha por la supervivencia, diferente a las campañas antiguas en las que se combatía por ampliar los dominios del faraón. Además, Agatocles, el consejero del faraón niño, había reforzado las tropas con miles de experimentados mercenarios etolios hechos venir desde Grecia para proteger los intereses de Egipto. Entre egipcios y etolios se había constituido una descomunal fuerza defensiva que parecía insuperable, capaz de resistir, como hicieran ya en el pasado, cualquier embate de sus enemigos seléucidas del norte, por muy brutal que éste pudiera llegar a ser. Pese a todo, Escopas, el general etolio al mando de todo el ejército egipcio, se sentía inquieto. Entre los soldados de Egipto había algunos judíos también y éstos habían extendido por todo el ejército el rumor de que había una profecía que predecía el nuevo ataque del rey Antíoco de Siria, el rey del norte, contra sus enemigos del sur y, según contaban, la profecía aseguraba que nada podría oponerse en esta ocasión a un ejército invencible que descendería sobre ellos implacable, inclemente. Estos rumores incomodaban a Escopas. Él sabía combatir contra enemigos tangibles, de carne y hueso, pero no sabía bien cómo derrotar una profecía.

Una interminable formación de miles de guerreros etolios armados hasta los dientes se extendía a ambos lados de su general. Escopas era un militar curtido, maduro y decidido. En el campo de batalla sabía lo que debía hacerse, cómo debía hacerlo y en qué momento. Por eso sus soldados le seguían con fidelidad allí donde les empujaba su condición de mercenarios a sueldo de reyes débiles rodeados de pueblos aún más débiles y confundidos.

Ésa era la situación de Egipto tras la muerte del último rey-faraón, Ptolomeo IV Filopátor. El heredero era un niño de apenas cinco años. Las intrigas de palacio se desataron y las muertes en la corte convulsionaron el reino hasta el punto de que Agatocles, el hombre fuerte de Egipto a falta de un faraón adulto, quizá el instigador de la muerte de otros pretendientes al trono y de otros consejeros, había decidido fortalecer la frontera norte mientras se las entendía con la rebelión interna de los nativos egipcios. Agatocles sabía de los buenos servicios prestados por Escopas en diferentes lugares de Grecia y el Egeo. Era el hombre indicado para proteger la frontera del ataque de Antíoco III de Siria, el todopoderoso monarca del Imperio seléucida para quien controlar el vasto territorio comprendido entre la lejana India y la Bactria hasta las fronteras con Asia Menor y Egipto era insuficiente. Antíoco quería más. Quería los puertos fenicios bajo control de Egipto. Por eso Agatocles llamó y pagó con generosidad al experimentado general etolio. Si había algo que aún no preocupaba a Agatocles era el dinero. Egipto era un reino inmensamente rico y más aún en aquellos momentos, pues la recién concluida contienda de casi veinte años entre Roma y Cartago había dejado esquilmados los campos de occidente que, sólo muy poco a poco, volvían a recuperarse. Egipto nadaba en oro romano que compraba el trigo egipcio para alimentar a sus ciudadanos, las nuevas colonias y su creciente número de legiones.

Escopas arrugó el ceño mientras escrutaba el horizonte. Nada. Sólo la inmensa pradera ante ellos, a medio camino entre el vergel del nacimiento del Jordán a su derecha y el desierto a su izquierda. Estaban a pocas millas de Sidón. Más al norte, Biblos ya había caído en manos del ejército seléucida de Siria, bajo el mando del propio Antíoco III. Escopas relajó los ojos y escupió al suelo. Los seléucidas del norte eran temidos por todos los egipcios, los nativos y los helenos de origen griego. Egipto era un reino gobernado por los reyes Ptolomeos descendientes de uno de los generales de Alejandro Magno desde hacía mas de cien años, pero la relación entre los gobernantes de origen griego y los subordinados nativos de Egipto se había deteriorado progresivamente por los elevados impuestos de los monarcas helénicos y por el continuo desgaste de las últimas guerras. No hacía ni veinte años que Antíoco III de Siria lanzó un ataque contra ellos. Ptolomeo IV comprendió que no tenía bastante con sus soldados griegos y buscó mercenarios, pero no era suficiente, así que armó a los nativos egipcios. La idea resultó bien a corto plazo: Antíoco III fue obligado a retirarse y Egipto mantuvo el control de Fenicia, con sus ricos puertos y comercio, pero los nativos, al poco tiempo, se rebelaron reclamando una mejor distribución del oro que llegaba a Egipto por su trigo; luego, con la muerte del faraón, todo había empeorado. Antíoco había regresado desde el norte, decían que con nuevas unidades militares, mejor armadas, mejor adiestradas y ya había arrasado parte de la Celesiria tomando la ciudad de Biblos. La misión de Escopas era detener el avance de Antíoco una vez más.

Escopas miraba a su alrededor y se sintió bastante seguro. No es que tuviera el mejor ejército del mundo, pero había reunido a varios miles de sus mejores guerreros en una densa falange que podría detener el avance de cualquier enemigo, no importaba las nuevas unidades o estrategias que fueran a usar. Además contaba con el apoyo de varios regimientos de egipcios armados que, condicionados por el temor a Antíoco III, lucharían hombro con hombro con ellos para salvaguardar entre todos el bien común de las tierras de Fenicia. También disponía Escopas de una poderosa y bien dotada caballería egipcia y griega que protegía las alas de su falange. Estaban preparados, eran muchos, más de treinta mil, y compartían el mismo objetivo de defender aquel territorio.

Escopas avanzó al frente; seguía intrigado por el horizonte despejado. No se veía nada más que pradera desierta y sólo se escuchaba el viento. De pronto comprendió lo que le inquietaba. No se oía a ninguna cigarra. Y el sol comenzaba a ascender. En el calor, aquel silencio resultaba aún más misterioso.

Retaguardia del ejército seléucida

El rey Antíoco III, *Basileus Megas*, como le gustaba autoproclamarse después de su reciente reconquista de todo el Oriente, desde Mesopotamia hasta la Bactria del noreste o los territorios fronterizos con la India, estaba subido en un carro escita adornado con oro, cuyas ruedas resplandecían al estar reforzadas con remaches de bronce y unas afiladas y largas puntas de plata que al ponerse en marcha cortaban el aire con sus afiladas aspas por ambos flancos. El vehículo estaba tirado por cuatro hermosos corceles negros, lustrosos, limpios, fuertes, recubiertos con cotas de malla para protegerlos de las flechas y lanzas enemigas. Antíoco hacía que su carro avanzara despacio, al paso, siguiendo la estela del grueso de su ejército infinito. El rey repasaba en su mente a todos los que se habían interpuesto en su camino hacia el control absoluto de la tierra que le correspondía por derecho de herencia, como heredero único y legítimo de Seleuco III: primero tuvo que vérselas con Diodoto de Bactria y con Arsaces de Partia y luego con las revueltas de Media y Persia dirigidas por los traidores Molon y Alejandro; también tuvo que sufrir y solucionar la defección de toda Asia Menor, de la que aún quedaba pendiente el problema de Pérgamo. Antíoco, en consecuencia, estaba orgulloso de sí mismo: había recibido un imperio en descomposición y había conseguido, tras muchos años de guerras sin cuartel, recomponer casi todos los antiguos dominios. Se deshizo de los consejeros inútiles, como Hermeias, y ahora con las ideas de Toante y Epífanes las cosas habían ido mejor, quizá porque eran más sabios o quizá porque ambos sabían que Hermeias había sido asesinado a instancia del rey por su incompetencia y eso servía de acicate para que los dos se esmeraran en sus consejos. Toante, con sus treinta y cinco años, el más joven de los dos, era el estratega militar y Epífanes, más veterano, a sus bien entrados cincuenta años, era el consejero político. De Epífanes fue la idea de pactar con Filipo de Macedonia un ataque conjunto sobre las posesiones de Egipto en la Celesiria y el Egeo: las del Egeo serían para el macedonio y las de Celesiria para Antíoco. El pacto estaba funcionando. Egipto no podía defenderse contra los seléucidas y los macedonios a un tiempo y menos con un rey-faraón niño en manos de consejeros poco fiables, como Agatocles. Lo que no había esperado Antíoco, ni habían predicho Epífanes o Toante, es que los egipcios decidieran concentrar su defensa en Celesiria y abandonar a su suerte las posesiones del Egeo, pero Antíoco estaba dispuesto a no cejar en su empeño de recuperar unos territorios, los de la Celesiria, o Fenicia, como la llamaban otros, y hacerse así con las salidas al mar Mediterráneo y el control de todos los puertos comerciales de la región. Era cierto que los egipcios, además, habían recurrido a Escopas, un hábil y reconocido general etolio, y que habían contratado un poderoso ejército mercenario griego que, junto con sus propias tropas, constituía una imponente fuerza de choque defensiva que debería de haber hecho desistir del ataque a cualquiera. Sí, a cualquiera, sonrió Antíoco, a cualquiera menos a él. De hecho, estaba contento de encontrar resistencia y de encontrarla en manos de un general competente. Sólo así podría descubrir hasta qué punto las nuevas unidades militares fortalecidas con el nuevo armamento gracias al dinero de su reconquista de Oriente y entrenadas en el mayor centro de adiestramiento militar de todo el oriente, Apamea, cerca de Antioquía, la capital de su imperio, eran realmente operativas y, como no dejaba de decir una y otra vez Toante, completamente invencibles. Sí, Epífanes había marcado los pactos políticos, pero en Toante Antíoco había depositado su confianza en todo lo referente a la creación de las nuevas unidades militares, base de su nuevo poderoso ejército de ataque y conquista. Toante había ascendido en estima ante el rey por sus servicios prestados en la recuperación de los reinos de

Oriente y, en particular, por sus gestiones en la obtención de una gran cantidad de elefantes, ciento cincuenta, del rey de la India, como muestra de buena voluntad y forma de sellar un pacto mutuo de no agresión. El rey tenía grandes planes para esos elefantes. De hecho sólo había traído la mitad. El resto lo había dejado en Apamea, en la gigantesca cuadra que había hecho construir para ellos: quería más, quería que procrearan y así tener una fuente continua de nuevos elefantes sin tener que recurrir a negociar con los siempre caprichosos reyes indios. Toante había hecho posible parte de esos sueños, por eso confiaba en él. Toante comandaba aquella mañana una de las alas de caballería de reserva en su ejército expedicionario de reconquista de la Celesiria. La otra ala la reservó para su propio hijo Seleuco, aún demasiado joven e impulsivo, pero al que quería ir probando en combate para asegurarse de que sería un digno sucesor suyo, pues era el destinado a heredar el mayor imperio desde Alejandro Magno. Antíoco quería ver con sus ojos que Seleuco estaría a la altura. Sabía que Seleuco sentía celos de Toante, pero esperaba que ese sentimiento sirviera de acicate para que su joven vástago se mostrara valiente en la batalla y merecedor de ser algún día rey de Siria y emperador de todos los territorios seléucidas desde el Egeo hasta la India. Por fin, en el centro, al mando de la falange de *argiráspides,* el rey había puesto a Antípatro, su sobrino a la par que un veterano general, eficaz y leal, ni demasiado ambicioso ni demasiado sumiso, alguien prudente, el comandante ideal para su recién recuperada falange de élite.

Antíoco miró al cielo: un día despejado, aunque al descender en dirección al río Jordán y divisar la línea del ejército egipcio, el rey se percató de que el sol, en su lento ascenso hacia lo alto del cielo, les cegaría. Escopas se había situado con el sol naciente a sus espaldas. Era hábil el etolio: o esperaban al mediodía o cargaban contra la cegadora luz del dios celeste. A Antíoco no le gustaban los retrasos. Antípatro acababa de llegar desde la vanguardia del ejército para recibir órdenes y el rey se dirigió a él con instrucciones precisas.

—Haz avanzar la falange de inmediato.

—¿Contra el sol? —preguntó Antípatro, no con duda, sino sólo buscando una confirmación de la orden.

—Contra el sol —se reafirmó el rey—. Usa los nuevos escudos.

Antípatro sonrió.

—Así se hará, mi rey. —Y montando en un caballo que un soldado le dispuso, partió al galope hacia las unidades de vanguardia.

Vanguardia del ejército egipcio.
Centro de la falange etolia

Escopas vio emerger en el horizonte la temida falange seléucida. Eran miles, veinte mil, treinta mil, quizá algo más. Y en las alas se veía a dos cuerpos de caballería. Jinetes a caballo y jinetes montados en otros animales, ¿dromedarios? No era frecuente ver cuerpos armados de jinetes sobre dromedarios, pero aquello no importunó demasiado al general etolio. Ya estaban ahí. Eso era lo importante. La espera había terminado. Al menos, en lo referente a visualizar al enemigo. Escopas miró al cielo. El sol se elevaba lentamente y aún seguía a sus espaldas. No atacarían hasta pasadas unas horas. No tenía sentido hacerlo con el sol de cara. Los seléucidas esperarían. Él también. Sus hombres habían desayunado temprano. Aprovecharía la espera que debía de seguir para distribuir más comida y agua entre los suyos. De esa forma tendrían toda la energía necesaria para repeler al enemigo.

Escopas caminaba relajado frente a sus tropas. Las examinaba con minuciosidad. Los escudos estaban limpios y las *sarissas* de 20 a 24 codos* preparadas, empuñadas por manos firmes. Resistirían. Escopas se volvió hacia el enemigo. Seguía avanzando. Los seléucidas se encontraban a unos tres mil pasos. Era una distancia prudente para detenerse, pero seguían avanzando. Escopas se detuvo y apretó los labios. El enemigo proseguía con su avance, impertérrito. ¿No les molestaba el sol? No era lógico atacar así. Dos mil quinientos pasos. Las puntas de las *sarissas* seléucidas brillaban bajo la intensa luz del día. Escopas carraspeó y escupió en el suelo una vez más. Al volver a alzar la mirada observó que el avance del ejército de Siria no se detenía. A dos mil pasos y seguían. Escopas se pasó el dorso de la mano por debajo de la nariz. Se dio la vuelta entonces hacia uno de sus oficiales.

—¡Mi casco! —gritó, y el poderoso tono de su voz transmitió a sus hombres el mensaje implícito. Todos tensaron los músculos. Escopas se ajustaba el casco con la mano derecha mientras dejaba que otro oficial le acercara el escudo a su brazo izquierdo. Estaban a mil quinientos pasos y seguían hacia delante—. ¡Preparad las *sarissas*! —vociferó el general, y su orden se repitió a lo largo de la interminable línea defensiva del ejército egipcio.

Mil cuatrocientos, mil trescientos, mil doscientos pasos y no se de-

* Aproximadamente unos 5 metros.

tenían. Escopas observaba las *sarissas* del enemigo y había algo que no le gustaba pero no sabía bien qué era. Mil cien pasos. Mil pasos.

—¡Que se preparen los arqueros! —ordenó Escopas—. ¡Una lluvia de flechas apaciguará su ímpetu!

Varios miles de arqueros ajustaron sus arcos tras la larga línea de la falange. Era probable que el enemigo hiciera lo propio.

—¡Preparad vuestros escudos! —aulló el general etolio. Los griegos de su falange levantaron sus escudos para protegerse de una posible lluvia de flechas siria, mientras en el fondo de sus corazones esperaban que las flechas que los egipcios habían cargado en sus arcos contribuyeran a detener el empuje con el que aquellos sirios parecían estar dispuestos a embestirles.

Ochocientos pasos, setecientos, seiscientos. Aún no estaban a tiro de los arqueros. Debía esperar más. Escopas no llegaba a ver las alas. Sus oficiales de caballería deberían de decidir qué hacer, al menos en el principio del combate. Tras la embestida inicial, una vez asegurada la posición, iría a una de las alas para comprobar que las caballerías egipcia y griega cumplían su función frente a la caballería siria. Mantener la falange era clave, pero las alas debían resistir también o todo podría venirse abajo.

Quinientos, cuatrocientos, trescientos pasos. Escopas iba a ordenar que los arqueros dispararan cuando la falange siria se detuvo en seco. El contraste entre el ruido de los miles de sandalias avanzando con el silencio que sobrevino al detenerse de golpe era sobrecogedor. Escopas admiraba la disciplina incluso en el enemigo. Era una bonita exhibición, pero todo eso daba igual. No estaban de maniobras ni de desfile. Alzó su brazo para dar la orden a los arqueros cuando de pronto la falange enemiga, treinta mil soldados sirios, alzaron sus escudos. El sol reflejó sobre la superficie de los mismos con tal fuerza que cegó a todos los etolios y egipcios.

—¡Ahora, disparad ahora! —gritó Escopas, pero ya era tarde, sabía que era tarde. Los arqueros egipcios disparaban sin ver, cegados por treinta mil escudos que actuaban como espejos.

—Escudos de plata —comentó en voz baja uno de los oficiales de Escopas—. Por todos los dioses: son *argiráspides*.

El general etolio hizo callar al oficial con una mirada fulminante y volvió a dar órdenes.

—¡*Sarissas* clavadas en tierra! ¡Hay que resistir su carga y protegerse de las flechas enemigas! ¡*Sarissas* a tierra! ¡Ni un paso atrás!

Escopas daba las órdenes que debían darse, pero era cierto lo que había dicho aquel oficial. Sólo los *argiráspides*, las unidades de élite fundadas por Alejandro Magno, llevaban escudos de plata como aquéllos, en donde se reflejaba el sol hasta cegar al enemigo. Lo sorprendente es que nunca antes había visto tantos *argiráspides* juntos, tantos miles. No se podía ver bien contra el reflejo del sol en aquellos malditos escudos. Hacía falta mucho dinero para poder hacer tantos escudos de plata. Una fortuna inimaginable. ¿Tanta plata y oro había reunido Antíoco III en su reconquista de los reinos de Oriente? Escopas creyó ver al enemigo a unos doscientos pasos, luego la luz del sol le cegó, se situó entonces justo detrás de la línea de la falange. Miró otra vez. Parecían estar muy cerca. Se escuchaba al enemigo gritando. De pronto llegó el impacto brutal. Muchos de los etolios y egipcios de primera línea fueron atravesados por las picas enemigas. Más de lo que era esperable. Etolios y egipcios de la segunda y tercera fila reemplazaron con rapidez a los caídos y al fin pareció contenerse la avalancha enemiga, pero habían caído muchos guerreros del ejército bajo su mando. No era lógico. Escopas se acercó a la línea de la falange. Los sirios empujaban y sus hombres hacían todo lo posible por mantener la línea, pero de cuando en cuando una *sarissa* enemiga asomaba entre sus hombres y atravesaba a un soldado en el hombro, en la garganta o el pecho. Escopas comprendió lo que no le había gustado de aquellas *sarissas* sirias: eran más largas, de casi 28 codos, cuando las de sus hombres oscilaban entre los 20 y 24 codos. Esos codos de más les daban ventaja a los sirios y los malditos parecían estar bien entrenados para sacar partido de aquella circunstancia. Sus hombres, pese a todo, parecían contraponer a la insuficiencia de sus armas un mayor coraje y entrega. La línea se mantenía. Habían perdido muchos más hombres que los seléucidas, pero la falange se mantenía. La cuestión era por cuánto tiempo más. El enemigo ni siquiera había utilizado arqueros. ¿Tanta confianza tenían en sí mismos? Escopas miró hacia los extremos de su formación. ¿Y las alas?

—¡Mi caballo! —pidió el general etolio, y una hermosa yegua negra apareció de entre los arqueros—. ¡Mantened la posición a toda costa! ¡Por los dioses, ni un paso atrás! —fue lo último que ordenó a sus oficiales, y partió hacia el extremo izquierdo de su ejército. Tenía que saber qué ocurría con la caballería.

Retaguardia del ejército seléucida

—Parece que resisten —comentó el rey Antíoco a sus consejeros y a su joven hijo Seleuco reunidos a su alrededor para contemplar el transcurso del combate. Epífanes guardaba silencio.

—Deberíamos haber mandado a los elefantes por delante —dijo Seleuco nervioso. Su padre le miró con severidad.

—Tienes la impaciencia propia de tu juventud pero impropia de un futuro rey —le respondió Antíoco sin inmutarse—; la prudencia es siempre mejor consejera. Siempre estamos a tiempo de usar los elefantes y, de momento, los quiero a todos vivos. —Su hijo sabía del plan de su padre de intentar tener más y más elefantes hasta conseguir una fuerza colosal invencible en todo Oriente y Occidente, así que bajó la mirada y calló.

—Hay que ver qué ocurre con las unidades de dromedarios —añadió un Toante algo más cauto.

El rey asintió un par de veces mientras respondía a Toante.

—Estoy de acuerdo. Hay que ver lo que ocurre con las nuevas unidades de dromedarios.

Seleuco miró de reojo con rencor y furia contenida a Toante, pero no dijo nada. Epífanes, el veterano consejero de Antíoco, veía con prevención el rencor latente de Seleuco hacia Toante. No era inteligente por parte de Antíoco promover ese enfrentamiento. Un ejército con generales que desconfiaban entre sí o que competían de forma desmesurada por satisfacer las ansias de victoria del rey podía conducir todo el imperio a un desastre, pero se guardó sus pensamientos. El rey no estaba para disensos esa mañana.

Ejército egipcio. Ala izquierda

Escopas llegó junto a la caballería en el extremo izquierdo de su ejército. La lucha era ya encarnizada. Los jinetes egipcios y griegos combatían en una confusa maraña contra *dahas* y otros jinetes enemigos montados en dromedarios. Los *dahas* en concreto eran una nueva unidad del ejército de Siria en donde dos guerreros montaban en un solo caballo, que al entrar en combate, uno de los dos desmontaba y desde tierra hería a las monturas enemigas. Por su parte, los jinetes de los dromedarios se beneficiaban de la mayor envergadura de esos animales, de modo que podían atacar a egipcios y griegos desde más arriba, haciendo que sus golpes de espada hacia abajo fueran más potentes, para lo cual se ayudaban de unas armas de mayor longitud que empuñaban con la destreza que da el entrenamiento duro y metódico. Escopas había oído hablar del centro de adiestramiento militar que el rey Antíoco había levantado en la ciudad de Apamea de Orontes, pero sólo ahora veía de forma tangible los resultados de aquel gigantesco cuartel militar de los seléucidas. Escopas azuzó a su yegua y se introdujo en medio de la contienda. Consiguió zafarse de uno de los guerreros sirios que había desmontado y le clavó su espada entre los ojos. Luego se adentró hasta embestir con su caballo a uno de los dromedarios. Una espada le rozó la sien. Escopas se revolvió y sesgó de un tajo poderoso la mano que blandía el guerrero sirio. Él no era uno más. Era Escopas. Guerrero desde niño, desde siempre. No se iba a dejar amedrentar por dromedarios y un puñado de jinetes más o menos bien adiestrados. Los malditos seléucidas necesitarían algo más si querían hacerles retroceder.

—¡Masacrad a estos imbéciles, por todos los dioses! ¡Mantened las posiciones!

La voz del general etolio reverberó por encima del fragor de la batalla inyectando ánimos a los guerreros de su ejército.

Retaguardia del ejército seléucida

Antípatro había sido llamado por el rey. Antíoco quería saber de primera mano cómo iban las cosas en el frente de la falange.

—Resisten, mi rey —respondió Antípatro sin añadir más. Respiraba entrecortadamente y tenía sangre enemiga salpicada por brazos y piernas. El rey miró el líquido rojo con aprecio. Antípatro no era un genio, pero era un servidor leal y eso ya era mucho en los tiempos que le había tocado vivir.

—¿Y en las alas? —inquirió el rey.

—Por lo que me han dicho mis oficiales, ni los *dahas* ni los dromedarios han conseguido abrir brecha alguna en ninguno de los dos extremos. No perdemos ni mucho menos, pero estamos estancados —concluyó Antípatro, sacudiéndose polvo y sangre entremezclados. Esperaba órdenes.

Seleuco volvió a mirar a su padre, pero sin decir nada. El rey cruzó sus ojos con los de su hijo y tras un segundo de silencio asintió una vez mientras daba las nuevas instrucciones.

—¡Por Apolo, la resistencia de ese etolio empieza a resultarme impertinente! ¡Que las unidades de *catafractos* reemplacen a las fuerzas de caballería de las alas! ¡Seleuco, tú dirigirás el ataque por nuestra ala derecha y Toante, tú por la izquierda! —Y luego, bajando la voz, pero de modo aún claramente nítido para todos—: Quiero acabar con esto antes del mediodía. Tengo hambre.

Ejército egipcio. Ala izquierda

Escopas había recibido un corte en uno de sus hombros. No era profundo y su sangre se confundía con la de una decena de enemigos que había abatido con los mandobles de su espada. Estaba cansado, pero no derrotado. Sus jinetes habían mantenido la pugna y el ala izquierda no había cedido. Y de pronto las buenas noticias llegaban de todas partes: los seléucidas hacían retroceder a sus caballos y dromedarios y se retiraban, y del ala derecha llegaba un oficial etolio que confirmaba lo mismo. Los sirios replegaban su caballería. Si la falange no estuviera tan estancada en el centro podría ordenar un avance, pero quizá fuera su oportunidad para intentar deshacer las alas enemigas y atacar la falange siria por los extremos.

—¡Reagrupaos! ¡Rehaced la formación! —Escopas gritaba mientras sus pensamientos se atropellaban. Estaba considerando lanzar una carga de persecución contra el enemigo que se batía en retirada, cuando observó algo que le hizo dudar. Los jinetes sirios se dividían en dos mientras galopaban hacia sus posiciones de retaguardia dejando un amplio pasillo central por el que emergían nuevas unidades montadas. Los nuevos jinetes parecían cabalgar sobre caballos más robustos, pero no galopaban sino que más bien avanzaban al trote. A medida que se acercaban el general etolio pudo comprobar que los jinetes que montaban aquellos pesados animales estaban recubiertos de cotas de malla de metal por todo el cuerpo, con brazos, piernas, pecho, todo perfectamente protegido y, lo más sorprendente aún: las propias bestias estaban completamente recubiertas de mallas densas que debían pesar una enormidad, pero que los caballos acertaban a trasladar con un trote decidido y, aparentemente, irrefrenable. Escopas sabía lo que se les venía encima. Había oído hablar, como todos los generales de su época, de las temibles unidades de *catafractos* de los ejércitos orientales, pero nunca había combatido contra ellas. Decían que eran lentas en sus maniobras, pero que esa lentitud la compensaban con su robustez absoluta. Se trataba de caballos y jinetes completamente acorazados, prácticamente indestructibles. Escopas, como otros muchos, pensaba que aquéllas eran historias del pasado, pero todo aquel día era como si el rey Antíoco hubiera hecho resucitar los antiguos ejércitos de Persia. ¿Cómo pudo Alejandro Magno derrotar semejantes fuerzas?

El general etolio vio desaparecer a los *dahas* y dromedarios tras las pesadas unidades *catafractas*. El suelo empezó a temblar bajo las pezuñas de su propia montura y el estruendo monocorde del avance de los caballos blindados del rey de Siria penetró en los oídos de los jinetes del ejército egipcio. Escopas se pasó la sudorosa y ensangrentada mano derecha por la boca. Tenía sed, pero ahora no había tiempo.

—¡Manteneos firmes! ¡Los caballos en línea! —Dudaba. No sabía si ordenar una carga o recibir a los *catafractos* allí mismo, todos juntos, detenidos sobre la pradera de Panion. Sabía que la duda era el principio de la derrota—. ¡A la carga, por todos los dioses, a la cargaaaaaa!

Y él mismo fue el primero en impulsar su yegua contra las unidades de *catafractos* que se lanzaban contra ellos. En pocos metros, los jinetes etolios y egipcios consiguieron una velocidad de carga muy superior a la de los caballos acorazados de los jinetes sirios. Aquello insufló un soplo de esperanza en el compungido corazón de Escopas.

El choque fue bestial. Los caballos de los unos y los otros se estrellaron de forma brutal, pero en lugar de crearse la típica maraña de caballerías enemigas, tras el primer impacto y la consecuente caída de los animales de primera línea, una vez que los etolios y egipcios había perdido la fuerza de su carga, los caballeros *catafractos* del rey Antíoco retomaron su avance empujando al enemigo hacia atrás. Escopas lanzó una lanza contra uno de los jinetes enemigos, pero éste se cubrió con un escudo y la lanza desviada, aún mortal, cayó sobre el lomo forrado de hierro de un caballo que, gracias a sus protecciones, salió indemne del ataque. Escopas veía a sus hombres intentando herir a guerreros y bestias enemigas con las espadas o las lanzas, pero la mayoría de los golpes se estrellaba una y otra vez contra las poderosas protecciones de metal de los *catafractos*. Al tiempo, los sirios, lentos pero tenaces, respondían con sus propias lanzas y con certeros golpes de espada a los mandobles etolios y egipcios. Pronto Escopas vio como decenas de sus jinetes caían heridos entre horribles gritos de dolor para terminar siendo pisoteados por los caballos sirios que, con el peso adicional del metal protector que transportaban sobre sí, parecían elefantes que lo arrasaban todo a su paso. Escopas intentó reagrupar a sus jinetes para establecer una línea defensiva del ala izquierda de su ejército, pero los *catafractos*, ajenos a las inútiles maniobras del ejército egipcio para herirles, continuaban su avance como fantasmas venidos de otro mundo, como seres casi inmortales, fríos, sólo concentrados en su destino de destruir por completo al enemigo que, obstinado, intentaba sobrevivir a su imperturbable carga de hierro y sangre.

Escopas era un militar curtido, maduro y decidido. En el campo de batalla, sabía lo que debía hacerse, cómo debía hacerlo y en qué momento. Ordenó la retirada.

Ala derecha del ejército sirio

Seleuco sonrió con alegría al tiempo que asentía con la cabeza. Los etolios y los egipcios se retiraban. No podían hacer nada contra los *catafractos*. Habían resistido a los *dahas* en las alas y a los *argiráspides* en el centro, pero nada podían hacer contra la caballería acorazada de Siria.

—¡Matadlos a todos! —aulló con fuerza haciéndose oír por encima del fragor del combate—. ¡Por Apolo, no dejéis ni uno con vida! —Era su momento de gloria y la mejor forma de demostrar a su padre y al resto de oficiales de la corte que estaba preparado para ser rey en el futuro próximo.

La caballería blindada avanzaba sin que los jinetes enemigos pudieran detenerlos. La sangre egipcia y etolia regaba las fronteras de un moribundo Egipto tolemaico.

Centro de la batalla. Vanguardia de la falange siria

Antípatro observó como los *catafractos* desbordaban al enemigo por ambos extremos de la formación. Era el principio del fin de aquella batalla. De pronto escuchó un bramido brutal a sus espaldas. Se dio la vuelta veloz. Más de sesenta elefantes habían iniciado una carga contra el enemigo.

—¡Lanzad las *sarissas* y apartaos! ¡Apartaos! —ordenó a los *argi-*

ráspides de la falange que lideraba—. ¡Lanzad las *sarissas*, abrid pasillos y dejad que los elefantes pasen por ellos! ¡Apartaos!

La falange se dividió en pequeñas secciones a la vez que los *argiráspides* desencajaban las dos piezas de sus largas *sarissas* y así, convertidas en lanzas, las arrojaban contra el enemigo evitando de ese modo que los egipcios intentaran nada porque a aquella inesperada lluvia de hierro se unía el hecho de que estaban abrumados por el retroceso de su propia caballería en los flancos, y sólo se esforzaban por mantener las posiciones y no por intentar aprovechar las brechas abiertas en la falange enemiga para contraatacar. Eso dio el tiempo suficiente a la falange siria para que se replegara ordenadamente y dejara su lugar a una brutal carga de elefantes que se arrojaban bramando salvajemente contra las debilitadas y acobardadas filas egipcias. Los paquidermos reventaron en cuestión de segundos la línea egipcia y, al instante, avanzaban pisoteando un extenso manto de cadáveres de ilusos que habían albergado alguna esperanza de detener el descomunal ataque del rey del norte, de Antíoco III de Siria.

Ala izquierda del ejército sirio

Toante vio cómo Seleuco aplastaba al enemigo en el flanco derecho, así que no dudó en arengar a sus propios *catafractos* para no quedar por debajo del hijo del rey.

—¡A por ellos, malditos, a por ellos! ¡Por Apolo, por el rey Antíoco! ¡Por Siria! ¡Hoy es el fin de Egipto!

Los jinetes sirios, completamente recubiertos por sus armaduras resplandecientes, tintaron de rojo su piel de hierro y bronce. Al poco tiempo, la caballería enemiga se batía en franca retirada sin tener tiempo de ayudar a sus heridos, que eran pisoteados sin piedad por unos caballos que, contrarios a su intención, no encontraban un lugar donde pisar donde no hubiera un jinete egipcio malherido.

Ala izquierda del ejército egipcio y etolio

Escopas contemplaba la hecatombe que le rodeaba: la infantería egipcia huía despavorida mientras decenas de elefantes se lanzaban sobre los incautos guerreros del faraón y los aplastaban con sus gigantescas pezuñas y, justo tras las descomunales bestias de Oriente, que no dejaban de bramar ensordeciendo a todos los que se encontraban a su alrededor, venían decenas y decenas de carros escitas que atropellaban a los que aún quedaban con vida. Mientras, en el flanco derecho, los *catafractos* desarbolaban la caballería, al igual que lo hacían en su propio flanco izquierdo. Escopas sabía que la mayor parte de su caballería etolia estaba en su flanco. Era ya demasiado tarde para salvar a Egipto y su ejército. Agatocles tendría que haber sacado más oro de las arcas de Alejandría y haber contratado bastantes más mercenarios.

—¡Replegaos junto a mí! ¡Por Zeus, seguidme todos los que podáis! —vociferó Escopas a sus jinetes etolios a la vez que se aproximaba hacia el centro de la batalla y llamaba a sus soldados de infantería, al menos a aquellos etolios que estaban más próximos al flanco izquierdo. Los mercenarios oyeron la voz de su general y acudieron a su llamada como huérfanos en busca de cobijo. Unos huían de los elefantes, otros de los *catafractos* y todos buscaban una huida, tan sólo salvar la vida, no pedían más.

Escopas consiguió reagrupar en el flanco izquierdo a centenares de sus soldados y de sus jinetes, siempre retrocediendo. La caballería etolia, sin armaduras, tenía, al menos, la ventaja de la velocidad, lo que les permitió alejarse del avance de los *catafractos* varios centenares de pasos a la espera de que se les unieran los restos de la infantería. Los egipcios, tanto jinetes como soldados, no obedecían a nadie y simplemente huían, corrían como locos, encomendándose a Isis, Serapis y, sobre todo, a Osiris, el dios rey del reino de los muertos, al que todos sabían que iban a conocer muy pronto.

El general etolio miró hacia el enemigo: *catafractos*, elefantes y carros escitas avanzaban sin detenerse un momento. No había tiempo para plantear ninguna defensa ordenada. Miró hacia el oeste.

—¡Sidón! —exclamó, y miró a los pocos oficiales que le habían seguido hasta la posición de reagrupamiento de las tropas—. ¡Es la ciudad más próxima! ¡Allí nos podremos refugiar, luego ya se verá!

Todos asintieron. Seguramente Sidón caería, como había ocurrido con Biblos más al norte, pero en aquel momento una ciudad amurallada era la mejor opción, la única opción, incluso si eso sólo suponía retrasar la muerte. Los jinetes etolios, siguiendo las órdenes de Escopas, volvieron a formar para frenar, en la medida de sus posibilidades, el avance de los *catafractos*. Escopas no lo dudó y se situó al frente de todos ellos una vez más.

—¡Tenemos que ganar tiempo para que la infantería corra y gane distancia en dirección a Sidón! ¡Cuando lo ordene daremos media vuelta y al galope les seguiremos y no nos detendremos hasta alcanzar la ciudad!

Muchos de los jinetes pensaron que su general era noble al preocuparse por la infantería en lugar de huir a la carrera y, sin lugar a dudas, había nobleza en su empeño de volver a enfrentarse a lo incontestable, a los pesados e indestructibles *catafractos* del rey Antíoco, pero había más de estrategia que de fatuo heroísmo en aquella acción. Escopas vio que algunos de los oficiales de la caballería, sin embargo, quizá no tan valerosos, no tan bravos, a fin de cuentas estaban allí por dinero, no compartían la idea de volver a enfrentarse a aquellos caballos y jinetes blindados que, una vez más, sacudían la tierra bajo las pezuñas de sus bestias.

—¡En Sidón necesitaremos soldados, cuantos más mejor, para defender las murallas y alargar nuestra rendición! ¡Sólo con la infantería dentro de la ciudad, apostada en los muros, tendremos la posibilidad de forzar una negociación! ¡Sin ellos seremos insuficientes y la ciudad caerá en pocos días!

Los oficiales asintieron y, aun a disgusto pero entendiendo que lo que decía su general tenía sentido, apretaron los dientes y se dispusieron de nuevo a cargar contra los *catafractos*.

De pronto, Escopas tuvo una idea.

—Los ojos —dijo en voz baja—; los ojos —repitió, y a continuación transformó su intuición en una orden—. ¡Atacad a los ojos de los caballos! ¡Clavad vuestras espadas en sus ojos! ¡Hundid las lanzas en los ojos de sus monturas!

Aquél era el espacio sin protección más grande en toda la armadura de los *catafractos.* Merecía la pena que se intentara. Era lo único que podía hacerse. La caballería enemiga estaba allí mismo.

—¡Ahora, ahora, por Zeus! —Y Escopas y todos sus jinetes se lanzaron en una breve pero intensa carga contra los *catafractos* que comandaba Seleuco, el hijo del rey sirio. Escopas apuntó con su espada a los ojos del primer *catafracto* con el que se encontró, pero la bestia movía la cabeza, nerviosa, y no pudo acertar a clavar la punta de su arma en la pequeña obertura por la que el animal tenía visión de lo que ocurría a su alrededor. Además, el jinete sirio se percató de lo que intentaba hacer y detuvo al animal al tiempo que con su propia espada lanzaba un mandoble que, al chocar con el arma de Escopas, hizo que todo su brazo temblara y que a punto estuviera de quedar desarmado, pero lo peor fue el segundo jinete enemigo que se acercó por el costado derecho y que, aprovechando un descuido del *strategos* griego, le hirió en el hombro. Escopas aulló de dolor y rabia. Ordenó a su yegua que retrocediera, para ganar tiempo y ver lo que ocurría con el resto de jinetes, mientras se tragaba su propio sufrimiento sin lamentos. Algunos habían tenido más fortuna o más habilidad y algún jinete acorazado había caído al suelo entre los relinchos bestiales de dolor de algún caballo sirio cegado por la punta de una espada etolia, pero éstos eran los menos y la estratagema era del todo inoperante con la mayoría de los *catafractos* cuyas monturas esquivaban el ataque enemigo y, al segundo, sus jinetes sirios contraatacaban con golpes certeros que herían mortalmente a decenas de etolios.

Escopas alargó la agonía de su caballería lo máximo que pudo y siguió combatiendo con el hombro herido y ensangrentado, lanzando golpes poco certeros ya, pero mostrándose al frente de su caballería para que sus hombres supieran que su general estaba allí, con ellos, combatiendo, pero, al fin, antes de que aquella resistencia se transformara en una masacre completa, una vez convencido de que era imposible retrasar más el avance de la caballería acorazada siria sin arriesgarse a perder a todos sus jinetes, lanzó su última orden de la batalla de Panion.

—¡Retirada, retirada total! ¡Al galope! ¡Al galope hacia Sidón!

Habían caído casi un tercio de los jinetes que habían sobrevivido a la primera carga de los *catafractos.* Eso quería decir que Escopas había perdido a casi toda la caballería etolia del flanco derecho y a la mitad del flanco izquierdo, pero aún tenía unos cuatrocientos jinetes con los que se alejó galopando envuelto del polvo de aquella llanura infame. Tras ellos el enemigo avanzaba, pero lento y pesado, y la distancia cada vez se hacía más larga.

Pronto, los jinetes de Escopas alcanzaron la infantería etolia que, a marchas forzadas, seguía huyendo en dirección a Sidón. El *strategos* etolio distribuyó a la caballería superviviente rodeando a la infantería y ordenó que marcharan a un trote suave para ir acompasados con los guerreros de a pie. Miró entonces hacia atrás. Aún se discernía el tumulto de la batalla y se escuchaba el bramido infernal de algún elefante. Se veían también pequeños grupos de guerreros egipcios desperdigados por la llanura, corriendo sin rumbo, sin orden, en direcciones opuestas. Egipto ya no dependía de sí mismo, pero eso no era asunto suyo. Tampoco cobraría el segundo pago por combatir en Panion que le debía Agatocles.

Hizo bien en imponer la condición de cobrar la mitad por adelantado. En Sidón tenía dinero, un regimiento de reserva y fuertes murallas. En Sidón se atrincheraría y esperaría a Antíoco III de Siria. La herida del hombro dolía mortalmente. Maldijo su suerte y maldijo al rey de Siria y a Agatocles por llamarle a aquella campaña suicida.

Centro de la llanura de Panion. Tienda del rey de Siria

Antíoco había abandonado su carro y había ordenado que levantaran su gran tienda real en medio de la llanura de Panion. Olía a muerto, pero eran muertos del enemigo. Aquel olor no le desagradaba. Además, la comida que sus esclavos le estaban trayendo, cocinada en espesas y humeantes salsas, amortiguaba el olor de los cadáveres. El rey de Siria tenía hambre y empezó a comer mientras su hijo Seleuco y el resto de generales se presentaban para saber qué debían hacer. El viejo Epífanes permanecía en pie, a la espalda del rey.

—¿Qué hacemos, padre? —Fue Seleuco el único que se atrevió a interrumpir en su almuerzo de campaña al victorioso rey, señor ahora de todos los territorios desde la India en Oriente hasta, ahora sí, las costas del Mediterráneo, toda vez que el ejército egipcio había sido barrido de la Celesiria—. Los egipcios han sido aniquilados o dispersos, padre, pero los etolios se han reagrupado y se dirigen a Sidón.

Antíoco no respondió. Sin dejar de masticar el trozo de cordero que tenía en la boca, se volvió y miró a Epífanes. El consejero comprendió que el rey quería su opinión.

—Escopas es un *strategos* experimentado —empezó Epífanes con seguridad—. Se hará fuerte en Sidón. Para rendir la ciudad tendremos que recurrir a un largo asedio.

Antíoco III de Siria dejó de comer. Epífanes siempre le fastidiaba con su manía de ponerse siempre en lo peor. Un asedio era algo terriblemente tedioso.

—Podemos retarle a una batalla en campo abierto frente a los muros de la ciudad —dijo Toante, siempre intentando satisfacer a su rey. Antíoco sonrió. Seleuco apretó los dientes. Epífanes negaba con la cabeza.

—Escopas nunca saldrá de las murallas de la ciudad sin un pacto. Será un asedio largo —sentenció el consejero del rey.

Todos guardaron silencio. Antíoco III de Siria escupió en el suelo de la tienda. Un esclavo se arrodilló y limpió el escupitajo del monarca con rapidez y se retiró como una centella.

—Iremos a Sidón —anunció el rey con aplomo—. Quiero ese último puerto del Mediterráneo y lo quiero pronto.

Era un aviso para todos. El monarca quería concluir la campaña de recuperación de las costas fenicias con rapidez. Tenía otros trabajos en mente. Quería restablecer el control absoluto sobre toda Asia Menor y eso incluía arrojar a los rodios de las costas de Asia y reducir a cenizas la ciudad de Pérgamo. Para eso necesitaba todas sus tropas. Un asedio sólo conseguiría dar tiempo a Rodas y Pérgamo a organizarse, pues pronto correría por toda Asia y el Egeo la gran victoria de su ejército.

—Sidón caerá, *Basileus Megas* —prometió Toante anticipándose a Seleuco. Epífanes miró al suelo. Toante buscaba desbancar a todos ante los ojos del rey: a su propio hijo, al resto de generales y a él mismo como consejero del rey. Era demasiado ambicioso. Había que pararle los pies.

14

El faraón niño

Palacio real de Alejandría.
Finales del verano de 200 a.C.

Agatocles entró en la sala real del gran palacio de Alejandría algo nervioso. No sabía muy bien cómo trasladar al faraón niño la noticia del desastre de Panion. No sabía tampoco si aquello tenía algún sentido. El faraón tenía sólo diez años y poco sabía aún de estrategia militar o de política. De momento estaba aún aprendiendo la compleja serie de dioses egipcios, los colegios sacerdotales y luchando con las escrituras jeroglífica, demótica y griega. Necesitaba saber los tres idiomas para gobernar sobre los sacerdotes, sobre el pueblo y en la corte. El faraón niño levantó la cabeza de entre el montón de papiros de los que estaba rodeado. El escriba que Agatocles había asignado como tutor para esa tarea se alzó y, discretamente, salió de la sala real.

—¿Pasa algo, Agatocles? —preguntó el faraón.

El consejero real asintió.

—Sí, mi faraón y rey. Nuestro ejército ha sido derrotado en la frontera de la Celesiria. Todas las ciudades fenicias están en manos del enemigo. Bueno, Sidón resiste en un asedio, pero poco podemos hacer por ayudarles. Temo que pronto caerá también.

El niño miró a su consejero, pensó un momento y dio una orden real.

—Envía otro ejército para derrotar a nuestro enemigo del norte.

Agatocles suspiró. Pensó en explicar al faraón que no había otro ejército que enviar, pero el faraón ya había hundido de nuevo su pequeña cabeza entre los papiros y parecía centrado en entender lo que ponían los textos que le había seleccionado su escriba para la clase de ese día.

—Sí, mi faraón y rey. Así se hará —respondió Agatocles. Se inclinó ante el niño que gobernaba Egipto y salió de la sala real. Enviar otro ejército. Agatocles negaba con la cabeza mientras se alejaba por los largos pasillos del palacio de Alejandría. Como si eso fuera tan fácil. Bastante haría con conseguir reunir los restos del ejército derrotado en Panion y nuevas levas de soldados inexpertos para proteger la frontera al sur de Fenicia e impedir que Antíoco III se plantara en la mismísima Alejandría. Sólo le retenía al rey de Siria la tenaz resistencia de Escopas en Sidón y rogaba a los dioses que Antíoco, antes de acabar con el moribundo Egipto, quisiera emprender otras acciones militares contra sus enemigos en Asia Menor. Eso, al menos, le daría una oportunidad. Enviar un nuevo ejército. Sonrió con tristeza, pero, de pronto, comprendió que la simpleza de la respuesta de un niño era la única salida. Cuando has sido derrotado sólo puedes hacer dos cosas: o consigues un nuevo ejército o te alías con quien te ha vencido.

—Sea —dijo en el silencio de los pasillos del palacio del faraón. Intentaría primero conseguir un nuevo ejército. Derrotado Escopas, sólo quedaban dos ejércitos temibles en el mundo conocido que pudieran hacer frente a Antíoco: uno eran las falanges macedónicas de Filipo V, pero éste había pactado con Antíoco. La otra opción eran las legiones de Roma.

Agatocles reemprendió la marcha por los pasillos del palacio. Y, si Roma no acudía, Egipto tendría que ser entregado en bandeja de oro y plata a Antíoco III. Él la entregaría, si llegaba el caso. Sería la única forma de conservar la vida. Pero quedaba por ver qué hacía Roma.

Roma.

15

El descubrimiento de Epífanes

Finales de diciembre de 200 a.C.

Epífanes había hecho aquel viaje en secreto. Tenía una duda en su cabeza que no había podido comprobar desde que el rey regresara de la India, pues al poco tiempo se declaró la guerra contra Egipto y las unidades militares de Oriente fueron directamente conducidas al frente sur sin pasar muchas de ellas por Antioquía. Epífanes vivía con preocupación la creciente ambición del rey. En un principio, el veterano consejero estaba persuadido de que Antíoco sólo buscaba asegurar las fronteras, primero en Oriente, como había hecho con larga *anábasis* y luego con la guerra contra Egipto para recuperar las salidas al mar Mediterráneo tan necesarias para el comercio. Por todo ello, Epífanes había hecho lo posible y lo imposible por conseguir el pacto con el rey Filipo V de Macedonia, para que éste no interviniera en ayuda de Egipto, pero desde la victoria de Panion, el rey no dejaba de hablar de recuperar en su integridad o incluso añadiendo territorios nuevos el antiguo y casi inabarcable Imperio del Gran Alejandro. Eso era una locura. Serían demasiados los frentes de guerra. Las fronteras de Oriente estaban tranquilas, eso era cierto, pero en Occidente, además de contra Egipto, habría, al final, que luchar contra el propio Filipo V, que contaba con un poderoso y experimentado ejército y luego estaban las ciudades rebeldes de Rodas y Pérgamo, aliadas de la lejana Roma. La ciudad latina se recuperaba aún de una larga guerra contra Cartago, pero Epífanes presentía que Roma era un gigante dormido. Y las ciudades griegas tomarían partido si Antíoco cruzaba el Helesponto con intención de gobernar sobre todas ellas. No, eran demasiados enemigos a la vez. Era probable que el ejército de Siria fuera el más poderoso del mundo, pero incluso así, no podría contra todos a la vez. Lo peor de todo es que desde el éxito de la guerra de Oriente y de la batalla de Panion en el sur, el rey sólo tenía oídos para su vanidoso hijo Seleuco y para el orgulloso general Toante.

El carro que conducía al consejero del rey entró en la ciudad de Apamea, cerca de las costas del Mediterráneo. Varios soldados sirios que custodiaban las puertas de la ciudad ordenaron detener el carruaje, pero en cuanto el oficial al mando reconoció al viejo consejero del rey cambió de actitud y, dejando de lado la hosca forma en la que habían frenado el carro, se dirigió al consejero con el respeto debido a su proximidad al rey.

—Por Apolo, consejero Epífanes, no sabíamos nada de que fueras a venir a Apamea.

Epífanes interrumpió al oficial. No tenía tiempo para cháchara.

—Rápido, soldado, ordena que me conduzcan a las caballerizas reales, las grandes.

El oficial frunció el ceño.

—¿Donde han cobijado a los elefantes indios del ejército?

—Exacto.

Al oficial le pareció una petición un tanto peculiar, pero Epífanes era uno de los máximos consejeros de la corte y no había orden alguna de restringirle el acceso a ninguna parte de aquella plaza militar, y es que Apamea era, en esencia, el cuartel general de las tropas de Siria, una ciudad construida en una larga sucesión de acuartelamientos y caballerizas para las diferentes unidades de infantería y de caballería del ejército. Allí se entrenaban los famosos *argiráspides* o los temidos *catafractos* y, como no podía ser de otro modo, hasta allí, tras la batalla de Panion, habían conducido a los elefantes indios que habían participado en la masacre del ejército egipcio y los habían reunido con el resto.

Una vez pasado el control de guardia, el carro avanzó con rapidez hasta detenerse frente a una inmensa construcción alargada repleta de puertas gigantes custodiadas por grandes columnas de piedra. Eran las caballerizas imperiales más grandes desde allí hasta el río Indo. Las puertas habían sido ampliadas para permitir el acceso de los grandes elefantes, pues estaban, en un principio, diseñadas tan sólo para caballos y habían tenido que levantar columnas adicionales para asegurar la estructura general del edificio al haber eliminado parte de los muros interiores para que las enormes bestias pudieran acomodarse algo mejor al espacio interior que tenían a su disposición para descansar y para protegerse del frío o del sol.

Epífanes bajó del carro y dos soldados de su confianza que habían venido con él desde Antioquía le acompañaron en silencio. El consejero entró por la puerta principal y empezó a examinar, uno a uno, a cada elefante. Los animales estaban tranquilos. Era diciembre, pero era un día claro, despejado y el sol del mediodía caía con fuerza y los tenía medio adormecidos en su refugio sombrío de las caballerizas. Pese al invierno había muchas moscas y el olor de las bestias lo impregnaba todo, pero Epífanes sólo se fijaba en el rostro de cada animal y, cuando podía, si el animal estaba de espaldas, confirmaba su intuición examinando el ano y las partes íntimas de cada paquidermo desde la prudente distancia de varios pasos. Los elefantes estaban encadenados por una argolla de hierro atada a una de sus patas cuya cadena estaba anclada al suelo con un pesado eslabón final, pero aun así no estaba de más ser precavido. Había más de cien elefantes, casi centenar y medio. Un arma poderosa, letal en aquellos tiempos. Una excelente adquisición para el rey Antíoco que planeaba que aquellos animales se reprodujeran en la comodidad de aquellas caballerizas que había adaptado para ellos para así tener cada vez más elefantes que le ayudarían a completar su sueño de reconquistar el antiguo imperio de Alejandro Magno.

Cuando Epífanes salió por una de las puertas laterales, después de examinar a todos y cada uno de los gigantescos animales, regresó junto al carro que le había traído hasta allí y se sentó de lado en un extremo del mismo. Los soldados aguardaron a cierta distancia. Epífanes se pasó la palma de su mano derecha por su pelo gris. Sonrió. Ya tenía algo con lo que desacreditar a Toante, que tan listo se creía. Ojalá fuera suficiente para inyectar algo de prudencia en la desbocada ambición de Antíoco. Epífanes ya había servido al padre del rey para preservar la integridad del imperio seléucida y no le agradaba la idea de que todo aquello pudiera echarse a perder por un delirio sin medida ni control. Todos los elefantes tenían colmillos. Todos.

16

Los hijos del general

Roma, enero de 199 a.C.

Publio veía y escuchaba sentado en su amplio *solium* en una esquina del *tablinium*. Icetas, en el otro extremo de la sala, impartía sus enseñanzas a Cornelia mayor, al pequeño Publio y a Cornelia menor. Lo habitual era que las clases tuvieran lugar al aire libre, en el atrio, pero el frío de aquella mañana de enero había obligado a que el *pater familias* cediera su despacho para que el pedagogo de Siracusa no interrumpiera las clases a sus hijos. Cornelia mayor, de acuerdo con su carácter discreto y con sus trece años, atendía en silencio, al igual que el jovencísimo Publio de sólo diez años. Lo que sorprendía a Publio padre era la actitud igual de atenta e interesada en lo que Icetas decía de la pequeña Cornelia de tan sólo cinco años. Icetas había extendido sobre la gran mesa de la sala un amplio mapa que abarcaba todos los reinos que bañaba el Mediterráneo. Cornelia mayor y Publio hijo escuchaban y miraban el mapa sentados en sus asientos, pero la pequeña Cornelia se había puesto de pie en su *solium* para poder ver bien las indicaciones que Icetas hacía sobre el plano.

—De occidente a oriente éstos son los reinos y ciudades más importantes del Mediterráneo: en el oeste tenéis Hispania, conquistada por Roma en su parte oriental y sur y habitada por los aguerridos celtíberos en el interior. Aquí, en la ciudad de Numancia —y la señaló con el dedo índice sobre el mapa—, están los lindes del poderío de Roma en esta península. Luego, por aquí, al sur de la Galia está la colonia griega de Masilia, y todo este territorio está dominado por los galos de diversas tribus. Los ligures son los que más próximos están a la frontera norte de los dominios de Roma. En el mar, entre Hispania e Italia están las islas Baleares, poco exploradas, y luego Cerdeña, Córcega y Sicilia, gobernadas por Roma. Siracusa es la ciudad más grande y más importante de todas estas islas. De allí vengo yo. Allí me contrató vuestro padre. —Icetas miró por un instante a Publio padre y éste le correspondió con un leve asentimiento—. Al sur, está Mauritania, Numidia y África, con la ciudad de Cartago, donde vuestro padre consiguió tan importantes victorias para Roma, al igual que en Hispania. Luego, si seguimos hacia oriente tenemos Grecia al norte del mar, con múltiples ciudades agrupadas en dos grandes ligas, la liga aquea y la liga etolia. También tenéis aquí el pequeño reino del Épiro, grande en otros tiempos cuando su rey fue Pirro, pero ahora reducido en su poder e importancia. Junto a él, un poco al norte, está el protectorado romano de Iliria, con Apolonia como capital, y al este el reino de Macedonia, donde gobierna aún, desde hace muchos años ya, el rey Filipo V. Al norte de Macedonia están los temibles tracios, guerreros terribles. Si volvemos a las costas del sur del Mediterráneo, después de Cartago tenemos la Cirenaica, Libia y por fin el eterno reino de los faraones, Egipto, ahora gobernado por los descendientes de uno de los generales de Alejandro Magno: Tolomeo, por ello quien gobierna ahora es Tolomeo V, aunque éste es sólo un niño de 10 años, como tú, joven Publio. —Y el muchacho asintió intentando entender cómo se podía ser faraón tan joven cuando en Roma había que ser muy mayor para llegar a cónsul, incluso ser edil o cualquier otro cargo político era imposible siendo tan sólo un niño. Eran extraños aquellos países de los que hablaba Icetas, pero el pedagogo seguía con sus explicaciones—. Luego tenemos Asia Menor, en tiempos pasados completamente gobernada por el Imperio seléucida, ahora dirigido por el monarca de Siria, también descendiente de otro general de Alejandro Magno. Este rey se llama Antíoco III y ha recuperado todo el oriente de sus antiguos dominios; desde la India hasta el Mediterráneo, todo está bajo su control y, por lo que se ve, está luchando con Egipto por recuperar Fenicia, aquí. —Y posó el dedo sobre la ciudad de Sidón—. Éste es el mundo que conocemos.

Las explicaciones de Icetas hacían que Publio padre no pudiera evitar rememorar el tiempo en el que su hermano y él mismo eran los que eran aleccionados por otro pedagogo griego, el viejo Tíndaro, de forma muy similar a como lo hacía Icetas con sus hijos, sólo que los reinos del mapa habían cambiado y los dominios de Roma eran ahora mucho más extensos. Cambios que parecían no detenerse. Icetas, sin duda, había oído hablar de la embajada egipcia, y es que habían llegado a Roma varios enviados de Egipto pidiendo ayuda para defenderse de los ataques de Antíoco III de Siria. Los embajadores habían expuesto en el Senado que tras una terrible batalla en la llanura de un lugar llamado Panion, el ejército del faraón había sido derrotado. Sólo parecía haberse salvado el *strategos* griego y mercenario Escopas, curtido en mil batallas, que se había atrincherado en Sidón. Toda Fenicia estaba ahora en manos seléucidas. Pero Publio sacudió la cabeza. Sí, habría que redibujar el mapa, pero aquéllas eran lejanas batallas, disputas demasiado distantes. Así lo vio también el Senado de Roma, que despidió a los embajadores egipcios sin comprometerse de forma clara a enviar tropas. Ya tenían demasiadas fronteras que vigilar: los galos al norte, los celtíberos en Hispania, Cartago al sur, y Filipo V en Iliria.

Icetas terminó su clase. Se despidió de los niños por lo que quedaba de mañana hasta la nueva sesión de la tarde, se inclinó ante Publio padre y salió del *tablinium*. Cornelia mayor y Publio hijo se quedaron mirando el mapa que había quedado desplegado sobre la mesa, pero la hija menor, aparentemente algo ya cansada de todos aquellos países y nombres de reyes extraños, bajó de su *solium* y se dirigió hacia la puerta para salir al atrio. Al pasar junto a su padre, la pequeña Cornelia se detuvo frente a él y le preguntó con curiosidad infantil.

—¿Tú conquistaste Hispania, padre?

—Así es, hija —respondió Publio sin poder ocultar en su voz una gran dosis de orgullo.

—¿Y tú conquistaste África?

—Así es, hija. También. Por eso me llaman *Africanus*.

—¿Y ahora gobernamos sobre Hispania y sobre África?

Publio padre meditó su respuesta.

—Gobernamos sobre gran parte de Hispania, hasta donde ha dicho Icetas, hasta Numancia, hasta el Tajo en unas zonas y hasta el Duero en otras. Y no gobernamos en África, porque a veces, cuando ganas una guerra, se pacta no someter a los vencidos a cambio de otras cosas.

—¿Qué cosas, padre?

—Dinero, trigo y otras cosas y, sobre todo, de la promesa de no volver atacar a Roma.

La niña asintió. Parecía satisfecha. Publio padre se sintió aliviado. El interrogatorio de su hija pequeña empezaba a ser demasiado complejo, pero cuando ya creía que había concluido, la pequeña volvió a preguntar.

—¿Y es así, conquistando, en la guerra donde te hicieron la herida de la pierna?

—Así es, hija, luchando por Roma.

La niña le miró fijamente a los ojos.

—No vayas a más guerras, padre. No quiero que te hagan más daño.

Publio la miró conmovido.

—Sólo iré si el Senado me lo pide, hija.

Pero la niña repitió de forma imperturbable.

—No vayas a más guerras, padre.

Se hizo un silencio en el que Publio padre deglutía si aquellas palabras encerraban un aviso de los dioses. Publio hijo interrumpió sus meditaciones.

—Padre conquistará aún más tierras, Cornelia. Sobre todo si el Senado se lo pide.

La niña pequeña se volvió hacia su hermano.

—Pero le harán daño —insistió.

—Bueno, bueno —intervino Publio padre, molesto con la tenacidad con la que su hija pequeña se obstinaba en manifestar absurdas premoniciones sin fundamento alguno fruto de su imaginación infantil—; la clase ha terminado y vuestro padre ha de leer y escribir. Salid todos de aquí e id al atrio o a la cocina o con vuestra madre.

Los niños obedecieron al instante y dejaron a su padre a solas en el *tablinium* con el gran mapa del Mediterráneo abierto. Publio padre enrolló despacio, con estudiado cuidado, con tiento para no estropearlo, el mapa del mundo. Era papiro egipcio muy fino, demasiado, algo cortante en sus extremos y, sin darse cuenta, como un filo de cuchillo, el papiro segó una pequeña sección de la punta de su dedo índice.

—¡Por Cástor! —exclamó Publio padre—. ¡Qué tontería!

17

La sangre de Egipto

Alejandría, enero de 199 a.C.

Las noticias del desastre de Panion llegaron pronto a Alejandría y, como si el Nilo las distribuyese al igual que las arterias y venas distribuyen la sangre por nuestro cuerpo, en pocos días todo Egipto sabía que el ejército del faraón no sólo había sido derrotado, sino que ya ni tan siquiera existía.

Netikerty se quedó varias horas contemplando la puesta de sol, mirando el horizonte del delta. A su espalda Alejandría entera lloraba sus muertos. Había habido muy pocos supervivientes entre los egipcios y entre ellos no estaban ni su esposo, ni su hermano ni su padre. De pronto en la familia sólo quedaban mujeres: una madre asustada y dos hermanas algo más serenas pero también perdidas, abatidas. Tampoco era algo extraño. Entre sus conocidos muchas eran las familias que habían quedado en una situación similar. Para los reyes de Oriente y Occidente, para sus generales y ejércitos, el nombre de Panion evocaba una gran victoria militar del invencible ejército de Siria y todo el Imperio seléucida, pero para las esposas, madres y hermanas de

Alejandría, Panion era la reencarnación más feroz y brutal de la descarnada muerte.

Netikerty pensaba que Isis y Serapis y todos los dioses egipcios les habían abandonado. Sólo quedaban mujeres. De pronto Netikerty sintió que alguien le estiraba de la parte inferior de la túnica. Miró abajo y se sobresaltó. Su hijo, de apenas siete meses, estaba junto a ella agarrándose con fuerza a su túnica. Netikerty había dejado al niño en casa, junto al lar apagado, sentado, jugando tranquilo, ajeno a la zozobra en la que se había sumido la ciudad y el reino en el que vivía y del que formaba parte. El niño había empezado a gatear. Netikerty lo miró con sorpresa primero y luego, con una tierna sonrisa en los labios. Se agachó, lo tomó en sus brazos y lo puso sobre su regazo mientras lo apretaba contra su pecho. El niño no tuvo dudas, aunque su madre no le estaba ofreciendo comida, y en seguida abrió la boca y empezó a mordisquear el seno de Netikerty por encima del vestido. Su madre mantuvo la sonrisa, sacó un brazo por la manga y dejó descubierto el pecho que el niño había seleccionado.

Sólo quedaban mujeres, era cierto. Y Jepri.

—Sólo quedas tú, Jepri —dijo Netikerty con dulzura—. Ahora tú tendrás que cuidar de todas nosotras.

El niño mamaba con fuerza. Tenía ansias de vivir y aquella fuerza atravesó la piel de su madre y le insufló un destello de alegría que la consoló durante el resto de aquel día de luto y miseria en la capital del reino de los faraones.

18

El asedio de Sidón

Fenicia, febrero de 199 a.C.

Sidón fue la segunda de las tres grandes ciudades fenicias en ser hegemónica entre los fenicios. Primero fue Biblos, que ya había caído en manos de Antíoco, luego Sidón, que estaba siendo asediada y, finalmente, Tiro, que caería en poder de Siria si Sidón se rendía. En el pasado, los fenicios, partiendo de Sidón, colonizaron Chipre, Rodas, Creta y fundaron factorías con las que extender su actividad pesquera y comercial por todo el Egeo y el Mediterráneo oriental. También se explotaban desde la ciudad las minas de oro de Tasos, lo que les proporcionaba una fortuna y una riqueza suplementaria. Sidón fue abandonada, tras la decadencia del poder fenicio en el Mediterráneo, pero ya hacía años que había sido repoblada y recuperada para el comercio por los pueblos extranjeros interesados en controlar su magnífico puerto. Así, Egipto, Asiria y Persia se disputaron antaño su control por su riqueza pesquera, minera y comercial. Desaparecida Persia, la lucha por su puerto continuó entre los herederos de Alejandro: los tolomeos de Egipto y los seléucidas de Siria. Ahora, una vez más, estaba a punto de cambiar de manos. Tras Panion, Egipto ya nada podía hacer para retener a Sidón, o el resto de ciudades fenicias que aún quedaban bajo su débil dominio.

Tantas guerras, tantos asedios, habían llevado a Sidón a estar bien fortificada. Unas poderosas murallas la rodeaban por todas partes, incluido el sector que daba al mar, para proteger la ciudad de un posible ataque naval. Levantada en la ladera de una colina, desde Sidón se controlaba una amplia llanura rica en agricultura y que abastecía bien a la ciudad. Ahora, con el asedio de Antíoco, el *strategos* Escopas se había preocupado de recolectar el máximo posible de víveres por toda la llanura y los había almacenado en la fortaleza de la ciudad. De igual forma, había incendiado todo lo que podía comerse y no podía llevarse para evitar que los sirios pudieran abastecerse. Los ciudadanos de Sidón, acostumbrados a ser siempre víctimas de las guerras de otros pueblos, lo contemplaban todo con la calma resignada, estoica de quien está acostumbrado a sufrir casi siempre y a disfrutar con intensidad las pocas veces en que eso era posible. Ahora, una vez más, tocaba padecer.

Lo peor para muchos es que el gran Templo de Eshmún, el dios curativo, quedaba fuera de los lindes de las murallas, en el camino del norte que llevaba a Biblos. Eshmún era la divinidad de la vida y de la sanación, sobre todo de los niños. Para los griegos era el equivalente del dios Asclepios, pues los fenicios aseguraban que Eshmún era hijo de Apolo. Eshmún. Eso era en todo lo que podían pensar los fenicios de Sidón cuando vieron que el *strategos* etolio se hacía con su ciudad y lo disponía todo para un nuevo y largo asedio. Hasta el templo de Eshmún, antes de que los etolios cerraran las puertas de la ciudad de forma permanente, se dirigieron muchos padres y madres de Sidón a rezar acongojados por el futuro de sus hijos. En un asedio el hambre es la dueña de todo y los niños son siempre sus primeras víctimas. Muchos fenicios de Sidón llevaron sus pequeñas estatuillas de terracota representando a niños y niñas, torpes imágenes de sus hijos e hijas pero en las que sus progenitores ponían toda su fe, y las llevaron al Templo de Eshmún y las depositaban ante la gran estatua del dios rodeado por dos serpientes. Se arrodillaban y rogaban.

Un carpintero avanzaba entre la multitud que hacía cola frente al templo. De la mano llevaba a su pequeña hija Areté. La madre, enferma, había permanecido en casa. Padre e hija depositaron una estatuilla por la madre y otra por la propia niña. El hombre sabía que la madre no podría ser salvada. Estaba demasiado débil y un asedio terminaría con su esposa, pero rogó a Eshmún, a aquella inmensa imagen del dios rodeado por serpientes, por ella y, sobre todo, rezó con auténtico fervor, con esa pasión ciega que es la única que parece conmover, ocasionalmente, a los dioses, con frecuencia ajenos a los padecimientos de los pobres mortales que los adoran; y rogó porque Eshmún protegiera a su pequeña Areté que no tenía culpa de nada, no tenía culpa de ser humilde en un mundo de guerras entre reyes que ni tan siquiera conocían y que, y aquí acertó en su plegaria, nunca rezaban con esa misma fe a ningún dios. Ante esa plegaria el dios Eshmún asintió de forma invisible para los mortales allí congregados. Todo el mundo desalojó el templo. Los etolios iban a cerrar las puertas de la ciudad. Los que tenían familia en Tiro fueron hacia el sur, pero era un camino peligroso porque las tropas sirias estaban ya cerca y odiaban a los fenicios que habían aceptado el gobierno de Egipto durante tantos años sin rebelarse contra los faraones. El norte ya estaba conquistado por el enemigo. Muchos pensaron que estaban mejor en sus propias casas. Si había que morir, mejor hacerlo en el hogar y no despedazado por enemigos enloquecidos en algún camino desolado y desértico. El sol se ponía, pero aún se filtraba algún rayo que se arrastraba por las losas del gran Templo. Curiosamente, el último rayo de sol languideció estirándose por el suelo vacío y frío de aquel lugar sagrado hasta detenerse justo en donde un padre desesperado había dejado la pequeña estatuilla de barro que representaba a su hija Areté. Fue sólo un instante, pero aunque sólo fuera por el breve tiempo de un parpadeo, la estatuilla quedó iluminada y resplandeció a los pies de la gran imagen del dios Eshmún. Nadie vio nada, pero eso a un dios no le importa. En el exterior sólo se escuchaba ya el golpe seco de miles de guerreros avanzando hacia las murallas de Sidón.

Escopas sabía que todo estaba perdido. Había conseguido refugiarse tras las altas murallas de Sidón y así sobrevivir a la masacre de Panion, pero todas las rutas para recibir refuerzos estaban cortadas. El norte y el este estaban controlados por el invencible ejército de Antíoco; el mar, por el oeste, estaba cercado por la flota siria y sólo quedaba la posibilidad de que Egipto enviara refuerzos desde el sur, pero aquello era ya del todo imposible porque Agatocles no disponía de más tropas.

Escopas contemplaba la caballería de Antíoco patrullando alrededor de todo el perímetro amurallado y veía cómo los sirios habían levantado un campamento permanente junto a la ciudad. Habían venido para quedarse y sólo contemplaban la rendición absoluta de Sidón. El rey de Siria, el emperador dueño y señor de todos los reinos desde la India hasta allí, quería controlar los puertos de la Celesiria y así asegurarse una amplia franja costera que le permitiera su siguiente paso: el ataque a Occidente. Escopas no tenía duda alguna de que, tras la exhibición de Panion, Antíoco no se conformaría sólo con apropiarse de los territorios celesirios de Egipto, sino que buscaría expandir aún más su poder hacia el oeste, pero eso ya no era asunto suyo. Las ciudades griegas y la propia Macedonia deberían preocuparse por ello en el futuro, pero lo que ahora ocupaba su mente era cómo sobrevivir de día en día. Llevaban ya un mes de asedio y el hambre comenzaba a causar estragos entre la población. Sus tropas etolias permanecían fieles a su mando pero sabía que incluso éstos, si el asedio se alargaba, empezarían a flaquear y la situación se haría insostenible. La cuestión era saber cuántos hombres y esfuerzo estaba dispuesto a sacrificar el rey de Siria por conquistar aquella ciudad. Escopas no lo dudó y la noche anterior, aprovechando la oscuridad, envió a un mensajero a parlamentar con el rey Antíoco. Le ofrecía entregarle la ciudad, abrir las puertas y dejar que el rey tomara posesión de la misma sin que se derramara la sangre de ninguno de sus soldados seléucidas. A cambio, Escopas sólo pedía que se le permitiera salir de Sidón sano y salvo junto con sus guerreros etolios de regreso a Grecia. De los egipcios que pudiera haber presos entre los sirios, o escondidos por Sidón, no decía nada. Ni de los habitantes de la ciudad. No le concernían y, aunque hubiera querido, no estaba en situación de pedir más. Unos barcos para sus hombres y el rey de Siria entraría en la ciudad acortando unos largos y penosos meses de asedio. Escopas esperaba la respuesta contemplando el imponente campamento del todopoderoso rey de Oriente. El general etolio aguardaba tenso, pero sin perder la esperanza. Si recibía una negativa estaba dispuesto a vender muy cara su piel, una piel y un cuerpo que ya no valían tanto pues la herida del hombro le había inutilizado el brazo derecho y ya poco valía para el combate; se trataba de salvar la vida, llevarse el dinero de Agatocles y refugiarse en su ciudad natal, en Amfissa, hasta el fin de sus días. Pese a su herida, aun sin usar el brazo bueno, estaba seguro de poder llevarse por delante a una buena cantidad de aquellos malditos soldados sirios si el rey no se avenía a negociar. Una cantidad suficiente como para que el rey Antíoco le recordara siempre, incluso si conseguía, como era seguro, la victoria.

Escopas contemplaba desde lo alto de las murallas el infinito ejército de Siria y guardaba silencio. Se llevó la mano izquierda al entumecido hombro derecho. Sí, incluso si salía vivo de allí, sus días de guerrero habían terminado. Sólo anhelaba regresar a Amfissa, en el corazón de Grecia, y descansar.

Areté acababa de ver cómo su padre enterraba a su madre en una de las fosas que se habían habilitado para que se fueran depositando los cadáveres de todos los que fallecían presa del hambre. Ya eran muchos los muertos y el fallecimiento de su madre, una humilde mujer de treinta años, casada con un carpintero, no llamó la atención de nadie ni generó lágrima alguna adicional entre la columna de gente que venía a depositar allí a otros familiares que habían sucumbido a las penurias del asedio. Al regresar a casa, su padre, con el semblante triste, se sentó en una silla frente a la única mesa de la única estancia que conformaba su hogar. Hacía frío aquella mañana, pero no había leña en el fuego. Al igual que la comida, también se había acabado, y eso que él, como carpintero que era, había podido aguantar más tiempo que otros con la madera que tenía almacenada para su trabajo, pero hasta ésa se había terminado.

—He hablado con Tiresías —dijo su padre con un débil hilo de voz—. Vendrá a buscarte, Areté. Él se hará cargo de ti. Como médico que es, al cuidar a los heridos de los etolios de Escopas está en buen trato con ellos, sobre todo porque creo que ha tratado a su propio general de una herida en el hombro. Los soldados y oficiales le pagan bien por sus cuidados. Tiresías ha aceptado hacerse cargo de ti. Yo ya no tengo nada que darte, hija. No tengo comida y no tengo ni con qué calentarte. Esta guerra ha acabado con todo. —Y cerró los ojos y rompió a llorar. Areté, la pequeña niña de siete años, se acercó a su padre y le puso la mano sobre la espalda. Nunca había visto llorar a su padre. Ni cuando murió madre. No sabía qué más hacer. Ella no lloraba porque se le habían acabado las lágrimas de regreso de enterrar a su madre. Estaba exhausta y muerta de hambre, pero el terror a quedarse sola la mantenía despierta y atenta a todo lo que pasaba. En ese momento se abrió la puerta y apareció un hombre viejo, acompañado por dos soldados etolios. Areté reconoció en seguida al médico que antaño cuidara de las enfermedades de sus padres o cuando ella estaba mala. Tiempos pasados en los que el negocio de su padre le permitía pagar los servicios de aquel médico griego.

Tiresías se acercó al padre de la niña.

—¿Estás bien?

El hombre se enjugó las lágrimas y sintió vergüenza, pero respondió con una voz más fuerte.

—Sí. Estamos bien. Aquí tienes a la niña. Es una buena niña. Es obediente y trabajadora.

Tiresías miró un momento a la niña que se encogía por momentos e intentaba apretarse contra el cuerpo de su enflaquecido padre. El médico asintió. Extrajo entonces de un capazo que llevaba dos trozos de pan y le dio uno al padre y le ofreció otro a la niña. El padre lo aceptó de buen grado pero la niña lo rechazaba. Tiresías no se ofendió y se limitó a guardarse el pan.

—No he podido traerte más hoy. Los etolios me racionan el pan a mí también, pero tendré suficiente para la niña. Eso te lo garantizo.

En el pasado, cuando Tiresías levantó su casa junto al puerto, el padre de Areté había realizado toda la carpintería, las puertas, las ventanas, las mesas y había hecho un trabajo excelente. Tiresías pagó bien y luego siempre acudían a él cuando estaban enfermos y Tiresías siempre les cobraba muy por debajo de lo que acostumbraba. Se estableció entre ellos un cierto afecto y ahora, en medio de las terribles penurias de aquel asedio, Tiresías había respondido favorablemente al ruego de aquel carpintero desesperado por que ayudara a su hija.

—Mañana vendré si puedo y te traeré algo más de comida —dijo el médico, pero tanto Tiresías como el carpintero eran conscientes de que aquéllas eran palabras vacías, dichas más bien para tranquilizar los aterrados oídos de la niña que para otra cosa, pues ambos hombres sabían, como todo los ciudadanos de Sidón, que el rey Antíoco había aceptado la propuesta del general etolio de recibir la ciudad a cambio de que los etolios abandonaran Sidón por mar sin ser atacados. Y los etolios habían aceptado irse y, entre muy pocos seleccionados por ellos, iban a llevarse al médico que tan útil les era para cuidar de sus heridos. Eso significaba que la pequeña Areté embarcaría en aquellas naves hacia un destino desconocido.

—Gracias —dijo el carpintero—. Cuida bien de ella. —Y a continuación se dirigió a su pequeña—. Tiresías es un buen hombre. Él te cuidará. Obedécele como si de mí se tratara. Él te dará de comer y te cuidará. —Pero la niña negaba con la cabeza. Su padre, reuniendo las pocas energías que aún le quedaban, levantó la voz y gritó con furia—. ¡Ve con él y no me discutas, ve con él, niña, ve con él, por los dioses!

Areté dio un respingo y se separó de su padre. El carpintero lamentó haber gritado a su hija y no quiso que la niña se marchara así.

—Toma esto —añadió entonces el famélico carpintero y se quitó un pequeño colgante que llevaba al cuello—. Me lo dio tu madre hace tiempo para que me protegiera. Es una miniatura del dios Eshmún. Le he rogado por ti. Eshmún te protegerá. Llévalo siempre contigo y él velará por ti. Lo hará, sé que lo hará. —Y el carpintero hablaba con la seguridad de quien sabía que ha ofrecido su propia vida al todopoderoso Eshmún a cambio de la vida de su hija Areté; el carpintero hablaba con la seguridad del que sabe que el momento de su inmolación está cercano.

Confundida, asustada, Areté tomó el colgante que le dio su padre y se lo puso en seguida al cuello. Iba a decir algo, pero Tiresías la cogió de la mano y, sin violencia, pero con firmeza, la condujo a la puerta y, cuando quiso darse cuenta, Areté ya caminaba junto al médico, rodeada por un grupo de soldados etolios. Tiresías se apiadó de la muchacha y le volvió a ofrecer el pedazo de pan. No es que el médico le quisiera mal, pero los soldados estaban nerviosos y la visita al carpintero se había alargado demasiado, por eso se sintió en la obligación de acortar una despedida que, como era lógico, podía haberse hecho eterna. Areté aceptó esta vez el pan y empezó a comer con ansia al tiempo que las lágrimas que creía ya terminadas para siempre rebrotaban en sus ojos mientras se alejaban de la casa que la vio nacer y donde hasta hacía pocos meses había disfrutado de una infancia feliz en el amparo y la seguridad de sus padres.

En el interior de la casa, el carpintero se tomó despacio su último pedazo de pan. Pronto entrarían las tropas del rey Antíoco y acabarían con todo y con todos. A los hombres los matarían por haber aceptado durante tantos años el gobierno de Egipto sin rebelarse y a las mujeres y las niñas las violarían para luego vender a los supervivientes de las torturas y las vejaciones como esclavos en las ciudades de Oriente. Sabía que iba a morir, de una forma u otra, muy pronto, pero estaba feliz porque había salvado a su hija de aquel terrible destino. De pronto se llevó la mano a la boca y se dio cuenta de que ya no le quedaba pan. Suspiró. Una pregunta permanecía en su mente y, por unos minutos, le hizo olvidar que se estaba muriendo de hambre. ¿Qué le depararía ahora la vida a su pequeña Areté?

Un centenar de soldados sirios rodeaban el Templo de Eshmún. Uno de los guerreros cogió una antorcha. En el interior del templo había leña acumulada para sacrificios y pensaba usarla para incendiar aquel santuario, pero de pronto una mano fuerte detuvo su brazo. El soldado se revolvió enfadado, pero al descubrir el rostro amargo de Artaxias, el oficial seléucida al mando, se contuvo.

—¡Esto es un templo, imbécil! —le espetó Artaxias al tiempo que tomaba la antorcha y la arrojaba lejos de los muros del santuario—. ¿No tenéis suficiente con tomar su ciudad, matar a miles de fenicios y violar a sus mujeres e hijas? Dejad a sus dioses en paz —añadió, y se alejó cruzando por entre unos soldados algo confusos pero incapaces de rebelarse contra aquel valiente oficial del ejército de Antíoco.

El rey Antíoco estaba satisfecho del pacto con Escopas. Un asedio era algo que le molestaba por tedioso. Te obliga a estar durante meses con todo el ejército enclavado en un mismo sitio. Era aburrido y, además, logísticamente te debilita, pues no puedes atender otros frentes o emprender otras acciones con el cien por cien de tus tropas, por eso cuando Escopas propuso el pacto de rendir Sidón a cambio de su vida y la de sus hombres el rey Antíoco se sentía muy pagado consigo mismo. Sabía que el etolio se llevaría algo de dinero egipcio con él y pensó en reclamárselo, pero, a fin de cuentas, el etolio había luchado por ese oro y había luchado bien. Que se lo llevara.

Antíoco estaba demasiado henchido de victoria como para preocuparse por el paradero de unas pocas monedas. Lo esencial era que las ciudades se le rendían a los pies de su temible ejército. ¿Que Escopas salía vivo y podía contar todo lo ocurrido, todo lo que había pasado en Panion? Antíoco III, *Basileus Megas*, sonrió de forma ostentosa. Que lo cuente. Que cuente cada maniobra, cada ataque, cada carga de su ejército, y, sobre todo, que describa con detalles cómo sus *catafractos* y sus elefantes lo aplastan todo. Todo.

En la tienda real levantada en el centro del gran campamento del ejército sirio, el rey compartía su felicidad con su hijo Seleuco y con sus más importantes generales. Toante y Antípatro ocupaban lugares destacados, pero a nadie escapaba que Seleuco y Toante eran ahora claramente los favoritos en los afectos del rey. Hubo una larga fiesta y se comió y se bebió mucho hasta que el rey tuvo ganas de estar solo y descansar. Había permanecido en su tienda real, alejado de los gritos de dolor de los fenicios de Sidón que estaban siendo acuchillados y despedazados en las calles de la ciudad. El viento se ocupaba de evitar que aquellos aullidos llegaran a los oídos del rey y así el monarca se dispuso a descansar un poco cuando Epífanes entró en el recinto. Antíoco, nada más verle y comprobar la seria expresión con la que su consejero le regalaba en esa tarde de victoria, comprendió que, fiel a su costumbre, Epífanes no traía buenas noticias. Epífanes había sido, según decían muchos en la corte, el mejor consejero que nunca había tenido el Imperio seleúcida, pero a Antíoco, últimamente, se le antojaba un hombre pesimista y demasiado entrometido. Eso sí, siempre poseía información relevante, veraz. Por eso le mantenía en su puesto, aunque apenas le hiciera ya caso en todo lo relacionado con el desarrollo de las campañas que tenía diseñadas para reconquistar el imperio de Alejandro.

—Me parece, querido Epífanes, que una vez más vienes con malas noticias —empezó el rey desde su trono—. No me traes ninguna información que me alegre desde que negociaste el pacto con Filipo V, y de eso ya hace unos años.

—Siento que mi rey —empezó Epífanes inclinándose al tiempo que hablaba— tenga ese concepto de mí. Entiendo que mi deber es tener informado al rey de todo aquello que pueda suponer un contratiempo a sus planes y, en efecto, algo he averiguado que puede poner en peligro futuras campañas.

Antíoco III suspiró profundamente. Echó mano de una copa de oro que aún tenía vino y la agotó de un trago. No llamó a ningún esclavo. Estaba a solas con Epífanes y, fuera lo que fuera, como sería malo, mejor tener conocimiento del asunto en privado.

—Te escucho —dijo por fin el rey.

Epífanes inspiró aire y fue directo al grano. A medida que el consejero hablaba, la faz del monarca se iba tornando agria y roja de ira mal contenida. Una vez que Epífanes terminó su relato, Antíoco III de Siria se levantó despacio y paseó de un lado a otro justo delante de su trono con las manos en la espalda. Se detuvo y miró a Epífanes.

—Sal y llámalo.

—¿A Toante, mi señor?

—A Toante, sí, y al resto. Quiero también aquí a mi hijo y a Antípatro y todos los oficiales. Ya mismo.

Epífanes hizo una reverencia y dio media vuelta. Incluso antes de llegar a la salida de la tienda, su rostro se había iluminado por una amplia sonrisa. Conocía aquel *rictus* desgarrado en la expresión de Antíoco. Epífanes, no obstante, fue meticuloso en borrar toda huella de satisfacción de su rostro cuando emergió por la puerta de la tienda real.

En el interior, Antíoco ponderaba la información de su consejero mientras tomaba de nuevo asiento en su trono. Al poco tiempo, el recinto real se llenó de gente: primero entraron los soldados de la guardia imperial, *argiráspides* seleccionados por el propio monarca en función de los informes sobre su valentía en el campo de batalla que Antípatro le pasaba. Tras los *argiráspides* entró Seleuco, el hijo del rey, Toante, Antípatro y una larga pléyade de oficiales como Minión o Filipo, recién llegados de Asia Menor, y tras todos ellos, Epífanes, caminando lentamente, hasta situarse a la derecha del rey, a una prudente distancia. El monarca no tenía ni ánimo ni tiempo para rodeos. Quería confirmar si lo que decía Epífanes era cierto. Comprobarlo era innecesario, pues si bien no le gustaba Epífanes, había algo que tenía que nadie más poseía en aquella corte: nunca le mentía; puede que, como el resto, nunca dijera todo lo que sabía, pero, al menos, y eso era clave, nunca había mentido. No, Antíoco III sólo quería ver hasta qué punto Toante había ocultado aquella información. Y quería ver su reacción.

—Toante —empezó el monarca con aparente serenidad, pero con una voz grave que de inmediato hizo ver a todos que se iba a tratar un asunto importante—, Toante, me has servido bien en Oriente y combatiste bien en Panion, pero hay algo que no puedo permitir.

Toante, que había entrado sonriente, seguro de sí mismo y saciado en sus apetitos de comida y carnales, pues acababa de comer un cabritillo entero junto a varios de los *catafractos* y luego se había entretenido en violar a dos muchachas, casi niñas, dos fenicias, antes de matarlas, tragó saliva. No entendía bien a qué venía aquello, aunque al ver a Epífanes tan satisfecho de sí mismo, en pie, junto al rey, empezaba a intuirlo. Epífanes habría averiguado lo de los elefantes, sin duda. Toante sabía que no podría guardar aquella información por siempre, pero había esperado que los éxitos bélicos pudieran al fin tapar este error.

—¿Qué es lo que mi rey no puede permitirse? —preguntó Toante con estudiada ingenuidad, pero no le gustaba ver que había el triple de *argiráspides* en la tienda del rey de lo que solía ser habitual en cualquier cónclave de alto mando sirio.

Antíoco suspiró. Aquella fingida ignorancia le irritaba.

—¿Desde cuándo sabías que todos, absolutamente todos los elefantes que nos enviaron desde la India tienen colmillos? —preguntó el rey mirándole fijamente.

Toante callaba. Seleuco, incauto, se atrevió a preguntar lo que todos estaban pensando.

—¿Y qué si todos tienen colmillos, padre? Mejor así. Mejor se defenderán del enemigo.

Antíoco III de Siria lamentó que su hijo fuera aún más necio de lo que había imaginado. Tras la decepción de Toante, tenía que volver a pensar en dejar el reino a Seleuco y el pobre sabía tan poco de todo... El rey decidió ahorrarse la explicación y se limitó a mirar a Epífanes.

—Sólo los machos tienen colmillos en la India —precisó el consejero real—. En África es diferente, pero en la India es así. Los reyes indios han hecho igual que con Alejandro Magno: sólo entregan elefantes machos como presente. De esa forma controlan el número y mantienen el control sobre los elefantes de guerra de Asia. Nuestro rey tenía el plan de aumentar el número de elefantes en Apamea, pero el general Toante no tuvo la precaución de asegurarse de que entre los elefantes indios hubiera también hembras. Ahora ese plan es del todo imposible.

—¿Desde cuándo sabías esto, Toante? —insistió el rey con voz más nerviosa. El aludido empezó a mirar a un lado y a otro. De pronto, no había nadie a su alrededor. Un amplio círculo vacío se había creado en torno al general sirio. Toante respiraba acelerado. Eludió responder directamente.

—Mi rey, te he servido siempre, y bien; recuperé el control de las provincias rebeldes de Oriente...

—¡Yo, Antíoco III, *Basileus Megas*, recuperé las provincias orientales para nuestro imperio! —gritó el rey alzándose en su trono—. ¡Tú me servías!

Toante calló. El rey repitió la pregunta.

—¿Desde cuándo sabías que no había hembras, inútil? A ti te correspondía la gestión del trato de los elefantes con los reyes indios. No atacamos su frontera a cambio de elefantes. Sólo tenías que conseguir un buen número de machos y hembras, inútil, ¡y sólo tenemos machos!

Toante nunca pensó que su vida fuera a correr peligro por una hembra, o varias, y menos de elefante, pero ahora lo veía todo muy oscuro.

—Toante —empezó de nuevo el rey con voz más serena sentándose otra vez en su trono—, Toante, me has decepcionado profundamente y, lo peor de todo, lo que no puedo perdonar, es que me has ocultado información. ¿Cómo voy a conquistar el mundo si mis generales me ocultan lo que saben? Con generales así no puedo avanzar, pero, Toante, ¿sabes una cosa?

Alrededor del general sirio en desgracia se habían arremolinado una decena de *argiráspides* quienes, a un gesto de Epífanes, desenfundaron sus espadas brillantes y, cuyo oficial al mando, se quedó mirando al rey.

—Toante, ¿sabes una cosa? —repitió el rey—. Yo pienso seguir avanzando... pero sin ti. —Y miró al oficial de su guardia real y el monarca se limitó a asentir levemente. El *asgiráspide* jefe se volvió hacia Toante y, sin dudarlo, hundió su espada en el vientre del que hasta hacía sólo pocos minutos era uno de los hombres más poderosos de la corte de Antíoco III. Toante se llevó ambas manos al estómago y apretó en un vano intento por detener sangre y dolor a la vez, pero fracasó en ambos objetivos. Cayó de rodillas. Otros tres *argiráspides* clavaron sus espadas en la espalda del general abatido, para que su muerte fuera ignominiosa y vulgar.

—Nadie me miente, Toante —dijo el rey inclinado en su trono, agachándose para ver los ojos en blanco de su general ejecutado, y luego, mirando al resto de los presentes, añadió un aviso—. Nadie me oculta información. Nadie. —Y, mirando a los *argiráspides*—: Ahora llevaos a este imbécil de mi vista y dejadme solo.

Los soldados de la guardia real arrastraron por los pies el cadáver de Toante dejando un largo reguero de sangre que partía desde los pies del trono real hasta la puerta de salida. Tras ellos salieron todos los oficiales, el resto de la guardia y Epífanes, pero este último se detuvo al escuchar su nombre en la voz del monarca.

—Epífanes.

El consejero se dio la vuelta de inmediato, dio dos pasos hacia el interior de la tienda y, aún desde una distancia de unos veinte pasos, respondió con rapidez a su señor.

—Sí, mi rey.

—Epífanes, me has servido bien, pero no me has hecho feliz.

—Lo siento, mi rey. Siento traer en ocasiones malas noticias.

—¿En ocasiones? —El rey lanzó una carcajada nerviosa en la que descargaba parte de la ira contenida—. Siempre, Epífanes, eres portador de malas noticias. Desde que conseguiste el pacto con Filipo V no has dicho nada que me hiciera feliz.

Epífanes comprendió que el rey le estaba avisando. Era conveniente confirmar que había entendido el mensaje.

—Me esforzaré en devolver a mi rey la felicidad que haya podido robarle hoy.

Antíoco se reclinó hacia atrás hasta que su espalda se apoyó en el respaldo del trono.

—Eso estaría bien, Epífanes. Estaría bien que un día me sorprendieras de verdad.

Epífanes hizo una nueva reverencia y salió de la tienda. Por el tono y la reacción del rey, el consejero estaba seguro de que Antíoco no contemplaba retrasar sus planes pese al contratiempo de los elefantes. El rey seguía ciego en que podría contra todo y contra todos. Pronto vendría la campaña de Asia Menor. De momento se había conseguido eliminar un general estúpido y demasiado ambicioso, un peligro potencial en el campo de batalla, pero eso no era suficiente. Tenía que conseguir mejores generales. Epífanes no dudaba del potencial de aquel inmenso ejército, sino de la capacidad de mando de sus generales. Antípatro, Filipo, Minión eran buenos, razonablemente leales, pero no brillantes, y Seleuco, el hijo del rey, era un estúpido. Había otros oficiales emergentes como un tal Artaxias, del que le habían hablado bien como combatiente, pero su lealtad estaba por probar. Antíoco quería reconstruir el imperio de Alejandro Magno, pero ni era él Alejandro ni había ningún Alejandro entre sus filas. Estaban abocados al fracaso a no ser que él, Epífanes, encontrara un nuevo Alejandro que comandara aquel ejército. Entonces la campaña de Asia Menor y cuantas decidiera emprender el rey tendrían éxito. Entonces conseguiría hacer feliz al rey. Quizá ése era el mensaje oculto del aviso del rey: «Toante era un inútil, de acuerdo, pero encuentra tú ahora a alguien que valga para reemplazarle», sólo que el orgullo de rey le impedía ponerle palabras tan claras a aquella petición. ¿Y dónde había un nuevo Alejandro?

19

La subida de impuestos

Cartago, marzo de 199 a.C.

Aníbal escuchó un enorme tumulto que ascendía desde las calles bajas del puerto y llegaba hasta la mismísima ladera del monte de Byrsa, donde tenían él y su esposa Imilce su residencia. Cogió su espada y, acompañado por media docena de veteranos que vivían con él a modo de guardianes, salió al exterior. Una turba incontrolada avanzaba por en medio de la calle gritando todo tipo de improperios contra el Consejo de Ancianos que gobernaba la ciudad. Había mercaderes, pescadores, hombres del campo y artesanos. Unos llevaban azadas, otros sierras, cinceles, martillos o cualquier otra herramienta que habían considerado apta para golpear. Maharbal ya le había advertido de que el descontento era cada vez mayor y Aníbal se estaba preparando para presentarse a sufete de Cartago, apoyado en ese enorme descontento de un pueblo agobiado por los brutales impuestos que el Consejo de Ancianos imponía sobre todos para pagar las indemnizaciones de guerra pactadas con Roma. Con el nuevo año, incapaces los Ancianos de reunir la suficiente plata para satisfacer el nuevo pago a Roma, habían vuelto a subir los impuestos. Los mercaderes veían cómo sus exiguas ganancias se volatilizaban, los ganaderos y pescadores apenas tenían compradores porque nadie tenía con qué pagar y los agricultores veían una y otra vez como sus cosechas, fruto de su sudor y esfuerzo, eran expropiadas por los soldados de Giscón enviados por Hanón, el líder del Consejo de Ancianos, toda vez que la aristocracia cartaginesa había controlado de nuevo el Consejo en perjuicio de los Barca y sus seguidores. Hanón ya se enfrentó a Amílcar Barca en el pasado, tras el desastre de la primera guerra contra Roma y, de nuevo, tras la derrota de Zama, se había hecho con el control de la ciudad, arrinconando a Aníbal y sus veteranos.

El tumulto de gente ascendía desde el puerto. Se dirigían con toda seguridad contra el edificio del Senado de Cartago para presentar sus reclamaciones con algo más de intensidad que simples gritos. De pronto, su instinto de guerrero hizo que Aníbal mirara hacia el extremo opuesto de la calle: soldados, los restos de un antiguo y desarbolado ejército, avanzaban descendiendo para interceptar a la muchedumbre armada de palos y herramientas. Los soldados eran un pobre ejército, sin duda, pero con sus picas en ristre en una compacta falange, organizada y disciplinada, constituían una fuerza insuperable para el motivado pero mal armado y peor preparado pueblo de Cartago. Por un instante, Aníbal consideró salir de su casa, dejar el umbral desde el que lo observaba todo y ponerse al frente de la turba y dirigir una carga contra los soldados. Sabía que su sola presencia insuflaría ánimos desconocidos al pueblo y, al mismo tiempo, aterrorizaría a los soldados. Ya le acusaban desde el Senado en tramar un golpe de Estado. ¿Por qué no hacerlo ya? Pero su cabeza permanecía fría. No era el momento, no lo era. Descendían más de dos centenares de soldados, bien pertrechados, y habría más distribuidos por la ciudad y él no sabía si aparte de aquel grupo de ciudadanos había más en rebelión por la ciudad. Si no era así aquello acabaría en un breve y sangriento enfrentamiento en el que, sin duda, el pueblo se llevaría, de largo, la peor parte. Luego nada. Lágrimas y silencio y rabia. Aníbal apretó los labios.

—Adentro, id adentro —espetó a sus veteranos. Éstos, a regañadientes, obedecieron. Tenían tantas ganas como él de enfrentarse a los soldados de Giscón enviados por el Consejo de Ancianos, pero obedecieron, como siempre, a su general—. Adentro —repetía Aníbal para sí mismo, en voz baja mientras las puertas de su casa eran aseguradas con gruesos travesaños—. Adentro. —Y miró al suelo. En el exterior se oyeron los gritos de la gente, los oficiales dando órdenes, los crujidos de huesos que son atravesados por picas, los aullidos de dolor, casi podía oler la sangre. Conocía bien cada sonido, cada chillido, cada golpe. Se escucharon a continuación fuertes impactos contra su puerta.

Los había que querían entrar a refugiarse. Los veteranos de Aníbal le miraron. Aníbal negó con la cabeza, se dio media vuelta y se dirigió hacia su dormitorio, en el otro extremo de la casa, con la esperanza de que allí no se oyeran los gritos de dolor de Cartago. Llegó hasta su habitación y se sentó en el borde de la cama, como hiciera hacía casi dos años tras la derrota de Zama. Imilce apareció en el umbral del dormitorio. Le vio allí, quieto, sentado; respetó su silencio y le dejó a solas. Aníbal se había equivocado en una cosa: incluso en el otro extremo de la casa se oían los gritos del pueblo de Cartago. Los soldados de Giscón estaban haciendo su trabajo a conciencia. Aníbal estaba exasperado, pero ni era el momento ni tenía los recursos necesarios para oponerse al Consejo de Ancianos, aún no. Aún no. Tenía que tragarse la rabia y sobre la sangre derramada hoy sembrar el odio necesario para ser elegido sufete de Cartago, pero los gritos perduraban y el horror invadía sus entrañas. Por Baal, cómo echaba de menos tener un ejército.

20

Memorias de Publio Cornelio Escipión, *Africanus* (Libro II)

Flaminino cumplió fielmente su misión de repartir buenas tierras entre mis veteranos. En muchos casos asignó lotes de buena tierra fértil en Etruria, algo alejados de Roma, pero buena tierra para una granja. Entonces, cuando me acababan de elegir censor y de nombrar princeps senatus *por ser el más veterano de los senadores de Roma, no pensé que alejar a algunos de esos veteranos, ciudadanos de pleno derecho de Roma, leales a mí hasta el fin, pudiera significar que perdía votos para futuras elecciones y otros conflictos políticos que debían suceder. Sólo puedo admitir que me sorprendió la facilidad con la que Catón, en el Senado, cedió a las peticiones que Flaminino hacía en mi nombre a favor de mis veteranos. Ingenuo de mí. Creía que todo se me facilitaba porque se me respetaba, porque se me temía y, sin embargo, Catón, con habilidad, cediendo, ganaba terreno al perder yo apoyos de personas que cogían todo lo suyo y, con frecuencia a otros familiares y amigos, y dejaban Roma para instalarse cómodamente en el norte. Yo, ciego a todo esto, disfrutando de mis victorias políticas, de mi recién elegida censura, me limitaba a festejar y celebrar en compañía de mis familiares y amigos y ni siquiera era capaz, no ya de interpretar la importancia de las batallas de Oriente, sino de ver lo que ocurría entre los propios muros de mi casa. Eso, sin lugar a dudas, es lo que más me duele; es de lo que más me arrepiento, pero el pasado no se puede cambiar.*

21

El nuevo censor de Roma

Roma, marzo de 199 a.C.

La fiesta, como era de prever, había sido excesiva. Tiberio Sempronio Graco se recogió en el vestíbulo con la intención de salir de aquella casa. Estaba ahíto de escuchar felicitaciones vestidas de palabras huecas que llovían sobre Publio Cornelio Escipión como un torrente con un creciente caudal de ambición irrefrenable. Graco permanecía frente a la puerta a la espera de que le trajeran un aguamanos con el que limpiarse la grasa de pato, cabrito, cerdo y quién sabe cuántos animales más de aquel inacabable desfile de manjares con los que el recién elegido censor de Roma y *princeps senatus* había decidido agasajar a sus invitados. Graco carraspeó como si al aclararse la garganta pudiera sacudirse el agrio sabor de haber visto confirmadas, una a una, las palabras de Catón: «Ha sido cónsul y pronto volverá a serlo; ahora es censor y se rodeará de aquellos que le son fieles y sólo de ellos; pronto todos seremos sus esclavos.» Tiberio Sempronio Graco había acudido por respeto a la invitación recibida y, más aún, por formarse una opinión propia. Muchos decían que Catón criticaba por pura envidia. Bien pudiera ser que algo de cierto hubiera en aquella afirmación, pero a veces hasta la más enconada de las envidias crece sobre una base cierta. Hoy había compartido mesa con aquella base que sustentaba el poder de Escipión.

—¡Por todos los dioses! —maldijo Graco desesperado de que el aguamanos no pareciera llegar nunca. Sólo quería salir de aquella *domus* de una vez y alejarse de los Escipiones. Había acudido allí no por iniciativa propia sino por sugerencia del propio Catón.

—Si no me crees —las palabras de Catón aún resonaban nítidas en los oídos de Graco— estás en tu derecho, joven Graco, pero haz una cosa: ve a su casa, come con él, observa cómo se mueve, de quién se rodea, juzga por ti mismo y por ti mismo decide.

Y así había hecho y, aunque le doliera admitirlo, estaba claro que Escipión se manejaba por su casa como si fuera un semidiós. El problema es cuándo empezaría a actuar igual más allá de los lindes del umbral de su *domus*. Según Catón eso estaba a punto de ocurrir.

Graco, absorto aún en sus reflexiones, escuchó un chasquido a sus espaldas y se volvió veloz. Sus veintitrés años estaban cargados de reflejos. Pero no había nadie. Permanecía solo en el vestíbulo. A sus espaldas estaba la pesada puerta de la entrada anclada por el centro por un tremendo travesaño que precisaría de al menos dos o tres esclavos para ser alzado. Aquélla no era la entrada a una casa, sino a una fortaleza. ¿Para qué quería Escipión una fortaleza en el centro de Roma? Enfrente, estaban las pesadas cortinas que separaban la estancia del atrio desde donde se escuchaba la interminable algarabía en la que se había transformado la *comissatio* que seguía al banquete y que Graco había decidido ahorrarse. A su derecha había una pared desnuda y a su izquierda otra pequeña cortina. Graco contuvo la respiración y cerró los ojos. Asintió despacio. Allí había alguien más. Intuía, más que escuchaba, otra casi imperceptible respiración, rápida, como entrecortada. Le estaban espiando. No debía haber ido allí. Era lógico que Escipión desconfiara de él. Bajo la toga llevaba una daga. Cuando la cogió nunca pensó que fuera a necesitarla en casa del recién nombrado *princeps senatus*. Las noches de Roma eran inseguras por sí mismas y una daga era la mejor compañía en el regreso solitario hacia casa, incluso si se iba acompañado de esclavos e incluso si iba contra las leyes ancestrales de Roma portar armas en el *pomerium* sagrado del centro de la ciudad, pero las leyes, una vez muerto, no te ayudan nada. Graco, osado por su juventud, se sentía seguro sólo con la compañía de ese puñal que, no obstante, ocultaba, para no hacer evidente que transgredía esa norma. También sabía que no era el único. Se llevó la mano derecha lentamente hacia la daga mientras que, tras dar un par de pasos, con la izquierda atrapó un vértice de la cortina que tenía delante entre sus fuertes dedos y, súbitamente, estiró de ella. Graco estaba sacando la daga al mismo tiempo cuando de súbito se quedó parado en seco, sin respirar, completamente sorprendido. Ante él estaba una pequeña niña de unos cinco años, vestida con una pequeña túnica azul, con el pelo largo, recogido en la espalda, quieta, mirándole en silencio y, para su sorpresa, sin miedo alguno.

Tiberio Sempronio Graco sacó su mano derecha desnuda y sin arma de debajo de su toga, se agachó frente a su inesperado interlocutor y, de cuclillas, preguntó:

—¿Y tú quién eres, pequeña?

Para incremento de su sorpresa, la niña respondió con sosiego y seguridad.

—Soy Cornelia, Cornelia menor, hija de Escipión.

Graco parpadeó un par de veces. Era una respuesta aprendida, enseñada y que la niña pronunció con el aplomo de quien, pese a sus pocos años, se siente arropada por los muros de una casa que conocía muy bien y le daba confianza en sí misma.

—¿Y qué hace una niña tan pequeña como tú a estas horas de la noche, aquí y sola?

—No soy pequeña. Miro los que entran y los que salen. ¿Ha salido ya Lelio? Me gusta Lelio.

Tiberio Sempronio Graco no pudo evitar una sonrisa. Era pequeña aquella niña, pero resuelta y, por qué no decirlo, guapa, de facciones suaves, piel muy blanca, pelo azabache, cuidado y peinado con el esmero de una esclava que seguramente habría cogido cariño a la criatura. Ante él, muy probablemente, estaba una futura patricia romana muy hermosa. Lástima que tuviera que ser hija de quien estaba llamado a ser uno de sus grandes enemigos políticos.

—No, Cayo Lelio aún está cenando con tu padre, pero yo creo que si tus padres te ven levantada a estas horas quizá no les parezca bien, ¿no crees?

—Por eso me escondo.

Graco asintió varias veces de forma muy marcada.

—Claro, por supuesto. —A Graco le gustaban los niños, siempre se llevaba bien con ellos, pero en casa de Escipión no sabía bien qué añadir más a una hija pequeña que se comportaba tan decidida a la par que sigilosa, así que se incorporó y permaneció en pie ante ella sin decir nada.

—¿Por qué eres malo? —inquirió entonces la pequeña. Tiberio Sempronio Graco volvió a agacharse.

—¿Quién dice que soy malo? —preguntó el joven patricio.

—Mi padre dice que todos los amigos de Catón son malos.

—Ya. —Graco volvió a levantarse despacio—. Yo no soy exactamente amigo de Catón, respeto sus ideas pero pienso por mí mismo.

La niña frunció el ceño. Graco comprendió que había dado una respuesta demasiado compleja. Se agachó una vez más.

—Yo no soy malo, Cornelia menor.

La pequeña Cornelia le miró con intensidad y el joven patricio, para su asombro, encontró difícil sostener aquella mirada cargada de intriga e interrogantes.

—Mi padre nunca miente —concluyó la niña y, de pronto, abrió mucho sus ojos, se dio media vuelta y desapareció corriendo por el largo pasillo desde el que había llegado al vestíbulo. Graco se volvió y vio cómo se descorrían las pesadas cortinas que daban acceso al atrio y cómo aparecía un viejo esclavo portando el tan esperado aguamanos. El joven patricio hundió sus manos en el agua, las frotó con fuerza, las sacó, se sacudió sobre el aguamanos y luego se secó con el paño que el esclavo llevaba colgando de un brazo. No dio las gracias y se limitó a darse la vuelta y encarar la puerta. Otros dos esclavos aparecieron desde dentro del atrio y, pasando por un lado del joven patricio, se situaron frente a la puerta. Alzaron el pesado travesaño que anclaba las enormes hojas, no sin gran esfuerzo, y, una vez abierta, Graco atravesó el umbral y se adentró por las oscuras calles de Roma en dirección al foro. Tardaría años en darse cuenta de que, a partir de ese encuentro fortuito con aquella niña, su vida cambiaría para siempre.

22

El edil de Roma

Roma, primavera de 199 a.C.

La *domus* de Catón era austera. Estaba bien situada, al norte del foro, pero apenas había vestíbulo y el atrio era estrecho y mal iluminado, pues algunas *insulae* vecinas tapaban la luz del sol en aquella hora de la tarde. Catón había sido elegido nuevo edil de Roma. Estaba al principio de su *cursus honorum* mientras que Escipión ya había sido cónsul y era en ese mismo año censor y *princeps senatus*. Demasiada distancia entre uno y otro. Demasiada. Pero Catón no se desanimaba y se concentraba en dar cada paso con meticulosidad estudiada. Todo podía servir para hacerle más fuerte, para crecer. Como edil, entre otros deberes, recaía en su persona la organización del calendario de festividades y juegos con los que los ciudadanos encontraban entretenimiento. Ser edil no otorgaba poder militar y apenas algo de poder político, pero era un cargo más en el *cursus honorum* de cualquier político romano en su ascendente camino hacia el consulado y era un puesto desde el que se podía conseguir algo que luego siempre ayudaría en las elecciones posteriores: popularidad. Todos los que lo ejercían se esmeraban por satisfacer a los ciudadanos de Roma y, en especial, a la plebe, siempre sedienta de juegos, entretenimiento y diversiones fáciles. Los había que regalaban aceite, como hizo en su momento un jovencísimo Escipión, pero Catón era remiso a dilapidar el erario público con dádivas tan simples. Y si por él fuera, aprovecharía para ser consecuente con sus opiniones y eliminar las banales representaciones teatrales y reducir el número de juegos y festividades, pero en su lugar, Marco Porcio Catón, edil de Roma, llegado el momento de poner en práctica lo que salía de su boca, optó por actuar de forma contraria: primero reinstauró los juegos plebeyos, añadiendo así aún más festejos, con lo que buscaba congraciarse con la plebe y de ese modo extender su dominio sobre la misma haciendo uso de esa popularidad que provocaba semejantes cesiones ante el pueblo; Catón se sabía poderoso en el Senado, pero era conocedor de la falta de simpatía que generaba su política de austeridad, así que poniendo en marcha de nuevo aquellos juegos para la plebe, olvidados desde hacía años, estaba convencido de que recuperaría espacio entre el pueblo. En segundo lugar, permitió también un gran banquete público en honor a Júpiter y, en tercer lugar, había decidido seguir contratando obras de teatro con las que entretener al pueblo y para ello había citado aquella tarde a Plauto.

El escritor estaba en pie, en medio del atrio frente a una *sella* vacía. No se sorprendió de que el nuevo edil de Roma le hiciera esperar. Ya estaba acostumbrado a los desplantes de los patricios y estaba convencido de que en el caso de Catón, la distancia sería aún mayor, aunque el propio Catón fuera de origen plebeyo, y es que aún debían estar muy calientes en la memoria del nuevo edil las escenas del *Miles*

Gloriosus que Plauto estrenara en Siracusa ante las legiones de Escipión y que tanto escandalizó al entonces *quaestor* Catón. Hubo un tiempo en el que Plauto no acudía a contratar sus obras con los ediles, sino que lo hacía su representante, pero el viejo Casca había fallecido hacía poco y Plauto era ya tan conocido que no necesitaba de intermediarios, de forma que él mismo se representaba ante los ediles de Roma que, invariablemente, uno tras otro, año tras año, le llamaban para contratar una nueva obra con la que satisfacer a su fiel y creciente público. Catón, parecía ser, según reflexionaba Plauto, no se atrevía a romper ese idilio entre él y el público, pero estaba claro que le haría esperar más que cualquier otro y que le trataría con el mayor desapego posible. Eso a Plauto no le preocupaba. Aunque la edad no perdonaba, y a sus 51 años, permanecer largo tiempo en pie era algo que, además de tedioso, resultaba agotador. Pero la vida había sido dura con él mucho tiempo, y estaba adiestrado en el sufrimiento, y los padecimientos que se cruzaban en su vida eran ahora tan nimios en comparación con su turbulento pasado, que esos pequeños castigos de senadores despechados apenas llegaban a la categoría de mínimas anécdotas en una existencia donde la guerra, la esclavitud y la pérdida de los mejores amigos ya habían dejado su estampa imborrable.

Al cabo de una larga espera, Marco Porcio Catón hizo al final acto de presencia y, sin saludar a su interlocutor, se sentó en la solitaria *sella* frente al veterano escritor. A Catón, a sus 35 años, se le veía incómodo en su cargo de edil, un puesto al que otros muchos llegaban mucho más jóvenes, pero a Catón todo parecía costarle demasiado, aunque su tenacidad no aflojaba nunca y así, poco a poco, avanzaba en el *cursus honorum* con la determinación no ya de quien se cree que tiene la razón, sino con la fortaleza indomable del que se sabe ser la razón misma. Plauto le miraba sin decir nada. Algunos consideraban esa actitud de seguridad gélida de Catón muestra de su vigoroso espíritu. Plauto sólo veía ante él una fuerza movida por el fanatismo. Era mejor no estar frente a tan descomunal poder el día en que su furia se desatara, pero Plauto, agudo, sabía que ese momento todavía tardaría: Catón estaba aún preparándose, lo que inquietaba al escritor era no tener claro exactamente para qué se preparaba aquel hombre, o, más exactamente, contra qué, porque Catón era una de esas personas que no se forjan sobre algo, sino contra algo, una fuerza, sin duda, mucho más poderosa.

—Podría no contratarte —escupió Catón como saludo de bienvenida.

—Eso no haría popular al nuevo edil de Roma —respondió Plauto con aplomo y rapidez. A partir de ahí las intervenciones de uno y otro se sucedían sin espacios vacíos.

—Pero si no te contrato este año te dejaría sin medio de vida.

—He pasado hambre en el pasado. Los que hemos sufrido no tememos tanto ya a nuevos padecimientos —mintió Plauto descaradamente, pero con verosimilitud en su tono.

—Puedes servir a Roma de más formas que con tus funestas comedias de palabras vacías.

—Si sólo fueran palabras vacías, los senadores de Roma no temeríais tanto al teatro ni encarcelaríais a escritores como Nevio por sus obras.

—Nevio fue encarcelado por las pintadas en el foro contra los Metelos, no por sus obras.

—Sea —concedió Plauto—, pero no me parece que mi *Miles Gloriosus* te resultara tan vacío si tanto lo detestaste en Siracusa, cuando lo viste representado en el escenario del gran teatro de Hierón.

Catón guardó silencio. Aquel debate no conducía a nada.

—Puedes ser útil a Roma de más formas que con tus comedias —repitió el senador.

Plauto suspiró. Era como hablar con una pared.

—Te escucho —dijo el escritor.

—Estás en el círculo de los Escipiones. Escipión está preparándolo todo para hacerse con el poder permanente en Roma. Necesito información. Roma necesita saber cómo y cuándo.

Plauto meditó su respuesta. O sea que era eso contra lo que Catón se crecía, contra Escipión. Ya lo intuyó en el pasado, en Sicilia, pero nunca lo había visto tan claro, tan nítidamente definido como en ese momento, con la mirada expectante del senador clavada en sus propias pupilas. Plauto bajó los ojos. No quería añadir más osadía a sus palabras.

—Yo no estoy en el círculo de los Escipiones —dijo el escritor—. No estoy en el círculo de nadie.

—Pero Escipión, si se lo pides, te recibirá en su casa. Admira tus obras, en su locura, juraría que te respeta.

Plauto suspiró de nuevo. Era curiosa la forma en la que Catón, mediante insultos, buscaba ganarse el favor de alguien.

—El círculo de Escipión sólo lo componen hombres que portan armas, yo sólo soy un conocido sin influencia alguna y con quien no habla de política.

Catón se echó un poco hacia atrás.

—No quieres cooperar.

—No puedo cooperar —matizó Plauto—; sólo escribo comedias, pero llevas razón, incluso si pudiera cooperar no lo haría. Siempre que he servido a Roma, como tú dices, he acabado mal y mis amigos han muerto.

—Ahora no tienes amigos que perder.

Plauto digirió con lentitud aquella última frase. La aseveración de Catón, descriptiva de su triste situación al haber perdido a Druso en el campo de batalla, a Nevio por la cárcel y el destierro y a Casca por enfermedad, fue la más dolorosa de todas las intervenciones del edil de Roma.

—Yo podría ser tu amigo —apostilló Catón ante el silencio de su interlocutor—. Te vendría bien tenerme por amigo.

Plauto negó con la cabeza.

—No creo que Catón tenga ningún amigo. Los amigos por interés no son amigos, claro que para entender eso tendrías que leer a Aristóteles y Aristóteles escribe en griego.

—Sé leer griego —replicó Catón—; otra cosa es que decida qué leo y qué no leo en griego.

De nuevo se hizo un silencio más largo que los anteriores. Los dos hombres se miraban entre sí y no veían el uno en el otro nada que les gustara.

—Si no quieres ninguna obra mía entiendo que debo pedir tu permiso para salir de la casa del edil de Roma —dijo al fin Plauto, algo agotado por toda aquella tensión.

Catón no respondió inmediatamente, sino que alargó la espera del escritor hasta que tomó una decisión definitiva sobre qué hacer con aquel maldito autor de estúpidas comedias que tanto gustaban al pueblo de Roma, un pueblo con el que quería congraciarse, por todos los dioses. ¡Maldito pueblo y malditos escritores!

—Contrataré una comedia tuya, Tito Macio Plauto, y te pagaré lo acostumbrado, pero cuida mucho tus palabras en esa obra y no te mofes de ninguna institución del Estado. La celda de Nevio en las *Lautumiae* está disponible y si no, siempre hay sitio en el *Tullianum* y no sabes con qué agrado te haría conducir hasta allí si me das el más mínimo motivo.

Plauto no respondió a las referencias a las diferentes mazmorras de Roma; se limitó a asentir, darse media vuelta y marcharse. Quería estar pronto de regreso en las tumultuosas calles de Roma y perderse entre sus ruidos, olores y el enorme gentío que discurría por ellas. Hasta ese día no tenía un título decidido para su nueva obra, pero aquella conversación le había hecho decantarse por el nombre de uno de los personajes protagonistas: *Curculio*;* sí, ésa sería la obra que vendería al nuevo edil de Roma. Era una broma demasiado sutil como para que Catón la entendiera.

23

Un nuevo Escipión

Campo de Marte, Roma,
mayo de 198 a.C.

A Publio hijo le venía grande el pesado *gladio* militar en sus pequeñas manos de once años. Lo cogió torpemente cuando Cayo Lelio se lo cedió para que se familiarizara con su peso antes del adiestramiento de aquella mañana. Hasta ese día sólo habían practicado con espadas de madera, más pequeñas y ligeras.

—Tu padre quiere que progresemos en tu adiestramiento, muchacho —dijo Lelio con solemnidad—, así que hoy vas a combatir por primera vez con una espada de legionario. Lleva cuidado y no te cortes. Tiene filo en ambos lados y termina en punta para poder clavarla en el enemigo. Es un arma letal si se sabe manejar con la rapidez suficiente. Eso es lo que debemos practicar hoy: rapidez de movimientos.

El joven Publio miraba a Lelio con los ojos bien abiertos. Estaban en la ladera del Campo de Marte. El sol del mediodía de aquella nueva primavera les abrazaba con calidez y ambos llevaban piernas y brazos descubiertos. El muchacho siempre pensó que sería su propio padre el que le enseñaría estas cosas, pero al final la tarea de adiestrarle para el combate fue asignada a Lelio.

El veterano oficial imponía al niño. Lelio era enorme y muy fuerte pese a sus más de cincuenta años. Se mantenía en forma porque practicaba cada día, varias horas, según le había explicado un día.

* *Curculio* significa «gusano» o «gorgojo».

—Cuando empiezas con esto, muchacho, no se puede abandonar ya ni un solo día. Siempre hay que practicar. Un día sin hacerlo puede costarte la vida en el campo de batalla.

Lelio era la única persona que se dirigía a él como «muchacho». Todos los demás oficiales de su padre le trataban con más distancia. Al joven aquello no le molestaba. De hecho le resultaba gratificante la forma afectuosa, aunque exigente, en la que Cayo Lelio le hablaba. Sólo lamentaba sentir que no estaba a la altura. La semana pasada Lelio había dicho que aún deberían pasar varias semanas antes de empezar a usar espadas de hierro, pero Publio hijo sabía que ayer mismo había hablado el veterano oficial con su padre. De pronto, esas semanas que quedaban aún de adiestramiento con espadas de madera habían desaparecido y allí estaba él, sosteniendo torpemente un *gladio* militar sin saber bien qué hacer con él.

—Empezaremos con algo sencillo, muchacho —dijo Lelio—. Simplemente intenta clavarme esa espada.

Publio hijo se quedó algo perplejo. Lelio ni tan siquiera se había puesto la coraza. No llevaba más protección que las grebas en parte inferior de las piernas. Tampoco había cogido un escudo. ¿Estaba intentando humillarle para que así respondiera con más energía? El muchacho blandió el *gladio* en alto y se acercó hacia su adiestrador. Lelio permanecía inmóvil, con los brazos caídos, sosteniendo su propia espada pegada al cuerpo.

—Vamos, muchacho. Clávame esa espada donde quieras. No llevo escudo. Te será fácil.

El joven Publio empezó a caminar despacio trazando un círculo invisible alrededor de su oponente. Varias personas, conscientes de quiénes eran, se arremolinaron en las proximidades. Tenían curiosidad por ver en acción a quien era el hijo de *Africanus.* Lelio se dio cuenta y tomó nota. No quería dejar en ridículo al muchacho en público. Ya había detectado suficiente falta de confianza en el joven como para mancillar su honor con una dosis innecesaria de vergüenza. Al fin, Publio se decidió y con la espada por delante se lanzó al ataque con fuerza. Lelio le esperó sin moverse hasta que, cuando se encontraba a muy poca distancia, se limitó a hacerse a un lado. El muchacho pasó muy cerca, pero sin tocarle y, al no encontrar la oposición esperada, Publio perdió el equilibrio, tropezó y terminó rodando por el suelo. La espada, gracias a los dioses, cayó de sus manos antes de rodar. Algunos de los mirones lanzaron una fuerte carcajada. Lelio lamentó lo ocurrido. No contaba con que el muchacho fuera a perder el equilibrio y rodar por el suelo. Debían haber iniciado el adiestramiento con el *gladio* en privado, o posponerlo unas semanas, pero Publio padre se había mostrado intransigente. Lelio recordaba la conversación de la noche anterior con el padre del muchacho como si estuviera teniendo lugar allí mismo.

—El *gladio* es muy pesado y aún no controla bien los movimientos —explicó Lelio a un Publio padre que le daba la espalda, como si no quisiera escucharle—. Es inevitable que el chico cometa errores. Cualquiera lo haría. Si empezamos con el *gladio* es mejor no ir al Campo de Marte. Al menos, de momento.

Publio padre se revolvió furioso.

—¿Y permitir que digan que mi hijo tiene miedo a que se vea cómo es su adiestramiento militar? No pasaré por esa vergüenza. Mañana empezará con el *gladio*. Si no ha podido adquirir la destreza necesaria con las espadas de madera en el tiempo previsto para ello, eso es problema suyo. Tiene que aprender que si no se aplica no se va a detener el curso de su entrenamiento. En el campo de batalla el enemigo no te da tiempo adicional si no te sientes preparado. Cuanto antes aprenda esto, mejor. No quiero hablar más de este asunto. A no ser que quieras decirme que no deseas seguir con su adiestramiento.

—Yo no he dicho eso —respondió Lelio con un tono bastante más sereno que el de Publio padre. Allí terminó la conversación.

Lelio vio como el muchacho se levantaba del suelo y recogía la espada. En su rostro leía la humillación que sentía. Ni tan siquiera le había tocado, ni tan siquiera le había obligado a levantar su propia espada. Gracias a Marte y al resto de dioses el chico se recompuso y volvió a la carga. En una situación normal, a solas, Lelio hubiera repetido la misma acción varias veces, pero rodeados de un gentío cada vez mayor, tenía claro que no iba a dejar que el chico recogiera todo el barro de Roma rodando por el suelo una docena de veces más, así que en lugar de apartarse, levantó su espada e hizo que ésta chocara contra la de Publio hijo, deteniendo el golpe. El chico dio entonces un paso atrás e intentó golpear de nuevo en el mismo sitio con el mismo resultado. Para sorpresa y felicidad de Lelio, el muchacho comenzó entonces a variar sus golpes. Se agachó un poco e intentó barrer con la espada a la altura de las piernas de su oponente. Lelio bajó la suya y paró el golpe cerca de su espinilla. El chico se irguió de nuevo e intentó golpear a la altura del pecho. Intercambiaron así varios golpes. El joven era demasiado lento, pero al menos se batía con ganas y estaba quedando con cierta dignidad ante el tumulto de personas que se había congregado para ser testigos de los primeros mandobles del hijo del gran *Africanus* con un *gladio* de verdad. Todo iba razonablemente bien hasta que alguien tuvo la osadía de gritar, amparado en el anonimato de la multitud.

—¡Es tan lento que Lelio no tiene ni que moverse del sitio!

La frase tuvo su efecto. El orgullo del muchacho se sintió herido y aceleró la velocidad con la que el joven se empleaba en lanzar sus golpes. Los espadazos eran tan continuos que al final, para asegurar bien su defensa, Lelio tuvo que retroceder un paso. Una pequeña victoria para el muchacho. Lelio, en el fondo, se alegró, pero le veía sudando, totalmente agotado e iba a ordenarle que se detuviera cuando, de forma inesperada, Publio se lanzó con todo su cuerpo contra el propio Lelio. El veterano oficial intentó retirar su propia espada a tiempo, pero el ataque a la desesperada del muchacho, sin protección alguna, le había sorprendido y no pudo evitar que el filo de su *gladio* rasgara la piel de Publio hijo a la altura del hombro.

—¡Aagghh! —aulló el muchacho al tiempo que, en un último esfuerzo, intentaba herir a Lelio en algún punto, pero el veterano oficial se hizo a un lado con habilidad y ni tan siquiera ese intento suicida le valió al muchacho para conseguir su objetivo. Publio hijo cayó al fin de rodillas. Soltó la espada y se llevó la mano al hombro ensangrentado.

—¡Por Hércules, muchacho! —dijo Lelio nervioso acercándose a su pupilo—. ¿Cómo se te ocurre atacar con tu cuerpo por delante? Quita esa mano. Déjame ver.

Lelio examinó la herida con atención.

—No es un corte profundo, pero, por todos los dioses, no vuelvas a hacer una estupidez como ésta en tu vida, ¿me entiendes?

El muchacho asentía engulléndose el dolor en lágrimas que quedaban detenidas en sus ojos sin llegar a verterse nunca.

—Vamos a dejarlo por hoy. Vamos a casa a que te limpien esa herida. Seguiremos cuando te hayas recuperado —dijo Lelio y, harto de tantas miradas y comentarios, se levantó del suelo, donde se había arrodillado para ayudar a Publio hijo y se encaró con todos los curiosos que aún, en más de un centenar, seguían allí, rodeándoles—. Y vosotros ¿qué miráis? ¿Tan fácil creéis que es abatirme? ¿Alguien quiere probar suerte? Aquí tengo espadas para el que quiera batirse conmigo. —La gente fue retrocediendo y el círculo que se había formado alrededor de ambos contendientes se agrandó de pronto; Lelio, girando sobre sí mismo, siguió encarándose con los curiosos—. ¡Pues si nadie se atreve, no tenéis ya nada que ver! ¡Marchad de aquí y buscad la forma de ser útiles a Roma en lugar de estar ahí quietos, como pasmarotes!

El gentío empezó a disgregarse con rapidez. El mal humor de Lelio era conocido y nadie tomaba a broma las advertencias del lugarteniente de *Africanus*.

Una vez en casa, mientras Atilio, el médico que acompañara en tantas campañas a Publio padre, limpiaba la herida del muchacho, Emilia, furibunda, arremetía contra Lelio y, sobre todo, contra su marido.

—¿Es esto necesario? ¿Estáis todos locos?

—Fue un accidente —se defendía Lelio.

—Al muchacho le vendrá bien sangrar un poco —respondía Publio padre con severidad—. Me ocupo de su educación: con Icetas aprenderá retórica y geografía y literatura, sabes que soy el primero que defiendo una educación completa, pero por eso mismo, debe también familiarizarse con el uso de las armas de combate.

—¡Por Cástor y Pólux, Publio! —respondió Emilia indignada—. ¡Es un niño!

—¡A su edad yo ya luchaba con espada contra mi tío Cneo!

—Siempre le estás comparando contigo, Publio. Eso tiene que terminarse —replicó Emilia de nuevo. Lelio dio un par de pasos atrás. Emilia y Publio discutían junto al *impluvium* en el centro del atrio de la gran *domus* de los Escipiones como nunca antes los había visto discutir por nada.

—Le comparo conmigo porque está llamado a reemplazarme y tiene que estar a la altura.

—¿Sí? ¿Y qué tiene que hacer para satisfacerte? Dime, ¿tiene que conquistar otra Hispania, otra África, derrotar a otro Aníbal o quizá al mismo Aníbal otra vez? ¿Será eso suficiente para satisfacerte?

—Sabes que no me refiero a eso —respondió Publio con firmeza—; el muchacho debe saber combatir. Más tarde o más temprano tendrá que ir a una campaña militar, eso es cierto, y deberá luchar en medio de una batalla.

Emilia sacudía los brazos impotente.

—Tú, ya que te comparas tanto con él, entraste en combate a los diecisiete años. Por todos los dioses, Publio, dale tiempo. No debe adiestrarse más con Lelio hasta que se recupere de esa herida.

—Yo decidiré cuándo y cómo se adiestra mi hijo.

—También es hijo mío, Publio.

Las dos hijas estaban en una esquina viendo la discusión. El propio Publio hijo, con el hombro vendado había asomado por la puerta que daba acceso a las cocinas. Publio padre miraba a su esposa enfadado, incapaz de entender la falta de visión de su esposa. Él había adelantado el adiestramiento de su hijo para protegerlo. Cuanto antes supiera combatir, mejor. Tenía pánico a que le pasara cualquier cosa cuando entrara en combate, pero ése era un miedo que nunca confesaría ni en público ni en privado.

—Padre —sorprendió a todos el joven herido dirigiéndose a su padre—; mañana proseguiré el adiestramiento.

Su padre le miró, por una vez en su vida, agradecido.

—Sobre mi cadáver. —Y Emilia se interpuso entre padre e hijo—. Publio se recuperará primero de la herida y luego retornará al adiestramiento. —Nunca antes se había mostrado Emilia tan obstinada y menos delante de invitados, como Lelio, o de las niñas. Publio padre no tenía ganas de seguir hablando.

—Se hará lo que estime yo mejor —respondió con serenidad gélida y dio media vuelta, cruzó el vestíbulo y salió de casa en dirección al foro. Tenía una sesión en el Senado. Se iban a elegir los pretores para este año y Catón buscaba un buen puesto. Había que hacer todo lo posible por evitar que tras la edilidad lograra una pretura de importancia. La política llenó su mente por unas horas y durante un tiempo estuvo en paz consigo mismo, pero al anochecer, de regreso a casa, seguía enfurecido con Emilia.

24

El pretor de Cerdeña

Olbia, Cerdeña, verano de 198 a.C.

Catón desembarcó en Olbia, al norte de Cerdeña, sin demasiada ilusión, pero consciente de que era su deber y, más importante aún, la única forma en la que podía llegar algún día a estar en situación de enfrentarse a los Escipiones. Tenía que ir ascendiendo progresivamente en el *cursus honorum*. Ya había servido como *quaestor* en Sicilia y África y como edil en Roma. Su estrategia de congraciarse con el pueblo al reinstaurar los juegos plebeyos, con su generosidad en el gran banquete público en honor a Júpiter y al contratar varias obras de teatro había surtido el efecto deseado, pero no todo podía ser perfecto. Los Escipiones habían maniobrado en el Senado y le habían impedido conseguir una pretura en una de las provincias hispanas, donde, dados los persistentes levantamientos, habría tenido oportunidad de exhibirse como militar. En su lugar había sido elegido pretor de Cerdeña. No era un lugar donde destacar. La isla estaba razonablemente en calma y los tres mil legionarios que se le habían concedido, más los doscientos jinetes que le escoltaban, eran una fuerza suficiente para controlar cualquier rebelión en la isla, pero una rebelión era algo improbable.

Cerdeña había asumido la dominación romana sin excesiva confrontación. Las viejas colonias fenicias que conquistaran los cartagineses como Káralis, Tharros o Nora aceptaron tras la segunda guerra púnica pasar a depender de Roma. Sólo un gobierno descaradamente injusto podía torcer el curso de los acontecimientos en aquel territorio. Catón no tenía intención alguna en ser él quien comenzara semejante dislate, de forma que impartió justicia del modo más equitativo que pudo y, a la vez, se concentró en reducir costes en todas aquellas actividades que estaban bajo su jurisdicción. Ahorró en el dispendio que suponían las operaciones navales, claves en un territorio como aquél, rodeado por todas partes por mar, y se puso a sí mismo como ejemplo. No utilizaba carruajes, ni tan siquiera caballos en sus desplazamientos por la isla. Viajaba a pie y sólo se permitía la ayuda de un único asistente. Catón quería dejar claro que él no malgastaba el dinero del Estado en suntuosos palacios o innecesarios festines. La estancia en Cerdeña de Catón no guardaba relación alguna con el tiempo que Escipión pasara en Siracusa. Pero pese a su gran ejemplo de austeridad y a su gobierno recto en la isla, el pretor sabía que nada de eso sería suficiente para prestigiarle lo bastante como para suponer un contrapeso al poder de los Escipiones. Hubo al fin un pequeño levantamiento en Cerdeña, pero lo aplastó incluso antes de que pudieran llegar noticias a Roma. Le quedó la duda de si no habría sido mejor que la rebelión se generalizara, para luego aplastarla, pero la prudencia —no disponía siquiera de una legión entera— le aconsejó ser rápido en someter a los rebeldes. Y expeditivo en las ejecuciones.

Catón paseaba por el puerto de Olbia. Miraba al horizonte, donde el mar se desvanecía en la base del cielo. Necesitaba puestos de mayor relevancia. Debía llegar a cónsul y conseguir una de las grandes provincias. Hispania podía ser la llave hacia su ascenso definitivo. Los iberos seguían sin admitir el dominio de Roma. Aquélla era una región que se suponía que había conquistado Escipión y, sin embargo, se alzaba en armas una y otra vez. Si él consiguiera someterla de forma efectiva, los ojos del pueblo empezarían a fijase en él, no ya sólo como gestor, sino como militar, como protector de Roma.

—Allí, mi pretor —comentó uno de los oficiales que le acompañaban en el puerto señalando hacia el mar. En efecto, en la distancia se veían las velas de varias *trirremes*. Era la flota de abastecimiento que enviaba Roma desde el puerto de Ostia. Catón asintió sin decir nada. Seguía pensativo. Hispania. Ése debía ser su objetivo.

25

La invasión de Asia Menor

Roma. Finales del verano de 198 a.C.

Los embajadores de Rodas, Pérgamo, Egipto y otras ciudades del Oriente se arracimaban entre las columnas de la *graecostasis* en la gran plaza del *Comitium* a la espera de ser recibidos por el Senado. Hasta Roma llegaban los lamentos de innumerables pueblos del Mediterráneo oriental que se veían acosados, expulsados o humillados, cuando no las tres cosas a un mismo tiempo, por el irrefrenable avance de los ejércitos de Antíoco III. Eumenes, rey de Pérgamo, y Agatocles, el consejero del faraón de Egipto, eran quienes habían enviado embajadas más numerosas y de mayor rango y con mayor insistencia.

En la larga sesión del Senado en la que se les permitió exponer sus sufrimientos quedó patente la desolación que el avance del rey de Siria estaba generando en toda aquella parte del mundo, pero los senadores no escuchaban. Publio Cornelio Escipión y sus seguidores miraban de frente a Catón y sus correligionarios. Tanto los unos como los otros estaban más preocupados por las continuas rebeliones en Hispania, y luego, para los Escipiones la segunda preocupación eran los movimientos que Filipo pudiera hacer desde Macedonia. Ésos eran los vecinos inmediatos de Roma y los que más preocupaban a Publio y a su hermano Lucio. Catón, por su parte, además de su interés por lo que ocurriera en Hispania, mantenía su mirada fija sobre la irreductible Cartago. En esas circunstancias los ruegos y reclamaciones de ayuda de Pérgamo, Rodas o Egipto eran oídos pero no escuchados. Se despidió a los embajadores de aquellas lejanas tierras con palabras de ánimo y de consuelo, pero todos los mensajeros sabían que regresaban a su patria con las manos vacías.

Apamea, Siria.
Verano de 198 a.C.

En el campamento general de Apamea el rey de Siria inspeccionaba por enésima vez sus tropas. Los elefantes estaban expuestos frente a las gigantescas caballerizas reales y los *catafractos* desfilaban ante el rey levantando un inmenso estruendo al chocar los cascos de sus caballos contra el suelo pétreo de aquel inmenso paseo. Antíoco III de Siria estaba preparado para la guerra absoluta. Los *argiráspides* habían sido enviados hacia el norte a modo de avanzadilla y habían penetrado ya en las tierras de Asia Menor, que no le reconocían como rey haciendo sentir en los soldados de Pérgamo el preludio de su inevitable caída. Asia Menor le pertenecía desde tiempos inmemoriales y Antíoco III estaba dispuesto a dar término a la rebeldía de Pérgamo y otros reinos de la región como Rodas. Al mismo tiempo, en todos los puertos de la costa de Celesiria, recién reconquistada tras derrotar al ejército de Egipto, se armaba una de las mayores flotas del mundo antiguo. El rey sabía que los rodios y el propio Pérgamo contaban con un importante número de navíos de guerra que empleaban para proteger sus mercantes. Antíoco estaba convencido de que necesitaba el control del mar Egeo, primero para recuperar el control de Asia Menor y, a continuación, para dar el golpe definitivo cruzando el Helesponto y desembarcando con todo su ejército en Grecia. Todo a su debido tiempo, pero sin freno, sin pausa.

Epífanes, unos pasos por detrás del rey, contemplaba la imponente parada militar desde la estupefacción y la incertidumbre. Cualquiera quedaba anonadado ante aquella magna exhibición de poder militar, pero en el fondo de su mente permanecían las dudas que le acompañaban desde Panion. Antíoco quería luchar contra todo y contra todos a un mismo tiempo. Era cierto que había aislado a Egipto con el pacto de no agresión a Macedonia, pero atacar a Rodas y Pérgamo a la vez podía tener consecuencias inesperadas. ¿Qué haría Roma? Los ojos de la emergente potencia de Occidente aún no se habían vuelto hacia ellos, pero cuando los *catafractos* cargaran contra la infantería de Pérgamo Roma no podría permanecer en su extraña ceguera eternamente. Epífanes no dudaba que la intervención de la ciudad del Tíber era cuestión de tiempo, eso no era objeto de debate en sus pensamientos. De lo que Epífanes no estaba tan seguro era de qué lado se inclinarían los dioses cuando Roma y Siria se enfrentaran en una gran batalla. Tras la ejecución de Toante, Antíoco seguía favoreciendo a su hijo y al veterano Antípatro. El primero era incapaz y el otro sólo leal. No era suficiente. El asunto de un general de generales para liderar el ejército seguía pendiente. Minión y Filipo seguían sin dar la talla para el cada vez más preocupado Epífanes. Tenía que resolver ese espinoso asunto. Alguien como Escopas habría podido servir, pero el etolio se lamía sus heridas en Grecia y, por lo que le habían informado en Sidón, había quedado con el brazo derecho inútil. Eso le hacía inservible ante los soldados. Para los guerreros se podía perder un dedo, o incluso un ojo, pero no un brazo.

Un ojo.

Epífanes, por fin, sonrió aliviado. Tenía una solución. Tenía una carta que escribir y tenía que hacerlo pronto, pues esa carta debía viajar muchas *parasangas*. De pronto se sintió más relajado, más tranquilo, más seguro. Sonrió. Incluso iba a disfrutar del desfile.

LIBRO III

EL ASCENSO DE CATÓN

Año 196 a.C.
(año 558 desde la fundación de Roma)

Cupido dominandi cunctis adfectibus flagrantior est.
[La ambición de dominio es más ardiente que todas las demás pasiones.]*

TÁCITO, *Annales*, 15, 53, 4

* Traducción de Víctor-José Herrero Llorente. Véase bibliografía.

26

Memorias de Publio Cornelio Escipión, *Africanus* (Libro III)

La profecía de los judíos de la Celesiria se había cumplido. El rey del norte había derrotado al rey del sur. Las fronteras de Roma eran cada vez más numerosas y, lo más peligroso, cada vez más inestables. Yo permanecía con mi mirada fija en Hispania. El oro y la plata de aquellos territorios eran esenciales para nuestra economía, para poder sufragar los enormes costes de los diferentes frentes de batalla, como el de Grecia y Macedonia. Allí, Flaminino había conseguido una gran victoria sobre Filipo V de Macedonia en Cinoscéfalos. Filipo V tuvo que retirarse y dejar de acosar nuestros dominios en Iliria, pero el mundo seguía agitado, tumultuoso. Catón, por su parte, no hacía más que ascender en el cursus honorum. *De* quaestor *a edil de Roma, y de edil a pretor. Sólo conseguí evitar que se le diera una de las provincias hispanas, pero Catón es tenaz más allá de lo imaginable. Estaba decidido a llegar a cónsul y contaba con muchos apoyos en el Senado. Todos cuantos me envidiaban se le unían y Catón, al igual que yo, seguía anhelando ser enviado a Hispania. Había que evitarlo a toda costa, pero cada vez era más complicado. Entonces, en mi ingenuidad, seguía pensando que las fronteras de Roma eran Hispania en occidente, la Galia en el norte, Filipo en oriente y Cartago en el sur y no me daba cuenta de que la frontera más peligrosa era la frontera interna: el propio Senado y las manipulaciones de Catón. Pero aún me sentía fuerte. Incluso cuando perdía alguno de los grandes debates en el Senado, encontraba formas de devolver los golpes y recuperar el terreno perdido. Creía que con cada contraataque retornaba a mi posición de poder anterior, sin darme cuenta que cada votación perdida, cada combate interno en que resultara vencido me desgastaba y desgastaba a todos los que me apoyaban. Entretanto, Siria, Egipto, Cartago, Pérgamo, todo estaba en movimiento y no lo veíamos.*

27

El nuevo sufete de Cartago

Cartago, enero de 196 a.C.

Seis años después de la derrota de Zama, Aníbal consiguió su objetivo de ser elegido sufete de Cartago. La elección fue compleja porque el Senado cartaginés seguía profundamente dividido entre la facción que apoyaba a los Barca y sus planes de regenerar la ciudad incluso saltándose los límites impuestos por Roma tras la guerra y, por otro lado, los senadores, apoyados por el Consejo de los Ciento Cuatro Ancianos, que defendían que era mejor avanzar en esa recuperación de forma más lenta y evitar despertar de nuevo la animadversión de Roma. Fuera como fuera, aunque por poco, y sobre todo debido a la presión popular, Aníbal salió victorioso en el Senado púnico. Y es que el pueblo estaba cansado de pagar impuestos sobrecargados en los últimos años para costear las inmensas sumas de oro y plata que se debían entregar a los romanos en concepto de indemnización por los daños causados durante la guerra.

Aníbal entró en su nuevo cargo como más temían sus enemigos políticos y, en especial, el Consejo de Ancianos: como un torrente que amenazaba con llevarse por delante todo lo realizado durante los últimos años de administraciones controladas por el Consejo que, mediante maniobras corruptas, habían estado manipulando las cuentas del Estado en favor de los grandes oligarcas de Cartago. Algunos miembros del Consejo, en sus debates secretos, se mostraron confiados en que la inexperiencia de Aníbal en tareas administrativas daría al traste con las pretensiones del general de detectar dónde se encontraban los fallos en el sistema que impedían, año tras año, pagar convenientemente las indemnizaciones de guerra estipuladas en los acuerdos de paz con Roma. Otros miembros del Consejo, más prudentes, más cautos, evitaron pronunciarse y abogaron por esperar a ver de qué forma conducía el líder de los Barca su gestión de gobierno. Para sorpresa de unos y otros, Aníbal sólo tardó unos días en convocar al *quaestor* general de Cartago.

El nuevo sufete aguardaba desde el amanecer la llegada del contable responsable de las cuentas del Estado durante los últimos años, pero éste, en un acto claramente hostil a los Barca, decidió no acudir a la entrevista solicitada por Aníbal y envió un mensaje al sufete cargado de desconfianza y desprecio. Un soldado nervioso entregó al sufete de Cartago la tablilla enviada por el *quaestor*. Aníbal la leyó despacio y luego la depositó junto a una mesa situada a su derecha. Sobre la mesa había una jarra de agua y un vaso. El sufete de Cartago se levantó despacio y él mismo se sirvió. Bebió con ganas. Era una mañana calurosa pese al invierno y en la estancia asignada al sufete para recibir a los diferentes representantes del Senado, del Consejo de los jueces o de cualquier otro funcionario público, no corría el aire. El agua le sentó bien. Junto con Aníbal se encontraba Maharbal, en pie, en un lado de la gran sala, y, al fondo, media docena de soldados armados seleccionados por el propio Maharbal entre los veteranos supervivientes a las campañas de Iberia, Italia y Zama. No eran muchos los que reunían tal capacidad de sobrevivir al destino, pero el centenar de hombres que se ajustaban a esa descripción, una mezcla de cartagineses, númidas, iberos y galos, se habían constituido en una guardia personal del sufete que le escoltaba en todos sus desplazamientos por la ciudad.

Aníbal dejó el vaso, vacío ya, sobre la mesa y se dirigió a Maharbal.

—El *quaestor* no va a venir.

Maharbal se sentía obligado a decir algo y más cuando la voz del general transmitía decepción.

—¿Es eso lo que dice el mensaje?

Aníbal asintió y añadió una explicación adicional.

—El *quaestor* se escuda en la ley que sólo le hace responsable ante el Consejo de Ancianos. —Y continuó sonriendo mientras se servía otro vaso de agua—. Dice que si quiero convocarle tendré que hacerlo solicitándolo al Consejo.

—El Consejo nunca accederá.

—No. —Y el sufete bebió su segundo vaso de agua—. No, no van a convocar para que responda ante mí a quien no ha hecho sino prevaricar para evitar que los miembros del Consejo y sus senadores afines paguen los impuestos que les corresponden para satisfacer los pagos de indemnización a Roma y que, en su lugar, lo que ha hecho es aumentar los impuestos del pueblo para compensar la falta de dinero. —Y suspiró—. Creo que de esta forma no vamos a conseguir mucho. —Y se sentó de nuevo junto a la mesa.

Maharbal, que no sabía ya bien qué decir, hizo un comentario con el que rellenar el silencio.

—El aire no corre por esta sala desde hace días.

Aníbal, sentado, inmóvil, con la mirada de su único ojo sano, le respondió con la rotundidad de quien acaba de ver las cosas con lucidez.

—El aire, Maharbal, no corre por esta sala ni por todo Cartago desde hace años. El aire está estancado, corrompido y pronto nos asfixiaremos todos en él, los que sufrimos las ventanas cerradas y los que las mantienen así, pero eso se va a acabar empezando por hoy mismo—. Y levantó su ojo, sin alzar un ápice el cuello, mirando a Maharbal casi de reojo—. Coge unos hombres y encarcela al *quaestor*.

Maharbal tragó saliva.

—¿Bajo qué acusación? La ley le ampara en lo de no venir a la entrevista...

Aníbal, sin dejar de mirarle, le interrumpió.

—Acusado de malversación de las arcas del Estado... —Pero no estaba satisfecho y meditó un instante antes de apostillar con decisión—. Acusado de traición.

La pena por traición era la muerte. Maharbal miraba a Aníbal con los ojos abiertos de par en par. Los soldados que escuchaban desde la puerta se quedaron más inmóviles si cabe de lo que ya estaban, pues dejaron de respirar. El sufete de Cartago, mientras veía a Maharbal saludarle militarmente, girar sobre sí mismo y partir para cumplir las órdenes, habló a las paredes de la estancia con la seguridad de quien sabe que acaba de dar comienzo a una nueva guerra: una guerra civil larvada, no declarada, sin concesiones y de desenlace incierto. Pero cualquier cosa era mejor que quedarse de brazos cruzados.

La reacción del Consejo de los Ciento Cuatro no se hizo esperar y a la mañana siguiente los Ancianos convocaron al Senado de la ciudad. Varios senadores partidarios del Consejo y de la forma en la que se había gobernado la ciudad desde la derrota contra Roma arremetieron frontalmente contra el nuevo sufete. Aníbal escuchaba en silencio sentado en uno de los bancos laterales del cónclave. Aguardó con paciencia hasta que concluyeron todos y cada uno de los discursos preparados por sus enemigos políticos. Se le acusaba de todo: de manipular las instituciones del Estado, de querer enfrentar al pueblo con el Consejo al acusar al *quaestor* general de malversación y traición; se le conminaba a retractarse y a liberar al responsable de las cuentas, un venerable funcionario que el año siguiente, de acuerdo con las leyes de la ciudad, entraría a formar parte del Consejo de Ancianos como miembro de pleno derecho y con carácter vitalicio, como el resto de miembros del Consejo que una vez eran admitidos disfrutaban de los privilegios del cargo para toda la vida. Aníbal no replicó durante toda la retahíla de ataques vejatorios contra su persona ni tampoco puso mala cara ni dejó entrever en su faz indiferencia. Escuchó con atención a todos manteniendo una expresión seria, grave pero siempre firme, resuelta. Al fin tomó la palabra. Se levantó y se situó en el centro del gran Senado de Cartago. Dio un giro lento de 360 grados y paseó su mirada por los rostros de los senadores. Muchas caras enemigas.

—Senadores de Cartago —empezó Aníbal Barca con una voz potente, la misma voz acostumbrada a arengar a millares de soldados justo antes de una gran batalla—. Senadores de Cartago, he servido a mi patria desde que nací. Primero en Iberia, a la que reduje hasta que de sus minas de oro y plata manaban minerales preciosos que siempre terminaban en las arcas del Estado; luego en Italia, donde hice tanto daño a nuestro eterno enemigo que aún nos temen pese a negarnos la posibilidad de disponer de una flota o de los soldados necesarios siquiera para defender nuestras fronteras, y, finalmente serví aquí, en África, donde combatí contra los romanos con las fuerzas que pusisteis a mi mando. Mis dos hermanos murieron en el campo de batalla, como lo hizo mi padre; he perdido un ojo, tengo mil heridas por todo mi cuerpo, me atravesó una lanza en Sagunto, pero todo eso no me importa porque son sufrimientos que padecí con orgullo porque servía a mi patria. Pero ahora tengo que aguantar con paciencia que se me acuse de traidor y eso dicho por labios de personas que no pueden exhibir ni una sola herida de guerra ni un solo rasguño aunque fuera al tropezarse con su propia mentira, miseria y acusaciones falsas. —El Senado estalló en un tropel de gritos que llovían sobre un Aníbal en pie, manos en jarras, desafiante que en lugar de callar gritó aún más que todos ellos juntos—. ¡Los gritos nunca me han asustado y los de los cobardes aún menos! ¡El *quaestor* está en la cárcel y en la cárcel seguirá por mentir a los ciudadanos de Cartago, por malversar las cuentas para ocultar que unos pocos ricos, senadores y miembros del Consejo llevan años sin contribuir al pago de las indemnizaciones de guerra! —Y seguían gritando y Aníbal aún más y, sorprendentemente, fue Aníbal el que hizo que su voz callara a todo el resto, quizá porque era la voz de la verdad—. ¡Muchos de los que me insultáis no estáis pagando al Estado! ¡Y yo pregunto! ¡Por Baal, yo pregunto! ¿Qué pasará cuando el pueblo sepa de estas malversaciones? A mí me podéis decir lo que queráis, pero ¿qué les vais a decir a los cartagineses, a los labradores, a los comerciantes, a los artesanos, a los pescadores, a los soldados, qué les vais a decir a las mujeres y a los niños de Cartago, a todos ellos, a los que lleváis seis años exigiéndoles más y más esfuerzos para pagar unas indemnizaciones a las que vosotros, vosotros, los que más tenéis, no contribuís como os corresponde? —Y Aníbal se detuvo para escuchar el silencio más tenso en aquel Senado, sólo comparable al que precedió a la declaración de guerra que Quinto Fabio Máximo les espetó allí mismo hacía ya más de veinte años; desde entonces no se había vuelto a vivir una sesión tan tensa como aquélla—. Ahora calláis, ahora parece que os faltan las palabras. Ya he informado a varios representantes de la Asamblea del Pueblo sobre todo lo ocurrido con las cuentas del Estado estos últimos años y será ante el pueblo ante quien el Consejo deberá rendir cuentas y muchos de vosotros también. Voy a hacer dos cosas: primero exigiré los pagos pendientes a todos aquellos de vosotros y del Consejo de Ancianos que aún no habéis satisfecho desde hace seis años y hasta que todo ese dinero no se recupere no cobraré ni una sola moneda más de impuestos a ningún ciudadano de Cartago; con el dinero que recaude satisfaré con creces los pagos a Roma y, a partir de ahí, reconstruiré el poder de Cartago; eso primero, y luego... —Aníbal se detuvo mientras veía como muchos senadores negaban con la cabeza ante lo que no dudó en responder antes de hacer pública su segunda y más audaz propuesta—. Y me da igual que digáis que no con la cabeza pues, si es preciso, enviaré los mismos soldados que han metido al *quaestor* en la cárcel a que vayan visitándoos uno a uno en vuestras casas hasta que las arcas del Estado reciban todo el dinero que deberían haber acumulado estos años y... —Nuevos insultos y gritos a los que Aníbal respondió con su segunda propuesta proyectándola con el máximo de potencia de su voz entrenada a dar discursos en amplias llanuras, estrechos valles, luchando contra el viento, la lluvia o las tormentas—. ¡Y en segundo lugar aprobaré una ley por la cual los miembros del Consejo de Ancianos serán elegidos anualmente y sin posibilidad de repetir en el cargo! ¡Aprobaré esa ley y se reemplazará a todo el Consejo de Ancianos! —Aquí los senadores pasaron de las palabras a los insultos, pero una docena de soldados veteranos de los ejércitos de Aníbal le rodearon y le escoltaron hasta la salida. El general no miró hacia atrás. Ni le sorprendía la reacción de los senadores ni le importaba ya demasiado. Sabía que no era ya aquel Senado el lugar donde debía centrar sus reformas. El pueblo y sólo el pueblo de Cartago debería abrir la ventana del futuro.

Caída la noche, el anciano Hanón, fuertemente custodiado por dos decenas de soldados favorables a la causa del Senado y del Consejo de los Ciento Cuatro, llegó hasta la residencia de Aníbal. El anciano miró de arriba abajo la entrada a la casa. No le gustó lo que vio. Era una fachada limpia, pero sencilla. La puerta era de madera fuerte, pero sin adornos. No había más que un par de soldados apostados a ambos lados. Todo era demasiado austero. Un hombre que vivía así era menos proclive a caer en manos del soborno. Hanón se dirigió a los soldados que custodiaban la puerta.

—Decid a vuestro amo que el más anciano del Consejo de los Ciento Cuatro quiere verle.

Hanón pronunció la palabra «amo» con el intenso afán de ofender a los soldados apostados en la puerta, pero éstos no hicieron mueca alguna ni de reprobación ni de desdén a aquellas palabras. Eran hombres fieles hasta el final. El anciano tomó nota de aquello también. Despreciar al enemigo era algo que nunca hacía. Al poco tiempo, el soldado reapareció y abrió la puerta permitiendo que el anciano pasara, pero cuando iban a seguirle varios de sus guardianes, éste y su compañero centinela de la puerta se interpusieron, a la vez que una docena de soldados más emergían del interior de la casa obstruyendo la entrada por completo. Las espadas se desenvainaron con rapidez, pero la voz de Hanón emergió con fuerza.

—¡Por Baal y Melqart y todos los dioses! ¡Envainad todos las espadas! ¡Esto no es una guerra! ¡Un enviado del Consejo de Ancianos viene a ver al sufete, eso es todo! ¡Envainad las espadas!

Y todos los hombres que escoltaban a Hanón hicieron caso, pero no así los hombres de Aníbal que, desafiantes, permanecían con las espadas en ristre apuntando a sus enemigos. El anciano tomó nota también de aquello. Así estaban las cosas. Estuvo meditando si reiterar su orden a riesgo de que su autoridad sobre aquellos fieles a Aníbal quedara en entredicho si éstos persistían en la desobediencia a su persona, cuando desde el interior de la casa el propio Aníbal apareció en la puerta.

—Como el enviado del Consejo dice, no hay motivo para desenfundar. —Y al instante los catorce hombres de Aníbal envainaron sus espadas.

Anciano y sufete entraron en la casa de Aníbal, la puerta se cerró y ambos hombres quedaron a solas en un atrio descubierto, no muy grande, sólo decorado por plantas, eso sí, cuidadas con el mimo propio de una mujer. El anciano había oído hablar de la hermosa esposa ibera de Aníbal y miró a su alrededor con la curiosidad morbosa de la lascivia permanentemente insatisfecha pese a sus excesos carnales con las esclavas, pero no vio a nadie: sólo las plantas por suelos y paredes, una pequeña mesa y unos pocos asientos dispersos por el atrio. Aníbal se sentó en uno de ellos, para nada el más lujoso, e invitó con la mano al anciano para que hiciera lo propio. Hanón aceptó la propuesta y se acomodó en el asiento que quedaba frente al sufete de Cartago.

—¿Quieres tomar algo? ¿Bebida, comida? —preguntó Aníbal conciliador.

—No, no es necesario. A mis años no me conviene comer a deshoras y el tiempo es un bien escaso. Es mejor que vayamos directamente al asunto que me trae aquí.

—Muy bien, como quieras. —Y Aníbal se reclinó en el respaldo de su asiento.

Hanón se tomó un par de segundos mientras volvía a pasear su mirada por el atrio desierto.

—No es sensato lo que has hecho, sufete de Cartago, y aún más insensato es lo que pretendes hacer. —Aníbal fue a responder, pero el anciano estuvo rápido—. No, no me interrumpas. Deja que me explique y luego me dices lo que tengas que decir y yo te prometo escuchar igual. —Aníbal aceptó y asintió una vez. El anciano continuó sin detenerse, con voz parsimoniosa pero constante—. Encerrar al *quaestor* del Estado es un error, pero sea; revisa las cuentas, pero de ningún modo puedes acusarlo de traición. Ese hombre va a entrar en el Consejo el año que viene y lo defenderemos como si ya fuera uno de los nuestros. Si no retiras las acusaciones, al menos la de traición, no respondo de las consecuencias. —Hanón observó a su interlocutor; éste no parecía impresionado; debía añadir más—. En todo caso, lo que no es posible es la reforma que pretendes: no puedes cambiar siglos de historia en un día, no puedes pretender que, contra natura, los miembros del Consejo sean elegidos anualmente; han sido, son y seguirán siendo, a tu pesar, cargos vitalicios. Sólo los mejores llegan al Consejo y de ahí que se deba respetar su criterio. Retráctate de estos hechos y todo puede reconducirse de forma adecuada. Reclamas dinero para las arcas del Estado. Sea, puede que algunos no hayan contribuido en lo que les tocaba, empezando conmigo, pero esto puede arreglarse negociando. No es necesario romper las leyes que nos han regido durante siglos. No es bueno, no es sensato, no es inteligente, no es propio de uno de los mayores generales de Cartago.

Y aquí el anciano dio por terminado su discurso y fue entonces él el que se reclinó sobre el pequeño respaldo de su butaca, que le pareció muy incómodo. Aníbal tomó la palabra.

—Conozco bien la corrupción porque la he vivido en mis ejércitos. Donde hay poder y victorias y dinero hay corrupción. En Cartago ha habido demasiado tiempo de victorias y la corrupción se instaló con comodidad. Yo la corté de raíz entre mis tropas de la única forma que puede hacerse: arrancándola de cuajo. Ahora ya no tengo tropas, pero gobierno la ciudad y haré con la corrupción civil lo mismo que hice con la militar: de cuajo, Hanón, de cuajo. Y eso hace necesario la cárcel para el contable del Estado y la muerte si es preciso, y también es preciso relevaros a todos vosotros de una vez y para siempre. No quieres. Es lógico. No esperaba que aceptarais de buen grado. ¿Queréis guerra? La tendréis. En la guerra me desenvuelvo bien. —Y calló en seco.

Hanón le miró serio.

—Estás cayendo en un error —dijo el anciano—. Esto, mi querido amigo, no es una guerra. Esto es política. Yo no sería tan estúpido como para enfrentarme a ti en un campo de batalla. Sé que perdería. Pero tú, ¿vas a enfrentarte a mí en política? Eso nos diferencia a ti y a mí. Yo soy más sensible a mis limitaciones que tú, Aníbal Barca. Tu padre ya perdió en el Senado, varias veces, como cuando exigió una flota para conquistar Iberia; perdió, pero tuvo la suficiente inteligencia de comprender su derrota y de idear una estrategia mediante la que poder cumplir su plan sin enfrentarse al Senado; ése es un gran mérito que siempre le he reconocido a tu padre. Tú quieres cambiar las reglas del juego cuando las reglas no se ajustan a tus deseos. Ése es un atajo peligroso, Aníbal. Escúchame: en política las armas son más mortíferas que en la guerra; te estoy avisando aunque tus acciones del presente no recomiendan que te trate con tanta benevolencia, pero lo hago porque tus acciones heroicas del pasado merecen un respeto. Sólo por eso te aviso por última vez: no presentes batalla en el para ti desconocido campo de la política. Perderás. Perderás, Aníbal.

—Creo que esta conversación carece ya de sentido —respondió Aníbal sin levantar la voz, sin mover un solo músculo de cuerpo.

El anciano se levantó con dificultad. A sus ochenta años todo le costaba.

—Supongo que en eso es en lo único en lo que podemos estar de acuerdo —dijo, y se dio la vuelta y echó a caminar hacia la puerta—, claro que... —empezó de nuevo volviéndose una vez más hacia Aníbal— supongo que no tiene sentido que te ofrezca ser uno más de nosotros el año próximo, ¿verdad?

—Supones bien, Hanón —replicó Aníbal sin levantarse de la silla.

—Sí, está claro. Lo imaginaba, pero debía intentarlo. Todavía había en el Consejo quien pensaba que una propuesta así podría hacerte cambiar de opinión. Como ves entre los míos también hay ingenuos. —Y sonrió.

—La ingenuidad tiene su encanto —apostilló Aníbal devolviendo la sonrisa.

—Sin duda, sin duda, pero los cementerios están llenos de ingenuos, Aníbal. Me da pena ver lo que has sido y en lo que te has convertido. Me da pena despedirme de un cadáver, pero eso es lo que quieres y nadie va a cambiar tu forma de ver las cosas. Es triste ver tanta capacidad derrochada por una testarudez sin sentido.

Aníbal se defendió con vehemencia.

—También me dijeron que no se podían cruzar los Alpes en invierno y los crucé con mi ejército.

—Sí. En el campo de batalla eres el mejor. En el campo de batalla —repitió el anciano, y esta vez sí, se dio la vuelta de nuevo, encaró la puerta, la golpeó un par de veces con la palma seca de su mano arrugada por el tiempo y ésta se abrió. El anciano desapareció dejando a Aníbal a solas en el atrio, rodeado de decenas de plantas que devolvían con frescor y fragancias el cariño recibido por las manos suaves de quien las regaba y podaba con frecuencia. Imilce apareció por entre las plantas del fondo del atrio y se acercó a su marido.

—¿Quieres cenar algo? —preguntó la mujer.

—Ayunar no resolverá nada —respondió su marido, sin mirarla. Ella le puso la mano encima del hombro, se agachó y le dio un beso en la mejilla. Él no se movió, pero le habló en voz baja aprovechando la proximidad de su rostro—. Vienen tiempos difíciles, Imilce.

—Lo sé —respondió ella.

—No me quedan muchos amigos en esta ciudad y pronto tendré menos.

—El pueblo está contigo.

—Eso es cierto, pero dudo de su capacidad para protegernos contra la ira del Consejo.

—Yo no dudo de ti. Sólo te pido una cosa.

Aníbal echó la cabeza hacia atrás y miró a Imilce a los ojos.

—Dime.

Imilce se agachó un poco más y le habló al oído.

—Si todo sale mal, no me vuelvas a dejar atrás. —Y se separó y se alejó por entre las plantas del fondo del atrio en dirección a la cocina para hablar con los esclavos sin esperar respuesta de su marido.

28

El edicto del faraón

Alejandría, febrero de 196 a.C.

Netikerty amamantó a Jepri hasta casi los cuatro años. La joven, aconsejada por la experiencia de su madre, había alargado la lactancia tanto como le fue posible, pues eran muchos los niños que morían al poco de dejar de mamar. Nadie sabía bien por qué, ni los médicos griegos, pero así era. Pero ya había pasado un año desde que Jepri tomara la última toma de leche de los senos de su madre y el niño corría sano y fuerte por los alrededores de la casa, siempre bajo la atenta mirada de su abuela y una de sus tías. Netikerty y una de sus hermanas habían encontrado trabajo como sirvientas de algunas de las familias nobles de Alejandría. Eran guapas, estaban bien educadas y eran discretas. Y necesitaban dinero. Tras la muerte de todos los hombres habían tenido que recurrir a trabajar para otros para mantenerse. Netikerty notó en especial la necesidad de más dinero cuando el pequeño Jepri dejó de mamar. Necesitaba mucho alimento: pan y trigo a diario y leche de cabra y queso y fruta y pescado. Y todo costaba dinero. Tenía dos opciones: recurrir al dinero que sabía que Cayo Lelio enviaba desde Roma a través de uno de los mercaderes romanos que controlaban la exportación del trigo de Egipto, un tal Casio, o ponerse a servir en una casa noble. En Egipto había esclavos, pero no suficientes para todos y siempre se buscaban sirvientes eficaces. Netikerty, aún dolida pese a los años por la intransigente reacción de Lelio en el pasado, orgullosa, decidió entrar a servir y, de ese modo, no hacer uso del dinero de Lelio, que quedaría acumulado en la casa del mercader Casio, quien, a buen seguro, informaría al veterano oficial romano del desprecio que hacía ella de aquel dinero. Netikerty no sabía si aquel rechazo ofendería o no a quien en el pasado fue su amo y señor, pero no le importaba. De siempre había valorado su independencia y sirviendo la mantenía por completo. Además, servir a otros no era considerado innoble entre los egipcios.

Atardecía sobre Alejandría y Netikerty paseaba con el pequeño Jepri de regreso del mercado donde había adquirido pescado y queso fresco que el pequeño portaba con esfuerzo en un pequeño cesto, concentrado en la tarea de que no se le cayera nada, y con la dignidad y el orgullo de saber que estaba ayudando a su madre. Al salir del mercado encontraron un gran tumulto de personas que se arracimaban en torno a un grupo de soldados griegos de la guardia real del faraón. La primera reacción de Netikerty fue la de alejarse por temor de que hubiera alguna lucha y que, en medio de la confusión, el pequeño pudiera sufrir algún daño, pero de inmediato se dio cuenta de que se trataba de algo diferente. La gente parecía hablar interesada sobre algo grande y pesado que los soldados habían traído y que estaban situando a la entrada del mercado, haciendo uso de una compleja máquina con poleas.

—La han traído hasta aquí en un barco.

—Es enorme.

—¿La has leído?

—¿Qué dice, por Isis? ¿Es del faraón?

—Eso parece. Un edicto.

Netikerty escuchaba atenta los comentarios de mercaderes, compradores, pescadores y hasta de los propios soldados.

—¿Qué pasa, mamá? —preguntó el pequeño Jepri.

—No pasa nada, Jepri. Debe de ser un edicto del faraón. Será importante cuando lo han traído los soldados del faraón y lo han escrito sobre una piedra.

—¿Un edicto?

—Un edicto, Jepri. Es una proclama del rey de Egipto, un anuncio. El faraón quiere que sepamos algo y lo escribe en grandes piedras que pone en diferentes ciudades.

—¿Una piedra en cada ciudad?

Netikerty frunció un poco el ceño a la vez que se abría paso entre el gentío con una mano mientras que con la otra asía fuertemente la pequeña mano de su inquisitivo hijo.

—Bueno, por Serapis, no sé. Supongo que en ciudades grandes como Alejandría pondrá más de una de esas piedras. Ven. Si nos acercamos lo suficiente podrás verla bien.

La gente leía la piedra y luego se alejaba para comentar el contenido del edicto con sus conocidos. Eso facilitaba cierto flujo de personas que se acercaban y que se distanciaban de la gran piedra oscura y así, al poco rato, la hermosa Netikerty y su pequeño hijo se encontraron en primera línea frente a una gran piedra de basalto custodiada por media docena de soldados egipcios al servicio del faraón.

—¿Qué pone, madre?

Netikerty se acercó lo suficiente, al igual que el resto de curiosos, como para poder leer el texto grabado sobre la roca. Estaba en tres idiomas. En la parte superior estaba en la lengua jeroglífica, en el centro el texto se había redactado en demótico y, por fin, la parte inferior de la piedra estaba en griego. Netikerty empezó a leer desde el texto en demótico, que pese a su registro formal, era el que más se parecía a la forma de hablar de las gentes de Egipto.

«—Bajo el reinado del joven que recibió la soberanía de su padre, Señor de las Insignias reales, cubierto de gloria, el instaurador del orden en Egipto, piadoso hacia los dioses, superior a sus enemigos, que ha restablecido la vida de los hombres, Señor de la Fiesta de los Treinta Años, igual a Hefestos el Grande, un rey como el Sol, Gran rey sobre el Alto y el Bajo país, descendiente de los dioses Filopáteres, a quien Hefestos ha dado aprobación, a quien el Sol le ha dado la victoria, la imagen viva de Zeus, hijo del Sol, Ptolomeo, viviendo por siempre, amado de Ptah. En el año noveno, cuando Aetos, hijo de Aetos, era sacerdote de Alejandro y de los dioses Soteres, de los dioses Adelfas, y de los dioses Evergetes, y de los dioses Filopáteres, y del dios Epífanes Eucharistos, siendo Pyrrha, hija de Filinos, *athlófora* de Berenice Evergetes; siendo Aria, hija de Diógenes, *canéfora* de Arsínoe Filadelfo; siendo Irene, hija de Ptolomeo, sacerdotisa de Arsínoe Filopátor, en el día cuarto del mes Xandikos o el 18 de Mekhir de los egipcios...»

Aquí dejó de leer en voz alta, porque la gente se impacientaba y Netikerty paseó sus ojos con rapidez por el resto del texto.

—¿Qué más dice, madre?

—Anuncia una reducción de impuestos para todos y regalos para los sacerdotes. Ven, vámonos, la gente quiere leerla y estamos en medio.

Imagen de la piedra Roseta, expuesta en el Museo Británico de Londres.

—¿Y por qué lo pone el faraón en tantos idiomas? ¿Por qué no lo pone sólo como hablamos nosotros?

Un soldado real de origen griego miró hacia donde estaba Jepri. Netikerty estiró de la mano del pequeño y lo alejó del lugar. Una vez de regreso a la plaza de acceso al mercado el niño repitió la pregunta.

—¿Por qué no lo pone el faraón sólo como hablamos nosotros, madre?

—Calla —dijo, y se agachó hasta arrodillarse y quedar su rostro a la altura de la cara del pequeño—. En Egipto los sacerdotes escriben con jeroglíficos, los escribas en demótico, que es lo más parecido a nuestra lengua, y en la corte del faraón se habla griego. Por eso el rey lo pone en las tres lenguas, para que todos lo entendamos.

El niño no parecía convencido del todo.

—¿Pero el faraón no habla como nosotros?

Netikerty sacudió la cabeza.

—En casa te lo explico. Ahora hemos de darnos prisa y llevar el pescado y el queso a la abuela, que lo está esperando. ¿Quieres que la abuela lo cocine en la chimenea como a ti te gusta?

Jepri asintió con decisión. Por el momento la proximidad de un pescado bien asado, condimentado con la sabiduría de su abuela, alejaron de su mente su sorpresa y confusión al ver que el faraón, los sacerdotes y el pueblo hablaban lenguas diferentes. Le pareció extraño. ¿Era acaso el faraón un faraón extranjero?

29

La *lex Oppia* y la amenaza de África

Roma, principios de febrero de 196 a.C.

Desde la *Via Nomentana* y la *Via Tirbutina Vetus* por el norte, desde la *Via Labicana* y la *Via Tusculana* por el este, y desde el *Vicus Tuscus* y el *Clivus Victoriae* desde el sur, centenares de mujeres caminaban en dirección al foro, hasta el punto que Catón, para cruzarlo desde el sur, pues había acudido a casa Graco en el *Clivus Victoriae* para preparar la sesión del senado de aquella mañana, tuvo que pasar por entre estrechos pasillos que dejaban las matronas de Roma para que los senadores, tribunos y magistrados de toda condición pudieran pasar y llegar al edificio de la *Curia*, al norte del foro; eso sí, no sin antes haberse visto obligados a escuchar sus insistentes peticiones de que la *lex Oppia* se aboliera para siempre.

El Senado, en medio de la guerra contra Aníbal, en una Roma aterrorizada y donde todos los esfuerzos se dedicaban a ayudar al Estado para que con las legiones se salvara a la ciudad del desastre absoluto, promulgó una ley que prohibía que las mujeres de Roma pasearan por la ciudad exhibiendo preciadas joyas o que usaran carruajes en sus desplazamientos, entre una larga serie de normas de austeridad que se pensaron entonces adecuadas y que fueron aceptadas por las propias mujeres en las turbulencias de un pasado reciente donde lo importante era sobrevivir. Era lógico que en aquellos años se le pusiera coto a exhibiciones de lujo cuando todos estaban recibiendo noticias funestas de hermanos o padres o primos o amigos que habían caído en el frente de guerra, cuando los entierros eran la moneda común del día a día y cuando en todas las colinas de Roma se lloraba incesantemente por los muertos que ya nunca volverían con sus allegados. Pero la guerra pasó y el dolor de la ausencia de los que ya no estaban se fue diluyendo en medio de una ciudad cada vez más rica y más poderosa a la que llegaba el lujo en mil formas diferentes para ser disfrutado: Marcelo inundó la ciudad con las espectaculares estatuas de Siracusa, había grano en abundancia, pan para todos, juegos y festividades en todo momento, obras de teatro, luchas de gladiadores, mimos, banquetes públicos y privados donde se degustaban comidas exóticas servidas en salsas desconocidas hasta entonces como el *garum* que fluía desde Hispania en grandes barcos mercantes, y el oro y la plata y joyas de todo tipo eran adquiridas por las familias patricias y por los plebeyos enriquecidos por el control del comercio del Mediterráneo occidental. Roma bullía en un lujo que, sin embargo, no se podía exhibir en público en forma de joyas o grandes carruajes por unas matronas romanas que se veían sujetas a una ley que todas las mujeres romanas consideraban ya anticuada y obsoleta. Sin embargo, todo se puede sobrellevar cuando no existe el agravio de la comparación, pero cuando desde las diferentes regiones de Italia o desde otras partes del mundo llegaban mujeres acompañando a embajadores extranjeros o a mercaderes fenicios, griegos, iberos, masaliotas o de cualquier otra parte, éstas se paseaban por las calles de Roma exhibiendo sin tapujos todo el lujo que les era posible mostrar; fue entonces cuando las matronas de Roma se rebelaron: si las itálicas o las griegas o las fenicias o las masaliotas o las etruscas o las de Tarento o las de Capua o las de cualquier otra ciudad podían portar sobre sus cuellos, brazos y muñecas todo tipo de piedras preciosas y cruzar la ciudad no ya sólo en litera sino también en hermosos carruajes, ¿cómo no iban a poder hacerlo ellas y más aún tratándose de su propia ciudad? El conflicto estaba servido.

Catón llegó indignado a la plaza del *Comitium* y su enfado se incrementó aún más cuando observó que sólo los legionarios de las *legiones urbanae* podían contener a las esposas, madres, hijas y hermanas de Roma entre los *Rostra* y la *Graecostasis*. Cruzó así el adusto senador de Tusculum por un *Comitium* vacío de mujeres y en su ausencia encontró algo de sosiego después de haber tenido que escuchar una y mil veces ruegos y súplicas de centenares de romanas pidiendo que votara a favor de la propuesta de los tribunos que pedían la abolición de aquella ley de austeridad.

Nada más dar comienzo la sesión, Catón, una vez que se dio lectura formal a la propuesta de los tribunos de la plebe, Marco Fundanio y Lucio Valerio, de derogar la ley de Cayo Opio, hizo lo que se esperaba de él. Se levantó con rapidez de su asiento en el edificio de reuniones del Senado y lanzó un punzante discurso contra aquella propuesta. Sabía que tenía la batalla perdida, pero sabía también que pese a todo debía lucharla. Luego vendría lo realmente importante, al final de la sesión, pero eso, sus enemigos, no debían pensarlo, así que se empleó a fondo, y habló mirando fijamente a los Escipiones y los Emilio-Paulos y Flamininos y todos cuantos sabía que estaban dispuestos a derogar la ley.

—Si cada uno de vosotros, Quirites, hubiese aprendido a mantener sus derechos y su dignidad de marido frente a la propia esposa, tendríamos menos problemas con las mujeres en su conjunto; ahora nuestra libertad, vencida en casa por la insubordinación de la mujer, es machacada y pisoteada incluso aquí en el foro, y como no fuimos capaces de controlarlas individualmente, nos aterrorizan todas a la vez. (...) La verdad, he sentido cierto rubor cuando hace poco he llegado hasta el foro por entre un ejército de mujeres. Y si, por respeto (...) no me hubiese contenido (...) les habría dicho: "¿Qué manera de comportaros es ésta de salir en público a la carrera, invadir las calles e interpelar a los maridos de otras? ¿No pudisteis hacer este mismo ruego en casa cada una al suyo? ¿O es que sois más convincentes en público que en privado, y con los extraños más que con los vuestros?" (...) Nuestros mayores quisieron que las mujeres no intervinieran en ningún asunto, ni siquiera de carácter privado, más que a través de la tutela de un representante legal; que estuvieran bajo la tutela de padres, hermanos o maridos. Nosotros, si así place a los dioses, incluso les estamos permitiendo ya intervenir en los asuntos públicos y poco menos que inmiscuirse en el foro, en las reuniones y en los comicios. (...) [La *lex Oppia*] es una pequeñísima muestra de lo que, impuesto por la costumbre o por las leyes, soportan las mujeres a regañadientes. Lo que añoran es la libertad total, o más bien, si queremos decir las cosas como son, el libertinaje. Realmente, si en esto se salen con la suya, ¿qué no intentarán? (...) Quisiera, no obstante, que se me dijera cuál es el motivo que ha llevado a las matronas a presentarse en público a la carrera de forma tumultuosa, faltando poco para que entrasen en el foro e interviniesen en las asambleas. ¿Para que se rescate a sus padres, maridos, hijos, hermanos, prisioneros de Aníbal? Semejante trance está lejos, y ojalá lo esté siempre, de nuestra nación; pero, sin embargo, cuando se dio el caso, dijisteis no a sus piadosos ruegos. Pero no fue la piedad ni la preocupación por los suyos lo que las ha congregado. (...) ¿Qué excusa (...) se aduce para este amotinamiento de las mujeres? "Queremos estar radiantes con el oro y la púrpura, se dice, y desplazarnos en carruaje por la ciudad los días de fiesta y los de diario, en una especie de desfile triunfal sobre la ley vencida y abrogada y sobre vuestros sufragios, apresados y anulados; queremos que no haya límite alguno para el gasto y el despilfarro." (...) Cuanto mejor y más boyante es cada día que pasa la situación del país, cuanto más se ensancha nuestro imperio (...) más me estremezco por temor a que todo esto nos esclavice en lugar de hacernos nosotros sus dueños. Las estatuas procedentes de Siracusa, creedme, fueron enseñas enemigas introducidas en nuestra ciudad. Son ya demasiadas las personas a las que oigo ponderar en tono admirativo las obras de arte de Corinto y Atenas y reírse de las antefijas de arcilla de los dioses romanos. (...) Nuestros padres recuerdan como Pirro, por medio de su emisario Cineas, trató de ganarse a base de regalos la voluntad no sólo de los hombres sino de las mujeres. Todavía no se había promulgado la *lex Oppia* para refrenar el despilfarro femenino, y, sin embargo, ninguna aceptó. (...) Si Cineas recorriera ahora la ciudad con aquellos regalos, encontraría de pie en las calles mujeres dispuestas a aceptarlos. (...) ¿Queréis provocar esta rivalidad entre vuestras esposas, *patres conscripti*, de forma que las ricas quieran tener lo que no está al alcance de ninguna otra, y las pobres, para no sentirse humilladas por ese motivo, vayan más allá de sus posibilidades? (...) Mi opinión es que la *lex Oppia* de ningún modo debe ser derogada; y quisiera que los dioses todos hagan que sea para bien lo que vosotros decidáis."*

* Palabras textuales que Tito Livio pone en boca de Catón. Traducción de la edición de José Antonio Villar Vidal del libro XXXIV de Livio.

Con esas palabras, Catón lanzó su dura proclama contra las mujeres de Roma en donde sabía que no ganaría simpatías entre los miembros del sexo opuesto, pero eso era algo que no le importaba porque las mujeres no intervenían en los asuntos importantes del Estado.

A su discurso los tribunos opusieron decenas de ideas para compensar cada uno de los puntos presentados por el senador conservador. Lucio Valerio estuvo especialmente brillante aquella mañana y a las supuestas ansias de las mujeres por exhibirse y la sugerencia de Catón con relación a que aceptarían las dádivas de cualquier rey extranjero, el tribuno repuso con habilidad que esas a las que Catón criticaba con tanta saña eran las mismas mujeres que en el pasado, en medio de la guerra contra Aníbal, entregaron su oro, su plata y todas sus joyas para que el estado tuviera dinero y recursos suficientes para financiar nuevas levas y la forja de nuevas armas para más legionarios; añadió que eran las mismas esposas, madres, hijas o hermanas de los que habían caído en el frente de guerra y que merecían, cuando menos, un respeto y que, en consecuencia, eran ofensivas las insinuaciones de debilidad de las mujeres ante el enemigo que había hecho Catón. Añadió Lucio Valerio que era frecuente dictar leyes especiales en la guerra y luego cambiarlas en la paz y que, en consecuencia, lo que las mujeres pedían no era, en modo alguno, algo que rompiera con las costumbres de Roma. Y defendió al fin que si las mujeres habían sabido ser castas y discretas durante siglos, sin *lex Oppia*, ¿por qué habrían de dejar de serlo por derogar una norma que se dictó en circunstancias tan extremas y que sólo había estado funcionando unos pocos años? ¿O es que Catón pensaba que las mujeres de Roma ya no merecen el respeto de sus maridos, hijos, esposos y hermanos?

Catón perdió la votación por una amplia mayoría. Sólo Graco, su primo Lucio Porcio, Spurino, Quinto Petilio y otros pocos fieles se mantuvieron a su lado en un asunto tan espinoso. Pero era de esperar. Catón no se arredró y aceptó con dignidad el resultado de la votación a la espera del siguiente asunto que debía debatirse. En el exterior de la *Curia Hostilia* se escuchaban los gritos de júbilo de las mujeres de Roma, pues el resultado de la votación llegó al exterior con sorprendente rapidez, pero a Catón aquello no le importaba. Tenía que ceder ahí como cedió en sus principios al contratar obras de teatro cuando era edil y promover los juegos plebeyos y algún gran banquete público y, en lo referente a las mujeres, éstas eran, por definición, unas simples. Se contentaban con poca cosa y poca cosa era lo que se les había dado. Los asuntos realmente importantes venían ahora y en ellos nunca interferiría una mujer. No había nacido en Roma la mujer que de una manera u otra, ni tan siquiera usando todas las poderosas armas de la seducción, pudiera, en modo alguno, interferir en sus planes. La estrategia de Catón era lenta y a largo plazo para socavar el poder de los Escipiones. Todo llegaría, y para satisfacción suya, su gran enemigo, Publio Cornelio Escipión, por muy *princeps senatus* que fuese ahora tras la reciente muerte del viejo Quinto Fulvio, sólo había tenido un hijo y dos hijas. El hijo, según se decía por todas partes, era débil y las hijas no contaban. Ninguno de aquellos vástagos del gran *Africanus* le producía temor. Si se acababa con el padre se acabaría con su estirpe.

En el interior de la *Curia*, los senadores murmuraban sobre todo lo ocurrido, pero nadie marchaba en espera del que debía ser el debate fuerte de aquel día. Algo mucho más importante que si las mujeres pueden o no lucir ciertas joyas o pasear en carruajes por la ciudad; algo de consecuencias aún difíciles de imaginar que debía ser discutido en aquella misma jornada: habían llegado varios mensajeros desde Cartago asegurando que Aníbal había pactado en secreto con el rey Antíoco de Siria para lanzar un ataque conjunto sobre Roma.

Para algunos era aún difícil de imaginar que Cartago pudiera haberse recuperado lo suficiente como para estar en condiciones de iniciar una nueva guerra contra Roma y para casi todos era inimaginable que Antíoco pudiera plantearse seriamente cruzar el Helesponto y avanzar más allá de Asia Menor para invadir Grecia. Pero aquél era un mundo en constante cambio y todo era posible. Y lo que todos compartían era un miedo irracional cada vez que en el Senado de Roma alguien pronunciaba el nombre de Aníbal. Y escuchar que Aníbal podía estar al lado de Antíoco era algo que a nadie dejaba indiferente. Sólo unos pocos parecían disentir de aquella creciente preocupación. Escipión era el más destacado de los que se oponían a que el Estado interviniera en lo que él consideraba un asunto menor, una cuestión interna de la política de Cartago. Claro que a él, muy al contrario que a la mayoría del resto de senadores, no se le ponían los pelos de punta cada vez que se mencionaba el nombre de Aníbal. No es que no le respetara, ni mucho menos. Los enfrentamientos que había sostenido con él en el pasado le hacían ver que era un enemigo temible, muy difícil de batir, pero no lo veía como la reencarnación de la maldición que la reina Dido de Cartago lanzara sobre el mítico Eneas hacía siglos, como pensaban muchos de los allí presentes.

Catón acababa de perder una votación, así que dejó pasar un tiempo antes de volver a intervenir, pero lo tenía todo preparado. Primero Tiberio Sempronio Graco, tal y como habían acordado en la entrevista de la mañana, hizo una introducción al tema poniendo énfasis en que las informaciones con respecto al trato que se había realizado entre Aníbal y Antíoco III de Siria procedían de miembros del propio Consejo de los Ciento Cuatro de Cartago, la máxima autoridad gobernante en aquella ciudad, pues todos sabían que el *sufetato*, como en Roma el consulado, estaba sujeto a la autoridad del Senado y de dicho Consejo de Ancianos. Graco subrayó la importancia de las fuentes de la información y que por ello estaban en la obligación de asegurarse sobre la existencia de dicho pacto y si en efecto tal entendimiento entre Aníbal y Antíoco era cierto actuar en consecuencia. Una vez terminado su discurso el joven Graco volvió a sentarse, justo detrás de Marco Porcio Catón y sus más fieles seguidores. Catón se volvió y le saludó cabeceando levemente. Graco correspondió con otro saludo.

En el otro extremo de la gran sala central de la *Curia Hostilia*, Publio Cornelio Escipión, junto con su hermano Lucio, Cayo Lelio y su cuñado Lucio Emilio Paulo, observaba la escena intrigado. En calidad de *princeps senatus*, podía intervenir cuando lo deseara, pero quería ver antes en qué sentido se orientaba el debate. Graco, como siempre, un instrumento en manos de Catón, se había limitado a presentar unos supuestos hechos que muchos consideraban ciertos mientras que, hasta el momento, todavía nadie había empleado la manipulación y la tergiversación. Eso se lo reservaban para los Petilios o quizá para el propio Catón.

Se levantó entonces Quinto Petilio Spurino y fue directamente al punto donde querían llegar Catón, Graco y el resto de sus seguidores.

—Tiberio Sempronio Graco nos ha resumido de forma acertada, queridos *patres consripti*, la situación en Cartago. Ahora lo que debemos hacer es actuar y actuar pronto. No, no podemos mirar hacia otro lado, pese a que veo caras de perplejidad entre algunos senadores por la importancia que yo y Graco y otros damos a este asunto. —Y miraba hacia el *princeps senatus* y sus correligionarios—. No es un asunto menor. Probablemente, sea todo lo contrario. Seguramente la alianza entre Aníbal y el cada vez más poderoso rey de Oriente sea el asunto más peligroso para nuestra amada Roma: Aníbal nos guarda un rencor total y no olvida; si en el pasado reciente se hubiera llevado a término la tarea de derrotar y atrapar a ese maldito criminal sediento de sangre romana ahora no nos veríamos en este nuevo desagradable trance. —Un murmullo se extendió entre las filas de los senadores que rodeaban a Escipión; Publio, no obstante, permanecía en silencio—. Pero sea, las cosas son como son y ahora tenemos que afrontar este nuevo peligro. No todo está perdido. Está claro que entre los cartagineses hay quienes han aprendido la lección y no desean un nuevo enfrentamiento contra Roma, pero también los hay, y muchos, que están dispuestos a una guerra. Evidentemente podemos vencerles, como ya hemos hecho en el pasado en dos ocasiones, pero una alianza con el rey de Oriente es algo muy temible. El ejército de Antíoco III no es el de Filipo V. —Spurino estaba dispuesto ahora a infravalorar la victoria de Flaminino, amigo de los Escipiones, para terminar así su lista de desprecios a los que ocupaban el otro extremo de la gran sala de la *Curia*—. Filipo V apenas podía reunir unos miles de hoplitas que hacía combatir de forma antigua y así poco pudo hacer frente a nuestras aguerridas y mucho más ágiles legiones, pero Antíoco, queridos *patres conscripti*, Antíoco es algo mucho más serio. El rey de Oriente puede reunir soldados desde el río Indo hasta el mar Egeo, desde las montañas del Cáucaso hasta mares lejanos que nosotros desconocemos. Dispone de elefantes, y en gran número, proporcionados por los reyes indios que le rinden pleitesía y dispone de unidades de élite. El rey de Oriente tiene arqueros a millares, y los terribles *catafractos*, la caballería acorazada, que literalmente arrasó al ejército de Egipto como si se tratara de un grupo de mujeres asustadas y todas esas fuerzas combinadas y bajo la dirección de Aníbal pueden llevarnos a nuestra destrucción. De modo que yo propongo que se vote ahora mismo que una comisión del Senado vaya a Cartago y, en colaboración con el Consejo de Ancianos de la ciudad, detenga a Aníbal y así conjuremos al menos una parte de este gran peligro que se cierne sobre nosotros. La detención de Aníbal servirá también de aviso al rey Antíoco.

Spurino dio media vuelta y retornó a su asiento. Muchos de los senadores asentían con claridad mientras que los más próximos a Spurino le daban palmadas en la espalda y le felicitaban por su intervención. Hubo una pausa en la que nadie se puso en pie para hablar y el presidente de la sesión estaba a punto de ordenar una votación sobre la propuesta de Spurino cuando, de súbito, Publio Cornelio Escipión, el *princeps senatus*, se alzó, dio un paso hacia delante y empezó a hablar.

—Spurino y Graco nos hablan de un gran peligro, *patres conscripti*, pero yo sólo veo una ciudad debilitada por la guerra del pasado,

Cartago, envuelta en disputas internas promovidas por la envidia que conducen a que sus gobernantes se traicionen entre sí. En todo lo que se ha explicado sólo veo que Aníbal, sufete de Cartago, quiere ser vendido por el Consejo de Ancianos de su ciudad, seguramente porque las últimas subidas de impuestos que ha promovido Aníbal para hacer efectivas las indemnizaciones de guerra para con nosotros han recaído de forma especial sobre esos ricos consejeros que no quieren ver sus riquezas reducidas. Eso es todo lo que hay en Cartago. En Asia, es cierto, el rey Antíoco ha atacado Egipto y destruido su ejército. No negaré yo que ese asunto sea serio. Sí, estoy de acuerdo en que algo debe hacerse con respecto a Asia para evitar que Antíoco siga atacando otros pueblos que pueden ser amigos de Roma. Allí es donde debemos enviar una misión del Senado, no a Cartago. Al igual que debemos ocuparnos de los levantamientos de Hispania, de donde proviene gran parte de nuestro oro y plata. Pero no debemos malgastar nuestra energía con las rencillas internas de Cartago. Es muy contrario a la dignidad de Roma rebajarse a hacer el trabajo sucio que otros no quieren hacer por sí mismos. Si el Consejo de Ancianos tiene diferencias con Aníbal, el sufete elegido por los ciudadanos de su ciudad, que las resuelvan entre ellos. Me parece humillante intervenir en semejantes disputas.

Y Publio Cornelio Escipión se sentó entre los suyos, que le hacían gestos de apreciación por sus palabras. Muchos sentían que todo lo que había dicho era muy cierto y, aunque temían una posible alianza entre Aníbal y Antíoco, estaban también persuadidos de que esa alianza no existía más que en la imaginación de los más cobardes de aquella sala que sólo buscaban cualquier excusa para desprestigiar las acciones pasadas de su líder, *Africanus*. Todo parecía que iba a quedar en nada, y que se pasaría a debatir sobre la misión que debería enviarse a Asia o sobre cuántas legiones serían necesarias para detener el levantamiento de los iberos, cuando Marco Porcio Catón pidió la palabra y el presidente se la concedió.

Catón se levantó, pero no se separó ni un paso de su asiento.

—Senadores de Roma, *patres et conscripti*, no caigáis en la confusión en la que, pese a su experiencia, parece vivir nuestro respetado *princeps senatus*. Ya no se trata de si existe o no la alianza entre Aníbal y Antíoco; a mí me basta con que exista la posibilidad de que eso, algún nefando día, llegue a ser cierto. Esa alianza, todos estaréis de acuerdo, es un peligro potencial. Acabáis de derogar la *lex Oppia*, sea; contra mi criterio, pero sea, yo acepto las votaciones del Senado. No insistí más en ello porque hay cosas mucho más importantes que decidir que si las mujeres pueden o no exhibirse de forma lujosa, excéntrica, a mi parecer, por las calles de nuestra ciudad, pero ya que queréis vivir en esa ilusión de un mundo donde las mujeres puedan pasear sin preocupación alguna, ya que queréis ese festín de lujo a vuestro alrededor, sed al menos consecuentes y garantizad las fronteras de Roma. El Consejo de Ancianos de Cartago, por el motivo que sea, a mí eso me da igual, aunque aquí haya quien parezca estar más preocupado por lo que piensan en Cartago que por lo que pensamos aquí —y miró a Publio directamente, sólo un instante, para de nuevo dirigirse al conjunto de senadores alzando con fuerza el volumen de su voz—, si el Consejo de Ancianos, decía, quiere entregarnos a Aníbal, no seamos tan incautos de dejar pasar esta ocasión. Apresémosle, traigámosle aquí, juzguémosle y ejecutémosle de una vez por todas ante el gran pueblo de Roma por todas sus múltiples fechorías y crímenes del pasado reciente. —Y levantó los brazos y decenas de Senadores aclamaron su propuesta; y es que el terror a Aníbal era aún tremendo y era tan fácil encenderlo para alimentar el deseo perpetuo de casi todos los romanos de ver al general púnico siendo despeñado desde la roca Tarpeya como el rey Sífax, que Catón no dudó en recurrir a ese sentimiento para apoyar la propuesta de Spurino. Catón permaneció con los brazos en alto hasta que la última de las voces que aplaudían sus palabras se acalló. El presidente rogó al veterano senador de Tusculum que volviera a sentarse. Catón aceptó y la votación se inició de inmediato.

Catón había perdido la votación de la *lex Oppia*, pero ganó con un gran margen la votación sobre la moción de Spurino. Al día siguiente saldría una misión del Senado hacia Cartago para prender a Aníbal y traerlo a Roma. Para preservar la seguridad de la misión y no despertar las sospechas de Aníbal, acudirían en calidad de embajadores, pero el Consejo de Ancianos sería informado del auténtico objetivo de aquellos emisarios de Roma.

30

El apresamiento de Aníbal

Cartago, norte de África.
Mediados de febrero de 196 a.C.

Indiferente a la llegada de los legados romanos que enviaba el Senado de la ciudad del Tíber, Aníbal dedicó la mañana a recibir a diferentes miembros de la Asamblea del Pueblo que querían consultarle sobre asuntos relacionados con el gobierno de la ciudad. Terminadas las audiencias, el sufete se dirigió al foro situado en la gran ágora del centro de Cartago. Maharbal insistió en que con los legados romanos en la ciudad, negociando en secreto con los miembros del Consejo, no era conveniente que se paseara por las calles.

—Eso es lo que buscan, Maharbal —le respondió con serenidad Aníbal—. Quieren intimidarnos, quieren que me retracte en mi política, la única política capaz de gestionar los recursos de modo que Cartago pronto se vea libre del yugo de los pagos a Roma, pero no conseguirán atemorizarnos, Maharbal. No teníamos miedo de los romanos cuando nos rodeaban sus legiones. No vamos a tener miedo de tres legados.

Maharbal suspiró.

—Dicen que vienen a negociar con Masinisa, por el asunto de la frontera con Numidia —apostilló el veterano oficial púnico pero sin convencimiento en lo que expresaban sus palabras.

—Eso dicen —confirmó Aníbal—. Si es así, les recibiré y quizá saquemos algo de su visita, aunque de Roma poco bueno puede esperarse. Ellos fueron quienes pusieron a Masinisa en el trono para recompensarle por su ayuda contra nuestro ejército. —Y se incorporó de la silla en la que estaba sentado y, rodeado por media docena de veteranos fieles a los Barca, salió de su casa dispuesto a dar su paseo matutino por el foro de la ciudad. Maharbal se quedó mirándole con la boca cerrada y tensión en el rostro. Una voz de mujer le sorprendió por la espalda.

—Yo también estoy nerviosa —dijo Imilce. Maharbal se volvió y la contempló atento. Hablaron unos minutos casi entre susurros. No se fiaban ni de las paredes.

Los tres legados romanos, Marco Claudio Marcelo, Quinto Terencio Culeón y Cneo Servilio, no podían reprimir su admiración ante el majestuoso puerto marino de Cartago, con su laguna semicircular donde decenas de pesqueros y barcos de mercancías se agolpaban como un inmenso racimo de riqueza que entraba y salía de la ciudad a la que tanto temían. En su ingenuidad, los legados habían esperado encontrar una población hundida en la miseria de la posguerra, padeciendo estrecheces para poder hacer frente a los pagos de guerra, como ocurría en las visitas anteriores de otros legados, pero estaban comprobando como desde que Aníbal regentaba el gobierno, todo aquello había cambiado y lo contemplaban todo con un estupor que no escapaba a los ojos del anciano Hanón, que los acompañaba en su visita. El viejo miembro del Consejo aceleró el paso, pese a sus años, para alejarse del puerto.

—Son sólo mercancías. Cartago nunca más embarcará armamento en este puerto. Y la mayor parte de los productos va a Roma. —Intentó así el anciano mitigar el impacto de la riqueza exhibida en el puerto de la ciudad. Los legados asintieron, pero a Hanón no le quedó muy claro que aquello les hubiera tranquilizado en demasía. Lo único positivo es que su temor a Cartago les haría estar aún más dispuestos a arrestar a Aníbal y llevárselo consigo a Roma. Giraron por una calle para adentrarse en la gran plaza del ágora cuando justo de cara se encontraron con el propio Aníbal quien, rodeado de un gran número de ciudadanos, departía con los habitantes de Cartago en animada conversación, atento a los comentarios que le hacía cada uno. Los legados se detuvieron en seco. Pocos romanos habían estado tan cerca de Aníbal y habían vivido para contarlo. Los enviados de Roma iban adecuadamente escoltados por una decena de legionarios *triari* que habían desembarcado de la *quinquerreme* que los había conducido hasta allí, más una docena adicional de soldados cartagineses fieles al Consejo de los Ciento Cuatro. Tanto los legionarios como los soldados púnicos imitaron a los legados y se detuvieron justo a la entrada del ágora.

Aníbal observó de reojo la llegada de los legados romanos, de sus escoltas y de Hanón, que les hacía de guía. El sufete de la ciudad no lo dudó y despidiéndose con elegancia de los que le rodeaban se dirigió hacia los legados. Los romanos, a medida que Aníbal se aproximaba, palidecían y sentían como la garganta se les quedaba seca, sin saliva. Hanón, en un gesto que agradecieron, se interpuso para recibir él al sufete.

—Nos vemos de nuevo, sufete de Cartago —dijo el anciano del Consejo con rapidez en su lengua.

—Así es —respondió Aníbal sin mirarle, pues tenía sus ojos puestos en los enviados de Roma. Veía cómo sudaban y no hacía tanto calor. No sonrió, pero su vanidad de viejo guerrero se complacía en el terror que su sola presencia podía inspirar en los que no eran otros sino que el enemigo.

—Éstos son los legados que Roma ha enviado para negociar con Masinisa el cumplimiento de los tratados sobre fronteras con Numidia. —Y Hanón dijo sus nombres, pero Aníbal no los registró porque sabía, viéndoles la cara, observando las gotas de sudor resbalando por sus mejillas, que aquellos no eran nombres que mereciera la pena retener en su mente, al contrario que Escipión, Marcelo o Fabio Máximo. Aquellos sí que fueron romanos a tener en cuenta. Al menos no sudaban cuando hablaban con él o cuando luchaban hasta la muerte o cuando declaraban la guerra en el Senado de Cartago. Aníbal pensó en saludarles con corrección, de acuerdo a lo que su cargo de representante máximo de la ciudad exigía con relación a unos embajadores de otra importante y poderosa ciudad, pero retuvo sus palabras mientras estudiaba a fondo el carácter de aquellos enviados escrutando sus atemorizados rostros.

—Sed bienvenidos a Cartago —dijo al fin el sufete en griego—. Si os place, mañana al mediodía podemos reunirnos para tratar del tema de la frontera con Numidia.

Los legados romanos, incapaces de abrir la boca, se inclinaron levemente en señal de aceptación. Todo sea dicho, su griego, como el de muchos de los seguidores de Catón, no era muy fluido. Vieron, al fin y para su alivio, como el sufete se alejaba con su propia escolta en dirección opuesta, hacia las calles del ágora que enfilaban hacia los pies del montículo de Byrsa.

—¿Siempre va escoltado? —preguntó uno de los legados.

—Siempre —confirmó Hanón—, pero eso tiene solución. Aníbal tiene un puñado de hombres fieles a su causa en ciudad, veteranos de sus campañas pasadas, pero no son más de cien o ciento cincuenta. El Consejo puede reunir trescientos soldados completamente leales a nuestro Senado esta misma noche, o pedir que vengan más desde la frontera con Numidia, pero eso no hará falta pues, si se unen vuestras tropas, no habrá problema en rodear la casa de Aníbal y hacernos con él entre todos.

El legado Marco Claudio, mientras se secaba el sudor de la frente, evaluaba la situación. Prefería que fueran los propios legionarios los que arrestaran a Aníbal, pero apenas tenía ciento veinte hombres y sólo la mitad eran *triari*; el resto eran demasiado inexpertos para una misión de aquella envergadura. Además, adentrarse en Cartago a arrestar a Aníbal, a la luz de cómo era saludado por los ciudadanos del ágora, no sería algo popular y cualquier arrebato de los ciudadanos púnicos terminaría con una masacre de sus hombres.

—No, Hanón —respondió Marco Claudio—. Nosotros esperaremos con nuestros legionarios en el puerto hasta que nos entreguéis a Aníbal encadenado. Prenderlo es asunto vuestro.

Hanón comprendió que Roma no había enviado a sus más valientes para aquella misión, pero tampoco se sorprendió. Tenía un plan alternativo. Giscón, uno de los generales veteranos de la guerra contra Roma, apartado del poder por Aníbal durante la última fase de la contienda en África y nuevamente arrinconado del gobierno de la ciudad desde que Aníbal ejercía de sufete, había acumulado rencor suficiente como para prestarse a dirigir la misión, tan temida por muchos, de arrestar a Aníbal en su propia casa.

—Así se hará, si ése es vuestro deseo —dijo el anciano cartaginés inclinándose levemente ante los legados romanos. Éstos devolvieron el saludo y partieron de regreso hacia su barco donde, rodeados por sus legionarios, conseguirían sentirse un poco más seguros. Pero seguían teniendo miedo. Les costaba creer que el pueblo no se levantara contra los miembros del Consejo si el arresto de Aníbal era difundido. Por eso, en cuanto Marco Claudio llegó a la *quinquerreme* romana se dirigió al capitán del barco con instrucciones.

—Esta noche, o quizá al amanecer, nos traerán un preso. Una vez embarcado debemos partir de inmediato, ¿está claro?

El capitán asintió con vehemencia. El legado descendió hacia su estancia en las entrañas de la nave mientras el capitán compartía con sus oficiales la orden recibida. Marco Claudio había tenido éxito en trasladar no sólo sus órdenes sino también todos sus nervios al capitán, pues éste ordenó redoblar la guardia y estar dispuestos a zarpar lo antes posible.

Giscón ascendió desde el puerto hasta llegar a los pies del montículo de Byrsa. Como la casa de Aníbal se levantaba a los pies de la montaña sólo se podía acceder a la misma por la calle que rodeaba el montículo, por eso Giscón ordenó a un grupo de sus hombres que escalara la ladera del monte y se dispusieran a atacar por la parte trasera de la residencia del sufete de Cartago. Él, por su parte, avanzaría por la calle para enfrentarse con los centinelas nocturnos que estaban apostados en la puerta principal de la casa.

Giscón caminaba en el silencio de la noche arropado por la oscuridad que los envolvía a todos. Era una noche sin luna y ellos un regimiento sin antorchas. Sólo llevaban armas y odio. Giscón había reunido en aquel grupo a los pocos oficiales que habían sobrevivido de su antiguo ejército de Iberia y África. Todos habían sido apartados de la fase final de la guerra por Aníbal y humillados y despreciados en repetidas ocasiones por el sufete y sus fieles. Era el momento de la venganza. Aníbal siempre se había creído mejor que todos ellos, pero eso se había acabado. Giscón había tenido que sufrir primero los desplantes de los hermanos de Aníbal en Hispania y luego los del propio jefe del clan de los Barca cuando éste regresó a África para hacerse cargo de la defensa de Cartago. Y llegó Zama y Aníbal no supo vencer a ese maldito Escipión. Luego vinieron los insultos y acusaciones proferidas por el maldito Aníbal en presencia del Senado y del Consejo de Ancianos, cuando le espetó que sólo sabía vender a hijas, en alusión a la boda de Sofonisba, su preciosa hija, con el rey númida Sífax. Eso dijo Aníbal. Giscón tenía las palabras clavadas como si se las hubieran grabado rasgándole la piel del pecho: «Giscón, debiste casar a tu preciosa hija con Masinisa y no con Sífax. Hasta en eso Escipión supo elegir mejor.» Ahora llegaba el momento de la venganza. Giscón se deleitaría viendo el rostro de Aníbal al ser su cuerpo encadenado y entregado a los romanos para que lo despeñaran desde su famosa roca Tarpeya o para que lo torturaran durante meses en las mazmorras del húmedo y maloliente vientre de Roma.

Llegaron a la esquina a partir de la cual se vería la puerta de la casa de Aníbal. Giscón levantó la mano y los que le seguían se detuvieron mientras que los oficiales apostados a intervalos de diez soldados alzaban la mano para que el resto del regimiento hiciera lo mismo y detuviera su marcha. En la oscuridad, no había visibilidad más allá de diez pasos. Eso dificultaba las maniobras de ataque, pero también las facilitaba al hacerles casi invisibles a los ojos de quienes custodiaban la casa de Aníbal. Giscón se asomó por la pared de la esquina de la calle. Sólo se adivinaban, más que verse, dos centinelas situados en la puerta principal. La vanidad de Aníbal jugaba a favor de ellos y en contra del derrotado en Zama, como le gustaba llamar a Giscón a Aníbal cada vez que su mente se detenía en elucubrar una venganza a la altura de las ofensas recibidas durante años.

—Así que sólo sé vender a mi hija —musitó entre dientes Asdrúbal Giscón—. Veremos, maldito Aníbal, si es eso lo único que Giscón sabe hacer. —Y se quedó observando a los centinelas de la entrada y recordó cómo una batalla nocturna fue el principio de su propio declive frente a Escipión; sonrió ante la ironía: un combate nocturno sería el que le devolvería la paz de ánimo.

Aníbal se acostó en la cama. Imilce llevaba ya una hora dormida. Él había permanecido junto a la pequeña mesa de la cama, a la luz de una vela, repasando cuentas sobre ingresos del Estado y gastos causados por los pagos a Roma por un lado y por satisfacer las necesidades de todos los funcionarios a servicio de Cartago, por otro. Luego revisó las entradas sobre las cantidades que se habían reunido en la última cosecha de trigo y calculó las reservas que poseería la ciudad. El cansancio le sobrevino al cabo de un rato y dejó los papeles y las tablillas amontonados unos encima de otros sobre la pequeña mesa. Se ensalivó el pulgar y el índice de la mano derecha y al hacerlo brillaron los anillos consulares que exhibía en sus manos junto con otro pequeño anillo que lucía en el dedo meñique siempre repleto de veneno, siempre dispuesto para el momento preciso si era necesario. Con el pulgar y el índice húmedos apretó la llama de la vela y la luz se extinguió. Por una pequeña ventana apenas entraba un pálido resplandor de las estrellas. Era una noche oscura. Una noche para traiciones. Su casa estaba bien custodiada por soldados fieles a su causa. No tenía claro si serían suficientes centinelas en caso de un ataque nocturno, pero sabía que había tomado todas las decisiones que debían tomarse en momentos tan difíciles. Maharbal e Imilce, en cuyo criterio confiaba cada vez más, habían estado de acuerdo en todo lo que había propuesto para protegerse de los sicarios a quienes el Consejo pudiera asignar la misión de acabar con su vida. Aníbal cerró los ojos e intentó dormir.

Giscón dio la orden y media docena de sus soldados entró en la calle principal. Nada más hacerlo prorrumpieron en el estruendo de lo que fingía ser una canción de borrachos. Se daban palmadas fuertes en la espalda y lanzaban carcajadas afectadas. Los centinelas que custodiaban la puerta de la casa de Aníbal desconfiaron y se pusieron en guardia llevando las manos a las empuñaduras de sus armas, pero aún sin desenfundar. No abandonaron sus posiciones, pero se separaron un par de pasos de la pared para disponer de libertad de movimientos en caso de que fuera preciso defenderse de un ataque. Eran hombres experimentados. Giscón sabía que los hombres que hubiera seleccionado Maharbal y Aníbal no serían guerreros fáciles de abatir y menos aún de poner en fuga, por eso había ideado un ataque nocturno por tres puntos distintos. Los centinelas mantenían la mirada fija en los supuestos borrachos que se acercaban montando una enorme algarabía, por eso no vieron como por el otro extremo de la calle aparecían cuatro arqueros que les apuntaron con la parsimonia que permite el saber que sus objetivos están distraídos. Las cuerdas de los arcos se tensaron y el silbido de las flechas atravesó la noche con certera precisión. Los dos centinelas sintieron sus corazas resquebrajándose por la espalda. Eran sólo corazas de cuero endurecido, insuficientes para detener dardos lanzados desde tan corta distancia y con tanta perfección. Cada uno recibió dos flechas, suficientes para dar de bruces en el suelo con la mayoría de enemigos, pero los hombres de Aníbal eran de otra pasta. Gimieron y ambos, retorciéndose por el dolor, dieron media vuelta para encarar a los enemigos que les habían sorprendido por la espalda. Iban a dar la voz de alarma pero los soldados que fingían estar borrachos se lanzaron sobre ellos y mientras uno sujetaba los hombros otro apuñalaba por la espalda y un tercero cercenaba la garganta; así con cada uno. Los centinelas de la casa de Aníbal cayeron de rodillas. Sus atacantes extrajeron los puñales y depositaron a sus víctimas en el suelo despacio para evitar que hicieran ruido al caer de cara sobre el suelo. Giscón emergió entonces en la calle rodeado por un centenar de hombres. Mientras, por la parte trasera de la casa, otra centena de soldados había dispuesto escalas y empezaba a trepar para acceder a la residencia por aquel extremo. La toma de la casa de Aníbal había dado comienzo.

Imilce tenía el instinto felino de una ibera hija de guerreros indómitos. Su sueño era siempre ligero y se despertó sobresaltada. Como un lince levantó un poco la cabeza despegando su faz de piel morena de la almohada. Se quedó inmóvil, escrutando con su fino oído los movimientos de la noche. Le pareció extraño tanto silencio. Se volvió hacia su esposo. Aníbal dormía plácidamente. Imilce palpó por debajo de la almohada. La espada de su marido estaba allí, dispuesta, como siempre, por si era necesario recurrir a ella. Pensó en despertar a su esposo, pero le pareció absurdo molestarle pues sabía que últimamente le costaba conciliar el sueño y le parecía infantil interrumpirle en su descanso por la sola causa de una intuición. Y sin embargo...

Había varios centinelas más durmiendo en el atrio, pero no llegaron a despertar nunca. Los asaltantes que habían escalado los muros por la parte trasera de la casa les cortaron el cuello antes de que pudieran ni tan siquiera abrir los ojos. Los mismos sicarios que habían ejecutado a la guardia del atrio abrieron la puerta de la entrada principal de la casa. Todo el atrio estaba ya ocupado por más de treinta soldados fieles al Consejo, cuando Giscón cruzó el umbral arropado por otros tantos guerreros. Asdrúbal Giscón señaló las habitaciones.

—Matadlos a todos excepto a Aníbal. A Aníbal lo quiero vivo —dijo en voz baja.

Los soldados del Consejo irrumpieron en cada una de las habitaciones que daban al atrio. Se escucharon entonces los primeros golpes para derribar puertas y algún grito ahogado. La matanza había empezado. Pronto emergerían por una de aquellas entradas sus hombres llevando a Aníbal a rastras, vencido, humillado, quizá medio desnudo. Giscón tenía ganas de deleitarse viendo cómo le golpeaban después de haber matado a su mujer en su propia casa. Aquí una duda le asaltó: debería haber pedido a sus hombres que no mataran a Imilce. No tenía nada personal contra aquella mujer, pero era la esposa de Aníbal y habría estado bien violarla delante de su marido preso.

Imilce había decidido intentar dormir de nuevo cuando escuchó los dos golpes secos en la puerta de su habitación. Aníbal abrió los ojos e, instintivamente, como un gato, se puso en pie, desnudo, pero blandiendo la espada, en guardia, dispuesto a luchar hasta el último instante de vida.

—Ponte detrás de mí —le dijo a su esposa, y la mujer, sin dudarlo, se situó tras él.

La puerta se abrió de par en par.

Los soldados del Consejo regresaron al atrio después de haber registrado todas las habitaciones. Muchos llevaban las espadas goteando sangre. Habían matado a algunos soldados más fieles a Aníbal y a una decena de esclavos y esclavas, pero los soldados a los que Giscón miraba con más intensidad regresaban de la estancia principal de la casa con las espadas limpias y una expresión confusa en el rostro.

—¿Dónde está Aníbal? —preguntó Giscón con la boca abierta y aire nervioso, y, ante el silencio de los soldados, repitió la pregunta una y otra vez gritando a cada uno de los guerreros que le rodeaban—. ¿Dónde está Aníbal? ¡Por Baal y todos los dioses! ¿Dónde está Aníbal? ¿Dónde está Aníbal?

En el umbral de la puerta del camarote, Aníbal reconoció enseguida la silueta de su fiel Maharbal. Relajó entonces los músculos, al igual que lo hizo su esposa, y echó la espada sobre la cama.

—Nos has asustado, Maharbal. Por un momento creía que estaban abordando el barco.

—No, lo siento. Falta aún algo para el amanecer, pero es que ha llegado un mensaje desde la ciudad y he pensado que tenías que saber que ha ocurrido todo tal como imaginamos.

—¿Esta misma noche? —inquirió Aníbal sentándose en el borde de la cama.

—Sí —respondió Maharbal con tono triste.

—Han muerto todos, ¿verdad? —preguntó Aníbal.

—Sí. Todos. —Y Maharbal suspiró.

Aníbal sintió la mano de Imilce, suave, sobre su espalda desnuda.

—Lástima; eran buenos hombres —dijo Aníbal apretando los puños—. Buenos hasta el final.

—Parece que el Consejo ha recurrido a Giscón y los suyos. Eran más de trescientos los atacantes.

Aníbal asentía mientras escuchaba las explicaciones de Maharbal.

—Ya no podemos regresar —concluyó Aníbal. Su plan era pasar la noche en el mar, a salvo de un posible ataque. Si éste no se producía siempre podría regresar antes del amanecer y nadie habría sabido nada. Su plan se había mostrado inteligente, pero saberse con vida no era suficiente consuelo. Ya no les quedaba otro camino que el destierro.

—¿Qué hacemos, general?

Aníbal se levantó y empezó a vestirse. Imilce, junto a él, cubierta por una suave túnica, le ayudaba. Maharbal retrocedió hasta quedar de nuevo en el umbral y se volvió hacia un lado para preservar la intimidad del general y su esposa.

—Haremos, Maharbal, lo único que nos dejan hacer —dijo Aníbal en voz alta para que su fiel oficial pudiera escucharle desde la puerta—. Iremos a Asia. Iremos a conocer al tan famoso rey Antíoco III de Siria, al que tanto parecen temer los romanos. No podemos hacer sino aquello por lo que ya nos han juzgado y sentenciado. Ya que padeceremos la pena del destierro por algo que no hemos hecho, lo mejor será, al fin y al cabo, hacerlo de verdad.

—Daré las órdenes al capitán —dijo Maharbal desde la puerta, y desapareció subiendo la escalera que le conducía a cubierta.

—Éste es un camino sin retorno —dijo Aníbal a su esposa, mientras ésta estaba ocupada en ceñirle bien el cinturón que sujetaba la espada. La mujer se irguió y, mirando hacia arriba, pues Aníbal la superaba mucho en estatura, le respondió con la seguridad de quien conoce su destino.

—Hace mucho tiempo que mi vida es un viaje sin retorno. No temo al futuro, sino al pasado. El pasado me quitó a mis padres, a mi ciudad y a mi reino. La guerra se lo llevó todo. El futuro no puede hacerme ya más daño.

Aníbal asintió. Una vez vestido se encaminó hacia la puerta. La abrió y se volvió hacia la habitación. Imilce se había quitado la túnica y desnuda se metía entre las sábanas con los ojos ya cerrados. Pese a la edad seguía teniendo un cuerpo hermoso. Era una lástima que aquella mujer no le hubiera dado un hijo, pero, al mismo tiempo, ¿tenía sentido traer hijos a un mundo gobernado por Roma? Mientras seguía esperando resolver lo primero, decidió concentrarse en cambiar lo segundo. Antíoco III era su nuevo destino: el más poderoso ejército del mundo. Sólo necesitaban un buen general. Había recibido hacía meses una carta firmada por un tal Epífanes, que aseguraba ser consejero del rey Antíoco. De eso era de lo único que era culpable hasta ese momento. Nunca había dado respuesta a aquella misiva, pero ahora había llegado el momento de hacerlo. Aníbal cruzó la bodega del barco repleta de víveres, armas y una colección de estatuas de los dioses Baal, Melqart y Tanit, «siempre era bueno tener a los dioses contigo», pensó el veterano general mientras sonreía y ascendía de dos en dos los peldaños de la escalera que daba acceso a cubierta. La verdad era que, convertido en un fugitivo por el Consejo de Ancianos, tenía prisa por llegar a Asia.

Hanón acababa de dar las malas noticias a los legados de Roma. Marco Claudio estaba furioso. Hablaba a gritos al tiempo que caminaba de un extremo a otro de la cubierta de la *quinquerreme* hasta la que el líder del Consejo de Ancianos de Cartago se había desplazado personalmente para hacer llegar aquel mensaje.

—¡Hay más traidores en Cartago de lo que nunca pensé! ¡Alguien ha advertido a Aníbal! ¡Esto es traición! —aullaba el legado.

El anciano Hanón no parecía inmutarse por la ira de Marco Claudio. Replicó con una calma fría.

—Aníbal es lo suficientemente inteligente para prever que vuestra embajada no era lo que simulabais ser. La guerra le ha enseñado a ser precavido y no creo que nadie de los nuestros le haya avisado pero, en cualquier caso, eso carece de importancia.

—¿Ah, sí? ¿Eso crees? —le espetó Marco Claudio deteniéndose justo frente a Hanón—. Si alguien ha avisado a Aníbal eso es traición a Roma y la traición a Roma se paga con la muerte. ¿Qué puede haber más importante que averiguar cómo ha sabido Aníbal lo que iba a ocurrir?

Hanón suspiró. ¿Cómo era posible que con romanos tan estúpidos no hubieran podido ganar la guerra? Rápidamente concluyó que no todos los romanos serían igual de simples, pero el caso era que el apresamiento de Aníbal había fracasado, aunque parecía que era necesario repetirlo varias veces para que aquel obtuso legado romano lo entendiera. Hanón suspiró antes de responder.

—Es más importante, legado, evitar que Aníbal llegue a Asia. Si yo fuera romano, eso es lo que me quitaría el sueño. Si Antíoco acepta a Aníbal como general de su ejército no sé si tendréis esta vez legiones suficientes para detenerle. Cartago ha expulsado a Aníbal. Más no podemos hacer ya. —Y dio media vuelta y empezó a descender por la pasarela. En el fondo de su alma, Hanón estaba contento, pese a todo, de que Aníbal hubiera escapado. Eso, sin duda, tendría a los romanos ocupados durante meses, quizá años. Quizá así se olvidarían un poco de la propia Cartago y podrían tener, al fin, un poco de paz en orden y sin nadie que intentara sublevar al pueblo.

31

Memorias de Publio Cornelio Escipión, *Africanus* (Libro III)

Catón aprovechó el desprestigio que supuso para mí la huida de Aníbal en dirección a Siria. Siempre he pensado que esa alianza no existía antes de que el Consejo de Ancianos y la misión del Senado de Roma se lanzaran sobre él, pero ahora ya es difícil de saber. El hecho cierto es que Aníbal se las ingenió para escapar, algo de lo que en su momento me alegré y que luego llegué a lamentar como nunca antes había lamentado algo; pero anticipo acontecimientos y debo ser riguroso en la narración de todo lo ocurrido o quienes se adentren en estos rollos sólo encontrarán un confuso acopio de acontecimientos inconexos. No, lo importante es que en ese año, 558 ab urbe condita *(196 a.C.),* Aníbal escapó de Cartago. En ese tiempo Hispania estaba en armas. La opresión de algunos de los pretores había hecho que muchas ciudades iberas se rebelaran contra nuestra autoridad. Hispania era una provincia especial para mí. Era cierto que allí fallecieron mi padre y mi tío, pero también fue allí donde inicié mi carrera militar y donde cimenté mi formación como general. Además conocía bien el territorio, muchas de las ciudades en rebeldía e incluso a algunos de los reyes que se habían alzado contra nuestro gobierno. Y me consta que en aquel tiempo, el nombre de mi familia, Escipión, era una leyenda entre los iberos. Me temían y me respetaban y, algo aún más importante, se fiaban de mí. Si hubiera ido estoy seguro de que podría haber acabado con la rebelión en pocos meses, reavivando viejas alianzas, haciendo algunas nuevas y circunscribiendo los enfrentamientos bélicos a unas pocas ciudades, pero, como he dicho, la huida de Aníbal debilitó, al menos temporalmente, mi posición en el Senado. Así, cuando me presenté a las elecciones consulares del nuevo año (195 a.C.),* Catón me derrotó y no dudó en pedir para él el mando sobre las tropas en Hispania, para así demostrar que lo que yo no había conseguido por completo en varios años, apaciguar aquellas inmensas provincias, él podría hacerlo en tan sólo uno, durante su período como cónsul de Roma. Eso fue lo peor de todo. Catón quiso imponerse rápido y sin negociar. La guerra que dirigió fue*

* Publio no puede poner la fecha a.C.

la más sangrienta que nunca nadie había visto en Hispania. Aquello impediría para siempre que pudiéramos dar término a la resistencia hispana en el futuro cercano. Catón, por supuesto, presentó su campaña como un éxito.

32

El príncipe de los ilergetes

Emporiae, noreste de Hispania.
Finales de febrero de 195 a.C.

Catón llegó a Emporiae tras una travesía tranquila por mar, costeando el sur de la Galia y habiendo atracado unos días en Masilia para reabastecerse, tal y como tenían costumbre los ejércitos romanos cuando se desplazaban a Hispania.

Emporiae era una ciudad portuaria dividida en dos fortalezas. La más antigua era la parte amurallada donde se levantaba la legendaria colonia griega. El segundo sector amurallado era la nueva ciudad ibera, donde se agrupaban todos los hispanos que habían ido recalando en las proximidades de la ciudad antigua como resultado del creciente comercio entre las colonias griegas y los diferentes pueblos iberos de aquella gigantesca península. Era habitual que los romanos, al menos los oficiales y algunas unidades elegidas, se acomodaran en la seguridad y el confort que ofrecía la ciudad griega, pero Marco Porcio Catón se sentía extraño rodeado de ciudadanos de una cultura que despreciaba y, como tampoco se fiaba un ápice de los iberos, cuya alianza siempre ponía bajo sospecha, ordenó levantar un campamento independiente a las afueras de dos recintos amurallados. Esto no gustó demasiado a algunos oficiales y a los legionarios que se vieron en la obligación de construir, a toda velocidad, un enorme campamento fortificado, con empalizadas y fosos, en muy poco tiempo y con mucho esfuerzo, pero a Catón, la felicidad o infelicidad de las tropas no le preocupaba, al menos, por el momento. Él no venía de visita a Hispania. Venía a una guerra. Venía a conquistar y venía dispuesto a que eso se notara desde un principio.

El pretor Helvio regresaba desde el sur de Hispania, tras haber conseguido rendir a la siempre rebelde Iliturgis, donde había conseguido confiscar bastante oro y plata como para al menos hacerse acreedor de recibir una *ovación* a su entrada en Roma, pero pese a esa victoria, Helvio sólo pensaba en salir corriendo de aquel maldito país.

—No importa lo de Iliturgis; lo mejor que se puede hacer, cónsul Marco Porcio Catón, es evitar la lucha contra los iberos. Este país es totalmente hostil a nuestra presencia y están todos los pueblos levantados en armas contra nosotros. Si se alían unos con otros destruirán a cuantas legiones se pongan por delante. Ya lo hicieron con los viejos Cneo y Publio Cornelio Escipión en el pasado.

—Eso no volverá a ocurrir, pretor —respondió Catón con un rostro serio que mostraba a las claras su desaprobación ante la actitud derrotista de Helvio—. Y yo no tengo nada que ver con esos Escipiones que cayeron abatidos en el pasado.

Helvio dejó de beber el vino que estaba compartiendo con el cónsul y, mientras pensaba si dar respuesta a aquel comentario, apretaba los dientes. Estaba cansado. No, quizá el nuevo cónsul no tuviera nada que ver con aquellos Escipiones, pero tampoco tenía nada que ver con el hijo y sobrino de aquéllos, el legendario *Africanus* que sí fue capaz de apaciguar la región en el pasado reciente. Lo que ocurría es que el Senado, ciego por las disputas internas, se negaba a enviar a *Africanus,* el único romano a quien los iberos respetaban. El resto no tenía nada que hacer allí. Pero Helvio había desarrollado su instinto de supervivencia desde que llegara a Hispania y, en una decisión acertada, guardó silencio y no dijo nada más.

Catón vio al pretor salir del *praetorium* al tiempo que entraba el *primus pilus* de la primera de las dos legiones de su ejército consular.

—Allí va un cobarde —dijo Catón con visible desprecio—. Por todos los dioses, sal de aquí y procura que ese pretor no hable con ningún oficial.

El *primus pilus*, algo confuso, pues Helvio había estado luchando bravamente durante meses en aquel territorio, saludó al cónsul, dio media vuelta y marchó para cumplir las instrucciones recibidas.

Catón se quedó de nuevo a solas, rumiando la mejor forma de conducir la guerra hasta la victoria final con rapidez. Si el maldito Escipión al que todos se empeñaban en llamar *Africanus*, con sólo dos legiones, como las que él mismo tenía ahora, había podido imponerse a los cartagineses y a los iberos a la vez, él debía ser capaz de poder doblegar a los iberos solos. De pronto, las telas de la entrada volvieron a separarse para que el *proximus lictor* de su guardia personal hiciera, de nuevo, acto de presencia ante el cónsul.

—¿Y bien? —preguntó Catón con sequedad.

—Han llegado embajadores de los iberos, de los ilergetes.

El cónsul no sentía aprecio por ninguno de los pueblos iberos, pero había cumplido con su obligación y estaba bien al corriente de los nombres de las principales tribus, de sus jefes y de su mayor o menor fidelidad a Roma. Los ilergetes eran de los pueblos que más leales se habían mostrado durante todos aquellos años y, aunque no fueran completamente de fiar para el cónsul, merecían ser escuchados.

—¿Los habéis desarmado? —preguntó Catón.

—Al entrar al campamento, sí, mi cónsul.

—Bien. Que pasen y que entren mis oficiales en jefe, también.

Los dos tribunos de las legiones entraron primero y se situaron justo detrás del cónsul. Tras ellos pasaron media docena de *lictores* y, por fin, tres iberos vestidos con pieles, altos, serios, recios, muy morenos, con el pelo largo y rostros preocupados. Dos eran mayores, veteranos, pero el que iba por delante y que parecía dirigir aquella embajada, era joven, de unos veinte años. Se le veía orgulloso pero discreto, decidido pero controlando sus gestos. Esos hombres, Catón lo tuvo claro en seguida, querían algo. Venían a pedir. El cónsul se mostró especialmente distante en su recibimiento. Para empezar habló en latín.

—Tengo una guerra que dirigir y poco tiempo. ¿Qué queréis?

Los iberos se miraron entre sí. Pero, para sorpresa de todos y del cónsul en particular, el joven ibero respondió también en latín. Un latín con errores, pero lo suficientemente bueno como para entenderle.

—Soy el hijo del rey Bilistage de los ilergetes; mi pueblo siempre se ha mostrado leal a los romanos. Eres el nuevo general de los romanos. Venimos a presentar nuestros respetos.

Catón sabía que tras esas correctas palabras pronto llegaría la petición, pero no podía por menos que mostrarse algo más cercano a aquellos hispanos que no sólo, como decían, habían sido leales mucho tiempo, sino que hasta enviaban embajadores que sabían latín.

—Bilistage siempre se ha mostrado leal a Roma —concedió Catón en tono conciliador—. Su hijo y sus súbditos son siempre bienvenidos a un campamento romano.

Hubo entonces una pausa en la que los iberos parecían sentirse incómodos. Se miraron entre sí hasta que, de nuevo, el joven hijo del rey de los ilergetes retomó la palabra.

—Cónsul de Roma, mi pueblo está siendo atacado por todas las tribus vecinas que se han alzado contra los romanos. Mi padre quiere honrar su juramento de fidelidad a Roma, pero no tenemos ni fuerzas ni recursos suficientes para enfrentarnos contra todos nuestros enemigos. Necesitamos la ayuda de Roma.

Ahí llegaba la petición. Catón exhaló aire en un suspiro largo y se reclinó hacia atrás en su asiento. Buscaba espacio entre el hijo del rey de los ilergetes y su persona. Le gustaría poder despedir a aquel impertinente de un puntapié, pero las circunstancias exigían un mínimo de respeto mutuo.

—Vosotros estáis rodeados de enemigos, es posible —empezó el cónsul—, pero nosotros tenemos pocos soldados y todo un país levantado en armas. He de reimponer el gobierno de Roma desde aquí hasta las remotas regiones mineras que se extienden muy al sur del Ebro. Y he de luchar contra vuestros enemigos y contra los iberos del sur y los celtas del interior. No puedo dividir mis fuerzas. He de acometer cada objetivo con todos mis legionarios juntos o sucumbiré en el esfuerzo. Resistid y, más tarde o más temprano, mis ataques harán retroceder a los que os rodean.

El joven príncipe respiraba deprisa, como una fiera que acaba de ser apresada y busca por dónde salir. Al igual que el cónsul, resultaba obvio que el príncipe también estaba haciendo todo lo posible por contenerse y, no decir lo que realmente pensaba. Pero algo tenía que decir.

—Necesitamos refuerzos, cónsul de Roma, y los necesitamos ahora. Mi padre y sus hombres no podrán contener por mucho más tiempo los ataques de nuestros enemigos que cada día son más numerosos.

Catón consideró por un instante tomar todas sus tropas y atacar allí donde se estaban defendiendo los ilergetes, pero ni sus hombres estaban todavía suficientemente entrenados ni disponía aún de toda la información necesaria para saber bien cómo acometer los primeros ataques. Tenía pensado realizar una serie de escaramuzas iniciales para entrenar a sus tropas en el combate cuerpo a cuerpo y así podría, al mismo tiempo, reabastecerse con los despojos arrancados al enemigo. Acelerar aquel proceso podría resultar fatídico. Y dividir las tropas es lo que hizo que los famosos tío y padre de Escipión murieran en sendas emboscadas.

—He dicho, joven príncipe —insistió Catón con un tono más firme y algo más desagradable—, que no me es posible atender vuestra petición en este momento. Necesito dos meses y la llegada del buen tiempo antes de emprender una operación a gran escala como la que me estás proponiendo. Regresa donde tu pueblo y di a tu padre que en la primavera podré asistirle.

El joven hijo del rey de los ilergetes miró al suelo. Uno de los iberos que le acompañaban, que quizá no hablara latín, pero que había interpretado acertadamente el tono y la faz gélida de Catón, puso una mano sobre el hombro del príncipe como queriendo sugerir al joven que era mejor retirarse y abandonar el campamento romano donde estaba claro que nadie iba a ayudarles. Pero el joven príncipe no era hijo de rey por nada. En su espíritu estaban el alma de la lucha y el combate encendidos, una energía que había heredado de su padre, de modo que se sacudió con un movimiento rápido de su cuerpo la mano que se había posado en el hombro y clavó sus ojos en la mirada helada del cónsul.

—Hasta ahora, cónsul, hemos resistido para honrar un juramento a Roma, pero ese juramento ata a las dos partes. Nosotros hemos de ser leales a Roma y, a su vez, Roma ha de ayudarnos cuando estemos en problemas. Hemos combatido en el pasado varias veces junto a las legiones de Roma y volveremos a hacerlo en el futuro si Roma sabe también honrar su parte del juramento, pero si los romanos nos abandonan a nuestra suerte, mi padre no dudará, si se hace necesario para nuestra supervivencia, en pactar con nuestros enemigos actuales y cambiar las alianzas, eso haremos. Estamos dispuestos a luchar por Roma, pero no estamos dispuestos a morir por Roma, y menos por una Roma que no honra sus juramentos. Si al amanecer no hay tropas embarcadas para partir hacia el sur y ayudarnos, mi padre pactará con nuestros atacantes y nos uniremos a ellos y el camino que el cónsul encuentre hacia ese sur donde quiere llegar va a resultar mucho más difícil de franquear. Es más, estoy seguro de que si los ilergetes se unen al resto de tribus, el cónsul de Roma nunca conseguirá pasar del Ebro.

Y el joven príncipe no esperó respuesta, sino que dio media vuelta y, seguido de cerca por sus dos compañeros, salió del *praetorium*, dejando a *lictores*, tribunos y al propio cónsul de Roma perplejos y muy preocupados, y es que si los ilergetes se levantaban en armas contra ellos ya no les quedaría ningún pueblo ibero importante con quien contar en su avance hacia el sur. Lo que había dicho el joven príncipe era muy cierto.

Todos callaban en el interior del *praetorium.* Marco Porcio Catón permaneció con la boca abierta durante unos segundos, pero poco a poco fue cerrándola mientras su mente, ágil, como una centella fulgurante, trazaba un plan a seguir para resolver lo que parecía irresoluble: evitar la rebelión de los ilergetes sin tener que dividir sus tropas o reducir el calendario de adiestramiento. Marco Porcio Catón, cónsul de Roma, se levantó, al fin, con lentitud de su *sella curulis* y paseó entre sus soldados y oficiales por el centro del *praetorium.* Pasó así un largo rato en el que nadie se atrevió ni a moverse de su sitio ni a plantear la más mínima pregunta. De pronto, el cónsul se detuvo, se llevó la mano derecha a la barbilla y la pasó por su inexistente barba pues ésta era escrupulosamente rasurada a diario. Tomó de nuevo asiento en la *sella curulis.*

—No parece buena idea que los ilergetes se rebelen también. —Y miró a los tribunos. Los dos se atrevieron a negar levemente con la cabeza. Esa negación que confirmaba su percepción era todo lo que el cónsul buscaba antes de seguir hablando—. Sea, entonces. Preparadlo todo para que embarque una de las dos legiones mañana al amanecer con dirección al sur. —Y, mirando a continuación al *proximus lictor*, añadió una orden—: Tú acudirás donde estén acampados los mensajeros del rey Bilistage y les transmitirás el siguiente mensaje.

Los soldados del joven príncipe de los ilergetes habían levantado tres improvisadas tiendas junto a la *porta principalis* del campamento romano. Estaban allí, en aquel frío atardecer de finales de invierno, reunidos alrededor de la gran hoguera que habían encendido, compartiendo el calor de las llamas, sin decirse nada entre ellos. Les habían entregado las armas al salir del campamento y eso les había devuelto algo de irracional seguridad, allí, rodeados como estaban por dos legiones de Roma, pero estaban abatidos. Su misión había sido un total fracaso y, más allá de eso, el joven príncipe había amenazado al cónsul de Roma y aquella amenaza planeaba sobre el ambiente y los guerreros iberos presentían que esas palabras del joven príncipe no quedarían sin efecto. Veían de reojo como una pléyade de *velites*, la infantería ligera de los romanos, había tomado posiciones alrededor de sus tres tiendas y esperaban, en silencio, al calor de la hoguera el momento en el que tendrían que desenvainar sus *falcatas* para vender cara su vida. Algunos albergaban la esperanza de que el cónsul no quisiera añadir más motivos para una posible rebelión de su rey Bilistage. Matar a su hijo rompería los débiles lazos entre los ilergetes y Roma. Quizá eso salvara sus vidas, pero el joven príncipe había sido tan hostil, tan resuelto al exigir al cónsul el cumplimiento del juramento que unía a romanos e ilergetes, que todo era posible. Los *velites* empezaron a moverse hacia un lado, no hacia dos, abriendo un pasillo. No tenían nada claro los iberos si aquello era una maniobra de ataque o si simplemente estaban dejando un pasillo para dejar pasar a otros soldados. ¿La caballería? Pero no, por el pasillo abierto llegó un hombre ataviado con los uniformes que habían visto en el *praetorium* del cónsul.

El *proximus lictor* se plantó entonces frente a los iberos y se detuvo un instante para contemplarles. Vio cómo tenían las manos en las empuñaduras de las espadas. Aquéllos eran hombres dispuestos a todo. Como legionario veterano respetaba aquella templanza. Buscó y encontró rápidamente la mirada más decidida de todas, la del joven príncipe. A él dirigió sus palabras.

—El cónsul me ha dado un mensaje para el hijo del rey de los ilergetes.

—Habla, soldado, te escucho.

—El cónsul —prosiguió el *proximus lictor*—, cree que el joven príncipe ha malinterpretado sus palabras. El cónsul quiere satisfacer el juramento de Roma. Su idea era acudir en ayuda de los ilergetes en unas semanas, pero si la situación es tan extrema, el cónsul corresponderá a la lealtad de los ilergetes en el pasado. Mañana al amanecer la primera legión del ejército consular partirá en barco hacia el sur. Ya que todo requiere tanta urgencia, sugiere que salgan ya mensajeros de tu embajada con dirección al sur para que tu padre sepa que la ayuda romana llegará en muy poco tiempo, apenas dos o tres días si la navegación es buena. Eso sí, el cónsul pone una sola e ineludible condición.

—¿Cuál es esa condición? —preguntó con rapidez el joven príncipe.

El *proximus lictor*, sin darse cuenta, dio un pequeño paso hacia atrás antes de volver a hablar.

—El cónsul exige que si envía una legión hacia el sur, el joven hijo del rey debe quedarse entre nosotros hasta que de nuevo las dos legiones estén unidas. Estamos en medio de una gran guerra y el cónsul no está dispuesto a ceder una legión sin una contrapartida como la que exige.

El joven príncipe asintió despacio, pero sus hombres, que no estaban seguros de lo que allí estaba pasando, le preguntaron en su lengua. El hijo del rey se explicó. El *proximus lictor* vio como varios de los guerreros iberos sacudían la cabeza y hablaban de prisa. Era evidente que muchos no estaban de acuerdo con que el joven príncipe se quedara entre los romanos como rehén, pero el hijo del rey lanzó un grito en su lengua y todos callaron.

—¡Callad todos! Se hará como pide el cónsul. —Y volviéndose hacia el *proximus lictor* añadió en latín una petición—. Me quedaré, pero quiero ver cómo empiezan a embarcar las tropas en el puerto de Emporiae.

—Acompáñame y lo verás.

El *proximus lictor*, una decena de jinetes romanos, el hijo del rey y sus dos escoltas cabalgaron en medio de la noche hasta llegar al puerto de Emporiae. Allí todos se quedaron asombrados del enorme bullicio que lo llenaba todo, desde los almacenes a los muelles y las innumerables *quinquerremes* y *trirremes* allí atracadas. Centenares de hombres se esmeraban en cargar fardos de todo tipo: ánforas con agua y aceite, sacos de trigo y sal, cestos de pescado y carne seca, odres con agua y centenares, millares de lanzas, flechas, espadas y escudos. Se escuchaban a varias docenas de caballos relinchar porque se negaban a subir por las estrechas pasarelas a las bodegas de los barcos que debían transportarlos al sur, pero los soldados romanos tiraban de las riendas con fuerza y al final todas las bestias cedían y embarcaban en unos buques que a cada momento se hundían más y más en el agua a medida que sus entrañas se henchían de todos los pertrechos de la primera legión del ejército del cónsul Catón.

El joven príncipe miraba todo aquello y no cabía en sí de gozo. Se volvió entonces hacia uno de sus hombres y le dio una orden. El soldado montó en su caballo y partió de regreso hacia el resto de compañeros de embajada. Ningún romano le impidió que se alejara con libertad.

—He ordenado que el resto de hombres regresen al sur y le digan a mi padre que los refuerzos de Roma llegarán en poco tiempo. —El *proximus lictor* asintió sin tanta satisfacción. Una vez más Roma dividía las tropas desplazadas a Hispania. Siempre que habían hecho eso todo había terminado en pavorosas derrotas, en masacres donde los buitres se hartaban de comer carne romana y el *proximus lictor* sentía que todo lo que estaba ocurriendo aquella noche les acercaba tenebrosamente a ser pasto de aquellas malditas bestias aladas. Un final en el que prefería no pensar.

Todos los mensajeros iberos, tras levantar con rapidez sus tres tiendas, partieron hacia el sur al galope. No estaban satisfechos de dejar a su joven príncipe entre los romanos, pero saber que habían conseguido el apoyo de las tropas del cónsul era tan alentador que cabalgaron veloces, sintiendo el viento de Iberia sobre sus cabezas, y, escoltados por la luna, galoparon sin descanso para alcanzar cuanto antes su destino.

33

La boda del faraón

Alejandría, Egipto.
Finales de febrero de 195 a.C.

Alejandría era un hervidero de mercaderes, barcos y comerciantes de todas las regiones del mundo. El reino de Egipto se desmoronaba política y militarmente, pero el faraón se iba a casar y la boda real conllevaba grandes fastos que incrementaron el comercio en la ciudad y en todo el país. Tanto el viejo Agatocles, consejero del faraón, como el propio jovencísimo faraón, Ptolomeo V Epífanes, querían que la boda fuera una muestra de la pujanza del reino. Era todo una gran farsa, pues se trataba de un matrimonio forzado por las circunstancias: el todopoderoso Antíoco III se había repartido las posesiones egipcias en el exterior entre él mismo y el rey Filipo V de Macedonia. Egipto ya no tenía territorios en el Mediterráneo y había perdido la Celesiria tras la batalla de Panion. El matrimonio entre el joven faraón y la joven princesa siria, hija de Antíoco, de nombre Cleopatra, era la forma en la que Antíoco buscaba controlar por completo Egipto. Había pactado primero con Filipo para destrozar Egipto y ahora buscaba pactar con el derrotado Egipto para, toda vez que ya había invadido Asia

Menor y tenía a Pérgamo y Rodas acorralados, tener las manos libres, sin problemas en el sur y poder así lanzarse contra Grecia y la propia Macedonia para completar el gran mapa de su conquista que equipararía sus dominios a los del legendario Alejandro Magno.

Netikerty, como otras muchas mujeres egipcias experimentadas en servir, fue aceptada para trabajar en los grandes banquetes que debían preceder y seguir a la gran boda entre Ptolomeo V y la que sería Cleopatra I de Egipto.* Los egipcios no tenían nada personal contra la joven, pero sí contra lo que ésta representaba de sumisión completa del faraón al odiado Antíoco y es que la derrota de Panion aún estaba demasiado cercana. Allí, las tropas sirias masacraron no sólo al ejército oficial del faraón, de origen griego en su mayoría junto con los mercenarios etolios que luego huyeron de Sidón, sino que, sobre todo, y esto era lo que no olvidaba el pueblo de Egipto, en Panion habían caído todos los nativos egipcios que, por primera vez en años y años de dominio ptolemaico, habían sido alistados en el ejército. Decenas de miles de hombres que sin haber tenido tiempo de recibir el adiestramiento militar mínimo necesario fueron obligados a luchar contra el invencible ejército del rey Antíoco y que terminaron siendo aplastados por elefantes y *catafractos*.

Netikerty, durante el primero de una larga serie de banquetes nupciales, al igual que otras sirvientas, iba de mesa en mesa, rellenando copas de vino y trayendo frutas y diferentes platos de carnero, cabrito, pescados del Nilo y salsas sazonadas con especias de medio mundo y, como al resto de egipcias, se le encogía el corazón cuando tenía que acercarse a las mesas de los orgullosos representantes de Siria. Y es que los oficiales y embajadores sirios no podían evitar manifestarse y moverse entre los egipcios de la corte del faraón como si fueran los amos de todo, riendo con fuerza chanzas que sólo ellos entendían, comiendo como cerdos y mostrando sus espadas con frecuencia en una innecesaria exhibición de poder que los hacía aún más odiosos a los ojos de sus anfitriones. Netikerty se acercaba cabizbaja a esas mesas de sirios, pues era muy probable que entre aquellos nefandos hombres hubiera quienes participaran en la masacre de Panion, donde su esposo, su padre y su hermano habían muerto junto con decenas de miles de hom-

* Cleopatra I es la primera reina egipcia de la dinastía tolemaica en llevar este nombre. Cleopatra VII será la famosa reina que conocerán Julio César y Marco Antonio dos siglos después y que es descendiente directa de Cleopatra I.

bres egipcios inocentes conducidos a la muerte por la ingenuidad de un faraón niño y por la ambición de un ambicioso rey extranjero.

Tras recoger los platos sucios, los cuencos rotos y las copas volcadas del final del banquete, Netikerty se retiró a su casa junto al Nilo y, una vez que comprobó que el pequeño Jepri yacía dormido plácidamente en su pequeña cama, se acostó junto al fuego del lar e intentó dormir, pero la rabia era demasiado fuerte, demasiado viva en sus entrañas como para descansar en paz. Era la impotencia lo que la torturaba, al igual que al resto de mujeres de Egipto, que se veían obligadas a ver cómo Alejandría se llenaba de aquellos malditos sirios que habían dado muerte a sus hombres.

—¿Mamá?

La voz de Jepri le hizo dar un respingo. Netikerty se acercó con rapidez a la cuna del niño.

—Todo está bien, pequeño. Tu tía salió y yo vine a cuidarte por la noche. He estado trabajando para el faraón.

—Ya —dijo Jepri, pero tenía su pequeño ceño de niño arrugado.

—¿Te ocurre algo, Jepri?

El niño no había desarrollado aún el miedo a preguntar por cosas delicadas y lanzó sus palabras con la ingenuidad de la infancia.

—¿Por qué se casa el faraón con la hija de quien ha matado a papá y al tío y al abuelo?

La pregunta dejó helada a Netikerty.

—¿Quién te ha dicho eso?

—La tía... bueno, lo dicen todos los niños, cuando jugamos en el río. Dicen que el faraón se casa con la hija de quien ha matado a los nuestros y que eso está mal. ¿Es eso cierto, mamá?

—No debes escuchar ni a tu tía, ya hablaré yo con ella, ni a esos niños, Jepri, ¿me entiendes? —respondió Netikerty nerviosa; el niño debió leer el miedo en el rostro de su madre porque se sentó de inmediato en la cuna, se acostó y se echó la manta encima. Su madre insistía mientras le arropaba—. No debes repetir nunca eso que has dicho, ¿lo entiendes, Jepri? ¿Lo entiendes? Dime que lo entiendes, por Horus, dime que lo entiendes y que no lo volverás a decir.

—No lo volveré a decir, mamá. No lo volveré a decir.

Jepri estaba a punto de llorar y Netikerty se dio cuenta de que había atemorizado al niño con su tono de voz, inusualmente duro y seco.

—No pasa nada, pequeño, no pasa nada. Horus te protege, como protege a todos los niños junto con Bes. Nada tiene que preocuparte.

Ahora duerme y descansa. Es tarde. —Y le dio un beso cálido en la frente con sus labios suaves. El niño se relajó y recuperó el sueño con la misma inocencia con la que había formulado aquella punzante pregunta. Pero ya nada era igual en el ánimo de Netikerty. Ahora se daba cuenta de que ya no estaba en juego simplemente el hecho de que Egipto se convirtiera en una nación subyugada o no. No, ahora todo era mucho más peligroso y horrible. Habría muchos que no aceptarían el dominio de Egipto por Siria y, más tarde o más temprano, se rebelarían y habría una nueva guerra, y esa nueva guerra se llevaría por delante a lo último, a lo único que le quedaba, a su pequeño Jepri, que se haría mayor un día y tomaría una espada y se iría a luchar, igual que el resto de niños del río, contra el ejército de un rey, Antíoco, mucho más fuerte, mejor armado e infinitamente más poderoso de lo que nunca serían los egipcios y así esa nueva guerra la dejaría sola y triste y abandonada y con las entrañas destrozadas de llanto y dolor. Y no se podía hacer nada porque no había nadie a quien recurrir. Su faraón, con su corte entera, con el consejero Agatocles al frente, había claudicado por completo ante Antíoco y así todo Egipto caminaba por la senda que los conducía a la esclavitud. Ella había sido esclava ya en diferentes sitios y con diferentes amos, pero se daba cuenta de que lo peor de todo era ser esclava de quien ha matado a los tuyos. Estaba convencida de que era mejor ser esclava de extranjeros que, al menos, no habían hecho nada contra tu familia, que ser esclava de quien había masacrado a tantos seres queridos en Panion. La profecía de los judíos también era conocida para Netikerty: el rey del norte acabaría con los ejércitos del rey del sur y saldría victorioso. Y así había ocurrido, pero ella no era judía y no estaba dispuesta a darse por vencida. Nunca se había dado por vencida jamás y no pensaba hacerlo ahora, cuando había comprendido que debía rebelarse ya, sin esperar más, no por ella ni por sus hermanas, como hiciera una vez en el pasado, sino que ahora debía luchar por su propio hijo. Sólo necesitaba pensar en quién podría ayudarles. Había que pensar en quién podría enfrentarse a Antíoco III de Siria, pero aquello era una estupidez, porque ¿a quién podía conocer ella, una humilde sirvienta en la corte del faraón, que pudiera tener el poder de enfrentarse contra el todopoderoso rey de Oriente?

En medio de esa turbulencia de pensamientos, Netikerty, rendida, cayó dormida. Y para sorpresa suya, la noche pasó como por ensalmo y al despertar no tenía sueños extraños que recordar. Se encontraba en paz consigo misma, tranquila, relajada. El fuego se había apagado y hacía algo de frío, pero como quedaban brasas, avivó las llamas con varias ramas secas y un tronco de palmera. Jepri seguía dormido. Netikerty, sin saber cómo, se había dado cuenta de que sí conocía a alguien que no tendría miedo ni del rey de Siria ni de ningún otro rey o poderoso del mundo. Podía escribirle. Era un hombre extraño al que nunca comprendió del todo pero que la dejó libre. Un hombre al que pudo matar, al que debía haber matado, pero no lo hizo. Ahora se daba cuenta de que Serapis, Horus y el resto de dioses hacían encajar las piezas del confuso rompecabezas de la existencia de los mortales.

34

La crueldad de Catón

Emporiae, noreste de Hispania.
Finales de febrero de 195 a.C.

En el puerto de Emporiae empezó a amanecer. El hijo de Bilistage, rey de los ilergetes, no había pegado ojo en toda la noche. Se había mantenido allí mismo, junto a los muelles, para asegurarse de que los romanos no detenían en ningún momento el proceso de embarcar todos los pertrechos y suministros de la primera legión. Cuando, una vez repletas las bodegas de las *quinquerremes* más grandes, llegaron los primeros legionarios armados y éstos empezaron a subir a los barcos, el joven príncipe se concedió, por fin, el derecho a sentarse sobre algunos de los fardos que aún quedaban por cargar, e invitó a su escolta a que hiciera lo propio. De ese modo, sentados sobre dos sacos de harina, recibieron a las tropas romanas que embarcaban disciplinada y organizadamente en las decenas de buques amarrados en el puerto de Emporiae. Todo iba a la perfección y el joven príncipe daba por buena aquella noche en vela. Había tenido que usar palabras muy duras con el cónsul de Roma, pero al final aquella firmeza era la que les había abierto el camino de la esperanza. Su padre estaría orgulloso de él y su pueblo pronto dispondría de los refuerzos suficientes para sobreponerse y vencer a sus enemigos.

Por su parte, el veterano guerrero que acompañaba al joven príncipe no dejaba de mirar con asombro a aquel muchacho que había sido capaz de conseguir todo aquello. Era, sin duda alguna, merecedor de suceder en el futuro a Bilistage y el soldado se sentía a su vez honrado de servir a alguien que era capaz de influir sobre la voluntad de un poderoso cónsul de Roma. Todo estaba saliendo a la perfección hasta que, de súbito, uno de los manípulos de la primera legión se detuvo en la pasarela del barco que estaba más próximo a ellos. El guerrero ibero se levantó y observó que había llegado un mensajero romano, seguramente procedente del campamento general. Acto seguido, el manípulo que estaba embarcando dio media vuelta y empezó a bajar del barco. Pero eso no era grave, podía haber órdenes confusas y que no tuvieran claro los romanos qué tropas embarcar y cuáles no. Eso se decía a sí mismo el veterano ibero al principio, pero cuando de cada una de las *quinquerremes* romanas empezaban a desembarcar los centenares de legionarios que ya habían subido a los buques, fue el propio joven príncipe quien se levantó mirando con ojos extrañados el desembarco de aquellas tropas. ¿Qué estaba ocurriendo? Fue entonces cuando vio llegar al mismísimo cónsul de Roma andando a paso ligero escoltado por el resto de *lictores* a los que rápidamente se unió el *proximus lictor* que los había conducido hasta el puerto durante la noche. Cuando el cónsul llegó junto a ellos el príncipe de los ilergetes no tardó en hablar.

—¿Por qué están desembarcando ahora las tropas?

Marco Porcio Catón le miró con profundo desprecio. El hecho de que ni tan siquiera hubiera usado el término «cónsul» para dirigirse a él, ahondaba aún más en la distancia que existía entre él y aquel petulante príncipe de los ilergetes. Si no era porque Catón iba a divertirse haciéndolo, ni tan siquiera le hubiera respondido, pero aquel mozalbete le había humillado ante sus oficiales y no pensaba ahora renunciar al dulce placer de la venganza fría.

—Desembarcan porque lo he ordenado yo, que soy su general, el cónsul de Roma en Hispania.

El joven príncipe miró a su alrededor cada vez más nervioso. No sólo desembarcaban los soldados sino que ahora estaban descargando los fardos, sacos, armas y resto de pertrechos que habían estado cargando durante toda la noche. Aquello era absurdo.

—¿Habéis estado cargando los barcos toda la noche para descargarlos ahora al amanecer? —preguntó tenso el príncipe.

—Así es, joven ibero —respondió Catón con seriedad, como quien explica que el sol se pone cada día y sale de nuevo cada amanecer—. Hemos cargado los barcos durante toda la noche para descargarlos por completo este amanecer. Eso exactamente es lo que hemos hecho y lo que estamos haciendo ahora. —Y se quedó mirándole y disfrutando del rostro nervioso, desencajado del desolado príncipe de los ilergetes.

—Pero mis hombres ya han partido hacia el sur para informar a mi padre de que la ayuda está en camino.

—Por supuesto, ésa era la idea de toda esta noche en vela —respondió Catón—; y no temas por su seguridad que te garantizo que tus hombres encontrarán todo el camino expedito hasta donde mis legionarios controlan los pasos fronterizos. Tus soldados llegarán pronto junto a tu padre y podrán anunciarle que estamos en camino. Aunque no lo estemos en realidad, claro. —Y el cónsul se permitió esbozar una de sus poco frecuentes y casi imperceptibles sonrisas.

—Pero... pero... —El joven príncipe no sabía bien qué decir.

—Vaya —le interrumpió Catón, y habló mirando a sus *lictores* y a un nutrido grupo de oficiales que se habían reunido junto al cónsul—, parece que al joven príncipe de los ilergetes, por fin, le faltan las palabras. Anoche te vi más resuelto en la tienda del *praetorium*, muchacho.

Aquello fue el detonante para que el joven príncipe se recompusiera y, una vez más, firme, no tanto como la noche anterior, pero sí digno y decidido, respondiera con convicción en cada palabra que empleaba.

—Si al final no envías las tropas mi padre se rebelará contra Roma.

Pero Catón se paseaba ante el joven príncipe negando con la cabeza.

—No, muchacho, no. ¿Cómo va a rebelarse tu padre contra quien está enviando una legión entera hacia el sur para ayudarle? No, mentecato, ¿cómo va a rebelarse tu padre contra el que le ha prometido ayuda, ayuda que tus propios soldados han visto que estamos embarcando y ayuda que ha de venir de quien además retiene a su hijo como rehén? No, ingenuo príncipe. Te diré lo que va a pasar. —Y Catón se acercó despacio hacia el hijo del rey mientras se explicaba y se regocijaba con cada frase hasta el punto de que la saliva emergía de su boca húmeda y salpicaba a su interlocutor que, petrificado, permanecía inmóvil ante el cónsul de Roma—. Tu padre, joven príncipe, resistirá estos días en espera de ayuda; luego, cuando empiece a dudar de nuestra llegada, pensará que tenemos problemas o puede que empiece a dudar sobre si al final llegaremos a tiempo o no, pero seguirá resistiendo, y esto es lo mejor de todo, porque te tenemos como rehén. ¿Qué ocurrirá al final? Eso sólo los dioses lo saben. A veces el mero hecho de pensar que va a llegar ayuda es tan poderoso en los ánimos de quien lucha a la desesperada que les da las fuerzas suplementarias que necesitan y resistirá e incluso puede que derrote a sus enemigos; claro que también puede ocurrir que incluso esta falsa esperanza de ayuda sea insuficiente y tu padre perezca rodeado de todos los pueblos iberos que se lanzan contra él. En cualquier caso, siempre será tarde ya para pactar con ellos. Con un poco de suerte para mí, quizá los ilergetes y el resto de tribus se enfrentarán en un largo combate sin fin y al final mi avance hacia el sur será un paseo militar porque os habréis matado entre vosotros. Mientras tanto yo seguiré aquí con mi plan: adiestraré bien a mis tropas, aseguraré la región en torno a Emporiae y, en unas semanas, con el buen tiempo avanzaré hacia el sur. Si tu padre ha resistido, le ayudaremos. Si no, te dejaremos que lo entierres según tus costumbres, eso sí —y aquí se volvió hacia sus oficiales y lanzó una larga carcajada a la que se unieron todos los romanos presentes—, siempre y cuando los buitres y los lobos hayan dejado algo que enterrar, ¡ja, ja, ja!

El joven príncipe aún encontró fuerzas y dignidad suficientes para dar una respuesta que molestara al cónsul y que inquietara a sus oficiales.

—Si nunca cumples tus promesas, cónsul de Roma, nadie en Iberia pactará contigo, y sólo los que han pactado con los iberos, como el legendario Escipión al que vosotros llamáis *Africanus*, llegan a mandar sobre nosotros. Los demás cónsules murieron y seguirán muriendo en Iberia.

Catón dejó de reír y todos callaron. La mención de Escipión le había fastidiado el momento de triunfo que estaba disfrutando y las alusiones del maldito príncipe a un posible fatal desenlace de la campaña que iba a emprender en Hispania, habían despertado la más furibunda ira de Marco Porcio Catón. El cónsul se acercó entonces a su *proximus lictor* y le dio una orden en voz baja.

—Mata al escolta del príncipe.

El *proximus lictor* le miró como quien no está seguro de lo que ha oído, pero la mirada fría y fija del cónsul no dejaba lugar a duda alguna. El veterano soldado desenvainó su espada y se dirigió a por el escolta. Éste, que no entendía latín y que no había comprendido nada de lo que allí se había hablado, no sabía bien qué hacer, y para cuando el príncipe le dijo que se defendiera, pues intuía que algo terrible iba a pasar, ya era demasiado tarde y la espada del *proximus lictor* asomaba empapada en sangre ibera por la espalda del fiel guerrero ilergete. Al extraerla el *proximus lictor*, el soldado ibero cayó al suelo de bruces y quedó tumbado boca abajo, sobre el polvo del muelle, retorciéndose de dolor, incapaz ni siquiera de darse la vuelta para ver por última vez la luz del sol. El *proximus lictor* levantó la espada para clavarla en la nuca y terminar el trabajo, pero el cónsul levantó la mano derecha.

—No. Que sufra. Deja que se tome su tiempo en morir. —Y luego, dirigiéndose una vez más al atónito príncipe de los ilergetes, añadió una sentencia con voz grave y ominosa—: Eso es por amenazarme dos veces, primero anoche en el *praetorium* y luego ahora mismo en los muelles de esta ciudad. A un cónsul de Roma, si le odias, le matas si puedes, pero nunca jamás le amenaces. Y una cosa más: yo no he venido a Hispania a pactar sino a masacrar a todos los rebeldes que se oponen a Roma. Cuanto antes entendáis esto menos de vosotros morirán, pero ya vengo predispuesto a tener que matar a muchos de los tuyos y del resto de tribus, pero no importa porque cuantos más mate más grande será mi *triunfo* en Roma. La absurda e inútil testarudez de los bárbaros siempre me pareció incomprensible y no pienso ponerme ahora a intentar comprender a locos como tú. —Y concluyó mirando a los tribunos—. Encerradlo y ya veremos qué hacemos con él en primavera, cuando lleguemos al territorio de su padre.

Marco Porcio Catón se alejó andando a paso ligero de aquel lugar. Tenía una campaña que dirigir, hombres inexpertos a los que adiestrar y una región que asegurar en torno a aquel puerto antes de acometer el viaje hacia el sur. Estaba cansado, pero estaba satisfecho. Albergaba grandes esperanzas de que, en efecto, tal y como había explicado, los ilergetes y el resto de iberos se enzarzaran en una cruenta guerra civil durante lo que quedaba de invierno y que así, cuando llegaran a las proximidades del Ebro, quedaran pocos iberos que matar.

Cuatro legionarios se llevaban medio a rastras al joven príncipe, que no dejaba de luchar para que le soltaran mientras escupía por su boca un torrente de maldiciones iberas.

35

Una carta para Roma

Alejandría, Egipto. Marzo de 195 a.C.

Netikerty había tomado una determinación: podía enviar una carta al más poderoso de los romanos. No era probable que le llegara la carta y menos aún que, si la misiva alcanzaba su destino, ésta fuera leída. Y casi imposible que, incluso si era leída, aquella carta hubiera acertado con las palabras que pudieran hacer que aquel poderoso entre los poderosos del mundo volviera su mirada hacia Oriente. Pero, pese a tenerlo todo en contra, aprovechando ese inesperado sosiego de espíritu que acompaña a quien siente que lo tiene todo perdido ya, Netikerty tomó un trozo de papiro, un *stilus* y algo de tinta y escribió despacio, en griego, un mensaje, una solicitud, una súplica.

Netikerty trabajó todo el día siguiente y todas sus sensaciones con respecto a los sirios se confirmaron. Cumplió bien las tareas que tenía asignadas, luego se retiró a su casa y acunó a Jepri de nuevo, hasta que se durmió. Salió entonces de casa un instante y cruzó la calle y llamó a la puerta de la vivienda de enfrente. Su hermana, con rostro cansado, apareció en el umbral.

—Cuida de Jepri esta noche —dijo Netikerty, y no dio tiempo a que su hermana respondiera. Netikerty se adentró en las estrechas calles que ascendían desde el río hacia el corazón de Alejandría, hacia el norte en busca de los grandes muelles y las casas de los comerciantes de todo el mundo que se ponían a vivir allí mismo, junto al gran puerto de Alejandría, para supervisar de forma directa sus negocios de exportación e importación de grano, especias, sal y papiro.

La hermana de Netikerty cerró la puerta, cruzó la calle y entró en la casa donde el pequeño Jepri, ajeno a las andanzas de su madre, yacía dormido. Su tía cerró la entrada y se quedó junto al niño, sin entender nada. Netikerty daba pocas explicaciones de sus actos, pero era la que, sin que ella comprendiera aún bien cómo, las había salvado de la esclavitud en Roma. Si su hermana necesitaba ir a ver a alguien en medio de la noche, no sería ella la que preguntara.

Netikerty caminó deprisa y al abrigo de las sombras por temor a un mal encuentro. Alejandría, como Roma o como cualquier otra de las grandes ciudades del Mediterráneo, era un lugar peligroso por la noche, pero la joven conocía cada calle de aquella urbe como la palma de su mano y en menos de un ahora se plantó frente a una de las grandes casas de los comerciantes del puerto de Alejandría. Era la casa de un mercader romano a quien Lelio enviaba dinero para ella cada año; dinero que ella nunca había aceptado.

Netikerty golpeó la puerta con fuerza, pero no hubo respuesta. El ruido de sus golpes hizo que varios borrachos que yacían entre unos sacos de sal junto al muelle se despertaran. Uno de los miserables observó el contorno de la figura de Netikerty y, no se sabe bien cómo, pues la joven iba embozada en una amplia túnica nada ceñida, seguramente por instinto de lobo de mar solitario y sin escrúpulos, reconoció que se trataba de una mujer. El hombre se levantó. Era alto y fuerte y echó a andar en dirección a Netikerty. La joven golpeó de nuevo la puerta varias veces, pero no había respuesta. El hombre borracho, destilando alcohol por todos sus poros y siempre con ansias insatisfechas de yacer con una hembra, la cogió por el brazo y tiró de ella. Netikerty consiguió zafarse, pero el hombre se echaba de nuevo encima, cuando la puerta de la casa del mercader romano se abrió de par en par y dos esclavos armados salieron a la calle.

—¿Qué pasa aquí, por Júpiter?

—Vengo a ver a vuestro amo, vengo a ver a vuestro amo —gritó Netikerty.

Los esclavos no tenían claro qué hacer, pero el olor a borracho dejaba claro que la joven no venía con aquel hombre, así que lo tumbaron de dos golpes secos con sus bastones de madera y miraron más tranquilos a Netikerty.

—He de ver a vuestro amo —repetía ella—, dejadme ver a vuestro amo o lo lamentaréis.

La extraña seguridad junto con la radiante hermosura de aquella mujer, que aunque ya pasada su primera juventud, seguía transmitiendo un enigmático hechizo, les hizo ayudarla a levantarse y pasarla al vestíbulo de la gran casa del amo.

—Espera aquí —dijeron mientras cerraban la puerta de entrada y la trababan con un grueso travesaño de forma que todos los peligros de Alejandría quedaban fuera sin posibilidad ya de hacerle daño.

Al poco tiempo apareció Casio, el mercader que recibía el dinero de Cayo Lelio, que enseguida reconoció a la mujer que tenía orden de proteger o de ayudar en caso de necesidad. Miró a sus esclavos y éstos desaparecieron de inmediato.

—Has venido por fin a por tu dinero, ya me extrañaba —empezó Casio con cierto desprecio; odiaba que le importunaran en su casa y más aún en medio de la noche cuando estaba más que entretenido con una de sus esclavas—. Podías haber venido cualquier mañana y no crear todo este alboroto. Pasa por aquí. —Y le dio la espalda para conducirla al atrio.

—No he venido a por el dinero de Cayo Lelio —respondió Netikerty con tanta seguridad que Casio se detuvo y se volvió para mirarla. La mujer explicitó entonces la razón de su inoportuna visita—. Trabajo todo el día. No puedo venir en otro momento. Esta carta. Es importante. Debe llegar a su destino. —Y sacó de debajo de su túnica una hoja de papiro doblada por la mitad y atada con un cordel fino.

Casio era un veterano de las campañas de Hispania, quien, una vez retirado, tras unos años en Itálica, introducido de pleno el comercio del trigo, recaló en la próspera Alejandría desde donde dirigía sus negocios y donde residía acompañado de varias hermosas esclavas en lo que, sin duda, era un modo de vida escandaloso para la Roma que estaba propugnando Catón. Su instinto de veterano de las legiones le hizo detectar el aire de urgencia e importancia que aquel mensaje tenía, al menos, para aquella mujer.

Casio alargó la mano, tomó la carta y leyó el nombre a quien iba dirigido el mensaje.

—Publio Cornelio Escipión —confirmó Netikerty con palabras.

Casio se quedó mudo. Aquello no tenía sentido, pero no sería él de quien Escipión pudiera decir nunca que evitó que le llegara un mensaje de Egipto.

—Esta carta llegará a su destino —respondió Casio al fin.

Netikerty suspiró y se dirigió hacia la puerta.

—La ciudad es peligrosa por la noche —añadió Casio—. Si has de volver en mitad de la noche es mejor que dejes que te dé escolta con algunos de mis esclavos.

Netikerty, orgullosa, iba a rechazar el ofrecimiento, pero recordó al borracho que aún debía de yacer semiinconsciente a la puerta de aquella casa, pensó en el pequeño Jepri, y asintió levemente.

—Sea. Un momento y podrás volver a tu casa —dijo Casio, y la dejó sola mientras se llevaba la carta en una mano y llamaba a voces a sus esclavos.

36

Un interrogatorio

Emporiae, noreste de Hispania.
Marzo de 195 a.C.

Durante dos meses el ejército consular fue adiestrado en la lucha cuerpo a cuerpo en las afueras de Emporiae, pero luego Catón decidió empezar a foguear a sus hombres poco a poco en combates reales. Para ello enviaba a varios manípulos juntos a distintos poblados de la región que se habían mostrado proclives a apoyar a las tribus iberas que se habían rebelado y a los que entregaban grano, ganado y otros víveres. La orden era arrasar esos poblados por completo, matar a hombres y mujeres y hacer acopio de toda la comida y de todos los animales que hubiera. Con ello Catón conseguía varios objetivos a la vez: en primer lugar, los legionarios se endurecían en el combate, pues incluso en esos pequeños poblados los iberos luchaban con furia y oponían una resistencia tan poderosa como irracional por lo reducido de sus fuerzas; en segundo lugar, las tropas encontraban satisfacción, pues el cónsul permitía que yacieran con cuantas mujeres quisieran entre los poblados atacados antes de que las ejecutaran; en tercer lugar, conseguía los recursos necesarios para autoabastecerse sin tener que recurrir a Roma a pedir más suministros, y es que Catón, junto con Fabio Máximo en el pasado, había criticado en innumerables ocasiones las reiteradas peticiones de suministros y refuerzos que los Escipiones habían hecho para sus campañas en Hispania y, con esta estrategia, Catón demostraba que uno se podía autoabastecer y no recurrir al erario público para hacer la guerra, y estaba empecinado en ilustrar con su ejemplo que eso era posible aunque para ello tuviera que arrasar todo el territorio; y, en último lugar, Catón transmitía con toda esa destrucción un claro mensaje de horror que quería que fuera el signo por el que deberían recordarle, y en su forma de ver las cosas, respetarle en aquellas tierras. Escipión había usado el horror de arrasar alguna ciudad por completo en el pasado en Hispania, pero sólo de forma excepcional, luego siempre terminaba pactando con unos y con otros y por esos acuerdos le recordaban los iberos. ¿Y qué había conseguido? Nada. Allí estaban de nuevo todos los iberos en franca rebelión. Catón estaba convencido de que sólo el horror más brutal, permanente y generalizado podría doblegar al final a aquellas gentes que se levantaban una y otra vez contra el poder de Roma.

Pero los ataques a los poblados cercanos eran sólo escaramuzas. El cónsul estaba seguro de que los iberos estaban reagrupando el grueso de sus fuerzas para lanzarse en algún punto contra él en una gran batalla campal. Se trataba de llegar a esa batalla a tiempo, suficientemente preparado y derrotarles por completo. Sólo una victoria así en el norte de Hispania le permitiría cruzar el Ebro y lanzarse hacia el sur con posibilidades de éxito.

En uno de esos pequeños combates en los poblados alrededor de Emporiae, los legionarios apresaron a algunos hombres a los que no habían dado muerte porque eran iberos que por sus ropas y su forma de hablar procedían de otra región y los oficiales estaban seguros de que eran una avanzadilla del resto de tribus iberas que venían al norte para expulsarles de Hispania. Catón, rodeado de sus doce *lictores,* salió del *praetorium* para inspeccionar a los rebeldes. Pasó por delante de ellos mirándoles detenidamente. Varios veteranos, unos fuertes y otros no tanto, pero todos resueltos, se negaron a bajar la mirada y la mantuvieron firme ante los escrutadores y fríos ojos del cónsul de Roma. Envueltos en sus pieles, ninguno de aquellos hombres hablaría aunque los torturaran durante días. Tenían el espíritu fanático de los que creen que pueden conseguir la victoria, si no ellos mismos, sí sus compatriotas a los que no traicionarían jamás. Pero hubo uno de entre todos que, más nervioso, bajó los ojos cuando el cónsul se acercó y miró al suelo. Catón asintió casi imperceptiblemente. No era un gesto para el exterior, para los que le rodeaban, sino para sí mismo.

—Éste —dijo el cónsul en voz alta señalando al hispano que no había tenido las agallas suficientes de mirarle a los ojos.

Dos legionarios cogieron al ibero por la espalda y se lo llevaron a rastras mientras el guerrero profería gritos con maldiciones e insultos que Catón desdeñó.

—¿Qué hacemos con el resto, cónsul? —preguntó uno de los dos tribunos que acompañaban al cónsul en su revista a los prisioneros.

Catón, que ya estaba caminando de regreso al *praetorium*, se detuvo un segundo, pero sin tan siquiera darse la vuelta respondió con rotundidad.

—Matadlos. No nos sirven de nada. —Y marchó hacia el interior de la tienda del *praetorium*. Era demasiado pronto en la campaña para hacer acopio de esclavos. Hacer prisioneros, además, implicaba tener que dedicar parte de los soldados a vigilarlos hasta que pudiera llevarlos a Roma donde venderlos a buen precio y, para colmo de desgracias, habría que alimentarlos. No, todo eso eran problemas de logística para el planeado ataque hacia el sur. De momento no habría esclavos. Lo inteligente, desde un punto de vista económico, era hacerlos al final de la campaña y no desde el principio.

El cónsul, de regreso en su tienda, se sentó en la *sella cururlis* en espera de que le trajeran los últimos informes de las escaramuzas que se estaban preparando. Cada mañana repasaba los poblados que se habían destruido y los que quedaban en pie. Se había marcado el objetivo mínimo de arrasar una ciudad ibera al día y el cónsul era hombre escrupuloso y disciplinado en todo aquello que consideraba que era su obligación como servidor del Estado romano. Los tribunos y el resto de oficiales entraron en la tienda del *praetorium*. Iban a empezar la ronda de informes del día cuando un grito bestial llegó nítido y claro a los tímpanos de los allí presentes. Nadie dijo nada. Se trataba, sin duda, del ibero al que estaban torturando para sonsacarle información. El cónsul hizo una seña para que se acercara el *proximus lictor*.

—Diles que vayan despacio con ese hombre —le dijo el cónsul en voz baja—. Ese hombre hablará, pero hay que darle un poco de tiempo. Que vayan despacio. Tenemos todo el día para este asunto.

El *proximus lictor* asintió y salió con rapidez de la tienda. Los aullidos de dolor del hispano torturado bajaron un poco en intensidad y parecieron espaciarse algo, pero seguían allí invadiéndolo todo de forma intermitente. El cónsul, no obstante, parecía no oír aquellos gritos y miraba a sus oficiales esperando que continuaran con los informes que se habían interrumpido con la llegada de aquellos iberos rebeldes apresados.

Los centuriones fueron los que hablaron primero. Mientras lo hacían, de cuando en cuando se oía un nuevo grito desgarrador que hacía que el que hablaba se detuviera un instante antes de proseguir, pero la mirada fría del cónsul hacía que cada centurión diera a término a su informe sin atender más a aquellos aullidos. Los oficiales acabaron sus intervenciones y todos quedaron a expensas de recibir órdenes del cónsul. Catón se levantó y se dirigió a la mesa de los mapas. Habían destruido más de la mitad de las fortalezas rebeldes de la región, arrasado campos y poblados a decenas y habían apresado el ganado de casi todas las granjas. Estaba meditando lanzar un ataque a gran escala en el que limpiar la zona de todo núcleo opositor en cien millas a la redonda, pero no estaba seguro. Necesitaba saber dónde estaba el grueso de las tropas iberas antes de hacer un movimiento táctico de esa envergadura. Y aún no sabía nada. Se sentía ciego.

—Hoy descansaremos. Necesito más información —dijo, y levantó la mano indicando que todos salieran.

Catón pasó el resto del día en el *praetorium*, estudiando los mapas de la región una y otra vez, comiendo frugalmente pasas, nueces y unas gachas de trigo. Casi sin darse cuenta se le pasó el día. Entraron unos esclavos y encendieron las lámparas de aceite que estaban distribuidas en cada una de las esquinas de la tienda. Pensó en salir un rato e inspeccionar que todo siguiera en orden y que los hombres no estuvieran ociosos sino trabajando y adiestrándose cuando, de pronto, el cónsul levantó la cabeza. Faltaba algo. Ya no había gritos. Por un momento temió lo peor, pero los dioses estaban con él pues al momento entró el *proximus lictor*.

—Ya ha hablado. Ha tardado, pero ha hablado.

El cónsul respondió con una sola palabra.

—¿Dónde?

El *lictor* se acercó a la mesa de los mapas junto a la que estaba sentado el cónsul y señaló un punto a medio día de viaje a marchas forzadas en dirección sur.

—Se están reagrupando aquí. Dice que estarán listos con la próxima luna llena.

Marco Porcio Catón hizo un cálculo rápido. Faltaban sólo tres días. Se levantó de golpe y, al tiempo que salía del *praetorium*, dio las órdenes a los oficiales que llevaban todo el día esperando a la puerta de la tienda de su general en jefe sin saber bien qué hacer.

—Salimos mañana al amanecer. Hacia el sur.

Los tribunos y centuriones asintieron. Ahora sí tenían mucho trabajo.

Tal y como había calculado el *proximus lictor*, al atardecer llegaron al punto donde el ibero había confesado que se estaban reuniendo las diferentes tribus iberas para lanzar un feroz y letal ataque contra las legiones de Emporiae. Justo al entrar en un valle con una extensa planicie vislumbraron lo que era un gigantesco campamento de vieja construcción. Todos pensaron que los iberos habían aprendido de los romanos y habían fortificado el punto de reunión con empalizadas para evitar ser sorprendidos antes de estar completamente preparados, pero Catón comprendió en seguida que los iberos, muy hábiles, se habían apropiado de uno de los viejos campamentos que los Escipiones construyeron en la región en el pasado reciente. No dejaba de ser una curiosa broma del destino que los iberos se hicieran fuertes tras las murallas levantadas por alguno de los Escipiones, pero Catón estaba dispuesto a desafiar a los iberos, a los Escipiones y, llegado el caso, al destino mismo. Su idea, al adelantarse un par de días a la fecha que los iberos habían fijado para lanzar su ataque era la de, en la medida de lo posible, cogerles de improviso y, con un poco de ayuda de la diosa Fortuna, enfrentarse a ellos antes de que estuvieran todos reunidos. Había conseguido el primer objetivo, pues los iberos se sorprendieron, y mucho, al ver las legiones de Roma allí, justo delante de su fortificación cuando habían calculado ser ellos los que sitiaran a los romanos junto a la ciudad de Emporiae. Pero el segundo objetivo, el de llegar allí antes de que estuviera el grueso de las tribus rebeldes a Roma reunidas no fue posible. El campamento era gigantesco. Por sus dimensiones ocupaba casi el doble que el espacio que precisaba el ejército consular.

—¿Cuántos calculáis que hay? —preguntó Catón a los tribunos.

—Cuarenta mil, mi general, quizá más —se aventuró a decir uno de ellos. El cónsul asintió. Él había calculado una cifra parecida. La empresa era muy difícil. En efecto, los iberos les doblaban en número. Tendría que sorprenderlos aún más y aprovechar su desorganizada forma de combatir para imponerse. Y tendría que encontrar también la forma de motivar a sus soldados lo suficiente como para que lucharan hasta la última gota de sangre. Sólo así se conseguiría la victoria. Hasta entonces sus hombres sólo habían combatido en cómodas situaciones de ventaja. La verdadera guerra empezaría mañana al amanecer y él, Marco Porcio Catón, no pensaba ni en perder ni en morir en Hispania, y si lo hacía, tenía claro que con él perecerían todos.

—Acamparemos aquí. Quiero que nos vean levantar el campamento —dijo el cónsul.

Y los legionarios se esmeraron en su trabajo. Levantaron altas empalizadas y cavaron fosos profundos. Sabían que todo ese trabajo iba en beneficio de su seguridad. Si las cosas salían mal, aquellas vallas y zanjas les protegerían, serían su mejor salvaguarda. Convenía hacerlas bien. No necesitaban los gritos de sus oficiales para comprender la importancia de aquella tarea.

Con la noche llegaron las hogueras y un poco de descanso para todos. No estaban las empalizadas completamente terminadas y los fosos no eran aún muy hondos, pero no era frecuente entrar en combate tan rápido, sino que lo habitual era que los dos ejércitos se tantearan en pequeñas escaramuzas entre las infanterías ligeras y las caballerías respectivas antes de que se emprendiera una gran batalla campal. Aquello les permitiría terminar la fortificación en los próximos días.

Los legionarios comieron bien, pero no se repartió ni una gota de vino. Aquello no hacía muy popular al cónsul, pero les había dejado hacer todo el pillaje posible en el norte y era razonable estar sobrio si el enemigo, de manera inesperada, decidía presentar combate; sin embargo, todos los planes de descanso de los legionarios se vinieron abajo cuando en medio de la noche, en silencio, sin *bucinatores* ni *tubicines* pero con firmeza en la voz de los centuriones, empezaron a ser despertados por furibundos oficiales que primero a empujones y, cuando esto no era suficiente, directamente a puntapiés, los sacaban de las tiendas de forma imprevista.

En poco tiempo estuvieron las dos legiones formadas a las puertas del campamento, en el lado contrario a donde se encontraban los iberos, de forma que la luz de la luna no podía descubrir que todo el ejército romano había salido en formación y que, por orden expresa del cónsul, se retiraba hacia las colinas por las que habían llegado la mañana anterior. Se adentraron a paso tranquilo por las colinas. El cónsul quería evitar que el ruido de veinte mil legionarios pudiera despertar a los iberos, pero cuando alcanzaron las colinas y el bosque circundante los envolvía apagando sus ruidos, recibieron la instrucción de acelerar y, *magnis itineribus*, cruzaron las colinas, para rodear toda una pequeña sierra y entrar en el valle justo por el lado opuesto a por donde lo habían realizado el día anterior. Los legionarios no entendían cuál era el objetivo de aquel agotador traslado nocturno. Y los iberos tampoco, pues cuando al amanecer se levantaron y descubrieron el campamento romano vacío a un lado y justo en el otro extremo de su propio campamento a las dos legiones formadas, no pudieron hacer otra cosa que reírse de aquel absurdo. Si los romanos atacaban y se veían obligados a retroceder nunca podrían alcanzar su campamento. Aquello era una locura para todos. Para todos, claro, menos para Marco Porcio Catón.

El cónsul de Roma, por primera vez, se iba a dirigir a sus hombres. Era justo antes de un gran combate. El primero de una gran serie o el primero y último de toda la campaña si se recibía una derrota total. Catón había decidido, fiel a su forma de ver las cosas, no dejar mucho margen a situaciones intermedias. El cónsul se subió a un caballo y situó al animal justo frente a los manípulos centrales de las dos legiones. No había viento que robara sus palabras. Si hablaba bien alto, con potencia, la mayoría de los allí reunidos le escucharía y los que no le oyeran podrían preguntar a los legionarios de los manípulos centrales. Tenía decidido esperar un tiempo con escaramuzas previas al gran ataque, de modo que ese espacio sirviera para que su discurso fuera pasado de boca en boca y que, de esa forma, su mensaje llegara no ya a los oídos sino a las entrañas de todos los guerreros de su ejército.

—¡Legionarios de Roma! ¡Escuchadme bien! ¡Éste puede que sea nuestro único gran combate en esta tierra de bárbaros o el primero de una larga serie de victorias! ¡Lo que ocurra al final de todo, por todos los dioses, sólo depende de vosotros! ¡Os explicaré cuál es la situación! —Y calló un segundo para asegurarse de que tenía la atención de su ejército; no se oía nada, ni un murmullo; bien. Catón continuó hablando—: ¡Ante vosotros está el enemigo en su campamento! ¡Tras vosotros sólo hay territorio hostil y miles de enemigos dispuestos a terminar con todos! ¡Aquí no hay más ciudades amigas cercanas que la de Emporiae y tanto vuestro campamento como Emporiae están justo detrás del enemigo reunido en gran número para terminar con vosotros! ¡No hay huida posible! ¡No hay otro camino posible que el de la victoria absoluta o la muerte! ¡Si retrocedéis, si huis, no encontraréis el campamento a vuestras espaldas donde refugiaros y llorar como mujeres asustadas, sino territorio enemigo y sólo una muerte segura, o peor aún, esclavitud, prisión, tortura y una terrible y lenta muerte a manos de unos bárbaros que no albergan otros sentimientos que odio y furia contra nosotros! ¡Pero ése no tiene por qué ser vuestro destino! ¡Yo creo en hombres que son capaces de forjar su propio destino! ¡Escuchadme bien, legionarios de Roma! ¡Yo os prometo riqueza, esclavos, mujeres, placer y disfrute a raudales, todo lo que hayáis imaginado y mucho más! ¡Pero todo eso ha de ganarse con esfuerzo empezando esta misma mañana! ¡Si derrotáis a los iberos el botín de guerra será para todos vosotros! ¡Yo no quiero ni una libra de oro o plata! ¡Todo para vosotros! ¡Lo que saquéis de los despojos de cada victoria será siempre vuestro! ¡Todo vuestro! ¡Y los prisioneros vuestros esclavos para vender a los *quaestores* aquí, *sub hasta*, o en Roma, en el mercado que queráis; y sus mujeres serán vuestras esclavas o vuestras amantes o ambas cosas a la vez! ¡Todo para vosotros! ¡Podéis tenerlo todo, todo lo que soñasteis cuando os alistasteis en estas legiones y mucho más! Y, ¿sabéis una cosa, romanos?, ¿sabéis una cosa? —Catón veía como todos estiraban el cuello para atender aún mejor—. ¡Entre vuestras riquezas y vosotros sólo se interponen esos malditos iberos que están allí acampados! ¡Sacadlos a campo abierto y matadlos a todos y el mundo será vuestro! ¡No dejéis ni uno con vida y lo tendréis todo! ¡Yo os guiaré, pero vosotros seréis mis puños y mis manos! ¡Si me fallan los puños, no podré vencer, pero si mis puños son fuertes como el hierro os prometo la victoria y todas las riquezas que os he descrito! ¡Todo será vuestro y Roma se rendirá a vuestros pies por terminar de una vez con la maldita resistencia de unos bárbaros locos y desagradecidos, traidores y desleales a Roma! ¡No hay otro camino, legionarios! ¡Si os retiráis no hay lugar para cobijarse; si, por el contrario, lucháis hasta el final, conseguiremos vencer! ¡No, no hay otro camino, por Júpiter! ¡Muerte o victoria! ¡Muerte o victoria! —Y levantó las manos en alto mirando al cielo y repitiendo una vez más el grito de guerra de las legiones de Roma—. ¡Muerte o victoria!

Y veinte mil legionarios aullaron desde lo más profundo de su ser repitiendo aquel grito de combate enfervorizados y encendidos como no lo habían estado nunca, prestos a entrar en la más atroz de las vorágines: una batalla campal sin cuartel, sin rendición posible, sin descanso, hasta la última gota de su sangre o de la sangre del enemigo.

—¡Muerte o victoria! ¡Muerte o victoria! ¡Muerte o victoria!

37

El juramento de Aníbal

Apamea y Antioquía, Siria.
Marzo de 195 a.C.

Maharbal y Aníbal, junto con una docena de sus veteranos de guerra, esperaban en las escaleras que daban acceso al gran palacio imperial de Antioquía. La capital del imperio seléucida era la segunda escala de su periplo una vez que dejó las costas de África. Primero costearon la orilla fenicia del Mediterráneo y, sin desembarcar, comprobaron como todas las grandes ciudades que en el pasado dieron origen a decenas de colonias por todas las costas del mundo, entre otras a la propia Cartago, estaban bajo completo dominio de la flota siria del rey Antíoco III. Tiro, Sidón, Biblos, todos puertos antaño independientes, y luego en manos de Egipto, ahora estaban bajo el control del cada vez más poderoso rey de Oriente. Desde allí, navegando hacia el norte, llegaron a Apamea, donde Aníbal fue recibido por Epífanes, el consejero real más veterano de Antíoco y, según decían, el más astuto. Aníbal, mientras esperaba ser recibido por el propio rey, recordaba con nitidez las palabras que había intercambiado con Epífanes en una pequeña sala de un edificio levantado junto las gigantescas caballerizas imperiales de Apamea, una conversación interrumpida por los bramidos de las decenas de elefantes que el rey de Siria adiestraba para la guerra de Asia Menor y su próxima invasión a Grecia.

—Me alegro de que al fin el gran Aníbal haya aceptado venir hasta Asia —había comentado Epífanes en un tono conciliador. Aníbal agradeció el buen recibimiento. Llevaban casi un año vagando por las costas de la Cirenaica, Egipto y Fenicia y, después de verse traicionado por el Consejo de Ancianos de Cartago, cualquier saludo cordial era bienvenido por el veterano general y sus hombres.

—La verdad es que no pensé responder a la carta que me enviaste —respondió Aníbal con sinceridad al consejero real—, pero Roma y los traidores de Cartago han forzado que tu ofrecimiento sea mi mejor opción.

Epífanes se reclinó hacia atrás en su silla, suspiró despacio e invitó a Aníbal a sentarse al tiempo que volvía a hablar.

—Veo que el gran general cartaginés habla con honestidad. —Se calló entonces un segundo mientras contemplaba como el fornido general púnico se sentaba sin lanzar el más mínimo resoplido de aire al doblar sus piernas y, al fin, decidió ser también él, de modo excepcional con un extranjero, algo sincero—. Te aconsejo, Aníbal, que abandones pronto esa tendencia a la sinceridad absoluta si quieres supervivir por largo tiempo en la corte del rey Antíoco. Por supuesto, negaré siempre haber pronunciado semejantes palabras.

Aníbal asintió despacio mientras digería la advertencia en todo su amplio sentido.

—Te agradezco el aviso —respondió entonces Aníbal—. Supongo que si me dices algo así es porque me valoras. Es agradable estar con alguien que se da cuenta de que mis servicios pueden reportar grandes beneficios a Siria.

Epífanes sonrió.

—No te equivoques, Aníbal, la ambición de Antíoco III no tiene límites y no ha habido aún un general que le satisfaga por completo y muchos han terminado muertos en el campo de batalla o ejecutados por, digamos, haberle decepcionado.

—Procuraré estar a la altura de los objetivos del rey.

—Bien, eso está bien, por Apolo, ojalá los dioses te ayuden, porque te hará falta. El rey ha iniciado la guerra contra las ciudades rebeldes de Asia Menor y pronto se lanzará contra Macedonia. Macedonia, no obstante, fue un antiguo aliado tuyo. El rey Filipo V de Macedonia fue aliado tuyo en el pasado en tu guerra contra Roma. Tendrás que demostrar al rey que estás dispuesto a combatir contra quien fue amigo tuyo en el pasado reciente.

—Aquel pacto no es tan reciente y, si no me equivoco —repuso Aníbal—, sois vosotros los que tenéis ahora un pacto de no agresión con Filipo V; los aliados ahora sois vosotros.

Epífanes volvió a sonreír.

—La vida es complicada siempre, ¿no crees?

Aníbal se limitó a asentir.

—Bien —dijo entonces Epífanes—, no es ya conmigo con quien tienes que hablar, sino con el rey. Mañana al amanecer saldrás hacia Antioquía con tus hombres si lo deseas. Allí te recibirá el propio Antíoco III, *Basileus Megas*, señor de todos los territorios desde la India hasta el Egeo. Muéstrate humilde.

—Así haré. —Y Aníbal se levantó, se inclinó levemente ante el consejero real, que devolvió la reverencia con un saludo similar y, al ver que el general se daba media vuelta, decidió pronunciar una última advertencia.

—Sólo una cosa más, general.

Aníbal se detuvo y se volvió de nuevo para mirar a su interlocutor.

—¿Sí? Te escucho.

Epífanes lanzó un nuevo largo suspiro antes de hablar.

—Aníbal, yo creo que nos eres necesario; yo sé que te necesitamos, pero el rey de Siria no piensa de igual forma. Eso es todo.

El general púnico no dijo nada. Se limitó a asentir una vez más, dar media vuelta y marcharse por donde había venido en busca de Maharbal y sus hombres.

Había pasado apenas un día desde aquella conversación y Aníbal ponderaba en su mente la insistencia de Epífanes en advertirle de la gran desconfianza del rey hacia su persona. Estaba claro que su presencia allí se debía, sobre todo, a la influencia que Epífanes podía tener sobre el rey, pero Antíoco no se mostraría tan cordial.

Se abrieron entonces, tras una larga espera de más de dos horas bajo el cálido sol de marzo, que gracias a Baal y al resto de dioses no se mostraba particularmente implacable en el inicio de la primavera, las puertas del palacio imperial de Antíoco III. Los guardianes sirios del palacio forzaron que todos se quedaran fuera ya que sólo Aníbal y su lugarteniente, Maharbal, habían sido formalmente invitados a pasar al interior del inmenso edificio, y eso sólo después de haber sido convenientemente registrados y desarmados por los centinelas reales.

El paseo por el magno edificio fue largo. Cruzaron una serie de puertas que se abrían y se cerraban tras su paso, todas ellas custodiadas por más y más guardias fuertemente armados con largas *sarissas* y espadas y escudos que relucían como si estuviesen forjados con plata pura. Sedas de múltiples colores engalanaban las paredes por las que a través de grandes ventanas se filtraba la luz del exterior; las paredes de ambos lados de los pasillos estaban flanqueadas por una innumerable serie de estatuas de piedra y mármol de todos los dioses de Oriente y Siria, destacando especialmente por tamaño y esplendor las efigies dedicadas al gran dios Apolo.

Al fin, se abrieron ante Aníbal y Maharbal las últimas puertas y ambos cartagineses entraron en la gran sala del trono imperial de Antíoco III, donde el lujo no sólo se veía por las decoraciones en tela y estatuas que lo inundaban todo, sino por la pléyade de esclavas semidesnudas que, alrededor del rey, se esmeraban en agasajarle con todo tipo de placeres: bebida, frutas, pan untado en extrañas salsas y trozos de carne troceada que hacían difícil identificar su procedencia, pero cuyo aroma despertaba el apetito voraz de los dos guerreros púnicos que, tras horas de espera sin comer ni beber, estaban ansiosos por compartir aquella comida y bebida. Alrededor del rey se veía a algunos hombres que, recostados entre almohadones, disfrutaban de aquellos placeres rodeados también de hermosas esclavas. Aníbal no sabía de quién se trataba exactamente, pero supuso que allí estaría Seleuco, el hijo del rey y algunos de sus generales de confianza como

Antípatro, Minión o Filipo, entre otros. Nadie se presentó y nadie les presentó. Tanto el rey como sus altos oficiales y su hijo siguieron comiendo y bebiendo y, alguno de ellos, acariciando con lascivia evidente a alguna de las jóvenes esclavas. Pasaron así, en pie, en el centro de la sala, varios minutos, en los que tanto Aníbal como Maharbal guardaron un cauteloso e inteligente silencio.

El rey hizo entonces como que, de pronto, se daba cuenta de su presencia y se dirigió a ellos. La conversación con Antíoco, al igual que la de Epífanes la noche anterior, fue en griego.

—¿Y vosotros sois...?

Aníbal pasó por alto la estupidez de la pregunta. Como si no le hubieran informado al rey de quién se trataba.

—Mi nombre es Aníbal Barca, general cartaginés, y éste es... —Pero no tuvo tiempo ni tan siquiera de presentar a Maharbal. El rey le interrumpió de inmediato

—Y si eres general, ¿dónde está tu ejército? —Y Antíoco prorrumpió en una sonora carcajada nada más lanzar aquel insulto.

Seleuco, Antípatro y el resto de oficiales rieron la gracia del rey con aparente coincidencia en la apreciación que su rey acababa de hacer con relación a la valía de la persona que les visitaba. Aníbal no dijo nada. El rey insistió.

—Mis generales tienen un ejército que dirigir, por eso son generales. Quien no tiene ejército no puede denominarse a sí mismo general, ¿no crees?

Aníbal aceptó ser degradado con el pragmatismo que requería la situación.

—Llevas razón, gran rey, *Basileus Megas*, señor de todo el Oriente, desde la India hasta el Egeo. Mi nombre es Aníbal Barca. Eso es todo cuanto soy.

—Eso está mejor —respondió serio Antíoco dejando en manos de una esclava la copa de vino que sostenía en la mano y dando una palmada que hizo que todas las esclavas, para disgusto de su hijo y sus oficiales, desaparecieran de la gran sala del trono real. Aníbal se alegró de que, al menos, el rey fuera a centrarse algo en su persona. Para bien o para mal, eso ya le daba igual, pero no podía evitar sentir una rabia furiosa por esa aparente indiferencia con la que se le estaba tratando. Y eso que sabía que era todo estrategia, pero su alma de guerrero no podía evitar sufrir y pugnaba por rebelarse.

—Señor de todos los reinos desde la India hasta el Egeo, de momento —precisó el rey—. Pronto añadiremos Asia Menor, cuando Pérgamo y Rodas caigan al fin en mis manos, y luego Macedonia y el resto de Grecia. ¿Qué tienes que decir a eso?

—Estoy seguro de que pronto será así —inició Aníbal para satisfacción del rey hasta que se atrevió a añadir algo más—, pero... —Y calló.

—¿Pero qué? Maldito seas, un nuevo aguafiestas. Ya sabía yo que si Epífanes aconsejaba que te unieras a nosotros sería porque eras como él.

—Yo no soy consejero real, soy guerrero; puede que sin ejército, pero guerrero con experiencia y sé de guerra más que nadie en esta sala, porque he estado en más batallas que nadie, porque he combatido desde niño contra iberos y romanos y númidas y galos y hasta tribus desconocidas para todos, porque he luchado entre montañas de nieve y en desiertos, porque he combatido junto a ríos o lagos, de día y de noche, a la luz del sol cegador o entre las sombras de la luna, en días claros o entre la espesa niebla del amanecer y sé que vuestro plan tiene un fallo.

Seleuco y varios de los generales se pusieron en pie y se llevaron la mano a la empuñadura de sus armas, pero el rey levantó el brazo derecho extendiéndolo y todos se contuvieron.

—Eso de que tienes más experiencia que yo podríamos discutirlo, y en cualquier caso yo sí que tengo y mantengo ejércitos y territorios y tú no tienes nada más que palabras; pero ya que te has atrevido a tanto, termina tu frase y di qué fallo tiene mi plan.

—Cuando ataques Asia Menor, Pérgamo y Rodas, aliadas de Roma, pedirán ayuda a Roma, si no lo han hecho ya, que es lo más probable, y aunque no les harán caso en un principio, de igual forma que Roma habrá desoído las peticiones de ayuda de Egipto, cuando cruces el Helesponto y te lances sobre Grecia y Macedonia, entonces sí, entonces serán los propios romanos los que se asustarán y reunirán sus legiones y se arrojarán con toda su fuerza contra tu ejército y eso es algo que podría evitarse.

—¿Cómo? —preguntó el rey muy firme, muy serio, atento.

—Enviando ahora mismo parte de tu ejército a Italia. Ataca Roma allí mismo en su territorio con parte de tu ejército mientras que el resto se ocupa de invadir Asia Menor, Grecia y Macedonia. No necesitas todo tu ejército para derrotar a Pérgamo, Rodas o al debilitado Filipo V que apenas dispone de diez mil hombres como mucho. Además, las ciudades griegas están en decadencia y sin ejércitos que merezcan la pena excepto los etolios, que están dispuestos a pactar contigo, como lo hizo Escopas en Sidón. Puedes ir conquistando esa parte del mundo mientras yo hostigo con tus hombres a los romanos. Si tienen un frente en Italia no se atreverán a lanzarse contra ti. En el pasado necesitaron dieciséis años antes de atreverse a responder contra mi ataque en mi propio territorio, sólo que ahora tú tienes muchos más hombres. Cuando tengas bien dominada la situación en Grecia y Macedonia yo me retiraré de Roma, si es que no la he conquistado, y podrás pactar las fronteras que quieras con ellos, que tendrán toda Italia en llamas, arrasadas por las tropas que me des. Te habrás convertido en un nuevo Alejandro Magno y serás el mayor rey de la historia de Siria y del Imperio seléucida. Luego caerá Egipto y luego todo lo que quieras, pero si no haces lo que digo, si no atacas Roma directamente ahora, ahora que no lo esperan, les darás tiempo a rehacerse, a planear la guerra despacio, como a ellos les gusta, y tendrán tiempo entonces de enviar contra ti sus mejores generales y sus legiones y entonces sí que puede que te derroten y lo habrás perdido todo. Y créeme, sé de guerras.

—Estás pidiendo que divida mis fuerzas. Eso siempre es una decisión delicada. Yo también sé de guerras, cartaginés —rebatió el rey, y apostilló sus palabras con una pregunta—: ¿Y por qué habría de fiarme de ti?

Y antes de que pudiera responder Aníbal, Seleuco se levantó de nuevo y se dirigió al rey.

—No le hagas caso, padre. Sin duda es un agente del enemigo. Nuestro ejército es el más poderoso del mundo. Nada ni nadie podrá detenernos, pero si lo dividimos nadie sabe lo que puede ocurrir. No cambies el plan, padre. No lo cambies.

Antíoco levantó la mano derecha una vez más y su hijo calló y se sentó. El rey volvió a hablar.

—Mi hijo es impetuoso e inexperto aún, pero es sangre de mi sangre. Me fío de su advertencia y te repito la pregunta que te he hecho antes, cartaginés: ¿por qué he de fiarme de ti? ¿Porque lo dice Epífanes? Eso no es bastante para mí.

Aníbal evitó entrar a valorar la importancia del aprecio de Epífanes hacia su persona. Intuía que las opiniones del consejero real eran, cuando menos, controvertidas entre los generales allí presentes. Optó por una línea diferente de argumentación. Algo inesperado.

—*Basileus Megas*, crees que tus enemigos son Pérgamo o Rodas o

Macedonia o las ciudades griegas, pero todos esos reinos son sólo súbditos del otro gran poder del mundo: Roma. Roma es tu auténtico enemigo. Cuanto menos tiempo tardes en entenderlo, mejor para ti. Todos a cuantos atacas envían mensajeros a Roma y Roma calla y no mira aún hacia aquí, pero más tarde o temprano lo hará. Lo ideal para ti y para tus propósitos sería dar tú el primer golpe invadiendo Italia antes de que ni tan siquiera sospechen que algo así es posible, y si me envías a mí, mi nombre, aunque sólo sea allí, entre las calles de Roma, aún causa miedo. Sólo pensarán en luchar contra mí, en liberarse una vez más de mí. Entretanto tú, *Basileus Megas*, podrás conquistar el mundo.

Antíoco III de Siria inspiró aire con profundidad antes de volver a responder con tono grave.

—Sé que mi enemigo último es Roma y sé que deberé enfrentarme contra Roma, pero soy yo quien decido cómo, dónde y cuándo entrar en combate con mis enemigos. Ni mis consejeros, ni mis generales ni mucho menos un extranjero va a tomar esa decisión por mí. Por última vez, cartaginés: ¿por qué debo fiarme de ti? —Y se levantó de su trono alzando a la vez el volumen de su voz—. ¡Dame una buena respuesta a esa pregunta o lárgate de aquí y no pares de correr hasta salir de mis dominios!

Aníbal recibió aquella muestra de ira como la vela que resiste el envite del viento en medio de la tormenta más terrible. Dio un pequeño paso atrás, como para mostrar que el ímpetu de la rabia del rey había llegado hasta él, pero, al instante, retomó la posición de antes y respondió con un breve pero muy intenso discurso que había preparado durante todas las horas de los dos largos días de viaje desde Apamea hasta Antioquía.

—Te puedes fiar de mí porque Roma es mi mayor enemigo y porque juré de niño acabar a sangre, fuego y hierro con la existencia de Roma. Cuando era niño rogué a mi padre, Amílcar Barca, que me dejara acompañarle a Iberia y él aceptó que le siguiera, pero antes me hizo arrodillarme ante las estatuas de Baal, Melqart y Tanit y me hizo jurar por todos los dioses de mi pueblo que siempre odiaría a Roma y que no me detendría nunca hasta acabar con el poder de esa ciudad. Se lo juré a la sangre que me dio la vida y es un juramento que pienso cumplir, con mi ejército cuando lo tenía, con el ejército del gran *Basileus Megas* si el gran rey de Oriente se lanza contra Roma, o con mis manos y mi espada sola si no tengo nada ni nadie más que me apoye. Lucharé contra Roma hasta el fin de mis días. Se lo juré a mi padre y cumpliré ese juramento. Tú mismo dices que te fías de tu hijo, pese a su inexperiencia, porque es tu propia sangre la que te habla. Fíate de mí porque le debo a mi propia sangre destrozar a Roma con mis propias manos: he de despedazar sus murallas y pasearme sobre sus calles ensangrentadas por los cadáveres de todos los romanos abatidos por mi rabia y mi odio. Fíate de mí porque no hay nadie en el mundo que desee tanto ver a los romanos derrotados como yo. Fíate de mí y conseguirás el mundo entero. Yo sólo quiero ver a Roma muerta.

Antíoco III de Siria escuchó con atención y durante unos segundos nadie dijo nada en la sala. El tiempo parecía detenido. Ninguno de los comensales invitados al banquete del rey se atrevía ni a comer ni a probar bocado alguno. Todos estaban expectantes ante la reacción del gran Antíoco. El rey se sentó despacio sobre su trono imperial. Era rey de Siria y emperador desde el Indo hasta el Egeo. Necesitaba derrotar a Roma. Aquel extranjero se brindaba como general y había conseguido grandes victorias contra las legiones. Las palabras del púnico le convencían de que realmente quería luchar a su lado contra los romanos, pero aún dudaba sobre el plan de dividir al ejército en dos. En cualquier caso, los consejos de aquel general extranjero bien podían escucharse. Luego sería él, él solo, Antíoco III, quien tomara las decisiones finales.

—Siéntate y come algo. Pareces hambriento, tú y tu guerrero. Hoy comeréis conmigo. Mañana decidiremos sobre la campaña de Asia Menor y sobre nuestro ataque contra Macedonia. —Y dio una nueva palmada y las esclavas retornaron desde detrás del trono y se repartieron por toda la sala retomando sus antiguas ubicaciones. Un par de esclavas se acercaron al propio Aníbal y a un sorprendido Maharbal y, tomándoles suavemente del brazo, los condujeron hacia un extremo de la sala donde, entre almohadones, recibieron vino, fruta y asado de buey. Aníbal se reclinó entre los cojines y aceptó con gusto la carne mientras no dejaba de mirar al rey de Siria. Maharbal no tenía ojos más que para las hermosas esclavas que se habían sentado a su alrededor. Antíoco III no miraba a nadie, sino que con los ojos clavados en el suelo bebía vino como quien no ha bebido en meses. A su derecha, Seleuco, su hijo, había dejado de comer y no tenía más ganas de admirar la belleza de las esclavas, sino que con su mirada fija en aquel extranjero que acababa de llenar la cabeza de su padre de ideas absurdas rumiaba la forma de expulsar al maldito cartaginés de la corte imperial antes de entrar en combate contra Roma. Seleuco no era hombre de escrúpulos, así que su pensamiento trabajaba desbocado sin importarle el método que pudiera ocurrírsele para devolver a Aníbal al mar.

Al salir del palacio real, Maharbal, a quien aún le rondaba por la mente la imagen de las preciosas esclavas del rey sirio, recordó que había otra cosa que le roía por dentro. Se volvió hacia Aníbal y le habló con seguridad de quien conoce muy bien a su interlocutor.

—Ese juramento a tu padre es falso.

Aníbal se volvió para mirarle un momento y sonrió al responder sin dejar de caminar.

—Cierto, pero Antíoco no lo sabe.

38

La batalla de Emporiae

Noreste de Hispania.
Marzo de 195 a.C.

Retaguardia del ejército romano

Catón situó una legión justo detrás de la otra y ordenó que los *velites* y los *hastati* de la primera legión se lanzaran en tromba contra las fortificaciones del campamento ibero. Como no podía ser de otra forma, los hispanos repelieron con todo tipo de armas arrojadizas esta embestida de la infantería romana, pero el cónsul no se arredró y ordenó que los *principes* de la segunda línea de combate avanzaran para reforzar el primer ataque. Una vez más los iberos rechazaron la furia romana y decenas de legionarios cayeron abatidos por las flechas enemigas. Catón apretó los dientes. Sabía que no podía perder muchos hombres en esa maniobra.

—Ya les hemos dado bastante satisfacción —dijo para sí mismo, y luego elevó el tono de voz para que los cornetas le oyeran y pudieran transmitir sus nuevas órdenes con las trompas de la legión—. ¡Por todos los dioses, retirada general! ¡Retirada general!

Bucinatores y *tubicines* inundaron la planicie con sus poderosas señales sonoras y centenares de *velites, hastati* y *principes*, algunos de ellos heridos, ensangrentados y todos humillados, obedecieron e iniciaron un repliegue lo más organizado posible alejándose de las empalizadas del ejército ibero.

Junto al cónsul de Roma, el hijo del rey Bilistage, custodiado por varios legionarios, observaba aquella maniobra con nerviosismo. El cónsul y su ejército no despertaban sus simpatías, y menos después de que asesinaran a su compatriota, del vejatorio trato al que había sido sometido y del engaño con el que había hurtado refuerzos a su padre, pero aun así, los romanos eran la única esperanza de ayuda para su pueblo y, al verlos retirarse de las empalizadas del campamento ibero, el joven príncipe no podía sino presagiar una terrible derrota y, en consecuencia, la ausencia permanente de refuerzos para su padre, aislado, más al sur y rodeado por millares de enemigos.

El cónsul de Roma miró hacia donde se encontraba el hijo del rey de los ilergetes y le vio asustado al ser testigo de aquella retirada. Catón no quiso hurtarse un pequeño placer y se acercó junto al joven ilergete.

—Sé que no te caigo bien, joven príncipe —empezó el cónsul entre divertido y lleno de desprecio—, y sé que, en el fondo de tu ser, sólo me deseas lo peor, pero hoy te conviene rogar a tus propios dioses por nuestra victoria, o, de lo contrario, tu padre nunca recibirá asistencia alguna y eso sería una lástima, ¿verdad? —Y, sin dar tiempo al joven príncipe a responder, Catón se alejó retornando a su posición de privilegio desde la que podía gobernar el desarrollo de aquella batalla de la que dependía el futuro del resto de la campaña en Hispania y, también, el resto de su carrera política en Roma.

Alto mando del ejército ibero

Desde la empalizada los jefes de las diferentes tribus iberas veían con satisfacción la retirada de las tropas romanas.

—Esto va a ser aún más fácil de lo que pensábamos. Les doblamos en número y encima son cobardes.

Los demás asintieron. Al instante las puertas del campamento se abrían de par en par y por sus fauces emergían centenares, miles de guerreros iberos venidos de todas las regiones al norte del Ebro para acabar de una vez por todas con la presencia romana en sus tierras.

Retaguardia del ejército romano

—¡Ahora! —ordenó el cónsul, y por los extremos de la formación romana aparecieron sendos regimientos de caballería de diez *turmae* cada uno.

Alas del ejército romano

La caballería romana, dividida en dos grupos de trescientos jinetes, se lanzó contra las alas de la desorganizada pero muy numerosa formación ibera. El impacto fue descomunal. Las bestias relinchaban mientras intentaban evitar pisar a las decenas de guerreros iberos que les rodeaban al tiempo que sus jinetes se afanaban en asestar el máximo número de golpes mortíferos con sus lanzas y *gladios*. Los romanos luchaban con la furia que desata la avaricia, pero los iberos se defendían con la energía que da el combatir por la tierra propia, por defender sus casas, sus familias. En el ala izquierda los romanos estaban consiguiendo que los iberos perdieran algunas posiciones y retrocedieran algo hacia su campamento, pero en el ala derecha los iberos imponían su fuerza y estaban desbaratando las líneas de infantería romana y conteniendo a la vez la embestida de la caballería.

Retaguardia del ejército romano

Catón desmontó de su caballo. Para pensar bien necesitaba sentir los pies en la tierra. Miró a un lado y otro de la batalla. Por un lado ganaba y por otro perdía. Un empate no le valía para nada. Sabía que había que arriesgarse y que ése era el momento clave. Se dirigió a los tribunos con firmeza.

—Uno de vosotros ha de tomar los manípulos centrales de *triari* de la primera legión y reemplazar la línea de combate de vanguardia. Y quiero que el otro tome los restantes *triari* y rodeando la batalla

—y señaló hacia el horizonte henchido de polvo y gritos trazando la ruta con su dedo índice— debe alcanzar la retaguardia enemiga y atacar por allí. Tienen al resto de soldados en el campamento. No tienen a nadie que cubra la retaguardia. Si sacan el resto de hombres, entonces usaremos la segunda legión. ¡Ahora, adelante, por Roma!

—¡Por Roma! —respondieron los dos tribunos, y salieron prestos a cumplir las órdenes recibidas.

Vanguardia ibera

Los iberos combatían con bravura y con la seguridad de que la victoria estaba cerca. Los romanos habían cedido varios centenares de pasos desde el encuentro inicial y el empuje de sus *falcatas*, afiladas y humeantes de sangre romana, parecía ser suficiente para abrirse camino entre las huestes enemigas a las que, además, sabían que superaban en número, pero, de pronto, los enemigos maniobraron y situaron una nueva primera línea de combate de guerreros más adustos, mayores, algo más lentos en el manejo de las armas, pero mucho más resistentes y letales en sus golpes. Los iberos sabían que aquellos eran los veteranos de las legiones, los que los romanos llamaban *triari*, y ante estos hombres el avance ibero se ralentizó hasta detenerse. Los *triari*, sí algo más lentos, pero siempre más certeros en cada mandoble, haciendo que los que se enfrentaban contra ellos reventaran de cansancio golpeando escudos en lugar de brazos o piernas y, al más mínimo descuido, decenas de iberos sentían el agudo dolor de los *gladios* romanos cercenando sus venas. La lucha se había igualado y permaneció así, en una larga línea de enfrentamiento donde los golpes y los alaridos se entremezclaban hasta que, desde la retaguardia ibera, los guerreros detectaron que se producía un gran desorden. Los iberos de vanguardia se vieron obligados a mirar hacia sus espaldas y, atónitos, descubrían que centenares de sus compañeros se las veían con nuevos enemigos que habían aparecido por la retaguardia. ¿De dónde venían esos nuevos legionarios? ¿Habían recibido los romanos refuerzos o es que, al fin y al cabo, los romanos tenían más tropas de las que pensaban? Fuera como fuera, el desorden se extendió de tal modo que la línea de vanguardia cedió ante el empuje constante y milimetrado de los *triari* y, en medio de la confusión total, la mayoría de los guerreros hispanos emprendió una desorganizada huida hacia lo que pensaban sería la inexpugnable seguridad del campamento.

Alto mando ibero

Los jefes iberos oteaban la escena del confuso repliegue de sus tropas atrapadas entre dos frentes y dudaban sobre la respuesta más adecuada. Alguno pensó que un repliegue a tiempo en el campamento podía dar lugar a rehacerse y volver a combatir contra los romanos al día siguiente, con más orden y, seguramente, con más cautela, pero los que pensaban así eran minoría y, confiados aún en ser un número mayor que los romanos que les habían desbordado por una de las alas, se impusieron los que ordenaron que salieran a combatir el resto de las tropas que aún permanecían en el campamento. Esos refuerzos, sin duda, volverían a inclinar la balanza a su favor.

Ejército romano

Los manípulos que atacaban a los iberos por la retaguardia se esmeraban en ralentizar la huida del enemigo. Ésa era la misión que tenían encomendada: generar desorden y, si provocaban una huida, hacer todo lo posible por alargarla lo máximo posible.

Catón lo observaba todo muy concentrado. Fue entonces cuando vio que emergían nuevas tropas de refresco del campamento ibero. Lo tuvo claro. Se montó sobre su caballo y, dando instrucciones con rapidez, ordenó a la segunda legión que permanecía con él, en retaguardia y de reserva, que entrara en combate siguiéndole de cerca. Se ajustó el casco una vez subido al caballo, azuzó al animal y, escoltado por los *lictores* y el resto de jinetes de la segunda legión, al galope, alcanzó la retaguardia enemiga rodeando el centro de la batalla y se unió a los manípulos que luchaban allí para evitar que los iberos que combatían en la llanura pudieran reunirse con los que salían del campamento como refuerzo. Esa maniobra dio más tiempo para que la segunda legión, a marchas forzadas, se situara junto al campamento ibero y, sin detenerse, *oppugnatio repentina*, se lanzaron como posesos contra los nuevos iberos que se incorporaban a la batalla.

Segundo contingente ibero. A las puertas del campamento hispano

Los nuevos guerreros iberos no esperaban encontrarse con enemigos justo a las puertas del campamento y se vieron sorprendidos por la llegada de la segunda legión. Además, no podían alcanzar al resto de su ejército, que combatía contra varios frentes en el centro de la llanura.

Los soldados hispanos hacían todo lo posible por plantear un combate firme, pero no habían tenido tiempo de formar adecuadamente una línea de combate sólida, pues se veían obligados a estrechar su formación para salir por la puerta del campamento y allí, millares de romanos les recibían para masacrarles. Los jefes iberos ordenaron entonces que varias unidades ascendieran a la empalizada para dar cobertura a los guerreros que salían, lanzando flechas y lanzas contra los legionarios, pero para cuando dieron esa orden, ya había varios centenares de legionarios que escalaban las paredes de defensa del campamento y cuando llegaron los arqueros iberos a lo alto de las empalizadas, se veían obligados a luchar contra enemigos que ya se encontraban allí en lugar de poder arrojar flechas y lanzas contra los romanos que se concentraban a las afueras del campamento. Los jefes iberos no entendían cómo podía estar pasando aquello. El ejército de la llanura seguía atascado en medio del valle, luchando contra dos frentes, mientras que sus tropas de refuerzo estaban siendo masacradas justo a las puertas del campamento a la vez que a cada momento había más y más enemigos en el interior de las empalizadas.

Alto mando romano. A las puertas del campamento enemigo

Catón había desmontado de su caballo y supervisaba personalmente el ataque contra la primera línea de combate enemiga. En cuanto ésta estuvo desbaratada por completo y, mientras sus hombres tomaban posiciones de control en las empalizadas del campamento enemigo, ordenó que toda la segunda legión arremetiera de golpe contra los iberos y así entrar a empellones, pisando al enemigo si hacía falta, como fuera, en el interior del campamento. De ese modo, en pocos instantes, el cónsul consiguió que la lucha se trasladara del exterior al interior de las fortificaciones iberas y, una vez dentro, iba a ordenar que incendiaran las tiendas de los enemigos y que se tomaran todas las empalizadas, pero lo pensó mejor y omitió la primera parte. Un incendio, las llamas, advertiría de que algo iba mal en el campamento y eso no era lo que él quería que pensaran los iberos de la llanura. Aún no.

Mientras ocurría todo eso en el interior, el cónsul regresó de nuevo afuera y comprobó que el enorme contingente de iberos de la llanura, pese a estar rodeados, aún resistía en el centro del valle, y sabía que sus propias tropas, los soldados de la primera legión, estarían exhaustos, al límite de sus fuerzas. Era el momento de una nueva maniobra o todo podría aún trastocarse y perderse.

—Que dejen a los iberos replegarse de una vez hacia su campamento —ordenó el cónsul.

Al momento, los manípulos que habían bordeado al enemigo al principio de la batalla y que estaban completamente agotados, recibieron aquella orden con gran alivio y se hicieron a un lado dejando un gigantesco pasillo por el que el resto de guerreros hispanos, acosados por unos incansables *triari*, corrían despavoridos en busca del refugio de su campamento sin saber, incautos, que durante la batalla, el cónsul romano había tomado a la fuerza aquellas fortificaciones hacia las que ellos, esperanzados, se acercaban a la carrera.

Catón ordenó a todos los legionarios de la segunda legión que se ocultaran tras las empalizadas mientras era testigo de cómo los jinetes de su caballería perseguían con sus lanzas al grupo de jefes iberos que intentaban huir por la puerta trasera de la fortificación. Aquella imagen le causó cierta risa, pero se contuvo, porque la parte más delicada de toda la batalla aún tenía que ejecutarse con la precisión adecuada. Lo esencial de aquella visión era que ya no había nadie que diera órdenes al enemigo.

—¡No lancéis ni una flecha, ni un *pilum* hasta que el cónsul lo ordene! —repetían sin parar los centuriones apiñados tras las empalizadas del interior del campamento ibero conquistado.

Catón, justo detrás de la puerta, miraba a un lado y a otro. Tenía centinelas en lo alto de la empalizada y le hacían señas indicando la distancia a la que se encontraba el grueso del enemigo. Las puertas habían quedado abiertas de par en par y, de pronto, por ellas, empezaron a entrar, a la carrera, decenas, centenares, miles de iberos que buscaban refugio. A sabiendas de que tras ellos venían otros muchos, los iberos, sin percatarse de que el campamento ya no estaba gobernado por sus jefes ni custodiado por sus compatriotas, corrían hacia el fondo del mismo para hacer sitio y permitir que el resto de compañeros que debía entrar en el campamento tuviera sitio. Los romanos, ocultos tras las empalizadas y emboscados tras las tiendas e improvisados barracones, permanecían ocultos y sin moverse, sosteniendo centenares de antorchas prendidas a toda velocidad, a la espera de la orden del cónsul.

Cuando los centinelas indicaron que la mayor parte de los enemigos ya había entrado en el campamento y que la primera legión se reorganizaba en el valle para acudir de refuerzo, Marco Porcio Catón levantó su mano y la bajó con fuerza con un movimiento brusco que fue interpretado con claridad por el tribuno y el resto de oficiales de la segunda legión diseminada por las empalizadas y tiendas del campamento enemigo. Catón ni tan siquiera acompañó aquel gesto con una palabra. No, no necesitaba gritar para hacer entender a aquellos malditos rebeldes lo que ocurriría a cualquiera que osara rebelarse contra su autoridad en Hispania.

Las antorchas prendieron entonces por fin todas las tiendas y barracones al tiempo que desde lo alto de todas las empalizadas caía un mar de lanzas y flechas sobre unos sorprendidos a la par que aterrorizados iberos quienes, agotados por el combate primero y luego por la larga carrera final de huída, se veían inmersos en un inmenso incendio del que emergían enemigos sin fin y dardos que los atravesaban por todas partes.

Catón iba de un lado a otro con rapidez. Buscaba iberos heridos entre los cuerpos tendidos en el suelo. Se movía con tal rapidez que a los *lictores* les costaba seguirle y debían hacerlo pues temían que algún hispano fingiera estar herido y que, de pronto, se revolviera del suelo para apuñalar al cónsul. Catón no se planteaba esas dudas. Caminaba rápido, con su *gladio* empapado de sangre hasta la empuñadura, sintiendo el líquido caliente y espeso de las entrañas de sus enemigos corriendo entre los dedos de su mano fría. En cuanto veía el más imperceptible movimiento en alguno de los guerreros iberos abatidos que le rodeaban, raudo, se plantaba encima del moribundo y hundía en él su espada hasta que sus dedos chocaban con las costillas. Al extraer el arma solía extraer al mismo tiempo alaridos de dolor y agonía que se elevaban sobre un cielo que se estaba poblando de centenares de buitres hambrientos que sobrevolaban por encima de los romanos y los cadáveres iberos, en círculos cada vez más bajos, a cada instante más próximos a la tierra henchida de sangre, muerte y carne. Había un pequeño grupo de supervivientes entre los iberos y Catón ordenó que no los mataran, sino que los retuviesen allí, en el centro del campamento, vivos, mientras él, junto con el resto de legionarios, remataba, uno a uno, a tantos heridos como encontraban entre los soldados enemigos caídos. Y cuando ya no se movía nadie, el cónsul, meticuloso, ordenó que los legionarios remataran a los que ya se daba por muertos, no fuera a ser que alguno fingiera y, con esa estratagema, quisiera escapar de aquel baño de sangre. Sangre. Por todas partes. Por los brazos del cónsul, por su coraza y por el *paludamentum* púrpura que ahora brillaba por el líquido resplandeciente que teñía su tejido bajo la luz cegadora del sol de Hispania. Ésa era la imagen que quería que quedara grabada de forma indeleble en la mente de los pocos supervivientes iberos de aquella masacre.

—¡Y dejad que estos miserables se queden aquí mientras los buitres devoran a sus hermanos de armas! —ordenó el cónsul enfervorizado.

Y así se hizo. Una vez que los legionarios dejaron los cuerpos de los enemigos muertos medio desnudos tras despojarles de las armas, escudos, anillos, joyas y todas aquellas ropas y calzado que pudieran serles útiles, apiñaron los miles de cadáveres en grandes montículos y, justo en medio de todas aquellas colinas de horror, situaron a los pocos supervivientes enemigos, custodiados por varios manípulos de legionarios, para que contemplaran el horrible espectáculo de los buitres descendiendo sobre aquellas montañas de brazos, piernas, cabezas y troncos medio descuartizados, para arrancar con sus duros e implacables picos primero los ojos y labios y otras partes blandas de todo aquel festín, para luego pasar a las partes más duras de aquellos cuerpos inertes, mudos, ciegos.

—Eso les enseñará contra quién están luchando. Eso les hará ver lo que ocurre si sigue esta rebelión —dijo el cónsul a las puertas de un improvisado *praetorium* levantado en el exterior de los tristes restos del campamento ibero. El cónsul no quería retirarse aún a su propio campamento. Tenía todavía varias cosas que hacer antes de que terminara el día y quería ser diligente. En primer lugar, ordenó que le trajeran al hijo del rey Bilistage. El joven, horrorizado por el espectáculo, llegó junto al cónsul.

—Ya hemos acabado con la rebelión del norte —le dijo el cónsul con una calma que helaba el corazón del joven príncipe, y es que, si bien aquéllos eran enemigos suyos, también eran tribus próximas y que no habían estado siempre en guerra; de hecho estaban en guerra entre ellos por culpa de los propios romanos; el cónsul supo leer en los impactados ojos de su interlocutor—. Quizá crees que mi dureza para con mis enemigos, tus enemigos también, es excesiva, pero te aseguro que sólo así se consigue terminar con una rebelión. Si quieres ser rey deberías ir aprendiendo estas cosas pronto. Pero no te he hecho llamar para debatir sobre mis métodos, sino para anunciarte la buena noticia de que ya podemos encaminarnos hacia el territorio de tu padre. En pocos días estaremos allí y podremos... asistirle.

El hijo del rey de los ilergetes ya no tenía claro que la ayuda de Catón fuera a ser la mejor, pero todavía pesaba en su ánimo que había dejado a su padre y a todos los suyos rodeados por muchas tribus enemigas. Quizá el cónsul tuviera razón y su crueldad fuera la única forma de terminar con aquella guerra. El muchacho fue de nuevo alejado del cónsul y se llevó consigo sus meditaciones.

Llegó entonces para Catón el momento de ocuparse del segundo asunto que le preocupaba: organizar su avance hacia el sur. Fue entonces cuando llamó a uno de los *quaestores* de la legión y le hizo tomar por escrito sus palabras en forma de carta para todos los jefes iberos:

> A los jefes iberos de todas las regiones de Hispania:
>
> Yo, Marco Porcio Catón, cónsul de Roma, ordeno a todos los pueblos y fortalezas, desde los Pirineos hasta el río Betis,* que destruyan sus murallas ipso facto tras recibir esta carta. Avanzo hacia el sur con mis legiones y cualquier población que encuentre fortificada será arrasada por mi ejército y todos sus ciudadanos asesinados o vendidos como esclavos. Sólo aquellas poblaciones que tengan inteligencia y obedezcan este mandato serán excluidas de la justicia implacable de Roma.

Luego se dirigió a uno de sus *lictores*.

—Llama a los iberos supervivientes, que la traduzcan y la hagan llegar a sus pueblos contando lo que ha pasado —pero enseguida se dio cuenta de que no habría forma de que aquellos guerreros iberos comprendieran su mensaje, así que modificó su orden mientras hablaba—; no, nunca os entenderéis con esos bárbaros, recurrid al hijo de Bilistage;

* Río Guadalquivir.

él sabrá entenderse con ellos y así se ganará de una vez la comida que le damos cada día.

De ese modo, nada más terminar de dictar la carta, el cónsul hizo llamar al príncipe de los ilergetes y le ordenó que ayudara a traducir aquel mensaje a los pocos supervivientes de las diferentes tribus que se habían congregado allí para combatir contra Roma. El príncipe, aunque con desgana, cumplió con el cometido, pues aún albergaba la esperanza de salir de allí con vida y reencontrarse con su padre y su pueblo. Una vez que el cónsul se sintió seguro de que aquellos guerreros, unos heridos, otros aún intactos pero cubiertos de sangre de sus compatriotas muertos, habían entendido bien el mensaje de aquella misiva que unos habían transcrito por escrito, los menos, mientras que otros, la gran mayoría, incapaces de ello, habían aprendido de memoria, los dejó libres.

—Marchad ahora, marchad —les espetó Catón desde su *sella curulis* con desgana—; marchad antes de que me arrepienta y cambie de opinión.

Los guerreros iberos supervivientes a la masacre partieron de allí al galope sobre caballos que el cónsul ordenó que se les proporcionara. Quería que las noticias de lo que allí había ocurrido llegaran lo antes posible a todas las fortalezas de la región. Eso merecía sacrificar algunos caballos que, todo hay que decirlo, tampoco es que fueran los mejores.

39

Avance hacia el sur

Noreste de Hispania.
Abril de 195 a.C.

Las legiones de Marco Porcio Catón avanzaron desde las proximidades de Emporiae, siempre en dirección sur, pero desviándose un poco hacia el interior para, al fin, acudir a socorrer a los ilergetes. El cónsul observaba el rictus serio y de preocupación en la faz del joven príncipe a medida que se acercaban. Y no era para menos: los campos que cruzaban estaban yermos, calcinados, incendiados por tropas enemigas que, sin lugar a dudas, no practicaban la clemencia con el vencido. No se veía animal alguno y las granjas que estaban diseminadas por aquel país estaban desiertas y, en su mayoría, demolidas por el fuego de la guerra. Era evidente que las tribus iberas vecinas no habían querido avanzar hacia el norte para encontrarse con las legiones romanas del cónsul sin antes asegurarse que los ilergetes ya no podrían atacarles por la retaguardia. Catón comprendía el gesto de nerviosismo creciente en el rostro de su rehén, pero el cónsul, al contrario que el joven príncipe, estaba feliz. A su victoria del norte, se unía ahora su victoria en el sur fruto de su estratagema de engañar a los ilergetes. Y es que a medida que cruzaban todo aquel territorio desolado era cada vez más evidente que éstos habían resistido hasta la extenuación en espera de los refuerzos romanos y, seguramente, en esa resistencia cayeron también muchos enemigos de las otras tribus reduciendo así la cantidad de efectivos hispanos que llegaron al norte a luchar en la batalla de Emporiae. Catón sentía esa honda confianza que produce el comprobar que todo lo que uno había decidido con apenas un mínimo de información se había confirmado como elecciones sumamente acertadas. Otra cosa era los muertos que sus decisiones hubieran generado: millares, quizá decenas de miles, pero eran muertos iberos, de los ilergetes y de otros pueblos en rebeldía; no eran romanos; no contaban.

Llegaron al fin al poblado central, la capital de aquella tribu ibera, allí donde Bilistage, el padre del príncipe, había planteado su resistencia final. Era un valle muerto. Por el aire aún se veían buitres sobrevolando el cielo azul. En tierra les recibió el olor inconfundible de la putrefacción de una mar de cadáveres. El combate había debido de ser brutal.

—Parece que tu padre luchó con fuerza —le dijo el cónsul al joven príncipe que, con ojos desencajados, contemplaba como su peor premonición acababa de hacerse realidad. No lloraba, porque el hijo de un rey no llora, además era otro el sentimiento que se apoderaba de todo su ser: una rabia fría, helada, pero mordiente como el hielo, que emergía desde sus entrañas hasta dominar todo su espíritu; rabia hacia Roma, rabia hacia aquel maldito cónsul que no sólo les había negado la ayuda que les correspondía por los pactos acordados en el pasado, sino que aún peor, les había hecho creer a su padre y a los suyos que la ayuda estaba en camino cuando no era así.

Catón miraba con atención a aquel joven príncipe de... de ya poca cosa. Los ilergetes supervivientes se habían desperdigado, y empezó a ponderar el cónsul qué debía hacer. Lo leal sería que, en pago a los servicios prestados y en reconocimiento al servicio que el propio Bilistage, su padre, había hecho al luchar hasta la extenuación, se le concediera ahora a su joven hijo el gobierno de aquella región, que se le ayudara a reconstruir una ciudad allí mismo y que se permitiera a los ilergetes desperdigados reunirse bajo su reinado. Eso era lo justo. Eso debía hacerse, pero Catón no pasó por alto la mirada de odio máximo que surgía de los ojos de aquel aprendiz de rey. Él sabía bien de odios, pues el que odia con tenacidad sabe reconocer bien ese mismo sentimiento en otros y sabe apreciar cuándo una animadversión es ya definitiva e irreversible. Y ése era el caso del hijo del rey muerto de los ilergetes. Catón, además, recordó la forma con la que Fabio Máximo, su antiguo mentor, resolvía situaciones similares en el pasado, como lo que ocurrió tras el asedio de Tarento.

El príncipe se había adelantado al cónsul y sus *lictores* y, como Catón no decía nada, los legionarios que le custodiaban se limitaban a seguir al aún joven príncipe rehén mientras avanzaba por encima de aquella alfombra de cadáveres reconociendo a amigos y familiares muertos por todas partes. Marco Porcio Catón se detuvo y se dirigió en voz baja al *proximus lictor*.

—Este rehén ya no nos es útil —dijo, sin ordenar nada más. No era necesario. El *proximus lictor* asintió despacio y se alejó del resto de la escolta del cónsul. Catón mantuvo su mirada fija en él. El *lictor* caminaba decidido en línea recta hacia la espalda de quien, fallecido ya Bilistage, era el rey de los ilergetes. Cuando estaba a cinco pasos desenfundó la espada y, en lo que para el cónsul fue un acto innecesario de nobleza, el *proximus lictor*, habló al rehén para que éste se volviera. De ese modo el entonces más joven rey de los ilergetes recibió de frente la estocada que le hacía reunirse con el resto de cadáveres de aquel valle maldito.

40

El corazón de Hispania

Turdetania, sur de Hispania.
De mayo a septiembre de 195 a.C.

Catón se hizo con el control de todo el territorio al norte del Ebro, especialmente en la costa. Tuvo dificultades para someter a los begistanos a orillas del río Segre, algo más al interior, pero al fin también los sometió por completo. Las ciudades iberas obedecieron en su mayoría y derribaron sus murallas y fortificaciones por temor a ser arrasadas hasta las cenizas por las enfurecidas legiones del nuevo cónsul de Roma. Sólo Segéstica se resistió y fue convenientemente destrozada por las máquinas de guerra de las legiones de Catón.

Asegurado así el norte, y por petición de los pretores de más allá del Ebro, que no dejaban de reclamarle ayuda, se lanzó Catón a reconquistar el sur de la península Ibérica y así partió desde Tarraco con dirección al corazón de Turdetania, en lo que los romanos denominaban Bética. Allí se concentraban las grandes minas de oro y plata que resultaban de interés estratégico para Roma. Desde el levantamiento general en Hispania, el fluido regular de minerales preciados desde esas minas hasta Roma se había reducido progresivamente hasta casi quedar en nada. Esto era un lujo que Roma, que preveía próximas guerras contra galos o contra diferentes ligas griegas o incluso contra Macedonia, no podía permitirse. La recuperación del control de este territorio era clave para el prestigio de Catón y a ello dedicó gran parte de sus esfuerzos durante la segunda parte de su campaña en Hispania. Pero ahora los resultados eran más confusos: los turdetanos recibían ayuda constante desde el interior de la Península de un pueblo belicoso y especialmente hostil a Roma: los celtíberos. Éstos llegaban en gran número de guerreros de infantería o en forma de temibles regimientos de caballería y apoyaban los ataques de los turdetanos impidiendo que las legiones pudieran imponerse. Catón intentó primero superar a turdetanos y celtíberos por la fuerza de las armas, pero no le fue posible: necesitaba refuerzos, pero se negaba a pedirlos a Roma, y es que después de acusar a los Escipiones de pedigüeños durante años, no podía ahora él hacer lo mismo que tanto había criticado en sus enemigos políticos. Así que, en segundo lugar, procuró dividir a turdetanos y celtíberos ofreciendo dinero a estos últimos para que dejaran de apoyar a los iberos de Turdetania. La negociación con el enemigo no era la estrategia que Catón se había autoimpuesto para recuperar el control de Hispania, pero el tiempo de su mandato como cónsul se le acababa y ya no veía otra forma de conseguir sus objetivos.

Consiguió al fin la defección de algunas tribus a la sublevación general de la región y logró que el flujo de oro y plata se restableciera. Turdetania no estaba dominada ni apaciguada, pero al menos se podía extraer mineral y enviarlo a Roma. Sin embargo, el cónsul albergaba aún la esperanza de convertir esa débil victoria en una mucho más épica, de forma que, sin dudarlo, decidió que debía dirigir sus tropas hacia el norte y hacia el interior de la salvaje Hispania en busca de los temibles celtíberos.

—¡Por todos los dioses! De todos los pueblos de Celtiberia, ¿quién es el más temible? —preguntó Catón a los pretores que administraban los destinos de Turdetania. Uno de los más veteranos respondió con seguridad y precisión.

—Son muchas las ciudades que se venden como mercenarios a los turdetanos, pero los guerreros más peligrosos son, sin duda, los de una ciudad que los iberos llaman Numancia.

—Numancia —repitió en voz baja el cónsul, y se quedó meditabundo mirando hacia el norte desde la puerta del *praetorium*. Había visto indicaciones de la posición de esa ciudad en los mapas de los que disponía, pero nunca nadie de Roma había llegado tan al norte, tan al interior. Sólo otro extranjero en Hispania, que no era otro sino que el propio Aníbal, se había atrevido a tanto, pero el cartaginés fue más hacia el oeste, a Salmantica y otras ciudades más occidentales, nunca hacia Numancia—; Numancia —repitió el cónsul—. Mañana, al amanecer, partiremos hacia esa ciudad. Si ése es el origen de todos nuestros males en Hispania, debemos cortarlos de raíz allí mismo, donde crece la mala hierba, en lugar de tener que entretenernos toda la vida cortando sus tallos aquí abajo, en el sur.

Y dio media vuelta, entró en el *praetorium* y dejó a todos sus oficiales, tribunos, centuriones y decuriones engullendo saliva. Todos habían oído hablar de aquella ciudad y a nadie le hacía gracia tener que acercarse a sus murallas. Nadie había regresado con vida de allí.

Celtiberia, centro de Hispania.
De octubre a diciembre de 195 a.C.

Avance del ejército consular

El avance hacia el norte fue mucho más lento de lo que nunca imaginaron. Catón sabía, por los mapas de los que disponía, que había muchas montañas en su ruta hacia el interior en busca de la tierra de los celtíberos, pero, si hubiera consultado más a los turdetanos o si no hubiera sometido y humillado tanto a sus vencidos iberos con tanta saña y horror, quizá habría obtenido algunos guías más capaces que podrían haberles ahorrado alguno de los estrechos y agotadores pasos por los que se vio obligado a conducir las tropas. Además, el otoño estaba terminando y el invierno, aquel año, parecía querer adelantarse con la llegada de un viento gélido que se apoderó de aquella región de modo que todos pasaban un enorme frío durante las noches y aún más durante el día si la marcha debía realizarse bajo un cielo plomizo y con los dioses del viento campando a sus anchas con tremendas rachas de aire que cortaban la piel de los legionarios. Catón procuraba dar ejemplo y marchaba en primera posición, a pie, para mostrar que no obligaba a nadie a hacer algo que él mismo no pudiera llevar a cabo, claro que él, como oficial en jefe, no se veía obligado a transportar armas y parte de los pertrechos militares, algo que sí debían hacer el resto de legionarios ya que el cónsul, para acelerar el avance, había reducido el número de carros y acémilas de transporte que siempre terminaban por ralentizar la marcha del resto de la tropa.

En una de las breves pausas que se permitían a lo largo del día, el cónsul miró a su alrededor. ¿Cómo se podía vivir allí? Eran tierras salvajes, inhóspitas, repletas de vegetación, con estepas extensas que terminaban siempre en grandes montañas casi infranqueables. Y a medida que se acercaban a su objetivo, se veían cada vez menos tierras de cultivo y menos granjas y más bosques densos y espesos que recordaban a los romanos las frecuentes emboscadas de los galos de Liguria. Ya le habían informado los pretores que los celtíberos de Numancia recurrían a otros pueblos para adquirir el grano que necesitaban.

—Son guerreros más que otra cosa —había explicado uno de los pretores. Catón no había prestado mucha atención a aquellas palabras en su momento, pero ahora, próximos ya a la ciudad enemiga, se daba cuenta de que así debía ser. Eran los vacceos, más al noroeste, los que les suministraban trigo a los celtíberos de Numancia, mientras que otras tribus les proporcionaban ganado. Los celtíberos, para los romanos, sólo existían para luchar, por eso eran tan aguerridos y tan temibles mercenarios.

Catón sacudió la cabeza. Todo aquello eran leyendas engrandecidas por el temor a lo desconocido. Pronto estarían ante las murallas de Numancia y sólo entonces se formaría una opinión.

—Cónsul, al norte —dijo el *proximus lictor* quebrando el organizado orden de sus ideas. Catón le miró con enfado, pero al ver la cara de miedo reflejada en aquel *lictor*, se dio la vuelta y miró hacia donde señalaba el soldado de su escolta. Justo al norte de su posición, donde terminaba el largo valle por el que avanzaban, se veía la silueta recortada de miles de soldados enemigos a pie y a caballo sobre las colinas que se dibujaban en el horizonte. Catón levantó su brazo y las legiones detuvieron su avance. El cónsul se adelantó unos pasos más, acompañado tan sólo por su escolta y por los dos tribunos de las legiones.

—¿Cuántos? —preguntó Catón. Los tribunos oteaban el final del valle medio cerrando los ojos en un esfuerzo por calcular bien el número de enemigos.

—Es difícil saberlo desde aquí —empezó uno de ellos al fin—, pero fácilmente unos 20.000 de infantería y de caballería... yo diría que muchos más que nosotros, varios miles, quizá cinco mil. Por todos los dioses, son muchos.

Ese último comentario sobraba y el cónsul lo dejó claro con una mirada de profundo desprecio. Catón levantó de nuevo su brazo derecho y se adelantó completamente solo. Sintió el frío helado del viento del norte de aquel país agreste sobre su cara. Era como si aquellos celtíberos despidieran aire gélido. Eran bastantes, sí, pero en Emporiae fueron capaces de doblegar a un ejército el doble de numeroso, claro que, los iberos de la costa al norte del Ebro no eran como aquellos enemigos que les esperaban al final del valle. Catón no necesitaba verlos más de cerca para saberlo. Le bastaba ver que el rey de los numantinos no había esperado a que los romanos llegaran a su ciudad sino que de forma sabia había salido a su encuentro, porque, entre otras cosas, estaba claro que poseía una superioridad muy clara en las fuerzas de caballería, y la caballería debía usarse en campo abierto. «Son astutos», pensó el cónsul, y se pasó la palma de su mano derecha por sus bien afeitadas mejillas. De pronto, la caballería enemiga se puso en marcha, primero al trote y de súbito al galope. Cinco mil jinetes celtíberos cargando a toda velocidad contra las legiones, cruzando el valle que les envolvía y llenando cada recoveco con el estruendo de los cascos de sus veloces caballos.

—¡Por todos los dioses! —espetó Catón, y se volvió hacia la seguridad de su escolta—. ¡Lanzad la caballería contra esos malditos y poned las legiones en posición de combate, en paralelo, que los *velites* avancen tras la caballería, y luego que *hastati*, *principes* y *triari* se sitúen detrás! ¡Maldita sea!

Los *buccinatores* resonaron como respuesta al estruendo de la carga de la caballería enemiga y los jinetes romanos pronto se situaron al frente de la infantería ligera para responder al ataque de los celtíberos. Eran muchos menos y por eso precisaban del apoyo de la infantería o de lo contrario serían barridos por la caballería enemiga, mucho más numerosa y, aparentemente, con muchas más ganas de guerrear.

El choque en medio del valle, al contrario de lo que podría uno haber esperado, no fue tan descomunal, sino que los celtíberos se frenaron antes de entrar en combate. Arrojaron centenares de lanzas contra los romanos y luego, en lugar de luchar, se replegaron sobre sus pasos, cabalgando de nuevo con velocidad para regresar a sus posiciones, junto con su infantería. Pero las miles de lanzas cayeron como una lluvia férrea mortífera y varias decenas de jinetes romanos y de *velites* cayeron atravesados por las mortales armas del enemigo, mientras que sus compañeros permanecían perplejos, sobre sus caballos sin tener a nadie con quien combatir porque el enemigo, igual de rápido que había atacado, se replegaba.

—¡Malditos sean! —dijo Catón, y escupió en el suelo de Hispania. Los miserables habían causado casi un centenar de bajas en su ejército entre muertos y heridos y ellos ni tan siquiera habían tocado a ni uno solo de aquellos guerreros. Era un aviso. Por Júpiter, era un aviso, los miserables se permitían lanzarle un aviso. El cónsul buscaba en el horizonte el líder de aquellas tropas. Al fin le pareció ver adelantado a un jinete sobre un gran caballo negro que parecía llevar algo pequeño consigo, justo delante. Parecía como si llevara un enano. Catón sacudió la cabeza. No era momento para intentar entender demasiado a aquellos bárbaros, sino momento de decidir qué era lo más conveniente. Como los tribunos estaban justo detrás de él, nerviosos y esperando órdenes, se volvió rápido hacia ellos.

—¡Acamparemos aquí mismo! Tenemos agua en el río y una amplia llanura alrededor. —Miró el camino por donde habían venido y el bosque quedaba algo lejano, hacia el sur, y podía ser peligroso acercarse allí; podían estar rodeados sin saberlo—. Que caven fosos en torno al campamento. Eso dificultará que nos sorprendan con una carga de caballería en medio de la noche.

Los tribunos asintieron ante lo que recibieron como órdenes sensatas. Los legionarios se dispusieron al trabajo con fruición. Todos querían salvaguardarse de una nueva carga de aquella tremenda caballería celtíbera. Excavaron enormes zanjas, más grandes aún de las que hicieron en Emporiae, pues todos sentían que aquellos enemigos eran mucho más peligrosos y el miedo es un acicate aún mayor que la avaricia o la ambición. Trabajaron hasta bien entrada la noche, a la luz de las antorchas, prosiguiendo con aquella tarea hasta asegurarse que todo el perímetro de su improvisado campamento estaba protegido por un foso profundo. Fue una tarea agotadora que el cónsul premió con doble ración de comida en forma de más pan, queso y carne seca de cerdo. Los legionarios comieron con ansia y se acostaron tarde, cerrando los ojos rápido, en un intento de recuperar fuerzas ante lo que podía ser un largo día de combate con el nuevo amanecer.

En el *praeotorium*, Catón reflexionaba sobre lo acontecido aquella tarde. Le habían mandado un aviso, como una amenaza, y si había algo que le indignaba profundamente era que le amenazaran y, sin embargo, había cierta gallardía en aquella acción que habían realizado los celtíberos. En el ánimo del cónsul pugnaban dos fuerzas opuestas: por un lado anhelaba con furia una venganza clara masacrando a aquellas gentes indómitas que se atrevían a desafiarle con aquel desparpajo, pero por otro lado estaba su razón, que le hacía ser más cauto y evaluar las posibilidades de éxito o fracaso con más cautela. Aquél era un enemigo poco habitual: estaban formados en la guerra y vivían para la guerra y además, iban a combatir por su propio territorio, lo que hacía anticipar una resistencia y una fortaleza aún mayor que cuando habían luchado en Turdetania como mercenarios. Eso no presagiaba nada bueno. Para colmo de males su mandato como cónsul expiraba en unas semanas y no disponía de licencia proconsular, avalada por el Senado, para prorrogar su poder militar en la región y todo el tiempo que permaneciera en combate contra los hispanos más allá del tiempo establecido sería empleado por sus enemigos políticos en Roma, por los Escipiones, para atacarle con virulencia, y todo aquello... ¿para qué? No había nada que extraer de aquella región. Había sometido a todos los pueblos al norte del Ebro y había conseguido recuperar el flujo de oro y plata de las minas de Turdetania. Eso era lo fundamental. Había destruido más de cuatrocientas ciudades y había masacrado a decenas de miles de enemigos. Traía abundante oro y plata para las arcas del Estado y tenía un buen botín que repartir entre sus tropas y numerosos esclavos que había enviado por la costa, desde el sur, hasta Tarraco y Emporiae. Todo ello le haría acreedor de un gran *triunfo* en Roma que los Escipiones se verían obligados a presenciar, y eso aumentaría su popularidad y reduciría un poco la de sus enemigos políticos. ¿Iba a poner en peligro todo aquello enfrentándose en un territorio hostil y desconocido a un ejército bien entrenado y experimentado que podía llegar incluso a infligirles una penosa derrota que lo echara todo a perder? No, aquello no tenía sentido. Marco Porcio Catón se levantó de sus *sella curulis* y mandó llamar a los tribunos. Se tragó todo el orgullo que tenía, que era mucho, cuando les habló y les dio las nuevas órdenes.

—Al amanecer, si no hemos sido atacados, recogeremos el campamento y volveremos hacia el sur primero y luego hacia el este de vuelta a Tarraco y luego a Emporiae. Mi mandato como cónsul termina y no podemos emprender ahora una campaña contra estos celtíberos. Eso les salva de mi ira.

Con esa última frase el cónsul intentaba lavar su honor ante unos tribunos a quienes, no obstante, no les importaba lo más mínimo el honor del cónsul. Ellos sólo querían salir de allí pronto, rápido y, a ser posible, vivos, y más después de lo presenciado aquella tarde, de modo que dejaron el *praetorium* a toda prisa, prestos a disponerlo todo para organizar el regreso hacia Emporiae, el retorno hacia la tranquilidad y la seguridad de Roma, lejos de aquellas tierras, lejos de aquella maldita Numancia y sus locos guerreros.

Vanguardia celtíbera. Al amanecer, en el fondo del valle

—¿Se han ido, padre? —preguntó el pequeño Megara desde lo alto de la yegua negra, asiendo las riendas con fuerza, tal y como le habían enseñado que debía hacerse.

El rey de Numancia, que había desmontado dejando a su pequeño hijo de cinco años solo sobre la yegua, se agachó y tomó algo de la ceniza de una de las hogueras abandonadas por las legiones del cónsul y, mientras la frotaba entre las yemas de sus dedos, asintió en respuesta a la pregunta del niño.

Megara era demasiado pequeño para entender entonces de miedos. Su padre siempre vencía. Numancia siempre derrotaba a todos, a cualquier otra tribu ibera o celta y a los romanos también cuando se acercaban a sus tierras, como ahora, que se acababan de marchar asustados y muchas otras veces cuando se adentraban hacia el sur a petición de los turdetanos y otros pueblos demasiado débiles para resistir a aquellos invasores extranjeros. Su padre montó de nuevo sobre la poderosa yegua y el niño vio cómo pasaba la gruesa y gran palma de su mano izquierda por la larga crin negra azabache del poderoso animal. Megara recordaba aún con emoción cómo su padre le explicaba que aquella hermosa yegua había pertenecido a la esposa ibera de Aníbal, así se lo aseguraron unos turdetanos de confianza cuando se la vendieron, a quienes él creía porque llevaban la verdad escrita en los ojos. Desde hacía unos meses, su padre compartía con él todo cuanto pensaba o hacía y le llevaba consigo a cada combate. Lo estaba entrenando a conciencia y el pequeño estaba orgulloso y se esforzaba por merecer aquel honor desde tan niño. Nadie entendía por qué aquel extraño empeño del rey de Numancia en adiestrar desde tan pequeño a su hijo en el combate. Ante el largo silencio de su padre, aunque el rey hubiera asentido como respuesta, el niño repitió la pregunta:

—¿Se han ido, padre? ¿Se han ido los romanos?

Fue entonces cuando el rey de Numancia suspiró profundamente aquella gélida mañana de diciembre y dijo algo para sí mismo, entre dientes, sin que ninguno de sus guerreros le oyera, lo musitó en voz muy baja, ni triste ni alegre, pero con el aplomo de quien presiente el destino. Masculló cuatro palabras.

—Pero volverán, hijo, volverán.

Y el pequeño Megara comprendió que aquél era un mensaje sólo para él.

41

El segundo consulado

Roma, 194 a.C.

Publio Cornelio Escipión acudió al teatro aquella tarde envuelto en una turbulenta maraña de pensamientos. Le acompañaban su esposa Emilia, su hijo Publio y sus dos hijas. Publio padre estaba disgustado consigo mismo y con Roma entera. Consigo mismo por su incapacidad para digerir mejor el imparable ascenso de Catón. Apenas hacía unas semanas que le había correspondido, como nuevo cónsul recién elegido para un segundo mandato, asistir al gran desfile del *triunfo* que el Senado había concedido a su antecesor en el cargo, al propio Marco Porcio Catón por su supuesta gran campaña en Hispania, cuando Catón no había conseguido más que masacrar a las tribus débiles del noreste y restaurar un intermitente flujo de oro y plata desde las minas del sur. Por lo demás la región seguía en armas, un lugar peligroso para cualquier general y, sobre todo, con una inexpugnable Celtiberia en el interior del país desde la que se alimentaba de forma perenne la rebelión contra Roma. Roma. En segundo lugar, estaba disgustado con Roma por su ceguera al no entender que la política de ocupación brutal de Catón alargaría indefinidamente la pacificación de Hispania; una Roma que no supo nombrarle cónsul el año anterior, a él, a Escipión, cuando se debía haber enviado a alguien a luchar o negociar con los iberos y que, sin embargo, le elegían ahora, un año en el que el Senado se negaba a mandar ningún ejército consular a Hispania, pues eso sería lo mismo que reconocer que Catón no había hecho bien su trabajo. El Senado, una y otra vez, manejado por Catón y sus seguidores, le castigaba con una derrota tras otra. Era cónsul, sí, porque su nombre, Publio Cornelio Escipión, aún era demasiado grande y demasiado popular entre el pueblo como para que el Senado le negara un segundo mandato, pero con aquella táctica de negar que Hispania estuviera revuelta vaciaban completamente de sentido aquella nueva magistratura consular para la que había sido elegido. Catón, por su parte, había rematado su estrategia de alianzas políticas casándose con Licinia, a propuesta de Lucio Valerio Flaco, con lo que conseguía una familia senatorial más proclive a su política. Estaba claro que debía acelerarse el asunto de los matrimonios de sus hijas. Ésa era un arma de la que Catón aún no disponía. Y debía utilizarse. Catón no había asistido al estreno de la nueva obra de Plauto, fiel a su costumbre de despreciar el teatro en general y las comedias en particular, pero Publio había visto a Graco, Spurino y otros por el recinto del teatro. Era difícil olvidarse de ellos teniéndolos tan cerca.

Tal era el remolino de ideas que bullía por su mente que Publio padre se sentó en uno de los asientos especiales que se habían dispuesto para él y su familia en primera fila sin casi darse cuenta. Se trataba de una reserva especial de asientos totalmente novedosa y que se debía a una ley que él mismo había promulgado por la cual los magistrados consulares y otros magistrados en ejercicio tenían derecho a un lugar de privilegio para asistir a las representaciones de teatro. Después de tantos años de servicio a Roma, después de tantas batallas luchadas, después de tantas ciudades conquistadas y, sobre todo, después de derrotar a Aníbal, Publio pensó que se había ganado el derecho a poder disfrutar de una obra de teatro con tranquilidad si era cónsul, sin tener ya que competir con el resto del público por un lugar desde el que ver bien lo que ocurría en escena. Siempre que iba al teatro echaba de menos el ímpetu con el que su tío Cneo se abría paso a empellones entre el público. Ahora ya no haría falta que nadie empujara. Así podía ir con su familia entera sin necesidad de abrir medio a golpes un espacio para sus hijas. Roma le debía aquel mínimo privilegio. Se lo había ganado a pulso. Y, sin embargo, contradictoriamente, para una vez que disponía de ese espacio de privilegio, la tormenta desatada en su mente apenas le había dejado enterarse de todo cuanto se había representado en escena. Sabía que la obra se titulaba la *Aulularia* y, por lo poco que podía haber seguido del argumento, un viejo llamado Euclión había encontrado una olla llena de oro enterrada en su casa. A lo que se ve, tan ofuscado estaba el viejo Euclión en custodiar su recién encontrado tesoro que no se daba cuenta de lo que pasaba en el resto de su casa, pues su hija había sido violada y ni tan siquiera se había percatado de ello. Euclión sólo tenía ojos y oídos para vigilar su olla repleta de oro. Mientras, a su alrededor, tenía lugar una larga maraña de acciones que afectaban al futuro de su familia, pero Euclión no se percataba de nada que no tuviera que ver con encontrar un escondrijo seguro para su olla. Estaban ya en la escena novena del cuarto acto cuando Plauto, cubierto de una graciosa peluca y vestido a la forma griega con lo que representaba ser Euclión, miraba directamente al público desde el centro del escenario y lanzaba un largo discurso rogando que le ayudaran a encontrar su olla de oro que le acababan de robar.

—*Perii interii occidi. quo curram? quo non curram? tene, tene. quem? Quis? nescio, nil video caecus eo atque equidem quo eam aut ubi sim aut qui sim. nequeo cum animo certum investigare...*

[... Estoy perdido, muerto, aniquilado. ¿Adónde he de correr? ¿Adónde no he de correr? ¡Detenedlo, detenedlo! Pero, ¿a quién?, y ¿quién lo va a detener? No lo sé, no veo nada, camino ciego y no soy capaz de saber con certeza ni adónde voy ni dónde estoy ni quién soy —y dirigiéndose al público—; os lo ruego, os lo pido, os lo suplico: ayudadme, indicadme quién me la robó. ¿Qué dices tú? A ti estoy dispuesto a creerte porque se te ve en la cara que eres una buena persona. ¿Qué pasa? ¿De qué os reís? Os conozco bien a todos. Sé que aquí hay muchos ladrones que se esconden bajo sus vestidos blanqueados con creta y están sentados como si fueran personas honradas. ¿Qué? ¿No la tiene ninguno de éstos? Me has matado. Entonces, dime, ¿quién la tiene?]*

Publio se quedó blanco cuando escuchó aquella interpelación directa a él y al resto de pretores, magistrados y candidatos a magistrado, todos ellos vestidos con una inmaculada *toga candida* y sentados. Una vez más Plauto se saltaba todos los límites razonables para, desde el escenario, criticar a los gobernantes de Roma. Y los había llamado «ladrones». Publio quería pensar que la acusación no iba directamente dirigida a él, pero como él era quien había formulado la ley que permitía esos asientos de privilegio en primera fila se sentía directamente atacado por las palabras de Plauto. Plauto debió sentir la indignación en su rostro, porque en seguida se fue al otro extremo del escenario, lo más alejado posible de Publio Cornelio Escipión, e hizo que la representación prosiguiera con agilidad para que aquellas palabras quedaran diluidas en el mar de intervenciones del siguiente diálogo entre Euclión y el joven Licónides. Terminó así el acto IV y, recortando la intervención de los flautistas durante el descanso, de inmediato dio comienzo la primera escena del último acto en donde Licónides intentaba sonsacar a su esclavo Estrobilo si sabía algo del paradero del tesoro de su vecino Euclión.

—*Repperi hodie, ere, divitias nimias...* [Hoy he encontrado, amo, inmensas riquezas] —dijo Estróbilo.

* Esta sección y la que viene a continuación siguen la traducción de la edición de José Román Bravo.

—¿*Dónde*? —preguntaba el actor que hacía de Licónides.

—*Una olla llena de oro: cuatro libras de oro, sí, cuatro libras.*

—¿*Qué es lo que estoy oyendo*?

—*Se la robé a Euclión, el viejo de esta casa.*

—¿*Y dónde está ese oro*?

—*En un arca, en mi habitación. Ahora quiero que me des la libertad.*

—¿*Que te dé la libertad, grandísimo bellaco*?

—*Déjalo, amo; ya veo tus intenciones. Fue una bonita forma de probarte, por Hércules. Ya estabas dispuesto a quitármelo.* ¿*Qué harías, si lo hubiese encontrado*?

—*No lograrás convencerme de que fue una broma. Vamos, entrégame el oro.*

—¿*Que te entregue el oro*?

—*Sí, entrégamelo, para que yo se lo devuelva a Euclión.*

—*Pero,* ¿*qué oro*?

—*El que dijiste hace un momento que tenías en el arca.*

—*Es mi costumbre, por Hércules, gastar bromas. Te lo aseguro.*

—¿*Y no sabes tú que...*?

—*Por Hércules, aunque me mates, no conseguirás nada de mí.*

Estaba acabando esta primera escena del V acto de la obra y el público seguía atento el desarrollo de la representación. Plauto, entre bastidores, viendo al público reír con ganas, se sentía a gusto. Escipión, rodeado por su familia, estaba disfrutando de nuevo, medio olvidada, al menos por unos instantes, la interpelación del acto anterior, cuando, de pronto, fue en ese instante cuando Tiberio Sempronio Graco, en pie en uno de los extremos de la sección del foro acotada para las representaciones de aquellas fiestas, miró a un lado y a otro. Su mirada se cruzó con la de Spurino. Éste asintió y Graco alzó entonces sus brazos al aire. En ese momento, decenas de voces empezaron a clamar contra Publio Cornelio Escipión, el cónsul de Roma.

—¡No tiene derecho a un lugar especial! —dijo Quinto Petilio.

—¡Por Hércules, que se baje de esa tarima! —añadió Spurino, y así decenas de voces que iban sumando insultos e improperios.

—¡Por Júpiter, es un escándalo!

—¡Por Pólux, que descienda de ese pedestal!

—¡Fuera, fuera, fuera!

Al principio, el resto del público no comprendía bien lo que pasaba. Muchos pensaron que se trataba del clásico ataque de una compañía de teatro rival que intentaba hundir el final de la representación de sus competidores, pero pronto, gracias a los claros gestos de los que gritaban, que no dejaban de señalar una y otra vez al cónsul de Roma, todos entendieron que a quien se estaba insultando no era otro sino que al mismísimo Publio Cornelio Escipión.

—¡Todos somos iguales! ¡Por Cástor y Pólux, que baje a la tierra!

—¡Hoy por encima de todos en el teatro, mañana por encima de todos en todo!

—¡Fuera, fuera, fuera!

Publio Cornelio Escipión sintió la mano de Emilia que le apretaba con fuerza. Estaba sorprendido y se sentía defraudado. Después del insulto de Plauto, ahora esto. Miró, aún sin levantarse, hacia el lugar del que provenía el griterío. Eran un centenar de hombres. Podría ordenar a los *triunviros* que intervinieran y que los desalojaran del recinto del teatro, pero los *triunviros* tenían por costumbre no inmiscuirse en las peripecias que pudieran tener lugar dentro del teatro. Si se abucheaba a los actores eso era un asunto a dirimir entre los propios actores y el público. Siempre había sido así y no solían intervenir. Tampoco podrían hacerlo los esclavos y matones contratados que tendría Plauto repartidos por el recinto, pues aquéllos eran hombres preparados para intervenir contra otros esclavos y mercenarios a sueldo de alguna compañía competidora, pero no eran quiénes para enfrentarse a un grupo de senadores y simpatizantes, en su mayoría patricios, que estaban abucheando al cónsul de Roma. No, aquélla no era su guerra.

Publio miró hacia la escena. Plauto había salido al escenario e intentaba que el resto de actores hiciera lo mismo para que continuara la representación, pero pronto se quedó solo. Estaba claro que los actores percibían que allí se estaba generando un enfrentamiento cuyas dimensiones desconocían y, con la natural prevención de quien ha recibido muchos golpes en la vida, se pusieron a buen recaudo tras la tramoya de la escena, a la espera de que la gente o bien apaciguase o bien decidiera abandonar el teatro. Plauto miró al cónsul y levantó las manos en señal de impotencia. Los gritos persistían y se tornaban en insultos.

—¡No eres rey!

—¡Por Hércules, no puedes estar por encima del resto!

—¡Fuera, fuera, fuera!

Publio sentía la mano de Emilia cada vez con más fuerza asida a su brazo. A su derecha, su hijo permanecía callado, pero estaba claro que estaba preocupado, y a su lado, Cornelia mayor tenía el semblante pálido. Miró hacia Emilia. Estaba tensa, pero firme, y junto a ella, la pequeña Cornelia miraba hacia los que gritaban, como si buscara a alguien, de modo que Publio no pudo interpretar bien si su rostro reflejaba miedo o rabia. Escipión sonrió. Como siempre la pequeña miraba al enemigo a la cara. Qué pena, pensó, que no fuera un hombre. Pero los gritos no cesaban y la representación no se reanudaba, de modo que Publio Cornelio Escipión se levantó despacio de su asiento, ese maldito asiento especial al que sentía que tenía pleno derecho, y se volvió hacia los que gritaban. Por un instante los senadores rebeldes y acusadores y sus simpatizantes cesaron de gritar, pero fue un espejismo, porque al segundo volvían a hacerlo, si cabe con más ganas y con más saña.

—¡No tienes derecho a estar por encima de los demás!

—¡No eres rey!

—¡Por Hércules, fuera, fuera, fuera!

Publio apretaba los dientes y miraba alrededor. El resto del público callaba. No se atrevían a unirse a los senadores que le insultaban y al resto de sus partidarios, pero tampoco reaccionaban contra ellos. Publio Cornelio Escipión, por primera vez desde la batalla de Zama, se sintió traicionado por Roma. La misma Roma a la que había salvado reiteradamente del mayor de sus enemigos le dejaba solo ante el ataque de sus opositores políticos. Entonces ocurrió algo inesperado, algo con lo que no contaba ni el propio Escipión ni Graco ni todos los agitadores que se habían congregado en el teatro para atacar al cónsul de Roma. Cornelia menor se levantó despacio de su asiento, zafándose de la mano de su madre que intentó, en vano, retenerla junto a ella, y se situó frente a su padre encarando a aquellos que seguían gritando. Publio Cornelio Escipión posó entonces su mano derecha sobre el pequeño hombro de la niña de nueve años y sintió en ella una fuerza y una firmeza tan poderosas que, en medio del abandono del pueblo de Roma, Escipión encontró en ella un nuevo *scipio*, el apoyo que necesitaba para resistir la acometida de los senadores que le lanzaban improperios sin fin.

Tiberio Sempronio Graco, que permanecía durante todo aquel tiempo de tremenda algarada y rencor con los brazos en alto en señal de que los insultos debían proseguir, observó como la pequeña hija del general al que estaban humillando se levantaba y se ponía justo delante de su padre. Graco tragó saliva y mantuvo los brazos en alto. Miró entonces a la pequeña y descubrió, como de forma intuitiva temía, que la niña le estaba mirando fijamente a los ojos. «No soy malo», le había dicho hacía años a aquella niña, y ahora la misma niña le miraba mientras dirigía un ataque contra su padre en público humillándole delante de toda Roma. Tiberio Sempronio Graco, lentamente, bajó los brazos y de igual modo que empezaron, de repente, todos los gritos cesaron. Spurino y Quinto Petilio, entre otros, se volvieron hacia Graco sorprendidos.

—Es suficiente —respondió Graco a Spurino, pues el veterano senador le miraba confundido—. Es suficiente —añadió—. Además, el resto del público permanece callado. La gente ha entendido nuestro mensaje, el cónsul también y la humillación trascenderá por toda Roma. Si seguimos... si seguimos corremos el riesgo de que la gente se ponga de parte del cónsul y entonces los que quedaremos mal, como perdedores, seremos nosotros.

Spurino y el resto seguían mirándole pensativos, pero al final aceptaron con un leve asentimiento el razonamiento de Graco.

Recuperada la paz, el escenario volvió a poblarse de actores que, aunque algo asustados, continuaron con el desarrollo de la obra, pero sólo una parte del público seguía con atención lo que acontecía sobre la escena. Pequeños murmullos comentaban lo que acababa de ocurrir por todos los rincones del recinto del teatro, mientras que sobre la tarima, el cónsul y su familia permanecían tristemente sentados en un enigmático silencio. Emilia volvió a tomar a su marido del brazo. Éste aceptó el gesto con gratitud, pero no dijo nada. Le habían humillado, le habían insultado delante de todos y pronto, en toda Roma, no se hablaría de otra cosa. Esto era cosa de Catón. Estaba seguro. No estaba allí pero allí estaban sus seguidores. La obra había dejado de tener interés para él. Tenía que hacer algo para contrarrestar la pérdida de prestigio que aquel inoportuno suceso traería consigo, pero no tenía claro bien qué hacer.

La pequeña Cornelia miraba al escenario como si no hubiera ocurrido nada, pero por sus mejillas corrían sendas lágrimas que brillaban a la luz del sol del atardecer. Tiberio Sempronio Graco vio aquellas lágrimas y le rasgaban por dentro sin saber bien por qué, pero tenía claro que lamentaba profundamente haberse dejado convencer por Catón.

—Para que impacte más en el pueblo esto tienes que hacerlo tú —le había dicho Catón—. Yo no voy al teatro por principio y, además, si lo dirijo yo nadie se sorprenderá tanto como si lo haces tú. Debes ser tú, Graco, el que impulse a Roma contra un Escipión que desea ser rey.

Pero Catón llevaba razón, se repetía una y otra vez el joven Graco con intensidad. Llevaba razón. No podían permitir que Escipión extendiera sus privilegios cada vez más. No podían. Cerró los ojos y se esforzó, en vano, por olvidar aquellas brillantes lágrimas.

Plauto consiguió acercarse al cónsul de Roma cuando éste salía entre el tumulto de gente.

—Yo no he tenido nada que ver con lo que ha ocurrido —dijo el escritor al cónsul.

Publio se detuvo un instante y se volvió hacia Plauto.

—Pero sí has escrito los insultos del cuarto acto.

—Yo no estoy a favor de la ley que has promulgado sobre los asientos de privilegio, pero no deseaba que se te insultara por todo el público. Eso no ha sido cosa mía.

—Nos has llamado ladrones, Plauto —le espetó con cierta furia Escipión.

—A veces hay que gritar con palabras fuertes para que se escuche a un humilde escritor.

—Hoy ya he escuchado suficientes gritos. Tito Macio Plauto, mantente alejado de mi casa —sentenció Escipión, y se alejó del lugar junto con su familia, indignado y rabioso.

—¡Por Cástor y Pólux! —se lamentó Plauto. Él no había querido esto. No tenía ni idea de lo que se tramaba por parte de Graco y los suyos. Ahora el cónsul pensaría que él estaba también aliado con sus enemigos—. ¡Por Hércules, menudo desastre! —Y se volvió de regreso hacia el escenario a recoger vestidos y pelucas y todo el decorado, fastidiado y sin saber cómo solucionar lo que acababa de ocurrir. Sentía que su relación con Publio Cornelio Escipión se había roto para siempre y aunque muchas veces estaba en desacuerdo con el cónsul, no podía sino lamentar profundamente ese distanciamiento con alguien que contrató en el pasado su primera obra.

Publio llegó a casa humillado y furioso. El abucheo de Graco y los suyos, la indiferencia del pueblo de Roma y la referencia de Plauto a los que estaban en primera fila durante la representación de la obra de Plauto le había trastornado. No podía entender que hubiera gente tan fácilmente manipulable. Se merecían que él hubiera sido el derrotado en Zama y que Aníbal se hubiera paseado sobre sus cadáveres por las calles destrozadas de Roma. La ira le mordía por dentro. Emilia intentaba tranquilizarle insistiendo en que se trataba tan sólo de una pequeña parte de los asistentes y que todo el suceso había sido meticulosamente planificado por Catón y ejecutado en el recinto por el mismísimo Graco.

—Han tenido que enviar a Graco —repetía una y otra vez Emilia—. Eso es que no tienen tan claro que la gente se ponga en tu contra con facilidad. Ha tenido que venir el propio Graco para imponer algo entre los suyos. No le des más importancia de la que tiene, aunque... —Pero Emilia dejó su última frase en suspenso.

—¿Aunque qué? —preguntó Publio contrariado—. Por todos los dioses, Emilia, si tienes alguna sugerencia hazla o no digas nada.

Nada más entrar en el atrio, Cornelia mayor se fue hacia su habitación y la pequeña Cornelia fue corriendo a la cocina. Ninguna de las dos quería presenciar una discusión entre sus padres. Publio hijo, por su parte, ante la intempestiva entrada de sus padres, se refugió en el *tablinium*. Publio padre y Emilia quedaron a solas en el atrio, en pie, mirándose.

—Aunque ¿qué? —repitió Publio. Emilia, al fin, se decidió a responder.

—Aunque quizá sería inteligente abolir la ley que has aprobado con respecto a que los cónsules y otros magistrados tengan derecho a un lugar preeminente en las representaciones de teatro. Sé que no significa nada, pero ya ves que en manos de tus enemigos eso se convierte en un arma arrojadiza. Eso es todo cuanto pensaba. Pero tú eres el que hace política. Yo me voy a descansar. Estoy agotada y no quiero discutir.

Emilia le dejó y desapareció por uno de los pasillos en dirección al dormitorio de ambos. Publio se quedó solo unos instantes, dio media vuelta y caminó hacia el *tablinium*. Corrió las cortinas para quedar a solas con sus pensamientos. Su hijo, al verle, le saludó con un gesto y salió de la cámara para respetar la soledad que buscaba el *pater familias*.

A Publio padre le dolían las palabras de Emilia, pero le dolían especialmente porque sabía que tenía razón. Había cometido una estupidez aprobando aquella ley que parecía algo insignificante, pero era cierto que Catón, Graco y el resto estaban dispuestos a morder al más mínimo descuido. No acudiría más al teatro durante aquellas fiestas y luego esperaría unas semanas, pero antes de que organizaran nuevas representaciones aboliría aquella ley. Era humillante, pero era la única forma de desarmar a sus enemigos, aunque puede que lo vivieran como una victoria y se envalentonaran aún más. Se llevó las yemas de los dedos de su mano derecha a la sien. Le dolía la cabeza. Suspiró mientras rogaba a los dioses que no enviaran de nuevo las fiebres de Hispania contra él. Cerró los ojos, los abrió de nuevo y fue entonces cuando vio la carta de papiro plegada sobre la mesa del *tablinium*. En el exterior figuraba su nombre. Alargó la mano intrigado. En ese momento apareció su hijo a través de la cortina.

—Es para ti, padre.

—Ya veo que es para mí, eso está claro —respondió con cierto despecho Publio—. Si hay una carta para mí se me debería decir nada más entrar. —Y nada más pronunciar esas palabras, Publio padre las lamentó. Estaba pagando, una vez más, con su hijo el rencor que llevaba dentro para con toda Roma. No era justo, pero el muchacho agachó la cara, asintió y se fue sin decir nada más, sin dar posibilidad a retractarse. Si hubiera estado más rápido de reflejos se habría levantado en ese mismo momento y habría ido a hablar con su hijo, pero la fatiga por la tensión acumulada durante el triste episodio del teatro, unida a la curiosidad por saber de dónde venía aquella carta le retuvieron en el *solium* sobre el que estaba sentado.

Tomó la carta en sus manos, quebró el fino cordel que había resistido indemne meses de largo viaje y la abrió. Estaba en griego.

Para Publio Cornelio Escipión, general de Roma

No creo que nunca llegue esta carta a su destino y aún creo menos en que si llega y es leída reciba respuesta alguna en forma de palabra o de acción, pues el remitente es demasiado humilde como para merecer la atención de alguien tan fuerte y poderoso, pero el general Escipión mostró en el pasado hacia mí generosidad y comprensión más allá de lo que nadie pudiera haber imaginado, así que, alimentada mi mano por esa esperanza, se aventura a escribir este mensaje.

Egipto ha caído bajo el yugo del rey Antíoco de Siria que todo lo puede y todo lo gobierna en el Oriente del mundo. Gran parte de mi familia ha perecido en la guerra que el faraón libró de forma impotente contra este cruel rey y, lo peor de todo, es que preveo nuevas guerras donde los pocos seres queridos que me quedan en este mundo serán nuevamente consumidos bajo los ejércitos de este rey. Sé que mis asuntos son de poca importancia para alguien que tiene preocupaciones mucho más importantes, y no reclamo nada porque nada puedo reclamar, pero anoche me di cuenta de que en el pasado sostuve un cuchillo cerca de la garganta del general Escipión y no lo clavé. El general interpretó que no pude porque mi nombre me ataba a mi destino, y es posible, pero ahora pienso que quizá no lo clavé porque en el fondo de mi ser presentía que más allá de lo que ocurría en Roma e Hispania en aquel tiempo, en un futuro el general Escipión podría ayudar a todo mi pueblo en una lucha que tenemos perdida. Quizá me equivoque. Mi mente está confusa, así que sólo describo los hechos que aquí acontecen y dejo que la mente más incisiva y clarividente del gran general de Roma decida lo que debe hacerse: en las mesas de la corte del faraón los embajadores sirios se ríen y se jactan de que tras Egipto caerán Asia Menor, Macedonia, Grecia y luego el mundo entero. Sé que son vanidosos y hablan enardecidos por el vino, pero sus miradas exhiben una ambición desmedida que al final hará daño a todos. Ésos son los hechos. El general de Roma sabrá si esta carta tiene algún sentido o si su único destino debe ser el fuego. Me despido y, una vez más, agradezco la generosidad y la comprensión del pasado por parte del gran Escipión. Una humilde sierva,

NETIKERTY

Publio Cornelio Escipión dobló de nuevo, despacio, el papiro y lo dejó en un lado de la mesa. Por casualidad su hijo había estado curioseando mapas y había un gran plano de todo el Mediterráneo abierto y extendido en el centro de la mesa. Publio no tenía nada decidido, pero arrugaba la frente pensativo. Había muchas fronteras de las que ocuparse, muchos pueblos que acechaban Roma; estaba el asunto pendiente de Cartago y Numidia, las rebeliones en Hispania que ni el propio Catón había conseguido someter por completo, no importaba que el Senado le hubiera concedido un *triunfo*, eso no significaba que el asunto de Hispania estuviera resuelto ni mucho menos, pero, moviendo su cabeza casi de un modo inconsciente, Publio Cornelio Escipión paseó sus ojos sobre el mapa abierto, con lentitud, de occidente hacia oriente, desde Hispania, pasando por Cartago, hasta llegar a Egipto y, sin saber aún bien por qué, detenerse sobre Siria. Habían llegado más mensajeros desde Pérgamo y Rodas pidiendo ayuda, pero también se habían recibido emisarios de Cartago. Los púnicos pedían ayuda porque el rey númida Masinisa no dejaba de atacar granjas y poblados que, según ellos, estaban en territorio cartaginés. Publio acababa de aceptar formar parte de una embajada a África para intervenir en aquel conflicto y mediar entre unos y otros. Asia tendría que esperar.

42

Memorias de Publio Cornelio Escipión, *Africanus* (Libro III)

Una vez terminado mi mandato consular, los años siguientes los dediqué a viajar. La relación con Emilia se había enfriado. No era la de antaño. Ahora, con la calma y la lucidez que da ver los acontecimientos pasados en retrospectiva, me doy cuenta de muchas cosas que antes pasaron desapercibidas o que fueron malinterpretadas en mi ánimo. Emilia tenía razón: los ataques hacia mi persona me habían agriado el carácter y lo pagaba con la familia, exigiendo demasiado a mi hijo y enfrentándome con la indómita Cornelia menor. Tampoco me di cuenta de que la obra que Plauto estrenó el año de mi consulado me hablaba en más de un sentido. Sólo me sentí aludido por la referencia directa del cuarto acto, pero no me daba cuenta de que toda la obra era una metáfora de mi propia vida. Yo era, en cierta forma, el viejo Euclión que había encontrado un tesoro. Mi tesoro era la batalla de Zama, de la que yo pensaba que sólo podían venir cosas buenas para todos, pero cegado como estaba por cuidar que mi tesoro fuera apreciado por todos en la medida que yo consideraba justa, no me daba cuenta de todo lo que ocurría a mi alrededor. Plauto me hablaba en acertijos demasiado complejos para mi embotada razón de aquellos años.

Mi primer viaje fue a África. Roma no parecía quererme tanto como yo pensaba que debía, pero aceptaba mis servicios como embajador a diferentes partes del mundo. Cartago seguía presentando quejas sobre Masinisa. El rey de Numidia, a quien yo puse en el trono, se aprovechaba de la debilidad de Cartago para ampliar sus dominios a costa de los cartagineses que estaban, por los acuerdos de guerra tras Zama, incapacitados para defenderse sin consultar antes a Roma. Y Roma, como toda respuesta, me enviaba a mí de embajador. No se arregló nada. Era una simple pantomima del Senado para acallar las quejas púnicas. En el foro de Roma poco importaban los padecimientos de Cartago. El caso es que mi enorme distanciamiento con Masinisa, al haberle obligado a entregarme a Sofonisba, algo que seguía sin perdonarme, hizo imposible que le convenciera para abandonar sus ataques a territorios de Cartago de forma permanente. Al poco de dejar África, Numidia reinició sus incursiones contra diversas poblaciones púnicas, pero, en cualquier caso, lo que más me llamó la atención de aquella vista a Cartago es que, pese a la guerra con Numidia, la capital cartaginesa estaba espléndida, radiante, llena de mercaderes y riquezas que fluían como un torrente por todas sus calles y, en especial, en su magnífico puerto. Y mucho de aquel esplendor, si no todo, se debía a la administración que había ejecutado Aníbal en los años anteriores, administración brillante que como recompensa había recibido el destierro. Aquel resurgir de Cartago me hizo pensar por primera vez que, en efecto, la alianza de Aníbal con el rey de Siria podía ser algo temible para Roma. Hacía meses que había recibido la carta de Netikerty desde Egipto. No le concedí demasiada importancia en su momento, pero tras visitar la renaciente Cartago, mis pensamientos empezaron a girar hacia Asia. Por eso, nada más volver de África, acepté una segunda embajada: acudiría como representante de Roma, junto con otros senadores, a una entrevista pactada con el rey Antíoco III de Siria en la ciudad de Éfeso. Hablé con Lelio de todo esto, incluida la carta de su antigua esclava, y él convino conmigo en que era necesario viajar a Asia y evaluar por nosotros mismos el estado de las cosas. Pérgamo no hacía más que pedir ayuda cada mes con más intensidad. El Senado, al fin, decidió enviarme. El mundo se ampliaba. Los asuntos de Oriente, que siempre veíamos como lejanos, distantes, ajenos a nosotros, de pronto, eran el centro de nuestra política exterior.

El viaje fue largo, pero sin complicaciones. Llegamos primero a Pérgamo, donde el rey Eumenes nos describió una semblanza terrible del rey sirio y de su aliado, Aníbal Barca. Toda Asia Menor estaba siendo atacada por el ejército seléucida y sólo resistía, y muy a duras penas, la propia Pérgamo y la isla de Rodas. El resto había sucumbido ante los catafractos *de Antíoco.*

43

Una tarde en Éfeso

Éfeso, Asia Menor, 192 a.C.

La embajada romana llegó a Éfeso desde Pérgamo con todos sus integrantes cubiertos por el polvo de los caminos de Asia Menor. En Éfeso debía de estar esperándoles el rey Antíoco para negociar sobre la situación de Pérgamo, Rodas y otros reinos que habían recurrido a Roma en busca de ayuda ante las irrefrenables ansias de expansión del rey de Siria. Sulpicio Galba, por orden del Senado, encabezaba la embajada, pese a su menor experiencia con respecto a Escipión, pero Catón maniobró con habilidad en el Senado, una vez más, para evitar que Publio consiguiera el mando de aquella misión. Para ello, Catón supo explotar el resentimiento de los senadores más conservadores hacia Escipión, al presentarlo como excelente militar pero mal negociador, por no destruir Cartago tras su victoria de Zama, como muchos romanos hubieran deseado, por pura venganza hacia Aníbal y hacia todo lo que fuera cartaginés, y también por la incapacidad de Escipión, así lo definió Catón, para poner coto a los ataques indiscriminados del rey númida Masinisa contra territorios que no le pertenecían. Catón sabía que no podía criticar la estrategia militar de Escipión, que tantas victorias había dado al Estado, pero sabía también explotar los anhelos por destruir Cartago que muchos senadores y ciudadanos de Roma tenían y que el propio Escipión no había satisfecho pese a sus victorias, de la misma forma que sabía engrandecer la supuesta debilidad de Escipión como negociador.

Así, Sulpicio Galba se encontró al mando de una misión que le venía grande, en tierra extranjera donde ser senador de Roma no era gran cosa, algo que Galba no podía entender.

—Somos la embajada de Roma —dijo en un mal pronunciado griego un, pese a todo, decidido Sulpicio Galba a los guardias de la puerta norte del recinto amurallado de Éfeso—. Venimos desde Pérgamo para entrevistarnos con el rey Antíoco.

Los guardias asintieron con cara desconfiada y, con una parsimonia que enervó a Sulpicio Galba, dieron media vuelta y llamaron a un oficial superior. Apareció entonces un guerrero sirio, con barba, un veterano que con restos de pollo entre los dientes respondió a Galba.

—El rey no está en Éfeso. Tendréis que esperar.

Sulpicio miró al resto de los miembros de la embajada. Publio Vilio Tápulo y Publio Aelio Peto no supieron qué decir. Cayo Lelio, a quien Escipión había conseguido incorporar a la embajada, miró al propio Publio y, por fin, el mismo Sulpicio Galba miró al experimentado general de Roma. Tras ellos estaban los doscientos jinetes de caballería que les escoltaban. Publio Cornelio Escipión, por su parte, miró hacia lo alto de las murallas. Decenas de arqueros se estaban apostando por todo el entorno de la puerta norte. Eran desconfiados los habitantes de Éfeso. Había que manejarse con tiento. Ante el silencio y la inactividad de Sulpicio Galba, Publio desmontó de su caballo dejando las riendas del mismo a Lelio. Escipión dio varios pasos hasta quedar frente al oficial sirio que les negaba el acceso a la ciudad.

—Hemos cabalgado varios días para llegar aquí —empezó Escipión—. Somos embajadores del Senado de Roma y tu rey nos ha citado en esta ciudad. ¿Crees que al rey le gustará saber que nos has mantenido fuera de sus murallas y que nos has negado la hospitalidad debida a un grupo de embajadores? ¿Crees que eso satisfará a tu rey, oficial? —El griego de Publio era mucho más fluido y elegante que el de Sulpicio y generó más respeto no sólo entre el oficial sirio, sino también entre los guerreros griegos que se encontraban inmersos entre las tropas de defensa de Éfeso. El oficial miró hacia atrás y Publio observó como varios griegos que parecían también ser oficiales se miraban entre sí y dudaban sobre cómo actuar. Ya había conseguido algo, pero si quería descansar bajo techo aquella noche, necesitaría algo más. Publio inspiró y exhaló aire con profundidad antes de añadir una frase más.

—Mi nombre es Publio Cornelio Escipión y solicito acceso a la ciudad.

El oficial sirio, de pronto, dejó de masticar y tragó el último bocado de comida que se había traído consigo en la boca. Se pasó el dorso de su mano derecha por la barbilla intentando limpiarse las babas que salpicaban su piel. Todo el mundo en Éfeso y en toda Asia Menor sabía que un general romano había derrotado al mítico general cartaginés llamado Aníbal y todos los militares de aquellas ciudades sabían que su nombre era Escipión, pero nadie de entre todos aquellos guardias y oficiales lo había visto cara a cara. El oficial sirio se puso firme y, manteniendo su dignidad más allá de las manchas de salsa de pollo que salpicaban su uniforme, decidió conceder algo a aquel extraño romano que tan orgulloso se mostraba ante todos.

—Tú y el resto de embajadores podéis pasar y descansar en la ciudad, pero la caballería tendrá que permanecer fuera —respondió el oficial sirio.

—Eso es inadmisible —apostilló un irritado Sulpicio Galba desde lo alto de su caballo, un animal que relinchó como si quisiera subrayar la indignación de su amo.

Escipión se volvió hacia Sulpicio y le lanzó una mirada gélida. Éste calló. Publio se volvió de nuevo para encarar al oficial sirio.

—Cincuenta jinetes nos acompañarán al interior de la ciudad, como nuestra guardia personal, el resto permanecerá fuera.

—Veinticinco —replicó el oficial sirio, pero Escipión ya no estaba allí para escucharle, sino que se había acercado a Lelio, a quien le transmitió las órdenes para que seleccionaran a los mejores hombres, esto es, a los hombres de Lelio, Escipión y Aelio, amigo de los Escipiones. Galba y Vilio Tápulo parecían bloqueados y ni confirmaban ni se interponían en las decisiones de Publio.

Una vez que Lelio hubo seleccionado el medio centenar de jinetes, Escipión volvió a montar sobre su caballo. Fue entonces cuando le interpeló Galba en latín, en voz baja y tomándole por el brazo, ambos montados sobre sus respectivos caballos.

—Nosotros no vamos a entrar. Debemos esperar fuera todos.

Publio le miró de arriba abajo antes de responder.

—Haced lo que queráis, tú y Tápulo, pero Lelio y Aelio y nuestros hombres se vienen conmigo. Por todos los dioses, no tengo autoridad para ordenarte nada ni a ti ni a los otros, pero yo estoy cansado de cabalgar, estoy cubierto de polvo y pienso dormir a cubierto y darme un buen baño antes del anochecer y, además —y miró al cielo—, va a llover. —Y con esas palabras Publio se despidió del resto de los senadores y, acompañado por Lelio, Aelio y cincuenta jinetes, se dirigió hacia la puerta norte de la ciudad. Allí Escipión se encontró de nuevo con el oficial sirio que se interponía en su camino. Publio suspiró. Estaba claro que aquella tarde iba a ser difícil darse un baño.

—Veinticinco jinetes —insistió el oficial sirio.

Publio se acercó despacio montado sobre los lomos de su caballo hasta quedar a la altura del oficial seléucida. Se agachó y casi al oído le musitó una sola palabra.

—Cincuenta. —Y azuzó su montura y tras él Lelio, Aelio y el resto del medio centenar de caballeros de Roma iniciaron un decidido trote hacia la puerta norte de Éfeso. El oficial sirio se hizo a un lado maldiciéndolos a todos pero sin dar orden alguna de ataque a los arqueros de las murallas o de que se cerraran las puertas. Si al final el rey quería hablar con aquellos hombres y él los había matado no tardaría mucho él mismo en correr la misma suerte.

Los efesios se agolparon a ambos lados de la amplia avenida que ascendía desde la puerta norte de la ciudad hacia el corazón del foro. La llegada de los embajadores romanos había despertado curiosidad e interés. Además, la próxima llegada del rey Antíoco había llenado las posadas de la ciudad de visitantes de toda la región y de comerciantes ávidos por exponer sus mercancías en cualquier lugar y hacer en pocos días el negocio que normalmente les llevaba varios meses. Éfeso bullía y Publio y Lelio se percataron de inmediato de la enorme expectación que su visita había levantado en toda la ciudad.

—No tendremos problemas —dijo en voz baja Publio a Lelio mientras cabalgaban al paso seguidos por su medio centenar de jinetes—. Esta gente está expectante, pero no hay odio en sus miradas. Sólo quieren saber si Roma llegará a un pacto con Antíoco. Míralos bien: son comerciantes. En la paz fluyen mejor las mercancías que en la guerra. Quieren que se llegue a un pacto.

Lelio asintió impresionado por el gentío que se aglomeraba a su alrededor. Las palabras de Publio, que tan bien sabía evaluar las situaciones en lugares extraños y extranjeros, le tranquilizaron algo, pero no del todo. Publio insistió.

—Cuando nos demos un buen baño y nos relajemos verás las cosas con más sosiego, Lelio.

—Sí, un baño nos vendrá bien.

—Éfeso es famosa por muchas cosas, Lelio, por su enorme teatro, por sus templos, por ser la ciudad donde nació Heráclito, el gran filósofo... —Publio observó que Lelio parecía no escucharle y que seguía mirando nervioso a un lado y a otro, así que omitió citar la famosa frase del gran pensador efesio «Ποταμοῖς τοῖς αὐτοῖς ἐμβαίνομεν τε καὶ οὐκ ἐμβαίνομεν, εἶμεν τε καὶ οὐκ εἶμεν τε» [en los mismos ríos entramos y no entramos, pues somos y no somos los mismos], pero Lelio no estaba interesado en todo eso—. Y también es famosa Éfeso por sus baños, especialmente por los que se levantan junto a su puerto. Hacia allí nos dirigiremos, Lelio —concluyó Publio levantando algo la voz para recuperar la atención de su fiel tribuno—. Estaría bien tener en Roma algún día baños como los que vamos a ver.

—Sí, en los baños estaremos mejor —aceptó Lelio, pero porque pensaba que en un lugar cerrado, con varias decenas de jinetes leales apostados en la puerta, tanto él como, sobre todo, lo que más le preocupaba siempre, el propio Publio, estarían más seguros.

Casi sin darse cuenta, absortos por la conversación y por la visión de toda aquella multitud que buscaba ver con sus propios ojos al general romano que había derrotado a Aníbal, llegaron al teatro de Éfeso. Allí, inmenso, levantado en tres gigantescos pisos, con capacidad para más de veinte mil espectadores, se erigía el monumental teatro de Éfeso. Lelio se quedó admirado y Publio, como siempre que visitaba teatros griegos, como le ocurrió con Siracusa, lo apreciaba en todo su esplendor con asombro salpicado de una pizca de envidia. Lo de los baños ya no importaba tanto en su mente. ¿Cuándo levantaría Roma un teatro semejante? ¿Cuándo dejarían de representar las obras de Plauto o Livio, Nevio o tantos otros en aquellos improvisados entramados de madera que construían año tras año en el foro del centro de Roma? Con teatros así, donde la acústica es perfecta, ya no sería tan esencial estar sentado en las primeras filas para entender a los actores. Ni siquiera haría falta una ley como la que le dio tantos problemas en su segundo consulado, pero en el foro de Roma la voz se perdía. Era una lástima.

Publio hizo girar su montura hacia el oeste. Había estudiado los planos de Éfeso durante el trayecto desde Pérgamo y Lelio siempre respetaba su agudo sentido de la orientación.

—El puerto debe de estar en esa dirección —dijo Publio, y tras pronunciar aquellas palabras, se dibujó ante ellos la bahía de Éfeso con su rico puerto comercial y varios edificios construidos junto a los muelles—. Queda por adivinar cuál de todos estos edificios son los baños públicos.

Lelio señaló entonces una gran edificación separada del resto, de grandes dimensiones, custodiada por varias decenas de guerreros, soldados que, a medida que se acercaban, tanto Publio como Lelio comprendieron que por sus uniformes no eran ni sirios ni griegos. Llevaban una mezcla de armas iberas y africanas, junto con cotas de malla de diversa procedencia, algunas romanas, otras de origen desconocido para los soldados de la embajada de Roma; varios lucían corazas de bronce repujado y otros portaban escudos ligeros propios de Libia. Eran cartagineses.

—¿Cartagineses en Éfeso? —preguntó Lelio algo incrédulo—. Sólo puede ser... —Pero se detuvo sin pronunciar el nombre.

—Sólo puede ser Aníbal —apostilló Publio con determinación—. El nuevo consejero del rey Antíoco.

—Su presencia aquí no es un buen augurio para las conversaciones con Antíoco —añadió Lelio.

Publio respondió sin negar ni conceder.

—Primero debemos confirmar que se trata en efecto de Aníbal.

Se acercaron cabalgando al paso, cautelosos. Los soldados cartagineses, en principio, parecían pocos, una docena, pero de pronto salieron dos decenas más del interior de los baños y una veintena más de detrás del edificio. Las fuerzas estaban igualadas, pero un enfrentamiento era lo último que deseaba Publio. Aquello sería funesto para los fines negociadores de la embajada, incluso si se trataba de reavivar una vieja contienda con los cartagineses, algo que entendería el Senado. Estaba además el hecho de que los soldados seléucidas que controlaban las murallas de la ciudad ya no les dejarían salir con vida si se enfrentaban con los cartagineses.

Al llegar a la puerta principal de los baños, encarando varias decenas de soldados cartagineses, Publio observó la llegada de un oficial púnico veterano, con barba, adusto, serio, fornido y con mirada penetrante que salía del edificio y que el general romano no tardó en identificar.

—Es Maharbal —musitó Publio al oído de Lelio.

—El segundo de Aníbal —confirmó Lelio—. Ahora estamos seguros de que está aquí.

Publio asintió mientras desmontaban de sus caballos. El resto de jinetes, no obstante, al no recibir la orden expresa de su general, permanecieron sobre sus monturas. A caballo tenían ventaja para moverse en caso de combate. Maharbal pasó entre sus hombres y se situó frente a Escipión e inició la conversación, como era habitual, en griego.

—Te saludo, Publio Cornelio Escipión, embajador de Roma en Asia.

—Te saludo, Maharbal, jefe de la caballería cartaginesa.

Los dos guardaron unos segundos de silencio. Publio retomó la conversación.

—Sólo buscamos un lugar donde bañarnos y pasar la noche. El

viaje desde Pérgamo ha sido largo y llevamos el polvo del camino pegado a nuestra piel.

—Los baños permanecen cerrados mientras Aníbal esté dentro —respondió Maharbal, celoso de proteger a su general en jefe de la misma forma en que Lelio lo hacía con Publio, pero, ante la mirada fija y tenaz de Escipión, que permanecía inmóvil, como si la presencia de Aníbal en el interior no fuera motivo suficiente para retenerle fuera de los baños, el oficial púnico añadió al fin unas palabras más a modo de excusa—. Es una cuestión de seguridad. No nos fiamos de nadie en estos tiempos.

—Lo entiendo —respondió en tono cordial Publio—. Sin embargo, estoy cansado, necesito un baño y ya he discutido con el oficial sirio al mando de las murallas, ¿podrías, al menos, preguntarle a Aníbal si tiene inconveniente él en compartir el agua de estos baños con un general de Roma?

Maharbal inspiró un par de veces. Miró hacia el interior y de nuevo a Publio. El oficial comprendió que el general no se marcharía hasta que al menos recibiese respuesta del propio Aníbal.

—Espera aquí —dijo al fin Maharbal y, cruzando de nuevo entre sus guerreros, desapareció tras la gran puerta de los baños del puerto de Éfeso.

Mientras aguardaban, Publio se separó de los guardias cartagineses y Lelio le acompañó. Una vez distanciados de los soldados púnicos, Publio, de nuevo en latín, reiteró a Lelio una de las dudas que le había comentado ya en más de una ocasión durante el viaje desde Pérgamo.

—Esta reunión con Antíoco debería haber sido en Apamea, el Senado debería haber insistido en que fuera allí. Es en esa ciudad donde Antíoco reúne el grueso de sus tropas. Podríamos haber evaluado mejor las fuerzas reales con las que cuenta, el tipo de tropas y equipamiento del que dispone y podríamos haber visto las gigantescas cuadras de elefantes de las que todos hablan e, incluso, algunos de los míticos *catafractos*. Aquí, en Éfeso, veo pocos soldados. No sacaremos mucho de esta embajada en esta ciudad, más allá de reencontrarnos con el eterno enemigo de Roma.

—Quizá hablando con Aníbal... —empezó a sugerir Lelio, pero calló al ver que Publio sacudía la cabeza.

—Incluso si conseguimos hablar con Aníbal... Aníbal es demasiado inteligente para que le sonsaquemos nada que merezca la pena. Hablar con él puede ser interesante, pero no para conseguir el objetivo de saber hasta qué punto está el rey Antíoco dispuesto a combatir contra Roma...

Pero Publio detuvo sus comentarios. Maharbal había reaparecido en la puerta. Desde lo alto de las escaleras que daban acceso al edificio, el veterano oficial cartaginés se dirigió a ellos.

—Podéis pasar: tú, Cayo Lelio, y media docena de tus hombres. —Y Maharbal se hizo a un lado como invitándoles a subir las escaleras y entrar en los baños. Publio asintió. Miró a Lelio y éste, cabeceando afirmativamente, se volvió hacia los jinetes romanos. Señaló a seis y éstos desmontaron y, armados con sus *gladios* enfundados en la cintura, se dispusieron a seguir al embajador romano y al experimentado oficial Lelio. Nadie había hablado de desarmarse, así que ninguno dejó sus espadas de lado al entrar en el recinto de los baños, pero Publio observó que tras ellos entraba una docena de los hombres de Aníbal. Por un segundo dudó en seguir adelante, pero al apretar los puños cerrados de sus manos, sintió el anillo que llevaba y le hizo recordar el anillo consular de su suegro fallecido en Cannae: el anillo de Emilio Paulo, un anillo que Aníbal llevara en su mano tras recogerlo el general cartaginés del cadáver del cónsul caído en combate, un anillo que tras Zama, el propio Maharbal entregó a Publio, tal y como Aníbal había dicho antes de la batalla: «si quieres recuperar el anillo que dices que te pertenece sólo tienes que derrotar a mi ejército»; eso ocurrió y Aníbal cumplió su promesa y él, Publio, a su vez, lo devolvió a la familia de su esposa. No tenía sentido que un hombre con ese grado de honor, con esa estima personal en cumplir lo pactado, preparase una encerrona mortal a unos embajadores. Una emboscada a un cónsul en una acción de guerra, eso sí, eso sí lo practicó Aníbal, como la que hizo a los cónsules Marcelo y Crispino en Venusia, pero no una traición a una embajada. Ése no era su estilo. Publio ahogó sus dudas en el océano de su mente y avanzó con decisión hacia el interior del edificio. De tan concentrado como caminaba, apenas se percató de que los baños no estaban tan vacíos como uno hubiera imaginado al haberse topado con la guardia de Aníbal rodeando el recinto. En los vestuarios se cruzaron con varios hombres que se vestían tras haber disfrutado de una tarde en las termas de la ciudad. Eran prohombres de Éfeso, grandes comerciantes, propietarios de grandes fortunas con los que Aníbal no quería enemistarse. Publio comprendió, una vez que su atención volvió a dedicarse a la observación de su entorno, que la guardia de Aníbal estaba filtrando los hombres que entraban a los baños, pero que no había cerrado el acceso a los mismos por completo. Por eso la ciudad respiraba un ambiente tranquilo. Ni los hombres de Aníbal ni las tropas seléucidas se imponían sobre las autoridades civiles de la ciudad. Se limitaban a esperar la llegada del rey de todos ellos, de los efesios, de los mercenarios africanos y de las tropas sirias.

Tras pasar por los vestuarios, en donde Publio no se detuvo pues aún no tenía decidido si al final se bañaría o no en medio de tropas enemigas, superiores en número en el corazón de una ciudad extranjera a miles de millas de Roma, siguieron andando y encontraron una serie de habitaciones de tamaño medio con pequeñas piscinas de agua en donde se veía a algunos hombres desnudos, entrando y saliendo del líquido transparente o relajándose en medio del agua. Luego vino un pasillo no muy ancho, donde la luz del exterior apenas llegaba, por lo que los efesios habían instalado un par de lámparas de aceite que ardían casi permanentemente. Entre las sombras, Publio sintió como Lelio y el resto de caballeros romanos se apelotonaban entre sí, buscando en el grupo cerrado una seguridad en la que tranquilizarse. A sus espaldas se oía el estruendo de las sandalias de Maharbal y los guerreros de Aníbal caminando sobre el suelo de piedra de aquel pasillo central del edificio hasta que su sonido acompasado retumbaba en los recovecos de las esquinas oscuras.

De pronto se hizo la luz. Al final de aquel pasadizo se abrió ante los perplejos ojos de los romanos una inmensa estancia mayor que todas las anteriores, con techos altos y ventanas grandes por donde los rayos del sol de la tarde se arrastraban iluminando una amplia piscina central y a todos los que allí se encontraban: una docena de hombres divididos en dos grupos, desnudos todos, en las esquinas de la piscina más próxima al punto por donde entraban los romanos. Había otros hombres, con toallas sobre la piel, fuera ya del agua, pero también en el lado próximo a la entrada del pasadizo, y, al fondo de la piscina, un solo hombre, completamente hundido en el agua excepto por sus brazos que extendía como alas desplegadas, sobre la piedra del borde de la piscina, y su cabeza erguida, con piel tostada por el sol de África, con un rostro relajado pero serio, con la barba larga y un parche sobre el ojo izquierdo ocultando la pérdida de vista del mismo; y, tras este hombre, una docena de soldados cartagineses, en pie, firmes, vigilantes, armados con espadas enfundadas, pero prestas a ser usadas sin dilación si era preciso, y lanzas en sus manos derechas. Publio reconoció a Aníbal al instante. De hecho, el general romano era el único romano que había sobrevivido a dos encuentros con el enemigo más temible de Roma: primero la conversación que mantuvieron antes de la batalla de Zama y luego el combate a muerte que sostuvieron en medio de aquella brutal batalla campal. Ahora, una vez más, se volvían a encontrar. La primera vez hablaron como generales antes de una batalla, la segunda lucharon buscando atravesar con sus espadas al contrario. ¿Cómo transcurriría este nuevo encuentro?

Los romanos entraron en la gran sala central de los baños del puerto de Éfeso seguidos de cerca por los soldados cartagineses dirigidos por Maharbal. Publio caminó despacio hasta situarse a pocos pasos de Aníbal. Un murmullo creciente emergía de cada esquina. Los ciudadanos poderosos de Éfeso, que se encontraban en aquellos momentos en los grandes baños, aparecieron por todos los pasadizos que daban acceso a la gran sala central. Todos compartían la misma curiosidad por ver con sus propios ojos, cara a cara, a los dos mayores generales de aquel tiempo, para algunos, los mejores generales de toda la historia, para otros grandes generales, sí, pero siempre después del gran Alejandro.

Publio, detenido frente a Aníbal, era consciente de la expectación creada alrededor de ambos, pero desde hacía tiempo estaba acostumbrado a generar expectación en su entorno. Lo que era nuevo, era el hecho de compartir aquel acontecimiento con otro personaje a su mismo nivel. Aníbal Barca fue el primero en hablar. La lengua elegida, como era habitual, fue el griego.

—Te saludo, Publio Cornelio Escipión. Nos volvemos a encontrar, y por tu aspecto te veo en la imperiosa necesidad de disfrutar de un buen baño.

—Te saludo, Aníbal Barca. El mundo parece no ser tan grande cuando se trata de que tú y yo nos encontremos —comenzó a responder el general romano haciendo alusión a sus diferentes encuentros militares en Tesino, Trebia, Cannae, Locri o Zama—. Y sí, en efecto, llevamos a nuestras espaldas gran parte del polvo que separa Pérgamo de Éfeso. Un baño nos vendría bien.

Aníbal sonrió satisfecho por el tono de la respuesta. Respetuoso, pero relajado.

—Aquí hay suficiente agua para todos —añadió el general cartaginés—, siempre y cuando a un embajador romano no le importe compartirla con el temido y salvaje Aníbal Barca —apostilló levantando su mano derecha con la palma hacia arriba a modo de invitación a entrar en la piscina.

Publio miró a su alrededor. Un centenar de ciudadanos de Éfeso, unos treinta guerreros cartagineses, su media docena de caballeros romanos, Maharbal y Lelio y varias decenas de esclavos de los ciudadanos efesios, se arremolinaban alrededor de la piscina central de los grandes baños. Todos asistían absortos al encuentro de aquellos dos estrategas, de aquellos dos generales, de aquellas dos leyendas. Al fin, el embajador romano se retiró su pesada capa que lucía a modo de *paludamentum*, pero gris, nunca púrpura, que estaba sólo reservado para los magistrados o promagistrados consulares en ejercicio y, con la ayuda de dos de los caballeros romanos que respondieron rápidos a una mirada de Lelio, se empezó a retirar la coraza del pecho, las grebas de las piernas, la espada de la cintura y el resto de complementos de su atuendo hasta quedar completamente desnudo a los ojos de todos, mientras respondía al general cartaginés que le miraba intrigado por aquella inesperada visita.

—Es muy posible que no encuentres muchos romanos dispuestos a compartir el baño con un cartaginés y mucho menos con Aníbal, pero creo que yo soy una excepción. —Y continuaba mientras se desprendía de la ropa interior—. Yo no tengo inconveniente en sumergirme en la misma agua en la que Aníbal Barca se baña, siempre y cuando se me asegure mi vida y la de mis hombres, que no tienen culpa de mis ansias por deshacerme de todo este polvo.

—Vuestras vidas están aseguradas, por Baal y todos mis dioses —confirmó Aníbal.

Publio asintió y, desnudo, se sentó en el borde de la piscina, próximo a la esquina, quedando ambos generales reposando sus cuerpos uno mirando hacia el oriente, Aníbal, y el otro encarando el norte, Publio, sentados cada uno en un lado de un ángulo de noventa grados. El romano comprobó que el agua estaba tibia, ni fría ni muy caliente. Al sentarse, sin nada que le cubriera, quedó a la vista de todos una larga cicatriz que recorría su muslo izquierdo, un recuerdo que Aníbal le dejara al rasgarle la piel con su espada púnica en medio de la batalla de Zama. El general cartaginés la contempló con aprecio pero sin decir nada. Publio se sumergió de golpe en la piscina, por completo, hundiendo un segundo todo su cuerpo incluida la cabeza, para, al instante, emerger, sacudirse el agua del pelo con las manos y reposar su espalda en la pared de la piscina de modo similar al de su interlocutor.

—Ya que te veo complaciente —dijo Publio retomando la conversación brevemente interrumpida por su chapuzón—, ¿sería posible que se dispusiera un lugar donde mis hombres pudieran pasar la noche y recibir algo de comida? He discutido con el oficial sirio al mando de la plaza y no creo que sea fácil negociar con él estas cosas.

Aníbal sonrió.

—No ha sido un medida inteligente discutir con el oficial sirio al mando de Éfeso.

—El orgullo, en ocasiones, me hace cometer pequeños errores —admitió Publio con una sinceridad sorprendente para el púnico. Aníbal, sin borrar su sonrisa, asintió mientras volvía a hablar.

—Yo me ocuparé de que tengáis un buen lugar donde descansar y de que se os traiga comida.

Publio cabeceó afirmativamente un par de veces a modo de reconocimiento. Entre sus pensamientos buscó algo con lo que poder corresponder con un halago a la hospitalidad del general cartaginés.

—Estuve en Cartago, no hace mucho, el año pasado y me sorprendió ver cómo se ha recuperado la ciudad después de la larga guerra, y me consta que gran parte de esa recuperación se debe a tu labor como sufete. Desconocía que además de general fueras un buen administrador.

Aníbal sonrió levemente.

—Administrar con justicia el dinero de otros es fácil si se quiere, lo difícil es administrar el dinero propio de forma apropiada.

Publio se quedó un instante ponderando el significado de aquellas palabras. El agua tibia estaba completamente en calma en toda la piscina. El resto de hombres que se hallaban en la piscina habían salido de ella, como buscando no interponerse entre los dos generales. Publio sentía las miradas de todos, efesios, griegos, sirios, cartagineses y romanos sobre ellos.

—Creo que no deberías haber abandonado Cartago —dijo Publio retomando la conversación—, y, en todo caso, una vez tomada esa decisión, venir a la corte de Antíoco es, para muchos en Roma, un acto hostil.

La sonrisa de Aníbal resplandeció ahora en todo su esplendor. En el tono de su respuesta no había desprecio hacia las consideraciones de su interlocutor, pero sí un profundo sarcasmo.

—¿Y seguiría libre si me hubiera quedado en Cartago? —Publio fue a responder, pero Aníbal levantó la mano y el general romano se contuvo—. No, no malinterpretes mis palabras. Me consta que tu familia no está detrás de la persecución que hay en Roma y en la propia

Cartago contra mi persona, pero sé que si me hubiera quedado, al final mis enemigos me habrían traicionado y entregado a Roma cubierto de cadenas, y en el fondo tú sabes que lo que digo es cierto. —Publio guardó silencio. Aníbal prosiguió con sus explicaciones—. En cuanto a lo de venir a la corte de Antíoco... no quedan muchos reyes que no teman la larga mano de Roma. Aquí estoy seguro y aquí soy respetado. Ha sido una sabia elección.

A estas palabras siguió un silencio más largo que los anteriores. Había ya más de cien personas en la sala central de los baños de Éfeso, pero nadie se atrevía a abrir la boca. Incluso, aún sin saberlo, todos procuraban respirar sin que casi se notara. Nadie quería perderse una sola palabra de lo que aquellos hombres decían. La mayoría entendía bien el griego, excepto algunos comerciantes sirios y varios de los caballeros romanos, pero ninguno de ellos se atrevía a interrumpir el silencio establecido entre los dos generales con murmullos en los que se preguntara sobre el desarrollo de la conversación. Los que no entendían el griego se concentraban en examinar cada gesto, cada movimiento, cada mueca o sonrisa en la faz de los dos generales.

—Veo que no llevas el anillo que te devolví tras Zama —continuó Aníbal cambiando de tema.

—No, sólo llevo uno que me regaló mi esposa, el de Emilio Paulo se lo devolví a la familia de mi mujer, pero me gustó comprobar que eras hombre de palabra —dijo Publio mirándose la mano derecha y admirando el anillo de oro que le regalara Emilia al regreso de África. Miró entonces la mano derecha de Aníbal—. Sí, te agradezco el detalle de devolverme el anillo de mi suegro. La familia para mí es lo más importante: la esposa, los hijos, la familia política; creo que sólo un problema con un hijo o una hija puede preocuparme tanto como estar rodeado por un ejército superior en número. —Y sonrió levemente, pero rápido volvió hacia el tema de los anillos—. Tú, por tu parte, sigues empeñado en exhibir unos anillos que no te pertenecen. —Y señaló hacia la mano del general cartaginés en donde éste lucía aún los anillos consulares de Marcelo y Cayo Flaminio, caídos en Venusia y Trasimeno.

—Ya te dije una vez, y lo mantengo, embajador de Roma, que Roma sólo podrá recuperar estos anillos arrancándolos de mi cadáver. —Y el rostro de Aníbal se tornó serio, fiero, amenazador.

Publio mantuvo la serenidad sin bajar su determinación.

—Eso puede ocurrir.

Aníbal le miró con intensidad y, de pronto, relajó todos los músculos de su cara, echó la cabeza hacia atrás y emitió una sonora carcajada. A los pocos segundos, todos sus soldados le imitaron aunque no tenían claro por qué su general reía ante la amenaza del embajador romano.

—Eso, mi querido general de Roma, eso es muy, muy improbable —dijo Aníbal aún con una sonrisa, y luego, con el rostro nuevamente serio, añadió una grave sentencia—: Yo, si fuera tú, no haría la guerra contra Antíoco.

—Lo derrotaremos como hemos derrotado a los ligures, a los ilirios, a los iberos, a los macedonios y a vosotros mismos.

Aníbal miró hacia la bóveda de los baños levantando las cejas en señal de cierto hastío.

—El ejército de Antíoco no es uno cualquiera, Publio Cornelio Escipión. No tenéis ni idea de a lo que os enfrentáis. La falange macedonia de Filipo eran unidades en decadencia, nada que ver con los *argiráspides* de Antíoco. Y eso es sólo el principio.

—Aun así, ganaremos.

—Y están los elefantes. Sé que no te gustan los elefantes. Antíoco tiene muchos. Más de los que encontraste en Zama.

Publio tragó saliva.

—Nuestras legiones no retrocederán ante los elefantes de Antíoco como no lo hicimos ante los vuestros.

Aníbal le miró estudiando la decisión marcada en la faz de Escipión.

—No dudo —respondió— que si tú estás al mando de esas legiones en el día clave de esta nueva guerra que anticipas, tus legiones no retrocederán, pero falta que seas tú el general al mando; tú y yo sabemos lo complicado de la política y, en cualquier caso, incluso si llegas a estar al mando, esa nueva batalla nunca será como Zama. Tú sabes bien que en Zama fue la superioridad de vuestra caballería la que hizo que la victoria se decantara de vuestro lado, pero los *catafractos*, la caballería de Antíoco, son indestructibles. En Panion, el ejército seléucida pasó por encima del ejército egipcio y etolio. Lo masacraron casi por completo y eso que el general etolio al mando era el *strategos* Escopas, que no es un mal general. Consiguió salvarse y refugiarse en Sidón. Si alguna vez tienes ocasión, una charla con Escopas quizá consiga abrirte los ojos. He de admitir que en cierta medida lamentaría tener que retirar tu cadáver del campo de batalla, pero si así fuera, cogeré el anillo consular que luzcas en tu mano ese día y lo sumaré también a mi colección. —Y levantó su mano derecha y la exhibió ante todos los presentes. Muchos dieron un paso atrás, asustados, casi temiendo que el general cartaginés saliera de la piscina y los rajara con su espada. Pero Aníbal bajó al fin la mano y no pasó nada.

Publio se quedó mirándole, apretando los labios, sin decir nada. Habían pasado de hablar del posible cadáver de Aníbal a hablar de su propio cadáver en medio de un campo de batalla. Publio no sentía miedo, pero sabía que Aníbal no era un fanfarrón y las advertencias de aquel hombre no debían dejarse pasar por alto. Tomó nota de lo de la conversación con Escopas. Sin duda sería útil hablar con aquel *strategos* etolio si es que seguía con vida y daban con él algún día.

Fue Publio quien retomó la conversación.

—Has hablado de Escopas como un buen general y comparto tu criterio, pero a veces me pregunto, ¿quién considera Aníbal que ha sido el mejor general de todos los tiempos? —Nada más formular la pregunta, tanto Aníbal como Escipión se dieron cuenta de que todos los presentes daban un par de pasos hacia ellos. Todos querían oír bien la respuesta del general cartaginés. Pero Aníbal y Escipión no dejaron de mirarse, hasta que el púnico apretó los labios, bajó la mirada hacia el agua y repitió la pregunta del general romano mientras meditaba.

—¿Quién creo yo que ha sido el mejor general de todos los tiempos? Ésa es, sin duda, una pregunta interesante. —Se tomó entonces unos segundos más para reflexionar con sosiego—. Sin duda alguna —dijo al fin—, sin duda alguna, el mejor general de todos los tiempos no ha sido otro que el gran Alejandro Magno: conquistó más territorios que ningún otro, sometió a más reyes que nadie, y demostró que un ejército de menor número, bien adiestrado y bien manejado, era capaz de derrotar a ejércitos muy superiores en número, y más aún que todo eso: nos enseñó la importancia de la caballería. Alejandro, sin duda, ha sido el mejor.

Publio asintió, al igual que, en silencio, sin osar interrumpir aquella conversación, asentían muchos de los presentes, romanos, efesios, cartagineses, sirios.

—Sea —respondió entonces Publio—. Estoy de acuerdo, Alejandro ha sido el mejor de todos, pero ¿y después? ¿Quién ha sido el mejor general después de Alejandro?

Aníbal esbozó una tímida sonrisa. Acababa de darse cuenta de que Escipión, en su vanidad de general romano, no dejaría de preguntar hasta ver dónde figuraba su propio nombre en la lista de generales que pudiera ir recitando.

—¿Después de Alejandro? —preguntó el cartaginés para ganar tiempo. Publio asintió dos veces. Aníbal prosiguió entonces—. Después de Alejandro el mejor general de todos los tiempos, y creo que tampoco debe haber muchas dudas, fue el rey del Épiro, el rey Pirro, porque nuevamente con un pequeño ejército fue capaz de conseguir victorias sorprendentes y de rendir un enorme número de ciudades.

Escipión, que se había incorporado un poco separando su espalda de la pared de la piscina, volvió a dejarla caer hacia atrás. Aníbal leía en la mirada del general romano su decepción y sentía en las miradas del resto de romanos el enfado. Pirro había guerreado contra Roma en el pasado y fue un grave problema para la ciudad y todos sus aliados. Mencionarlo como uno de los mejores generales era algo discutible, pero más allá de eso, resultaba ofensivo, hiriente para todos los caballeros romanos allí presentes. La tensión había vuelto a la sala de la gran piscina central de los baños del puerto de Éfeso.

—Sea —concedió Escipión una vez más—. No comparto tu opinión en este caso, creo que podríamos pensar en otros nombres antes que el rey del Épiro, pero es tu opinión la que me interesa, así que sigamos con tu modo de ver las cosas, Aníbal. Y tras Pirro, ¿quién es para Aníbal el mejor general de todos los tiempos?

A Aníbal, sagaz siempre en el arte no sólo de hablar, sino de escuchar, no se le escapó el cambio del tiempo pasado al tiempo presente en la nueva pregunta del general romano. «¿Quién es?», y no «¿quién era?», acababa de preguntar Escipión. El romano buscaba cada vez con más ansia que Aníbal dijera su nombre, Publio Cornelio Escipión. Aníbal se estaba divirtiendo.

—¿Después de Alejandro y después de Pirro...? —dijo Aníbal dejando la pregunta en suspenso por toda la gran sala de los baños—. Bien, bien, bien... por Baal, después de ellos, el mejor general de todos los tiempos soy yo. —Y sonrió con complacencia. Publio no parecía tan divertido, pero Aníbal decidió defender su candidatura con argumentos sólidos—. Porque siendo sólo un muchacho conquisté toda Hispania, porque he sido el primero en cruzar con un ejército los Alpes, porque ninguna tribu ni en Hispania ni en la Galia fue capaz de detenerme, porque tuve a Roma sometida durante más de quince años, porque en mi mano tengo la prueba de los cónsules romanos que han caído bajo mi espada, porque sé que cuando en Roma alguien se atreve a pronunciar mi nombre, aún lo hace con miedo y mi solo recuerdo hace que los senadores de tu ciudad aún se despierten en medio de la noche temiendo que, una vez más, mis ejércitos hayan llegado hasta las puertas de su ciudad.

Publio tensó las facciones de su rostro. Había sentido curiosidad por conocer la opinión militar de su interlocutor, pero éste se había vuelto primero hiriente, con la respuesta de Pirro, y luego petulante al aportar su propio nombre a la lista de grandes generales. No tenía sentido seguir preguntando. Aníbal nunca le diría qué pensaba de él como general ni aunque se le preguntara directamente y no pensaba rebajarse a hacerlo, pero tampoco quería que el cartaginés quedara como el vencedor de aquella conversación, y menos delante de todos los caballeros romanos, delante de Lelio. No podía permitirlo. Su mente decidió entonces atacar en su respuesta.

—Alejandro, Pirro y luego Aníbal. Te pones en tercer lugar de entre todos los generales de la historia y eso que yo te derroté en Zama. Me pregunto, ¿dónde te habrías situado de haber sido tú el que me hubiera derrotado en África?

Todos entendieron que Escipión cuestionaba que Aníbal se considerara tan alto cuando hablaba con alguien que había sido capaz de derrotarle en el campo de batalla. Los cartagineses pensaban que aquella derrota se debió más a la falta de recursos que el senado púnico se negó a aportar a su general que a causa de una mala estrategia de Aníbal, pero los romanos que sabían que los cartagineses pensaban eso, consideraban a su vez que el propio Escipión tampoco había recibido en su momento refuerzos suficientes para afrontar la batalla de Zama con garantías y que además fue un genio al saber afrontar la carga de los elefantes con las legiones V y VI en campo abierto. Los efesios, sirios y griegos no sabían decidirse por ninguno de los dos hombres, pero los que eran militares estaban de acuerdo en que a ninguno le gustaría combatir contra un ejército comandado por cualquiera de aquellos dos generales que estaban compartiendo el baño en aquella piscina de su ciudad.

Fue entonces Aníbal el que recuperó la conversación al fin repitiendo, nuevamente, la última pregunta de su interlocutor.

—¿Dónde me habría situado yo de haberte derrotado en Zama? —Y, una vez más, sonrió con rotundidad—. Sin duda alguna, si yo te hubiera derrotado en Zama me habría situado por delante del mismísimo Alejandro. —Y miró fijamente a los ojos a Escipión. Publio asimiló la respuesta mientras contemplaba la sonrisa del cartaginés y comprendió que, aunque sólo de modo indirecto y sin mencionar su nombre en la lista de grandes generales, Aníbal parecía estar haciéndole un gran cumplido. Si le hubiera derrotado en Zama, Aníbal decía que eso se habría debido a ser él mejor incluso que Alejandro. Era como decir que sólo él, Publio Cornelio Escipión, había sido capaz de impedir que él, Aníbal Barca, fuera el mejor general de todos los tiempos. El cartaginés se negaba a incluir el nombre de Escipión en la lista de grandes generales, pero con aquella última respuesta, de modo implícito lo estaba incluyendo, eso sí, sin determinar con precisión quién de los dos era mejor, si Escipión o Aníbal.

—¿Es eso lo que piensas de verdad? —indagó Publio buscando confirmación a sus reflexiones.

—Eso lo tendrás que decidir tú —respondió Aníbal, y mantuvo su sonrisa unos segundos más. Publio, a su vez, empezó a sonreír también y a la sonrisa de Publio, Aníbal respondió con una sonora carcajada a la que al instante se unió el general romano primero, luego los soldados cartagineses y romanos y, al fin, todos los ciudadanos efesios y griegos y los soldados sirios que les rodeaban.

Tras las risas, Aníbal se incorporó y su robusto cuerpo emergió del agua tibia de la piscina. En su propio muslo izquierdo había una marca de guerra, como ocurría con Publio; en el caso del general cartaginés se trataba de la profunda cicatriz que una lanza ibera había dejado en su cuerpo durante el largo asedio de Sagunto. El resto de la piel lucía moreno, limpio, aunque, eso sí, con diversas cicatrices más repartidas aquí y allá, restos de innumerables contiendas en campos de batalla de Hispania, la Galia, los Alpes, Italia o África. Uno de sus soldados se apresuró a traerle una toalla con la que envolverse.

—Me ocuparé —empezó Aníbal, y carraspeó un poco—, me ocuparé de que tú y tus hombres tengáis comida y bebida. Podéis pasar la noche en los baños. Son confortables y nadie os molestará.

Publio, en señal de respeto, se levantó mientras el general púnico hablaba y Lelio, por detrás, le acercó también una toalla.

—Te lo agradezco —respondió Escipión mirando a Aníbal que, ayudado por un esclavo se vestía con rapidez. El cartaginés no dijo más y asintió con la cabeza. Publio guardó silencio también y asistido por sus hombres se cubrió rápidamente con su uniforme militar. Cuando estaba ajustándose la ropa, Aníbal pasó a su lado.

—Que vuestros dioses te protejan, general de Roma —dijo el cartaginés—. Si nos volvemos a encontrar en un campo de batalla, no habrá tiempo para palabras.

—Quizá no haga falta que nuestros ejércitos vuelvan a enfrentarse —respondió Publio en tono conciliador—. Quizá el rey de Siria se avenga a negociar con Roma.

Aníbal le miró y sacudió la cabeza mientras respondía.

—Veo, romano, que sigues siendo el mismo ingenuo de Zama, pero no volveré a infravalorar tu capacidad en el campo de batalla. Procura que las circunstancias de esta nueva guerra no te pongan en una situación de debilidad, porque esta vez no tendré misericordia.

Publio fue a responder, pero el general cartaginés se desvaneció entre una nube de soldados cartagineses que lo escoltaban hacia la salida. Cayo Lelio se acercó a Publio por detrás y le habló al oído.

—¿Qué habrá querido decir con eso?

—No lo sé, Lelio; supongo que exactamente lo que ha dicho: que si hay guerra mejor que nos andemos con cuidado. Es un consejo a tener en cuenta... Tampoco me ha quedado claro quién cree él que es mejor general, si él o yo, pero hay otras cosas de las que ocuparse ahora. Que los hombres se bañen por turnos. La mitad a la piscina y la otra mitad que monten guardia en las puertas del edificio.

Lelio transmitió las órdenes al resto. Publio se sentó en una de las esquinas de la gran sala y, relajado tras el baño, se entretuvo viendo cómo los caballeros de su escolta se alegraban de poder darse un buen chapuzón en aquella agua tibia y quitarse así el polvo acumulado durante días cabalgando por los caminos de Asia Menor.

A los pocos minutos, uno de los jinetes que montaba guardia en una de las puertas de entrada a los baños entró en la sala y se acercó a Lelio. Éste le dio una orden y el jinete regresó a la entrada del edificio. Lelio se acercó a Publio.

—Traen la comida. Unos esclavos. He dicho que les dejen pasar.

Publio afirmó con la cabeza en señal de aprobación. Al momento entraron una docena de esclavos con varios cestos repletos de víveres de todo tipo. Una vez se fueron, Publio y Lelio se aproximaron a los cestos. Había pan de diferentes tipos, carne de cerdo asada fileteada, fruta variada, pescado en salazón, pequeños cuencos con salsas exóticas, desconocidas para los romanos y gran cantidad de ánforas en las que descubrieron leche, agua, aceite y vino.

—Es generoso Aníbal —comentó Lelio mientras degustaba un

vaso de vino—. Y, por Cástor y Pólux, tiene influencia sobre los sirios y los efesios.

Publio asentía mientras masticaba algo de la carne de cerdo. Estaba deliciosa.

—Demasiada influencia, Lelio, demasiada. Eso es preocupante. Cuanto más escuchen los sirios a Aníbal, peor será todo para Roma en estas negociaciones y peor aún en la guerra si es ésto lo que al fin acontece.

—Aníbal estaba muy convencido de que habrá guerra.

—Sí —dijo Publio, y calló mientras se sentaba y masticaba con deleite el trozo de carne que había seleccionado. De pronto le asaltó una duda y dejó de comer. Sus ojos se encontraron con los de Lelio, que acababa de tener el mismo pensamiento y le miraba fijamente. Entonces Publio negó con la cabeza y continuó comiendo mientras respondía a la pregunta que pendía aún en la mirada de Lelio—. No, Aníbal no nos envenenaría. No es su estilo. Si hubiéramos sido partícipes de lo que le ocurrió a su hermano Asdrúbal es posible, pero sabe que no tuvimos nada que ver con aquello. En cierta forma estoy seguro de que nos respeta. No nos envenenaría, pero...

—¿Pero...? —inquirió Lelio, que aún no estaba del todo persuadido y sostenía su copa de vino sin atreverse a terminarla.

—Pero, Lelio, si nos encontramos con él en el campo de batalla irá a por nosotros con toda su furia. Conviene que no lo olvidemos.

—Sea pues. —Y Lelio alzó su copa—. Brindo por un combate limpio en el campo de batalla. —Y engulló el resto del vino de un largo y profundo trago en el que enterró sus dudas. Sin embargo, Publio ralentizó su ingestión de comida. «Entrar dos veces en el mismo río.» Heráclito. Publio asintió en silencio, para sí mismo. Todo cambia. Todos cambiamos. Aníbal también. No era el mismo. Más cínico. Capaz de hacer cualquier cosa. Pese a todo, Publio siguió comiendo despacio, pero sin estar ya seguro de nada. Aníbal había cambiado. El destierro le había amargado y en cualquier momento podría hacer algo inexplicable, imprevisible. Eso le hacía aún más peligroso.

Nadie murió aquella noche y el dolor de tripas de más de un jinete romano, que hizo despertar entre los hombres de Escipión una vez más las dudas sobre aquella comida, se debió a una común y frecuente indigestión de salsas demasiado sazonadas y a las que los estómagos romanos estaban poco acostumbrados.

En el exterior de la ciudad, Sulpicio Galba miraba al cielo con aprensión: unos nubarrones negros, enormes, se arrastraban por la tierra de Éfeso y el viento soplaba cada vez con más fuerza. Los romanos plantaron las tiendas, pero cuando la tormenta se desató, las telas apenas resistieron las primeras ráfagas huracanadas y así, al raso, se vieron obligados a resistir las inclemencias que los dioses sirios descargaban sobre ellos. Muchos jinetes maldecían su suerte y lamentaban no haber sido seleccionados por Lelio para acompañar a Escipión al interior de Éfeso aunque su vida hubiera corrido riesgo. Cualquier batalla les parecía más acogedora que aquella tormenta de rayos, truenos y lluvia torrencial desbocada.

LIBRO IV

LA CAMPAÑA DE ASIA

Año 190 a.C.
(año 564 desde la fundación de Roma)

Sunt lacrimae rerum.

[Hay lágrimas para nuestras desgracias.]*

VIRGILIO, *Aeneis*, 1, 462

* Traducción según la versión de Víctor-José Herrero Llorente.

44

Memorias de Publio Cornelio Escipión, *Africanus* (libro IV)

Antíoco nunca acudió a recibir nuestra embajada. Algo que Catón debió disfrutar sobremanera, pues, una vez más, la negativa del rey sirio a recibirnos le daba base para criticarme en público. El hecho es que el rey de Oriente se permitió menospreciar a los enviados de Roma, senadores y algún ex magistrado, como era mi caso. Fue un desprecio que sólo auguraba lo peor. La declaración de guerra vino en cuanto Antíoco, pese a todos nuestros avisos, cruzó el Helesponto. Pero no lo hizo con todo su ejército. Hasta tal punto nos infravaloraba que pensaba que con unos pocos de sus soldados le sería suficiente para imponerse sobre Macedonia, Grecia y sobre Roma. Es cierto que macedonios y griegos se replegaron ante el avance del rey de Siria. Además, los etolios, desde el sur de Grecia, ayudaban al rey de Oriente, pero en cuanto nuestras legiones se adentraron en Grecia todo cambió. El ejército de Roma, bajo el mando de Marco Acilio Glabrión, le infringió una contundente derrota a Antíoco en el famoso y temido paso de las Termópilas. Pero aquella victoria que parecía que debía conducirnos a un tiempo de cierto sosiego, sólo trajo nuevos problemas, en particular para mi familia. En la batalla de las Termópilas participó Catón, quien emulando a los guerreros del pasado, atacó a las huestes enemigas por el paso que rodeaba el desfiladero de las Termópilas. Y, una vez más, Catón y sus correligionarios del Senado engrandecieron su intervención hasta transformarle casi en un héroe de guerra. La figura de Catón había culminado su ascenso: de edil a pretor, de pretor a cónsul y de cónsul a héroe de guerra apreciado por el pueblo. Él consideraba que ya estaba a mi nivel y eso implicaba que su ataque definitivo contra mí y toda mi familia no podía tardar en llegar. Para colmo de males, Antíoco había sido herido en la boca por un proyectil, seguramente una piedra lanzada por algún hondero, que le había partido varios dientes. Los mensajeros que llegaban de Oriente insistían en que Antíoco vagaba por su palacio de Antioquía hecho una furia clamando que se vengaría de Roma y que Roma le recordaría para siempre. Mientras nos maldecía había llamado a todos sus ejércitos de Oriente. No le importaba desproteger las regiones más orientales ni la frontera con un Egipto que no poseía ejército. Quería a todos sus guerreros en un solo punto para lanzarse, de nuevo, contra nosotros. Su guerra contra Roma se había convertido en algo personal.

En ese estado de cosas, la campaña de Asia debía ser mi respuesta a la campaña de Catón en Hispania y a su supuestamente heroica participación en las Termópilas contra Antíoco; la campaña de Asia debía ser mi forma de demostrar a todos que yo y nadie más que yo era el mejor general de Roma, el hombre en quien el Estado debía depositar toda su confianza, esto es, en mí y en mi familia y en mis amigos. Y sigo pensando que estaba en lo cierto, pero nunca pensé que una campaña militar fuera a tener tan penosas consecuencias en lo personal.

Aún recuerdo el dolor desgarrador que sentí cuando recibí la noticia de la muerte de mi padre y mi tío en Hispania, pero incluso en aquellos horribles momentos, en lo más profundo de mí algo me decía que, pese al horror, ése era el curso natural de las cosas: los hijos vemos morir siempre a nuestros padres, a nuestros tíos, a nuestros mayores. La guerra cruel a veces acelera ese proceso y agranda el daño del vacío que dejan esas personas en nuestros afectos desolados, malheridos. Pero todo eso se puede sobrellevar, como lo hice en su momento, y a todo eso se puede sobreponer un hombre. Pero si hay algo para lo que nunca jamás estamos preparados es para sufrir con los hijos. De un modo u otro, de forma casi instintiva, estamos persuadidos que de los hijos sólo pueden venir satisfacciones. La campaña de Asia se ocupó de hacerme ver con claridad que todo eso puede ser falso. No siempre, gracias a Júpiter y el resto de dioses, pero en muchas ocasiones es así. Mi hija mayor nunca me dio motivo de queja alguna y de hecho con ella empecé mi campaña de matrimonios que pudieran fortalecer aún más la familia. En aquel tiempo ya había comprendido con claridad que al igual que luchar en el exterior, debía mantener a raya a mis enemigos en Roma, especialmente a Catón, y si había algo en lo que ganaba a Catón era en familia. Yo tenía hijas e hijo y él todavía no. Yo podía casarlos y reforzar aún más la influencia del clan, él no podía responder a eso. Quizá en el futuro pero no en ese momento. Su hijo era aún sólo un niño. Me apliqué con diligencia. Como era habitual, mi hija mayor se mostró dócil y colaboradora, pero la pequeña, una vez más fue pura rebeldía, insolencia, desafío llevado a sus últimas consecuencias. Durante años pensé que si mi hijo hubiera tenido las agallas que tenía la pequeña Cornelia, nuestra vida hubiera sido muy diferente. Pero donde la pequeña Cornelia ponía audacia, incluso contra su padre, mi hijo confundía el valor con la temeridad absoluta. El caso es que con ambos padecí lo que no puede contarse con palabras.

He tenido que detenerme.

Han pasado varios días sin escribir. Lo de la pequeña Cornelia se explicará en su momento y los que lean todos estos rollos comprenderán bien lo que nos ocurrió a padre e hija. Creo que ninguno teníamos ni toda la razón ni toda la culpa, pero todo podía arreglarse. Esa esperanza nos alimentaba desde dentro, sin saberlo, creo yo, pero lo que ocurrió con mi hijo fue tan terrible, que, tan sólo al recordar aquellos días, tan sólo al pensar que tenía que escribir sobre ello, las fiebres han vuelto y he pasado una semana entera en cama, pero me he recuperado lo suficiente para retomar mi tarea de contar todo lo que ocurrió. Además, esto debo narrarlo con exactitud, pues aquí fue uno de los puntos donde el miserable de Catón mordió con más saña. Si hay algo que ese maldito sabe hacer es morder donde más duele y con más fuerza que nadie.

Siempre menosprecié la capacidad de combate de mi hijo, desde sus inicios cuando se adiestraba con Lelio en las laderas del Campo de Marte. Nunca fue rápido con el uso de la espada ni fue nunca capaz de doblegar a su adiestrador, al contrario que en mi caso que fui capaz de derribar a mi tío Cneo. Qué estúpido fui. Como si tumbar a Cayo Lelio fuera posible. Ahora sé que me iré de este mundo y Lelio seguirá aquí, como una roca, impasible, custodiándonos a todos. El caso es que exigí demasiado a mi hijo en su primera campaña. Todo empezó mal cuando discutí con Emilia sobre la incorporación del joven Publio a la campaña de Asia. Emilia se negaba. Veía que aquélla era una guerra peligrosa. Yo le respondí que en el pasado me hizo jurar que debía proteger a mi hijo, a nuestro hijo para que no entrara en combate en las guerras contra Cartago y le insistí en cómo yo, personalmente, le di final a aquellas guerras con la victoria de Zama evitando que el muchacho tuviera que luchar contra Cartago, una pugna en la que tantos habían perecido. Emilia, clarividente como siempre, me respondió como el augur que lee el futuro en el vuelo de los pájaros. «El alma de Cartago está en Asia», me dijo en una clara referencia a Aníbal, pero yo desdeñé sus palabras. Yo insistía una y otra vez que ésta era otra guerra y que el muchacho no podía permanecer al margen o todos lo acusarían de cobarde. Seguramente mi hijo oiría esa conversación como había oído tantas otras parecidas o iguales. No tuvimos nunca Emilia ni yo ni la sabiduría ni la contención de mantener estas conversaciones en la discreción de nuestro dormitorio. Así, mientras en Roma mi hija pequeña se alejaba de mí hasta que entre nosotros se formó una frontera infranqueable, en Asia, mi hijo se esforzaba por demostrar a todos, pero sobre todo a mí, que no era un cobarde.

Yo le empujé a ello.

Nada volvió a ser igual en mi vida.

Las manos me tiemblan. Es la fiebre. Una vez más, he de dejar de escribir.

45

El foro Boario

Roma, principios de enero de 190 a.C.

El camino más corto hasta el foro Boario era el *Vicus Tuscus*, pero como estaba siempre lleno de muchachos prostituyéndose y de ricos mercaderes y patricios adinerados comprando sus servicios, Cornelia menor aceptó la idea de Laertes de encaminarse hasta el mercado junto al río Tíber dando un rodeo por el norte. Lo de la homosexualidad era lo de menos. El problema es que las peleas eran demasiado frecuentes en el *Vicus Tuscus* como para que Laertes se sintiera cómodo escoltando a la joven hija de Escipión.

Laertes era un fornido espartano, esclavo en el pasado, pero que, liberado por la revolución social del tirano Nabis de Esparta, actuó como guerrero en las múltiples batallas que el nuevo gobernante de Esparta puso en marcha para transformar la vieja ciudad del Peloponeso en una renacida y triunfante capital que dominaba gran parte del sur de Grecia. Pero la diosa Fortuna no sonrió por mucho tiempo a Laertes: su rey liberador, Nabis, se equivocó de bando y se alió con

Antíoco de Siria y, al ser este último derrotado y expulsado de Grecia por los romanos en las Termópilas, la derrota del rey sirio condujo a la debacle del ejército espartano contra las legiones de Flaminino. Así, Laertes fue capturado y traído a Roma, como otros muchos esclavos espartanos que sólo gozaron de la libertad por unos pocos años. Laertes, no obstante, como algunos otros griegos más, había tenido algo de suerte al final de su complejo periplo de esclavitud y guerras, pues terminó como esclavo en casa de los Escipiones. Sus dotes de guerrero junto con su demostrada lealtad a lo largo de los dos años siguientes hicieron que el propio Publio Cornelio Escipión le asignara una misión especial: ser el guardaespaldas de su hija pequeña. Y es que la más joven de las Cornelias era indomable, imprevisible, ingobernable. No aceptaba permanecer en casa quieta, con su madre, aprendiendo las tareas propias de su sexo, de modo que su padre había decidido emplear una estrategia diferente para protegerla. A sus catorce años, a la pequeña Cornelia se le permitía salir a los mercados para acompañar a los esclavos en sus compras de carne, pescado y verduras. Esto había tenido dos consecuencias positivas para la familia: por un lado, la muchacha se mostraba mucho más tranquila y satisfecha con su recién adquirida dosis de libertad y, en segundo lugar, la calidad de la comida que se traía a casa de los Escipiones había mejorado notablemente, y es que los mercaderes podían engañar a un esclavo, pero engañar a la hija del todopoderoso *Africanus* ni era sencillo ni parecía una buena idea para nadie. Sólo había un pequeño gran inconveniente: Roma, ya fuera de día o de noche, era un tumulto, un sinfín de carros y transportes de todo tipo surcando las calles a toda velocidad; Roma estaba repleta de prostitutas, jóvenes y no tan jóvenes, y muchachos vendiéndose a todas horas, y borrachos, ladrones, timadores, mendigos; la ciudad entera era un hervidero de gentes de donde en cualquier momento podía surgir el peligro y, con frecuencia, un peligro mortal. Por eso Publio Cornelio Escipión llamó un día a Laertes al *tablinium*, y le habló con seriedad inusual sentado en un pesado *solium* desde el que analizaba las reacciones del esclavo a sus palabras.

—Voy a permitir que mi hija pequeña acuda con vosotros a comprar en los mercados, pero la ciudad es peligrosa; tú, Laertes, lo sabes bien.

El esclavo asintió en silencio.

—Bien, por eso mismo no voy a dejar que vaya sola con los esclavos de la cocina. Tú, Laertes, a partir de ahora, acompañarás a Cornelia menor a todas partes y serás el encargado de su seguridad.

Laertes bajó la mirada sin decir nada. Estaba pensando. Aquélla era una misión que mostraba la confianza que su amo tenía en él, pero al mismo tiempo era una responsabilidad demasiado grande, demasiado grande. Escipión pareció leer en sus pensamientos.

—Sé que tienes miedo —dijo el *princeps senatus* de Roma—, y haces bien, Laertes, pues si me fallas y le pasa algo a la pequeña lo pagarás con tu vida, y de una forma que lamentarás no haber muerto tú antes a manos de algún legionario en las guerras que luchaste en el pasado, pero... pero... —y Escipión se detuvo a la espera de que el esclavo alzara la cara en busca de alguna contrapartida—, si proteges bien a la pequeña, el día que ésta se case, ese mismo día, Laertes, te daré la libertad. La misión es difícil, por ello la recompensa ha de ser grande: la libertad y dinero para que puedas emprender una nueva vida aquí en Roma, o de regreso a tu patria en Grecia. Piénsalo bien antes de responderme, Laertes, piénsalo bien, porque luego no aceptaré rectificaciones.

El esclavo espartano inspiró profundamente. La pequeña Cornelia era una locura de niña. Eso sí, la pequeña siempre era muy correcta con todos los esclavos, algo impuesto por el ejemplo de su madre; sin embargo, de escoltarla por la ciudad sólo podían surgir problemas, claro que recuperar la libertad era un sueño demasiado bonito, demasiado esperanzador como para rechazarlo por miedo al genio de una joven patricia romana.

—De acuerdo, mi señor. Yo vigilaré que no le pase nada a Cornelia menor.

Publio no sonrió. Se limitó a examinar con detalle la mirada del esclavo guerrero al que acababa de nombrar escolta de su hija. Era la mirada de un soldado decidido. Los años de esclavitud no habían reducido en él el espíritu de lucha. Publio levantó entonces levemente la mano derecha y Laertes comprendió que la entrevista había terminado.

Aquella mañana, la hija menor del *princeps senatus*, acompañada por Laertes y media docena de esclavos más partieron hacia el foro Boario en dirección norte. Laertes agradeció que la joven se mostrara flexible al menos en cuanto a la ruta a seguir para llegar a su destino, el foro Boario, pero, pese a eso, el veterano esclavo se mostraba inquieto. Laertes tenía ese presentimiento extraño del soldado antes de una batalla y no sabía bien por qué, lo que le agitaba aún más. Salieron de casa de los Escipiones y giraron a la izquierda para acceder al foro de Roma. Una vez allí, giraron de nuevo a la izquierda pasando por delante de las decenas de puestos de los cambistas de las *tabernae veteres*. Tras la derrota de Cartago, el dinero fluía con fuerza por la ciudad del Tíber y los prestamistas del foro gestionaban auténticos negocios que los transformaban en prácticamente potentados; sin embargo, la cultura de la usura y la tacañería en la que habían crecido hacía que los puestos permanecieran sucios, pequeños, apenas sin pintar, como si se esforzaran en aparentar que apenas tenían dinero que prestar a nadie, como si cuando lo hacían, lo hacían casi por misericordia, quitándose de su propio dinero que les fuera necesario para subsistir. Otra cosa eran los banquetes nocturnos en sus grandes casas de reciente edificación.

Laertes ordenó a los esclavos que portaban la pequeña litera de la hija de Escipión que aceleraran el paso. Giraron de nuevo a la izquierda, en el último de los puestos de cambio de dinero y, dejando a la derecha el vetusto Templo de Saturno, enfilaron por el *Vicus Jugarius*, y por él caminaron un buen rato hasta que Laertes indicó que girasen una vez más a la izquierda para adentrarse en los callejones del Velabrum. En poco tiempo llegaron a la primera parada de aquella salida: el *foro holitorio*. Allí, bajo la atenta mirada de la joven Cornelia, que descendió de la litera para supervisar las compras, los esclavos cargaron dos cestos llenos de todo tipo de verduras frescas y frutas de temporada. Terminada la compra, la muchacha se reinstaló en la litera ayudada por Laertes y la pequeña comitiva reemprendió la marcha hacia el sur hasta alcanzar la ribera izquierda del Tíber. Cornelia separó entonces las cortinas de su litera, pues no quería perderse nada del enorme bullicio propio de los muelles del puerto fluvial de Roma. Más de un centenar de embarcaciones de todo tipo se apiñaban entre los diferentes amarres descargando mercancías procedentes de rincones cada vez más lejanos, pues la larga mano del poder de la ciudad llegaba a regiones más remotas. Para Cornelia, aquellas naves eran como sueños hechos realidad. Le encantaba verlas, pensar en los países distantes en donde habrían atracado antes de detenerse por unos días en Roma, aunque la mayoría eran pequeñas y sólo realizaban el trayecto desde Roma al puerto marítimo de Ostia. Pero eso a Cornelia no le impedía recordar entonces las lecciones de geografía de Icetas, las mismas clases en las que su hermana mayor parecía aburrirse infinitamente, pero en las que ella disfrutaba soñando con quizá poder un día hacer viajes que la condujeran a aquellas tierras o en, al menos, conocer personalmente a alguien que hiciera semejantes viajes. Estaba su padre, sí, que había conquistado Hispania y África y que hacía poco había viajado a Asia, pero su padre parecía no tener nunca ganas de hablar demasiado de aquellas campañas militares y de aquellos viajes. Cornelia adivinaba que en aquellos lugares su padre encontró enormes sufrimientos, que en sitios lejanos como aquellos habían caído familiares y amigos, por eso ella no insistía con preguntas que parecían no hacer sino que atormentarle, pero el hecho de que ella desistiera no quería decir que hubiera disminuido en su ánimo el ansia por saber y conocer más de un mundo tan grande del que apenas le estaba permitido ver una minúscula porción. Sería tan maravilloso poder hablar con alguien que disfrutara hablando de los lugares que hubiera visitado... Además, su padre, últimamente, sólo hablaba de la boda de su hermana mayor con Násica y de que ella misma debería seguir su ejemplo pronto con algún importante patricio de Roma. Los pensamientos de Cornelia, no obstante, buscaban alejarse de aquella presión de su padre sobre un próximo matrimonio y sus ojos se dedicaban a admirar la isla Tiberina que emergía más allá del puente Sublicio, levantado por Anco Marcio en el pasado con madera que, pertinaz, resistía el paso del tiempo pese a la tremenda humedad de la zona, donde se arremolinaban aún más barcos a la espera de poder descargar más productos traídos con el esfuerzo de marineros procedentes de todo el Mediterráneo.

—Ya estamos llegando, mi señora —dijo Laertes—; pronto estaremos en la plaza del mercado.

—Muy bien, Laertes.

El esclavo asintió y se puso de nuevo al frente de la comitiva. Pasaron próximos al Templo de la Fortuna, que Servio Tulio ordenó levantar a imagen y semejanza de otro similar existente en una de las ciudades etruscas cercanas. Y es que el foro Boario y el puerto estaban llenos de inmigrantes de Etruria que se contaban por miles. Estos nuevos habitantes de la emergente Roma habían traído consigo dioses y costumbres, de entre las que destacaba su pasión por una actividad hasta entonces aún poco frecuente en Roma: las luchas de gladiadores, aunque más de una de éstas había desbaratado la asistencia a alguna obra de teatro. De hecho, allí mismo, en foro Boario, en la parte más próxima a la puerta Trigémina, sólo hacía poco más de veinte años que Bruto Pera había organizado el primer combate oficial entre gladiadores. Nunca antes se había visto algo así en Roma. Desde entonces, otros importantes patricios habían organizado pequeñas series de combates, normalmente con la excusa de los oficios funerarios de algún familiar, pero no dejaban de ser algo excepcional. Sin embargo, más allá de esas luchas organizadas de forma oficial, en el foro Boario no era extraño que ocasionalmente se preparara alguna lucha a muerte en donde la gente pugnaba por conseguir un buen lugar para apreciarla y, al mismo tiempo, poder así cruzar apuestas sobre cuál de los dos gladiadores obtendría la victoria. Esto era, sin duda alguna, lo que más temía Laertes cada vez que se aproximaban al foro Boario, pues el caos en el que se desarrollaban estas luchas no era en absoluto el lugar idóneo para proteger a una joven patricia demasiado ávida de experiencias como para entender que hay lugares a los que es mejor no acercarse. Pero ya eran demasiadas las visitas al foro Boario sin que hubieran pasado por ese trance y la diosa Fortuna, pese a tener un templo tan próximo, decidió por una vez abandonar a Laertes, Cornelia y al pequeño grupo de esclavos a su suerte.

—¡Gladiadores, gladiadores, gladiadores! ¡Junto a la estatua de bronce! ¡Rápido, venid! —gritó un muchacho corriendo por entre los primeros puestos del mercado de carne y animales. El olor a sangre de las bestias descarnadas, expuestas sobre los estantes de los mercaderes o colgadas de hierros afilados parecía impregnarlo todo y remarcar las terribles consecuencias que la lucha que se anunciaba tendría para, por lo menos, uno de los contendientes. Parecía que en medio de toda aquella exhibición de carne mutilada de centenares de patos, gallinas, pollos, carneros, terneros y cabritos, la gente necesitaba aún algo más: sangre fresca humana. En Roma no se hacían sacrificios humanos, pensaba con una sonrisa cínica Laertes, no; en Roma sólo se ordenaba que los esclavos o los reos de muerte lucharan entre sí en público para disfrute de todos los ciudadanos.

—Es mejor que regresemos —dijo Laertes a la joven Cornelia.

—No —respondió ella, e hizo una señal para que depositaran la litera en el suelo—; siempre he querido ver una de esas famosas luchas de las que tanto hablan en casa de mi padre cuando vienen a visitarle. Por Pólux, quiero ver cómo es.

—No es una buena idea, mi ama —insistía Laertes, pero sin atreverse a detener a la joven asiéndola por el brazo. El resto de esclavos contemplaba la escena sin intervenir. Era el ama la que mandaba. Poco podía hacerse si la joven se empeñaba en presenciar la lucha. La joven Cornelia se encaminó hacia la estatua de bronce de un enorme toro que el cónsul Publio Sulpicio Galba trajo de Égina hacía veinte años. Laertes miró hacia los esclavos y tomó decisiones con rapidez.

—Vosotros dos, quedaos aquí y vigilad la litera y la comida; el resto seguidme. Rápido. —Y se dio la vuelta acompañado por otros cuatro esclavos mientras mascullaba maldiciones en griego que pronunció en voz baja porque tanto la joven ama podría entenderlas como muchos de los emigrantes del foro Boario, pues los griegos eran, junto con los etruscos, los habitantes más comunes en todo aquel barrio de la ciudad.

La muchacha avanzó en dirección a la gran estatua de bronce, pero pronto, para su sorpresa, se cerró el camino ante sus ojos por una multitud de ganaderos, mercaderes, comerciantes de toda condición, libertos, soldados, e incluso algún patricio de paso por el foro Boario que se arremolinaron con inusitada celeridad en las proximidades del punto donde debía celebrarse el anunciado combate. Llegó entonces Laertes y se situó delante de ella.

—Sígueme, mi ama —dijo el espartano mirándola, sin levantar la voz, pero con decisión, y añadió al resto de esclavos que les acompañaban—: y vosotros protegedla por detrás. Si alguien la toca os mato. —Y se revolvió hacia el enjambre de personas y arremetió a empellones contra la gente abriendo un estrecho pasillo por el que la hija pequeña de Publio Cornelio Escipión pudo deslizarse e ir avanzando hacia el interior de aquella multitud. Laertes aparentemente embestía todo lo que le salía al paso, pero en realidad era muy cuidadoso en la selección de su ruta, empujando sólo a mercaderes y comerciantes, evitando así malos encuentros con soldados o patricios. No es que les temiera. Iba armado con una daga, una licencia especial del *princeps senatus*, siempre que saliera escoltando a su hija, y se sabía lo suficientemente fuerte y ágil como para defenderse del ataque de cualquiera, pero los soldados siempre se movían en grupo por la ciudad y los patricios solían ir acompañados por un pequeño regimiento de esclavos. No era inteligente humillar a ninguno de esos dos grupos de personas. Con mercaderes, extranjeros, libertos y otros artesanos y visitantes extranjeros del foro Boario no había necesidad de tener tantos miramientos.

Cornelia se preguntaba, mientras seguía atenta el camino que su esclavo abría ante ella, por qué Laertes no empujaba siempre en la misma dirección, pero lo que le importaba era poder llegar hasta un punto desde el que ver su primera lucha de gladiadores, y si Laertes se empeñaba en dar rodeos aquella mañana en todo lo que ella pedía, eso era asunto suyo. Ella no se quejaría siempre y cuando se hiciera lo que pedía. Además, Laertes había sido seleccionado por su padre y su padre era muy bueno cuando se trataba de seleccionar a alguien para un cometido. Aún estaba la joven en estas consideraciones, cuando de pronto, ante ella se abrió un gran círculo vacío, alrededor del cual se encontraban varios centenares de ciudadanos de Roma y emigrantes etruscos, griegos y de otras regiones del Lacio e Italia. Era extraño cómo la gente, pese a empujarse unos a otros, respetaba aquel espacio sin aproximarse más, pero la joven no tenía tiempo para preguntarse nada, sino sólo para admirar: en el centro del círculo había ya dos hombres solos. Uno era un númida negro, alto y musculoso, armado con una lanza y un pequeño escudo. Su oponente era un celta pintado de azul de pies a cabeza, armado con una pesada espada y un escudo más grande que el del númida, aunque eso no era lo que impresionó a la muchacha, sino el hecho de que el celta, de acuerdo con sus costumbres, luchaba completamente desnudo. Cornelia, inevitablemente, movida por la natural curiosidad de su desconocimiento miraba intrigada en busca del sexo de aquel guerrero, pero éste había empezado a moverse caminando hacia un lado y quedaba de espaldas. La mirada de Cornelia, no obstante, encontró pronto algo que la cautivó: los blancos ojos del númida, como dos pequeñas lunas en la más oscura de las noches de África, clavados como dagas sobre el celta desnudo, hasta que, súbitamente, la mirada del guerrero negro, hostil, agresiva, se volvía hacia la multitud, a derecha e izquierda, como si los culpara de todo lo que le estaba ocurriendo en aquel momento. La mirada del númida se cruzó en ese momento un instante con la de la joven Cornelia, y, aunque el guerrero no se detuvo en contemplar a la pequeña hija del hombre más poderoso de Roma, la muchacha quedó petrificada y, sin saberlo, conteniendo la respiración. La distracción del africano fue aprovechada por el celta que, sin pensárselo dos veces, arremetió al númida blandiendo en alto su espada, pero el africano tenía buenos reflejos, dio un paso atrás y alzó su brazo izquierdo con el pequeño escudo. Se escuchó un enorme chasquido producto del choque entre la espada celta y el escudo númida.

—¡Aaaggh! —gritó el númida, y es que, si bien no se vio sangre emergiendo de su brazo, estaba claro que el golpe de su oponente había sido brutal. El númida respondió al ataque recibido con otro movimiento ofensivo: avanzó dos pasos rápidos empuñando con firmeza su lanza, lo que obligó al celta a retroceder. El guerrero del norte caminaba hacia atrás en dirección hacia el lugar donde se encontraba la joven Cornelia, Laertes y el resto de esclavos de la casa de los Escipiones. Laertes apretó los labios en señal de preocupación, pero no había nada que hacer. Una vez empezado el combate nadie podía intervenir hasta su mortal conclusión. El númida y el celta entraron en una larga serie de intercambio de golpes amenazantes y que para muchos de los allí presentes habrían resultado fatal, pero aquellos guerreros eran prisioneros de las recientes guerras contra los galos ligures del norte y contra los númidas del sur y, sin duda, habían estado combatiendo durante años contra su enemigo común, los romanos, quienes ahora los habían reunido en aquel cónclave mortífero para deleitarse en su sufrimiento y su dolor ante una muerte casi segura en medio de una ciudad extraña para ellos, donde su única posibilidad de subsistencia era seguir matando a desconocidos uno tras otro, uno tras otro. Pasaron así varios minutos durante los cuales tanto el celta como el númida se iban desplazando desde el centro del gran círculo de combate hacia un lateral, justo el lado donde se encontraba la pequeña Cornelia y su reducido séquito de esclavos. Laertes había combatido en innumerables batallas, contra los romanos y contra los macedonios y etolios y aqueos y su agudo ojo de guerrero empezó a extrañarse: los golpes que se intercambiaban los contendientes eran algo lentos, no para la mirada de un neófito, pero Laertes estaba seguro de que los soldados allí reunidos no estarían disfrutando de aquella lucha. Laertes, un instante demasiado tarde para poder reaccionar con más prevención, comprendió que aquella lucha estaba calculada, ensayada, y aquello no era lo normal. Lo habitual es que ambos contendientes lucharan a muerte de forma descarnada, buscando en la muerte del contrario su único camino hacia la supervivencia primero y, tras muchas muertes, hacia la propia libertad; pero aquellos guerreros se lanzaban golpes estudiados que aunque pudieran engañar a los mercaderes, valían cada vez menos a los ojos de un veterano guerrero como Laertes. En ese mismo instante, el númida giró sobre sí mismo, dejando de luchar contra su oponente, justo cuando más próximo se encontraba a la joven Cornelia y, en lugar de seguir combatiendo, arrancó como una flecha contra el público, blandiendo su lanza en ristre con la seguridad de que el arma le abriría paso con rapidez. Una huida, una huida era lo que tenían pactado ambos luchadores. Laertes comprendió la estratagema al momento, pero las posibilidades de reacción eran ya mínimas. El celta arremetía contra otro sector del público, pero aquello no le incumbía al veterano espartano, sino que lo que le preocupaba era más bien cómo evitar que el númida, que corría directo contra la frágil Cornelia, embistiera a la hija del *princeps senatus* que, sorprendida como estaba por el inesperado desarrollo de los acontecimientos, permanecía inmóvil, estupefacta, sin saber qué hacer, como si todo aquello no fuera más que un mal sueño, una pesadilla que desaparecería al despertar. Laertes sabía que sólo había una solución: el guerrero espartano se interpuso súbitamente entre el númida y la joven patricia. En cualquier otra situación, con un luchador a la carrera blandiendo una lanza, Laertes se habría hecho a un lado para clavarle la daga por la espalda tras empujarle y hacerle perder el equilibrio, pero detrás de Laertes estaba Cornelia y si se apartaba la lanza atravesaría a la joven, matándola en el acto o hiriéndola mortalmente, muerte a la que, sin duda, seguiría la suya propia en cuanto Escipión se enterara de lo ocurrido; de modo que Laertes hizo lo único que podía hacer: en cuanto la lanza del númida estuvo a su alcance la asió con las dos manos y la desvió hacia un lado, pero el númida no era mal luchador y se revolvió como un jabato empuñando la lanza ahora hacia el propio Laertes, que había osado importunarle en su plan de huida de aquella vida de esclavitud y sometimiento a la que estaba abocado desde hacía meses. Laertes, liberadas las manos de la lanza númida, sacó su daga, pero el guerrero negro empleó su arma con habilidad y apuntó hacia la garganta del espartano. Laertes se hizo a un lado al fin, cuando ya sabía que tras él ya no estaba Cornelia, y evitó la muerte, pero la punta del asta le segó un lateral del cuello y la sangre empezó a brotar con profusión. Laertes tragó saliva, no porque tuviera miedo, sino porque un médico griego le explicó que si no sabía si tenía seccionada la garganta o no en un combate, al tragar saliva lo averiguaría. Laertes exhaló un suspiro de alivio al sentir que podía tragar. La herida no era mortal, pero el númida, enfurecido, no cejaba en su empeño por escapar. Laertes quería mirar atrás para asegurarse de la posición de Cornelia, pero no era posible. Un segundo de distracción equivaldría a una muerte segura. La gente había echado a correr despavorida por las callejuelas que desembocaban en el foro Boario, y junto a la estatua de bronce sólo quedaban el númida, Laertes, algunas personas a su espalda, en las que el espartano confiaba que estuvieran algunos de los esclavos de la escolta protegiendo a Cornelia, y, en el otro extremo de la plaza, se veía al guerrero celta que no parecía haber tenido demasiada fortuna, pues al igual que el númida, había chocado con la oposición de un grupo de legionarios que asistían al combate; eso sí, los legionarios parecían borrachos y, pese a ser media docena, no acertaron a detener al galo que se les escapó en dirección al Templo de Hércules; el pobre inútil había equivocado la dirección, pues tras ese templo estaba el *Clivus Victoriae* que conducía justo hacia el corazón de Roma.

Tras Laertes, Cornelia había presenciado el ataque del númida como una estatua, sin mover un solo músculo, sin saber cómo reaccionar. La muchacha comprendió enseguida que de no ser por la interposición del guerrero espartano que le había seleccionado su padre como escolta ahora ya estaría muerta. Mercaderes, libertos, mujeres, esclavos y visitantes de la ciudad, todos habían huido de la plaza, incluso sus propios esclavos. No parecía que la gente que asistía a esos combates fuera especialmente valerosa. Por unos segundos, Cornelia permaneció completamente sola, desguarnecida de toda protección a excepción de la brava intervención de Laertes. La joven pensó en correr, pero hasta el momento la única persona que se había mostrado a la altura de las circunstancias era Laertes y, en su confusa mente, todo le indicaba que lo sensato era permanecer junto a aquel leal esclavo que la estaba protegiendo, pero cuando el propio Laertes empezó a sangrar por el cuello, Cornelia dudó y empezó a dar pasos atrás sin saber aún muy bien hacia dónde encaminarse. Miró por encima de su hombro en busca de los esclavos y su litera, pero no alcanzaba a verlos por ningún lado. Entonces, de pronto, por el otro lado, sobre su pequeño hombro derecho sintió la mano fuerte de un hombre. Cornelia dio un respingo e iba a lanzar un grito cuando la voz bien modulada y serena de Tiberio Sempronio Graco le aportó algo de tranquilidad en medio de su agitada desventura.

—No te muevas. Mis hombres te protegerán. —Y levantó la mano con rapidez, para que la joven no se sintiera intimidada. Graco se puso entonces entre el númida y Laertes, que proseguían con su lucha, y la joven Cornelia. Graco iba acompañado por dos hombres de su confianza que no parecían esclavos, sino soldados de alguna campaña reciente que le seguían más por amistad que por obligación. Cornelia se encontró entonces rodeada por un segundo grupo de sirvientes del patricio que había acudido en su auxilio. Tiberio Sempronio Graco, el amigo del mayor enemigo de mi padre; Graco, el que humilló a mi padre en público durante el teatro. Y la joven tuvo el arranque de escapar de aquellos hombres y buscar por sí misma un lugar seguro, pero, de algún modo, aunque sentía que aquellos esclavos no la retendrían contra su voluntad, intuía que ya había hecho bastantes tonterías aquella mañana como para añadir más a aquella funesta jornada. Entre esos hombres, amigos o enemigos de su padre, estaría segura, al menos, hasta que la situación en el foro Boario se tranquilizara.

En ese momento, entraron en la plaza varias decenas de *triunviros* con las espadas desenvainadas. Una docena rodearon a Laertes y al númida que seguían luchando junto a la estatua de bronce. Cornelia temió entonces que, en medio de la confusión, mataran también a su leal esclavo, pero justo cuando iba a gritar para intentar interceder por él, se escuchó la poderosa voz de Tiberio Sempronio Graco dirigiéndose a los *triunviros*.

—¡Por Hércules! ¡Atacad sólo al númida! ¡El otro hombre es mi esclavo!

Cornelia agradeció sobremanera aquellas palabras y comprendía que para evitar explicaciones complejas, el joven senador hubiera simplificado la situación indicando que Laertes era esclavo suyo. La estratagema surtió el efecto deseado, pues los *triunviros*, al reconocer al heredero de la casa Sempronia, tuvieron cuidado en no herir al que éste denominaba su esclavo. Uno de los soldados de la milicia urbana de Roma clavó su arma en la espalda del númida. El guerrero se revolvió hacia el nuevo atacante, momento que Laertes aprovechó para, sin dudarlo, hundir su daga en el cuello de su oponente. El gladiador vaciló y se decidió al fin por volverse de nuevo hacia Laertes, pero para cuando éste extrajo el puñal de su cuello, el guerrero africano notó que las fuerzas le flaqueaban, que le costaba respirar. Soltó varios espumarajos de sangre por la nariz y por la boca, cayó de rodillas, y, por si quedaba alguna duda, tres *triunviros* hundieron sus astas en la espalda del gladiador agonizante.

—El otro ha escapado hacia el *Clivus Victoriae* —añadió Graco aproximándose hacia los *triunviros*—. ¡Por todos los dioses, va desnudo, no tiene pérdida, un celta, pintado de azul!

La milicia saludó militarmente al senador y desaparecieron en dirección noreste en busca del gladiador huido. Graco se acercó a Laertes. El espartano se había sentado en el suelo y mantenía la palma de su mano derecha en el cuello. Entre los dedos salía sangre.

—¿Estás bien, esclavo?

Laertes se levantó de inmediato en cuanto vio al joven senador frente a él, pero respondió con una mirada nerviosa y otra pregunta.

—¿La hija del *princeps senatus*...?

Graco no exteriorizó su satisfacción por aquella pregunta que mostraba lealtad auténtica o impuesta por disciplina, pero lealtad a fin de cuentas.

—Está con mis hombres y está bien.

Laertes suspiró. Sintió entonces que el cansancio le vencía. Tenía toda la túnica manchada de sangre y la mayoría era suya. Estaba débil. Tiberio Sempronio Graco se hizo cargo de todo. Ordenó a sus hombres que subieran a Laertes a la cuadriga con la que se había desplazado hasta el foro Boario y él mismo tomó de la mano a Cornelia y la ayudó a subir a la litera que, desaparecidos los gladiadores rebeldes, había retornado junto a la estatua de bronce con los esclavos no tan valientes de los Escipiones. Graco lanzó una mirada recriminatoria a aquellos hombres, pero no dudaba que aquello no sería nada comparado con la reacción del *princeps senatus* en cuanto se enterara de todo lo ocurrido y de la cobardía de aquellos hombres. En cualquier caso, aquello no era asunto suyo. Graco ordenó que la comitiva se pusiera en marcha, pero evitando esta vez el *Clivus Victoriae* y, en su lugar, tomando el *Vicus Tuscus*. Era una decisión meditada: si bien aquella avenida no era la más recomendable para pasear a una bella patricia, el revuelo del foro Boario, con un gladiador huido y decenas de *triunviros* patrullando las calles en su busca, habría despejado los más lúgubres rincones y esquinas de la avenida de la prostitución de Roma.

Graco no se equivocó en sus previsiones y pronto se encontraron todos avanzando por una amplia avenida casi desierta, con ventanas y puertas cerradas. El mayor peligro estaba sólo en que algún incauto lanzara las heces o la orina sin mirar abajo y sin avisar desde alguna de las nuevas *insulae* que se acababan de levantar en la zona. Graco caminaba al lado de la litera de la joven Cornelia. Quería hablar con ella pero no sabía por dónde empezar. Para sorpresa del senador patricio, fue la muchacha la que rompió aquel incómodo silencio.

—Supongo que es justo que te dé las gracias, Tiberio Sempronio Graco, aunque tus acciones del pasado no te hacen merecedor ni de mi confianza ni de la confianza de mi familia.

Graco sabía que la joven aludía al constante apoyo que la familia Sempronia estaba brindando a Catón en el Senado y, seguramente, al día en el que él mismo vociferó en el teatro contra el propio Publio Cornelio Escipión, su padre.

—Estabais en peligro. Sólo he hecho lo que cualquier otro hubiera hecho en mi lugar. —Es cuanto acertó a decir Graco. No sabía muy bien por dónde seguir, pero tenía claro que le gustaría que aquella conversación continuara. Le gustaba la voz dulce de aquella muchacha y le gustaba, fuera o no la hija del mayor enemigo del Estado, como decía Catón, aquella piel blanca que asomaba por las mangas de la fina túnica que cubría el que intuía hermoso cuerpo de aquella joven patricia.

—No todos harían lo mismo, senador. La mayoría, como viste, huyeron de la plaza. Lo que lamento es que... —La frase quedó sin terminar por un infinito segundo en el que Graco percibió que contenía la respiración—. Siento que no hayas sido fiel a tus palabras.

Graco la miró directamente a la cara, confuso. La muchacha decidió explicarse; quería que él comprendiera a qué se refería porque era algo que llevaba largo tiempo en su ánimo y, por fin, tenía la oportunidad de preguntar por qué le había mentido.

—Me mentiste... hace tiempo —dijo la joven Cornelia.

—¿Cuándo?

—Hace tiempo, cuando yo era una niña, te pregunté en el vestíbulo de nuestra casa si eras malo y dijiste que no; luego, al cabo de unos años, tuve que presenciar cómo insultabas a mi padre en público, insultabas al hombre que más ha hecho por Roma en su historia. Tus palabras y tus acciones, Tiberio Sempronio Graco, no concuerdan, al menos, no siempre. Eso, como poco, tendrás que admitirlo.

El senador se quedó perplejo de que la muchacha recordara aquel fugaz encuentro en el vestíbulo de la casa de los Escipiones. Él nunca lo había olvidado, pero por entonces él tendría veintitrés años, pero ella sólo tendría unos cinco o seis años. Ahora ella tenía catorce años y él treinta y dos. No sólo les separaba la enemistad de sus familias, sino la edad.

—No he faltado a mis palabras del pasado —empezó a defenderse Graco, y sintió que la muchacha iba a interrumpirle, pero él levantó la mano derecha y ella concedió permanecer en silencio un poco más a la espera de su explicación—. Te dije que no era malo y nada malo he hecho. Yo no insultaba a tu padre aquella tarde en el teatro; yo gritaba, como otros muchos, para manifestar mi desprecio a una ley que ponía a unos por encima de otros en los actos públicos. Se empieza por ahí y se termina...

—¿Se termina como rey? —concluyó ella.

Graco inspiró un par de veces antes de responder.

—Supongo que si no se pone coto a la ambición se corre peligro de que crezca desbocada. Tu padre ha prestado los mejores servicios posibles al Estado, eso nadie lo pone en duda, pero el Estado debe protegerse si alguien empieza a legislar para ponerse por encima de los demás. Si en vez de tu padre hubiera habido otro en ese estrado, alzándose por encima de todos allí donde no procede, también habría gritado de igual forma.

—¿Incluso contra Marco Porcio Catón?

La réplica de la joven sorprendió al senador que, una vez más, se vio forzado a inspirar con lentitud, más por necesidad de realizar alguna acción en la que entretener el tiempo mientras buscaba cómo responder mejor que por necesidad de aire.

—Yo siempre me levantaré contra cualquiera que atente contra el orden de la República.

—Mi padre canceló aquella ley. Desde entonces sus acciones no merecen el ataque constante y la sospecha permanente de Catón.

Graco pensó en continuar la conversación, el debate, pero no sabía bien cómo discutir de política con una joven tan perspicaz y que parecía tener respuestas para todo. Era cierto que Catón acosaba a Escipión, pero venían las nuevas elecciones y se avecinaba una nueva guerra contra el rey Antíoco de Siria, que amenazaba con cruzar el Helesponto de nuevo con un ejército mucho más poderoso que en el pasado reciente para hacerse con Grecia y quién sabe si con el propio protectorado romano de Iliria. Pronto se libraría en el Senado una nueva batalla por la próxima elección de los nuevos cónsules. Publio Cornelio Escipión buscaría la forma de presentarse de nuevo al consulado y Catón intentaría que no consiguiera ganar, pues si tras derrotar a Aníbal, Escipión lograra añadir una victoria sobre Antíoco, los clamores del pueblo en el sentido de nombrar a Escipión cónsul o dictador vitalicio rebrotarían si cabe aún con más fuerza. Era lógico pretender que fueran otros los cónsules aquel año. Pero ¿cómo explicar todo eso a la hija del propio Escipión? Por otro lado, el pueblo, temeroso de la alianza de Aníbal con el poderoso rey de Siria, reclamaba ya a Escipión como general en jefe del ejército expedicionario que, sin duda, se enviaría pronto ya hacia Asia.

—Hemos llegado. —La voz de Cornelia devolvió a Graco al presente. Estaban junto al Templo de Cástor y, enfrente, se alzaba la *domus* de los Escipiones en el corazón de Roma. En la puerta de la gran casa se arremolinaban decenas de sirvientes armados con palos, estacas e, incluso, alguna espada. Se les veía nerviosos. Era evidente que hasta la residencia de los Escipiones habían llegado ya noticias sobre los gladiadores que habían intentado escapar de su combate en el foro Boario. De súbito, rodeado por hombres libres y por su arrojo y porte militar, probablemente veteranos de las campañas de Hispania y África, emergió la figura recia, delgada y firme de Publio Cornelio Escipión. Iba a salir en busca de su hija. Graco ordenó a sus propios hombres que se detuvieran y lo mismo a los esclavos de Cornelia. La litera quedó detenida junto al Templo de Cástor. Tiberio Sempronio Graco, solo, cruzó la calle y se personó frente al *princeps senatus* de Roma.

—Te saludo, Publio Cornelio Escipión. Tu hija está a salvo. Viene escoltada por mis hombres desde el foro Boario.

El general de generales miró a los ojos al senador apostado frente a la entrada de su casa y luego miró hacia la litera de su hija. Hizo una leve señal con la mano derecha y uno de los soldados que le acompañaban partió a toda velocidad hacia donde se encontraba la litera. El legionario comprobó que en su interior se encontraba la joven Cornelia en perfecto estado y levantó la mano hacia el *princeps senatus* quien, impasible, sin tan siquiera responder al saludo de Graco, permanecía en perfecto silencio ante un confundido interlocutor. Graco sabía que eran enemigos políticos, pero no esperaba tanta distancia entre ellos. Además, acababa de prestarle un importante servicio al *princeps senatus* y el senador, en su ingenuidad, había esperado cierto agradecimiento por parte del líder de los Escipiones.

Graco miró hacia atrás y vio como la litera se ponía en marcha en dirección a la casa de la que procedía. Al pasar por delante de él, la faz suave y, a la vez, brillante, de la joven Cornelia apareció por un instante para regalarle una mirada en la que Graco creyó percibir el agradecimiento que el propio padre de la muchacha le negaba. Los ojos negros de Cornelia le miraron como acariciando su alma, o así lo sintió, en un instante que se transformó en enigmático, intenso, sentido, especial, pero la mujer, y por primera vez Tiberio Sempronio Graco usó esa palabra para pensar en la hija menor de Escipión, ocultó su faz tras las cortinas de la litera a la vez que la propia litera desaparecía tras las grandes puertas de entrada a la *domus* de los Escipiones. La magia se desvaneció y ante el senador de la familia Sempronia permanecía inalterable la figura temible del más veterano de los senadores de Roma: Publio Cornelio Escipión. Con el rabillo del ojo, Graco vio como Laertes, ayudado por uno de los legionarios del *princeps senatus* se introducía también, como podía, en el interior de la gran *domus*.

—Sé que piensas que tengo algo que agradecerte, Tiberio Sempronio Graco —empezó al fin Escipión captando con rapidez toda la atención de su visitante—, pero no seré yo quien agradezca nada a un amigo de Catón. En unos instantes habría estado en el foro Boario y habría escoltado yo mismo a mi hija. No te debo nada y no pienso agradecer nada a quien se ha atrevido a humillarme en público, a quien se jacta de ser el mayor amigo de mi peor enemigo y a quien se atreve a hablar con mi hija sin ni tan siquiera pedirme permiso.

Graco pensó en cuántas cosas podían responderse a semejante torrente de tergiversaciones, pero la confusión por el gélido recibimiento le tenía aturdido y no sabía bien ni por dónde empezar. Además, lo peor de todo era no saber bien por qué le molestaba que Escipión se mostrara tan airado con él. Podía argumentar que sin su intervención, visto lo acontecido en el foro Boario con el gladiador númida, quizá su hija tuviera algo más que un susto en su hermoso cuerpo; podía aducir que él no se consideraba, y mucho menos se jactaba, de ser el mejor amigo de Catón, y podía decir en su defensa que si había hablado con la hija del *princeps senatus* había sido sobre todo para tranquilizarla. Pero pese a todos estos razonamientos, Graco, en cuyo interior crecía la indignación al sentirse maltratado pese a los servicios prestados, optó por atacar al ser atacado.

—En Roma, el senador Publio Cornelio Escipión no decide sobre con quién habla o deja de hablar Tiberio Sempronio Graco.

Publio frunció un ceño de arrugas profundas y apretó los labios con tal firmeza que sólo se veía una línea blanca con comisuras hacia abajo en los laterales que marcaba la boca del *princeps senatus*. Fue un instante grave de silencio compartido entre dos hombres que empezaban no ya a despreciarse, sino a forjar entre ellos el terrible vínculo del odio. Escipión, en el fondo de su ser, se sentía culpable de haber cedido primero a los caprichos de su hija y, en segundo lugar, se sentía aún más responsable de lo ocurrido por no haberla dotado de suficiente escolta, pero lo que le quemaba por dentro era tener que deberle a un amigo de Catón algo tan preciado como el cuidar de la vida de su propia hija en momentos difíciles. Pero Escipión en la superficie de su mente se repetía que no había pasado nada y que aquel Graco sólo hacía que inmiscuirse en su familia y atreverse a hablar con una hija suya después de haberse mostrado hostil a la familia de los Escipiones en público.

—¡Desaparece de mi vista, miserable! —vociferó Escipión delante de todos y para sorpresa de todos, pues si bien los amigos del general no esperaban un abrazo entre ambos hombres, tampoco pensaban en que el *princeps senatus* fuera a reaccionar con tal vehemencia—. Desaparece de mi vista, Tiberio Sempronio Graco, y te diré algo sobre lo que sí decido yo siempre: nunca, me oyes, nunca jamás volverás a hablar con mi hija.

Graco dio un par de pasos hacia atrás, con lentitud. Lo correcto habría sido despedirse, pese a todo, pero no era aquélla una conversación normal. Graco dio media vuelta y se marchó de la puerta de aquella casa de donde, sin aún siquiera haber entrado aquel día, se sentía expulsado para siempre. Tiberio Sempronio Graco se alejó de allí. Caminaba rodeado por sus hombres en dirección al foro. Anduvo sin detenerse un segundo, con paso decidido, sin querer mirar atrás, indignado, enfurecido, casi fuera de sí. Junto al Templo de Venus se paró y miró al cielo. El sol cabalgaba en lo alto del cielo. El mundo seguía. A su alrededor, comerciantes, prestamistas y mercaderes hacían todo tipo de negocios. Se veía a grupos de senadores cruzando el foro hacia el *Comitium*. Una patrulla de *triunviros* apareció entrando desde Aequimelium arrastrando a un celta al que llevaban encadenado. Graco reconoció al gladiador celta que había escapado del foro Boario. Lo llevaban hacia el *Tulianum*, la terrible mazmorra de Roma donde con toda seguridad sería estrangulado en pocas horas. Graco reemprendió la marcha hacia el *Comitium*. Había acordado una reunión con Catón y los suyos para preparar una candidatura alternativa a los Escipiones para el consulado del año que empezaba, pero su mente no dejaba de repasar todo lo ocurrido aquella mañana y una y otra vez, todos sus pensamientos retornaban a aquella mirada de ojos oscuros y penetrantes de una muy joven mujer que lo había dejado desasosegado y confuso. Al fin, Graco comprendió que lo que le embargaba por dentro era el ansia de poseer a una mujer y consideró con seriedad retrasar su encuentro con Catón y desviarse para ir en busca de la gran *lena* de Roma y satisfacer sus apetitos carnales con alguna de las hermosas prostitutas que la anciana ponía a disposición de los más adinerados patricios, pero, por alguna extraña razón, Graco presentía que el ansia que sentía en sus entrañas no podría ser calmada por ninguna otra mujer que no fuera aquella joven que ya con cinco años se cruzara en su vida y que una vez más lo había hecho ahora en el foro Boario y cuyo todopoderoso padre había jurado mantener lejos de su alcance para siempre. Tiberio Sempronio Graco estaba seguro que sólo podría volver a acceder a la joven Cornelia pasando por encima de Escipión, pero eso formulaba el más inquietante de los dilemas, pues ¿cómo se puede conquistar el amor de una mujer si para ello es inevitable destruir antes a su padre?

46

El juicio contra Catón

Roma, mediados de enero de 190 a.C.

Catón estaba furioso. Los Escipiones habían atacado por donde menos lo había imaginado. En lugar de haber esperado a las votaciones en el Senado para la elección de los nuevos cónsules del año en curso, donde él ya tenía diseñada la estrategia a seguir con una amplia serie de apoyos garantizada, que iban desde sus seguidores más fieles como Quinto Petilio, Spurino, Lucio Valerio Flaco, su propio primo Lucio Porcio y otros, hasta la familia Sempronia, encabezada por Tiberio Sempronio Graco e, incluso, algunos Násica, una rama de la familia Cornelia que se había distanciado en los últimos años de la línea de los Escipiones, la rama hegemónica en el clan. Sin embargo, todo eso se había venido al traste porque justo antes de las elecciones los Escipiones, aliados con Acilio Glabrión, entre otros muchos, le acusaron en público por una mala gestión de su magistratura consular durante la campaña de Hispania. Le recriminaron no haber conseguido apaciguar por completo los levantamientos en la región y, lo peor de todo, le acusaron formalmente de haber alargado su mandato sin necesidad. Ante todo eso había defensa y explicaciones por lo que no había dudado Catón en pedir un *iudicium populi* ante el pueblo de donde sabría que saldría completamente exonerado de todas las acusaciones por dos motivos: primero, porque eran falsas y, segundo, y quizá más importante, porque el pueblo le respetaba, especialmente no tanto por la propia campaña de Hispania, sino por su más reciente intervención en la batalla de las Termópilas. Por eso mismo, Publio Cornelio Escipión se había asegurado de que fuera el propio Acilio Glabrión el que le acusara de forma directa. Así Catón era señalado con el dedo por el general en jefe durante aquella batalla. Era una forma de generar la duda, de extender la maledicencia. Claro que no fue suficiente, ¿o sí?

Como había imaginado, salió totalmente absuelto del *iudicium populi*. Aquellos cargos eran insostenibles cuando se refutaban con hechos y testimonios de muchos que le apoyaban y que habían estado en Hispania, pero los Escipiones consiguieron generar la duda sobre su capacidad para el mando en momentos especialmente difíciles como los que se cernían sobre Roma con el tremendo ejército que Antíoco estaba reuniendo una vez más en Asia para contraatacar tras su derrota en las Termópilas. Catón quería salir elegido cónsul ese año para así dirigir la campaña de Asia, y lo tenía todo preparado en el Senado, pero tras el fulgurante juicio público, pese a haber salido indemne desde el punto de vista legal, su prestigio había quedado dañado, aunque sólo fuera temporalmente, pero lo suficiente para perder las votaciones, no sólo al consulado, sino también a la censura o a cualquier otro cargo de prestigio, por muy poco, pero perdidas en cualquier caso. Los Násica, a raíz del enlace entre el primogénito del líder del clan con la hija mayor de Escipión, cambiaron de bando; Glabrión y los suyos junto con los Emilio-Paulos y los Escipiones y otras familias apoyaron la otra candidatura, donde, por una vez, Escipión, por todos los dioses, había sido más hábil que él, y en lugar de presentarse él mismo como alternativa a Catón, había propuesto a Lucio Cornelio Escipión, su hermano, y a Cayo Lelio como cónsules. Era lo mismo que si se presentara el propio Publio Cornelio, pero al mismo tiempo, no era lo mismo y de esta segunda forma lo vio el Senado que votó por esta segunda opción.

Catón miraba al suelo frío del atrio de su *domus*, enfurecido y solo. Debería haber propuesto a Graco como cónsul. Graco habría concitado más consenso. Una vez más había infravalorado la capacidad de Escipión de rehacerse, pero Catón se juró a sí mismo aquella tarde de derrota que aquél sería su último error político. Primero iría a por Acilio Glabrión y luego a por los demás. Pero poco a poco. De momento tomaba nota sobre cómo un proceso judicial podía destrozar políticamente a alguien. Escipión había introducido nuevas armas en aquella guerra. Sea. Nuevas armas serían las que usaría a partir de ese momento, pero antes quedaba un asunto pendiente: debía conseguir que en el ejército consular de Asia se infiltrara alguno de los suyos. Eso antes que nada, y luego quedaba no perder la esperanza: quizá los *catafractos* de Antíoco, esos mismos que no llevó a las Termópilas y que no dudaría en emplear ahora, quizá, como decían todos, resultaran invencibles y el trabajo sucio terminara haciéndolo ese obstinado rey sirio. Era una posibilidad que no había que olvidar. Catón sonrió mínimamente.

—Por los *catafractos* de Antíoco —dijo en la soledad del atrio, y levantó una pequeña copa de vino tibio rebajado con agua. Bebió y repitió el brindis encomendándose a Marte, el dios supremo de la guerra—. Por los *catafractos* de Asia.

47

Memorias de Publio Cornelio Escipión, *Africanus* (Libro IV)

Fue un año de matrimonios. Y todos muy ventajosos. Al final, puse en marcha la estrategia de realizar nuevos pactos con más familias senatoriales o recuperar viejas alianzas mediante bodas. Era una forma de contrarrestar también el matrimonio de Catón de hacía unos años con una matrona de la gens *Licinia, matrimonio que había dado como fruto ya un niño, pero aún muy pequeño, mientras que yo disponía de hijas en edad casadera. Empecé dando ejemplo al resto de aliados de la familia: Cornelia mayor se casó al fin con Násica, hijo del cónsul de ese año y de esa forma recuperamos el apoyo de aquella rama de la familia Cornelia que tanto se había distanciado de nosotros. Luego persuadí a mi cuñado, Lucio Emilio, de que era oportuno que contrajera matrimonio ya. Así hizo y eligió bien casándose con Papira y así sumando una familia más a nuestra extensa red de alianzas. Y, finalmente, conseguí que el indomable Lelio aceptara tomar por esposa a una joven patricia romana, hija de Acilio Glabrión, el gran vencedor en las Termópilas. La nueva red de pactos dio sus frutos con rapidez y ese mismo año, en las elecciones consulares, desbancamos la candidatura de Catón e impusimos la nuestra encabezada por mi propio hermano, Lucio, y por Cayo Lelio. Habíamos cortado el ascenso irrefrenable de Catón y nos habíamos hecho con el control completo de la campaña de Asia, y, además, aunque formalmente no fuera cónsul, yo también acu-*

diría junto con mi hermano como asesor militar. En mi pertinaz ingenuidad pensaba que a partir de aquí todo tendría que salirnos bien. Estaba persuadido de que la pequeña Cornelia tomaría ejemplo de su hermana mayor y que pronto aceptaría un matrimonio que engrandeciera aún más a la familia. Flaminino, el conquistador de Grecia, era mi favorito. Por otra parte, la campaña de Asia debía suponer el principio de una brillante carrera militar para mi hijo. Lo tenía todo perfectamente planeado, pero los dioses númidas decidieron poner en marcha la maldición de Sífax.

48

La carta secreta

Roma, febrero de 190 a.C.

La carta le llegó a través de uno de sus esclavos. Tiberio Sempronio Graco la tomó en la mano con extrañeza.

—Han entregado esto para el amo —dijo el esclavo alargando la mano.

—¿Quién? —inquirió Graco mientras daba la vuelta a la tablilla y paseaba sus sorprendidos ojos por las palabras que alguien le había dirigido, al parecer, con gran secreto.

—No lo sabemos, mi amo. Un jovenzuelo al que preguntamos pero que sólo acertó a decirnos que alguien, un liberto quizá, le había pagado un as por entregar esta carta. Nos dio la tablilla y salió como perseguido por los espíritus del infierno.

Graco despachó al esclavo con un leve gesto de su mano y se quedó a solas en el atrio, en el corazón de su casa, meditando sobre quién habría remitido semejante carta. «¿Un as?», pensaba entre admirado y confuso. Un as era una enorme cantidad de dinero por simplemente entregar una carta. Dejó la tablilla sobre la mesa y cerró los ojos. Aún estaba algo aturdido. Acababa de regresar del Senado donde Catón y él y Spurino y el resto habían ganado una importante votación. Sin embargo, Graco no tenía claro que aquello fuera a ser realmente bueno para él. Aún recordaba la conversación con Catón, Spurino, Lucio Valerio Flaco y el resto unos días antes. Todos habían estado de acuerdo en que Escipión había sido extremadamente hábil al afianzar nuevas alianzas con la boda de su hija mayor y los matrimonios de su cuñado y de Cayo Lelio.

—Nos ha ganado en esta ocasión —se explicaba Catón con la decisión de quien acepta que ha sido derrotado en una batalla pero no en la guerra—, pero podemos aún revertir el curso de los acontecimientos. Lo importante ahora es Asia. Escipión controlará la campaña y estoy seguro de que él mismo la dirigirá. Ya veréis como al final acudirá como asesor de su hermano y nadie podrá oponerse. Lucio Cornelio o Cayo Lelio, como cónsules electos, pueden elegir a quien quieran como asesores de la campaña y nadie en el Senado se atreverá a cuestionar la oportunidad de incorporar a Publio Cornelio Escipión en una campaña en la que entre el enemigo se encuentra Aníbal. Por ahí no podemos hacer ya nada, pero sí que es importante que, como en África, haya alguno de nosotros en Asia. —Y aquí calló un momento Catón mientras miraba a cada uno de los presentes hasta detener sus ojos sobre Graco.

—¿Por qué yo? —había respondido Tiberio Sempronio Graco—. No es que me parezca mal, pero cualquiera de vosotros puede hacerlo igual de bien que yo.

—Eso está claro, Graco —replicó Catón con rapidez—, pero tu nombre concita cierto consenso en el Senado.

—Puede ser, pero Escipión me odia —interpuso Graco—. No me aceptará nunca en la campaña de Asia.

—El Senado nos ha hurtado el gobierno de esta campaña, Graco, pero hemos perdido las votaciones por muy poco y me consta que no todo el mundo está satisfecho. Los dos cónsules son el hermano y el mejor amigo de Publio Cornelio Escipión. Muchos están deseosos de compensar esa tremenda victoria de Escipión concediéndonos algo. Ese algo serás tú, Tiberio Sempronio Graco, como tribuno de una de las legiones. Eso podemos conseguirlo. Nos lo deben. Los senadores que fluctúan en su voto esta vez se inclinarán hacia nosotros. —Y Catón se levantó y le puso la mano sobre el hombro derecho—. Graco, serás nuestro hombre en Asia, le guste o no a Escipión.

De esa conversación hacía días y ahora hacía sólo una hora que se había votado en el Senado y Catón había conseguido, como pronosticó, que su nombre, Tiberio Sempronio Graco, quedara ligado a la campaña de Asia. Suspiró larga y profundamente. Volvió sus ojos hacia la mesa. La misteriosa carta seguía allí, esperándole. La cogió con la mano derecha, dio la vuelta a la tablilla y empezó a leer. Graco abría bien los ojos a medida que avanzaba, línea a línea, por el texto de aquella misiva.

Mi padre no te permitió explicarte y tampoco estuvo en el foro Boario y no es, en consecuencia, consciente del servicio que me has prestado, pero ese mismo padre que te niega la posibilidad de hablar es el mismo padre que me enseñó a ser agradecida. Es justo entonces que al menos a través de mí te llegue el agradecimiento y el reconocimiento si no ya de mi familia sí, al menos, de mi persona por atenderme y defenderme en el foro Boario cuando mi esclavo protector había sido ya abatido por el gladiador. Sé que hice mal en acudir a observar semejante combate y sé que es gracias a ti que mi atrevimiento no ha sido castigado con mayor severidad sobre mi cuerpo. Por todo ello, pese a que nuestras familias son enemigas políticas y, según veo por la reacción de mi padre, irreconciliables, te escribo y te hago llegar esta carta para manifestarte mi agradecimiento. Deseo que en el futuro lo que tanto separa a nuestras familias sea superado y así quizá poder hablar de nuevo con quien tanta atención me ha prestado. Te ruego que el contenido de esta carta permanezca en secreto pues temo la reacción de mi padre si descubriera que te he escrito. No siento vergüenza de hacerlo, pues estoy y estaré siempre al lado de mi padre, para mí, sin duda, la persona que más ha hecho por el engrandecimiento de Roma, y esta carta no debes nunca tomarla como muestra de debilidad o de rebelión ante quien gobierna mi familia. Se trata sólo de responder con justicia a una atención tuya sin por ello faltar al respeto que debo y deberé siempre a mi padre.

CORNELIA MENOR,
hija de Publio Cornelio Escipión

Tiberio Sempronio Graco depositó la tablilla, boca abajo, con lentitud sobre su regazo. Estiró el brazo y cogió una copa con vino y agua mezclados que se erguía solitaria sobre la pequeña mesa al lado de su *triclinium*. Bebió en el silencio de la tarde un trago largo que le refrescó por dentro, pues no tomaba el vino tibio como era habitual, y que le aclaró la garganta seca. Devolvió el vaso vacío a su mesa y se quedó contemplando los rayos de sol que se arrastraban por las piedras del atrio. Leyó de nuevo la carta y, al finalizar, la dejó con cuidado junto al vaso, sentándose en el borde del *triclinium*. Aquella joven mujer era, sin duda, una extraña mujer, además de muy hermosa. Por primera vez, Tiberio Sempronio Graco lamentó no disfrutar de la libertad de poder hablar de nuevo con la joven. Y pasó el resto de la tarde considerando alguna fórmula que permitiera algún acercamiento con la familia de los Escipiones, pero no la había. Catón no dejaría nunca margen para ello y, con toda seguridad, las acciones de Publio Cornelio Escipión tampoco servirían para apaciguar a Catón y sus seguidores en el Senado, cada vez más numerosos y cada día más temerosos del poder de Escipión. El juicio de enero instigado por *Africanus* contra Catón para debilitar su candidatura al consulado no ayudaba nada a poner paz entre las dos corrientes de senadores cada vez más enfrentadas en Roma.

La tarde se tornó en noche. Un esclavo esperaba en una esquina del atrio la llamada de su amo para que se le sirviera la cena o para que se preparara la habitación para dormir, pero el amo permanecía sentado sobre el *triclinium* sin decir nada. Al fin, Graco se levantó y se encaminó, sin hablar con nadie, hacia su habitación. Ningún esclavo le importunó. Cuando, ya medio desnudo, se tumbó sobre su lecho para descansar, había dado por perdida cualquier posibilidad de relacionarse con aquella joven y había tomado la firme determinación de apartar de su mente aquello que su razón le decía que era totalmente imposible.

Cerró los ojos.

Roma dormía.

Graco no.

Pasaron las horas en blanco. Cuando llegó la cuarta vigilia, Tiberio Sempronio Graco se levantó de la cama, se sentó frente a una pequeña mesa que había en una esquina de la habitación y encendió, ayudado por la tenue luz que entraba de la antorcha del atrio, una lámpara de aceite. El resplandor de la nueva llama iluminó la austera cámara de Graco. El senador cogió entonces un *stilus* y unas *schedae*. Tenía que dar respuesta a aquella carta o nunca podría dormir tranquilo.

49

Los enemigos de Roma

Roma, febrero de 190 a.C.

Cayo Lelio estaba exultante. Era cónsul de Roma y estaba recién casado con una hermosa joven patricia que se había mostrado más que cariñosa en sus primeros días de matrimonio. Y eso le animaba no sólo por la satisfacción sexual sino porque si había algo que Lelio anhelaba era tener un hijo y ahora, por fin, ésa era una posibilidad real.

Casado y cónsul, compartiendo el cargo con el hermano de Publio, pronto partirían hacia Asia, hacia una nueva campaña, hacia una nueva victoria, sin duda, pues el propio Publio, aunque no fuera cónsul, les acompañaría y los dos, tanto él mismo, Lelio, como Lucio, sabían que el que dirigiría todas las operaciones sería Publio. Lelio estaba encantado con el éxito de las maniobras sociopolíticas de los Escipiones para controlar los consulados de aquel año y acompañado por esa excitación y ánimo positivo llegó Lelio a casa de Publio, junto al foro.

La casa de los Escipiones había estado sumida en un continuo ir y venir de gentes que felicitaban a los Escipiones tras la elección de Lucio y de Lelio como cónsules, hasta que al cabo de las horas, con la caída de la tarde, todo quedó más tranquilo. En el gran atrio de la *domus* de los Escipiones sólo quedaron Lucio y su hermano Publio, su esposa Emilia, Lelio, Publio hijo y la pequeña Cornelia.

Reclinados sobre sus *triclinia*, los hombres departían con interés sobre la próxima campaña. Iba a ser la primera expedición militar de importancia para el hijo de Publio y el muchacho estaba ansioso por partir.

—¿Cuándo saldremos, padre? —preguntó nervioso. El resto comía fruta y bebía vino, vino con agua o *mulsum*, según las preferencias de cada uno. La joven Cornelia, sentada en una *sella*, se limitaba a escuchar, mirar y pensar.

—Pronto, hijo, pronto —dijo su padre satisfecho de que el muchacho mostrara interés sincero por partir hacia la guerra. Los resultados de su adiestramiento con Lelio seguían estando lejos de las aspiraciones de su padre, pero estaba bien que por lo menos el chico mostrara ansias por partir hacia Asia.

—¿Qué ruta seguiremos? —insistió Publio hijo. Nadie se sorprendía de que las preguntas las lanzara directamente a Publio padre, pese a que los cónsules electos eran Lucio y Lelio. Para subrayar que aquélla era una situación aceptada por todos, el propio Lucio repitió la pregunta.

—Sí, hermano, ¿qué ruta sugieres? Hacia Asia, pero ¿por mar o por tierra?

Publio padre dejó su copa de *mulsum* sobre la mesa y pidió agua caliente con hierbas. Necesitaba aclararse las ideas, no sólo por lo que iba a decir en ese momento sobre la ruta a seguir, sino por la conversación que debía mantener con Lelio a continuación, algo que iba a requerir de toda su destreza y porque, seguramente, sólo tenía que ver la faz seria de su esposa, Emilia volvería a sacar a colación el asunto de la juventud de Publio hijo y lo supuestamente inapropiado de su participación en aquella nueva campaña.

—He estado pensando largo tiempo sobre el asunto de la ruta —empezó Publio padre alejando de su mente otras consideraciones—. Desde luego no iremos por mar. La ruta es larga, llena de estrechos y corrientes poderosas. Hay piratas en Iliria y por las islas del Egeo, además de que los griegos afines a Filipo tienen suficientes barcos para retrasar nuestro avance, por no hablar de la propia flota de Antíoco. Son demasiados inconvenientes. No. Lo mejor será ir por mar sólo hasta Apolonia, en la costa ilírica, y de ahí cruzar Macedonia hasta el Helesponto, que será por donde entraremos en Asia.

—Pero Filipo no nos dejará pasar por su territorio —respondió Lucio algo perplejo ante el plan de su hermano.

—Eso habrá que verlo —se explicó Publio mientras cogía con una mano la taza con el agua con hierbas que le había traído un esclavo—. Filipo ha sido hasta cierto punto traicionado por Antíoco. Creo que se puede enviar a alguien para que negocie que ya que él ha sido traicionado por Antíoco en el pasado reciente, que abandone ahora él mismo, Filipo V de Macedonia, a su viejo aliado Antíoco. Filipo es rencoroso y es posible que ceda. Además, como Aníbal también está con Antíoco, sería una forma de hacer pagar antiguas deudas. Aníbal tampoco le apoyó lo suficiente en el pasado.

—Pero Filipo también tiene rencor contra nosotros —insistió Lucio—. Por Cástor y Pólux, no será una negociación sencilla.

—No, no lo será; de eso no hay la menor duda. Tendremos que buscar a alguien lo suficientemente loco y lo suficientemente valiente para enviarle a la ratonera en la que se ha convertido Pella* para negociar con Filipo.

Lucio miró entonces hacia donde Lelio, reclinado cómodamente en su *triclinium*, bebía con profusión de una recién rellenada copa de vino. Lelio se percató de la mirada.

—¿Yo?

—No —respondió rápido Publio padre—. Estás lo suficientemente loco y eres lo suficientemente valiente para la misión, mi querido Lelio, pero tú no eres prescindible. Ésa es una misión muy compleja y que puede terminar con el mensajero muerto; no, ya encontraremos alguien loco, valiente y prescindible a quien asignarle la tarea. De aquí hasta que lleguemos a Grecia tenemos tiempo para pensar en ello.

—¿Y si Filipo nos niega el paso? —preguntó Publio hijo.

—Entonces cruzaremos el Egeo en barco, pero ése será el último recurso. Si llegamos a esa situación podemos reclamar la ayuda no sólo de nuestra flota, sino también la de las flotas de Rodas y Pérgamo, que sólo desean que lleguemos lo antes posible para detener a Antíoco; pero sigo pensando que cruzar Macedonia es lo mejor para las legiones. Las largas marchas son, además, el mejor de los adiestramientos —apostilló Publio mirando fijamente a su hijo. El muchacho bajó la mirada y ocultó el rostro tras una copa llena de vino rebajado con un poco de agua. Publio padre añadió una breve orden hacia su hijo e hija—. Ahora dejadnos solos, pues he de hablar con los cónsules de Roma.

El joven Publio se levantó raudo y salió del atrio por el *tablinum*. La joven Cornelia hizo lo propio, siguiendo a su hermano, y, tras los dos, salió Emilia, como siempre discreta y silenciosa.

En el atrio quedaron a solas los dos cónsules electos de Roma y Publio Cornelio Escipión, que fue el primero en retomar la palabra. Se dirigió a Lelio y se dirigió a él yendo directamente al grano. Publio no creía en formas sutiles a la hora de transmitir una noticia que sabía que iba a ser mal recibida.

—Lelio, he hablado largo y tendido con mi hermano. Serás tú el que deba permanecer en Roma mientras él, al frente de las legiones, y yo como su asesor militar, partimos hacia Asia.

Lelio dejó su copa sobre la mesa delante de su *triclinium*. La noticia le pilló por sorpresa. El reparto de las provincias asignadas a los

* Capital de Macedonia.

cónsules debía decidirse al día siguiente en la próxima sesión del Senado y era habitual que un cónsul permaneciera en la ciudad, para defender Roma e Italia de posibles atacantes, mientras el otro partía en una expedición hacia Hispania en los últimos años o, en este caso, hacia Asia, pero Lelio estaba tan convencido de lo excepcional de la campaña asiática, que estaba persuadido de que el Senado permitiría, ordenaría incluso, que fueran los dos cónsules con sus dos ejércitos los que partieran juntos a enfrentarse con el poderoso rey Antíoco y su temible aliado Aníbal. No dudó en poner palabras a las ideas que bullían en su cabeza.

—Pero la campaña contra Antíoco requerirá de todos los esfuerzos y de todos los recursos. Seguro que podemos convencer al Senado para que permita que vayamos los dos cónsules hacia Asia.

—Es muy posible que pudiéramos conseguirlo, aunque estoy seguro de que Catón intentará impedirlo. Es más, estoy convencido de que ésa va a ser su estrategia mañana. Bien, empezaremos por confundirlo por completo al no luchar por ese asunto. Lo que me importa es que seamos Lucio y yo los que salgamos hacia Asia. —Lelio iba a quejarse, pero Publio levantó la mano y siguió hablando—: Lo sé, lo sé. Has esperado toda tu vida para ser cónsul y ahora te estoy obligando a permanecer en Roma, pero escúchame bien. Son muchas las razones que me impulsan a esta decisión: necesitamos que alguien se quede en Roma y vele por nuestra retaguardia y controle el Senado o, al menos, alguien que sepa interponerse ante los constantes ataques de Catón. Mi padre y mi tío fallecieron en Hispania porque Máximo controlaba el Senado e impidió el envío de refuerzos. No podemos permitir que una situación así pueda repetirse. Si uno de los dos permanece en Roma, podemos evitar el desabastecimiento y que Catón sea capaz, desde el Senado, de transformarse en el enemigo de retaguardia que termine generando al final nuestra derrota en Asia. Y debes ser tú, mi querido Lelio, el que permanezca, pues es justo ya que Lucio fue el que hizo esa misión en la parte final de nuestra campaña en África. Tú has compartido conmigo el *triunfo* de África y es justo que Lucio pueda optar a conseguir su propio *triunfo*.

Lelio miraba al suelo. Las palabras de Publio estaban cargadas de razón, aunque al final se podía contraargumentar que él mismo, Cayo Lelio, nunca optaría así a tener derecho a su propio *triunfo*, pero ¿qué más podía pedirle él a la vida? Con Publio, con Lucio, con los Escipiones, había participado en las más grandes victorias de Roma, en la conquista de Cartago Nova, en la batalla de Zama y había llegado a cónsul. Ahora le pedían ayuda para una misión nada reconfortante para su carácter guerrero, pero se debía a los Escipiones, se debía a Publio.

—Ya sabes que haré lo que me pidas —respondió Lelio mirando aún al suelo y, a continuación, levantando los ojos hasta la altura de la mesa donde se encontraba su copa de vino; añadió una duda—: pero yo no soy un gran orador y ya te fallé en otra ocasión en el pasado cuando me enviaste al Senado a pedir refuerzos. Podría volverte a fallar.

—Entonces no eras cónsul, Lelio —respondió Publio con decisión—. Una cosa es que el Senado se niegue a las peticiones de un tribuno enviado por un general que no tenía ni el grado oficial de procónsul, que era el caso conmigo en Hispania, y otra cosa muy, muy diferente es que el Senado se niegue a la petición de un cónsul, de un magistrado elegido por el propio Senado. No, Lelio, como cónsul serás una valiosísima pieza de la compleja campaña contra Asia, un impedimento con el que estoy seguro que Catón no espera contar. Como cónsul puedes convocar al Senado siempre que quieras, siempre que lo necesitemos. Catón no, pues ni será cónsul ni *magister equitum*, ni promagistrado ni pretor, pues todos esos cargos ya fueron repartidos ayer y ni él ni nadie de los suyos está en uno de esos puestos este año y las circunstancias no permiten que se elija un *interrex* porque ya se han celebrado las elecciones, ni se ha decretado que haya un tribuno militar *consulari potestate* y ni los decenviros *legibus condendis* ni el *praetor urbanus* van a inmiscuirse en asuntos de política exterior. No, Lelio, contigo en el Senado, tenemos la llave para controlar nuestra retaguardia, al menos, por este año. Luego ya veremos.

Lelio tomó de nuevo en sus manos la copa de vino.

—En fin, sea, por una copa de este buen vino aceptaré tus condiciones.

Publio hizo una señal y una esclava rellenó la copa del cónsul.

—Te vendes por poco —dijo Publio sonriendo.

—Soy de ánimo débil —dijo Lelio sonriendo también—. Además, he de reconocerlo. Estoy viejo para tanto viaje. Me acomodaré a los placeres de la ciudad, disfrutaré de mi joven esposa y me entretendré oponiéndome a todo lo que Catón proponga en el Senado, que seguro que será mucho.

—Seguro que tanto Catón de día como tu esposa de noche te mantendrán entretenido —dijo Lucio, y los tres se echaron a reír.

Los tres amigos bebieron y comieron un buen rato más. Lelio, al cabo de varias copas, contento, se levantó, se puso recto aunque guardando el equilibrio con cierta dificultad, y solicitó permiso del *pater familias* de la casa para marchar de allí. Publio le despidió con un abrazo de amigo. Lelio salió por la puerta. Doce *lictores* con las *fasces* en alto le recibieron como convenía a su grado consular. Los dos hermanos le vieron alejarse calle abajo en dirección al foro que debería cruzar para llegar a su casa, más al norte, cerca del viejo *Macellum* de la ciudad de Roma.

—Cumplirá como siempre lo ha hecho —dijo Lucio.

—Sin duda —confirmó su hermano mientras se volvía para entrar de nuevo en el atrio de la casa. Al darse la vuelta Publio padre se vio sorprendido por encontrarse de pronto con su esposa Emilia. La conversación con ella no podía retrasarse más.

—¿Es realmente necesario que vaya Publio? —preguntó ella sin rodeos.

Publio suspiró mientras caminaba hacia el atrio seguido por su esposa y por Lucio.

—Yo voy a retirarme a descansar —dijo Lucio, y dejó a su hermano y su esposa a solas, que es lo que ambos necesitaban.

—El alma de Cartago está en Asia —continuó Emilia sin dar tregua—. Sigo pensando que no es una buena idea.

—No podemos tener al muchacho escondido —se defendió Publio con rotundidad. Al ver como Emilia bajaba los ojos comprendió que, en el fondo, ella pensaba lo mismo.

—Sé que en eso tienes razón, Publio, pero no puedo evitar tener tanto miedo, tantísimo miedo. —Por primera vez desde hacía meses Publio se acercó a su esposa e intentó consolarla tomándola por la cintura y hablando con suavidad.

—Yo le protegeré. Te lo prometo —dijo él, y vio como su esposa cerraba los ojos y, pese a sus palabras, negaba con la cabeza pero callaba sin oponer más resistencia sobre ese asunto. Entonces Emilia se separó de él, se sentó en uno de los *triclinium* y exhibió una tablilla en su pequeña mano derecha. Publio se acercó a ella y Emilia alargó su mano con la tablilla. Publio cogió lo que parecía una carta y la leyó en silencio.

—Éste es otro asunto del que quería hablarte. Laertes ha descubierto la carta y me la ha entregado. Es leal ese esclavo —decía Emilia intentando añadir algo positivo a todo aquello, pero al ver como la faz de su marido se desencajaba mientras leía el texto de la tablilla comprendió que la ira de su esposo se había desatado. Sin embargo, las palabras que brotaron de los labios de Publio emergieron con la frialdad serena del que rumia aún cuál ha de ser su decisión final.

—Llámala, Emilia. Llámala. Quiero hablar con ella.

50

La rebelión de Cornelia

Roma, febrero de 190 a.C.

En el atrio de la *domus* de los Escipiones, en el centro de Roma, había tres personas: Publio Cornelio Escipión, su mujer Emilia, a su derecha, ambos sentados, Publio sobre un sólido *solium*, su esposa sobre una *sella* más pequeña y sin respaldo. Frente a ellos, su joven hija Cornelia, de catorce años, les encaraba desafiante. La muchacha sólo con ver el semblante serio, irritado de su padre y la cara tensa, preocupada de su madre sabía por qué la habían llamado. Además, su padre tenía en la mano una tablilla que apretaba con fuerza.

Publio blandió entonces la tablilla como quien esgrime una espada y se dirigió a su hija con furia controlada.

—¿Sabes lo que es esto, niña?

Cornelia mantuvo la compostura y respondió con voz firme.

—Una carta.

—Una carta no, niña, esto es traición a la familia —apostilló Publio aún sin gritar, pero haciendo grandes esfuerzos para mantener el control sobre sus sentimientos y sobre sus actos. Cornelia vio que su madre permanecía en silencio tragando saliva. La muchacha había temido la reacción de su padre si descubría la carta que había enviado a Graco, pero el rostro descompuesto del *pater familias* la impresionaba y atemorizaba incluso si había previsto que algo así podría ocurrir.

—Yo no he traicionado ni traicionaré nunca a mi familia —empezó a defenderse la joven; su padre abrió la boca, pero la muchacha aún añadió una frase más—. En esa carta no hay nada de lo que me avergüence.

Publio Cornelio Escipión estaba acostumbrado a tratar con la indisciplina; había sido capaz de meter en cintura a tropas amotinadas o a legiones rebeldes, pero para solucionar aquellos problemas bastaba la mano dura, blandir una espada, castigar a unos centenares o ejecutar a tantos hombres como fuera necesario hasta que el orden se restableciera. Luego había que predicar con el ejemplo y ser uno mismo el más disciplinado de todos, pero ¿cómo conseguir que aquella niña dejara de rebelarse una y otra vez? Era su hija, por todos los dioses, no podía matarla y su madre ya predicaba con el perfecto ejemplo de una magnífica matrona romana, igual que su hermana mayor. ¿Por qué la pequeña Cornelia tenía que ser tan difícil en todo, siempre?

—Debería mandar azotarte —dijo Publio al fin con severidad. Emilia le lanzó entonces una mirada en la que la muchacha vio tanta fuerza como en los ojos iracundos de su padre; Publio debió sentir esa mirada de su esposa incluso sin girar un ápice su cuello—. Sí, debería mandar azotarte aunque tu madre se oponga; quizá el dolor y la sangre te hicieran comprender lo que ni las palabras ni el ejemplo consiguen. —Y se levantó lanzando contra la pared la tablilla que se hizo añicos—. Escribir a uno de los mayores enemigos de la familia y en secreto es traición, niña.

Para sorpresa de Publio, y también de Emilia, que levantó la mano para detener a su hija, la pequeña Cornelia no se arredró y respondió a la arenga de su padre con un torrente de palabras que dejó estupefactos ambos progenitores.

—Escribo en secreto porque no se me permite comunicar con ese hombre de otra forma; escribí porque ese hombre que tanto odias, y no digo que sin razón, en un momento concreto ha prestado un servicio a esta familia salvándome la vida quizá, y no hay ni una sola línea de esa carta donde no deje de decir cuánto admiro a mi padre, cuánto le respeto y cuánto pienso siempre seguir admirándole y respetándole incluso si se muestra injusto e intolerante y tan obcecado que es incapaz de distinguir cuando alguien ha hecho algo bueno para nosotros, más allá de que ese alguien sea la misma persona que en el pasado y en el presente y quizá en el futuro siga actuando contra nosotros. Yo sólo actúo siguiendo el ejemplo de mi padre, el mismo padre que en el pasado negoció con enemigos de toda clase y condición para conseguir pactos positivos para Roma, incluso si entre esos enemigos estaban hombres que quizá hubieran participado en la muerte de mi abuelo y de mi tío abuelo.

Publio quedó perplejo. La alusión a sus negociaciones en Hispania con iberos que con toda seguridad participarían en la muerte en el pasado de su padre y su tío le pilló por sorpresa. Se quedó mudo y se sentó. Pero tanto Cornelia como Emilia sintieron aún más miedo de aquel silencio. Fue Emilia la que decidió intervenir en busca de una solución.

—Cornelia, aunque Sempronio Graco te haya defendido en el foro Boario no puedes escribirle ni contactar con él. Eres una Escipión, una *scipio*, y ya sabes lo que eso significa entre nosotros, los más jóvenes sois el *scipio*, el bastón sobre el que los mayores nos apoyamos. Si ese bastón se quiebra o trata con enemigos a espaldas de los mayores toda la familia se pone en peligro. Es esencial la sinceridad absoluta entre los miembros de la familia, pero lo importante ahora es que un esclavo nos ha entregado esa carta antes de que salga de aquí y no se ha hecho mal alguno a la familia, pero tienes que jurar por todos los dioses que no volverás a actuar de esta manera.

Publio permanecía callado. Cornelia le miraba y respondió a su madre sin dejar de mirar fijamente a su padre.

—Entiendo perfectamente lo que me dices, madre, y como tan importante es la sinceridad voy a ser sincera: si sólo tenéis una carta, eso es que la otra carta que envié sí le ha llegado, pues ya imaginé que alguien me traicionaría, pero me alegro de que al final haya llegado una de las dos cartas a su destino porque es de justicia reconocer el servicio prestado, pero también lamento que haya llegado porque os sentís heridos sin causa ni motivo. Y ahora me voy a mi cuarto, de donde supongo que mi padre no me dejará salir en semanas o meses o años, donde esperaré a que me azoten o que me dejen morir de hambre o lo que a bien tenga disponer el *pater familias* de los Escipiones.

Y se dio la vuelta y se marchó. Emilia se levantó para detenerla, pero su esposo la detuvo cogiéndola de la muñeca. Emilia se sentó y miró a su esposo, que tenía los ojos hundidos en el suelo.

—Nació del revés. Eso fue un mal presagio —dijo Publio al fin.

Emilia no estaba dispuesta a admitir esa interpretación. No estaba dispuesta a admitir nunca nada contra sus hijos, incluso de su propio padre.

—Eso no es justo, Publio. Hasta tu madre rechazó las insinuaciones que sobre ese asunto hizo la matrona que me asistió en el parto. ¿Acaso sabes más que tu madre sobre partos?

Publio calló unos instantes y negó despacio con la cabeza.

—De acuerdo con eso, pero es una lástima que tanta fuerza se pierda en el cuerpo de una mujer. —Publio hablaba como si hablara para sí mismo, como si estuviera solo—. Ojalá su hermano tuviera la mitad de vitalidad y determinación que esa niña. ¡Qué lástima que

Cornelia sea una mujer! Ella debería haber sido Publio, ella debería haber sido un niño.

Emilia sintió las palabras de su marido. Le dolía que menospreciara tanto a Cornelia sólo por el hecho de ser rebelde y ser mujer, algo que le habría perdonado si la muchacha fuera un varón, pero, por otra parte, se quedó más sosegada de que Publio, pese a saber que la carta finalmente había llegado a su destino, no pasara a mayores y dejara correr aquel espinoso asunto sin mencionar más castigos que ella no estaba dispuesta a aceptar; pero también le dolía que despreciara a Publio hijo por el hecho de que éste no se mostrara tan osado como su hermana pequeña. Emilia percibió entonces una sombra tras ellos, y vio como la cortina del *tablinium* se movía. La intuición de madre hizo que dejara aquel detalle en secreto.

Publio hijo se separó de la cortina del *tablinium*, pero una esquina de la toga parecía haberse enganchado y tuvo que tirar de ella para poder zafarse de la tela que separaba la estancia en la que se encontraba del atrio. Una vez libre, se escabulló por la puerta trasera y desapareció. Consigo se llevó el desprecio de su padre.

La joven Cornelia lloró desconsoladamente durante horas en la soledad de su habitación. Nadie fue a verla ni a llevarle comida en el resto de la tarde o de la noche. Al día siguiente entró su madre con una bandeja con fruta. Ella no tenía hambre.

—Tu padre y tu tío y tu hermano van a salir para Asia esta misma tarde. ¿Quieres hablar con alguno de ellos? —le preguntó su madre con dulzura.

Cornelia negó con la cabeza.

Emilia suspiró.

—Lo que has hecho está mal —continuó ella ante el silencio de su hija—, pero tu padre al final ha decidido no castigarte más allá de recluirte unos días en la habitación. Luego quedas bajo mi tutela. Por favor, no me des motivos para castigarte más —dijo, y se levantó, pero cuando iba a salir se detuvo un instante y se volvió hacia Cornelia, que permanecía inmóvil, sentada en el borde de su cama, sin tocar la bandeja de comida—. De todas formas no creo que puedas volver a repetir tu rebelión, al menos en bastante tiempo, pues el Senado ha aprobado que Tiberio

Sempronio Graco, junto con otros senadores, se incorpore a la campaña de Asia como tribuno de una legión. No sabía si decírtelo o no, pero creo que será mejor así. De esa forma no andarás intentando ver cómo comunicar con él. No estará aquí en mucho tiempo. Quizá le olvides y vuelva todo a su curso normal, Cornelia. Ahora, por favor, come algo. —Y se retiró cerrando la puerta despacio.

La joven Cornelia se quedó aún más quieta de lo que estaba antes. Graco iba a Asia bajo el mando de las legiones que comandaban su tío y su padre. Parpadeó varias veces mientras su mente pensaba a toda velocidad. Dio un salto y se sentó frente a la pequeña mesa que había en su cuarto. Le habían quitado todas las tablillas para escribir, pero tenía otras opciones. Abrió un joyero pequeño que poseía hacía tiempo, extrajo todas las joyas, descubrió entonces el doble fondo y sacó de él unas *schedae*. Mientras hacía todo eso su mente cambió de opinión. Había pensado volver a escribir a Graco para advertirle que la ira de su padre contra él aún sería más grande de lo que imaginaba después del episodio de la carta, pero por eso mismo lo pensó mejor y se dio cuenta que aquello, si volvía a descubrirse, tampoco ayudaría nada a Graco, así que, rápidamente, cambió el destinatario de su mensaje.

Querido padre:

No he querido nunca ofenderte y sólo deseo que los dioses te protejan a ti, a mi tío y a mi hermano en la campaña que emprendes hoy mismo, y rogaré a los dioses Lares y Penates cada día por vosotros. Imploraré a la diosa Fortuna que os sea propicia a ti y a mi querido tío Lucio y rezaré a Marte para que os dé fuerzas en esta guerra. Prometo comportarme con discreción y no dar motivo para que puedas volver a sentirte decepcionado por mis acciones. Sólo te transmito un ruego que pienso que es justo: no añadas más odio hacia Tiberio Sempronio Graco del que ya tienes. No sería justo que porque yo haya hecho algo que te parece impropio de una hija tuya, castigues con más desprecio y más odio a quien ya detestas. Ruego a los dioses para que volváis todos y ruego por que tras la guerra encontremos la forma de no odiarnos tanto entre los romanos.

Tu hija que te quiere y te adora siempre,

CORNELIA MENOR

Nada más terminó de escribir la carta, la dobló y la depositó con cuidado sobre la mesa. A continuación, Cornelia menor se asomó por la puerta y llamó a una esclava. Ésta se acercó y la joven le susurró unas palabras para, de inmediato, volver a encerrarse en su cuarto. A los pocos minutos su hermano entró en la habitación.

—Una esclava ha dicho que querías verme.

—Sí, hermano, sí —dijo ella levantándose y acercándose para hablar en voz baja—. Lo primero es desearte que los dioses te protejan y rogarte que, por lo que más quieras, no hagas ninguna tontería, hermano.

Publio hijo sonrió. Le conmovió la preocupación de su hermana. Aunque su padre la apreciara más, no sentía envidia contra ella. Era difícil siendo hombre sentir algo malo contra Cornelia menor. En eso su padre estaba completamente solo.

—No te preocupes; sabré cuidarme y volveré para volver a ver a la hermana más guapa del mundo.

Emilia sonrió a su vez y miró al suelo, pero pronto recordó que había algo más.

—Y, por favor, te lo ruego, entrega esta carta a padre y, por favor, asegúrate de que la lee.

El joven Publio tomó la carta con cuidado.

—No te preocupes. La leerá.

Cornelia sonrió agradecida, se acercó y le dio un beso suave en la mejilla. Su hermano la miró con afecto y desapareció por la puerta seguro de que, muy probablemente, ésa sería la última vez que viera a su hermana. Su padre estaba convencido de que era un cobarde, pero él estaba dispuesto a demostrar en la campaña de Asia que eso no era así. Y no le importaba perder la vida en aquel intento. No, no le importaba.

51

Una entrevista con Filipo

Palacio real de Pella, Macedonia.
Finales de marzo de 190 a.C.

El rey Filipo V de Macedonia había envejecido con el paso del tiempo. Accedió joven al trono y durante años luchó por restablecer el antiguo poder de su reino, cuna del gran Alejandro Magno, pero todos sus esfuerzos habían culminado en una larga serie de fracasos: derrotado en numerosas ocasiones por las diferentes alianzas de ciudades griegas a las que se esforzaba infructuosamente en someter, vencido por los romanos en su pugna por recuperar Apolonia y su control sobre la costa adriática y, finalmente, no habiendo sido capaz de aprovecharse de la debilidad de Egipto para recuperar posiciones en el Egeo. Primero los griegos, luego los romanos y finalmente estos últimos de nuevo junto con la traición del rey Antíoco de Siria que se había comprometido a ayudarle contra Roma, habían puesto fin a todos sus sueños. Ahora, recluido en Pella, la capital de su denostado reino, arropado por el grueso de sus hoplitas macedónicos, combatía sólo por defender su territorio de los ataques tracios del norte y de las ambiciones expansionistas de Roma y Siria. En medio de todo ese desastre, los romanos, eternos enemigos ya, solicitaban su ayuda. ¿Qué debía hacer él? Permitir a las legiones atravesar su territorio en dirección a Asia para enfrentarse contra Antíoco o imposibilitar tal trayecto y poner así en dificultades a Roma. ¿A quién odiaba más? ¿A Roma? ¿A Antíoco? Ahora ante él, un joven tribuno romano pedía permiso para atravesar Macedonia. ¿Qué debía decirle?

Filipo estaba cansado. No se sentaba en el trono, sino que se recostaba de lado; recibía a los embajadores entre aturdido y aburrido. No tenía ya grandes pretensiones ni aspiraciones que cumplir, por eso la arrogancia de los nuevos poderes emergentes en el mundo le resultaba tan molesta. Hacía veinticinco años, por las mismas puertas de bronce que acababa de cruzar el enviado de Roma, entraron los embajadores de un entonces poderoso Aníbal que le ofrecía un reparto del mundo entre Cartago y Macedonia a cambio de destruir Roma. Ahora Aníbal trabajaba para Siria y Roma sólo había hecho que crecer y crecer. Y aquel tribuno hablaba y hablaba.

Brindisium, sur de Italia.
Principios de marzo del 190 a.C.
Unas semanas antes de la entrevista con Filipo.

Estaban acampados a las afueras de Brindisium, al sur, en el final de la *Via Appia*. No se habían levantado fortificaciones porque aquél era territorio seguro y una ciudad amiga, el puerto desde el que embarcar hacia Apolonia, en la costa ilírica al otro lado del Adriático, desde donde continuar por tierra la ruta hacia el Helesponto, atravesando Grecia y la conflictiva Macedonia de Filipo. Publio aún no había decidido a quién se podría enviar a negociar con el rey de Macedonia. Era una misión muy arriesgada. Estaba meditándolo en el sosiego de su tienda, a la luz de dos lámparas de aceite cuyas llamas temblaban por la pequeña brisa que entraba desde el exterior, cuando su hijo apareció en la puerta. Publio padre le hizo un gesto para que entrara.

Su joven hijo pasó al interior y esperó en pie delante de su padre a que este último hablara. Apenas se habían cruzado un tímido saludo desde que salieran las legiones de Roma. Su padre parecía saber lo que pensaba.

—No te he hablado mucho durante el trayecto desde Roma, hijo, porque no quiero que piensen tus compañeros de armas que tengo preferencias por ti. He de tratarte como uno más, ¿lo entiendes?

—Sí, padre.

—Bien, por Cástor y Pólux, eso está bien. Esta noche tomaremos una copa juntos. Mañana cruzaremos a Grecia y la campaña empezará de verdad, incluso puede que tengamos que combatir allí mismo si Filipo se obceca en no dejarnos pasar o enfrentarse a nosotros, ¿entiendes, hijo?

—Sí, padre —respondió de nuevo mientras tomaba una copa con vino que le acercaba un esclavo.

Publio padre se levantó y alzó su copa.

—Por una campaña exitosa, hijo.

—Por una campaña exitosa, padre.

Los dos bebieron hasta vaciar sus vasos y los dejaron sobre la bandeja que sostenía el esclavo que estaba junto a ellos y que, una vez depositadas las copas sobre la bandeja, salió con rapidez para dejar solos a los dos amos. Publio hijo no sabía muy bien qué comentar, es decir, no sabía bien qué consideraría oportuno su padre que él dijera. Se acordó entonces de la carta de Cornelia y la extrajo de debajo de su uniforme.

—Toma, padre —dijo el joven estirando el brazo con la carta de su hermana—. Es de Cornelia, para ti. Me la dio en Roma, pero no había tenido oportunidad de entregártela hasta ahora.

Su padre miró la carta con recelo, pero le pareció demasiado violento despreciársela a su hijo, así que la cogió y la dejó en la mesa de los mapas, en el centro de la tienda. Publio hijo recordó las palabras de Cornelia: «Asegúrate de que la lee.» El muchacho apreciaba a su hermana con afecto sincero. Sabía que había mucha tensión entre ella y su padre. Quiso interceder.

—¿No vas a leerla, padre?

—Luego —le respondió su padre con parquedad—. Ahora quiero hablar contigo.

—Te escucho, padre.

—Bien. Mejor así. Sé que tu madre piensa que soy demasiado estricto contigo, pero vas a heredar mi nombre, vas a ser el nuevo *pater familias* de los Escipiones, la familia más poderosa de Roma, lo que te hace ser uno de los hombres más poderosos del mundo, si no el más. Eso será en poco tiempo. Aquí ya no importa si fuiste mejor o peor en el adiestramiento con Lelio. Aquí sólo importa el valor, el honor y la dignidad en el campo de batalla. No cometas locuras, pero no me avergüences. Sólo te pido eso. No has de ser un héroe, pero no me deshonres en combate. ¿Lo has entendido? Esto es lo más importante de todo.

—Lo he entendido, padre. Haré todo lo necesario para que estés orgulloso de mí.

—Bien, bien, entonces. Es hora de que descanses. Mañana será una larga jornada para todos. Hay fuertes vientos y Neptuno puede que quiera entretenerse con nosotros mañana zarandeando nuestras *quinquerremes*. Ve ahora a tu tienda y descansa.

—Sí, padre. —Y Publio hijo se dio media vuelta y, al hacerlo, vio la carta de su hermana olvidada sobre la mesa de los mapas. Pensó en decir algo, pero a su padre no le gustaría que insistiese. Era mejor dejar las cosas así. Con toda seguridad su padre volvería sobre los mapas a lo largo de la noche y vería la carta y, aunque sólo fuera por curiosidad, la leería.

Publio padre se quedó a solas. El chisporroteo suave de las lámparas de aceite era el único sonido que perduraba en el silencio de la noche. Los legionarios dormían. El general de generales se acercó a los mapas. Había trazado sobre Grecia la ruta más corta para llegar al Helesponto y Macedonia se interponía en su camino. Paseando su vista observó un papel que ocultaba parte de Asia. Era la carta de su hija. Publio la cogió, se separó de la mesa de los mapas y se sentó en la pequeña *sella* que tenía en un extremo de la tienda. Recordó entonces que había ordenado que le quitaran a su hija todo lo necesario para escribir cartas, y, sin embargo, una nueva misiva. Más allá de la rebeldía valoraba la inteligencia de su hija. Estaba enfadado, pero orgulloso al mismo tiempo. Abrió la carta y empezó a leer. Su rostro estaba serio mientras avanzaba atento por las líneas que había escrito su hija. Todo iba bien hasta que sus ojos chocaron con el nombre de Tiberio Sempronio Graco escrito por las pequeñas manos de Cornelia. Publio dejó entonces de leer y, sin acabar la carta, se levantó despacio pero decidido y se acercó a una de las lámparas de aceite aproximando un extremo de la carta a la parte superior de la llama. Las *schedae* prendieron con facilidad y Publio padre sostuvo la carta incendiada en la mano hasta que las llamas se acercaron peligrosamente a lamer las yemas de sus dedos. Sólo entonces la dejó caer sobre el plato de la lámpara y la miró mientras terminaba de consumirse lentamente hasta no quedar nada, hasta quedar muda para siempre. El cónsul de Roma, su hermano Lucio, entró entonces en la tienda.

—He visto luz —dijo Lucio—, ¿no vas a acostarte?

Publio ignoró la pregunta.

—Ya sé a quién vamos a enviar a negociar con Filipo —dijo Publio con seguridad. Al oír el nombre del elegido, a Lucio le pareció bien y sonrió.

Pella, Macedonia.
Finales de marzo de 190 a.C.

Graco supo, en cuanto vio el rostro de rabia controlada que Publio Cornelio Escipión puso cuando el Senado aprobó su incorporación como tribuno a la campaña de Asia, que no lo tendría fácil, pero aceptó la misión porque Catón, en este punto, tenía razón: era conveniente vigilar a los Escipiones de cerca y era cierto que su nombre, su familia, los Sempronios, concitaban el suficiente consenso como para ser enviado por el Senado a Asia junto a los Escipiones, eso sí, bajo el mando de estos últimos. Sea como fuera, ya no había marcha atrás. Roma quedaba ya lejos, a muchas millas de distancia, a muchos días de viaje. Ahora el presente de su vida lo marcaba Macedonia.

Graco entró en Pella, la gran capital de aquel legendario reino que vio nacer a Alejandro Magno, la que acogió a Aristóteles, la ciudad en la que Eurípides estrenaba sus obras. Tiberio Sempronio Graco admiró las grandes murallas de ladrillo, el perfecto trazado de las calles, la ausencia de suciedad gracias a un elaborado sistema de alcantarillado que ya desearía Roma para sí misma, y, al final del trayecto, justo en el centro, una enorme ágora donde los macedonios se reunían en el pasado para decidir sobre el gobierno de un imperio que se extendía desde allí hasta la India. Ahora el ágora estaba transformada en un gran mercado de alfarería, cerámica, vidrio, ganado y verduras. Se detectaba la decadencia creciente en algunos edificios maltrechos que rodeaban el ágora y que se erigían junto al gran palacio que el rey Arquéalo hiciera levantar hacía dos siglos. Él fue quien decidió trasladar la capital de Macedonia de la antigua Egas a Pella. Y Pella vivió su gloria igual que ahora vivía su declive, pero Graco sabía que no debía dejarse engañar: Macedonia, derrotada por etolios, romanos y sirios había perdido gran parte de su poder, pero era un gigante malherido capaz aún de dar zarpazos mortales con sus disciplinadas falanges de guerreros indómitos. No, no había que confiarse y debía mostrarse cauteloso, especialmente ante un rey de quien se conocía su mal carácter, un rey que no dudó en el pasado en pactar con Aníbal y que debía decidir ahora si seguir aliado con los enemigos de Roma o si, por fin, actuar de forma que ayudara a los intereses de la república del Tíber.

Los soldados macedonios que escoltaban a Graco le hicieron esperar en una gran sala repleta de mosaicos hermosos que cantaban las antiguas gestas de una ya casi olvidada todopoderosa Macedonia. Eran trabajos exuberantes en tamaño y nítidos en el detalle, elaborados sobre fondos oscuros y terminados con tonos claros mediante millares de teselas de entre las que se veían brillar algunas en aquellos mosaicos más recientes. Graco se acercó y observó con admiración que los artesanos macedonios estaban sustituyendo la técnica de las teselas antiguas por nuevas teselas de vidrio. La evolución no se había detenido en Macedonia del todo, al menos no en su arte.

—El rey te verá ahora, romano —dijo un soldado sobresaltando a un absorto Graco. El tribuno se volvió y siguió a aquel guerrero hoplita hacia el interior del salón del trono. Al instante, ante él, sentado en un gran sillón real, el rey Filipo V de Macedonia le miraba reclinado, con el mentón apoyado sobre su mano derecha y en silencio. Al principio, Graco dudó, pero ante la perseverancia en el silencio, el tribuno al final se decidió y en un griego correcto se dirigió al gran rey.

—Te saludo, Filipo V de Macedonia. Mi nombre es Tiberio Sempronio Graco, tribuno. Vengo enviado por Lucio Cornelio Escipión, cónsul romano al mando de las legiones que se dirigen a Asia a combatir contra un enemigo común, el rey Antíoco de Siria... —Graco iba a continuar, pero el rey le interrumpió incorporándose un poco y apoyando su espalda en el respaldo del trono.

—Soy yo, romano, quien decide quiénes son mis amigos o mis enemigos, no un enviado de cualquier cónsul a quien no reconozco poder sobre mí o mi pueblo para decidir nada.

Graco comprendió que había empezado con mal pie, aunque estaba convencido de que hubiera dicho lo que hubiera dicho, habría sentado mal a aquel rey amargado y envejecido por el tiempo y la guerra.

—Solicitamos permiso del gran Filipo V para cruzar Macedonia en dirección a Asia —resumió así con rapidez Graco la esencia de su embajada.

—¿Y por qué, si puede saberse, debo de facilitar algo a Roma después de tantos años en guerra, después de que Roma haya ayudado a las ciudades griegas rebeldes y después de que Roma mantenga invadida la costa del Adriático que me pertenece?

No iba a ser fácil. Tiberio Sempronio Graco meditó un segundo antes de responder, pero al poco reinició su discurso con serenidad. Tenía poco margen de maniobra. Sólo podía intentar satisfacer el orgullo herido de un rey que siente cómo su poder se desvanece.

—Es posible que mantengas justas querellas con Roma y no soy yo quien pueda valorar las mismas; sólo soy un enviado con un mensaje en que se solicita permiso para cruzar Macedonia sin entrar en combate.

—¿Y si no concedo el permiso? ¿Por Heracles, qué hará entonces tu querido cónsul Lucio Cornelio Escipión?

Graco sabía que las alternativas que tenía el ejército romano expedicionario en Grecia eran fletar una flota para cruzar el Egeo, algo siempre arriesgado pues quedarían a merced del mar y sus tormentas, frecuentes aún en aquella época del año, o entrar en guerra abierta con Macedonia para abrirse camino hasta los estrechos del Helesponto. Lo segundo, por supuesto, conllevaría enormes pérdidas y debilitaría el ejército que finalmente cruzaría a Asia aumentando la ventaja de Antíoco sobre ellos. Graco decidió no responder a la pregunta del rey y razonar de forma diferente.

—Antíoco no ha cumplido sus promesas con Macedonia en el pasado, ¿por qué tendrías ahora que ayudarle dificultando nuestro avance? ¿Por qué vas a premiar la desidia de Antíoco para con vosotros poniéndote ahora a su lado? Es positivo para la propia Macedonia que nuestras legiones lleguen a Asia rápido y sin tener que combatir antes. Los intereses de Macedonia y Roma en este punto son coincidentes. —Graco no estaba seguro de que su griego fuera lo suficientemente preciso para transmitir con claridad a Filipo la idea que estaba presentando; la faz seria, distante, poco confiada del rey confirmaba que no le estaba convenciendo. Iba a continuar, pero Filipo V de Macedonia se levantó de su trono y le interrumpió una vez más.

—Hablas y hablas, tribuno, pero yo estoy cansado de escuchar a Roma. Estoy cansado de recibir a embajadores con promesas que nunca se cumplen. Primero fue Aníbal, luego Roma, luego Antíoco. Nadie ha cumplido su parte con Macedonia y todos están en deuda conmigo. Mi reino está acosado por todos y todos me piden luego ayuda. Estoy harto de todos, romano. Y estoy mayor. No tengo ganas de más debates absurdos. Lo único que me sosegaría el ánimo es matar a tantos romanos, cartagineses y sirios como pudiera, y creo que eso es lo que voy a hacer, empezando contigo, romano.

Los guardias macedonios hablaban el dialecto local del griego, pero entendían la variante que su rey estaba usando lo suficiente como para desenvainar sus espadas y acercarse al joven tribuno de Roma. Tiberio Sempronio Graco, en un acto reflejo, se llevó la mano a la cintura, pero había sido convenientemente desarmado por los guardias antes de entrar a palacio. Se quedó entonces quieto, en medio del salón del trono, aguardando su ejecución, pensando en alguna forma de eludir la muerte, pero no había ventanas en aquella sala y la única puerta de acceso estaba flanqueada por los guardias macedonios que se aproximaban tan lenta como inexorablemente, hasta que, de pronto, el rey Filipo se sentó de nuevo y levantó su mano derecha. Los soldados envainaron sus espadas y retrocedieron tomando sus posiciones junto a las paredes laterales y junto a la puerta de entrada al salón. Graco exhaló un largo suspiro de aire y miedo contenidos.

—Tienes suerte, romano, de que no me guste actuar sin ponderar mis acciones. Pasarás esta noche en palacio. Y te servirán de comer y de beber. Incluso te mandaré una esclava. —Y se levantó mientras seguía hablando y descendía del trono para pasar por delante de él escoltado por una docena de guardias—. Y yo de ti comería y bebería y disfrutaría de la esclava, porque igual es tu última cena y la última vez que compartas el lecho con una mujer, pues, a lo mejor, al amanecer confirmo mi decisión de empezar mi venganza sobre todos mis enemigos cortándote la cabeza. —Y se alejó en dirección a la puerta, sin mirarle, riendo a carcajadas que reverberaron entre las sombras de aquel terrible salón repleto de historia, traiciones y muerte.

52

El Consejo de Escopas

Amfisa, Etolia, sur de Grecia.
Principios de abril de 190 a.C.

Cruzado el Adriático, las legiones de Lucio y Publio Cornelio Escipión avanzaron hacia el sur para intimidar a los etolios. El objetivo era continuar con el asedio que Acilio Glabrión había iniciado de Amfisa, la capital etolia. Los etolios se habían aliado con Antíoco III de Siria, pero el repliegue de éste tras la derrota en las Termópilas les había dejado solos frente a la ira de Roma. Pese a todo, las murallas de la acrópolis de su capital habían resistido el asedio de las tropas romanas de Glabrión y Publio, aunque consciente de que no se podía proseguir el avance por Grecia sin resolver el problema de los etolios en su retaguardia, era remiso a continuar con un asedio que les podría retener durante meses en Grecia sin llegar nunca a alcanzar Asia antes de que el mandato consular de su hermano y de Lelio expirasen. Había que resolver la rebelión de los etolios con rapidez mientras Graco negociaba en el norte el paso de las legiones por Macedonia. Se consiguió, al fin, que embajadores atenienses intercedieran entre las legiones y los etolios de Amfisa y se alcanzó una paz entre Roma y la liga etolia que permitía que las tropas de Lucio y Publio pudieran proseguir con una retaguardia más controlada su avance hacia Asia, el objetivo principal de aquella campaña.

Una vez pactada la tregua con los etolios, Lucio, al igual que el resto de tribunos y oficiales, esperaba que Publio ordenara que las legiones detuvieran su avance hacia el sur para montar un campamento allí mismo y así no tener luego que desandar todo lo andado si al final Graco conseguía que Filipo accediera al paso del ejército de Roma por su territorio en dirección a Asia. Sin embargo, Publio permanecía en silencio en medio del improvisado *praetorium* de campaña. El cónsul lanzó una mirada rápida al resto de los que allí se habían congregado y, veloces, Silano, Domicio Ahenobarbo y el resto de oficiales salieron del recinto. Ambos hermanos quedaron a solas. Lucio no preguntó. Respetaba los meditabundos silencios de Publio.

Escopas se movía con cierta dificultad. Sus sesenta años pesaban como una losa sobre sus maltratados huesos y sus heridas, especialmente la recibida en la batalla de Panion. Se sentó en un banco de piedra frente a su austera casa levantada en la ladera de la acrópolis de la ciudad. La casa estaba semiderruida fruto de los proyectiles que romanos y etolios habían intercambiado durante el asedio de Acilio Glabrión, pero, pese a su terrible estado, seguía siendo su casa y él era hombre habituado a paisajes de guerra. Al final, después de tantos años en el exterior como mercenario, la guerra había llegado hasta su casa, a la mismísima Amfisa. Sus conciudadanos aún estaban nerviosos, y es que los romanos no habían detenido el avance de sus tropas y eso que los etolios habían aceptado la tregua propuesta por los intermediarios atenienses. A casa del veterano *strategos* llegaron los nuevos oficiales de la liga etolia para consultarle cómo establecer una defensa. El viejo general les dio una respuesta que no ayudó demasiado a tranquilizarles.

—Los generales romanos han pactado una tregua con los etolios. Lo normal es que cumplan lo pactado.

—Pero siguen avanzando hacia el sur; ¿y si no cumplen lo que han dicho? —inquirió casi con despecho uno de los jóvenes nuevos oficiales del ejército etolio. El resto le miró con sorpresa. Aquélla no era forma de dirigirse al mayor general que los etolios habían tenido en muchos años. Escopas era una leyenda viva, un *strategos* que había combatido contra Filipo de Macedonia y contra el mismísimo Antíoco de Siria cuando actuaba como general en jefe del ejército Egipcio en Asia. Incluso los lógicos nervios provocados por la progresión de las legiones romanas hacia su ciudad no eran justificación suficiente para interpelar así a Escopas.

El veterano *strategos* miró de reojo al joven oficial. Respondió lacónicamente, ignorando el tono de la pregunta.

—Si los romanos no cumplen lo pactado nos masacrarán. Sin el apoyo del rey Antíoco poco podremos resistir. Si ésas son las circunstancias, mi consejo es huir —todos callaban—, pero es raro que tengan interés en perder tiempo con nosotros y nuestra pequeña ciudad cuando su objetivo real, a quien buscan en realidad y con quien querrán enfrentarse antes de que regrese el invierno es el rey Antíoco; la cuestión es ¿por qué tras pactar una tregua con nosotros, por todos los dioses, por qué siguen hacia el sur? Eso no tiene sentido y los romanos nunca hacen nada sin sentido. Algún motivo les impulsa hacia el sur.

En ese momento llegó un jinete etolio que venía del norte. Desmontó y se situó frente a Escopas.

—Los romanos... se han detenido... —hablaba entrecortadamente— a un día de marcha... y envían emisarios.

El alto mando de la liga etolia permaneció en espera de la llegada de esos emisarios romanos en Amfisa. Escopas, por su parte, se quedó a dormir en su semiderruida casa, al abrigo de un lar reconstruido en el que prendió una hoguera que le calentó durante el frío de la noche. Al amanecer llegó a la ciudad una *turma* de caballeros romanos. Fueron recibidos por los oficiales etolios en el ágora de la ciudad. Escopas, fuera de la acrópolis, acurrucado junto a su nueva chimenea, se sentía ya más ajeno a las diputas del mundo de los vivos, recluido en el silencio de su casa. Si querían su consejo ya le buscarían. Él ahora pensaba más en cómo ir recomponiendo algunas paredes y el techo antes de que una tormenta de primavera se llevara por delante lo poco que quedaba aprovechable de la estructura de la vivienda, pero, al poco tiempo de concluir la entrevista entre los romanos y los oficiales etolios, estos últimos enviaron un mensajero a ver a Escopas. El *strategos* griego le recibió mientras bebía algo de leche y comía bajo una higuera sin hojas un poco de queso que le servía una hermosa joven esclava que había adquirido con el poco dinero que había podido salvar de sus campañas militares del pasado, de sus años de lucha como mercenario de reyes extranjeros en tierras lejanas y bárbaras.

—Ya sabemos por qué han seguido avanzando hacia el sur —dijo el mensajero sin tan siquiera presentarse; Escopas veía cómo ya no se respetaba nada.

—¿Y bien? —se vio obligado a preguntar ante el impertinente silencio del recién llegado. Parecía que al joven mensajero le costara hablar, como si tuviera miedo o como si estuviera confuso o quizá ambas cosas a un tiempo.

—Han seguido avanzando hacia el sur porque... porque el general romano, el que llaman *Africanus*, dicen que quiere entrevistarse con el *strategos* Escopas. —El aludido dejó de masticar el queso que estaba comiendo y detuvo el movimiento de su mano que acercaba a la boca un cuenco con leche. Así se quedó un instante; luego, en lugar de beber, dejó el cuenco intacto sobre la mesa, con lentitud. Un general de Roma había desplazado dos legiones hacia el sur durante días porque quería entrevistarse con él. Su vanidad estaba plenamente satisfecha. Aquella mañana ya no necesitaba más alimento.

Escopas llegó al *praetorium* del campamento romano levantado en el corazón de Grecia escoltado por una treintena de caballeros romanos. Había aceptado la invitación del cónsul Lucio Cornelio Escipión de acudir a una entrevista, aunque sabía, tal y como le habían comunicado los mensajeros romanos, que era el propio *Africanus*, el hermano del cónsul, el general que había derrotado a Aníbal y doblegado a varios ejércitos cartagineses y númidas, el que deseaba hablar con él. Los centinelas apostados a la puerta del *praetorium* se hicieron a un lado mientras dos de ellos descorrían las telas que daban acceso al interior.

Escopas se encontró en el centro de la tienda frente a un solo hombre que, sentado en una amplia butaca, le observaba en silencio.

—Mi nombre es Publio Cornelio Escipión —dijo en un perfecto griego el romano que le contemplaba sentado desde una pequeña *sella*; a Escopas le gustó la austeridad de aquel asiento y del resto de la tienda; estaba ante otro guerrero—, aunque muchos me conocen con el sobrenombre de...

—*Africanus* —interrumpió Escopas mientras miraba a su alrededor buscando un sitio donde sentarse. El romano no pareció sentirse molesto por su altanería, sino que sonrió y señaló a su derecha. Escopas se acercó donde se le indicaba y tomó otra pequeña *sella*, la situó frente al general romano al tiempo que retomaba la palabra—. Deberás disculpar a un pobre y viejo guerrero, pero mis huesos están demasiado ancianos para sostenerme en pie mucho tiempo sin que mi cuerpo se resienta. —Escipión asintió en señal de aceptación y Escopas se sentó exhalando un profundo suspiro. El veterano *strategos* no vestía ya como un militar, sino que se limitaba a llevar una túnica gris, no muy larga y de mangas cortas que permitían que tanto brazos como piernas respiraran libres en medio de los calores propios de aquella región en una recién inaugurada primavera, lo que permitía que Escipión pudiera ver todas y cada una de las múltiples cicatrices que cruzaban el cuerpo algo ya encogido del *strategos* etolio. Escopas se dio cuenta de lo que observaba la intensa mirada del general romano y apuntó una explicación—: Son muchas las batallas que han dejado huella en mi piel.

—Muchas, sin duda. Yo, sin embargo, sólo tengo una cicatriz. —Y se llevó la mano a la pierna donde la espada de Aníbal se hundió en su ser durante la batalla de Zama.

—Una sola, pero para mí suficiente. Una cosa es ser un cobarde que nunca entra en combate y otra muy distinta arriesgarse sin sentido. Yo he pecado a menudo del segundo vicio, especialmente en mi juventud.

Escipión agradeció el comentario con una sonrisa. Todos hacían siempre referencia a que aquella herida de la pierna era provocada por Aníbal y siempre terminaban colmándole de halagos innecesarios. Escopas no era un adulador. Era un guerrero. Eso le gustó a Publio, pues con un guerrero era con quien quería hablar.

—¿Deseas beber algo, comer algo? Puedo ofrecerte excelente vino y muy buen queso. Poco más. En campaña los placeres son escasos.

Escopas negó con la cabeza.

—Estoy bien. Soy hombre ya de poco comer y prefiero beber por la noche. —Entonces pensó que quizá estuviera resultando innecesariamente hostil y añadió—: Pero si *Africanus* desea beber vino yo le acompañaré a gusto.

—No; si no sueles beber a esta hora, podemos dejarlo. Como imaginarás no he desplazado las legiones dos días de marcha hacia al sur para tomar una copa.

—Lo imagino, sí, pero no veo qué más pueda tener yo que tanto pueda interesar al gran general de Roma.

Publio no tenía ganas de andarse por las ramas. Había forzado un avance hacia el sur aun cuando ya se había pactado la tregua con los etolios. Para muchos de los oficiales aquel movimiento era una exhibición de fuerza innecesaria cuando el enemigo a batir, Antíoco, el rey de Siria, se fortalecía en Asia. Todos habían esperado que las órdenes, tras pactar con los etolios, fueran las de partir raudos hacia el norte para atravesar Macedonia y cruzar el Helesponto en busca del enemigo. Era cierto que había que negociar con Filipo para conseguir el paso libre por Macedonia, misión a la que se había enviado a Tiberio Sempronio Graco, de quien aún no se tenían noticias, pero nadie veía por qué ir hacia el sur para andar un camino que luego debería desandarse en cuanto se lograra un acuerdo con el rey macedonio. Escopas lanzó una pregunta cargada de dudas y amor propio entremezclados.

—¿Has desplazado veinte mil hombres hacia el sur sólo para hablar conmigo? Mi vanidad se empeña en que crea que así es, pero a mí me parece militarmente un error y en lo que conozco sobre *Africanus* no hay errores de este tipo.

Publio Cornelio Escipión puso una mano sobre otra a la altura del pecho, sus dedos se entrelazaron, alguno resonó en un chasquido seco; luego los dedos de la mano derecha rascaron con las uñas el dorso de la mano izquierda. Dejó de nuevo las manos caídas, relajadas sobre sus muslos firmes, apoyados de forma sólida sobre la tierra de Grecia.

—Tu vanidad no te confunde. He hecho realizar dos jornadas de marcha a las legiones para hablar contigo. Pensé en desplazarme con un pequeño grupo de jinetes, pero Grecia es aún una tierra llena de enemigos de Roma y, como bien dices, no es más inteligente el general que se arriesga de forma absurda. Considero esta entrevista necesaria y considero que mi seguridad también lo es, ambas cosas son buenas para el bien de Roma. Si por ello he de desplazar veinte mil hombres, veinte mil hombres se ponen en marcha.

En ese momento entró en el *praetorium* Lucio. Escopas se volvió para ver quién era, y al ver el imponente uniforme del cónsul de Roma al mando de aquellas tropas, recubierto con el *paludamentum* púrpura, el *strategos* griego se levantó casi sin querer. Nunca había visto a un cónsul de Roma.

—Ya estamos todos —dijo Publio alzándose en señal de respeto a su hermano, de la misma forma que había hecho Escopas, un gesto del etolio que Publio agradeció. Tras Lucio entró el *proximus lictor* con la *sella curulis* plegada y que abrió al lado de la *sella* de Publio, en el fondo de la tienda. Acto seguido el soldado desapareció dejando solos a los tres hombres. Todos tomaron asiento. Lucio en su *sella curulis*, tal y como le correspondía en orden a su cargo, y Publio y Escopas en sus respectivas *sellae*.

—¿Hay noticias? —preguntó Publio a su hermano en latín. Lucio sabía que preguntaba sobre Graco y su misión de negociación con el rey Filipo.

—Aún no.

—Sea. Tenemos entonces unos minutos para dedicarle a nuestro invitado, hermano. Éste es Escopas, el hombre del que te hablé.

Lucio asintió mientras miraba al guerrero etolio. No vio nada en él que le hiciera entender la importancia de avanzar dos días hacia el sur para entrevistarse con aquel hombre, fornido, sí, pero no muy alto y claramente envejecido. Puede que aquel guerrero hubiera luchado contra muchos ejércitos, pero no le parecía que su experiencia fuera tal como para justificar aquel rodeo por territorio griego. En todo caso, había seguido el consejo de su hermano y había ordenado el desplazamiento de tropas. Al menos, hasta sus oídos había llegado el miedo que aquel avance había despertado en los etolios, más aún por lo inesperado tras haber pactado una tregua. No estaba de más imponer un poco de miedo. Más allá de eso, todo aquello no tenía mucho sentido para Lucio.

—Mi hermano —reinició así Publio su parlamento en griego—. También es de los que cree que me he excedido con mi insistencia de querer ver al veterano Escopas. —Lucio le miró negando con la cabeza, pero Publio levantó la mano para que no le interrumpiera—. En cualquier caso, no me suele gustar estar mucho tiempo quieto en un mismo sitio. Es mejor que el enemigo no sepa dónde estás, ¿no crees? —dijo Publio inclinando su cuerpo hacia delante.

—Es una estrategia, útil en ocasiones —concedió el griego.

Publio no dejó más espacio a los preámbulos.

—Panion, Escopas, ¿qué pasó en Panion? He venido hasta aquí porque quiero saber lo que pasó en esa batalla. El ejército egipcio estaba bien pertrechado y era numeroso y luego estabas tú con tu ejército de etolios experimentados. ¿Qué pasó? ¿Por qué una derrota tan...? —Y aquí Publio se echó hacia atrás sin poner el calificativo. Estaba claro que no quería herir el orgullo de su invitado.

—Tan... ¿abrumadora, desastrosa, completa? —concluyó Escopas en su lugar.

Publio asintió. Escopas inspiró aire. Aquel general romano había venido allí para saber más, a través de él, del enemigo al que debía enfrentarse. El romano quería saber más de Antíoco. Aquello era inteligente por su parte, pero...

—¿Y por qué debo darte información, *Africanus*? ¿Qué gano yo con ello?

Publio suspiró y asintió. Había esperado aquella pregunta. Tenía preparada la respuesta.

—La tregua entre Roma y los etolios es endeble. El reciente levantamiento de los etolios contra Roma para apoyar el avance de Antíoco sobre Grecia es una herida profunda en las relaciones entre Roma y los etolios. Tu colaboración es una forma de fortalecer esta tregua y de transmitir a Roma el deseo de los etolios de no combatir más contra Roma. —No era una gran respuesta, pero era lo mejor que tenía.

Escopas rumió en silencio aquellas palabras.

—¿Se retirarán las legiones hacia el norte?

—En cuanto terminemos esta conversación partiremos hacia el norte y respetaremos la tregua y... y habrás fortalecido nuestra voluntad de defender ante el Senado de Roma que los etolios, aunque fuera al final, colaboraron en la campaña de Roma contra Antíoco.

No era gran cosa. Se trataba sólo de palabras, pero eran las palabras del mayor general de Roma, del *princeps senatus*, el más veterano senador, las palabras de una de las mayores autoridades de aquel inmenso poder que emanaba de Roma. Tampoco era algo desdeñable. Escopas se pasó las yemas de los dedos de su mano izquierda por los labios. Al fin, asintió despacio y empezó a hablar, yendo directamente al asunto sobre el que se le había preguntado.

—Nuestra falange central resistía bien, y eso que los *argiráspides* de los seléucidas y, en general, toda su falange, dirigida por Antípatro, estaban bien armados y bien entrenados. Las tropas de Antíoco estaban curtidas en las batallas de oriente. Eran buenos, pero mis etolios luchaban con bravura y los egipcios, sobre todo los nativos, aunque poco profesionales, combatían por su tierra y vendían muy caro cada paso que se veían obligados a ceder ante el empuje de un enemigo mejor y más poderoso. —Escopas se percató de cómo los dos generales romanos se inclinaban ligeramente hacia delante en sus asientos; pocas veces había tenido un público más atento—. El problema grave fue la caballería. Nuestros jinetes resistieron las primeras acometidas de los *dahas* y otras unidades seléucidas, pero entonces llegó el desastre. —Escopas magnificó el impacto de sus palabras con un retórico silencio que alargó el suspense—. Antíoco ordenó intervenir a los *catafractos*. Centenares, miles de jinetes blindados de pies a cabeza, con caballos protegidos de igual forma, se abalanzaron sobre las alas de mi ejército. Yo mismo acudí en socorro de uno de los extremos de la formación y lo pude ver con mis propios ojos. Los *catafractos* son lentos, eso es cierto, pero son indestructibles, son completamente invencibles. En poco tiempo mis dos alas de caballería estaban desarboladas, destrozadas, mis jinetes abatidos o en franca huida, los caballos etolios y egipcios heridos, muertos o sin guerreros que los gobernaran. Y los *catafractos* no se detenían y giraron hacia el centro en busca de la falange que, a duras penas, resistía contra los *argiráspides* sirios. Es un milagro que consiguiera replegarme hacia Sidón y salvar unos miles de soldados con los que hacerme fuerte en aquella ciudad hasta negociar mi salida y retorno a Grecia. Nos masacraron sin casi esforzarse y sin ni siquiera hacer entrar en combate a las decenas de elefantes que traían consigo; sólo los hizo entrar en batalla para masacrarnos mientras nos retirábamos; apisonaron a los egipcios como si fueran hormigas. —Hizo otra breve pausa en la que encontró el atrevimiento suficiente para lanzar una pregunta directa a Publio—: ¿Lleváis elefantes, romano?

Publio permaneció en silencio. Tenían apenas docena y media de elefantes, pero insuficientemente adiestrados y, además, las legiones no estaban acostumbradas a combatir con ellos. Era como prácticamente no tener. Escopas respondió al silencio de Publio con un resumen final de Panion y otra pregunta.

—Nada ni nadie puede detener a los *catafractos* de Antíoco. Primero el rey sirio te lanza su infantería, sus carros escitas, sus elefantes si le parece, sus unidades de élite y si, pese a todo pronóstico, consigues mantener la posición, lanza por las alas a su caballería blindada. Los *catafractos* lo arrasan todo a su paso, te desbordan por las alas y luego se vuelven contra tu retaguardia. Es siempre la misma estrategia, pero no hay nada que pueda detenerlos. Nada ni nadie. En las Termópilas Antíoco no utilizó el grueso de su caballería acorazada, pero ahora ya no menospreciará el poder de las legiones y acudirá al campo de batalla con todo lo que tiene. ¿Tenéis acaso caballería blindada?

No tenían. Publio y su hermano callaban. Publio observó que Lucio se movía de forma incómoda en su *sella curulis*.

—Somos nosotros, *strategos*, los que hemos venido a hacer preguntas —dijo al fin Publio. Escopas asintió despacio y se inclinó hacia atrás. Le gustaría dejar caer su espalda cansada de tantas batallas sobre algo blando o duro, pero aquel asiento carecía de respaldo. Echaba de menos el banco frente a su casa, a la sombra de la higuera, el transcurrir lento de los días sin sangre, sin mandar a miles de hombres a una lucha incierta, días en paz. Escopas decidió no hacer más preguntas, tal y como se le acababa de indicar, pero no se privó de emitir su sentencia sobre el futuro de aquellas legiones.

—Camináis hacia vuestra destrucción —pronunció el *strategos* con la calma de quien evalúa algo que no le concierne personalmente, pero, a su vez, con la frialdad que da la distancia—. Sin caballería blindada que oponer a los *catafractos* éstos pasarán por encima de vuestros jinetes y de vuestras legiones para que luego los elefantes se distraigan pisoteando los cadáveres. Igual que en Panion.

Tanto detalle en la evaluación del *strategos* era innecesario, pero era una pequeña victoria moral que el veterano etolio se permitía ante quien acababa de forzar una tregua que suponía una derrota para su pueblo. Los etolios, como el resto de Grecia, ya no eran libres, sino que estaban a merced de los romanos. No podían evitar en el fondo de su alma, alegrarse de que hubiera un enemigo, Antíoco, al que los romanos temían de verdad.

Publio Cornelio Escipión respondió sin elevar el tono de voz, sin mostrar ni un ápice de nerviosismo o de irritación ante las palabras de Escopas.

—Te olvidas de un pequeño detalle, *strategos*.

Escopas admitió para sí mismo que el romano había captado su atención.

—¿Un detalle? ¿Qué detalle?

Escipión sonrió.

—Soy Publio Cornelio Escipión, al que llaman *Africanus*, y estoy invicto en el campo de batalla. Nadie nunca me ha derrotado. —Y con cierta petulancia, quizá algo forzada, añadió—: Y nadie, *strategos*, nadie nunca lo hará.

Escopas pensó en decir que siempre había una primera vez para todo, pero no tenía ganas de forzar más su suerte y, pese a su orgullosa respuesta, el general romano estaba preocupado por el relato de la batalla de Panion que acababa de escuchar. El *strategos* etolio sabía leer en los ojos de los hombres y preocupación era lo que rezumaba en la mirada de Publio Cornelio Escipión. Eso, sin embargo, le concedía una posibilidad: el romano parecía no menospreciar al enemigo. Ésa era una base, no suficientemente sólida sin caballería blindada que oponer a los *catafractos*, pero era una pequeña base sobre la que podría trabajar aquel general.

—Creo que mi presencia ya no puede reportar más a Roma —dijo Escopas, y se levantó con lentitud.

—Has sido muy amable por venir a esta entrevista, *strategos* —respondió Publio—. Una *turma* de nuestros jinetes te acompañará de regreso a tu ciudad. Que tus dioses te protejan.

Escopas inclinó la cabeza ante Publio, luego ante Lucio, dio media vuelta y desapareció por la puerta del *praetorium*. Los dos hermanos y generales romanos quedaron a solas.

—No hemos sacado mucho de esta conversación —dijo Lucio.

—Bueno... hemos confirmado algo que tenía en mente desde hace tiempo.

Lucio miró a su hermano a la espera de que éste precisase más. Publio se explicó.

—Los *catafractos* son invencibles.

Lucio suspiró. Aquel comentario no era precisamente muy motivador.

—Pero tenemos buenas tropas, buenas legiones, bien adiestradas, y unos buenos cuerpos de caballería y Pérgamo acudirá con refuerzos si cruzamos a Asia.

—Así es, hermano, pero contra los *catafractos* no podemos salir victoriosos con nuestra caballería. Éste es un enemigo nuevo para nosotros.

Un instante de silencio y Lucio dio un respingo en su asiento.

—¿Y si creáramos una unidad similar?

—Lo he pensado, Lucio, lo he pensado. Es una buena idea, pero nos falta tiempo. Copiamos las naves cartaginesas, pero para ello nuestros antepasados se hicieron con embarcaciones púnicas abandonadas tras un naufragio. Adoptamos las espadas iberas para nuestras tropas, pero tras años de luchar contra ellos y de recopilar cientos de armas enemigas. No podemos inventarnos una fuerza de *catafractos* sin luchar antes contra ellos, sin ver cómo son exactamente sus protecciones, sin ver cómo maniobran. No tenemos ni el tiempo ni los caballos adecuados, ni los jinetes sabrían cómo conducirlos. Sería una locura forzar a nuestra caballería a intentar copiar una forma de luchar que desconocen. Seguramente en el futuro Roma tendrá que crear caballerías similares a las de Oriente, pero no será en esta campaña, hermano. Aún estamos intentando aprender a luchar con elefantes y no sabemos hacerlo bien y dudo de que alguna vez sepamos hacerlo con habilidad. No. Definitivamente nuestra victoria tiene que forjarse en la maniobrabilidad de nuestras legiones, en la fortaleza de nuestra infantería, en conseguir los refuerzos necesarios de Pérgamo. La caballería debe tener su papel, Lucio, pero aún no sé cuál será. Aún no lo sé.

—¿Qué hacemos ahora? Aún no ha regresado Graco de Pella y no sabemos nada sobre Filipo. Si empezamos a avanzar hacia el norte sin tener confirmado el permiso de Filipo, seguro que el rey macedonio lo interpretará como un acto hostil y podríamos poner a Graco en una difícil situación si aún está negociando con ese canalla de Filipo.

Publio le miró con sorpresa. No había pensado en eso, tan concentrado como estaba con el tema de la caballería acorazada siria. No, no había considerado que un avance de las legiones hacia el norte podría poner en un aprieto, si es que no lo estaba ya, al impertinente Graco.

—No tenemos tiempo que perder, hermano. Avancemos hacia Macedonia y que Graco se las componga como pueda. Tenemos que llegar al Helesponto lo antes posible. Si es con la aquiescencia de Filipo mejor, y si es sobre su cadáver, pues sobre su cadáver. Quizá se me ocurra algo sobre cómo luchar contra los *catafractos* mientras nos aproximamos hacia Asia.

—¿Quizá? Por Hércules, Publio, entre tú y ese general etolio habéis conseguido ponerme nervioso. —Y se levantó entre furioso e irritado. Publio se alzó también y sonriendo le puso la mano en la espalda.

—Quita el «quizá», hermano. Pensaré en algo. Cruzaremos a Asia y regresaremos victoriosos, como hicimos en Hispania y en África.

Lucio se serenó y tras estrechar la mano de su hermano partió para organizar la puesta en marcha de las legiones con dirección a Macedonia. Tan preocupado estaba por el tema de los *catafractos* que el cómo pudiera afectar ese movimiento de tropas al joven tribuno de la familia Sempronia enviado a negociar con Filipo era ya un asunto muy menor en su mente.

Publio se quedó en la tienda. Su hermano se había tranquilizado, pero él no. Los *catafractos* estaban en Asia, pertrechados, armados y bien adiestrados esperándoles en alguna llanura de Oriente. El rey Antíoco estaría al mando y Aníbal como consejero. Pudiera ser que al final de aquella campaña se cumplieran las maldiciones de los reyes de Numidia. Publio inhaló el aire con parsimonia y lo dejó salir mientras volvía a tomar asiento en su *sella*. Siempre había llevado las campañas militares al límite máximo de sus fuerzas y de las fuerzas de todos los legionarios. La campaña de Asia parecía que llevaba el mismo camino pues todo dependía de cómo detener a los *catafractos* y, por el momento, no veía modo alguno.

Publio Cornelio Escipión se quedó varias horas en el silencio del *praetorium*. De cuando en cuando se pasaba una mano por la barbilla o cambiaba ligeramente de posición en su asiento. En el exterior se escuchaba la algarabía que las legiones generaban mientras se desmontaban tiendas y se recogían todos los pertrechos necesarios para avanzar hacia el norte. En su mente no había sitio ya para Graco. Lo daba por muerto o, si la Fortuna le sonreía, por un embajador con suerte. En cualquier caso, incluso si sobrevivía a la negociación con Filipo, la campaña de Asia sería dura. Muy dura. Graco. Los *catafractos*. La guerra.

Tiberio Sempronio Graco no probó bocado de la cena y tampoco probó el vino. A la esclava la despidió nada más llegar. Seguía desarmado y la estancia en la que se le había alojado no tenía ventanas. Se parecía más a una celda que a una habitación que se usara para invitados. Eso sí, el lecho era confortable, había mantas limpias, la comida era abundante y el vino había sido decantado con generosidad en una gran jarra. El agua estaba fresca y sólo saberse al borde de la muerte podía hacer que todo aquello fuera poco deseable. Al cabo de varias horas insomne, agotado de pasear de una esquina a otra de la habitación, se recostó en el lecho y cerró los ojos. Empezó a dormirse, pero la puerta se abrió de golpe de par en par chocando contra el muro. Alguien le había dado un puntapié. Graco dio un respingo y al instante estuvo en pie, en guardia, sin armas, pero listo para luchar aunque fuera con sus manos. Habían entrado tres soldados en la habitación y tras ellos, para sorpresa del tribuno, entró Filipo V de Macedonia. Graco, en aquella habitación sin ventanas, había perdido la noción del tiempo, pero aún debía ser de noche y debía faltar bastante para el nuevo día. Aquello no podía presagiar nada bueno.

—Buenas noches, romano. Veo que ni te gusta la comida de Macedonia, ni la bebida y, por lo que me cuentan mis guardias, tampoco te gustan las esclavas de palacio. Como negociador, tribuno, eres más bien poco hábil. Cualquiera en tus circunstancias sabría que aceptar la hospitalidad del anfitrión es el principio de una buena negociación. Pero siéntate, romano, siéntate. —Y Graco, aunque sin mayor interés por sentarse, cumplió aquella orden confuso, asustado, sin saber qué estaba pasando—. No entiendes nada, ¿verdad? Es lógico. Por eso yo soy rey y tú sólo eres un embajador al que se la han jugado los suyos. —Aquí el rey se congratuló al ver cómo el tribuno fruncía el ceño; estaba claro que no sabía nada—. ¿No sabes acaso que las legiones romanas se han puesto en marcha hacia Macedonia sin tan siquiera esperar a que tú regreses con mi respuesta? No, ya veo que no sabías nada de todo esto. Tu faz es suficientemente reveladora. Tengo jinetes desplazados por toda la frontera y más allá, hacia el sur, y me mantengo informado de lo que ocurre alrededor de mi reino. Las legiones avanzan, romano, avanzan hacia aquí. Parece que a tus generales no les importa ni tu vida ni mi opinión. Ya ves, joven romano, tus generales nos desprecian a los dos. Eso me ha hecho pensar. —Había una silla en una esquina de la habitación y el rey tomó asiento—. Verás, mi primer impulso al recibir los informes de mi caballería era venir aquí y, como te anuncié en el salón del trono, cortarte la cabeza. Luego me pondría al frente de mis tropas y me encaminaría a la frontera con mis hoplitas. Habría sido una gran batalla. Quizá la última que luchara. Me consta de la enorme fuerza de ataque que Roma ha desplazado para luchar con Antíoco. Luego pensé en tus palabras y por supuesto que llevas razón: Antíoco no merece que combata por él. Así que ya ves, te he escuchado y lo he sopesado todo. Quiero fastidiaros a todos: a Aníbal, a Antíoco, a tus generales y a ti mismo y ya he decidido cómo conseguiré todo eso. —Aquí el rey se detuvo en una prolongada y estudiada pausa en la que saboreó cada gota de sudor que resbalaba por la nerviosa faz de su interlocutor romano; al cabo de unos segundos se sintió satisfecho por la tensión creada y presentó su decisión con gran capacidad de síntesis—. Ya sé que nadie piensa en mí para el futuro, pero eso ya se verá. No pienso suicidarme en esta batalla que buscan tus generales. No, no voy a hacerlo. Y tampoco voy a matarte. Te dejaré marchar igual que has venido y puedes decir a tus queridos generales, esos mismos que te han traicionado, que has conseguido el permiso del rey Filipo V de Macedonia, descendiente del gran Alejandro Magno, para cruzar mis territorios sin ser molestados, y no sólo eso, sino que facilitaré grano y provisiones a vuestro ejército para que crucéis a Asia en las mejores condiciones posibles. Sí, aprovisionar a quienes van a luchar contra Antíoco y Aníbal me ilusiona, igual que me divertirá ver pasar a unas legiones que caminan hacia una muerte segura: Asia no es ni África ni Hispania ni tan siquiera Grecia. Tus generales son unos inconscientes. Antíoco tiene el mejor ejército de todo el mundo. El ejército sirio no es un conjunto de tribus iberas desordenadas ni mercenarios agotados tras años de guerra. En las Termópilas, Antíoco sólo había desplazado una pequeña parte de ese descomunal ejército. En Asia tus generales se las tendrán que ver con todas sus tropas, incluidos los *catafractos*. Sí, he decidido dejar que os matéis los unos a los otros. Ya veremos en qué queda vuestra proyectada victoria sobre Antíoco y sólo entonces decidiré con quién aliarme si es que queda alguien con quien hablar. Y en cuanto a ti, eres un asunto muy menor, pero si tus generales han movido las tropas sin esperar tu regreso es que, sin duda, te desean muerto. Estoy seguro de que les irritará sobremanera que regreses vivo y con tu misión cumplida. —Aquí el rey Filipo sonrió con soltura, satisfecho consigo mismo—. Ahora que mi ejército está en inferioridad de condiciones, éstas son las pequeñas victorias que puedo permitirme. No son gran cosa, no lo parecen, pero por Heracles, veremos qué pasa en Asia. —Y se levantó y desapareció por la puerta arropado por sus soldados repitiendo sus últimas palabras—. Veremos qué pasa en Asia.

Un soldado macedonio permaneció en la habitación y le alargó el brazo con el *gladio*. Graco tomó el arma y la envainó mientras digería todo lo que acababa de escuchar y mientras el soldado macedonio le daba las últimas instrucciones de parte del rey Filipo.

—Un caballo te espera a la puerta del palacio y una patrulla de jinetes te acompañará hasta la frontera. A partir de allí, el resto es cosa tuya.

Tiberio Sempronio Graco salió del palacio real de Pella con vida. Cabalgando al trote sobre un nuevo caballo, mientras avanzaba por las calles de la capital macedonia, sintió hambre y lamentó no haber probado la cena que se le había ofrecido, pero mejor era tener hambre que estar muerto.

53

Lelio contra Catón

Roma, finales de agosto de 190 a.C.

Nunca pensó Lelio que fuera a tener tanto trabajo. Ya se lo habían advertido Publio y Lucio.

—Tenemos el frente de Asia, pero aquí en Roma, querido Lelio, se habrán de librar grandes batallas —había insistido Publio al despedirse.

Y así había sido. Catón estaba decidido a mantenerle muy ocupado durante su estancia en Roma. En cuanto los Escipiones salieron por las puertas de la ciudad, Marco Porcio Catón empezó a instigar con furia contra cualquier senador próximo a Publio y Lucio Cornelio Escipión. La primera víctima fue Minucio Termo, aliado de los Escipiones en varias votaciones del pasado reciente, al que Catón acusó de excesiva crueldad en su campaña al norte contra los ligures y, peor que eso, de no haber conseguido pacificar la región.

—Tanta muerte y tanta desolación en Liguria que sólo nos traerá más rencor en una región demasiado próxima a Roma donde deberíamos desterrar esos sentimientos de odio hacia nosotros. —Catón declamaba su discurso con la seguridad de quien ha contado varias veces los senadores presentes y se sabe ganador en la próxima votación, y es que un pequeño número de senadores proclives a la causa de los Escipiones y sus amigos, como era el caso de Minucio, estaban desplazados fuera de Roma en Asia junto a su gran líder; no demasiados, pero sí suficientes para inclinar a su favor un Senado que estaba dividido y nervioso a la espera del gran enfrentamiento contra Antíoco; así, Catón seguía hablando desde el centro de la sala—. Liguria está resentida y en cualquier momento se volverá a levantar en armas contra nosotros, y ¿hemos de conceder un *triunfo* a quien ha sembrado esa cizaña? Yo creo que ya nos ha hecho bastante daño el senador Minucio. Mostremos nuestra generosidad no castigándole, pero no seamos tan necios de premiarle.

Y se sentó entre los aplausos de Lucio Valerio, Spurino, Quinto Petilio y otros muchos que parecían disfrutar con la saña con la que Catón lanzaba aquellos dardos verbales contra sus enemigos políticos. Cayo Lelio argumentó que esa crueldad de la que se acusaba a Minucio era la misma que había usado el propio Catón en Hispania, pero su intervención sólo recibió una gran andanada de insultos desde los bancos de enfrente y sólo una muy breve ovación de unos pocos senadores fieles a la causa de los Escipiones. La votación fue ganada por Catón dos a uno. Esto envalentonó más aún al senador plebeyo de Tusculum, que se volvió a levantar y pidió de nuevo la palabra al presidente de la sesión que, sin dudarlo, se la concedió. Arremetió entonces Catón contra Acilio Glabrión por malversación de fondos en la campaña que culminó con la batalla de las Termópilas, una gran victoria militar que había expulsado a Antíoco de regreso a Asia y en la que, como todos sabían, el propio Catón había luchado con gran valor. La victoria militar era indiscutible, y criticarla sería criticarse a sí mismo pues él mismo participó en las Termópilas con gran éxito, por eso Catón mordió en la gestión económica de la misma, algo que condujo Glabrión por sí mismo. No había pruebas claras contra Acilio Glabrión. El reparto del botín era algo siempre confuso y sujeto a diversas interpretaciones. Catón pidió una investigación y lo único que pudo conseguir Lelio es que el asunto se debatiera en otra sesión. Catón aceptó, ya que en el fondo le convenía prolongar en el tiempo el ataque a Glabrión, pues sabía que éste era el candidato que los Escipiones iban a presentar para censor al año siguiente y era el propio Catón quien quería la censura para sí mismo. Sabía que no podía ganar un juicio público por malversación contra Acilio Glabrión, pero había aprendido de los Escipiones que se podía deteriorar la imagen de un candidato lo suficiente con una causa de esas características como para superarle a continuación en una elección. Y ése era su objetivo fundamental.

Lelio suspiró aliviado cuando Catón aceptó el aplazamiento sobre la causa contra Glabrión pensando que por fin terminaba aquella tortura, pero el incisivo acusador de Roma, el austero, cínico y agudo Catón se situó una vez más en el centro de la sala y lanzó un nuevo ataque. Esta vez contra el mismísimo Emilio Régilo, que acababa de derrotar en el Egeo a la flota siria en una gran batalla naval, una flota enemiga comandada, según decían, por el propio Aníbal, una batalla que facilitaba el paso de las legiones a Asia al debilitar el control del mar por parte de Siria.

—¿Cuántos muertos ha habido en esa batalla? ¿Cuánto oro y plata reportará esa victoria a las arcas de Roma? ¿Cuántos esclavos llegarán a nuestros mercados? —preguntaba Catón de forma agresiva—. ¿Es que ahora hemos de conceder un *triunfo* cada vez que un senador amigo de los Escipiones sale de pesca? —Y decenas de senadores se echaron a reír—. Nos congratulamos de que la pesca le haya ido bien al amigo de los Escipiones y nos alegramos de que haya hundido algunos barcos enemigos, ahora bien, quedaría saber cuántos de esos navíos enemigos han sido realmente abatidos por nuestra flota o si gran parte del mérito de esa victoria se debe a la inestimable ayuda de la gran flota rodia, famosa en el mundo entero por su destreza en las batallas navales. Por todos los dioses, de acuerdo en que Régilo ha presenciado una victoria interesante para Roma, pero de ahí a conceder un *triunfo* hay muchos días de navegación para el bueno de Emilio Régilo.

Y Catón se despidió del centro de la sala una vez más envuelto en un mar de aclamaciones y vítores por su ocurrente forma de acusar y de apuntar las debilidades de las propuestas del bando contrario. Cayo Lelio, cónsul de Roma, al fin, se levantó despacio. Aquí tenía que hacerse valer, no ya por el *triunfo* sino porque había recibido una carta de Publio hacía solo una semana.

Querido Lelio, cónsul de Roma:

Avanzamos hacia Asia. Graco, no me preguntes cómo, ha conseguido que Filipo V ceda y hemos cruzado Macedonia sin peligro. Las legiones están embarcando y cruzando hacia Abydos. Allí seguramente pasaremos un tiempo, pero el mensaje habrá llegado claro y nítido a Antíoco: vamos a por él y no nos importa que se esconda en Asia. Sé que hemos de provocarle para que luche en una gran batalla campal antes de que termine el año de tu consulado y el de Lucio. Aún no sé cómo nos enfrentaremos a sus temibles catafractos. Es algo que me desalienta, pero que no comparto con nadie. Ni tan siquiera con Lucio. Me gustaría tanto que estuvieras aquí..., pero en Roma haces falta. Más tarde o más temprano lo verás claro. Catón nos atacará por todos los frentes e irá contra todos. Lo importante ahora es un asunto que me preocupa sobremanera. Necesitamos el control del mar. Livio Salinator está al mando de toda la flota romana y no es el mejor para ese puesto. Lelio, necesito el mar bajo nuestro control. Emilio Régilo es un amigo y además ha demostrado su capacidad con su victoria de hace unos días. Has de conseguir que Régilo reemplace a Salinator al mando de la flota romana. Con Régilo en el mar sé que sólo deberé preocuparme por los elefantes y los *catafractos* de Antíoco, y bueno, por el pequeño detalle de que nos doblarán en número, pero a eso ya nos acostumbramos en Hispania y en África. ¿Recuerdas nuestra batalla nocturna?

Saluda a Emilia y a mis hijas. Les he escrito también, pero ya sabes que nunca se puede estar seguro del correo y menos en estos días.

Tu amigo,

PUBLIO CORNELIO ESCIPIÓN

Lelio, mientras se levantaba, llevaba la pequeña tablilla en la mano derecha. La había traído para que le aportara vehemencia suplementaria. Sabía que la necesitaría. La sesión se había saldado con varias victorias para Catón. En cierta forma, Lelio se había reservado fuerzas para esta misión y tampoco había luchado hasta el límite en las votaciones anteriores. Sabía que Catón y los suyos estaban crecidos y muy seguros de su fuerza. El Senado se dividía entre los incondicionales de Catón y los leales a Escipión, un tercio para cada bando y luego el tercio cuyo voto siempre oscilaba dependiendo de la propuesta que se votara. Sin Publio allí, el gran *princeps senatus*, que parecía intimidar a todos con su sola presencia, ese tercio más independiente de senadores, solía decantarse una y otra vez a favor de las propuestas de Catón. Lelio sabía que era a esos hombres a los que debía ganar para su causa. Había pensado hablar ensalzando la gran victoria naval de Régilo, que tanto había menospreciado Catón, pero estaba persuadido de que eso no sería suficiente. No, debía reavivar, una vez más, los viejos miedos de los senadores. Tendría que vencer a Catón con sus propias armas.

—Es cierto que los rodios nos ayudan en el mar y es algo que debemos agradecer, pero, pregunto yo —empezó Lelio con sosiego—, si tan buenos son, si tan capaces son, ¿para qué nos llamaron? Si ellos solos se bastan para derrotar a la flota siria, ¿para qué enviaron una y otra vez embajadas a Roma que prácticamente se arrodillaban suplicando nuestra ayuda? Todos vosotros lo habéis presenciado, habéis sido testigos de esas largas sesiones donde los mensajeros de Rodas no hacían más que explicar una y otra vez que ni su flota ni su ejército eran suficientes para detener a las fuerzas de Antíoco. Digo yo que algo habrá hecho Emilio Régilo. Algo habrán hecho nuestras tropas. ¿O es que nuestro querido Marco Porcio Catón ha recibido algún mensaje de Rodas en el sentido de que nos llevemos la flota porque ya no nos necesitan? Si es así, por favor, que el senador comparta con el resto ese mensaje. —Y se detuvo un instante mirando al aludido Catón, que le miraba a su vez fijamente con los ojos inyectados de odio; no, no era una mirada agradable de sostener, pero Lelio lo hizo y se guardó en lo más profundo de su ser la mirada de quien ya estaba casi seguro había ordenado que lo asesinaran en el pasado, una confusa noche, justo antes de retornar a Hispania, hacía bastantes años, pero no suficientes para que Lelio olvidara; así Cayo Lelio iba a seguir hablando, pero no se trataba ya de política o de guerra, ni tan siquiera se trataba de hacer un favor o seguir una orden de Publio; no, lo que quedaba de sesión era algo personal—. Entonces se ve que no hay mensaje de Rodas —apostilló al fin el cónsul—, entonces parece que nuestra flota sigue siendo necesaria; a lo mejor ocurre que, a fin de cuentas, Emilio Régilo igual sí que ha conseguido algo importante que no es otra cosa sino que contribuir a recuperar el control del mar cuando nuestras legiones están justo al otro lado del Helesponto. A lo mejor resulta que hundir la flota enemiga es bastante importante para el curso de la guerra; a lo mejor resulta que Emilio Régilo es un gran líder que ha conseguido una gran victoria y, por si eso fuera poco para concederle un *triunfo,* tenemos un factor adicional que nuestro querido Marco Porcio Catón ha omitido hábilmente en su discurso: el comandante de la flota siria no era otro sino que nuestro odiado y temido general púnico Aníbal, el mismo general cuyo nombre, nada más ser mencionado, aún hace sentir escalofríos a muchos de los que hablamos aquí, bajo la protección de los muros de la *Curia Hostilia.* Y yo pregunto, queridos senadores de Roma, *patres conscripti*, ¿cuántos aquí pueden levantarse de su asiento y decir que han derrotado a Aníbal en una batalla? —Y elevó el tono de voz—. ¿Cuántos, cuántos, cuántos? —Calló un instante para de nuevo romper el silencio con la tormenta de sus palabras—. Nadie, porque nadie excepto Publio Cornelio Escipión había derrotado a Aníbal en una batalla hasta ahora, hasta que Emilio Régilo cercó y hundió a gran parte de la flota siria bajo el mando del eterno enemigo de Roma y ahora resulta que eso ¿no merece un *triunfo*? Yo os diré lo que eso merece, maldita sea, y os lo dice el cónsul de Roma: eso merece un gran *triunfo* y que el Senado tenga la clarividencia no sólo de conceder ese reconocimiento a Régilo sino además que el Senado hoy mismo vote que sea el propio Régilo el que esté al mando de toda la flota romana en el Egeo en lugar de Livio Salinator mientras duren las operaciones en tierras de Asia; así que mi propuesta no es ya sólo que se le otorgue el *triunfo* sino que a la vez se vote a favor de su ascenso a almirante en la zona. Alguien que ha derrotado a Aníbal merece de nuestra parte por lo menos eso. Ahora sí estoy seguro de que ganaremos a Antíoco, porque tanto en tierra como en mar tendremos sendos generales que han derrotado a Aníbal, el peor de todos nuestros enemigos. Sólo falta que el Senado no sea ciego como para no ver esto o demasiado débil como para dejarse poner vendas de quienes no cuentan todo lo que ha ocurrido tal y como ha ocurrido.

Y Lelio retornó a su asiento entre aplausos y gritos de ánimo de muchos senadores amigos, mientras Catón guardaba silencio y apretaba los labios con fuerza y ninguno de sus fieles se atrevía ni tan siquiera a darle ánimos tocando su espalda con la mano. Los que le conocían bien sabían cuándo era mejor dejarle a solas con su rabia.

El miedo a Aníbal, una vez más, inclinó el sentido de la votación. Por una vez, por una sola vez, Cayo Lelio había derrotado a Marco Porcio Catón en el Senado y el veterano general saboreó el extraño regusto de satisfacción que proporcionaba una gran victoria construida sólo a base de palabras. Y sabía bien. Sabía muy bien.

54

El último consejo de Epífanes

Antioquía, Siria.
Principios de septiembre de 190 a.C.

No era uno de los días más felices en el palacio real de Antioquía. El rey estaba enfurecido. Su flota había sufrido una derrota brutal. El protegido de Epífanes, aquel maldito extranjero de Cartago, no había sido capaz de derrotar a la flota romana y rodia. Ahora las legiones de los Escipiones cruzaban el Helesponto y se adentraban en Asia Menor.

—¡Por Apolo y por todos los dioses! —se lamentaba el rey—. ¡Están cruzando a Asia, pero será por poco tiempo! ¡Los aplastaré con mis elefantes y mis *catafractos*! ¡Los aplastaré a todos! —gritaba, pero no miraba a nadie, sólo al suelo hasta que levantó la vista y se encaró con Epífanes ignorando a Aníbal que estaba en pie, a su lado—. Tu maldito protegido ha resultado ser un fiasco completo. A partir de ahora, Polinides se hará cargo de la flota y da gracias que no os mato a los dos ahora mismo, a ti y tu maldito general extranjero.

Aníbal fue a hablar, estuvo a punto de explicar lo que había ocurrido, cómo no se le habían proporcionado todos los medios que pidió y cómo rodios y romanos juntos habían constituido una flota poderosísima a la que, no tenía pruebas pero estaba seguro de ello, se habían añadido buques desde Pérgamo. Antíoco se había empeñado en luchar contra demasiados enemigos a la vez y no le había hecho caso en trasladar la guerra a Italia; ahora era Roma la que llevaba la guerra a Asia. Estaban jugando al juego de Roma, pero Aníbal no dijo nada porque Epífanes le agarró por el brazo al tiempo que se inclinaba en señal de respeto al rey y le hacía indicaciones a Aníbal negando con la cabeza.

—No es el momento, no es el momento —le musitó en voz baja, y Aníbal se contuvo y salió tras Epífanes dejando al rey con el que sería nuevo almirante de la flota siria, Polisinides, uno de los hombres de Seleuco.

Salieron del salón del trono y no dejaron de andar hasta llegar a los aposentos de Epífanes en el otro extremo de palacio. Se trataba de una humilde sala que hacía las veces de comedor, de estudio o de dormitorio según las necesidades. Epífanes se sentó frente a la mesa donde había extendido un mapa de Asia Menor. Aníbal le imitó y se sentó frente a él.

—¿Qué crees que harán ahora los romanos? —preguntó Epífanes.

—Avanzarán hacia el sur para reunirse con las tropas de Pérgamo, eso sin duda. Reunidos los dos ejércitos avanzarán hacia Antioquía hasta que se encuentren con alguna oposición.

—¿Montañas o llanura, para detener a los romanos? —inquirió directo Epífanes.

Aníbal meditó unos instantes.

—Una llanura mejor. Es mejor también para las legiones, pero es la caballería la que manda y los elefantes. En una llanura, los *catafractos* destrozarán las alas de la formación romana y, girando sobre la retaguardia aniquilarán al enemigo como en Panion mientras que por el frente pueden atacar los elefantes. Si no controlamos el mar eso permitirá a los romanos replegarse y regresar con los supervivientes, lo cual es una lástima, pero una victoria en tierra es segura. En eso tiene razón Antíoco, pero ha de ser en una llanura.

Epífanes miró el mapa con tiento. Estaba seguro de que el rey no querría que los romanos se acercaran a Antioquía, pero por otro lado no sería fácil evitar la unión de las legiones con el ejército de Pérgamo.

—Está Magnesia, en las llanuras de Lidia, al sur de Pérgamo, en la ruta hacia Antioquía —dijo al fin Epífanes, y señaló en el mapa un punto próximo a Pérgamo.

Aníbal asintió despacio mientras respondía.

—Tendría que ver el emplazamiento, pero parece un buen lugar.

Un esclavo, algo nervioso, trajo cuencos con leche y algo de queso. Puso un cuenco junto a Epífanes y otro frente a Aníbal y dejó el plato con queso en un extremo de la mesa para evitar tapar el mapa. Aníbal tomó un trozo de queso y empezó a comer. Epífanes tenía sed. Cogió el cuenco de leche y comenzó a beber, un sorbo pequeño primero y luego un par de grandes tragos. Una vez saciada su necesidad de líquido se reclinó en el respaldo de la butaca en la que estaba sentado. Estaba meditando sobre cómo recuperar el favor del rey antes de la gran batalla campal que debería tener lugar en Magnesia. Era fundamental conseguir que el rey hiciera caso de la experiencia de Aníbal. Si lo hacían estaba convencido de que la victoria sería de Siria. De pronto sintió un pinchazo en el estómago que, en lugar de desaparecer al poco tiempo, como cuando tenía gases, permanecía hasta transformarse en un profundo dolor que le invadía por dentro. Epífanes miró entonces hacia su cuenco casi vacío y observó cómo Aníbal se llevaba su propio cuenco a la boca.

—No bebas... —acertó a decir Epífanes al tiempo que se caía de la silla retorcido de dolor.

Aníbal aún no había probado la leche de cabra y posó de nuevo el cuenco, muy lentamente, sobre la mesa. Se agachó entonces junto a Epífanes.

—Llamaré a un médico —dijo el cartaginés.

—No... déjalo... es inútil... es tarde para eso... —mascullaba entre dientes Epífanes con los brazos cruzados sobre el estómago—; me lo he bebido casi todo... escúchame... general... escúchame... —y Epífanes inspiró aire con dificultad; sabía que sólo disponía de unos instantes, quizá, ni eso—, esto es cosa de Seleuco. El rey está rabioso, pero cuando quiere ejecutar a alguien lo hace cara a cara... está algo loco pero no es así de traicionero... esto es Seleuco... aprovecha que sabe que ahora el rey no lamentará nuestra muerte, pero ha fallado... al menos, en parte... —y Epífanes se permitió la última sonrisa de su vida—, mi sed ha hecho que sólo pueda acabar con el más débil de los dos... has de permanecer en la corte, pero siempre atento... el rey volverá a ti... tarde o temprano volverá a ti... sabe que ni Seleuco ni el resto de sus generales son suficientemente buenos... cuando las legiones avancen hacia Lidia te preguntará... ésa será tu oportunidad... hasta entonces... ten cuidado con lo que comes...

Y Epífanes dejó de respirar entre los brazos del general cartaginés. Se quedó con la boca abierta y los ojos mirando a un cielo azul que asomaba por la gran ventana de la estancia. Aníbal se levantó y se sentó de nuevo junto a la mesa. Pensó en el queso que acababa de comer, pero él se sentía bien. Se preguntó si los dos cuencos de leche estarían envenenados y concluyó que muy probablemente así fuera. Tenía que salir de allí y advertir a Maharbal y al resto. Salió a la puerta y llamó al esclavo que había traído la leche. Éste entró aún más nervioso que antes. Tenía la culpabilidad por todo su rostro. A Aníbal no le estaba permitido portar armas en el palacio real, pero no las necesitaba. Cogió al esclavo por el cuello y lo levantó hasta que quedó con los pies en el aire, con la cara enrojeciéndose por la asfixia y agitando los brazos como un pavo antes de decapitarlo para ser cocinado.

—¿Quién? —preguntó Aníbal, y lo dijo con la decisión firme de mantener la asfixia de aquel esclavo hasta la muerte si antes no decía nada, y el esclavo lo entendió perfectamente pero no podía hablar por la presión de la mano de Aníbal en su garganta, de modo que empezó a pegar con sus pies en la pared y soltar lágrimas por los ojos en su más absoluta y total desesperación. Aníbal aflojó por un instante y dejó que el esclavo recuperara el apoyo sobre el suelo. El esclavo sabía que era su única oportunidad.

—Seleuco... —dijo entre una funesta tos en su ansia por recuperar el aliento.

—¿Y mis hombres?

—Sólo... teníamos órdenes de... aquí... —y seguía tosiendo mientras intentaba explicarse—, tus hombres... están bien.

—Perfecto —dijo Aníbal, tomó entonces al esclavo de la túnica y, asiendo con la fuerza de una rapaz el tejido de lana, levantó al pobre sirviente con tal furia que lo elevó por encima del suelo hasta arrojarlo certeramente hacia el espacio vacío de la ventana. El cuerpo del esclavo voló por los aires hasta reventar estallando contra el suelo de la avenida que rodeaba el palacio real. Aníbal se asomó por la ventana. Había más altura de la que había pensado. Quizá cuarenta codos o algo más.

—Éste ya no envenenará a nadie más. —Y emergió de la habitación andando con estudiada tranquilidad en dirección a la salida del palacio.

55

El salio

Abydos, norte de Asia Menor.
Octubre de 190 a.C.

Las legiones habían cruzado el Helesponto y el cónsul, de acuerdo con su hermano, había ordenado levantar un gran campamento general en las proximidades de Abydos, al norte de Asia Menor. Abydos, tras el reparto del imperio de Alejandro Magno entre sus generales, había quedado bajo la jurisdicción de Lisímaco de Tracia, pero Seleuco I Nicátor, no conforme con poseer Siria y las vastas regiones de oriente hasta el río Indo, atacó Asia Menor y se hizo con el control de todas las ciudades de la península de Anatolia I. Seleuco I fue asesinado al poco tiempo de sus grandes victorias, pero el Imperio seleúcida retuvo Abydos y otras ciudades de Asia Menor hasta que Filipo V de Macedonia recuperó Abydos en 200 a.C. tras una feroz guerra. Al poco tiempo, Roma, tras derrotar a Filipo V en la primera guerra macedónica, declaró Abydos y otras ciudades de Asia Menor como ciudades libres. Desde entonces, Abydos quedaba bajo la influencia romana y sus ciudadanos se mostraron felices de recibir al imponente ejército de una Roma que los había liberado del yugo de Filipo V y que ahora acudía para evitar que cayeran en manos del nuevo rey de Siria y todo el Imperio seléucida, Antíoco III, al que veían como un nuevo y terrible tirano que se cernía sobre ellos y sobre su recién recuperada libertad.

Para Publio, las cosas marchaban bien en general: la flota romana, comandada ya por Emilio Régilo, gracias a la intervención de Cayo Lelio en el Senado, había infligido una segunda derrota aún más completa a la ya desmoralizada flota siria que Antíoco había dejado al mando de Polisinides en substitución de Aníbal. Una decisión equivocada de Antíoco. Los romanos tenían ahora, con el apoyo de Rodas y Pérgamo, el control casi completo del mar Egeo. Hasta ahí todo bien, pero, por otro lado, estaba el inconveniente del factor tiempo: estaban ya a finales del verano y era esencial no perder más días, pues habían consumido casi tres cuartas partes del consulado de Lucio tan sólo en llegar a Asia: Grecia, Macedonia y el control del mar se habían llevado todos esos meses por delante. Pero, lamentablemente de forma excepcional, la presencia de *Africanus* en la expedición romana en Asia implicaba una única desventaja, pero que no podía eludirse de forma alguna.

—¿No habría sido mejor haber esperado en Grecia? —preguntó Lucio; su hermano guardaba silencio. Durante semanas había estado ponderando la posibilidad de saltarse los rituales religiosos que estaba obligado a cumplir por pertenecer a la orden escogida de los *salios*.

—He pensado en no detener el avance, hermano —respondió Publio algo meditabundo, distante—, pero los legionarios son temerosos de los dioses, y hacen bien; si no cumplo con los ritos de forma escrupulosa, al más mínimo contratiempo en la campaña, considerarán que los dioses nos han abandonado y pudieran estar en lo cierto. A decir verdad, yo también siento necesidad de cumplir con los ritos, hermano. Necesitamos a los dioses, a Marte, a Jano, a todos ellos, necesitamos su fuerza, más que nunca. Sobre lo de esperar en Grecia, sí, quizá en Grecia hubiéramos estado más seguros, pero al haber entrado en Asia, Antíoco nos tomará en serio, reagrupará todo su ejército y todo se dirimirá en una gran batalla. Eso es lo que más nos interesa, hermano, de lo contrario la guerra de Asia se alargará y serán otros, seguramente Catón, los que quieran llevarse la gloria del *triunfo*.

—Eso siempre que venzamos —replicó Lucio mientras se servía una copa de vino de la mesa que habían situado los esclavos en el centro del gran *praetorium*—. ¿He de concluir que ya has diseñado la forma de derrotar a los *catafractos*?

Publio imitó a su hermano y se sirvió vino que rebajó, al igual que Lucio, con algo de agua.

—No —respondió, y negaba con la cabeza a la vez—, pero estos treinta días de paro forzoso para que ejerza de sacerdote *salio* me darán tiempo para pensar. Quizá los dioses me iluminen. —Y levantó su copa al cielo.

Lucio asintió.

—Te dejo para que te vistas —añadió mientras vaciaba su copa—. Las legiones querrán verte danzar y cantar y hacer todos los sacrificios necesarios. —Y salió del *praetorium*. Publio sabía que Lucio estaba preocupado no ya por los *catafractos*, sino por el hecho de que a él, al gran *Africanus*, seguía sin ocurrírsele la forma de derrotar a esos cuerpos de caballería acorazada. A él mismo también le preocupaba. Elevaría sus oraciones a Jano pensando en los *catafractos*. Estaba seguro de que los dioses que tanto le habían ayudado en el pasado no se olvidarían ahora de él.

Al instante entraron dos esclavos con todas las prendas que el gran sacerdote *salio* debía ponerse para la ocasión. Publio dejó de beber, dejó su copa en el suelo y alzó los brazos para facilitar a los esclavos que le quitaran la coraza militar y le pusieran la túnica bordada que le correspondía vestir, la *trabea* y, por fin, el *apex*, una especie de gorro cónico, propio de los *flamines* en general y, de forma especial, de los sacerdotes *salios*, rematado en una larga punta de madera de olivo. Los esclavos ajustaron el gorro con dos largas cintas, como si de un casco se tratara. Finalmente le ciñeron un pesado cinturón de bronce a la cintura que ajustaron con fuerza.

No podía exhibir una de los míticos doce escudos conocidos como *ancilia* porque éstos se custodiaban en el Templo de Marte erigido en la colina del Palatino, y sólo se sacaban en la gran procesión anual de marzo. En su lugar tomó su gran escudo de combate y una larga daga. Así, ataviado como un *salio*, emergió del *praetorium* y ante la muchedumbre de legionarios de las dos legiones desplazadas a Asia, Publio Cornelio Escipión empezó a danzar sin parar a la vez que murmuraba un cántico guerrero *assa voce,* sin acompañamiento de ningún instrumento, en honor al gran dios Jano y de los dioses Marte y Quirino.

Cozeui oborieso. Omnia vero ad Patulcium commissei.
Ianeus iam es, duonus Cerus es, duonus Ianus.
Venies potissimum melios eum recum
*Divum em pa cante, divum deo supplicate.**

[Levántate Cosivo. Todo lo he confiado a Patulcio. Ya hagas las veces de Jano, ya seas el buen Creador, ya seas el buen Jano. Vendrás especialmente como el mejor de aquellos dioses; cantad con el ímpetu de los dioses, cantad al dios de los dioses.]

Había instantes en los que se detenía y golpeaba su escudo con la gran daga que portaba en la mano derecha. Los legionarios le imitaban entonces y un estruendo ensordecedor lo inundaba todo como si la mayor de las tormentas fuera a descargar sobre Asia.

* Se trata de una transcripción de los versos de los sacerdotes *salios* recogida por Marco Terencio Varrón en su obra *Lengua Latina*, 7, 3, 2. Es latín arcaico y hay diferentes traducciones posibles. Se ofrece una de estas alternativas que capta la esencia de la plegaria original.

En tiempos inmemoriales, los romanos estaban convencidos de que el mismísimo Júpiter había entregado un gran escudo imposible de quebrar al rey Numa, el segundo rey de Roma tras Rómulo. El antiguo monarca ordenó entonces que su mejor herrero, Mamurius Veturius, forjara otros once escudos a imagen y semejanza del gran escudo divino, que era ovalado pero con dos grandes entradas a la mitad del mismo, como si le hubieran pegado dos grandes bocados en cada lado. Estos escudos tenían poderes especiales que pasaban a los patricios que eran elegidos para ser sus custodios. Publio Cornelio Escipión era uno de esos doce elegidos, un honor poco común que otorgaba un prestigio enorme, especialmente entre las tropas. Había otros sacerdotes *salios*, como los doce que se nombraban desde el reinado de Tulio Hostilio, el tercer rey de Roma, tras una de las guerras contra los sabinos, pero los *salios* de Numa, los que guardaban y exhibían cada año los *Ancilia* divinos, por ello eran los más apreciados por todos. Las hazañas del pasado sumadas a su condición de *salio* de Numa hacían de *Africanus*, a los ojos de los miles de legionarios que le veían danzar y cantar sin freno, un auténtico semidiós entre los hombres, un nuevo invencible Aquiles. Nada ni nadie podría detenerles más que la obligación religiosa de adorar a Marte, a Jano y a Quirino durante treinta días en los que el gran *salio*, tal como prescribía la sagrada tradición de Roma, no podía cambiar su residencia. Y si *Africanus* no se movía de Abydos, tampoco lo harían las legiones. Como siempre, legionarios y general unidos hasta el final.

—¡Muerte o victoria! ¡Muerte o victoria! ¡Muerte o victoria! —aullaban las legiones sin descanso arropando con sus gritos los cánticos de su general bendecido por los dioses.

Lucio observaba toda la escena y presidía, en calidad de cónsul al mando de la expedición, los sacrificios de decenas de animales que se inmolaban en honor a Marte, Jano y el resto de dioses, y no podía sino confirmar en su corazón que, sin lugar a dudas, la mejor arma de aquellas legiones no era otra sino ese valor extraño e inexplicable que su hermano Publio sabía transmitir a cada soldado. Lucio tenía grandes dudas sobre el desenlace final de aquella campaña y había tenido sueños tumultuosos que achacaba a sus nervios. Presentía que algo terrible estaba a punto de ocurrir y sólo podía pensar que se trataba de una derrota. En su preocupación por el desarrollo de aquella guerra, no pensaba que había cosas aún mucho más terribles que una derrota en campo abierto.

56

La caza de un Escipión

Sur de Abydos, región de Misia
al norte de Asia Menor.
Octubre de 190 a.C.

Publio hijo cabalgaba con la ilusión del que se siente explorador en territorio desconocido. Ningún ejército de Roma había llegado tan lejos en dirección a oriente. Acababan de cruzar el Helesponto con todas las legiones. Era un momento vibrante de la historia de Roma y se sentía orgulloso de formar parte de aquella aventura que engrandecía el poder de su patria. Cabalgaba erguido, acompañado por una decena de jinetes que componían uno de los diversos grupos de reconocimiento que su propio padre, de acuerdo con el cónsul, su tío Lucio, había decidido enviar a modo de avanzadilla hacia el sur y hacia el interior para evitar caer en una emboscada de las tropas sirias. Pero al joven Publio, con sólo veinte años de edad y sin apenas experiencia militar, pese a lo intenso de aquella campaña en Grecia y ahora Asia, todo le resultaba tan excitante que el peligro quedaba reducido a algo lejano, distante, minimizado por el asombro que producía surcar mares tan lejanos como el Helesponto o cabalgar ahora por la mismísima Asia. Por ello y porque estaba ansioso por disponer pronto de una oportunidad para mostrar a su padre, y a todos, que él estaba dispuesto a servir a Roma con valor, se postuló como voluntario para una de esas misiones de reconocimiento, pero sin el permiso de su padre, pues estaba seguro de que, como su padre en el fondo pensaba que no era realmente valiente o capaz, éste le negaría toda posibilidad de participar en semejantes misiones. De hecho, ante la negativa de varios decuriones a admitirle en su patrulla sin una orden expresa del legendario *Africanus*, el joven Publio había recurrido a la indirecta pero siempre eficaz estrategia de sobornar a un veterano oficial: Cayo Afranio, un decurión que por edad y años de campaña debía haber alcanzado ya el grado de *primus pilus* de alguna de las legiones de Roma, pero al que su incontrolable afición por el licor de Baco le había hecho impopular entre sus superiores. En las legiones de Roma se era tolerante con el vino y las mujeres y cualquier otro vicio como el juego o la gula, siempre que eso no limitara la capacidad de combate de los soldados, pero Cayo Afranio había permanecido dormido, totalmente borracho, más de un alba, cuando los *tubicines* habían hecho sonar sus trompas indicando la orden de alzarse y ponerse en marcha. De ahí al calabozo tras largas series de latigazos. Luego, sobrio, en el campo de batalla, Afranio recuperó cierto prestigio por el número de enemigos abatidos y se le concedió el grado de decurión una vez más, pero desde hacía tiempo se le encomendaban, a sabiendas de todos los oficiales, las misiones más peligrosas, las que entrañaban más riesgo, a la espera que la guerra terminara de una vez con su vida ahorrando así a Roma la desagradable tarea de ejecutar a uno de los suyos por su interminable serie de torpezas y desatinos. De todo eso, el joven Publio sólo sabía la mitad. Lo único que le importó fue que Cayo Afranio fue quien aceptó el soborno de las monedas de oro.

—¿Es bueno? —había preguntado el viejo decurión mientras mordía una de las monedas.

El joven Publio le miró atónito. No era frecuente que nadie dudara de él, al menos de su oro. En cualquier caso, ya fuera porque su mirada lo decía todo o porque el mordisco le satisfizo, Cayo Afranio aceptó.

—Sea, joven patricio. Vendrás con nosotros, pero de esto ni una palabra a nadie. Del resto de hombres ya me ocupo yo. Al que hable... —Y no terminó la frase, sino que se llevó la palma de la mano al cuello y como si fuera un cuchillo la pasó veloz sobre su garganta. Después se dio la vuelta y se alejó riendo con una carcajada convulsa. Publio no tenía claro que aquel hombre fuera de fiar, pero le podía más el ánimo de aventura y el deseo de escapar de la eterna protección de su padre y así demostrar su auténtica valía que lo que le dictaba su intuición de guerrero en ciernes. Su padre siempre le había dicho una y otra vez que el secreto para sobrevivir en la guerra era rodearte de los mejores. Afranio no parecía para nada un nuevo Lelio. El simple hecho de que aceptara un soborno debería haber sido suficiente aviso, pero la juventud, con frecuencia, es impulsiva.

Luego, sin embargo, cabalgando entre las montañas del norte de Misia, acompañados tan sólo por el silencio, el aire fresco del amanecer y las imágenes de los árboles repartidos por las laderas de aquel valle, la dudosa honorabilidad de Cayo Afranio parecía ser un asunto menor. Pero, de pronto, un silbido reventó aquella idílica paz. Un silbido al que siguieron varios más. Publio miraba a un lado y otro sin comprender bien lo que ocurría. Uno de los jinetes romanos lanzó un grito ahogado y cayó de su caballo estampándose de bruces contra el suelo. Tenía tres flechas clavadas en la espalda. Los silbidos se multiplicaban.

—¡Maldita sea! —dijo Cayo Afranio, pero sin añadir ninguna instrucción al resto de jinetes. En la distancia, al fondo del valle, emergió un grupo cada vez mayor de jinetes enemigos. Cabalgaban al galope y, sin detenerse, continuaban disparando flechas. El joven Publio había oído hablar de los temibles *dahas* del ejército de Siria, pero siempre pensó que su legendaria fama de ser jinetes capaces de abatir enemigos con los dardos de sus arcos sin refrenar un ápice el galope de sus caballos era más fruto de la exageración que de un prestigio ganado a pulso en mil batallas. Dos soldados más del pequeño escuadrón romano de reconocimiento cayeron abatidos antes de que Cayo Afranio reaccionara de una vez.

—¡Hacia las montañas! ¡En campo abierto somos como conejos! ¡Nos abatirán a todos sin ni siquiera darnos la oportunidad de combatir cuerpo a cuerpo!

Todos obedecieron sin rechistar y azuzaron sus monturas para que se perdieran entre los árboles de las laderas y quedar así a salvo de la lluvia de flechas, pero los silbidos no se detenían y Publio veía como caían decenas de dardos a su alrededor. Dos saetas se clavaron al fin en el costado de su montura. El animal se sobrecogió, lanzó un relincho brutal y se dejó caer de costado arrastrando consigo al hijo de *Africanus*. El joven era ágil y buen jinete y acertó a despegarse de la bestia en la caída de forma que evitó que el animal le aplastara con su peso. Publio gateó entonces por el suelo hasta alcanzar unas rocas grandes tras las que se guareció para protegerse de las incesantes andanadas de flechas. A sus espaldas vio como la mayoría de los jinetes de la pequeña *turma* romana eran acribillados sin piedad. Todos menos dos que consiguieron acceder al bosque y perderse entre la espesura de los árboles. Por su parte, Cayo Afranio, que por su cuenta y riesgo, y sin decir nada a nadie, había tomado la decisión de desmontar y, al igual que el joven Publio, refugiarse tras otro montón de rocas, también había sobrevivido. De momento.

La inclemente lluvia de saetas mortales se detuvo. Publio podía escuchar su propia respiración entrecortada y sentía los latidos de su corazón en las sienes, mientras intentaba escrutar, sin atreverse a asomarse por encima de las rocas, los movimientos del enemigo. Había pasado de sentirse en una idílica aventura de descubrimiento a encontrarse con la brutalidad inmisericorde de la guerra en un instante. Se escuchaban los cascos de varias decenas de caballos acercándose. Sabía que la muerte estaba cerca y comprendía lo tremendamente estúpido que había sido. Había querido demostrar a su padre que tenía ese valor que él tanto anhelaba y lo único que iba a conseguir es que le ejecutaran en unos segundos. Pensó en sus hermanas, en Cornelia la mayor, en el agradable sentido común de sus palabras, en la pequeña Cornelia, con su eterna vitalidad, con ese fulgor en los ojos, esa osadía que sin saberlo él había querido emular porque sabía que era el carácter de su hermana pequeña el que su padre habría querido que hubiera heredado él, su único hijo varón. Las pisadas de los caballos se detuvieron. Los guerreros *dahas* hablaron entre ellos en una lengua incomprensible para Publio hijo. El joven patricio contuvo la respiración sin saberlo. Estaban desmontando. Se oyó el ruido del metal al resbalar por las vainas. Los guerreros sirios acababan de desenfundar las espadas. El sudor frío recorría las palpitantes sienes de Publio. Se acurrucó como lo que era: un perro asustado. Sintió asco y vergüenza de sí mismo. El hijo del gran *Africanus* acorralado y encogido, atenazado por el miedo. Rezó a los dioses para que le mataran y que su sangre borrara el oprobio de una muerte en la que ni siquiera se había atrevido a plantar cara al enemigo. El sol que despuntaba le había estado calentando el cogote desde que se escondiera tras las rocas pero, de pronto, como si una nube se hubiera interpuesto, la sensación del sol sobre su cuello desapareció. Entonces sonó una atronadora carcajada. Publio abrió los ojos y vio una pléyade de guerreros *dahas* riendo a su alrededor, ocultando el sol con sus feroces rostros.

—¡Hemos cazado un romano cobarde! —dijo uno de los soldados sirios en un griego bastante comprensible mientras sus compañeros no dejaban de reír. Estaba claro que los sirios querían que sus insultos y menosprecio resultara comprensible a los oídos de su aterrorizada presa.

57

La venganza de Aníbal

Norte de Lidia, centro de Asia Menor.
Octubre de 190 a.C.

Aníbal llegó con sus hombres a Lidia. Sabía que unos guerreros *dahas* habían apresado a dos romanos de una de las *turmae* de reconocimiento de las legiones y quería hablar con los prisioneros en persona. No confiaba ni en los interrogatorios sirios ni en que luego, si se conseguía averiguar algo de interés, se le pasara la información relevante que estos prisioneros pudieran aportar. La campaña de Asia era la última oportunidad para doblegar a Roma y Aníbal lo sabía, por eso anhelaba poseer todos los datos posibles sobre el enemigo para saber bien qué decisiones tomar a la hora de atacar. Todo indicaba que los romanos buscaban avanzar hacia el sur para unirse a las tropas de Pérgamo del rey Eumenes, como había comentado con Epífanes antes de su muerte, pero una confirmación en ese sentido era clave. Desde las derrotas navales, Antíoco no confiaba demasiado en Aníbal, pero tras el envenenamiento de Epífanes, el rey sirio había decidido mantener al general cartaginés entre sus consejeros como contrapeso a la ambición desmedida de su hijo Seleuco y del resto de generales. De ese modo, Aníbal disfrutaba de libertad de movimientos por Asia Menor y era temido y respetado por los oficiales sirios en cualquier punto de la región.

El general púnico llegó hasta el campamento de los *dahas.* A éstos no les hacía gracia la visita de Aníbal, pero sólo los oficiales de los *catafractos* o los *argiráspides*, las unidades de élite del ejército de Antíoco, parecían tener el coraje suficiente para oponerse a los movimientos de Aníbal y sus ciento cincuenta veteranos púnicos.

—¿Dónde están los romanos? —preguntó Aníbal al tiempo que desmontaba de su caballo al igual que hacía Maharbal. El oficial de los *dahas* de Misia y Lidia le miró de soslayo y eludió responder. Aníbal ignoró, a su vez, al oficial y avanzó seguido por una treintena de sus hombres que habían dejado sus caballos para proteger a su general en jefe. En el centro del campamento se veía una tienda con varios centinelas en la puerta. Era la única que tenía guardianes. Hacia allí encaminó sus pasos Aníbal seguido de cerca por su lugarteniente. El oficial *daha*, escoltado por un nutrido grupo de guerreros, empezó a perseguir a Aníbal. Una veintena de flechas cayeron entre la escolta de Aníbal y los *dahas*. El oficial del ejército de Siria se detuvo en seco. Aníbal, que había escuchado los inconfundibles silbidos de los dardos lanzados por sus propios hombres se volvió con una amplia sonrisa en la boca. Tras los *dahas* podía ver a un centenar de sus hombres con arcos cargados y dispuestos.

—Mis soldados no tienen la puntería de los *dahas* —comentó Aníbal sin dejar de sonreír—. Por eso yo no tentaría a la suerte. Quizá quieran sólo avisaros y se equivoquen y os acribillen.

El pequeño campamento *daha* era una avanzadilla del ejército sirio compuesto por tan sólo cien guerreros. Los africanos eran ciento cincuenta y tenían los arcos cargados y, además, la leyenda les acompañaba: eran soldados que habían luchado en infinidad de batallas y, además, estaban muy, muy próximos. Tras un par de andanadas de flechas el combate sería cuerpo a cuerpo y en ese terreno los *dahas* sabían que no tenían nada que hacer contra los veteranos de Aníbal. El oficial sirio decidió usar otras armas.

—Esos prisioneros son presos del rey Antíoco. Si os los lleváis informaremos al rey.

—Entiendo —respondió Aníbal sin dejar de sonreír—; pero yo sólo quiero interrogar a los prisioneros. Nada más.

El guerrero *daha* se sintió más seguro al ver que había conseguido frenar el avance de Aníbal hacia la tienda.

—Yo ya he interrogado a los romanos.

—¿Y?

—No han contado nada de valor. Son sólo miembros de una patrulla de reconocimiento.

—Quizá no hayas sido suficientemente persuasivo al hacer las preguntas —respondió Aníbal difuminando la sonrisa y levantando las cejas.

—El rey quiere prisioneros vivos. Los conduciré hasta él. Ésas son mis órdenes.

Aníbal bajó entonces la mirada. Pasaron unos segundos de silencio. Negó entonces con la cabeza, giró ciento ochenta grados y reemprendió su marcha hacia la tienda de los prisioneros acompañado por Maharbal dejando unas palabras en el aire.

—La guerra no puede esperar. Hay que saber lo que saben esos romanos y hay que saberlo ya.

El oficial reemprendió la marcha pero cayeron nuevas flechas justo a sus pies. Se quedó petrificado viendo cómo los hombres de Aníbal empujaban a los centinelas de la tienda a un lado y cómo el gran general púnico entraba en el interior de la improvisada cárcel.

Cayo Afranio y el joven Publio llevaban medio día sentados en el polvoriento suelo de Lidia cubiertos de cadenas en pies, manos y cuello. Los habían subido a un carro y así los habían trasportado por toda Misia y parte de Lidia. Varios días de viaje agotador, poca agua y poca comida. Los *dahas* les habían hecho preguntas y propinado alguna patada, pero nada más. Estaba claro que tenían instrucciones de preservarlos con vida, al menos por el momento, pero ambos sabían que más tarde o más temprano llegaría el interrogatorio final donde sus silencios no bastarían para detener los golpes. Cayo Afranio y Publio no habían hablado mucho entre ellos durante sus penosos días de cautiverio. El primero estaba concentrado en discernir un plan para poder salir con vida de aquel desastre sin acertar a vislumbrar aún una solución posible; el segundo estaba atormentado por el remordimiento y por las consecuencias que su apresamiento podía tener en aquella guerra si se descubría su identidad. Por contra, Afranio había decidido que tal vez dando suficiente información al enemigo y brindando su colaboración absoluta quizá pudiera salvar la vida: podía informar sobre el número de las fuerzas romanas y sobre el plan de unirse al ejército de Pérgamo, entre otras cosas... y se quedó mirando de reojo a su compañero de prisión.

Por su parte, el joven Publio hundía la cabeza entre las piernas. Sabía que pasara lo que pasara lo más importante era no desvelar nada sobre el ejército de Roma y, por encima de todo, ocultar quién era él realmente. Eso era lo más importante. Si los sirios llegaban a saber quién era en realidad podrían utilizarle contra su padre y su tío.

Súbitamente, la tela de la puerta de la tienda se abrió y un hombre alto y fuerte dibujó su silueta contra la luz de un potente sol que cegó a los dos prisioneros romanos. La sombra, seguida por otras similares, avanzó hasta situarse en el centro mismo de la tienda. Se detuvo a un paso de los prisioneros. Giró su cabeza y dos de la media docena de guerreros que le acompañaban tomaron a los romanos encadenados y los pusieron en pie. La puerta de la tienda se cerró y la penumbra a la que estaban habituados los ojos del joven Publio retornó a la estancia;

entonces pudo ver mejor el rostro del que acababa de entrar. Tenía las facciones marcadas por el paso del tiempo, arrugas en la frente, una poblada barba, el pelo algo largo y ligeramente desaliñado, pero no sucio, pero, lo que más llamaba la atención, era el parche que exhibía sobre su ojo izquierdo. Publio contuvo la respiración. Su padre le había descrito innumerables veces la faz de Aníbal y, aunque más ajada por los años, aquella descripción era la que tenía en aquel momento ante él.

—No tengo tiempo para perder, romanos, así que responded a mis preguntas y quizá así salvéis la vida —espetó Aníbal con brusquedad en un griego algo tosco pero claro. Se separó entonces de los romanos y dos de sus guerreros propinaron sendos puñetazos en el bajo vientre de cada prisionero. Se escucharon los gritos ahogados de los presos y el golpe seco de cada uno al caer doblados sobre el polvo del suelo de Lidia. Aníbal se puso en cuclillas.

—¿Quién de vosotros está dispuesto a contarme algo que merezca la pena? —preguntó el general púnico; Afranio iba a decir algo, pero fue demasiado lento para Aníbal y éste ya se había levantado y retrocedido de nuevo. Una lluvia de puntapiés cayó sobre ambos presos mientras Aníbal bebía agua fresca de un cuenco que le pasaba Maharbal. El joven Publio se protegió la cabeza con las manos mientras sentía las patadas de los guerreros africanos en el vientre y en las piernas. De pronto, los puntapiés cesaron. Encogido como un feto se dobló hasta quedar acurrucado en el suelo boca abajo. Aquello sólo había hecho que empezar. Intentó recuperar el resuello mientras se mantenía en perfecto silencio.

—¡Yo, yo tengo cosas que contar! —Era Afranio el que hablaba. El joven Publio alzó entonces el rostro del polvo del suelo y le miró con odio.

—¡Cállate, miserable, cállate! —le espetó, pero un nuevo puntapié en la boca propinado por uno de los guerreros africanos le hizo callar. El muchacho se quedó en silencio, boca abajo, tiñendo con la sangre de su labio partido el suelo de la tienda.

Aníbal pidió una silla. Maharbal miró a uno de los soldados y éste salió y volvió a entrar en cuestión de segundos. Traía sólo un pequeño taburete y miró a Maharbal con cierto aire de duda.

—Suficiente —les tranquilizó su general, y Aníbal se sentó sobre el mismo—. Bien, romano. Te escucho.

Afranio se había sentado en el suelo y se apoyaba en el palo central de la tienda que sostenía el techo de lona.

—Somos parte de una patrulla de reconocimiento...

—Eso ya lo sé, estúpido —le interrumpió Aníbal con impaciencia—. Quiero saber cuántos son en el ejército romano, quién está al mando y hacia dónde se dirigen.

Cayo Afranio comprendió que no tenía margen para dar rodeos o los golpes se reiniciarían. Aquel oficial no parecía sirio. No tenía claro su origen pero no era sirio. Seguramente un mercenario al servicio del rey Antíoco, alguien que quería información para quedar bien ante el rey de Oriente. Si se la daba igual respetarían su vida.

—Dos legiones, un ejército consular completo, con las tropas latinas aliadas, unos veinte mil, quizá veinticinco mil legionarios contando la caballería; la idea es avanzar hacia el sur para unirse a las tropas de Pérgamo, pero no sé si por el interior o la costa; nuestras patrullas tenían que ayudar a decidir ese punto. El cónsul Lucio Cornelio Escipión es el que está al mando, pero todos sabemos que el que realmente dirige todo es Publio Cornelio, su hermano.

Aníbal se levantó del pequeño asiento.

—¿Publio Cornelio Escipión está aquí, en Asia, con ese ejército? —Aníbal había oído rumores pero nada definitivo hasta la fecha. Si Publio Cornelio Escipión estaba allí por fin tendría la oportunidad de la tan anhelada revancha tras la derrota de Zama. Aquel hecho, que el más inteligente general de Roma estuviera al mando del enemigo, lo que para cualquier otro habría sido motivo de preocupación y desánimo, por el contrario, introdujo un poderoso ramalazo de vitalidad en la voz del general púnico, así que tomó a Cayo Afranio del pelo y tirando con fuerza repitió su pregunta—: ¿Publio Cornelio Escipión comanda esas tropas?

—¡Sí, sí, sí...! —aulló Afranio dolorido y aterrado.

Aníbal soltó a su presa, que se derrumbó sobre el suelo.

—Publio Cornelio Escipión está aquí... —se repetía para sí mismo dando la espalda a los prisioneros. Tras unos segundos de incertidumbre retomó la palabra—. Ya sabemos todo cuanto teníamos que saber. Estos hombres no nos pueden decir nada más importante... —Las palabras de Aníbal quedaron en suspenso; sus hombres desenvainaron las espadas. Cayo Afranio abrió los ojos de par en par, el joven Publio sacudía la cabeza mirándole con recelo de que aún fuera capaz de escupir más traición por su boca...

—¡Oficial, sé más, sé más! —gritó Cayo Afranio mientras los filos de las espadas se acercaban a su cuello. Aníbal iba a ordenar a sus hombres que se detuvieran en cualquier caso, pues ya tenía la información que buscaba y no tenía sentido cometer un acto que le indispusiera con el rey Antíoco, que quería, de momento, a aquellos presos con vida, pero de todo eso nada sabía el horrorizado Afranio, de la misma forma que ignoraba que Aníbal deseaba llevarse bien con Antíoco, ahora más que nunca, ahora mucho más que nunca, pues Antíoco disponía de un grandioso ejército, la herramienta perfecta para devolver a Escipión la derrota infligida en Zama. Antíoco había sido un completo estúpido al no haberle hecho caso y haber enviado parte del ejército a Italia en lugar de ese absurdo desembarco en Grecia que luego terminó en derrota. Pero eso ya era agua pasada y no, no había que matar a esos prisioneros romanos por nada del mundo, pero antes de que sus palabras pudieran brotar de su boca, por un solo segundo, uno de esos breves instantes que cambian el curso de la historia, por un minúsculo instante, Cayo Afranio, atemorizado al pensar que su vida se acababa, se adelantó y vociferó la más pérfida de las delaciones.

—¡Sé más, sé más...! ¡El que me acompaña es el hijo de Escipión, es el hijo de Escipión! ¡El hijo de *Africanus*!

Aníbal no tuvo que decir nada a sus hombres, pues éstos, al oír las palabras de Afranio, se detuvieron en seco, casi helados, perplejos.

Aníbal frunce el ceño y se gira sobre sus talones. Mira a Afranio. Éste reitera sus palabras una y otra vez, en voz baja, entre sollozos, siente que con esa confesión ha retenido por fin el avance de su muerte.

—Es el hijo de Escipión... el hijo de Publio Cornelio Escipión... su hijo...

Aníbal se adelanta y, esta vez, se agacha junto al romano más joven. Intenta verle el rostro pero el joven Publio no levanta su faz del suelo. Aníbal se alza entonces y se dirige al prisionero joven con la autoridad del general veterano, indiscutible, inapelable.

—Levántate, soldado, levántate y deja que te mire.

Levantarse no era traicionar a Roma. Era la primera cosa que se le pedía desde que los africanos habían entrado en aquella maldita tienda que podía hacer sin traicionar a Roma. Así que Publio Cornelio Escipión hijo se alzó en silencio y se puso firme ante el más poderoso de todos los enemigos que nunca jamás había encontrado Roma. Era la suya una triste imagen, con marcas rojizas de los grilletes asomando por debajo de los hierros en tobillos, muñecas y cuello; tenía magulladuras y cortes en las piernas, donde había sido golpeado, y en su joven rostro, el labio partido e hinchado no dejaba de sangrar, haciendo que las gotas de sus heridas salpicaran su uniforme polvoriento y sucio. Aníbal se acercó y le miró fijamente a los ojos con su único ojo sano.

—¿Eres realmente el hijo de Publio Cornelio Escipión?

El joven Publio tragó saliva y calló.

Aníbal no estaba acostumbrado a repetir sus preguntas, pero aquélla era, sin duda, una ocasión singular.

—¿Eres el hijo de Publio Cornelio Escipión? —Pero nuevamente su pregunta se topó con el pesado muro del silencio del joven romano. Aníbal se pasó una mano por la barba mientras escrutaba hasta el mínimo detalle el contorno de las facciones de su silencioso interlocutor. Aníbal había parlamentado en dos ocasiones, largo y tendido, con el supuesto padre de aquel prisionero y sentía que podría reconocer un hijo de Escipión si realmente lo tuviera delante.

Afranio había estado a punto de intervenir para ratificarse en su confesión, pero de algún modo percibió que en aquel momento, entre aquel oficial extranjero y el hijo de Escipión había un extraño vínculo de pasiones y misterio que no podía ser interrumpido.

Aníbal empezó a cabecear débilmente de forma repetida.

—No hace falta que hables, joven romano. Sé que te debates entre tu deber ante Roma y tu honor. No quieres confesar quién eres porque piensas que si lo haces traicionas a Roma, porque puedes ser usado como rehén en esta campaña contra los intereses de tu patria, pero tu honor de patricio y de fidelidad a tu familia te hace difícil negar tu condición, ¿es así, verdad, romano? ¿Es así?

Pero el joven Publio, empapado en sangre, permanecía obstinadamente mudo.

—No importa —continuó Aníbal—. Es cierto que si este cobarde que te acompaña no hubiera hablado no te habría reconocido, pero ahora, ahora que tengo esa idea en la cabeza, ahora que te miro de cerca y que oigo tu respiración agitada y que casi siento el pálpito de tu corazón, ahora que huelo el aliento de tu boca y, sobre todo, ahora que veo tu mirada, siento que sí eres el hijo de Escipión, porque sólo un hijo suyo puede mirarme a la cara como estás haciendo tú, sabiendo que yo soy Aníbal, y no bajar la vista durante tanto tiempo. No hay ningún otro romano que fuera capaz de algo así. Tu silencio es suficiente respuesta a mis preguntas.

Cayo Afranio se quedó con la boca abierta. Sabía que estaba traicionando a su compañero de prisión, a un patricio, al hijo del implacable Escipión, pero no podía imaginar que se lo estaba confesando al mismísimo Aníbal, al guerrero de todo el mundo que más odio y rencor debía tener acumulado precisamente contra Publio Cornelio Escipión. Cayo Afranio sabía que su servicio había sido inestimable, intuía una buena recompensa igual que intuía que la muerte del joven Escipión estaba a punto de llegar.

Aníbal desenvainó la espada despacio sin dejar de mirar al joven Publio a los ojos. Maharbal, sorprendido por la reacción de su general, le miró, pero sin atreverse a intervenir, confuso, indeciso.

—Tu padre —prosiguió Aníbal— siempre se ha creído invulnerable, por encima de todo y de todos, incluso creo que se ha creído por encima de mí, pero yo siempre supe que llegaría el momento en el que sería vulnerable, en que podría deleitarme en el placer de la venganza y ese momento ha llegado, joven romano.

Cayo Afranio, junto al joven Escipión, escuchaba con horror las duras palabras de Aníbal. Él no había deseado que para salvar su vida tuviera que morir el hijo de Escipión, pero se repetía para sí, una y otra vez, como todo cobarde que se justifica, que no había habido otro camino. Estaba en pie, al lado del joven Escipión, ambos encadenados, sudando, heridos e impotentes, y frente a ambos estaba Aníbal con la espada en ristre en su poderosa mano. Afranio veía el ojo de Aníbal clavado en la faz del joven Escipión de la misma forma que Publio hijo veía la pupila de Aníbal inyectada en odio irrefrenable clavada en sus propias pupilas. Publio pensaba que Aníbal se equivocaba en una sola cosa: él, el hijo del gran Escipión, no era tan valiente como creía el general púnico, pues el joven Publio, al fin, cerró los ojos y apretó los dientes a la espera de recibir el golpe mortal que terminara con aquella tortura de remordimiento, deshonor y traición.

Aníbal hundió su espada hasta que su puño chocó contra la piel de su enemigo y extrajo el arma con la parsimonia del ejecutor experimentado. Tras el filo emergió a borbotones sangre romana, perpleja, estupefacta al verse libre, envuelta de polvo y sorpresa, regando las tierras de Asia.

58

El árbol caído

Abydos, Misia, norte de Asia Menor.
Octubre de 190 a.C.

—¡Noooooo! —gritó Publio Cornelio Escipión—. ¡No, no, no! —Y bajaba el tono de su voz mientras volcaba la mesa con los planos de Misia, Lidia y el resto de Asia Menor—. ¡No, no, no! —Frente a la mesa volcada se encontraba el cónsul, su hermano Lucio, quien le acababa de informar del apresamiento de su hijo por el ejército Sirio. Publio seguía enajenado; se dejó caer sobre el suelo, abatido, quedando al fin sentado sobre las pieles de oveja esparcidas por el suelo de la tienda. El cónsul miró a un lado y a otro. No quería que los oficiales vieran así a su hermano, al general de generales, al gran *Africanus*, al vencedor de Zama. Los *lictores* y los tribunos y el resto de centuriones, *praefecti sociorum* y decuriones presentes entendieron sin necesidad de más y salieron todos de la estancia. Aquélla era una escena privada, demasiado dura, demasiado humillante. Todos se habían quedado sin habla al ver al general más valeroso, al hombre más admirado de toda Roma, derrumbado, desolado, casi sollozando. Todos sabían el gran aprecio que el gran *Africanus* sentía por su hijo, pero nadie hasta entonces había comprendido la envergadura de aquel desastre, no hasta haber sido testigos de la descontrolada reacción de Escipión.

Lucio, ya a solas los dos, le miraba en pie, respirando despacio. Su hermano había bajado el rostro. Lucio escuchó entonces lo que pensó que nunca jamás volvería a oír. Su hermano estaba llorando, llorando desconsoladamente, llorando a lágrima viva por la pérdida de su hijo. Lucio buscaba palabras de consuelo. Había olvidado ya también que él era el cónsul, que su hermano era un oficial a su mando, que aquella muestra de debilidad cuya noticia, sin duda, correría por todas partes hasta alcanzar en pocos minutos los últimos rincones del campamento era un grave error, una exhibición de dolor y abatimiento que no se podían permitir, pero el llanto de su hermano lo había borrado todo. Lucio sólo pensaba en su hermano y su sobrino. Se agachó junto a Publio.

—Quizá lo retengan preso. Publio es inteligente. Si hace saber quién es, es posible que respeten su vida y quieran negociar un rescate.

Publio padre seguía llorando. No lo había hecho desde la muerte de su padre y su tío en Hispania, el momento más amargo de toda su vida hasta ese día. La pérdida de su madre fue también profundamente dolorosa, pero Pomponia falleció por enfermedad rodeada por el cariño de toda la familia en Roma. No era comparable, no era comparable... y los padres, las madres mueren... los hijos... nunca debemos ver la muerte de nuestros hijos.

—Le prometí... le prometí... —Publio empezó a hablar entrecortadamente—. Le prometí, le prometí... a Emilia que cuidaría de él; en Hispania, Lucio, cuando nació, me cogió del brazo, Emilia, me tomó del brazo justo cuando tenía al pequeño en mis manos y me hizo jurar que siempre lo protegería, me hizo jurar que Aníbal nunca le alcanzaría y ahora, Lucio, ahora... ¿no lo entiendes, no lo entiendes? —Su hermano se levantó y en su rostro se dibujaba el horror—. Tuvo una premonición, Emilia tuvo una premonición que ligaba el destino de nuestro hijo a Aníbal, pero yo le prometí a Emilia que acabaría con aquella maldita guerra antes de que el pequeño pudiera combatir y lo hice, Lucio, lo hicimos, juntos, pero ahora, una nueva guerra, en el otro extremo del mundo, y mi hijo cae preso del ejército enemigo donde está Aníbal, ¿no lo entiendes, Lucio? ¡Por todos los dioses! ¿No lo entiendes? Se está cumpliendo la premonición de Emilia y la maldición de Sífax; aún recuerdo su grito maldiciéndome al caer arrojado desde lo alto de la roca Tarpeya; nada ni nadie puede detener ya el destino. La maldición del rey de Numidia nos ha alcanzado, Lucio, nos ha alcanzado, aquí en Asia, donde ya ni tú ni yo ni nadie nos acordábamos de él. Aníbal sabe todo lo que ocurre en el ejército sirio, es uno de los consejeros principales del rey, se enterará antes que nadie y acudirá allí donde tengan al muchacho. Acudirá allí, Lucio. Aníbal irá a por él. Sífax debe estar riendo a carcajadas en las entrañas de la tierra.

Lucio se paseaba por la tienda de un lado a otro, como una fiera enjaulada. Se pasaba las palmas de ambas manos por el cogote. No podía ser, no podía ser.

—¿Crees que Aníbal mataría a tu hijo? —preguntó Lucio con terror de escuchar la respuesta. Su hermano era la persona de Roma que más había hablado con Aníbal, el que mejor podía interpretar sus deseos, sus intenciones, sus odios.

—No lo sé... no lo sé... —respondió Publio desde el suelo. Había dejado de llorar. Su mente se había puesto a pensar a toda velocidad. Buscaba una salida, una esperanza—. Mi corazón quiere pensar que no.

Yo nunca he creído que Aníbal me odie, que nos odie tanto. Sabe que no tuvimos nada que ver con lo que pasó con Asdrúbal tras la batalla de Metauro, sabe que eso fue cosa de Nerón y Fabio Máximo, sobre todo de Máximo, y se lo hizo pagar, sabes cómo se lo hizo pagar...

Lucio asentía. Las lágrimas volvían a los ojos de su hermano: Aníbal parecía estar detrás del levantamiento de los guerreros galos del norte de Italia en donde falleció el hijo de Máximo. Aquellos pensamientos no eran halagüeños.

—Pero tú mismo lo has dicho: Aníbal sabe que no tuviste nada que ver en aquello. Seguro que no siente el mismo odio hacia ti, hacia nosotros, que el que pudiera sentir contra Máximo y los suyos.

—Es posible, es posible. Incluso la última vez que le vi en Éfeso, me dio la sensación de que... de que podríamos entendernos. Y, sin embargo... están los rumores que llegaron a Roma... y Heráclito.

—¿El asunto de su supuesto juramento de niño de odio eterno a los romanos? —preguntó Lucio con rapidez, sin haber entendido bien la última palabra de su hermano.

—Sí, eso mismo.

—Pero no sabemos si eso es cierto o si es una mentira o si se lo inventó el propio Aníbal para congraciarse con Antíoco.

—No, no sabemos nada —confirmó Publio abatido. Se apoyó en la mesa volcada y se alzó hasta sentarse en un *solium*—. Y me preocupa otra cosa.

Lucio preguntó intrigado:

—¿Qué más te preocupa?

Publio levantó los ojos del suelo y miró fijamente a su hermano.

—Heráclito —repitió Publio—. Heráclito, hermano, no importa —añadió al ver la cara de confusión de Lucio y se explicó con rapidez—, todo cambia, todos cambiamos, Aníbal, hermano, le vi cambiado, diferente en Éfeso. Aníbal es el más frío, el más gélido enemigo con el que nunca hemos luchado. Sabe que al contrincante hay que debilitarle mediante cualquier medio al alcance. En Italia fue cortando todas nuestras líneas de abastecimiento, sitiando las ciudades amigas hasta que se pasaban a su bando o hasta que perecían por el hambre; nos llevó hasta casi la aniquilación de forma lenta y metódica; sin embargo, mantenía la dignidad en lo personal, respetaba los cadáveres de los cónsules abatidos, me devolvió el anillo en Zama, pero ¿y si Aníbal ahora ya no respetara ni eso? Para Aníbal yo soy su enemigo a batir y sabe que si mata a mi hijo me debilitará, pues el dolor, el sufrimiento entorpece, nubla el pensamiento y mis acciones no estarán libres de rencor fatuo, inútil, pero inevitable; he de aconsejarte en cómo acometer la campaña, he de aportar sugerencias en el campo de batalla sobre la disposición de las tropas, pero Aníbal sabe que si mata a mi hijo entorpecerá mi habilidad para tomar las decisiones adecuadas en favor de una ciega búsqueda de venganza por mi parte.

—¿Cómo puede saber Aníbal todo eso?

—Porque Aníbal lee en los ojos de cada enemigo, interpreta el carácter de cada oponente en función de cada reacción y a mí me conoce a la perfección después de tantas batallas: Tesino, Trebia, Cannae, Zama y nuestras conversaciones en África y Asia. —Publio sonrió entonces lacónicamente—. Cegado por mi orgullo de guerrero creía que en cada conversación estábamos intercambiando opiniones sinceras de guerrero a guerrero y ahora pienso que en cada ocasión Aníbal no debió hacer otra cosa que analizarme, que estudiarme, meditando, ponderando cuál era mi punto débil. Ya no sé lo que es cierto y lo es producto de mi imaginación. Ahora ha encontrado mi talón de Aquiles. En la conversación de Éfeso dejé traslucir que la familia era lo más importante para mí, llegué a decir que el sufrimiento de un hijo o una hija era lo único que me parecía tan terrible como estar rodeado por un enemigo superior en número o algo así dije, no puedo recordar las palabras exactas, pero sé que me escuchaba, me escuchaba. ¿Lo ves ahora, Lucio? ¡Por Júpiter Óptimo Máximo! ¿Entiendes ahora la debacle? Incluso si Aníbal no me odia, incluso entonces acabará matando a mi hijo de todas formas: no ya por venganza, sino como una parte más de esta nueva guerra. Lo verá como una necesidad. Incluso si llegara a parecer innoble, no dudará en matarle. Ya se sirvió de renegados de las legiones en Italia a los que hacía pasar como soldados nuestros para que más de una ciudad le abriera las puertas a su ejército. Hubo un momento en que tenía una opinión bien formada de Aníbal y creía en su nobleza de guerrero, pero ahora, hoy, sólo viene a mi mente que Aníbal hace todo aquello que tiene en sus manos para debilitar a sus enemigos. Es despiadado porque la guerra es cruel. Lucio, el muchacho está totalmente perdido. Sólo queda la esperanza de que los hombres de Antíoco lo preserven de la helada inteligencia militar de Aníbal.

—Podemos enviar mensajeros a Antioquía, donde creo que está Antíoco. Podríamos llegar a un acuerdo si... —Pero Lucio no tuvo las agallas de acabar la frase.

—Si el muchacho sigue vivo, quieres decir, ¿no? —apostilló Publio mirando el suelo.

—Sí.

Un breve silencio.

—Sea —añadió Publio sin levantar el rostro—. Envía mensajeros a Antíoco. Prométele lo que quieras. Sólo tráeme a Publio de vuelta.

Lucio asintió un par de veces. Se dio la vuelta, y el cónsul de Roma en Asia Menor salió de aquella tienda, dejando a solas al más grande de los generales de su ejército, hundido, derrotado, perdido.

59

El mensaje de los *dahas*

Antioquía, Siria.
Octubre de 190 a.C.

Los guerreros *dahas* se postraron ante su señor. El rey Antíoco les ordenó alzarse. Los soldados, rodeados por las imponentes paredes del salón real de Antioquía y después de haber visto por primera vez en su vida las gigantescas murallas de la ciudad que empezara a construir Seleuco I en el pasado y que terminara el propio Antíoco III en el presente, después de admirar el impactante teatro y los majestuosos puentes sobre el río Orontes, tras cabalgar por las magníficas avenidas y cruzar la grandiosa plaza del Nymphaeum, se sentían aún más abrumados y aún más pequeños. Sólo el hecho de saber que eran portadores de importantes noticias para el rey les hacía mantener el ánimo en medio de aquella exuberante exhibición de riqueza y poder. Ellos eran guerreros, estaban acostumbrados al campo abierto, a dormir al raso, a comer bajo las estrellas, a luchar en el campo de batalla: Antioquía era para ellos otro mundo, otro universo, el hogar de su amo.

—Heráclidas dice que traéis importantes noticias —dijo el rey desde su trono recubierto en oro y gemas y mirando al enjuto y delgado consejero que había sustituido a Epífanes. Heráclidas era favorable siempre a las ideas de Seleuco y el rey sabía que era como una extensión de su hijo y, quizá, de Antípatro, pero llevaba también muchos años de leal servicio y Antíoco aceptó que tomara el puesto de Epífanes, eso sí, manteniendo a Aníbal como contrapeso. El tiempo pondría a cada uno en su sitio. El tiempo y la guerra.

Ante el silencio de los *dahas*, que el rey correctamente interpretó como señal de duda y respeto hacia su persona, Antíoco repitió su invitación a hablar.

—Habéis cabalgado desde lejos y estáis ante vuestro rey. Decid qué noticias traéis del norte.

Arrodillado, mirando al suelo, uno de los dos guerreros empezó a hablar.

—Venimos de Lidia, mi señor. Allí, en una de nuestras incursiones hacia Misia, atrapamos a unos romanos de una patrulla de reconocimiento de las legiones bárbaras. Parece ser que uno de los prisioneros podría ser el hijo de uno de los generales romanos.

El rey de Siria frunció el ceño y miró de reojo a Heráclidas, que se mantenía en pie, callado y serio a su lado.

—¿De qué general? ¿Del cónsul de Roma, Lucio Cornelio Escipión? —indagó el rey, que empezaba a ver el interés auténtico de aquella audiencia.

—No, mi señor. Creemos que se ha apresado al hijo del hermano del cónsul, al hijo del general romano Publio Cornelio Escipión, ése al que llaman *Africanus*.

—¡Por Apolo, tenemos al hijo del general romano que derrotó a Aníbal en Zama! —exclamó Antíoco alzándose de su trono imperial. Volvió a mirar a Heráclidas. Se sorprendió, pues esperaba ver una gran sonrisa en su nuevo consejero, pues aquélla sin duda era una maravillosa noticia, pero Heráclidas mantenía la faz seria, impenetrable. El guerrero *daha*, sin dejar de mirar al suelo, volvió a hablar y sus palabras dieron sentido al rostro preocupado de Heráclidas.

—Pero hay un problema, mi señor.

—¿Un problema? —El rey volvió a tomar asiento en su trono. No entendía cómo tener de rehén al hijo del mejor general de Roma podía convertirse en un problema.

—Veréis, mi señor... —Al guerrero *daha* de pronto le faltaba la saliva—. Aníbal... Aníbal... Aníbal... —Pero era incapaz de terminar la frase.

60

La *hetera* de Abydos

Abydos, Misia, norte de Asia Menor.
Noviembre de 190 a.C.

Atilio, veterano médico de las legiones de Roma, o de las legiones de los Escipiones, como a él le gustaba decir, pues siempre había estado al servicio de las tropas comandadas primero por Publio Cornelio Escipión y luego por su hermano Lucio Cornelio Escipión, había decidido tomarse unos momentos de descanso. La campaña de Grecia había transcurrido esencialmente en el mar durante los últimos meses. Pero las batallas navales de agosto y septiembre de ese año habían sido muy cruentas. Primero la flota romana había derrotado a la flota siria y fenicia comandada por Aníbal. Los fenicios eran grandes comerciantes, pero como militares dejaban bastante que desear. Y luego había venido la batalla naval entre la flota siria de Antíoco, que había zarpado desde Éfeso bajo el mando de Polisínides y la flota romana al mando de Emilio Régilo, que partió desde Samos. Los romanos recibieron la ayuda de los rodios comandados por Eudamos. Las dos escuadras se encontraron en el mar, junto al cabo Mioneso y, una vez más, los romanos vencieron. Pero sea en el mar o sea en tierra, las batallas producen centenares de heridos y, pese a las victorias, la flota romana precisó de ayuda para tratar a sus heridos. Régilo pidió ayuda a las legiones de los Escipiones que avanzaban por Grecia y muchos de los marineros heridos por flecha o contusionados por los proyectiles o los impactos entre diferentes buques fueron trasladados a tierra, al campamento de las legiones. Atilio se vio desbordado durante semanas. Y tenía que dar gracias a los dioses de que Antíoco ordenara que las tropas sirias se retiraran de Lisimaquia sin entrar en combate. Atilio, como el resto de hombres que acompañaban a las legiones romanas, sabía que se trataba de una retirada estratégica. El monarca sirio sabía que no podía defender una posición al otro lado del Egeo con una flota destrozada, así que reagrupaba sus fuerzas en Asia. Esa retirada dio un respiro a Atilio, por ello, tras haber cruzado el Helesponto con cierto sosiego, instalados ahora en la primera ciudad de Asia amiga de Roma que habían encontrado, Abydos, el veterano médico de las legiones de Escipión decidió visitar una de las casas de *heteras* más prominentes de aquella ciudad.

Tal y como le había explicado un centurión mientras le atendía de un corte durante una sesión de adiestramiento, junto al puerto de la ciudad, cerca de los muelles, justo donde terminaban los almacenes, se alzaba un viejo edificio donde se podían encontrar las mejores *heteras* de las ciudad. Atilio había oído muchas veces hablar de las famosas *heteras* griegas, una mezcla de prostituta y mujer de compañía. Se prostituían, eso era cierto, pero eran refinadas además de hermosas, cultas y un hombre podía hablar con ellas de literatura o filosofía o historia, muchas sabían danzar con auténtica sensualidad y todas sabían hacer lo que a fin de cuentas Atilio tenía en mente. Una velada agasajado por una *hetera* bien seleccionada era una apuesta segura para deleitarse en los placeres más mundanos y más exquisitos a un tiempo. Era, no obstante, un entretenimiento caro, al alcance de muy pocos. Para los bolsillos peor dotados Abydos proporcionaba las simples *porné* o prostitutas de calle, pero Atilio sabía que había algún tipo de relación entre ciertos males de locura y aquellas mujeres, o prostitutas similares que había visto en todos los puertos del mundo, así que, aprovechando que disponía de un buen capital fruto de la generosidad con la que los Escipiones premiaban sus servicios, decidió dilapidar parte del mismo en compañía de las mejores *heteras* de Abydos.

Le abrió la puerta una mujer mayor, cubierta con túnica, adusta en su faz, pero que al comprobar el buen porte y la excelente presencia del médico romano de origen tarentino, iluminó su rostro con una graciosa sonrisa que hizo ver a Atilio que aquella mujer, pese a que le faltaban varios dientes, en el pasado debió de ser muy hermosa.

—Un romano... —dijo la vieja *hetera*—. Aquí son bienvenidos los romanos. Conquistadores de lejanas tierras que han llegado ya hasta nuestras costas.

Atilio sonrió levemente en respuesta y decidió no entrar en una disquisición con aquella señora sobre su origen más griego que romano, pues comprendía que la mujer hablaba interpretando su origen en función de las túnicas legionarias que llevaba. La mujer consideró que el silencio del recién llegado implicaba que era hombre que no andaba en rodeos.

—Os presentaré a las *heteras* que tengo disponibles esta tarde, pero antes he de saber si estáis dispuestos a pagar el precio.

Atilio sacó una pequeña bolsa de piel que abrió y de la que, al volcarla con la mano derecha, precipitó varias monedas de oro sobre la palma de la mano izquierda. La anciana miró el metal dorado con satisfacción y no dijo nada más. Atilio volvió a introducir las monedas en la bolsa. Al cabo de un par de minutos, la anciana regresó acompañada de una muy hermosa joven.

—Un hombre de tus cualidades se merece lo mejor —dijo la vieja *hetera*—. Areté es la más hermosa y la más delicada de todas las mujeres que he tenido nunca en esta casa. Estoy segura de que te sentirás complacido.

Atilio observó a la joven muchacha. Debía de tener unos dieciocho o diecinueve años. Cubierta por una túnica roja, su rostro de facciones suaves resplandecía pese a la penumbra que les rodeaba. Sus brazos desnudos mostraban una piel suave, blanqueada con un polvo blanco, casi transparente,* que traían de Oriente, mezclado con miel, para así ocultar el tono algo más oscuro de una dermis bañada por el sol del Mediterráneo. Las mejillas, sin embargo, estaban enrojecidas con maquillaje de algas. El pelo, recogido, era, no obstante, muy largo, lo que denotaba que Atilio estaba ante una *hetera* del más alto nivel, y muy negro, peinado meticulosamente con peines de hueso y marfil. Las cejas eran igual de negras, repasadas con un tinte hecho con humo. Olía a limpia y es que la joven se había lavado con arcilla y una sal blanca y traslúcida** y se había depilado con una cuchilla y una pasta especial. Llevaba varios brazaletes en las muñecas, en uno de los brazos y en ambos tobillos. La muchacha, al contrario de lo que pudiera uno esperar, no miraba al suelo, sino que miraba directamente al hombre que la estaba estudiando. Pero no era una mirada desafiante o nerviosa, sino cálida. La vieja, con sus palabras, quiso poner sentido a aquel enigma que el ceño fruncido de Atilio marcaba en su frente.

—Sólo entrego Areté a aquellos hombres que intuyo que sabrán tratarla con el respeto que merece. Si buscas una cualquiera puedo presentarte otras.

—No —dijo por fin Atilio—. Esta mujer me satisface.

—Vaya, gracias a los dioses —respondió a su vez la anciana—. Empezaba a pensar que trataba con un mudo.

* Carbonato de plomo, también conocido como cerusita o albayalde, según lo denominaron los árabes. Las regiones de Siberia siguen siendo la mayor fuente de este mineral.

** Carbonato de sodio.

—Soy hombre de pocas palabras. Creo que son las acciones lo que importa. —Y entregó cinco monedas de oro a la anciana, pero la vieja permaneció en pie, con la palma abierta, interponiéndose entre Areté y Atilio. El médico volcó el sacó sobre la palma de la anciana y cayeron siete u ocho monedas más. Ésta cerró entonces su ajada mano atrapando las mismas con un puño anquilosado por los años y arrugado por una vida azarosa y extraña. No pudo evitar echar una mirada de reojo a la bolsa que Atilio se guardaba bajo su túnica, la codicia no tiene fin, pero el visitante había sido más que generoso. No tenía sentido pedir más. Un precio ajustado a lo que se ofrece suele hacer que el cliente regrese. Así, sin decir más, la anciana se dio la vuelta y desapareció. Atilio y la joven *hetera* quedaron a solas. El veterano médico de las legiones de Roma no sabía muy bien qué correspondía hacer en aquel momento.

—Debes de estar cansado —empezó la muchacha con cordialidad, emitiendo sus palabras en una voz dulce y un más que perfecto griego—. El viaje de las legiones romanas ha debido de ser muy largo hasta llegar aquí. Quizá un baño sería de tu agrado. —Y como quiera que la joven percibió las reticencias de Atilio, añadió unas palabras más envueltas en una dulce sonrisa y tomando con su mano suave la ruda mano del médico de las legiones—. Un baño, con agua tibia, con sales, conmigo.

Atilio comprendió entonces que estaba a punto de pasar la mejor velada de toda su existencia.

61

Los emisarios de Antíoco

Abydos, Misia, norte de Asia Menor.
Noviembre de 190 a.C.

Llovía incesantemente sobre el campamento romano de las legiones de Asia levantado a las afueras de Abydos. Los bailes que el sacerdocio *salio* exigía ya habían terminado, pero ahora seguían allí, retenidos en la costa norte de Asia porque no tenían noticias de Publio hijo. Lucio Cornelio Escipión, cónsul de Roma, algo nervioso por aquel obligado retraso en las operaciones de guerra, estaba revisando los suministros de los que disponían con el *quaestor* de las legiones cuando el *proximus lictor* irrumpió en la tienda y quedó en pie, junto a la entrada, a la espera de que el cónsul le permitiera hablar. Lucio le miró y eso fue suficiente.

—Ha llegado una embajada siria. Dicen que quieren hablar con el cónsul, que es importante.

—Traed a esos embajadores aquí en media hora. Mientras, que les den de comer y beber en una tienda, a resguardo de la lluvia, y ve personalmente a llamar a mi hermano.

El *proximus lictor* asintió, se llevó la mano al pecho, dio media vuelta y desapareció tras la tela de entrada a la tienda. Lucio despachó también al *quaestor* y se quedó a solas, esperando la llegada de su hermano. Publio se encontraba algo indispuesto. La preocupación por la suerte de su hijo perdido en la *turma* de reconocimiento parecía haber hecho prender de nuevo la llama de las fiebres de Hispania. Lucio se sentó en la *sella curulis* dispuesta en el centro de la tienda. Esta embajada debería de traer noticias sobre el destino de su sobrino. Lucio Cornelio Escipión apretó los labios. La situación en Asia se había complicado demasiado y sólo acababan de cruzar el Helesponto.

Publio entró como si el viento de la tormenta le hubiera empujado hasta allí. Venía vestido con coraza, grebas, espada envainada, dispuesto a entrar en combate. La lluvia le había empapado de pies a cabeza, pero aquello no parecía importarle. El sudor de las fiebres se mezclaba con el agua que los dioses estaban desparramando sobre la tierra.

—¿Se sabe algo ya? —preguntó Publio sin ocultar un ápice su inquietud.

—No. He decidido esperar a que estuvieras conmigo antes de recibirlos.

Publio asintió varias veces. Su hermano era el cónsul, pero constantemente daba muestras de respeto hacia él.

—Estoy empapado —dijo Publio al fin, sentándose en un *solium* dispuesto próximo a la *sella curulis*, en el lado derecho.

Lucio llamó a un esclavo y pidió paños limpios para que su hermano se secara.

—Tienen que decirnos algo del muchacho —comentó Publio mientras se pasaba una toalla por la coraza de guerra—. Por Hércules, que hablen o yo mismo les sacaré las palabras a golpes.

Lucio le miró sin decir nada. Quizá habría sido mejor recibir a la embajada a solas y luego departir con su hermano, pero había querido que estuviera presente Publio porque era conocida por todos su sagacidad en las negociaciones con embajadas extranjeras en Hispania, en Sicilia, en África, aunque el Senado, manipulado por Catón, nunca reconociera esa virtud en Publio. Sin embargo, quizás ahora estuviera demasiado ofuscado con la pérdida de su hijo. Dos *lictores* entraron en la tienda y con ellos los pensamientos de Lucio se difuminaron. Tras los *lictores* entraron dos hombres, ataviado el más joven, un hombre maduro, como oficial del ejército de Siria, con una coraza anatómica y un faldón de cuero imitando el viejo estilo de los veteranos de Alejandro Magno, y el otro, un hombre muy mayor, un anciano, cubierto por una larga túnica gris. Ambos quedaron de pie, frente a los dos Escipiones, rodeados por el resto de los *lictores* del cónsul. El oficial sirio había sido convenientemente desarmado. Al anciano se le había permitido quedarse con una larga estaca que usaba a modo de bastón. El guerrero sirio miraba a ambos generales romanos sin tener muy claro a quién dirigirse.

—Has pedido entrevistarte con el cónsul de Roma, oficial sirio. Yo soy Lucio Cornelio Escipión, cónsul de Roma y general en jefe de las legiones que han cruzado el mar. Es a mí a quien debes dirigirte. El que me acompaña es Publio Cornelio Escipión, al que muchos conocen como *Africanus*. Es mi hermano y mi consejero.

El oficial sirio miró a Lucio y se inclinó levemente. Luego miró a Publio y repitió el gesto. ¿Así que aquél era el general romano que había derrotado a Aníbal? Aquello le impresionó.

—Mi nombre es Antípatro, general del ejército sirio, y vengo, en nombre de Antíoco, *Basileus Megas*, señor de todo el Oriente, rey de Siria y de todos los territorios desde el Indo hasta el Helesponto, para recordar a los romanos que deben partir de Asia inmediatamente o sus tropas serán barridas por nuestro ejército como le ha sucedido a todos los enemigos del gran rey.

—Antípatro —replicó Lucio con firmeza—, Roma reconoce el dominio de tu rey sobre los territorios de Oriente, pero tu rey ha atacado primero a Egipto, aliado de Roma, arrebatándole la Celesiria, luego cruzó el Helesponto y asedió ciudades griegas amigas de Roma y ahora somos nosotros los que hemos cruzado el mar porque tu rey está amenazando al reino de Pérgamo y al reino de Rodas, ambos aliados de Roma. El rey Antíoco debe retroceder a sus antiguos dominios abandonando Asia Menor.

Antípatro miró de reojo a su anciano compañero. Fue éste el que tomó entonces la palabra.

—Soy Heráclidas, consejero del rey Antíoco, *Basileus Megas*, señor del Oriente y de todos los territorios del antiguo imperio de Alejandro Magno. Cónsul de Roma, no os interpongáis entre el rey Antíoco III y su destino. No es aconsejable para vuestros intereses. —Heráclidas vio con el rabillo del ojo cómo el otro general romano separaba su espalda del respaldo de su *solium*. Por fin había captado su interés—. No es aconsejable. Será para vuestro beneficio que dejéis de oponeros a las justas reclamaciones que el rey Antíoco tiene sobre Pérgamo, Rodas y el resto de territorios de Asia, pues aquí reinaron sus antepasados y aquí deberá reinar él, devolviendo todo a su correcto orden. Los dioses así lo desean y hasta los judíos mismos tienen una profecía que así lo pronostica. ¿Cómo hombres tan sabios como vosotros podéis estar ciegos a lo que debe ser? Pero el gran rey Antíoco es un monarca generoso más allá de lo conocido y desea haceros más sencillo tomar el camino de regreso a Grecia y a Roma con vuestras tropas. El rey está dispuesto a pagar en oro los gastos de vuestro viaje, el gasto completo de toda la campaña y, como muestra de buena voluntad, está dispuesto a entregaros al hijo de Publio Cornelio Escipión vivo una vez que os hayáis retirado de Asia.

Lucio abrió la boca pero no dijo nada. No sabía bien cómo responder. La vida de su sobrino, si es que era cierto que seguía vivo, estaba en juego. A su derecha, Publio se levantó despacio y se puso a su lado mirando fijamente al anciano consejero del rey Antíoco. Al contrario de lo que pensaba Lucio, su hermano empezó a hablar con un tono suave, casi como quien habla a un viejo amigo.

—Heráclidas, consejero del gran rey Antíoco, *Basileus Megas*, señor del Oriente y de todo lo que quieras, te diré lo que has de contarle a tu monarca cuando regreses a Antioquía: Heráclidas, dile a tu rey que si deseaba la paz y deseaba que no entráramos en Asia, debería haberse detenido en Lisimaquia. Su retirada de allí nos dejó el camino expedito para cruzar el Helesponto. Con esa retirada tu rey aceptaba nuestra entrada. Quien ha permitido que el oponente entre en su propia casa no puede pretender que ahora salga a cambio de un poco de oro sin aceptar un cambio en la situación. Asia ya no es sólo de Antíoco, no hasta la cordillera del Tauro. Desde el mar hasta el Tauro son territorios independientes de Antíoco y reinos amigos de Roma. Tu rey se retirará. ¿Dinero? ¿Oro? ¿Cree realmente tu rey que se puede comprar a un cónsul de Roma, a mi hermano, o a un senador de Roma, como yo, al mismísimo *princeps senatus* de Roma? ¿Crees tú realmente que el senador más veterano de Roma está en venta? —El tono de Publio seguía siendo conciliador, pero el contenido de su discurso y las preguntas directas hicieron que el anciano Heráclidas fuera el que en ese momento abriera la boca, pero no pudo pronunciar palabra alguna, pues el propio Publio continuaba con su intervención, pero ahora elevando el tono de voz poco a poco—. Te he hecho una pregunta, consejero de Antíoco, ¿crees que el *princeps senatus* está en venta? —Y gritando a pleno pulmón—: ¿Crees que estoy en venta?

Heráclidas y el general Antípatro dieron un paso atrás. Publio dejó de gritar, pero las palabras salían ahora de su boca desbocadas como un torrente en medio de la más atronadora de las tormentas. Los truenos de su rabia se mezclaban con los truenos de la lluvia que fustigaba furiosa las telas de las paredes del *praetorium*.

—¡Nunca aceptaremos para nosotros nada en público de tu rey! ¿Que el rey Antíoco quiere pagar con oro el coste de nuestra retirada? Por supuesto: pagará en oro el coste de toda la campaña como dice, pero antes deberá retirarse más allá de las montañas del Tauro y deberá hacerlo ya. ¿Que el rey desea entregarme a mi hijo? Sea, por Júpiter, ésa es una acción que aceptaré a título privado, pero sin contrapartidas públicas; lo único que puedo prometerle a cambio de mi hijo es que la vida del rey será respetada si entramos en combate pues, como no puede ser de otra forma, su ejército será aniquilado por nuestras legiones. He conquistado Hispania y África, consejero, y si he de conquistar toda Asia para recuperar a mi hijo lo haré, sólo que cuando tenga de nuevo a mi hijo conmigo, tras destruir vuestro ejército no tendré misericordia con ninguno de vosotros, ni contigo, consejero real, ni contigo, general de su ejército —mirando a Antípatro y de nuevo hacia Heráclidas—, ni con el propio rey. —Y elevando de nuevo la voz—: ¡Quiero a mi hijo aquí y lo quiero ya! ¡A un senador de Roma y a un cónsul no se les compra! ¡Dile a tu rey que acepte las condiciones que le proponemos si quiere la paz y, por encima de todo, si quieres seguir vivo! —Y de nuevo bajó el volumen de voz—. Mi generosidad por la devolución de mi hijo a título privado puede ser inmensa, pero nada tengo que ofrecer o negociar con tu rey sobre las cuestiones públicas que no sea la completa aceptación de las condiciones que acabo de mencionar. Dile, por fin, que mi ira, la ira de Publio Cornelio Escipión, es una fuerza que te aseguro, consejero Heráclidas, te aseguro que tu rey no quiere conocer.

Y calló. Dio unos pasos hacia atrás y se sentó de nuevo en su *solium*. Estaba agotado. Sentía como la fiebre se apoderaba de nuevo de su cuerpo. Un sudor frío empezaba a rezumar por su frente y los latidos de su corazón retumbaban en sus sienes.

—Todo está dicho —apostilló Lucio mirando a los embajadores sirios.

—Transmitiré a mi rey vuestra respuesta —fue la seca réplica de Heráclidas que no dejaba de mirar las gotas de sudor frío que resbalaban por la frente y las sienes del hermano del cónsul. Ambos embajadores dieron media vuelta y desaparecieron tras la tela de acceso a la tienda. Tras ellos salieron todos los *lictores*.

Los dos hermanos permanecieron en silencio unos minutos.

—Parece que tienen al muchacho con vida —se atrevió a decir Lucio al fin.

—Eso dicen —musitó Publio entre dientes—; pero no tenemos ninguna prueba de ello.

La lluvia arreciaba sobre las lonas de la tienda. Se vio un enorme resplandor que atravesaba la cubierta de la estancia y se escuchó un trueno casi al tiempo.

—Has estado bien, hermano —dijo Lucio.

Publio asentía despacio mientras respondía.

—No podemos ceder al chantaje de Antíoco; no podemos vendernos. No podemos hacerlo ni siquiera por mi hijo... —Y tras un frío instante, un fugaz destello y otro tremendo trueno, concluyó con auténtica tristeza—: Emilia no me lo perdonará jamás. Jamás.

Heráclidas y Antípatro aceptaron el refugio de una pequeña tienda junto a la empalizada del campamento. Dos *calones* trajeron algo de vino, un poco de pan, queso y fruta y les dejaron a solas. Antípatro sacó la cabeza por la abertura de la tienda.

—Han puesto varios centinelas alrededor. Están empapándose, pero ahí están —explicó Antípatro sacudiéndose el agua que le resbalaba por la frente. Su interlocutor permanecía en silencio. Heráclidas se había sentado en una de las pequeñas *sellae* que habían dejado los esclavos al traer la comida.

—Lo mejor que podemos hacer es comer algo —continuó Antípatro—. Por lo demás la embajada no ha servido de nada.

Heráclidas, para confusión de Antípatro, sonrió.

—Yo no diría que no hemos conseguido nada.

El oficial sirio miró al viejo consejero del rey con el ceño fruncido mientras masticaba un poco de pan y queso.

—¿Qué hemos conseguido? —inquirió Antípatro sin dejar de masticar con la boca abierta. Heráclidas suspiró y miró hacia otro lado.

—Hemos averiguado algo muy importante para nuestro rey, y más importante aún para Seleuco, a quien también servimos.

Antípatro se sentó en otra de las *sellae*.

—Por Apolo, ¿qué es eso tan importante que hemos averiguado?

Heráclidas sonrió aún más. Qué torpes podían llegar a ser los militares. Caminaban hacia una victoria total y aquel general no tenía ni idea. Seleuco comandaría parte del ejército victorioso. El rey estaría contento. Seleuco sería premiado y éste, a su vez, le premiaría a él, a Heráclidas, garantizándole una vejez plagada de lujos y comodidades.

—Ahora sabemos que Publio Cornelio Escipión, ese al que llaman *Africanus* —explicó Heráclidas como quien explica algo a un niño—, el general que realmente comanda las legiones, el que derrotó a los cartagineses, el que doblegó a Aníbal... ahora sabemos, Antípatro, que ese general está enfermo. Muy enfermo.

—¿Estará realmente vivo? —preguntó Publio entre los truenos de la tormenta. Su hermano Lucio, el cónsul de Roma, miraba al suelo.

—No tiene sentido que quieran mentirnos.

—A no ser que ya esté muerto y busquen ganar tiempo. ¡Por Júpiter, es horrible esta tensión, Lucio!

La lluvia golpeaba a ráfagas contra las paredes de la tienda empujada por el viento. Publio estaba helado. Las fiebres se apoderaban, una vez más, de su cuerpo y le nublaban el sentido. Era el peor de los momentos para caer enfermo. Tenía que encontrar fuerzas de donde fuera, al menos hasta que se aclarara la situación de su hijo.

—La embajada era importante —comentó Lucio.

Publio, cubriéndose con un amplio manto similar al *paludamentum* de su hermano, pero de color gris, no teñido de púrpura como el de un cónsul, respondió confirmando la opinión de su hermano:

—Sí. Antípatro estuvo comandando la falange central en la batalla de Panion, según nos dijo Escopas, cuando Antíoco destrozó el ejército egipcio. Y Heráclidas parece hablar con la seguridad de quien está muy próximo al rey.

—Podríamos retenerlos y solicitar un canje por el muchacho —comentó Lucio con cierta ilusión, con el aire de quien vislumbra una solución a un enigma irresoluble.

—Es una idea —respondió Publio—, pero dudo que Antíoco aceptara el canje. Es seguro que tiene otros muchos consejeros y oficiales a su alrededor, y todos deseosos por ver cómo desaparecen los que ha enviado aquí. Mucho me temo, hermano, que con retenerlos sólo conseguiríamos irritar aún más el orgullo herido de Antíoco. Desde que aquel proyectil en las Termópilas le partiera los dientes, se ha tomado la guerra contra nosotros como algo personal.

Lucio asintió. Pensó que las amenazas que su hermano había proferido en la parte final de la entrevista con los sirios también podrían surtir el mismo efecto, pero habían sido fruto de la rabia que sentía su hermano y no tenía sentido sumar un nuevo error a otro ya cometido. Publio volvió a lanzar la pregunta que le atormentaba mientras se tapaba aún más con su capa militar.

—¿Estará aún vivo?

62

La propuesta de Atilio

Abydos, Misia, norte de Asia Menor.
Noviembre de 190 a.C.

Atilio flotaba en agua alimentada con aceites cuya esencia parecía ampliar la capacidad de sus pulmones. Areté, la joven *hetera*, le masajeaba la espalda arrodillada fuera de la pequeña piscina. Las manos suaves de la mujer y la dulzura de su voz relajaron a Atilio como no lo había estado en tiempo demasiado largo como para recordar. Lo que la muchacha contaba, su vida, no era tan dulce, pero la joven no transmitía ni rencor ni odio en sus palabras. A la pregunta de Atilio sobre quién era y de dónde venía, Areté respondió con sosiego y contaba su historia sin pasión fingida. Era una historia que había contado ya en numerosas ocasiones. Tantas que Areté a veces dudaba de si ésa había sido realmente su vida. Rodeada del lujo de la casa de las *heteras* de Abydos, las penurias del pasado parecían casi recuerdos imaginados. Era cierto que tenía que yacer con diferentes hombres, pero la anciana, al menos de momento, le seleccionaba los mejores, los más ricos y, normalmente, los que mejor se comportaban.

—Nací en Sidón y allí estuve hasta que el asedio de los sirios acabó con toda mi familia por el hambre. —Ella prefería contarlo así y omitir el momento en que su padre, aún vivo, la entregó al viejo médico—. Sobreviví porque primero mi madre y después mi padre guardaban para mí lo poco que podían conseguir para comer. Cuando Escopas, el *strategos* griego, consiguió negociar el fin del asedio, escapé con un hombre al que mis padres me habían confiado. Viví con él bien y hasta me enseñó su oficio, pero pronto falleció cuando era niña y antes de morir me entregó a esta casa de *heteras* en donde dijo que no me faltaría de nada. Dijo que había vidas peores y estoy segura de que llevaba razón. La dueña me aceptó porque me consideró hermosa. Aquí he vivido desde entonces y no tengo queja. Me han enseñado música y a bailar y a leer, aunque a leer ya me había enseñado mi padre adoptivo. Pero aquí he podido leer más. «Una buena *hetera* debe saber de todo para así poder entretener a los hombres más importantes de la ciudad», dice siempre la anciana. Luego, claro, está esto.

Y la muchacha interrumpió su relato para besar el cuello áspero de Atilio. Se retiró luego y Areté tomó el jarro de vino que estaba junto a la piscina. Atilio estiró su brazo con una copa vacía en la mano. Areté llenó la copa y Atilio bebió un buen trago sin dejar de mirar la faz de facciones suaves y labios carnosos de su joven compañera de baño. Areté estaba desnuda y sus senos descubiertos culminaban en pezones pequeños, erectos, que Atilio anhelaba. El veterano médico de las legiones de Roma había estado ya suficiente tiempo en el agua y había escuchado ya bastante las historias de la muchacha, primero sobre Abydos, luego sobre el ir y venir de ejércitos de uno y otro bando y, por fin, sobre la propia vida de la joven. Atilio deseaba ahora otras cosas. Se levantó del agua y Areté, rápida en interpretar los deseos de los clientes de la casa, se alzó también con una toalla que ofreció al viejo médico. Atilio la tomó, se secó un poco el pecho y los brazos y puso un pie en el borde de la piscina, pero el vino ingerido ya había sido mucho y el veterano erró en el cálculo, trastabilló y cayó de bruces sobre la piscina golpeándose en una sien. Aturdido, casi sin sentido, se hundía en el agua y pronto se dio cuenta, sin poder evitarlo, de que no podía respirar, hasta que de súbito alguien tiró de él y el agua que lo envolvía todo desapareció y el aire de nuevo insufló vida en su ser. La consciencia regresó y Atilio se rehízo y, ayudado por la joven, consiguió, al fin, salir de la piscina.

La muchacha tumbó al médico en el suelo.

—Ahora en seguida vengo —dijo, y desapareció. Atilio sentía un dolor punzante en la sien. Se llevó la mano a la parte izquierda de su rostro y palpó la sangre caliente. En ese momento regresaba ya la joven con agua en una bacinilla de bronce y toallas limpias. Atilio se quedó sorprendido. Eso era lo que estaba a punto de pedir.

—Esto igual duele un poco, pero es mejor —decía la joven mientras le limpiaba la herida con cuidado pero frotando con firmeza. Atilio se sentía como uno de sus heridos tras una batalla campal, aunque pronto una sonrisa se abrió camino en su rostro. Ya les gustaría a los legionarios de Roma que su médico se pareciera tan sólo un poco a aquella hermosa joven.

—¿Sonríes? —preguntó Areté—. Creía que te haría daño.

—Y lo hace. Son cosas mías. —Y Atilio frunció el ceño—. Parece que entiendes de heridas.

La muchacha asentía mientras reemplazaba un paño empapado de sangre por otro nuevo y limpio.

—El oficio que me enseñaron era el de médico, pero una mujer no puede ser médico, así que aquí estoy.

Atilio asintió sin dejar traslucir su admiración.

Pasaron varias horas más juntos. Atilio intentó animarse lo suficiente como para poder hacer suya a aquella bella y misteriosa *hetera*, pero la edad, el golpe en la cabeza y el vino eran demasiados enemigos contra los que luchar y Atilio permaneció junto a aquella joven sin poder consumar aquello que había venido a buscar en esa casa y por lo que tanto dinero había pagado.

Al amanecer, Areté le cambiaba el vendaje de la herida en la cabeza cuando Atilio, sorprendiéndose a sí mismo, decidió hacer una oferta a la joven.

—Puedes venir conmigo... al campamento romano... y ayudarme. Siempre hacen falta manos que sepan limpiar una herida, vendar... Nunca tengo bastantes asistentes. —Ante el silencio de la chica, Atilio se sintió obligado a explicarse—: Los romanos, como cualquier otro ejército, se interesan más por matar que por mantener la vida, y eso que Escipión, *Africanus*, es de los generales que más he visto preocuparse por los heridos, pero ni aun así tengo suficiente gente tras una batalla... Podrías ayudarme...

Areté había terminado el vendaje. Iba cubierta con una túnica blanca de lana fina de Tarento; Atilo acariciaba la manga de aquella túnica; sabía reconocer el tacto de la lana de la ciudad de sus padres. Era un tacto que le recordaba su niñez.

—No creo que sea una buena idea... —empezó Areté, pero Atilio la interrumpió sin dejar de acariciarle el brazo.

—No tendrías que acostarte conmigo. No tendrías que acostarte con los legionarios. No tendrías que acostarte con nadie. Serías una esclava que he comprado. Nadie te tocaría.

Areté rumió su respuesta con tiento. Ella no era una esclava ni quería serlo, pero tenía la intuición de que las cosas no podrían marchar bien siempre para ella en aquel rincón del mundo, como *hetera* en una casa en Abydos. Su belleza pronto empezaría a menguar. Ya no sería seleccionada para los clientes más refinados, como aquel médico. Sus días y, más aún, sus noches se embrutecerían con la saliva de miserables que harían con ella lo que quisieran. No la llamaban esclava, pero ¿qué era sino eso?

—Tendrás que pagar mucho dinero a la anciana —respondió al fin la muchacha.

Atilio asintió contento. Tenía dinero.

Areté lo meditó unos minutos más mientras el médico seguía acariciándole el brazo hasta que por fin la muchacha asintió. Areté dejó de ser *hetera* aquella misma mañana. Estaba convencida de que era mejor ser esclava de un romano de las legiones que acababan de cruzar el Helesponto que permanecer allí sometida a los deseos de los visitantes de aquella casa de Abydos. Para su sorpresa, la joven vio que la anciana aceptaba venderla gustosamente por el contenido completo de la bolsa de oro de Atilio. Aquello terminó de convencerla de que había tomado la decisión adecuada. Sólo una espina permanecía punzante en su mente: acababa de ligar su destino al de los romanos. ¿Y si las legiones eran derrotadas por el rey de Siria? Su vida ya había sufrido por la guerra eterna que mantenía Antíoco en Asia. ¿Volvería a ocurrir lo mismo?

—¿Es bueno ese general vuestro? —preguntó Areté.

Atilio abrió bien los ojos algo confuso, con su mirada fija en las calles por las que conducía el carro, pero no respondió absorto como estaba en mirar hacia delante. No quería arremeter contra ningún transeúnte y tener un problema. Había dormido poco y estaba cansado. Debía haber aceptado la guardia de protección que le ofrecían con regularidad cuando iba a abastecerse a las ciudades por las que pasaban, pero había querido que su visita a la casa de las *heteras* fuera discreta.

—¿Es mejor que Escopas, el *strategos* de Etolia? —repitió así su pregunta y precisó Areté.

—*Africanus* es el mejor general del mundo.

Las palabras de Atilio eran concluyentes, pero ella, siendo niña, había oído a muchos etolios y egipcios decir lo mismo de Escopas, y luego Escopas fue barrido por las tropas sirias como las hojas secas por el viento de otoño. Areté cerró los ojos y, como en tantas ocasiones en el pasado, rezó a Eshmún y confió en que su dios la protegiera.

63

La decisión de Aníbal

En las proximidades de Magnesia.
Lidia, centro de Asia Menor.
Noviembre de 190 a.C.

Publio hijo estaba sentado en un amplio asiento que le habían traído sus nuevos guardianes. Ahora estaba custodiado por soldados cartagineses, veteranos de las campañas de Hispania, Italia y África que habían seguido a su gran general por todos los confines del mundo. Publio hijo había detectado en las miradas de aquellos guerreros la lealtad plena con la que seguían a Aníbal. Miradas. Eso le devolvió a la memoria el rostro de Afranio, con aquellos ojos henchidos de asombro al verse herido de muerte por la espada de Aníbal. Aquella última mirada de Afranio, repleta de perplejidad al no entender cómo después de desvelar la identidad del hijo de Escipión se le pagaba con la muerte, persistía en la mente del joven Publio con una viveza casi infernal, pues era el recordatorio de lo próxima que había sentido la muerte. Además, no era sólo cuestión de haber estado a punto de morir, sino el hecho de no haber sido capaz de mirar de frente a su oponente en el momento culminante. Sí, ante el avance de Aníbal, él, Publio Cornelio Escipión, hijo del gran *Africanus*, había cerrado los ojos. Sólo un instante después, al escuchar el grito ahogado de Afranio y al no sentir dolor alguno, los volvió a abrir, para ser testigo de cómo Aníbal extraía con una lentitud estudiada su espada de entre las entrañas partidas del decurión romano que le acababa de traicionar.

—Nunca me han gustado los traidores ni los desertores —había dicho Aníbal mientras limpiaba la sangre de Afranio del arma restregando la espada contra el costado del propio decurión abatido cuando éste aún se retorcía de dolor en medio de su agonía—. No, por Baal que nunca me han gustado los traidores. —Y continuó hablando dando la espalda al estupefacto hijo de Publio para dirigirse a Maharbal—. Los hemos utilizado, eso es cierto, sobre todo en Italia, ¿recuerdas aquel romano, Maharbal, Décimo creo que se llamaba, el que quería abrirnos las puertas de..., es curioso, ahora no recuerdo la ciudad, tras la muerte de Marcelo?

Maharbal asintió pero con el rostro serio. No tenía claro aún adónde quería llegar su general ni cuál era la determinación que había tomado sobre el hijo de su gran enemigo.

—Lo recuerdo, sí. Murió como corresponde a un traidor —respondió el veterano oficial púnico.

—Sí, solo y con sufrimiento. Y, por encima de todo, sin ver cumplidas sus expectativas de recompensa. Los traidores nunca las merecen.

El joven Publio recordaba cómo había asistido a aquel debate entre Aníbal y su oficial de confianza mientras Afranio languidecía en el suelo sobre un creciente charco de sangre, gimoteando como un carnero que agoniza durante su sacrifico ante el altar de un templo. Aníbal no dijo más, sino que salió de la tienda sin ni siquiera mirar atrás. Dos guerreros púnicos entraron y se llevaron, arrastrándolo por los pies, el cuerpo de Afranio que con temblores en las manos aún daba muestras de no haber muerto del todo.

Dejaron a Publio hijo a solas unos minutos, a solas con su sorpresa y su confusión, a solas con la tremenda losa de no saber qué iba a ser de él ahora, a solas a la espera de seguir el camino de Afranio o de, aún algo peor, de transformarse en moneda para chantajear a su tío, el cónsul, y, así, avergonzar a su padre. Fue entonces cuando pensó por primera vez en quitarse la vida. Y lo hizo a conciencia. Examinó la tienda con minuciosidad, pero no había lugar donde colgarse, ni cuerda con la que hacerlo. Le habían arrebatado sus armas y no tenía nada con que poder cortarse las venas. Tenía claro que aquél era el único camino honorable que le quedaba después de haber cometido la infinita estupidez de, primero, ponerse en peligro, y luego dejarse atrapar como un jabalí en medio de una caza.

Pasaron los días, tediosos, largos, cargados de desesperanza y culpa, y las noches en vela, incapaz de dormir más de dos horas seguidas, reconcomido por la angustia y la frustración. Se le traía comida con regularidad y el joven Publio la tomaba con la esperanza de que estuviera envenenada, pero su deseo nunca se veía satisfecho, hasta que un día las pieles que cubrían la entrada a la tienda se abrieron de par en par y la figura ya conocida por él del mayor enemigo de Roma se recortó de nuevo en el umbral, proyectándose la larga sombra de Aníbal hasta el corazón mismo aquella improvisada prisión.

El general cartaginés entró al interior de la tienda al tiempo que el joven Publio se levantaba del suelo. Ambos quedaron así a escasos dos pasos el uno del otro. Tras Aníbal entraron Maharbal y media docena de fieles guerreros púnicos que los escoltaban, aunque Publio hijo no tenía muy claro que ninguno de aquellos dos veteranos líderes púnicos necesitara de escolta alguna para cuidarse.

—Tengo órdenes del rey Antíoco de devolverte sano y salvo de regreso con las legiones de Roma —dijo Aníbal sin dar rodeos. El rostro del joven Publio, no obstante, no transmitió alivio sino que su frente arrugada y su boca cerrada con fuerza trasladaban al que le observaba que aquel joven había sentido preocupación al escuchar aquellas palabras en lugar de alivio. Aníbal supo interpretar con acierto los pensamientos de su prisionero—. Si lo que hunde tu ánimo es que tu padre haya cedido o prometido algo a cambio de tu vida, ése no parece ser el caso. Parece que aquí todos tienen un miedo exagerado a tu padre.

El joven Publio relajó entonces las facciones de su rostro. Aníbal, no obstante, no parecía dispuesto a dejar que las cosas fueran tan simples.

—Te preocupas por lo que pueda haber hecho o no hecho tu padre, joven oficial romano, cuando lo que realmente debería preocuparte ni siquiera parece pasar por tu mente.

Publio hijo retrocedió instintivamente un paso. Sus talones tropezaron con el poste de la tienda. Estuvo a punto de perder el equilibrio, pero supo mantenerse en pie.

—Lo que debiera preocuparte, hijo de Publio Cornelio Escipión —continuó Aníbal con cierta satisfacción al ver cómo retrocedía el vástago de su gran oponente en el campo de batalla—, lo que debería preocuparte es si yo voy a obedecer las órdenes del rey Antíoco o no.

Publio hijo comprendió entonces la nueva situación. Aníbal tenía instrucciones, pero Aníbal no era hombre que se dejara mandar con facilidad. Si no estaba convencido de hacer algo no lo haría sin importarle quién hubiera ordenado lo contrario o las consecuencias de su negativa a obedecer. El joven se apoyó en el poste y habló mirando al suelo, pero no humillado. Estaba pensando con intensidad.

—¿Y qué ha decidido Aníbal sobre mí? Si ha decidido matarme, ésa me parece una muerte digna. Mi tío abuelo ya murió a manos de tu hermano en Hispania. Al menos en la muerte, ya que no en vida, podré superar a mis antepasados. Y si, por el contrario, has decidido dejarme libre, no porque obedezcas a Antíoco sino porque así lo has decidido tú mismo, será que Aníbal tiene esa nobleza que he intuido siempre que mi padre me hablaba de ti.

Fue en ese momento cuando el general cartaginés se relajó también. Por fin estaban hablando el uno con el otro sin que el rey Antíoco importara. Ahí era donde quería llegar él. El que tenía delante de él era el hijo de Publio Cornelio Escipión, el único general que había sido capaz de derrotarle con claridad en una batalla. Quería saber más de él, de su padre, de su familia. Lástima que no hubiera tiempo. Nunca había tiempo para las cosas importantes.

—Eres bueno con las palabras, hijo de Escipión. No sé si serás bueno en el campo de batalla, pero eres listo eligiendo las palabras. Quizá en eso seas más hábil que tu padre; quizá ésa sea tu arma y no la espada. Pero en todo caso, no seré yo quien te niegue la posibilidad de luchar en la futura batalla. —Y aquí calló por unos instantes en los que rodeó al muchacho, observándole desde todos los ángulos, hasta detenerse de nuevo frente a él—. Los romanos sois gente extraña. Por Tanit, cualquiera hubiera pensado que te enfurecerías contra tu padre al saber que éste no había aceptado negociar para salvar tu vida. Sin embargo, te lo comento y eso te hace feliz. Me resulta complicado entenderos, a ti, a tu padre, a Roma. Sois los primeros que veo que no negocian cuando el enemigo tiene como rehén a uno de sus más próximos. En Iberia, tener rehenes siempre era un salvoconducto para obtener cesiones de los celtas y los iberos de la región. Con vosotros, sin embargo, ni siquiera esto parece funcionar. Me pregunto qué pasaría si te matase aquí y ahora. —El muchacho iba a responder, pero Aníbal continuó hablando y el joven Publio consideró, con acierto, que era mejor no interrumpir al cartaginés—. Sé que si lo hiciera no conseguiría nada. Lo útil sería retenerte; sé que con eso debilitaría realmente la posición de tu padre, pero no tengo fuerzas suficientes con las que mantenerte en custodia frente a las tropas de Antíoco. ¿Matarte ofuscaría la mente de tu padre? No lo sé. No lo tengo claro, pero, en cualquier caso, sería rebajarse. Esta misma mañana te escoltará una patrulla que te conducirá hacia el norte, hacia el mar, cerca de las posiciones que los romanos mantienen en Abydos. Allí te liberarán. —Aníbal se agachó entonces para hablar en voz baja, casi al oído de Publio hijo—. Dile a tu padre que le espero pronto en el campo de batalla. Dile que yo no necesito, que no quiero rehenes para saber quién es mejor en el combate. Dile que le espero en el campo de batalla y dile que no falte a la cita. Dile que aún tiene anillos que recuperar.

Y se irguió de nuevo, dio media vuelta y desapareció de la tienda dejando al joven Publio de nuevo a solas, esta vez con una sensación extraña de no saber si estaba en la antesala de su liberación o acercándose a ser testigo de la próxima derrota de su padre en el campo de batalla o, quizá, de ambos acontecimientos a la vez. La seguridad de aquel general cartaginés era embriagadora y, sin duda, hechizaba a los que le seguían y, con toda seguridad, despertaba una oscura sensación de derrota en los que sabían que debían combatirle. Era cierto que su padre le había derrotado una vez, en Zama, pero de eso hacía años y el joven Publio no estaba convencido de que su padre retuviera en su ser las suficientes energías como para repetir la hazaña. Aníbal tenía más edad que su padre, pero el cartaginés parecía retener en su cuerpo una vitalidad sólo propia de un dios.

Aníbal y Maharbal caminaban por el campamento sirio establecido en las proximidades de Magnesia.

—Es cierto que es extraño que Escipión no aceptara negociar cuando la vida de su hijo estaba en juego —dijo Maharbal interesado por saber más de lo que Aníbal pensaba sobre ese asunto.

—Cierto —reafirmó Aníbal—. Es muy peculiar. Como le dije al hijo de Escipión, los romanos son gente extraña. Si yo hubiera estado en la situación de Escipión y el enemigo retuviera a mi hijo, no habría dudado en ceder todo lo que hubiera sido preciso para recuperar a mi hijo con vida.

Maharbal sabía la profunda decepción que Aníbal sentía por no haber podido ser padre, por eso calló y no hizo comentarios a las palabras de Aníbal. De cualquier forma, el general parecía tener un enorme cariño a su esposa y nunca hablaba del tema de los hijos. Ése era un asunto privado en el que Maharbal no entraba. Imilce había quedado en Antioquía, a salvo del frente de guerra en espera del desenlace de aquella campaña militar. Aníbal había dejado media docena de veteranos cartagineses como custodios de su mujer, con las instrucciones precisas de que sólo debían comer productos de la huerta que ellos mismos cultivaban junto a la casa que tenían cedida a las afueras de la ciudad, carne de animales que ellos mismos hubieran sacrificado y todo cocinado por la propia Imilce. Maharbal consideró siempre como muy acertadas todas aquellas precauciones e Imilce, por la forma en la que aceptó las órdenes, también. Después del envenenamiento de Epífanes toda cautela parecía poca. Pero Aníbal volvió a hablar haciendo que la mente de Maharbal retornara a la campaña militar y al asunto de qué habría hecho él si el enemigo hubiera retenido a un hijo suyo como rehén.

—Sí, habría cedido en todo por recuperarlo, claro que, por Baal, Tanit y Melqart, luego habría regresado con todas mis tropas para aniquilar a aquellos que habían perpetrado semejante osadía, secuestrar un hijo. —Maharbal sonrió sin decir nada; Aníbal, tras un breve silencio, seguía hablando, como si Maharbal ya no estuviera allí, como si pensara en voz alta, a solas consigo mismo—. Y, sin embargo, Publio Cornelio Escipión no negoció. O no quiere a su hijo o está loco. —Y, de pronto, mirando a su leal lugarteniente, añadió una consideración final—; Marhabal, un pueblo cuyos generales no retroceden ni siquiera cuando el enemigo ha apresado a un hijo suyo, es, sin duda, un pueblo temible. Temible más allá de lo conocido. —Otro breve silencio—. Antíoco es otro loco. Éste será un duelo interesante.

64

El regreso de entre los muertos

Campamento general romano en Abydos.
Norte de Asia Menor.
Finales de noviembre de 190 a.C.

Publio Cornelio Escipión, *Africanus*, recibió a su hijo en la tienda en la que estaba confinado desde hacía días. El joven Publio, acompañado por su tío Lucio, entró en lo que se había convertido en morada de su padre durante el lento avance de la enfermedad.

—Aquí lo tienes, hermano. Y por Hércules, nos lo han devuelto de una pieza —dijo con potencia y agrado el cónsul de Roma.

Publio padre, recostado en un lecho repleto de mantas, miraba a su hijo. La fiebre no le daba tregua, pero ante la llegada del muchacho se deshizo de las cubiertas de lana que le envolvían y se levantó. Avanzó tres pasos grandes y decididos hacia su hijo, abrió los brazos y lo apretó contra sí como no había hecho nunca antes. Por primera vez en mucho tiempo, a Publio padre le fallaron las palabras. Su hijo, por su parte, se dejó abrazar y correspondió de la misma forma rodeando con sus propios brazos a su padre. Lucio se mantuvo a una distancia prudencial. Estaba bien que él fuera el único testigo de aquel reencuentro. Últimamente, entre la enfermedad y el abatimiento por el secuestro del joven Publio, su hermano no estaba en condiciones de mostrarse ante las legiones sin que su porte transmitiera desánimo, fracaso, derrota. Muy distante quedaba la impactante y poderosa imagen de Publio vestido de sacerdote salio danzando en honor de Jano. Lucio, no obstante, albergaba ahora la esperanza de que el reencuentro entre padre e hijo ayudara primero al restablecimiento de la salud de Publio padre y luego a la recuperación de su ánimo. Le necesitaba él, pero sobre todo le necesitaban las legiones completamente restablecido, con toda la energía posible para acometer la fase final de aquella campaña. Habían llegado informes de varias patrullas que indicaban que Antíoco estaba, por fin, reagrupando todas sus fuerzas en las proximidades de Magnesia, en el interior. Lucio sabía que debían partir enseguida hacia el sur para reunirse en Elea con Eumenes, el rey de Pérgamo, para incorporar a la caballería romana y a las legiones los jinetes y las tropas de ese reino. Sin la unión de ambas fuerzas sería imposible enfrentarse con Antíoco. La enfermedad de Publio y el secuestro de su hijo les había dejado paralizados durante días. Era el momento de retornar a la acción.

—¿Te han tratado bien? —preguntó Publio padre cuando se separó de su hijo para recuperar su asiento en el lecho mirando fijamente las moraduras que su hijo lucía en brazos, piernas y rostro.

—Sí, padre. Me han tratado bien en cuanto supieron que era tu hijo. Antes no tanto, pero estamos en guerra.

—¿Y cómo averiguaron que eras mi hijo? ¿Por boca de quién? —Lucio temía la pregunta que acababa de formular, pero en calidad de cónsul era su obligación saber qué había ocurrido con exactitud. Vio que su hermano asentía, consintiendo en que Lucio prosiguiera—. ¿Quién o cómo se desveló tu identidad, Publio?

—Cayo Afranio, el decurión de mi *turma*, me traicionó creyendo que así respetarían su vida.

Publio padre suspiró. Lucio también. Ambos habían temido que el propio muchacho, movido por miedo, hubiera buscado refugio en su nombre y en su origen para salvarse. Podía estar mintiendo, pero el tono era sincero y su tío y su padre le creyeron.

—¿Y no fue así? ¿Dónde está ahora ese miserable? —continuó preguntando Lucio.

—Está muerto.

—¿Muerto? —repitió Lucio con extrañeza.

—Aníbal le mató nada más desvelar mi nombre.

Publio padre alzó la mirada hacia su hijo.

—¿Has estado con Aníbal?

—Sí, padre.

—Y él... ¿él te ha tratado bien también?

—Sí, padre. Y me dio un mensaje para ti.

—¿Un mensaje de Aníbal para mí?

—Sí. Dice —y aquí el joven Publio se esforzó por repetir al pie de la letra las palabras de Aníbal—, dice que te espera en el campo de batalla, dice que él no necesita de rehenes, que espera verte pronto en el campo de batalla... que todavía tienes anillos que quieres recuperar, eso dijo, padre.

Publio padre y Lucio se miraron entre sí.

—Se refiere, sin duda, a los anillos consulares de Marcelo y los otros cónsules —dijo Lucio y dirigiéndose a Publio hijo—: ¿Los sigue exhibiendo en su mano?

—Sí.

Se hizo un breve silencio. El joven Publio y su tío esperaban que Publio padre tomara una determinación.

—¿Qué sabemos de las tropas de Antíoco? —inquirió Publio Cornelio Escipión tapándose de nuevo un poco con una de las mantas. La fiebre persistía, pero, sin duda, el reencuentro con su hijo le había insuflado energía.

—Están reagrupándose cerca de Magnesia, en Lidia —respondió Lucio.

—¿Y Eumenes?

—De camino a Elea, en la costa, hacia el sur —continuó respondiendo el cónsul a su hermano.

—Sea, por Júpiter y todos los dioses —afirmó Publio padre con firmeza—. Hacia allí debemos ir, y rápido. No me veo capaz de andar, pero a caballo podré resistir la marcha. Debemos partir inmediatamente. Aníbal perdió un ojo por no detener el avance de su ejército en los pantanos del norte de Italia. No seré yo quien ahora impida el avance de las legiones.

Lucio se sintió doblemente feliz: primero por ver confirmados sus propios planes por la propuesta de su hermano y, segundo, por empezar a entrever que Publio estaba, al menos, intentando recuperarse para el combate final.

—Lo organizaré todo en unas horas y partiremos con las legiones hacia el sur —confirmó Lucio, y con una sonrisa en los labios añadió una frase dirigida a su hermano—: Parece que Sífax, después de todo, aún no nos ha alcanzado.

—Bien, bien —replicó Publio padre, y asintió a la vez que, mirando a su hijo, concluyó con seriedad—. No podemos faltar a esa cita en el campo de batalla. Si Aníbal me espera, Aníbal me encontrará. —Y se quedó callado pensando en que la maldición de Sífax aún podía alcanzarles a todos: quedaban los *catafractos* de Antíoco.

El hijo de Publio asintió también intentando subrayar con su gesto que estaba con su padre hasta las últimas consecuencias, había que combatir, pero al verle tan débil, tan consumido por el dolor que había sufrido unido a las fiebres que parecían morderle por dentro, el joven Publio no pudo evitar comparar la frágil figura de su padre con la vitalidad y fortaleza inagotable de Aníbal. Publio hijo no dijo nada, pero sus presentimientos no eran nada optimistas. Magnesia podía ser la tumba de todos ellos, pero nada podía hacerse para detener el destino.

65

Noticias de Asia

Roma.
Diciembre de 190 a.C.

Catón salía del Senado y cruzaba el *Comitium* cuando un mensajero militar se le aproximó, le saludó y alargó la mano con una tablilla. Los dos veteranos de su campaña en Hispania, con los que recientemente se hacía acompañar Catón en sus paseos por el foro, se interpusieron, pero el senador los conminó a apartarse a un lado y tomó la tablilla. Hacía tiempo que no llegaban noticias frescas del frente de Asia y había reconocido la letra de Graco en la parte exterior de una de las tablillas. Las tomó y las abrió allí mismo. El sol tibio del mediodía invernal descargaba sobre ellos con potencia suficiente como para que sus rayos hicieran resplandecer con nitidez las palabras talladas en la cera. Era un mensaje corto.

Estimado Marco Porcio Catón:

Estamos en Elea, en la costa occidental de Asia. Pronto deben llegar los refuerzos de Pérgamo para unirse a las legiones para el combate decisivo. Sabemos que el enemigo está reagrupando sus fuerzas en Magnesia, a pocas jornadas de aquí. Te escribo porque durante nuestra espera el hijo de Escipión cayó preso de los sirios y, sin saber muy bien por qué o cómo, ha sido devuelto sano y salvo. No sé si ha habido negociaciones, pero se ha visto entrar y salir del campamento embajadores sirios. Todo es muy extraño y se rumorea que haya habido algún pacto secreto, pero nadie se atreve a decirlo en voz alta. Lucio Cornelio Escipión, el cónsul, ha silenciado el asunto y no se puede preguntar. En unos días partiremos hacia Magnesia. Dicen que el enemigo es muy superior en número y que han traído elefantes y la caballería acorazada, sus famosos *catafractos*. Escipión, además, está enfermo. Creo que caminamos hacia una derrota segura, pero inexplicablemente la moral de las tropas sigue siendo alta. Todos esperan que Publio Cornelio Escipión se reponga y comande él mismo las tropas, pues el mayor miedo entre los oficiales sigue siendo no ya el gran número de enemigos, sino el hecho de que Aníbal está entre los generales de Antíoco. Si no regresara con vida, por Júpiter y todos los dioses, te ruego que cuides de mi familia. Tu amigo,

TIBERIO SEMPRONIO GRACO

La noticia de la misteriosa liberación del hijo de Escipión permanecía en la mente de Catón mientras éste cerraba, despacio, las tablillas. Los soldados que le escoltaban habían retrocedido para dejar que el senador pudiera leer con tranquilidad. El mensajero aguardaba por si debía transmitir una respuesta. Catón echó a andar hacia el foro sin mirar atrás y sin atender al mensajero. Estaba demasiado absorto en sus pensamientos. ¿Respuesta para Graco? No había nada que decirle. Ya era mayor para cuidarse. Estaba en una campaña militar. Si sobrevivía habría servido al Estado grandemente con aquella información y si no, como pedía él mismo, Marco Porcio Catón procuraría que el Senado llorara públicamente su pérdida. Eso reconfortaría a la familia Sempronia.

Catón se alejaba del *Comitium* en dirección al foro hablando en voz baja, mascullando su venganza, saboreándola con el deleite del que se sabe cada día más cerca de la victoria final sobre un muy escurridizo y resistente enemigo.

—Te tengo, Publio Cornelio Escipión, por fin te tengo. Si Aníbal y Antíoco no terminan contigo, lo cual es muy posible, si no terminan ellos contigo, ahora tengo lo que buscaba. Si no acaban ellos contigo, lo haré yo aquí en Roma. Publio Cornelio Escipión, estás muerto, doblemente muerto y no lo sabes. Si contra todo pronóstico aún regresases vivo de Asia, me ocuparé personalmente de que de ti no quede en Roma ni la memoria.

LIBRO V

LA BATALLA DE MAGNESIA

Año 190-189 a.C.
(años 564-565 desde la fundación de Roma)

Regia acies uaria magis multis gentibus, dissimilitudine armorum auxiliorumque erat. decem et sex milia peditum more Macedonum armati fuere, qui phalangitae appellabantur. haec media acies fuit, in fronte in decem partes diuisa; partes eas interpositis binis elephantis distinguebat; a fronte introrsus in duos et triginta ordines armatorum acies patebat. hoc et roboris in regiis copiis erat, et perinde cum alia specie tum eminentibus tantum inter armatos elephantis magnum terrorem praebebat. ingentes ipsi erant; addebant speciem frontalia et cristae et tergo impositae turres turribusque superstantes praeter rectorem quaterni armati. ad latus dextrum phalangitarum mille et quingentos Gallograecorum pedites opposuit. his tria milia equitum loricatorum—cataphractos ipsi appellant—adiunxit

[El ejército del rey (Antíoco) era una fuerza más heterogénea (que el ejército romano) por la diversidad de naciones, guerreros y material. Había dieciséis mil soldados de infantería armados al estilo macedónico que se denominaban falangistas. Éste era el centro de la formación, dividido de frente en diez secciones separadas una de otra por dos elefantes colocados en medio. Desde el frente hasta el fondo, la formación comprendía treinta y dos filas de combatientes. Ésta era la fuerza principal de las tropas del rey y era realmente impresionante tanto por su aspecto de conjunto como por los elefantes que sobresalían de tanto en tanto entre los soldados. Eran gigantescos de por sí, y resultaban aún más impresionantes por las testeras y penachos y torres colocadas sobre su grupa y, de pie en cada torre, cuatro soldados, además del guía. A la derecha de los falangistas, el rey colocó mil quinientos galogriegos de infantería, y al lado de éstos puso tres mil jinetes acorazados que ellos llamaban *catafractos*.]*

Tito Livio,
Ab urbe condita, libro XXXVII, 40

* Traducción a partir de la versión en la edición de los textos de Livio de José Antonio Villar Vidal, con pequeñas modificaciones del autor.

66

Memorias de Publio Cornelio Escipión, *Africanus* (Libro V)

Escopas me había hecho ver que derrotar a los catafractos *era imposible. No había forma de detener el avance de una caballería acorazada de esas características y de esa magnitud sin tener otra similar que oponer. Si el rey Antíoco, asesorado por Aníbal, empleaba sus armas con habilidad todo estaba perdido. O no. A medida que nos adentrábamos en Asia sólo pensaba en cómo hacer frente a esa nueva y poderosa arma del enemigo. En Zama tuvimos que afrontar los elefantes y encontré la forma de hacerlo en campo abierto, lo que antes no había conseguido nadie. En el interior de mi ser albergaba la esperanza de que antes del día del combate final conseguiría dilucidar una estrategia que pudiera darnos opciones de victoria. Pero no fue hasta pocos días antes, sudoroso por las fiebres que se habían vuelto a apoderar de mi cuerpo, que me pareció ver una solución. No era nada definitivo ni nada nuevo. Había estado tan embebido de mi propia vanidad que no dejaba de pensar en un modo nuevo y original de derrotar a los* catafractos, *cuando, en realidad, todo era mucho más simple porque ya se había hecho en el pasado y lo importante era que si en el pasado había funcionado podía volver a hacerlo una vez más. Todo estaba relacionado con una clase de nuestro viejo pedagogo, Tíndaro, que mi padre contratara para instruirnos en nuestra infancia. Es curioso cómo la necesidad nos hace recuperar con una nitidez sorprendente escenas de nuestros días vividos años atrás. Quién sabe, quizá la propia fiebre hizo que todo encajara en mi mente, pues eran muchas las piezas que debían emplearse para componer un gran mosaico de movimientos que nos permitiera derrotar a un ejército tan bien armado y que nos doblaba en número. La clave seguía estando en los* catafractos, *pero lo que me preocupaba más era que yo no tenía fuerzas para dirigir la ba-*

talla. Tenía que ceder el mando a Lucio y tenía dos miedos: miedo a que no estuviera a la altura y miedo a que los legionarios se sintieran derrotados al verme alejarme en dirección al mar. Pero la fiebre me había dejado inválido y no había ya otra posibilidad. Había además encajado las teselas del mosaico de forma que la batalla nos valiera para eliminar a Graco, el hombre de Catón en la campaña, aprovechando las maniobras que debíamos hacer con las legiones. Aquello fue algo mezquino por mi parte de lo que no estoy orgulloso. Es absurdo decir que uno volvería a hacerlo todo igual en la vida. Quien ha hecho cosas suficientemente importantes es consciente de que podría haberlas hecho mejor y de que ha cometido numerosos errores que podría haber evitado. Sólo el soberbio irredento cree que volvería a hacerlo todo igual. Pero no importa nada de esto. Hay filósofos que opinan de modo diverso sobre el asunto. Lo esencial es lo que pasó: odiaba a Graco; su relación, fuera del tipo que fuera, perturbaba la mente de mi hija pequeña y la eliminación del heredero de la familia Sempronia podría alejarle de los pensamientos de mi hija de modo que pudiera casarla, sin tanta rebeldía por su parte, con generales de mérito y amigos de la familia como Flaminino. Si la batalla contra Antíoco podía proporcionarme esa satisfacción, ¿por qué no hacerlo? Sí. Esa misma tarde que pasé el mando militar efectivo a Lucio tomé la decisión final de eliminar a Graco. Catón ya intentó en el pasado asesinar a Lelio. Yo sería más sutil, pero más efectivo. No contrataría a sicarios. No los necesitaba. Tenía miles de catafractos *dispuestos a hacer el trabajo sucio. Como he dicho no me siento orgulloso de aquella decisión, pero me he prometido a mí mismo que sería sincero en estas memorias. Un hombre tiene que decir la verdad cuando está a punto de morir. Y yo ya siento el aliento de Caronte muy cerca.*

67

La retirada de *Africanus*

**Campamento general romano
en las proximidades de Elea,
Asia Menor.
Principio de diciembre de 190 a.C.**

Atilio estaba seriamente preocupado por la salud de Publio Cornelio Escipión. No sabía ya bien qué más hacer. Había visto esos ataques de fiebre tumbando al gran general en otras ocasiones, pero a los pocos días remitían; sin embargo, esta vez llevaban una semana y la fiebre no bajaba y el general estaba más débil que nunca. Por otra parte estaba el trabajo de ocuparse de los heridos que aún había de las grandes batallas navales del verano y los nuevos heridos que llegaban de los enfrentamientos de las patrullas de reconocimiento que se adentraban hacia el sur de la región. Todo se complicaba, como siempre, en una campaña militar. Por otro lado, Areté era una gran ayuda, físicamente al estar constantemente limpiando heridas y vendando brazos y piernas de los legionarios, y una ayuda psicológica porque si había algo que animaba el corazón de un hombre era ver a esa hermosa mujer trabajando junto a uno. Atilio era un hombre de talante generoso por naturaleza y estaba agradecido a la confianza que habían depositado en él los Escipiones, empezando por el muy enfermo *Africanus*, por eso no dudó en darle la mejor medicina de la que disponía en aquellos momentos. Sabía lo que esa decisión implicaría; sabía que en cuanto el general la viera, Areté desaparecería de su alcance, pero Atilio pensaba que era lo mejor. Los legionarios la miraban con ojos demasiado lujuriosos y él no podría protegerla siempre. Su naturaleza se sobrepuso a su egoísmo, en una decisión que ni él mismo pudo entender. Quizá los dioses de aquella joven la protegían de una forma especial.

—Quiero que te encargues de cuidar al general enfermo, a *Africanus* —dijo Atilio—. Necesita a alguien que sepa cuidar bien a un enfermo y yo no puedo estar constantemente a su lado desatendiendo a todos los legionarios heridos en combate. Estoy seguro de que al propio general le parecería mal. Además, de lo que se trata es de controlar la fiebre con paños fríos, de darle mucha agua, caldos, infusiones y de estar atentos. Si empeora me llamas.

Areté le miró intrigada, pero no discutió. Atilio la había tratado bien y había cumplido su pacto: desde que llegara al campamento, pese a estar siempre rodeada de hombres, protegida por el médico, nadie la había tocado. Si Atilio quería que cuidara del general, lo haría. Ayudaría en lo que pudiera.

Cuando Publio Cornelio Escipión padre vio a la hermosa Areté comprendió lo que iba a ocurrir. La fiebre remitió en un par de días y con las fuerzas algo recuperadas el precioso cuerpo de la esclava del médico resultó demasiado tentador como para contenerse. La falta de relaciones sexuales en los últimos meses, la distancia que sentía con respecto a Emilia en su ánimo y la debilidad de la enfermedad hicieron el resto: Areté terminó acostándose con el general de generales todas las noches. Atilio los descubrió en una de sus visitas nocturnas. No los despertó. El general había mejorado. Eso era lo esencial.

Pero la recuperación fue temporal. A los pocos días, una vez más la fiebre tumbó por completo a Publio. Ni las caricias sosegadas de Areté ni el regreso de su hijo que había estado preso por el enemigo parecían ser suficientes para detener aquel brutal nuevo ataque de la enfermedad. El general llevaba toda la noche sin apenas dormir. Publio se recostaba de lado en el lecho, encogido por el frío de la fiebre. Las mantas no parecían ser nunca bastantes. No tenía fuerzas ni para yacer con Areté y eso que ella, siempre preciosa, atractiva, sensual, se movía por la tienda trayendo agua, paños frescos que ponía en su frente, sentándose a su lado y acariciándole. Publio le rogó que hablara. Le gustaba oír su voz cálida en medio de aquella agonía que lo tenía atenazado, encadenado a una cama cuando las legiones debían batirse en una batalla mortal en pocos días, quizá el próximo amanecer. Faltaba poco para el alba. Areté hablaba de los barcos con los que se entretuvo tantos años, viéndolos salir y entrar en el puerto de Abydos cuando trabajaba para la vieja anciana de aquella casa del puerto.

—Llama a mi hermano, al cónsul —dijo Publio con un hilillo de voz.

Areté interrumpió su relato y asintió. Se levantó y se asomó por entre la tela de la entrada de la tienda. No tenía que hacer más. En el exterior una guardia personal de una docena de legionarios custodiaba la tienda del más admirado de sus generales. La petición de Areté fue transmitida con velocidad por un mensajero y en un momento la silueta recia de Lucio Cornelio Escipión irrumpía en la tienda de su hermano.

—Voy a seguir el consejo de Atilio —empezó Publio—, y el tuyo. Haré caso al médico y me retiraré a Elea. Atilio dice que el aire del mar me vendrá mejor que este viento.

—Perfecto —respondió Lucio moviendo la cabeza con energía de arriba abajo—. Es lo mejor, hermano. Aquí te estás consumiendo.

—Consumiendo, sí. Me ha costado entenderlo, pero eso es lo que está esperando Antíoco. Que me consuma. Sabe que estoy enfermo. Sus embajadores le informarían y sabe que si no atacamos eso confirma mi enfermedad. Aníbal ya le habrá instruido en mi forma habitual de actuar que no es otra sino atacar enseguida, como hice en Hispania, en Cartago Nova o Baecula y en tantos otros sitios. Sólo me he demorado cuando las cosas no iban bien para nosotros, como cuando nos rodearon los númidas y los cartagineses en el norte de África. Aníbal sabe todo esto, Lucio, y se lo habrá comentado a Antíoco. Cada día que pasa es un día en el que el rey sirio se siente más seguro. Esto no puede, no debe seguir así. ¿Me entiendes?

—Sí. Pero no hables tanto. Estás demasiado débil. Lo organizaré todo para que vayas a Elea escoltado por varios manípulos.

—No demasiada escolta, Lucio. Necesitas a todos los hombres de los que puedas disponer. ¿Cuántos son... el enemigo? ¿Cincuenta mil? ¿Sesenta mil? Me lo has dicho muchas veces, pero la fiebre me nubla el recuerdo de las cifras...

—Hemos calculado más bien sesenta mil, pero seguramente serán más al final. Siguen llegando más tropas desde Apamea.

—Nos doblan en número, Lucio, por lo menos nos doblan. No puedes prescindir de tropas.

—Algunos infantes de Antíoco son levas recientes... —argumentó Lucio buscando palabras de ánimo.

—Es cierto, pero los *catafractos*, los *dahas*, los falangistas seléucidas, los *argiráspides*, todos éstos son unidades de élite. Tenemos un enemigo muy poderoso, Lucio, y lo peor de todo, nos supera en caballería. Lo tenemos mal, Lucio, por Júpiter y por todos los dioses, lo tenemos mal —y elevó el tono de su voz—, y yo aquí retorcido como un animal herido... ¡Por Hércules! —E intentó ponerse en pie sin conseguirlo pues al alzarse sintió un mareo y tuvo que sentarse de nuevo ayudado por Areté. Publio retomó la conversación alicaído, mirando al suelo, mientras Areté se separaba de él—. Déjanos solos, Areté —añadió el general enfermo, y la muchacha salió por la puerta de la tienda. Publio continuó hablando en voz baja—. No puedo ni levantarme. Valiente ayuda te has traído de Roma. Un hermano enfermo, un sobrino al que secuestra el enemigo... mejor te habría ido con Lelio. Nos vendría bien tener aquí a Lelio.

Lucio asintió sin decir nada. Sentía que su propio hermano quería decir que él mismo se sentiría más tranquilo si al mando no estuviera él, Lucio, sino el propio Lelio. Pero quizá no fue eso lo que quería decir. En cualquier caso, Lelio estaba muy lejos de allí, en la distante Roma.

—No te valdré para mucho ya, pero he pensado un plan —dijo el debilitado Publio con un destello inusual en sus ojos que su hermano reconocía de otras veces.

—Un plan de los tuyos nos vendría bien, hermano.

Publio levantó su mirada del suelo y miró fijamente a Lucio.

—Es una locura, pero puede surtir efecto. ¿Te atreverás a seguir mi plan, hermano?

Lucio acercó una *sella* y tomó asiento junto al lecho de su hermano.

—Me atreveré, por Júpiter, ya lo creo que lo haré.

—Sea. Escucha entonces. Llevo días pensando en la caballería acorazada de Antíoco y en la conversación que mantuve con Escopas en Grecia. Escopas es el único *strategos* griego que ha sobrevivido a una embestida de esa caballería blindada. ¿Recuerdas sus palabras, Lucio? Dijo que hoy día era imposible derrotar a una caballería de ese tipo. Dijo que eran invencibles.

—Pero no es así, ¿verdad? —interrumpió Lucio con ilusión, esperando la solución que, sin duda, su hermano habría encontrado para aquel problema aparentemente irresoluble.

—No, Lucio. Escopas en eso tenía razón: son invencibles. Invencibles —Publio vio como Lucio inspiraba aire para ocultar su decepción—; pero no todo está perdido. Alejandro, Alejandro Magno y lo que hizo en Gaugamela es la respuesta. El viejo Tíndaro, Lucio, ¿te acuerdas del viejo Tíndaro?

Lucio arrugó la frente mientras hacía memoria. Tíndaro había sido su anciano tutor, el pedagogo griego que su padre contratara cuando eran unos niños y que los educó en filosofía, literatura, historia y, de cuando en cuando, en estrategia militar.

—Tú siempre atendías más que yo al viejo Tíndaro —respondió Lucio con resignación. No veía qué sentido tenía aquella conversación.

Publio no se sintió molesto. Se limitó a hacer memoria, a recordar palabras lejanas de un pasado ya inexistente, de momentos en los que escuchaban a un anciano pedagogo junto al *impluvium* en el atrio de la *domus* de Roma. Al hablar a Publio le parecía que volvía a escuchar el discurrir del agua en el *impluvium*, las voces de su padre y su tío hablando en el *tablinium*, su madre cruzando el atrio acompañada de esclavas en dirección a la cocina, una tarde lejana, perdida, repleta de luz de atardecer, del olor fresco de las hojas recién nacidas en las copas de los árboles.

—Tíndaro nos explicó el avance de Alejandro por Asia. Ahora estamos en Asia, hermano. Es bueno recordar sus palabras. El mayor enemigo con el que se enfrentaba la falange macedónica de Alejandro eran las caballerías acorazadas bactriana y escita que poseía Darío. Hemos aprendido a luchar contra las falanges y sabemos doblegarlas con la maniobrabilidad de las legiones manipulares, Lucio, e incluso tenemos estrategias ya probadas para afrontar las cargas de los elefantes, pero seguimos sin poder doblegar una embestida de una caballería de *catafractos*. Seguimos igual que Alejandro, pero, sin embargo, Alejandro supo cómo solucionar el asunto, o mejor, cómo evitarlo. Tenemos que repetir Gaugamela. No de la misma forma, pero sí de modo parecido. —Y repetía una y otra vez—: Tenemos que repetir Gaugamela.

Su hermano empezó a desesperarse un poco.

—Pero, ¿cómo, Publio, cómo? ¡Por todos los dioses, dime cómo y lo haré, te juro que lo haré!

—A Darío le gustaba estar próximo a su poderosa caballería de *catafractos* y sabemos que a Antíoco, como todos los soberanos de esta inmensa región, le gusta hacer lo mismo. Antíoco combatirá junto a los *catafractos* y los situará en un ala. En la otra ala pondrá a sus jinetes mercenarios y quizá a los carros escitas y todo tipo de tropas para compensar la ausencia de sus *catafractos* de élite. Eso es lo que hará. Y nosotros haremos lo mismo que hizo Alejandro en Gaugamela con la caballería bactriana y escita.

Lucio, que se había echado hacia delante en la *sella* para escuchar a su hermano que seguía hablando en voz baja, se inclinó aún un poco más para escuchar mejor. Empezaba a recordar las palabras de Tíndaro y, por fin, comenzaba a vislumbrar el sentido del plan de Publio.

—¿Lo ves ahora?

—Sí —respondió Lucio—, pero el que haga de Alejandro, en este caso, puede morir. Es una misión suicida.

—Siempre hay sacrificios. En todas la batallas. En Zama perdí a mis mejores oficiales, Lucio. Y aquí... aquí... siempre tenemos a Tiberio Sempronio Graco. Y Domicio Ahenobarno, el jefe de nuestra caballería. A Domicio le puedes explicar el plan. A Graco... no es necesario. Sólo tú y Domicio debéis conocer el plan exacto. A Eumenes de Pérgamo lo situaremos en la otra ala, con el grueso de la caballería. Es ahí donde debemos ganar la batalla.

—¿Por qué no Domicio en esa otra ala?

—No, Lucio, no. Necesitamos a alguien que sepa del plan para poder llevarlo a efecto. Eumenes, por su parte, sabe que lucha por su supervivencia. Si Antíoco nos derrota, Roma perderá dos legiones y a unos cuantos generales, pero Roma seguirá viva, intacta y fuerte y con capacidad de regresar, pero para cuando volvamos, si lo hacemos, si el Senado vuelve a enviar más legiones, para entonces Eumenes sabe que de Pérgamo no quedará nada. Sin nuestro apoyo, Pérgamo será arrasado por Antíoco. Eumenes sabe esto y luchará con la furia del que se sabe acorralado. Eumenes destrozará el ala del ejército enemigo frente a la que le situemos, pero no podemos perder la fuerza de esa furia por la supervivencia haciéndola arremeter contra el muro de los *catafractos*. Los egipcios también luchaban por defender su tierra y fueron aplastados en Panion. No, lo infranqueable debe ser acometido de forma diferente, y debemos dejar que Eumenes encuentre la forma de destrozar la otra ala.

—Sea —dijo Lucio volviendo a asentir repetidas veces con la cabeza—. ¿Y en el centro? Están los elefantes asiáticos. Tienen muchos más que nosotros. Y mejor entrenados.

—Sí —respondió Publio con cierto tono cansado; aquella conversación estaba agotando sus escasas últimas fuerzas—. El centro es cosa de Aníbal. Falta saber si Antíoco al fin seguirá sus consejos o no. Según haga deberás actuar de una forma u otra.

—¿Y cómo sabré si Antíoco ha seguido el consejo de Aníbal?

—Lo sabrás —dijo Publio mientras se volvía a tumbar en la cama. Los escalofríos regresaban—. Dame las mantas, Lucio, las mantas... —Y su hermano estiró de las mismas para taparle—. Lo sabrás... Lucio... lo sabrás. Sólo tienes que fijarte en una cosa... en un detalle... —Pero la voz era cada vez más débil. Lucio se agachó hasta poner su oreja junto a los labios de su hermano. Publio susurraba las palabras. Lucio escuchaba atento, con los ojos bien abiertos y los puños cerrados.

Cuando Publio hubo terminado, Lucio asintió una vez más, despacio pero firme. Publio cerró los ojos. Su hermano se levantó e iba a llamar a la esclava Areté cuando la débil voz de Publio captó de nuevo su atención.

—Queda una cosa, hermano...

Lucio volvió a sentarse junto al enfermo.

—Dime, Publio.

—El muchacho... debe combatir... no podemos... después de todo lo ocurrido, retenerlo en la retaguardia... los legionarios... la caballería... todos han de ver que mi hijo combate. Ponlo en el centro.

—¿Donde los elefantes? —preguntó Lucio sorprendido.

—En el centro, donde los elefantes, sí, Lucio... en esta batalla donde no hay que estar es en las alas... Silano... me fío de él... dale el centro... él combatió en Zama. No te defraudará. El muchacho estará bien con él...

Publio dijo aún un par de frases, pero Lucio, aunque se agachó y pegó el oído a los labios del enfermo, no acertó ya a entenderlas. Pensó que no era importante. Lo esencial ya estaba dicho: el plan de ataque, cómo actuar contra los *catafractos*, la cuestión de si Aníbal dirigiría o no las tropas y dónde situar al joven Publio. La fiebre había producido de nuevo mucho sudor y parecía que Publio se hubiera dormido. Lucio salió de la tienda y llamó a Areté. La esclava reemplazó al cónsul. Lucio vio la forma delicada en la que aquella esclava trataba a su hermano y comprendió lo que estaba pasando allí más allá de la enfermedad, pero no era tiempo para asuntos familiares. Era cónsul de Roma y tenía una gran batalla que dirigir en la que se jugaban prestigio, gloria y la propia vida de miles de romanos.

Dentro de la tienda, el general enfermo movía nervioso, de un lado a otro, la cabeza. Areté secó el sudor primero con una toalla y luego puso otro paño húmedo y fresco sobre la frente. Aquello pareció aliviar un poco al general que dejó de mover la cabeza de forma brusca. Entonces entreabrió los labios. Parecía que el amo quería decir algo. Areté acercó su rostro a la boca del general.

—Si el muchacho le hace caso... estará bien si le hace caso... a Silano... le tiene que hacer caso... —Y no entendió más. Areté no comprendía bien el sentido ni el alcance de aquel mensaje. No parecía ninguna instrucción militar. Pensó en llamar al hermano del general, pero el cónsul tenía muchas ocupaciones y creyó que sería inoportuno molestarle por una frase sin sentido pronunciada por su hermano enfermo en medio de los delirios provocados por la fiebre. Areté no pensó más en ello y, en su lugar, rezó a Eshmún por la recuperación de aquel general romano. Así, la frase quedó allí, como muerta, entre aquellas paredes de tela, absorbida por el aire seco del corazón de Asia.

Antíoco III se mostraba remiso a combatir. Se había atrincherado cerca de Magnesia, entre los ríos Hermo y Frigio, en una amplia llanura donde el rey estaba convencido de que dispondría de bastante espacio en caso de que al final los romanos le obligasen a entrar en combate, además de tener toda el agua necesaria para sus tropas.

Antíoco había probado el amargo brebaje de la derrota contra las legiones en las Termópilas, en Grecia, y no quería tomar un segundo vaso de aquella bebida. Sus generales, empezando por su siempre impaciente hijo primogénito, Seleuco, querían expulsar a los romanos de inmediato, pero el rey sabía que el tiempo corría a su favor. En Grecia, al otro lado del mar, fueron ellos, su ejército el que sufrió las complicaciones de abastecimiento al tener desplazadas las tropas más allá del territorio que controlaban, mientras que los romanos se vieron ayudados por múltiples pueblos aliados en un terreno donde podían hacer llegar suministros tanto por mar como por tierra. Ahora las cosas habían cambiado: eran los romanos los que se habían adentrado en territorio dominado por Siria y él, Antíoco, era quien tenía más aliados y más recursos en la zona, por eso cuando su hijo Seleuco o su sobrino Antípatro le interpelaban para saber cuándo iban a atacar a las legiones, Antíoco respondía siempre de la misma forma:

—Dejemos que los dioses hagan llegar el invierno a nuestra tierra. Entonces los vientos del mar y el barro de los caminos impedirán el abastecimiento de los romanos, entonces les atacaremos.

Seleuco y Antípatro y el resto de generales acataban el deseo del rey, pero con rabia, y si de ellos dependiera, atacarían sin más dilación. Antíoco lo sabía, pero él era el rey, el emperador desde la India hasta aquel mar y, en cuanto expulsara a los romanos, volvería a atacar Grecia hasta reconstruir el imperio que una vez fue. Además, Publio Cornelio Escipión estaba enfermo. No estaba clara la gravedad de aquella enfermedad, pero estaba seguro de que el frío no ayudaría a que el enfermo mejorara. Antíoco III sonrió en la soledad de su gran tienda en el centro del gigantesco ejército del Imperio seléucida. El invierno, el inverno, por Apolo, el invierno era la respuesta.

Lucio veía como el carro que trasportaba a su hermano enfermo se alejaba en dirección al sur. Pronto los jinetes de la escolta que había asignado para que le protegieran en su marcha hasta Elea impidieron al cónsul ver más la silueta del carruaje. Lucio dio media vuelta y se dirigió a Domicio, Graco y Silano, que le aguardaban a unos pasos de distancia.

—Es el momento de avanzar hacia Magnesia —dijo el cónsul con decisión—. No podemos permitir que el invierno más crudo nos sorprenda antes de la gran batalla. Tenemos suerte de que se haya retrasado su llegada, pero está ahí, muy cercano. Enviaré mensajeros a Eumenes para que su ejército se una a nosotros allí mismo, en Magnesia.

Todos asintieron. Silano planteó, no obstante, una duda.

—Eso es cierto, cónsul, pero ¿cómo haremos para forzar al rey a entrar en combate? Además, Magnesia no es un sitio... —aquí Silano se calló, pero el cónsul le indicó con un gesto de la mano derecha que finalizara su comentario de modo que el experimentado tribuno, veterano de Zama, se aventuró a decir en voz alta lo que todos pensaban—. Es que Magnesia es una llanura amplia y eso favorece a las tropas enemigas, que podrían desbordarnos por las alas con facilidad, al ser más numerosas. En las Termópilas le derrotamos en un lugar estrecho y yo creo... creo que el rey sirio lo sabe. Por eso ha acampado en la llanura de Magnesia.

—Eso es cierto, Silano, es cierto. —Y Lucio se explicó mirándolos a todos, a cada uno unos segundos, buscando su complicidad, su implicación en la decisión que estaba tomando—. Eso es cierto, pero el rey también sabe que somos nosotros los que estamos ahora realmente lejos de nuestras fuentes habituales de aprovisionamiento. Roma, los aliados griegos, todo queda más allá del Helesponto, demasiado lejos. Ya, ya sé que me diréis que tenemos la ayuda de Pérgamo y yo os digo que es verdad, y que sin su ayuda y sin el aprovisionamiento que nos ha proporcionado primero Filipo, a regañadientes pero de forma efectiva —aquí miró a Graco, que agradeció con un leve gesto el reconocimiento del cónsul hacia su negociación con el rey de Macedonia— y sin la ayuda de Pérgamo no habríamos aguantado hasta la fecha.

Pero ¿por cuánto tiempo más podrá ayudar Pérgamo a unas legiones que no consiguen nada? ¿Queréis que averigüemos hasta dónde llega la paciencia del rey Eumenes?

—El rey tendrá que esperar —intervino Domicio—. No tiene nadie que le ayude y sabe que si nos retiramos Antíoco arrasará su ejército y se apoderará de Pérgamo y todos sus territorios.

—Sí, es verdad —concedió Lucio—, pero Eumenes quiere combatir ahora, y ése es un deseo que insufla valor suplementario a sus tropas y es algo que debemos aprovechar. Si llega lo más frío del invierno y hemos de esperar sin combatir, las legiones que han venido en su ayuda serán más una carga que una ayuda. No, el paso del tiempo juega siempre a favor del enemigo y es algo que no podemos consentir. ¿Que cómo haremos para forzar a Antíoco a combatir? —Aquí Lucio miró a Silano—. Acamparemos tan cerca de sus fortificaciones que hasta nos huelan el aliento. Y sé dónde acampar. He hablado con mi hermano. Le he explicado con detalle la situación de las fortificaciones del ejército seléucida, la posición de los ríos, la amplitud de la llanura y Publio me ha dicho cómo resolver el problema o, al menos, cómo mitigarlo. Y tengo un plan de ataque, su plan de ataque, que seguir. Publio Cornelio Escipión es un general invicto. Ni tan siquiera Aníbal pudo con él en la mismísima África. Estoy seguro de que si seguimos su plan, una vez más, las legiones de Roma saldrán victoriosas, pero necesito de vuestro apoyo para ejecutar el plan, sin vuestra ayuda nada será posible.

Una vez más el cónsul escrutó la faz de cada tribuno, de Domicio Ahenobarbo, de Silano y de Tiberio Sempronio Graco. Los tres asintieron.

—Sea, por Cástor y Pólux —concluyó el cónsul— partamos hacia Magnesia.

Graco fue el primero en salir, a continuación Silano, pero cuando Domicio iba a abandonar la tienda del *praetorium* Lucio le llamó.

—Domicio, espera un momento. —Ahenobarbo giró sobre sí mismo y entró de nuevo en la tienda del cónsul.

—Hay algo que debes saber sobre la batalla —dijo Lucio con un vibrar especial en su voz.

Domicio Ahenobarbo era un combatiente experimentado. Sabía detectar cuándo un superior tenía que dar malas noticias.

—En el plan de ataque que ha diseñado mi hermano... —Pero el cónsul se detuvo.

—Sí, mi general, ¿cuál es el problema?

Lucio se explicó sin más rodeos.

—Tú y Graco comandaréis la caballería del ala donde se concentren los *catafractos* del rey Antíoco; la otra ala se la dejaremos a Eumenes mientras yo me hago cargo del centro.

—De acuerdo —respondió Domicio empezando a ver en dónde podía estar la dificultad que preocupaba al cónsul. Los temidos *catafractos* iban a quedar frente a ellos, pero seguro que Publio Cornelio Escipión habría ideado algo para hacer frente a la carga de aquella terrible caballería enemiga cuya terrorífica fama había cruzado todas las fronteras del mundo conocido. Domicio se quedó en pie, en silencio, frente al cónsul, esperando alguna sugerencia, alguna estratagema con la que afrontar aquel encargo, pero el cónsul callaba. Domicio no se resignaba y preguntó—: Seguro que el hermano del cónsul... seguro que el gran *Africanus* habrá pensado en algún modo de derrotar a esos malditos *catafractos*, igual que diseñó la forma de enfrentarse a los elefantes, ¿no es así, cónsul?

Lucio Cornelio Escipión tragó saliva antes de dar la misma respuesta, con las mismas palabras, que había escuchado en boca de su hermano enfermo la noche en la que éste le explicó el plan de ataque.

—Domicio Ahenobarbo, te seré sincero: contra los *catafractos* no hay nada que hacer. Están demasiado bien protegidos, demasiado bien entrenados y son tan fuertes que ninguna caballería del mundo puede derrotarles.

Domicio miró al suelo. Puso los brazos en jarras. Se llevó la mano derecha al pelo de la cabeza. Se rascó con saña. Volvió a poner la mano en jarra, al igual que la izquierda, y volvió a preguntar:

—Entonces... ¿no hay nada que hacer?

El cónsul dio la explicación definitiva.

—No... es decir... no en esa ala.

Domicio Ahenobarbo asintió una sola vez muy lentamente repitiéndose a sí mismo en voz baja las palabras que acababa de escuchar.

—No... en... esa... ala.

Lucio sabía lo que estaba pidiendo a aquel hombre y Domicio estaba digiriendo la orden. Se trataba de un patricio veterano y disciplinado. El cónsul tenía la autoridad suprema, estaban en territorio enemigo ante unas fuerzas que les superaban notablemente en número pocos días antes de una batalla decisiva. El plan estaba diseñado por el mejor general de Roma, que aunque estuviera ahora alejado de allí y enfermo, conocía mejor que nadie a Aníbal, el terrible asesor del enemigo. Había que aceptar el juicio del que más sabía y la orden de quien tenía el mando. No quedaba más que hacer.

—Esto que se me ordena es prácticamente una *devotio* —dijo Ahenobarbo siempre con los brazos en jarras, detenido próximo al umbral de la tienda del *praetorium*.

—No hay que resistir hasta el final. Sólo todo lo posible. El centro y la otra ala necesitaremos tiempo. Cuanto más nos deis mejor.

—Está claro —respondió Domicio y bajó los brazos—. Se hará como ordena el cónsul. Confío en la experiencia de Publio Cornelio Escipión, pero ¿por qué no situar al rey de Pérgamo frente al rey Antíoco y sus mejores *catafractos*?

Lucio temía que esa pregunta llegara.

—Porque un sacrificio como el que estoy pidiendo sólo se le puede pedir a quienes tenemos más confianza. Tanto mi hermano como yo sólo nos fiamos de ti para que nos consigas el máximo tiempo posible. Tu campaña de hace un par de años contra los boios nos demostró tu valor en combate. Además, he de avisarte que pienso concentrar la mayor parte de la caballería romana reforzando a Eumenes y su propia caballería. Tendrás pocos efectivos para luchar contra los mejores jinetes del mundo.

Domicio levantó la mano y miró al suelo.

—Creo que prefiero no saber más. Cuanto más me cuentas, menos me gusta. Es una orden y la cumpliré. —Iba a marcharse, pero una duda le vino a la mente y pensó que era mejor resolverla antes de partir. Levantó la mirada y encaró de nuevo al cónsul—. ¿Graco sabe algo de todo esto?

El cónsul negó con la cabeza.

—Entiendo —respondió Domicio—. ¿Puedo o debo informarle, ya que va a compartir el mando conmigo en esa ala?

Lucio había recibido instrucciones precisas de su hermano en el sentido de que Graco no supiera nada de todo aquello, y en su momento le había parecido bien, pero en el instante de trasladar aquella última instrucción, el cónsul comprendió que aquello era excesivo.

—Actúa según tu criterio, Domicio —respondió, al fin, Lucio—. Graco estará subordinado a ti. Tú tendrás el mando efectivo en ese sector de la batalla.

—Por Hércules, yo creo que cuando alguien cabalga hacia su muerte tiene derecho a saberlo —espetó Domicio con cierta exasperación.

—Obra según tu criterio, entonces —repitió el cónsul.

—De acuerdo. Domicio Ahenobarbo, tribuno de las legiones de Asia, se retira, cónsul de Roma. Que los dioses tengan a bien conceder una victoria a Roma. Incluso si no consigo sobrevivir, espero que sea una gran victoria.

—Lo será —respondió Lucio con lo que pretendía ser convencimiento que quedó más bien en una pose forzada.

Domicio Ahenobarbo dio media vuelta y cruzó el umbral del *praetorium*, pero estaba convencido de que sería la última vez que asistiría a una reunión de un estado mayor. Lucio salió y lo vio alejarse con la cabeza alta, con gran dignidad y aplomo. Publio había sido muy preciso, incluso cuando sólo podía susurrar: «Ahenobarbo es un gran oficial. Actuará con disciplina y te dará tiempo. En tus manos estará, hermano, no desaprovechar el sacrificio de un hombre de su talla.» Lucio, de pronto, se sintió muy pequeño, muy incapaz, demasiado débil para llevar a término con la precisión necesaria el osado plan de ataque que había diseñado su hermano. Él no era Publio. Era imposible que él consiguiera nada. Quiso llorar de pura rabia, de pura impotencia, ¿quién era él para mandar a grandes hombres a la muerte?, pero estaba rodeado de los *lictores* que, sin mirarle, le miraban. Dio media vuelta y entró de nuevo en el *praetorium*. Se sentó en la *sella curulis* del cónsul de Roma, apretó los puños y se juró seguir adelante por el orgullo de su familia, por su hermano enfermo, por Roma.

68

El plan de Aníbal

Campamento general de Antíoco.
Magnesia, Asia Menor.
Diciembre de 190 a.C.

Antíoco empezaba a percibir, ante la persistencia romana a no abandonar Asia, que el combate sería inevitable. Durante meses había albergado la esperanza de que al acumular una fuerza militar tan gigantesca como la que había reunido en Magnesia los romanos se retirarían sin tan siquiera plantear batalla, pero aquel plan había fracasado. Liberar al hijo de Escipión tampoco parecía haber sido suficiente para ablandar el ánimo de los generales enemigos. Antíoco tenía múltiples defectos, como la codicia, la lujuria, la ambición o la soberbia entre otros, pero no era un cobarde. Era rey de Siria, emperador de todos los territorios seléucidas desde la India hasta Asia Menor; había reconquistado más reinos que ningún otro rey de la dinastía en decenios y ahora se veía abocado, tras el fracaso de la conquista de Grecia, a una guerra defensiva humillante para él por tener que combatir en su propio territorio. Pero lo que de ningún modo estaba dispuesto a consentir era a añadir más vergüenza a su situación: si los romanos no cejaban en su empeño de querer encontrarle en el campo de batalla, allí, al fin, le encontrarían, con todos sus guerreros *argiráspides*, con las tropas aliadas de decenas de pueblos venidas allí desde todos los confines del imperio, con sus elefantes, sus cuadrigas armadas y, cómo no, con sus cuerpos de élite: la caballería *agema* y los tan temidos *catafractos*.

El rey había reunido a sus generales y consejeros reales en una gran tienda en medio del inmenso campamento militar de su gran ejército imperial. Allí se habían congregado sus mejores generales, su hijo Seleuco, su sobrino Antípatro, los valerosos Minión y Filipo, y los consejeros reales, entre los que destacaba el viejo Heráclidas, auténtica mano derecha del rey en el gobierno imperial. Junto a todos ellos había representantes de los diferentes pueblos que habían aportado guerreros a aquel enorme contingente de tropas que para casi todos los presentes era invencible. Y, por fin, en una esquina del consejo, en pie como el resto, mirando al suelo, como si aquello no fuera demasiado con él, estaba Aníbal, escuchando a los diferentes intervinientes en su empeño por ver quién de todos ellos era capaz de elogiar más a su señor y rey por haber reunido aquel fastuoso e invencible ejército. Una sola mirada escrutando los rostros de los allí presentes bastó a Aníbal para darse cuenta de que el único que pensaba por sí mismo, aparte de él, o de Maharbal, que le acompañaba a su derecha, era el viejo consejero Heráclidas, o eso le pareció en aquel momento. El resto estaba allí sólo movidos por la ambición, todos a la espera de lo que entendían debía ser una victoria fácil sobre un enemigo al que doblaban en número. Pero pese a tantos discursos y halagos hacia el rey nadie había planteado un plan claro de ataque. Nadie sabía bien qué hacer con tantas caballerías acorazadas de diferentes tipos, jinetes sobre dromedarios, arqueros, falangistas, las unidades de infantería y de caballería de élite del gran rey Antíoco y, por fin, más de medio centenar de elefantes asiáticos bien armados.

Una vez que el rey Antíoco vio satisfecha su necesaria ración de vanidad, volvió su mirada hacia el callado Aníbal.

—¿Y bien? —le preguntó el rey—. Llevas varios años, Aníbal, viviendo a mi costa y hasta la fecha tus servicios han sido más bien escasos, por no decir que nefastos. Tu única intervención directa se saldó con una clamorosa derrota —recalcó el rey en referencia a la derrota naval de Aníbal durante el verano con el solo afán de humillarle y bajar los humos al siempre impertinente cartaginés; la cosecha de halagos, sin duda, había fortalecido la endeble autoestima del rey sirio—. Ahora tenemos ante nosotros al general romano que te derrotó en el pasado. No sé si aprendiste algo en tu derrota pasada o si ese hecho ya te descalifica por completo para aconsejarme en este combate que se avecina.

Aníbal engulló la humillación con la templanza del desterrado que sabe que ya pocos elogios le quedan por oír en su vida y menos de boca de aquellos que le ofrecen un asilo interesado y, en ocasiones, casi morboso.

—Creo, mi rey, que aquí todos hablan de lo poderoso que es este ejército, pero hasta ahora nadie ha dicho cómo colocar las tropas para enfrentarse a las legiones romanas y eso, mi rey, creo que es lo único que debería debatirse hoy. Los romanos, estoy seguro, no reunirán su estado mayor para vanagloriarse de sus legiones sino para discutir el mejor plan de ataque.

El rey asintió despacio.

—Te concedo que en eso puede que tengas razón. Oigamos entonces todos lo que Aníbal sugiere.

Fue Aníbal entonces el que asintió varias veces en silencio, pensativo. Avanzó dos, tres pasos y se situó en el centro del corro formado por los generales. La gran tienda real estaba clavada sobre el suelo y él mismo se había cubierto de pieles. Éstas estorbaban a Aníbal, así que el cartaginés estiró de varias y las despegó del suelo arrojándolas a un lado. De ese modo se aseguró un espacio de dos por dos pasos de tierra al descubierto. Desenfundó entonces su espada y, dibujando con la punta de la misma sobre el polvo de Asia, ilustró al rey y al resto de generales sobre la mejor forma de disponer las tropas.

—En el centro la infantería, la gran falange con sus *sarissas* que tendrán que contener a la infantería romana. En las alas deben distribuirse las tropas auxiliares, pero por delante, en cada ala la caballería, con los *catafractos* más pesados repartidos en ambos extremos para tener unas alas con fuerzas similares, compensadas, las cuadrigas las dejaría en la reserva pues se han mostrado muchas veces un arma de doble filo y los romanos sabrán cómo desorientar a los caballos que tiran de ellas, y si eso ocurre unas chocarán contra otras generando más confusión entre nosotros que entre el enemigo. Y, por supuesto, todos los elefantes aquí. —Y Aníbal marcó una larga línea en el centro de la formación justo delante de la gran falange del ejército seléucida. Ellos deben abrir el combate, como hicimos en Zama. Los elefantes debilitarán las legiones y permitirán que los guerreros con las *sarissas*, los *argiráspides*, sean capaces de contener a las legiones mientras nuestra superioridad en las alas con la caballería acorazada destroza a los jinetes romanos. Una vez eliminada su propia caballería, la nuestra aparecerá por la retaguardia enemiga para rodear a las legiones y acabar con todos. Si empezamos al amanecer, al mediodía la victoria será nuestra. La tarde será sólo para acabar con los heridos y para vender a los esclavos apresados.

Aníbal envainó su espada. El silencio que había conseguido con su discurso había sido tal que el chasquido de la empuñadura del arma al chocar con el tope en la parte superior de la vaina hizo que muchos se sobresaltaran. Nadie se atrevía a contradecir al cartaginés. El rey miró alrededor. Todos callaban y miraban atentos el plano dibujado por Aníbal sobre el polvo del centro de la tienda.

El general cartaginés se situó de nuevo junto a Maharbal. El veterano noble púnico posó su mano sobre el hombro de Aníbal en señal de apoyo y admiración. Aníbal asintió. Por unos breves instantes que le supieron a gloria pensó que sería posible derrotar a las legiones, derrotar a Escipión, vencer a Roma. Por unos breves momentos pensó que el curso de la historia aún podía revertirse, pero cuando vio que el viejo Heráclidas se adelantaba y, rodeando el dibujo, miraba con desdén hacia el suelo, comprendió que todo dependería del poco juicio del rey, pues estaba claro que aquel estúpido y engreído consejero que, sin duda sabía de halagos y de política, pero que no sabía nada sobre estrategia militar, iba a contradecirle.

—El general cartaginés nos ha hecho una propuesta interesante, sin embargo... sin embargo... —Pero Heráclidas callaba mientras escrutaba los trazos dibujados en el suelo por Aníbal.

—Si tienes una propuesta diferente, Heráclidas, te conmino a que hables —dijo el rey con decisión; y es que a Antíoco, como al resto de generales seléucidas, le desagradaba sobremanera tener que presentar batalla siguiendo sólo los consejos de aquel extranjero, que, por otro lado, aunque quizá consiguiera victorias relevantes en el pasado remoto, también había sido derrotado por el mismo general Publio Cornelio Escipión que comandaba, junto con su hermano, las tropas romanas desplazadas a Asia. Decían que ese general estaba enfermo, pero incluso un enfermo puede trazar un dibujo. Heráclidas, animado por el comentario del rey, explicó sus dudas.

—No me parece sensato exponer a todos nuestros elefantes a una carga inicial sin el apoyo de la infantería. A fin de cuentas, eso es lo que nuestro insigne general invitado —«insigne» sonó a insulto en boca de Heráclidas— hizo en Zama y Zama concluyó en una gran derrota para los cartagineses. No entiendo por qué después de aquel fracaso el general Aníbal insiste en el mismo planteamiento. No, decididamente no; los elefantes deben ir intercalados entre las fuerzas de infantería del centro, a intervalos regulares, aquí, y aquí y aquí y así sucesivamente por toda la línea central de nuestro ejército. —Y marcó diferentes cruces entre la línea frontal de ataque seléucida, allí donde Aníbal había planteado una línea continua de falangistas con *sarissas*; y continuó hablando—: Además, nuestro rey debe acudir al combate suficientemente protegido por las unidades de élite y sobre todo por nuestros mejores *catafractos* para que de esa forma no sea posible que los romanos puedan herirle. Supongo que Aníbal convendrá con nosotros en que el general en jefe de un ejército debe ir convenientemente protegido —y trazó nuevas líneas de *catafractos* en una de las alas dejando la otra mucho más desprotegida; Aníbal fue a hablar, pero Heráclidas continuó con sus explicaciones—; claro que entonces, nuestro querido general cartaginés nos dirá que hemos dejado desguarnecida un ala al concentrar nuestros mejores *catafractos* en el otro extremo de la formación, pero esto tiene fácil solución, pues podríamos completar el ala cuya caballería ha quedado reducida con los carros escitas, de forma que así todo nuestro potencial de ataque sea usado al mismo tiempo y no desperdiciar el empuje de estos carros reservándolos para no se sabe bien qué. De hecho yo iniciaría el ataque con las cuadrigas y no con los elefantes, pues no hemos de olvidar que los romanos también tienen algunos elefantes y estará bien resguardar a los nuestros y no quedarnos sin ellos desde el principio, como sugiere nuestro querido general extranjero. —Y subrayó con su voz la palabra «extranjero».

Un murmullo cargado de asentimientos se extendió por toda la tienda, pero nadie se aventuraba a pronunciarse hasta que el rey hablara.

—¿Y bien? —preguntó Antíoco—, ¿qué piensa ahora Aníbal? ¿Estás de acuerdo con las modificaciones que propone Heráclidas o sigues pensando lo mismo que antes? Habla, me interesa tu opinión.

Aníbal tenía serias dudas de que sus palabras fueran a convencer a nadie de los presentes, pues la soberbia de los sirios y otros generales aliados al rey era excesiva y nadie quería plegarse ya a aceptar que un extranjero supiera más que todos ellos juntos.

—Mi rey —empezó Aníbal con tono conciliador pues sabía que aquélla era la última oportunidad de detener el dominio de Roma en el mundo, la última batalla en la que se podía cambiar el curso de los acontecimientos del último medio siglo, desde que los romanos empezaran a conquistar territorios más allá del mar—; mi rey, estoy de acuerdo en que el gran Antíoco III debe acudir a la batalla bien protegido por sus unidades de élite, pero el resto de sugerencias de Heráclidas, mi rey, son erróneas. Heráclidas se equivoca. —Un conjunto de comentarios despreciativos emergió desde los cuatro puntos de la tienda.

—¡Silencio! —gritó el rey—. ¿Y puede saberse en qué y por qué?

—Mi rey, la carga de los elefantes en Zama sí que hizo mucho daño en las filas de los romanos, incluso si Escipión supo enfrentarse con gran astucia al ataque de los mismos. No importa si mañana Escipión ordena repetir las mismas maniobras o si usa las mismas estratagemas que en Zama. Aun así, detener a más de setenta u ochenta elefantes en carga de ataque supondrá un enorme derroche de energía y un gran número de bajas entre las legiones romanas y les mantendrá ocupados mientras procedemos a lo esencial: dos cargas al mismo tiempo de las caballerías de cada ala. Los *catafractos* son infinitamente superiores a los escuadrones romanos y las *turmae* romanas y de sus aliados cederán al empuje de la caballería blindada. En Zama no perdí porque mis elefantes no causaran suficiente daño a los romanos, sino porque no disponía de superioridad en la caballería, pero aquí en Asia, en Magnesia, el poderoso rey Antíoco lo tiene todo: tiene a los elefantes, más numerosos y mejor adiestrados que los pocos elefantes de los que disponen los romanos y, sobre todo, el rey tiene una enorme superioridad numérica y de armamento en la caballería. Si el rey plantea la batalla como digo, las legiones serán masacradas, de lo contrario desconozco qué ocurrirá, porque es cierto que de cualquier modo que se usen las unidades militares de este gran ejército lo más fácil es vencer, pero aun así, Escipión es un gran general y es mejor plantear el combate aprovechando al máximo todos los recursos, si no, no me responsabilizo del resultado final de la contienda.

—¿Que no te responsabilizas? —Y el rey echó la cabeza atrás y profirió un enorme carcajada—: ¡Ja, ja, ja! ¡Por supuesto que no serás responsable de nada de lo que ocurra mañana, porque, Aníbal, lo aceptes o no, éste es mi ejército y éstos son mis generales! ¡Responsabilízate tú de tus derrotas que yo lo haré de mis victorias! —Y volvió a echar la cabeza hacia atrás y a reír con fuerza. Todos los generales se le unieron riendo con gran exageración. El rey se sintió satisfecho de haber humillado al eternamente impertinente Aníbal y, además, Antíoco estaba seguro de que con el planteamiento de Heráclidas la victoria sería suya. Iba a dar el cónclave de generales por terminado, pero Aníbal avanzó unos pasos, se situó en el centro de la tienda y apeló una vez más al buen juicio del rey de Siria y emperador de todo el Imperio seléucida.

—Rey Antíoco, *Basileus Megas*; no me hiciste caso en el pasado, cuando aconsejé atacar Italia al tiempo que se avanzaba sobre Grecia para crear dos frentes con los que obligar a los romanos a dividir sus esfuerzos, y el resultado de no seguir mi consejo fue una derrota en Grecia, que el rey retornara herido de su expedición y que ahora el gran monarca de Asia se vea obligado a combatir en su propio territorio. No cometas otro error, gran rey. De mañana se regresará victorioso o con un imperio perdido. Ya no habrá otra segunda oportunidad.

De nuevo se hizo un gran silencio.

El rey Antíoco se levanta de su trono y mira con ira a Aníbal y al gritar su boca dejaba entrever los dientes partidos en las Termópilas.

—¡Yo no he sido derrotado en Grecia! ¡Ordené una retirada estratégica para concentrar a todas mis tropas y tenerlas disponibles para mañana al amanecer, y mañana será el fin de Roma en Asia y tal será su derrota que no se atreverán a cruzar el Helesponto nunca más! ¡Debería hacerte matar por decir lo que has dicho, pero como soy sabio pienso guardar toda mi ira para mañana, pero cuando al atardecer me encuentre repartiendo los despojos de los romanos entre mis generales te haré llamar y entonces decidiré qué hacer con alguien que además de no haberme conseguido una sola victoria se atreve a insultarme delante de todos! Te queda un día de libertad, Aníbal: disfrútalo. —Y, mirando al resto de generales añadió una orden definitiva—: Mañana se actuará según lo que ha dicho Heráclidas. Apolo nos protegerá y los romanos morderán el polvo de Asia. Que se disponga todo para combatir por la mañana. —Y rodeado de su escolta, el rey Antíoco III de Siria abandonó la tienda a paso ligero.

Aníbal esperó a que todos los generales salieran del recinto. En esencia porque no quería a ninguno de ellos a su espalda. Más de uno escupió en el suelo cuando pasaban a su altura. Maharbal se llevó la mano a la empuñadura de la espada, pero Aníbal le cogió de la muñeca.

—No merecen la pena. Al menos no hagamos el trabajo de los romanos. Vámonos de aquí. Mañana será una gran batalla, pero no tengo nada claro que sea tal y como dice el rey, pero todo es posible, todo es posible.

Aníbal y Maharbal salieron los últimos de la tienda. En el exterior les esperaba un contingente de soldados del cuerpo de élite de los *argiráspides*. Aníbal no se sorprendió.

—¿Estamos presos?

El oficial sirio al mando se dirigió con cierto respeto hacia el general púnico.

—No. El general cartaginés y sus hombres pueden moverse con libertad, pero tengo la obligación de vigilar vuestros movimientos en todo momento.

Aníbal asintió y, acompañado por Maharbal, avanzó. De pronto uno de los oficiales del rey Antíoco se les acercó despacio y se dirigió a Aníbal en voz baja.

—Me gusta más tu plan, extranjero, pero el rey es el que manda. —Y sin esperar respuesta dejó a los dos cartagineses allí, mirando cómo se alejaba sin volver la vista atrás.

—¿Quién es? —preguntó Aníbal al oficial sirio que les escoltaba. Recordaba haber visto a aquel hombre en la corte de Antioquía, pero siempre callado y reservado.

—Artaxias —respondió el guerrero sirio—. El rey le acaba de nombrar gobernador de Armenia y parte hoy mismo para allí para controlar la región. No combatirá mañana en nuestra gloriosa victoria.

Aníbal asintió. Artaxias. Se guardó aquel nombre en su mente.

69

El amanecer en Asia

Magnesia, Asia Menor.
Diciembre de 190 a.C.

Lucio Cornelio Escipión, cónsul de Roma con mando sobre las legiones desplazadas a Asia, observaba desde lo alto de su caballo la posición de las tropas enemigas. Se había montado en el animal para tener mayor visibilidad y poder analizar mejor los últimos movimientos de tropas del rey sirio. Alrededor del cónsul se encontraba todo su estado mayor a la espera de recibir las últimas órdenes. El despliegue de la inmensa fuerza del ejército enemigo se estaba acelerando, de modo que Lucio se dirigió a los suyos con rapidez.

—¡Tomad posiciones ya, y que todos los dioses nos protejan!

Silano, Domicio y Graco obedecieron y partieron a caballo hacia los puestos que tenían asignados: Silano se dirigió a la vanguardia del centro del ejército, mientras que Domicio y Graco cabalgaron hacia el ala izquierda. El ala derecha quedaba bajo el mando de Eumenes, el rey de Pérgamo, que se les había unido durante la noche. Lucio se mantuvo en la retaguardia para dirigir todas las maniobras. Junto a él se había quedado Marco, quien ya fuera *proximus lictor* de su hermano en Zama y que ahora acompañaba a Lucio en Asia. Su experiencia le sería muy útil durante la batalla. Marco presenció la carga de los elefantes cartagineses en África y sabría detectar si el enemigo repetía los mismos movimientos que en Zama.

—¿Dónde ves los elefantes, Marco? —preguntó Lucio desmontando del caballo.

El *proximus lictor* escudriñaba con minuciosidad el horizonte donde se organizaba el enemigo. La luz del amanecer era aún escasa y los movimientos de las tropas enemigas se realizaban en medio de la extraña bruma del amanecer.

—Están en el centro, eso es claro —dijo Marco en respuesta a la pregunta del general—, pero no tengo claro que estén avanzados a la infantería... veo allí unos elefantes, y allí otros... pero parece que estén diseminados, como intercalados entre los soldados de la falange. Es una formación extraña.

—Eso me ha parecido, Marco. No es la misma formación que en Zama, ¿verdad? Piensa tu respuesta porque es importante.

El *proximus lictor* volvió a mirar hacia el horizonte y, al cabo de un instante, sacudió la cabeza con seguridad.

—No, mi general, no están como en Zama y no están avanzados a la infantería. No, esto no es Zama.

—Bien, sea —respondió Lucio adelantándose a sus *lictores*, caminando en pequeños círculos, mirando al suelo, meditando, hablándose a sí mismo—, sea, no es como en Zama. «Si los elefantes no están adelantados es que Antíoco no sigue el consejo de Aníbal», eso dijiste, hermano, eso dijiste, sea pues. —Y se detuvo y miró al *proximus lictor* quien, a su vez, le observaba con una mezcla de respeto y preocupación, pues en el fondo todos lamentaban que el gran Publio no estuviera al mando y que en su lugar sólo estuviera su hermano, pero albergaban la esperanza de que aquella familia de los Escipiones fuera especial y confiaban en que quizá el cónsul se revelara en aquella batalla como alguien digno de ser hermano de *Africanus*, o quizá, el propio *Africanus* había sugerido al cónsul cómo acometer aquella lucha que se cernía sobre todos ellos—. Hoy no combatimos contra Aníbal, Marco. Hoy luchamos sólo contra Antíoco. Tenemos una posibilidad y hemos de aprovecharla. Los *catafractos* del rey sirio están en su ala derecha, ¿verdad, Marco?

—Sí, mi general. Allí han concentrado lo mejor de su caballería acorazada.

—Exacto, exacto. Rápido, por Júpiter, ordena que trasladen la mitad de las *turmae* de nuestra ala izquierda hacia la derecha. Hemos de concentrar nuestras fuerzas en nuestra derecha, junto con la infantería de Pérgamo y destrozar los carros escitas. O destrozamos los carros escitas de su ala izquierda o los *catafractos* de su ala derecha. Con todo no podemos, son demasiados, Marco. —Y se acercó al *proximus lictor*, le puso la mano en el hombro y le habló en voz baja, como quien conversa con un amigo—. Mi hermano dijo que fuéramos a por los carros escitas, ¿tú qué harías, Marco?

El *proximus lictor* se estremeció ante la responsabilidad de aquella pregunta y replicó lo más sensato que se le ocurrió.

—Su hermano, mi general, es un cónsul invicto. Yo haría caso al criterio de Publio Cornelio Escipión.

Lucio tenía tomada su decisión, pero necesitaba oír que alguien confirmaba en voz alta lo que iba a ordenar en unos instantes y se sintió satisfecho con aquella respuesta, cabeceó un par de veces en señal de afirmación y respondió con determinación.

—Eso haremos, Marco, eso haremos. Ahora rápido, esas *turmae*, las necesitamos contra los carros escitas, corre, Marco, corre. —Y vio al *proximus lictor* alejarse unos pasos para trasladar las órdenes del cónsul a varios jinetes que partieron en direcciones opuestas para informar a los tribunos Domicio, Graco y Silano y al propio rey de Pérgamo. Lucio no necesitaba del consejo de Marco para gobernar aquella batalla, pero sabía de las dudas de todos hacia él, igual que sabía que junto con aquellas órdenes el *proximus lictor* transmitiría a todos que aquél era el plan de *Africanus* y que pronto todos y cada uno de los legionarios de su ejército se sentirían bajo el mando no ya de él, sino del propio *Africanus*. Eso inyectaría más confianza y un valor extraordinario, que era lo que necesitaban. Lucio no se sintió herido por estar seguro de que para ganar aquella batalla tuviera que recurrir a admitir ante todos que seguía las instrucciones de su hermano. A fin de cuentas, ésa era la realidad. Sólo quedaba por dilucidarse si el plan de Publio sería realmente suficiente para sobreponerse a un ejército que les doblaba en número, armado hasta los dientes con guerreros de todo el Imperio seléucida y otros reinos enemigos de Roma y protegido por su temible caballería de *catafractos*.

Marco regresó y se dirigió al cónsul, que meditaba examinando los movimientos del enemigo: los carros escitas se estaban posicionando en primera línea del ala izquierda siria.

—Mi general, las órdenes han sido ya transmitidas. —Un pequeño silencio cargado de dudas, hasta que Marco se atrevió a pronunciar lo que le corroía por dentro—. Los tribunos Domicio y Graco, nuestra ala izquierda, lo van a tener difícil.

—Sí, Marco. Lo van a tener muy difícil —respondió el cónsul sin mirar atrás—. Esto es una guerra, no un desfile.

Marco asintió y retrocedió dejando al cónsul a solas con su conciencia.

70

Una colina

Magnesia, Asia Menor.
Diciembre de 190 a.C.

Maharbal ascendió la colina al trote. Llegó sudoroso y respirando entrecortadamente. Se llevó una mano al vientre. Sentía flato. Ya no era el de antes. Se había dejado llevar por lo espectacular de la noticia que traía y no quería que nadie se le anticipara. Aníbal debía saber lo que ocurría lo antes posible. Lo vio en pie, solo, oteando el horizonte, analizando el despliegue de las tropas romanas y de Pérgamo mientras se cubría el rostro con la palma de la mano derecha para protegerse del sol y ver mejor. A unos pasos se encontraba la guardia de veteranos africanos, quienes, respetuosos con su general, se habían alejado un poco para no perturbar al gran líder con su presencia. Maharbal pasó junto a ellos sin que ninguno dijera nada. Todos estaban atentos al movimiento de las tropas enemigas. Al pie de la colina, un destacamento de *argiráspides* les vigilaba por orden de Antíoco. En lugar de emplear a todos sus soldados contra el enemigo romano, Antíoco dedicaba una parte de sus guerreros en vigilar a Aníbal. Era tan absurdo que sólo de verlo se le revolvían las tripas al lugarteniente de Aníbal. Al fin, llegó junto al general.

—Traigo noticias importantes —dijo Maharbal, y se detuvo a dos pasos de Aníbal. El general cartaginés no pareció sorprenderse por su rápido regreso. Maharbal fue directo al grano—: Escipión no comanda las legiones. Está enfermo, se ha retirado en Elea. La fiebre le tiene postrado en cama. Una *turma* romana de reconocimiento fue apresada ayer y los sirios están seguros de que la información es exacta. Tienen sus métodos... ya sabes. —Aníbal seguía sin volverse y sin decir nada. Maharbal repitió la esencia de su mensaje—: Escipión no comanda las legiones.

Aníbal se dio al fin la vuelta y le miró con su único ojo sano medio cerrado, en un esfuerzo por ver pese a la intensidad del sol de Asia.

—Sí que las comanda, Maharbal. Mira bien. —Y se volvió de nuevo hacia occidente y señaló al ejército de Roma y Pérgamo—. Mira bien, Maharbal, ahí, ahí está Escipión. Sí que ha venido, ya lo creo que ha venido...

Maharbal se situó al lado del gran general. Escudriñó la disposición de las tropas enemigas intentando leer aquello que para Aníbal era tan evidente.

—Está ahí, Maharbal, está en cada línea de su infantería, y sobre todo, amigo mío, Escipión está en las alas. Ésta es una batalla que se ha de ganar con la caballería y él lo sabe. Puede que los sirios tengan información correcta sobre su salud, puede que Escipión esté enfermo en Elea, pero la disposición de esas tropas es la suya. Está haciendo lo que haría yo si estuviera en su lugar.

Maharbal intentaba comprender. Si había algo de lo que sabía el veterano oficial púnico era de caballería. Estaba confuso.

—Las alas —empezó a decir Maharbal—, la distribución de la caballería romana en las alas es desigual. Han concentrado sus fuerzas en su ala derecha y, sin embargo, han descuidado el ala izquierda, justo allí donde tienen que enfrentarse con los *catafractos* de Antíoco. Esa ala izquierda la tienen perdida.

—Esa ala izquierda está perdida hagan lo que hagan, y Escipión lo sabe. Lo que falta por decidir es si Antíoco es, como él cree, un nuevo Alejandro Magno o un bobo. Gaugamela. Escipión busca repetir parte de la batalla de Gaugamela entre Alejandro y los persas. Si Antíoco se da cuenta y actúa como Alejandro, los romanos están perdidos, pero si Antíoco cae en la trampa, los romanos aún tienen una oportunidad, pese a ser muchos menos.

—¿Deberíamos advertirles...? A los sirios quiero decir.

—Deberíamos... sí... —dijo Aníbal suspirando, y miró hacia atrás y comprobó que la guardia siria que les mantenía bajo vigilancia permanecía al pie de la colina, a unos doscientos pasos de distancia—. Deberíamos, sí, ¿pero nos escucharían?

—No lo creo —respondió Maharbal.

—Eso pienso yo, Maharbal, eso pienso yo. Antíoco está sordo a mis consejos. Nos queda por averiguar si también está ciego. Quedémonos aquí y veamos de qué pasta está hecho este rey sirio tan poderoso como soberbio. Gaugamela —repitió Aníbal mientras sacudía la cabeza como si no creyera lo que ven sus ojos y como si hablara alguien muy lejano—. Gaugamela. Es muy arriesgado, Escipión, muy arriesgado, pero valiente.

71

La batalla de Magnesia

Llanura de Magnesia.
Entre los ríos Hermo y Frigio.
Asia Menor.
Diciembre de 190 a.C.

Ala izquierda del ejército romano

Graco se percató de que parte de la caballería de su ala estaba retirándose en dirección al otro extremo del ejército romano. No lo dudó y, abandonando su posición en la vanguardia, cabalgó hasta llegar junto a Domicio Ahenobarbo.

—¿Qué hace el cónsul? Está descompensando las fuerzas de caballería en nuestras alas.

Domicio no respondía y se mantenía inmóvil en lo alto de su caballo observando al ejército enemigo que, con sus poderosos *catafractos*, se había situado a menos de dos mil pasos, justo frente a ellos. Graco insistió. La retirada de parte de la caballería le había molestado, pero el silencio de Domicio había conseguido ponerle nervioso.

—¿Qué está ocurriendo aquí, Domicio?

Domicio Ahenobarbo suspiró.

—No lo vamos a pasar bien aquí, Graco.

Tiberio Sempronio Graco miró a un lado y a otro. Comparando las exiguas fuerzas de caballería de las que se disponía en el ala que comandaban frente a la apabullante fortaleza y mayor número de los *catafractos* no, no parecía que aquello tuviera mucho sentido. Domicio apuntó parte de la realidad.

—Lucio ha situado al ejército allí donde los ríos Hermo y Frigio se juntan más, de modo que nuestras alas están protegidas por las riberas de los ríos. Nuestro frente es más estrecho que el suyo, y así el enemigo no podrá aprovecharse tanto de esa ventaja, porque los ríos nos protegen.

Graco miró hacia el río.

—Eso ya lo veo, y está bien. Es una buena estrategia, pero eso no será suficiente para detener a los *catafractos* cuando carguen contra nosotros.

Domicio sacudió la cabeza exasperado por la situación. Qué importaba ya nada si iban a morir todos.

—¡Maldita sea, Graco! ¡Por todos los dioses, no estamos aquí para detener a los *catafractos*!

Graco abrió los ojos de par en par y cerró la boca por completo. Parpadeó un par de veces. La realidad penetró en su mente como el filo de una navaja. Tiberio Sempronio Graco asintió. Tiró de las riendas y ordenó a su caballo alejarse de allí. Tiró de nuevo de las riendas y el caballo se detuvo. No sabía qué hacer. Estiró, al fin, de la rienda derecha y el animal giró sobre sí mismo. Lo azuzó y lo dirigió de nuevo hacia Domicio.

—¿Gaugamela? —preguntó Graco a Domicio.

—Algo así —respondió el aludido aliviado de compartir con su colega al menos la realidad de lo que allí ocurría; si los dos compartían el objetivo de su misión allí, mejor para todos—, pero con menos jinetes y con peores perspectivas de supervivencia —apostilló Domicio con honestidad.

—Estamos aquí para ganar tiempo para el resto del ejército —pronunció Graco como quien pronuncia su propia sentencia de muerte.

Domicio confirmó con la cabeza. No sabía cómo iba a reaccionar su colega. Podría rebelarse y acudir como un poseso al galope y enfrentarse a la autoridad del cónsul reclamando más fuerzas en su ala o podía aceptar la orden y acatarla con disciplina. No tenía claro qué tipo de persona era Graco. Siempre le había tenido por un hombre valiente, pero todos sabían que Graco, a fin de cuentas, era amigo de Catón y enemigo de los Escipiones. Ésta era la situación perfecta para cuestionar la forma de gobernar aquella guerra.

—Sea —dijo Graco, e hizo girar a su caballo de nuevo y, sin decir una palabra más, se alejó hacia la vanguardia, encarando con estoicismo infinito el brillo resplandeciente, casi cegador, que el sol extraía de las armaduras de los *catafractos* enemigos.

Ala izquierda del ejército seléucida

Antípatro no era el heredero real, pero eso, como todo, podía cambiar. Sólo hacía tres años de la muerte del primogénito del rey, y con su ausencia, si bien el siguiente en la línea de sucesión era Seleuco, todo era posible, pero para que el rey decidiera cambiar el orden sucesorio, Antípatro necesitaba demostrar a su tío Antíoco III que él era el que realmente sabía luchar, quien podría mantener bajo su gobierno los inmensos dominios que Antíoco, poco a poco, había ido recuperando para el gran Imperio seléucida y no el impulsivo e inconsciente Seleuco. A nadie le gusta morirse pensando que todo por lo que ha luchado va a perderse en manos de un heredero débil y loco. Antípatro tenía que demostrar a su tío quién era capaz de retener los vastos dominios del imperio. Aquella batalla, estaba seguro, era una prueba que el rey había diseñado, entre otras muchas cosas, además de para asegurarse el dominio de Asia Menor y el final de la injerencia de los romanos en sus asuntos, para averiguar también quién de los dos, Seleuco, su propio hijo, o él mismo, Antípatro, su sobrino, era el más apto para sucederle. A él le había correspondido el honor de dirigir la gran carga de los carros escitas del ala izquierda. Sabía que era arriesgado y por eso Seleuco no había intentado arrebatarle aquel puesto aceptando quedarse con la caballería de esa misma ala, justo detrás de la infantería y los carros, pero Antípatro, osado, atrevido, sabía también que podía tener éxito y estaba convencido de que si arrasaba las filas del rey Eumenes, el mayor enemigo de Antíoco en aquella parte del mundo, el emperador sería muy generoso con él. Por eso Antípatro estaba dispuesto a dejarse las entrañas si era preciso en aquella batalla. Además, hacía unos años Seleuco le ridiculizó en Panion. En aquella ocasión el centro del ejército egipcio comandado por el etolio Escopas resistió la embestida de la falange siria a su mando, pero Escopas era un gran general y los egipcios luchaban por su tierra, combatiendo con un fervor inusual, algo que no se tuvo en cuenta desde un principio; luego vino Seleuco con los poderosos *catafractos* y arrasaron las debilitadas filas egipcias y etolias llevándose todo el mérito, cuando fue él, Antípatro, quien había sido el que abrió el combate viéndose obligado a poner más esfuerzo y empeño. Y ahora, nuevamente, le correspondía abrir la batalla, pero con sus más de cien carros escitas el rey de Pérgamo sucumbiría y ése sería el principio de su triunfo definitivo en la corte de Antíoco.

El sol empezaba su lento ascenso y las sombras aún eran alargadas, estirándose de derecha a izquierda. Antípatro, sobrino del rey Antíoco III de Siria, tomó el casco que le ofrecía un soldado y se lo ajustó bien, atando las correas que lo ceñían a la barbilla. A continuación subió a la gran cuadriga protegida por largas y afiladas hoces en ambos extremos y tirada por cuatro caballos negros que no dejaban de piafar y relinchar, nerviosos como estaban, pues detectaban la tensión de los guerreros que les gobernaban aquella mañana.

—Hoy será un gran día para Siria y para todo el imperio —dijo Antípatro a los hombres que le rodeaban. Varios centenares de soldados le imitaron y se subieron a los carros, de forma que en cada uno iban de dos a tres guerreros dependiendo del tamaño de cada cuadriga. Siempre había un conductor y luego uno o dos arqueros que debían abatir enemigos al tiempo que avanzaban. Luego, tras impactar contra el enemigo, si es que éste no había huido o se arrastraba herido por los mortíferos cortes de las guadañas de los laterales de cada carro, todos los guerreros descenderían para, cuerpo a cuerpo, terminar con la resistencia enemiga mientras que su propia caballería e infantería avanzaría tras ellos para apoyarles llegado el momento. Todo estaba dispuesto. Antípatro levantó su mano derecha. No debía esperar señal alguna del rey. Las órdenes habían sido precisas. «Nada más despunte el sol, tú mismo decidirás el momento de lanzar la carga de los carros escitas», le había ordenado Antíoco. Antípatro recordó cómo el general cartaginés que a veces asesoraba al rey se había mostrado reacio a un inicio como ése y había propuesto la carga de los elefantes para abrir la batalla. Con esa carga perdió en Zama contra aquellos mismos romanos. Antípatro demostraría que el rey tenía razón. Eso le daría más puntos aún que la victoria misma. La mano derecha de Antípatro permanecía en alto. Los ojos de todos los conductores de las cuadrigas estaban fijos en ese brazo. De pronto, Antípatro lo bajó de golpe. El conductor de su carro agitó las riendas con furia y gritó a los caballos. Las bestias se pusieron en marcha, primero al paso, en seguida al trote y al minuto al galope. Antípatro se asió con fuerza al lateral del carro para no caer por la enorme velocidad y los pequeños baches de la llanura de Magnesia. A su alrededor decenas de carros cargaban junto a él. Antípatro desenvainó su espada.

—¡Por Siria, por el rey, por Antíoco III, *Basileus Megas,* señor del mundo! ¡Por Apolo! ¡A la carga, por todos los dioses, a la cargaaaaaaaa!

Y su voz rasgó el amanecer de aquella mañana de diciembre de 190 a.C.

Ala derecha romana y de Pérgamo

Eumenes, rey de Pérgamo, tenía puesto el casco incluso antes de la salida del sol. Optó por acudir a la primera línea de combate. No se trataba de cometer una locura ni de poner en peligro su vida sin sentido. Se trataba de que la primera línea de combate no debía retroceder en ningún caso y Eumenes sabía que su presencia allí era la mejor garantía de que nadie se atreviera a retroceder un paso. Eumenes paseaba de un lado a otro de la vanguardia examinando a los hombres y deteniéndose allí donde le parecía que algún arquero no tenía el arma a punto o suficientes flechas para detener lo que debía llegar en cualquier momento. Eumenes sabía que le había tocado enfrentarse contra los carros escitas y una gran caballería mezcla de diferentes pueblos del inmenso Imperio seléucida. Sabía que además de los carros escitas, detrás vendría una caballería pesada de galogriegos y una infantería compuesta por capadocios, tarentinos exiliados por los romanos, carios, cilicios, neocretes, trales, písidas, pánfilos, licios, curtios y elimeos. Pero lo más peligroso era el ataque inicial de los carros. Había que detenerlos a toda costa. Eumenes recordaba el consejo de Lucio Cornelio Escipión de la noche anterior, cuando debatieron sobre el plan de ataque al entrar él en la gran tienda del *praetorium* del campamento romano.

—Cuando lancen los carros deberás resistir sin ceder un paso. El ala derecha de nuestro ejército no puede ceder. Si retrocedes, Eumenes, todo se vendrá abajo. Nosotros nos ocuparemos con las legiones del centro, de la falange y de los elefantes. Tu misión es detener a los carros y destrozar las líneas enemigas de caballería e infantería que les siguen. Eumenes —y Lucio, al pronunciar su nombre, le miró directamente a los ojos—, consigue la victoria en esa ala y Asia Menor será tuya.

Era una gran recompensa que bien merecía el riesgo, pero también sabía el rey de Pérgamo que la tarea asignada era tremenda. Eumenes hizo que repartieran más dardos en una sección donde los arqueros apenas tenían cinco flechas cada uno. Su mente, mientras, seguía rememorando la conversación con el general romano.

—¿Podrás con los carros escitas, rey Eumenes? —le había preguntado Lucio Cornelio.

—Podré, cónsul, pero ¿podréis vosotros con los elefantes?

—Nos ocuparemos de ellos como hicimos en Zama.

Eumenes asintió, pero aún tenía una duda.

—¿Y el ala izquierda podrá contra los *catafractos*?

—El ala izquierda y el centro son cosa nuestra. Tú, rey de Pérgamo, detén a los carros escitas y avanza contra la caballería y la infantería de tu extremo, es todo cuanto te pido.

Eumenes recordó cómo asintió una vez y cómo se retiró siendo saludado con respeto por el resto de oficiales del cónsul de Roma. Ahora había llegado el momento de la verdad. El sol despuntaba al fin y en el horizonte se vislumbraba al enemigo muy cercano, a unos tres mil pasos, quizá algo menos. Los carros escitas estaban en primera línea. Uno de los carros se posicionó al frente. Era sin duda la cuadriga armada del general que iba a comandar aquella carga. No sabía bien de quién se trataba, pero si algo tenía claro Eumenes es que aquel hombre y todos sus carros iban a perecer aquella mañana. De una forma u otra.

El rey de Pérgamo se situó en el centro de la primera línea de combate observando al enemigo. El carro que estaba ligeramente avanzado empezó a moverse y tras él todos los demás. La batalla había empezado. Eumenes se introdujo los dedos de la mano derecha por debajo del casco. Le picaba la barba. Estaba nervioso. Sacó los dedos. Llevó la mano a la empuñadura de su espada. La desenvainó y la esgrimió en alto para que le vieran todos sus hombres. Aun así pensó que no sería suficiente y pidió un caballo. Lo trajeron y se subió rápido al mismo. Los arqueros estaban divididos en dos líneas de mil guerreros cada una.

—¡Arqueros de Pérgamo, rodilla en tierra! —ordenó el rey.

Y los dos mil arqueros pusieron una de sus rodillas en tierra. En la lejanía una nube de polvo, justo frente a ellos, se levantaba como si de un gran gigante se tratara.

—¡Por Zeus, que nadie lance una flecha hasta que yo lo ordene o lo pagará con su vida!

Los oficiales repetían las órdenes del rey por toda la primera línea de combate. Además del polvo que los carros escitas levantaban empezó a escucharse el pavoroso estruendo de las ruedas del centenar de cuadrigas rodando a toda velocidad sobre la tierra de aquella llanura. Los arqueros engulleron saliva. Muchos sentían el sudor resbalando por la frente. Todos tenían miedo.

—¡Primeros mil! ¡Tensad los arcos! ¡Tensad! ¡Pero que nadie lance aún! ¡Tensad! ¡Segundos mil, preparad el arco! —vociferó el rey completamente absorbido ya por la furia de una batalla que se desataba y que ya nadie podría detener hasta la destrucción de uno de los dos ejércitos.

La mitad de los arqueros tomaron flechas y tensaron sus armas. La otra mitad se preparó con una flecha en la mano pero sin ponerla aún en el arco.

Los carros escitas encabezaban la mayor tormenta de polvo que se hubiera visto nunca en la región, pero el viento del este que acariciaba el río Hermo llevaba el polvo hacia el oeste y no cegaba ni a los hombres de Pérgamo ni a las tropas seléucidas que avanzaban tras los carros; sin embargo, el estruendo cada vez más horrible que producían los carros sobrecogía a los arqueros de Pérgamo. Tenían pánico a fallar, tenían terror a que las flechas no fueran suficientes para detener a los carros y que éstos les arrollasen y les cortasen piernas, brazos, cabezas con las afiladas guadañas que giraban a toda velocidad a medida que se aproximaban por la llanura.

—¡No disparéis! ¡No disparéis! ¡Esperad mi orden! —repetía el rey de Pérgamo una y otra vez. Era esencial que no se perdiera ni una sola flecha de la primera andanada para que la mayoría hiciera blanco en los guerreros enemigos o, mejor aún, en los caballos que tiraban de los carros.

Mil pasos, novecientos, ochocientos.

—¡Apuntad al cielo! —gritó el rey; tenía que calcular bien, el enemigo estaba ya a tan sólo setecientos pasos, las flechas volando en elipse primero hacia el cielo y luego cogiendo una velocidad mortal en su caída sobre el suelo alcanzarían al enemigo cuando éste estuviera a doscientos cincuenta pasos, pero había que estimar con precisión el espacio que los carros recorrerían mientras las flechas surcaban el cielo; seiscientos pasos, quinientos cincuenta, quinientos.

—¡Ahora, por Zeus, ahora! —aulló Eumenes, y mil arqueros arrojaron sus flechas encomendándose a Zeus y todas las deidades del Olimpo. El rey, antes de tan siquiera poder comprobar si la primera andanada llegaba a su destino, siguió dirigiendo a sus arqueros—. ¡Los segundos mil! ¡Lanzad ya, lanzad! —Y una segunda andanada mortal salió despedida hacia el cielo de la llanura. Entre tanto los primeros mil arqueros ya habían preparado una segunda flecha y estaban dispuestos para disparar de nuevo. Los carros avanzaban y avanzaban; estaban a cuatrocientos pasos, a trescientos, a doscientos cincuenta... las flechas empezaron a caer como una gran lluvia de muerte.

Centro del ejército romano

En el centro del ejército romano los manípulos de las legiones habían sido dispuestos de acuerdo a lo que era costumbre, con los jóvenes *velites* en primera fila, a modo de infantería ligera avanzada al grueso de las tropas; tras ellos venían los *hastati*, a los que se les había armado especialmente para aquella ocasión con lanzas más largas de lo habitual, armas que recordaban aquellas astas del pasado de las que tomaron su nombre pero que luego habían sido sustituidas durante la larga guerra contra Aníbal por *pila*, más cortos, similares a los del resto de tropas; pero en aquella mañana, por orden de Lucio, y siguiendo las directrices marcadas por su hermano, los *hastati* habían recuperado sus antiguas largas lanzas para hacer frente así con mayor efectividad a las largas *sarissas* de la falange enemiga; completaban su armamento con un escudo rectangular denominado *parma* y con corazas de cuero, espinilleras y un yelmo que en muchos casos aún era de bronce. Tras los *hastati* venían los *principes*, quienes sí iban armados con *pila* preparados para ser arrojados a las órdenes de los centuriones al mando. Entre sus filas estaba Publio hijo, quien se mantenía firme en su posición, pero quien no podía dejar de pensar que su inclusión en la infantería era un claro castigo por su absurda escapada con Afranio y sus negativas consecuencias; pero el muchacho había aceptado lo que él interpretaba como una llamada de atención de su padre y su tío con disciplina, dispuesto a limpiar en el campo de batalla el deshonor en el que había incurrido al dejarse apresar por el enemigo. Cerca de él se encontraba el tribuno Silano, el veterano oficial que había sobrevivido a la batalla de Zama y que se había ubicado entre la línea de los *principes* y la de los manípulos del final compuestos por los experimentados *triari*.

Silano miraba hacia delante y hacia atrás, asegurándose de que todos los manípulos estuvieran dispuestos de forma conveniente y preparados para avanzar en cuanto se les ordenase. De cuando en cuando miraba hacia atrás, hacia la figura del cónsul, a la espera de recibir la orden de ataque. A su derecha veía el ala izquierda del enemigo con los carros escitas al frente. A su izquierda y un poco hacia delante tenía el manípulo de *principes* donde estaba situado el hijo de Escipión. Silano sabía que tenía la doble misión de dirigir el centro de la batalla al tiempo que, aunque nadie se lo hubiera dicho, se esperaba que protegiera a ese joven patricio. No lo consideraba un deshonor. Cayo Lelio hizo lo mismo con *Africanus* cuando era joven y le salvó la vida y de ahí, de la supervivencia de aquel entonces joven *Africanus*, llegaron las mayores victorias de Roma. ¿Quién sabe lo que aquel muchacho sería capaz de hacer en el futuro? Quizá nada, quizá mucho. No, Silano no consideraba un menosprecio a su capacidad ni un favoritismo absurdo que se protegiera a alguien en particular, pero sí pensaba que era una tarea adicional en un momento muy difícil y en un lugar muy complicado. No entendía por qué el padre y el tío del muchacho no lo habían puesto con la caballería romana, con los tribunos Graco o Ahenobarbo. La falange que constituía el centro de la formación enemiga era el conjunto de tropas más profesional del ejército seléucida, con excepción de la caballería *agema,* parte de los *argiráspides* y los *catafractos* que el rey Antíoco había reunido a su alrededor en el ala derecha del ejército sirio. Combatir contra la falange central, contra aquellos guerreros comandados, según había informado a todos el propio cónsul, por Minión, rodeados de decenas de elefantes enfurecidos dirigidos por otro general sirio llamado Filipo, no iba a ser algo sencillo; por eso Silano estaba preocupado. Su intención inicial había sido la de situar al joven Publio en retaguardia, como un *triari* más, pero el cónsul no había aceptado esa idea, probablemente con buen criterio, pues la inexperiencia del muchacho hacía inadmisible su inclusión entre los legionarios más experimentados. El cónsul intuía que aquello se interpretaría como un favoritismo flagrante que ahondaría en el deshonor del muchacho. Tampoco era necesario exponerlo en primera línea como *velite* o *hastati.* Su ubicación como *principe* era razonablemente prudente y algo que sería aceptado por todos. Silano sabía que el cónsul había estado acertado en eso, pero seguía sin entender por qué no lo habían mantenido como jinete en alguna de las alas, claro que a él no le correspondía tomar decisiones y el rumor de que el cónsul seguía al pie de la letra las instrucciones que le había dado su hermano hacía que nadie se cuestionara el plan de ataque.

Silano se ciñó el casco. Publio Cornelio Escipión los condujo a la victoria en Zama. Si su hermano seguía un plan diseñado por el propio *Africanus* alcanzarían la victoria. Otra cosa muy distinta era quién sobreviviría a aquella jornada, pero así era la guerra. Por un fugaz instante recordó a Terebelio, Digicio, Cayo Valerio y el resto. Silano volvió una vez más la mirada hacia atrás y comprobó que los veteranos *triari*, armados con sus escudos rectangulares y unas largas picas, esperaban firmes el arranque de la batalla. Ellos deberían dar la victoria final con su experiencia. El tribuno escuchó entonces gritos y ruido que provenía del flanco derecho. Los carros escitas iniciaban la carga.

—Bien, vamos allá —dijo Silano mirando a los dos centuriones que tenía más próximos y volviendo la vista hacia su espalda en busca de la figura del cónsul a la espera de la señal de ataque. Lucio Cornelio Escipión tenía el brazo en alto y, con un movimiento seco, lo bajó de golpe—. ¡Por Marte, preparaos todos porque esto ha empezado! ¡Allá vamos, por Hércules! —aulló Silano con furia, rabia y fuerza.

Retaguardia romana

El cónsul observó como los carros escitas avanzaban por llanura. Lanzó una mirada rápida hacia todo el frente que ofrecía el ejército enemigo. Eran más numerosos y, al distribuirlos uniformemente, el rey Antíoco había conseguido superar en extensión la línea frontal romana, pero Lucio sabía que, tal y como le había explicado su hermano, al encajonar las legiones y las caballerías romana y de Pérgamo entre los ríos Hermo y Frigio que confluían progresivamente a espaldas del ejército romano, las tropas enemigas tenían que reducir su línea frontal agrupándose para no caer en los ríos. Era una buena estratagema para proteger los flancos, pero sólo como punto de partida. Si Domicio Ahenobarbo y Graco por un lado y el rey de Pérgamo por otro no acertaban a ejecutar las misiones que cada uno tenía encomendada, los ríos no serían escollo suficiente para evitar que los enemigos les rodeasen y aniquilasen por completo.

El cónsul se dirigió a Marco, el *proximus lictor*.

—Ahora comprobaremos de qué es capaz el rey de Pérgamo. —Y al tiempo que pronunciaba esa frase, levantó su brazo derecho y buscó con la mirada a Silano que se encontraba entre las líneas de *principes* y *triari*. Bajó entonces el brazo y vio como su orden era ejecutada al momento por Silano. Las legiones de Roma avanzaban contra el enemigo. Ahora ya no había marcha atrás.

Ala derecha del ejército seléucida

Antíoco III de Siria, desde lo alto de su caballo blanco, contempló con agrado cómo su sobrino había puesto en marcha la carga de los carros escitas en el otro extremo de su gran ejército. Era la señal. El rey asentía satisfecho. Antípatro podía ganarse aquella mañana muchas cosas, pero habría que ver cuál era el desenlace final. Un esclavo sostenía el gran yelmo del rey a la altura de sus manos. Antíoco miró a su espalda. Tras él estaba la *agema*, su caballería de élite, y más atrás los *argiráspides*, a la espera de entrar en combate, ansiosos por demostrar a su rey por qué eran merecedores de ser considerados los mejores. Se volvió entonces hacia delante: ante él las decenas de unidades *catafractas*, jinetes y caballos blindados por protecciones metálicas, formaban a la espera de que el rey ordenase su avance. En Panion los reservó para el final, pero ahora, con las legiones romanas y su caballería y sus aliados de Pérgamo no pensaba retrasar la entrada en combate de su arma más mortífera.

—¡Adelante, por Apolo y todos los dioses, adelante! —ordenó el *Basileus Megas*.

Tres mil *catafractos* se pusieron lentamente en marcha al paso, primero, y luego a un ligero trote que hizo que el suelo de la llanura de Magnesia empezara a vibrar a su alrededor. Era un avance lento, pues la enorme cantidad de metal que cada bestia debía transportar como protección para sí misma, además del jinete que a su vez iba completamente acorazado, hacían que el esfuerzo de cada caballo fuera ímprobo. Ése era el único defecto de los *catafractos*: su lentitud provocada por el enorme esfuerzo físico al que se veían abocados los caballos, pero, por lo demás, eran indestructibles. Tras ellos trotaba el rey Antíoco, rodeado, escoltado por los mil jinetes de la *agema*, más ligeros, una guardia personal para proteger al rey, pero ni por asomo tan temibles como los tres mil *catafractos* acorazados que les precedían y que, sin duda, aplastarían todo cuanto se les interpusiera por delante. Antíoco III sonreía dejando ver por debajo de su yelmo reluciente y resplandeciente una boca funesta con varios dientes partidos por el maldito proyectil que impactó en su cara durante la batalla de las Termópilas. Ahora, bajo la cegadora luz de aquel amanecer limpio de nubes, sabía que iba a vengar aquella horrible huella que las tropas romanas dejaran en su faz. Era el amanecer de su gran victoria. El sobrecogedor estruendo de los doce mil cascos de los *catafractos* era la más preciosa de las músicas para el oído guerrero de un rey, Antíoco, que se sentía ya cercano a reconquistar el imperio del gran Alejandro Magno.

Ala izquierda romana

Domicio Ahenobarbo había tomado el mando de las primeras *turmae* de la caballería romana en el ala izquierda frente a los *catafractos* sirios. Tiberio Sempronio Graco se había situado justo a su espalda con el resto de la caballería. Domicio vio como los carros escitas habían lanzado el ataque inicial en el ala opuesta, pero aquélla no era su preocupación. Ya se ocuparía de los carros el rey de Pérgamo y, si fuera necesario, el cónsul. Lo que retumbaba ahora en su mente era el lento pero temible avance que los *catafractos* habían iniciado justo delante de sus unidades de caballería. Domicio resopló con fuerza, buscando de forma instintiva en la oxigenación de sus pulmones las fuerzas adicionales necesarias que precisaba para mantener la posición ante la descomunal fuerza que se aproximaba contra ellos de forma inexorable. Los *catafractos* seguían avanzando despacio, al trote, pero sin detenerse. Levantaban gran cantidad de polvo, como hacían los carros escitas a los que ya había dejado de mirar. Domicio apretó los dientes. Había estado en muchas batallas pero nunca había visto ante sus ojos un enemigo tan formidable. El sol reflejaba en todas las protecciones de los jinetes y caballos enemigos. Eran armaduras completas que los protegían de pies a cabeza, y a los caballos también. Domicio no podía rendirse y mucho menos antes de tan siquiera entrar en combate, pero lo que descubrían sus ojos hacía desfallecer su ánimo: buscaba como un poseso alguna pequeña debilidad en las protecciones de aquellos jinetes, pero estaban completamente cubiertos por armaduras que los hacían prácticamente indestructibles. Domicio se llevó la mano izquierda a la barba y se la pasó por la barbilla y por el cuello. Los *catafractos* estaban ya sólo a mil quinientos pasos. Tenía que tomar una decisión y sólo había dos caminos: o esperar allí la embestida brutal de los jinetes enemigos u ordenar que sus propios jinetes iniciaran una carga para, favorecidos por ser mucho más ligeros, conseguir una gran velocidad de ataque con la que compensar su carencia de protecciones. Cneo Domicio Ahenobarbo, tribuno de Roma en la batalla de Magnesia, seguro de que no tenían nada que hacer, se encomendó a todos los dioses, miró a izquierda y derecha, descubrió la palidez de los rostros de los decuriones que aguardaban sus órdenes y, sin esperar un segundo más, lanzó un grito que reverberó sobre el suelo de la llanura.

—¡Por Júpiter, por Roma! ¡A la cargaaaaa!

Y las *turmae* bajo su mando se lanzaron directamente al galope para embestir a los *catafractos* sirios que, sin alterar el paso constante de su trote, avanzaban como espíritus ajenos a cualquier cosa que sus enemigos decidiesen acometer. Los jinetes romanos, por la fuerza de sus caballos y la ausencia de protecciones pesadas en sus soldados, consiguieron alcanzar en quinientos pasos una gran velocidad de ataque. Ante cualquier otro enemigo aquella carga dirigida por Domicio habría sido definitiva, pero los *catafractos* eran de otro mundo.

El choque tuvo lugar a mitad de la llanura, junto al río Frigio. Fue brutal. Decenas de jinetes romanos saltaron por los aires y una gran cantidad de caballos de las *turmae* rodaron por el suelo. El tribuno había calculado mal. El peso de cada *catafracto* era tal, que pese a ser embestido con fuerza apenas si retrocedía un poco. Era cierto que algunos jinetes *catafractos* cayeron derribados, pero en proporción de uno a diez frente a las múltiples bajas de los romanos. La carga de Domicio Ahenobarbo había sido un sonoro fracaso. Eso sí, los *catafractos* redujeron el trote a un lento avance al paso, para desde lo alto de sus monturas blindadas asestar estocadas mortales a los muchos jinetes romanos que intentaban o recuperar sus caballos o defenderse de los golpes enemigos. Los jinetes romanos eran valientes y respondían a las estocadas sirias con poderosos y certeros golpes de espada pero éstos, una y otra vez, no hacían sino que chocar contra las protecciones de los caballos o los jinetes enemigos sin apenas causar daño alguno. Por el contrario, cuando un sirio lanzaba una estocada, ésta causaba siempre una herida grave y pronto el suelo empezó a cubrirse de sangre roja romana que se acumulaba en brillantes charcos por toda el ala izquierda del ejército romano. Domicio había caído de su caballo, pero había conseguido recuperarlo y volver a montar. Al instante comprendió que prolongar aquello no tenía mucho sentido y que lo que podía hacerse ya se había ejecutado. No tenía sentido alargar la agonía y agrandar el sacrificio de sus hombres para no conseguir nada más que muertos.

—¡Retirada, retirada! —gritó un par de veces, y se replegó junto con varios decuriones que repetían la orden del tribuno para que, a su vez, el mayor número posible de jinetes romanos retrocediera con ellos. Tras ellos, los *catafractos*, al paso, herían y mataban por doquier sin dejar de avanzar lenta pero infatigablemente contra la reserva de la caballería romana.

Domicio llegó al galope, cubierto de salpicaduras de sangre y herido en un brazo, junto a Graco.

—No resistas más de lo necesario y repliégate lo antes posible —le dijo Domicio jadeando—. No hay nada que pueda hacerse, sólo resistir y replegarnos hacia el campamento. Ya sabes las órdenes, hay que alejarlos del campo de batalla y, si hace falta, tenemos que mantenerlos entretenidos hasta el final de la batalla, pero la verdad es que no sé si duraremos vivos tanto tiempo.

Graco asintió. Comprobó que el casco estuviera bien ceñido mientras veía como Domicio y los suyos pasaban a reagruparse justo detrás de sus *turmae* a la vez que por delante veía como los *catafractos*, entre los que apenas había habido bajas, seguían avanzando recuperando el trote inicial de su carga. El suelo volvió a vibrar bajo las pezuñas de los caballos romanos y las bestias piafaban nerviosas. Los jinetes romanos asían y tiraban de las riendas de sus animales con fuerza para que no retrocedieran atemorizados por el enorme estruendo que generaban los miles de *catafractos* trotando junto al río. Tiberio Sempronio Graco comprendió entonces el grado de ira que había despertado en Escipión con sus ataques en el pasado y con su trato con su hija pequeña. Lo primero fue necesario y lo segundo fortuito, pero para Graco estaba claro, sintiendo la tierra vibrar bajo los cascos de su atemorizado caballo, que para Escipión ni lo uno era preciso ni lo segundo casual. La ira de Publio Cornelio Escipión estaba a punto de alcanzarle, pero Graco se mantuvo frío, gélido en medio del desastre y desenvainó la espada. Al contrario que Domicio Ahenobarbo, Graco no ordenó una carga sino que se dirigió a sus oficiales para intentar otra estrategia diferente.

—¡Mantened las posiciones, por Marte, manteneos en vuestras posiciones y tomad las lanzas!

Los jinetes le obedecieron y esgrimieron decenas, centenares de lanzas con sus brazos derechos, mientras que con el izquierdo sostenían en alto los escudos.

—¡Apuntad bien, jinetes de Roma, pues sólo tendremos una posibilidad! —Los decuriones imitaban al tribuno y repetían sus instrucciones. Las *turmae* de Graco se prepararon para arrojar las lanzas sobre los *catafractos* que seguían avanzando sin detenerse.

—¡Ahora, lanzad, ahora! ¡Lanzad! —ordenó Graco y, toda vez que había envainado su espada y tomado una lanza al igual que el resto de sus hombres, la arrojó con furia contra el enemigo que se encontraba ya muy próximo, a menos de cincuenta pasos.

Quinientas lanzas volaron por el cielo, pero los *catafractos*, disciplinados y bien entrenados, eran expertos y estaban acostumbrados a estos ardides producto de la desesperación enemiga, de modo que levantaron sus propios escudos protegiéndose de la lluvia de armas arrojadizas del enemigo, al tiempo que se abrían separándose en las primeras líneas, de forma que al diseminarse, muchas de las lanzas cayeron sobre la tierra y de aquellas que impactaban sobre los propios *catafractos* muchas quedaban retenidas en los escudos sirios y sólo unas pocas alcanzaban a jinetes o bestias, de las cuales, más de la mitad no causaron daño alguno y sólo el resto hirió a algunas decenas de *catafractos* que sí cayeron derribados. Pero las bajas ocasionadas habían sido mínimas y el grueso de los *catafractos*, impasible, prosiguió con su avance hasta alcanzar la línea de jinetes enemigos. Allí, una vez más, en el combate cuerpo a cuerpo, los jinetes de Graco se veían impotentes para conseguir herir a sus enemigos que, sin cejar un solo instante, sin darles un solo segundo de respiro, golpeaban y golpeaban con fuerza brutal, rasgando, cortando, hiriendo y matando sin cesar. Aunque Graco no lo hubiera ordenado, los jinetes romanos retrocedían incapaces de resistir la embestida del enemigo acorazado y, poco a poco, sobre charcos de sangre de sus propios compañeros, la caballería romana se replegaba en una desorganizada retirada que sólo se reordenó cuando el tribuno Domicio acudió con los supervivientes de la primera carga en ayuda de los jinetes de Graco. La intervención de los hombres de Domicio consiguió que muchos de los jinetes de Graco que habían caído de sus monturas recuperaran sus caballos y, una vez montados de nuevo sobre los animales, se reinició el repliegue de forma más organizada, eso sí, siempre con los *catafractos* siguiéndoles de cerca. La mayor ligereza de la caballería romana les permitía ganar terreno en la retirada para poder, al fin, reorganizar una nueva línea de combate, ahora ya muy por detrás de las tropas de infantería romanas y cada vez más alejados del centro de la batalla. Estaban cayendo a decenas, pero tanto Domicio como Graco sabían que de momento estaban ejecutando la misión que se les había encomendado. El problema era saber si los *catafractos* les seguirían a medida que se retiraban y, si en efecto así hacían, hasta cuándo podrían resistir sin ser aniquilados por completo.

Ala derecha del ejército seléucida

Inmediatamente a continuación de los sangrientos *catafractos* cabalgaba el rey Antíoco henchido de euforia. Su caballo, rodeado por la guardia real *agema*, trotaba sobre cuerpos destrozados de enemigos abatidos. Los jinetes de su escolta se entretenían en rematar a los heridos con sus largas lanzas o pisoteándolos con los caballos a medida que seguían a su gran rey hacia la victoria final. Pronto habían avanzado tanto que habían desbordado el flanco de la infantería enemiga y Antíoco dudó entre o bien detener el avance de los *catafractos* para lanzarse sobre el flanco de las legiones que había quedado desprotegido o bien continuar avanzando hasta aniquilar por completo la caballería enemiga. Antíoco III de Siria sonrió de forma malévola bajo su yelmo dorado. Primero masacraría la caballería enemiga y luego regresaría para destrozar la infantería enemiga atacando por su retaguardia, una vez que ya fuera imposible que ninguna caballería romana acudiera a su rescate por aquel flanco, pues en poco tiempo no quedaría ni un solo jinete romano vivo en esa ala de la batalla.

—¡Adelante, adelante, por Apolo! —gritó el rey de Siria—. ¡Adelante hacia la victoria!

Y la *agema* continuó avanzando, y tras ella los *argiráspides*, siguiendo la estela de cadáveres romanos que los *catafractos* iban dejando a su paso.

Retaguardia del ejército seléucida. En lo alto de una colina

Aníbal, exasperado, escupió en el suelo. Sacudió a continuación la cabeza de un lado a otro. Las legiones habían empezado su avance contra la falange. Antíoco no había utilizado los elefantes para destrozar las primeras líneas romanas y, para colmo, el rey sirio se alejaba del campo de batalla en persecución de una caballería romana herida de muerte y en franca retirada.

—No va a girar —dijo Maharbal, en pie, junto al gran general púnico.

—Sí, lo hará, supongo que lo hará —respondió Aníbal—, pero seguramente lo hará tarde. Quiere aniquilar la caballería del ala izquierda romana por completo antes de volverse contra la retaguardia de las legiones. Debería dejar que la *agema* terminara ese trabajo y hacer volver a los *catafractos* y la infantería de *argiráspides* contra los *triari* de la retaguardia romana. Entonces la victoria sería suya.

Hubo un breve silencio. Al fin Maharbal se atrevió a preguntar lo que todos los que estaban alrededor, pues ambos estaban rodeados por el nutrido grupo de guerreros cartagineses que había acompañado a Aníbal en su destierro, deseaban saber.

—Entonces... ¿van a ganar los romanos?

Aníbal apretó los labios un segundo y luego los separó con un chasquido.

—No sé, no lo sé. Antíoco no está utilizando bien su ejército, pero tiene tal superioridad numérica que todo es posible. La clave está en si los *catafractos* regresan al centro de la batalla antes de que el combate se haya decidido.

Maharbal asintió. Todos volvieron a mirar hacia la gran llanura de Magnesia. El polvo les impedía saber qué estaba ocurriendo en el ala izquierda siria, donde los carros escitas habían iniciado el ataque. Observaban entre tanto el repliegue de la caballería romana en la otra ala y el avance inexorable de los *catafractos* y el rey, mientras en el centro la vanguardia de las legiones impactaba contra la temible falange seléucida y sus elefantes. Era una batalla total. Quien venciera decidiría el destino de Asia Menor y de decenas de reinos.

Centro de la vanguardia romana

Los *velites* fueron los primeros en llegar cerca de la falange siria, pero, avanzando en pequeños grupos, evitaron enfrentarse contra la falange en sí y, en su lugar, buscaban los lugares donde los generales seléucidas habían intercalado a los elefantes y contra éstos lanzaban todas sus armas arrojadizas causando cierto daño entre los guerreros que gobernaban a las bestias, hiriendo mortalmente a más de uno de los paquidermos y haciendo enfurecer a muchos. Algunos de los monstruos se adelantaron a la falange y causaron estragos entre la infantería ligera romana que huía en desbandada en muchos casos en un vano intento de salvar la vida: unos eran aplastados por las propias bestias, otros acribillados por los arqueros que montaban en los propios elefantes y el resto o bien alcanzaba la línea de *hastati* o era atravesado por lanzas enemigas. Sin embargo, el sacrificio de los *velites* obtuvo cierta recompensa, pues algunos elefantes, heridos y descontrolados, se revolvieron contra los propios sirios arremetiendo contra algunas secciones de la falange, pisoteando guerreros seléucidas y generando un gran desorden en algunos puntos.

Retaguardia seléucida

Minión y Filipo, los generales sirios, se pusieron de acuerdo de inmediato. Estaban juntos en el centro de la falange y comprendieron qué debía hacerse.

—Hay que retirar a los elefantes; de lo contrario ellos mismos destrozarán la falange —dijo Minión con seguridad.

Filipo asintió y se ocupó de que sus oficiales detuvieran a los elefantes para que sólo la falange avanzara contra las legiones. De ese modo impidieron un desorden mayor y en poco tiempo todo el frontal de la gran falange siria quedó restablecido. Los dieciséis mil falangistas bajaron las *sarissas* largas y afiladas a la vez que recomponían un compacto frente que caminaba decidido a detener la línea enemiga romana.

Centro de la batalla. Primera línea romana.

Los *hastati* abrieron huecos entre manípulo y manípulo y por los pasillos abiertos se retiraron los *velites* que habían sobrevivido al ataque de los elefantes. En cuanto pasaba la infantería ligera, los manípulos de *hastati* se cerraban para formar un bloque compacto con el que enfrentarse a una rehecha falange siria que avanzaba contra ellos sin los elefantes, pero con la temible destreza de infinitos años de lucha. Los romanos ya habían derrotado a una falange similar, la macedónica de Filipo V, en Cinoscéfalos, pero aquella formación compacta, disciplinada y con las largas *sarissas* en ristre siempre era un enemigo difícil. Los *hastati* escuchaban las voces de sus centuriones animándoles a seguir avanzando hasta el impacto final contra el enemigo.

El choque de ambas líneas fue descomunal y las *sarissas*, algo más largas que las astas de los romanos de primera línea causaron estragos entre los legionarios. La disciplina impuesta por los Escipiones mantuvo la línea, pero el empuje de los guerreros sirios era superior. Pronto, los *hastati*, más inexpertos, heridos en muchos casos y todos atemorizados, empezaron a perder terreno. Los soldados sentían que su propia flaqueza parecía transmitirse al corazón de sus enemigos transformada en más vigor y fortaleza en su lucha, pues cada vez empujaban los sirios con más intensidad.

—¡Desenvainad! ¡Desenvainad y cortad las *sarissas*! —gritaron los centuriones, y algunos daban ejemplo y, a riesgo de su vida, se introducían entre el bosque de puntas de *sarissas* enemigas y, a fuerza de descomunales mandobles, conseguían partir algunas de las largas lanzas enemigas. Pero algunos sirios desenvainaban también y herían a su vez a los valientes centuriones y a muchos de los que seguían sus órdenes y, mientras tanto, el grueso de la falange siria seguía avanzando y los romanos no dejaban de retroceder y ceder terreno. La batalla se estaba perdiendo en el centro de la llanura.

Ala izquierda del ejército seléucida

Para Antípatro, en medio del polvo que levantaban los propios carros en su vertiginosa carrera contra el enemigo, era difícil ver lo que estaba ocurriendo a su alrededor. Pero mirando hacia lo alto, viendo el cielo ensombrecido por una constante lluvia de flechas, comprendió por qué muchos carros próximos habían perdido el control y se volcaban chocando unos contra otros. Su cuadriga, al ir ligeramente avanzada al resto, parecía adelantarse a la interminable lluvia de dardos mortíferos y, de momento, tanto él como el conductor estaban sin heridas, pero aquello fue sólo un espejismo porque justo cuando estaban a punto de impactar contra la línea de arqueros enemigos, una flecha atravesó el rostro del conductor de la cuadriga y éste quedó muerto, con las riendas asidas por sus manos, pero inerte, doblado sobre el carro, aún sin terminar de caer.

—¡Maldita sea! —gritó Antípatro mientras pugnaba por hacerse con las riendas del carro que, sin gobierno, empezaba a escorarse hacia un lado por unos caballos desbocados que intentaban evitar chocar contra las líneas enemigas—. ¡Maldita sea! —repetía Antípatro hasta que consiguió arrebatar las riendas al conductor muerto y, de un empellón, arrojarlo fuera del carro, pero para entonces la cuadriga ya marchaba en lateral en dirección al centro de la batalla. El cambio de rumbo le permitió, no obstante, ver el tremendo desastre en el que se había transformado la carga de los carros que estaban bajo sus órdenes: decenas de ellos yacían volcados, unos sobre otros, y de entre los restos destrozados de las cuadrigas emergían guerreros sirios heridos, que se arrastraban por una tierra cubierta de sangre de caballos y hombres mezclada en charcos densos que se extendían por todas partes. La lluvia de flechas cesó y él, a su vez, pudo controlar a los caballos y refrenarlos un poco para que volvieran hacia el ala izquierda. Algunos carros escitas, supervivientes a la gran masacre, emergían de entre los carros destrozados y Antípatro no lo dudó un instante. De inmediato situó su cuadriga al frente de los pocos carros que habían sobrevivido a la lluvia de flechas y se lanzó contra el enemigo. Sólo sentía ansias de apisonar a unos cuantos de aquellos malditos arqueros. Ya no le importaba qué fuera a ocurrir ni cuál fuera el desenlace de aquella maldita batalla. Sólo quería vengarse y llevarse consigo a tantos arqueros de Pérgamo como pudiera.

Ala derecha romana y de Pérgamo

Eumenes contempló con satisfacción que la mayoría de los carros escitas estaban destrozados a lo largo de la orilla del río Hermo mientras que algunos, con los conductores acribillados por las flechas, retornaban, tirados por caballos desgobernados, contra las propias filas del enemigo causando un enorme desorden entre la infantería de galogriegos, capadocios, neocretes, carios, cilicios y otros aliados de Siria. Sin embargo, el general sirio al mando de la carga de los carros había sobrevivido y reconducía su cuadriga, junto con una veintena de carros más supervivientes al desastre, contra la línea de arqueros. El rey de Pérgamo tenía claro lo que procedía.

—¡Abrid pasillos, abrid pasillos! —gritó Eumenes a los arqueros, y éstos se reagrupaban dejando amplios espacios por los que en respuesta a las órdenes de su rey emergían decenas, centenares de jinetes armados con lanzas dispuestos a encarar a los carros supervivientes—. ¡Por Zeus, caballería de Pérgamo, acabad con los carros escitas, acabad con ellos!

Si la caballería hubiera tenido que hacer frente al centenar inicial de carros todo hubiera sido muy distinto, pero al tratarse de detener a tan sólo una veintena, las cosas eran muy diferentes. Los jinetes de Pérgamo, experimentados y apoyados por la caballería aliada romana que había acudido a reforzar esa ala, arrojaban lanzas contra los conductores y arqueros supervivientes de las cuadrigas sirias, abatiendo a muchos de ellos. Pese a todo, algunos carros aún supieron zafarse de aquellos nuevos proyectiles y llegaron a cortar con sus guadañas las patas de algunos caballos de Pérgamo, haciendo caer a sus jinetes mientras las bestias relinchaban por el dolor y el sufrimiento extremo. La contienda en el ala derecha se producía junto al río Hermo y el desenlace era aún incierto, pero Eumenes sabía que tenía las de ganar y pidió un caballo y una lanza que le fueron entregados de inmediato.

A lomos de su caballo buscó al general sirio que, pertinaz, persistía en sobrevivir, dirigiendo su carro escita contra jinetes romanos y de Pérgamo, causando gran cantidad de bajas. Tanto los romanos como los arqueros y jinetes de Pérgamo así como la propia infantería siria observaban los movimientos del rey asiático. Eumenes cabalgó hasta ponerse cerca del general sirio Antípatro y éste le vio. El sirio tomó entonces una lanza de la que aún disponía en el carro y la lanzó contra el rey de Pérgamo, pero Eumenes era ágil y evitó con un movimiento rápido el asta enemiga. Era entonces su turno. Observó que Antípatro había abandonado su escudo para dirigir con ambas manos las riendas de los caballos que no dejaban de galopar y tirar del carro con furia. El rey de Pérgamo se aproximó por el lateral y, justo cuando rey y general estaban a la misma altura, Eumenes, con precisión y potencia, lanzó su lanza. Antípatro sabía lo que iba a ocurrir e, instintivamente se agachó, pero no lo suficiente ni en la dirección oportuna. La lanza del rey de Pérgamo rasgó el aire hasta impactar sobre el esternón de su enemigo, en diagonal, justo a la altura de las costillas más altas que se abrieron y partieron en decenas de diminutos pedazos en el interior del tórax de Antípatro. Luego vino el dolor y le faltó fuerza en las manos y el sobrino del rey Antíoco soltó las riendas y los caballos que estaba refrenando un poco volvieron a galopar sin control. La sangre emergía de su boca mientras se volvía contra su enemigo. Antípatro aún desenvainó una espada con una extraña energía que no supo bien de dónde le vino, pero nada más sacar la espada, el arma cayó de su mano derecha y se quedó con el brazo en alto, con una lanza que le atravesaba de parte a parte, como si saludara, para, al instante, caer del carro y dar de bruces contra el suelo de la llanura con su cara partida por el golpe. Eumenes de Pérgamo no lo dudó y detuvo su caballo. Al momento llegaron una docena de sus jinetes para proteger al rey, mientras éste desmontaba, desenvainaba una vez más su espada y, blandiendo el arma como un hacha, dejándola caer con el filo por delante varias veces sobre el cuello del enemigo muerto, cortaba la cabeza del general abatido. Tomó una lanza de uno de sus guerreros y ensartó con sus propias manos la cabeza de ojos abiertos y cara torcida, con la lengua fuera, como si se asfixiara permanentemente, en la punta de un asta. Luego se la dio a sus jinetes.

—Los carros ya han desaparecido. ¡Id ahora y, por Zeus, llevadle la cabeza de su general a esos malditos sirios! ¡Que sepan lo que les espera!

Uno de los oficiales tomó la lanza y la levantó con fuerza, asomando la punta de la misma por la parte superior quebrada del cráneo partido del que hasta sólo hacía un minuto había soñado con ser el heredero del gran Imperio seléucida.

Retaguardia romana

El cónsul de Roma examinaba ambos flancos de la batalla. En el ala derecha, Eumenes había detenido a los carros escitas con eficacia y pocas bajas entre sus soldados, ahora quedaba por ver si era capaz de doblegar a la infantería que Seleuco, el hijo del rey Antíoco, dirigía en aquel flanco. Se alegró de haber reforzado con más *turmae* las fuerzas de Pérgamo. Eumenes tenía que conseguir destrozar a los sirios en esa ala o todo se vendría abajo. Por su parte, Domicio y Graco habían alejado, de momento, a los *catafractos*, y combatían muy por detrás del ejército romano, próximos al río Frigio. ¿Cuánto tiempo más podrían resistir? Habían arrastrado también al propio rey sirio y sus fuerzas de élite. Todos estaban cumpliendo su cometido bien y, aun así, la victoria se antojaba muy compleja. El centro había repelido a los elefantes con la intervención de los *velites*, pero eso sí, a costa de numerosas bajas, y ahora los *hastati* no se bastaban para retener a la falange siria y si había algo que no se podía ceder en una batalla era el centro. Lucio Cornelio Escipión miró hacia donde se encontraba Silano, quien, a su vez, estaba mirando hacia el lugar desde el que observaba Lucio Cornelio. El cónsul de Roma sabía que el tribuno esperaba su orden. Lucio levantó el brazo mirándole y miró también hacia los *buccinatores* y *tubicines* para asegurarse de que las cornetas trasladarían las nuevas instrucciones con eficacia a cada rincón de los manípulos de *principes*. Era el momento de relevar a los *hastati*. Mantendría a los *triari* en la reserva, pero los *principes* debían entrar ya en combate o todo podría perderse. Lucio bajó su brazo y vio como Silano asentía en la distancia. Los *principes* se pusieron en marcha. Lucio suspiró. Allí iba su joven sobrino, camino de su fin o de la gloria. En aquella batalla no habría margen para retiradas parciales. Era todo o nada. Muerte o victoria.

Ala izquierda seléucida

Seleuco vio como una docena de jinetes de Pérgamo exhibían la cabeza de Antípatro clavada sobre un asta ante una rabiosa infantería siria que miraba la mueca mortal del general abatido Antípatro con una mezcla de vergüenza y de temor por lo que había ocurrido. Seleuco no estaba tan preocupado. La disputa por saber quién sería el heredero del trono de Antíoco había quedado decidida en aquel mismo instante y eso era bueno. Desaparecido Antípatro, su padre ya no tendría duda alguna en designarle heredero de Siria y de todos los territorios seléucidas desde el Helesponto hasta la India. Las cosas, al menos para él, marchaban bien en aquella batalla. Eso sí, ahora debía él mismo detener el avance de la caballería del rey de Pérgamo que, junto con las *turmae* romanas, se lanzaba en ese mismo instante contra ellos. Seleuco puso al frente a sus propios *catafractos*, también protegidos por armaduras parciales que, no obstante, dejaban espacios sin cubrir tanto en los jinetes como en los caballos; esto, por otro lado, les hacía algo más ligeros, pero también más vulnerables que los pesados *catafractos* que su padre había seleccionado para combatir con él en el otro extremo de la batalla. Y tras ellos, Seleuco disponía de más jinetes galogriegos y de centenares de guerreros de infantería ligera de todos los confines del imperio, pero no eran sirios y no combatirían ni con la misma dedicación ni habían tenido el mismo adiestramiento profesional y esmerado de las tropas sirias que se entrenaban en Apamea. Era una fuerza poderosa en su número pero de poca seguridad si el enemigo se mostraba encarnizado, pero Seleuco no tenía tiempo para cambiar la disposición de las tropas en el escenario de aquella batalla y se confió a la superioridad numérica que le otorgaban las fuerzas militares de las que disponía. Seleuco, en cualquier caso, no era hombre de mucho pensar.

—¡Por Apolo y todos los dioses! ¡A la carga!

Y los *catafractos*, disciplinados le siguieron, pero el arranque fue tardío y llegaron al brutal choque que tuvo lugar en la llanura más próxima a las filas seléucidas, con menor empuje, pues, que la caballería de

Pérgamo, y ya fuera porque los de Pérgamo sabían que o ganaban aquella batalla o su reino desaparecía de la faz de la tierra, o porque, en efecto, los *catafractos* de Seleuco combatían sin saber bien qué eran, pues llevaban protecciones que los hacían menos ágiles pero no suficientes como para hacerlos inmunes, el caso es que los jinetes sirios caían por todas partes, y Seleuco veía, con impotencia, como sus mejores hombres empezaban a retroceder ante el arrojo casi bestial de los jinetes de Pérgamo. Así, en previsión del desastre, Seleuco abandonó la vanguardia y se situó en la retaguardia, justo detrás de la infantería mercenaria que debía defender aquel flanco del ejército. Los *catafractos* ligeros y los jinetes galogriegos que les apoyaban cedían terreno y, al final, sin general, desgobernados y aturdidos, se batieron en retirada alejándose del campo de batalla y dispersándose por los alrededores de la llanura de Magnesia. En muchos casos cruzaban el río para convertirse en desertores y fugitivos de un rey que intuían iba a ser derrotado, y es que para un mercenario siempre era mejor salvar la vida y ser desertor de un derrotado que épico héroe muerto de un vencido, pues los que eran derrotados con frecuencia no tenían ni los medios ni la energía para apresar, juzgar y ejecutar a sus desertores. Ése era, normalmente, un lujo de los vencedores.

El centro de la batalla. Vanguardia romana

Silano aullaba mientras iba de un extremo a otro de los manípulos que se incorporaban a la vanguardia.

—¡Por Júpiter, *hastati* atrás, *principes* al frente, *principes* al frente! —El propio tribuno buscó una posición adecuada en el centro de la línea de los *principes,* estratégicamente próximo al joven Publio, y avanzó con los nuevos manípulos hasta la mismísima primera línea. No era momento de quedarse a medias. Sabía que los legionarios dudaban al ver como *velites* y *hastati* habían perdido terreno pese a su arrojo. El tribuno estaba convencido de que cuando todos vieran que él mismo se situaba en vanguardia, nadie retrocedería, no, al menos, sin antes morir. Silano llegó a la primera línea y se encontró con las pertinaces *sarissas* apuntando afiladas y mortíferas contra los gaznates de sus hombres.

—¡*Pila* en alto! —gritó el tribuno, y todos los centuriones repitieron su orden.

Miles de legionarios tomaron uno de sus dos *pila* con el brazo derecho y aguardaron la orden de sus superiores.

—¡Ahora, malditos, ahora, por todos los dioses! —espetó Silano mientras él mismo lanzaba su *pilum* contra los guerreros sirios con una fuerza descomunal. El arma del tribuno voló por el aire en un trayecto corto, pues el enemigo estaba a tan sólo unos pasos. Uno de los sirios percibió que aquella lanza iba contra él, de modo que alzó su escudo para protegerse, pero la potencia de lanzamiento del veterano tribuno, así como su precisión, estaban muy por encima de la media, y el *pilum* atravesó el escudo del soldado sirio, hiriéndole no mortalmente, pero sí segando venas y arterias de su brazo y hombro dejándolo malherido y, lo más importante, haciéndole inservible para la primera línea de la falange siria. No todos los *pila* del resto de *principes* resultaron tan lesivos como el del tribuno, pero sí que se crearon bastantes bajas entre el enemigo que permitieron, al menos, detener su avance mientras se reorganizaban para sustituir a los guerreros abatidos. En concreto, el *pilum* de Publio hijo se clavó en el omoplato de un enemigo. El muchacho intentaba limpiar con furia en la lucha el deshonor de su reciente apresamiento y, hasta el momento, estaba cumpliendo con dignidad. Silano le miraba de reojo y veía que el joven no rehuía la primera línea y que estaba atento a las órdenes de los centuriones. El tribuno quería poder tener cosas buenas que contar al gran general *Africanus*, si es que salían con vida de todo aquello.

—¡Segundo *pilum*, en ristre! —ordenó Silano.

Y así, con la segunda arma avanzando por delante de ellos, a modo de improvisada lanza, se produjo el choque entre los *principes* y la aparentemente indestructible falange siria. Silano sabría que de nuevo aquello no sería suficiente. Necesitaban a los *triari* con sus largas lanzas y su experiencia y arrojo brutal para contener a aquellos malditos sirios. Una vez más las *sarissas* causaron estragos y aunque de nuevo se dio la orden de usar las espadas para cortar las lanzas enemigas, muchos cayeron heridos o muertos. Silano miró hacia donde se encontraba el joven Publio y no pudo o no supo encontrarlo en pie.

—¡Maldita sea! ¡Por todos los dioses! —exclamó, y se dirigió hacia el lugar donde lo había visto luchando por última vez. El manípulo en esa sección del frente se había desordenado. El centurión al mando yacía sobre el suelo atravesado por una larga *sarissa*. Su muerte, no obstante, no había sido en vano. Los *principes* de aquel manípulo habían abierto una brecha en la falange por la que se habían adentrado algunos, entre los que vio a Publio hijo. Conseguir una brecha era una gran conquista cuando se luchaba contra una falange, pero era también un riesgo, pues si la brecha no era lo suficientemente grande o si no se disponía de los suficientes hombres para mantenerla abierta, podía convertirse en una trampa mortal para los que cruzaban la línea enemiga, pues si los sirios conseguían cerrar de nuevo la falange, los que habían cruzado al otro lado quedarían rodeados por el enemigo sin posibilidad de recibir ayuda y, sin duda alguna, morirían ensartados por decenas de guerreros sirios. Silano miró hacia atrás. En aquel sector no había casi *velites* o *hastati* supervivientes, ya que era uno de los puntos donde un elefante había causado muchas víctimas en el primer choque, al inicio de la batalla. Y los *triari* estaban demasiado retrasados. Sólo había unos segundos para decidir qué hacer. La falange se estaba recomponiendo y Publio Cornelio Escipión hijo estaba al otro lado.

—¡Maldita sea, por todos los dioses, por Hércules, por Júpiter, malditos sean todos los sirios del mundo! —exclamó Silano, y se arrojó allí donde se había abierto la pequeña brecha, cruzó la línea de la falange que estaba reorganizándose y, al instante, se encontró en medio del pequeño grupo de *principes* que, valientes, pero locos, habían penetrado en la línea enemiga—. ¡Retroceded, retroceded, todos, ya! —gritó el tribuno. Los legionarios le miraron doblemente sorprendidos, primero por verle y segundo por la orden. Estaban convencidos de que romper la línea era una gran victoria. El tribuno comprendió el nivel de inexperiencia con el que tenía que tratar, allí, en medio del campo de batalla, rodeados como estaban de miles de sirios ansiosos por restablecer la falange y acabar con todos ellos—. ¡La brecha es demasiado pequeña, la están recomponiendo, hay que retroceder, y hay que hacerlo ya, malditos, retroceded u os mataré yo mismo!

Los legionarios miraron hacia sus espaldas y vieron como casi no había compañeros, sino sólo sirios que estaban retomando *sarissas* del suelo, posicionándose en la falange sin tan siquiera hacer caso de que ellos estuvieran al otro lado. Los sirios sabían que los galogriegos de la retaguardia acabarían con aquel pequeño grupo de legionarios que habían cruzado la falange. Y, en efecto, decenas de guerreros enemigos rodearon en un momento al reducido grupo de *principes* y al veterano tribuno Silano. Pero el experimentado oficial había combatido en Zama y Magnesia, si bien era un gran combate, al menos por el momento todavía no era Zama, y no pensaba morir allí, rodeado por aquellos odiosos galogriegos mientras los sirios volvían a cerrar la falange. Silano arremetió con furia contra los sirios que estaban recuperando *sarissas* y abatió a dos antes de que los guerreros seléucidas pudieran responder. Por detrás, no obstante, venían los galogriegos, frescos, descansados y ansiosos por entrar en combate. Eran mercenarios del rey Antíoco y querían justificar su paga matando a unos cuantos romanos que habían sido capaces de abrir una brecha en la falange del rey.

—¡Cubridme la espalda! —gritó Silano, y el joven Publio y una docena de legionarios se volvieron contra los galogriegos para permitir al tribuno que siguiera su lucha personal contra los sirios. Media docena de soldados seléucidas dejaron de recuperar *sarissas* y desenvainaron sus espadas para luchar contra el tribuno. Silano sonrió. Odiaba las pérfidas *sarissas*.

—Con la espada; perfecto —les espetó entre dientes, casi como si les escupiera. Dos sirios se aproximaron a un tiempo, cada uno por un lado diferente. Silano, rápido, esgrimió su espada con destreza e hirió al que venía por la derecha, se agachó para evitar el golpe que venía del soldado sirio de la izquierda y, de regreso de su giro completo, le pinchó en un pierna. El soldado enemigo se dobló, pero Silano sabía que aún no lo podía rematar porque tenía al enemigo del otro lado sólo herido y, en efecto, por ahí regresaba el sirio, pero estaba torpe porque le salía sangre por la boca. Silano le hundió la espada una vez más en el pecho y acabó con él, pero el que estaba herido al otro costado se recuperaba, aunque cojeando, al tiempo que venían otros dos sirios por el frente; Silano extrajo la espada del pecho del seléucida de su lado derecho, y la blandió con fuerza para detener los golpes de los que venían de frente, mientras arrojaba el escudo, y, con su mano izquierda desenvainaba su *pugio* y lo clavaba en el cuello del sirio que, cojeando, aún quería batirse contra él. El tribuno se arrodilló y dio una voltereta en el suelo que aprovechó para recuperar el escudo y zafarse de los sirios que habían venido por el frente y, a la vez, quedó situado tras ellos. Se puso de rodillas, y protegiéndose con el escudo de los golpes de dos sirios más que se incorporaban a la lucha, asestó dos cortes en las piernas de los otros dos guerreros que ahora quedaban heridos. Se alzó empujando con furia, porque uno de los enemigos se había arrojado contra su escudo para tumbarle, pero Silano se alzó y lo lanzó bestialmente a unos pasos de distancia. Quedaban los heridos que volvían por atrás y otro sirio más que le miraba de frente pero ya más cauto en acometer a aquel tremendo enemigo romano al que nadie parecía poder abatir. Unos pasos más allá, los legionarios mantenían una encarnizada lucha cuerpo a cuerpo con los galogriegos en la que caían heridos o muertos por ambas partes. El joven Publio había herido a dos soldados y también había recibido un corte en el muslo izquierdo; la herida, no obstante, era superficial y podía seguir combatiendo con fuerza, pero era imposible no ir perdiendo terreno. El joven Publio se volvió y vio como el tribuno había terminado con varios sirios, como otros dos cojeaban pero que todavía había dos más, uno más próximo a Silano y otro más alejado, que estaban dispuestos al combate. El muchacho no lo dudó. Había comprendido que no podían permanecer allí más tiempo y que el tribuno necesitaba ayuda para abrir paso para retornar a las legiones, al otro lado de la falange. Publio hijo se lanzó entonces como un jabato contra los dos guerreros que cojeaban y les asestó dos golpes mortales en el cuello cortándoles a ambos la vena yugular. Ambos cayeron de bruces. Silano vio el ataque con el rabillo del ojo y suspiró algo aliviado. Era el momento. Los otros le tenían miedo.

—¡Ahora, todos, seguidme, por Hércules, seguidme! —Y Silano, sin mirar atrás, porque más no podía hacerse, se arrojó contra la falange aún no recompuesta del todo porque habían faltado los guerreros que se habían entretenido en luchar contra el tribuno, y se abrió paso a empellones, empujando con su escudo para sorprender a los sirios de la falange porque éstos no esperaban que quedara ya ningún superviviente de aquellos legionarios que habían cruzado la línea. El joven Publio y seis legionarios más siguieron al tribuno con rapidez y, en lo que para ellos fueron los instantes más largos de toda su vida, lograron escapar de las líneas enemigas y retornar al abrigo de la vanguardia de las legiones de Roma.

Los *principes* de la primera línea romana, nada más reconocer el uniforme y la figura del tribuno, abrieron un pasillo por el que Silano, Publio y el resto pudieron pasar para, unos pasos por detrás de la primera línea de combate, detenerse y recuperar algo el aliento. Aún estaban todos doblados, con los brazos apoyados sobre los muslos, jadeando cuando Silano se dirigió a ellos enfurecido.

—¡Por todos los dioses! ¿Qué creéis que es esto? ¿Creéis que vosotros solos vais a ganar esta batalla? ¡Maldita sea! —Y se aclaró la garganta, escupió en el suelo—. ¡Agua, necesito agua, por Hércules! —aulló mientras se quitaba el casco un segundo. Un aguador llegó con un odre de agua y un cazo para servir un poco para el tribuno, pero Silano tomó el odre, se echó agua por la cabeza, la sacudió como un lobo al salir de un río y bebió a morro un buen trago. Luego pasó el odre a los demás, empezando por Publio y, algo más calmado, volvió a hablarles—: Pero habéis combatido bien, estáis todos locos, empezando por ti, Publio Cornelio Escipión, pero combatís con coraje. Ahora sólo falta que sigáis las órdenes. Tomaos un descanso y regresad a la línea de combate en un minuto. —Y vieron como el tribuno se ponía el casco de nuevo, se lo ajustaba con saña, volvía a escupir y caminaba hacia la vanguardia que volvía a ceder terreno contra la falange siria—. ¡A ver! ¿Por qué cedéis terreno? —le oyeron como aullaba al resto de *principes*—, ¿qué tengo yo para combatir, legionarios o nenas? —Y los *principes* se hacían a un lado para permitir que el tribuno llegara hasta la primera línea, desenvainara de nuevo su espada y partiera una de las alargadas lanzas enemigas evitando, con habilidad, que el asta enemiga le hiriera en el cuello—. ¡Malditas *sarissas*!

Ala izquierda romana

Domicio y Graco habían reagrupado junto al río Frigio a los jinetes supervivientes a la terrible serie de fatídicos encuentros contra los *catafractos* de Antíoco. La caballería acorazada del rey de Siria lo arrasaba todo. Desde la distancia, esperando una nueva embestida del enemigo, que muy bien podía ser la última, la que terminara con todos ellos, los dos oficiales veían cómo los *catafractos* pasaban por encima de los jinetes heridos de las *turmae* romanas que se arrastraban por el suelo ensangrentado en un intento inútil por escapar de la máquina mortal en la que Antíoco había sabido convertir su caballería pesada.

—Hay que retirarse ya por completo, quizá hacia el campamento y esperar que nos sigan —propuso Domicio.

—Pero si hacemos eso, es muy posible que el rey sirio decida dejarnos y lanzarse contra la retaguardia de nuestro ejército. Nuestra misión es la de entretener a los *catafractos* el máximo tiempo posible.

Domicio le miró admirado. Graco, enemigo político de Escipión, estaba dispuesto a poner en peligro su vida más allá aún de lo que habían hecho, más allá de lo razonable, por seguir un plan de su gran oponente en Roma.

Graco miraba a un lado y a otro. A sus espaldas estaba el río Frigio, no muy profundo pero difícil de vadear y muy embarrado en toda su margen izquierda, justo la orilla en la que se encontraban. Por delante avanzaban hacia ellos, al paso, los indestructibles *catafractos*. Graco miró a Domicio y leyó sus pensamientos.

—Escipión es mi enemigo político, pero las batallas no se ganan si dejamos que se mezclen con asuntos personales. Publio Cornelio Escipión es un gran general sobre un campo de batalla y el plan que ha diseñado es bueno. Otra cosa es la política y el bien del Estado, pero ahora no estamos ante el Senado, sino ante los *catafractos* de Asia. Tenemos que seguir con el plan y mantener a los *catafractos* aquí.

Domicio asintió. Inspiró y exhaló un profundo suspiro.

—Lo que propones es una *devotio* —sentenció Domicio ajustándose de nuevo el casco que se había quitado durante un momento para rascarse la cabeza y sentir el aire en sus sienes, quizá por última vez en su vida. Una *devotio* era el sacrifico supremo que puede hacer un general: morir luchando para mantener una posición, salvar el honor e ir así al infierno con la gloria de haber entregado la vida propia al servicio del Estado.

Graco negó con la cabeza.

—No —respondió con rotundidad, y vio que Domicio se sorprendía; los *catafractos* seguían avanzando. No había mucho tiempo para explicaciones. Tendría que ser rápido—. No, Domicio, respeto una *devotio* en lo que representa, pero nuestro suicidio sería demasiado breve y, en consecuencia, demasiado inútil; al menos si hemos de morir, no debe ser cargando contra el enemigo; es poético pero no reportará beneficio a la batalla. No duraremos ni un minuto. No. El río. —Y señaló a sus espaldas la margen izquierda del río Frigio—. Repleguémonos al borde del agua. Les presentaremos batalla, de nuevo, allí. Sobre el barro.

Cneo Domicio Ahenobarbo miró el río, vio el barrizal de la orilla, observó el constante pero muy pesado avance de los *catafractos*, volvió a mirar a Graco y asintió admirado. Quizá aquello pudiera funcionar.

Ala derecha del ejército seléucida

El rey Antíoco cabalgaba complacido a lomos de su caballo negro; la suerte estaba echada para la caballería romana de toda aquella ala del ejército enemigo. Los veía reagrupándose, como niños asustados, junto al río Frigio. Sus *catafractos* avanzaban, decididos, desafiantes, imparables, contra lo que sería la última resistencia de aquella caballería romana que había osado plantarles batalla.

—¡Por Apolo, vamos a darles un baño a esos romanos! —vociferó el rey, y sus oficiales y muchos de los jinetes de su guardia real, la *agema*, rieron la gracia del monarca con carcajadas grandes, sonoras, seguras.

Ala izquierda romana. Reagrupamiento de la caballería junto al río Frigio

Domicio y Graco se separaron para comandar desde los dos extremos a los trescientos jinetes que aún sobrevivían en aquel perdido extremo de la gran batalla que se estaba librando en la llanura de Magnesia. Domicio observaba a los *catafractos* aproximándose hacia sus posiciones y miró a Graco; este último hizo un gesto con la cabeza y Domicio, al tiempo que Graco, dio la orden de hacer que los caballos retrocedieran más aún, hacia el río.

—¡Hacia atrás! ¡Por todos los dioses, haced que los caballos retrocedan!

Y los jinetes, algo confundidos, obedecían. Estaban agotados de combatir contra un enemigo casi inmortal que no dejaba de acosarlos. Desconocían qué podía estar pasando en el corazón de la batalla; más aún, todos temían que si las cosas iban igual de mal que en la llanura, pronto no quedaría ninguno de ellos con vida, pero, pese a todo, mantenían la disciplina porque sólo en ella, estaban seguros, podía haber esperanza. Tiraron de las riendas con fuerza y, con habilidad aprendida en largas sesiones de adiestramiento militar, hacían que los animales obedecieran y siguieran retrocediendo hasta que cada caballo veía cómo se hundían sus pezuñas en el empapado fango de la orilla del río Frigio.

—¡Más, más! ¡Hay que retroceder más! —insistía Graco desde el otro extremo de la formación de la caballería romana—. ¡Hay que meter a los caballos en el agua!

Y en poco tiempo, todos los jinetes consiguieron que las bestias se introdujeran, marchando hacia atrás, hasta tener las patas en medio del agua y sentir los propios caballeros de Roma, el agua empapando sus pies hasta casi la rodilla. El fluir del río allí era tranquilo y la corriente no era peligrosa, pero, sin duda, no sería fácil combatir desde aquella posición. No tenían claro lo que los tribunos al mando buscaban con aquella maniobra desesperada.

Los *catafractos* se encontraban a tan sólo cien pasos. Uno de sus oficiales desenvainó la espada y centenares de jinetes enemigos cubiertos de pesadas armaduras imitaron el gesto. Fue como si un cuchillo gigante destrozara la mañana ya teñida de sangre romana. Era la última señal antes de la derrota total. Los *catafractos* se encontraban a tan sólo setenta, sesenta, cincuenta pasos; empezaba el barro, a cuarenta, los caballos de los *catafractos* sentían como sus pezuñas se hundían en el barro, treinta pasos, de pronto muchas bestias sirias se quedaban como clavadas, los caballos eran incapaces de avanzar más pues el enorme peso de las armaduras propias y de los jinetes blindados que transportaban era tal que les hacía imposible moverse en medio del fango de la orilla del río.

—¡Ahora! ¡Por Júpiter, por la victoria, por Roma! —gritó Tiberio Sempronio Graco, y los trescientos jinetes se lanzaron contra los *catafractos*, mucho más numerosos y mejor pertrechados que ellos pero completamente varados, clavados en el suelo de la ribera del río, de forma que los jinetes romanos se acercaban, golpeaban y se alejaban sin que los *catafractos* pudieran mover sus caballos para buscarlos y responder. Las armaduras eran poderosas, pero a fuerza de golpes, algunas se quebraban y el río empezó a teñirse de sangre que ya no sólo era romana sino que también llevaba mucha sangre siria emponzoñada por pequeños trozos de metal procedente de decenas de armaduras rotas. La tarea, no obstante, era infinita. Habrían abatido más de doscientos *catafractos*, más de lo que nadie podría imaginar, pero quedaban tantos, tantos, que todo éxito parecía quedar en nada. Eso sí, la batalla del ala izquierda del ejército romano seguía en pie, seguía perdiéndose, pero seguía combatiéndose. Y los *catafractos*, en vez de girar y lanzarse sobre la infantería romana, permanecían allí, sobre el barro, luchando.

El rey Antíoco cerró la boca y borró la sonrisa de sus labios. Los *catafractos* no podían combatir junto al río. El monarca era soberbio pero no un estúpido, así que al momento reorganizó el ataque de sus tropas.

—¡Que se retiren los *catafractos* a tierra seca! ¡Mi guardia, la *agema* de Siria, al combate!

Y la caballería blindada seléucida se retiraba, humillada por la estratagema de los romanos que les habían conducido a combatir allí donde su enorme peso les hacía torpes, casi inútiles, para ser reemplazada con rapidez por la caballería ligera de la guardia personal del rey. La *agema* estaba compuesta por más de mil jinetes, más que suficientes para terminar con el último punto de resistencia romana en aquel sector de la batalla. Los guardianes del rey se adentraron en el barro del río y allí ahora la igualdad en las posibilidades de lucha era la misma, sólo que los sirios eran muchos más. Cada jinete romano se veía obligado a combatir contra dos o tres jinetes enemigos al mismo tiempo, y había quien con su experiencia y su arrojo salía invicto del descomunal desafío, como Domicio o Graco, pero muchos de los caballeros romanos no eran tan capaces y caían atravesados por estocadas mortales en el pecho, la espalda, los brazos, la misma cara, el cuello o en todas partes a la vez. El río Frigio era ya rojo por completo. Era sólo cuestión de tiempo que no quedara ni un solo jinete de Roma con vida.

Domicio, acorralado por el empuje de los jinetes de la guardia real de Antíoco III, se vio obligado a retroceder adentrándose aún más en el río. Llegó el momento en que su caballo, como los de otros caballeros romanos que le acompañaban, dejó de hacer fondo y empezó a nadar. Allí se detenían los jinetes de la *agema* que no tenían orden de cruzar el río. Domicio comprendió que era la única posibilidad de escapar con vida de aquel desastre y tiró de las riendas para que el caballo nadara hacia la otra orilla. Sus hombres le imitaron y en poco tiempo medio centenar de jinetes romanos se encontró emergiendo con sus caballos en la ribera opuesta del río Frigio. Por el agua flotaban los cadáveres, mientras en la otra orilla algunos *catafractos* aún luchaban contra el barro con sus pesadas armaduras y con unos caballos agotados que apenas podían tenerse en pie por el esfuerzo de la larga carga unido al efecto de arenas movedizas de aquel fango espeso del río. Pero los ojos de Domicio se posaron sobre Tiberio Sempronio Graco, quien acompañado aún por otro pequeño grupo de jinetes de Roma continuaba luchando casi en medio del río, rodeado por una maraña de caballeros del rey Antíoco. Debía ser ése un punto algo menos profundo y por ello, pese a estar casi en medio del agua, los caballos parecían aún hacer pie y el combate proseguía encarnizado y brutal.

Domicio fue testigo de cómo Graco se batía como un león contra cuatro jinetes de la *agema*, lanzando golpes furibundos con su *gladio* y, a la vez, levantando su escudo para protegerse de los certeros mandobles del enemigo. A su alrededor, los jinetes romanos que le acompañaban iban cayendo uno tras otro en medio de un lago rojo dentro del agua turbia del río henchido de muerte. Todo parecía estar preparado para el fatal desenlace. Domicio estaba admirado por la resistencia de su colega en el mando y por su pertinaz lucha contra una cada vez más numerosa masa de enemigos que le rodeaban, y pensó Domicio en acudir él mismo junto con los pocos jinetes supervivientes al rescate del valeroso tribuno, pero, de pronto, eran tantos los guerreros sirios que la figura de Graco desapareció por un momento y cuando, quizá por efecto de la corriente del río, varios jinetes sirios se vieron desplazados unos pasos del lugar donde se encontraba Graco, sólo reapareció la silueta solitaria del caballo del tribuno, pero sin rastro de Tiberio Sempronio Graco. Domicio se acercó más al río, y lo mismo hicieron los supervivientes de la derrotada caballería romana, todos buscando con los ojos el cuerpo sin vida del tribuno caído, pero no se veía nada más que cuerpos boca abajo y agua turbia en una espesa mezcla de fango y sangre que, sin duda, debía portar en sus entrañas el cuerpo sin vida de Tiberio Sempronio Graco.

72

La carta de Graco

Roma, diciembre de 190 a.C.

Cornelia se aseguró de que nadie pudiera molestarla en su habitación. Cerró la puerta con cuidado y situó una *sella* justo detrás. No tanto porque la pequeña butaca pudiera impedir la apertura de la puerta como porque el ruido que haría al ser arrastrada la avisaría y le daría el tiempo suficiente para esconder su secreto.

La muchacha sacó una pequeña llave de un estante en que se arremolinaban algunos de los viejos juguetes de la infancia que aún conservaba e introdujo la misma en un pequeño cofre que usaba como joyero. Una vez abierto, sacó las alhajas que poseía, todas regalos de su padre y de su madre, y, cuando el joyero quedó vacío, presionó con sus finos dedos en los laterales, clavando las uñas en las paredes del joyero, hasta que la parte inferior cedió, se movió y pudo extraerla, dejando a la vista entonces un doble fondo oculto. Aquel cofre había sido una adquisición personal de Cornelia en una de sus salidas al foro boario, antes del suceso de los gladiadores. Lo compró con conocimiento de la existencia de ese doble fondo que el artesano mismo le mostró con una sonrisa de complicidad. Una vez descubierto el doble fondo, en el interior del compartimento oculto del joyero había unas pequeñas *schedae* enrolladas que Cornelia extrajo y desenrolló con cuidado. Al igual que ella se las había ingeniado para, pese a la oposición de sus padres, escribir y hacer llegar una carta a Tiberio Sempronio Graco, el propio Graco le había hecho llegar, sin estar muy claro cómo, una pequeña carta de respuesta que la muchacha encontró un día junto a ese mismo joyero, depositada, sin duda, por alguna esclava, y que Cornelia conservaba con discreción. Desde que hiciera aquel descubrimiento, eran muchas las tardes en que Cornelia, sumida en la soledad propia de una patricia medio recluida en la *domus* de sus padres, había entretenido sus sentimientos en releer una y otra vez aquella misiva del único hombre que ella conocía capaz de burlar la vigilancia a la que la tenía sometida su padre desde los acontecimientos del foro boario.

Estimada Cornelia menor:

Agradezco la carta que me hiciste llegar y la valoro, espero, que en su justa medida, pues ya imagino que hacerme llegar este mensaje no habrá sido ni sencillo ni ajeno a posibles represalias en caso de ser descubierta. He tardado en responder pues esperaba poder haber comunicado contigo en persona, pero eso ha sido del todo imposible. Tu padre me tiene vetado en tu casa y en cualquier lugar donde apareces en público estás rodeada y vigilada por los hombres que tu padre asigna para tu seguridad. No le culpo por ello. Si yo tuviera una hija y considerara que una relación es inadecuada para ella seguramente procedería del mismo modo. De hecho me alegro que, de alguna forma, lo ocurrido en el foro boario haya contribuido a que tu seguridad se vea incrementada, y si la enemistad de tu padre hacia mi persona es el detonante de ese aumento en tu protección veo que, al menos, esa enemistad tiene algo de utilidad. Aunque, como tú, desearía que fuera posible que en el futuro cercano nuestras familias pudieran ver superadas las enormes diferencias políticas que ahora las separan, veo que esto será realmente difícil. La próxima campaña de Asia será larga y complicada y temo que no importa la forma en la que se desarrolle; tanto tu padre como tu tío usarán lo que allí acontezca para engrandecer aún más su poder en el Senado. Es ahí donde no puedo dejar de compartir con Catón que hace falta un adecuado contrapeso a tu familia o el Estado mismo derivará hacia una monarquía. Sé que tú no compartes esta posibilidad pues tienes fe ciega en la honorabilidad y en el patriotismo de tu padre, lo que te honra y lo que respeto. Demuestras ser una buena hija y una buena patricia. Pero nadie es inmune a la vanidad vacua del éxito continuado y en esas circunstancias cualquiera puede ser seducido por la idea de querer extender ese éxito para siempre. Pero voy a dejar este punto porque sé que nunca nos pondremos de acuerdo en esto. El objetivo fundamental de esta carta es reconocer tu esfuerzo en agradecerme el humilde servicio que te presté con el mejor de mis deseos en el foro boario. Ahora parto hacia la campaña de Asia y las campañas militares siempre están llenas de incertidumbre, así que no sé tan siquiera si tendré de nuevo alguna oportunidad de comunicar contigo y no quería dejar pasar esta ocasión sin decirte que gracias a tu carta sé que, si caigo en combate, no me llevaré conmigo el odio de todos los Escipiones, algo que nunca he deseado ni buscado aunque mis acciones puedan haber contribuido a generar ese sentimiento. Prometo intentar regresar con vida de Asia y buscar la manera de que, con el tiempo, nuestras familias, por el bien de Roma, puedan reconciliarse. Quizá así, puede que un día, tú y yo, podamos hablar con sosiego de todo aquello que queramos, incluso si, como preveo, no estemos de acuerdo en casi nada.

TIBERIO SEMPRONIO GRACO,
Tribuno de Roma

Cornelia plegó de nuevo la carta con cuidado. La introdujo en el compartimiento secreto de su joyero y luego cerró el pequeño cofre y cerró a su vez los ojos. Asia estaba tan lejos... Se sentía sola. Tenía miedo. Su padre, al que amaba pero a quien se negaba a obedecer, y Graco, un hombre que la cautivaba al tiempo que la repelía, habían marchado juntos a una guerra y los dos hombres se odiaban entre sí. Era imposible que de Asia surgiera nada bueno.

73

El final de la batalla

Llanura de Magnesia, Asia Menor.
Diciembre de 190 a.C.

Ala derecha romana y de Pérgamo

Repelida la carga de los carros escitas y desbaratada la caballería enemiga, Eumenes decidió que era el momento de hacer avanzar a su propia infantería a la que situó por delante de su caballería y ordenó cargar contra la confusa maraña de guerreros capadocios, curtios, elimeos, trales, carios, ciclicios, neocretes y tarentinos. El rey de Pérgamo observó que Seleuco había ordenado adelantar a cuatro mil písidas, pánfilos y licios reconocibles por su *caetra* o escudo en forma circular. Eumenes ordenó de nuevo que sus arqueros y honderos lanzaran varias andanadas contra los písidas, pánfilos y licios a sabiendas de que sus pequeños escudos circulares no eran suficiente protección para una persistente lluvia de dardos.

Y así fue.

Tras una decena de andanadas, el rey pudo ver como se creaba el desconcierto entre las filas de los guerreros con *caetra* que caían heridos o muertos por centenares.

—¡Ahora! —ordenó Eumenes, y su infantería avanzó contra la desorganizada vanguardia seléucida. Tras ellos iban los arqueros que no dejaban de arrojar flechas siempre por encima de sus propias filas alcanzando a galogriegos, carios, elimeos, curtios y otros guerreros que aguardaban su momento para intervenir en la batalla, pero que tras recibir la lluvia de proyectiles ya no lo haría nunca; y con los muertos y heridos el desánimo se apoderaba de todos los guerreros del flanco izquierdo del ejército seléucida. De este modo cuando la infantería de Pérgamo impactó contra los písidas, pánfilos y licios supervivientes de primera línea, no tardaron ni unos minutos en crear la desbandada general de todos estos guerreros. A continuación los neocretes, trales y el resto de guerreros del ala izquierda del ejército seléucida presentaron un frente más duro, pero Eumenes sabía que contaba ahora con la ventaja de la superioridad en caballería, de forma que ordenó a sus jinetes que cabalgaran junto a él, desdoblando el flanco de los mercenarios seléucidas aprovechando el hecho de que el río Hermo, justo en aquel punto, se abría alejándose de la batalla y permitiendo a sus jinetes desdoblar a la infantería enemiga con soltura. Eumenes consideró por un instante que alguno de los generales romanos que dirigían aquel ejército sabía muy bien cómo elegir el lugar para una batalla y, aunque nunca lo diría en voz alta, le estaba muy agradecido.

Ala izquierda del ejército seléucida

Seleuco, nada más ver cómo la caballería de Pérgamo empezaba a desbordarles por el flanco y, conocedor de que ya no disponía ni de *catafractos* ni de jinete alguno con el que detener aquel ataque, decidió organizar una retirada lo más organizada posible hacia el centro del campo de batalla, defendiendo el flanco en su repliegue para evitar que la falange fuera sorprendida, pero eso sí, cediendo todo el terreno al enemigo. Llamó a uno de los hombres de su guardia y le dio instrucciones precisas.

—Ve donde se encuentran Minión y Filipo y diles que la caballería enemiga viene por este flanco. Diles... diles... diles que espero sus instrucciones. —Cómo le costó pronunciar aquellas últimas palabras. Tanto que no quiso quedarse a saber qué decidían Minión y Filipo. Seleuco hizo girar a su caballo y, seguido de unos pocos jinetes, se desvaneció en la profundidad de un imperio que se derrumbaba.

El centro de la batalla. Falange siria

El mensajero de Seleuco acababa de comunicar con Minión y Filipo. Los dos generales se miraron sin saber bien qué decir, aunque ambos pensaban lo mismo. Rodeados por el fragor de aquella batalla, con las legiones romanas resistiendo la embestida de la falange y con el flanco izquierdo en franca retirada, la rabia se había apoderado de ellos. Minión dio unos pasos para alejarse del mensajero. Filipo le siguió.

—El hijo del rey es un... —empezó Minión con desesperación, pero aún dudando, sin atreverse a terminar la frase.

—Un inútil —concluyó Filipo. Minión le miró y suspiró con alivio. Aquella frase era traición, pero la habían dicho entre los dos. Minión se sintió entonces más seguro.

—¿Qué hacemos? —le preguntó Filipo.

—Hemos de proteger el flanco que hemos perdido, eso está claro —empezó Minión animado al ver que su colega asentía—, pero no podemos fiarnos mucho ya de los hombres de Seleuco. Y los elefantes están nerviosos. La falange es de lo único que me fío ahora mismo. Yo replegaría la falange por las alas y haría tres frentes, uno frontal y dos laterales con la falange que, si las cosas van a peor, podemos transformar en un cuadrado completo. En el centro situaremos a los hombres de Seleuco, que servirán de refuerzo donde la falange ceda, y los elefantes también en el centro, hasta que se tranquilicen. Si resistimos lo suficiente, y creo que podemos hacerlo, el rey no tardará en regresar con los *catafractos* y atacará a los romanos por la retaguardia. Ése será el momento de lanzar los elefantes y a los hombres de Seleuco contra las legiones. Eso haría yo. Si resistimos aún se puede ganar esta batalla.

Filipo cabeceó afirmativamente mientras miraba al suelo. Había escuchado con atención.

—Es lo mejor, sí —confirmó con palabras—. Se lo comunicaré al mensajero y organizaré los elefantes en el centro.

—De acuerdo. Yo me ocuparé del repliegue de la falange.

Centro de la batalla. Vanguardia romana

Los *principes* daban señales de agotamiento y Silano veía que, por el momento, el cónsul no pensaba hacer entrar en combate a los *triari*, así que hizo lo único que estaba en su mano: ordenar que, de nuevo, los *hastati* y los *velites* supervivientes sustituyeran a los legionarios de primera línea de combate. Eso permitió que Publio hijo, con los compañeros de su manípulo, se retirara a beber y descansar un poco hasta su nuevo turno de lucha.

Silano, de pronto, se quedó perplejo. Era como si los *hastati* y los *velites*, en su reincorporación tras el descanso, empujaran la falange hacia atrás, especialmente en las alas. El veterano tribuno frunció el ceño. Luego hizo una mueca de escepticismo mezclado con satisfacción contenida. El hijo de Publio pasó a su lado en busca del aguador. Silano no pudo contenerse. Tenía que compartir con alguien sus pensamientos y nadie mejor que el hijo del gran *Africanus*.

—Muchacho, ahora sí que se parece esto a Zama; tu padre es... es un dios; no sé cómo lo ha conseguido, pero es un dios; es como Zama, de momento nadie nos ha atacado por los flancos, y ellos, por el contrario, repliegan sus tropas; no sé cómo lo ha hecho, pero no me importa. Tu padre enfermo vale más que todos los ejércitos de Asia juntos. ¡Ja, ja, ja! Vamos allá, muchacho, vamos a rematar lo que queda del ejército sirio. Hay que devolverles su sucia jugada de la brecha de antes. Ataca con odio, muchacho, pero muévete con cabeza. Sígueme.

Y Silano acortó el descanso de los *principes* para que éstos se concentraran en atacar por las alas de la falange que, aparentemente, se retiraba. Las oportunidades en una batalla debían aprovecharse.

Retaguardia romana

Pero Silano, en el centro de la batalla, no tenía la posibilidad de ver con perspectiva completa las maniobras del enemigo. Lucio Cornelio Escipión, muy concentrado, estudiaba los movimientos de repliegue de la falange.

—No es una retirada —dijo Marco, el *proximus lictor*, intuyendo que el cónsul buscaba una opinión.

—No, no lo parece —dijo el cónsul, aún algo ensimismado—, pero se repliegan y eso es bueno para nosotros. Subirá la moral de los legionarios.

—Cierto, mi general, pero...

—¿Pero...? —preguntó el cónsul sin volverse.

—Mi general, deben estar agotados, en primera línea, quiero decir... creo yo... es mi opinión sólo, mi general.

Lucio asintió, sonrió y puso su mano sobre el hombro de Marco para demostrarle que le parecía bien su comentario.

—Llevas razón, Marco, llevas razón. Es nuestro turno. Que las trompas anuncien que los *triari* entran en combate. Es hora de que las *sarissas* de la falange se batan con un enemigo a su altura. Es nuestro turno.

Y Lucio Cornelio Escipión se puso el casco, se lo ciñó bien, se aseguró de tener la espada en su vaina fuertemente ajustada por un cinturón y, mientras las trompas transmitían las órdenes, descendió de su caballo para, a pie, ponerse al frente de los *triari*. Quería dirigir personalmente lo que debía ser el ataque final. Siempre y cuando los *cata-*

fractos no regresaran. Había pensado mantener a los *triari* en reserva por si eso ocurría, pero había que arriesgarse. Era el momento del todo o nada. Si los *catafractos* regresaban demasiado pronto sería una derrota, pero si se retrasaban... si se retrasaban, llegarían demasiado tarde para ayudar a la falange. Lucio Cornelio desenfundó su espada y, mientras avanzaba hacia el corazón de la batalla, hizo girar su arma en su mano 360 grados dibujando un gran, invisible pero perfecto círculo en el aire que todos los oficiales que le rodeaban supieron interpretar con certeza: un cónsul de la familia de los Escipiones entraba en combate.

Retaguardia del ejército seléucida. Una colina

—¿Pero qué hacen esos estúpidos? —aullaba Aníbal exasperado. Estaba fuera de sí—. ¡Los elefantes en la retaguardia no valen para nada, ¿qué esperan para lanzarlos contra el enemigo? ¡Les van a rodear, Maharbal, les van a rodear y los muy inútiles se van a dejar envolver y comer como fruta madura! —El general miraba a su leal oficial como quien busca que le digan que no es cierto lo que está viendo; Maharbal no sabía qué responder—. No quiero ver más —apostilló Aníbal—. No quiero ver más. —Y se dio la vuelta, puso los brazos en jarras y negaba con la cabeza sin parar. No podía creer lo que acababa de presenciar. Entonces, de pronto, se volvió de nuevo hacia la batalla y lanzó una última pregunta—: ¿Y los *catafractos*? ¡Por Baal! ¿Alguien ve a esos malditos *catafractos*? ¿Alguien ve al rey Antíoco?

Y todos los hombres del general cartaginés oteaban el horizonte, más allá de la batalla, medio cerrando los ojos para protegerse del sol que empezaba a caer, pero nadie vislumbraba nada. El rey se había alejado en persecución de la caballería romana, siguiendo el curso del río Frigio y unas colinas impedían saber qué estaba ocurriendo en aquella zona, más allá de la llanura de Magnesia.

Primera línea de combate romana

Lucio organizó la sustitución de los *velites*, *principes* y *hastati* que había estado comandando Silano, por los experimentados *triari*. En poco tiempo los legionarios más veteranos quedaron enfrentados a las temibles *sarissas*, pero los romanos, a su vez, empuñaban largas astas especialmente diseñadas para enfrentarse a la falange siria y en las expertas manos de los *triari* hacían que el enfrentamiento estuviera nivelado, sólo que los *triari* entraban frescos en la batalla, mientras que los sirios llevaban ya largas horas de combate. Lucio se movía justo por detrás de la primera línea de ataque, custodiado por los *lictores* en todo momento. Estaba satisfecho por la rápida maniobra envolvente, pero quería más y rápido. Los *catafractos* podrían regresar en cualquier momento, tenía claro que la caballería romana habría sido arrasada, y tenían que resolver el desenlace de la batalla allí mismo lo antes posible.

—¿Dónde está Eumenes? —preguntó el general.

—Allí, mi cónsul —respondió Marco señalando a unos doscientos pasos de distancia donde se veía al rey de Pérgamo sobre su caballo dirigiendo a sus tropas a las que había detenido para dejar paso a los *triari*. Lucio se encaminó hacia el rey a toda velocidad y en unos instantes estuvo junto a él. El de Pérgamo no descabalgó para hablar con el cónsul. Lucio percibió la arrogancia, pero no era lugar ni momento para sentirse ofendido, sobre todo por alguien que estaba combatiendo bien para Roma.

—¡He dejado que los *triari* se adelanten, pero mis hombres quieren seguir combatiendo! ¡Queremos a todos esos sirios muertos ya mismo!

Lucio asintió. Había mucho orgullo y algo de petulancia en aquel rey, pero nuevamente lo dejó pasar.

—Lleva a tu infantería a la retaguardia siria. Eso les forzará a cerrarse en un cuadrado. Mis hombres con sus astas les rodearán en primera línea frontal y en los laterales del cuadrado, pero sin atacar.

—¿Sin atacar? —El rey parecía nervioso; agitó las riendas y su caballo piafó.

—Escucha, no atacaremos hasta que tus arqueros inunden el centro del cuadrado con todas las flechas de las que dispongáis y más que os daremos. Los elefantes están en el centro. Si los acribillamos a flechas y jabalinas se pondrán nerviosos y crearán el caos en el interior de la formación siria. Entonces atacaremos todos. Entonces será el fin de Antíoco.

El rey de Pérgamo no parecía estar plenamente satisfecho. Prefería un ataque en toda regla en ese momento. Temía que el regreso de los *catafractos* lo desbaratara todo. Lucio se engulló el orgullo y se acercó más al rey, hasta sentir el calor que el caballo del monarca desprendía por todos sus poros.

—Es idea de mi hermano, de Publio Cornelio Escipión. Es lo mejor, créeme.

El rey de Pérgamo clavó sus ojos negros en el cónsul de Roma.

—¿Idea del que llamáis *Africanus*?

—Así es.

—Creía que estaba enfermo.

—Y lo está, pero en caso de que ocurriera lo que está pasando, ése era su plan.

El rey se quedó atónito y desmontó del caballo. La bestia, bien adiestrada, no se movió del lugar pese a que el rey soltó las riendas y las dejó sueltas.

—¿*Africanus* había previsto que pudiera ocurrir todo esto?

Lucio asintió.

Eumenes, rey de Pérgamo, empezó a comprender por qué Roma era tan poderosa que podía permitirse combatir contra ejércitos tan imponentes como el de Antíoco tan lejos de sus fronteras.

—Si *Africanus* predijo todo esto, mejor será que sigamos su consejo. —Y dio media vuelta, volvió a montar y se dirigió al cónsul una vez más mientras tomaba las riendas del caballo—. Haremos lo que dices, pero también enviaré a doscientos jinetes a cubrir nuestra retaguardia.

Lucio asintió. Tampoco parecía aquélla una mala idea.

Centro del ejército seléucida

Los elefantes seguían nerviosos. Filipo gritaba a los adiestradores de las enormes bestias para que los tranquilizaran, pero, sin duda, sus aullidos no ayudaban demasiado, pero lo peor no era el fragor de la batalla que los rodeaba, sino la lluvia de flechas que se inició justo en ese instante. Filipo, protegido por los escudos de varios de sus hombres, se salvó de las primeras andanadas, pero los dardos no dejaban de caer y en una de tantas, una flecha se clavó en su hombro.

—¡Por Apolo! —gimió, y cayó de rodillas. Dos hombres le seguían protegiendo con los escudos—, ¿dónde está... Minión? —preguntó el general mientras las flechas seguían cayendo; Filipo se sacudió a un soldado que intentaba ayudarle—. ¡Por todos los dioses, decidle a Minión que ataque o acabarán con todos nosotros!

En ese momento una andanada de jabalinas lanzadas por encima de la falange terminó con la vida de los dos soldados que le protegían, un elefante rugió e, histérico por el dolor, se arrojó enfurecido contra los soldados elimeos y curtios que le rodeaban, pisoteando piernas, cabezas y costillas humanas a medida que avanzaba contra la retaguardia de la falange. El general Filipo, herido, manando sangre roja espesa por su espalda, se levantó al ver que más elefantes reaccionaban de la misma forma. El desastre era completo.

Primera línea de combate romana

Los *triari* aguardaban la orden de avanzar en bloque contra la falange, pero de momento se limitaban a mantener la posición. Tras ellos, miles de arqueros disparaban flechas sin cesar y los *principes, hastati* y *velites* arrojaban jabalinas sin parar. Era un bombardeo continuo que encontraba escasa réplica de un enemigo que parecía tener serios problemas detrás de las filas de la falange. De repente, justo frente a la posición del cónsul, un elefante emergió arrollando a los soldados sirios a los que sorprendió por la retaguardia. La gigantesca bestia pisoteó a dos falangistas y embistió a media docena con sus colmillos mientras se retorcía por su propio dolor, pues tenía la piel cubierta de flechas y lanzas y corría despavorido en la ingenuidad irracional de pensar que corriendo escaparía al sufrimiento mortal causado por las flechas y las lanzas clavadas por todo su cuerpo.

—¡A los elefantes, acribillad a los elefantes a medida que rompan la falange! —ordenó Lucio, y los legionarios dejaron de arrojar las lanzas por encima de la falange y se concentraron en apuntar a las testuces brutales de los paquidermos que emergían por uno y otro punto de una falange que se descomponía por momentos. Los animales, que llegaban ya heridos de muerte, apenas podían resistir mucho más, y entre los nuevos *pila* arrojados por los *hastati, principes* y *velites*, junto con las largas picas que los *triari* clavaban en su vientre, se doblaban y caían de lado, eso sí, aplastando a todo el que encontraran allí donde se desplomaban, y arrastrando en su caída a todos los arqueros y guerreros sirios que montaban sobre ellos.

—¡Ahora, contra la falange! —aulló con furia Lucio, y Silano y Eumenes, desde los diferentes flancos de la batalla, reforzaron la señal de ataque con sus propios gritos. Los *triari* avanzaron ahora contra una falange desordenada y con múltiples brechas provocadas por la estampida alocada de los elefantes moribundos, de forma que la resistencia siria era endeble y los falangistas perdían terreno sin casi poder oponerse a los experimentados *triari*, quienes, tras clavar todas sus largas picas en los cuerpos de sus enemigos, desenvainaban las espadas para cortar las últimas *sarissas* que quedaban aún alzadas contra ellos, como un recuerdo vago del poder que sólo hacía unos minutos había exhibido aún el ejército de Antíoco, y las quebraban e iniciaban el combate cuerpo a cuerpo contra unos guerreros heridos, desarbolados y sin moral ni generales que los gobernaran ya, pues Filipo había sucumbido bajo uno de los grandes elefantes y Minión, a su vez, se arrastraba herido de muerte por media docena de flechas clavadas en su espalda.

La masacre sistemática y minuciosa del ejército sirio empezó con la parsimonia con la que Roma ejecutaba los lentos desenlaces de sus grandes batallas. Los *triari* abrían la marcha y tras ellos el resto de legionarios del ejército consular y los guerreros de Pérgamo remataban a los moribundos con saña, tomándose, especialmente los hombres de Eumenes, tiempo adicional en torturar a algunos heridos que representaban el poder que los había oprimido durante decenios y que había estado a punto de aniquilarlos. Las tornas habían cambiado y era ahora su turno de disponer del poder y los soldados de Pérgamo estaban disfrutando siendo los ejecutores del final del dominio hegemónico del hasta entonces todopoderoso Antíoco III de Siria. Eso se acababa. Era el momento de que Pérgamo gobernara Asia Menor.

Retaguardia seléucida. Una colina

Aníbal suspiraba. Eso era todo cuanto podía hacer.

—Escipión contaba con que un estúpido dirigiera a los sirios y así ha sido. Espero que al menos no piense que los dirigía yo. Eso me dolería más que el destierro.

Maharbal respondió con seguridad:

—Estoy seguro de que Publio Cornelio Escipión y su hermano tendrán muy claro quién ha gobernado al ejército seléucida.

—Es posible. —Y Aníbal se encogió de hombros; Magnesia era ya el pasado. Descendió de la colina pensando en cómo organizar su futuro, considerando en si acaso aún tenía futuro en un mundo, ahora sí, abocado a ser gobernado por Roma por muchos años.

74

El regreso del gran rey

Magnesia, Asia Menor.
Diciembre de 190 a.C.

Antíoco agitaba sus brazos intentando insuflar energía a sus *catafractos*, pero los caballos estaban exhaustos por el largo combate y la gran distancia que habían recorrido en persecución de la caballería romana. El rey sabía que sus jinetes blindados habían prácticamente aniquilado a los caballeros romanos de esa ala y ahora lo esencial era regresar cuanto antes al corazón de la batalla para cargar contra la desprotegida retaguardia romana, pero los *catafractos* sólo podían retornar al paso. El rey, exasperado, decidió adelantarse y azuzando su caballo negro se lanzó a un trote que, al momento, transformó en un raudo galope. Tras él, como una flecha, partieron los jinetes reales de la *agema*. La infantería de apoyo también incrementó su marcha a un paso ligero que le permitía, al menos, marchar por delante de los propios *catafractos*.

—Hemos de superar esas colinas —se repetía entre dientes Antíoco a sí mismo una y otra vez, a medida que se alejaba del río Frigio y se distanciaba, seguido por la *agema*, del ralentizado avance de los *catafractos*.

Al cabo de un rato, que se le hizo eterno —no podía entender que se hubieran alejado tanto del campo de batalla—, consiguió su objetivo, pero el espectáculo que vio al ascender por las colinas no era el que había esperado: el ejército romano ya no estaba allí cerca, sino que había cruzado toda la llanura y combatía contra una extraña maraña de guerreros, confusa y sin formación, en donde debía encontrarse lo que era su magnífico ejército imperial. Si miraba hacia la derecha, en el horizonte, se vislumbraban decenas de carros escitas volcados y un mar de cadáveres que atestiguaban que la carga de Antípatro había devenido en un auténtico fiasco. Y no se veía muestra ninguna de la caballería de Seleuco o de su numerosa infantería y, para colmo de desgracias, ¿dónde estaba la falange y los elefantes que dirigían Filipo y Minión?

—¿Dónde... dónde está mi ejército? —dicen que acertó a decir el gran rey según narraron los oficiales de la *agema* años después, cuando ya no prestaban servicio al rey y el imperio languidecía ante la emergente potencia de Pérgamo, Rodas y otros estados aliados de Roma—, ¿dónde está mi ejército? —repitió la pregunta con más fuerza—, ¿dónde está mi ejército? —gritó desesperado, incrédulo, Antíoco III de Siria, emperador de todos los reinos seléucidas, con lágrimas en los ojos—, ¿dónde está mi ejército? —Pero sus preguntas se perdieron en la brisa de un viento que soplaba desde el sur y que parecía llevárselo todo consigo.

75

El retorno desde el río Frigio

Magnesia, Asia Menor.
Diciembre de 190 a.C.
Después de la gran batalla

Graco emergió nadando río abajo, cubierto de sangre y barro, arrastrándose, medio ahogado y con heridas por piernas, brazos y pecho, pues la coraza estaba partida. Allí, junto a la ribera del río, perdió el conocimiento y quedó boca arriba, respirando, sin pensar en nada, entre muerto y vivo, herido, dejando que la sangre de su cuerpo se vertiera por completo al río Frigio o bien que sus heridas cicatrizaran de forma natural. Al cabo de un tiempo, que Graco mismo no podía calcular, abrió los ojos. Se sentó en el borde del río y jadeó hasta recuperar el aliento. Miró a su alrededor hasta situarse. No sabía ni siquiera en qué lado del río se encontraba ni por cuánto tiempo había estado buceando, medio asfixiado, a ciegas, y luego allí, echado, tumbado como un cocodrilo egipcio al sol. Se palpó las heridas. Numerosos cortes y una herida en el pecho, pero nada parecía necesariamente mortal. Se levantó y escrutó el horizonte. No había sido tanto el espacio recorrido en su huida a nado. A unos mil pasos se veían cadáveres de sus antiguos compañeros. Se encontraba en el lado del río donde había tenido lugar la lucha contra los *catafractos* primero y luego contra la *agema*. No había nadie cerca. El sol era más débil. Estaba descendiendo. Había empezado la tarde. Se escuchaba el fragor lejano de un enorme combate. La batalla aún no había terminado. No sabía qué había ocurrido en el centro del ejército donde combatían las legiones romanas, ni sabía nada de qué habría ocurrido con los carros escitas y el resto de enemigos de la otra ala. Tiberio Sempronio Graco se levantó y, maltrecho, empezó a caminar hacia la batalla. Era un soldado de Roma y estaba vivo, o eso parecía. Si el combate continuaba, su obligación era reincorporarse al ejército consular.

Tiberio Sempronio Graco cruzó casi a rastras las colinas que le separaban del gran campo de batalla. Le dolían las heridas, todo el cuerpo, y estaba muy débil. Se detuvo y, sin alzar la vista apenas, detectó una roca solitaria al pie de la última colina. Era un buen sitio para sentarse y descansar. No sabía si caminaba hacia la muerte o hacia la victoria. Tras ver lo sucedido con la caballería que comandaba, su mente veía como más probable lo primero que lo segundo, pero no perdía la esperanza. Quería seguir caminando, pero no tenía suficientes fuerzas. Pensó en que tampoco había prisa. No estaba en situación de ayudar a nadie. Si se vencía, lo conseguirían sin su ayuda. Si se estaba perdiendo, él no estaba en condiciones de ayudar. Sólo sería un torpe herido molestando en las maniobras del ejército. Era mejor quedarse allí y esperar. Aquellas colinas estaban a medio camino entre el campamento y el frente de batalla; quien regresara de la batalla, victorioso o vencido, pasaría por ese lugar o muy próximo a esa roca.

Discurrió una hora sin que nada ocurriera, más allá de que el fragor de la batalla se iba reduciendo progresivamente al tiempo que las sombras del atardecer se alargaban espectacularmente hasta que su propia silueta sentada en la roca pareciera un gigante encogido por el dolor y la derrota. Al fin, empezaron a aparecer los primeros legionarios de Roma de regreso al campamento. Eran *principes* y *hastati*, jóvenes en su mayoría, cubiertos de sangre, pero por sus risas y sus cánticos no era tanto sangre suya la que empapaba sus cascos, grebas y cotas de malla, como sangre del enemigo. Además venían cargados de todo tipo de lanzas, espadas, puñales, corazas y hasta sacos con comida. Era el tipo de regreso que protagonizaban unas legiones victoriosas. Tiberio Sempronio Graco no pudo evitar una sonrisa.

—¡Legionarios! ¡Legionarios! —exclamó el tribuno herido.

Los *hastati* en seguida desenvainaron los *gladios*, pero los *principes*, algo más veteranos, reconocieron de inmediato el uniforme y el penacho especial del casco del tribuno, y se interpusieron entre los jóvenes legionarios inexpertos y el alto oficial herido.

—Soy Tiberio... Tiberio Sempronio Graco —dijo, aunque cada palabra le costaba pronunciar sobremanera—. ¿Hemos vencido?

Un *signifier* que portaba el estandarte junto con un montón de armas que había arrebatado a soldados sirios muertos fue el primero en responder.

—Una gran victoria, tribuno. —Y volviéndose hacia atrás vociferó lo que su sentido común le dictaba—. ¡Llamad al médico!

—¿Una victoria? —Graco no parecía muy convencido, y eso que el porte de aquellos legionarios no indicaba otra cosa, pero tal había sido el desastre en su ala que cualquier cosa distinta a la más absoluta de las derrotas se le antojaba difícil, por no decir imposible, de creer.

—Una victoria total, tribuno —reiteró el portaestandartes agachándose junto a Graco y ofreciéndole un cazo con un poco de agua que había vertido un aguador.

El tribuno aceptó el agua asintiendo con la cabeza. Bebió sin dejar de mirar al *signifier*. El portaestandartes cabeceaba arriba y abajo en un esfuerzo por intentar persuadir al tribuno de que lo que le contaban era cierto.

—Una victoria —dijo al fin Graco algo más convencido, como aceptando ya la realidad que le rodeaba por todas partes, pues no hacían más que llegar más y más legionarios del frente, contentos, felices, algunos heridos, pero con la cabeza alta, orgullosos de lo que habían conseguido. Muchos de ellos se arremolinaban allí mismo, junto a la roca, o donde se habían detenido los primeros *hastati* y *principes*, curiosos, ávidos en saber qué había allí tan importante que hacía que sus compañeros detuvieran la marcha. Llegó entonces el grueso de la tropa, con los *triari* al frente y, justo entre ellos, marchaba a pie Lucio Cornelio Escipión, cónsul de Roma, acompañado por Silano y ambos escoltados por los doce *lictores* consulares. El rey de Pérgamo se había quedado en la llanura, con la misión de asegurarse de que Antíoco no intentaba ningún tipo de ataque sorpresa con las exiguas tropas que le quedaban. El cónsul no quería dejar ningún cabo suelto y quería evitar a toda costa que una tan magnífica victoria pudiera verse empañada por algún episodio negativo. Y, en cualquier caso, los de Pérgamo eran los que más ganas tenían de seguir rematando heridos sirios. En eso andaba ocupada la mente de Lucio Cornelio Escipión cuando observó cómo las tropas habían roto la formación y se arracimaban en torno a un hombre herido al pie de las colinas. El cónsul se desvió y los *lictores* le abrieron camino con rapidez. Tampoco era tarea difícil, pues los legionarios, agradecidos al general que los había conducido a la victoria, se apartaban con rapidez, respetuosos con el cónsul que les gobernaba en aquellas tierras extranjeras y que tan bien había sido capaz de sustituir al todopoderoso *Africanus*. Silano acompañaba a Lucio Cornelio y fue precisamente el veterano tribuno el que vislumbró primero de quién se trataba.

—¡Es Graco! —exclamó asombrado—. ¡Por Cástor y Pólux, es Graco, mi general!

Lucio había dejado en retaguardia a Domicio Ahenobarbo y los pocos supervivientes que habían regresado del ala izquierda. Domicio le había descrito personalmente la estratagema de Graco en el río y cómo se hundieron los pesados *catafractos* en el lodo del río Frigio, pero también le había asegurado que Graco, el hombre de Catón en aquel ejército, había caído y que, con toda seguridad, habría sido masacrado por los jinetes de la *agema* siria. Ahora, de pronto, Graco emergía ante ellos, herido, sí, cubierto de sangre, pero sentado sobre una roca, respirando, hablando con los legionarios que volvían del frente, vivo. Lucio se situó frente a Graco. Para sorpresa del cónsul y de todos los presentes, Tiberio Sempronio Graco, herido, débil, ensangrentado y sudoroso, apoyó su mano derecha sobre la roca y se puso en pie.

—Tiberio Sempronio... Sempronio Graco, mi cónsul. Mis hombres cayeron en combate. Quizá algunos hayan sobrevivido con Domicio Ahenobarbo. No lo sé. Hicimos lo que pudimos, mi general. —Y luego, como quien apostilla con ironía, añadió una última frase, una frase que, pese al esfuerzo, pronunció con sumo placer—. Espero que hayamos alargado el combate en el ala izquierda lo suficiente, cónsul de Roma.

Lucio le miró sin ocultar admiración en su rostro, pero sin perder la distancia que había entre ambos, pues no sólo el rango, sino, sobre todo, la enemistad entre las dos familias, por el apoyo de los Sempronios a Catón, hacía de aquél un momento complejo: estaban rodeados de legionarios y Graco, aunque enemigo político, había combatido con gran valentía.

—Has seguido las órdenes con escrupulosidad, Tiberio Sempronio Graco. Has cumplido bien y te has hecho acreedor de recibir *torques*. Ahenobarbo sobrevivió también —añadió Lucio en voz alta y clara, intentando reducir el impacto de la presencia de Graco vivo allí, entre ellos—, y consiguió traer consigo algunos hombres con él. —Era lo más que podía decir para limitar un poco el éxito de Graco por sobrevivir a los *catafractos*; y le puso la mano sobre el hombro derecho y luego dio media vuelta solicitando que Atilio, el mejor médico de las legiones, viera de inmediato al tribuno herido.

Lucio partió de aquel lugar seguido por Silano y escoltado por los *lictores*. En su cabeza sólo había sitio para un pensamiento. Su hermano Publio lo había planificado todo a la perfección y lo había previsto todo con minuciosidad casi divina: la capacidad de Eumenes para contrarrestar el empuje de los carros escitas y de la infantería y la caballería de Seleuco en el ala derecha; la fortaleza de las legiones ante la falange siria, la forma de combatir contra los elefantes si éstos no se posicionaban en primera línea, y, lo más importante, cómo alejar a los *catafractos* pesados del escenario central de la batalla. Todo lo había calculado Publio a la perfección, todo menos que Tiberio Sempronio Graco, una vez más, contra todo pronóstico, al igual que ocurriera cuando fue enviado a negociar con Filipo de Macedonia, sobreviviera. Y no sólo eso, sino que retornara a las legiones de Asia ahora, después de la batalla y, muy pronto, al gran *triunfo* en Roma, revestido del esplendor de los héroes. Publio había querido derrotar a Antíoco y, a la vez, propiciar la muerte de Graco, por motivos personales, por motivos políticos o por ambas causas, y el resultado era que sí se había conseguido la derrota del rey sirio, pero que Graco regresaba a Roma mucho más poderoso de lo que había salido. Los Escipiones habían conseguido mucho con aquella victoria, pero Catón, el maldito Catón, también. Y eso pesaría en el futuro. «Lo peor de todo —pensaba Lucio—, lo peor de todo es que se lo he de contar a Publio.»

76
Coracesium

Coracesium, costa occidental
de Asia Menor.
Enero de 189 a.C.

Coracesium era un enclave portuario al abrigo de un gran promontorio rocoso que se adentraba en el mar generando en su entorno una bahía natural donde las naves quedaban protegidas de la furia de los dioses. Tras el desastre de Magnesia y ante la negativa del rey

Antíoco de volver a recibirle en audiencia, Aníbal se había dirigido a aquella ciudad, refugio de los piratas de la región.

—Hay que abandonar Asia, y pronto —le había dicho Aníbal a Maharbal tras la derrota de Magnesia—. Antíoco, tarde o temprano, cederá a los romanos y no sólo les cederá territorios sino que también nos entregará. Nos usará como moneda de cambio cuando le venga bien.

—Pero ¿adónde podemos ir? —preguntó Maharbal visiblemente preocupado, pues las opciones, tras la victoria de Roma en Asia Menor, se reducían notablemente.

—Aún hay enemigos de Roma, Maharbal, muchos y, cuanto más crezca su poder más enemigos surgirán, pero de momento, hasta que encontremos un rey que se atreva a acogernos, Coracesium es el destino más próximo y más seguro.

—Coracesium es un bastión de los piratas.

—Precisamente, Maharbal, sin gobierno. Aunque formalmente pertenezca al imperio de Antíoco hace años que son los piratas los que realmente rigen el destino de esa ciudad. Iremos a Coracesium. Y envía un mensaje a Antioquía para que nuestros hombres traigan a Imilce. Cuanto antes la saquemos de allí, mejor.

Las murallas de la ciudad se extendían por todo el promontorio rocoso que se internaba en el mar. La bahía estaba repleta de naves de toda condición y origen, pues muchas eran fruto de la piratería misma: se veían barcos mercantes romanos, rodios, egipcios, macedonios y hasta cartagineses. Todos apresados por los piratas. La visión de estos últimos dolió particularmente a Aníbal y sus hombres. Todos sabían que en otro tiempo, cuando Cartago poseía una poderosa flota militar, nadie, ningún pirata se habría atrevido a atacar a mercantes púnicos. Los buques cartagineses allí varados eran sólo una muestra más de la debilidad de su Cartago natal. Pero la visión de los mismos también reavivó en el ánimo de Aníbal, Maharbal y el centenar de hombres fieles que les acompañaban el deseo de seguir luchando por poder recuperar la gloria de tiempos pasados. Ahora todo parecía perdido, pero Aníbal seguía vivo y mientras Aníbal viviera, todos los del grupo tenían la esperanza de revertir el curso casi incontrolable de la historia.

En el corazón de la bahía, en un muelle donde se reunían decenas de capitanes piratas del Egeo y el Helesponto, se presentó Aníbal. Maharbal había hecho su trabajo. Primero consiguió que una docena de veteranos viajara a Antioquía y regresara hasta alcanzar Coracesium, escoltando a Imilce, en pocos días, y, por otro lado, el oficial de confianza de Aníbal había acordado una cita con uno de los piratas más poderosos de la región. Nada más llegar, el pirata se separó del resto y condujo a Aníbal y Maharbal a una pequeña casa que se levantaba junto al muelle. Los veteranos púnicos se quedaron en el puerto, custodiando las posesiones del general, entre las que destacaba el pesado cargamento de estatuas del que, para sorpresa de Maharbal, Aníbal nunca se desprendía, y protegiendo a Imilce y a algunas otras mujeres de diversa condición y origen que acompañaban al grupo de desterrados. Unos piratas, con ojos codiciosos, miraban las pertenencias del general púnico y otros, con lujuria en su mirada, estudiaban el cuerpo de Imilce y del resto de mujeres, pero ni los unos ni los otros se atrevían a atacar a unos hombres que habían estado en mil batallas y que podían ser capaces por sí solos, si las cosas se ponían a malas, de tomar por la fuerza la bahía. No, era mejor dejar tranquilos a aquellos guerreros que parecían pertenecer a otro mundo, a otro tiempo, y seguir viviendo del robo y el saqueo de barcos sin protección gobernados por gentes honestas poco dadas a la violencia y, en consecuencia, fáciles de doblegar, atrapar, y luego vender como esclavos.

En la pequeña casa, el capitán pirata estaba llegando a un acuerdo con Aníbal.

—¿Un barco con tripulación que os conduzca a todos a un puerto seguro? Es posible, se puede conseguir, si hay dinero...

—Hay dinero —respondió Aníbal seco—, pero será un barco sin casi tripulación. Mis hombres me bastan para gobernar una nave. Sólo embarcarán el mínimo necesario de tus hombres. Sólo los que hagan falta para que la nave regrese a Coracesium. Si esos hombres me causan problemas los echaré por la borda y me quedaré con el barco.

El pirata se hizo hacia atrás reclinándose en su asiento. No estaba satisfecho con la propuesta.

—¿Y quién me dice que no harás eso de todas formas?

—Te lo dice Aníbal, que no es un pirata, y además te pagaré con suficiente oro para que ésa sea la menor de tus preocupaciones. Yo me preocuparía por que los romanos no decidan hacerse con esta ciudad ahora que las tropas de Antíoco se retiran más allá de las montañas del Tauro.

—Los romanos nunca regirán el destino en Asia Menor —respondió el pirata con la seguridad de la soberbia.

Aníbal sonrió.

—Ojalá tengas razón, capitán. ¿Qué hay del barco?

—Necesito ver el oro.

Aníbal no se inmutó. Se metió ambas manos bajo su capa militar y extrajo dos, tres, cuatro bolsas de piel que arrojó sobre la mesa que quedaba entre ambos interlocutores. El pirata abrió una bolsa y vertió el contenido. El ruido inconfundible de decenas de monedas de oro salpicó la estancia y de cada pared retornaba el sonido metálico del dinero.

—Tendrás un cofre repleto con las mismas monedas. ¿Es suficiente? —preguntó Aníbal.

El pirata iba abriendo bolsa tras bolsa obteniendo con cada una el mismo resultado que con la primera.

—Es suficiente —dijo—. ¿Dónde ha de ir el barco?

Aníbal sonrió de nuevo.

—Eso ya se lo diré en alta mar a tus hombres.

—Mis hombres, si vuelven, me dirán dónde has ido, ¿qué ganas con ocultarlo?

—Para cuando tus hombres regresen, si es que son capaces de sobrevivir a las tormentas y a otros piratas como tú, yo ya me habré alejado del lugar donde nos hayan desembarcado. Gano tiempo. ¿Quién me asegura que no vas a traicionarme y entregarme a alguno de mis enemigos?

El capitán permaneció en silencio un minuto, luego sonrió y por fin soltó una sonora carcajada.

—¡Que traigan vino! —espetó el capitán a una mujer que se encontraba a su espalda—. Hoy ya hemos reunido botín para varias semanas.

Aníbal bebió con rapidez una copa de vino y luego salió de la casa en dirección al muelle. Maharbal le seguía de cerca.

—En cuanto el barco esté preparado zarparemos —dijo el general—. Éste es un lugar peligroso.

Maharbal dudó en preguntar, pero al final se decidió.

—¿Adónde iremos?

Aníbal seguía andando despacio, no quería transmitir a los piratas de la ciudad que se encontraba nervioso, y respondió en voz baja.

—Iremos a Creta, a la parte más lejana, a la región suroccidental de Creta. Es otro refugio de piratas. La zona oriental y el centro, en particular Cnossos, están bajo el control de Rodas, que son aliados de Roma, pero el occidente era la base de la flota de Nabis de Esparta.

—Sí, pero Nabis cayó hace unos años.

—Sí, Maharbal, pero nadie se ha hecho aún con el control de los puertos de esa región de Creta. Roma ha tenido que concentrar su flota en el Egeo y olvidarse de los piratas de Nabis. Además es un territorio muy montañoso y ahora, Maharbal, lo que necesitamos es escondernos. Desde allí mandaré mensajeros a diferentes reinos en busca de un lugar mejor, de un lugar desde el que podamos volver a poner nerviosos a Roma. Tengo algunas ideas, especialmente en Asia.

—¿Y por qué no acudimos a ese sitio ya, directamente, sin pasar por Creta?

—Porque hay que dar un tiempo para ver cómo se alinea cada reino. Unos van a tomar partido por Roma, sobre todo Pérgamo y Rodas, y estos reinos se verán favorecidos por grandes cesiones territoriales ante la obligada retirada de Antíoco por presión de las legiones, pero eso, como toda reorganización territorial, creará reyes que se sentirán afrentados, maltratados por Roma. Entre estos últimos encontraremos nuestros aliados futuros, pero hay que esconderse y esperar, Maharbal. Esconderse y esperar. Esta guerra no ha terminado aún.

LIBRO VI

EL JUICIO DE ESCIPIÓN

Año 189-184 a.C.
(años 565-570 desde la fundación de Roma)

Bubus medicamentum. Si morbum metues, sanis dato salis micas tres, folia laurea III, porri fibras III, ulpici spicas III, alii spicas III, turis grana tria, herbae Sabinae plantas tres, ruta folia tria, vitis albae caules III, fabulos albos III, carbones vivos III, vini S. III.

[Remedio para bueyes: si crees que un buey puede caer enfermo, hay que dar a los bueyes, antes de que enfermen, el siguiente remedio: tres granos de sal, tres hojas de laurel, tres hojas de puerros, tres cabezas de ajo común, tres cabezas de ajo grande, tres granos de incienso, tres plantas de hierbas sabinas, tres hojas de ruda, tres tallos de cepa blanca, tres judías blancas, tres carbones calientes y tres medidas de vino.]

MARCO PORCIO CATÓN,
De Re Rustica, LXXLXXIII, 70

[*Altera manu fert lapidem, panem ostentat altera.*
Con una mano muestra el pan y en la otra lleva una piedra.]

PLAUTO, *Aulularia*, 195

77

Memorias de Publio Cornelio Escipión, *Africanus* (Libro VI)

Son muchas las palabras que se agolpan en mi mente cuando pienso en Marco Porcio Catón, pero estas memorias, escritas ya en el destierro y desde mi derrota política en Roma, quiero que sean objetivas, no sólo fruto de mi rencor o de mi rabia. Quiero ser justo con Catón. Después de haber superado los primeros meses de ignominia en este exilio humillante para mí y para toda mi familia y después de meditarlo mucho y, tras haber presenciado la insistencia de Catón en su eterna lucha contra todo lo que no se ajusta a la visión que él tiene de la más rancia tradición de Roma, he concluido que el ataque de Catón contra mí, aunque sustentado y espoleado por un resquemor personal por su parte contra mi persona, en su origen intrínseco no es puramente personal. Catón cree en la justicia de sus acciones y cree en ello por completo. Eso es lo que lo hace tan temible. Ha sembrado el temor por Roma contra mí en el sentido de que yo podía ambicionar permanecer en el consulado de forma permanente o de convertirme en dictador o rey porque yo creo que lo que yo pienso es la única forma adecuada de desarrollar el futuro de Roma. Esa misma megalomanía que él ve en mí no es sino una sombra de su propia intransigencia, es sólo reflejo de su propia creencia ciega en que lo que él piensa es lo único adecuado para Roma. Es cierto que nuestras desavenencias políticas se tradujeron en enfrentamientos personales, sobre todo en su etapa de quaestor *de mis legiones en Sicilia y África, pero su odio contra mí está envuelto en la gélida capa de quien considera que eliminar, no sólo derrotar, sino exterminar al enemigo es una justicia en sí misma. Si examino sus acciones en otros ámbitos es fácil ver que conmigo no se ha comportado de forma diferente a como lo ha hecho con otros que se le han enfrentado. Basta ver cómo actuó en sus campañas en Hispania. Allí donde yo había llegado a acuerdos con muchos de los jefes de las tribus iberas y cel-*

tas, él sólo llevó la guerra y la destrucción, un camino que ha quebrado la política de alianzas que mi padre y mi tío iniciaran en el comienzo de nuestra llegada a Hispania y que, sin lugar a dudas, hará que Hispania sea un territorio hostil a Roma durante décadas, quizá siglos. Alguna vez he comentado en privado, con algunos amigos que han venido a visitarme a Literno, esta sensación mía sobre Catón, y ha habido quien ha aceptado esta nueva perspectiva sobre sus acciones (que su enfrentamiento contra mí sólo es parte de su ataque a todo lo que se le opone); pero ha habido otros que se han reafirmado en que sus acciones son una pura venganza personal instigada por el fallecido Fabio Máximo y que si se ha quebrantado la política de alianzas en Hispania fue más por hacer lo opuesto a lo que yo había iniciado años antes que por el beneficio que eso pudiera reportar a Roma. Es posible que sea así. No creo que nunca pueda averiguar cuál ha sido su auténtica motivación para atacarme sin descanso todos estos años. Sólo sé que he perdido. Los que hemos ganado muchas veces, los que conocemos el sabor dulce de la victoria sabemos detectar con claridad el amargo regusto seco de la derrota completa. Nadie se ha atrevido a decirlo en voz alta, pero sé que algunos piensan que si hubiera permitido a Cayo Valerio matar a Catón aquella noche mientras cenábamos en Siracusa, quizá todo hubiera sido muy distinto. En aquel momento no lo juzgué aceptable ni necesario. Es sorprendente lo que puede uno equivocarse en esta vida.

Hubo un momento en el que pensé que estaba fuera del alcance de las maquinaciones de Catón. En eso llevaba él razón: tras mi triunfo *celebrado en Roma, pensaba que estaba por encima de ellos, de Catón y los suyos, pero no lo pensaba con la idea de imponerme a ellos sino con la paz que otorga el sentirse a salvo de los enemigos. Y no hay mayor error que infravalorar la capacidad de reacción del contrario. Es algo que nunca me permití en el campo de batalla, pero que descuidé en el ámbito de la política de Roma. Catón quebraba alianzas que yo creaba en el extranjero con otros pueblos, desorganizando parte de mis conquistas, y yo, mientras, cegado por estos movimientos de mi implacable enemigo, era incapaz de ver cómo el propio Catón trababa, a su vez, nuevas alianzas para dejarme solo, desprotegido y vulnerable en el corazón mismo de Roma: en el Senado.*

Además, Catón, he de admitirlo, posee una característica que compensa su quizá menor inteligencia en comparación con mi gran enemigo del pasado, Fabio Máximo: Catón es la persona más tenaz que existe en Roma. Puedes derrotarle en infinidad de ocasiones, pero si no le destru-

yes, esperará, y esperará con una paciencia letal, y cuando menos lo imaginas devuelve todos los golpes con una frialdad y una crudeza que te hielan el espíritu. Así es Catón. Así se enfrentó conmigo.

Es posible también que el desasosiego en mi entorno familiar tampoco contribuyera a defenderme de los ataques del censor de Roma. La relación con Emilia se había deteriorado aún más al traerme a Areté desde Asia. Mi hijo se mantenía distante, convencido de que, una vez más, me había defraudado y yo no supe hacerle entender que no debía sentirse así. Nos alejamos el uno del otro sin casi darnos cuenta. Con mi hija mayor, casada, hablaba poco, nos veíamos poco y la pequeña Cornelia, enterada de lo que ordené hacer en Magnesia con respecto a Graco, me rehuía. Supongo que en este estado de cosas es normal que me refugiara en Areté.

(Debo revisar estas anotaciones y eliminar algunas cosas; no quiero que Emilia pueda verse aún más herida por estas memorias; ella no tiene culpa de mis debilidades; lo que está claro es que si le hubiera hecho más caso quizá hubiera podido resolver el enfrentamiento con Catón y evitar sus terribles consecuencias, eso es lo que realmente quiero decir.)

Pero debo ir por partes. La lucha política contra Catón tras la campaña de Asia tuvo varias fases y en algunas vencí. El pueblo siempre estuvo a mi favor, pero Roma es mucho más compleja que saber manejar al pueblo. Catón ha tenido la habilidad de saber manejar con destreza todos los entresijos del gobierno de Roma, todas las instituciones. Comprendió que sólo un ataque combinado desde diversas instituciones a la vez podía derribarme. Como estratega, aún analizo con admiración su táctica política. Como ciudadano de Roma en el exilio, veo con profundo temor su victoria. Como individuo, vivo con tristeza la traición de Roma entera. Referiré ahora los acontecimientos por orden cronológico y no dejaré de comentar los sucesos que me llegaron sobre Aníbal, aunque sobre él volveré en el último libro de estas memorias con más profundidad. Su propia vida y la forma en que esa vida suya afectó a la mía y a la de toda mi familia, así lo merece. Pero volvamos a los triunfantes días tras la victoria sobre Antíoco.

78

La vida privada de Publio

Elea, Asia Menor.
Enero de 189 a.C.

Publio escuchaba con pasión el relato de su hermano. Estaba sentado en su lecho, en aquella habitación de la casa en la que se había alojado en Elea, cubierto con un par de mantas y sudando, pero la fiebre bajaba y, ya fuera porque la enfermedad remitiera o porque la narración de la victoria de Magnesia le daba energía, el caso es que Publio se encontraba muy mejorado. Frente a él, su hermano Lucio, sentado en una *sella*, proseguía con su relato.

—Todo salió, hermano, tal y como pronosticaste. Antíoco no hizo caso a Aníbal en nada, de eso podemos estar bien seguros: ni se usaron los elefantes como vanguardia de ataque en bloque ni supieron aprovechar la superioridad de su caballería.

—Sí, sobre todo eso último —confirmó Publio—. Aníbal nunca desaprovechó la caballería en ninguna batalla. Es seguro que en Magnesia no le hicieron caso en nada, para fortuna nuestra. Entonces, todo son buenas noticias, ¿no es así?

Pero Lucio dudó y tardó un instante antes de dar respuesta a la pregunta de su hermano.

—Bueno, hay algunas cosas que no han salido exactamente como pensamos.

Publio no preguntó, sino que se limitó a mantener su mirada fija en su hermano. Lucio había omitido hasta ese momento —pues quería asegurarse de que su hermano estuviera en condiciones de recibir todas las noticias, las buenas y las no tan buenas— lo acontecido con Graco, pero decidió que ya era momento de transmitir a Publio aquel punto con precisión.

—Graco ha sobrevivido. —Y ante la cara de incredulidad de Publio, Lucio se sintió en la obligación de aportar algunos detalles más—. No me preguntes cómo, hermano, pero sobrevivió. Ahenobarbo asegura que mantuvo la posición con firmeza y quizá eso no sea lo peor, sino que su resistencia contra los *catafractos* le ha convertido en una especie de héroe entre los legionarios de la expedición a Asia. Graco regresa con mucho prestigio de esta campaña. Graco regresa más poderoso de lo que vino —concluyó Lucio con cierta pesadumbre.

—No importa —replicó Publio con seguridad—. Puede que regrese más fuerte, pero nosotros retornamos a Roma directos hacia otro gran *triunfo*, Lucio. Eso no nos lo puede negar el Senado, no después de poner en fuga a todo el ejército de Antíoco. Graco será más poderoso que antes, pero tú y yo, hermano, tú y yo somos ahora intocables. —Y había un destello especial, un fulgor vívido e intenso en las pupilas de Publio que impregnó de orgullo y fuerza a Lucio.

—Supongo que tienes razón, hermano. Pocas familias han aportado tantas victorias y conquistas a Roma.

—Exacto, Lucio, exacto. Desde ahora estamos por encima de todos. Graco no importa nada. Quizá Asia haya valido para que comprenda que no deseo verle próximo a mi hija nunca más.

Lucio asintió.

—Sí, imagino que eso lo tendrá claro.

—¿Y el muchacho? —inquirió Publio al tiempo que se quitaba una manta de encima, como quien hace la pregunta distraído, como si la respuesta no fuera algo vital para él.

—Silano asegura que luchó con bravura, aunque se internó con unos pocos locos más allá de la falange enemiga por una brecha y tuvo que ir el propio Silano a sacarlo, pero fue valiente. —Lucio lamentó nada más pronunciar aquellas frases la torpe forma en la que se había expresado. Parecía que el muchacho hubiera sido un loco y eso era lo último que quería dar a entender a su hermano sobre el joven Publio, pero ya era tarde para enmiendas.

—Demasiado alocado, siempre —decía Publio con un rostro serio y los labios apretados mientras hacía una breve pausa en su comentario a la actuación de su hijo en aquella campaña—. Primero se deja atrapar por el enemigo y luego vuelve a ponerse en peligro en medio del combate. Lucio, el muchacho me ha decepcionado profundamente en esta campaña. Me ha decepcionado. —Una pausa más larga acompañada del silencio del propio Lucio hasta que Publio aventuró sus últimas palabras de valoración sobre la actuación de su hijo en el combate—. Si no hubiera sido hijo mío, Aníbal o los sirios le habrían matado y Silano tampoco se habría arriesgado para salvarle. Si no fuera mi hijo estaría muerto ya dos veces. —Y suspiró y negaba con la cabeza profundamente apesadumbrado. Lucio pensó en contraargumentar que a él mismo, al gran *Africanus*, le salvó la vida Lelio en el pasado, junto al río Tesino, pero pensó que era mejor no entrar en una discusión con su hermano convaleciente. Ya habría tiempo durante el regreso para hablar del joven Publio. En ese momento incómodo para los dos entró la joven Areté con paños limpios humedecidos con agua fresca para limpiar al general, pero la muchacha, al ver que el general no estaba solo, dio media vuelta para volver a salir de la tienda.

—No, no te vayas —ordenó Publio con firmeza, y la esclava se dio la vuelta de nuevo y se situó junto al lecho del general, se arrodilló y empezó a pasarle paños limpios por los brazos mientras los dos hombres seguían hablando.

—Bueno, eso es todo, hermano —continuaba Lucio—. Me he anticipado a las legiones, pero pronto llegarán aquí, a Elea, y podremos organizar el regreso lo más rápido que sea posible. Las negociaciones de paz con Antíoco ya están en marcha. No dudo que aceptará la retirada de lo que le queda de ejército más allá del Tauro. Como muestra de su nueva actitud nos ha enviado ya un pequeño cofre con quinientos talentos de oro, como anticipo de los futuros pagos de indemnización por los gastos de esta guerra —decía mientras veía la forma en la que aquella joven esclava pasaba con suavidad especial aquellos paños por los brazos desnudos de su hermano. Aquello no era limpiar. Aquello eran caricias y a Lucio, aunque no fuera hombre intuitivo en las relaciones entre hombres y mujeres, le resultó evidente que entre su hermano Publio y aquella joven y muy hermosa esclava había algo mucho más intenso que un fugaz devaneo o desahogo y, con pericia, intuyó que aquello se iba a alargar en el futuro y que no traería paz ni sosiego a la casa de los Escipiones. Emilia no viviría con alegría la prolongación de aquella relación, pero Lucio se cuidó mucho de decir nada sobre el asunto. La vida privada de su hermano le pertenecía a él y sólo a él. Eso sí, Lucio se levantó. Prefería ausentarse y no ser testigo de lo que ocurría allí. No quería tener cosas que ocultar a Emilia cuando ella, como hacía siempre, preguntara sobre todo lo acontecido en aquella larga campaña. Publio, al ver la mirada de su hermano, entendió también el desagrado de Lucio hacia aquella relación, pero se conformó con el silencio y la discreción con la que la recibía. No pedía más. Publio le respondió antes de que se fuera y le dejara a solas con Areté.

—Esos quinientos talentos nos los quedaremos nosotros. Los considero parte del botín de la batalla, no un pago de guerra. Nos los hemos ganado a pulso, hermano.

Lucio asintió, sin pensar en que aquella decisión pudiera tener consecuencia alguna, no después de una victoria tan abrumadora y que tantos beneficios reportaba a Roma, así que saludó a Publio llevándose la mano derecha al pecho y salió de la estancia.

Publio se quedó en compañía de la hermosa Areté. Con Emilia, sin duda, todo sería más difícil que con su hermano. Pero daba igual. Después de una victoria como aquélla se consideraba con derecho a disfrutar de los placeres de la vida más allá de los sentimientos. Pensaba, equivocadamente, que con aquel último gran *triunfo*, podría evitar la amargura del remordimiento. La vanidad se divierte así: nos engaña; nos ciega.

79

La victoria de Pérgamo

Pérgamo, Asia Menor.
Febrero de 189 a.C.

Eumenes II de Pérgamo ascendía por la avenida que conducía a la gran Acrópolis de la capital de su emergente reino. Habían venido mercaderes, soldados, embajadas, prestamistas, mujeres de vida disipada, ciudadanos admirados y ciudadanos en busca de fortuna desde todos los rincones de los dominios bajo control de Pérgamo; desde los puertos, pesquerías y grandes olivares y viñedos al sur del Monte Ida, la misma zona de donde el ejército conseguía los mejores caballos, hasta de las minas de oro y plata de las regiones próximas y de las ciudades griegas de la costa o desde las poblaciones del valle del Caico. Y es que todo el mundo quería ver entrar al gran rey Eumenes II victorioso en la inmensa acrópolis de Pérgamo. Todos intuían que el mundo cambiaba y cambiaba para transformar a aquella gran ciudad que los gobernaba en el centro de poder, y de comercio, de toda Asia Menor. Eso significaba mucho dinero fluyendo por aquella emergente ciudad y eso, sin duda, atraía a todos los que habían acudido aquella mañana. Los vencedores tienen muchos amigos, los vencidos ninguno.

Pérgamo había sido construida a imagen y semejanza de Alejandría, pero extendida por la ladera de una montaña sobre la que se erigía la gran acrópolis, en lugar de edificada sobre el delta de un gran río. Por la ladera del monte estaban los templos, los inmensos mercados, las viviendas de los ciudadanos más poderosos y los grandes edificios públicos. Los visitantes que llegaban a Pérgamo por primera vez no podían evitar sorprenderse por el gran número de estatuas y bajorrelieves que decoraban todas las calles de la ciudad.

Eumenes II quiso disfrutar de su entrada lo máximo posible y que ésta, a su vez, impresionara a todos de un modo impactante, así que se detuvo un momento en el ágora de la ladera de la montaña, dando tiempo para que se concentraran allí todos los presos y estandartes que quería exhibir en su desfile ante el pueblo. Cruzó entonces las murallas antiguas de Atalo I y avanzó con la cabeza erguida y orgullosa sobre su caballo blanco entre el Santuario de Hera y el Gimnasio y siguió rodeando la acrópolis amurallada desfilando junto al Templo de Deméter. Ascendió y entró al fin en la gran fortificación de lo alto de la montaña y realizó un largo recorrido por el interior de la acrópolis que lo condujo por la Biblioteca, el inmenso Templo de Atenea y las gradas del gran teatro hasta detenerse frente a un altar levantado en tiempos antiguos en honor al dios supremo Zeus. Allí desmontó y elevó sus plegarias a Zeus al tiempo que hacía numerosas ofrendas y sacrificios de animales. Fue una celebración breve pero intensa. Al terminar, Eumenes se quedó mirando aquel viejo altar.

—Es pequeño —dijo—. Tendremos que construir uno mucho más grande para celebrar las futuras victorias. Pérgamo tiene que poseer el mayor de los altares en honor a Zeus del mundo entero. Lo construiremos —y un fulgor resplandecía en su mirada mientras se volvía hacia sus oficiales y consejeros que lo acompañaban en todo momento—, pero antes tendremos que conquistar el norte. Quiero las costas de Bitinia, quiero el comercio con el Ponto Euxino. A través de Pérgamo se distribuirán las riquezas de los países que rodean el Ponto Euxino y para ello tenemos que terminar con la rebeldía de Bitinia. Ése es nuestro objetivo próximo. Luego —y se volvió hacia el altar—, luego habrá tiempo para un nuevo altar y nuevas celebraciones. —Y se alejó del lugar caminando con decisión en dirección a su palacio. Quería mapas, quería un recuento de los soldados y jinetes y barcos de los que disponía y quería un plan de ataque contra Bitinia ya. Eumenes no era hombre de grandes pausas. Necesitaba acción.

80

El triunfo de Lucio

Roma, mayo de 189 a.C.

Catón alegó enfermedad para no asistir al desfile triunfal de Lucio Cornelio Escipión, pero hasta su villa a las afueras de Roma llegaron gritos de la algarabía en la que se había sumido la ciudad que se le hicieron insoportables y que le obligaron a encerrarse en el austero *tablinium* de su casa y, como forma de olvidar el desagradable presente, se concentró en iniciar la redacción de un tratado sobre el cultivo y la ganadería. No tenía aún decidido si haría un volumen extenso sobre el tema o sólo un breve resumen de sus conocimientos. Eso, en ese momento, era secundario. Lo importante era ocupar el tiempo con algo que le alejara del nuevo *triunfo* de los Escipiones. Así pasó la mañana. *De Re Rustica*. Era el título apropiado. Su esposa hizo que le enviaran algo de comer, pero él no tenía ánimo para otro alimento que no fuera la rabia y una fría y meditada ansia de detener el imparable ascenso de los Escipiones, por el bien de Roma, por el bien del Estado, por el bien del mundo entero. Caminaban hacia una tiranía irrefrenable.

Al final del día, en la hora duodécima, un esclavo entró con unas tablillas en la mano. Catón había pedido a Spurino que anotara en un mensaje lo que los Escipiones habían exhibido ante el influenciable pueblo de Roma. No quería autoflagelarse. Leer aquella información era para tomar la medida adecuada del enemigo al que se enfrentaban. Las noticias eran peores que la más horrible de sus pesadillas:

> Querido Marco:
>
> Los Escipiones han hecho gala de todo su poder y de toda su aparente magnanimidad para con el pueblo y no han escatimado en nada. El triunfo ha superado incluso el del propio Publio Cornelio a su vuelta de África y, no contentos con eso, Lucio Cornelio, a imitación de su hermano, se hace llamar ahora con un sobrenombre: si Africanus es el título que se arrogó Publio Cornelio, su hermano Lucio se hace ahora llamar Asiaticus y así lo han aclamado por las calles de Roma. Pero dejo de aburrirte con mis valora-

ciones. Las cifras hablan por sí solas: los Escipiones han desfilado con «doscientas veinticuatro enseñas militares, ciento treinta y cuatro representaciones de ciudades, mil doscientos treinta y un colmillos de marfil, doscientas treinta y cuatro coronas de oro, ciento treinta y siete mil cuatrocientas veinte libras de plata, doscientas veinticuatro mil tetracmas áticas, trescientos veintiún mil sesenta cistóforos, ciento cuarenta mil filipos de oro, mil cuatrocientas veintitrés libras de vasos de plata (todos cincelados) y mil veintitrés libras de vasos de oro. También desfilaron delante del carro treinta y dos generales del rey, prefectos y altos dignatarios. Se le dieron veinticinco denarios a cada soldado, el doble a los centuriones y el triple a los jinetes. Después del triunfo se duplicó la paga militar y la ración de trigo.»*

Y el mensaje de Spurino seguía y seguía, pero Catón decidió dejar de leer. El enemigo había regresado con una fuerza formidable, eso era evidente, pero no era menos cierto que Graco también se había fortalecido y era leal a la causa de terminar con el cada vez más incontestable poder de los Escipiones. La tarea era colosal, pero su determinación también. Marco Porcio Catón cerró los ojos e inspiró aire lentamente.

81

El oro de Casio

Alejandría, junio de 189 a.C.

Las noticias de la derrota absoluta de los ejércitos del rey Antíoco de Siria contra las legiones romanas alivió en gran medida el desolado corazón de Netikerty. La madre de Jepri perdía al fin de vista una de sus mayores preocupaciones: el rey sirio retrocedía y se retiraba de muchas regiones y Egipto, aunque en un estado deplorable, recupera-

* Tito Livio, XXXVII, 59, 3-6. Traducción del texto entrecomillado de la edición de José Antonio Villar Vidal.

ba su autonomía. Los embajadores y representantes sirios abandonaban a toda prisa la corte del faraón. Ya no habría un levantamiento general contra Siria al que pudiera sumarse su pequeño Jepri contra un todopoderoso Antíoco. Sí, la lejana batalla de Magnesia había traído algo de paz al corazón de muchas egipcias que la vivieron como un pequeño gran desquite que devolvía con rabia y dolor el sufrimiento que el propio Antíoco les había causado años atrás al llevarse del mundo a tantos maridos y padres e hijos en la maldita masacre de Panion.

Pero Magnesia no resolvía otros problemas que acuciaban a Netikerty. Terminados los fastos de la gran boda real entre Ptolomeo V Epífanes y la reina Cleopatra I, las arcas del faraón ya no daban para mantener empleados a tantos sirvientes, y muchos, entre ellos Netikerty, tuvieron que salir de palacio para volver a servir en otras casas de altos funcionarios del Estado, oficiales del ejército o grandes comerciantes. Lamentablemente para Netikerty, el Egipto tolemaico había entrado en un proceso de crisis económica imparable agravado por una creciente desintegración política. El sur estaba en armas con grandes regiones en rebeldía que se negaban a reconocer la autoridad de la monarquía tolemaica. Estas sublevaciones habían quebrado el comercio con el Alto Egipto y habían interrumpido por completo la importación de oro del sur y lo mismo con cualquier otro producto proveniente de Nubia o Somalilandia. El faraón había emitido varios edictos reduciendo impuestos al ejército, a los sacerdotes y al pueblo en general para aliviar la situación económica, además de promulgar una amnistía parcial con la que buscaba congraciarse así con muchos de sus enemigos, pero no eran medidas suficientes ni para apaciguar el país ni para detener la crisis económica y social. Eran demasiados años de funcionarios amasando grandes cantidades de dinero a fuerza de impuestos excesivos, demasiado tiempo coaccionando a muchas familias para que sus hijos se alistaran en la marina o en el ejército. La gente había perdido la esperanza en Egipto y se abandonaban cultivos y diques y canales, se despoblaban los pueblos y la tierra fértil se reducía. El comercio de caravanas había estado detenido durante años o en manos sirias, dentro del gran Imperio seléucida que ahora, a su vez, también se desmoronaba. El faraón y sus validos habían planificado una política económica basada en la autarquía y eso, como consecuencia, al establecer aranceles comerciales a los productos importados, había reducido aún más el comercio. El resultado es que había menos ingresos para todos y los mercaderes importantes o los funcionarios tenían menos dinero y podían permitirse menos lujos y menos sirvientes. Llegó un momento en que Netikerty ya no encontraba trabajo y entonces, sin dinero, con un niño pequeño que no hacía más que crecer recio y fuerte, pero con apetito, Netikerty se encontró sin forma con la que procurarle el sustento. Pensó en cosas horribles; pensó en rebajarse y vender su cuerpo. Ya había tenido que entregarlo en el pasado, pero ni siquiera los hombres parecían querer o poder gastar mucho dinero en satisfacer sus apetitos carnales, o eso había oído Netikerty. Esas dudas, añadidas a lo abominable que se le hacía semejante trabajo, la condujeron a que, finalmente, engullera todo su orgullo y, como hiciera una noche lejana para enviar una carta, volviera a cruzar la ciudad de Alejandría, esta vez a la luz del sol, para dirigirse a la casa del mercader Casio. Una vez en la puerta golpeó, pero no con la decisión del pasado, sino con golpes suaves, como quien llama con el deseo de no recibir respuesta, como quien sólo llama a una puerta para sentir que ha cumplido con una misma. La puerta, no obstante, se abrió, y Netikerty, con una mezcla de tristeza y esperanza, entró, una vez más, en la casa de Casio.

—Al menos esta vez has venido de día —respondió el mercader romano cuando hizo aparición en el atrio—. Supongo que debo estarte agradecido de que en esta ocasión no hayas considerado necesario interrumpir mi descanso.

Netikerty sabía que no estaba en situación de responder al sarcasmo con comentarios impertinentes.

—He decidido aceptar el dinero que me envían desde Roma... —Y de pronto dudó; súbitamente se dio cuenta de que era muy posible que ese dinero ya no se enviara más y que lo más probable era que el propio Casio se hubiera gastado ya todo el que se había estado enviando durante todo aquel tiempo. Casio la miró de arriba abajo. Debía tener ya unos treinta años, pero aún se la veía hermosa. No entendía nada de lo que ocurría con relación a aquella mujer, pero estaba claro que tenía amigos muy poderosos en Roma y Casio era hombre cauto. Él no tomaba partido ni por los Escipiones ni por Catón y los suyos, pero procuraba mantenerse bien con todos. Para un comerciante era lo mejor. Y Casio, algo extraño en su profesión, pese a ser mujeriego, bebedor, libertino para muchos en Roma y un poco avaro, era, sin embargo, honesto en sus transacciones. Por eso le eligió Lelio para gestionar el dinero que enviaba. Así, Casio, después de muchos años de espera para hacer lo que iba a hacer, se dirigió al *tablinium* y, por primera vez en todo aquel tiempo, sacó un pequeño cofre y lo puso frente a Netikerty en una pequeña mesa junto a ella. Sacó una llave y abrió el cofre y lo dejó abierto con la llave al lado, en la mesa. Netikerty se acercó y miró en el interior. Estaba lleno de monedas de oro. ¿Ases? ¿Talentos?

—Está todo lo que se te ha estado enviando —explicaba Casio mientras se sentaba y se divertía viendo las pupilas de la egipcia dilatarse al contemplar aquel tesoro—. Ya advertí a Cayo Lelio que no recogías ese dinero, pero él ha seguido enviándolo cada año y me ordenó que lo guardara y así he hecho. Siempre decía que al final vendrías a por él. Está claro que te conoce bien.

Aquellas últimas palabras hirieron de forma especial a Netikerty y a punto estuvo de cambiar de idea y salir de allí sin coger ni una moneda, pero la sensatez primó sobre sus sentimientos y recordó que tenía un pequeño de apenas diez años al que no tenía nada que darle para comer. Ella podía aceptar la idea de morirse de hambre por no coger ni una moneda de aquel dinero de Lelio, pero no podía ver cómo su hijo corría la misma suerte por culpa de su orgullo. Con los hijos el orgullo propio se diluye. Se agachó y cogió un puñado de monedas.

—Cogeré sólo un poco de momento —dijo Netikerty—. No vivo en un lugar seguro para tener tanto dinero conmigo. ¿Puedes seguir guardando el resto?

Casio la miró algo perplejo. Aquel comentario era muy lúcido.

—Llevo años custodiándolo. No me importa guardarlo más tiempo. Y por mí puedes estar tranquila. Roma sigue importando grano de Egipto y me va bien. No necesito robarte.

Netikerty nunca había pensado en eso. Quizá aquel hombre se quedara con algo, pero eso, si ocurría, no le importaba. Con lo que había cogido tenía para salir adelante unos meses, quizá más de un año. Entretanto podría pensar qué hacer con el resto.

—Gracias —dijo Netikerty—, que los dioses romanos te sean propicios y protejan tus negocios. —Y dio media vuelta y se marchó.

Casio se quedó a solas en el atrio, entre sorprendido y agradecido por aquellas palabras de la mujer egipcia. ¿A qué comerciante no le gusta escuchar buenos deseos para su negocio? Se levantó despacio, cerró el cofre y le echó la llave. Luego tomó el cofre y lo llevó de vuelta al *tablinium*, donde abrió un cofre mucho más grande y con grandes y complejas cerraduras de hierro y lo introdujo en su interior y luego cerró todos los cerrojos con la meticulosidad del mercader.

82

El hijo de Lelio

Roma, enero de 188 a.C.

Lelio llevaba horas esperando en el atrio de su casa. Los gritos de su mujer habían sonado extraños en su cabeza. No era la primera vez que oía a una mujer aullar de dolor al dar a luz, pero en aquella ocasión los alaridos habían sido peculiares, como una congoja ahogada, como si a su joven esposa le costara sacudirse el sufrimiento del momento. Lelio sacudió la cabeza y lo achacó todo a que era la primera vez que oía a una mujer en esa situación cuando lo que venía al mundo era un hijo o una hija suya. Sí, seguramente eso era lo que lo alteraba todo. De pronto se hizo el silencio completo y la matrona salió de la habitación de su esposa con el cuerpo diminuto de un recién nacido.

—Es un niño —dijo la mujer, y entregó al bebé con un rostro amargo y triste del que Lelio, embargado por la emoción del momento, no se percató. No durante unos instantes en los que sostenía al crío en brazos y pronunciaba alto y claro que reconocía a aquel hijo como suyo y lo aceptaba en la familia. Fue al devolver al recién nacido, combinando el cariño y la torpeza de un padre primerizo que no sabe cómo sostener entre sus brazos el pequeño cuerpo de un bebé, cuando comprendió que algo raro pasaba. La matrona tomaba de nuevo al niño en su regazo y lo cubría con mimo con una manta de lana, pero todo sin sonrisas ni alegría.

—¿Qué ocurre? —preguntó Lelio con la decisión de quien ha comandado legiones y espera recibir una mala noticia sobre el enemigo. La matrona no retuvo la información que tenía que aportar. No tenía sentido hacerlo.

—El niño está sano y fuerte, pero tu esposa ha sangrado demasiado. No ha podido con el parto. Tu esposa ha muerto.

Cayo Lelio se sentó despacio sobre una *sella* que había junto a una de las paredes del atrio, justo al lado del altar de los dioses Lares y Penates de la *domus.* Su mujer había fallecido. No es que hubiera estado enamorado de su joven esposa romana. Todo había sido un matrimonio de conveniencia promovido por Publio, pero la muchacha se había mostrado siempre dispuesta a agradarle, en público y en privado, y él había intentado hacer lo propio. Lelio sabía que la joven había sentido orgullo el día en que él fue elegido cónsul de Roma, y había compartido con valentía y lealtad las jornadas complicadas de sus enfrentamientos en el Senado contra Catón. Luego vino el embarazo y fue entonces Lelio el que se sentía agradecido hacia ella. Y, de pronto, su esposa ya no estaba. Era un vacío extraño, frío y seco el que quedaba y Lelio se sintió poseído por una gran tristeza y solo. La matrona se retiraba del atrio y el niño lloraba. Lelio reaccionó con rapidez.

—Tendrá hambre —dijo el veterano oficial de las legiones de Roma levantándose de la *sella*. La matrona se volvió con el niño y le miró con una mezcla de admiración y respeto. Pocos hombres en aquella situación se acordaban de que el niño, más allá de la pérdida y la pena, debía ser alimentado.

—He mandado buscar una esclava aquí o en alguna casa próxima que haya dado a luz hace poco y que pueda hacer de ama de cría del niño —respondió la matrona a la espera de que el *pater familias* confirmara la orden.

—Eso está bien —dijo Lelio volviendo a sentarse—. En esta casa no, pero en casa de mis suegros me consta que hace poco alguna esclava ha dado a luz. Eso recuerdo de una cena allí, con los padres de mi esposa, hace unos días.

La matrona asintió.

—Acudiremos allí entonces y lo arreglaré todo rápido.

Lelio afirmó un par de veces con la cabeza. El niño seguía llorando. La matrona desapareció del atrio y Lelio se quedó a solas durante un momento hasta que vio salir a un esclavo por el vestíbulo. El tiempo pareció detenerse. El niño lloraba y lloraba. Era un llanto que rasgaba las entrañas. Cayo Lelio se levantó entonces y entró en la pequeña habitación, junto a la cocina, donde la matrona intentaba, sin éxito, calmar al niño.

—Dame el niño —le espetó Lelio, nervioso. La matrona dudaba, aquel padre acababa de perder a su esposa y parecía fuera de sí, pero era el padre y un todopoderoso general de Roma. La matrona alargó los brazos con el recién nacido en sus manos. Cayo Lelio tomó al niño y lo abrazó con sumo cuidado llevándolo junto a su fuerte pecho. Y allí, de pie, en aquella pequeña habitación, se quedó con él durante la larga y lenta *vigilia* sin que, en ningún momento, el niño dejara de llorar. Lelio sintió que sus propios ojos se humedecían, pero se controló y evitó las lágrimas y se mantuvo allí, como una roca, sosteniendo al bebé, esperando, hasta que el esclavo que había salido en busca de un ama de cría regresó con una joven esclava. Tras la esclava entró Acilio Glabrión. Lelio entregó el niño a la joven esclava y salió de la habitación con Acilio Glabrión. Los dos hombres no intercambiaron palabras. Se quedaron sentados el uno frente al otro compartiendo el dolor. El niño dejó de llorar. Lelio miraba al suelo en silencio.

83

Un fugitivo en Creta

Creta, verano de 188 a.C.

La selección de Creta por parte de Aníbal se mostró como una decisión acertada. Tal y como había predicho Aníbal, Maharbal y sus hombres vieron que si bien la costa oriental, con Cnossos a la cabeza, estaba bajo el gobierno de Rodas, el centro de la isla y, en especial, la costa suroccidental, estaba sin un claro régimen de control. Cada ciudad luchaba por mantenerse viva y muchos habitantes se dedicaban con descaro a la piratería siguiendo las enseñanzas de la antigua flota espartana de Nabis desarbolada por Roma. La ciudad del Tíber, más tarde o más temprano, tendría que dedicarse a resolver el problema de la piratería en la región, pero los romanos tenían ahora tantos frentes y tantas fronteras a las que atender, que el asunto de Creta era algo menor, y menos aún si la mayor parte de la isla, con la consiguiente explotación de sus recursos, estaba gestionada por Rodas, un estado amigo de Roma. También, al igual que había intuido Aníbal, el reparto que Roma hizo de los territorios arrebatados a Antíoco en Asia Menor favoreció sobre todo al rey Eumenes de Pérgamo y a Rodas en detrimento de otros reyes de la zona en los que pronto prendió la llama del rencor contra las legiones de la lejana república itálica. Todo acontecía, para admiración de Maharbal, Imilce y todos los veteranos púnicos, según lo previsto por Aníbal, todo, esto es, con excepción de la enfermedad de Imilce.

La esposa ibera de Aníbal empezó a sentirse mal poco después de desembarcar en la isla y, pese a que Aníbal no dudó en hacer venir a los mejores médicos griegos de la isla, nadie pudo hacer nada para detener el avance de una enfermedad que mantenía a la mujer sudando entre terribles fiebres sin apenas poder abandonar el lecho ni para asearse. Aníbal compró a dos esclavas egipcias que cuidaban de Imilce con esmero, por miedo a su nuevo señor, y con atención pues su ama enferma, Imilce, se mostraba siempre agradecida de las atenciones recibidas. Tampoco era posible trasladar a Imilce, pues en su actual estado de debilidad todos los médicos desaconsejaban cualquier viaje. Aníbal parecía disponer ya de un plan para dejar Creta, pero la enfermedad de su esposa le retenía en la isla. El general estaba irritable y se enfurecía por cualquier cosa. No departía con los hombres que le acompañaban desde hacía días y sólo Maharbal se atrevía a consultarle de cuando en cuando sobre los asuntos necesarios para mantener al grupo bien aprovisionado mientras permanecían en su refugio de Creta.

El dinero se terminaba y eso preocupaba y mucho a Maharbal, pero era un tema que evitaba mencionar. Durante un tiempo surtió efecto la estratagema de Aníbal que hizo que llevaran unas ánforas repletas de pesado plomo a uno de los templos locales y que pusieran una fuerte guardia de treinta hombres con la intención de que todos los habitantes de la región, incluidos mercaderes, campesinos y piratas, pensaran que Aníbal aún tenía una importante fortuna. De esa forma, durante varios meses, pagando poco y comprando mucho a crédito, Maharbal había conseguido todos los suministros necesarios, pero ahora los acreedores se acumulaban y reclamaban que los cartagineses echasen mano de su tesoro y pagaran todas las deudas contraídas. Maharbal esperaba que el inminente fatal desenlace, desaparecida ya toda posibilidad de recuperación de Imilce, hiciera que Aníbal recuperara su habitual compostura y sería entonces cuando Maharbal mencionaría el tema del dinero. Maharbal sabía que en su estado habitual de frío raciocinio Aníbal podía afrontar cualquier dificultad, pero en su presente condición, todo parecía imposible. El veterano oficial salió así por enésima vez de la casa que Aníbal había adquirido en la costa cretense, próximos a una pequeña población al sur de las Montañas Blancas, sin mencionar aquel espinoso tema. Era una gran villa de uno de los antiguos mercaderes favorecidos por el comercio con Esparta que, como tantos otros, había huido a la propia Esparta o muerto en la guerra contra Roma. Aníbal, por deseo de Imilce, había recuperado el antiguo esplendor de la villa y el agua fluía por las dos fuentes de un jardín donde se habían replantado higueras, vides, olivos y algarrobos y en donde se habían situado, a la vista de todos, las diferentes estatuas de los dioses púnicos e iberos que Aníbal se había empeñado en transportar por medio mundo. Maharbal no comprendía bien a qué venía aquel fervor religioso de Aníbal, algo desconocido en el pasado, pero pensaba que quizá la edad y la larga sucesión de fracasos habían incrementado en el gran general la dependencia que todos sentimos, en un momento u otro de nuestras vidas, de los dioses que rigen a su capricho nuestros destinos mortales. Maharbal cruzó entre las representaciones en cerámica y barro de Melqart y Tanit y desapareció tras la puerta del muro que rodeaba la villa y que custodiaban cuatro de los guerreros del grupo cartaginés.

—¿Cómo está la reina? —preguntó uno de los soldados púnicos a Maharbal. Los cartagineses de Aníbal siempre se referían a Imilce como la «reina» por respeto y en alusión a su condición de princesa del perdido reino de Cástulo en Iberia. La mujer, con su discreción y lealtad plena al general se había ganado el respeto de todos los guerreros cartagineses de aquel eterno destierro y sentían un gran pesar por su enfermedad y por el sufrimiento que esta situación generaba en el propio Aníbal.

Maharbal sacudió la cabeza sin decir nada y se alejó del lugar. Los guerreros púnicos se quedaron allí, quietos, vigilantes, compartiendo su tristeza mientras el sol del atardecer se ocultaba por la bahía que se vislumbraba en el horizonte marino enrojecido y melancólico.

En el interior de la casa, Aníbal permanecía sentado junto al lecho de su esposa. Las esclavas, interpretando con inteligencia una mirada del general, habían salido de la habitación. Aníbal hablaba en esa voz baja con la que uno se dirige a alguien que sabe que lleva mucho tiempo sufriendo.

—Siento no haberte dado una vida mejor —empezó Aníbal; Imilce no respondía, pero tenía los ojos abiertos y parpadeaba de cuando en cuando; el sudor caía por su frente en pequeñas gotas que se deshacían por sus mejillas desgastadas por la fiebre de aquella larga enfermedad; la voz de su marido era un susurro que parecía venir de lejos, pero que sentía que aún la ataba a la vida—. Siento no haberte dado una vida mejor. Te arrebaté de tus padres y luego te abandoné, y cuando me acompañas es en un viaje sin retorno posible en una larga serie de derrotas y fracasos. Debía haberte dejado en Iberia y hoy serías reina en tu tierra y no una exiliada sin patria en compañía de un fugitivo perseguido por todos.

Imilce volvió ligeramente la cabeza hacia su marido y esbozó una tenue sonrisa.

—Si no me hubiera casado contigo ahora estaría muerta en mi querida Iberia o sería la esclava de alguno de los generales romanos que asolan mi país. No; he tenido mucha más fortuna que cualquier otra de las princesas de Iberia. He sido la esposa del mejor general del mundo, un hombre temido y respetado por todos que me ha honrado con su respeto y su afecto y a quien ni siquiera he podido dar un hijo.

Aníbal pensó que llevaba parte de razón, pero recordó sus devaneos en Italia con la meretriz de Arpi, y guardó silencio. No era momento para confesiones de un pasado perdido. Era inútil y absurdo añadir más sufrimiento a quien estaba a punto de morir.

—Es cierto —respondió Aníbal— que cuando me casé contigo lo hice porque necesitaba una alianza política con el reino de tu padre, pero siempre me gustaste, desde el primer día. Eras tan hermosa, tan inocente y tan fuerte... recuerdo aún tu cara de felicidad cuando te regalé aquella yegua. Por todos los dioses, parece que aquello fuera hace siglos, en otra vida. —Su esposa le cogió de la mano.

—Era otra vida, otro mundo —dijo ella—. Y recuerdo aquella yegua. Me acompañó cuando me dejaste a cargo de Giscón. Era hermoso montarla al amanecer, antes de que los hombres de Giscón se despertaran. Era el momento más feliz del día. Cuando huimos de Iberia la abandonamos en el sur. Acababa de tener un potrillo, tan negro, azabache puro como ella misma. Me pregunto qué habrá sido de ese caballo.

Aníbal sonrió con dulzura.

—Con un poco de suerte igual sirve de montura a algún ibero enemigo de Roma y le lleva sobre sus lomos mientras dirige una campaña contra las legiones que envían, una tras otra, contra sus ciudades fortificadas.

Imilce soltó la mano de su marido y volvió a girar la cabeza mirando hacia el techo de la habitación.

—Ojalá ése sea su destino. Me has dado algo bonito en lo que pensar. Quería mucho a esa yegua... y ese potrillo...

—No desesperes —empezó entonces Aníbal—, quién sabe, quizá aún podamos rehacernos y regresemos a Iberia. Tengo dos ideas diferentes. Una posibilidad es retornar a Iberia y levantar toda la región en armas contra Roma. Sé que los iberos y los celtas de la región están muy descontentos y hay alzamientos continuos, pero les falta un líder.

Ésa es una posibilidad, volver allí, pero las rutas marinas hasta Iberia están controladas por los romanos y la travesía puede ser demasiado arriesgada, pero si eso te hiciera feliz podríamos intentarlo. Te lo debo. Debería poder devolverte tu patria, reconquistar, al menos para ti, tu ciudad y recuperar tu pueblo. La otra posibilidad es regresar a Asia. Tengo alguna propuesta de un rey de la región. El viaje es más seguro, pero tengo menos confianza en la lealtad de ese rey. ¿Qué piensas, Imilce? ¿Te gustaría regresar a tu ciudad?

Aníbal había hablado sin mirar a su esposa, embebido como estaba en sus sueños casi irrealizables de oponerse aún al creciente y casi ilimitado poder de la todopoderosa Roma, por eso se quedó estático, sin respirar, cuando posó sus ojos sobre la mirada vacía de su esposa. Aníbal no tardó ni un instante en comprender que su esposa ya no estaba con él. Sintió entonces un dolor agudo, infinito, como si le clavaran una espada atravesándole el pecho y sintió pena y rencor de no haber podido ofrecer a su esposa una muerte más digna, entre su pueblo o entre un pueblo que la quisiera y la respetara y que la reconociera como una auténtica reina ibera.

Aníbal posó su mano derecha cubierta de anillos consulares romanos y, con suavidad, cerró los ojos de Imilce para siempre. Luego se levantó despacio y salió de la habitación. En el atrio de la casa estaban las dos esclavas sentadas en unos taburetes. Las muchachas se levantaron de inmediato al ver al general y, por su triste semblante, donde se intuía una amargura contenida como la que no habían visto nunca antes, supieron enseguida lo que había ocurrido. Aníbal les habló en griego.

—Limpiad a mi esposa y vestidla con sus mejores ropas. Quiero que esté lista para mañana a esta misma hora —y miró al cielo del atardecer—; sí, esta hora será buena para el funeral.

Aníbal salió de la casa y se adentró en el jardín. Anochecía sobre Creta y anochecía sobre sus sentimientos. Se sentía impotente por no haber podido hacer nada más para rescatar a Imilce de la muerte. Sentía que por primera vez en muchísimo tiempo las lágrimas querían emerger en sus ojos, pero, de pronto, vio que los centinelas abrían la puerta y vio la silueta de Maharbal que regresaba. ¿Había intuido su leal oficial lo que acababa de ocurrir?

Maharbal cruzó la verja con la pesadumbre de quien ha tomado una decisión realmente penosa pero que no puede esperar más. No había dinero para pagar a los acreedores por todos los productos que estaban consumiendo: carne, pescado, huevos, queso, verduras, fruta, harina, pan, ropa, armas nuevas y una larga e interminable retahíla de víveres y utensilios que habían obtenido los últimos días a crédito de los mercaderes locales y, en algún caso, como el de las armas, de alguno de los capitanes piratas que atracaban con regularidad en las proximidades de su refugio. Había evitado mencionar el asunto por el delicado estado de salud en el que se encontraba Imilce, pero no se había alejado ni cien pasos de la villa de Aníbal cuando le abordaron en aquel maldito atardecer una decena de mercaderes preguntando cuándo iban a cobrar por los alimentos suministrados la última semana, de modo que Maharbal engulló saliva y retornó a la villa para explicarle al general cómo estaban las cosas. Habían amenazado con dejar de proporcionar víveres. Podían arrebatarlos por la fuerza a los mercaderes, pero eso cambiaría completamente su situación tranquila en la isla y los piratas tenían muchos amigos entre los comerciantes. Si no pagaban, todo podía complicarse. Maharbal se sorprendió al encontrarse al propio Aníbal de cara en medio del jardín. La faz del general no dejaba lugar a dudas sobre lo que había pasado y, de nuevo, Maharbal no supo ya qué hacer. Los acreedores esperaban a la puerta de la villa, pero el general no estaba ahora para tratar de asuntos tan mundanos.

—Ha muerto, Maharbal, ha muerto —dijo Aníbal en voz baja, casi un susurro en la noche.

—Lo siento, mi general, lo siento mucho.

Aníbal asintió.

—Ni tan siquiera fui capaz de serle fiel. Su matrimonio conmigo conllevó la destrucción de su tierra y luego mi propia patria la obligó a sufrir un segundo destierro. No le he proporcionado nada de lo que merecía. Ahora estaba pensando en regresar a Iberia, pero ya hasta eso carece de sentido, Maharbal.

Aníbal calló y Maharbal decidió que lo mejor que podía hacer era permanecer junto al general compartiendo aquel silencio henchido de dolor y desgracia. Los acreedores tendrían que seguir esperando.

—Lo mínimo que podemos hacer —continuó Aníbal— es ofrecerle un funeral a la altura de una reina ibera, Maharbal, eso es lo mínimo que podemos hacer, ¿no crees?

—Supongo que sí, mi general.

—Sí, eso haremos. —Y Aníbal le puso la mano sobre el hombro—. Hemos de construir una gran pira funeraria, Maharbal. Necesitamos una gran cantidad de leña y antorchas y quiero plañideras, quiero a todo el pueblo de la bahía, aquí, llorando por la pérdida de Imilce, y os quiero a todos limpios, con el mejor uniforme, a todos aquí, y celebraremos un banquete en honor de Imilce y beberemos a su salud, comida y bebida en abundancia. Hoy ha muerto una gran reina y todo el mundo ha de saberlo. Le daré a su muerte un poco de lo que no he sido capaz de darle en vida. Ve, Maharbal. Organízalo todo y, por Baal, no escatimes en gastos. Usa tanto dinero como haga falta, ¿me entiendes, Maharbal?

La pregunta final de Aníbal no era superflua. El general estaba sorprendido de la falta de reacción de Maharbal y por la ausencia de diligencia por su parte para cumplir las órdenes encomendadas. El oficial seguía frente a Aníbal, con la boca entreabierta, sin decir nada, inmóvil.

—¡Maldita sea, Maharbal! ¿No me has oído? ¿A qué esperas para organizarlo todo? ¡Imilce ha muerto! ¡Ha muerto!

Maharbal tardó un segundo en responder. Fue el segundo más largo de toda su vida.

—No tenemos dinero, mi general. Se acabó la semana pasada. No tenemos nada, lo siento, mi general, quise advertir sobre esto antes, pero la enfermedad de la reina... —Pero Maharbal calló al ver que Aníbal alzaba su mano derecha en clara señal de que no deseaba oír más sobre aquel asunto. El general dio media vuelta y se alejó varios pasos hasta detenerse en la zona del jardín donde se levantaban las estatuas de los dioses púnicos e iberos que habían transportado por medio mundo. Era como si el general buscara inspiración, una salida, alguna solución al abrigo de los dioses, pero Marhabal sabía que no había nada que hacer sino escapar en alguna noche, ocultos en la oscuridad, dejando allí sólo vergüenza y humillación y, por descontado, sin poder realizar ningún funeral de la forma en la que Aníbal había soñado. Eso o apoderarse por la fuerza de la bahía y entrar en una guerra suicida contra los piratas de Creta. Todo estaba perdido y Marhabal imaginaba qué enorme decepción y qué tremenda furia debía embargar a un tiempo al general de generales, desterrado, viudo, arruinado, sin hijos, fugitivo, sin gloria ni recursos ni ejército, sumido en el olvido de sus compatriotas y rodeado por el odio de sus enemigos romanos que cada vez hacían el cerco sobre él más y más cerrado.

Aníbal se situó entonces justo frente a la estatua del dios supremo Baal y parecía que rezaba, pero de pronto desenvainó su poderosa espada y arremetió con ella contra las representaciones de cerámica y arcilla de Baal, Tanit, Melqart y los dioses púnicos e iberos y contra todas y cada una de aquellas imágenes desató su furia contenida durante días, semanas, meses, años, destrozando con golpes certeros cada uno de aquellos dioses, cortando las cabezas de cada imagen y partiéndolas por el costado dejando a su alrededor un enjambre de destrucción y rencor como nunca antes había contemplado Maharbal por lo que aquellos golpes representaban. El veterano oficial que todo lo observaba no era hombre religioso y siempre se había mostrado escéptico a la obligación de cargar con aquellas representaciones por todos los países en los que habían estado, pero de ahí a destrozar las imágenes de los dioses en un claro acto sacrílego había un enorme espacio que él nunca se habría atrevido a dar, pero él, claro, no era Aníbal. Y aun así. Fue entonces cuando Maharbal creyó comprender el grado de desesperación absoluta en que se había hundido Aníbal. Pero lo peor estaba por llegar. Aníbal se dio la vuelta y retornó frente a Maharbal, quien, estupefacto ante la reciente exhibición de rencor que el general acababa de hacer, le contemplaba con ojos aún perplejos y el ánimo abatido.

—He dicho, Maharbal, que quiero un funeral como el de una reina. Ve y organízalo todo tal y como te he dicho. Compra también un barco. Y como te he ordenado, no repares en gastos. Mañana al anochecer celebraremos el funeral y el banquete y, antes del amanecer, zarparemos.

Aníbal había hablado con un sosiego frío que helaba la sangre y, nada más terminar, se dio media vuelta, cruzó por entre las estatuas destrozadas y entró en la casa. Maharbal ya no estaba a solas en el jardín. Los hombres que custodiaban la puerta se habían acercado al escuchar los golpes de la espada de su general contra las imágenes de los dioses. Maharbal levantó la mano y los guerreros se detuvieron a su espalda. Maharbal estaba convencido de que Aníbal había perdido la razón por completo. No le culpaba. Cualquiera, llevado a las extremas circunstancias en las que se encontraban, terminaría así. Pero el caso es que, para él, que no se había entregado aún a los brazos de la locura, no había dinero para nada. ¿Qué quería Aníbal? ¿Que robara, que arrebatara a los mercaderes y campesinos de la región todo cuanto necesitaban? Eso podría hacerse, pero ¿cómo conseguir un barco por la fuerza? Los únicos barcos que realmente merecían la pena para poder hacer una navegación larga como la que, sin duda, tendrían que emprender, eran de los piratas, y éstos no iban a dejarse arrebatar un barco con facilidad. Y, por otro lado, ¿a qué venía esa absurda insistencia de Aníbal en que no reparara en gastos? Pero la locura no conoce el sentido de sus palabras y dice frases que no se pueden entender. Maharbal sacudió la cabeza y, sin saber bien por qué, avanzó unos pasos hacia la casa hasta encontrarse en medio de las estatuas destrozadas por el general. Pensaba que lo mejor era volver a hablar con Aníbal, quizá esperar un poco a que se calmara y entonces, si se encontraba más sosegado, el general quizá entendiera la realidad de la situación. Maharbal miró al cielo. Estaba nublado y aunque era noche de luna llena, las nubes impedían que el astro iluminara con su habitual potencia. Maharbal se pasó la palma de la mano derecha por la barba. No sabía qué hacer. Si el general había perdido la razón era él quien debería tomar las decisiones, por el bien de todos, por bien del propio Aníbal. Entonces ocurrió un fenómeno extraño: las nubes abrieron un hueco y la luna vertió toda su luz con vigor sobre el suelo del jardín. Maharbal sintió que algo brillaba a su alrededor y escuchó suspiros de admiración provenientes de los guerreros que estaban a sus espaldas. Maharbal bajó entonces la mirada y observó el suelo cubierto de trozos partidos de las imágenes de los dioses. De cada pedazo roto emergían brillantes, relucientes, decenas, centenares, miles de monedas de oro y plata. Aquellas malditas estatuas que habían llevado durante todo aquel destierro estaban repletas de monedas de oro y plata. Oro y plata suficiente para todo lo que Aníbal había ordenado y para guardar aún una imponente cantidad de reserva. Maharbal negaba con la cabeza sin dar crédito a lo que veía. Estaba contento, infinitamente feliz, no por el dinero, sino por lo que aquello suponía: Aníbal, ni tan siquiera en medio del más mortífero de los sufrimientos, perdía la razón. Sus órdenes obedecían a la auténtica realidad de las circunstancias que sólo él conocía por completo: tenían dinero suficiente para todo lo que debía hacerse en honor de Imilce, para satisfacer todas las deudas contraídas, para reabastecerse de los mismos mercaderes a los que pagarían y para reemprender de nuevo la marcha en busca de otro destino en un nuevo barco. Maharbal comprendió que aun sumido en una terrible pena por la pérdida de su esposa, Aníbal no se daba por vencido. Aún habrían de venir nuevos combates. Roma hacía bien en no bajar la guardia. Aquél no era un hombre como el resto. No, no lo era.

—Recoged todo ese oro y plata y ponedlo en sacos o en cofres —ordenó Maharbal a dos de los centinelas. Y luego se dirigió al resto—: Tú, toma un puñado de este oro y paga a los mercaderes de la puerta; tú, toma otro puñado y ve a por leña. La reina ha muerto y hemos de organizar un gran banquete y una gran pira funeraria. Tú, lo mismo, coge dinero y encárgate de la comida y la bebida y tú ven conmigo. Hemos de comprar un barco y hemos de comprarlo ya.

—En la bahía hay varios barcos piratas atracados —respondió el último centinela.

—Perfecto —replicó a su vez Maharbal—. Uno de esos barcos nos valdrá. Recogeremos al resto de los hombres de camino a la bahía. Para negociar con los piratas es mejor que seamos un buen grupo. Vamos, rápido, todos en marcha. Tenemos mucho que hacer y poco tiempo para hacerlo. Y que nadie moleste al general hasta el amanecer.

Todos se pusieron manos a la obra.

Maharbal se volvió un instante hacia la casa. Aníbal se había sentado en el umbral, solo, bajo la luz de la luna, a solas con su dolor.

84

Los puerros de Catón

Roma, julio de 187 a.C.

Habían pasado ya tres años desde la incontestable victoria de los Escipiones sobre Antíoco. Marco Porcio Catón consideró que había esperado lo suficiente. Era el momento de poner en marcha toda su estrategia para debilitar y destrozar a los cada vez más poderosos Escipiones. Durante los últimos años todos ellos y todos sus amigos se habían mostrado como completamente intocables, pero era hora de empezar a hostigarles de nuevo. Había muchos senadores temerosos del poder omnímodo de los Escipiones. La envidia y el miedo de estos senadores eran su mejor aliado. Antes de Magnesia, durante la campaña de Asia, Catón supo aprovechar su prestigio ganado en Hispania y las Termópilas para atacar con éxito a varios amigos de Publio Cornelio Escipión: consiguió que se le negara el *triunfo* a Minucio Termo por su victoria sobre los ligures; calumnió y dañó profundamente la carrera política de Acilio Glabrión al acusarle de apoderarse indebidamente de parte del botín tras la batalla de las Termópilas y sólo Cayo Lelio, en su año consular, fue capaz de impedir que acabara con la vida pública de Emilio Régilo. Pero después de tres años, Catón había reemprendido los ataques al círculo de los Escipiones. Una vez más había acusado a un amigo de la *gens* Cornelia de apropiarse incorrectamente de parte del botín tras la campaña contra los etolios que se habían vuelto a rebelar. En esta ocasión Fulvio Nobilior fue el que recibió los ataques. Pero para Catón esto sólo eran las escaramuzas previas a la gran batalla y el momento del gran combate estaba maduro.

Catón, con su botín de Hispania, había adquirido gran parte de los terrenos contiguos a la gran villa del fallecido Fabio Máximo. En ese espacio había edificado una casa y levantado huertos y cultivos de todo tipo, en particular de viñedos y olivares, pero se veían también higueras, algarrobos y otros árboles frutales que lo henchían todo de una rica vegetación y que permitían que en cada estación del año quien contemplara aquellos campos se admirara siempre por la exuberante riqueza de la hacienda.

Graco había oído hablar de la creciente afición de Catón por la vida en el campo y cómo, a cada momento, el veterano senador no dudaba en alabar las virtudes y ventajas de la vida en la campiña frente a lo que él denominaba la tumultuosa vida de la ciudad.

Graco cruzó así los cultivos meditando sobre hasta qué punto llevaba razón Catón en ese planteamiento. Tiberio Sempronio Graco iba acompañado por los dos Petilios, Quinto Petilio y Petilio Spurino. Catón les había convocado a su recién edificada villa para tratar de Escipión y los sucesos acontecidos en el Senado en las semanas pasadas. Sin duda, Catón buscaba en su nueva villa discreción para un encuentro con sus más fieles seguidores. Graco no se sentía cómodo en medio de aquella eterna disputa entre Catón y los Escipiones, y menos aún después de los intercambios de cartas con Cornelia y a sabiendas de cómo su asistencia a esas reuniones había provocado la ira de Escipión hasta el punto de exponer su vida a una muerte segura en varias ocasiones durante la pasada campaña de Asia. Graco se sentía en medio de aquel combate y estaba cansado, pero seguía compartiendo con Catón la esencia de sus principios: nadie está por encima del Estado, ni siquiera el mejor de sus generales, pues cuando eso ocurra, el Estado, al menos tal y como ellos concebían la República, desaparecería. Sería el retorno de la monarquía y una monarquía implicaría un retroceso en el tiempo, el fin de las libertades de los ciudadanos libres de Roma, el fin también del poder de su familia y del resto de familias senatoriales; el fin, en suma, de una estructura que había conducido satisfactoriamente a Roma a convertirse en el centro del mundo. Si querían preservar ese rango para Roma, Roma debía defenderse de quien quisiera cambiar el sistema de gobierno del Estado. En eso estaba de acuerdo Graco con Catón. Sus métodos, no obstante, sus hirientes ataques contra Escipión en el Senado, rayando la tergiversación de los hechos acaecidos en Asia, iban, en muchas ocasiones, contra su naturaleza, pero no era menos cierto que para combatir a alguien que está dispuesto a revertir las estructuras del Estado, hay que hacerlo con gran furia y determinación o, de lo contrario, un simple gesto del enemigo a batir, apoyado por un pueblo que, en gran medida, se alineaba con él, valdría para borrarlos a todos del Senado primero, luego de Roma y, por fin, del mundo.

—Ya hemos llegado —dijo Spurino.

Graco alzó la vista del suelo. Ante ellos estaba una modesta construcción de ladrillo vigilada por un par de esclavos que custodiaban la puerta de acceso. Las ventanas eran pequeñas y, aunque se veía que era un edificio de gran extensión en su base horizontal, sólo era de una planta. Los esclavos abrieron la puerta y los tres entraron en un pequeño vestíbulo en el que se les ofreció agua para lavarse y quitarse el polvo del camino. A continuación se les invitó a pasar, guiados por otro esclavo joven, a un muy amplio atrio en el que destacaban dos grandes higueras que repartían su fragancia y frescor por todo el atrio.

Catón se levantó de una pequeña *sella* y se dirigió a ellos con toda la calidez de la que su natural disposición era capaz, que nunca era mucha, pero, al menos, era un tono conciliador muy diferente al que habitualmente empleaba en el Senado cuando lanzaba uno de sus furibundos ataques contra algún senador que consideraba corrupto.

—Bien, bien, qué bien que ya estáis aquí. Espero que hayáis disfrutado del paseo. Hay quien prefiere ascender hasta aquí en una cuadriga, pero creo que andando es como se aprecia la tranquilidad del campo, ¿no pensáis igual?

Nadie pensaba igual, pero todos convinieron en que las colinas donde su anfitrión había establecido su villa eran fértiles y agradables de visitar.

—Bien, bien, eso pienso yo, eso pienso, por todos los dioses. Ahora sentaos, sentaos y hablemos, hablemos de las cosas que realmente importan, luego, si queréis, os enseñaré toda la hacienda.

Varios esclavos trajeron algunas *sellae* más y dispusieron algo de uva, aceitunas y unos higos en una mesa que situaron en el centro.

También apareció su esposa por un breve instante, pero una mirada despreciativa de su marido hizo que ésta diera media vuelta y desapareciera por donde había venido.

—Las esposas son necesarias para dar hijos a Roma —dijo Catón con sequedad—, pero no deben interferir cuando se va a hablar de política. —De todos era conocida la animadversión de Catón contra las mujeres, de modo que nadie dijo nada y todos, menos Graco, se limitaron a asentir. Catón se excusó entonces por no disponer aún de *triclinia* y de todo el mobiliario necesario para hacer la residencia realmente habitable, pero estaba seguro de que la discreción era necesaria en aquella reunión y la villa ofrecía esa seguridad frente a cualquier otro lugar en la ciudad—. Mi mujer anda ahora comprando todos los muebles que necesitamos, que es de lo que debe ocuparse, y pronto esto parecerá un hogar realmente acogedor, pero de momento esto es lo que puedo ofreceros; mi esposa, la verdad, como toda mujer, carece de la virtud de la diligencia y por eso vamos retrasados con lo de los muebles, pero todos hemos sido, somos militares y estamos acostumbrados a la vida frugal, ¿no es así?

Aquí sí asintieron todos. Los Petilios tomaron algo de uva. Graco se limitó a beber agua. Seguía incómodo. Lo bueno era que sabía que Catón no divagaría por mucho tiempo y que pronto iría al grano. Así fue.

—Graco —empezó Marco Porcio Catón—, veo que tus heridas de la guerra de Asia en tus brazos y piernas ya han cicatrizado en tu piel hace mucho tiempo y me alegro de ello, pero quizá no sea el momento de olvidar las ofensas del pasado, sino el momento de cobrarse en su justa medida una venganza que, además, contribuya a preservar el Estado.

Graco dejó el vaso de agua sobre la mesa.

—Las heridas son de guerra. No hay ofensa clara sobre ellas, aunque ciertamente se me podría haber avisado con algo de tiempo sobre el asunto de los *catafractos*, eso es cierto.

Catón casi sonrió.

—Graco, siempre tan, tan generoso para con los enemigos. Sea. En cualquier caso, por todos los dioses, ha llegado el momento de pasar a la acción. Me consta que el descontento entre muchas familias es cada vez mayor por la aparente desfachatez con la que los Escipiones se mueven por Roma sin tan siquiera haber rendido cuentas claras de su última campaña en Asia. Ha llegado el momento de aprovechar esta corriente y hacer que esas cuentas se rindan de una vez. Ha llegado el momento de apuntar alto.

—¿Alto? ¿Cómo de alto exactamente? —preguntó Petilio Spurino sin dejar de masticar uva negra.

Catón agradeció la pregunta, pero prefirió mirar a otro lado y evitarse el espectáculo de las encías entintadas de granate de su colega. Marco Porcio Catón dejó que pasara un instante para acrecentar el impacto de su anuncio.

—Es hora de que acusemos formalmente a Lucio Cornelio Escipión y que éste dé con sus huesos en el *Tulianum*.

Spurino dejó de masticar. Quinto Petilio tiró el plato de uva del que estaba cogiendo nuevas piezas, y Graco, lentamente, estiró su brazo derecho, tomó el vaso de agua una vez más, y lo vació de un trago largo; dejó entonces el vaso sobre la mesa y se dirigió con decisión a su anfitrión.

—Pero no está demostrado que los Escipiones hayan malversado en la campaña de Asia.

Catón suspiró. Esperaba algunas reticencias entre sus colegas y, en efecto, allí estaban las dudas. Tenía que persuadir primero por completo a su grupo de fieles si luego quería conseguir el apoyo del Senado y las asambleas para atacar a los Escipiones con unas mínimas garantías de éxito.

—No se trata, querido amigo, de lo que hayan hecho o dejado de hacer los Escipiones. Ése es un error de base. Se trata de lo que pueden hacer, de lo que nos pueden hacer. Con cada campaña, con cada guerra, los Escipiones se hacen más y más fuertes y el pueblo les adora más. Fabio Máximo, con denostado ahínco, luchó contra esa acumulación de poder, contra esa creciente popularidad entre la plebe y, sin embargo, no consiguió detenerlos. Nosotros debemos perseverar en ese esfuerzo de nuestro gran maestro. O hacemos de contrapeso o los Escipiones gobernarán Roma, solos, para ellos, siempre. Cada día que me levanto, con cada amanecer, amigos míos, veo más y más claro que es o ellos o nosotros. —Y Catón lo repitió con énfasis—. O ellos o nosotros.

Graco no se arredró y replicó con rapidez.

—¿Y Roma? ¿Dónde queda Roma?

Catón le lanzó una mirada desafiante que Graco mantuvo sin bajar los ojos. El veterano senador de Tusculum relajó entonces las facciones del rostro y retornó a su tono más conciliador. No era el momento de enfrentarse a Graco, aún no. Máximo habría estado orgulloso de él. Eso le dio seguridad a Catón en su réplica.

—Creo, querido amigo Tiberio Sempronio Graco, que estás cansado, por eso no tomo en cuenta tus palabras. Roma, ya lo sabes, lo sabéis todos, es lo único que me mueve, lo único que me importa. La diferencia es que Escipión quiere Roma para él y su familia. Nosotros queremos preservar la Roma de nuestros antepasados para todos los ciudadanos libres de la ciudad.

Quinto Petilio y Petilio Spurino asintieron con rotundidad. Graco retomó la palabra, pero con más tiento.

—Es cierto que estoy cansado, pero entonces ¿por qué no acusar ya directamente a *Africanus*? —Graco vio la cara de sorpresa de los Petillos y consideró que parecía necesario explicarse—: Si todos estamos de acuerdo en que el origen del peligro para el Estado está en Publio Cornelio Escipión y no tanto en su hermano o en sus amigos, ¿por qué seguir con esta larga serie de ataques y acusaciones?

A Catón le gustó la renovada decisión de Graco, pero estaba claro que iba de un extremo a otro; era demasiado impulsivo. Eso, no obstante, era una cualidad si se sabía controlar. Catón respondió con la rotundidad del sabio.

—Porque al acusar y desbaratar así los logros políticos de los familiares y amigos de Publio Cornelio conseguimos debilitar su posición en general. A una higuera alta y fuerte no se la derriba de un solo golpe, sino que hay que dar muchos hachazos hasta que se consigue que el árbol caiga a plomo sobre la tierra; pero caerá, mi querido amigo, Publio Cornelio Escipión caerá. Puedes estar seguro de ello. Hay que saber medir los tiempos. Valoro tu decisión, Graco, pero permite que sea mi experiencia en política la que nos guíe en este complicado trayecto.

Graco no dijo más. Catón tampoco decidió alargar la conversación y cambió de tema por completo.

—Venid ahora y os enseñaré las nuevas plantas que estoy cultivando. Esta tierra es fértil y se consiguen maravillas con sólo un poco de esfuerzo y atención.

Los Petilios no tenían ningún interés por la afición agrícola de Catón, pero Graco sí sentía curiosidad por saber más del hombre que les dirigía en una lucha, el asedio a la familia de los Escipiones, que se le antojaba la campaña más difícil que podía emprenderse en aquel momento. Graco había oído que Catón estaba escribiendo incluso un detallado manual sobre agricultura.

Así Marco Porcio Catón los sacó del atrio y les hizo caminar por entre los vericuetos de las humildes casas de los esclavos de la finca, para conducirlos hasta un gran huerto donde el austero senador empezó a enseñarles con deleite sincero gran cantidad de cultivos.

Cuando pensaban que la visita había terminado, Catón les llevó hasta uno de los establos. Olía a animal de forma intensa, a oveja, a buey, a cerdo, pero había otro olor aún más fuerte que hizo que los tres arrugaran la nariz.

—¡Por Cástor y Pólux! —exclamó Spurino, incapaz de reprimirse.

—Aquí tengo a los cerdos y otros animales y también a los bueyes; los bueyes mejores y los más sanos de Roma, la clave del éxito de mi producción agrícola —explicaba Catón imperturbable. Graco se dio cuenta de que el veterano senador, de tan acostumbrado como debía estar, apenas percibía aquellos olores que los envolvían—. Y aquí —añadió entrando en una estancia contigua al establo— tengo mi pequeño gran secreto. —Y, nada más entrar, se hizo a un lado para que sus invitados pudieran admirar su magna obra. La estancia estaba repleta de estantes y en todos ellos había todo tipo de frascos con hierbas aromáticas y plantas medicinales, sobre todo en las estanterías superiores, mientras que en las inferiores se acumulaban ajos, cebollas y otros tubérculos y, el origen del gran olor que los tenía a los tres algo mareados: una enorme montaña de puerros que se erigía enérgica y dominante en el centro del establo.

—Puerros, amigos míos, sí, por Hércules. —Catón hablaba exultante; Graco no lo había visto así desde no recordaba cuándo; estaba claro que aquella villa y el cuidado de las tierras y, a lo que se veía, también de los animales de la granja, era la gran pasión privada de Catón—. Los puerros son lo mejor para los bueyes —continuaba Catón sin mirar a nadie, sus ojos fijos en las plantas amontonadas, su mente absorta en su discurso—. Si un buey empieza a estar enfermo, haces una mezcla de puerros con..., bueno, con algunas otras cosas, es mi secreto, y con vino; se lo das al buey sano y no enferma y, si se lo administras al buey enfermo, éste sana de inmediato y, al día siguiente a trabajar. De ese modo los tengo en los campos a todas horas y la producción aumenta una enormidad, mientras que en las haciendas próximas las cosechas a veces se echan a perder por falta de animales de labor que se encuentran débiles o enfermos. Eso aquí no ocurre.

Al cabo de media hora de mostrar más cultivos, más establos y grandes almacenes de grano, aceite y vino, Catón pareció estar satisfecho y permitió a sus invitados que partieran. Graco y los Petilios se encaminaban hacia la salida de la finca. Un par de esclavos armados, que escoltaban a la comitiva de senadores, abrían el grupo, luego seguía Graco y a continuación ambos Petilios, uno a cada lado de Catón, el anfitrión de aquella reunión. Spurino ralentizó la marcha para dejar que Graco se adelantara una decena de pasos y, cuando juzgó que la distancia era suficiente, se dirigió a Catón en voz baja.

—A veces tengo la impresión que el joven Graco flaquea.

Quinto Petilio asintió con la cabeza confirmando las dudas de su colega. Catón detuvo la marcha un instante. Los Petilios le imitaron. Catón comprendió que no era prudente quedarse tan retrasados o Graco empezaría a sospechar, y reemprendió la marcha al tiempo que negaba con la cabeza.

—No. Graco es de los nuestros y lo será hasta el final. —Pero Catón leyó de soslayo la duda en el rostro de sus dos fieles seguidores y comprendió que aquellas palabras no serían suficientes para tranquilizarles—. Me ocuparé personalmente de que no dude más —sentenció, y ambos Petilios sonrieron levemente.

—Mejor así —apostilló Spurino—. Con las espaldas cubiertas se ataca mejor al enemigo, noble Catón. ¿Qué tienes en mente? ¿Enviarlo de nuevo a una misión militar a Oriente o quizá, mejor aún, a Hispania?

Catón miraba hacia al suelo y hablaba entre dientes.

—Eso es cosa mía. Digamos que las dudas de Tiberio Sempronio Graco se diluirán para siempre. —Y con esa frase ambigua los dejó a ambos, dio media vuelta y, sin despedirse ni de ellos ni del propio Graco, ascendió por el camino de regreso a su casa de campo. Los Petilios se quedaron detenidos en mitad del camino contemplando confusos cómo aquel hombre que les dirigía se alejaba con aire taciturno, ensimismado, rumiando algo en lo que se alegraban no tener que participar de forma directa.

—¿Nos deja Catón? —La voz de Graco les sorprendió por la espalda.

—Eso parece —dijo Spurino con tono cordial, y añadió algo trivial con naturalidad—: lo que no nos dejará nunca es este olor a puerros.

Y los dos Petilios se echaron a reír, algo nerviosos. Tiberio Sempronio Graco asintió y sonrió en un intento por compartir la broma. No le parecía algo tan gracioso, pero no advirtió nada extraño en el comportamiento de sus colegas en el Senado y sí, Spurino llevaba razón: aquel maldito olor le perseguiría toda la tarde, hasta que llegara a casa y pudiera darse un buen baño.

Catón regresó a los almacenes donde se acumulaban los puerros y examinó con detalle cada estante, cada pequeño montón de hierbas acumulado en cada una de las paredes de aquel enorme herbolario. Tenía que escribir sus remedios para el ganado, empezando por la receta para curar los bueyes. Debía incluir todo esto en su tratado sobre agricultura. Sí, definitivamente, sería un volumen extenso. Más. Debía escribir varios manuales sobre el conocimiento que poseía del campo, de la cultura, de la vida política, del derecho, de moral. Una colección de tratados que podría emplear para educar a sus hijos futuros sin necesidad de recurrir a las palabras de ningún otro hombre. Así evitaría influencias perniciosas en sus vástagos de autores griegos o prohelénicos. Sí. Eso debía hacer.

85

El destino de Antíoco

Ecbatana,*
3 de julio de 187 a.C.

Antíoco estaba furioso. Su imperio se descomponía en mil pedazos. Armenia y Bitinia se habían declarado independientes y Roma reconocía esos reinos y enviaba mensajeros a los traidores, usurpadores de su poder imperial que osaban hacerse llamar reyes. Y Pérgamo extendía todo su dominio sobre Asia Menor. Egipto no tenía fuerzas para recuperar mucho terreno en el sur, pero en cualquier momento se podía levantar una ciudad o una región entera del modo más insospechado. Y, lo peor de todo, no tenía dinero con que pagar a las tropas, a ese escuálido ejército que le había seguido en su largo y lento repliegue hacia Oriente, hacia territorios donde pensaba que su poder era más reconocido. En Antioquía había dejado a su cobarde hijo Seleuco con la misión de mantener la frontera del norte mientras él tenía planeado reforzar su ejército negociando de nuevo con los reyes de la India.

* Ciudad en el oeste del Irán actual. Véase mapa en las guardas.

Allí podría conseguir nuevos elefantes y más recursos con los que retornar hacia Occidente fortalecido para rehacer su imperio, pero para esa negociación necesitaba oro. Había subido los impuestos en todas las regiones, pero muchos recaudadores no regresaban o bien porque no habían conseguido todo el dinero que Antíoco esperaba o bien porque el pueblo, harto de impuestos desorbitados, se había alzado contra ellos y los había arrojado de sus ciudades. Antíoco no disponía de suficientes soldados para proteger a todos sus recaudadores y vivía en un horrible círculo sin fin: sin dinero no había más soldados y sin más soldados era imposible conseguir más oro.

Se habían detenido en Ecbatana, en medio de la montañosa región de Hamadán, habiendo dejado ya los ríos Tigris y Éufrates a varios días de viaje. El rey de Siria, agotado, desmontó de su caballo y se sentó al pie del gran león de piedra. Una enorme estatua que decían había sido tallada en los tiempos de Alejandro Magno, aunque muchos aseguraban que aquella gigantesca imagen estaba allí hacía mucho más tiempo. Antíoco miró al suelo. Se había situado a la sombra de la gran estatua para protegerse del sol abrasador de aquel verano tórrido.

—Necesitamos oro —dijo en voz baja, pero el oro no llegaba. Fue entonces cuando tuvo lo que él interpretó como un momento de iluminación, una epifanía perfecta—. El oro de los templos. Eso es. Si no quieren pagar con dinero, cogeremos el oro de los templos de todas las ciudades y con eso negociaré con la India y reconstruiré mi ejército y mi poder y volveremos contra Roma. —El rey hablaba ensimismado, como ajeno a todo lo que ocurría a su alrededor. Uno de los oficiales que estaba más próximo y que había escuchado lo que decía el rey negaba con la cabeza, pero sin atreverse a decir nada. Antíoco no tenía duda alguna ya sobre lo que debía hacerse y se dirigió a todos sus oficiales reunidos junto al gran león de piedra de Ecbatana.

—Id a los templos y confiscad todo el oro. Decid que es para su rey, para su imperio. Decid que es para Antíoco III.

Los oficiales dudaron, pero muchos pensaron al fin que con el oro confiscado llegarían por fin las pagas atrasadas y los soldados estarían contentos y eso era lo que más les preocupaba. Tampoco calcularon bien. Nadie preveía las consecuencias de aquella acción. Los oficiales crearon varias docenas de pequeñas patrullas con la misión de ir de templo en templo confiscando todo el oro y la plata y cualquier otro objeto de valor que pudiera encontrarse. Al principio el pueblo callaba, pero, poco a poco, con la paciencia con la que se forja la tormenta en el cielo mientras las nubes se acumulan y oscurecen el sol, el pueblo de Ecbatana empezó a seguir a las patrullas de soldados. Primero sólo hubo gritos, pero pronto se arrojaron las primeras piedras. El rey estaba despojando a sus dioses, a sus creencias, a sus esperanzas; era el oro de sus oraciones, de sus plegarias lo que aquel emperador derrotado estaba cogiendo, llevándose, robando. Algunas patrullas de guerreros seléucidas respondieron desenfundando sus espadas y, cuando un tumulto de gente se abalanzó sobre ellos, los soldados mataron a varios hombres, a alguna mujer y a un niño. Los ciudadanos de Ecbatana se replegaron, pero la noticia del niño muerto corrió por todas las esquinas de la ciudad como la peste se propaga cuando las ratas emergen del subsuelo. Los ciudadanos de Ecbatana no estaban dispuestos a permitir que el rey Antíoco cometiera aquel sacrilegio de forma impune. Si se tenía que morir, se moriría. Sin saber bien cómo, las puertas de la ciudad se cerraron. Antíoco III y un tercio de su ejército quedaron en el interior de la ciudad. En el exterior el resto de soldados no entendía bien qué pasaba. De pronto la ciudad pareció incendiarse y las llamas surgían por todas partes. Los soldados del exterior intentaron entonces abrir las puertas, pero los ciudadanos de Ecbatana les arrojaron piedras, rocas, lanzas, y hasta aceite que habían empezado a hervir de forma improvisada en las casas próximas a las murallas.

En el centro de la ciudad, Antíoco, feliz a la par que inconsciente a lo que estaba ocurriendo, veía la gran montaña de oro que habían conseguido sus hombres al ir de templo en templo. Había plata también, y numerosas gemas y estatuas y collares y joyas y brazaletes. Rodeado por su guardia personal, de espaldas a la gran avenida que confluía en aquella plaza, no vio la muchedumbre de gente que marchaba contra sus soldados asustados, nerviosos, confusos.

Fue un combate cruel, inmisericorde, bestial. Los soldados de Antíoco nunca habían encontrado tanto odio, tanta rabia. Sus oponentes no eran guerreros profesionales pero luchaban con la locura que da la rabia absoluta. Fue cuestión de unas horas. Hubo centenares de muertos por ambos bandos, más entre el pueblo, pero éstos eran mucho más numerosos, hasta que los soldados arrojaron las armas y el pueblo dejó de matar, morder, arañar y mutilar a los que aún resistían. Se llegó a un pacto con varios oficiales. Los soldados supervivientes conservaron la vida pese a los miles de muertos de ciudadanos de Ecbatana a cambio de entregarles a quien había originado aquella locura. Antíoco III de Siria, *Basileus Megas*, quien una vez fuera el hombre más poderoso de Oriente, fue arrastrado por los pies, desnudado, escupido y su cuerpo fue lapidado y despedazado hasta que de él no quedó ni un trozo de carne con el que alimentar a los perros.

86

Por quinientos talentos

Roma, julio de 187 a.C.

Publio, Emilia, Publio hijo y Cornelia menor estaban a punto de tomar la cena cuando Cayo Lelio se presentó sin previo aviso. Aquello no era frecuente, pero tampoco nada que alarmara a nadie. Lelio era como un familiar más y tenía la bendición de Publio para presentarse en aquella *domus* siempre que lo desease. Por eso, en cuanto Emilia oyó la voz rotunda del veterano ex cónsul saludando a su marido, que se había levantado para ver quién llegaba a tan inoportuna hora, se limitó a ordenar a una esclava que trajeran una mesa más que debían situar frente al *lectus medius*, justo a la derecha de su marido, el lugar reservado a los invitados especialmente apreciados por la familia. Esta esclava era una ibera de mediana edad que servía en la familia desde los tiempos de las campañas en Hispania. Areté no atendía en el atrio, sino que Emilia, con la aquiescencia de su marido, la había confinado a la cocina, de donde apenas salía. Emilia sabía que tenía que transigir con la infidelidad de su marido o encararse con él y generar un escándalo. Ésas eran sus opciones. Emilia, como buena matrona romana, era alérgica a los escándalos. Al menos, la esclava griega amante de su marido había aceptado aquel confinamiento y llevaba con discreción la relación con su esposo. Era lo mínimo que Emilia, tácitamente, exigía, y ese mínimo lo cumplían tanto su marido como Areté. Otra cosa eran los sentimientos rotos. La estrecha intimidad que antaño uniera a Emilia y a Publio se había quebrado. Quedaba, no obstante, un cierto respeto del uno hacia el otro en función de lo que cada uno representaba. Sobre esa base discurría el devenir diario de su matrimonio. No era ya una base tan sólida ni amorosa como la que les uniera en el pasado, pero era razonablemente estable. Fría, distante, no exenta de tensiones, pero tozudamente resistente a deshacerse del todo.

Cayo Lelio apareció escoltado por Publio en el atrio y tanto Publio hijo como la pequeña Cornelia le saludaron con amplias sonrisas. Emilia le dirigió la palabra con calidez.

—Una interrupción en nuestra cena por una visita de Cayo Lelio siempre es una buena noticia.

—Gracias, señora, gracias. Siempre se me recibe tan bien aquí que ¿por qué no venir con frecuencia? —respondió Lelio, mientras Publio le dirigía hacia el *triclinium* que dos esclavos estaban situando a la derecha del suyo.

—Más a menudo tendrías que venir —apostilló Publio al tiempo que ambos hombres se reclinaban en sus respectivos lechos dispuestos a compartir la cena que los esclavos estaban sirviendo—. No nos has visitado desde las últimas *kalendae*.

Lelio se limitó a sonreír y a tomar una copa de vino que se le ofrecía por parte de un esclavo. La copa fue especialmente bienvenida no por lo que todos pensaban, el hecho conocido de que Lelio disfrutaba con el buen vino, sino porque el veterano ex cónsul necesitaba pensar y no tenía ganas de hablar pese a que a eso mismo había venido. Publio, buen conocedor de su amigo, no tardó en percatarse de que algo no iba bien, pues Lelio bebía, comía y no hablaba, cuando Lelio siempre se había mostrado hábil para combinar las tres actividades pese a que eso supusiera enseñar a todos algo, o mucho, de lo que estaba comiendo o bebiendo a la vez que abría su boca para hablar. Por eso, el silencio prolongado de Lelio incitó la pregunta del anfitrión de la casa:

—Me consta, mi buen Cayo Lelio, que tienes buen apetito y que siempre aprecias una copa de vino, pero tu silencio me resulta extraño y no dudo que algún motivo hay que te impulsa a mostrarte poco comunicativo cuando te encuentras rodeado sólo por amigos.

Lelio pareció sonrojarse ligeramente, pero aquello pasó mientras dejaba su copa sobre la mesa y terminaba de masticar el trozo de jabalí en salsa que se había llevado a la boca. El que fuera lugarteniente de Escipión en Hispania y África asintió despacio.

—Supongo que son muchos años juntos como para ocultar nada a mi viejo amigo —dijo Lelio en voz baja, más como un suspiro que como una frase.

—Supones bien, Lelio —insistió Publio con cordialidad, pero sin prever nada sombrío en el horizonte. Su esposa Emilia, sin embargo, sí que mostraba un marcado ceño entre los ojos. Lelio era muy hablador. Su silencio sólo podía ser presagio de algún problema, y, considerando que Lelio no era hombre que se abrumara ante pequeñeces, el problema que tendrían que afrontar debía de ser importante.

Lelio miró al suelo, luego a Publio, que le observaba relajado y, por fin, a Emilia, y comprendió que sólo ella estaba preparada para las noticias que tenía que compartir con los amigos de aquella casa.

—Los tribunos de la plebe han planteado una consulta al Senado —dijo Lelio con rapidez.

—¿Spurino y Quinto Petilio? —preguntó Publio hijo, pues Publio padre se limitó a cambiar su semblante, transformando su relajada faz en un rostro cargado de tensión contenida. Para todos los reunidos en aquel atrio, Spurino y Quinto Petilio eran dos marionetas al servicio de Catón. Emilia observaba a su marido y se percató de que Publio ya había adquirido una perspectiva clara de las posibles consecuencias de aquel anuncio de Lelio.

—¿Qué consulta? —espetó Publio padre con sequedad, no por despecho hacia su amigo, que era sólo un fiel mensajero, sino hacia la desagradable situación que iba a darse en poco tiempo ante el Senado si, como imaginaba, aquella maniobra estaba instigada por el maldito e insufrible Catón.

Cayo Lelio tragó saliva.

—La consulta está relacionada con los quinientos talentos que Antíoco anticipó como pago por los gastos y daños ocasionados por la guerra de Asia. —Y expiró aire con fuerza. Ya estaba dicho. Luego añadió más palabras pero con más control sobre sí mismo, pues lo importante ya había salido de su interior—. No se habla de otra cosa en el foro. Todos están seguros de que es Catón el que anda detrás de esto. Está buscando, una vez más, ensuciar el nombre de los Escipiones, eso es todo. Tampoco hay que darle más importancia. —Lelio intentaba tranquilizar a su amigo seguro como estaba de que en el pecho de Publio no crecía ahora otro sentimiento que el de la ira.

—Esos quinientos talentos los usamos como nos vino en gana, Lelio, y tú lo sabes. Ese anticipo era parte del botín de guerra.

—Por supuesto, por supuesto —confirmaba Lelio asintiendo de forma ostensible, casi exagerada.

—Pero todos sabemos que lo que buscan los tribunos de la plebe —continuó Publio con la voz vibrante cargada de indignación— es hacer creer a todos que esos malditos quinientos talentos pertenecían al Estado, sin duda alguna, eso es lo que subyace en esa consulta.

—Pero os pertenecían, a Lucio y a ti, padre, como botín de la batalla —interpuso Publio hijo.

—Sí, hijo, sí, pero todo puede torcerse, todo y especialmente si quienes hablan son ese detestable Spurino instruido por el miserable de Catón.

—Pero, padre, es una costumbre reconocida que los generales victoriosos dispongan de los primeros pagos de indemnización como parte del botín.

—Sí, hijo mío, pero no está escrito en ninguna ley y si vamos a la ley escrita los pagos de indemnización pertenecen al Estado, y a Lucio y a mí, a Publio Cornelio Escipión, querrán juzgarnos en base a la ley escrita y no tanto por lo que es práctica habitual. Es la misma estrategia que siguió hace unos años con Glabrión tras la batalla de las Termópilas. —Y se levantó y se situó en medio de todos con los brazos en jarras, inspirando y espirando aire con rapidez y profundidad.

Lelio se volvió hacia Emilia y la mujer interpretó, como siempre, de modo certero el significado de aquel gesto del amigo de su marido: una apelación a que interviniera.

—Publio —empezó Emilia con voz serena—, por todos los dioses, Catón sólo está usando a los tribunos para provocarte; sólo busca ponernos nerviosos con insidias; es como dices: está haciendo lo mismo que hizo en el pasado al acusar a otros amigos nuestros cuando no había pruebas de nada.

Publio asintió. Estaba de espaldas a su mujer, pero asentía mientras ella hablaba.

—Lo sé, lo sé —respondió al fin—, pero por Júpiter, ese miserable ha conseguido su objetivo. Esos quinientos talentos nos traerán problemas en el Senado. Nunca pensé en ello. Yo he ingresado más dinero que nadie en las arcas del Estado y, sin embargo, el Estado ingrato será el que me pida cuentas a mí. —Y sacudía la cabeza de un lado a otro. Emilia comprendió que Catón estaba logrando su objetivo: hacer que su marido, nervioso e indignado, acudiera al Senado a defenderse de un puro infundio, pero que, tergiversado, podía ponerlo en una situación incómoda ante las decenas de senadores envidiosos de su poder y su gloria. Emilia comprendió en un instante cuál debía ser la forma adecuada para responder a aquella provocación.

—Publio, no debes ir al Senado mañana —pronunció Emilia con

rotundidad. Las miradas de todos se volvieron hacia ella—. No, no debes ir. El solo hecho de acudir hará ver a todos que das importancia a esa pregunta estúpida. Deja que vaya Lucio y que él explique la situación. Eso será más que suficiente. Si te das por aludido sólo le seguirás el juego a Catón y todos pensarán que hay más en esa acusación de lo que en realidad hay. No debes ir, esposo mío, no debes ir al Senado.

Publio negó con la cabeza un par de veces y volvió a sentarse en su *triclinium*. Nadie cenaba ya.

—No puedo dejar sólo a mi hermano. Todos saben que en Asia dirigíamos los dos las tropas y que tomábamos la mayoría de las decisiones de forma conjunta. Si no voy, pensarán que no le respaldo.

—Nadie pensará eso, ¡por Cástor y Pólux! —replicó Emilia con rapidez—. ¿Cómo va a atreverse nadie a pensar semejante estupidez? No hay hermanos más unidos que tú y Lucio. Lucio se basta para defenderse de las insidias de los tribunos. No acudas mañana al Senado o Catón buscará el modo de lanzar todo el Senado en tu contra. Tu indignación hará que no puedas controlar tus palabras y aunque respondas con verdades como la que has mencionado antes, que eres tú el que más dinero ha ingresado en el Estado, eso no hará sino incrementar la envidia de los que buscan nuestra perdición. Publio, te lo ruego, deja que sea Lucio el que defienda a la familia mañana.

Pero Publio seguía negando con la cabeza. Emilia se sintió obligada a hacer un último esfuerzo.

—Lucio supo desenvolverse en Magnesia; mañana sabrá hacerlo igual de bien.

—En Magnesia yo estaba enfermo, ¿qué excusa he de presentar a mi hermano? ¿Que tengo miedo de Catón? ¿Yo, miedo?

Emilia bajó la mirada y calló. Nadie más se atrevió a decir nada. El *pater familias* de la casa de los Escipiones se levantó y, sin decir nada, sin tan siquiera saludar a Lelio, se levantó, cruzó las cortinas del *tablinium* y desapareció del atrio. Un silencio incómodo permaneció entre todos los comensales de aquella cena interrumpida por Lelio.

—Siento... siento haber sido portador de estas noticias, pero pensé que era mejor que Publio, que todos estuvierais al corriente antes de la sesión de mañana en el Senado.

—Y pensaste bien, Cayo Lelio —le respondió Emilia con calidez y agradecimiento—. ¿Y Lucio?

—Envié a un esclavo desde el foro mismo a su casa para que estuviera al corriente.

—Bien hecho, bien hecho. No tardará en venir aquí, igual que tú, para consultar a su hermano.

Lelio asintió y luego aproximó su rostro al de Emilia y habló en voz tan baja que ni tan siquiera Publio hijo o Cornelia menor pudieron entender lo que musitó.

—Yo también creo que es mejor que Publio no vaya mañana al Senado.

—Lo sé —murmuró Emilia como respuesta.

Lelio siguió cuchicheando una vez más.

—Pero nada ni nadie podrá detener a Publio. Irá mañana y mañana se enfrentará con Catón. Son muchos años esperando este momento. Los dos llevan mucho tiempo esperando.

—Sí —admitió Emilia—, pero Catón está preparado y Publio no. Hemos de ganar tiempo, o Publio, llevado por los nervios, dirá o hará algo que dispondrá a muchos senadores en su contra.

—¿Cómo podemos evitar que Publio acuda al Senado?

Emilia permaneció en silencio ponderando la pregunta de Lelio hasta que, al fin, murmuró una última respuesta antes de despedir a Lelio.

—Yo ya no tengo ascendente sobre mi marido para influir sobre su voluntad, pero creo que alguien puede aún influir sobre él.

Y Lelio, confundido, miró hacia Publio hijo y la pequeña Cornelia. Emilia suspiró y se sintió feliz de ver que Lelio malinterpretaba el sentido exacto de sus palabras. No sería ella quien le corrigiera.

87

El último gran viaje de Aníbal

Ponto Euxino (mar Negro).
Verano de 187 a.C.

Cruzaron el Helesponto en una peligrosa navegación nocturna. La prioridad era evitar los cada vez más numerosos barcos romanos y de Pérgamo que controlaban el Egeo en general y aquel estrecho paso en particular, que era la puerta hacia el gran mar interior del Ponto Euxino. Aquél ya no era un mar griego, sino un mar de Roma, de Pérgamo y, eso sí, infestado de piratas. Pero si había algo a lo que Aníbal no temía en aquellos momentos era a los piratas, y es que él mismo era ya casi un pirata, un fugitivo sin patria obligado a vivir en un permanente destierro, sin reino, condenado a subsistir gracias al oro y plata que extrajo de Cartago y que, poco a poco, iba consumiéndose, agotándose, como su propia existencia. Pero Aníbal no se sentía, pese a todas las penalidades sufridas, vencido. Persistía en él un anhelo de libertad, un pálpito de furia latente que le mantenía a él, y a todos los que le seguían, aún con fuerzas, seguro de sí mismo, allí, en pie, en la proa de aquel barco cretense, navegando hacia el Ponto Euxino.

—Cruzaremos todo este mar, de un extremo a otro, Maharbal —dijo Aníbal mirando un horizonte donde el alba empezaba a despuntar.

Muchos eran los reinos que el Ponto Euxino bañaba con sus aguas y Maharbal, como siempre atento a los comentarios de su general, estaba confuso sobre el destino final de aquel viaje.

—¿Adónde vamos, mi general?

Aníbal se volvió un momento hacia Maharbal y luego volvió a encarar el viento del norte contra el que los remeros tenían que luchar para avanzar en aquella larga travesía. El general había mantenido en secreto el nombre del reino hacia el que navegaban. No quería que ninguno de sus veteranos, en un descuido absurdo, tras varias copas de vino en cualquier taberna de cualquiera de las bahías en las que habían atracado para aprovisionarse, pudiera dar pista a nadie sobre la ruta que seguían. Pero ya estaban cerca del final del viaje.

—Vamos a Armenia, Maharbal.

—¿Armenia? —Maharbal no parecía muy convencido. Y no era para menos. Armenia era parte del Imperio seléucida y, tras el desastre de la batalla de Magnesia, era impensable que el rey Antíoco III volviera a acogerles. Nada importaba que aquella derrota fuera culpa del propio rey y de sus generales que no hicieron nunca caso de los sabios consejos de Aníbal, pero el propio Aníbal le habló para tranquilizarle.

—No te preocupes, Maharbal. Sé lo que estás pensando. Armenia ya no está bajo el dominio de Antíoco. —Aníbal hablaba mirando al mar, hacia un horizonte cada vez más azul, donde los primeros rayos del sol despuntaban iluminándolo todo, como si trajeran una nueva esperanza a aquellos que ya lo tienen todo perdido—. He hablado con muchos de los piratas de Creta mientras estuvimos allí, en las largas noches de insomnio, mientras Imilce languidecía. Muchos de los sátrapas del Imperio seléucida se han rebelado contra Antíoco tras la derrota de Magnesia. El ejército de Siria está descompuesto y el rey tiene que pagar enormes cantidades de dinero a Roma en concepto de indemnización por la guerra. De hecho no está claro si Antíoco sigue vivo o ha muerto en Oriente. Los piratas están atentos a todo esto porque sueñan con capturar alguna de las naves cargadas de oro que tendrán que partir de Siria hacia Roma con los pagos por la guerra. Es algo parecido a lo que se nos exigió a nosotros tras la derrota de Zama. Sólo que Antíoco ha intentado conseguir el dinero incrementando los impuestos de los pequeños reinos que tenía sometidos y han sido varios los que se han rebelado contra él aprovechando su debilidad y así evitando tener que pagar las cantidades de oro y plata y grano que Antíoco ha exigido para sí mismo y para Roma. Y la propia Roma, como no podía ser de otra forma, ha amparado y reconocido esos nuevos territorios. Armenia se ha constituido en uno de esos nuevos reinos independientes bajo el gobierno de Artaxias.

—Recuerdo a Artaxias —respondió Maharbal—. Creo que le vimos alguna vez en Antioquía y ¿en Magnesia? ¿No fue el propio Antíoco el que le puso en el gobierno de Armenia?

Aníbal volvió de nuevo a mirar a Maharbal.

—Así es —dijo sonriendo—. Recuerdo con precisión que estaba a favor de mi plan de ataque en Magnesia. Lo que he averiguado hace poco es que Artaxias se ha tomado muy en serio su cargo, hasta el punto de autoproclamarse rey y declararse independiente y ajeno a las exigencias de la debilitada Siria. Ahora está construyendo nuevas fortificaciones por toda Armenia. Se está preparando para una posible guerra que tendrá lugar cuando Antíoco o quien gobierne Siria y los restos de su imperio recomponga el ejército. Artaxias valorará nuestros servicios. Es ambicioso, pero no imbécil. Sabrá ver que le podemos ser útiles. —Y se dio la vuelta de nuevo hacia el mar, hacia donde señaló con el dedo extendiendo su brazo derecho—. Navegaremos ahora hacia el este, a lo largo de la costa de Bitinia primero, luego el Ponto, pasaremos por delante de Amisos y seguiremos hasta superar el valle del río Lykos.

Maharbal asentía mientras miraba hacia la costa, al sur, donde señalaba Aníbal.

—Pero el valle del Lykos es ya Armenia. Podríamos desembarcar allí —comentó Maharbal mientras se esforzaba en recordar los mapas que había visto de aquella región durante su estancia en Antioquía.

Aníbal negó con la cabeza.

—No. Armenia se ha dividido en dos: el valle del Lykos es la Armenia Menor, que ha quedado bajo el gobierno de Zariadres, de quien no me fío tanto, y la Gran Armenia, que es la que gobierna Artaxias, es más segura. Ésta se extiende desde el valle del río Fasis hasta los lagos de Urmia y Van. Fondearemos en la desembocadura del Fasis, en un puerto que lleva el mismo nombre que el río. Allí contactaremos con las tropas de Artaxias y nos daremos a conocer.

Maharbal afirmó un par de veces con la cabeza. El general parecía, una vez más, tenerlo todo bien planeado. Los dos hombres, compañeros de mil batallas y hermanados en el destierro, se quedaron mirando la costa norte de todos aquellos reinos asiáticos que se habían rebelado contra Siria. Eran la muestra inequívoca de que el imperio de Antíoco se desvanecía como un sueño, como las cenizas que desparrama el polvo tras una larga noche de hoguera.

88

Las caricias de Areté

Roma, julio de 187 a.C.

Emilia escuchaba atenta. La casa estaba en una calma tensa. Los esclavos se habían recogido en la cocina, Cornelia menor y Publio hijo dormían en sus habitaciones y sólo se escuchaba el murmullo de la conversación entre Publio y su hermano Lucio en el *tablinium*. Tenían mucho de que hablar. Como era previsible Lucio había venido en busca de consejo y su hermano le había recibido con los brazos abiertos asegurándole nada más entrar, confirmando el temor de Emilia, que él mismo le acompañaría al Senado a la mañana siguiente. Fue en ese momento cuando Lelio se despidió de ellos y cuando la propia Emilia se retiró a su dormitorio. Ella sabía que su marido estaba resentido con ella por su oposición a acudir al Senado y sabía que Publio no dormiría con ella aquella noche, como tantas otras desde que retornara de Asia. Nada era ya lo mismo entre ellos. Muchas cosas, muchos sentimientos se habían roto, pero quedaba la familia y había que preservarla de los ataques de Catón que sólo buscaba la destrucción completa de los Escipiones y los Emilio-Paulos, y para salvar a la familia Emilia estaba dispuesta a todo. Así que no lo dudó.

Las voces lejanas de su esposo y su cuñado le llegaban como un murmullo distante que resultaba incomprensible, pero que le indicaba que ambos permanecían en el *tablinium*. Emilia Tercia se levantó despacio y se sentó en la cama. Lo había meditado bien. Salió de la cama pero no se calzó las sandalias y así, con los pies desnudos sobre el frío suelo de piedra, se deslizó por el atrio sin ser vista por su esposo y su hermano que permanecían ocultos tras la pesada cortina del *tablinium*. Emilia alcanzó la puerta que daba acceso a las dependencias de los esclavos. Pasó por delante de varias habitaciones hasta llegar a la cocina, justo al final de la casa. Ésta estaba ligeramente excavada en el suelo de forma que el fuego de su chimenea pudiera usarse como horno desde el que se proyectaba el calor necesario para actuar de calefacción del resto de la casa al filtrarse por la red de conductos subterráneos que partían desde la cocina hacia el resto de dependencias de la *domus*. Emilia descendió las escaleras con tanto sigilo que se situó en medio de la estancia sin ser advertida por sus esclavos. Dos mujeres mayores cortaban verduras en una esquina; Laertes, el *atriense*, estaba limpiando un pollo recién sacrificado con destreza, y Areté, junto al fuego, al abrigo del calor y de la luz, cosía una túnica desgarrada de Cornelia menor. Emilia se detuvo junto a la chimenea. Su sombra alargada, proyectada por el fuego vibrante del lar, llamó la atención de Laertes que, sorprendido, se revolvió cuchillo en mano contra la aparición de alguien que no esperaba. Al identificar a la esposa del amo, el *atriense*, avergonzado y asustado por haber esgrimido un cuchillo contra su ama, dejó el utensilio de cocina sobre la mesa y se quedó quieto, fijos sus ojos en el suelo. Emilia miró a su alrededor, a las dos mujeres mayores y a Laertes, y todos, al verla allí, frente a Areté, comprendieron la orden sin necesidad de que el ama desplegara los labios. Los tres subieron la escalera y dejaron a la esposa y a la amante del amo de la casa a solas junto al fuego de la chimenea de la cocina. Nadie se sorprendió. Más tarde o más temprano la ira de la señora de la casa tenía que descender hasta la cocina.

Areté dejó de coser y se levantó despacio en señal de respeto, pero Emilia alzó su mano izquierda haciendo el gesto que la invitaba a volver a sentarse. Areté tomó de nuevo asiento en su pequeña *sella* y permaneció en silencio mirando al suelo. Emilia se volvió hacia las llamas del fuego. Temblaban como sobrecogidas por el fragor del calor que ellas mismas generaban.

—Mi marido te buscará esta noche, como tantas otras noches —dijo Emilia.

Areté no sabía bien qué responder. Desde que el amo la trajera a aquella casa desde Asia nunca había hablado con su esposa. Imaginaba el rencor y la rabia que debía sentir aquella mujer hacia ella y procuraba no alimentar aquel odio siendo lo más discreta posible y procurando evitar al ama en todo momento. Tampoco alardeaba Areté ante el resto de esclavos de la especial relación que mantenía con el amo, pero no podía negarse a satisfacer las ansias del señor de la casa. Ahora, ante las palabras del ama, Areté no sabía bien qué decir, así que guardó silencio, asustada.

Emilia agradeció que la muchacha permaneciera callada. Si había algo a lo que no había venido era a discutir o hablar tan siquiera con la amante extranjera de su esposo. No. Era otro el objetivo de aquella visita. Pero ¿la entendería bien aquella muchacha?

—¿Me entiendes bien cuando te hablo? —preguntó Emilia en latín volviéndose hacia la esclava.

—Sí, mi señora. —Areté llevaba suficiente tiempo en Roma y su natural predisposición a integrarse en el entorno que la rodeaba había hecho que aprendiera aquella lengua extraña con rapidez.

Emilia asintió un par de veces, como para autoconvencerse una vez más de que iba a hacer lo correcto.

—Mi marido quiere acudir mañana al Senado, ¿me entiendes?

Areté asintió.

—Bien —y continuó Emilia, de pronto, como un torrente—, pues no debe hacerlo. Mi esposo no debe acudir mañana al Senado. He intentado persuadirlo pero... —le costaba rebajarse a admitir la pérdida de influencia sobre su esposo y más ante su joven e impertinentemente hermosa amante; y es que Areté, a la luz de aquel fuego, estaba tan radiante que a Emilia se le revolvían las entrañas, pues era consciente de que esa luz que iluminaba la bella faz de Areté era la misma que descubría con impasible nitidez cada una de las arrugas de su propio rostro—, he intentado persuadirlo, te digo, pero no he podido. Como él vendrá a ti esta noche, eres tú quien debe convencerle de que no vaya al Senado mañana.

Areté abrió la boca y la volvió a cerrar. Nunca había intentado persuadir al amo de nada. Ella se limitaba a dejarse hacer y a mostrarse cariñosa y dulce con el amo. No sabría ni por dónde empezar, ni qué hacer ni qué decir.

—Lo entiendo, mi señora, pero... pero no sé cómo voy a poder hacer eso que me ordena...

Emilia la interrumpió con furia, pero conteniendo el volumen de su voz para que nadie la oyera más allá de las paredes de la cocina.

—Haz lo que sea que hagas todas las noches con él, pero convence a mi marido de que no vaya al Senado mañana o todo el rencor que vengo almacenando en mi pecho contra ti, te juro por todos los dioses, que lo descargaré contra tu frágil persona el primer día que me sea posible, y tanto tú como yo sabemos que mi marido está enfermo y que más tarde o más temprano te quedarás aquí, sola y sin su protección, a mi merced.

Areté abrió los ojos de par en par. Unos malditos ojos hermosos que irritaban aún más a Emilia y eso que la mirada no era desafiante, sino de miedo. Emilia inspiraba y espiraba aire con intensidad. Esperaba allí, en pie, descalza, tensa, la respuesta de una maldita esclava.

—Lo intentaré, pero no sé si podré conseguirlo —respondió Areté con un fino hilo de voz.

—¡Por Cástor y Pólux, esclava, eres mucho más hermosa de lo que imaginas; dispones de armas que yo ya he perdido hace tiempo! Si no eres capaz tú de convencer a mi marido, nadie lo hará, y si acude mañana al Senado... —Emilia se detuvo, ¿qué podía entender aquella mujer de la política de Roma?

—¿Le matarán? —preguntó Areté con ingenuidad.

—Le matarán con palabras, que es una muerte aún peor, porque te dejan vivo para que presencies tu propia caída, eso harán sus enemigos. Es una trampa y él no lo ve, no lo ve... —Y Emilia se volvió hacia el fuego para ocultar las lágrimas de impotencia que emergían de sus ojos y que fluían cálidas por sus mejillas ajadas por el tiempo.

Areté se levantó despacio.

—Juro a mi ama que haré todo lo que pueda para que el amo no vaya mañana al Senado.

Emilia enjugó con rapidez las tibias lágrimas con la manga de su túnica, y dando la espalda a Areté dio media vuelta y ascendió por las escaleras sin decir nada. Ya se había rebajado mucho más de lo que había pensado como para encima dar gracias a aquella insufrible y hermosa esclava griega.

Publio entró en la habitación de Areté justo al empezar la *seconda vigilia*, bien entrada la noche, cuando ya todo el mundo dormía. Acababa de despedir a su hermano tras asegurarle que él mismo le acompañaría a la sesión del Senado del día siguiente y que estaría junto a él para apoyarle en todo. No le había dicho nada sobre los temores de Emilia. Seguía considerándolos exagerados y hasta ingratos: él debía estar junto a su hermano, como siempre había sido en su familia. Era cierto que aquello no era más que una consulta de los tribunos de la plebe, pero su no asistencia podría ser malinterpretada por todos, como si se alejara de su hermano y eso, sin duda, lo aprovecharía Catón para lanzarse sobre Lucio con todos sus secuaces y humillarle ante el resto de senadores y, si le era posible, incluso promover una acusación formal por malversación de fondos del Estado contra él por la campaña de Asia, y eso no iba a ocurrir; él no iba a permitir que eso ocurriera. Publio estaba seguro de que su sola presencia en el Senado sería suficiente para acallar las críticas y hacer que todos fueran muy cautos con las palabras que se pronunciaran.

Areté yacía, aparentemente dormida, bajo una manta de lana, en su lecho. La esclava disponía de una habitación para sí sola, con una pequeña ventana elevada que permanecía abierta durante las cálidas noches de verano para mantener una ventilación adecuada. Los esclavos solían dormir juntos en dos o tres habitaciones, pero Areté tenía un *status* especial en la casa de Publio Cornelio Escipión. De ese modo el amo podía acudir a visitarla en cualquier momento y disfrutar de la muchacha y sus placeres en la discreción de aquella habitación. Publio, como Emilia había intuido, no tenía ganas de acudir aquella noche al dormitorio conyugal para encarar de nuevo los reproches y las dudas de su esposa. Tampoco era aquélla la primera noche que no iba a su dormitorio y Emilia estaba acostumbrada a esas intermitentes ausencias nocturnas. Publio evitó pensar en el dolor que aquello podría producir en su esposa y para ello se sentó en una pequeña *sella* frente al lecho de su amante y deleitarse así contemplando las sensuales curvas que la manta sugería bajo su suave tejido. Areté, como un felino de sueño ligero, abrió los ojos despacio. Al ver a su amo frente a ella no dijo nada y se limitó a sonreír.

Publio se sintió especialmente agradecido por aquella sonrisa. Eso era lo que le encandilaba de aquella muchacha. Él podía conseguir cientos de mujeres hermosas si lo deseaba, en la gran casa de la *lena* de Roma, en cualquier otro prostíbulo de lujo o comprando cualquier otra esclava complaciente, pero Areté, desde un principio, pareció mostrarse a gusto estando con él. Quizá fuera un sentimiento fingido, pero, en cualquier caso, era tan agradable, en medio de aquella noche de tensión y preocupación, encontrarse con una mujer tan hermosa y, al menos en apariencia, tan feliz de ser visitada por él, que Publio decidió abandonarse a esa mezcla de placeres físicos y sentimentales que suponía yacer con Areté.

La muchacha salió de la cama y se arrodilló ante él aún con la fina manta de lana cubriendo su piel a modo de capa que, partiendo del cuello, se deslizaba por su espalda. Ante un tirón que su amo hizo del tejido que cubría su cuerpo, la muchacha no dudó en, sin levantarse del suelo, deshacerse de la manta y quedar desnuda arrodillada ante su amo. Areté se ocupó entonces de acariciar las piernas de su señor mientras éste se levantaba y se desvestía. Cuando el amo quedó desnudo, la joven se centró en acariciar primero con sus pequeñas manos las grandes y fuertes manos de su señor y, luego, con dulces besos de su boca entreabierta, Areté hundió su rostro en el regazo de aquel hombre que la protegía, la poseía y, ella estaba segura, la amaba.

Pasaron pronto al lecho y en la cama la muchacha se afanó en proporcionar todo el placer del que era capaz a su amo y dueño. La mente de Publio se vaciaba de preocupaciones durante unos intensos minutos, mientras que, por el contrario, la cabeza de la muchacha bullía por dentro. En un principio había pensado en negarse a yacer con el amo para de esa forma chantajearle y conseguir que no fuera al día siguiente al Senado, pero en seguida desechó la idea por absurda: era una esclava y no podía negarse a yacer con su amo. Podía, eso sí, mostrarse menos complaciente, menos deseosa de hacer el amor con él, pero también abandonó esa idea. No. Areté comprendió que el camino debía ser diferente: primero complacería a su señor tanto o más que cualquier otra noche, luego, aprovechando la calma de su amo, intentaría influir en él. Más tarde. Al amanecer.

La noche pasó casi como por ensalmo. Por la pequeña ventana entraba sólo un leve resplandor que anunciaba la llegada de la *hora prima*, pero que, no obstante, era suficiente para despertar a Areté. A su lado yacía su amo, dormido y relajado. La noche había sido intensa en juegos amorosos. El amo se había mostrado más necesitado de caricias que de sexo y ella había sido generosa con las primeras y complaciente en lo segundo. Su señor estaba, sin duda, nervioso. Areté le contemplaba mientras el amo abría los ojos. Había llegado el momento de intervenir. La joven se levantó y se puso a respirar agitada en una esquina, sentada sobre la *sella* de la habitación, cubierta por su túnica, arropándose con los brazos, como si tuviera frío o miedo o todo a la vez.

—¿Qué te ocurre, mujer? —preguntó Publio mientras se incorporaba en la cama y buscaba su ropa para vestirse.

Areté, al principio, no articuló palabra. El amo insistió con vehemencia, ya levantado y poniéndose su túnica, pensando en que o bien iba a su dormitorio para ponerse la *toga viril* o bien hacía que otro esclavo se la trajera hasta allí para así evitar a Emilia.

—¿Qué te ocurre? Habla. No tengo tiempo para tonterías esta mañana.

—No es nada, mi señor. Es sólo un mal sueño.

—¿Un mal sueño? ¿Eso te asusta tanto? Estate tranquila que en esta casa nunca te pasará nada malo.

Areté asintió, pero en su faz permanecía la preocupación. Como observó que el amo no tenía tiempo para largas conversaciones fue directamente al grano.

—Mi temor no es por mí, sino por mi señor.

Publio cerró la puerta que acababa de abrir y no llamó al *atriense* como había decidido.

—¿Por mí?

—Sí, mi señor. —Areté habló con rapidez, como para sacudirse el propio miedo con el que hablaba—. He soñado que si el amo acude al Senado esta mañana algo terrible le ocurrirá. Mis sueños suelen cumplirse, mi señor. Es mejor que el amo no acuda al Senado.

Publio transformó la relajada expresión de su cara en un rictus tenso y despreciativo. Había pasado la noche con Areté precisamente para evitar este tipo de discusión absurda con su propia esposa y ahora su amante esclava le venía con los mismos miedos.

—Eso es una tontería. ¿Y cuándo has tenido tú sueños premonitorios antes?

Areté se dio cuenta de su fallo, pero procuró corregirlo lo mejor que pudo, de la única forma en la que se corrige una mentira: con otra aún mayor.

—Siempre, mi amo, pero como nunca eran sobre el amo nunca lo había comentado antes.

Publio la miraba con desconfianza. En su cabeza emergían los enemigos que le acechaban y el recuerdo de pasadas traiciones de esclavas aparentemente fieles a él o a sus mejores amigos venía a su mente como un caballo desbocado. Areté había hablado con alguien y estaba intentando convencerle para que no acudiera al Senado. El recurso del sueño era demasiado burdo.

Areté no necesitaba esperar la respuesta de su amo para saber que había fracasado por completo. Lo que no esperaba era haber despertado además viejos temores del pasado.

—¿Con quién has hablado, esclava?

La utilización de la palabra esclava y el tono casi gélido de su amo advirtieron a Areté de que no era momento de rodeos, pero, al mismo tiempo, no quería traicionar tampoco a su señora. No sabía qué decir. El silencio no pareció suficiente para su señor.

—¡Por Júpiter! ¡Habla, esclava! ¿Quién ha hablado contigo para pedirte que me persuadieras de no ir al Senado?

Areté abandonó la *sella* y se acurrucó en una esquina. Nunca había visto así a su amo. El señor siempre se había mostrado delicado, suave, amable con ella. Ni siquiera le había gritado ni una sola vez, y tampoco la llamaba esclava. Sin duda, su amo debía tener enemigos poderosos y algo había dicho ella inapropiado, pero no sabía qué podía haber sido ni cómo enmendar el error sin delatar a su ama, algo que tampoco deseaba hacer, pues eso sólo incrementaría aún más el rencor de la señora hacia ella y eso era un asunto que ya la preocupaba bastante como para hacer algo que lo empeorara, pero el amo se acercaba, enfadado, preguntando ya sin gritar, pues controlaba la voz para no llamar la atención del resto de la casa. La furia creciente estaba marcada en cada facción del rostro de su señor.

—¿Quién ha hablado contigo? Dime, ¿ha sido Catón o alguno de sus secuaces? Dime, ¿ha sido Catón? ¿Ha sido Catón?

Areté se acurrucaba aún más. Y, casi como un acto reflejo, cogió en su mano derecha la pequeña imagen del dios Eshmún que su padre le regalara antes de abandonar Sidón. Quizá el ama tuviera razón y ese Catón del que hablaba el amo fuera un enemigo terrible y estuviera dispuesto a hacerle daño al señor, pero ¿qué decir...? Una bofetada en medio de su rostro la hizo caer al suelo, derribada, sorprendida, aterrada. Nunca antes le había pegado el amo.

—Ha sido la señora, mi amo, ha sido la señora, mi amo... —Y retornó a la esquina para ahogar sus sollozos con su rostro vuelto hacia la pared, aterrorizada, esperando recibir nuevos golpes mientras volvía a cerrar los ojos y a aferrarse a su pequeña imagen del dios Eshmún. De pronto Areté sintió un tirón brutal en su cuello y la imagen del dios desapareció de su mano. Al alzar la vista, Areté vio que su amo había arrancado el colgante de su cuello rompiendo de un tiro el fino cordel de cuero.

—¿Qué es esto? —preguntó Publio mientras sostenía con una mano la imagen del dios con una serpiente y, al tiempo, mantenía la otra mano en alto dispuesto a abofetear de nuevo a Areté. La joven esclava lloraba mientras respondía.

—Es sólo la imagen de mi dios, del dios Eshmún, es mi dios, sólo mi dios... me lo dio mi padre... me lo dio mi padre... es todo lo que me queda de él... es sólo mi dios... una vez le recé a él para que el amo se recuperase... es sólo mi dios... un dios que cura...

Publio Cornelio Escipión bajó la mano con la que había estado a punto de abofetear a Areté por segunda vez. Se quedó en pie, mirando la palma abierta. Nunca hasta entonces había golpeado a una mujer. Miró la imagen de aquel dios extranjero y, despacio, se acercó a la muchacha y le devolvió el colgante. Areté lo cogió en sus manos y enterró a Eshmún entre sus dedos nerviosos y regó la imagen con sus lágrimas.

Mientras, el *princeps senatus*, el hombre más poderoso de Roma, también el que más enemigos había acumulado en su vida militar y política, se sentaba sobre el lecho de sábanas revueltas de la habitación de Areté. Era su propia esposa la que había hablado con la muchacha y él la había golpeado. Los sollozos de la joven esclava, medio ahogados, se esparcían por la habitación en la que había yacido con ella y en la que había recibido todas sus caricias y besos. Publio sacudió al cabeza en silencio. ¿Qué le estaba pasando? Traicionaba a su mujer y maltrataba a su amante. ¿En qué se estaba convirtiendo? ¿Qué sería lo siguiente? También había perdido la confianza de su hija pequeña. Y su hijo apenas hablaba con él. Lejano, siempre distante. Lo único bueno de todo aquello es que no había ningún sueño premonitorio.

—Las mujeres no deberíais inmiscuiros en política. Quizá eso sea lo único en lo que esté de acuerdo con Catón —dijo Publio mirando al suelo, hablando a sí mismo. Se levantó despacio y salió de la habitación. Areté se levantó y, aún algo temblorosa, se echó sobre la cama, se acurrucó y continuó llorando en silencio. No se trataba sólo del golpe del hombre de quien dependía, eso le preocupaba, sin duda, pero no tanto como el hecho de que acababa de traicionar al ama. Eso no podía traerle nada bueno. La puerta se entreabrió y la silueta de otro hombre corpulento se dibujó con la tenue luz que llegaba del pasillo. Areté reconoció la figura de Laertes y no sintió miedo. Sabía que gustaba a aquel hombre, como a cualquier otro, pero era alguien que se había mostrado considerado con ella y que no la miraba con envidia o con lujuria desmedida, como hacía el resto de esclavos de la casa.

—¿Estás bien? —peguntó Laertes en voz baja.

—Sí, estoy bien.

El *atriense* asintió y, sin decir más, salió de la habitación y cerró la puerta despacio. Areté se dio cuenta entonces de que era la primera vez que un hombre le hacía esa pregunta, desde que era niña y su padre le preguntaba aquello cada noche, antes de acostarla. Areté hizo un nudo a los extremos cortados del cordel de cuero y, rehecho el hilo del que pendía el colgante de Eshmún, volvió a ponerse alrededor del cuello la imagen de su dios.

Emilia vio a su esposo salir de la habitación de Areté desde el fondo del pasillo, oculta tras la cortina que daba acceso al atrio. Había oído también como Areté, tras un golpe seco, confesaba que era ella la que la había inducido a intentar detenerle, pero aquella traición de la esclava no era lo que le preocupaba. En seguida, por un pasillo que acortaba el camino, sin pasar por el atrio, Emilia se metió en el dormitorio en espera de que Publio llegara. Se acostó y se tapó con las sábanas. No dijo nada mientras su esposo entraba, se hacía con la toga que debía ponerse para el Senado y salía con rapidez de la habitación. En cualquier otra ocasión ella misma le habría ayudado a ponerse bien la toga, pero en aquellas circunstancias, sabía que su marido estaría más cómodo con la ayuda y la compañía de Laertes. Emilia sabía que Areté había fracasado. Por dentro sintió una confusa mezcla de sentimientos: fracaso y satisfacción entrelazados, fruto del temor de verle partir hacia el Senado, junto con la inevitable alegría de saber que donde ella no triunfó tampoco lo conseguía la irritante hermosura de Areté. Era aquélla una muy pequeña victoria, pero una victoria al fin que la recompensaba de tanta traición: su marido acudía al Senado por puro convencimiento, porque estaba persuadido de que debía respaldar a su hermano. Aquél era un noble sentimiento. Quizá no era tan horrible constatar que su marido aún conservaba algo de nobleza en su corazón. La lástima era que esa misma nobleza era de la que Catón se estaba aprovechando para atacarle en público. Quizá al final no pasara nada y todo aquello fuera sólo una visión distorsionada y exagerada por parte suya. Los dioses decidirían. Emilia se levantó. Lo conveniente en cualquier caso sería hacer un buen sacrificio a los dioses Lares y Penates de la casa y rogar a ellos y al resto de dioses por la protección de su esposo, de su hermano, de toda su familia.

89

La pregunta de Spurino

Roma, julio de 187 a.C.

Estaba todo el mundo. El Senado bullía como pocas veces antes. A muchos les venía a la memoria las no tan lejanas tumultuosas sesiones durante la larga guerra contra Aníbal, cuando se debatió sobre el destino de las legiones V y VI tras la batalla de Cannae o cuando Fabio Máximo y Publio Cornelio Escipión se enfrentaron sobre la forma adecuada de conducir la guerra contra Cartago. Todos presentían que la nueva sesión podría alcanzar un grado de tensión similar. Sólo había una diferencia importante. Aquel día todos los bancos estaban llenos, no había huecos en las gradas de la *Curia Hostilia*. Durante la guerra de Cartago muchos senadores caían muertos y la *Curia* llegó a estar medio vacía por la ausencia de los *patres conscripti* caídos en el frente, pero desde entonces, en medio de la emergente opulencia de la victoriosa Roma, todos los senadores abatidos habían sido reemplazados por hombres de confianza de cada una de las dos facciones dominantes en el Senado: unos proclives a Publio Cornelio Escipión y su familia, donde primero familiares como los Násica y amigos como los Emilio-Paulos tenían una presencia preponderante con Publio Cornelio Násica, Lucio Emilio o Emilio Régilo, junto con Cayo Lelio, Acilio Glabrión, Domicio Ahenobarbo, Marco Fulvio Nobilior, Minucio Termo, Publio Aelio, Elio Peto o Cneo Manlio Vulsón, que completaban el nutrido grupo de fieles a los Escipiones ante cualquier ataque de la facción opuesta. Muchos de ellos habían sufrido en sus propias carnes las maniobras mortíferas de Catón y tenían claro que se alinearían con Escipión pasara lo que pasara. Frente a ellos, Marco Porcio Catón, junto al veterano Lucio Valerio Flaco y Spurino, había maniobrado para incorporar a las entrañas del Senado a muchos fieles a la vieja causa que antaño liderara Fabio Máximo y que ahora encabezaba el veterano Catón con osadía para arrinconar a los Escipiones e impedir que se hicieran con el control absoluto del Estado. Junto a estos fieles a Catón, la familia Sempronia, dirigida por el heroico y muy respetado Tiberio Sempronio Graco, emergía como un clan con cierto grado de independencia pero que con claridad, durante los últimos años, se decantaba cada vez con más intensidad a favor de los postulados de Marco Porcio Catón. Así, la familia Sempronia inclinaba la balanza claramente del lado de los que buscaban derribar a Publio Cornelio Escipión de su posición privilegiada de *princeps senatus*, por ser el senador más veterano de todos los presentes, además de ser el más valorado por un pueblo que no olvidaba, al menos de momento, que en los peores tiempos de la lucha contra Aníbal, fue él y nadie más que él quien surgió de entre todos los generales de Roma para conducirles a una victoria que todos daban ya por imposible.

En un atril, al fondo de la gran sala, en el centro del espacio entre las gradas de la *Curia*, el senador asignado como presidente de aquella sesión se afanaba en aclararse la garganta haciendo el máximo ruido posible en un vano intento por que los murmullos cesaran y de esa forma poder dar comienzo al debate. El presidente, en coordinación con el *pretor urbano* y otras autoridades de Roma, había solicitado que, excepcionalmente, hubiera legionarios armados custodiando el Senado en previsión de lo que pudiera ocurrir, pese a que ello contraviniera la costumbre de no admitir hombres armados en el *pomerium*, en el corazón sagrado de la ciudad. A su derecha, en sendas *sellae curules*, estaban los dos cónsules del momento, que no habían querido faltar a aquel encuentro. Ellos, técnicamente, eran los hombres más fuertes del Estado aquel año gracias a su reciente elección como magistrados supremos del gobierno del Estado y, sin embargo, ambos eran conscientes de que los dos poderes auténticos en liza aquella mañana, Publio Cornelio Escipión y Marco Porcio Catón, eran, en realidad, los hombres que regían con mano de hierro los destinos de Roma. Y, al mismo tiempo, todos interpretaban que tal era el poder de *Africanus* que el todopoderoso Catón sólo se había atrevido a instigar una pregunta incómoda para los Escipiones promovida desde fuera del Senado, lanzada por los tribunos de la plebe, por hechos relacionados directamente sólo con el hermano del intocable Publio Cornelio. Así, a la izquierda del presidente, sentados en *sellae* normales, de acuerdo con la modestia que se esperaba del cargo público de tribuno de la plebe, estaban los dos tribunos de ese año, leales los dos a Catón hasta la médula, Quinto Petilio y Spurino, a la espera de que el presidente pusiera orden y así poder presentar su pregunta diseñada en una villa muy próxima a Roma, rodeados de las plantaciones de vides y olivos de Catón y, para disgusto de Spurino, también rodeados de unos almacenes repletos de malolientes puerros. A Spurino, el más veterano de los dos tribunos y quien por ello estaba encargado de formular la pregunta directamente al Senado cuando se le concediera la palabra, le parecía que el olor a puerro aún no se le había ido de la *toga viril* que lucía, pero sabía que aquel olor del que se impregnaba su ropa siempre que iban a la villa de Catón era tan sólo un muy pequeño pago que debía asumir por estar conducidos por el más agudo de todos ellos en aquel enfrentamiento sin parangón en el pasado, pues nunca antes un senador de Roma había alcanzado el poder y el prestigio de *Africanus* y nunca antes había llegado el momento de intentar detener el ascenso imparable de un senador como aquél, de uno de ellos, que, no obstante, podía conducirlos hacia el inexorable retorno de la odiada monarquía.

—¡Atención! ¡Por todos los dioses, atención! —empezó a decir el presidente elevando el tono de su voz con gran potencia por encima de los interminables murmullos de los senadores—. *Quod bonum felixque sit populo Romano Quiritium referimos ad vos, patres conscripti!* [¡Referimos a vosotros, padres conscriptos, cuál es el bien y la dicha para el pueblo romano de los Quirites!] —aulló para hacerse oír al fin al introducir la fórmula que marcaba la apertura de la sesión; las conversaciones se detuvieron y así pudo continuar presentando el asunto que los había reunido aquella mañana—. El Senado ha sido convocado hoy con motivo de una pregunta que los tribunos de la plebe, haciendo uso de la potestad que las leyes de Roma les confiere, desean plantear a uno de los miembros del Senado. Por ello, de forma extraordinaria, pero de acuerdo una vez más con las leyes de Roma, cederé el uso de la palabra al tribuno de la plebe más veterano para que plantee con toda libertad su consulta al Senado. Luego permitiré que quien lo desee de entre nosotros dé respuesta o respuestas, si es que hay diferentes opiniones, al tribuno. Por supuesto, es de esperar que quien sea directamente interpelado por el tribuno responda a la cuestión que se plantee.

Y el presidente de la sesión calló y se sentó en un asiento que había justo detrás de su estrado. El tribuno Spurino se levantó despacio y, dando un par de pasos, se situó en el centro de la gran sala de la *Curia Hostilia*. Se aclaró la voz una vez, carraspeando con fuerza, y, al momento, empezó a hablar.

—Doy gracias al presidente y doy gracias a todos los *patres conscripti* aquí congregados y doy gracias por encima de todo a los dioses de Roma por haber hecho entender al Senado de la ciudad que el asunto que aquí nos trae es de vital importancia, lo que vuestra presencia al completo llenando cada uno de los rincones de esta venerable sala no hace sino subrayar. Por todo ello, pese a mis dudas, me siento algo más confiado en que esta sesión contribuya a esclarecer hechos acontecidos en la pasada guerra contra el rey Antíoco de Siria. —Y aquí se giró por primera vez y lanzó una rápida mirada a los bancos donde Publio y Lucio se encontraban, en primera fila, acompañados de Lucio Emilio y Cayo Lelio y otros senadores amigos; como esperaba, Spurino no encontró miradas amigables en ese sector, así que, como para infundirse ánimos, se volvió hacia el lado opuesto de la sala, donde Marco Porcio Catón, que se había esforzado en que Tiberio Sempronio Graco se sentara a su derecha de modo que no hubiera dudas ante el resto de la alianza que les unía aquel día, se había acomodado a la espera de ver de qué modo recibían los Escipiones la pregunta del tribuno. Spurino continuó mirando a Catón mientras hablaba, pues sentía que necesitaba el apoyo de los leves asentimientos de cabeza del veterano enemigo de los Escipiones para mantenerse firme en su discurso—. Sea entonces. Referiré primero brevemente los hechos y, acto seguido, formularé mi pregunta. En el año 564 *ab urbe condita*, el senador Lucio Cornelio Escipión aquí presente, en calidad de magistrado consular *cum imperio* dirigió la guerra contra Antíoco donde nuestras legiones salieron, como no podía ser de otra forma, victoriosas ante las desorganizadas tropas del entonces rey de Siria, guerra en la que acontecieron sucesos extraños, como el apresamiento y posterior liberación del sobrino del cónsul, sin que sepamos exactamente qué se negoció para conseguir esa liberación. —Aquí los murmullos emergieron de entre las filas de los senadores que rodeaban a los Escipiones, pero Spurino no había llegado al meollo del asunto que le había traído aquella mañana al Senado y sólo quería calentar el ambiente un poco, de forma que rápidamente siguió hablando elevando la voz para hacerse oír con claridad por encima del aquel murmullo—: Pero no es ése el tema que me ocupa hoy, sino que hoy me trae hasta los *patres conscripti* de Roma una pregunta que intenta aclarar la situación de las cuentas del Estado justo después de la victoria sobre Antíoco, y es que, es de todos sabido, se exigió al rey derrotado una serie de pagos en concepto de indemnización por los gastos que la guerra había ocasionado a las arcas de Roma y, si bien es cierto que algunos de estos pagos se ingresaron de forma efectiva en las arcas del Estado, no está tan claro qué ha ocurrido con alguna de las cantidades que el rey sirio entregó al cónsul Lucio Cornelio Escipión; en concreto... —los murmullos crecían de nuevo y Spurino, mirando al presidente en busca de apoyo, seguía hablando superponiendo su voz al murmullo y las increpaciones del presidente exigiendo silencio—, en concreto... en concreto a la magistratura que represento, es decir, al pueblo de Roma, le gustaría saber qué ha pasado con el primer pago de quinientos talentos de oro que el rey Antíoco entregó al cónsul en concepto de indemnización de guerra; eso, y no otra cosa, es lo que desearía que el ex cónsul respondiera con precisión y claridad ante el resto de *patres conscripti* de Roma.

Y con esas últimas palabras el tribuno dio tres pasos hacia atrás y se sentó de nuevo en su asiento, eso sí, siempre recorriendo con su mirada a todos los senadores, empezando por su derecha, donde se encontraba un satisfecho Catón y terminando por su izquierda, donde un Lucio Cornelio Escipión serio, con los labios apretados, le miraba a su vez con rabia contenida. Spurino estaba contento. Sin duda, a ninguno de los dos Escipiones se les habían escapado las indirectas sobre la superioridad de las tropas romanas y su insistencia en que la victoria era algo cantado. Hasta cierto punto, de tanto pensarlo el propio Spurino estaba ya convencido de que así había sido. Y si por él hubiera sido, Spurino aún habría insistido más en ese punto de no ser porque Catón le había advertido que Graco había combatido allí y que era innecesario enfatizar más la cuestión de la posible superioridad del ejército romano de Magnesia. Eso sí, el mismísimo Catón fue el que le había sugerido que mencionara el suceso del secuestro y posterior liberación del hijo del Publio Cornelio justo antes de la batalla de Magnesia.

En el otro extremo de la sala, Lucio Cornelio, por fin, se volvió a un lado y susurró algo en el oído de su hermano. Publio negó con la cabeza y le respondió musitando cada palabra. Tenían una estrategia para defenderse y en ella estaba que Lucio no interviniera.

—Seguiremos según lo que pensamos anoche. Dejaremos a Lucio Emilio que intervenga ahora.

Emilio Paulo estaba algo más frío con los Escipiones en los últimos meses, especialmente con Publio. El hecho de que Publio Cornelio mantuviera aquella relación humillante con una esclava que había traído de Grecia hacía daño a su hermana, pero Emilia no lo mencionaba y todo se llevaba con discreción, de forma que Lucio Emilio había decidido no intervenir en un asunto privado a no ser que su hermana se lo pidiera expresamente. En todos los matrimonios que perduraban había épocas mejores y peores. Y, en cualquier caso, ahora estaban en juego asuntos públicos donde la alianza estratégica entre los Escipiones y los Emilio-Paulos aseguraba una posición dominante en Roma para ambas familias. Eso era lo esencial esa mañana, más allá de los asuntos privados.

Lucio Cornelio Escipión, a regañadientes, pero siguiendo el consejo de Publio, permaneció sentado y observó cómo se levantaba el cuñado de su hermano y cómo éste solicitaba al presidente que se le concediera la palabra. El presidente así lo hizo, pero antes le recordó que su intervención debía circunscribirse al asunto planteado por el tribuno de la plebe.

—Así será, presidente —confirmó Lucio Emilio Paulo y, evitando mirar a Spurino, como si le pareciera una presencia extraña en aquella sala, se dirigió al resto de senadores con voz potente y clara—. *Patres conscripti* de Roma. Se ha mencionado en la *Curia* hoy el nombre de uno de los más insignes cónsules de Roma, Lucio Cornelio Escipión, alguien que ha extendido los dominios de Roma y la influencia de este mismo Senado más allá del Helesponto, más allá de lo que cualquiera de nuestros antepasados pudo ni tan siquiera soñar. Lucio Cornelio Escipión condujo una campaña ejemplar y lo hizo de forma brillante superando la dura prueba de tener que combatir en territorio hostil, justo allí donde nuestros enemigos son más numerosos. Primero tuvo que cruzar la siempre insegura Grecia y negociar con habilidad el paso de nuestras tropas por tierras de Macedonia para terminar combatiendo en el corazón de Asia contra un ejército que casi le doblaba en número. Y todo ello lo hizo con éxito, consiguiendo una impresionante victoria que engrandeció los recursos de las arcas del Estado de forma admirable, y aquí no me refiero a quinientos talentos, una cantidad insignificante, sino a miles y miles de libras de oro y plata, casi incontables, que se trajeron hasta aquí gracias a los esfuerzos de Lucio Cornelio Escipión. Eso es lo que yo sé y eso es lo que todos debemos tener siempre muy presente. Lucio Cornelio Escipión, como su hermano Publio Cornelio Escipión, no han hecho otra cosa sino engrandecer el poder de Roma cada día de su vida y, muy en particular, en cada batalla en la que, con gran riesgo de sus vidas, han participado exhibiendo un gran valor y unas insuperables dotes para el mando y la estrategia militar. Lucio Cornelio Escipión. Sí, yo repito ese nombre y cada vez que lo hago sólo siento orgullo de ser conciudadano de alguien que sólo me produce admiración y respeto. Eso y nada más es de lo que yo pienso que puede hablarse en el Senado cada vez que se menciona su nombre.

Y Lucio Emilio Paulo se sentó entre las voces de aprobación del nutrido grupo de senadores amigos de los Escipiones. En el otro extremo de la sala, Marco Porcio Catón era ahora quien se movía algo incómodo y miraba a Spurino a la espera de que éste reaccionara. No hizo falta mucho empeño para que el tribuno de la plebe se alzara de nuevo y, con la venia del presidente, retomara su posición en el centro de la gran sala del Senado de Roma.

—Todo eso que nos ha contado el senador Lucio Emilio Paulo es sabido y aceptado y no he entrado yo a cuestionar estos asuntos, pero mi pregunta, muy precisa, permanece en esta sala sin obtener respuesta, y la ley me protege, me ampara en este punto, y la ley misma exige que se me satisfaga con una respuesta clara. ¿Dónde están los quinientos talentos de oro que el rey Antíoco de Siria entregó a Lucio Cornelio Escipión como primer pago en concepto de indemnización por los gastos de la guerra de Asia? —Varios senadores de la facción de los Escipiones se alzaron de sus asientos e increparon al tribuno, que permanecía en el centro de la sala desafiante—. Repito, repito... —Y levantó la voz aún más para hacerse oír por encima del griterío general—. ¿Dónde están esos quinientos talentos de oro que pertenecen a Roma?

El presidente se levantó en su estrado.

—¡Silencio, senadores, silencio, *patres conscripti*! ¡Silencio por Cástor y Pólux, silencio todos! —Las voces fueron callando muy poco a poco y, al fin, el presidente pudo hablar con cierto sosiego—. La pregunta la formula el tribuno de la plebe, pero me corresponde a mí evaluar, en calidad de presidente, si ha sido respondida o no y, a mi parecer, no ha sido satisfecha y debo rogar que el Senado dé respuesta a la misma para que el tribuno de la plebe encuentre la respuesta que exige de acuerdo con las funciones que las leyes de Roma le otorgan. Y exijo a quienes más saben de este asunto que respondan —concluyó el presidente mirando hacia el grupo de los Escipiones y sus amigos.

Fue entonces Cayo Lelio el que se alzó. Tenía asignado por los Escipiones el segundo turno en la respuesta si es que se llegaba a eso y parecía que así era.

—Todos me conocéis. He participado en innumerables campañas en todos los confines del mundo, siempre al servicio de Roma, y aunque he estado en muchas ocasiones al servicio de los Escipiones también lo he hecho al servicio de otros generales, y si hay algo que tengo claro es que tras una victoria legítima el general tiene derecho, por las costumbres de nuestros antepasados, a disponer del botín de guerra y distribuirlo entre sus oficiales y legionarios como considere mejor. Así ha sido siempre y no veo qué sentido tiene plantearse ahora qué ocurrió o dejó de ocurrir con una pequeña suma entregada a las legiones victoriosas de Asia justo tras la batalla de Magnesia. ¿Es que han cambiado ahora las costumbres? ¿Es que lo que hacían nuestros antepasados era inapropiado? ¿Es que el tribunado de la plebe ha de decirnos ahora, a los senadores de Roma, qué debemos hacer con el botín tras una batalla gloriosa para todos y que a todos, al fin y al cabo, trajo riquezas, incluido al pueblo de Roma, especialmente para el pueblo de Roma?

Y tras esa intervención, breve pero intensa, Cayo Lelio se sentó entre el reconocimiento de los senadores amigos de Escipión y los Emilio-Paulos. Lelio no era un gran orador, eso lo sabían todos, pero su experiencia militar era indiscutible incluso por sus enemigos, y la batería de preguntas con la que había concluido su sucinta intervención había estado bien. Mencionar a los antepasados siempre era eficaz pues removía las conciencias incluso de los más obtusos. Se veía que Lelio había adquirido mayor destreza en el Senado tras sus enfrentamientos con Catón durante el año de su consulado, justo mientras los Escipiones combatían en Asia.

Precisamente, Catón miró hacia Spurino una vez más. El tribuno apretó los labios, carraspeó y engulló la saliva sucia llevándose a sus entrañas algo más de rencor que le sirvió para, como un resorte, volver a alzarse y situarse de nuevo en el centro de la sala.

—Costumbre, sí, es que los generales victoriosos se queden con el botín de una campaña, pero los pagos en concepto de indemnización al Estado por los gastos ocasionados por la guerra, eso, eso, queridos *patres conscripti*, eso es dinero del Estado, dinero del pueblo de Roma, dinero de todos, y yo insisto en que quiero saber dónde están los quinientos talentos del primer pago de una extraña campaña donde se permitió huir a un rey que, curiosamente, había tenido hasta unos días antes de la batalla secuestrado al hijo del hermano del cónsul. Es una campaña extraña, con sucesos extraños y en la que las cuentas no están claras, y ya es hora de que se rindan esas cuentas —los murmullos, y algún improperio subido de tono, emergieron de nuevo entre las filas de los senadores proclives a favorecer a los Escipiones—, y ya es hora, repito, y lo gritaré si es necesario, que se aclaren las cuentas de esa campaña, porque si se ha hurtado dinero al Estado es un delito y nadie... —Los murmullos se transformaron en un torrente incontrolado de insultos e imprecaciones de senadores amigos de los Escipiones que se alzaban enfurecidos blandiendo sus puños en alto contra el tribuno de la plebe que, no obstante, obstinado, persistía en permanecer con el uso de la palabra vociferando ya no sus argumentos sino sus exigencias—. ¡Es hora, por Hércules, es hora de saber qué pasó en Asia! ¡Es hora de saber dónde está ese dinero y es hora de saber si Lucio Cornelio Escipión se ha quedado con dinero que no es suyo!

Cayo Lelio no resistió más y se levantó de su asiento y dio tres pasos hacia el centro de la sala. Emilio Paulo y dos senadores amigos más le detuvieron antes de que se acercara más al tribuno que se quedó quieto, aguardando un golpe. Sabía que un acto así sólo traería más problemas a los Escipiones. Spurino estaba exultante, se estaba cobrando con intereses, viendo el revoltijo en el que había sumido a los senadores amigos de los Escipiones, el desprecio y la humillación recibidas por el jefe del clan a su llegada victoriosa de África. Hacía años de eso, pero la venganza, cuanto más fría, más dulce.

El presidente llamó a los legionarios que custodiaban las puertas de la *Curia Hostilia* y ordenó que rodearan al tribuno de la plebe para protegerlo de cualquier otro posible intento de agresión. No sería extraño que hubiera puñales escondidos entre los presentes, y la sesión había alcanzado cotas de tensión desconocidas. El presidente miró entonces al *princeps senatus* buscando encontrar en la faz de Publio Cornelio Escipión muestras de querer, al menos, intentar controlar a sus partidarios, pero sólo encontró a un senador con una expresión gélida en el rostro que no dejaba de mirar fijamente hacia el otro extremo de la sala. El presidente se volvió entonces hacia el punto donde Escipión tenía clavados sus ojos y descubrió a Marco Porcio Catón, cómodamente reclinado en su banco esbozando un gesto completamente inusual en él: una amplia sonrisa.

Publio se volvió hacia su hermano.

—¿Has traído las cuentas?

—Sí, aquí están —respondió Lucio señalando unas tablillas de cerámica que tenía justo debajo del asiento—, pero no creo que sea buena idea...

—Dámelas —dijo Publio con sequedad—. Esto ha llegado demasiado lejos y vamos a pararlo ahora mismo. Spurino es una marioneta en manos de Catón y es estúpido hablar a través de intermediarios. ¿Quieren que rindamos cuentas? Hagámoslo —Y tomó de las dubitativas manos de su hermano las tres tablillas de cerámica, pesadas y repletas de números, que resumían la contabilidad de la campaña de Asia. Lucio no pensaba que fuera buena idea hacerlas públicas. Los quinientos talentos, como todo el mundo sabía, se los habían quedado como parte del botín, pero habían ingresado miles y miles de libras de plata y oro y miles de talentos más que recibieron con posterioridad del rey Antíoco. Era discutible haberse apropiado de aquella maldita cantidad de quinientos talentos pero, como bien había dicho Lelio, era una costumbre arraigada en las legiones de Roma aunque no estuviera escrita en ningún sitio. Y era mezquino reclamar ese dinero a quienes tanto habían ingresado en las arcas del Estado. Pero sus enemigos engrandecían actos discutibles pequeños en un intento de transformarlos a los ojos de todos en una malversación general de fondos. Quizá su hermano quería hacer ver a todos, con las cuentas en la mano, que Roma salió ganando enormemente con aquella campaña, independientemente de adónde hubieran ido a parar aquellos malditos quinientos talentos, pero, en todo caso, la noche anterior nunca hablaron de exhibir las cuentas en público. Publio se estaba dejando llevar por un impulso.

Publio Cornelio Escipión se levantó de su asiento y, al instante, como cuando comandaba las legiones de Roma y se ponía al frente del ejército, todos los senadores que le apoyaban callaron por completo y tomaron de nuevo sus asientos en las gradas de la *Curia Hostilia*. Spurino, al verlo levantarse y avanzar hacia él, pese a estar rodeado por una veintena de legionarios armados, dio varios pasos hacia atrás hasta sentarse en la *sella* al fondo de la sala junto a la presidencia. Los legionarios le acompañaron y quedaron frente a ambos tribunos de la plebe dejando el espacio central de la *Curia* libre mientras rogaban a los dioses que el senador *Africanus* no se acercara más a ellos. Muchos no sabrían qué hacer. Tenían que defender a los tribunos de la plebe, pero ninguno se atrevía a desenfundar su espada contra el mejor de los generales de Roma. Publio, para alivio de los soldados, ni tan siquiera se dignó mirar a Spurino y a su improvisada y confusa escolta armada, sino que cruzó el espacio central de la gran sala del Senado hasta quedar en pie a tan sólo dos pasos de Catón de quien, eso sí, consiguió borrar la impertinente sonrisa que había exhibido durante el altercado que había tenido lugar.

—¿Queréis que rindamos cuentas de la campaña de Asia? —dijo Publio con potente voz mirando a la cara a todos y cada uno de los senadores que envolvían a Marco Porcio Catón—. Decidme, ¿queréis que rindamos cuentas de la campaña de Asia? ¡Por Júpiter Óptimo Máximo y todos los dioses! ¿Es eso lo que queréis? —Al fin, algunos de los senadores interpelados por la furiosa mirada de Publio Cornelio Escipión empezaron a asentir, aún dubitativos, aún incluso con algo de miedo en las entrañas—. Sea pues. Aquí tenéis las malditas cuentas de la campaña de Asia en estas tres tablillas que rellenamos concienzudamente junto con el *quaestor* de aquel ejército consular. Aquí están cada una de las tres malditas tablas. —Y no había terminado la frase cuando arrojó las tres tablillas a los pies de un sorprendido Marco Porcio Catón haciendo que cada tabla se partiera, estallando y haciéndose añicos, repartiéndose las pequeñas porciones a los pies de los senadores enemigos de los Escipiones. El mismísimo Catón y hasta Tiberio Sempronio Graco, en un acto instintivo, levantaron sus sandalias del suelo para evitar ser golpeados por los pequeños pedazos de unas tablillas que habían quedado descompuestas ya para siempre, hechas mil pedazos.

—Ahí tenéis las cuentas de Asia —apostilló Publio Cornelio Escipión con rotundidad—. Arrodillaos y leedlas si queréis. Para mí, esta sesión del Senado ha terminado. Aquí lo único que se busca es acusarme a mí y a mi hermano con infundios sin fundamento. Sólo buscáis ensuciar el buen nombre de mi familia cuando es la familia que más ha entregado a Roma, en plata, en oro, en esclavos, en territorios conquistados y todo ello pagándolo mi familia con la sangre de mis antepasados, muchos de ellos muertos en el campo de batalla por Roma, y ahora quienes se quieren arrogar el poder decisorio de Roma nos quieren eliminar. —Y aquí se detuvo un instante y miró a su alrededor. Era el momento clave. Ahora iba a darle la vuelta al ataque de Catón y ahora iba a contraatacar él—. Me hacéis una pregunta que es una pura infamia. Os responderé yo, pero no sólo de lo que me preguntáis sino de toda mi vida y de toda la vida de mi hermano, y os responderé en público. Exijo, demando —y se fue acercando poco a poco a los tribunos de la plebe hasta quedar a sólo un paso de Spurino, con dos tensos soldados entre ellos—, reclamo un *iudicium populi* para mí y para mi hermano. —Se levantó entonces una enorme ola de murmullos entre los senadores; en sus asientos los seguidores de Publio, su hermano, Cayo Lelio, Lucio Emilio asentían y sonreían satisfechos y perplejos al ver cómo Publio pasaba de defenderse a atacar con la ley en la mano, la misma ley que Catón se empeñaba en usar con subterfugios contra ellos—. Sí, exijo un *iudicium populi* ante los comicios centuriados, y se lo pido a los tribunos de la plebe que tienen la obligación de ampararme y promover dicho juicio; sé que los tribunos no tienen el *ius agendi cum populo* y que no pueden convocar a los comicios centuriados pero pueden pedirlo a los cónsules actuales, Emilio Lépido y Cayo Flaminio, y si los tribunos de la plebe no promueven este juicio y si los cónsules actuales no acceden a convocar a los comicios, si este juicio público que demando no se lleva a cabo, todo el pueblo de Roma sabrá no que no he querido contestar a una pregunta, no; lo que sabrá es que no se me deja defenderme en público, ante todos, para ser juzgado por todos, por todo lo que mi familia, mi hermano y yo hemos hecho por Roma. *Iudicium populi* —repitió, y levantó la voz y alzó los brazos y lo reiteró gritando con fuerza hasta que todos los senadores que le apoyaban se levantaron también y, en pie, gritaban unidos en una sola y aplastante voz:

—*Iudicium populi, iudicium populi, iudicium populi!*

El presidente se levantó e intentó hacerse escuchar por encima del griterío que provenía de las filas de los seguidores de Publio Cornelio Escipión, pero era un esfuerzo vano e inútil. Ante la tremenda algarabía varios de los legionarios de las *legiones urbanae,* apostados a las puertas del edificio de la *Curia Hostilia*, entraron confundidos, pensando que la peor de las batallas se había desatado entre los senadores, pero al comprobar que sólo se trataba de gritos y que el presidente les indicaba que salieran de la sala, retrocedieron y dejaron a los senadores de Roma a solas para que dirimieran sus diferencias. En el interior sólo permanecieron los soldados que protegían a los tribunos de la plebe.

Por su parte, Publio Cornelio Escipión, sin esperar respuesta de nadie, ni de los tribunos de la plebe, ni de los cónsules aludidos, ni de Catón, sin mirar atrás, con el aplomo de quien resistió en el pasado la acometida de los más poderosos ejércitos enemigos, sin aguardar a que el presidente corroborara su decisión de dar por finalizada aquella sesión, algo que éste no había hecho de forma oficial, se dirigió a la gran puerta de la *Curia* y por ella desvaneció su figura seguida por su hermano Lucio y por Emilio Paulo, Cayo Lelio y una veintena más de sus más fieles amigos, que cruzaron entre el medio centenar de sorprendidos y cada vez más confundidos legionarios que no dudaron en hacerse a un lado y abrir un amplio pasillo para dejar que el *princeps senatus*, el mejor general de Roma, pasara tranquilo y sin ser molestado junto a sus seguidores.

En el Senado quedaron aún varias docenas de senadores amigos de los Escipiones pero que dudaban y no se atrevían a salir sin que el presidente levantara la sesión de forma efectiva y, por supuesto, todo el grueso de los senadores fieles a la causa de Marco Porcio Catón.

Nadie sabía bien qué hacer. El presidente estaba perplejo. Era a él y no a un senador cualquiera a quien le correspondía decidir cuándo se daba por terminada una sesión. Ni siquiera el *princeps senatus* podía hacer tal cosa. Los privilegios de Publio Cornelio Escipión como *princeps senatus* eran muchos, entre ellos y, quizá el más importante, el derecho de poder intervenir en cualquier momento en cualquier reunión del Senado, pero no le competía dar término a una sesión. Tenía derecho a pedir un *iudicium populi* si se sentía acosado por otros senadores, pero no podía dar término a una sesión del Senado. Eso no. Todos se miraban entre sí y, al final, como Catón esperaba, las miradas, incluidas las de Spurino y Quinto Petilio y los cónsules de aquel año y la del propio presidente de la sesión empezaron a centrarse en su persona. Catón esperó sin prisas el tiempo que consideró suficiente hasta que, en medio del silencio más absoluto, con un presidente que aún no se había repuesto de la espantada de los Escipiones y con los tribunos clavados en sus asientos, decidió levantarse despacio, mirar a todos los senadores para, de pronto, arrodillarse ante todos como si de un mendigo muerto de hambre se tratara y empezar a recoger con sus manos los diminutos pedazos de cerámica de las tablillas con las ya irrecuperables cuentas de la campaña de Asia y, como si de mendrugos de pan se tratara, los fue acumulando, siempre de rodillas, en la mano izquierda, para, por fin, alzarse despacio y pasear sus ojos por las gradas donde los senadores, perplejos, no dejaban de observarle atónitos, mudos, expectantes. Catón sabía que Publio había puesto en marcha algo que ya ni él mismo podría detener, un *iudicium populi*, y no tenía nada claro que fuera a ser capaz de conseguir que los Escipiones fueran condenados cuando era el pueblo el que actuaría de tribunal; sí, Catón estaba seguro de haber perdido una batalla, pero a fin de cuentas todas las batallas debían lucharse y ya se vería en su momento. Ahora le quedaba, no obstante, intentar dejar una impronta, una marca imborrable que permaneciera indeleble en la mente de los senadores que le apoyaban y en la de los senadores que aún estaban dudando, indecisos. Era el momento de subrayar la soberbia de Escipión, el momento de acrecentar el miedo a que Publio se proclamara rey atropellando los derechos de los allí presentes. No quedaba más. No era mucho en ese momento y de poco valdría en el *iudicium populi*, pero Catón ya pensaba en sembrar para más largo tiempo, más allá de aquel maldito juicio público al que Escipión los había abocado a todos.

—Yo ya me he arrodillado y recogido las cuentas, lo que ha quedado de ellas, lo que se ha dignado ofrecernos Escipión. He obedecido a ese hombre al que todos tanto admiráis. La cuestión es ahora, *patres et conscripti*, ¿cuándo vais a arrodillaros vosotros también? —Y calló un momento dejando que sus palabras penetraran en los oídos de los presentes e hicieran mella en el orgullo que todo senador de Roma alberga en lo más profundo de su ser—. ¿Cuándo, *patres et conscripti*, vais a tardar en arrodillaros ante la todopoderosa familia de los Escipiones? —Y añadió con un tono entre jocoso y triste—: Yo ya lo he hecho. No es doloroso. Es... es... —volvió a crear una larga espera en la que todos abrían cada vez más los ojos y los oídos y hasta dejaron de respirar casi sin saberlo—, es simplemente humillante. Pero nada más. Hubo un tiempo en el que en Roma todos se arrodillaban ante un rey. Se trata sólo de volver a ese tiempo. Nada más. Es sencillo. Pero ¿cuánto tardaréis vosotros en arrodillaros? —Y levantó la mano izquierda con los trozos de cerámica de las tablas y, a medida que la levantaba, dejaba escapar entre los pliegues de los dedos arenilla de barro y pequeños pedazos que resonaban como gigantescas rocas al chocar contra el suelo en medio del más solemne de los silencios—. Así rinde cuentas Publio Cornelio Escipión: haciendo añicos las tablas de la campaña de Asia. ¿Cuánto esperaréis antes de reaccionar? Quizá ya sea tarde y muy pronto todos seamos despedazados igual que estas tablas. Quizá mañana mismo nos convirtamos todos en añicos diminutos, en pequeñas teselas de lo que un día fuimos: senadores de Roma. No. Ya sólo seremos esto: pequeños guijarros triturados por el poder omnipotente de Publio —y esperó un segundo— Cornelio —y aguardó un segundo más al tiempo que dejaba caer los últimos pedazos de las destrozadas tablas sobre el suelo del Senado— Escipión.

Y el *cognomen* del *princeps senatus* retumbó como una sentencia de muerte. Sólo faltaba decidir quién debía ser el sentenciado: ¿ellos o el que llamaban mejor general de Roma? Catón tomó de nuevo asiento, con parsimonia. No había prisa. Sabía que aquella sesión que Publio había dado por terminada era una semilla que, más tarde o más temprano, germinaría si se la regaba con esmero y paciencia. Y si había algo que Catón tenía era paciencia.

90

La victoria de Publio

Roma, julio de 187 a.C.

Publio entró en su casa exultante. Desde el Senado hasta las mismísimas puertas de su *domus* había caminado entre los vítores de júbilo de sus amigos senadores y, al correr la noticia de que había solicitado un *iudicium populi*, a éstos se habían sumado centenares de personas que se arremolinaban a su alrededor para expresarle su apoyo. Publio sabía que eran muchos los ciudadanos que estaban hartos de las insidias de Catón contra él y toda su familia, pero al ver a todo aquel gentío a su alrededor, felicitándole y animándole con tanta efusividad, Publio Cornelio Escipión comprendió que su idea de exigir un *iudicium populi* había sido una jugada maestra que ni tan siquiera el ya fallecido Quinto Fabio Máximo hubiera podido superar. Estaba claro que Catón, al lado de su mentor, era tan sólo un aprendiz. Publio sabía que él no era, ni mucho menos, el político más hábil que había tenido Roma, y, sin embargo, en una sola sesión del Senado acababa de hacer tambalear toda la estrategia de Catón para derribarle. Sí, estaba exultante, feliz, no cabía en sí.

—¡Vino para todos! —espetó con cierto despecho a su mujer nada más entrar en casa. Y no le dijo más.

Emilia sabía que su marido estaba profundamente dolido con ella por haberle intentado retener aquella mañana y, más aún, por intentar hacerlo a través de Areté; una mañana que, a lo que se veía, se había tornado en victoria absoluta; sólo había que ver las risas, abrazos y palmadas que se daban en la espalda unos a otros todos los amigos de su marido. Emilia dio las instrucciones pertinentes a los esclavos y pronto el vino empezó a ser repartido entre los numerosos invitados. Cayo Lelio advirtió la confusión de Emilia y, aunque con una copa de vino en la mano, se acercó a la esposa de su gran amigo y le resumió todo lo ocurrido en el Senado.

—Ha estado soberbio, impresionante —apostillaba Lelio al terminar su explicación—. Tendrías que haber visto la cara de Catón cuando Publio les arrojó las tablas de las cuentas de la campaña de Asia y, más aún, cuando exigió el *iudicium populi*. Ha estado brillante. —A Lelio le lloraban los ojos mientras repetía esa misma palabra una y otra vez—. Brillante, por Hércules, brillante.

—Un juicio publico —repitió para sí misma Emilia. El pueblo adoraba a su esposo. La idea era buena. Su marido había sido hábil y, sin embargo, su intuición le decía que aquello era sólo el principio de algo de lo que no acertaba a ver el final. Catón no se detendría porque la sentencia de un *iudicium populi* no fuera de su agrado. Cualquier otro sí, pero Catón no. Pero allí todo el mundo estaba feliz, y Publio, antes tan unido a ella, era casi un extraño con el que apenas compartía un lecho y ni siquiera todas las noches. Emilia dio media vuelta y se retiró a su habitación. Por el pasillo llegaba el ruido de la tremenda algarabía que los amigos de su marido creaban mientras las copas de vino se escanciaban por una decena de esclavos. Emilia miró al suelo. Ojalá la felicidad fuera el sentimiento adecuado para aquel día y, sobre todo, para el futuro.

91

Iudicium populi: primer día

Roma, 17 de octubre de 187 a.C.
Año 567 desde la fundación de la ciudad

Hora sexta

Era el día señalado para el juicio público de Publio y Lucio Cornelio Escipión. Más de diez mil personas se habían congregado en la gran plaza del *Comitium* de Roma y, en el foro, la gente se apiñaba desde el Templo de Vesta hacia el oeste y el norte en un vano intento por encontrar espacio en la completamente atestada plaza frente a los *rostra*, pero en el *Comitium* ya no cabía ni un alma. Los prestamistas de las *tabernae veteres* y los charcuteros de las *tabernea novae* habían cerrado todos sus puestos de cambio de moneda y de venta de carne por miedo a que en el tumulto los ladrones aprovecharan para robarles su mercancía o su dinero. Y seguía viniendo gente desde el norte por el *Argiletum* y desde el sur por el *Aequimelium*, el *Vicus Tuscus* y el *Clivus Victoriae*. Llegó la *hora sexta*, el mediodía y, al fin, el pregonero pronunció con fuerza los nombres de los acusados ante la muchedumbre de personas que se arracimaban en la gran plaza.

—¡Lucio Cornelio Escipión! ¡Publio Cornelio Escipión!

Sin embargo, nadie respondió a la llamada. Justo bajo los *rostra*, los seis inmensos espolones de las naves que los romanos apresaron en el año 338 a.C., tras el triunfo de Maenius sobre los Antiates, desde donde los oradores se dirigían al pueblo reunido en la gran explanada del *Comitium*, se encontraban sentados y a la espera de la llegada de los acusados el presidente de aquel juicio, el tribuno de la plebe Spurino y, junto a él, el otro tribuno, Quinto Petilio, y, sentados detrás de ellos, se podía ver la cara de rasgos afilados y el cuerpo enjuto, puro nervio, de Marco Porcio Catón, rodeado de sus más fieles seguidores. Tiberio Sempronio Graco había optado por una posición más discreta, algo más retrasado, pero claramente ubicado entre los senadores que apoyaban la política acusatoria de Catón y Spurino contra los Escipiones.

Los cónsules de aquel año, Emilio Lépido y Cayo Flaminio, también habían acudido aquella mañana al *Comitium*, al igual que el *pre-*

tor peregrino y el *pretor urbano* y todos los ediles de la ciudad en funciones durante aquel período: Cornelio Cetego, Postumio Albino, Furio Lusco o Sempronio Bleso. En suma, todas las autoridades de Roma querían estar presentes. Nadie quería perderse aquel juicio. Sólo estaban ausentes los pretores y promagistrados que por obligación militar debían mantenerse en sus puestos en las diferentes provincias vigilando las fronteras del creciente poder de Roma. De esa forma, los presentes en el *Comitium* sabían que podían dirimir sus diferencias internas en la seguridad de que la ciudad y sus dominios estaban perfectamente controlados. Otra cosa era la seguridad dentro de las mismas murallas de Roma: se estaba juzgando a dos de los hombres más populares de la ciudad y Catón veía con ojos nerviosos como los legionarios de las *legiones urbanae* habían llegado demasiado tarde al *Comitium* y sus accesos. Según la información que le habían proporcionado, había tal tumulto de personas que los legionarios no habían podido llegar hasta el final del *Argiletum*, y la mayoría se había tenido que quedar concentrada en la *Puerta Carmenta* y la *Puerta Fontus*. Estaba claro que todo el espacio del *Comitium*, la explanada entre el edificio de la *Curia* y los *Rostra* y el *Senaculum*, estaba completamente en manos del pueblo, el mismo pueblo que debía juzgar a los acusados. Catón ya tenía pocas esperanzas en aquel *iudicium populi*, pero con la ausencia de las *legiones urbanae*, aún menos.

El pregonero repitió por tercera vez el nombre de los acusados. Sólo la ausencia de los mismos podía traer un rayo de esperanza para Catón. La incomparecencia podría tener consecuencias legales muy duras para los Escipiones, pero la tibia luz que creía encontrar Catón se desvaneció de inmediato.

—¡Lucio Cornelio Escipión! ¡Publio Cornelio Escipión! —dijo el pregonero y, de pronto, entre grandes aclamaciones del pueblo, por un estrecho pasillo que se abría a su paso, las figuras erguidas, fuertes y decididas de los dos acusados avanzaban con seguridad hacia el centro de la gran explanada. Se situaron justo frente al pregonero, al lado de los tribunos de la plebe y tomaron asiento, por indicación de Spurino, en unas *sellae* que se habían dispuesto para ambos frente a sus acusadores. Los dos hermanos no dijeron nada, tomaron asiento y esperaron, al abrigo de familiares y amigos, a que Spurino empezara su discurso. Lelio, Emilio Paulo y toda una pléyade de senadores y clientes de toda condición se abigarraban junto a los dos Escipiones conformando un bastión de irreductibles dispuestos a defender a los acusados contra cualquier tropelía que pudieran intentar los tribunos de la plebe manipulados por Catón. Sabían que el pueblo, en su gran mayoría, estaba con ellos y se sentían seguros. Catón, por su parte, era consciente de aquella realidad y tenía claro que aquel día sólo podía callar y observar. Esa mañana averiguarían todos hasta qué punto el pueblo le era fiel a Publio Cornelio Escipión. Las miradas de Catón y de Publio se cruzaron unos instantes. Ninguno de los dos cedió en aquel pulso silencioso. Había movimiento entre los ediles de Roma y la silueta de uno de ellos se interpuso interrumpiendo la confrontación de miradas por un instante. Cuando el edil se sentó por fin, Catón, que había mantenido sus ojos clavados en la misma dirección descubrió a su oponente hablando con su hermano de forma animada. No parecían nada preocupados. Catón bajó al fin la mirada. Todo aquello era una tremenda equivocación. Pero ya estaba en marcha. Suspiró. No quedaba ya nada más que seguir con ello.

Spurino se levantó y se situó en el centro del *Comitium*, pero más próximo a los *Rostra* que a la *Curia* y empezó su discurso.

—Se cita aquí a todo el pueblo de Roma para dirimir si los acusados Lucio Cornelio Escipión y Publio Cornelio Escipión han hecho un uso indebido de su poder para apropiarse de dinero procedente de la campaña de Asia, dinero que el rey Antíoco había pagado a Roma como indemnización por la guerra que él provocó contra nosotros. —Lucio y Publio se miraron entre sí y sonrieron, pues, al igual que todos sus seguidores, se daban cuenta de que Spurino, ante el pueblo reunido en el *Comitium*, evitaba mencionar la irrisoria cantidad, los quinientos talentos, objeto del inicio de aquellas acusaciones, y es que sabían que todo el pueblo era buen conocedor de las enormes sumas que ambos hermanos habían traído a Roma; ésa era la primera de las manipulaciones de Spurino, pero ambos estaban convencidos de que vendrían muchas más antes de que terminara de hablar. En efecto, el tribuno de la plebe continuó su parlamento retrotrayéndose al pasado para traer a la memoria viejas acusaciones, ya juzgadas, y acumularlas en su feroz ataque contra los Escipiones—. Y es que debemos recordar todos —continuaba Spurino— que ya en el pasado Publio Cornelio Escipión se ha visto envuelto en situaciones de abuso de poder que, lo mínimo que pueden calificarse es de escandalosas: me refiero a su ilegal actuación en Locri, donde intervino con legiones que no estaban asignadas a terreno itálico en una ciudad amiga de Roma, donde puso como gobernador de la ciudad al nefasto Pleminio, cuyas actuaciones, conocidas por todos, sumieron a la ciudad en el horror más absoluto. No contento con ello, Publio Cornelio Escipión, junto con su hermano, vivió durante meses rodeado de escritores, artistas y malas amistades de toda condición en Siracusa, en lugar de concentrarse en preparar a las tropas para la defensa de Roma, dilatando su desembarco en África, de modo que el número de víctimas que Aníbal causaba en Italia creció de forma innecesaria —se escuchaban murmullos y algunos gritos despectivos hacia el tribuno, pero Spurino prosiguió con contundencia—, y debemos recordar al fin, que uno de los dos acusados, nuevamente Publio Cornelio Escipión, llegó a ser aclamado como rey por los iberos no hace mucho tiempo. ¿Es posible que quien ha escuchado ese título para dirigirse a su persona se haya acostumbrado tanto a él que desee hacer realidad lo que sería traición a Roma: erigirse en un nuevo rey y en consecuencia...? —Pero aquí los gritos de muchos de los presentes en la gran plaza pública de Roma hicieron imposible que Spurino continuara con sus acusaciones hasta que pasaron, al menos, un par de minutos y se reestableció una mínima calma entre la multitud congregada en el *Comitium*. Spurino, no obstante, testarudo, o tenaz, según se mire, retomó su discurso justo donde había sido interrumpido y repitió su pregunta desde el principio—. ¿Es posible que quien ha sido aclamado como rey se crea ya rey de todos y, en consecuencia, se crea con el derecho de apropiarse de las indemnizaciones de guerra que pertenecen a los ciudadanos de Roma? Y más aún, más aún, insisto: ¿qué se pactó entre los Escipiones y el rey Antíoco de Siria para que Publio Cornelio Escipión recuperara sano y salvo a su hijo? —Y de nuevo un torrente de bramidos e insultos descargó con vehemencia sobre la impasible figura del acusador, un tribuno de la plebe que, impertérrito, permaneció firme sin dejarse intimidar por la multitud que pronunciaba todo tipo de juramentos contra él y su familia. Al cabo de unos minutos se redujo el clamor y Spurino aprovechó el pequeño receso en el que el gentío parecía estar reuniendo fuerzas para volver a proferir insultos contra su persona para hacerse oír una vez más con fuerza y proseguir con su discurso—. De eso, pues, se acusa a los dos Escipiones aquí presentes: de malversación de fondos y de pactar con un enemigo de Roma para conseguir beneficios particulares sin tener en cuenta el bien superior del Estado. —La gente volvía a gritar; sin embargo, Spurino, que era consciente de que había llegado hasta donde podía llegarse en aquellas circunstancias poco propicias para sus propósitos, incluso quizá hubiera ido ya más allá de lo razonable, decidió terminar su parlamento de forma conciliadora, como quien aparentemente se retira ante un enemigo superior, pero que, sin duda, permanece emboscado, a la espera del mínimo descuido de su víctima—. Ambos acusados han solicitado un *iudicium populi* para defenderse y, como Roma es generosa en sus leyes y firme en cumplirlas, incluso con quien más quizá esté haciendo por terminar con las mismas leyes que le amparan, pero no seré yo quien cuestione la aplicación de las leyes de Roma, estos acusados tienen ahora el derecho, el privilegio de hablar y defenderse, si es que es posible defenderse ante tamaños despropósitos, pero tienen ese derecho y ese derecho les reconozco. Que hablen ahora los acusados o quienquiera de entre sus amigos que desee defenderlos y que se atreva a negar lo que aquí he dicho.

Y Spurino calló, volvió sobre sus pasos y se sentó junto a Quinto Petilio. Spurino sintió una palmada seca sobre su hombro derecho.

—Has estado bien —le dijo Catón al tiempo que retiraba su mano de la espalda del tribuno. Y Catón así lo pensaba. Spurino, en las circunstancias en las que se encontraban, había hablado bien, pero estaba seguro de que la respuesta demagógica de los Escipiones, y de los partidarios de los Escipiones, ante una audiencia entregada, podría revertir todos los argumentos expresados. ¿Quién hablaría primero: Lucio o Publio? Eso, Catón estaba seguro, era determinante. Si lo hacía Publio es que estaban completamente seguros de su victoria. Si era Lucio o cualquier otro de sus correligionarios, es que aún había margen para derrotarles.

Hora séptima

Como ocurriera en la última sesión del Senado, no fue ninguno de los acusados el primero en intervenir por la defensa, sino uno de sus más fieles apoyos: Cayo Lelio fue quien abrió el turno de réplica, quien, como ya hiciera en el Senado, expuso una gran serie de razones en defensa de la inconmensurable contribución de los Escipiones a la vida pública de Roma en general y, en particular, a las arcas del Estado tras sus victoriosas campañas en todos los confines del mundo, en Hispania, África o Asia. A esta argumentación defensiva respondió primero Spurino y luego el segundo tribuno, Quinto Petilio, enfatizando de nuevo la ausencia de respuestas precisas a las preguntas planteadas. A partir de ahí el debate se dilató en el tiempo, enquistándose en una interminable sucesión de réplicas y contrarréplicas donde Násica, Lucio Emilio Paulo, de nuevo Lelio y otros defensores de los Escipiones reiteraban argumentos conocidos por todos los senadores pero que Catón comprendió que no buscaban sino subrayar ante el pueblo reunido allí la enorme dimensión de las pasadas contribuciones de los Escipiones en el pasado reciente, de forma que las acusaciones, por tremendas que éstas fueran, circunscritas en el contexto de los servicios prestados por los acusados, quedaban reducidas y más fácilmente perdonables ante un pueblo siempre deseoso de tener héroes en los que verse reflejado.

Hora undécima

Catón, para su sorpresa, veía que el debate no daba un vencedor claro, pues si bien los senadores amigos de los Escipiones defendían bien la causa de estos últimos, Spurino parecía haber acertado con su pertinaz repetición de las acusaciones específicas: malversación y querer proclamarse rey; había fundamento para la primera y no para la segunda, pero eso era secundario pues el público congregado en el *Comitium* permanecía allí, en silencio, escuchando de forma atenta todo lo que se decía sin, por el momento, dar muestras claras de decantarse por unos o por otros. Publio no había intervenido. Catón estaba seguro de que el *princeps senatus* se reservaba para el final, pero no entendía bien por qué. Si hubiera intervenido a mitad o al principio del debate, ya todo aquello podría haberse terminado. Catón estaba seguro de que el pueblo se decantaría a su favor. ¿Qué pretendía Escipión retrasando tanto su intervención?

Al fin, en efecto, el propio Publio Cornelio Escipión se levantó de su asiento y dio comienzo a su parlamento. Y empezó sonriendo.

—Tan pequeñas, tan pobres son las acusaciones que tienen contra mí y contra mi hermano que el tribuno de la plebe ha tenido que retrotraerse al pasado, a sucesos ya juzgados y resueltos, por cierto, siempre de forma favorable hacia mi persona y a la de mi hermano; hasta allí ha tenido que retroceder el tribuno para poder acumular un conjunto de acusaciones que pudieran dar cierta entidad a esta absurda nueva acusación. —Spurino se levantó como un resorte e hizo ademán de hablar, pero Publio, sin mirarle, se limitó a levantar su mano izquierda mientras miraba fijamente hacia el pueblo congregado en el *Comitium*—. Yo he escuchado en silencio al tribuno de la plebe durante largas y aburridas horas —risas entre parte del público— y ahora exijo el derecho que la ley me otorga de hablar, sin ser interrumpido, para hacer frente a cada una de las acusaciones expuestas y de poder hacerlo durante todo el tiempo que estime necesario. —Aquí Publio dejó de sonreír y transformó su faz en un rostro serio y concentrado mirando al presidente del juicio, que cabeceó a modo de asentimiento; Escipión continuó hablando—: Son graves, muy graves las acusaciones que se me imputan, pero todas ellas, especialmente las más graves, como ya he dicho, son del pasado. Las acusaciones del presente son menores, luego también me referiré a ellas, pero ya que es hasta el pasado hasta donde el tribuno ha decidido llevar este juicio, hablaré entonces del pasado con precisión y no con las ambigüedades y tergiversaciones con las que se ha descrito mi larga lista de servicios prestados al Estado. Vayamos pues hasta Hispania. Una Hispania que conquisté para Roma con sólo dos legiones cuando los enemigos poseían el triple de fuerzas; una Hispania hasta donde tuve que desplazarme sin tan siquiera el título de magistrado consular porque la ley, y lo respeto, no lo permitía; pero, sin embargo, nadie se atrevía a acudir a la temida Hispania como cónsul donde nuestras tropas habían sido masacradas y donde la sangre de mi familia, de mi padre y de mi tío había sido vertida en defensa de Roma. Agradezco que al menos el tribuno haya dejado fuera de su larga serie de acusaciones a mi padre y a mi tío. Al menos ellos sólo se retorcerán en sus tumbas por la forma en que algunas de las autoridades de la ciudad tratan a sus hijos y sobrinos, y verán, espero que con algo de alegría, que ellos, al menos, quedan ya fuera del alcance de las maquinaciones de los enemigos de nuestra familia. Siempre he llorado y lamentado infinitamente la pérdida de mi padre y de mi tío. Hoy, sin embargo, es el primer día en el que me regocijo en que estén muertos. —Y aquí Publio Cornelio Escipión hizo una larga pausa dramática en la que se empapó del completo silencio que había conseguido crear entre la multitud, en especial, al recordar la heroica muerte de su padre y su tío—. Sí, me alegro de que estén muertos para que no tengan que pasar por la vergüenza de ver cómo Roma es capaz de llevar a juicio a dos de los generales que más dinero, más esclavos y más poder han traído a la propia Roma. Sí, me alegro mucho de que hoy mi padre y mi tío estén muertos. Quizá sólo por eso merezca para mí la pena este juicio. Por fin, ya podré vivir sin lamentar tanto su muerte.

—Y miró al cielo mientras continuaba hablando—. No volváis vuestros ojos hacia Roma, nobles progenitores, no lo hagáis al menos mientras dure este vergonzoso juicio. Mantened en la memoria la Roma en la que crecisteis, la Roma noble de nuestros antepasados y cerrad vuestros ojos hasta que este *iudicium populi* haya terminado.

Y volvió a callar unos instantes. Catón apretaba los dientes. Escipión era un demagogo aún más peligroso de lo que nunca había imaginado. Más aún. Se estaba convirtiendo en un histrión embebido en su soberbia y seguro de su victoria. Catón sabía que Publio iba a ganar ese juicio público, pero su actuación sólo le hacía ver con claridad la absoluta necesidad de que habría de volver a arremeter contra él lo antes posible.

—Pero dejemos a mi familia a un lado —reemprendió así Publio el discurso con fuerza, como alejando de su lado el dolor que le producían sus familiares caídos en combate—. Hispania, sí. Sea. En Hispania conquisté Cartago Nova, inexpugnable para todos, y, sin embargo, yo la conquisté en seis días. ¡Seis días, por Hércules! En seis días y sin que nadie me abriera las puertas de la ciudad. —Muchos de los presentes, sobre todo los más veteranos, entendieron en seguida que aquello era una comparación con la forma en que Fabio Máximo, mentor de Catón, había conseguido reconquistar la traidora Tarento—. Seis días en los que mis hombres, por puro valor, consiguieron conquistar sus murallas. Sé que luego, por el contrario, ante nuestro admirado Catón —y se volvió a mirarle directamente; todos estaban pendientes de aquel cruce de miradas, de odios, de destinos, pues toda Roma sabía que aquel juicio era sólo un pulso entre aquellos dos hombres y las dos formas diferentes que cada uno tenía de ver el crecimiento y el fortalecimiento de Roma, Escipión abriendo la ciudad al mundo y Catón aferrándose a las tradiciones más conservadoras—, ante nuestro admirado Catón —repitió elevando la voz para hacerse oír por encima de los murmullos de sus enemigos— no se levantaban ya murallas que conquistar en Hispania, pues los iberos las destruían en cuanto se acercaba él, algo de lo que él se atribuye todo el mérito, pero, me pregunto yo, ¿a quién tenían miedo los iberos: a Catón o a las legiones romanas? Pues, sin duda, aún recordaban que yo, con sólo dos legiones masacré las fuerzas cartaginesas que me triplicaban en número y que todos aquellos iberos que se aliaron con los cartagineses acabaron muertos bajo las sandalias de mis soldados. En Hispania se teme a Roma y se la teme no por Catón, quien, en cuanto encontró una sola ciudad que mantuvo sus murallas, una ciudad llamada Numancia, no dudó en pactar entonces y hacer retroceder a nuestras legiones —la alusión a Numancia sentó especialmente mal entre los partidarios de Catón, que se revolvieron contra Escipión con más amenazas e insultos, pero la enérgica voz de Escipión parecía poder con todos ellos y, a pleno pulmón, conseguía hacerse escuchar por todo el pueblo congregado en el *Comitium*—; no, no os engañéis ninguno; en Hispania se teme a Roma no por Catón, sino por mi padre, por mi tío y por mí mismo; en Hispania se teme y, sobre todo, se respeta a Roma por los Escipiones. —Y dejó de mirar a Catón y se volvió hacia el pueblo con los brazos abiertos y el pueblo en masa le aclamó y le vitoreó delante de sus acusadores, de los magistrados de aquel año, de los pretores y de los senadores amigos de Catón que, nerviosos, se movían en sus asientos, cada vez más incómodos, disgustados, incluso algo temerosos. Pero Escipión volvió a mirar hacia el cielo en el que todos veían una señal indudable de que estaba recordando de nuevo a su padre y a su tío y retomó la palabra para continuar refiriendo el resto de sus éxitos en Hispania, describiendo la espectacular toma de la colina de Baecula y la brutal batalla de Ilipa. Catón, con el brillo especial en los ojos de quien acaba de comprender la estrategia del enemigo, se dirigió entonces en voz baja a Spurino.

—No mira al cielo en honor a su padre o a su tío.

Spurino se volvió hacia Catón con la frente arrugada.

—Entonces ¿por qué mira al cielo?

Catón suspiró al tiempo que sacudía la cabeza.

—Mira al sol.

—¿Al sol? —preguntó Spurino sin entender todavía.

Catón se contuvo. Estaba rodeado de inútiles. Así sería difícil doblegar a Escipión. Respondió y luego inhaló aire con profundidad.

—Escipión está alargando su discurso deliberadamente. Quiere conservar el uso de la palabra hasta la caída del sol.

Por fin Spurino pareció comprender.

—Entonces, según la ley, tendremos que posponer el juicio un día, bueno, dos, ya que la ley estipula que debemos dejar un día de margen entre una sesión y la siguiente y entonces...

—Y entonces estaremos en el aniversario de la victoria de Zama —concluyó Catón mirando al suelo.

Escipión, ajeno a la conversación entre Spurino y Catón, seguía centrado en su objetivo. El sol caía ya por el horizonte y las sombras que las columnas del *senaculum* y la *graecostasis* proyectaban sobre el suelo del *Comitium* eran cada vez más alargadas. Publio se sintió seguro. Aún tenía mucho que decir y quedaba ya poco tiempo para hablar.

—Pero dejemos Hispania, a la que abandoné perfectamente conquistada y pacificada por una compleja red de pactos con los iberos de la región que otros han desbaratado para intentar imponer Roma en aquella inmensa región sólo por las armas. Algo que, sin duda, Roma podrá hacer, pero que, por ese camino, lo que podíamos haber conseguido en tan sólo unos años de negociación y sólo algún enfrentamiento, se tendrá que conseguir ahora batalla a batalla, guerra a guerra en una interminable serie de conflictos bélicos que desangrarán la juventud de Roma, pero, sea, ése es el camino que ha elegido Catón y muchos de los que le han seguido en el gobierno de Hispania; pero divago: la estrategia equivocada, creo yo, para pacificar Hispania no se juzga aquí. Volvamos a las insidias lanzadas contra mí por el tribuno de la plebe: una vez más se me vuelve a acusar de mi supuesta vida disipada en Siracusa. ¡Por todos los dioses! ¡Si el Senado me dio las legiones V y VI, unas *legiones malditas* para todos y yo las transformé en dos máquinas de guerra que arrasaron África! Ya me gustaría a mí que todos los que llevan una vida disipada en Roma combatiesen como aquellas legiones. Entonces Hispania sería nuestra en dos días, y África y Egipto y Asia y el mundo entero. —Y la gente estalló a reír; todos eran conscientes de que había muchos en Roma que no vivían precisamente vidas modelo en lo referente a la austeridad y el autocontrol; Publio estaba exultante; tenía al pueblo en un puño; más aún: Publio estaba disfrutando—. Se me acusa de mala vida en Siracusa y conseguí salir de allí con dos excelentes legiones, y además... ésta ya es una acusación inaceptable, pues el propio Senado ya envió en su momento una embajada a evaluar lo que ocurría en Siracusa y ellos mismos aprobaron todas mis acciones. —El público asentía; Publio decidió pasar por alto el asunto siempre complejo y delicado de Locri, un posible error político aunque fue un éxito militar, pero siempre difícil de explicar y justificar, y lo esencial era que el sol estaba rayando ya el horizonte—. Queda entonces el asunto de los quinientos talentos de Antíoco —reinició así Publio su parlamento—. ¡Quinientos talentos! Yo que traje más de cien mil libras de plata, o mi hermano que trajo una cantidad aún mayor además de centenares de colmillos de marfil y miles y miles de tetracmas, cistóforos y filipos de oro y qué sé yo cuántos innumerables objetos más de oro y plata, ¿a nosotros? ¿A nosotros se nos acusa de escatimar dinero al Estado? ¿A nosotros? ¿A nosotros que somos los que más hemos contribuido a las arcas de Roma, a nosotros se nos acusa de robar a Roma? ¿Se nos acusa a nosotros, a Lucio, mi hermano, y a mí mismo, de enriquecernos con la guerra? Y pregunto yo... —y se volvió decidido hacia Spurino que, instintivamente reclinó su espalda hacia atrás de forma defensiva—; pregunto yo, ciudadanos de Roma, pregunto yo, *patres conscripti*, pregunto a todos, a los magistrados aquí presentes, a los pretores, a los censores, a todos cuantos han venido aquí a ver este *iudicium populi*. Pregunto yo, ¿cuánto dinero ha traído Spurino a Roma? —Y calló y primero hubo un silencio y, de pronto, carcajadas entre los seguidores de Escipión, carcajadas que pronto se extendieron por todo el *Comitium* y es que Spurino aún no había sido ni pretor ni cónsul y no había participado en ninguna campaña militar de forma destacada de forma que nunca había traído nada de plata u oro a Roma, ni esclavos, ni anexionado territorios ni nada que se le pareciera. La comparación entre acusador y acusado resultaba, cuando menos, grotesca.

Las carcajadas de la muchedumbre recordaron a Catón las mismas carcajadas con las que se rieron de él en Siracusa los oficiales de Escipión. Una vez más volvían a reírse de él, y ahora del pobre estúpido de Spurino, pero la vida era larga y, sí, una vez más, estaba perdiendo aquella batalla, la diferencia era que, una vez más, Escipión caería víctima de su único error: no aniquilar al enemigo cuando puede. Y ahora, en esa misma plaza podría, pero no lo haría, como no lo hizo con los iberos, como no lo hizo con Aníbal y como no lo hizo con Antíoco. La solución estaba en ser más tenaz que los iberos, que Aníbal y que Antíoco juntos. En esas meditaciones estaba concentrado Catón cuando vio a Spurino levantarse, tomar la palabra y hacer lo único que se podía hacer en aquellas penosas circunstancias.

—El sol ha caído en el horizonte. Según las leyes de Roma el proceso debe interrumpirse y proseguir pasado mañana tras la preceptiva jornada de pausa.

Publio Cornelio Escipión le miró con la condescendencia de quien observa al enemigo abatido, herido y huyendo. No respondió nada. No hacía falta. El silencio era su mayor desprecio. El general más poderoso de Roma, invicto, dio media vuelta y, rodeado por su hermano, Lelio, Emilio Paulo y todos sus familiares y amigos, salieron de la plaza del *Comitium* entre los vítores y aclamaciones de un pueblo entregado. En dos días terminaría con aquella farsa y pondría fin, para siempre, a las constantes insidias de Catón y sus secuaces. Y sonrió para sí. En una sola cosa estaba de acuerdo con el maldito Catón: era cierto que cada vez se sentía más seguro en Roma.

92

Una nueva ciudad en los confines del mundo

Armenia, 187 a.C.

Aníbal había estado acertado tanto en su información como en su análisis, y el recién proclamado rey de Armenia, Artaxias I, le recibió con los brazos abiertos, hasta el punto de confiarle una sobresaliente misión en el corazón del joven nuevo reino.

—No sólo te acepto como consejero —le respondió un entusiasmado Artaxias a su llegada al puerto de Fasis—, sino que te voy a encomendar el trabajo más importante que deseo acometer en este nuevo período.

Aníbal, rodeado por Maharbal y un pequeño grupo de veteranos cartagineses que le habían acompañado a la recepción real, le miró interesado.

—Aníbal —prosiguió el rey—, Armenia necesita una nueva capital, una nueva ciudad, fuerte, poderosa, moderna, y situada en el centro del país. Mira aquí. —Y sobre una gran mesa donde se encontraba extendido un plano de Armenia y los reinos circundantes Artaxias señaló un punto—. Aquí, junto al río Araxes, próximos al lago Seván. Éste es el emplazamiento perfecto, justo en el centro de todos mis dominios, un amplio y fértil valle con agua en abundancia, en el corazón del reino. Aquí necesito esa nueva ciudad y allí trasladaré a todos los habitantes de Ervandashat, la actual capital. Tu misión será supervisar la construcción de esta nueva capital, en especial, todas sus defensas, sus murallas, sus torres, fosos, todo aquello que consideres necesario para proteger a Artaxata. Así llamaremos a la nueva ciudad.

Aníbal aceptó el encargo por varias razones. Primero por necesidad. Buscaba asilo y eso conllevaba colaborar en cualquier misión que se le encomendara y, segundo, recibió aquel proyecto del nuevo rey con ilusión. Después de tantos años pensando sólo en destruir al enemigo, a las interminables legiones de Roma, era un proyecto emocionante verse embarcado en la colosal empresa de levantar, de la nada, una nueva y poderosa ciudad. Así, siguiendo el curso del río Fasis, que transcurría caudaloso y seguro en paralelo a las nevadas cumbres del Cáucaso, Aníbal y sus veteranos avanzaron durante varios días hasta llegar a las proximidades del lago Seván, para entonces virar hacia el suroeste y seguir cabalgando hasta cruzarse con el enorme valle del río Araxes.

Aníbal no era hombre que se impresionara fácilmente, pero lo que allí encontraron hizo que todos los expedicionarios abrieran bien los ojos y hasta que se los frotaran un par de veces: todo el valle, fértil, tal y como lo había descrito el rey, bullía de vida. Varios campamentos y poblados de tiendas se extendían por toda la planicie, dejando un gigantesco espacio en el centro, donde millares de obreros se afanaban levantando unas enormes murallas de varias decenas de estadios de perímetro y, en cuyo centro, protegidos por aquellos emergentes muros, otros tantos millares de obreros construían una docena de gigantescos edificios de piedra.

—¡Artaxata! —dijo con orgullo uno de los guías que el rey Artaxias había puesto al frente de la expedición para asegurarse de que su nuevo consejero y sus hombres llegaran sin dilación al corazón del reino, donde su nueva capital estaba siendo construida a toda velocidad.

Aquellos fueron días felices para Aníbal, al menos, dentro de sus circunstancias, pues el trabajo diario hizo que las turbulencias y los fantasmas del pasado se alejaran de su mente durante varios meses. Se acostaba temprano, justo después de haber compartido una buena cena junto a una gran hoguera con Maharbal y sus hombres, para, antes del alba, levantarse y desplazarse a la zona de construcción de las murallas. Sólo la ausencia de Imilce seguía mordiéndole en las entrañas y Aníbal buscaba ocupar sus pensamientos con trabajo y más trabajo en un intento por mitigar el sufrimiento de la soledad y el destierro. Así, un día asesoraba a los arquitectos reales sobre la mejor ubicación de las torres de defensa y las puertas de entrada a la ciudad. Aconsejó el uso de piedra y argamasa en lugar de adobe, y se aseguró de que junto a cada torre y a cada puerta se construyeran caballerizas para que cada sección del muro dispusiera de diferentes guarniciones de soldados repartidas de forma equilibrada, de modo que ayudaran a preservar todo el perímetro con seguridad, con guerreros siempre dispuestos a defender cada sector del muro. Otros días se adentraba por entre las nuevas calles y una vez más intervenía con frecuencia para evitar que las principales avenidas fueran demasiado estrechas. La experiencia le había enseñado que una buena ciudad, para una adecuada defensa, necesita de amplios espacios por donde las tropas puedan desplazarse con rapidez de un punto a otro para acudir raudas a aquellos lugares donde su presencia fuera más necesaria. Insistió en que se evitaran al máximo las construcciones de madera y que, cuando se levantaran, se separaran lo suficiente unas de otras para evitar que el fuego enemigo pudiera convertir toda la ciudad en pasto de las llamas en pocos minutos. E insistió, no con demasiado éxito, en la necesidad de distribuir agua por toda la ciudad, desde el río, para que tanto la ciudad como los soldados pudieran disponer de agua en cualquier lugar de la nueva capital en todo momento, aunque aquí ya no se siguió su consejo por la enorme complejidad que significaba levantar esa red de conducción de aguas; pero, pese a todo, Aníbal estaba satisfecho. Artaxata emergía de la nada, impresionante, poderosa, casi inexpugnable y, ciertamente, algo vanidosa, en medio del valle del río Araxes. Pronto vendría el rey Artaxias de visita y el general púnico no dudaba en que la misión encomendada se estaba cumpliendo de forma satisfactoria.

La primavera, tal y como estaba programada, trajo al nuevo rey de Armenia hasta su capital. Artaxias llegó cansado y sucio. Había estado luchando cerca de las costas del océano Hircanio* con algunas tropas enviadas desde Siria por Seleuco, el hijo de Antíoco, recientemente fallecido, soldados que se habían unido a rebeldes en las costas de Media. El rey Artaxias había salido victorioso y las fronteras de Armenia, al igual que su independencia, se mantenían intactas, pero Aníbal, nada más ver la faz de Artaxias, que le recordó el mismo semblante serio que viera tras el funesto debate con los consejeros de Antíoco previo a la batalla de Magnesia, comprendió que algo había cambiado en el reino, algo que, sin duda, afectaba a su presencia y a su derecho de asilo.

Artaxias y Aníbal se reunieron al anochecer en la gran tienda real. El rey aún no quería entrar en la ciudad y cobijarse en el casi termina-

* Mar Caspio.

do palacio real. Deseaba compartir la inauguración de su capital con decenas de miles de ciudadanos a los que haría venir desde Ervandashat.

Aníbal llegó a la puerta acompañado por Maharbal y media docena de sus hombres, pero los centinelas armenios sólo permitieron que pasara al interior de la tienda el general púnico.

—No os preocupéis. Esperadme aquí —dijo Aníbal a un nervioso Maharbal y al resto de sus hombres que se resistían a dejar solo al general.

Aníbal entró y, escoltado por dos guardias armenios, cruzó por un largo pasillo plagado de pieles de carnero, león y oso hasta llegar a una amplia sala donde el rey, junto con varios consejeros, compartía mesa con abundante comida y bebida. Había también música, danzarinas hermosas vestidas apenas con gasas de seda y una docena de esclavas sirviendo bebida con profusión entre todos los comensales. El rey se había lavado y relajado y tenía el rostro más tranquilo, pero la mirada tensa que le dirigió nada más verle confirmó a Aníbal que había malas noticias para él. Sólo entonces se dio cuenta Aníbal de que, anhelante como había estado por olvidar el pasado reciente, no se había preocupado como en Creta o en otras etapas de su periplo en mantener las frecuentes conversaciones con los mercaderes de todo el mundo que por allí pasaban, para mantenerse bien informado sobre los cambios del mundo. Ahora esos cambios le amenazaban y él no tenía toda la información necesaria para reaccionar. Se hacía viejo.

Artaxias I de Armenia dio un par de fuertes palmadas y la música cesó, las bailarinas, como perseguidas por los espíritus del inframundo, salieron despavoridas de la sala y todos los consejeros se levantaron, se inclinaron ante su rey y se esfumaron por el mismo pasillo y con ellos se marcharon también todas las esclavas. Al instante, Aníbal y el rey de Armenia quedaron a solas.

Aníbal esperó en silencio, en pie, frente al monarca. Artaxias le indicó con la mano que tomara asiento frente a él. El general cartaginés aceptó y aguardó mientras Artaxias apuraba su copa de vino.

—Debes marcharte, Aníbal —dijo el rey, al fin, mientras depositaba el cáliz vacío sobre una mesa repleta de restos de comida. El cartaginés iba a responder, pero el rey se anticipó y prosiguió hablando—: Me has servido bien, si es eso lo que vas a decirme. No soy ni un idiota ni un desagradecido. Comprendo que tras años de servicio al estúpido de Antíoco hayas llegado a la conclusión de que todos en Asia son soberbios e inútiles, pero espero que sepas ver la diferencia entre ese rey loco y perdido y mi propia forma de gobernar. He visto poco, sólo un poco, de Artaxata, pero lo que he visto ya me hace comprender que has hecho un excelente trabajo. La capital de Armenia es, sin duda, una de las ciudades mejor protegidas de Asia; de eso no me cabe duda alguna, igual que me consta que eso es, en gran medida, gracias a tu intervención. Sé que cuando se nos ataque, cuando alguna vez, si ocurre, tengamos que refugiarnos entre sus murallas, sé que deberemos mucha de la seguridad de esos momentos a tus esfuerzos. Pero, Aníbal, pese a todo eso debes marcharte: Seleuco, el hijo de Antíoco, que intenta recuperar control sobre los territorios que su padre perdió, ya me ha atacado y volverá a hacerlo. Esta vez sólo ha enviado un pequeño contingente de tropas y he podido detenerlos en la frontera, pero sé que enviará más. Seleuco es un león herido, herido por Roma, que ahora se revuelve contra todos sus vecinos, contra todos los que antaño fuimos súbditos del imperio de su padre, quizá esclavos, y yo solo no podré defenderme. Necesito un aliado fuerte, poderoso, un amigo al que Seleuco tema, y Seleuco sólo teme a Roma.

Aquí el rey calló para permitir que su interlocutor digiriera la información. Aníbal veía que Artaxias quería seguir el camino fácil, la misma senda que había elegido Pérgamo: aliarse con Roma para siempre. Era la mejor forma de mantener a Seleuco, al nuevo rey de Siria, debilitado y sin capacidad de revolverse, una vez más, contra los nuevos reinos independientes.

—Dame hombres, déjame tus soldados —respondió Aníbal con una decisión que sorprendió al propio Artaxias—. Déjame comandar tu ejército y yo te defenderé de Seleuco. Si hay alguien que conoce bien lo que queda de ejército en Siria soy yo y te aseguro que sé cómo luchar. Lo de Magnesia no fue culpa mía, y tú lo sabes bien.

Pero aquí el rey le interrumpió con una amplia sonrisa en su rostro.

—No es necesario que me expliques lo que pasó en Magnesia. Ya sabes que yo estuve allí antes de la batalla y sabes lo que pensaba entonces. Sé que sólo la soberbia de Antíoco y las disputas entre sus generales por heredar su imperio fueron la causa de nuestra derrota. Pero el problema no es ése. Tú, como yo, sabes que Antíoco salvó de Magnesia los *catafractos*, y pronto su hijo los lanzará contra los reinos que se le han rebelado. Y le quedan unidades importantes de combate. Quizá no lo suficiente como para emprender una guerra a gran escala contra Roma y sus legiones, pero más que suficiente para someter a enemigos pequeños como Armenia. ¿Me pides tropas, un ejército? Me encantaría poder ofrecerte algo parecido. Entonces quizá, no, me corrijo, entonces seguro que te mantendría a mi lado como general en jefe, pero apenas puedo reunir unos pocos miles de hombres y muy pocos son buenos jinetes. Ni un general como tú podría resistir eternamente el empuje de un rencoroso Seleuco. Esa resistencia sólo haría que enervar aún más al joven rey de Siria y su venganza final sobre mi reino sería aún más dura. No. Ése es un camino muy inseguro, especialmente cuando aliarse con Roma es mucho más sencillo y requiere mucho menos esfuerzo en hombres y dinero por mi parte. Y yo, Aníbal, y eso tú mejor que nadie lo tendrás que respetar, soy un hombre práctico. No, Aníbal, a partir de ahora, mi general será Roma. Ya he enviado una embajada desde Fasis a ese efecto y ya he recibido respuesta positiva de su Senado. Otra embajada ha partido desde Roma ya hacia Antioquía para informar a Seleuco de que Armenia es independiente y aliada de Roma.

Aníbal comprendió que la decisión era más que definitiva.

—Estás cambiando un amo por otro, Artaxias. Antes servías a Antíoco y ahora serás un esclavo más de Roma.

Artaxias no se sintió ofendido y volvió a sonreír.

—Es muy posible, pero este nuevo amo está mucho más lejos y es menos exigente en cuanto a impuestos y dádivas. Lo prefiero.

Aníbal pensó en decir que Roma era menos exigente ahora, pero que tiempo al tiempo, sin embargo, aquella discusión no le llevaba a ningún sitio.

—Decías, mi rey —continuó el cartaginés exiliado—, que no eras desagradecido.

Artaxias vio que Aníbal daba por zanjado el asunto. Era el momento de pagar por sus servicios.

—Eso he dicho, sí. Me has servido bien y en consecuencia te pagaré bien, con abundante oro y plata que, estoy seguro, te será de gran utilidad en tu nuevo viaje. El oro siempre abre caminos donde parece que todo estaba cerrado.

Aníbal asintió pero no dijo nada. El rey había esperado alguna palabra de agradecimiento, porque, aunque era justo pagarle bien, también podría expulsarlo como a un perro. Aquel cartaginés era hombre de gran orgullo. Artaxias respiró despacio un par de veces. En cualquier caso, aquel general se había ganado el derecho a ser orgulloso con su esfuerzo en la guerra, en muchas guerras.

—También te ofrezco escolta hasta el puerto de Fasis —prosiguió el rey de Armenia—; y allí tendrás a tu disposición una nave para que te conduzca adonde tu decidas. Ésa es una posibilidad.

Aníbal le miró intrigado.

—¿Hay otro camino?

—Mis hombres te pueden conducir hacia la frontera del este y puedes buscar suerte en el lejano Oriente.

—¿La India? —dijo Aníbal, pero en voz baja. Aquélla era una ruta totalmente desconocida y un pueblo del que apenas sabía nada. Quizá allí pudiera ser más apreciado o tener posibilidades de subsistencia al servicio de algunos de los emperadores indios. Artaxias quebró sus pensamientos con palabras.

—Claro que mi consejo sería que fueras de regreso hacia occidente, a Asia Menor. Me consta que en Bitinia, el rey Prusias te recibirá con los brazos abiertos.

Aníbal meditó sobre el consejo de Artaxias. El reino de Bitinia pugnaba, igual que Armenia, por mantener su independencia, pero el enemigo primordial de Bitinia no era Seleuco, quien tras la derrota de Magnesia, poco influía ya en Asia Menor. No, el enemigo del rey Prusias sería el emergente poder de Pérgamo, la ciudad más beneficiada por la victoria romana de Magnesia. Desde Pérgamo, el rey Eumenes II quería gobernar toda Asia Menor y sólo unos pocos estados se resistían, entre ellos Bitinia. Artaxias siguió explicando el motivo de su consejo, complementando las ideas del propio Aníbal.

—El rey Prusias lucha contra Pérgamo y Pérgamo es aliado de Roma. Bitinia es uno de los pocos reinos cercanos que estarán dispuestos a contar con tus servicios, pues, de cualquier modo, mientras no se rindan, se ven obligados a luchar contra un aliado de Roma, que es lo mismo que luchar contra Roma.

Aníbal asintió una vez más. La propuesta del rey de Armenia era razonable y la oferta de dinero, escolta y un barco, teniendo en cuenta que no era más que un exiliado de guerra, generosa.

—Creo que el rey de Armenia ha hablado sabiamente —respondió Aníbal con tono sereno—; seguiré tu consejo y agradezco tu generosidad para con mi persona y mis veteranos. Saldré al amanecer, a no ser que dispongas algo diferente, y en pocos días estaré fuera, lejos de Armenia.

—Al amanecer está bien.

Aníbal se levantó, se inclinó ante el rey e iba a dar media vuelta cuando Artaxias se dirigió a él una vez más.

—Me queda una pregunta. —Aníbal permaneció en pie ante el rey, atento. Artaxias planteó su cuestión—: ¿Crees que Armenia, mi reino, tiene alguna posibilidad de resistir contra el enemigo? Valoro tu opinión. Has disputado muchas batallas y dirigido guerras enteras. Tienes más experiencia que yo. Me interesa lo que digas y me gustaría que fueras sincero.

Aníbal meditó cuál debía ser el sentido de su réplica con tiento. Por un lado no podía evitar sentirse halagado por que el propio rey reconociera su superioridad en el terreno militar, al menos. Por otro lado, sinceramente, no estaba convencido de la viabilidad de aquel reino: Armenia estaba rodeada de enemigos poderosos que ansiaban aquellos valles fértiles a las puertas del Cáucaso, entre el Ponto y el océano Hircanio y, lo peor de todo, es que por el sur no había fronteras naturales claras. No, Armenia no lo tendría fácil nunca y, en aquellos momentos, con un nuevo rey sirio rencoroso y ávido por reconquistar aunque tan sólo fueran pequeñas piezas del gran viejo mosaico del desmoronado imperio de su padre, aún menos. Claro que decir la verdad a un rey temeroso de sus enemigos... ¿podría acaso poner en peligro el cobro del oro y la plata y el apoyo de la escolta y el navío para poder llegar a Bitinia?

—Armenia será un gran reino y el rey Artaxias será recordado por las futuras generaciones de armenios. De eso estoy seguro —dijo Aníbal con rotundidad.

Artaxias le miró y sonrió algo más relajado. El general púnico volvió a inclinarse, dio media vuelta y marchó por el pasillo de acceso al exterior. En la gran tienda real levantada junto a la nueva capital del reino, Artaxias I se quedó a solas, ponderando, algo dubitativo, si aquel extranjero había dicho realmente lo que pensaba o no.

93

Iudicium populi: segundo día

Roma, 19 de octubre de 187 a.C.

En el segundo día del juicio contra los Escipiones pasó algo que parecía de todo punto imposible: aún había más gentío congregado en el *Comitium* y en todas las calles adyacentes. Si en el primer día la muchedumbre se había extendido hasta el Templo de Vesta, punto ya bien alejado y sin ninguna visibilidad sobre lo que ocurría en el *Comitium*, más al noroeste, el segundo día de juicio había gente arracimada por todo el foro, hasta bien pasada la Casa de las Vestales y llegar incluso a las puertas del mismísimo Templo de Júpiter Stator a la entrada de la *Nova Via*. Eso por el sur, pues en el norte de la ciudad el gentío que había venido por la *Via Flaminia* era tal que varias patrullas de *triunviros* y legionarios de las *legiones urbanae* habían tenido que detener a muchos de los que querían entrar en la ciudad al pie de las murallas de Roma, en la *Porta Fontus* y en la *Porta Carmenta*. Y es que se juzgaba a Publio Cornelio Escipión, a alguien que no sólo salvó a Roma de la constante y permanente sangría a la que les tenía sometidos Aníbal, sino a alguien que había rescatado de ese mismo furor y horror de la guerra a decenas de miles de ciudadanos de las ciudades próximas a Roma y, no tan próximas también. Además, el preceptivo día de descanso había permitido que simpatizantes de los Escipiones llegaran a Roma desde los más diversos puntos de Italia, especialmente desde las ciudades aliadas más cercanas, como Alba Fulcens, Teanum, Clusium o Crotona; y no sólo eso, sino que ese día de más, había dado tiempo a que quienes habían empezado su camino hacia la capital ya durante el primer día de juicio, partiendo desde lugares algo más alejados, pudieran llegar hasta la misma Roma para apoyar a quien les había llevado hasta la gloria del *triunfo* desde la más profunda miseria del abandono y el destierro. Muchos de ellos eran veteranos de las legiones hispanas de Escipión y de las legiones V y VI de África, que venían desde Etruria en el norte, desde ciudades como Arrentium o Sena Gallica, pero también desde el sur, de Beneventum, Capua o Nola. Muchos de ellos disponían de tierras que ahora disfrutaban como propietarios en las diferentes colonias romanas de Italia, algo que hasta el propio Catón, en el pasado, favoreció, fomentó y permitió porque al entregar estos terrenos a los veteranos de Escipión conseguía alejar de Roma a ciudadanos que siempre votarían y respaldarían al *princeps senatus*. Ahora muchos de ellos estaban allí. La estrategia de Publio era más eficaz de lo que podría haberse pensado en un principio. Escipión no buscaba simplemente ganar el *iudicium populi*, algo que podría haber conseguido ya el primer día. No, Catón veía ahora con claridad que lo que Escipión quería era humillarle total y completamente en público. Catón lo observaba todo con creciente perplejidad, pero siempre tomando buena nota de cada detalle para poder aprender para el futuro. Si hacía dos días las *legiones urbanae* habían estado lentas a la hora de tomar posiciones para controlar el orden público, en esta segunda jornada del proceso, el *pretor urbano* había estado más atento y competente y la presencia militar en el *Comitium* y en todas las calles aledañas era mucho más numerosa; sin embargo, los refuerzos, por así decirlo, para los Escipiones, que estaban entrando por muchas de las puertas de Roma, eran incontenibles según le habían informado en la *Porta Capena*, hasta donde Catón se había acercado para ver con sus propios ojos aquel mar de gentes que se acercaban a Roma a defender a su ídolo sagrado, al general de generales. Allí mismo se veía media docena de cadáveres de los unos y los otros, pues varios centenares de veteranos de Escipión habían arremetido contra los legionarios y se habían abierto paso a golpes primero y, a lo que se ve, con derramamiento de sangre después. Estaba claro que en esta nueva jornada aún sería más imposible que en la anterior tan siquiera pensar en que el pueblo pudiera aceptar alguna sentencia que no fuera otra sino una absoluta y total exculpación de los acusados de todos los cargos imputados.

Catón se dirigió entonces al *Comitium* y ocupó su espacio en el centro de la gran plaza, próximo a donde deberían volver a situarse los acusados. De pronto un griterío se extendió por toda la explanada. Catón se dio la vuelta y vio llegar a los Escipiones aún más resueltos y convencidos de su victoria que durante la primera jornada del proceso. No era para menos. El pregonero iba a convocar a los acusados, pero Publio Cornelio se saltó esa parte de la tradición y se situó en el centro de la plaza, mirando a los *Rostra* con tal intensidad, que el pregonero no se atrevió ni a musitar una sílaba. Para Catón estaba claro quién mandaba allí, quién controlaba los tiempos de aquella farsa de *iudicium populi* y estaba claro quién iba a salir indemne de todo aquello.

Publio tomó la palabra de inmediato, como el general que sabe que un ataque de madrugada, antes de que el enemigo haya tenido tiempo no ya de posicionarse, sino incluso de desayunar, era la mejor forma de acabar con la oposición del modo más expeditivo y enérgico.

—Soy Publio Cornelio Escipión, dos veces cónsul de Roma y ahora *princeps senatus* en el cónclave que reúne a los *patres conscripti* de la ciudad. —Y señaló al edificio de la *Curia Hostilia*—. Se me acusa de malversar fondos del Estado, se me acusa de negociar con el enemigo para quedarme con dinero que pertenece, según dicen, a Roma, y se me acusa de pactar con el rey Antíoco de Asia, un acuerdo de paz en el que se contemplaba la liberación de mi hijo apresado por el enemigo. Se me acusa de cargos que podrían comportar traición al Estado. —Y calló un instante; el efecto de sus palabras fue poderoso: al presentar los cargos finales de la acusación, los que quedaron sin respuesta la primera jornada, de forma tan comprimida y severa, el silencio se apoderó de la muchedumbre. Publio sabía que magnificar la acusación para luego hacerla añicos en su respuesta causaría aún más furor entre las masas del pueblo atestadas de simpatizantes a su causa, a su familia, repletas de viejos veteranos de las campañas gloriosas del pasado—. Vayamos con lo que yo creo que es lo más grave: se me acusa de querer salvar a mi hijo preso del enemigo. Y pregunto yo, ¿quién de entre los presentes no buscaría alguna forma de negociar con el rey enemigo para encontrar una forma mediante la que salvar de la muerte a tu propio hijo, y más aún cuando éste es el único hijo varón? Insisto, ¿quién de los presentes no haría algo así? —Y Publio sabía que si esperaba serían muchos los que iban a proclamarse en voz alta como ciudadanos que así lo harían y fue rápido para evitar esa interrupción; quería esa idea en la mente de los que le escuchaban, pero no quería, de momento, una interrupción—. Todos, sé que todos los presentes buscarían alguna forma de negociar, siempre procurando no menoscabar la lealtad a Roma. Sea. Es lógico. Lo entiendo, pero os diré lo que yo hice: actué de la única forma que podía hacer. Actué como senador de Roma, actué como asesor del cónsul de Roma y no como padre. Me sobrepuse a todo el dolor que suponía anticipar la segura muerte de mi hijo y lo hice porque como representante de Roma no puede uno mostrarse débil, sujeto a chantajes del enemigo y así, cuando Antíoco me propuso pactar para liberar a mi hijo yo le respondí, sangrando por dentro en mis entrañas con un dolor que no acierto a describir, le respondí que un senador de Roma no negocia bajo presión. Le dije que debía liberar a mi hijo, por respeto a lo que mi cargo representaba, pero no pacté con él. —Aquí Publio, con rapidez, pasó por alto su propuesta a Antíoco de perdonarle la vida si era derrotado si antes liberaba a su hijo; todo no podía decirse y no dejaba de ser cierto que se había negado a aceptar el resto de condiciones que proponía el rey de Siria, entre ellas una humillante retirada de las tropas de Roma; ante el pueblo y en medio del más tumultuoso *iudicium populi* era mejor no atender a matices—. Me negué y lloré amargamente esa noche como no lo había hecho en toda mi vida. Y ¿cómo me quiere pagar Roma ahora aquel sacrificio, cómo quiere ahora Roma pagarme el hecho de que antepusiera a Roma misma a la seguridad de mi único hijo varón? Con las más terribles acusaciones. ¿Es eso en lo que Roma se ha convertido ahora? ¿Es así como Roma pretende recompensar a los magnos sacrificios de sus generales? ¿Es ése el modo en que queremos que los nuevos generales de Roma crean que se verán recompensados en el futuro?

—¡Nooooooo...!

—¡No, por todos los dioses, no!

—¡No, Roma no es así!

Y un desbordante tropel de voces incontenibles resonó en la atestada plaza del *Comitium* negando que Roma fuera a recompensar de ese modo a sus generales, a esos generales que anteponían a Roma a cualquier otra cosa o persona que les fuera preciada. Publio se paseó, casi petulante, por delante de Catón, Spurino, Quinto Petilio, Lucio Valerio Flaco, Graco y el grupo de senadores que promovían las acusaciones de las que se estaba defendiendo. Cuando el griterío empezó a remitir, retomó la palabra:

—Antíoco III de Siria liberó a mi hijo, pero lo hizo por respeto a mi dignidad de representante de Roma, nunca a cambio de nada; pero queda por fin la acusación de los quinientos talentos. —Y calló de nuevo unos segundos durante los que introdujo sus manos en el complejo entramado de pliegues de su impoluta *toga viril* blanca y de ella extrajo con las dos manos varias decenas de monedas de oro; Catón comprendió entonces por qué le había parecido que Publio estaba más gordo—. Ahí van cien talentos, ahí otros tantos, trescientos —continuó hablando mientras arrojaba por el suelo las monedas de oro con la efigie del derrotado rey de Siria—, cuatrocientos y quinientos. —Las monedas quedaron desperdigadas a los pies de sus enemigos. Algunos no podían dejar de mirarlas con la lujuria del avaricioso, pero la mayoría apretaba los labios y se contenía ante aquella demagógica exhibición de poder—. Ahí están —dijo casi en voz baja mirando a Catón, y lo repitió varias veces elevando la voz y dirigiéndose a toda la muchedumbre del pueblo de Roma—. Ahí están. Ahí están los malditos quinientos talentos. ¿Los queréis? —y volvió a mirar a sus acusadores—, pues recogedlos y ponedlos con los otros miles y miles de libras de oro y plata que mi hermano y yo hemos traído a Roma mientras dejábamos nuestra sangre y la de nuestros familiares y amigos en campos de batalla en todos los confines del mundo para hacer de esta ciudad la más temida y más poderosa de todo el mundo. Ahí tenéis los malditos quinientos talentos. ¿Creéis que a mí me importan algo quinientos talentos? ¿Queréis acaso más dinero? Ahí está el que me lleváis reclamando largo tiempo con insidias y acusaciones miserables fruto de vuestra envidia. Ahí está el maldito dinero. Yo no necesito el dinero cuando tengo al pueblo de Roma conmigo. —Y abrió los brazos y los estiró hacia la masa que le escuchaba—. ¿Quién necesita dinero cuando tiene consigo toda la fuerza y el respeto y el amor de todo el pueblo de Roma? —Y de pronto bajó los brazos y, furibundo, se dirigió a Spurino y a Catón y les habló al tiempo que se aproximaba como un león a punto de atacar—. Un pueblo al que yo y sólo yo he salvado, un pueblo por quien yo, con mis oficiales y mis legionarios me enfrenté en Zama a la mayor carga de elefantes nunca antes conocida; y mis oficiales y mis legionarios y yo mismo resistimos aquella embestida como soldados de Roma, y luego resistimos a la infantería enemiga y a las nuevas levas de africanos y cartagineses y a la caballería púnica y nos batimos al fin, cuerpo a cuerpo, contra los invencibles veteranos de Aníbal, y allí mismo, tal día como hoy —y miró al pueblo—, sí, tal día como hoy hace catorce años, vi morir a mis mejores hombres, uno a uno, en la batalla más colosal que nunca se haya luchado y que yo dirigí por y para Roma, para la misma Roma que está aquí juzgándome, y por fin, lanzo al pueblo una última pregunta: ¿qué quiere Roma: juzgarme o liberarme? ¿Qué quiere Roma: condenarme o premiarme? ¿Qué quiere, al fin, Roma: encarcelarme o celebrar conmigo en el Templo de Júpiter Capitolino la mayor victoria que nunca jamás haya disfrutado esta ciudad? ¿Cárcel o victoria?

—¡Victoria! ¡Victoria! ¡Victoria!

—¡Vayamos al Templo de Júpiter!

—¡Todos con Escipión, al Capitolio, por Roma, por Escipión!

Y para perplejidad absoluta de los cónsules, los pretores y senadores allí reunidos, para sorpresa de Spurino y Quinto Petilio, para asombro de todos los funcionarios del Estado encargados de reflejar en actas todo lo que estaba acaeciendo en aquel proceso, todos, estupefactos, vieron cómo Publio Cornelio Escipión, acompañado de su hermano, familiares y amigos, abandonaba el espacio del *Comitium* acordonado por los legionarios para celebrar el *iudicium populi* y, sin esperar a escuchar sentencia alguna, se alejaban los dos aclamados una vez más por todo el pueblo de Roma en dirección al monte Capitolio donde, a las puertas del mismo, por orden del propio Publio, se acumulaba una veintena de grandes bueyes blancos que había hecho traer ex profeso para aquella jornada para celebrar en medio del inmenso clamor popular su total y absoluta victoria sobre el ejército de Aníbal, aquel ejército que durante años aterrorizó a todos los que ahora le vitoreaban y a quienes liberó del constante horror de los ataques del general cartaginés.

Marco Porcio Catón fue testigo de cómo la plaza quedó prácticamente vacía. Allí quedaron sólo un centenar de legionarios, confundidos, desperdigados por un semidesierto *Comitium*, junto con los pretores, cónsules y la pléyade de senadores que se mantenían fieles a la postura de Catón de que aquel hombre se estaba transformando en un incontrolable poder que debía, de un modo u otro, ser sometido. Catón sabía que había perdido, pero sabía también que el juicio, desde un punto de vista técnico, había quedado inconcluso. Aquél, sin duda, no era el día indicado para tecnicismos jurídicos, pero el tiempo todo lo enfría y la pasión del pueblo, igual que se calentaba rápido, también se enfriaba rápido. Llegaría el día en el que aquel juicio debería llegar a término. Eso sí, sería conveniente buscar otro formato, otros acusadores, otro tribunal. Quizá se tuviera que cambiar alguna ley. Era trabajo arduo sólo propio de gente con perseverancia infinita como la suya.

Marco Porcio Catón se levantó con lentitud estudiada de su asiento y se dirigió a los aún petrificados magistrados, pretores, tribunos y senadores.

—Ayer acusó Spurino a Publio Cornelio Escipión de creerse rey. Hoy os digo yo que no se lo cree. Hoy os digo yo que Publio Cornelio Escipión es rey de Roma. Y vosotros, amigos míos, todos, yo incluido, somos sus vasallos. Los tiempos de la monarquía han regresado. Tiempos en los que ni tan siquiera se concluyen los juicios. Vienen tiempos oscuros, *patres et conscripi*. La cuestión es ¿cuánto más estáis dispuestos a aguantar?

Y se recogió la toga que le colgaba y emprendió el camino de regreso a su villa en el campo, a las afueras de la tumultuosa Roma.

94

La última batalla de Aníbal

Costa de Asia Menor, verano de 186 a.C.

Aníbal miraba desde la cubierta de su desvencijada nave capitana hacia el horizonte donde confluían el cielo y el mar en una difusa línea envuelta en la bruma y el rumor de las olas. Miró luego hacia ambos lados. La flota de Bitinia, bajo su mando por orden del último rey que le había dado cobijo en su huída de las legiones de Roma, el soberbio y ambicioso Prusias, navegaba en un silencio premonitorio de lo que sin duda debía ser una nueva gran derrota. «El gran general de Cartago», así se presentó Aníbal hacía ya meses ante el grueso rey Prusias, tras su viaje desde Armenia.

Prusias le miró de arriba abajo. Aníbal aún conservaba un porte magnífico, pese a sus 63 años, pero el pelo agrisado de su barba y su cabellera hacían complicado entender por qué la todopoderosa Roma parecía aún sobrecogerse por la existencia, todavía en libertad, de aquel viejo. Prusias, más joven, más fuerte, más ignorante, le miró con cierto desdén antes de responder a la petición de asilo que Aníbal le había manifestado. Alrededor de ambos, todos los súbditos de Prusias guardaban un contenido silencio, entre divertidos y confundidos, preguntándose si aquel anciano era en realidad el Aníbal que a punto había estado de doblegar a Roma, el Aníbal que conquistara Hispania e Italia, el mismo Aníbal que sirviera al poderoso Antíoco.

—Me pides protección contra Roma cuando Roma es el mayor poder que existe ahora en el mundo —empezó Prusias desde su trono real recubierto de oro y plata—. Darte esa protección sólo me puede acarrear problemas.

Aníbal espiró aire despacio. Sabía que se medía ante alguien muy inferior a él, pero no podía permitirse ya ni orgullo ni menosprecio. Derrotado y muerto Antíoco, no quedaba ningún poder que pudiera medirse contra Roma. Sólo le restaba la posibilidad de buscar un lugar lo suficientemente remoto y olvidado por todos como para poder descansar en paz los últimos años de su vida. Prusias era un mequetrefe, pero hasta los más pequeños tienen derecho a algo cuando se les pide un favor.

—El rey Prusias —respondió Aníbal con una voz grave y serena que cautivó a todos por su aplomo— tiene derecho a recibir algo a cambio de acogerme en su corte. —Y miró hacia Maharbal y un par de sus hombres a los que se les había permitido acceder al salón del trono. Maharbal comprendió el mensaje, avanzó un par de pasos hasta quedar a la altura de Aníbal, y volcó el contenido de un saco grande de trigo sobre el suelo. Por las ventanas de la gran sala real entraba la luz del sol en forma de grandes haces, uno de los cuales cayó de pleno sobre el contenido vertido del saco. El resplandor de las monedas de oro iluminó toda la estancia y entre los asistentes emergió un murmullo de asombro. El propio rey Prusias se levantó sin ocultar su admiración.

—Miles de talentos de oro a tus pies, rey Prusias —dijo Aníbal, con cierto aire de indiferencia, como si estuviera acostumbrado a regalar semejantes sumas a diario—, y habrá miles más si permites que mis hombres y yo nos establezcamos en tu reino durante, al menos, un par de años.

El rey Prusias retomó su posición al trono y se atusó con una ruda mano su barba negra y no muy limpia. Apretaba los labios. Aníbal comprendió que el rey de Bitinia no estaba acostumbrado a pensar. Debía ser paciente. Echaba de menos la agudeza de Artaxias.

—Eso es mucho oro, no lo niego —retomó así al fin la palabra el monarca—, pero ni todo ese oro sería suficiente para aplacar la ira de Roma o para pagar un ejército lo suficientemente importante como para poder defendernos de la furia de sus legiones... —Aquí se detuvo un momento y un brillo codicioso encendió la mirada del rey; Aníbal sonrió para sus adentros—. Por otro lado, ¿qué impide que tome yo ahora todo este oro y todo el que puedas tener y que luego te arroje de mis tierras?

De pronto, el murmullo que había envuelto la conversación se desvaneció. Aníbal escuchó cómo decenas de filos de espadas de los soldados de Prusias se desenfundaban despacio, pero el veterano general púnico no hizo ademán de llevar su mano a su propia arma, un gesto, que, en todo caso, habría conducido a un suicidio seguro. En su lugar hizo que la sonrisa de su interior aflorara en su rostro de forma clara y ostentosa.

—Sería una lástima que mataras al único general que aún puede salvarte de una derrota y una muerte implacables, rey Prusias. —Las palabras surtieron el efecto deseado y el monarca miró raudo a ambos lados; las espadas se enfundaron de nuevo; los ojos del rey le miraban con intensidad, intrigado, nervioso—. Todos sabemos que Eumenes no tardará en lanzar al ejército de Pérgamo hacia el norte —reinició así su discurso Aníbal—, y todos sabemos que, si bien Pérgamo no es Roma, sí que es más poderoso que las tropas de Bitinia, en particular su flota.

—¡Eumenes se estará quieto o...! —espetó Prusias alzándose de nuevo de su trono.

Aníbal le interrumpió al tiempo que negaba con la cabeza.

—No, rey Prusias. Pérgamo atacará y tu esperanza, tu esperanza de que Roma intervenga es absurda, pues ¿quién es Eumenes? Un gran aliado de Roma, un aliado cuyo poder crece a la sombra del Senado de Roma, una sombra que pronto oscurecerá los amaneceres libres de Bitinia. Y tú andas preocupado por darme o no asilo, a mí, a mí que podría guiar a tu ejército hacia una victoria, como he hecho en tantas otras ocasiones.

Y con esto calló, hizo una señal a Maharbal y éste empezó a recoger las monedas de oro y reintroducirlas en el saco ayudado por los dos guerreros africanos que le acompañaban. Los soldados de Bitinia miraban nerviosos hacia las monedas de oro, pero no se atrevían a intervenir, mientras observaban cómo su rey, sentado ya sobre su trono, apretaba una vez más los dientes.

—¿Puedes realmente derrotar a Eumenes? —inquirió al fin el monarca.

—Sí —dijo Aníbal.

—Eumenes te derrotó en Magnesia, eso lo sabemos también aquí en Bitinia. Comandaba sus tropas y en el ala en la que él luchó doblegaron a las tropas sirias de Antíoco, a quien tú aconsejabas. ¿Por qué ahora había de ser diferente, por qué ahora Aníbal iba a derrotar a quien ya le ha derrotado?

—Porque en Magnesia el rey Antíoco no me hizo caso, sino que siguió los consejos de aquellos que le rodeaban y no hacían más que halagarle y porque entonces Eumenes tenía a las legiones de Roma a su lado y ahora combate solo. Si me haces caso, un Eumenes sin apoyo militar romano será derrotado por mí, tú mantendrás tu trono y yo sólo pido poder vivir con sosiego el resto de mis días. Échame de aquí, róbame si quieres y no durarás en ese trono desde el que me hablas más de tres meses. La flota de Pérgamo pronto partirá hacia las playas de Bitinia.

El rey Prusias habría hecho matar a cualquier otro que le hubiera hablado con el tono autoritario de Aníbal, pero por un lado la firmeza en el rostro de aquel general púnico y por otro el saber que lo que decía podía ser muy cierto impedían que su acostumbrada ira se desatara de forma incontrolada.

—De acuerdo, general africano —dijo Prusias—. De acuerdo, entonces. Por mis dioses que habrás de servirme bien o haré que te despellejen vivo, y me da igual quién hayas sido en el pasado. Eres un anciano, pese a tu porte y al aplomo de tus palabras; la verdad, no me pareces suficiente arma para detener a Eumenes, pero estoy dispuesto a concederte una única oportunidad. Ésta es mi decisión: tomaré el contenido de ese saco de monedas de oro y de otros dos como él —aquí se paró un instante; Aníbal asintió; el rey prosiguió con sus palabras—; tres sacos de oro como pago a acogeros en mi reino, y luego tú tomarás mi flota, la entrenarás y la prepararás, y cuando Eumenes navegue hacia el norte saldrás a su encuentro. Si eres derrotado y sobrevives yo mismo te atravesaré con mi espada o no... mejor aún... te cubriré de cadenas y te regalaré a Roma a la que pediré que, a cambio, interceda por mí ante el avance de Pérgamo; pero si vences, si vences, te prometo que nadie te molestará jamás en mi reino y que aquí podrás permanecer tanto tiempo como desees, sin necesidad de que pagues con más oro tu estancia en mis tierras. Ésa es mi decisión.

Aníbal afirmó con la cabeza una sola vez. Prusias lo aceptó como suficiente prueba de aceptación, junto con los dos sacos adicionales de oro que los hombres del general africano trajeron al cabo de un rato. No hubo tiempo para comidas ni celebraciones, pues Aníbal pidió ser conducido de inmediato al puerto de la ciudad para poder ver la flota del rey de Prusias. Fue allí donde Aníbal, Maharbal y el pequeño grupo de veteranos que aún le seguía desde Cartago comprendieron que todo estaba perdido.

Los barcos del ejército de Bitinia eran escasos y, en su mayoría, necesitaban reparación. Aníbal trepó por una estrecha pasarela a la que se suponía que debía ejercer de nave capitana. El suelo estaba sucio, las maderas carcomidas en muchos lugares y el olor a pescado podrido anunciaba a qué se había dedicado el buque los últimos años y confirmaba el poco interés de los marineros por mantener aquel navío con dignidad. Aníbal se pasó la mano izquierda por la barba mientras escrutaba con su ojo sano las tres docenas de barcos varados en el puerto. Maharbal miraba con el mismo desánimo en su rostro. Tras ellos, un oficial del ejército de Bitinia les acompañaba por orden del rey Prusias.

—¿Están todos igual? —le preguntó Aníbal.

—Me temo que sí —respondió el oficial con un tono débil que denotaba la vergüenza que sentía. Su rey lo gastaba todo en banquetes mientras que un cada vez más débil ejército debía mantener las fronteras de un reino acechado por el poderoso Eumenes de Pérgamo. Para aquel oficial, aquel general extranjero, tal y como había vaticinado en la corte real, tenía razón: era sólo cuestión de tiempo que Bitinia cayera en manos del invasor.

Aníbal, por su parte, inspiraba y exhalaba el aire con profundidad. El frescor del mar, ese aroma intenso de agua salada le hacía bien. Estaba cansado de huir. Lo sensato era dejar aquella región y adentrarse más hacia Oriente. Quizá la India. Allí estaría suficientemente lejos de Roma. Era una idea que volvía de forma intermitente a su mente. Su espíritu, no obstante, se rebelaba contra esa pretensión. Eumenes iba a atacar Bitinia y Eumenes era aliado de Roma. Aníbal se sabía ya demasiado débil y escaso de recursos como para poder atacar Roma de nuevo, pero quizá aún pudiera morder con fuerza a uno de sus vasallos. Eso siempre le produciría algo de placer. Se apoyó en la baranda del barco y ésta se vino abajo. Maharbal, rápido de reflejos, asió por la cintura a su general y así evitó que cayera al agua. Aníbal se recompuso en un instante y Maharbal se separó de inmediato.

—Eumenes no tiene por qué molestarse en atacar la flota de Bitinia —dijo Aníbal sacudiéndose alguna astilla perdida de su larga capa de campaña—. Le bastaría con esperar a que estos barcos se hundan solos. —Los soldados africanos detectaron en el tono rudo de su general que Aníbal estaba enfurecido, por haber perdido el equilibrio, por haber necesitado de ayuda para no caer al mar, por no tener con qué luchar. No era un comentario de broma. Nadie rio. El general descendió del barco y paseó por el puerto seguido de cerca por sus hombres y el oficial del rey Prusias.

Los muelles estaban cubiertos de polvo. Hacía semanas que no llovía en la costa sur de la Propóntide. El sol del mediodía empezaba a resultar tórrido. De pronto, una especie de cuerda, medio enrollada en el suelo, justo frente al general, pareció cobrar vida y salir disparada en busca de refugio entre una montaña de cántaros de barro vacíos apilada junto a uno de los almacenes del puerto.

—Serpientes —aclaró el oficial del rey Prusias—. Eso es lo único que tenemos aquí en abundancia. Serpientes venenosas y mortales. Un incordio que se acrecienta con esta larga sequía. Bajan de las montañas al puerto en busca de comida. Pescado podrido, deshechos, lo que sea. Yo no metería la mano en uno de esos cántaros ni por todo el oro del mundo.

Aníbal se detuvo y con él el resto de la comitiva. El general púnico se quedó mirando la enorme pila de cántaros de barro en donde la serpiente se había escondido. La flota era insuficiente y en pésimo estado, el armamento escaso y los oficiales de Bitinia estaban desorientados. Acometer un enfrentamiento naval contra la bien organizada flota de Pérgamo era un suicidio. Aníbal miró hacia el mar. Miró hacia las montañas. Un combate imposible o huir de nuevo. Miró al suelo.

Maharbal se retiró un par de pasos junto al resto de soldados púnicos y, por inercia, el oficial de Prusias hizo lo mismo. Aníbal puso los brazos en jarras mientras seguía mirando a las montañas. Los africanos conocían ese gesto en su general. Estaba a punto de tomar una decisión. El oficial del rey de Bitinia no entendía qué sentido tenía mirar hacia las montañas cuando lo que se preparaba era una batalla naval.

Aníbal seguía escrutando desde la proa de la nave capitana la brumosa línea del horizonte marino. Al virar alrededor de una larga lengua de tierra que se adentraba en el mar, las dos flotas se encontraron frente a frente. Tanto los barcos de Bitinia como los de Pérgamo detuvieron sus remos y plegaron las velas. Aníbal aprovechó la ocasión para enviar a un grupo de marineros con un mensaje para el rey de Pérgamo. Maharbal se acercó por la espalda y le preguntó al general con un tono que ponía de manifiesto su confusión:

—No pensé que fuéramos a negociar —dijo el veterano lugarteniente.

Aníbal sonrió y respondió sin volverse, sin dejar de mirar cómo indicaban los soldados de Pérgamo a los marineros del bote de mensajeros dónde debían dirigirse.

—Y no hemos venido a negociar, querido Maharbal —aclaró Aníbal, y entonces se dio la vuelta y le miró a la cara con la amplia sonrisa trazada sobre su faz—. Sólo quiero saber en qué barco se encuentra el rey Eumenes.

Maharbal asintió y sonrió también. Era la más vieja de las estratagemas, pero no por ello dejaba de ser efectiva: enviar mensajeros a negociar para simplemente saber dónde está el general en jefe del ejército o, como era el caso aquel día, el almirante al mando de la flota enemiga, que no era otro que el propio rey de Pérgamo. El bote con los mensajeros avanzó entre varios barcos enemigos hasta detenerse junto a uno de los más grandes. Allí entregaron un mensaje de Aníbal escrito en griego sobre una pequeña tablilla de madera recubierta de fina cera.

—¿Qué has escrito en la tablilla? —preguntó Maharbal.

—Que se retire o hundiré su flota —respondió Aníbal, pero como si hablara para sí mismo.

Eumenes, rey de Pérgamo, aliado de Roma, vencedor en Magnesia, leyó la tablilla abriendo los ojos de par en par. Luego echó la cabeza hacia atrás y sus carcajadas resonaron por todo el barco. Los marineros de Bitinia, que aguardaban la respuesta del rey enemigo embarcados en el pequeño bote con el que habían cruzado entre las poderosas embarcaciones enemigas, miraban asustados a un lado y a otro. No tenían claro que fueran a regresar con vida de aquella misión. De pronto vieron que el mismísimo Eumenes se asomaba por el lado en el que estaban varados, aguardando respuesta, y les lanzaba su réplica al mensaje recibido entre los gritos y risas de sus hombres.

—¡Decid a ese loco de Aníbal que Pérgamo ya le ha derrotado en el mar y en tierra en el pasado y que hoy vamos a terminar la tarea que Roma siempre deja sin hacer! ¡Decidle a ese general extranjero que os dirige que hoy es el día de su muerte!

Aníbal no esperó a que le llegara la respuesta de Eumenes. En cuanto el bote de mensajeros se encontró a medio camino entre una flota y otra, ordenó que una decena de sus buques se lanzaran contra el barco del rey de Pérgamo. La maniobra cogió por sorpresa a la flota enemiga, que no esperaba una concentración de tantos barcos de Bitinia contra la nave de su rey. Así, los de Pérgamo sólo pudieron interponerse entre cuatro de los buques que remaban hacia su rey, pero el resto, media docena de barcos bitinios, avanzaba contra el barco del rey Eumenes sin mayor interposición. Todos, en ambos bandos, comprendían que Aníbal buscaba descabezar la flota enemiga sin importarle cómo pudiera desarrollarse la batalla naval en el resto de frentes. Eumenes de Pérgamo veía cómo su barco iba a ser rodeado por las naves al mando de Aníbal. Sabía que en total tenía más y mejores barcos y que éstos seguramente podrían imponerse al enemigo con facilidad, pero ahora era su propia vida la que estaba en juego, además de que si él, el rey, caía, el golpe a la moral del resto de la flota sería tremendo. La mente de Eumenes trabajaba con rapidez. A cada momento le importaba menos el desenlace de la batalla y se preocupaba más por su seguridad personal.

—¡A babor, por todos los dioses, remad hacia la costa! —aulló a sus marineros.

Eumenes era un general astuto. Había traído consigo tropas de infantería para ejecutar su plan de invasión de Bitinia y éstas habían estado avanzando por las playas de Anatolia en paralelo con la flota. El barco de Eumenes, mejor diseñado y mantenido que sus perseguidores de Bitinia, alcanzó las arenas de Asia con tiempo suficiente para permitirle desembarcar y refugiarse entre varios miles del guerreros de Pérgamo que se concentraban en la playa para proteger a su rey. Aníbal vio como su plan de acabar con el rey enemigo había fracasado. Y para poner las cosas aún peor, mientras tanto, a sus espaldas, la flota de Pérgamo había maniobrado y se lanzaba contra los mal equipados barcos de Bitinia. Maharbal y el resto de oficiales que rodeaban a Aníbal tragaban saliva.

—¡Estamos perdidos! —dijo el oficial en jefe de las tropas de Bitinia embarcadas en aquella flota de destartaladas naves. Aníbal se dio la vuelta y le miró con seriedad. El oficial calló. El general púnico apretaba los labios mientras miraba a su alrededor. En el centro de cada barco había hecho levantar una pequeña catapulta y junto a ella se apilaban decenas de cántaros de tamaño medio, de no más de dos pies. Aparentemente poco daño podían hacer aquellos proyectiles huecos en los robustos barcos del enemigo.

—¡Que empiecen con el lanzamiento de cántaros ahora mismo y que apunten bien, por Baal!

Los oficiales bitinios y los soldados africanos embarcados en la nave capitana de la flota enviada por el rey Prusias a detener el avance de los buques de Pérgamo transmitieron las órdenes con celeridad. Sabían que les iba la vida en ello. En cada barco bitinio se cargaban las catapultas, se apuntaba con cuidado y se lanzaban los cántaros. En la primera andanada la mayoría cayó sobre el mar hundiéndose como los puñetazos inofensivos de un niño pequeño cuando lucha contra un adulto. Sólo unos pocos cayeron sobre los barcos enemigos. Aníbal había ordenado llenar de tierra los cántaros hasta la mitad, lo que aumentaba un poco la potencia de aquellos improvisados proyectiles, pero aun así, los cántaros se hacían añicos sobre las cubiertas de las naves enemigas sin apenas causar daño alguno. Los marineros de la flota de Pérgamo asistían primero sorprendidos y luego con grandes risas a la inútil maniobra del enemigo. Eumenes lo contemplaba todo desde la playa, protegido por su ejército de tierra.

—¿Qué lanzan? —preguntó. Nadie supo qué responder, hasta que fue el propio rey el que se respondió a sí mismo—. Sea lo que sea no parece que nuestros barcos se hundan. —Y lanzó una poderosa carcajada. La victoria estaba cerca, muy cerca. Y desarbolada la flota enemiga, Bitinia caería como quien recoge fruta madura. Toda la campaña sería un auténtico paseo militar.

En alta mar, los marineros de Pérgamo también reían mientras sus barcos se acercaban cada vez más a la flota enemiga. El absurdo lanzamiento de cántaros proseguía como esa lluvia que molesta pero que no impide que sigamos con nuestros objetivos.

Entre tanto, en la flota de Bitinia, todos esperaban la orden del almirante en jefe. Aníbal sentía las miradas de todos clavadas en su cogote.

—Un poco más... esperaremos un poco más... —se decía a sí mismo, en voz baja—. Ya casi los tenemos, ya casi... —Y se volvió hacia Maharbal y gritó con todas sus fuerzas—: ¡Ahora, por Baal, ahora! ¡Los cántaros de las bodegas!

Los marineros bitinios descendían entonces raudos a las bodegas de sus embarcaciones y emergían de las mismas con nuevos cántaros que transportaban con los ojos inyectados de horror. Los depositaban sobre la cuchara de cada catapulta, apuntaban y disparaban hacia el enemigo.

Los barcos de Pérgamo notaron que la lluvia de cántaros medio llenos de tierra se había detenido por unos instantes para ser reiniciada de nuevo. No le prestaban ya mayor atención. Estaban tensando los arcos y preparando las flechas unos, mientras el resto se apilaba en las cubiertas dispuestos al abordaje de cada nave enemiga. La batalla iba a ser corta. Antes del mediodía estarían celebrando un festín en la playa junto a su rey. Fue entonces cuando llegó el horror desde las entrañas del cielo. Nuevos cántaros caían sobre la cubierta de las naves, pero al quebrarse no salía arena de ellos, sino un centenar de serpientes venenosas de cada proyectil. Si en una nave caían cuatro cántaros eso significaba que la cubierta se veía de pronto recorrida por cuatrocientas serpientes venenosas, todas aterrorizadas y algunas heridas por el impacto que buscaban huir de no sabían dónde y que en su locura mordían a cualquier ser vivo que se les cruzara en el camino. Los soldados y marineros de Pérgamo al principio sólo acertaban a escuchar el grito de algunos compañeros que aullaban de dolor y que luego se retorcían en el suelo como petrificados o con convulsiones extrañas. Tardaron un tiempo en entender lo que estaba pasando. Demasiado tiempo.

—¡Apuntad a los pilotos, a los navegantes! —aulló Aníbal henchido de furia.

Y así hicieron.

Y así, los timoneles, al ser mordidos por las serpientes, abandonaron sus puestos y al poco rato todas las naves de la gran flota de Pérgamo navegaban descontroladas y sin rumbo, llegando incluso algunas a chocar entre ellas haciéndose añicos por el impacto. En otros barcos, muchos optaban por lanzarse al mar para escapar del infierno de las mordeduras mortales de las serpientes en un vano intento por alcanzar una orilla que estaba demasiado lejos. En medio de aquel desastre, los bitinios se repartían el trabajo de forma metódica: unos seguían lanzando los temibles cántaros henchidos de serpientes mientras el resto acribillaba con lanzas y flechas a los exhaustos nadadores de Pérgamo. Era como cazar atunes apresados en una gran red. El agua empezó a empaparse de rojo. Y, como si Baal se hubiera congraciado de nuevo con su veterano súbdito, aparecieron centenares de tiburones avisados por la sangre de los heridos y los muertos. Los bitinios dejaron de disparar flechas al mar. Ya no hacía falta.

Aníbal se dio la vuelta buscando a Maharbal. Absorto como había estado en dirigirlo todo, el general cartaginés no se había percatado que pese a su confusión, los soldados de Pérgamo habían lanzado varias andanadas de flechas que habían surcado el aire por encima de las cubiertas de los barcos bitinios, hiriendo a muchos y matando a otros tantos, pero en la vorágine de la victoria aquello era un mal muy pequeño. Sin embargo, el valor de una herida siempre es subjetivo. Aníbal se volvió buscando a Maharbal y no lo vio. Se dio cuenta entonces de que media docena de sus hombres se arremolinaban junto al cuerpo de uno de los suyos. Aníbal parpadeó un par de veces con su ojo sano. Comprendió que ni siquiera en esa ocasión los dioses se iban a apiadar de él y permitirle disfrutar de su última victoria. Aníbal se acercó despacio al cuerpo del oficial púnico abatido por varias flechas enemigas. Sus hombres se alzaron y dejaron que el general, solo, se arrodillara frente al cuerpo de Maharbal. Dolía aún más por lo inesperado, por lo absurdo, después de tantas batallas, unas flechas perdidas, allí, en los confines del mundo, después de un victoria tan magnífica. Aníbal vio que Maharbal aún respiraba. Tenía los ojos cerrados pero, de pronto, los abrió un instante y miró a su general.

—Ha sido... una... gran... victoria —dijo, y volvió a cerrar los ojos, pero Aníbal veía que el pecho se movía, aún respiraba.

—¡El médico! —exclamó el general mirando hacia sus hombres. Luego se volvió hacia su oficial caído y le habló al oído—: Una gran victoria, Maharbal, y tú has de celebrarla con nosotros, con todos, en tierra firme, al calor de una buena hoguera, con vino, con mujeres. Una gran fiesta, Maharbal.

Pero Maharbal sacudió al cabeza con lentitud, con esfuerzo.

—Por primera vez... mi general, por primera vez... no puedo cumplir una orden de... de mi general...

—¡Por Baal! —gritó Aníbal, y sacudió el moribundo cuerpo de su oficial, de su eterno segundo, de su hombre de más confianza, con el que había combatido en Hispania, en Italia, en África, en Asia—. ¡Por Baal, no me puedes dejar solo! ¡No me puedes dejar solo! ¡No puedes, Maharbal! ¡Te lo ordeno, te lo ordeno! —Y sacudió una vez más el cuerpo inmóvil que sostenía en sus brazos. La sangre de Maharbal empapaba ya la ropa de Aníbal, pero Aníbal no dejaba de abrazar a su mejor oficial y hundió su rostro entre las heridas de las que no dejaba de brotar sangre aún caliente—. No me dejes solo, no me dejes solo —repetía Aníbal entre un sollozo extraño, contenido, que hizo que todos los hombres se alejaran. Llegó un médico, pero ya desde la distancia el hombre vio que no había nada que hacer y nadie se atrevía a interrumpir aquel largo y fuerte abrazo con el que Aníbal mantenía fuertemente asido junto a su pecho a Maharbal—. No me dejes solo... no me dejes solo...

Eumenes asistió impotente a la masacre de su flota. Pérgamo no había sufrido una derrota naval similar jamás. No era el fin de su poder, pero sí el fin de su aventura de conquistar el reino de Bitinia. Con su ejército de tierra podía preservar las fronteras de Pérgamo, pero no extenderlas, no hasta que reconstruyera la flota y eso llevaría tiempo, llevaría años. Estaba ofuscado por la rabia y el odio. No era un loco, pero, desde Magnesia, se había acostumbrado a vencer y aquella derrota era un plato demasiado amargo para digerir con sosiego. Necesitaba una satisfacción. Necesitaba venganza.

Al fin, uno de sus consejeros se acercó al rey y se atrevió a interrumpir su silencio.

—¿Qué hacemos, mi rey?

Eumenes de Pérgamo le miró con las facciones marcadas por una furia que infundía pavor. El consejero dio uno, dos pasos hacia atrás. Todos dejaron un espacio entre ellos y el rey, pero Eumenes no gritó, ni volcó su ira contra sus oficiales. Su pensamiento había discernido el único camino a seguir.

—Llamaremos a Roma. —Y esbozó la sonrisa del que se sabe vencedor en el largo plazo, vencedor pese estar en la derrota absoluta en aquel momento—. Llamaremos a Roma y les diremos dónde está Aníbal. Eso será suficiente.

95

Memorias de Publio Cornelio Escipión, *Africanus* (Libro VI)

Había derrotado a Catón dos veces seguidas: primero en el Senado, al escabullirme de sus acusaciones promoviendo el iudicium populi *y, luego, durante el propio juicio al dejarme arropar por el fervor del pueblo. A partir de ese día disfruté de meses de tranquilidad en Roma. Un sosiego, esto es, en la vida pública, pues en mi familia la paz no había llegado. Emilia seguía fría y herida por la presencia permanente de Areté, mi hijo apenas hablaba conmigo y Cornelia menor se negaba una y otra vez a aceptar cualquier matrimonio beneficioso para la familia. Emilia, en este asunto, callaba y se negaba, por omisión de su autoridad como matrona de la casa, a imponerse sobre nuestra rebelde hija. Sólo Cornelia mayor me daba la satisfacción de haberse casado con Násica reforzando ese vínculo familiar, pero la muchacha apenas venía por nuestra* domus *y, con frecuencia, sus visitas coincidían con ausencias mías en el Senado. Luego supe que se reunía con su hermana pequeña. Al principio me sentí dolido, pero pronto pensé que quizá la hermana mayor fuera capaz de persuadir con su ejemplo allí donde la autoridad del* pater familias *no alcanzaba a doblegar aquel obstinado carácter de Cornelia menor. Así las cosas, me refugiaba en la vida pú-*

blica. Asistía a todas las sesiones del Estado y en todas daba mi opinión y en todas se me escuchaba y se me respetaba o se me temía, dependiendo de dónde condujera uno su mirada dentro de la Curia Hostilia. *Catón callaba mucho durante esta etapa y eso me convenció, una vez más prueba de mi permanente ingenuidad en política, de que mi sempiterno enemigo se sentía vencido para siempre. Luego, tras los largos debates en el Senado, donde las votaciones caían con asiduidad en favor de mis propuestas o de las propuestas de mis partidarios, me refugiaba en casa, donde recibía a decenas, centenares de clientes de la familia de los Escipiones durante largas horas. El atrio era entonces un hervidero de gentes de toda condición que me imploraban por que intercediera por ellos en los más variopintos asuntos comerciales, públicos e incluso privados. Me gustaba sentirme importante; me gustaba escuchar palabras repletas de halagos. Todos somos débiles. La vanidad, sin duda, fue mi mayor defecto en esa etapa. Pero ni mi mujer ni mis hijas ni mi hijo tenían palabras amables para mí, al menos, no palabras sentidas, pronunciadas por el corazón, por el alma henchida de afecto. Yo había herido a Emilia, menospreciado a mi hijo Publio y distanciado a Cornelia menor. Ahora, en la clarividencia que da el tiempo, veo lógica su frialdad hacia mí durante esos dos años. Areté, por su parte, se mostraba tan complaciente en sus besos y caricias como siempre, pero desde que la abofeteara aquel estúpido amanecer se había roto el vínculo especial que pudiera haber existido entre nosotros. Se había convertido sólo en una amante servicial. En ausencia de otros afectos acepté sin querer buscar más lo que Areté me ofrecía. La traté bien y procuré compensarla con regalos, pero era evidente que a ella el único presente que le interesaba era aquel que yo no quería entregarle: la libertad. Sentía que en mi mundo privado tenía pocas cosas hermosas y no quería prescindir de ninguna. Ahora sé que vivía en un mundo de halagos de clientes interesados y de caricias de una amante obligada, pero mi tremendo control sobre la vida pública de Roma me compensaba por las carencias de las que hablo. Por eso, cuando la propia Roma se revolvió contra mí, me sentí perdido, sin rumbo. Si Roma no me quería, si Roma se rebelaba contra mí, si Roma me traicionaba, ¿qué tenía yo?, ¿qué me quedaba? Como no podía ser de otra forma, no estaba dispuesto a dejarme traicionar y desde dentro de mí emergía una rabia que no podía controlar: no estaba dispuesto a dejarme vencer por la Roma de mis enemigos. No importaba que éstos me atacaran cuando más desprevenido estaba, aprovechando mi ausencia de la ciudad, mordiendo, como perros ra-*

biosos, allí donde sabían que más daño podían hacerme. Sentía tal furia en mi interior que estaba dispuesto a todo. A todo. Sin importarme las consecuencias.

96

La venganza de Catón

Roma, diciembre de 185 a.C.

A finales de 185 a.C., los senadores se reunían en pequeños grupos entre las columnas del *senaculum*, junto a la plaza del *Comitium*, un rato antes del inicio de una nueva sesión. En una esquina, Marco Porcio Catón, rodeado por su primo Lucio Porcio Licino, y por los senadores Quinto Petilio, Spurino, siempre fieles a su causa, hablaba en voz baja.

—Con el nuevo año pondremos en marcha la definitiva caída de Escipión —anunció, y no dijo más. Sus tres interlocutores se miraron entre sí. Todos compartían el temor ante la imparable popularidad de Publio Cornelio Escipión y de todo su clan, pero esa misma popularidad hacía completamente impracticable un nuevo ataque contra su persona.

—Cualquier *iudicium populi* —comentó Spurino, a quien aún le escocía el ridículo que protagonizó en el pasado reciente al haber actuado como acusador de Escipión—, está abocado al fracaso. Catón, sabes que tienes mi apoyo eterno, pero, por Cástor y Pólux, no es buena idea que nos pongamos una vez más en situación de que ese maldito Escipión nos humille de nuevo.

Quinto Petilio y Lucio Porcio asintieron. Catón no pareció contrariado. Esperaba reticencias, pero llevaba dos años meditando un contraataque adecuado y lo tenía todo pensado, calculado, planificado. Sus amigos, sin embargo, y era lógico, necesitaban saber más.

—En el pasado cometimos varios errores importantes —empezó Catón; los otros senadores se acercaron si cabe aún más—. Para empezar, yo me equivoqué al atacar a Lucio en el Senado, pues así posibilité que el propio Publio se implicara y promoviera un *iudicium populi*. Ahí nos ganó Publio Cornelio, pero eso no se repetirá. Actuaremos con más habilidad: primero, nos aseguraremos de que no haya un nuevo *iudicium populi* y, en su lugar, promoveremos un nuevo proceso, no, tampoco eso es exacto: en realidad, pediremos al nuevo tribuno de la plebe que salga electo con el nuevo año que se concluya el *iudicium* anterior que quedó sin sentencia, y da igual que nos arrojara aquellas quinientas monedas: ahora exigiremos las cuentas de toda la campaña, pero lo organizaremos de forma que no será ante el pueblo ante quien se le juzgue y ante quien se proponga la sentencia, sino ante un tribunal extraordinario. —Y guardó un segundo de silencio antes de ser más preciso—. Eso es: juzgaremos a Lucio Cornelio Escipión por malversación en su campaña de Asia pero en una *causa extraordinaria*.

Por puro instinto, los tres senadores que escuchaban a Catón dieron un pequeño paso hacia atrás. Las *causas extraordinarias*, con tribunales especiales de magistrados consulares, pretores y senadores se habían utilizado ocasionalmente en el pasado reciente, pero eran siempre muy polémicas y, desde luego, nunca se había promovido una causa de ese tipo contra alguien tan poderoso. Catón leyó con claridad las dudas reflejadas en los rostros nerviosos de sus colegas.

—Creedme, por Hércules, es el único camino. Sé que es difícil —continuaba Catón como encendido; eran palabras que tenía guardadas durante meses y las estaba poniendo de pronto todas juntas y en voz alta y las escuchaba y se sentía bien, con ganas, seguro, y sabía que pronto sus colegas compartirían su forma de ver las cosas; había pensado mucho más, cada detalle, cada pequeña pieza del nuevo, complejo y definitivo ataque contra los Escipiones—. Es difícil pero puede hacerse. No podemos controlar al pueblo con discursos, pero podemos controlar el resto del Estado. Lo he pensado detenidamente: necesitamos controlar al menos una magistratura consular, el tribunado de la plebe y la censura. En el fondo, el Senado es más proclive a nuestra forma de ver las cosas, pero le temen, temen a Escipión por el poder del pueblo, pero si manejamos bien nuestras armas, el Senado votará a favor de una *causa extraordinaria*, sobre todo si el tribuno de la plebe, el representante máximo del pueblo, la acepta. Puede hacerse y debe hacerse. Ah, y hay algo más. Algo muy importante. —Un nuevo breve silencio en el que, de nuevo, los tres interlocutores se aproximaron para escuchar bien la sibilante voz de Marco Porcio Catón—. Todo esto lo haremos con rapidez, en pocos días y aprovechando la ausencia de Publio Cornelio Escipión. Suele ausentarse en primavera cuando acude a Etruria a visitar a sus veteranos de Hispania y Zama. Aprovecharemos esos días para juzgar a su hermano, sentenciarlo y encarcelarlo. Cuando Escipión regrese ya será tarde y tendrá que aceptar la autoridad del Senado y el proceso de la *causa extraordinaria* o enfrentarse contra todos nosotros, pero para entonces tendremos a los legionarios de las *legiones urbanae* apostados por toda la ciudad. Además, aunque son muchos los que siguen a Escipión, también hay multitud de ciudadanos en el pueblo de Roma que temen el regreso de la monarquía y que ven en la popularidad de Escipión un peligro mortal para el Estado. Si el Senado se mantiene firme, el pueblo, al final, se dividirá. Serán unos días duros, pero sin recursos suficientes para oponerse; Publio Cornelio Escipión tendrá que someterse. Pasado un tiempo, podremos incluso considerar juzgarle a él también por sus desplantes al Senado, en el pasado *iudicium populi* y también por sus extrañas negociaciones en Asia para salvar a su hijo, pero lo primero es encarcelar a su hermano. Además, si conseguimos encarcelar a Lucio Cornelio, su hermano Publio se sentirá con las manos atadas. Si promueve cualquier ataque contra el Estado le amenazaremos con ejecutar a su hermano. Conozco a Publio bien. Eso le desarmará. A diferencia del rey Antíoco, al que le faltaron agallas cuando apresó a su hijo, Escipión sabe que yo soy muy capaz de dar la orden de que ejecuten a su hermano.

Un nuevo silencio continuó al intenso parlamento de Catón. Una vez más fue Spurino el que intervino para aclarar varias dudas que todos compartían: el plan de Catón pasaba por controlar las principales magistraturas y puestos de gobierno de Roma en las próximas elecciones, pero, exactamente ¿cómo?, ¿quiénes?

—¿En quién has pensado para el consulado?

—En Lucio Porcio —respondió Catón señalando a su primo. Lucio Porcio asintió. Eso ya lo había hablado con Catón. Hasta ahí sabía él. El resto era nuevo. Spurino y Quinto Petilio asintieron en conformidad con la elección del candidato para el consulado. El primo de Catón era del núcleo duro. Era de fiar. Y sabían que con los apoyos que tenían en el Senado era factible conseguir al menos una de las dos magistraturas consulares para él.

—¿Y para censor? —continuó Spurino.

—Yo mismo —respondió Catón con rapidez—. Hace cinco años fueron a por mí, me temían y consiguieron que Flaminino me desbancase, pero ahora están confiados. Es posible conseguir la censura. No me atacarán con tanta fiereza. Llevo dos años muy callado. No están atentos y hay que aprovecharse.

—Sea —concedió Spurino—, supongamos que conseguimos uno de los dos consulados y el cargo de censor, que es mucho suponer, pero ni Quinto ni yo podemos ocuparnos del tribunado de la plebe. El pueblo nos detesta desde el maldito *iudicium*.

—Lo sé —confirmó Catón—, pero tengo el candidato perfecto.

Los tres le miraron expectantes. Catón pronunció tres palabras.

—Tiberio Sempronio Graco.

Spurino saltó.

—Graco es inconstante. También lleva estos dos años muy callado y no nos apoya siempre en todas las votaciones. Va por libre. Es peligroso.

—Todo eso es cierto, pero no lo es menos que en el fondo de su alma alberga el más profundo rencor contra Publio Cornelio y toda su familia. La *gens* Cornelia y la *gens* Sempronia se odian desde que el padre de Publio Cornelio compartiera consulado con uno de los Sempronios y discutieran antes de la batalla de Trebia. Desde entonces no ha habido reconciliación posible. Graco no es uno de los nuestros exactamente, pero podemos hacer uso de sus rencores del pasado, y Graco, por encima de todo, es hombre de ley. El *iudicium populi* quedó inconcluso y él aceptará que se promueva un nuevo proceso para concluirlo y también puede aceptar la *causa extraordinaria*. Lo ha hecho en votaciones recientes en otros casos. O puede que se abstenga. Eso nos bastaría. Sea como sea, es muy popular y el pueblo le votará y los Escipiones tendrán que aceptarlo como tribuno de la plebe, pues los últimos tribunos han sido de los suyos. Han de ceder algo de cuando en cuando, aunque sólo sea para guardar las formas. Por otro lado, es cierto que si llegamos a encarcelar a Lucio Cornelio Escipión, es posible que entonces Graco dude, pero para entonces ya me ocuparé yo personalmente de que tenga las ideas claras. Os lo prometí en el pasado y es una promesa que pienso mantener. Sé que pensáis que lo había olvidado, pero yo nunca olvido nada.

Spurino y Quinto Petilio recordaron aquella promesa que Catón realizara hacía dos años en la puerta de su gran hacienda, con un Graco próximo a ellos, pero ajeno a sus maquinaciones. Los tres senadores que escuchaban atentos querían preguntar cómo pensaba Catón asegurarse la fidelidad de Tiberio Sempronio Graco a su causa, pero los tres tuvieron miedo y ninguno se atrevió a formular la pregunta. En cualquier caso, los tres se alegraron de no ser Graco.

—La sesión va a empezar —dijo Catón haciendo que sus compañeros volvieran del trance en el que se habían sumido meditando sobre aquellos planes—. ¿Estáis conmigo o no?

—Lo estamos —respondieron los tres a un tiempo.

Fue una de esas contadas ocasiones en las que los tres vieron a su colega esbozar un amago de felicidad en su faz mientras respondía y empezaba a echar a andar en dirección a la *Curia*.

—Esta vez lo conseguiremos. Esta vez sí.

Catón, con su primo Lucio Porcio a su lado primero y, a continuación, Quinto Petilio y Spurino cerrando el grupo, se encaminó hacia el edificio del Senado. Spurino se alegraba de que al menos aquella vez las explicaciones habían sido lejos del maldito olor a puerros de la finca de Catón. Hasta el propio Catón olía a puerros en ocasiones, cuando había pasado una mañana en la finca, pero aquel día no y eso le pareció un buen presagio.

97

El guardián del Nilo

Alejandría, verano de 185 a.C.

El enfrenamiento civil seguía en el sur de Egipto. Los indígenas anhelaban un Egipto nacional, sin una clase gobernante griega que para muchos siempre había sido extranjera pero que se había tolerado en los tiempos de bonanza económica de los primeros faraones de la dinastía tolemaica. Pero todo aquello era el pasado. Sólo quedaban los grandes monumentos de tiempos mejores como el enorme faro de Alejandría o su magnífica biblioteca, pero más allá de la capital ni se veía la luz del faro ni se entendía el interés de aquellos centenares de miles de rollos de papiro acumulados en inmensas salas de piedra junto a la desembocadura del Nilo. En el campo sólo se veía el abandono del cuidado de los diques y de los cultivos; los campesinos, cada vez más empobrecidos, más miserables, acumulaban rencor y rabia contra una clase gobernante que había esquilmado las riquezas del país en guerras que habían perdido. No se controlaba el comercio de las caravanas de Oriente, ni fluían los minerales desde el sur, ni eran barcos egipcios los que surcaban el Egeo. Todas las colonias se habían perdido y, sin embargo, los impuestos, pese a las últimas exenciones del faraón, seguían allí, cada vez más elevados, asfixiando a todos. Se abandonaban pueblos enteros y la gente buscaba trabajo en las ciudades más grandes, pero tampoco lo había entre las murallas de las grandes capitales de un reino que se desmoronaba a pedazos sin que el faraón y sus consejeros fueran capaces de detener aquella debacle. Las calles, los caminos, hasta el mismo Nilo se hicieron inseguros. En un intento por poner freno a las bandas de malhechores que acechaban en cada esquina, en cada recodo del camino y hasta entre los juncos de las cañas en las riberas del gran río, el faraón había ordenado que se organizaran patrullas policiales que pusieran orden y que mantuvieran a raya a los bandidos. Incluso en las proximidades de Alejandría, los pocos navíos de la marina militar navegaban por el río para intimidar a los bandidos, pero sin adentrarse más hacia el interior. Río arriba se enviaban patrullas de la nueva policía del Nilo. Éstos eran guerreros egipcios bien pagados por el Estado que controlaban que el escaso comercio que aún latía en las agua del Nilo no detuviera su pálpito por completo. Netikerty usó el oro que le había dado Casio, el oro que había enviado Lelio desde Roma, para sobornar a varios funcionarios del Estado y conseguir un puesto para Jepri en la policía del Nilo. No sabía ya qué hacer y estaba desesperada, y aquella parecía una buena solución. Netikerty rezaba todas las noches a Horus y a Bes para que protegieran al joven Jepri, un adolescente, pero fuerte y aguerrido. Su madre sentía la sangre de aquel valeroso general romano fluyendo por las venas del muchacho.

—Ten mucho cuidado y que Horus te proteja siempre —dijo Netikerty, y Jepri la abrazó y no dijo nada, aunque en su fuero interno pensaba que su madre debería dejar de rezar al dios de los niños, pues él ya era un hombre.

Los bandidos habían reunido tres barcazas pequeñas pero de fácil manejo. Su objetivo era un pequeño convoy con plata que venía desde Nubia. Eran pocos los cargamentos con oro o plata que navegaban por el río, por eso se habían juntado varias bandas para atacarlo. Sabían que la policía del río estaría protegiendo las barcas que transportaban la plata, pero también estaban seguros de que serían pocos los soldados del río contra los que tendrían que luchar y muchos eran jóvenes y poco expertos en el combate, mientras que ellos eran veteranos de las guerras del pasado, algunos incluso supervivientes del desastre de Panion y todos tenían hambre. La plata era un botín demasiado jugoso como para dejar pasar aquella oportunidad. Por eso, en cuanto la luz del amanecer dibujó la silueta de las velas de dos barcas que tenían claramente identificadas, porque con el último botín de grano y pescado seco habían sobornado a los funcionarios que controlaban el comercio del río en aquella región, supieron que había llegado su oportunidad.

Las barcas con la plata navegaban en paralelo, algo peculiar, pues lo normal era que fueran una detrás de la otra, pero los bandidos no se detuvieron a pensar y se lanzaron desde la ribera con sus tres barcazas dispuestos a la lucha para abordar aquellos transportes fluviales. Los marineros de las barcas vieron a los bandidos acercarse remando a toda velocidad y detuvieron su marcha plegando las velas. Al detenerse, de entre las dos barcas emergió un pequeño barco de la policía del Nilo que, sin dudarlo, enfiló contra los bandidos. Éstos se sorprendieron por la estratagema utilizada por los soldados del faraón, pero no se arredraron y mantuvieron sus proas en el mismo rumbo.

Jepri sólo había combatido durante las largas sesiones de adiestramiento. Nunca había empuñado una espada con la necesidad de matar para evitar que le mataran, pero había llegado el momento. Jepri apretó los dientes y se aseguró de llevar bien puesto el casco. Sus compañeros desenfundaron las espadas y él les imitó. Eran veinte hombres. En las barcas de los bandidos se veían diez en cada una. Estaban en algo de inferioridad numérica, pero si combatían con disciplina la victoria podía ser suya. Ya habían conseguido alejar a otros dos grupos de bandidos río arriba que simplemente al verles dieron media vuelta, pero éstos parecían más decididos. Habría que luchar. Jepri respiraba con fuerza. Por primera vez habría que luchar. Las barcazas estaban a poca distancia ya. Cerró los ojos un instante y pensó en su madre y luego borró el pensamiento para centrarse en el combate. Ya estaban allí. Su barco era más alto, de modo que los bandidos tendrían dificultad para abordarles, pero aun así, trepaban como bestias hambrientas que sienten que allí dentro hay comida. Las espadas empezaron a chocar unas contra otras. Jepri era fuerte, era joven y era rápido. Su espada cruzó por el pecho de dos bandidos dejándoles malheridos y con el escudo acertó a protegerse de varios golpes enemigos. A su alrededor el combate estaba igualado hasta que uno de los oficiales cayó muerto y el pánico hizo presa entre el resto de soldados del faraón. Algunos cometieron la estupidez de arrojarse al río. Jepri había visto cocodrilos con la luz del alba navegando en paralelo a las barcas de los transportes, por si caía algo de los barcos. Lo hacían con frecuencia. No, el río no era una opción, por eso Jepri se mantuvo luchando en el centro del barco hasta que se quedó solo rodeado por media docena de bandidos. Recibió entonces un golpe por la espalda y sintió que una espada, no, algo más pequeño, un puñal quizá, entraba en su omoplato partiendo las pobres protecciones de su coraza de cuero hiriéndole. Cayó de rodillas pero sostuvo el escudo sobre su cabeza y evitó aún dos mandobles duros y secos; sin embargo, sabía que todo estaba ya perdido.

—¡Se marchan, se marchan los transportes con la plata! —aulló uno de los bandidos, y el resto dejó de mirar al arrodillado Jepri que, poco a poco, caía de bruces sobre la cubierta del barco.

—¡Vamos a por ellos! —espetó con rabia otro de los bandidos, y en un instante el barco de la policía del Nilo quedó desierto salvo por el cuerpo herido de Jepri, boca abajo, sin conocimiento, mientras la nave flotaba sin rumbo hasta quedar varada próxima a la orilla.

Cayo Lelio se despertó en medio de la noche sin saber por qué. Había tenido una pesadilla extraña de la que no podía recordar nada, salvo una sensación de angustia que aún parecía poseerle. Se puso una túnica de lana gruesa y caminó por la casa. Había cogido su espada por si acaso. Tenía esa extraña sensación que había sentido decenas de veces justo antes de una batalla, pero no entendía por qué. Entonces, sin saber la razón, pensó en su hijo y fue corriendo al cuarto donde dormía el niño. Abrió la puerta de golpe y la esclava que hacía de ama de cría y que cuidaba al pequeño Lelio se despertó de golpe asustada al ver al padre de la criatura nervioso y con una espada en la mano.

—¿Todo está bien? —preguntó el amo, y la esclava afirmó un par de veces con la cabeza. Lelio no parecía convencido y se acercó despacio a la cuna. El pequeño descansaba plácidamente. Cayo Lelio, confuso y con el ceño fruncido, salió de la habitación y regresó al atrio. La noche estaba plagada de estrellas. Era una velada cálida de verano y todo estaba tranquilo. Se oía a unos borrachos cantando de regreso a casa. Lelio se sentó en un *solium* porque sentía la necesidad de vigilar, sin saber por qué o contra quién.

98

Un extraño vacío

Roma, abril de 184 a.C.

Emilia y su hija Cornelia menor vieron como su padre salía de casa tras una fría despedida. Emilia sabía que su marido estaba iracundo por la enésima negativa de Cornelia a contraer matrimonio con Flaminino, uno de los grandes aliados de la familia con el que Publio quería estrechar lazos.

—¡Por todos los dioses! —había exclamado Publio incrédulo por la persistente negativa de su hija menor—. ¡Es el liberador de Grecia y me consta que quiere a la familia y hasta incluso que te quiere como mujer de forma personal! —Esto último lo había dicho su marido mirándola a los ojos en una clara petición de ayuda para que intercediera en favor de esa propuesta de matrimonio, pero ella había callado y su silencio se había traducido en un mayor enfado de Publio que, aún más enfurecido que al principio, había optado por salir de la *domus* sin añadir nada más, sin desearles que tuvieran una buena semana mientras él se ausentaba de Roma, como cada primavera, para visitar a sus veteranos de las campañas de Hispania y África en Etruria.

Las dos mujeres habían quedado a solas en el atrio, reclinadas cada una sobre un *triclinium* diferente, negándose ambas a probar bocado del excelente desayuno que, repartido en varias bandejas de fruta fresca, queso, pan, leche y pasteles de pistachos, nueces, avellanas y almendras, estaba expuesto ante ellas en tres pequeñas mesas.

—Alguna vez tendrás que aceptar un esposo, Cornelia —dijo al fin la madre—. Si no quieres a Flaminino, no discutiré contigo, pero sea Flaminino u otro, más tarde o más temprano tienes que aceptar casarte con alguien y tendrá que ser con alguien que defienda nuestros intereses en el Senado.

—Lo sé, madre. Supongo que pronto padre me ofrecerá al propio Lelio, viudo y con un hijo ya —respondió Cornelia con cierto despecho. No tenía nada contra Lelio, pero no se veía con alguien que podía ser su abuelo. Tampoco le importaba la diferencia de edad, cuando pensaba con ello en detalle. La verdad es que no sabía qué le pasaba, pero no quería casarse con nadie. Era quizá la única rebeldía que podía ejercer y había decidido ejercerla con obstinada perseverancia. Se sentía humillada por la forma en la que su padre la despreció por su intercambio de cartas con Graco y, aunque tampoco pensara que sintiera nada especial por aquel hombre, le dolía que su padre hubiera estado dispuesto a dejar morir en una batalla a alguien por el que ella había intercedido. A veces anhelaba que la hubieran elegido de niña para servir como vestal. Se le antojaba que toda una vida al servicio del fuego de Vesta era mucho más sencilla que la constante presión a la que estaba sometida para contraer matrimonio.

—No, tu padre nunca te ofrecerá a Lelio. Tu padre, y no le critico, quiere que los matrimonios de sus hijos sirvan para afianzar nuevos lazos, nuevas alianzas. Lelio es un aliado de por vida. No sé ya a quién tendrá en mente, pero sólo te digo que cada año que pasa, tu negativa será más insostenible. Como ves no le he apoyado con lo de Flaminino porque no quiero que seas infeliz, pero deberías pensar en alguien que te gustara y que pudiera ser aceptado por tu padre. Puedo entender que no aceptes lo que te propone, pero entonces tú debes ayudar con alguna alternativa. Estoy dispuesta a ayudarte, pero debes decirme dónde debo buscar o a quién.

Cornelia menor agradeció las palabras que, con afecto sincero, le había dirigido su madre. Y quiso dar respuesta a su petición, pero cuando miró en su interior no encontró más que un vacío extraño. No había nadie en su mente que pudiera satisfacer los objetivos que su padre tenía para un matrimonio suyo. Se sintió aturdida y rompió a llorar. Su madre se acercó y se sentó junto a ella. No dijo nada, tampoco la abrazó, pero se sentó junto a ella y junto a ella permaneció hasta que las lágrimas se secaron y, por fin, ambas mujeres, sin demasiada gana, compartieron algo de fruta y pan.

99

Un nuevo tribunal

Roma, abril de 184 a.C.

Cuatro meses después de la conversación entre Catón y sus más fieles aliados, todo ocurrió según lo que había previsto: su primo Lucio Porcio consiguió una de las magistraturas consulares y el independiente Publio Claudio Pulcher la otra, mientras que Graco salió elegido como tribuno de la plebe y el propio Catón consiguió la censura. Conseguidos esos puestos, Catón empezó a maniobrar en el Senado para poner en marchar el reinicio de los juicios contra los Escipiones. Fue en medio de una de esas sesiones cuando Cayo Lelio, que intuía el alcance de las maquinaciones de Catón, abandonó el edificio de la *Curia* antes incluso de que terminara la sesión en curso, pues las hábiles maniobras de Catón no dejaban margen para el error. Lelio se había levantado justo cuando Catón, aprovechando su cargo de censor desde su muy reciente elección el mes anterior, aún estaba en el uso de la palabra. Lelio se despidió de Lucio Cornelio Escipión en voz baja.

—Voy a por Publio —dijo Lelio al levantarse—; tu hermano debe estar informado de lo que está pasando en Roma.

—De acuerdo —confirmó Lucio sin dejar de mirar a Catón, que seguía defendiendo la necesidad de una *causa extraordinaria* para concluir el juicio a los Escipiones rodeado por un cónclave de senadores cuya mayoría no dejaba de asentir una y otra vez.

Cayo Lelio fue a su casa junto al *Macellum,* donde tomó el mejor de sus caballos. Acto seguido, cruzó la ciudad hacia el norte, salió por la puerta Fontus y enfiló por la *Via Flaminia* en dirección a Etruria.

Aunque estaban ya en primavera, el día era frío, pero el ejercicio de montar su caballo le mantenía sudoroso sobre el animal. Al atardecer la temperatura descendió aún algo más, pero Lelio no detuvo su marcha más que lo absolutamente necesario. En una casa de postas junto a la *Via Cassia* por la que viajaba desmontó unos minutos para permitir que el caballo se recuperara bebiendo agua y comiendo algo de heno, pero pronto comprendió que la bestia estaba exhausta y que no podría proseguir sin pasar noche allí. En la taberna, todos miraban a Cayo Lelio quien, vestido con uno de sus viejos uniformes militares, llamaba la atención tanto por su casco rematado en un elaborado penacho, su coraza, sus grebas y su pesada espada, como por su porte distinguido y aguerrido. Nadie se cruzaba en su camino. Lelio pidió entonces un caballo para proseguir su viaje y que le cuidaran el suyo hasta que hiciera que alguno de sus esclavos fuera a por él. El oro brilló en la penumbra de la taberna y un sirviente del dueño del establecimiento de postas proporcionó el mejor animal que tenía para aquel extraño oficial de Roma que tanta prisa tenía.

—¿A quién debo guardar el otro caballo? —preguntó el tabernero.

Lelio se guardaba la bolsa con oro y se percató como varios hombres de mal aspecto le observaban con atención. Debería haber salido con escolta. Los caminos eran peligrosos, pero no había habido tiempo para nada. Lelio pronunció su nombre alto y claro. Dos hombres que bebían vino en una esquina y que miraban de soslayo a Lelio se atragantaron y el resto dejó de mirar y se dedicó a sus cosas sin decir nada. Lelio sonrió para sus adentros. Se sintió orgulloso de que su nombre aún inspirara respeto en una mala taberna camino de Etruria. No, no le molestaría nadie. Era mejor esperar una presa menos conocida, con amigos menos poderosos y con menos fama de soldado invencible.

Cayo Lelio cabalgó toda la noche hasta llegar a la extenuación, pero así, al amanecer, en un horizonte brumoso y frío, atisbó la silueta de la villa de Silano, emplazada en el corazón de Etruria, en mitad de los terrenos que otros muchos veteranos de Zama habían conseguido a través de las gestiones que Publio Cornelio Escipión hizo junto con la colaboración de Flaminino. Todos los años por esas fechas, Publio salía de Roma y pasaba unos días en compañía de algunos de sus viejos oficiales. Era un tiempo de recuerdos y nostalgia que le ayudaba a sobrellevar el constante desprecio que detectaba entre muchos de los senadores afines a Catón o la frialdad del ambiente familiar de los últimos años.

Había un par de guardias medio dormidos a la puerta de una cerca que circundaban la hacienda.

—Abrid paso. Soy Cayo Lelio y he de ver a Silano y a Publio Cornelio Escipión si es que está aquí.

Los vigilantes conocían a Lelio de otras visitas y no dudaron en abrir la cerca para facilitarle el paso.

—El general está aquí, sí, por todos los dioses, ¿pasa algo? —preguntó uno de los centinelas, pero Lelio no se detuvo a dar explicaciones. Azuzó a su caballo y echó a galopar en dirección a la pequeña casa que se levantaba en el centro de la finca.

Lelio aporreó la puerta con tal fuerza que se oyó un crujido en una de las bisagras de bronce. Al instante dos esclavos pertrechados con palos y antorchas aparecieron por un costado.

—El amo y sus invitados están durmiendo —dijo uno de ellos, pero no pudo continuar porque Lelio le espetó un grito instándole a abrir la puerta o morir al instante. El esclavo retrocedió sin saber qué hacer y claramente temiendo por su vida, pero la diosa Fortuna se apiadó de él y la puerta se abrió desde dentro. El propio Silano emergió de dentro rodeado por varios esclavos y algunos veteranos armados, aunque todos estaban a medio vestir.

—¿Qué ocurre...? ¿Lelio? ¿Qué es esto? ¡Por Hércules! ¡Y vienes cubierto de polvo! ¿Qué ha pasado?

—¿Está el general?

Silano asintió, y en ese momento se escuchó la voz de Publio Cornelio Escipión.

—¡Por Júpiter, Silano, en tu casa no hay quien duerma! —dijo con buen sentido del humor Publio, pero al ver la faz agotada y seria de Lelio en el umbral, él mismo frunció el ceño y repitió la pregunta de Silano—: ¿Qué ha pasado, Lelio?

Por fin, Cayo Lelio dio todas las explicaciones de forma precisa.

—Catón ha aprovechado la sesión del Senado en la que estabas ausente para promover una *causa extraordinaria* contra Lucio, tu hermano, aduciendo que el *iudicium populi* de hace dos años nunca concluyó. Ha instado a que el tribunal no sea el pueblo sino un tribunal con los cónsules, el *pretor urbano* y varios senadores, la mayoría de entre sus seguidores. La acusación es ahora por malversación general en toda la campaña. Salí antes de que se hiciera la votación, para ganar tiempo, pero todo apuntaba a que iba a aceptarse la propuesta. Graco, como tribuno de la plebe, estaba de acuerdo en que se concluyera el juicio. —Lelio se detuvo un instante para inspirar aire y apoyó su brazo en el dintel de la puerta; los años hacían mella en él y estaba sin aliento—. He cabalgado toda la noche. Cambié de caballo a mitad de camino. Creo que es mejor que vuelvas a Roma lo antes posible.

Publio se retiró hacia atrás y Silano cogió a Lelio por los hombros, pues parecía que iba a desmayarse por el esfuerzo realizado. En un momento estaban todos reunidos en el atrio de la casa de Silano. Publio hablaba en voz alta. Todos escuchaban. Lelio, sentado en un *triclinium*, bebía agua.

—Día y medio. Y tardaremos al menos otro tanto en regresar. Eso le da a Catón tres días. ¿Puede haber hecho el juicio en tres días?

Silano respondió lo que todos sabían, pero alguien tenía que decirlo de modo que quedara explícito.

—En un juicio normal, no, pero en una *causa extraordinaria*, todo es posible.

—Cierto, cierto —respondió Publio mirándole, y luego miró a Lelio—, y si Catón vio a Lelio salir de la *Curia* ya sabe adónde venía. Lo quiere hacer todo aprovechando mi ausencia. Seguramente el juicio estará celebrándose ahora mismo. He de partir de inmediato. —Y sin decir nada, Publio Cornelio Escipión se levantó y salió al exterior de la casa y se encaminó a los establos en busca de su cuadriga, pero entonces pensó que en caballo iría más rápido. Tras él salieron todos.

—Silano, necesito un caballo —dijo Publio.

—Lo necesitamos todos, mi general —respondió Silano, y entonces se dirigió a los esclavos—: ¡Rápido, sacad todos los caballos, partimos ahora mismo!

Los mismos centinelas medio dormidos que seguían vigilando la cerca que circundaba la hacienda de Silano apenas tuvieron tiempo de abrir la cancela para permitir que una docena de hombres al galope, encabezada por el propio Publio Cornelio Escipión, su amo y el recién llegado Cayo Lelio, cruzaran la puerta a toda velocidad en dirección al sur, en dirección a Roma. Silano, rápido de reflejos, había ordenado a sus esclavos que informaran al resto de veteranos de la situación. Así, a medida que cabalgaban hacia Roma, decenas de nuevos jinetes se unían a la comitiva que, con la mirada fija en el horizonte, dirigía Publio sin hablar, sin decir nada, apretando los dientes y cabalgando sin parar. Temía lo peor y temía que estuviera ocurriendo mientras él estaba allí, en Etruria, tan lejos, tan distante de su hermano.

—Nunca debería haber abandonado Roma. Nunca —mascullaba, pero el estruendo de los caballos galopando hacía que sus palabras fueran absorbidas por el aire que los rodeaba. Era un día plomizo, gris, como el ánimo de aquel grupo de veteranos que acompañaban a su general a rescatar a su hermano de aún no estaban seguros qué. Nunca se había condenado a nadie a muerte en una *causa extraordinaria*, pero ahora, si eran capaces de volver a juzgar a Lucio Cornelio por la misma causa que ya fue juzgado, todo parecía posible. Como mínimo la cárcel. El *Tullianum*. Pero si algo tenía decidido Publio es que su hermano no pasaría ni una sola noche en la cárcel, cayera quien tuviera que caer. No le importaban los *triunviros*, ni las *legiones urbanae*, ni la autoridad del Senado o la de los tribunos de la plebe. Si tanto le acusaba Catón de no respetar las autoridades de Roma quizá había llegado el momento de que sus actos estuvieran en consonancia con las acusaciones que sufría desde hacía ya tantos años.

De pronto, al girar un recodo del camino, el pequeño grupo de jinetes se encontró con otro grupo aún más numeroso de veteranos que se habían reunido al recibir el mensaje de los esclavos de Silano. Saludaron con la mano en el pecho a su general y se unieron al grupo. Y así en cada recodo, en cada esquina, en cada pequeña población por la que pasaban. Decenas y decenas de nuevos jinetes, viejos guerreros de las campañas de Hispania, África y hasta alguno de la de Asia, seguían uniéndose y engrandeciendo al grupo. Y es que Publio había luchado en tantas guerras que eran innumerables los veteranos desperdigados por toda la región que le debían todo lo que eran, las tierras que disfrutaban y, por encima de todo, el honor con el que eran vistos por todos los itálicos y romanos con los que hablaban o comerciaban. Le debían la vida que tenían y ahora su general les necesitaba. A ninguno de aquellos hombres le importaba un ápice si Lucio Cornelio era o no culpable. Ellos sólo sabían que Roma estuvo al punto de la desintegración ante Aníbal y que su general salvó Roma con las campañas de Hispania y África. Ellos sólo sabían que cuando el rey de Asia se conjuró para invadir Occidente con un ejército de 100.000 hombres, una vez más su general, junto con su hermano, detuvieron al temido Antíoco y, una vez más al propio Aníbal, y todo eso con tan sólo dos legiones. No necesitaban más pruebas y no les importaban ni los 500 talentos de Antíoco ni si el general negoció o no para liberar a su hijo ni cómo se gestionaran los fondos públicos con los que se financió aquella campaña. Ellos sólo sabían de guerra y de Roma y estaban todos persuadidos de que Publio Cornelio Escipión había sido, era el mejor general de Roma, el de más honor, el más valiente y más generoso para con sus hombres. Si el hermano del general era humillado o encarcelado y el general les necesitaba, allí estaban ellos. Todos. Hasta quinientos jinetes se sumaron a aquel improvisado ejército que, al mando de Publio Cornelio, descendía por Etruria camino de Roma.

No podían hacer como había hecho Lelio al venir de Roma y cambiar todos de caballo, de modo que Publio, como buen general, hizo lo único que era sensato. Detuvo a todos los jinetes al anochecer e hizo que acamparan al raso próximos a un riachuelo.

—Descansaremos un poco —dijo Publio a Lelio y Silano—. En la *cuarta vigilia*, antes del amanecer, reemprenderemos la marcha.

Todos asintieron.

Fue una pausa breve. Se condujo a los caballos al río próximo para que abrevaran y se les dio heno que consiguieron de las granjas vecinas. No llevaban oro suficiente para pagar todo aquello, pero nadie se atrevió a negar heno a Publio Cornelio Escipión. El general, como en los tiempos de campaña del pasado, paseó entre las hogueras de aquel improvisado campamento acompañado de Lelio y Silano.

—Que se tome nota de las granjas que nos han dado víveres y heno, que se tome nota de todo. Quiero que se les pague bien cuando terminemos con todo esto.

Tal y como había propuesto el general, antes del amanecer y a la luz de un centenar de antorchas, los jinetes de Etruria, los veteranos de guerra de Escipión, reemprendieron la marcha hacia Roma.

Apenas habían reiniciado el camino cuando apareció, con la primera luz del amanecer, un jinete solitario que galopaba en dirección norte, hacia ellos. Al verlos, el caballero se detuvo y esperó a que los jinetes que venían en dirección opuesta le rodearan.

—¿Dónde está Publio Cornelio Escipión? —preguntó el jinete que venía de Roma.

—Yo soy —respondió Publio con decisión avanzándose al resto—; habla, si tienes algo que decirme.

El jinete miró fijamente, sólo un instante, al gran general y, de inmediato, bajó la mirada al tiempo que recitaba su mensaje ensayado durante las horas de viaje desde la ciudad.

—Me envía Lucio Emilio Paulo. Han... han... —después de tanto pensar ahora no le salían las palabras que había elegido con tiento—, han condenado a Lucio Cornelio Escipión. El nuevo tribunal ha dictado sentencia. Tiene que ir a prisión, mi general.

Todos miraron a Publio. Escipión hizo que su caballo se aproximara aún más al del mensajero.

—Para prender a mi hermano necesitan el permiso del tribuno de la plebe —dijo Publio con ira contenida y, con algo muy infrecuente en él, con miedo—. ¿Ha dado permiso Tiberio Sempronio Graco para que prendan a mi hermano o ha tenido Lucio tiempo suficiente para refugiarse en casa? —Pero el mensajero callaba y no respondía—. ¡Por Júpiter Óptimo Máximo! ¡Respóndeme! ¿Ha dado orden Graco de que prendan a mi hermano?

El mensajero sabía que no podía permanecer callado más tiempo. Tragó saliva. Inspiró fuerte. Empezó a hablar.

100

La orden de Graco

Roma, 15 de abril de 184 a.C.
Entre la plaza del *Comitium* y el foro

Hora sexta

Lucio Cornelio Escipión salía de la plaza del *Comitium* arropado por una docena de amigos fieles a su causa. La idea era conseguir llegar a la *domus* de la familia al sur del foro antes de que le prendieran. La sentencia había sido de prisión. Los años estaban por determinar, pero en el *Tullianum*, las profundas mazmorras de Roma, era más fácil entrar que salir y los que al fin salían duraban ya poco después de haber sido consumidos por el hambre, la humedad y la oscuridad. Cayo Lelio había ido a buscar a su hermano antes de que empezara el juicio y Lucio Emilio había dejado el *Comitium* justo antes de la sentencia para, por otra ruta, preparar la casa de los Escipiones para que se le recibiera allí con suficientes hombres para resguardarle de los *triunviros* o los legionarios que Catón y Graco pudieran enviar a por él. Lucio Cornelio Escipión avanzaba a paso rápido, casi corriendo, en dirección al *Argiletum*. La multitud, que se había congregado por todo el centro de Roma al saberse que se estaba juzgando de nuevo a uno de los Escipiones, se hacía a un lado. Los legionarios aún no reaccionaban. Todo era muy confuso.

En el centro de la plaza del *Comitium*, Catón se levantó de su asiento ante la inactividad de Graco y se puso a su lado.

—Tienes que ordenar a los *triunviros* que prendan al acusado, no, me corrijo: al ya condenado. Hay un tribunal, una sentencia y un condenado y estás permitiendo que el condenado se escabulla por las calles de Roma. Tienes que ejercer tu autoridad y ordenar que le prendan antes de que se refugie en su casa. Se ha ido hacia el *Argiletum*. Hay que impedir que cruce el foro. Tenemos centenares de legionarios. Podemos apresarlo allí, pero has de dar la orden, maldito seas, por Hércules, eres el tribuno de la plebe y has de dar esta maldita orden. Eres el tribuno de la plebe, representas al pueblo y el pueblo ha de ver que su representante está de acuerdo con el juicio y con la sentencia o habrá una guerra civil, Graco, y sólo tú serás responsable.

Graco escuchaba a Catón sentado en su *sella* con la boca cerrada, la mirada perdida y respirando rápidamente. El censor de Roma, seguramente, llevaba razón, pero el juicio había sido tan rápido que Graco no había sentido que hubiera tenido suficiente tiempo como para prepararse para dar esa orden: encarcelar a uno de los Escipiones, al victorioso general de la campaña de Asia, al hermano de *Africanus*. Pero las pruebas habían quedado sin contestación. Lucio Cornelio, como en el pasado, tozudo igual que su hermano, no había explicado dónde fue a parar el dinero que pagó Antíoco y no habían presentado ninguna otra copia en alguna nueva tablilla de las cuentas de la campaña de Asia que el propio Publio destrozara en el Senado. El tribunal había condenado ya al acusado. Debía hacerse lo que pedía Catón y, no obstante, en lo más profundo de su ser sentía que aquello podía conducir a algo aún peor que el hecho de que un cónsul hubiera malversado fondos al final de una campaña pero, por otro lado, no se podía enviar un engañoso mensaje de debilidad de un Senado y de un tribunado de la plebe que permitiría que cualquier futuro cónsul hiciera lo mismo en próximas campañas. Catón seguía exigiendo que se diera la orden de prender a Lucio Cornelio. Graco miró hacia el *Argiletum*. Veía como la muchedumbre se movía de forma que se abría un pequeño pasillo que desaparecía nada más pasar Lucio Cornelio. A Graco le temblaban los labios, pero su mente mantenía su firmeza y miró a los *triunviros* que esperaban una orden suya. Tiberio Sempronio Graco se levantó despacio, dio un par de pasos de forma que Catón quedó a un lado, casi a su espalda, y, sin mirarle, hizo un leve gesto de asentimiento con la cabeza mirando al oficial que dirigía los *triunviros* del *Comitium* y al *primus pilus*, al centurión de mayor rango de una de las *legiones urbanae*, la que ya estaba estacionada en el interior de la ciudad. Ese leve movimiento de cabeza del tribuno de la plebe fue suficiente. Catón suspiró aliviado y los altos oficiales de la policía de la ciudad y de la milicia urbana partieron raudos a cumplir la orden recibida.

Lucio Cornelio Escipión llegó al lado norte del foro y entró en él sin dilación. Le llamó la atención que allí había mucha menos gente. Por el contrario, estaba atestado de legionarios. Los soldados, de momento, no se acercaban a ellos, pero Lucio andaba despacio y respirando casi entrecortadamente. La tensión se podía rasgar con una daga.

—No desenfundéis —dijo Lucio a los hombres que le acompañaban. Entre ellos estaba Marco, el veterano *proximus lictor* que sirviera tan bien a su hermano en Zama y luego a él mismo en Magnesia. No era hombre que se arredrara por estar rodeado de enemigos—. No desenfundéis —insistió Lucio—; lo último que necesitamos ahora es una provocación.

De pronto, desde el *Argiletum* llegaron más legionarios y *triunviros* corriendo.

—Han dado la orden —dijo Marco a Lucio.

Lucio asintió repetidas veces mientras seguían caminando para cruzar el foro. Estaban a la altura del Templo de Jano. Desde allí se veía ya el Templo de Venus. El último edificio importante por el que tenían que pasar antes de girar y enfilar por el *Vicus Tuscus* para llegar a su casa; estaban a punto de conseguirlo, pero los legionarios empezaron a moverse con rapidez y se situaron en gran número cortando el foro trazando una diagonal que iba de las *tabernae veteres* al Templo de Venus para terminar en las *tabernae novae*. Cruzar aquella línea se le antojaba a Lucio una tarea imposible. Había, al menos, doscientos legionarios en cuatro largas hileras. Lucio miró hacia atrás. Podrían retroceder, cruzar el resto del foro en paralelo a las *tabernae veteres* y salir por el *Aequimelium*. Luego ya se vería. Pero justo detrás de ellos, un centenar de nuevos *triunviros* acababa de tomar posiciones. El grupo de Lucio apenas eran veinte hombres. A una orden de los oficiales, tanto legionarios como *triunviros* desenfundaron los *gladios*. Los hombres de Lucio respondieron con el mismo gesto. El foro se vaciaba de gente. Todo el mundo corría hacia sus casas. Los ciudadanos del *Comitium* favorables a los Escipiones eran disuadidos a entrar en el foro por centenares de legionarios de las *legiones urbanae* que habían cortado todos los accesos.

El *primus pilus* que había recibido la orden de apresar al condenado se adelantó a sus hombres y, desde las proximidades del Templo de Venus, lanzó su petición al puñado de hombres que rodeaba a Lucio Cornelio.

—¡Tenemos orden de prender a Lucio Cornelio Escipión, condenado por el tribunal en *causa extraordinaria*! ¡Entregad al condenado y no se derramará sangre! ¡Resistid y moriréis todos!

Lucio miraba a su alrededor. Sus hombres, dirigidos por Marco, estaban apostados a sus espaldas y a ambos lados. Estaban allí dispuestos a todo, pero eran muy pocos. Tenían muchos más y muy buenos, pero estaban en Etruria, a días de viaje de allí.

—No tenemos ni una posibilidad —dijo Lucio a Marco.

—No, no la tenemos —confirmó el veterano oficial.

A Lucio le corroía la rabia y esa misma rabia le embotaba la mente. Lo sensato era entregarse, pero si lo hacía, le encarcelarían, y si le encarcelaban temía lo que pudiera hacer su hermano. Igual sería más prudente dejarse matar allí mismo, pero entonces era seguro que su hermano aún reaccionaría peor. Quizá, una vez en prisión, Publio pudiera negociar algún tipo de acuerdo para sacarle de la cárcel.

—¡Entregadnos al condenado de inmediato u ordenaré a mis hombres que vayan a prenderlo! —El *primus pilus* insistía desde lejos, en la confianza de verse apoyado por centenares de hombres cuando al condenado, a Lucio Cornelio Escipión, sólo le apoyaba una veintena de hombres.

Lucio se sentía como un maldito ingenuo. No tendría que haberse presentado al nuevo juicio. Habría tenido que salir de la ciudad, eso era seguro, pero entonces debería de haberse llevado consigo a toda la familia porque Catón, sin duda, los habría usado como rehenes. Todo había sido tan rápido... Ahí era donde Catón y su maldito perro faldero, Graco, les habían ganado la partida. Habían actuado con inusitada rapidez, en un momento inesperado y aprovechando la ausencia de Publio. Y ahora, hiciera lo que hiciera, y reaccionara como reaccionara, Publio llegaría tarde a todo.

—Arrojad las armas —dijo Lucio a Marco, primero en voz baja y luego, ante la inacción de los veteranos, repitió la orden en voz alta y clara, para que resonara en todo el foro y la oyeran también los legionarios que se estaban acercando—. ¡Arrojad todos las armas, por Hércules, arrojad las armas!

Marco se volvió hacia sus hombres y repitió la misma orden al tiempo que él mismo dejaba su espada en el suelo.

—¡Ya habéis oído al general! ¡Arrojad las armas!

Los veteranos, a regañadientes, pero disciplinados, dejaron sus espadas en el suelo. Las dagas se las guardaban porque nunca se sabía.

El gesto fue suficiente. Los legionarios detuvieron su avance. El *primus pilus* sonreía satisfecho. Aquel día Catón le estaría agradecido por los servicios prestados. Su carrera política empezaría a despegar pronto.

Lucio se dirigió a Marco por última vez.

—Dile a mi hermano que se tome tiempo, que no se deje avasallar, que nada ni nadie le haga tomar decisiones apresuradas. Dile que estaré bien. Dile... —y suspiró; no encontraba las palabras—, dile que se tome tiempo. —Y estrechó la mano de Marco, miró a los veteranos con aprecio, dio media vuelta y solo, desarmado y condenado, se dirigió hacia los legionarios que lo rodearon y lo escoltaron en dirección a la prisión de Roma.

101

El regreso de Publio

El foro de Roma, 15 de abril de 184 a.C.

Hora séptima

Catón se mantenía en el centro del *Comitium*. No era cónsul, pero sí censor de Roma y como un general en medio de la batalla estaba dispuesto a dirigir sus tropas. Con la connivencia del *pretor urbano*, sus tropas eran las *legiones urbanae*, y por la colaboración de Graco, tribuno de la plebe, también disponía de los *triunviros*. Las demás legiones no contaban. Estaban demasiado lejos de allí: en Hispania, en el norte de Italia, en Sicilia o Cerdeña, en mil sitios, pero no en Roma. Éste era un nuevo concepto de batalla para la ciudad que empezaba a dominar el mundo: una guerra que se libraba entre sus calles empedradas algunas y cubiertas de polvo y barro las que más. Y daba igual que en el *pomerium* no se pudiera esgrimir armas. Catón, con la aquiescencia del resto de autoridades, había hecho que legionarios y *triunviros* entraran armados, como en algunas de las últimas y más tensas reuniones del Senado, igual que armados habían ido muchas veces los propios senadores, a escondidas, a las últimas reuniones en la *Curia Hostilia* durante el último decenio. Y Catón se movía a gusto, seguro de sí mismo, en medio de aquel tumulto. Por fin, estaba desbaratando el omnipotente poder de los Escipiones. Uno iba camino de la cárcel y el otro, el más temible, cabalgaba hacia Roma al frente de un regimiento de veteranos de viejas campañas. Los mensajeros que tenía apostados por el camino de Etruria ya le habían comunicado que Escipión regresaba a Roma, enardecido, herido, furioso. Catón no tenía miedo. Todo estaba calculado. Incluso la desaforada reacción del llamado *Africanus*. ¿Y el pueblo? Catón esbozó una de sus tímidas sonrisas. El pueblo, como no podía ser de otra forma, desenvainadas las espadas y con las *legiones urbanae* patrullando las calles, se había escondido en sus casas. Se trataba de los veteranos de Escipión contra las *legiones urbanae* y los *triunviros*. Las tropas urbanas eran veinte veces más numerosas. Era una lucha desigual. Era el tipo de lucha que más le gustaba.

—¡Se les ha visto a menos de veinte estadios de Roma! —anunció uno de los decuriones que comandaba una de las *turmae* que Catón había dispuesto alrededor de las murallas—. ¿Qué hacemos? ¡Son más de quinientos jinetes!

Catón frunció el ceño. Eran tantos jinetes como los que disponían las *legiones urbanae* y el censor sabía que los caballeros de *Africanus* serían mucho más experimentados y mortíferos. En campo abierto cualquier encuentro entre los dos grupos de soldados a caballo sería favorable a Escipión. En la ciudad, por el contrario, tenía miles de legionarios a sus órdenes.

—¡Dejadlos entrar en la ciudad! ¡Dejad todas las puertas abiertas! ¡Que entre por dondequiera pero que entre! —Y en voz baja, para sí mismo, continuó hablando—: De poco sirve una caballería entre las estrechas calles de Roma. Será dentro donde libremos el combate. Será esta misma noche. Necesitaremos antorchas.

Hora octava

Al aproximarse a la ciudad, Publio, Lelio y Silano descubrieron varias *turmae* apostadas frente a la puerta Capena.

—¿Qué hacemos? —pregunto Lelio al general que escudriñaba el horizonte de la tarde en busca de la mejor forma para entrar en la ciudad.

—Tendrán todas las puertas vigiladas —añadió Silano.

Publio asintió, pero en seguida empezó a tomar decisiones.

—La Puerta Fontus —dijo el general.

—Es la puerta más próxima a la cárcel —comentó Lelio, que intuía cuál era la prioridad de Publio.

—Exacto —confirmó Escipión—. Nos situaremos frente a la cárcel e impediremos que puedan llegar hasta allí con mi hermano. Y el que se interponga entre nosotros y la cárcel lo lamentará. Ése es el plan.

Lelio y Silano asintieron. Los tres azuzaron con los talones a sus monturas y las bestias piafaron primero y como un resorte, relinchando, partieron al galope hacia el norte de la ciudad. Los quinientos jinetes les seguían a pocos metros de distancia. Desde lo alto de las murallas, decenas de legionarios observaban con sorpresa la nube de polvo de aquel ejército de veteranos.

102

Las dudas de Graco

Entre el foro y el *Comitium* de Roma.
15 de abril de 184 a.C.

Hora nona

—¿Es todo esto realmente necesario? —preguntaba Graco, nervioso, paseando de un lado a otro frente a un satisfecho Catón. Próximos a ellos se encontraban Lucio Porcio, Quinto Petilio y Spurino.

—Es necesario cumplir las leyes, tribuno Graco —respondió Catón con sosiego mientras observaba los movimientos de tropas desplazándose desde el *Comitium* hacia la cárcel. Había ordenado reforzar las posiciones en las proximidades del *Tullianum*. Le acababan de informar de que Escipión estaba frente a la puerta Fontus y no quería sorpresas—. Es necesario cumplir las leyes, Graco —repitió—; tú, como tribuno de la plebe, debes saber eso mejor que nadie.

—Las leyes no estipulan prisión necesariamente en un caso como el que hemos juzgado. Podría bastar con que se les obligara a restituir una importante cantidad de dinero al Estado. Eso sería ejemplo suficiente, un buen mensaje para futuros cónsules.

Catón levantó la mano en un gesto de desdén.

—Graco, a veces me confundes. En ocasiones pareces firme y, al momento, te vuelves blando. La ley no conoce de flexibilidad.

Graco calló por unos momentos. Sí, ése era Catón. Terco e inflexible. Igual que lo fue en sus combates en Hispania, donde apenas negoció con nadie. En eso los Escipiones eran mucho más hábiles. No dudaban en negociar con el enemigo cuando eso podía ahorrar esfuerzos o bajas entre las propias tropas. Catón, en contraposición a los Escipiones, era implacable y más aún ante los propios Escipiones. Graco pensó en contraargumentar que Publio Cornelio nunca aceptaría la autoridad del tribunal que, en *causa extraordinaria*, había juzgado a su hermano, pero se lo pensó dos veces y calló. Estaba harto de todo aquello. Si Catón y Escipión se querían matar entre sí, que lo hicieran de una vez. Quizá así, al final, Roma descansaría. No dijo más, dio media vuelta y enfiló el camino hacia el foro acompañado por un pequeño grupo de esclavos y viejos colegas de la campaña de Asia.

—¿Vas a dejar que se marche así? —preguntó Quinto Petilio a Catón.

El censor de Roma observaba como Graco se alejaba y se encogió de hombros.

—Aquí no ayuda. Mejor que se vaya a su casa. Ahí no molestará —añadió Lucio Porcio, pero Spurino no parecía satisfecho y se acercó a Catón para hablarle al oído.

—Ya te dije que Graco, al final, en el momento culminante, flaquearía.

Catón se separó de Spurino y le respondió en voz alta, de forma que Petilio y Lucio Porcio le oyeran también. Quería que sus fieles estuvieran tranquilos.

—Graco no será ningún problema. Ya he tomado las medidas que os anuncié.

Los dos senadores y el cónsul se miraron con cierta sorpresa. No hubo más preguntas. El tono de Catón no dejaba lugar a dudas: fuera lo que fuera, ya estaba en marcha.

103

Camino de la cárcel

Frente al *Tullianum*.
15 de abril de 184 a.C.

Hora décima

Nadie se interpuso.

Publio, Lelio y Silano y el resto de veteranos pudieron entrar al galope por la puerta Fontus, al norte de la ciudad. Las *turmae* de las legiones de la ciudad les seguían, pero sin acercarse demasiado. Los caballeros de Escipión tuvieron que ponerse en fila de a cuatro para poder pasar por la puerta y luego para avanzar por las calles que les llevaban hacia la cárcel. Puertas y ventanas estaban cerradas y no se veía un alma en la calle que no fuera un legionario de las *legiones urbanae*, pero, de nuevo, sin intervenir. Todo iba bien, aunque sabían que estaban entrando armados en el *pomerium* sagrado del centro de Roma. Pero para todos ellos su acción estaba justificada: había empezado Catón queriendo encarcelar al hermano del general y allí estaban también los legionarios de la ciudad, armados hasta los dientes.

—Demasiado fácil —dijo Lelio, al ver que nadie se interponía en su camino.

Silano asintió, pero Publio no hizo ningún gesto. Los caballos avanzaban al paso. El ruido de los cascos de los quinientos jinetes era lo único que se escuchaba rebotando en las paredes de las casas que se levantaban a ambos lados. El caserón que daba acceso al *Tullianum* quedó a la vista custodiado por un grupo de legionarios. Las mazmorras de Roma eran grandes, pero subterráneas. Sólo se veía un pequeño edificio de piedra que era su acceso directo. El resto quedaba sumergido en las malolientes entrañas de la ciudad, a oscuras, sin luz, lleno de humedad y de tiempo perdido por hombres olvidados, juzgados en causas que ya nadie recordaba. Era un mal sitio para entrar del que muy pocos salían con vida. Y del que ninguno que hubiera estado quería hablar.

—¡Por Hércules, ahí están! —dijo Publio señalando hacia delante. Un centenar, no, más, dos, trescientos, cuatrocientos, seiscientos legionarios avanzando en formación, manípulo a manípulo hacia el *Tullianum* que ahora quedaba entre los veteranos a caballo de Publio y los manípulos de la legión que se aproximaban. Publio abrió entonces la boca, pero no dijo nada. Silano puso palabras al silencio del general.

—Llevan a Lucio delante, con el *primus pilus*.

Publio, sin decir nada a nadie, azuzó el caballo y echó a galopar. Lelio reaccionó con rapidez.

—Silano, quédate aquí con los hombres. Envíanos una docena de jinetes de refuerzo, pero retén al resto. —Y partió para seguir la estela del caballo de Publio.

Craso, el *primus pilus* de la primera legión vio a uno de los jinetes que descendían por la calle avanzar al galope contra ellos. Fue entonces cuando lamentó haber transigido con la petición del apresado, Lucio Cornelio, que había solicitado poder despedirse de su familia antes de ingresar en prisión. Eso les había retrasado un par de horas. Ahora que veía a los jinetes de los veteranos de los Escipiones frente a él ya no estaba seguro si todo no habría sido una estratagema del preso para ganar tiempo. En todo caso, ya no se podía deshacer lo hecho.

—¡Esperad! ¡Que nadie arroje un *pilum*! —gritó Craso a los legionarios de los primeros manípulos. Y luego, en tono más neutro, se dirigió a sus oficiales—: Veremos primero qué quieren antes de atacar.

Los oficiales asintieron. Aquello parecía prudente, especialmente, cuando, al instante, todos reconocieron la inconfundible figura de Publio Cornelio Escipión, *Africanus*, ante ellos. Los que más palidecieron fueron el pequeño grupo de *triunviros* que, por orden de Graco, custodiaban al condenado.

—Ese hombre que lleváis allí esposado es Lucio Cornelio Escipión, mi hermano —dijo Publio con seriedad, sin gritar, firme, desde lo alto de su caballo.

Nadie se atrevía a responder hasta que el *primus pilus* tomó la iniciativa.

—Sea quien sea ha sido condenado por un tribunal y tenemos la orden de encarcelarlo.

Publio bajó de su caballo. En ese momento llegaron junto a él Lelio y la docena de jinetes que había enviado Silano de avanzadilla para que escoltaran al general. Publio dio las riendas de su caballo a uno de los veteranos y avanzó, despacio, hacia el *primus pilus*. Si hubiera mirado a su hermano se habría dado cuenta de que éste negaba con la cabeza. Publio se detuvo a tres pasos escasos de Craso.

—Escúchame, legionario —dijo Publio con voz grave, casi siniestra—; si quieres seguir vivo antes de que caiga la noche, entrégame a mi hermano ahora mismo. Si lo haces así, olvidaré que lo prendiste, olvidaré todo esto y me esforzaré por olvidar tu rostro.

El *primus pilus* tragó saliva. Esperaba algo parecido. Él no sentía afecto especial ni por Escipión ni por Catón y sólo quería sobrevivir y, sobre todo, ascender, por eso su calculada respuesta era fruto de su percepción sobre quién era más fuerte en aquellas circunstancias. Quinientos jinetes no tenían nada que hacer contra dos legiones y todos los *triunviros* de la ciudad. Ni siquiera el que antaño fuera el mejor general de Roma podría contra Roma misma entera.

—Tengo órdenes de encarcelar al condenado, general —respondió Craso y, en una reacción que denotaba inteligencia y precaución, dio un par de pasos atrás. Hizo bien porque Publio tenía la mano en la empuñadura de la espada y estaba ponderando el efecto sorpresa que tendría si atravesaba allí mismo al centurión en jefe de la primera legión, pero el retroceso del *primus pilus* hacía que ese ataque fuera imposible.

—Tengo quinientos jinetes que no permitirán que lleguéis a la prisión con mi hermano.

Fue entonces el *primus pilus* quien se movió con rapidez hasta situarse detrás de los *triunviros* que custodiaban a Lucio Cornelio.

—Yo creo que sí podremos ingresar a nuestro prisionero en la cárcel, general —dijo el centurión, y sacó de debajo de la coraza una daga que, para sorpresa de todos, puso de inmediato en el cuello de Lucio Cornelio Escipión, apretando tanto, que hizo un pequeño corte al ex cónsul por el que empezó a brotar un hilo de sangre—. Si no nos dejáis pasar, si no os retiráis hasta la puerta Fontus, ejecutaré al prisionero aquí mismo.

Publio Cornelio Escipión no se alteró. Giró el cuello despacio hacia sus hombres y levantó la mano izquierda indicando que retrocedieran. Su escolta obedeció al instante. Sólo Lelio se quedó junto al general.

—Di a Silano que los hombres retrocedan hasta la puerta Fontus, sin discusión, e id todos a la puerta Carmenta. Allí nos veremos —ordenó Publio. Lelio asintió. Parecía, sin duda, lo más sensato, y montó sobre su caballo y partió hacia donde estaba Silano. El general se quedó en pie, tenso, serio, firme, en medio de la calle, acompañado por la pequeña escolta que estaba veinte pasos por detrás de su posición.

—Escúchame, *primus pilus* —respondió Publio con un controlado tono sereno—; mis hombres van a retroceder hasta la puerta Fontus, pero te concedo una última oportunidad: puedes cumplir las órdenes que has recibido o deponer tu actitud y entregarme a mi hermano ahora. Si no lo haces, nada habrá ya que pueda hacerme olvidar tu rostro, soldado. Y te aseguro que al amanecer mi hermano estará libre y tú muerto.

El centurión no respondió nada y mantuvo el puñal afilado en el cuello de Lucio Cornelio. Los jinetes de Escipión se retiraban de las proximidades de la cárcel y Craso, con el prisionero agarrado por la espalda y el puñal al cuello, echó a andar.

—¡Te sacaré de la cárcel, hermano, te sacaré de la cárcel aunque sea lo último que haga en esta vida! —gritó Publio para que Lucio le pudiera oír mientras se alejaba cogido por el primer centurión de las *legiones urbanae* y rodeado por los *triunviros* de Graco.

—¡Cuida de la familia! ¡Cuida de la familia! —gritó Lucio hasta que el puñal volvió a rasgar su cuello y el centurión le ordenó callar.

Publio Cornelio Escipión se hizo a un lado de la calle junto a sus hombres mientras los manípulos de la primera legión pasaban ante él gobernados por un loco.

—Vamos allá —dijo, y montó sobre su caballo y sus veteranos le siguieron, todos trotando en dirección a la puerta Fontus. Publio sólo pensaba ahora en reunirse con el grueso de sus hombres y planificar el ataque contra Catón. Hablaba para sí mismo—. Esto no ha hecho más que empezar. Sólo es el principio. El principio.

104

Una apelación desesperada

Domus de Tiberio Sempronio Graco.
15 de abril de 184 a.C.

Hora duodécima

Graco sabía que venía una noche complicada y tensa, sobre todo después de hablar con Catón, pero no fue hasta que llegó una extraña visita aquel largo y lento atardecer, que comprendió que todo se había llevado más allá de los límites razonables. Y, sin embargo, ya nada podía hacerse para detener el furor de la venganza de Catón y, seguramente, la terrible reacción de Publio Cornelio Escipión.

—Una mujer desea verle, mi amo —anunció un esclavo entre confuso y nervioso.

Graco asumió lo de la confusión, pero ¿qué esclavo tenía miedo de una mujer? El sirviente comprendió la extrañeza de su amo, se aclaró la garganta y fue más preciso:

—Se ha presentado como Cornelia menor, la hija pequeña de Publio Cornelio Escipión. Ha venido sola. La acompañaba un esclavo fuerte, extranjero, armado, pero se ha quedado a la puerta de casa. La mujer ha entrado sola y espera en el vestíbulo. ¿Qué hacemos, mi amo?

Tiberio Sempronio Graco asintió y el esclavo dio media vuelta y al instante la pequeña figura de la joven Cornelia apareció en el atrio de la casa de Tiberio Sempronio Graco. Hacía más de cincuenta años que un Escipión había cruzado el umbral de la casa de los Gracos por última vez. Hubo unos breves segundos de silencio extraño. Los dos se daban cuenta de que era la primera vez que estaban a solas desde que, hacía años, en una fiesta olvidada por todos, excepto por ellos mismos, se conocieran cuando aquella hermosa joven era tan sólo una pequeña niña de cinco años. Ahora, tantos años después, Graco veía aquella intrépida niña que se atrevía a hablar con extraños en casa de su padre convertida en la más hermosa de las jóvenes patricias romanas. Lamentablemente, pasados otros encuentros, como el del foro boario, e intercambiadas cartas furtivas que no habían hecho sino engrandecer en Graco una desmedida curiosidad por aquella joven, Cornelia seguía siendo la hija de su mayor enemigo político y, no sólo eso, aquella noche, era la hija cuyo tío había ordenado prender.

La muchacha, como en el pasado, no se anduvo por las ramas.

—Graco, no puedes permitir lo que está ocurriendo. No puedes permitir que mi tío sea encarcelado como un vulgar ladrón.

Tiberio Sempronio Graco había pensado en ofrecer agua o algo de comer a la joven, pero la muchacha no dejaba margen para trivialidades que en aquel momento sólo parecían pérdidas de tiempo. En eso la joven tenía razón. No era una noche para ocuparse de delicadezas.

—Tu tío, Cornelia, ha sido condenado por un tribunal. Y no tanto por el dinero, sino por negarse a responder, a explicarse. Yo...

—Un tribunal extraordinario inaceptable —le interrumpió Cornelia—. Eso no ha sido un juicio, ha sido una farsa...

—¡Un juicio que, por fin, ha terminado! —interrumpió él a su vez elevando la voz y sin arredrarse ante el empuje de la muchacha—. Hace años, tu padre y tu tío se mofaron de la justicia de Roma, dejaron un juicio incompleto y ahora se ha completado. Tenía que hacerse y se ha hecho.

—¿Y por qué no ante el pueblo?

—Porque tu padre los manipuló durante el *iudicium populi* y el Senado no estaba dispuesto a otra pantomima semejante. El tribunal ha escuchado a unos y otros. A la acusación, por un lado, y a las alegaciones de tu tío por otro, pero tu tío no ha sido capaz de explicar qué pasó con el dinero de la campaña de Asia y tu padre destrozó las cuentas de los *quaestores*. ¿Qué hemos de hacer? ¡Por todos los dioses! ¿Hemos de transmitir al resto de futuros cónsules que no han de rendir cuentas al Estado? ¿Que si se consigue la victoria todo da igual? ¿Que pueden hacer lo que quieran con el botín de guerra? ¿Que pueden despreciar la autoridad del Senado y de los tribunales de Roma? ¿Que pueden abandonar el *Comitium* aunque aún no se haya declarado una sentencia? ¿Es eso lo que debemos permitir que piensen los futuros magistrados de Roma? ¿O es que, como ese Catón al que tanto odias siempre augura, es que ya nada de todo eso importa porque acaso tu padre haya decidido que ya no va a haber más magistrados que él?

—Tú, mejor que nadie, Tiberio Sempronio Graco, tú que has combatido con él, sabes que eso no es cierto.

—Sí, Cornelia, combatí con él y aprendí que es un gran militar, pero un hombre que también deja que lo personal influya en sus decisiones y como lamentaba tu acercamiento hacia mí me mandó a misiones imposibles, como la de negociar el paso de las legiones con el rey Filipo de Macedonia, o situarme en la maldita ala izquierda durante la batalla de Magnesia donde esperaba mi muerte segura. Tu padre ya no sabe trazar una línea clara entre lo personal y lo público, y el juicio de hoy ha de enseñarle que esa línea existe.

Cornelia le miraba enfurecida, en parte porque algunos de los argumentos esgrimidos por Graco eran ciertos, pero no estaba dispuesta a rendirse.

—¡Por todos los dioses, Graco! Tú sabes que mi padre no va a permitir que su hermano, mi tío, se pudra en la cárcel y que hará lo que haga falta para sacarlo de allí. Tú sabes que todo esto es un plan de Catón para provocarle, para hacerle caer en lo que Catón dice que mi padre es.

—Pues basta con que tu padre acepte el veredicto. Tu tío no permanecerá mucho en la cárcel. En unos meses saldrá del *Tullianum* y la paz se restituirá al tiempo que toda Roma verá que ni los Escipiones están por encima de la ley.

—¿Unos meses? —Cornelia se dio la vuelta, giró sobre sí misma. Miró al suelo primero, luego al cielo oscuro abierto del atrio donde empezaban a dibujarse las estrellas de la noche y se volvió de nuevo hacia Graco—. Un mes en el *Tullianum* es un año de vida. Mi padre no lo permitirá y muchos le apoyarán. Graco. Saca a mi tío de la cárcel o viviremos una guerra civil.

—¿Me estás amenazando?

—Por todos los dioses —se desesperó ella—, ¿es así como ha sonado? —Y, para sorpresa de Graco, se postró ante él, y de rodillas, mirando al suelo, le imploró—: Te lo ruego, por piedad, por Roma entera —y levantó un instante la mirada y fijó sus ojos en los suyos—, por mí, te imploro que saques a mi tío de la cárcel. Te lo pido de rodillas. ¿Ves? Soy la hija de Publio Cornelio Escipión, el mayor general de Roma, y no tengo miedo ni vergüenza de arrodillarme ante un tribuno de Roma. Te lo ruego por última vez: haz que saquen a mi tío de la cárcel antes de que llegue mi padre a Roma, antes de que mi padre cometa una locura que nos arrastre a todos.

Tiberio Sempronio Graco se quedó conmovido por aquel gesto. No. Nunca pensó que un hijo o una hija de Escipión fuera capaz de arrodillarse e implorar. Fue en ese momento cuando comprendió la gravedad de la situación. Si la hija de Escipión era capaz de aquello era porque la consumía no ya el miedo, sino un pánico total, un pavor absoluto a la reacción de su padre, que, sin duda, sería desmedida, descomunal, imprevisible, pero era ya tarde para todo. Tarde para todo. El plan de Catón estaba en marcha.

—No puedo hacer nada —empezó Graco, y se agachó junto a ella, bajando la voz, con una rodilla en tierra, intentando explicarse—. No tengo autoridad suficiente para liberarle. Sólo el Senado, en una votación ante el pleno, podría revertir la sentencia del tribunal extraordinario. O una nueva causa, con una nueva sentencia. Yo solo no puedo hacer nada.

Cornelia se levantó despacio y se enjugó las lágrimas con el dorso de sus manos blancas.

—No puedo hacer más —dijo ella—, pero mi padre sí. Y ten por seguro que lo hará. Ni Catón ni ninguno de los senadores y cónsules y pretores con los que os habéis aliado tenéis ni la más remota idea de quién es mi padre. —El orgullo de los Escipiones parecía rezumar por cada poro de la tersa piel de aquella joven; Graco estaba asombrado por la capacidad de la muchacha para cambiar del ruego total al más pétreo de los desafíos en apenas un instante—. Mi padre regresará a Roma y sacará a mi tío de la cárcel. Lo que no sé ya es quién quedará vivo en Roma cuando todo esto termine. Ni siquiera sé si quedará alguien vivo. —Y se dio media vuelta y se encaminó hacia el vestíbulo. Graco la veía alejarse y quería decirle algo, pero no tenía palabras que añadir cuando la joven se detuvo un instante y le lanzó su dardo más envenenado; ese que sólo reservamos cuando nos sentimos traicionados por alguien a quien, en el fondo, casi sin saberlo, admirábamos—. Creía que venía a la casa de un hombre justo, de un hombre con el que muchas veces no estoy de acuerdo, pero con el que se podía hablar, pero hoy me he dado cuenta de que he venido tan sólo a la casa de un esclavo de Catón. Cuando llegue a la *domus* de mis padres, me lavaré y me perfumaré para quitarme el olor a miseria y podredumbre que se respira en este atrio. Y tú, Tiberio Sempronio Graco, límpiate con aceite el cuello, las muñecas y los tobillos, porque las cadenas y la argolla con las que te ha atado Catón, más tarde o más temprano, te harán llagas que te corroerán hasta las mismísimas entrañas.

Y se fue.

Tiberio Sempronio Graco, en un absurdo acto reflejo, se llevó la mano al cuello, como si temiera tener en realidad una argolla de hierro alrededor de su cuello. Una vez que se dio cuenta de lo estúpido de su gesto, empezó a caminar por el atrio. Estaba nervioso. Una idea rebrotó en su mente: cada vez que aquella muchacha se había cruzado con él y habían hablado, su propia vida había corrido peligro de muerte. Lo sensato sería atrincherarse en su casa y no salir en toda la noche. Y, sin embargo, salir, adecuadamente escoltado, y ver por sí mismo cómo estaban las calles de Roma, le ayudaría a valorar cómo estaba la situación realmente. Era tribuno del pueblo. Graco se debatía entre su miedo y su sentido del deber. Como disciplinado servidor de Roma, pesó más en su ánimo su sentido del deber sagrado a Roma y, a la media hora de que Cornelia hubiera abandonado su casa, ordenó a sus esclavos y al grupo de veteranos fieles que custodiaban la puerta de su casa que se armaran para salir en una improvisada patrulla nocturna que escudriñara el pálpito de la ciudad que aspiraba a gobernar el mundo en la noche más terrible a la que se veía abocada desde su fundación.

105

Un túnel

Bitinia, Asia Menor.
Primavera de 184 a.C.

Aníbal caminaba con tiento, palpando con su mano derecha la pared recién excavada, mientras que con la mano izquierda sostenía en alto una antorcha. La luz de la llama iluminaba gran parte del túnel, pero no se veía el final. Sus hombres habían hecho un buen trabajo. Maharbal habría estado orgulloso de ellos. Habían trabajado durante dos meses para tener aquel túnel completado. Aníbal siguió caminando hasta que atisbó al final, donde su vista le hacía más imaginar que ver la luminosidad del exterior. Ésa era la salida. Dejó entonces la antorcha en el suelo y fue avanzando despacio, para no tropezarse con los desniveles del suelo algo desigual en algunas zonas. No quería llevar la antorcha hasta la boca del túnel para así evitar que alguien, desde fuera, pudiera observar la llama y percatarse de la existencia de aquella salida. Al llegar al exterior, Aníbal salió con cuidado y miró alrededor. No se veía a nadie. Sus hombres habían amontonado, según sus instrucciones, bastantes hierbas y maleza en torno a la salida para disimularla, pero no le pareció suficiente, así que reunió aún unas cuantas ramas de pino que se arrastraban a ras de suelo de algunos árboles que nadie había podado nunca y las arrancó con sus propias manos y las empleó para, desde dentro del túnel, tapar aún más la salida. Luego retornó hacia el interior, en busca de la antorcha que seguía ardiendo en el frío suelo de tierra y piedras de aquel pasadizo. El túnel estaba bien hecho y era largo y sólido. Sería una gran ayuda en caso de emergencia. Llevaban más de un año de sosiego en Bitinia. Eumenes no se había atrevido a realizar ningún otro ataque a gran escala contra el reino de Prusias y el propio Prusias se había mostrado bastante generoso con ellos durante aquel período; incluso les permitió realizar un funeral razonablemente digno para Maharbal, pero Aníbal sabía que el rey de Bitinia no dudaría en usarle como moneda de cambio si las cosas se ponían difíciles, y eso tenía que llegar. A Aníbal le ponía más nervioso aquella extraña paz que un Eumenes que hubiera seguido atacando por tierra. No. Algo se tramaba en el sur. Pérgamo no permanecería tanto tiempo inactiva si no era porque esperaban algo o a alguien. Y Aníbal intuía que la ayuda para Pérgamo sólo podía venir de un sitio. Pero lo realmente peculiar era que Roma tardara tanto en responder, en reaccionar a la última batalla naval del Egeo donde había destrozado la flota de Pérgamo. Algo tendría ocupados a los senadores de Roma, pero Aníbal carecía de suficiente información y su intuición no alcanzaba a pergeñar qué pudiera estar ocurriendo en el otro extremo del mundo que le estaba regalando unos meses de paz. En cualquier caso, tenía que hacer excavar algunos túneles más. Eso era. Una buena red de túneles que le permitieran, que les permitieran escapar en caso de traición. Era mucho trabajo, pero no había nada más en lo que emplear el tiempo. Y sería una forma de mantener a los hombres ocupados. Excavarían varios túneles más.

La sombra de Aníbal desapareció en una curva del pasadizo. El aire quedó inmóvil, silencioso, oscuro en el corazón de la tierra.

106

Un puñal en la noche

Las calles de Roma.
16 de abril de 184 a.C.

Primera vigilia

Graco caminaba veloz, mirando a un lado y a otro de la calle. Roma estaba revuelta, encendida, a punto de estallar. Con Lucio Cornelio Escipión en la cárcel cualquier cosa era posible. Pese a ser un poderoso tribuno de la plebe, con capacidad para acusar y demandar incluso a los mismos cónsules de la república, como representante del pueblo que era, no vestía ninguna prenda que lo distinguiera de los demás ni tenía derecho a la escolta de ningún *lictor*, pero como la ciudad estaba en armas, con seguidores de los Escipiones por un lado y los fieles a Catón y el Estado por otro, sin que ninguno respetara el sagrado territorio del *pomerium*, Graco había optado por rodearse de una pequeña guardia de viejos compañeros veteranos de la campaña de Asia que le respetaban por su heroísmo en la batalla de Magnesia y en el resto de acciones de aquella ya lejana guerra. Optó al fin por dejar a los esclavos en casa. Era una noche para profesionales. De modo que eran media docena de fornidos ex legionarios los que rodeaban al tribuno mientras éste cruzaba el foro en su vuelta de reconocimiento por la ciudad.

En cualquier otro momento aquella guardia le habría hecho sentirse completamente seguro, invulnerable en la siempre peligrosa noche romana, pero en medio de aquella turbulencia y con el estado de ánimo de todos impregnado de ansias de sangre del adversario político, Tiberio Sempronio Graco no estaba tan convencido de que dispusiera de los suficientes hombres para asegurarse un regreso tranquilo a casa. Tras la agitada conversación con la joven Cornelia, su mente estaba confusa, como embotada. Estaba aplicando la ley con escrupulosidad y las explicaciones de Lucio Cornelio habían sido del todo insatisfactorias, y ese absurdo empeño de los Escipiones en querer mostrarse ante el pueblo como superiores al resto no le había favorecido ante los jueces de la *causa extraordinaria*, incluso en algún sector del pueblo parecía que empezara a calar la teoría de Catón en el sentido de que los Escipiones estaban tramando hacerse con el poder permanente del Estado y actuar así como dictadores vitalicios. Pero otro amplio sector de la plebe seguía del lado de los Escipiones. Roma estaba dividida, partida en dos, como una fruta abierta por la mitad.

Graco se detuvo frente a las *tabernae veteres*. Varias patrullas de *triunviros* cruzaban el foro en diagonal en dirección al noroeste. El tribuno sabía que iban a reforzar a los soldados que custodiaban a Lucio Cornelio en previsión de que su hermano Publio reuniera a suficientes hombres como para atacar la prisión con éxito y liberarlo, iniciando así un enfrentamiento civil cuyo desenlace era una incógnita para todos.

—Nos desviaremos —anunció Graco al reemprender la marcha con decisión. Sus hombres asintieron y le siguieron con las manos en las empuñaduras de sus *gladios* dispuestos a desenfundar a la más mínima provocación. Los ex legionarios comprendieron perfectamente que el tribuno no girara por el *Vicus Tuscus* para llegar a su casa por la ruta más corta, pues justo en el *Vicus Tuscus*, a la altura del Templo de Cástor, se encontraba la casa de Escipión donde, con toda seguridad, se estaba reuniendo gran cantidad de los seguidores del clan. Tomar esa ruta sería un suicidio. Así, la guardia del tribuno le siguió mientras éste cruzaba el foro longitudinalmente, dejando atrás el Templo de Vesta, la residencia del *Pontifex Maximus* hasta alcanzar el Templo de Júpiter Stator donde se cruzaba la *Nova Via*. Ése habría sido el sitio natural para girar y alcanzar el *Clivus Victoriae* de regreso tras el largo rodeo, pero en su lugar, el tribuno continuó alejándose del centro de la ciudad.

Graco daba grandes zancadas con determinación. Visto lo visto, con innumerables seguidores de los Escipiones armados y corriendo por todas la calles, no quería regresar a casa sin asegurarse de que el plan de Catón seguía su curso, así que tomó la *Via Tusculana* que le conduciría, pasando entre el Monte Esquilino y el Monte Celio hasta la Puerta de Caelius, en las murallas orientales de la ciudad. Llegaron todos sudorosos por la veloz marcha que había dirigido el tribuno, pero Graco vio su esfuerzo recompensado al encontrar justo lo que andaba buscando. Por la gran puerta oriental de Roma estaban entrando, armados hasta los dientes y con cara de muy pocos amigos, el grueso de las *legiones urbanae* por orden del *pretor urbano* a instancias del Senado comandado por Catón. Con aquellas tropas el control de la ciudad quedaría, sin duda alguna, en manos de la república. Otra cosa es que los Escipiones, dirigidos por un Publio Cornelio rencoroso y cegado por querer liberar a su hermano, pudieran plantear una lucha que los llevaría a una muerte segura, pero en la que con toda probabilidad se llevarían por delante a muchos de los legionarios que estaban entrando en aquel mismo instante en las calles de la ciudad por la *Via Tusculana*.

Aclarada la situación, Tiberino Sempronio Graco se identificó ante uno de los centuriones de las *legiones urbanae* y éste, de inmediato, le aseguró que enviaría un manípulo completo para custodiar su casa o para que le siguieran en su ruta nocturna. Graco agradeció la generosidad del centurión, pero declinó que las tropas le acompañaran, pues con su media docena de hombres tenía mucha más libertad de movimientos.

—Bastará con que envíes esos legionarios a vigilar mi casa —respondió el tribuno. Eso parecía sensato, pues si los Escipiones iniciaban una guerra por su cuenta, su propia casa sería uno de los primeros objetivos. Una vez satisfecho de que su *domus* estaría resguardada, Graco reemprendió la marcha y decidió cruzar la puerta de Caelius, salir de la ciudad y rodear las murallas hacia el sur hasta volver a entrar a Roma por la puerta Capena. Desde allí, acompañado por sus seis hombres, se dirigió a las inmediaciones del Circo Máximo.

Su intención era regresar a su casa entrando en el *Clivus Victoriae* por el sur. Quizá, y como luego demostraron los acontecimientos, hubiera sido más sensato haber regresado apoyado por las *legiones urbanae*, pero Graco, además de moverse con mayor libertad sin tantos legionarios siguiéndole, preveía enfrentamientos y, en la medida de lo posible, quería evitar verse envuelto de forma directa en los mismos. No por miedo, nadie se planteaba algo así conociéndole, sino porque él era tribuno de la plebe y representaba la autoridad del pueblo. Era mejor evitar tener que derramar sangre mientras ostentaba ese cargo. Así, Graco pensó que un retorno discreto por el sur sería lo mejor. Su casa, su hacienda, sus esclavos, todo estaría bien preservado por el manípulo que el centurión iba a apostar frente a su *domus*. Ésos eran los pensamientos de Tiberio Sempronio Graco cuando desde las sombras de las gradas del Circo Máximo emergieron una decena de hombres armados que, espada en mano, se abalanzaron sobre ellos con furia. Los hombres de Graco arrojaron al suelo las antorchas que portaban y con las que se habían estado iluminando en aquella extraña noche romana para, de ese modo, poder defenderse de los golpes con mayor libertad. Tuvieron el tiempo justo de desenfundar los *gladios* para detener la primera andanada de mandobles certeros, pero como fuera que eran más los atacantes que los defensores, al momento dos de los hombres del tribuno cayeron atravesados por las gélidas espadas de aquellos sicarios. Graco aún no había sido atacado, como si aquellos malditos se guardaran al tribuno para el final, como quien reserva la mejor pieza de fruta para el último bocado. Estaban junto al Circo Máximo, y el hedor proveniente de la *Cloaca Maxima* anunciaba que ya estaban muy cerca del corazón de Roma, pero les era imposible avanzar. Cinco de aquellos secuaces les cortaban el camino, al tiempo que los otros cinco se aproximaban por detrás. Pero el efecto sorpresa había terminado. Dos de los hombres del tribuno se lanzaron contra los sicarios que les impedían el paso y los otros dos hacían lo propio con los que se acercaban por la espalda. Los ex legionarios eran hombres curtidos y con eficacia y precisión herían y retrocedían, herían y volvían a retroceder para no perder terreno y no dejar pensar al enemigo. Dos de los atacantes cayeron por delante y otros dos más a sus espaldas. Graco se unió a sus dos hombres de vanguardia. Las espadas chocaban con gran estruendo en la noche de Roma. Las sombras de los combatientes eran infinitas y temblorosas proyectadas por las llamas de las antorchas que se consumían en el suelo. El ex legionario a la derecha de Graco lanzó un gemido que el tribuno interpretó de inmediato. Su defensor caía y Graco dejó de luchar contra el atacante con el que pugnaba para herir a quien acababa de matar a otro de sus hombres. En ese momento el atacante que había quedado libre arremetió contra el tribuno en lo que parecía un golpe mortal. El otro ex legionario de Graco se interpuso y recibió la estocada en su lugar cayendo herido de muerte. Graco remató al atacante de la derecha, hirió al del frente y arremetió contra el de la izquierda. Sus hombres, buenos hombres, compañeros leales del pasado, habían dado su vida por él y el tribuno combatía con el odio en las venas. El atacante herido se retorcía en el suelo y el que quedaba con vida dio media vuelta y huyó arropado por las sombras nocturnas. Tiberio Sempronio Graco se volvió para descubrir a sus dos hombres restantes en pie, sudorosos y ensangrentados pero vivos, observando como los demás atacantes, al fin, huían.

—Los Escipiones parece que han empezado ya a saldar cuentas —dijo uno de los ex legionarios de Graco con sangre propia y enemiga corriendo por sus brazos mientras blandía aún la espada como asegurándose de que ya no había más enemigos que abatir.

Graco asintió. Quedaba un sicario herido allí mismo. El tribuno se aproximó al atacante que se retorcía de dolor en el suelo. Le cogió por el pelo, del cogote, tirando con fuerza al levantarle el rostro. Quería ver de cerca la cara de uno de aquellos hombres que se habían atrevido a atentar contra la vida de un tribuno de la plebe.

—¿Quién te envía, maldito? ¡Por todos los dioses, dime quién te envía o te mato aquí mismo! —espetó Graco con vehemencia tirando del pelo hasta hacer aullar al maltrecho sicario—. ¡Uno más ya no importa!

—¡Escipión... aghhh! ¡Nos envía *Africanus*! —respondió entre alaridos de dolor el soldado herido. Tiberio Sempronio Graco soltó el pelo del sicario y dejó que su cabeza chocara contra el suelo. Un nuevo gemido. Estuvo tentado de patearlo, pero recuperó la compostura que debía a su cargo. No estaban en medio de un campo de batalla, o al menos no aún. Estaban en Roma. Las cosas debían hacerse de acuerdo a la ley. La ley era lo único que tenían para sobrevivir a aquella noche infame. Sin ley ya nada distinguiría a los unos de los otros. Uno de sus hombres revolvía entre los cadáveres de los caídos. Se oyó el tintinear de monedas corriendo por el suelo. El ex legionario se acercó a Graco con la palma de la mano abierta. El otro soldado aproximó la luz de una antorcha. Ante los ojos de los tres hombres la efigie dorada del rey Antíoco esculpida sobre una docena de monedas de oro resplandecía con irritante potencia.

—Son talentos de Asia —dijo el soldado que sostenía las monedas. Talentos como los que Antíoco habría pagado a los Escipiones tras Magnesia. Todo encajaba perfectamente. Los soldados respetaron el silencio tenso de Graco. Eran soldados fieles al tribuno, pero incluso a ellos les dolía que el gran héroe de Roma se revolviera de esa forma contra la ciudad por la que tanto había luchado. Era triste ver en qué se había convertido el legendario *Africanus*.

—Todo encaja, tribuno —dijo al fin uno de los dos supervivientes al ataque.

Y así era.

—Sí, se cierra el círculo. Publio Cornelio Escipión, al fin, ha atacado a Roma. Todo encaja; es cierto —confirmó Graco.

Y empezaron a caminar despacio en dirección al *Clivus Victoriae*, pero la mente del tribuno de la plebe hervía por dentro. Todo era tan claro, tan preciso, que era demasiado perfecto. De pronto se dio cuenta de una cosa extraña. Había sido un ataque feroz, brutal y no tenía ni un solo rasguño. Habían caído cuatro de sus hombres y los otros dos estaban heridos y, en un principio, los atacantes ni tan siquiera se habían dirigido a él. Era cierto que sus hombres se habían interpuesto para protegerle. Quizá fuera todo pura casualidad. Y estaban las monedas. ¿Qué más prueba quería? Y ya había visto en la campaña de Asia que Escipión no se andaba con tonterías cuando se trataba de eliminar enemigos, pero incluso entonces, *Africanus*, le hizo partícipe de las peores misiones, como la negociación con Filipo o le situó en la peor de las posiciones en Magnesia, pero nunca un ataque directo, nada como eso. Como si siempre quedaran los dioses para decidir el final de lo que debía ocurrir. Esa noche, en cambio, todo había cambiado. O bien Escipión había cambiado para siempre o bien algo... algo no encajaba. Algo estaba fuera de lugar. Estaban las monedas, sí, pero los talentos de Asia circulaban por Roma y no sólo podían proceder de los Escipiones. Muchos soldados habían traído monedas, de Asia. Además, si Escipión hubiera tomado la decisión de darle muerte estando él en Roma ya, era algo tan personal que Graco estaba seguro que Escipión mismo habría venido en persona a hundir su espada en sus entrañas, mirándole a la cara. Escipión podía ser muchas cosas, pero no era hombre de enviar sicarios para que otros hicieran el trabajo sucio al abrigo de la oscuridad de las calles de Roma. No, ése no era su estilo.

Tiberio Sempronio Graco se detiene un instante. Asiente despacio. Hay algo en el fondo de su mente, un recuerdo, traído por alguno de sus sentidos, que le perturba. Respira con profundidad. La *Cloaca Maxima* con su hedor parece apagar cualquier otro olor, pero no, hay algo más en el aire. Algo más.

—¿A qué huele? —inquiere el tribuno. Sus hombres se miran sin entender bien a qué viene aquella pregunta. Graco comprende que no pueden ayudarle. Se da media vuelta y regresa sobre sus pasos en busca de los cadáveres de los atacantes que han abatido. Allí permanecen, entre las sombras próximas al gran edificio del Circo Máximo. El olor y el recuerdo crecen en su mente. Estaba ahí todo el rato, todo el tiempo, desvelando el secreto de aquel ataque y en la vorágine de la lucha no se había percatado, al menos no de forma consciente, del mensaje sellado que encerraba aquel olor. Tiberio Sempronio Graco se arrodilla sobre el primero de los cadáveres de los sicarios muertos. Hunde su nariz en el pecho del cadáver e inspira con profundidad. Aquel maldito apestaba a puerros.

Graco se levantó despacio. Las monedas podían venir de muchos sitios, pero aquel olor inconfundible sólo podía adquirirse en un sitio. Nadie acumulaba tantos puerros en aquella ciudad y alrededores como Marco Porcio Catón. Recordó entonces las palabras de una obra de Plauto: *«altera manu fert lapidem, panem ostentat altera»* [«con una mano muestra el pan y en la otra lleva una piedra»]. Plauto. Graco giró el cuello hacia un lado y hacia otro como quien intenta rebajar la tensión que le fluye por los músculos. Ralentizó sus pensamientos. No quería apresurar conclusiones. Sus hombres le observaban en la distancia, algo confundidos, en silencio. Aún miraban alrededor por si regresaban más atacantes. Estaban nerviosos y les sorprendía la parsimonia del tribuno, pero Tiberio Sempronio Graco sabía que ya no habría más atacantes aquella noche, no, al menos, de Escipión. No. Catón había querido asegurarse con aquel ataque fingido de que él, Tiberio Sempronio Graco, ya no dudaría en mantenerse del lado de Catón y del Senado, pero a Graco no le gustaban varias cosas y empezaba a estar muy muy harto: no le gustaba que le tomaran por imbécil, no le gustaba que le manipularan y no le gustaba que se fingiera un ataque a un tribuno de la plebe de forma que pareciera que era obra de un prominente ciudadano cuando en realidad aquel ataque había sido instigado por el mismísimo censor de Roma. No. Tiberio Sempronio Graco ya estaba harto de estar en medio de dos aguas, entre Escipión y Catón. Quizá había llegado la hora de abrir un nuevo camino para Roma. Escipión bien pudiera ser un enemigo para Roma, pero la forma en la que Catón actuaba contra el legendario vencedor de Aníbal, empezaba también a ser otro peligro para la misma Roma y, por qué no decirlo, para él mismo, para el propio Graco.

Tiberio Sempronio Graco dio media vuelta y retrocedió hacia donde le esperaban sus hombres con las espadas en la mano, aún tensos, escrutando la noche. El tribuno de la plebe pasó junto a ellos y, marchando con un sosiego que los dejó fríos, Graco reemprendió el camino de regreso a casa. Estaba tomando varias decisiones que debían transformar la historia. Tenía que pensar con sumo cuidado. Sabía que aquella noche caminaría sobre el filo de una navaja, y, si se equivocaba, alguien blandiría esa misma navaja para cortar no ya su cuello sino el cuello de la propia Roma.

107

Los dioses de Egipto, los dioses de Roma

Alejandría.
Abril de 184 a.C.

El viejo médico egipcio salió de la pequeña habitación donde tenían a Jepri. El rostro del anciano era suficientemente esclarecedor, hasta el punto de que sus palabras resultaban innecesariamente crueles a los oídos de una desesperada Netikerty.

—No se puede hacer nada más que rezar a los dioses.

Netikerty, acurrucada junto al fuego de la chimenea, enjugaba sus lágrimas con la manga de su túnica. El médico seguía hablando sentado en una silla. Era como si necesitara explicarse aun cuando nadie le pedía explicaciones.

—No lo entiendo. La herida ha sido limpia. Un corte profundo, pero cicatriza bien. Sin embargo, las fiebres no retroceden. No es normal. Es como si parte de su cuerpo hubiera sanado, pero otra parte no. Y no lo entiendo.

Netikerty clavó sus ojos en el brillo de las llamas de la hoguera. Llevaba días elevando sus plegarias a Horus y Osiris, a Bes y todos los dioses de Egipto, implorando con todas sus fuerzas para que restituyeran la salud de su único hijo, del único bien que le quedaba en su casa, en su vida, de lo único bueno que poseía, de lo único que la ataba a aquella existencia confusa y extraña en medio de las guerras de los hombres. Y se lo iban a llevar también, a la sangre, de su sangre que sólo curaba en parte, sólo en parte. Sangre de su sangre pero sangre romana también corría por las entrañas de su hijo. «Es como si parte de su cuerpo hubiera sanado, pero otra parte no.» Su hijo era mitad egipcio, pero también mitad romano. Netikerty se levantó como una yegua en celo y, con la velocidad de una centella, abrió la puerta y desapareció en medio de la noche. En la estancia se quedó el médico a solas con la hermana de la madre del enfermo, que le miraba como intentando pedir disculpas por aquel comportamiento.

—Está muy asustada —dijo la hermana de Netikerty.

El médico asintió. Respetaba el dolor de los familiares de sus enfermos. Cada uno reaccionaba de forma diferente. Lo frecuente es que las madres estuvieran junto al lecho hasta el último instante, pero no era la primera vez que veía a una madre huir del lugar donde yacía su esposo o, como era el caso, su hijo moribundo. El médico había visto demasiado sufrimiento en su vida como para juzgar a nadie y se limitó a hacer un comentario práctico:

—Regresaré al amanecer. Sería una buena idea que alguien velara al enfermo para intentar bajarle la fiebre con paños húmedos.

La hermana de Netikerty asintió. Ella se ocuparía. Estaba extrañada de que su hermana, que tan valiente había sido en el pasado, huyera de aquel modo extraño en medio de la noche dejando a su hijo malherido sin su atención. No lo entendía, pero casi nunca había comprendido las acciones de su hermana y luego siempre tenían sentido, aunque quizá esa noche el miedo parecía haberla derrotado. En cualquier caso, no estaba enfadada sino triste. Acompañó al médico a la puerta, la cerró y se volvió para cuidar a Jepri.

Netikerty vagaba por las calles de Alejandría en una noche nublada y sin estrellas. Era primavera y el fresco de la madrugada le venía bien para enfriar su mente acalorada y embotada por el dolor. No podía perder a Jepri, no podía perder a su único hijo. No tenía nada más. Nada más. Caminaba a toda velocidad, casi corriendo, cruzando calles casi sin mirar, afortunada por que hubiera poco tráfico de carros aquella noche sin luz, sin luna, sin nada más que el dolor y la preocupación. Nadie la molestó, porque parecía que amenazaba tormenta y en esas noches poco frecuentes en Alejandría hasta los malhechores se ocultan por miedo a los rayos y los truenos y la lluvia tan extraña como inclemente para con todos. Así, Netikerty pudo llegar a casa de Casio en una hora sin tener que luchar por su vida, una vida a la que en ese momento tenía muy poco aprecio si se trataba sólo de una existencia abocada a tener que seguir viendo pasar los días sin la presencia de su hijo junto a ella. Llamó a la puerta y los esclavos abrieron y se hicieron a un lado al reconocer a la mujer que su amo ya recibiera en otro tiempo y a la que daba dinero con regularidad. La acompañaron al atrio donde la hicieron esperar mientras el *atriense* se adentraba en las estancias del interior de la casa en busca de su amo.

La tormenta estalló en ese momento y los vientres hinchados de las nubes desparramaron su contenido con brutalidad sobre una Alejandría que intentaba dormir ajena a los rayos y los truenos que la azotaban.

Casio se presentó en el atrio para recibir, de nuevo, a aquella mujer que siempre le sorprendía con sus reacciones incomprensibles. Iba a hablar, pero nada más asomarse en el atrio, en medio de una lluvia torrencial que lo inundaba todo, vio la figura de una mujer arrodillada frente al pequeño altar de los dioses romanos que Casio había hecho construir en una de las paredes del patio. Allí, empapada por la tormenta que descargaba sobre la ciudad, imperturbable a la lluvia y al viento, totalmente humillada ante aquel pequeño altar de dioses romanos, Casio escuchó la voz de la mujer musitando palabras en demótico que le resultaban incomprensibles, pero que por su cadencia y sus sílabas que se repetían sin fin no tenía duda alguna de que se trataba de una larga y profunda oración. Casio comprendió que esa noche, aquella mujer no quería ni dinero ni enviar ninguna carta a nadie de este mundo.

—Preparad toallas y algunas mantas —ordenó Casio al *atriense*—; cuando termine tendrá que secarse o se morirá de frío. —Y se mantuvo allí, observándola, admirado de que alguien pudiera ignorar una lluvia como aquélla por el ansia de rezar a unos dioses que, a fin de cuentas, no eran los suyos.

108

Un mensaje difícil de entregar

Roma.
16 de abril de 184 a.C.

Seconda vigilia

Aún no había amanecido. De hecho faltaba aún mucho para el nuevo día. Plauto miraba a un lado y a otro de la calle. El *Clivus Victoriae* estaba desierto. Al fondo se veía un grupo de legionarios de las *legiones urbanae* apostados frente a la casa de Tiberio Sempronio Graco, tribuno del pueblo. Roma estaba en una calma tensa. Era una noche de nervios y podía convertirse en una vigilia sangrienta. Tras la detención y encarcelamiento de Lucio Cornelio Escipión las calles se habían vuelto más peligrosas que de costumbre. Uno de los *triunviros* que había enviado el tribuno para escoltarle en su trayecto desde su casa en el Aventino le indicó que no se detuviera.

—Por Hércules, el tribuno quiere verte en seguida. No podemos hacerle esperar.

Plauto asintió y reinició la marcha. Hacía tiempo que no sentía miedo. A sus sesenta y cinco años había conocido la guerra, el hambre y la esclavitud. Pero también había gozado de ciertas comodidades y lujo tras el éxito de sus obras. No tenía miedo, pero sí preocupación. Se consideraba a sí mismo un ser débil, cansado por los años. En la vejez no encontraba fuerzas para la gallardía o para heroicidades. Seguramente, y esto le atormentaba, en esta etapa de su vida, no se habría atrevido a interceder por Nevio como hizo en el pasado. Ahora, cada día, todo le costaba más esfuerzo, incluso escribir, aunque mantenía una muy notable fluidez en la redacción de sus nuevas obras que lo mantenían apegado a la vida, a la vida de escritor, de actor, al escenario, pero alejado de la vida real, de la política, de las nuevas guerras, de la constante lucha por el poder. Recibió la noticia del encarcelamiento de Lucio Cornelio Escipión sin sorpresa. El acoso de Catón a los Escipiones había ido en aumento en los últimos años y era conocido por todos. Tampoco sintió Plauto indignación. Eran luchas que no iban con él, pero sintió algo de lástima. Escipión, Publio Cornelio Escipión, le había ayudado en el pasado, en dos ocasiones. La segunda vez demasiado tarde, pero, al menos, hubo voluntad de ayuda. No podía sentirse alegre de que Catón triunfara al encarcelar al hermano de alguien que le ayudó en el pasado, pero ¿qué podía hacer él? ¿Quién era él, un modesto escritor en medio de la tumultuosa confrontación por el poder en Roma entre las poderosas familias senatoriales? Él era una hormiga, un ser insignificante, un torrente de palabras que entretenía a Roma, pero ni tenía soldados, ni legiones, ni apoyos políticos. De hecho, en su proceso de acomodamiento al poder había reducido las críticas veladas en sus obras contra el Senado, reducía los diálogos y aumentaba los *cantica*. Ya no se atrevía a indisponerse contra los patricios y menos aún contra el emergente Catón. Un día, estaba seguro, Catón prohibiría el teatro, aunque eso le hiciera impopular entre los romanos. Plauto albergaba la esperanza de estar ya muerto cuando llegara ese triste momento. En medio de toda aquella locura de acontecimientos, el tribuno del pueblo, Tiberio Sempronio Graco, había enviado a una patrulla de *triunviros* para sacarle de la cama y hacerle venir a su *domus* en el *Clivus Victoriae*.

Las puertas de la casa del tribuno del pueblo se abrieron de par en par y los legionarios que las custodiaban hicieron un pasillo por el que sólo Plauto pasó. Los *triunviros* quedaron fuera. Las puertas se cerraron de golpe. Se encontró solo en un pequeño vestíbulo. Un esclavo salió de una puerta lateral y le señaló el atrio que se adivinaba al fondo del vestíbulo. Plauto entró y allí, sobre una *cathedra*, encontró al tribuno del pueblo. Tiberio Sempronio Graco no se levantó ni le ofreció nada de beber. Era conocido por todos que era un hombre que no se andaba con rodeos, ni en el campo de batalla ni en la política.

—Te he hecho llamar porque necesito que entregues un mensaje.

Plauto avanzó un poco hasta quedar a cuatro pasos del tribuno.

—¿Un mensaje? —preguntó Plauto confundido—. Estoy seguro de que el tribuno puede encontrar gente más fuerte y más veloz con la que entregar mensajes. Lo digo con respeto, pero es que mis huesos no son los que eran y nunca fui un gran soldado...

El tribuno levantó la mano y Plauto calló. Sabía cuándo era momento de escuchar.

—No es tan sencillo, Tito Maccio Plauto. Este mensaje ha de ser entregado allí donde no se me recibe, allí donde no se recibe a nadie que lleve un mensaje mío. A ti, en cambio, te abrirán las puertas. Una vez dentro dirás lo que voy a explicarte.

Plauto asintió, aún sin entender bien, y, a continuación, realizó la pregunta esperada:

—¿A quién debo entregar este mensaje?

—A Publio Cornelio Escipión —respondió directo el tribuno.

Plauto se quedó en silencio, quieto, ponderando. Estaba claro: el tribuno del pueblo quería comunicar con un enemigo político, pues todos sabían que Graco, durante todo aquel tiempo, había estado al lado de Catón en su persecución y acoso constante contra los Escipiones. Era lógico que ni Graco ni nadie enviado por el tribuno pudiera ser bienvenido en casa de los Escipiones y más aún después del encarcelamiento de Lucio Cornelio y de algunas de las reyertas que habían tenido ya lugar en las calles de la ciudad entre seguidores de los Escipiones y legionarios dirigidos por el Senado. El tiempo de las palabras parecía haberse agotado.

—En cuanto mencione tu nombre —empezó Plauto—, Publio Cornelio me arrojará de su casa.

Graco sonrió.

—Es muy posible. No he dicho que tu misión sea fácil. Pero antes de que me juzgues quizá debieras oír el mensaje que quiero que entregues.

Plauto inclinó su cabeza en señal de aceptación. El tribuno fue claro y preciso, y con las palabras justas condensó un mensaje en parte humillante para los Escipiones, en parte esperanzador. Un mensaje complejo. Un mensaje difícil de entregar, peligroso de exponer, delicado de explicar. Plauto escuchó atento y en silencio. No interrumpió al tribuno hasta que éste hubo terminado.

—Publio Cornelio no aceptará los términos de tu propuesta, tribuno —respondió, al fin, Plauto.

Tiberio Sempronio Graco se levantó entonces despacio de su *cathedra* y avanzó hacia el escritor.

—No te he hecho venir para saber tu opinión sobre el mensaje. Eres sólo una herramienta, no quien decide. Y ya sé que es un pacto complicado el que planteo; si fuera algo sencillo podría haber enviado a cualquiera de los legionarios de las *legiones urbanae* a mi mando o a un *triunviro* o a otro tribuno, pero no es un mensaje sencillo. Tito Maccio Plauto, no te he llamado para que simplemente entregues este mensaje a Publio Cornelio Escipión: te he llamado para que le convenzas de que lo mejor es aceptar el pacto que le propongo. Eres escritor, para muchos el mejor de toda Roma. Eres quien mejor sabe utilizar las palabras en toda la ciudad y seguramente uno de los que mejor sabe utilizar las palabras en todo el mundo; sé que es muy difícil persuadir a Publio Cornelio Escipión de que acepte este pacto, pero sé también que si hay alguien que puede hacerlo, por todos los dioses, ese alguien eres tú, Tito... Maccio... Plauto.

El escritor dio un paso atrás y miró al suelo.

—Supongo que no puedo negarme a ser tu herramienta, a entregar este mensaje.

—Supones bien —respondió Graco, pero de pronto cambió el tono de su voz y con un timbre más conciliador, tomando de nuevo asiento, intentó implicar el alma de su interlocutor en la misión que le estaba encomendando—. Pero piénsalo bien, piensa bien en lo que he propuesto. Es la mejor de las salidas para lo que está ocurriendo en Roma. Cualquier otra opción conduce a la guerra civil, a la muerte y la sangre y el terror por todas partes y, desde luego, nada de obras de teatro en mucho tiempo, quizá para siempre. Todos estamos esta noche en un lado o en otro. Y si esto se inicia no habrá compasión para con el bando perdedor. Sé que has visto mucho dolor en tu vida, sé que has sufrido mucho en tu vida, pero no has visto aún lo peor. La sangre teñirá de rojo la *Cloaca Maxima* y las riberas del Tíber tendrán un fango ennegrecido por los cadáveres en descomposición. Pero estamos aún a tiempo de detener esto. Catón está llevando a Publio Cornelio Escipión al límite. Por eso ha ordenado encarcelar a su hermano. Sabe que la reacción de Publio Cornelio será bestial. Mi pacto es la única salida. En más de una ocasión, ese hombre te ayudó en el pasado, ¿no crees que entregarle mi mensaje es la forma de devolverle parte de lo que él te dio en el pasado? Piénsalo, Tito Maccio Plauto, por Hércules y por todos los dioses, piénsalo bien. Por el bien de Roma, por el bien de todos, por el tuyo propio, piénsalo bien pero piénsalo rápido y decide. Si no vas a su casa a entregar este mensaje convencido de que es lo mejor para todos, será mejor que no vayas, porque si detrás de tus palabras no está tu confianza no podrás persuadirle. Tito Maccio Plauto, mírame a los ojos y dime a la cara que mi pacto no es la solución. Si me dices eso te dejaré marchar. Los *triunviros* te escoltarán de regreso a tu casa, pero eso sí, luego cierra puertas y ventanas y tápate los oídos porque la matanza empezará en pocas horas.

Plauto levantó los ojos del suelo y encaró la mirada profunda y tensa del tribuno de la plebe. Sabía de la vehemencia con la que Tiberio Sempronio Graco defendía sus opiniones y comprendió aquella noche cómo el tribuno era de los pocos que podría atreverse a alzarse en el Senado y hacer oír su voz en contradicción con los planteamientos de prácticamente cualquiera, de Publio Cornelio, pero...

—¿Puedes realmente cumplir con tu parte del pacto? —preguntó Plauto.

—Puedo.

—¿Incluso en contra de Catón? —insistió Plauto en sus dudas.

—Contra el mismísimo Catón si es necesario. Si Publio Cornelio Escipión acepta mi pacto sé que tengo la fuerza, la energía y los apoyos suficientes para que el Senado apruebe mi plan. Incluso si Catón se opone, incluso entonces te prometo que conseguiré ganar la votación, esa maldita última votación. La ganaré, Plauto, te juro por todos los dioses que la ganaré.

Plauto apretaba los labios con fuerza. Era cierto que con el encarcelamiento de Lucio Cornelio, Catón estaba empujando a los Escipiones a la lucha armada y que todos temían la peor de las reacciones por parte del clan y que si el propio Publio tomaba las riendas, estaban al borde de una guerra civil. Todo eso era cierto y la guerra siempre era el peor de los mundos posibles. Cualquier otra cosa era mejor. Plauto estaba convencido.

—De acuerdo, entregaré tu mensaje —dijo, y vio como Graco relajaba los músculos.

—Sea —dijo el tribuno, y sin ofrecer ni un vaso de agua se levantó y salió por el vestíbulo escoltado por varios legionarios. Plauto no le culpó por su endeble hospitalidad. Aquel hombre estaba buscando la forma de evitar el mayor de los desastres. No era el momento para delicadezas. Estaba claro que tenía que ocuparse de todo lo necesario para poder cumplir con su parte del pacto, por si, aunque el escritor seguía viéndolo imposible, Escipión, al final, aceptaba. El esclavo que le había recibido al principio reapareció de nuevo y le condujo a la puerta principal. En pocos minutos Plauto se reencontró en el *Clivus Victoriae*. Los *triunviros* que le protegían se hicieron a un lado. Todos, él incluido, se pegaron a una de las paredes de una de las casas de la calle para dejar pasar a varios manípulos de las *legiones urbanae* que, en dirección noroeste, marchaban hacia el foro. ¿Quién los habría hecho llamar, Catón, Graco... los Escipiones? En cuanto las tropas dejaron libre la calle, los *triunviros* reiniciaron la marcha hacia el sur, de regreso al Aventino, pero Plauto los detuvo.

—No —dijo con voz decidida—. Vamos hacia el foro. Vamos a la *domus* de Publio Cornelio Escipión. —Los *triunviros* se quedaron blancos. No era el día para ir de visita a aquella casa, pero tenían órdenes estrictas del tribuno de la plebe de escoltar a aquel hombre allí donde éste decidiera marchar—. A casa de Escipión, he dicho. —Y no esperó respuesta alguna. Plauto emprendió el camino hacia el foro. Los *triunviros* tragaron saliva y le siguieron. Si le pasaba algo a aquel hombre el tribuno en persona les sacaría las entrañas con sus propias manos. Eso había dicho. Y el tribuno era hombre de palabra. Nerviosos y maldiciendo su suerte siguieron a aquel loco que los conducía a una muerte segura.

Tito Maccio Plauto caminaba persuadido sobre lo que debía hacer. Graco llevaba razón y le había convencido y a cada momento que pasaba estaba más seguro de que el mensaje que llevaba era la única salida para evitar la guerra total en las calles de Roma. Sabía lo que debía hacer y tenía casi todas las palabras que debía decir, pero la duda le corroía por dentro: ¿serían sus palabras suficientes para persuadir al que había sido el hombre más poderoso del mundo? No las tenía todas consigo. Necesitaba un aliado, pero ¿quién? No había hombre capaz de doblegar la voluntad de Escipión, no lo hubo en campo de batalla y no lo había en Roma. Plauto, a cada paso, comprendía mejor que ni todas sus palabras juntas lograrían convencer al general de generales. De súbito su mente se encendió: necesitaba un aliado, pero éste no podía ser un hombre.

109

Un pacto de sangre

Roma.
16 de abril de 184 a.C.

Tercera vigilia

Plauto y los *triunviros* ascendieron hacia el norte por el *Clivus Victoriae*. Al cruzarse con la *Via Sacra* giraron a la izquierda y a la altura del Templo de Cástor, que se levantaba en la confluencia entre la *Via Sacra* y el *Vicus Tuscus*, justo enfrente de la residencia de los Escipiones, la calle estaba cortada. Un centenar de hombres armados con corazas, *gladios* y cotas de malla de las legiones impedía el paso. Había viejos soldados que habían sacado sus armas oxidadas del interior de cofres olvidados en sus casas humildes de los alrededores de Roma y de las orillas del Tíber; pero se veía a jóvenes resueltos, con armas relucientes que denotaban su condición de hijos de patricios y, junto con ellos, se adivinaba también la figura recia de oficiales veteranos curtidos en mil batallas. Y nadie tenía cara de buenos amigos. A la luz de las antorchas encendidas en medio de aquella noche de nervios, las miradas de los que cortaban el paso eran desafiantes, decididas y prontas a desenfundar espadas y arrojar lanzas a la más mínima provocación. Los *triunviros* que acompañaban a Plauto ralentizaron la marcha. Sabían que no sería fácil acercarse a la casa del general de generales, pero tampoco habían esperado una tan tremenda oposición.

—¡Estos vienen a por el general Escipión! ¡Por Hércules, vienen a por *Africanus*! —aulló una voz entre los soldados que cortaban la calle. Los *triunviros* se detuvieron en seco.

—¡Todos quietos! ¡Por Júpiter! ¡Que no se mueva nadie o nos matarán a todos! —gritó Plauto.

Los *triunviros* le obedecieron como si de un general se tratara. Plauto tomó una de las antorchas que portaba un *triunviro* y se adelantó despacio hacia la turba de soldados apostada junto al Templo de Cástor. Ante él escuchó el inconfundible sonido de las espadas desenfundándose. La guerra no se olvida. La vivió en el pasado y reconocía cada ruido, cada mirada, cada movimiento rápido y nervioso del enemigo. El escritor sabía que tenía poco tiempo antes de que un exaltado le atravesara con un certera lanza. No fallarían. Se veía a muchos veteranos entre aquellos hombres.

—¡Soy Tito Maccio Plauto! ¡Soy amigo de Escipión! ¡Soy amigo de *Africanus*! ¡Estos hombres me acompañan, no vienen a prender a nadie!

Un murmullo se extendió entre los soldados. Emergió entonces de entre todos ellos la silueta corpulenta de un oficial de alto rango. Plauto no tardó en reconocer la figura de Cayo Lelio, pero le sorprendió la frialdad de su recibimiento. Si Lelio estaba tan serio es que las cosas estaban mucho peor de lo que había imaginado.

—¡Dejad pasar a este hombre! —vociferó Lelio, y empujó a varios a un lado para que se le obedeciera con celeridad y en seguida se dirigió al propio Plauto—. ¡Puedes pasar, pero más te vale tener un buen motivo para venir aquí esta noche, porque esta noche nos vamos todos al infierno!

Plauto avanzó despacio. Otro veterano se acercó, le quitó la antorcha y le palpó el cuerpo. No querían dagas cerca del general aquella noche.

—No va armado —dijo, y se separó del escritor. Los *triunviros* permanecían a una treintena de pasos de distancia sin saber qué hacer. Lelio les aclaró las ideas.

—¡Y vosotros marchaos de aquí a toda velocidad antes de que ordene a mis hombres atravesaros y cortaros la cabeza, miserables, y decidles a vuestros amos que ni un *triunviro* ni un legionario de las *legiones urbanae* saldrá con vida si se atreven a asomar entre el Templo de Jano y el Templo de Cástor! —Justo en medio se levantaba la *domus* de Escipión. El mensaje era claro. Los *triunviros* salieron corriendo y no se detuvieron hasta alcanzar la residencia de Tiberio Sempronio Graco unos pocos mientras que otros siguieron corriendo buscando el refugio de una de las dos *legiones urbanae* que según decían se estaba armando al sur de la ciudad, ahora ya entre la Porta Capena y el Aqua Appia. Al norte, en el Campo de Marte se estaba reagrupando la otra legión de la ciudad, pero los hombres de Escipión parecían haber tomado el centro y no querían arriesgarse a intentar cruzar por entre unas calles dominadas por los veteranos de *Africanus*. Que aquel maldito autor de comedias se las compusiera como pudiera.

Plauto se encaró con Lelio.

—Esto es una locura, Cayo Lelio.

—Esto es la guerra, escritor. Si no liberan al hermano del general antes del amanecer, el nuevo día traerá mucha sangre. No es momento para una velada de teatro —sentenció Cayo Lelio, y añadió una pregunta—. ¿A qué vienes?

—He de hablar con el general, tengo un mensaje.

—¿De quién? —inquirió Lelio mirando hacia el fondo de la calle por encima de Plauto, asegurándose de que no venían tropas de las *legiones urbanae*.

—Eso es cosa mía y del general.

—Sea. Es tu vida —replicó Lelio sin dejar de mirar hacia el fondo de la calle—. El general está especialmente fuera de sí. No está para juegos ni secretos. Tú mismo. Adelante y que los dioses te protejan. Nunca me has caído mal, pero creo que esta noche estás equivocándote al venir aquí. No es éste sitio ni para escritores ni para palabras. —Y se llevó la mano a la espada—. Esto es lo que queda ahora, esto es lo único que ese miserable de Catón entiende y con esto nos explicaremos esta noche.

Plauto caminó sin ser molestado entre los soldados fieles a Escipión por un estrecho pasillo que se abría ante él de la misma forma que se cerraba en cuanto el escritor acababa de pasar. No, no sería fácil que los legionarios de la ciudad se abrieran paso entre aquellos hombres, no sin un cruento enfrentamiento y sangre, mucha sangre. Era una noche para la sangre. Pero había otras sangres. Otras sangres. Plauto apresuró el paso. Dejó el templo de Cástor con las fuerzas de Escipión atrincheradas en mitad de la calle, cruzó el *Vicus Tuscus* y se detuvo frente a la *domus* de Publio Cornelio Escipión, *princeps senatus*, el hombre más poderoso de Roma pero también el que más enemigos tenía, el mayor de los generales de Roma a quien Roma le había arrebatado a su propio hermano para encarcelarlo en las mazmorras excavadas próximas a la *Curia Hostilia*. A cada lado de la puerta había una docena de hombres. Veinticuatro centinelas. No era un número al azar. Era una forma de dar a entender cómo estaban las cosas: un cónsul tenía derecho a doce guardias, pero un dictador era custodiado por veinticuatro *lictores*. Publio Cornelio Escipión había sido cónsul, pero no lo era en ese momento y nunca había sido dictador, pero aquellos veinticuatro soldados, aunque no llevaran las *fasces* de los *lictores*, eran un aviso de cómo estaban radicalizándose las posturas de cada bando a cada hora que pasaba. En el centro de aquellos hombres se encontraba un veterano oficial de las campañas de África y Asia, Marco, recordó Plauto con agilidad, un *proximus lictor*, un hombre de la máxima confianza de Escipión, como lo era Lelio, como debían ser los pocos a los que se les permitiera entrar aquella noche de vigilia en la casa del general de generales.

Marco le reconoció. El veterano recordaba la representación del *Miles Gloriosus* de aquel escritor en el teatro de Siracusa. La recordaba con nostalgia. Aquéllos fueron buenos días. No como ahora, cuando Roma traicionaba al hombre que más le había dado nunca.

—No es noche de visitas, por los dioses —dijo Marco, pero sin levantar la voz, con firmeza pero sereno.

—Traigo un mensaje. Lelio me conoce y me ha dejado pasar.

—Yo también te conozco... —Se llevó una mano a la barbilla—. ¿Dices que Lelio te ha dejado pasar? Eso es evidente. Y vivo. Eso ya es más raro. —Unos segundos de silencio—. Espera aquí.

Marco se volvió hacia la puerta.

—Dile al *princeps senatus* que traigo un mensaje importante. Dile que es sobre su hermano.

Marco se detuvo y se volvió de nuevo hacia el escritor. La mirada rezumaba perplejidad impregnada de admiración. Aquél no era un escritor y ya está. Era alguien extraño que se atrevía a cruzar Roma en medio de una noche en la que se fraguaba una guerra civil con un mensaje que podía ser clave. Marco pensó en preguntar, como había hecho Lelio, quién remitía el mensaje, pero lo meditó con rapidez y decidió dejar eso al general. El veterano oficial asintió un par de veces y desapareció tras la puerta. Alrededor, Plauto sentía las miradas de sorpresa y de curiosidad de los soldados que vigilaban la residencia de los Escipiones. Todos querían saber, pero nadie osó decir palabra alguna. La puerta se abrió y Marco reapareció con el rostro serio.

—Pasa y que los dioses te acompañen; que los dioses nos acompañen a todos esta noche.

Plauto entró en la vieja casa que tan bien conocía. Allí, veintiocho años atrás acudió Casca, su protector de antaño, muy escéptico, pero sin perder toda la esperanza, a entrevistarse con un entonces muy joven edil de Roma para proponer una serie de obras de teatro entre las que se encontraba la *Asinaria*, su primera obra. Casca retornó con la sorpresa reflejada en el rostro para anunciarle que el joven edil romano, Publio Cornelio Escipión, había aceptado varias obras y, entre ellas, la del entonces desconocido Plauto. Desde aquel día, el escritor no pudo dejar de pensar en aquel joven edil con cierta simpatía, un sentimiento, no obstante, salpicado siempre de desavenencias y diferencias por la forma en que Escipión, como el resto de patricios, a juicio de Plauto, abusaban de la guerra para enriquecerse. Quizá Escipión menos que los otros, pero... un esclavo le recibió en el vestíbulo y Plauto detuvo sus pensamientos del pasado. No era momento de recuerdos, sino una noche para cambiar el futuro que se estaba forjando con la fuerza indómita del odio. Necesitaba algo tan poderoso como el odio para persuadir a alguien aún más indómito: Publio Cornelio Escipión. Pero ¿qué hay que pueda con el odio?

En el atrio de la casa de los Escipiones, Plauto encontró al corazón del clan: en el centro, sentado en un sólido *solium*, con el rostro serio y ojeras marcadas por las largas horas sin sueño y repletas de preocupación, estaba Publio Cornelio, que no dejaba de escuchar a todos pero nadie sabía exactamente cómo resolver el principal de los problemas: sacar a Lucio de la cárcel con vida antes de que empezaran los combates. Alrededor estaba Emilia Tercia, su esposa, sentada en una *sella* a su derecha, un poco hacia atrás, y en pie, su hijo Publio; a su izquierda, y tras él, sentadas en pequeñas *sellae*, como su madre, las dos hijas, Cornelia mayor, que había acudido junto con su esposo Násica, y Cornelia menor. En pie, a ambos lados del general se encontraban Publio Cornelio Násica, Lucio Emilio Paulo, hermano de la esposa del general, Domicio Ahenobarbo, veterano general de la campaña de Asia, y algunos otros oficiales que Plauto no supo reconocer con precisión aunque le sonaban de la campaña de África, cuando coincidió con aquellas tropas en la isla de Sicilia.

—Si atacamos asesinarán a Lucio antes de que crucemos el foro —dijo Publio Cornelio Escipión Násica nervioso.

—Pero algo hay que hacer —le interpeló Lucio Emilio—. No podemos permitir que Catón meta en la cárcel a un Escipión, a un ex cónsul victorioso y no responder a esa provocación.

—Se trata de eso —intervino Domicio Ahenobarbo—. Se trata de una provocación. Es mejor esperar.

Plauto vio como Publio, sentado en el centro de aquella discusión, permanecía en silencio, escuchando, sin decir nada. Sus ojos le miraron directamente. Plauto caminó hasta quedar frente al veterano general. Publio Cornelio Escipión, *princeps senatus,* despegó los labios y todos callaron. El general se dirigía al recién llegado.

—Dicen que traes un mensaje sobre mi hermano.

—Así es, *princeps senatus*.

—Habla entonces, pero ve al grano. No hay tiempo para las palabras. Te escucho.

Plauto miró a su alrededor. Todos habían callado y todos le observaban extrañados por aquella visita, intrigados por aquello que aquel escritor tuviera que decir sobre el hermano del general.

—Traigo... traigo... —Al empezar a hablar, Plauto sintió que le fallaba el ánimo, como en sus primeros tiempos en el teatro, pero no había ya otra salida que acometer la empresa que había aceptado: transmitir su mensaje y, aún más importante, persuadir al hombre más poderoso de Roma de que aceptara aquella propuesta—. Traigo un mensaje sobre cómo liberar a Lucio Cornelio Escipión —dijo al fin con decisión; un murmullo se extendió por el atrio; Plauto estaba incómodo; no había empezado bien. Sabía que a los oídos de aquellos oficiales sus palabras sólo podían anunciar un plan para atacar la cárcel de Roma por sorpresa y sacar por la fuerza al ex cónsul preso, y no era ésa la idea—. Tengo un pacto que proponer... quien me envía se compromete a liberar a Lucio Cornelio Escipión de inmediato a cambio de unas condiciones...

—¿Quién te envía? —preguntó Publio interrumpiéndole. Plauto temía aquella pregunta, pero también sabía que era ineludible darle respuesta.

—Me envía Tiberio Sempronio Graco, tribuno de la plebe.

Del murmullo se pasó de nuevo al silencio. Publio, que había separado su espalda del respaldo de su *solium* para preguntar, volvió a reclinarse hacia atrás. Su faz seria no parecía anticipar nada bueno, pero, al menos, el general no gritó en su réplica.

—Graco es un amigo de Catón y un amigo de Catón no puede proponer nada bueno para los Escipiones. Graco ha dado la orden de encarcelar a Lucio.

Plauto meditó un instante antes de continuar con su mensaje. Miró a ambos lados del general: tanto la esposa, Emilia Tercia, como el hijo del general permanecían con sus ojos clavados en él, pero estaba claro que no sería fácil que intervinieran en aquella conversación.

—Graco se compromete a liberar a Lucio Cornelio Escipión si se cumplen unas condiciones —repitió Plauto.

—¿Qué condiciones? —indagó Publio sin mover un solo músculo.

Plauto tragó saliva. Sabía que no podría terminar de enumerar las tres condiciones.

—Son tres cosas: primero que se satisfaga el pago a las arcas del

Estado que se exija a Lucio con relación a la campaña de Asia, y, en segundo lugar, en segundo lugar...

—Habla de una vez, por Hércules —espetó Publio, aún sin mover un ápice un solo músculo de su cuerpo.

—En segundo lugar, el general deberá exiliarse de Roma... —De inmediato decenas de imprecaciones contra Catón, contra Graco y contra el mensajero emergieron de boca de Lucio Emilio, de Domicio Ahenobarbo y del resto de oficiales presentes. Los hijos y la esposa del general callaban. Plauto elevó su voz para hacerse oír por encima de los insultos que le llovían como una infinita andanada de lanzas mortales en medio de un campo de batalla—. ¡Es la única forma... insisto, la única forma, según Graco, en la que el tribuno puede persuadir al Senado de que se vote una moción de liberación de Lucio Cornelio! ¡Si se paga el dinero se satisface una de las exigencias que los favorables a Catón vienen reclamando desde hace años, y si el general sale de Roma la teoría de la conspiración, la teoría de que Publio Cornelio Escipión quiere hacerse con el poder absoluto en Roma, quedará sin base! ¡Con esas dos condiciones es posible aprobar esa moción de liberación en el Senado y sacar al hermano del general de la cárcel sin derramamiento de sangre! ¡El *exsilium* sería un *exsilium iustum*, sin pérdida de ciudadanía o de la *patria potestas* y la pérdida del *connubium* y el *iustum matrimonium* sería compensado manteniendo el vínculo familiar por la *affectio maritales* del *ius gentium*! ¡La vida seguiría igual para el general, pero fuera de Roma, en un lugar de su elección!

Plauto calló al fin. Había dicho lo que tenía que decir. Al menos la primera parte. Los insultos seguían y en medio del griterío se desenvainaron algunas espadas que se esgrimían amenazantes hacia Tito Maccio Plauto. El escritor, por su parte, permanecía quieto mirando al general que, sin moverse, le observaba a su vez con detenimiento. Plauto sabía que el general estaba pensando, pero no tenía ni idea de en qué sentido iban los pensamientos de aquel hombre y eso sí le ponía nervioso; no temía las espadas, pues nadie se atrevería a derramar una sola gota de sangre en aquella casa sin que antes diera la orden el general, pero ¿qué pensaba Escipión de lo que se le había propuesto?

Publio miraba a Plauto intrigado. ¿Por qué aquel escritor se había prestado a transmitir aquel mensaje? ¿Por qué arriesgarse a ser, como estaba ocurriendo, el receptor de toda la ira de sus seguidores? ¿Por qué?

Publio Cornelio Escipión se levantó despacio del *solium*. En seguida los gritos se esfumaron, pero las espadas, aunque bajadas, no se envainaron. Todos querían ser el primero en ensartar a aquel traidor en cuanto el general diera la orden.

—¿Por qué? —preguntó Publio. Plauto le miró confundido. El general se explicó mientras se acercaba con lentitud hacia el escritor—. ¿Por qué vienes tú a traerme este mensaje? ¿Por qué has aceptado? ¿Te obligan? ¿Temes acaso la guerra en las calles de Roma? ¡Por todos los dioses, Plauto! ¿Por qué te metes en esto? Explícame, dame una razón para que no diga a cualquiera de estos hombres que te maten aquí y ahora, pues acabas de pedirme que me exilie de Roma, de mi ciudad, de mi patria, a mí, por todos los dioses, por Júpiter Óptimo Máximo, al mismísimo *princeps senatus* de Roma, y me lo has pedido aquí, en mi propia casa, ante mi esposa y mis hijos y mis amigos. Dime, Plauto, ¿por qué estás aquí? ¿Qué te mueve?

Plauto optó por responder sin rodeos.

—En el pasado me ayudaste: contrataste mis obras primero y luego me ayudaste a sacar a un amigo de la cárcel. Es justo que, más allá de nuestras diferencias, te ayude yo ahora.

—¿Y crees que con este mensaje me ayudas? —espetó Publio con desprecio, rodeando a su interlocutor mientras hablaban; Plauto, por el contrario, permanecía inmóvil en el centro del atrio, girando la cabeza para seguir con la mirada al general.

—Parece una locura, pero es la mejor de las salidas si se quiere conseguir la liberación de Lucio Cornelio y evitar un derramamiento de sangre que sabemos cómo empezará pero no cómo ni cuándo terminará.

—Queda una condición por desvelar, Plauto —dijo Publio sin dejar de dar vueltas a su alrededor—. Dijiste que Graco imponía tres condiciones. ¿Cuál es la tercera condición?

Plauto bajó la mirada al suelo y dejó de respirar durante unos instantes. No había marcha atrás. El mensaje debía entregarse por completo.

—El tribuno exige un rehén que debe quedar en Roma para asegurar al Senado el cumplimiento de las dos condiciones previas; éste rehén será tratado con respeto y nunca encarcelado o maltratado. Un rehén asegurará al Senado que se realizarán los pagos exigidos y que el *princeps senatus* nunca regresará a Roma en vida.

—Ni muerto tampoco. —Y Publio lanzó una extraña carcajada—. Si me exilio en vida jamás regresare a esta ciudad, ni vivo ni muerto. Un rehén. ¡Un rehén! ¿Y a quién se supone que debo entregar? A mi hijo primogénito, como hacemos con los reyes a los que sometemos en lejanas regiones del mundo. Supongo que ése es el pago que me pide el tribuno de la plebe, ya que se me acusa siempre de querer convertirme en rey. ¿Es eso lo que quiere Tiberio Sempronio Graco? ¿Que entregue a mi hijo? ¿Y qué más debo hacer? ¿He de arrodillarme en público ante Catón y abrazarle las rodillas implorando clemencia? ¿Está eso incluido en las condiciones de esto que tú te atreves a llamar pacto?

Plauto ignoró todos los sarcasmos y explicitó el sentido de la demanda de Graco.

—No. La tercera condición es que entregues a tu hija menor en matrimonio al tribuno de la plebe. Eso bastará para que el Senado interprete que hay voluntad por parte de los Escipiones de cumplir el resto de condiciones.

Publio Cornelio Escipión se detuvo en seco. Eso no lo había esperado: casi habría visto con mejores ojos entregar a su hijo como rehén que entregar a su hija pequeña. Puede que no se hablara apenas con la pequeña, pero era su debilidad personal, aunque no supiera hacérselo entender a la muchacha, aunque ella se negara siempre a seguir sus indicaciones o sus consejos, aunque ella se negara siempre a aceptar ninguno de los pretendientes que él había propuesto como apropiados, pese a todo ello, la pequeña Cornelia era su hija del alma, la única de todos sus hijos que era como él, la única que había heredado su osadía, su inteligencia, su capacidad para resistirlo todo y ahora le pedían que la entregara al único hombre de quien había renegado él siempre, el único hombre con quien no la querría ver casada jamás.

—Eso que pides es imposible —respondió gélido el general. Plauto comprendió que hasta ahí todo habría sido posible, pero que Graco se había equivocado con esta última condición. Pero el escritor estaba también al límite de su ingenio, y había llegado el momento de buscar aliados. Levantó la mirada y la clavó en Emilia Tercia. Sólo una mujer podía interceder aquí. Sólo una mujer podía doblegar la voluntad de Escipión. Ésa era su gran idea, pero Plauto, al ver la cara abrumada y desolada de Emilia Tercia, se percató de que hasta la propia esposa de Escipión estaba completamente superada por la situación. Su plan se desmoronaba por momentos. Ya no había nada que hacer. Y, sin embargo, había tenido esa intuición tan clara, tan precisa, tan nítida de que una mujer podría doblegar al general de generales, que no podía evitar añadir a su desolación una dosis adicional de sorpresa. Pero no quedaba ya nada por hacer. Roma ardería aquella noche y la sangre de centenares, miles de ciudadanos, libertos, esclavos, extranjeros, soldados y civiles, patricios y plebeyos, ricos y miserables sería vertida por cada esquina de la ciudad hasta empaparlo todo con el inconfundible hedor del odio absurdo y su hermana fiel, la muerte, cuando, de pronto, la voz serena, armoniosa, perfecta de una joven partió la noche, el odio y la guerra, hiriendo a las tres, pero no estaba claro si con suficiente fuerza para detener a tan brutales enemigos.

—Si mi matrimonio con el tribuno Sempronio Graco contribuye a liberar a mi tío y a salvar a Roma de una guerra civil, acepto ese matrimonio.

Publio se dio la vuelta y vio a su hija que se había levantado y había hablado con la serenidad y la decisión que la caracterizaban. Publio iba a responder negando semejante posibilidad, pero entonces, al fin, Emilia Tercia, espoleada por la bravura de su hija, se levantó también y se decidió a hablar. Plauto, con los ojos bien abiertos, comprendía que su intuición no había sido errónea, pero sí inexacta: harían falta al menos dos mujeres para doblegar al general de generales. Quizá incluso más gente, pero quizá aún se pudiera.

—Todo parece una locura, pero si Cornelia está dispuesta a aceptar ese matrimonio para favorecer a la familia, facilitar la liberación de Lucio y preservar la paz, mi hija cuenta con mi apoyo. —Y volvió a sentarse. Cornelia, sin embargo, siempre desafiante, siempre retadora, permanecía en pie, mirando fijamente a su padre. Publio Cornelio se acercó despacio hacia su hija negando con la cabeza.

—Eso nunca será así —respondía mientras se acercaba a ella—. Con Tiberio Sempronio Graco nunca. Jamás. Antes cualquier cosa que permitir ese enlace y menos bajo la presión y el chantaje de tener a mi hermano encarcelado. —Y se hizo un silencio sepulcral en el que nadie se atrevía a decir una sola palabra.

Envuelto por todas las miradas, Publio recordaba las palabras de Aníbal en Éfeso, palabras que en su momento, cuando las escuchó, le parecieron carentes de sentido: «Administrar con justicia el dinero de otros es fácil si se quiere, lo difícil es administrar el dinero propio de forma apropiada.» Por quinientos talentos. Por quinientos malditos talentos.

Cornelia quería responder, pero le faltaba aire. Le costaba hasta respirar. Ella misma estaba confundida. Se había ofrecido pensando en su propia familia, en el bienestar de todos más que en el suyo propio, y se había ofrecido en la confianza de evitar un derramamiento brutal de sangre en donde morirían muchos, y muchos de los que estaban allí, pero, al tiempo, sentía sensaciones extrañas, desconocidas en su interior. Había hablado con Graco aquella misma noche y no parecía que nada se hubiera conseguido, y luego llegaba aquel escritor con aquel mensaje en donde Graco pedía que ella se casara con él como forma de sellar una paz entre las familias. Cornelia estaba aturdida y ese embotamiento de ideas le impedía debatir con su padre como habría hecho en cualquier otro momento. No tenía fuerzas para más y se sentó y calló y miró al suelo mientras su padre seguía frente a ella negando con la cabeza y expresando con palabras rotundas que ese matrimonio no tendría lugar jamás. En ese momento fue la voz de su hijo la que empezó a sonar en medio de aquel atrio henchido de tensión y nervios.

—Padre, soy Publio Cornelio Escipión, tu hijo, llevo tu nombre, tengo tu sangre. Sé que nunca has estado orgulloso de mí y no me duele reconocer la verdad aquí, delante de todos, en esta noche que igual es la última noche para todos. Es una noche para verdades donde no queda sitio para las mentiras. El pacto que ofrece Graco es deleznable, horrible, humillante. Todo eso es cierto, pero no hay más que esa opción o la guerra, y una guerra en la que moriremos todos. Nos superan en número en razón de veinte a uno. Sé que piensas que soy un cobarde, pero esta noche no me importa lo que pienses de mí. Eso es algo muy pequeño con relación a lo que nos jugamos todos en las próximas horas. No es justo que mi tío esté en la cárcel y no es justo que se ordene tu exilio, como no es justo que se presione a mi hermana para casarse con ese maldito tribuno de la plebe, pero es aceptar esas condiciones o salir todos a combatir contra un enemigo imposible de vencer, pero tú, padre, has doblegado a tantos enemigos imposibles que decidas lo que decidas, todos te seguirán, hacia la muerte o hacia la victoria, padre, todos te seguirán, todos te seguiremos. Piensa lo que quieras de mí, eso hace tiempo que ya no me importa, sé que nunca estaré a la altura de lo que esperas de mí, pero eso ya da igual, lo único que importa ahora es que pienses bien, padre, que pienses bien lo que vas a hacer porque en tus manos está la vida de todos. Si crees que podemos ganar, no lo dudes y lánzanos al combate; si crees que hemos de morir luchando, lánzanos también al combate y no alargues más esta espera que es más una tortura que otra cosa, pero si crees que la mejor forma de luchar contra Catón y los suyos es la supervivencia del clan, acepta entonces las condiciones que propone Graco. Cornelia ha mostrado su predisposición a aceptar la parte que le corresponde, que es la mayor junto con tu obligación de aceptar el exilio. Si tú marchas, padre, nos exiliaremos todos contigo, y si decides que luchemos, lucharemos todos contigo. Me miras y leo que en tu mente sólo persiste la idea de que te habla un cobarde, pero te diré una cosa: no me hagas caso a mí, pero sé consecuente con tus ideas; siempre has pensado que Cornelia, mi hermana pequeña, era la más valiente de entre todos tus hijos, y la más inteligente; no, no digas nada sobre eso padre, es así, lo sé desde siempre, desde que éramos niños. Siempre ha sido así. No hablo desde el rencor ni le tengo odio a mi hermana pequeña. Ése no es el asunto de esta noche, pero siempre has pensado que Cornelia, aunque rebelde y testaruda, es valiente e inteligente. Sea entonces. No hagas caso al cobarde de tu hijo, pero escucha a la valerosa hija que tienes que también acepta el pacto. Haz lo que quieras. Todos moriremos contigo o viviremos en la forma que decidas que lo hagamos. No tengo más que decir. La noche avanza, padre, y el tiempo se nos acaba. Debemos estar ya en la última vigilia de la noche. Las *legiones urbanae* entrarán en el foro al alba. El amanecer está cerca. Haz lo que tengas que hacer.

Y sin esperar respuesta de ningún tipo, Publio Cornelio Escipión hijo salió del atrio pasando entre todos los oficiales y veteranos de su padre y se perdió en el pasillo que conducía a su habitación, donde entró, se sentó en su lecho y cerró los ojos a la espera de aquello que tuviera que ocurrir.

Fuera, en el atrio de la gran *domus* de los Escipiones, Publio Cornelio Escipión padre, mudo, silencioso, tomó de nuevo asiento en su solitario *solium* y, rodeado por todos, pero sin que nadie se atreviera a decir nada, meditaba mirando al suelo, con los ojos sin parpadear, con un sudor familiar, frío, que le producía escalofríos, asomando por su frente. Las fiebres de Hispania volvían de nuevo. Estaba agotado, perdido, derrotado. Muerte o victoria. Eso había dicho su hijo. Por una vez, por una sola vez, había hablado bien. Muerte o victoria. No había otro camino. Eso o la humillación absoluta disfrazada de pacto. Demasiado para engullir. Demasiado alto el precio de la paz. En realidad no era muerte o victoria, sino muerte o humillación y entregar a su hija al único hombre con el que nunca querría verla casada. La victoria, como general, sabía que era imposible. Cualquier opción se le antojaba insufrible, intolerable, imposible. Y no se veía otro camino. Estaba obligado a decidir. Cómo echaba de menos una carga con ochenta elefantes, el aire envuelto en arena, el bramido de las bestias, el miedo de los legionarios, la incertidumbre de la guerra. Cualquier cosa era mejor que esa soledad en la que tenía que decidir sobre el destino de su vida, la supervivencia de su familia y el futuro de Roma.

110

La noche más larga

16 de abril de 184 a.C

Cuarta vigilia

Patrullas de uno y otro bando se cruzaban en la noche. A falta de órdenes de ataque por parte de ningún líder, pues tanto Catón como Graco por un lado, como Escipión, por otro, callaban, los soldados de los unos y los otros procuraban evitarse, pero la omisión de derramamiento de sangre en todos los casos resultaba imposible. A veces bastaba un grito airado, en ocasiones una mala mirada y decenas de *gladios* se desenvainaban, las espadas chocaban unas contra las otras y, al poco, los gritos ahogados de unos y los insultos de los otros daban el lance por terminado. Una docena de sombras se alejaba dejando un largo reguero de sangre mientras los vencedores se quedaban en medio de la calle, desafiantes, esperando el amanecer.

Lelio estaba en una de esas patrullas, en la parte sur del foro, controlando que nadie se atreviera a adentrarse en el *Vicus Tuscus*, cuando, de pronto, uno de sus hombres aulló con potencia.

—¡Es ése, es ése!

Cayo Lelio ordenó callar al legionario y le conminó a explicarse.

—Ése de ahí, el que está con esa treintena de *triunviros*, junto al Templo de Vesta, es el maldito *primus pilus* que encarceló al hermano del general.

Cayo Lelio se olvidó de todo y de todos. En su gran *domus*, Escipión debía aún decidir qué se iba a hacer, si luchar a muerte contra las *legiones urbanae* y, seguramente, morir en el combate, o ceder y pactar con Graco. Pero aún no había llegado orden alguna de Publio y aún era de noche y estaban ante el oficial que había despreciado a Publio y encarcelado a su hermano y Cayo Lelio se olvidó de todo y de todos menos de ese *primus pilus*.

Craso caminaba pavoneándose como un gallo en un gallinero, como el león jefe ante toda la camada, como un dios supremo ante sus dioses inferiores y servidores. Había sido él el que había encerrado a Lucio Cornelio Escipión, desafiando, retando al mismísimo Publio Cornelio, al mismísimo *Africanus*, y allí estaba él, sabedor de que pronto recibiría todo tipo de recompensas por parte de Catón y del resto de senadores por cumplir fielmente con las órdenes recibidas. Órdenes que muchos se habrían negado a cumplir pero que él había ejecutado hasta las últimas consecuencias. A su alrededor todos le miraban con admiración y con miedo, con terror, pensaba él, pues él, Craso, había doblegado al gran *Africanus* a pocos metros de la cárcel. Escipión le había ordenado que dejara libre a su hermano y él se había negado. Escipión había dicho: «Tengo quinientos jinetes que no permitirán que lleguéis a la prisión con mi hermano», y él había respondido: «Si no nos dejáis pasar, si no os retiráis hasta la puerta Fontus, ejecutaré al prisionero aquí mismo.» Y Escipión se retiró. Todos le admiraban. Estaba tan henchido de gloria que no tenía ojos para el enemigo y cometió el único error imperdonable: infravalorar las posibilidades del oponente. Estaba convencido de que Escipión se rendiría al alba. Les superaban por veinte a uno. Nadie se atrevería a atacarles. Nadie. Se olvidó de Lelio.

Craso no vio al medio centenar de veteranos de Hispania y África que se lanzaron bajo el mando de un ex cónsul loco contra el Templo de Vesta. Fue una acción rápida, casi quirúrgica. La sangre no se desparramó más allá del lago de Juturna y para cuando los *triunviros* recibieron refuerzos desde la *Nova Via* por el este y desde el Templo de Venus desde el norte, ya era demasiado tarde. Sólo encontraron treinta cadáveres de los *triunviros* y siete veteranos de Escipión malheridos a los que no perdonaron la vida. Era lo único que podían hacer: rematar a los enemigos. Uno de los legionarios de las *legiones urbanae* se arrodilló ante un cadáver y llamó a su superior. El centurión al mando acudió con rapidez.

—¿Qué pasa? —preguntó el oficial.

El legionario señalaba el cuerpo del compañero caído al tiempo que hablaba.

—A éste le falta la cabeza.

Cayo Lelio caminaba entre los veteranos de Escipión portando en su mano derecha la cabeza de Craso. No estaba claro si aquello era el principio del fin o sólo el final de una pesadilla, pero a Lelio le sabía a gloria haberle arrancado de cuajo la cabeza a aquel miserable.

111

Memorias de Publio Cornelio Escipión, *Africanus* (Libro VI)

Acepté para evitar la muerte de toda mi familia. Eso me decía a mí mismo y eso me gusta pensar aún, cuando quiero engañarme, porque entonces esa decisión habría estado cargada de sensatez, pero en realidad otros eran mis pensamientos. Ahora ampliaré esto.

Comuniqué a Graco, de nuevo a través del propio Plauto, que aceptaba las condiciones, que satisfaríamos el pago que el Senado reclamara sobre el dinero de la campaña de Asia, que abandonaría Roma para siempre y que le entregaría a mi hija en matrimonio a cambio de la libertad de mi hermano, pero que si alguna vez llegaba a mis oídos que maltrataba a mi hija regresaría para sacarle las entrañas a golpes hasta matarle. No creo que Plauto trasladara mi mensaje de forma literal, o quizá sí, pero, en cualquier caso, el pacto se cerró. Mi humillación empezaba entonces. Publio Cornelio Escipión, el hombre más poderoso del mundo, había caído, traicionado por la Roma por la que tanto había luchado. Pero en el fondo de mi ser, y no estoy ahora orgulloso por ello (hay que ver en lo tremendamente mezquinos que nos pueden convertir la rabia y el odio); en el fondo de mi alma estaba seguro de que daba igual que aceptara aquel pacto porque era del todo imposible que el ingenuo de Tiberio Sempronio Graco pudiera derrotar en el Senado al más temible de los políticos romanos: a Marco Porcio Catón. Aceptaba un pacto vacío. Catón derrotaría a Graco en la última votación y las legiones urbanae *cargarían contra mis hombres. Entonces sólo nos quedaría defendernos y, eso sí, llevarnos por delante a tantos como pudiéramos.*

112

La votación final

Roma.
16 de abril de 184 a.C.

Hora primera

A instancias de Graco, el *praetor urbanus* aceptó convocar al Senado de urgencia. El pretor estaba a favor de las medidas sugeridas por Catón contra los Escipiones, pero al igual que otros muchos senadores, estaba sorprendido y temeroso por la dura reacción de Publio Cornelio Escipión quien, con quinientos veteranos fuertemente armados en el *pomerium*, en el corazón de Roma, podía convertir aquel amanecer en el más sangriento que hubiera visto Roma desde los tiempos de la lejana monarquía. Ya había habido unas cuantas decenas de muertos en diversos enfrentamientos en el foro, donde había caído un *primus pilus*, además de otros combates en varias calles adyacentes y en las puertas Carmenta y Fontus donde un centenar más de veteranos de Escipión habían intentado entrar en la ciudad, pero todavía no se había desatado la locura total e incontrolada de una batalla civil en el corazón de la ciudad a gran escala. Aún podía evitarse lo peor. Pero estaba difícil. Muy difícil.

El edificio de la *Curia* estaba completamente rodeado a su vez por centenares de legionarios, hasta el punto de asemejarse más al *praetorium* de una campaña militar que al lugar donde se congregaban los *patres conscripti.* Los soldados habían habilitado varios pasillos que cruzaban el *Comitium* y el foro para facilitar el acceso al edificio de la *Curia* a todos aquellos senadores que quisieran atender la convocatoria del pretor. Todos los seguidores de Catón, con Lucio Porcio, Spurino y Quinto Petilio al frente, acudieron raudos a la convocatoria. Catón no la creía necesaria, pero ya sabía que había sido convocada a petición de Graco y no podía permitirse el lujo de no asistir. Spurino estaba preocupado, pero Catón, confiado en que los sicarios hubieran hecho el trabajo según lo estipulado, aún sin estar seguro, pensaba que Graco, revuelto ahora sí contra Escipión, querría exigir medidas todavía más duras. Quizá incluso querría ordenar la detención del propio

Publio Cornelio por interferir en el encarcelamiento de su hermano. Si así fuera, Catón se aseguraría de que el tribuno de la plebe obtuviera todo el apoyo del Senado. Lo que no le gustaba tanto al censor de Roma era ver tantas caras de preocupación entre muchos senadores. Estaba claro que la mayoría eran unos débiles, unos flojos que se asustaban por cualquier cosa. ¡Qué importaba que *Africanus* tuviera un pequeño regimiento armado! Si Publio Cornelio optaba por la violencia sería aplastado por las *legiones urbanae* y, con un poco de suerte, en el fragor de la lucha, se podría masacrar a toda su familia y Roma se libraría de esa condenada estirpe, aquel tremendo peligro siempre latente en lo más profundo de la ciudad. Sería un castigo ejemplar y pasaría mucho tiempo antes de que nadie quisiera seguir la senda de Escipión para situarse por encima del resto y pavonearse ante el pueblo como el único gran salvador de Roma. Sí, el enfrentamiento armado, un par de días sangrientos como mucho, eran la mejor salvaguarda de la República. A ver si, con un poco de suerte, el encuentro con los sicarios hacía que Graco abriera esa senda.

Tiberio Sempronio Graco esperaba en el centro de la *Curia*, sentado en una modesta *sella*. Como temía, todos los seguidores de Catón habían hecho acto de presencia, también bastantes de los senadores independientes, pero del grupo de *patres conscripti* que solían apoyar a los Escipiones, ahora que era cuando más falta hacían, apenas si habían aparecido unos cuantos y, de entre ellos, ninguno de los más relevantes. No estaba Publio Cornelio Escipión, por supuesto, que permanecía encerrado en su casa a la espera del resultado de la votación de aquella mañana, ni tampoco Cayo Lelio o Silano o Lucio Emilio Paulo, que debían estar junto a su líder. Así aún sería más difícil persuadir al Senado del camino a seguir, pero debía intentarlo. Graco se lo repetía una y otra vez. Debía intentarlo aunque lo más probable es que fracasara en el intento, pero al menos su conciencia estaría más limpia que la de otros cuando las calles de Roma se bañaran de sangre de ciudadanos de uno y otro bando. El presidente, sentado justo detrás de él, pronunció las palabras acostumbradas para abrir la sesión del Senado y Graco escuchó su nombre. Era su turno para hablar. Se levantó despacio. Era la primera vez que se iba a medir con Catón en el Senado. Era la primera vez que alguien que no fuera uno de los Escipiones o uno de los amigos íntimos de los Escipiones iba a enfrentarse contra Catón.

Graco miró a su alrededor. Los ojos de todos le observaban cargados de curiosidad, intrigados, algunos buscando un rayo de esperanza en aquel amanecer gris. Había en muchas miradas el temor a la guerra civil. Graco se sintió mejor. Había algo por dónde empezar. Inspiró despacio. En el pasado la diosa Fortuna se había mostrado generosa para con él, pero pese a todas las situaciones límite vividas en los últimos años, el enfrentamiento de aquella mañana se le antojaba el más difícil de todos. Unos cuantos, empezando por el propio Catón, Spurino, Lucio Porcio y otros más, le iban a acusar de traidor, pero eso no era lo importante. Lo esencial era qué pensaría el resto.

—Gracias a todos los que habéis acudido esta fría mañana —empezó con solemnidad, y es que pese a estar en abril parecía que el sol había decidido esconderse hasta que Roma decidiera qué iba a hacer consigo misma—. *Patres conscripti*, hemos aplicado las leyes de la ciudad y se han cumplido, pero Roma se ve abocada a una dura elección y nosotros tenemos la posibilidad de decidir por qué camino queremos ir. Tenemos dos opciones ante nosotros: la muerte o el pacto; la sangre de los enemigos del Estado derramada por las calles de Roma junto con la sangre de los defensores del Estado, o una solución donde no deban morir ni los unos ni los otros y donde los enemigos del Estado estén convenientemente impedidos de atentar contra la República.

—Esto no me gusta nada —cuchicheó Spurino a los oídos de un Catón con un profundo entrecejo plasmado en su frente. El censor levantó la mano para alejar de su mejilla el rostro ajado por los años de Spurino. Quería escuchar lo que decía Graco. Aún no tenía claro de qué iba todo aquello. No podía creer que después del ataque de los sicarios Graco aún hablara de pacto. Quería ver adónde iba a parar todo aquel discurso.

—El Estado no puede permitir —continuaba Graco— que los cónsules elegidos cada año crean que pueden hacer y deshacer a su antojo, que no deben rendir cuentas de sus acciones. Lucio Cornelio Escipión ha sido juzgado por esto y declarado culpable por un tribunal extraordinario, ha sido convenientemente encarcelado. Pero, realmente, ¿a qué viene todo esto? Realmente, *patres conscripti*, decidme, realmente, ¿a quién teme el Senado, a quién teme Roma? —Y aquí hizo una breve pausa para que los senadores reflexionaran; nadie dijo nada, pero Graco estaba seguro de que todos tenían en mente el nombre que iba a pronunciar a continuación—. Todos tememos al mismo hombre: Publio Cornelio Escipión, ese al que todos conocemos con el sobrenombre de *Africanus*, el senador más veterano de todos, por lo que le concedimos el título de *princeps senatus*. Es a él al que tememos, es de él de quien tememos que la República se transfigure en una injusta monarquía donde sólo él gobierne por encima de todos. Ésa y no otra es la causa real del encono, o la persistencia justa, interprétese como quiera, con la que el Senado reinició la causa contra su hermano Lucio Cornelio Escipión. Hermano al que hemos encerrado para mandar un mensaje al propio *Africanus*. Es así. Veo que algunos asienten con la cabeza. Sólo estoy poniendo en palabras sencillas la realidad de lo que está ocurriendo, claro que están ocurriendo muchas cosas más: como era previsible, nuestro primero encumbrado por todos y luego temido por muchos, Publio Cornelio Escipión, ha reaccionado con violencia al encarcelamiento de su hermano. Seamos justos: a ninguno de nosotros nos gustaría que se encarcelase a un familiar nuestro, y menos aún si somos de la opinión de que el juicio puede, a nuestros ojos, no haber sido imparcial; sea, ése es un sentimiento irrefrenable que todos podemos compartir, pero de ahí a, *patres conscripti*, de ahí a reaccionar con violencia, de ahí a intentar impedir por la fuerza que los *triunviros* ejecuten las órdenes recibidas, de ahí a introducir en la ciudad hasta quinientos veteranos fuertemente armados y dispuestos a la lucha, de una cosa a otra, hay una gran diferencia, y esa diferencia es la que define el orgullo y la soberbia de Publio Cornelio Escipión. —Spurino se reclinó más sosegado en su asiento, Catón se mantenía recto, con el ceño fruncido, algo más tranquilo también pero aún en guardia; la mayoría del resto de senadores, excepto el pequeño grupo de los que apoyaban a los Escipiones, asentían con claridad; Graco continuó hablando—. Sí, no dudaré un instante en calificar a Publio Cornelio Escipión como soberbio, orgulloso y henchido de vanidad, porque sus acciones últimas así lo corroboran. Nadie está por encima del Estado. Si no está de acuerdo con el tribunal extraordinario, sea, que venga aquí y que aquí defienda sus opiniones; pero no, en su lugar viene a Roma rodeado de soldados dispuestos a sacar a su hermano de la cárcel por la fuerza. Dicho con otras palabras: viene a Roma dispuesto a hacer valer su opinión por la fuerza de las armas y no por la fortaleza de los argumentos. Gracias a que los dioses nos protegen y a la prevención de los que nos gobiernan —y aquí lanzó una breve mirada de reconocimiento a Catón, que le devolvió el gesto con un leve cabeceo de su cabeza—, las *legiones urbanae*, oportunamente emplazadas en diferentes puntos de la ciudad, han podido mantener el orden público. —E hizo una nueva breve pausa—. Hasta el momento. —Otro silencio, algo más largo—. Sí, amigos senadores, insisto: hasta el momento, porque no tardará mucho Publio Cornelio Escipión en ordenar a sus hombres que por la fuerza de las armas se abran paso hasta el *Tullianum* y liberen a su hermano. Seguramente no lo conseguirán, pero son hombres rudos, valerosos y que han demostrado su capacidad de combate en el pasado y, frente a unos jóvenes legionarios más inexpertos, sin duda, harán que corra mucha sangre y, gobernados por alguien que, aunque vanidoso, ha mostrado ser uno de los mejores generales de Roma en el pasado reciente, pueden aún sorprendernos y causar aún mucho más daño, dolor y sufrimiento del que ahora podemos prever. Y, yo me pregunto, porque como tribuno de la plebe, una plebe que, no lo olvidemos, admira a este hombre que se ha rebelado contra las autoridades de Roma, yo me siento en la obligación de preguntarme, incluso si Publio Cornelio Escipión ha perdido ya toda razón al venir a Roma dispuesto sólo a combatir y no a debatir, yo me siento en la obligación, insisto, como tribuno de la plebe, me siento obligado a preguntarme lo siguiente: ¿no hay otro camino?, ¿no hay otra salida? —Nuevamente detuvo su discurso y paseó despacio por el centro de la gran sala; algunos senadores, próximos a Catón, negaban con la cabeza, pero Graco, para su propia sorpresa, observó que muchos, la mayoría, ni negaba ni asentía; había conseguido sembrar la duda; muchos de aquellos senadores no querían que las cosas llegaran al derramamiento general de sangre. Era Catón el que los estaba empujando. Tenía que explotar eso, tenía que acertar en la forma, en las palabras; un rayo de sol entró por el amplio rectángulo de la gran puerta del Senado e iluminó el centro de la sala, cayendo justo a sus pies; quedaba poco tiempo; Escipión pronto daría la orden de atacar. No podía dilatar más su anuncio—. Yo, *patres conscripti*, tengo otra salida. —Y vio cómo todos se inclinaban hacia delante en sus asientos y cómo los mayores giraban la cabeza para escuchar mejor—. Yo, *patres conscripti*, he llegado a un pacto con Publio Cornelio Escipión que evitará todo derramamiento de sangre pero que, al mismo tiempo, desbaratará para siempre cualquier peligro de influencia política de Publio Cornelio en la vida política de Roma.

—¡Pero qué dice, por Cástor y Pólux, este maldito traidor! —aulló Spurino levantándose desde su asiento—. ¡No se puede negociar con Escipión! ¡Por todos los dioses, tú mismo lo has dicho!

Graco no se arredró y reemprendió su parlamento superponiendo con potencia su voz a las voces disonantes que surgían del entorno de un Catón que le clavaba los ojos como dagas afiladas.

—¡Publio Cornelio Escipión irá al *exsilium*! ¡Un exilio permanente, fuera de Roma! —precisó Graco, y las voces de los seguidores de Catón callaron confundidas mientras el resto de senadores abría las bocas con sorpresa o parpadeaban incrédulos—. Sí —empezó a explicarse Graco con rapidez—. Publio Cornelio Escipión se exiliará de Roma, se recluirá en el sur, en su villa de Literno con la prohibición expresa de nunca jamás retornar a Roma. Será un *exsilium iustum*, que, en consecuencia, no afectará a la totalidad de sus derechos privados o a su ciudadanía, pero que le impedirá retornar jamás a esta ciudad o influir nunca más en la vida pública de Roma. De ese modo se terminará para siempre ese temor creciente entre todos nosotros de que Publio Cornelio, valiéndose del apoyo del pueblo, quiera nombrarse cónsul o dictador vitalicio o, como se le ha acusado en repetidas ocasiones, rey de Roma. No. Publio Cornelio Escipión habrá desaparecido como peligro para el Estado. Hoy mismo, antes del mediodía, si esta sesión acepta esta alternativa y la votación se realiza pronto, hoy mismo, repito, al mediodía, en la *hora sexta,* Publio Cornelio Escipión saldrá de Roma junto con todos sus veteranos para no volver nunca jamás, sin enfrentamientos, sin derramamiento de sangre, sin violencia. Éste es un buen pacto para Roma.

Marco Porcio Catón, incapaz de contenerse por más tiempo, se levantó de su asiento.

—Y, si puede saberse, querido Graco, esto que tú denominas pacto, ¿qué costará a Roma? ¿Cuánto dinero hemos de pagar a Escipión por su, digamos, generosidad? ¿O es que hemos de creer que Publio Cornelio Escipión va a salir de Roma sin nada a cambio? —Y extendió los brazos mirando al resto de senadores para provocar que muchos insistieran en preguntar en voz alta qué obtendría Escipión a cambio, pero Graco, rápido, antes de dar tiempo a que intervinieran otros senadores, replicó con celeridad sorprendente.

—La libertad de su hermano. Ésa es la parte del pacto que el Senado debe cumplir. Liberamos a su hermano y Publio Cornelio se exilia de Roma para siempre.

—Eso es chantaje —respondió Catón bajando al centro del Senado y encarándose ya abiertamente contra Graco; el tribuno, pese a que el censor de Roma se acercaba, no retrocedía, pero Graco no dejaba de mirar bien las manos de Catón. Mientras estuvieran a la vista no retrocedería, pero si las ocultaba, aunque sólo fuera un instante, entre los dobleces de su toga, entonces sí daría unos cuantos pasos atrás. Ya había tenido bastantes dagas por la noche y no quería ver más aquella mañana.

—El censor de Roma puede llamar a este pacto como quiera, pero es un pacto que evita el derramamiento de sangre y que no deja sin castigo la vanidad y el orgullo de Publio Cornelio, de su hermano y de toda su familia. Su malversación de fondos en la campaña de Asia y sus actitudes intolerables de los últimos días o su desplante en el *iudicium populi* del pasado, todo quedará más que castigado con exilio permanente del jefe del clan de los Escipiones, además de que los Escipiones deberán satisfacer un pago que resarza al Estado de la apropiación indebida de dinero público durante la campaña de Asia. Cualquier nuevo cónsul sabrá que malversar en una campaña o desafiar a las autoridades de Roma le llevará, como mínimo, al exilio obligado tras, además, haber tenido que devolver el dinero robado. Ése es un buen mensaje para las futuras generaciones de gobernantes y, no me cansaré de insistir, un pacto que nos permite encontrar una solución al día de hoy que evita muertes innecesarias. ¡Por todos los dioses, Roma debe luchar en sus fronteras, no en sus entrañas!

Catón miró hacia las bancadas senatoriales. Muchos asentían, incluso algunos de los suyos, que eso sí, en cuanto su mirada se acercaba, dejaban de mover la cabeza y miraban al suelo como el niño que ha sido cazado en medio de una fechoría. El censor de Roma veía que los senadores, flojos, débiles, dubitativos, estaban dispuestos a pactar con Escipión a instancias de Graco. Cobardes. Cobardes y miserables todos. Todos.

El tribuno veía, por su parte, no sin cierta perplejidad, que su planteamiento estaba siendo bienvenido entre muchos de los *patres conscripti*. Graco había pensado en hacer referencia al hecho, desconocido para algunos de los senadores que aún dudaban, que ese tipo de exilio era similar a la pena de ostracismo que se practicaba en algunas ciudades griegas cuando un ciudadano era demasiado popular y se incurría en el peligro de que éste se impusiera sobre el resto, pero igual de rápido que le sobrevino la idea, la desechó, pues Catón aprovecharía que se trataba de una costumbre griega para desautorizarla por extranjerizante y contraria a las costumbres de los antepasados de Roma. No, era mejor hablar sólo de *exsilium*, algo contemplado en el ordenamiento jurídico romano.

Marco Porcio Catón no estaba dispuesto a darse por vencido. Se daba cuenta de que a la mayoría de senadores aquel pacto les parecía bien, claro que quedaba un aspecto clave en todo acuerdo: que se cumpliera por ambas partes y, para eso, hacían falta garantías. Aquí iba a morder y aquí iba a destrozar a Tiberio Sempronio Graco para siempre.

—Veo que los *patres conscripti* de Roma, contrariamente a lo que yo aconsejaría, se muestran proclives a aceptar un pacto tan insólito como el que el tribuno nos propone, pero, pregunto yo ahora, es mi turno para preguntar ahora —añadió con cierto tono irónico que puso a Graco de inmediato en guardia—, pregunto yo, Tiberio Sempronio Graco, si nosotros, el Senado, damos hoy orden de liberar a Lucio Cornelio Escipión, ¿cómo sabemos que Publio, su hermano, corresponderá cumpliendo su parte del pacto? —Graco iba a decir algo, pero Catón levantó su mano derecha y prosiguió con una nueva pregunta—: Y más importante aún, incluso suponiendo que Publio Cornelio Escipión saliera esta misma mañana de Roma, llevándose consigo a su familia a la que pondría buen recaudo, ¿cómo sé yo, cómo podemos saber todos nosotros aquí presentes, que a los pocos días, ese nuevo amigo tuyo, Publio Cornelio Escipión, no levantará en armas Italia entera y se pondrá al frente de un ejército de veteranos de todas sus campañas pasadas y asediará Roma hasta rendirnos por hambre o por la fuerza de las armas? Sé que, movidos por la bondad que existe en el corazón de todo buen senador romano, muchos de vosotros os habéis dejado conmover por las palabras de Graco y que queréis evitar que mueran ciudadanos romanos, pero, pregunto yo, ¿no será mejor que mueran ahora unos pocos centenares de legionarios de las *legiones urbanae* y los quinientos veteranos de guerra de Escipión a que nos veamos abocados a una guerra civil de grandes dimensiones en donde toda Roma será asediada y en donde muchos de los que ahora, con vuestras buenas intenciones queréis pactar, seáis también pasto de los buitres? Pensad bien lo que vais a votar, porque no votáis sólo sobre el futuro del Estado sino que votáis sobre la vida de cada uno de vosotros. —Y de pronto, como movido por un resorte invisible, Catón se revolvió hacia Graco para asestarle la estocada final, no con una daga, como había temido el tribuno, sino con su mejor arma: con punzantes palabras que despedazaban siempre a sus contrincantes políticos—: ¿O es que acaso ese pacto incluye algún rehén de la familia de los Escipiones? —Pero Catón no esperó respuesta, porque estaba seguro de que no la había, y, resuelto, entre las aclamaciones de Spurino, Quinto Petilio,

Lucio Marcio y otros de los más fieles senadores, fue caminando de regreso a su asiento para saborear, como tantas otras veces, la miel dulce de la victoria política. La voz de Graco, por inesperada, le hizo detenerse de golpe y darse la vuelta de nuevo para encarar al tribuno.

—No sé si es un rehén o no —precisó Graco—, pero este pacto incluye que Publio Cornelio Escipión tendrá que entregar en matrimonio a su hija pequeña con un senador aquí presente. Yo me he propuesto para ser ese senador. Todos sabéis que Publio Cornelio Escipión me tiene como uno de sus mayores enemigos políticos, pero no he cedido en ese punto. Sin ese matrimonio no hay liberación de su hermano, incluso si acepta el *exsilium*. El pacto incluye tres cosas por su parte: pago a las arcas del Estado, exilio y entregar a su hija menor; por la nuestra sólo una: liberar a su hermano. Escipión nunca atacará Roma, ni hará nada que pueda poner en peligro la vida de su hija. Todos sabéis que Escipión adora a su hija pequeña. Por mi parte, yo tenía otros planes para mi vida, pero si esto ayuda a Roma y si el Senado así lo acuerda, estoy dispuesto a desposarme con la hija menor de Escipión, liberar a su hermano y ser testigo de cómo Publio Cornelio abandona Roma para siempre. Y sin derramamiento de sangre ni ahora ni en el futuro. En una sola cosa estamos de acuerdo el censor de Roma y yo; en todo pacto debe haber un rehén y éste también lo incluye. —Y antes de que Catón pudiera reaccionar, Graco se dirigió al presidente del Senado en voz alta, potente, soberana—: Exijo una votación sobre mi propuesta. Quiero saber si el Senado quiere luchar a muerte contra Escipión o ver cómo se exilia dejando detrás a su hija en prenda de cumplimiento permanente de su pacto con Roma. Y exijo esa votación ahora mismo.

El presidente no pudo negarse a la petición del tribuno. Miraba a Catón, pero, por primera vez en la vida, parecía que al senador Marco Porcio Catón le faltaban las palabras.

Tiberio Sempronio Graco, tribuno de Roma, ganó aquella votación, por un estrecho margen, pero la ganó. Marco Porcio Catón se quedó sentado en su banco de la *Curia Hostilia* con la mirada vacía y la boca cerrada, apretando tanto los labios que se convirtieron en una fina línea blanquecina sin sangre ni color. Ninguno de los suyos se atrevió a decirle nada, a acercarse tan siquiera y susurrarle unas palabras de apoyo. Todos iban saliendo en silencio, uno a uno: primero los seguidores de los Escipiones, luego Graco, rodeado de decenas de senadores admirados de que hubiera conseguido doblegar al invencible censor en el Senado de Roma y, al fin, los propios seguidores de Catón fueron abandonando también la sala. Salió al fin el presidente y ya no quedó nadie, sólo él, Marco Porcio Catón, sentado entre la penumbra de sombras alargadas de la *Curia*. Catón no daba crédito, no podía creerse lo que había ocurrido. Lo había tocado con la punta de los dedos, lo había rozado: el triunfo completo y absoluto sobre los Escipiones; ahora mismo podían estar las *legiones urbanae* haciendo su trabajo y la sangre de los Escipiones estaría regando las calles de Roma y todo habría, por fin, de una maldita vez, para siempre, habría terminado. Y, sin embargo, sin embargo eso no había ocurrido. Había sido derrotado, y había sido derrotado de la forma más vil, obscena y humillante que nunca hubiera podido imaginar. Catón cerró los ojos y sacudía la cabeza enfurecido, sin gritar la agonía de su rabia sin fin; engulléndola, masticándola con dentelladas de odio y miseria. Había sido derrotado por Cornelia menor. Había sido derrotado en el Senado por una maldita mujer.

LIBRO VII

EL CREPÚSCULO DE LOS GENERALES

Año 184 a.C.
(año 570 desde la fundación de Roma)

Etiam si omnibus tecum viventibus silentium livor indixerit, venient qui sine offensa, sine gratia iudicent.

[Aun cuando tus contemporáneos te silencien por envidia, otros vendrán que sin favor ni pasiones te harán justicia.]

SÉNECA,
Epistulae ad Lucilium, 79, 17

113

Memorias de Publio Cornelio Escipión, *Africanus* (Libro VII)

Aquí, en el sur, el tiempo parece casi haberse detenido. No hay nada que hacer. La enfermedad me consume cada día un poco más. Tengo que guardar días enteros en cama. La relación con Emilia está rota. Traer a Areté al exilio no ha ayudado, pero me siento débil y no he querido renunciar a los pocos placeres que aún me quedan. Tampoco he podido hacer mucho para recomponer mi relación con mis hijos. Cornelia mayor viene con regularidad y se muestra tierna, lo que agradezco sobremanera, es uno de mis pocos alivios, pero mi hijo sigue distante y yo continúo sin saber encontrar las palabras adecuadas para romper este muro que nos separa desde Magnesia, desde mucho antes. Y, lo peor de todo, la pequeña Cornelia, a la que debo la vida no solo mía, eso es poco importante, sino la vida de todos sus hermanos, de Emilia, de toda nuestra familia, se ha tenido que quedar en Roma, rehén de un pacto que aborrezco, casada con un hombre al que he intentado destruir con todas mis fuerzas. Sí, es posible que haya cometido errores y que haya sido soberbio, pero padezco penalidades suficientes y dispongo de suficientes días para torturarme con la consecuencia de mis equivocaciones. Tras la batalla de Zama siempre pensé que tendría un futuro feliz. La vida es misteriosa, los dioses caprichosos y nosotros inconstantes. Todo se puede perder con pequeñas acciones que se van acumulando hasta levantar una montaña de errores que nos envuelven y nos atrapan como una telaraña de fracaso. Así me siento en este interminable exilio. A veces, cuando la fiebre arrecia con fuerza y siento la muerte acercarse, me siento feliz. No le veo sentido a seguir viviendo así. Sólo el hecho de haber tomado la decisión de escribir estas memorias ha podido dar algo de contenido a estos últimos días. Por eso me afano con diligencia ante esta tarea. Queda poco por relatar, pero importante.

El exilio tuvo una gran ventaja, inesperada, pero positiva: en medio de tanta penuria, como suele ocurrir, es cuando descubres si dispones o no de verdaderos amigos. E incluso allí donde todo parece roto, ves que germinan semillas de esperanza. Y el caso es que el destierro empezó de forma horrible. Aceleré mi obligada partida de Roma, una vez que liberaron a mi hermano, no ya sólo para cumplir con el breve plazo de horas que se me daba para salir, sino también para no tener que ser testigo de la forzada boda de la pequeña Cornelia con Graco. En aquellos días lo único que quería hacer era abandonar la ciudad para la que había luchado toda mi vida y hacerlo lo antes posible. No resistía ser víctima de lo que yo entendía era la mayor traición que Roma hubiera hecho nunca para con uno de sus generales.

114

Una pregunta furtiva

Roma, *domus* de los Escipiones.
16 de abril de 184 a.C.

Hora sexta

Areté no podía parar de pensar. Antes del atardecer dejaría Roma. Su amo, decían, iba al exilio, a una casa que tenía en el sur. Habían pasado unos días de mucho miedo y Areté vio expresiones en los rostros de quienes la rodeaban que le recordaron el terror de los ciudadanos de Sidón cuando las tropas del rey Antíoco asediaban la ciudad. Desde entonces no había visto aquel pavor en los ojos de los que estaban cerca de ella. Pero todo eso, igual de rápido que había venido, se había desvanecido. Roma era un lugar extraño donde entre ellos mismos podían crearse situaciones horribles que con igual facilidad podían disolverse en la nada. En Roma había encontrado cierta seguridad y el aprecio de un amo que la cuidaba bien, hasta que el ama empezó a intervenir. Ahora todo era más difícil. Ella había estado con muchos hombres que eran infieles con sus esposas, pero nunca había tenido que convivir con la persona que era traicionada. Areté se había esforzado en ser discreta, pero esos últimos años no se encontraba a gusto. El amo la seguía visitando para acostarse con ella, pero desde que fuera obligada por el ama a intentar influir en él, el amo ya no hablaba con ella con la misma tranquilidad. Se había roto algo entre ella y su amo que parecía irrecuperable. Y peor aún que todo eso: el amo estaba enfermo. Las fiebres que tuvo en Asia parecían volver. Una pregunta estaba clavada en la mente de Areté y no la dejaba dormir. Si el amo fallecía, ¿qué sería de ella?

Había albergado la esperanza de que la dejaran en Roma al servicio de los miembros de la familia que se quedaban allí. Sería una forma de alejarse de su intranquilo amo y de su celosa mujer. Areté comprendía el rencor de la esposa hacia ella y no se lo reprochaba, pero eso no solucionaba su problema: su ama no la quería y eso no era bueno. Pero todas sus esperanzas se habían desvanecido. El amo fue muy claro la última noche. Entró en la habitación pero no hicieron el amor. El amo estaba muy débil. Sólo hablaron.

—Areté, sabes que nos vamos de Roma, ¿verdad? —había preguntado el amo.

—Sí, mi señor.

Areté había visto al general mirando la habitación, las paredes limpias, sin adornos, la pequeña ventana por la que se filtraba la luz de la luna, la cama donde tantas noches había compartido con ella.

—Lo he organizado para que vengas con nosotros —continuó el amo—. A Emilia no le ha gustado, pero al menos en esta casa aún mando yo. —Y luego prosiguió mirando a la ventana, como si hablara consigo mismo—. En Roma no gobierno ya, pero en mi familia sí, es todo lo que me queda, así que vendrás con nosotros. Dejaremos esta Roma que ya no me aprecia. Partiremos antes del anochecer. No quiero pasar una noche más en esta ciudad ingrata. Prepárate.

—Sí, mi señor —respondió Areté. El amo se había levantado y sin mirarla salió de la habitación. No estaba enfadado con ella. Eso ya había pasado. En otro tiempo se hubiera quedado más rato y hubiera compartido con ella sus preocupaciones, pero ése era un tiempo ya perdido.

Areté se quedó a solas en su habitación tan sólo acompañada de sus pensamientos. Al día siguiente era la boda de la hija menor de la casa, la joven Cornelia, y el amo, el padre de la muchacha, en lugar de quedarse, partía de la ciudad obligado por las leyes, decían. Areté no podía comprender la forma de regirse de aquel pueblo, un pueblo extraño que, pese a sus costumbres, era capaz de influir en el mundo entero. Quizá por eso podían con todos, porque eran diferentes, pero sufrían tanto... Areté no tenía claro que aquellas personas a las que pertenecía disfrutaran de aquel inmenso poder que parecían tener o haber tenido sobre todo y sobre todos.

Se dio la vuelta en la cama y se acurrucó de lado mirando la pared. Dejó de pensar en política. Su mente retornó sobre sus problemas inmediatos. Le extrañaba que la esposa del amo no hubiera intentado aprovechar la ocasión para dejarla atrás. Entonces se dio cuenta de por qué no podía dormir. Temía que, como en el pasado, la señora volviera a la habitación para obligarla a inventarse un pretexto con el que tuviera que quedarse en Roma, pero eso era absurdo porque ella era sólo una esclava y no podía decidir sobre sus acciones. Areté estaba aturdida de tanto pensar, pero no podía dejar de hacerlo. En ese momento oyó un leve crujido que reconoció en seguida. La puerta de su habitación estaba abriéndose despacio. Areté abrió bien los ojos pero no se movió un ápice. Podía ser el amo que retornaba o podía ser el ama o podía ser alguien enviado por el ama para... ¿para matarla...? Areté se dio entonces la vuelta movida por puro instinto de supervivencia dispuesta a luchar. Ante ella, sentada en la pequeña *sella* de la habitación, estaba la figura de una mujer romana. La primera impresión de Areté fue la de que el ama había entrado a hablar con ella, pero rápidamente se percató de que aquélla no era una mujer mayor sino una romana mucho más joven.

—Soy Cornelia, Areté —dijo la hija del amo con voz baja, suave y algo nerviosa.

Areté se incorporó lentamente hasta quedar sentada en la cama rodeando sus piernas con los brazos y mirando a la joven hija de los amos que se iba a casar al día siguiente. Iba a tener una casa para ella sola, un hombre que la cuidara y decenas de esclavos que la atendieran y, sin embargo, parecía muy nerviosa, casi asustada. Decididamente no había quien entendiera ni a los romanos ni a sus mujeres.

Como la hija del ama no decía nada, Areté se sintió en la obligación de hablar. Sin moverse de la cama, abrazando sus piernas, cubierta por su túnica blanca que usaba de pijama, preguntó también en voz baja:

—¿Qué puedo hacer, en qué puedo ayudar?

Areté vio que había formulado la pregunta correcta. La joven romana se levantó, cerró bien la puerta de la habitación, se acercó a la cama y terminó por sentarse en el otro extremo.

—¿Vendrá mi padre hoy?

Areté no entendía bien el sentido de aquella pregunta, pero pronto se dio cuenta de que todo lo que quería la joven romana era asegurarse de que nadie las iba a molestar.

—No, no lo creo —respondió—. Ya ha estado aquí y parecía cansado. No creo que vuelva. Partimos en unas horas. Debe de estar muy ocupado. O quizá quiera descansar algo antes del viaje.

Cornelia asintió. Parecía satisfecha con aquella respuesta, pero de nuevo le costaba continuar. Al final, empezó a explicarse.

—Mañana me caso. Voy a vivir en otra casa, con otro hombre. —Pero una vez más la duda le pudo y calló de nuevo; Areté, por un instante, albergó la esperanza de que la joven fuera a reclamarla en su servicio. Sería la única persona a la que el amo no se la negaría. El amo tenía predilección por su hija pequeña, todos lo sabían; aunque no se hablaran en semanas o meses, pese a eso era su hija preferida, favorita incluso por encima del hijo varón de la casa, pero no, cuando la joven romana continuó, Areté se percató de que la muchacha no había pensado nunca en pedir algo semejante a su padre; era otro asunto el que la había llevado hasta allí—. Yo no he estado nunca con ningún hombre —continuaba la joven ama, y Areté comprendió todo y se relajó—. No he estado nunca con ningún hombre —repitió el ama, como si necesitara repetirlo antes de seguir con el resto de sus preocupaciones—, y es importante que sepa satisfacer a este hombre con el que me caso, es importante para mí y es importante para mi familia; es incluso importante para Roma. Mi matrimonio, Areté, tiene que funcionar o si no... —Y volvió a callar; miró hacia otro lado y luego hacia la ventana, y Areté se dio cuenta de lo parecidos que eran padre e hija, sólo que la hija había heredado, para su fortuna, las facciones suaves y redondeadas en el rostro procedentes de la faz de la señora, una mujer que en el pasado, todos le aseguraban, había sido muy hermosa; su joven hija era clara muestra de ello.

Areté, por fin, sabiendo que se movía por territorios que dominaba, se atrevió a hablar:

—La joven ama es una mujer muy hermosa. Cuando se es tan hermosa da igual no saber nada. —Areté, como el resto de esclavos, estaban al tanto de que el tribuno de la plebe Sempronio Graco iba a ser el marido de la joven Cornelia—. Los hombres de la edad del que va a ser esposo de la joven ama suelen saber suficiente.

Pero Cornelia negó con la cabeza.

—No, no es suficiente satisfacerle; he de conseguir que ese hombre, mi futuro esposo, me quiera. Yo no podría estar con alguien que no me quisiera y este matrimonio es sólo por política y tengo miedo de ser infeliz el resto de mi vida.

Areté frunció el ceño unos instantes. Observó a la joven ama, que lloraba en silencio mirando al suelo, sin emitir un solo sonido. Por las sonrosadas mejillas caían lágrimas mudas. Era algo que no había visto nunca. La joven ama estaba torturada por dentro y no dejaba que nadie lo supiera. Areté había oído que aquel matrimonio había sido la solución a todos los problemas de la ciudad y la joven esclava se daba cuenta de que ella había sido sacrificada en beneficio de no sabía bien qué y sintió una gran proximidad de espíritu hacia la muchacha. Al final, después de todo, sus vidas no eran tan diferentes. Ninguna de las dos podía decidir sobre sí misma. Areté se acercó un poco hacia la joven Cornelia y le preguntó con cuidado, casi con la dulzura de una hermana mayor:

—¿Por qué no preguntas al ama, a tu madre? Ella quiere mucho a sus hijas. Estoy segura de que te aconsejará bien.

—Ya he hablado con mi madre de todo lo que he podido, pero de la noche nupcial no quiere hablar. Me ha dicho lo mismo que tú. Que mi marido sabrá qué hacer, pero yo quiero saber también qué hacer, qué les gusta a los hombres cuando están a solas con una mujer, qué no les gusta, cómo comportarme. —Cornelia siguió hablando en voz baja pero veloz, como con rabia, exasperada por ese silencio con el que todos envolvían la maldita noche de bodas.

Areté se acercó aún más. No estaba segura, pero hizo la pregunta clave:

—¿Quieres a quien va a ser tu futuro esposo? Porque si le quieres, con tu hermosura y tu cariño, todo será muy fácil. Si no le quieres, eso ya es otra historia. Se pueden hacer cosas, pero es otro mundo.

Y Cornelia fue a responder y, de pronto, se sorprendió de que no tenía una respuesta que viniera con rapidez a sus labios y sintió entonces rabia de no saber cuáles eran sus sentimientos. Areté leyó con clarividencia en la expresión de su joven ama.

—No lo sabes. No pasa nada —continuó de forma tranquilizadora para la joven Cornelia—. He conocido muchos casos así. Unos luego funcionan bien y otros no. Eso no puedo decírtelo yo. No soy adivina, pero si lo que quieres es saber cómo agradar a un hombre cuando estés con él a solas, de eso sí que sé, y mucho. Si la joven ama quiere puedo darle consejos en eso.

Cornelia suspiró con un gran alivio. No tenía claros sus sentimientos hacia Graco, pero sabía que su obligación era agradarle. Si por lo menos sabía qué tenía que hacer, eso la ayudaría en todo aquel trance. Ya sabía todo lo que debía hacer en público, durante la boda, y ahora podría saber qué se esperaba de ella en privado.

Areté se acercó aún más, hasta que quedaron las dos jóvenes a tan sólo un palmo de distancia y Areté, hablando despacio, describió cosas de las que la joven Cornelia sólo había oído hablar entre cuchicheos en las peores calles de Roma y tan sólo de pasada. Areté habló con ella durante una larga hora y Cornelia escuchó con los oídos muy atentos y con los ojos muy abiertos. Ante ella se abría un mundo desconocido que la atemorizaba al tiempo que, sin saber por qué, la atraía inexorablemente.

115

La partida

Roma, 16 de abril de 184 a.C.

Hora octava

Publio Cornelio Escipión salió a pie de su casa. Acompañado por su hermano Lucio, su hijo Publio, su yerno Násica, su cuñado Lucio Emilio Paulo y por sus amigos Lelio, Silano y Mario, todos a pie, abandonaron la *domus* de los Escipiones en el centro de Roma y enfilaron hacia el norte para entrar en el foro. Les seguían dos literas portadas por esclavos. Una para su esposa Emilia Tercia y otra para su hija Cornelia mayor. Todo el núcleo del clan de los Escipiones abandonaba Roma en dirección a un exilio forzado por el Senado. Tras ellos decenas de esclavos y esclavas que llevaban todo tipo de enseres: desde armas, corazas y escudos hasta calderos, herramientas, cazos, ánforas y pequeños muebles como *sellae*, mesitas y lámparas de aceite. En una de las puertas del sur de Roma, en la puerta Capena que daba acceso a la *Via Appia*, había una docena de carruajes preparados para conducirles a todos hacia el sur de Italia, hacia su residencia campestre en Literno, pero Publio Cornelio Escipión había querido escenificar su salida de Roma de la forma más humilde, a la par que humillante, para que todos vieran que no se llevaba nada consigo que no fuera sus enseres personales. Atrás dejaba una Roma entre perpleja y confusa, con un pueblo que asistía mudo al paso de aquella triste comitiva. Sí, allí iban todos los Escipiones, la familia más poderosa de Roma, a pie, cruzando un foro en dirección este, dejando tras ellos sólo una residencia semivacía y a la hija pequeña del clan, a Cornelia menor, que, también de pie, con sus sandalias posadas sobre el umbral de la puerta, escoltada por el veterano *atriense* Laertes, que estaría con ella hasta la boda para escoltarla, y un par más de esclavas, quedaba allí, sola, a la espera de una celebración en la que no se cumplirían muchos de los ritos tradicionales, pues el padre y la familia de la novia se exiliaban de la ciudad. Sería una boda extraña en unas circunstancias totalmente fuera de lo común. Pero Cornelia se mantenía allí, en pie, en el umbral de la puerta de su casa, aún con el miedo en su alma, con un porte y una dignidad que sobrecogieron a un imponente Tiberio Sempronio Graco, tribuno de la plebe, a quien todo el mundo miraba con admiración por su capacidad para haber conseguido que Roma se sobrepusiera a una de las noches más terribles que recordaba la ciudad, y es que los romanos no habían estado tan atemorizados desde que Aníbal acampara a las puertas de la ciudad. Graco había sido capaz de derrotar al imbatible Marco Porcio Catón en el Senado y Graco había sido quien había forzado el exilio de Escipión, desmontando un enfrentamiento mortal entre aquellos dos tremendos enemigos políticos que a punto había estado de llevarlos a todos a una cruenta guerra civil de consecuencias imprevisibles.

Tiberio Sempronio Graco se detuvo frente a la puerta de la gran *domus* de los Escipiones. Iba rodeado por familiares, amigos y decenas de curiosos. Graco sintió una sensación de compasión hacia la joven que le esperaba en la puerta. La habían aderezado, las esclavas o su madre, con una *tunica recta* y una corona de flores, mezcla de arrayán, verbena y azahar en su cabeza. Sobre la túnica llevaba un manto de color crema, del mismo tono de las sandalias que calzaba aquel día y, alrededor del cuello, el mismo collar metálico que llevara su propia madre Emilia el día de su boda con su padre, aunque eso no podía saberlo Tiberio

Sempronio Graco, que sólo tenía espacio en su mente para ratificarse una y otra vez, más allá de todo el torbellino de circunstancias y tensiones que rodeaba aquel enlace, más allá de saber que era una boda forzada, en que Cornelia menor era la más hermosa de las mujeres que había visto nunca.

Entre tanto, Publio Cornelio Escipión se alejaba del corazón de la ciudad. Descendió por la *Nova Via* y por la *Via Sacra* hasta, por fin, girar hacia el sur entre las colinas del Palatino y el Monte Celio. Una muchedumbre se arracimaba a ambos lados de cada calle por la que avanzaban. No había vítores ni insultos ni imprecaciones a los dioses ni lamentos. No había nada. Sólo un pesado silencio que demostraba que la plebe no sabía bien qué pensar. Ése era Publio Cornelio Escipión, el general de generales, quien los había salvado de Aníbal en repetidas ocasiones, el hombre más poderoso de Roma, del mundo entero, de quien decían otros que quería haberse erigido en rey, pero que ahora, a pie, acompañado por sus familiares y amigos, con sus esclavos como toda escolta, abandonaba Roma. No, el pueblo no sabía bien qué pensar, pero Publio presenció con dolor infinito cómo nadie tampoco era capaz de oponerse a semejante oprobio a su persona. Iba hacia el exilio y el pueblo, confundido, débil, flojo, le abandonaba a su suerte. No, él ya no quería vivir en esa Roma. Ésa ya no era la Roma de sus antepasados, no era la Roma por la que él luchó. Roma se había convertido en la Roma de Catón o de Graco o de tantos otros completamente inferiores a él pero que manipulaban los hilos del Estado. Aún rumiaba en su interior revolverse contra todo y contra todos y hacerse con el poder por la fuerza, pero en seguida le fallaba el ánimo. No tenía sentido gobernar a quienes no quieren ser gobernados por uno. Y estaba su hija, presa, rehén de un pacto humillante. Qué importaba ya todo. Y se sentía más débil que nunca. Las fiebres regresaban. Sentía los escalofríos trepando por su cuerpo. Mejor así, pensó. Mejor así. Una muerte temprana aliviaría la tortura de la lenta espera del último viaje.

Llegaron, al fin, a la puerta Capena y todos los familiares subieron a los carruajes junto con algunos amigos, excepto Lelio, que se quedaba a supervisar que todo fuera bien en la boda de Cornelia y que, además, tenía que velar por su hijo; pero él, Publio Cornelio Escipión, no. Él no. Se negó, pese a los ruegos de su esposa o las sentidas sugerencias de Lelio y Silano, Publio se negó tozuda y repetidamente a subir a aquellos carros y se limitó a echar a andar, solo, al frente de todos ellos, con la misma firmeza con la que antaño encabezara las largas marchas de sus legiones de combate. Y así, solo, sereno pero hundido, con dignidad pero derrotado, Publio Cornelio Escipión empezó a andar por la *Via Appia* a sabiendas de que nunca volvería a pisar las losas sobre las que sus sandalias dejaban caer todo el peso de su abatimiento y tristeza absoluta. Adiós a Roma, adiós a una vida. Sin despedidas ni aclamaciones, como un *triunfo* inverso, un lento desfile envuelto de silencio, una comitiva sin destino, una sentencia inclemente.

Publio se detuvo entonces un instante y se volvió hacia las murallas de Roma. Miles de personas se agolpaban en los alrededores de la puerta Capena: mercaderes, veteranos, comerciantes, libertos, esclavos, patricios, senadores, hasta el pretor urbano y el pretor peregrino estaban allí, mirando en silencio cómo se alejaba el mayor, el más grande de sus ciudadanos. Publio se detuvo, se dio la vuelta y les miró a todos y a todos les dirigió sus últimas palabras:

—¡Algún día me echaréis de menos! ¡Algún día, ahora o dentro de mil años, aquí, en estas mismas murallas o en los confines del mundo, allí donde se decida el destino de Roma, algún día, rodeados por enemigos que os harán temblar, entonces me echaréis de menos y clamaréis por mí, pero yo ya no estaré con vosotros ni en cuerpo ni en espíritu! ¡Mi alma os habrá abandonado y no tendréis nada ni nadie que os socorra! ¿Qué haréis entonces? Decidme, ¿qué haréis entonces? —Habló con aplomo y potencia y sus palabras llegaron hasta las murallas donde la gente se había congregado, pero nadie respondió, nadie dijo nada y las palabras de Escipión rebotaron en las murallas fastuosas que circundaban la ciudad y el pueblo se volvió al escuchar el extraño eco que brotaba de aquellos muros y muchos pensaron que quizá aquellas murallas, algún día, no fueran suficiente para contener a los enemigos y se volvieron entonces hacia Escipión y muchos pensaron entonces, al fin, en responder, en decir algo, en pedir perdón, en intentar detener al general exiliado, pero cuando volvieron sus ojos hacia la *Via Appia*, Publio Cornelio Escipión había desaparecido. Tras él sólo quedaba el mayor de los vacíos que pudiera sentir nunca una civilización.

116

La noche de bodas de Cornelia menor

Roma, 17 de abril de 184 a.C.

Primera vigilia

Cornelia aún llevaba los aderezos de la boda, con su cabello trenzado y un velo anaranjado cubriéndole el rostro. En el interior del dormitorio nupcial, por fin, ambos, esposa y marido, habían quedado solos. Tiberio Sempronio Graco se sentó en una pequeña *sella* en la esquina de la habitación. La joven Cornelia, nerviosa aunque controlando su ánimo, permaneció en pie, frente a la cama a la que miró un breve instante para luego volver sus ojos hacia el suelo y esperar.

Graco estaba cansado. Había sido una ceremonia larga, como obligaba el hecho de ser dos familias importantes las que se unían, y una celebración aún más larga. Pese a la ausencia de los Escipiones, Graco no había querido hurtar boato al enlace. Era su forma de reafirmar su poder ante el Senado, ante Catón. Tanta fiesta llevaba sus efectos secundarios. Había comido y bebido en abundancia, pero, pese a todo, no estaba borracho. No obstante, el vino y el hastío de la comida le habían dejado algo adormilado. Ante él una hermosa joven patricia romana muerta de miedo. Forzarla no era su manera ni de divertirse ni de relajarse después de una fiesta donde había estado con todos sus amigos. La muchacha... no había más que verla: allí, en pie, recta, inmóvil, con el vestido de novia, sin saber qué hacer. Ni siquiera todo el rencor acumulado hacia el padre de la joven era suficiente para despertar su ansia de revancha. Ya era bastante tenerla allí, como esposa suya, aquello que tanto se esforzó el padre en preservar de él, de Tiberio Sempronio Graco. Recordó la campaña de Asia, recordó la peligrosa negociación con Filipo, las heridas perpetradas en su cuerpo por los terribles *catafractos* seléucidas. Y luego las largas sesiones en el Senado, las intrigas de Catón, los sicarios en medio de la noche.

—Me has costado mucho, joven Cornelia; poseerte me ha costado mi propia sangre. Tu padre me hizo pagar por algo que nunca se me permitió hacer: cortejarte. Es justo que si me hizo pagar con mi propia sangre, al menos, el motivo de la animadversión de tu padre cobrara forma real. Ahora eres mi esposa.

Cornelia no sabía bien qué decir ni cómo reaccionar. Pensó que no habría mucho tiempo para hablar una vez que entraran en la habitación y se quedaran solos. De pronto aquel hombre, su marido, un hombre que en el pasado fue justo y servicial con ella, de súbito mencionaba el despecho de su padre hacia él. Tampoco era de extrañar. La muchacha había sentido ternura hacia aquel hombre, pasión, decepción, se había arrodillado ante él, le había insultado, le había despreciado. No habían sido nada y, sin embargo, habían pasado infinitas cosas entre ellos. Cornelia buscaba una salida al silencio pero no la encontraba. Esperaba que su marido se abalanzara sobre ella en cualquier momento y acabara con aquella tortura de la espera antes del momento culminante. Acostumbrada a controlarlo todo era más difícil de lo que había imaginado no controlar nada y ante alguien al que debía respeto sin saber siquiera si ese alguien la respetaba de igual forma.

—Siempre tan habladora, siempre que nuestras vidas se cruzaron hablabas y ahora que puedes hacerlo con toda libertad, ahora que he conseguido para los dos el derecho de la intimidad completa, ahora callas. —Graco la miró de pies a cabeza. Era guapa, y se adivinaba un aún más hermoso cuerpo bajo el vestido nupcial; sería interesante confirmar ese dato, pero advirtió la seriedad de la muchacha, su incomodidad infinita—. ¿Tienes miedo? —El silencio de Cornelia persistía. Graco suspiró y se levantó—. Sé que te has casado conmigo para liberar a tu tío. Te honra la dignidad con la que llevas la situación. Supongo que poseerte pudiera ser algo agradable, pero estoy cansado y no pienso desperdiciar las pocas fuerzas que me quedan en luchar con una joven patricia atolondrada a la par que asustada. Hay sitios en Roma donde puedo obtener la clase de placer que me vendría bien ahora sin que me miren unos ojos aterrados. No pienso forzarte, Cornelia. La boda era necesaria para asegurar que tu padre cumple con su parte del trato. No te preocupes, que no pienso molestarte. Hubo un tiempo que pensé que la conversación contigo podía ser hasta interesante, pero obviamente las circunstancias te superan y el miedo te atenaza. No te culpo. No sé cómo reaccionaría yo en tu situación, casada con uno de los mayores enemigos políticos de tu padre, como tú misma me echaste en cara en el pasado. Está claro que entre tú y yo hay un gran abismo que una ceremonia puede resolver pero sólo de cara al pueblo de Roma, pues es eso, sólo una ceremonia a fin de cuentas y está claro que de nada vale cuando nos quedamos en privado. Descansa tranquila. No me esperes despierta. —Y se dio media vuelta, abrió la puerta del dormitorio y puso un pie sobre el umbral cuando la voz de Cornelia le capturó como las sirenas que encandilaron a Ulises.

—Soy joven, soy inexperta y tengo miedo, pero soy tu esposa, Tiberio Sempronio Graco. No importa si me casé porque nuestras familias se odian y ésta era la única forma de evitar que toda Roma se volviera un mar de sangre y sufrimiento. Eso es el pasado y creo que entre mi marido y yo la única forma de entendernos será olvidar el pasado y pensar sólo en el presente y en el futuro. —Graco se dio la vuelta, retiró el pie del umbral y se volvió hacia la muchacha para escucharla con atención, pero sin cerrar la puerta; Cornelia seguía hablando; se había quitado ella sola el velo anaranjado y sus hermosos ojos oscuros miraban al suelo a veces, un instante a él, luego a las paredes y de nuevo al suelo en un ciclo que se repetía varias veces—. Tengo miedo porque nunca he estado con un hombre antes, como me corresponde como patricia antes del matrimonio, pero aquí ya no me importa el motivo de mi boda, sino sólo cumplir con mi cometido. Siempre te consideré enemigo de mi padre y de mi familia, pero mis acciones y palabras del pasado también, y tú, Tiberio Sempronio Graco, lo sabes bien, también han reconocido en ti a alguien que puede ser justo y atento y considerado con sus iguales, con el pueblo y con Roma entera. Cuando acepté este matrimonio, es cierto, lo hice sobre todo pensando en la libertad de mi tío y en evitar un baño de sangre, pero lo hice también con la esperanza en mi corazón de que el hombre con quien me casaba, aunque fuera enemigo de mi familia, era, sería, es también alguien capaz de actos justos y eso me animó y me ha ayudado a sobrellevar la situación. Te he insultado en el pasado, es cierto, pero también te he implorado de rodillas. Ahora, es verdad, aquí a solas contigo, en esta habitación tengo miedo por mi inexperiencia, pero si mi marido busca en otros lugares de Roma el placer que anhela no será porque su esposa no intente cumplir hasta el final con lo que el matrimonio la obliga. Soy tu esposa y acepto las consecuencias de ese hecho por completo y haré todo lo que quieras que haga para satisfacerte, sólo que, sólo que... no sé ni por dónde empezar. —Y cualquier otra joven hubiera llorado con profusión en ese instante, pero Cornelia menor, hija de Publio Cornelio Escipión, ella no. Cornelia se tragó las lágrimas entre sollozos ahogados y se mantuvo allí de pie, quieta, viendo como su marido cerraba la puerta despacio y volvía a sentarse en la *sella* mirándola fijamente, entre perplejo y confundido, entre intrigado y atraído. Cornelia recordaba las últimas palabras de Areté: «Y no importa nada de lo que te haya contado yo, tú muéstrate siempre temerosa, asustada e inexperta. No hay nada que halague más al ego de un hombre que creer que sabe más de todo que una mujer y más aún cuando se trata de amar. En poco tiempo sabrás tú mucho más que él, pero que él nunca lo sepa.»

—Te ha vuelto el habla y con intensidad —empezó Graco—. Eso me agrada. Siempre fueron interesantes nuestras conversaciones y veo que ésta también va a serlo. ¿Dispuesta a todo para satisfacerme?

—A todo —dijo ella, pero con la voz baja y sin ocultar su miedo. No le era difícil actuar como había dicho Areté. No tenía que fingir.

—¿Dispuesta a ser mi esposa en privado y no sólo en público?

—Dispuesta, mi señor. Dispuesta —repitió ella con algo más de aplomo, pero aún nerviosa.

—Eso habrá que verlo. —Le gustaba Cornelia, sentía simpatía por ella, le conmovía su valentía y su sinceridad aun acorralada, sola, sin su familia alrededor, esa familia que hasta ese día la había protegido de todo y que sólo falló un día, el día del foro Boario, en protegerla de todo mal, pero, al mismo tiempo, a Graco aún le dolían algunas de las cicatrices de las heridas de Magnesia, aún recordaba las diferentes estratagemas que el padre de aquella muchacha había usado en Grecia y luego en Asia para acabar con su vida y no podía evitar destilar algo de rencor duramente reprimido durante años. En el Senado, era cierto, en la última votación contra Catón, había defendido la dignidad de su antiguo enemigo, de Escipión, porque más allá de lo personal estaba convencido de que nadie había engrandecido más a Roma que Escipión, pero el exilio parecía una medida prudente, que si el propio incriminado aceptaba, como había hecho, reducía al mínimo el peligro para el Estado y le permitía una salida a la familia de los Escipiones evitando el enfrentamiento, la cárcel, ejecuciones y una larga y sangrienta tragedia para toda Roma; pero ahora, en la intimidad de aquella habitación tenía ante sí a la hija del hombre que le había causado tanto daño, tantas heridas, que le había llevado al borde de la muerte, al menos, en dos ocasiones, y su hija era ahora suya y podía hacer con ella lo que quisiera, y la rabia del pasado parecía tan viva, tan presente que Tiberio Sempronio Graco, por primera vez en toda su vida, sintió miedo de sí mismo. Se iba acercando lentamente hacia la joven y ella, digna, en pie, quieta, mirándole a los ojos con una mezcla de terror, de nervios, de entrega esperaba sin intentar defenderse. Y en el corazón de Graco se desató la mayor de las tormentas, porque aquélla era la misma joven que le cautivó desde que le sorprendió con su sagacidad infantil en su primer encuentro cuando ella era tan sólo una niña pequeña, la misma joven que en la adolescencia le hechizó con su fuerza y su belleza, la misma joven que fue capaz de retar la vigilancia extrema del todopoderoso Escipión, para comunicar con él pese a tenerlo prohibido, ¿qué hacer con aquella muchacha, con aquella hermosa patricia, con su propia esposa en la que estaban, al mismo tiempo, entrelazados, el camino frío y perfecto de la venganza suprema junto con el destino incierto de la pasión?

Tiberio Sempronio Graco se detuvo junto a Cornelia y le habló con una voz que hasta para él sonó desconocida, con un timbre grave y profundo, como la voz del augur que presagia el futuro.

—Desnúdate.

Y Cornelia, con algo de torpeza natural que parecía fingida por la más experta de las meretrices de Roma, intentó aflojarse el *nodus Herculis* que ceñía su vestido nupcial, pero fue incapaz de deshacerlo y fue a hablar, pero para entonces su marido ya había desenfundado la espada y la esgrimía con su poderoso brazo con la punta hacia su vientre plano y recto en donde el estómago se había hecho pequeño a la espera del ataque de aquel hombre que se acercaba con aquella enorme espada hasta el vestido. Cornelia cerró los ojos y pensó en su padre, en su tío y en Roma, y pensó en todos los que había salvado y rezó a los dioses por que aquel hombre no la matara, que sólo la hiriera, una herida que pudiera ocultar, porque si no su padre regresaría a Roma y no cejaría hasta matar a tantos como se pusieran por delante.

Graco enganchó el nudo del vestido con la punta de su *gladio* y con agilidad levantó el arma hacia arriba de forma que la tela del nudo soltó un chasquido como quien avisa de que algo va a pasar, se partió y el nudo destrozado en su corazón cedió quedando el vestido suelto y sin más sujeción que los hombros suaves y torneados de la patricia que lo portaba. La muchacha, interpretando con sorpresa pero con rapidez la acción de su esposo, permaneció estática, clavada sobre el suelo, pero movió los brazos, cruzándolos ante su pecho de forma que cada mano llegó al hombro contrario y deslizó el vestido por cada hombro hasta que la tela cedió por la fuerza de la gravedad y cayó al suelo dejando su esbelta figura bien visible tan sólo ligeramente cubierta por una fina *tunica íntima* de la que su marido no tardó en estirar hacia abajo para así, al fin, dejar el cuerpo rabiosamente hermoso y joven de Cornelia completamente desnudo, desprotegido, abierto ante el hombre que su padre odiaba y que, a su vez, muy probablemente, odiaba también a su propio padre.

Tiberio Sempronio Graco enfundó lentamente su espada y así pudo conducir sus manos libres a los pechos prietos de Cornelia. Los asió con fuerza, ejerciendo una presión repartida a partes iguales sobre cada seno, sintiendo a la joven estremecerse al tiempo que los pezones se erizaban en el centro de las palmas de sus manos. Graco miraba a los ojos de su esposa, de su víctima, de su locura, pero la muchacha los había cerrado. Sin dejar de sostener los pechos, pero sin apretar tanto como para hacer daño, el tribuno de Roma empujó a la joven contra el lecho y ésta, rendida, se dejó tumbar sobre la cama.

Hicieron el amor durante horas, y cuando al amanecer Cornelia se despertó y se descubrió a sí misma envuelta en unas sábanas ligeramente ensangrentadas no sintió ya ni miedo ni dolor ni ganas de escapar. Al contrario, se reclinó sobre su esposo, apoyando su pequeña cabeza sobre el pecho fuerte y poderoso de su marido, allí donde varias cicatrices de guerra se juntaban unas contra otras y las lamió como el león que se lame una pata herida. Graco abrió los ojos, posó su brazo sobre la espalda limpia, tersa y suave de su esposa. Así pasaron varios minutos, hasta que el hombre, para su más completa sorpresa, de nuevo excitado, se incorporó en la cama, tumbó de nuevo a su joven esposa y volvió a poseerla con esa mezcla de furia y delicadeza que, desde aquel día, se convertiría en la forma habitual de mostrarse el uno al otro esa combinación tan compleja de sentimientos y circunstancias que habían hecho que los destinos de ambos se unieran para siempre, y todo ello en medio de la zozobra de una Roma que los gobernaba, que los dirigía, sin rumbo fijo, hacia una historia que los dos intuían tan grande y complicada que sentían que sólo estando juntos podrían sobrevivir.

117

El retiro del héroe

Literno, Campania.
Mayo de 184 a.C.

Hasta Literno llegaron pronto noticias sobre cómo había sido la boda de la pequeña Cornelia. En el atrio de la villa de Escipión en Campania, en su obligado exilio lejos de Roma, una interesadísima Emilia escuchaba la descripción que Cayo Lelio se esforzaba por producir. Se trataba de la narración, muy limitada en detalles, de un guerrero incapaz de satisfacer en modo alguno la curiosidad femenina de una madre que quería saber todo sobre el vestido de su hija, sobre cuándo había sonreído o llorado o cerrado los ojos, que buscaba comentarios sobre los vestidos de las mujeres de la familia de Tiberio Sempronio Graco, que quería saberlo todo sobre cómo se había comportado el nuevo marido con su joven esposa, si habían seguido todos los ritos, pero el relato de Cayo Lelio, únicamente resultaba suficiente para los oídos incómodos de Escipión, que sólo deseaba saber de ese asunto lo mínimo necesario. A Publio le bastaba con confirmar que su hija no había sido maltratada ni humillada o despreciada durante el acto público. Más allá de eso, a no ser que su propia hija le escribiera con acusaciones hacia su marido en el terreno privado, Publio Cornelio Escipión no quería saber nada. Por el contrario, para su esposa, el relato de Cayo Lelio estaba completamente falto de toda la fuerza descriptiva que una madre busca de un evento tan importante en la vida de una de sus hijas.

A Emilia sólo le quedaba el consuelo de recibir una recreación más completa de la boda a través de alguna de las cartas que su propia hija, protagonista y testigo en la boda, pudiera enviarle en los próximos días.

—Imagino que mis palabras son muy torpes para describir una boda —se excusaba Lelio consciente del palpable desencanto plasmado en el rostro de Emilia—. Soy mejor refiriendo batallas que celebraciones, si es que siquiera mis palabras valen para eso. Realmente sirvo para poco más que para abatir enemigos en medio de una guerra.

—Cayo Lelio, ex cónsul de Roma —replicó Emilia esbozando una sonrisa amable ante el reconocimiento del veterano senador de su incapacidad para describir la boda de su hija—, vales para mucho más que para eso. Poco habría conseguido nuestra familia sin la ayuda constante y leal de un amigo tan fiel como nuestro querido Lelio.

Cayo Lelio inclinó su cabeza agradecido por el cumplido.

—¿Y batallas? —interrumpió entonces Publio Cornelio Escipión, ávido de noticias y deseoso de conducir la conversación hacia cualquier otro asunto que no fuera Roma, no porque no le interesara la boda de su hija, sino porque no quería saber nada que le recordara su humillante condición de exiliado y la boda de Cornelia era la prueba más tangible del terrible pacto que le había forzado a abandonar la ciudad del Tíber para siempre—, ¿sabe nuestro querido Lelio de alguna batalla interesante que haya tenido lugar recientemente? Aquí las noticias llegan escasas y cada vez pienso más que mis amigos en Roma tienen miedo de poner por escrito nada de relevancia.

—¿Entonces no sabes aún de la última victoria de Aníbal?

Publio se incorporó por fin de su *solium.* Lelio se sintió orgulloso de captar su atención. Desde que había llegado de visita, Publio había permanecido medio recostado en su butaca, distraído, como adormilado, envuelto en el calor de aquella tarde de primavera campana.

—Noticias de Aníbal. Esto sí es interesante. —Publio hablaba con un brillo especial en los ojos que Lelio reconoció en seguida: era el Escipión guerrero el que habría regresado a aquel atrio—. ¿Una victoria más de Aníbal? ¿Dónde? ¿Cuándo? ¿Cómo? Lo último que sabíamos —y miró a Emilia que, al contrario que su marido, tenía más habilidad para fingir interés en aquellas conversaciones que no le eran tan atractivas— era que Aníbal se había refugiado en Bitinia.

—Una victoria naval contra Pérgamo —anunció Lelio con rotundidad.

—¿Naval? —Publio volvió a apoyar su espalda en el respaldo de su butaca—. Eso es imposible; el rey Prusias no tiene flota con la que conseguir nada en el mar y menos aún contra la flota del rey Eumenes.

El escepticismo de Publio hizo feliz a Lelio. Tenía algo interesante que narrar. Incluso él, que se sentía siempre torpe con las palabras, consiguió hacer un resumen aceptable de la batalla entre la débil flota de Bitinia frente a la poderosa armada de Pérgamo.

—¿Serpientes? —preguntó al final del relato Publio sin ocultar su sorpresa y, por qué no, su satisfacción al ver que su viejo enemigo había sido capaz de conseguir una nueva victoria en un medio que le era incómodo, el mar, y además en completa inferioridad de condiciones—. ¡Serpientes! —Y Escipión golpeó con la palma de su mano su muslo derecho, justo allí donde tenía la cicatriz de la herida que Aníbal le infligiera en Zama, haciendo sonar una fuerte palmada que resonó en todo el atrio y que sobresaltó a Emilia—. ¡Por todos los dioses, lanzó serpientes contra los barcos enemigos! —Y tras una nueva palmada se deshizo en una interminable carcajada que lo llenó todo con una intensa felicidad que contagió tanto a su esposa como al propio Lelio—. ¡Ja, ja, ja, serpientes...! —Y los tres se unieron en una larga risa que duró varios minutos—. ¡Serpientes...! —repetía una y otra vez Escipión entre sollozos.

Lelio concluyó su relato explicando cómo había llegado una embajada del rey de Pérgamo describiendo el suceso y cómo Catón había avivado el miedo de todos los senadores por Aníbal, pues, según había dicho el censor de Roma, si Aníbal, sin nada, sin apenas ejército, sólo con un puñado de serpientes, era capaz de derrotar a la poderosa flota de Pérgamo, ¿qué podría intentar el general cartaginés si conseguía de nuevo reunir un ejército entre los diferentes estados de Asia Menor? Así, Catón, una vez más, había propuesto que, lo antes posible, en unas semanas, saliera una legión con la única misión de que el rey Prusias entregara Aníbal a Roma. Publio guardó silencio y no hizo comentarios.

Sacaron al fin la cena y Publio compartió la comida con Lelio y Emilia con más fruición de lo que era últimamente habitual en él, dado a ayunar casi todas las noches, sumido como estaba en un estado de desesperanza y tristeza. También bebió algo de *mulsum*, pero se retiró pronto, despidiéndose con efusividad de su viejo y gran amigo y posando su mano un instante en el hombro de su esposa. Su mujer fue a poner su mano sobre la mano de su marido, pero para cuando la mano de Emilia llegó al hombro, Publio ya la había retirado y se alejaba del atrio, cruzando el *tablinium* para dirigirse por un estrecho pasillo a una de las habitaciones posteriores de la casa donde Publio y Emilia tenían su dormitorio, aunque era posible que cuando ella fuera allí quizá no le encontrara en la cama. Emilia suspiró, Lelio miró para otro lado, y ambos, sin embargo, no pudieron evitar sonreír por dentro al escuchar cómo Publio volvía a reír mientras se aleja repitiendo una y otra vez la misma palabra.

—¡Serpientes! ¡Ja, ja, ja! ¡Serpientes! ¡Serpientes...!

Emilia se volvió hacia Lelio y le hizo una confesión en voz baja:

—No le he oído reír tanto desde Siracusa.

Lelio asintió. Intentaba recordar desde cuándo él no había visto a su amigo tan feliz, y sí, él también tuvo que remontarse a la cena de Siracusa en la que todos los oficiales terminaron riendo con Publio ante un humillado Catón. ¡Cómo habían cambiado las cosas!

118

La última audiencia de Prusias

Nicomedia, reino de Bitinia.
Mayo de 184 a.C.

Aníbal esperó su turno con paciencia. A las pocas semanas de la victoria naval sobre Pérgamo, el rey Prusias de Bitinia le recibía sin ni tan siquiera pedir audiencia. Luego, al cabo de un par de meses, había que solicitar permiso para ver al rey y éste tardaba unos días en llegar. Más tarde eran semanas las que debían transcurrir antes de recibir una audiencia. Ahora, casi dos años desde aquella batalla, hacía un mes y medio que el rey de Bitinia no había tenido tiempo para recibirle, hasta que, cuando ya daba por hecho que el monarca no le recibiría nunca más, llegó un mensajero del rey conminándole a presentarse ante el gran rey Prusias de Bitinia. Así se refirió el joven soldado bitinio al hablar de su monarca.

Aníbal entró solo en el palacio del rey Prusias. Los pocos veteranos que le quedaban los dejaba custodiando la casa reconvertida en fortaleza junto a la Propóntide. Durante un largo rato, el rey le ignoró hasta que, por fin, Prusias dejó de mirar los documentos que sus consejeros le presentaban y se decidió a levantar la mirada y dedicarle un momento de atención.

—Soy un rey con reino que gobernar, Aníbal, pero mis consejeros dicen que has insistido mucho en esta nueva audiencia. Tú dirás. Te escucho, pero no divagues. No tengo tiempo que perder.

Aníbal pasó por alto el engreimiento fatuo de quien no era apenas nadie en el mundo, para pasar a lo único que le importaba: proteger la situación de Bitinia, que era lo mismo que protegerse a sí mismo.

Claro que tener que hacerlo contra el criterio de un rey en el que confiaba poco hacía todo mucho más difícil.

—Deberíamos atacar Pérgamo por tierra. Ahora que no lo esperan, mientras reconstruyen su flota. Es el mejor momento, rey Prusias. La mejor defensa es siempre atacar antes que el enemigo, con fuerza y por sorpresa. Podemos atemorizar a Eumenes lo suficiente para que acepte la existencia de tu reino como un mal menor y así conseguirás paz y seguridad durante el resto de tu reinado.

Prusias suspiró y negó con la cabeza.

—No tenemos fuerzas suficientes para luchar contra Pérgamo.

—Pérgamo —interrumpió Aníbal—, tiene otros frentes abiertos. Los seléucidas no se rinden y Eumenes ha de proteger demasiadas fronteras. Convéncele con un ataque sorpresa de que es mejor para él no tener que guardarse las espaldas mientras lucha contra Seleuco por los restos del imperio de Antíoco. Hazlo y tendrás seguridad. Permanece quieto y más pronto que tarde Roma enviará refuerzos que se lanzarán contra ti.

—Roma —respondió el rey irritado por la interrupción anterior—, Roma tiene demasiados problemas internos como para ocuparse de Asia.

Esto pilló a Aníbal por sorpresa. Prusias disfrutó al ver que tenía información desconocida para su petulante interlocutor. El rey se explayó con ganas. Saber más que Aníbal le hacía sentirse mucho más poderoso que aquel general desterrado venido a menos.

—Roma está ocupada en sus propias rencillas. Hoy mismo he sabido que a punto ha estado de estallar una guerra civil en sus propias calles. Escipión, ese general que te derrotó, ha sido desterrado de la ciudad. Como tú. En eso os parecéis los dos. Dos generales derrotados y exiliados, él por su Senado y tú por el tuyo. —Y lanzó una sonora carcajada a la que rápidamente se unieron todos los consejeros y el resto de súbditos que esperaban poder hablar con el monarca del norte de Asia Menor.

Aníbal engulló la miseria del desprecio del rey al que servía. Sabía leer entre líneas lo que Prusias callaba. No quedaba lugar alguno para las palabras. Se inclinó ante el rey, dio media vuelta, y, entre las carcajadas de quienes le despreciaban, pese a haberlos conducido a una inaudita victoria sobre Pérgamo, salió del salón del trono. Las puertas se cerraron tras él y Aníbal encaró el pasillo de piedra que conducía a la salida del palacio del rey de Bitinia. Al acercarse al umbral, sintió que una sombra se movía a su espalda y Aníbal se llevó la mano, por puro instinto, al cinturón en busca de su espada, pero ésta se la habían arrebatado antes de entrar en el palacio real. Se revolvió veloz dispuesto a luchar con las manos si hacía falta, pero ante él encontró sólo al oficial del ejército de Bitinia que combatiera con él y con Maharbal en la batalla naval contra Pérgamo. El oficial no había desenfundado su espada y se limitaba a mirarle con seriedad.

—Ten cuidado, general —dijo el oficial bitinio, y dio media vuelta, sin añadir más. Aníbal comprendió que era un aviso de alguien que le respetaba, incluso allí, en el confín de un mundo que no hacía más que buscar ya la forma de deshacerse de él para siempre. El aviso de aquel oficial confirmó todas sus intuiciones. Eumenes de Pérgamo no atacaba porque, sin duda, esperaba ayuda exterior que no podía llegar de otro sitio sino de Roma. Roma expulsaba a Escipión. Eso significaba que la Roma negociadora ya no existía. Pronto atacarían Cartago y arrasarían la ciudad y, aunque él se escondiera en las entrañas del mundo, vendrían a buscarle para terminar con su vida. Una Roma sin Escipión sería una Roma implacable y cruel que lo tiranizaría todo, pero ya nada podía hacerse. Y si Prusias tenía esa información era porque habían llegado mensajeros secretos de Roma a Bitinia que no podían hacer otra cosa que reclamar al rey bitinio que entregara su cabeza, la cabeza de Aníbal.

El general cartaginés, solo, avanzó por las calles de la ciudad de Nicomedia mientras rumiaba si existía todavía algún lugar en el mundo donde refugiarse, rehacerse y combatir contra Roma. No tenía esposa, no tenía amigos, no tenía ciudad ni patria. Sólo le quedaba luchar para mantener viva en su interior la llama de la vida.

119
Las memorias de Escipión

Literno, Campania.
Septiembre de 184 a.C.

El tiempo transcurría con la lentitud que sólo siente el exiliado. Los días eran repetitivos, aburridos. Emilia se mostraba distante, fría, o eso percibía Publio, quizá porque el alejamiento de Roma y de su hermano y del resto de la familia, que en su mayoría habían vuelto a Roma para hacerse cargo de los asuntos familiares, también era una pesada carga para ella. Las noches con Areté eran lo único que rompía la monotonía de aquel triste transcurrir de horas sin sentido ni rumbo. Ya no tenía claro si fue primero la frialdad de Emilia la que le empujaba a pasar más noches con Areté o si era ese creciente número de veladas con su hermosa esclava de Asia lo que había aumentado la distancia entre él y su esposa.

Estaban ya al final del verano y Publio se había sentado bajo una higuera que se levantaba dentro del recinto amurallado de su villa. Era su lugar preferido para simplemente ver pasar el tiempo. Laertes, a quien habían traído con ellos para que actuara como *atriense* tras la boda de Cornelia, le había servido un poco de agua caliente con hierbas que Publio bebía despacio. Habían traído a Laertes por su fortaleza como escolta, por su pasado guerrero, pero con el traslado a la villa habían descubierto en él a un magnífico capataz. Laertes había confirmado su destreza en la gestión de la finca comprando buen ganado y sacando el máximo rédito de la última cosecha de cereal, uva y aceite. Publio creía recordar que en algún momento el veterano guerrero espartano había comentado que en su tierra trabajaba en una granja, o quizá la poseyera él mismo, antes de ser alistado para las guerras de Grecia por Nabis. Pudiera ser. Además, Publio se había percatado de una extraña felicidad que parecía haberse apoderado de Laertes desde que se habían instalado en Literno. Publio relacionaba este marcado cambio en el estado de ánimo de su esclavo con el hecho de encontrarse ahora en un entorno que seguramente le recordara a Laertes su vida antes de la derrota frente a Roma. Publio estaba en lo cierto, en parte. El otro motivo que animaba el espíritu de Laertes lo desconocía por completo.

Sí, Publio Cornelio Escipión veía pasar los días con la lentitud del desterrado. Era una dura tortura donde percibía la lejana sonrisa de Marco Porcio Catón levantándose cada mañana por el horizonte. Eso era lo que más le revolvía las tripas hasta casi provocarle náuseas. Eso y pensar que no podía hacer nada. Había tenido que aceptar el exilio para liberar a su hermano de la cárcel. Todavía tenía dudas profundas sobre si no debería haberse levantado en armas y terminar con Catón de una vez para siempre. El miserable censor de Roma se dedicaba a diario a destruir todo lo que tuviera que ver con el recuerdo de sus pasadas hazañas. Catón había decidido no sólo exiliarle sino borrarle de la historia, a él y a toda su familia. No pasaba un día sin que llegaran penosas noticias de Roma en ese sentido. Desde hacía una semana había ordenado a su esposa que no le informara de nada sobre la política de Roma; no quería saber ya nada más ni sobre el Senado ni sobre los tribunos de la plebe ni sobre las provincias sobre las que gobernaba una Roma que él, ahora mismo, aborrecía. Sólo le interesaba conocer cómo estaban sus hijos, noticias familiares o, como algo excepcional, saber de la vida de viejos guerreros como Aníbal, que, como él mismo, estaban condenados a un destierro similar, traicionados por su propia ciudad. Era curioso que después de tantos años luchando contra Aníbal y después de tantas batallas y sufrimientos era precisamente con Aníbal con quien se sentía especialmente cercano. A veces pensaba que le gustaría volver a verle y compartir con el viejo general enemigo un vaso de leche de cabra a la sombra de aquella misma higuera. Y no sabría explicar bien por qué, pero intuía que a Aníbal, en aquellos momentos de su vida, esa invitación no le parecería nada desagradable. Al menos, eso le gustaba pensar a Publio.

Escipión se sentía impotente. Era como estar muerto sin todavía estarlo. Era como no existir pero con la obligación de tener que levantarse cada día, con la necesidad de comer, de beber, de hablar, de escuchar. Era como haber sido ejecutado y, sin embargo, permanecer en pie viendo cómo preparaban cada día al verdugo para volver a estrangular el pescuezo moribundo de uno mismo. Era como morir un poco más, lento, despacio, cada noche, pero sin llegar nunca a exhalar el último suspiro. Publio Cornelio Escipión hacía semanas que estaba considerando con seriedad la opción del suicidio.

El viento ligero que se arrastraba por la villa de Literno, recibido bajo la frondosa sombra de aquella centenaria higuera, proporcionaba paz de espíritu a la desmoralizada mente de quien en un tiempo fuera el mejor general de Roma, el hombre más poderoso del mundo. Una mueca de tristeza y decepción se dibujó en su rostro. Ya no tenía legiones a las que mandar, ni un Senado al que dirigirse, ni siquiera estaba seguro ya de contar con el afecto de su esposa y sabía que las caricias de Areté, por muy dulces que fueran, eran fruto de la obligación y no de la admiración o el amor sincero. Ésa era la vida que le quedaba y no parecía que mereciera mucho la pena vivirla. Fue entonces, en aquella lenta tarde de septiembre, con la desesperanza anclada en su ánimo, cuando se le ocurrió una idea, lo único que podía dotar de sentido a los días, semanas, meses o años que le quedara por vivir: contar su vida pasada, aquélla donde las cosas sí tuvieron sentido, aquella vida cuando él gobernaba no ya sobre otros, que no le importaba, sino cuando gobernaba sobre su propio destino. Sí, narrar la historia de la guerra contra Aníbal desde su punto de vista, explicar las batallas de Italia, la campaña de Hispania, la conquista de Cartago Nova, las batallas de Baecula e Ilipa, el castigo a Cástulo e Iliturgis, los debates en el Senado para conseguir el permiso para invadir África; explicar las motivaciones de su enfrentamiento con Quinto Fabio Máximo, primero, y luego sus interminables disputas con Marco Porcio Catón; contar el paso a Sicilia, el adiestramiento de las legiones V y VI y su recuperación para el combate, sí, narrar su encuentro con las famosas legiones malditas desterradas en el pasado como estaba él ahora desterrado, saboreando un poco de esa misma sensación de miseria que en su momento vivieron los legionarios de aquel ejército olvidado por Roma y que, sin embargo, gracias a él, gracias a Publio Cornelio Escipión, desembarcó en África para cambiar la faz del mundo y, a un tiempo, recuperar para cada uno de esos legionarios el orgullo de sentirse no ya romano, sino hombre libre; ¡cómo entendía ahora la decepción de aquellos soldados desterrados y despreciados! Sí, relatar los acontecimientos que explican su ataque a Locri y luego todas y cada una de las batallas de África, las negociaciones con Sífax y con Masinisa; contar cómo se las ingenió para zafarse de los ejércitos de Giscón y Sífax en una increíble batalla nocturna y narrar el desarrollo de la tremenda batalla de Zama donde perecieron tantos buenos oficiales, muchos de sus mejores amigos; contarlo todo, el regreso triunfal a Roma, el reconocimiento, la vida en una ciudad que por unos años le consideró un héroe, casi un dios, antes de humillarlo y traicionarle y obligarle a exiliarse para siempre; explicar cómo, cuando Aníbal se rehízo y se alió al rey Antíoco, Roma, de nuevo, recurrió a él y a su familia, y contar cómo consiguió, incluso enfermo, con la ayuda de su hermano, derrotar al todopoderoso rey de Siria en la brutal batalla de Magnesia; sí, narrarlo todo, la carga de los indestructibles *catafractos*, las maniobras de las legiones, relatarlo todo punto por punto, con claridad, con precisión, para que cuando en el futuro alguien quiera saber del pasado no sólo se encontrara con la versión única, y supuestamente autorizada al estar refrendada por un Senado corrupto, de Marco Porcio Catón. No, no podía pasar él, Publio Cornelio Escipión, siempre activo, siempre en lucha, los últimos días de su vida sin librar esta última batalla, la más importante de todas: escribir la historia de lo que realmente aconteció.

Publio se levantó y lanzó un potente grito. Desde la casa vino un esclavo para atender al amo.

—¡Tráeme un *stilus*, *schedae* y *attramentum*! ¡Rápido, por Júpiter Óptimo Máximo, rápido! ¡Necesito papiro y tinta para escribir! ¡Y tiempo, claro, necesito tiempo! —Y aquí Publio Cornelio Escipión echó la cabeza atrás mientras lanzaba una sonora carcajada—. Tiempo —reinició ahora ya en voz baja—, tiempo es de lo que más dispongo, gracias a ti, miserable Catón. No dudes que sabré usarlo de la única forma útil que me queda. El mundo ha de saber lo que ocurrió de verdad, quién fui y en quién me he convertido por tu causa.

El esclavo, azuzado al pensar que su amo se había vuelto loco, corrió como el viento y trajo todo lo que se le había pedido, pues un amo loco insatisfecho era lo más temible que un esclavo podía encontrar. Publio recibió con agrado el papiro y la tinta. Cogió una de las *schedae* y la extendió con cuidado sobre la mesa en la que permanecía, ya olvidado, el tazón de agua hervida. Tomó el *stilus*, lo mojó despacio y con esmero en el *attramentum* y empezó a escribir sus memorias. Comenzó en latín. Se detuvo. Sacudió la cabeza. Tachó las palabras escritas y volvió a empezar. En griego, sí. Estaba convencido de que si quería que sus palabras fueran leídas y recordadas debía escribir en griego. Sería ésta, además, su última decisión henchida de desprecio hacia el maldito Catón. Pero, ¿por dónde empezar? Detuvo la pluma. En latín había iniciado el texto que acababa de tachar presentándose por su nombre. No. Si alguien empezaba a leer sus memorias debía saber desde un principio que aquellas palabras no eran los recuerdos de alguien insignificante, por lo menos no lo fue durante un tiempo. Publio Cornelio Escipión acercó al fin el *stilus* despacio al papiro y, con tiento, con el mimo con el que la madre teje ropa para su recién nacido, empezó a acariciar la superficie limpia de aquella hoja en blanco:

Δυνατώτατος μέν, προδοτότατος δὲ ἀνὴρ ἐγενόμην. [He sido el hombre más poderoso del mundo pero también el más traicionado.]* La maldición de Sífax se ha cumplido. Hubo un momento en el que pensé que mi caída era imposible. El orgullo y los halagos con frecuencia nublan nuestra razón...

* La sección entre corchetes traduce el texto griego.

120

La Basílica Porcia

Roma, octubre de 184 a.C.

Catón se presentó en el emplazamiento señalado para las obras justo antes del amanecer. Se trataba de una amplia extensión de terreno junto a la mismísima *Curia Hostilia*, en su costado occidental. El censor de Roma, a precio de oro, había comprado varias casas y tiendas antiguas en el corazón de Roma, entre la *Curia* y el *Vicus Lautumiarum* que descendía de norte a sur en dirección al foro. Justo en ese enclave, en el que Catón había invertido gran parte de su fortuna personal procedente de la campaña de Asia y de su participación en la batalla de las Termópilas, se iba a levantar en pocos meses la gran nueva basílica de Roma, una basílica que llevaría el nombre de su *gens*: la Basílica Porcia. Un lugar donde se impartiría justicia según la doctrina más tradicional y escrupulosa con las costumbres de los antepasados de Roma. Su ubicación entre el edificio donde se reunía el Senado y las lúgubres mazmorras de Roma no había sido elegida de forma azarosa por Catón. El censor de Roma quería que quedara claro a todos, incluso a los senadores, que, a pocos pasos de la *Curia*, se impartía justicia, una justicia que podía conducir a cualquiera a la mismísima cárcel. Lo de Escipión había sido un aviso, pero Catón quería dejar su impronta permanente en el corazón de la ciudad. Aquella basílica vigilaría, más allá de su muerte, que Roma se condujera de acuerdo a las leyes que la habían hecho fuerte. Sí, se había dejado prácticamente toda su fortuna en aquel empeño, pero la villa, con sus cosechas y ganado, iba bien y le daba réditos suficientes para vivir con razonable holgura incluso si ya no se embarcaba en ninguna nueva campaña militar. Y él quería dejar su huella en Roma de forma indeleble: aquella magnífica construcción, de la que en ese momento sólo se adivinaban los cimientos, sería su gran obra, su gran legado para la posteridad. Por ello le recordarían siempre.

Marco Porcio Catón paseaba por entre los trabajadores que se afanaban en apilar millares de ladrillos recién cocidos que llegaban de los hornos de Roma para levantar el nuevo gran edificio de la ciudad. Roma cambiaba, sí. Y cambiaba para bien. La república había sobrevivido a las maquinaciones de los Escipiones e incluso a las maniobras del iluso y flojo de Tiberio Sempronio Graco. Catón quería mostrarles ahora a todos con quién estaban echando aquel pulso. Para su satisfacción vio como varias decenas de senadores que cruzaban el *Comitium* en dirección al edificio del Senado se desviaban ligeramente de su ruta para aproximarse a las obras de la nueva basílica y maravillarse por sus dimensiones. Catón leía en sus rostros la admiración y la perplejidad entremezcladas.

—¿Creíais que una votación perdida terminaría conmigo? —dijo Catón entre dientes henchido de orgullo—. Roma no ha hecho más que despertar a un nuevo amanecer. Escipión está exiliado, debería estar muerto, pero está exiliado de por vida y yo velaré, esta basílica, todos sus jueces, velarán porque ese exilio se cumpla y porque el nombre de Escipión se diluya en olvido y porque los senadores de Roma se ajusten a la letra escrita de las leyes de la ciudad. Yo los vigilaré a todos. A todos.

Y se alejó del grupo de senadores para pasearse durante un largo rato más, hasta que el sol deslumbrara en el horizonte, por entre las inmensas obras de su legado al mundo.

121

La petición de Cornelia

Roma, noviembre de 184 a.C.

Cornelia menor paseaba nerviosa por el atrio de la gran *domus* que su marido, Tiberio Sempronio Graco, poseía en el *Clivus Victoriae* en el centro de Roma. La joven esposa acababa de recibir un mensaje urgente de su madre y Cornelia llevaba horas meditando en qué términos dirigirse a su marido.

> Querida Cornelia menor:
>
> Tu padre está cada día más débil. Él, como siempre, se niega a reconocerlo, pero cada día recorta más sus paseos por el bosque de la hacienda y cada vez duerme más. Tiene frecuentes accesos de fiebre que lo tienen en cama durante días y los días en los que

se encuentra bien son cada vez menos. Temo que pronto nos deje y vaya al Averno, donde espero que los dioses sabrán reconocerle sus méritos y donde no sufra más la deslealtad de Roma. Sé que te debes a tu marido y sé que es muy posible que por ello no puedas nunca venir y lo entenderé, pero si pudieras conseguir visitarle aunque sólo fuera unos días, estoy seguro de que tu presencia le daría fuerzas suplementarias para combatir esta maldita enfermedad que le consume por dentro desde hace ya tantos años. Haz lo que puedas. Tu deber primero ahora es complacer a tu marido y cumplir con el pacto del Senado. Cualquier cosa que hagas me parecerá bien. Que los dioses te guarden y te protejan de todo mal.

EMILIA TERCIA

La tablilla con el mensaje permanecía aún sobre una pequeña mesita en el centro del atrio situada justo al lado del *impluvium*. Aquél era un lugar favorito de Cornelia para leer con tranquilidad durante las tardes en las que su marido andaba ocupado en visitas a diferentes senadores de la ciudad. Cornelia contemplaba la tablilla desde una distancia de varios pasos mientras se mordía el labio inferior y pensaba. En ese momento se abrió la puerta del vestíbulo que daba al *Clivus Victoriae* y la voz potente de su esposo se escuchó resonando en cada pared del gran atrio. Regresaba contento. Seguramente debía de haber conseguido más apoyos para una próxima candidatura suya al consulado. Después de su tribunado de la plebe y de la gran fama que había adquirido al interponerse entre Catón y su padre, su marido gozaba de un creciente prestigio que le hacía albergar esperanzas de salir elegido alguna vez como cónsul de Roma, pero, pese a todo, y con un Catón molesto y distanciado por su intromisión final en el desenlace del juicio contra su padre, Graco se estaba esforzando en asegurar apoyos en las filas de ambos bandos, entre los que respaldaban al maldito Catón y entre algunos de los que en el pasado reciente se mostraron como fieles seguidores de la familia de los Escipiones. De hecho, su matrimonio con ella, una joven Cornelia, a la que los amigos de los Escipiones veían tratada con dignidad por su esposo, le había granjeado nuevos partidarios entre los más acérrimos seguidores del general exiliado. Cornelia se dio media vuelta en un vano intento de ocultar sus sentimientos. Graco, mientras se lavaba las manos en una bacinilla que le sostenía el *atriense* de la casa, comprendió de inmediato que algo la preocupaba sobremanera. Entre ellos se había establecido una relación intensa en lo sexual y honesta a la hora de compartir preocupaciones, de modo que su marido no se anduvo por las ramas y evitó palabras innecesarias.

—Algo te preocupa.

Cornelia asintió con claridad, pero aún sin decir nada. Su esposo hizo un gesto y el *atriense* desapareció mientras recibía las órdenes de su amo.

—Que no nos molesten. —Y, a continuación, Graco, observando que sobre la mesa junto al *impluvium* había una tablilla, se sentó en un *solium* en el que solía descansar y se dirigió a su mujer—: ¿Has recibido noticias de tu familia?

—Sí.

—¿Es sobre tu padre? —Pero Cornelia no decía nada y Graco, aunque con dolor, se sintió obligado a decir algo que sabía que hacía sufrir a su mujer pero que no podía cambiarse de ninguna forma—. Sabes que no puede regresar a Roma. Eso es del todo imposible.

Cornelia, para alivio de su esposo, volvió a asentir.

—No es eso —dijo, y guardó un segundo de silencio antes de terminar su frase—. Está muy enfermo y me gustaría poder visitarle.

Tiberio Sempronio Graco se levantó y caminó por el atrio hasta dar la espalda a su esposa, que, expectante, aguardaba una respuesta. Graco apretaba los labios mientras pensaba. Se detuvo ante el altar de los dioses Lares y Penates de la casa. Le pareció un sitio apropiado para tomar una decisión relacionada con la familia. Cornelia ahora, por razón de su matrimonio con él, era parte de la familia, pero Cornelia a su vez era parte del pacto que él mismo, Tiberio Sempronio Graco, había tejido entre el Senado y Escipión. Catón, pese a estar inmerso en la construcción de aquella enorme basílica, no cejaba en avivar las insidias contra los Escipiones y a los siempre volubles senadores de Roma sólo les tranquilizaba ver con frecuencia al poderoso Tiberio Sempronio Graco paseando por la ciudad con su joven esposa, hija de aquel posible nuevo rey de Roma que, exiliado y alejado y con aquella hija como rehén en la ciudad, nunca se revolvería contra ellos. En el fondo, todos ellos, sobre todo los seguidores de Catón, la consideraban una simple prisionera de Roma, una salvaguarda contra cualquier intento de Escipión de retornar a la ciudad a rehacerse con su posición en el Senado como *princeps senatus* y, como insistía una y otra vez Catón, eso sólo como primer paso hacia una dictadura vitalicia. Entre el pueblo, Escipión, Publio Cornelio Escipión, *Africanus*, el vencedor sobre Aníbal, era aún inmensamente popular. Dejar salir a Cornelia hacia el sur para reencontrarse con su padre podría poner en peligro el complejo equilibrio de fuerzas que Graco había conseguido establecer en Roma para evitar que ninguno de los bandos, los Escipiones o Catón, se hicieran con el dominio completo. No, no era buena idea que Cornelia dejara Roma, incluso si su padre estaba gravemente enfermo. Por otro lado, negarle a su esposa el derecho de visitar a un padre enfermo le revolvía las entrañas; además, ni tan siquiera podía argüir que la muchacha no hubiera cumplido de forma plena con sus obligaciones matrimoniales. Cornelia había cumplido en público con discreción y en privado con pasión. No, su ánimo no estaba en negarle a su esposa lo que pedía y, sin embargo, sabía que era peligroso, no sólo para él y sus aspiraciones políticas, sino para Roma entera.

—¿Está realmente grave? —preguntó Graco sin volverse a mirar a su esposa.

—Eso da a entender mi madre, y mi madre nunca exagera. —Cornelia se acercó a la mesilla y tomó la tablilla en su mano—. Toma. Si quieres puedes leer la carta. —Y estiró su brazo ofreciendo la tablilla a su marido, pero sin acercarse, respetando la distancia que él mismo había buscado para reflexionar.

—No me hace falta leerla. Me fío de tu criterio. Tú conoces a tu madre, no yo, y tú sabes interpretar mejor el significado de sus palabras. —Y, nuevamente, volvió a guardar silencio. Inspiró y suspiró profundamente.

Cornelia, a sus espaldas, sabía que su marido se debatía entre dos decisiones complicadas y sintió agradecimiento de que, al menos, lo estuviera considerando. Había temido recibir un claro y rotundo no por respuesta que le habría dolido profundamente. Cornelia había pensado en fórmulas con las que facilitar la decisión que deseaba que su marido tomara.

—He pensado —empezó ella con voz baja, dubitativa— que podría salir de noche. Sería posible que abandonara la ciudad sin ser vista y podría regresar en pocos días. Puedo cabalgar y así se aceleraría el viaje. Podrías decir que estoy enferma y regresaría de nuevo de noche. Podría hacer esta visita sin que nadie lo supiese en Roma.

Graco se volvió hacia ella y sonrió ante su enorme ingenuidad.

—¿Tú crees que algo así puede hacerse en una ciudad como Roma sin que Catón lo sepa?

Cornelia bajó la mirada. Pensaba que sí, pero era evidente que su marido no lo veía del mismo modo.

—Cornelia —se explicó Graco con tono conciliador—, Catón tiene espías en todas partes y la calle en la que vivimos está especialmente infestada de ellos. Si se abrieran las puertas de esta *domus* a media noche y una litera o caballos o una cuadriga salieran de mi casa, Catón lo sabría en menos de una hora y te garantizo que serías seguida hasta que se averiguara quién había salido al abrigo de la noche de casa de Tiberio Sempronio Graco. No, eso que sugieres no puede hacerse de ningún modo. —Y volvió a acercarse al *solium* y se sentó de nuevo sin dejar de mirarla. Ella mantenía la mirada fija en el suelo. Graco sabía que estaba sufriendo pero que pese a todo aceptaría lo que él dijera. Retomó la palabra—. No, Cornelia, si mi mujer ha de salir de mi casa para visitar a su padre gravemente enfermo lo hará en pleno día y yo seré el primero en comentarlo en el foro. Eres la hija del admirado a la par que temido Publio Cornelio Escipión, pero ahora eres también la esposa de Tiberio Sempronio Graco y yo te concedo el permiso para visitar a tu padre. Partirás mañana al amanecer, cuando el sol haya despuntado y los mercados de Roma empiecen a atestarse de mercaderes y compradores y cruzarás por entre el tumulto del pueblo de Roma hasta la puerta Capena. Yo, entre tanto, pasearé por el foro, veré a mis clientes y compartiré con todos que te he permitido visitar a tu padre. Eso sí, Cornelia —dijo levantando la voz y callando un instante a la espera de ver cómo los ojos de su esposa se alzaban del suelo y le miraban directamente—, dispondrás sólo de una semana. Mañana es día de mercado. El próximo día de mercado has de estar entrando por la misma puerta por la que saliste de la ciudad y regresarás de nuevo de día para que todos te puedan ver. Yo procuraré que durante ese tiempo las murmuraciones e insidias de Catón queden en nada a la espera de tu regreso. Si no vuelves el fantasma de la guerra civil retornará sobre todos y yo, sin ti, no podré hacer nada para pararlo, ¿lo entiendes?

—Volveré en una semana —respondió Cornelia con los ojos muy abiertos, algo confusa y con ganas de abrazar a su marido, pero temerosa de hacerlo no fuera a ser que algún esclavo apareciera de forma inesperada.

—Sé que lo harás —confirmó Graco con seguridad—. Ahora estaría bien si en esta casa se comiera alguna cosa. Tengo un hambre voraz.

—Por supuesto. —Y la joven Cornelia salió veloz hacia la cocina. Tenía muchas instrucciones que impartir a los esclavos. Quería que su marido disfrutara de una comida adecuada para alguien de su importancia y, también, de su aún para ella incomprensible generosidad. Y es que Cornelia era todavía demasiado joven para comprender la irrefrenable influencia que una mujer joven y hermosa puede tener sobre un hombre enamorado.

Tiberio Sempronio Graco se quedó solo en el atrio de su casa. Suspiró entonces de forma profunda. Sabía que Catón haría de aquélla una larga semana.

En la cocina, una vez impartidas las instrucciones a los esclavos, la joven esposa, de forma inesperada, tomó asiento en una de las pequeñas *sellae* que usaban las esclavas para coser. Cornelia habría agradecido un respaldo, pero el mareo y el malestar repentino habían sido intensos y no quería dar explicaciones. Ninguno de los esclavos se atrevió a preguntar nada. Seguramente pensaron que la señora quería supervisar personalmente el trabajo en la cocina. Todos se afanaron en sus quehaceres cortando verduras, desplumando dos pollos y avivando el gran fuego donde se preparaban todos los platos. Cornelia se alegró de que nadie pareciera notar nada. Por un instante había pensado en desvelar a su esposo también esa otra gran noticia relacionada con su estado, pero temía que de saberlo, su marido le denegara el permiso para viajar. Así que había callado. Ya se encontraba mejor y, sin decir nada, salió de la cocina. Pasaría primero por el dormitorio y se echaría agua en la nuca y en el rostro. Eso, según su madre, siempre aliviaba. Aprovecharía el viaje para consultarle sobre el parto. No podía evitarlo. Le daba un poco de miedo.

122

La última tarde de teatro

Literno, diciembre de 184 a.C.

Con el frío las fiebres regresaron y Publio sentía cómo su estado de salud se deterioraba por momentos. Una semana la pasaba postrado en la cama y la siguiente apenas si podía sentarse a ratos en el atrio. Los paseos en el bosque quedaron olvidados y los echaba de menos, como tantas otras cosas. Al final de sus días, empezó incluso a añorar el bullicio de Roma, de la misma Roma que le había despreciado. Echaba de menos el teatro, esas largas tardes de representaciones cómicas, trágicas, los actores en el escenario, y, en particular, las magníficas obras de Plauto. Plauto. ¿Qué sería de él? Pero, por encima de todo, echaba de menos poder ver a su hermosa hija pequeña, aunque sólo fuera para discutir. Sólo anhelaba sentir de nuevo el pálpito de la fortaleza de aquella muchacha, aquella sangre de los Escipiones que fluía por su joven cuerpo, que le retaba, que le desafiaba, eso no importaba; era el sentir que la fuerza de los Escipiones seguía viva, poderosa en la familia, lo que Publio echaba en falta. En medio de su tormenta de añoranza, Emilia apareció en el atrio con una sonrisa, un gesto cálido, sincero que había estado ausente en la faz de su esposa desde hacía tiempo. Él no la culpaba por su enfado, quizá rencor.

—Ha llegado un regalo para ti.

—¿Un regalo? —No sabía bien qué podía ser; sus hijos mayores habían venido de visita ya, tanto el joven Publio como Cornelia mayor, junto con su esposo; visitas que había agradecido en sumo grado; también estaban Lelio y Emilio Paulo y Flaminino. Al final, Emilia había tenido razón, y la nueva casa que Emilia había ordenado levantar, frente a la vieja villa, para albergar a todos los que venían a visitarles, se encontraba llena de amigos; no había nada más que pudiera consolarle mejor en su exilio que esas visitas; cualquier otro regalo o lujo era superfluo. Alguna vez habían intentado hacerle llegar joyas, vajillas de oro y plata, incluso manjares extraños y exóticos y, sin duda, muy caros, todo proveniente de clientes que querían agradecerle la ayuda de la familia especialmente en aquellos tiempos difíciles, pero todo aquello era material y el general, con palabras educadas en tablillas escritas de su puño y letra, lo rechazaba. Insistía una y otra vez en que ya se le había acusado en demasiadas ocasiones de vivir rodeado de lujos. No quería dar más argumentos a sus enemigos en Roma con una vida disipada en su exilio. De hecho hasta se negó al principio del destierro a que se construyera esa nueva casa de invitados. Publio aún recordaba aquella conversación con su mujer.

—¡Que vean todos cómo vivo, que vean todos cómo vive el que fue su mejor general y que lo cuenten en Roma! —había respondido él una y otra vez, despechado, a los ruegos de Emilia para poder levantar esa nueva casa, pero su esposa, tenaz, siguió insistiendo hasta dar con el argumento adecuado.

—No se trata de nosotros, sino de recibir adecuadamente a aquellos clientes que vienen desde Roma porque se consideran obligados a agradecerte la ayuda que nuestra familia les presta en la ciudad. No podemos alojar a esos ciudadanos en lugares indignos, eso iría en detrimento de nuestra imagen y todos asumirían que hemos perdido poder, más del que realmente hemos perdido. —Y Emilia añadió despacio—: Todos creerán al fin que Catón ha vencido.

Al final, la casa nueva se levantó, incluso con una compleja red de calefacción excavada en la tierra que no sólo daba calor, a través de conductos que partían desde un gran horno, a la propia nueva casa, sino también a la vieja residencia donde vivía el propio Publio y su familia. Pero aquel calor, en medio del invierno y las fiebres vino bien y el viejo general ya no dijo nada. Ahora todo aquello, aunque sólo hubieran pasado unos meses, parecía tan lejano, tan distante. Y ahora ¿un regalo? En aquellos meses de decadencia le parecía que todo lo que no fuera algo de salud era superfluo, innecesario, prescindible; por eso no entendía cómo su mujer podía pensar que algún regalo pudiera hacerle feliz hasta que, de pronto, el rostro del propio Publio se iluminó como Emilia no lo había visto resplandecer desde los tiempos en los que su marido la miraba con pasión—. ¿Es la pequeña Cornelia? —La voz del general vibraba conmovida—. ¿Ha venido la pequeña Cornelia a vernos? ¿A verme?

Pero la faz decepcionada de Emilia delató en seguida que aquél no era el caso. Emilia lamentó profundamente su niñería, su ingenuidad de haber querido presentar aquel regalo con misterio. Ahora, incluso lo que había preparado con tanto esmero le parecería aburrido e indolente a su esposo. Ella había escrito ya a su hija pequeña, rogándole que viniera, pero eso era algo prácticamente imposible, sujeta como estaba la muchacha a lo pactado con el Senado. La salud de Publio empeoraba casi cada día y no quería que su esposo no tuviera al menos la oportunidad de despedirse en persona de su hija pequeña, con la que, no sabía bien por qué, seguramente por lo que había pensado siempre, porque eran iguales, padre e hija, había una conexión especial, algo que nadie entendía bien, pero que estaba allí. Cornelia menor, por otro lado, era la persona quizá, sólo después de Catón, que más había contrariado a su padre, y, sin embargo, era para Publio un amor, una pasión particular, una debilidad infinita la que Emilia sabía que su marido sentía hacia su hija pequeña, de modo que cualquier cosa que hubiera hecho la joven siempre, al final, quedaba perdonada en el alma de su padre. Y, al fin y al cabo, la joven había aceptado un matrimonio pactado con uno de los más temibles enemigos de su padre para salvar a la familia del desastre total. Y eso después de haber rechazado a decenas de buenos candidatos durante los meses anteriores.

—No, no es Cornelia menor —respondió Emilia intentando mantener algo de alegría en su voz—; se trata de otra cosa, no tan maravillosa como una visita de nuestra pequeña hija, pero creo que te alegrará. Venga —añadió, y se acercó a su esposo para ayudarle a levantarse—; has de salir fuera. Todo está preparado fuera, frente a la casa.

Pero Publio, con una sacudida, se deshizo del intento de abrazo de su esposa para ayudarle a levantarse.

—¡Déjame en paz! Si no se trata de la pequeña, no hay nada que pueda hacerme mover de mi silla. Aquí estoy bien. —Y con voz más baja, mirando al suelo, ocultando alguna lágrima que estaba a punto de brotar repitió la misma frase—: Aquí estoy bien.

Emilia dio un paso atrás. No se vino abajo. Si su marido estaba a punto de llorar era que estaba más flojo, más débil que nunca. Con la paciencia de quien es traicionada varias veces a la semana y transige en silencio por respeto, por honor, ¿por amor?, volvió a hablar con sosiego.

—Están todos fuera esperando y está todo preparado. —Pero su marido se negaba y ni tan siquiera levantaba la cabeza para mirarla. Emilia lo intentó por última vez—. Se trata de un regalo de Plauto.

Publio Cornelio Escipión se pasó el dorso de la mano derecha por una mejilla para borrar toda huella líquida de sufrimiento o tristeza y levantó entonces, con lentitud, la cabeza.

—¿De Plauto? —preguntó con algo de incredulidad. El escritor había intercambiado con él alguna breve carta desde que comenzara el exilio, pero en ellas había referido que una salud débil también le impedía poder acudir a visitarle—. ¿Ha venido al fin... a verme? —Y Emilia sintió cómo, de nuevo, había tocado una vena sensible en su esposo. No había estado equivocada: Plauto era el único que podía ser aceptado como sustituto a una visita de la pequeña Cornelia.

—No exactamente —empezó a explicarse Emilia de nuevo, más animada al comprobar que había recuperado el interés de su esposo—, pero ha enviado a toda su compañía. Los ha enviado desde Roma para que representen aquí, para ti y para todos nuestros amigos, su última obra. Pensé que eso te gustaría y por eso no me opuse cuando me escribió proponiéndomelo. Espero haber hecho lo correcto.

Publio la miró algo perplejo. Aun después de tanto sufrimiento como le había proporcionado a su mujer en los últimos años, su esposa había buscado una forma de animarle en aquel humillante exilio. No podía despreciarle aquel regalo. Emilia interpretó bien la mirada de su esposo y se acercó de nuevo para ayudarle a levantarse. Esta vez, Publio colaboró y apoyó bien las piernas, tomó con la mano derecha su *scipio* y echó a andar apoyado en el hombro de su menuda pero siempre fuerte esposa. Cruzaron el atrio en cortos pasos, llegaron al vestíbulo y allí un esclavo les recibió con una manta en la mano que había ordenado preparar Emilia.

—Fuera, se la pondremos fuera, cuando le sentemos —dijo Emilia, y el esclavo asintió y les siguió con la manta.

En el exterior, Emilia había dispuesto que los actores contaran con todo lo que precisaran. Publio se sorprendió al ver un escenario de madera montado justo entre la *domus* vieja y la casa nueva de los invitados. Todo estaba dispuesto para iniciar la representación de la última obra que Plauto había escrito. El público estaba compuesto por todos los familiares del general. Allí estaba su hijo Publio, su hija mayor, Cornelia, con su marido, Publio Cornelio Escipión Násica, y su cuñado Lucio Emilio Paulo, y luego todos los amigos que estaban de visita esos días en la hacienda de Literno: Cayo Lelio, sentado a la derecha del *solium* que permanecía vacío frente a la escena en espera de que el propio Publio lo ocupase, y también habían llegado Flaminino, Silano, Acilio Glabrión, Marco y otros viejos oficiales y compañeros de armas de campañas pasadas. Habría una treintena de personas. Todas saludaron al general poniéndose en pie y a todos saludaba Publio con debilidad por la fiebre que parecía retomar el control de su cuerpo pero con la satisfacción de verlos allí. Sabía que habían venido por él y sabía que habían venido porque todos presentían, como él mismo, que su fin estaba cerca y, de corazón, agradecía que hubieran venido. Ahora se alegró de haber salido y de verlos a todos allí. La debilidad nos vuelve más vulnerables de lo que imaginamos y más aún a los que han sido poderosos y fuertes como ningún otro hombre. Sí, estaban todos los que le querían bien y habían sobrevivido a las guerras y a las insidias políticas, todos menos su pequeña Cornelia.

Mientras tomaba asiento ayudado por Lelio, Publio no podía dejar de pensar cuánto se había equivocado con Cornelia. Apretaba los labios mientras recordaba cómo llegó incluso a quemar aquella carta de su hija pequeña al comienzo de la campaña de Asia sin ni siquiera terminar de leerla. Ella, por el contrario, siempre la más rebelde, la más ingobernable de todas sus legiones, como le gustaba definirla a Publio en sus días de exilio, era la que se había sacrificado por él, por todos, por toda la familia, para evitar un derramamiento brutal de sangre. Incluso con aquel maldito pacto con Graco, con la posibilidad de que el resto de la familia participara en la política de Roma, pues el exilio sólo le era aplicado a su persona, había posibilidades de mantener la posición del clan en Roma, incluso de recuperar terreno. Y todo eso se había conseguido con la aquiescencia de la pequeña Cornelia. En ese momento, un actor se situó en medio de la escena y empezó a declamar el texto escrito por Plauto. Los pensamientos del general se detuvieron y se relajó. Sólo quería olvidar.

—*Salvere iubeo spectatores optumos, fidem qui facitis maxumi, et vos Fides (...).* [¡Salud al mejor de los públicos que tiene en tan alta estima a la Buena Fe y la Buena Fe lo tiene a él!] *Si he dicho la verdad, indicádmelo con un sonoro aplauso: así sabré ya desde el principio que estáis bien dispuestos para conmigo.**

Y el actor calló un instante para que el público aplaudiera con fuerza. El cómico inclinó entonces su cabeza agradecido. Estaba nervioso, como el resto de los actores y es que, si bien aquél parecía un público entregado desde el principio, se encontraban ante el grandísimo Escipión de quien sabían todas sus hazañas, pero de quien sobre todo apreciaban que fue de los primeros en apoyar el desarrollo de su profesión, el teatro, en Roma. Era para todos aquellos jóvenes actores un momento único en su vida. Lo sabían y querían estar a la altura.

* Traducción de esta frase y de las que aparecen en las páginas siguientes a partir de la edición de la comedia *Casina* de Plauto elaborada por José Román Bravo.

Les daba confianza saber que contaban con un texto del gran Plauto.

La obra comenzó pero a Publio le costaba concentrarse en la historia. Sus pensamientos vagaban en una dimensión distinta, más trascendente. Repasaba su vida. Sonrió para sí mismo: cuando él nació su padre estaba viendo una obra de teatro, ¿de Livio Andrónico? Ya no lo recordaba con claridad. Era premonitorio que ahora que estaba tan enfermo una obra de teatro viniera hasta él. El círculo de su existencia se cerraba. Se cerraba.

La obra de teatro avanzaba con gran rapidez. En pocas escenas quedó claro, para los que sí atendían, cuál era el eje sobre el que giraba toda la acción: el viejo Lisídamo quería acostarse con la más joven y hermosa de las esclavas de su mujer, para lo cual contaba con la colaboración de Olimpión, el *atriense* de la casa, con quien Lisídamo había planeado casar a Cásina, que era como se llamaba la joven esclava en cuestión, para así, con la cooperación de Olimpión poder acostarse con ella cuando quisiera, pero el hijo del propio Lisídamo, Eutinico, también deseaba con locura a Cásina y había conseguido el apoyo para su causa de Cleóstrata, su madre y esposa a su vez de Lisídamo. Cleóstrata, que no quería que de ningún modo su esposo se saliera con la suya, estableció un plan contrario: propuso que la joven Cásina se casara con Calino, escudero de su hijo, y así sería el hijo y no Lisídamo, su esposo, quien podría yacer con la esclava con la colaboración de Calino.

Publio, por un instante, en uno de los momentos en los que atendía a la representación, pensó que Plauto había retratado parte de lo que pasaba en Literno, pero aquello no era más que uno de los temas recurrentes en las comedias que escribían Plauto y otros escritores y, en Literno, no había competencia familiar por Areté. El general miró a un lado y a otro. Tanto Lelio, a su derecha, como Emilia, a su izquierda, parecían observar los acontecimientos que se relataban en el escenario de forma relajada. Y se divertían. Las risas venían de todas partes.

La obra proseguía con muchos *cantica*. Para Publio resultaba evidente que Plauto había cedido ante los deseos de un público, el romano, que disfrutaba sobremanera con esas partes cantadas y, con cada obra, Plauto había ampliado el espacio para esas secciones. Publio apreciaba más las partes habladas, pero era él sólo uno entre muchos y Plauto se debía a su público. Publio miraba con atención y escuchaba interesado el despliegue de peripecias que se presentaban sobre el escenario y, por momentos, al fin, después de muchos meses, consiguió olvidar, aunque sólo fuera por una hora, el dolor de la enfermedad y la humillación del exilio.

Hacia el final de la obra, cuando Lisídamo acababa de ser sorprendido por su esposa a punto de cometer adulterio y regresaba corriendo, habiendo olvidado su capa, al ser interrogado por su airada esposa, éste buscaba rápidamente una excusa para justificar dicha pérdida. Atribulado por la culpa y nervioso recurrió a la frecuente excusa de argüir que como estaban en el período en que se celebraban las *bacantes*, las fiestas en honor a Baco, donde la multitud deambulaba por las calles enardecida por el exceso colectivo cometido en el consumo de vino y donde todo podía pasar, como perder una capa, que él mismo había perdido esa prenda en medio del tumulto febril de aquella alocada fiesta.

—*Dice locuras a propósito, pues, por Cástor, ya se acabaron los juegos de las bacantes* —respondió otro de los personajes en escena a un cada vez más tenso Lisídamo.

—*Lo había olvidado. Pero, de todas formas, las bacantes...* —insistía Lisídamo empecinado en mantener la veracidad de su excusa.

—¿*Cómo que las bacantes?* —preguntó con voz chillona el muchacho que representaba a Cleóstrata, la esposa indignada de Lisídamo.

—*Pues si ello no es posible...* —replicaba Lisídamo intentando ganar tiempo para pensar en otra excusa que evitara confesar dónde había perdido realmente la capa. Publio, algo confuso, se volvió hacia Lelio.

—¿Qué es eso de que las *bacantes* no le valen de excusa? ¿Ya no se celebran las *bacantes* en Roma? —preguntó el viejo general a su veterano amigo.

—No —respondió Lelio en voz baja—. El Senado ha aprobado un *senadoconsulto* prohibiendo su celebración. Dicen que Catón está detrás. Ya sabes que no le gustan los tumultos de gente.

—Los tumultos de gente que él no puede controlar —precisó Publio mientras digería la información, y cerró los ojos de forma que no vio como Lelio asentía. A su vez Lelio no vio como el general mantenía los ojos cerrados.

Publio estaba agotado. La representación había estado bien, pero se le había hecho algo larga. La fiebre estaba subiendo de nuevo. Tenía algo de frío y se tapó, sin abrir los ojos, algo más las piernas con las mantas que le habían traído los esclavos siguiendo instrucciones de su esposa. A su alrededor escuchaba las frases de los actores en escena y las risas de todos aquellos que presenciaban la obra. Eran carcajadas de voces amigas que, como un arrullo constante, le sumieron en un sueño profundo en el que el general se abandonó sin ofrecer resistencia.

La escena quedó vacía, excepto por el actor que había dado comienzo a la representación quien, una vez más, situado en el centro del escenario, se acercó hacia el público y les dirigió las palabras finales de la obra.

—*Espectadores, os vamos a contar lo que ocurrirá dentro.* —Y señalaba hacia el extremo de la escena por donde habían salido todos los actores—. *Se descubrirá que Cásina es hija de nuestro vecino y se casará con Eutinico, el hijo de nuestro amo. Ahora vosotros debéis darnos con vuestras manos la merecida recompensa que nos hemos ganado...*

Pero el actor interrumpió su discurso de despedida porque Emilia se levantó y se ubicó justo frente a la escena con la mano derecha en alto. El actor enmudeció y los ojos de todos se clavaron en ella, algunos temiendo lo peor.

—No ocurre nada, amigos —dijo ella con aplomo—, pero mi marido se ha quedado dormido y creo que es conveniente que le dejemos descansar. No hace frío, así que le dejaremos aquí, bajo los árboles, y os ruego que no aplaudáis y que sin hacer ruido tengáis la generosidad de honrar nuestra vieja *domus* con vuestra presencia. Hay comida y bebida preparada para todos. —Acto seguido se volvió hacia el actor que permanecía callado y quieto sobre el escenario—. Quizá sea ésta la única vez que tengas que concluir una representación sin aplauso alguno, pero vuestros servicios serán recompensados adecuadamente. Haré que os traigan comida y bebida abundante además de un pago adicional por vuestra actuación. Me consta que mi marido ha disfrutado con vuestra representación y el sueño que le embarga sólo debéis atribuirlo a la larga enfermedad que padece.

El actor se inclinó en una amplia y muy teatral reverencia.

—Un aplauso es pobre recompensa en comparación con satisfacer a la noble familia de los Escipiones —dijo como si continuara la representación.

Emilia asintió y sonrió. Aquel actor era un adulador, sin duda, pero era agradable oír palabras de halago hacia la familia que tan denostada había sido en los últimos años. Emilia se acercó a su esposo y se aseguró de que las mantas le cubrieran bien.

—¿Quieres que me quede con él? —preguntó Lelio, que se había esperado mientras el resto iba entrando en la *domus* de los Escipiones en Literno.

—No hace falta. Ya me quedo yo. Mi hija y mi hijo se ocuparán de atenderos a todos.

Lelio obedeció y se unió al resto de la comitiva que iba entrando en la casa vieja. Emilia se sentó junto a su esposo. El sol empezaba su lento descenso. Era una tarde agradable. Se escuchaban algunos pájaros en el bosque cercano. El aire era limpio. Se estaba bien allí, solos.

LIBRO VIII

LA MUERTE DE LOS HÉROES

Año 184-183 a.C.
(año 570-571 desde la fundación de Roma)

Acerba semper et inmatura mors eorum qui immortale aliquid parant.

[Siempre resulta cruel y prematura la muerte de aquellos que proyectan algo inmortal.]

PLINIO, *Epistulae*, 5,5,4

123

Memorias de Publio Cornelio Escipión, *Africanus* (Libro VIII)

He dejado a Aníbal para el final, pero desde luego no es porque piense que sea poco importante. Cualquiera que haya leído hasta aquí verá que incluso sin dedicarle un libro específico, mi vida no se puede entender sin atender a Aníbal, a su persona, a sus acciones. Aníbal, su guerra y sus actos tras la misma han constituido el eje de mi vida pública y también privada.

He parado de escribir durante unas horas. Regresé al lecho y me acosté. Me he detenido un poco por cansancio. La fatiga de esta enfermedad que me consume no se frena nunca. Cada vez me cuesta más escribir y, peor que eso, cada vez me cuesta más poner en orden mis ideas. Pero ahora lo veo más claro. Creo que he dejado a Aníbal para el final porque en cierta forma es el hombre más complejo de todos cuantos han intervenido en mi vida. Sé que sus acciones, sus planes, ejecutados fielmente por sus hermanos, llevaron a la muerte a mi padre y a mi tío, pero, pese a ello, no me es posible guardarle un rencor definido. Tanto mi padre como mi tío cayeron abatidos en el campo de batalla y sus cuerpos fueron respetados tras la derrota por el enemigo. Algo muy distinto a lo que se hizo con el cuerpo de su hermano Asdrúbal tras Metauro. Pero divago.

Aníbal ha sido el eje de mi vida, pero lo he dejado para el final también empujado por los recientes acontecimientos en Roma. El juicio que Catón ha llevado contra mi persona y contra toda mi familia me ha incitado a poner primero en claro la campaña de Asia y todo lo relacionado con este vergonzoso asunto, vergonzoso para Roma, humillante para mí y los míos. Pero no debo, no puedo concluir mis memorias sin hablar largo y tendido de Aníbal: el mejor general de Cartago y, con toda seguridad, uno de los mejores generales de todos los tiempos y, sin lugar a dudas, el más formidable enemigo al que nunca me he enfrentado en un campo de batalla. Pero debo ir por partes. En primer lugar hablaré del hombre militar, del estratega, luego del político y por fin de la persona que yo conocí en Aníbal.

Militarmente, el genio de Aníbal es indiscutible. Pudo haber acabado con nosotros y, si no lo hizo, es porque su genio político no pudo dominar los entresijos de la política cartaginesa. Tuvo demasiados enemigos internos. En eso se parecen mucho nuestras vidas, como en tantas otras cosas. Me enfrenté a él en innumerables ocasiones: en Tesino, en Trebia y en Cannae. Todas éstas fueron tremendas derrotas para Roma. Y hubo más en las que, gracias a los dioses, no me vi involucrado. Con estas tres tuve más que suficiente para tomar la medida de la capacidad destructiva de este general. Cuando rememoro Cannae, aún me sorprende que Roma superviviera a aquel desastre. Lo hicimos, pero lo hicimos por muy poco. Años después estuvimos a punto de combatir en Locri, en el sur de Italia, pero Aníbal se lo pensó dos veces. No por temor a mis legiones, eso es seguro, sino por temor a que las legiones de Craso y Crispino le rodearan por detrás. Y por fin la batalla de Zama, donde sus elefantes y sus falanges de mercenarios estuvieron a punto de barrernos. Allí perdí a mis mejores oficiales. Conseguí derrotarle pero el precio de la victoria fue muy elevado, como no podía ser de otra forma. Años más tarde aún volveríamos a situar frente a frente a nuestros ejércitos en Magnesia, pero fue un enfrentamiento diferente, como ya se ha explicado, una partida de dados en la que otros echan los dados por uno. Yo estaba enfermo y no pude acudir al campo de batalla, pero Lucio, mi hermano, desplegó las tropas y ejecutó con precisión las maniobras que le expliqué los días anteriores. El rey Antíoco, gracias a Marte y al resto de dioses, dudó de la estrategia de Aníbal y no siguió su consejo. Ése fue el principio y el final de la batalla de Magnesia.

Aníbal y yo ya no hemos vuelto a enfrentarnos en un campo de batalla. Ya no hay generales como él, sólo reyes vanidosos como Antíoco. Filipo era el último rey que entendía de estrategia, pero carecía de recursos. Queda Masinisa en Numidia, que ha enloquecido de poder, pero nunca se atreverá a combatir contra Roma. No, Roma está ya segura por mucho tiempo. Segura del exterior, esto es. Habrá guerras, las presiento, pero serán dentro, en la propia Roma. Catón y los suyos han ido sembrando la semilla de la discordia y, más tarde o más temprano, germinará y la sangre de miles de romanos bañará las riberas del Tíber, pero, una vez más me alejo del asunto que me ocupa ahora.

En lo político, Aníbal, como yo, no acertó a dominar por completo las votaciones de su Senado y eso fue su talón de Aquiles: no consiguió suficientes recursos cuando los precisaba en Italia para obligarnos a rendirnos y luego tampoco se los proporcionaron cuando le reclamaron de regreso a África de forma apresurada (aunque no es menos cierto que yo también tuve mis problemas de abastecimiento). Los problemas políticos, paradójicamente, pareció superarlos tras las derrota de Zama, cuando consiguió ser elegido por el pueblo como sufete de Cartago. Qué triste para Cartago, no obstante, que los oligarcas púnicos cedieran a las dádivas de Roma y, en lugar de fortalecer a un sufete con capacidad de gestión y visión política y militar, decidieran, por el contrario, traicionarle y venderlo a Roma, no por miedo a otra guerra, no, lo que podría entenderse, sino por envidia y rencor de que Aníbal hubiera recompuesto las arcas de Cartago y pagado los tributos de la guerra contra Roma cargando de impuestos a aquellos que en su momento no pusieron el dinero que habría hecho falta para derrotarnos en Italia, para derrotarme en África. La traición política es otra cosa que nos une a Aníbal y a mí. Grandes generales los dos, ambos traicionados por nuestros Senados, los dos desterrados, ¿cómo no he de sentir algo de empatía por ese hombre, aunque luchara tantos años contra él? Además, están los encuentros personales. Y es que yo, Publio Cornelio Escipión, soy el único general romano con el que Aníbal solicitó entrevistarse antes de una batalla. Nunca quiso hablar con Fabio Máximo, con el que seguro presentía que no tenía nada en común, como tampoco solicitó hacerlo con Marcelo o con el resto de cónsules que durante años se enfrentaron a él. Algunos dirán que solicitó la entrevista antes de Zama por necesidad, y no les quitó razón, pero yo añado que estoy seguro de que además de la necesidad había algo de curiosidad por su parte. Como la había en mí. Yo corté las cuerdas del puente de barcos de Tesino deteniendo su avance en el norte de Italia, yo sobreviví a las cargas de su caballería en Trebia y a las de su infantería en Cannae y rescaté dos legiones de aquella funesta masacre. Yo conquisté para Roma la Hispania que él antes había conquistado para Cartago. Yo tomé su inexpugnable Cartago Nova y recuperé para el combate a los derrotados de Cannae y, como él, siguiendo su misma estrategia, si él había llevado la guerra a Italia, yo la conduje a África. Sé que pidió la entrevista por necesidad, pero estoy seguro de que sentía algo de curiosidad también por verme. Nunca le había costado tanto derrotar a un cónsul de Roma. Incluso abatió a Marcelo, pero conmigo no pudo nunca.

Fue una entrevista extraña y algo tensa. Los dos ejércitos esperaban lo que decidiéramos, pero realmente todo estaba ya trazado por nuestros Senados que planteaban posiciones tan dispares que no había margen para la negociación. Al escribir, me doy aún cuenta de ello. La entrevista era más por interés personal que otra cosa, pues, como se vio, no teníamos nada que poder negociar. Ahora, después de tantos años, al poner en orden mis pensamientos por escrito estoy completamente persuadido de esto: Aníbal, por todos lo dioses, quería verme cara a cara y de cerca. Quizá miro el pasado con nostalgia y embellezco aquellas cosas que mi mente busca ensalzar. Quizá sólo buscaba reconocerme para luego saber a quién buscar en el campo de batalla, como en efecto hizo. No sé. No sé. Debo descansar otro poco.

124

Los lemures del pasado

Literno, Campania, sur de Italia.
Diciembre de 184 a.C.

Publio se despertó. Sus ojos parpadearon varias veces antes de definir el contorno de las formas más próximas a él. Había *sellae* y *solii* vacíos a su alrededor. El improvisado entarimado que había funcionado como escenario estaba desierto. Se veían algunas ropas y pelucas de los personajes abandonadas de forma azarosa, como si se hubieran marchado con cierta precipitación. El fresco de la tarde caía lánguido sobre la explanada en la que había estado asistiendo a la representación de *Casina*, hasta que quedó dormido. Se escuchaba el viento suave meciendo las hojas de los árboles del bosque que se extendía en la parte oriental de la villa. Era un atardecer plácido de un invierno aún suave. No había nadie. No sabía que su esposa había estado con él hasta hacía un instante cuando un esclavo la requirió para supervisar la cena que se estaba preparando en la cocina. Emilia pensó que por un momento que se ausentara no pasaría nada. La villa estaba rodeada por un fuerte muro y la puerta custodiada por varios guardias.

Publio observó que estaba cubierto por unas mantas y suspiró de forma casi imperceptible. Emilia, como siempre, ocupándose de que estuviera bien protegido. Y, sin embargo, tenía algo de frío. Andar le haría bien. Publio Cornelio Escipión se levantó de su *solium*. El peso de su cuerpo le pareció demoledor, pero se recompuso y echó a andar. Sabía que era la enfermedad la que le hacía sentirse tan débil. Caminar le vendría bien. Se reafirmó y, paso a paso, se dirigió hacia el bosque cercano. Un paseo bajo los árboles. Sí. Se llevó consigo, no obstante, una de las mantas y se la echó por los hombros, como si de un improvisado *paludamentum* se tratara. Sonrió lacónicamente. De su *paludamentum* púrpura exhibido con el máximo orgullo el día de su gran *triunfo* en Roma para celebrar su victoria sobre Aníbal, aclamado por todos, vitoreado como si casi fuera un dios, a su destierro obligado en Literno, olvidado y despreciado por Roma, recubierto por una vieja manta, con su cuerpo débil, febril, frágil, caminando solo, sin legiones ni jinetes a su mando, adentrándose entre aquellos árboles envueltos de viento y melancolía.

Publio Cornelio Escipión paseó así durante un par de minutos, hasta que el cansancio le obligó a sentarse bajo uno de aquellos enormes árboles. El aire fluía a su alrededor. Era como caricias de sirenas, incluso le parecía oír cantos lejanos. Se sentía como Ulises, atado al mástil del barco, oyendo aquellas voces. Estaba delirando, lo sabía. No debía perder el conocimiento. ¿O sí? ¿Qué importaba ya todo? De pronto, como sombras hostiles, se le aparecieron los rostros de sus enemigos: Asdrúbal Barca, el hermano de Aníbal, que se esfumaba entre unas montañas misteriosas rumbo a Italia huyendo de sus legiones; el joven Magón, navegando en una veloz *trirreme* cartaginesa, o Giscón, furibundo, respaldado por el indómito rey Sífax, rodeándole junto al mar, sus legiones arrinconadas; estaban también Macieno y Sergio Marco tramando una traición en la legión VI y las tropas de Sucro amotinadas, en franca rebeldía, con Albio y Atrio al frente, pretenciosos, soberbios, todo perdido, historias del pasado que le rodeaban amenazadoras.

—¡Alejaos de mí, *lemures* malditos! ¡Fuera de aquí! ¡Fantasmas, marchad y huid si no queréis que me levante y acabe de nuevo con vosotros! —Pero su voz sonaba débil, falta de empuje y las sombras no se marchaban, sino que permanecían a su alrededor y, peor aún, empezaron a reír. Publio sacó entonces fuerzas que hasta él mismo desconocía que aún tuviera y, apoyándose con una mano, se levantó y con la otra mano, como si blandiera un *gladio* invisible, lanzó varios mandobles. Las formas lúgubres de sus enemigos, al fin, se desvanecieron y el enfermo ex cónsul suspiró con algo de sosiego recobrado.

De pronto, cuando pensaba que la paz había regresado al bosque, una voz grave y profunda le rasgó la memoria.

—No eres rey, no eres rey.

Publio, que había cerrado los ojos para recuperar el aliento perdido por el esfuerzo de levantarse, tuvo miedo de abrirlos. Era la voz de Fabio Máximo. No tenía fuerzas para enfrentarse, una vez más, contra él. No enfermo y solo y olvidado por todos.

—No eres rey, no eres rey.

—No lo soy, no, Máximo —se escuchó a sí mismo respondiendo aún sin abrir los ojos—. No lo soy, Máximo, sólo soy un pobre exiliado, desterrado.

—*Damnatus*—le precisó la voz de Máximo.

Publio, todavía sin abrir los ojos, asintió mientras confirmaba.

—Maldito, sí, Máximo, como las legiones que llevé a África. —Y de súbito, una sonrisa en su faz, sus ojos abiertos de par en par, buscando la voz del enemigo eterno—. Y con las que vencí, Máximo, con las que vencí. —Y Publio buscaba a su alrededor pero no veía a nadie—. Vencí, Máximo, y regresé de entre los que tú dabas por muertos y disfruté al fin del *triunfo* que siempre me negaste.

—*Dam... na... tus...* —se escuchó una vez más, pero la voz se confundía con el viento y pronto sólo quedó el rumor de las hojas temblorosas de los árboles del bosque.

Publio volvió a sentarse bajo el mismo árbol que le había cobijado antes. Se sentía más seguro bajo su inmensa copa entre verde y amarilla, salpicada de ocres. El paso del tiempo, su respiración algo entrecortada, el latido de su corazón. Sentía las cosas más nimias, aquellas a las que damos menos importancia, esas a las que ni consideramos y que son la vida misma. La sangre fluyendo por sus venas, las gotas de sudor resbalando por su frente arrugada, la cicatriz de Zama que parecía hervir por dentro. En ese momento unas pisadas sobre las hojas secas y el viento detenido. Ante él un senador de Roma embozado en su *toga viril* de un blanco inmaculado, casi insultante.

—Por fin te encuentro, Escipión, por fin te encuentro.

Publio no tenía fuerzas para aquello. Las últimas las había quemado ahuyentando al *lemur* de Máximo. No tenía energías para debatir, una vez más, con Marco Porcio Catón.

Catón se situó frente a él.

—Deberías levantarte ante un censor de Roma, ¿no crees, Escipión?

—Yo he sido, soy *princeps senatus* del Senado y he sido cónsul, dos veces, Catón, y edil y también censor.

—Cierto, cierto, pero tu traición a Roma te rebaja al nivel de la inmundicia, Escipión; lo quisiste todo y ahora no tienes nada, no eres nada...

—Yo nunca he traicionado a Roma —replicó sin levantarse, sin mirar hacia arriba, se limitaba a contemplar aquellas sandalias plantadas ante su dolorida figura—, en todo caso, ha sido Roma la que me ha traicionado.

—Roma se ha defendido. Eres débil, Escipión. Mediste mal tus fuerzas. Creías que podías doblegar a Roma y Roma te engulló y luego te escupió, como un mal trago. —Y Catón se agachó para que su presa herida le mirara a los ojos—. Te estás muriendo, Escipión, al fin, solo, sin amigos, ni familia, sin nada. Y yo me ocuparé personalmente de que se borre para siempre tu nombre de la historia. De ti no quedará nada, Escipión, ni los recuerdos. He acabado con tus amigos en Roma, he acabado contigo y luego acabaré con lo que queda de tu familia. Todos muertos, o en la cárcel o exiliados, ése es su futuro. ¿Aún guardas silencio? Sí, ¿crees que no sé dónde tienes puestas tus esperanzas? En tus palabras escritas en secreto, en tus memorias redactadas en ese deleznable griego que tanto alabas. De esas palabras también me ocuparé. Daré con ellas, Escipión, y las quemaré en mi propia *domus* mientras mis carcajadas devoran cada pizca de tu memoria.

—No, eso no —aulló un compungido Publio—, déjame ya, déjame ya. —Y rompió a llorar—. Deja de torturarme, por todos los dioses, y vete ya; tu victoria es completa, déjame morir en paz, deja a mi familia, respeta mis memorias...

Publio imploraba impotente, entre sollozos, de rodillas, gateando, como un perro.

—Déjame... déjame...

Pero Catón permanecía allí de cuclillas, como quien examina a una pieza de caza recién abatida, confirmando su último estertor.

—Acabaré con todos los miembros de tu familia... —seguía repitiendo, causando más dolor con cada sílaba que si hubiera clavado una espada en el corazón de su enemigo caído—, acabaré con todos y cada uno de ellos y excavaré si hace falta hasta dar con esas malditas memorias y destruirlas, y de ese modo dejar detrás de ti sólo un largo y profundo silencio. Lo único que mereces y lo único que la historia tendrá de ti. —Y Catón, con su faz apenas a unos centímetros del demacrado rostro de Escipión, empezó a reír con una carcajada desgarradora. Publio sacudía las manos intentando ahuyentar aquella pesadilla, encogiéndose, acurrucándose bajo el árbol en el que buscaba cobijo.

—Déjame... déjame...

El viento se levantó y pareció que los *lemures* se habían ido con la brisa, pero Publio no abrió los ojos, sino que permaneció allí, enrollado como un niño asustado, temblando de frío, helado por fuera, hirviendo por dentro, atenazado por las fiebres y el delirio. Así pasó un tiempo largo, hasta que el sol de la tarde sucumbió en el horizonte de Occidente y todo quedó sumido en la penumbra de las sombras difuminadas que proyectaba una resplandeciente luna llena.

La villa de Literno era una auténtica fortaleza rodeada por poderosas murallas, de manera que era prácticamente imposible que un desconocido pudiera entrar en sus terrenos. De ese modo, el bosque que rodeaba la vivienda y que quedaba dentro del recinto amurallado de la gran villa debía ser terreno seguro para el amo de la casa, incluso si éste quedaba dormido entre los árboles, sin nadie que velara su sueño, sin guardias ni esclavos que vigilaran a su alrededor.

Pero una sombra oscura y real se movía entre los árboles.

El viento se había detenido.

Publio Cornelio Escipión tenía sueños agitados. Soñaba que Catón enviaba sicarios para matarle. Hombres resueltos, algunos reos de muerte liberados por el implacable censor de Roma a cambio de que cumplieran aquella nefanda misión: asesinar a un ex cónsul de Roma enfermo y exiliado.

Publio dormía, abatido por el agotamiento de una enfermedad que le destruía desde dentro. El sudor corría por sus sienes. Algunas hojas secas de los árboles se le habían pegado a la piel, trabadas en las gotas de líquido salado que emergía de su piel temblorosa. La sombra se acercaba en zigzag, como quien bate un terreno en busca de una presa que parece escurrírsele por sólo unos segundos, que ya presiente herida y a la que sólo resta rematar. El enfermo ex cónsul se revolvió en el sueño. Al hacerlo quebró varias hojas secas y el ruido de las mismas al resquebrajarse llamó la atención de la sombra. El hombre que acechaba se aproximó despacio hacia el cuerpo tendido de Escipión. Era un hombre fornido, entrado en años, pues cuando la luna iluminaba su rostro descubría una faz ajada por la guerra y los viajes. La sombra se arrodilló junto al cuerpo del exhausto ex cónsul de Roma. Allí, sin nadie que lo protegiera, medio descubiertos sus brazos y piernas, embadurnado de polvo mezclado con sudor frío, respirando entrecortadamente, exiliado, abandonado, desterrado por Roma, no parecía un enemigo temible. No parecían guardar proporción el ataque y el encono de Catón contra aquella persona desvalida en el crepúsculo de su vida. La sombra llevaba ceñida a la cintura un recio *gladio* propio sólo de los veteranos de las legiones. El hombre se acercó y se agachó despacio sobre el cuerpo de Publio Cornelio Escipión y puso el dorso de su mano bajo la nariz del ex cónsul. Sintió un calor tímido pero intermitente que le indicaba que aquel viejo general de Roma aún seguía con vida. La sombra suspiró aliviada. Se levantó y gritó con fuerza.

—Está aquí, está aquí, por Hércules...

Y esperó respuesta, pero nadie dijo nada. El bosque era grande y no eran tantos para buscar. La voz, no obstante, despertó al general.

—Lelio... ¿eres tú?

—Sí, mi general, aquí estoy, como siempre —respondió la sombra con voz emocionada—. Te dábamos por muerto. Hace frío y estás enfermo. Debemos llevarte pronto a casa para que con el calor de un buen lar recuperes fuerzas...

Pero Publio sacudió la cabeza.

—No... ya me da igual... no tiene sentido seguir esta tortura, Lelio. Me muero y uno no puede detener el destino... —Publio leía en los ojos de Lelio y comprendió que tendría que explicarse—: Lelio, juraste a mi padre protegerme siempre y siempre has cumplido fielmente tu promesa, incluso cuando ese juramento te ha obligado a seguirme a lugares donde nadie pensaba... —le costaba respirar—, de donde nadie pensaba que pudiéramos regresar vivos...

—Pero lo hicimos, mi general, regresamos y estamos aquí. Son las fiebres las que te hacen perder el sentido. Un poco de calor y algo de comida...

—No, Lelio, no. Siempre pensamos que siendo tú mayor que yo, vivirías para cumplir el juramento a mi padre hasta tu muerte, pero no va a ser así. Ya quise liberarte yo del juramento una vez y no aceptaste... eres tan testarudo... —Pero Publio, por primera vez en bastantes horas, trazaba una sonrisa relajada mientras hablaba—. Ahora te voy a liberar de una forma que no admite discusión, viejo amigo. Seré yo quien me vaya antes al reino de los muertos. Así quedarás, por fin, libre de tu juramento.

Era ahora Lelio el que negaba con la cabeza, pero Publio retomó la palabra. Parecía que había recuperado algo de fuerzas, pero no quería dejarse engañar. Sabía que el fin estaba cercano y lo importante era aprovechar aquellas energías suplementarias que los dioses le concedían para poner unas cuantas cosas en orden.

—Tienes razón, Lelio. Un ex cónsul de Roma, un veterano general de Roma no debe morir como un perro herido en un bosque, pero un exiliado, sí. Para Roma sólo soy eso, así que éste es un buen sitio. Déjame y recoged mi cuerpo mañana. Ayúdame sólo a sentarme algo mejor.

Y Lelio, aún negando con la cabeza, le ayudó a que se acomodara de modo más recto apoyando la espalda en el tronco del viejo árbol bajo el que el ex cónsul había caído abatido por las sombras de su delirio febril y enfermizo. Pero Publio, antes de volver a hablar, miraba a un lado y a otro.

—¿Estamos solos? —preguntó.

—He gritado pidiendo ayuda pero aún no ha respondido nadie. —Y Lelio se levantó para volver a gritar, pero el ex cónsul levantó el brazo reclamando que no lo hiciera.

—No, mejor así, mejor así... escucha, Lelio, acércate, escucha bien... he estado escribiendo. —Lelio se agachó de nuevo y se situó de cuclillas junto al general—. He estado escribiendo durante días, semanas, varios meses, en secreto, en el *tablinium* de la villa, bajo los árboles, en el atrio, pero sin que nadie supiera de qué se trataba, durante el día, por las tardes, noches. Incluso he mentido a Emilia, no quería que lo supiera nadie. Durante el día ella pensaba que escribía cartas y seguro que ella cree que me escapaba del lecho por la noche para yacer con Areté. Emilia no es consciente de que hace meses que mi cuerpo no vale ya para esos apetitos... —Y una sombra de autodesprecio enrareció la frente despejada del viejo general, pero se sacudió los pensamientos oscuros de remordimiento y volvió a centrarse en lo que quería transmitir a Lelio—. Escucha bien. He estado escribiendo unas memorias.

—Unas memorias, sí —repitió Lelio haciendo ver que estaba atento a lo que se le decía, pero con los oídos vigilantes también para escuchar si se acercaba alguien que pudiera ayudarle a llevar al general de vuelta a casa.

—Tenía que hacerlo, viejo amigo, tenía que hacerlo o de otro modo el mundo, Roma, sólo conocerá la versión de Catón, y eso no puede, no debe quedar así. Es importante que se sepa lo ocurrido, especialmente en estos últimos años, pero que se sepa bien, puede que no con objetividad, pero al menos desde otra perspectiva diferente a la de Catón. He estado escribiendo durante largas horas, Lelio, mis memorias, en griego, para que las lean los sabios de Grecia, de Oriente, los cultos de Roma, los hombres que forjarán el destino del mundo en los siglos venideros, quiero que lean mi historia desde mi punto de vista... —Tuvo que detenerse; le faltaba aire—. Debes coger esas memorias y llevártelas de aquí, llevártelas fuera de Literno... tengo miedo de lo que pase tras mi muerte, de que Catón ordene confiscar mis cosas, esta hacienda, quién sabe lo que su calenturienta mente pueda estar tramando... y en Roma no estarán seguras tampoco, nada de los Escipiones estará seguro en Roma tras mi muerte, a no ser que mi hijo y quizá sí, con la ayuda de la pequeña Cornelia... —Aquí su mente divagó unos segundos, era una posibilidad, debía hablar con los chicos o quizá ya para qué—. Pero cuida las memorias, cuídalas, Lelio, por los dioses, ¿lo harás? —Y le tiró del brazo con fuerza.

Cayo Lelio asintió.

—Lo haré, cuidaré de ellas como he cuidado de ti hasta ahora.

Publio se relajó algo con aquella respuesta, pero aún insistió en aquel punto.

—Llévalas a algún lugar lejos de Roma... algún lugar donde se puedan preservar y estén seguras.

—Así lo haré.

—Bien, sea; creo que ahora ya puedo descansar en paz.

Lelio le miró nervioso. Eso no podía ser. El mayor general de Roma no podía fallecer allí, en medio del bosque, bajo un árbol cualquiera, como un jabalí herido.

—Eso no puede ser. Debemos regresar a casa y allí tu esposa y tu familia te atenderán. Es lo justo. Además, seguramente te recuperarás como lo has hecho en tantas otras ocasiones.

Publio sonrió ante la insistencia de su viejo amigo.

—Aquí estoy bien. A falta de un buen campo de batalla, éste es tan buen sitio como otro cualquiera. Además, aquí mismo acabo de librar mi último combate... —y rio un poco, pero la débil carcajada se transformó en lágrimas—; un combate contra *lemures*, Lelio, contra *lemures*. ¿Te imaginas? El gran general de Roma rasgando el aire, haciendo aspavientos frente a espíritus. No soy ni la sombra de quien fui y mi familia... más daño les he hecho a todos estos últimos años que placeres les di en el pasado. He traicionado a Emilia, he menospreciado siempre a mi hijo, y me he enfrentado una y mil veces con la pequeña, con mi pequeña Cornelia...

Lelio tuvo una idea e interrumpió al moribundo ex cónsul en medio de sus lamentaciones.

—La joven Cornelia acaba de llegar de Roma.

Publio calló un instante para de inmediato levantar la cara y preguntar a Lelio directamente.

—¿Cornelia, desde Roma? ¿Ha venido mi Cornelia?

—Sí. Ha llegado al atardecer. Fue entonces cuando salimos a buscarte, pero te habías marchado hacia el bosque.

No estaba claro si Publio escuchaba las explicaciones de Lelio. El abatido general mascullaba el nombre de su hija entre dientes junto con pensamientos que le remordían la conciencia.

—Cornelia menor está aquí. Ha venido a verme. Desde Roma. La más lista de todos, la que evitó la guerra civil. La pequeña Cornelia ha venido pese a que a ella también la desprecié. —Y miró de nuevo a Lelio—. Desprecié su capacidad para valorar a las personas, siempre pensé que era una traidora y una ingenua por tratar con Graco y fue Graco quien nos dio una salida, humillante, pero una salida sin sangre. No sé, no sé. Quizá debería haber levantado Roma en armas en aquella noche, pero habríamos muerto tantos... —Los pensamientos se entrecruzaban en un maremágnum de contradicciones y dudas hasta que la mente del general volvió a concentrarse en los acontecimientos cercanos—. Si Cornelia ha venido desde Roma, es justo que yo regrese a casa desde este bosque. Mi hija ha hecho un viaje largo. No seré yo quien le pague el esfuerzo con una última desconsideración. Ayúdame, Lelio, una vez más, por última vez ya en tu vida, mi querido Lelio, ayúdame a levantarme. He de regresar a casa. Llevabas razón. Debo volver a casa y hablar con los míos antes de cruzar el río Aqueronte en mi último viaje.

Lelio le ayudó a incorporarse. Andaban despacio, con gran dificultad. Publio estaba consumido por la enfermedad, muy débil, y Lelio ya no era un joven recio, pero los dos amigos se las apañaban para ir avanzando de regreso a la vieja *domus*.

—Cuida las memorias, Lelio —repitió Publio una vez más.

—Así lo haré, mi general. —Luego vino un largo silencio en el que el bosque los arropó con el sonido del viento filtrándose por el mar de hojas que los cubría.

—¿Se sabe algo del exterior que me interese? —preguntó el general. A Lelio le encantó ver una brizna de curiosidad aún viva en el abatido *princeps senatus*.

—Por fin han enviado una legión a Bitinia, a por Aníbal. Con varios meses de retraso, pero, al fin, Catón se ha salido con la suya. No ha dejado de presionar al Senado sobre ese tema en todo este tiempo, desde que Pérgamo envió su embajada.

—¿Una legión? —preguntó intrigado Escipión—. ¿Y con cuántos hombres cuenta Aníbal?

Lelio hizo una mueca medio de lástima que daba a entender que con muy pocos, pero precisó con palabras:

—Sólo tiene un puñado de sus veteranos y el rey de Bitinia ha pactado entregarlo. Está solo. Una legión será suficiente.

—¿Quién la comanda?

—Flaminino —respondió Lelio.

—Entonces sí será suficiente —concedió Publio—; Flaminino es un buen general. Hubo un tiempo en que pensé que debía casarse con la pequeña Cornelia. Ahora, ya ves.

Lelio no respondió a aquella confesión personal del general.

—Una legión contra un solo hombre —añadió Publio—. Lástima no estar allí para verlo. Incluso a Flaminino le costará atraparlo.

—Las órdenes son traerlo vivo —especificó Lelio.

—¿Vivo? —Publio frunció el ceño y negó con rotundidad—. No lo veo probable. Un hombre como Aníbal no se dejará exhibir cubierto de cadenas por las calles de Roma. Eso le gustaría a Catón, sería una forma de mostrar a todo el pueblo que él sí puede hacer cosas que yo no hice, pero, Lelio, estoy seguro de que eso no ocurrirá. —Y sonrió de nuevo—. Aníbal aún nos dará una satisfacción. Nunca lo cogerán vivo.

125

Una copa frente al mar

Nicomedia, reino de Bitinia, Asia Menor.
Enero de 183 a.C.

Aníbal observaba el paisaje desde lo alto de su residencia frente a las costas del mar Negro. A sus pies se extendían otras grandes casas de amigos y nobles de la corte del rey Prusias de Bitinia. Entre aquellas mansiones de los favorecidos por el monarca asiático, Aníbal había encontrado su último refugio. Aquélla era una construcción, regalo del propio rey por haberle conseguido la enorme victoria contra la flota del rey Eumenes de Pérgamo. Pero las cosas habían cambiado tanto... Roma, como siempre, al final, había aparecido para trastornar el curso de los acontecimientos. Una vez más. Tal y como imaginó, su última gran victoria naval no pasó desapercibida por mucho tiempo. Aníbal desconocía cuántas embajadas, cuántos emisarios, cuántas horas de debates habían debido tener lugar hasta que la poderosa pero implacable maquinaria de Roma se pusiera de nuevo en marcha con una única misión: cazarle. Pero daba igual desconocer todos esos datos. La hora de la verdad había llegado.

Aníbal había considerado diversas posibilidades, pero sin Maharbal y sin Imilce se sentía solo. Estaba cansado de huir. Apenas le quedaban una docena de sus veteranos, trece para ser exactos, y leía en sus ojos la misma melancolía que él sentía. De todas formas, un poco por costumbre, un poco por inercia, Aníbal había diseñado planes de huida. Había ocupado a sus fieles en excavar hasta siete túneles diferentes con salidas en distintos puntos de la montaña. Si le rodeaban tendría aún algunas posibilidades de desvanecerse entre el bosque de aquella región y buscar cobijo en las montañas. No era una idea que le ilusionara, pero sin haber decidido aún qué deseaba para sí mismo en caso de verse acorralado, pensó que lo apropiado era tomar este tipo de precauciones. Cuando aquella tarde vislumbró a varios manípulos de legionarios romanos ascendiendo por el tortuoso camino que conducía a las mansiones de la ladera de la montaña, comprendió que las negociaciones entre Prusias, Eumenes y Roma habían concluido y que el resultado final empujaba a esos legionarios a ascender hacia su casa, armados hasta los dientes y viendo cómo los guardias de Prusias se hacían a un lado para facilitarles el ascenso. Aníbal se asomó, sacando al máximo su pecho por encima de la baranda, teniendo cuidado de no perder el equilibrio. Había más guardias de Prusias en torno a su casa, varios de ellos frente a algunas de las salidas de algunos de los túneles que había ordenado excavar a sus hombres. Aníbal no pensó que estuvieran allí para impedir la entrada de los romanos, sino más bien para interceptar su posible huida. Aníbal no se sorprendió de verse, una vez más, traicionado. Puede que alguno de sus propios hombres o puede que cualquier esclavo que los hubiera visto sacando tierra durante las últimas semanas fuera el origen de las informaciones a los soldados de

Prusias. El general se retiró de nuevo hacia el interior de la terraza. Se llevó la mano izquierda a lo alto de la cabeza y se rascó un poco. Acababa de comer con cierta complacencia y se sentía bien alimentado. En los últimos meses había sido especialmente indulgente consigo mismo en algunos aspectos, en particular con la comida y con el asunto de las mujeres. No se había encariñado, no obstante, de ninguna esclava en particular, así que no sintió preocupación por cómo ayudar a aquellas esclavas que le habían servido en los últimos meses. Eran guapas y razonablemente inteligentes. Saldrían adelante. En aquellos instantes, ellas lo tenían mucho mejor que él para sobrevivir. Se pasó la misma mano izquierda por la barba. Varios de sus hombres habían aparecido en la terraza. Nadie decía nada, pero todos esperaban la señal del general. Aníbal afirmó un par de veces sin abrir la boca. Dos de sus hombres le trajeron las armas, su espada púnica, una lanza, que desechó, y la coraza que se ajustó con rapidez con ayuda de uno de sus veteranos. Luego se ciñó el casco.

—Vamos allá —dijo, y acto seguido pasó entre todos sus soldados y se adentró en la mansión. Cruzaron el salón, las cocinas, donde los esclavos se hacían a un lado entre nerviosos y sorprendidos. Llegaron a su dormitorio. En una esquina se juntaron tres jóvenes esclavas aterrorizadas ante la irrupción de todos aquellos hombres armados. Aníbal hizo una señal a las jóvenes y éstas se acurrucaron en la esquina sin atreverse a decir palabra alguna.

—Vamos a dividirnos —comentó el general a sus hombres—. Somos catorce contando conmigo. Dos por cada túnel. Tú vendrás conmigo. El resto por parejas. Descendemos y comprobamos si la salida está vigilada o no. Si está vigilada la sellamos como tenemos previsto. Lo antes posible regresamos todos aquí y decidimos qué hacer si es que hay alguna salida sin vigilar.

Los soldados asintieron. Aníbal echó a un lado una cortina que se levantaba tras el lecho, empujó la gran cama del dormitorio y echó abajo unas maderas claveteadas en la pared del fondo. Ante todos apareció un largo pasadizo oscuro. Encendieron antorchas con una lámpara de aceite y se repartieron la luz. Luego entraron todos en el pasadizo. A los pocos metros se abrían varios desvíos y en cada uno de esos nuevos túneles iban adentrándose los soldados púnicos. Al final, quedaron solos Aníbal y el guerrero que le acompañaba, un veterano de los tiempos de la conquista de Hispania. No hablaba mucho y era bastante tosco, pero se había mantenido leal y era un excelente guerrero. Ésas eran las cualidades que contaban ahora. El pasadizo, a medida que se sumergía en el interior de la montaña, se hacía más estrecho y húmedo. Miles de pequeñas gotas de agua se deslizaban por las paredes henchidas de tierra apelmazada. La lumbre de la antorcha parecía encogerse por la falta de oxígeno. Costaba respirar. De pronto un giro y un haz de luz. Estaban próximos a la salida. Aníbal levantó la mano y el soldado que le seguía ralentizó la marcha. Así, el general, paso a paso, despacio, se acercó a la salida. Escuchó con atención. Como temía, captó voces de diferentes hombres. Estaban allí, esperándole. No había nada que hacer, al menos por aquel pasadizo. Aníbal volvió sobre sus pasos.

—Regresemos. Rápido —dijo el general en voz baja.

Y reemprendieron el tortuoso ascenso por aquel túnel oscuro.

Una vez de vuelta al dormitorio que daba acceso al gran pasadizo, Aníbal se reencontró con media docena de sus hombres. Todas las salidas que habían investigado los allí presentes estaban fuertemente vigiladas por decenas de legionarios y de soldados de Prusias. Faltaban media docena de guerreros púnicos. Aníbal no necesitaba explicaciones. Sólo habían regresado los más leales. El resto se habría entregado ya a los romanos. Todos los que estaban allí sabían que eso era lo que había ocurrido, pero nadie se atrevía a decir nada.

—Creo que lo mejor es que vosotros también os entreguéis —dijo al fin Aníbal—. Es muy posible que si os entregáis os respeten la vida. Quizá tengáis un futuro en los ejércitos de Roma o en sus cárceles, eso no lo sé, pero ya os he arrastrado por todo el mundo. No tengo victorias que ofreceros. La última fue contra Eumenes. Creo que si os entregáis... sí, quizá tengáis alguna posibilidad entre los romanos... no es mi caso.

Los hombres dudaban. Las esclavas ya no estaban allí. Habrían aprovechado el tiempo en que los soldados se habían adentrado en los pasadizos para escapar, para ponerse a salvo en previsión de la lucha mortal que iba a desatarse entre unos hombres y otros. Escapaban. Como todos. Era lógico.

—¡Marchad, por Baal y Tanit! ¡Marchad de una vez! —les espetó el general con furia. Los pocos soldados que quedaban, aún dudando, se adentraron de nuevo en el pasadizo. Aníbal esperó a que todos desaparecieran entre las sombras de la gruta y entonces se aproximó a uno de los laterales. Allí, varias cuerdas en tensión parecían sostener algo muy pesado. Una vez solo, cortó las cuerdas. Apenas tuvo tiempo de hacerse a un lado. Una enorme losa circular giró sobre sí misma y se descolgó desde un lado hasta cerrar el pasadizo sellando su acceso al dormitorio aprovechando un ligero desnivel que la hizo rodar lenta pero irrefrenable. Salió Aníbal entonces de allí y, cruzando el dormitorio y las cocinas, ahora también vacías, fue pasando por las diferentes estancias de la casa. Todo estaba desierto. Ya no quedaba un alma en toda la fortaleza. Aníbal llegó a la entrada principal. Las puertas de madera gruesa estaban entreabiertas. El último que había escapado por allí no se molestó en cerrarlas. Aníbal se enfundó la espada y con ambas manos tomó la puerta y, desde el interior, haciendo fuerza, tensando todos sus músculos cargados de años y batallas, consiguió cerrar las pesadas hojas de aquellas puertas que debían detener lo inexorable. A continuación tomó el robusto travesaño caído en el suelo y lo ajustó en los cierres posteriores de la puerta para, una vez bien fijo, dejar aquella entrada sellada.

Fue entonces cuando se empezaron a escuchar voces en el exterior. Los legionarios ya habían llegado. Al toparse con la puerta falcada comenzaron a golpear y a empujar y a gritar en latín.

—¡Paso a Flaminino, enviado de Roma! ¡Abrid esa puerta!

Aníbal retrocedía mirando el grueso travesaño de roble. Resistía. Eso le daría unos minutos, hasta que trajeran un ariete o hasta que decidieran prender fuego a la madera. ¿Flaminino? Habían enviado a todo un ex cónsul para apresarle. Se sintió algo halagado en su maltrecho orgullo de guerrero exiliado. En otros tiempos habría rodeado con sus hombres a aquel cónsul y le habría dado caza como había hecho con tantos otros en el pasado. Se miró la mano derecha. Aún exhibía en ella los anillos consulares de todos aquellos magistrados de Roma que había abatido. De todos menos el de Emilio Paulo, que devolvió a Escipión tras la batalla de Zama. En esa misma mano, pero en el dedo meñique había uno más que no era consular: se trataba de un anillo pequeño, de plata con una turquesa. Aníbal suspiró y asintió, pero de forma casi imperceptible. No era un gesto dedicado a nadie, sino para sí mismo. Después de tantos años parecía haber llegado el momento oportuno para abrir ese pequeño anillo levantando la piedra turquesa. Desde el interior del gran dormitorio se escucharon golpes secos. Otro grupo de legionarios intentaba derribar la piedra que sellaba el acceso a los pasadizos subterráneos. Habían tomado ya todos los túneles. Aníbal levantó las cejas y sacudió levemente la cabeza. Por ahí no conseguirían nunca nada. Entrarían por la puerta, después de incendiarla. Eso es lo que iba a ocurrir. Tenía entre poco y muy poco tiempo, dependiendo de la inteligencia de los oficiales al mando. Paradójicamente, era tiempo más que suficiente. Aníbal salió de nuevo a la majestuosa terraza con vistas al mar. Se aproximó hasta el borde, pero cuidándose de no ser descubierto. No quería que empezaran a acribillarle con flechas, aunque no era probable que llevaran buenos arqueros. Y la altura era excesiva para que le alcanzaran con *pilum*. Pero era sosiego, unos momentos de paz, lo que buscaba. Se oían los gritos de los soldados romanos y los golpes en la puerta y contra la piedra de los pasadizos, pero todo parecía ya muy lejano en el interior de su mente. Aníbal caminó despacio hasta un extremo de la gran terraza. Allí había un baúl cerrado con llave. De debajo de la túnica, el general púnico sacó una llave de hierro y la introdujo en la cerradura del baúl. El cofre, chirriando, se abrió como alguien que llora. Del interior del cofre Aníbal extrajo una preciosa copa de oro macizo y una pequeña ánfora. El general se fue al centro de la terraza, allí donde había una mesa y una silla cómoda. Había adquirido la costumbre de beber unas copas de buen vino por las tardes, admirando los atardeceres rosados del mar Negro. No iba a permitir que unos centenares de legionarios romanos le interrumpieran en su celebración privada.

—¡Traed fuego! ¡Fuego! —se oyó en el exterior.

Aníbal sabía el suficiente latín para entender que los romanos ya habían sacado las conclusiones correctas sobre cómo derribar las puertas. Se atusó la barba con la mano derecha. Luego tomó el ánfora con la izquierda y vertió el contenido en la copa de oro que brillaba acariciada por la pálida luz del atardecer. Dejó el ánfora en un lado de la mesa y con los dedos de su mano derecha levantó al fin la turquesa azul del anillo que no era consular. Se escuchó un leve clic. La gema cedió y apareció un recoveco en el interior del anillo repleto de un extraño polvo blanquecino. Aníbal giró entonces su mano izquierda muy, muy despacio sobre la copa dorada y el polvo se desprendió del anillo cayendo sobre el vino de la copa como una diminuta tormenta de nieve en miniatura. En unos segundos el polvo blanco se desvaneció y el vino mantuvo su fuerte color entre violeta y rojo inalterable, como si no hubiera pasado nada y, sin embargo, había pasado tanto... había pasado todo. Aníbal levantó la copa con su mano derecha y la elevó hasta la altura de sus ojos. Movió su mano rítmicamente en pequeños giros de modo que el contenido del vino y el polvo blanco se entremezclaran aún más perfectamente. Había hecho todas estas operaciones de pie. Había llegado el momento de sentarse. Era vino de Bitinia, muy bueno, que había guardado para esta ocasión. Vino que degustaba en sus momentos de sosiego, a solas, ya sin Imilce, sin Maharbal, sin amigos. Era lo último que le quedaba. Una buena copa de vino frente a un mar azul en un rojizo atardecer de Asia. Se llevó la copa a los labios y a la vez que bebía inhaló el olor profundo del licor. Gusto y aroma eran perfectos. No encontró ni un ápice de sabor extraño en aquel sorbo. Se preguntó si el veneno surtiría el efecto esperado. El médico griego que se lo proporcionara en Malaka, al sur de Hispania, le aseguró que era infalible y que su mortal capacidad permanecía intacta años y años, no importaba el tiempo que hubiera pasado. Pero Aníbal no sentía nada. Ese anillo había viajado con él durante más de treinta y cinco años. Quizá había sido demasiado tiempo. Había algo diferente en el aire. Humo. Las puertas ya debían estar ardiendo. Echó un trago más, un trago grande, largo, con el que se terminó casi todo el contenido de la copa. Seguía sin sentir nada, más allá de un leve cansancio. El médico griego también había asegurado que era prácticamente indoloro, que sólo se sentían unos pequeños espasmos en el estómago. Aníbal había visto los efectos en algunos presos iberos y romanos durante la larga guerra del pasado y todo confirmó lo que el griego había dicho. Los vio morir en silencio, sin quejarse, sólo alguno se lamentó de un pequeño dolor en la boca del estómago, pero antes de que fuera a más pareció quedarse dormido. Claro que eso era con un veneno recién preparado. ¿Quién sabe lo que aquella sustancia almacenada durante años podía causar en su cuerpo? Más golpes contra las piedras. Golpes absurdos. Y más gritos y nuevos golpes secos ahora contra la puerta en llamas. Algo se resquebrajó. Aníbal miraba hacia el mar. El cansancio parecía apoderarse de él. Tenía mucho sueño. Tantas batallas, tantas guerras para intentar frenar a Roma y todo había sido en balde. Si el Senado de Cartago le hubiera aportado los suministros necesarios... si el rey Antíoco le hubiera hecho caso... si hubieran enviado un nuevo ejército a Italia... si al menos en la batalla de Magnesia hubieran dispuesto las tropas como él decía... todo perdido, todo pasado... Miró la copa, inmóvil, sobre la mesa. Le costó que su mano izquierda la cogiera, pero lo consiguió y se la volvió a llevar a la boca. Ingirió el último trago. La copa... quiso dejarla sobre la mesa... no acertó... cayó rodando con un poderoso clang. Se escuchaban más golpes y algunos gritos de júbilo.

—¡Entrad, malditos, entrad!

La voz del oficial al mando resonaba exultante. Aníbal sonrió. Un nuevo triunfo para Roma. Ochocientos legionarios, quizá mil, consiguen detener a un guerrero púnico. Gran victoria. Flaminino celebrará un gran *triunfo* entrando por la *Via Sacra* camino al Capitolio. Años atrás era él, Aníbal, quien estuvo a punto de alcanzar el mismísimo Capitolio de Roma. Después de todo, quizá Maharbal llevara razón y debería, al menos, haber atacado la propia ciudad de Roma tras Cannae, pero aquélla habría sido una contienda inútil y de desgaste. Los romanos habrían resistido con las dos *legiones urbanae* y no disponían de fuerzas suficientes ni de armas para un asedio prolongado... Aníbal sacudió la cabeza. Llevaba años volviendo sobre lo mismo. El pasado no se podía cambiar y el futuro ya no existía para él. Pensó en sus dioses, en Baal, en Tanit y Melqart y pensó en su padre y en sus hermanos y en Imilce. Con un poco de suerte podría ser que en poco tiempo tuviera la ocasión de reunirse con ellos, si es que existía algo más allá de este mundo.

Nunca fue un hombre muy religioso, pero tampoco tenía miedo de la muerte. Cuando en tu vida lo has perdido todo, cuando estás sin los que amas, cuando en lugar de amigos sólo tienes traidores, no queda mucha ilusión con la que vivir. Pasos ascendiendo desde la entrada de la casa. Aníbal afirmó, pero su cuerpo ya no se movía. Era su mente la que asentía. «Ya están ahí, ya están ahí.» Pronto podrían ultrajar su cuerpo como lo hicieron con Asdrúbal, pronto podrían trocearlo, troncharlo, desgajar unos miembros de otros, pero ya no tendrían a nadie a quien arrojar sus restos. No quedaban enemigos a los que amedrentar. No. Roma se devoraría a sí misma. Sin enemigos externos sería entre ellos, entre los propios romanos, de donde surgiría su caída, pero él ya no estaría allí para verlo. Eso le dolió, al tiempo que sintió una leve punzada en el estómago. Pensó en llevarse las manos a la barriga, pero éstas ya no respondían. El dolor, igual que vino se fue, de forma súbita, y Aníbal quedó relajado, en paz consigo mismo, sus ojos clavados en el horizonte azul sobre un amplio mar en calma. Era una tarde preciosa. Un último pensamiento le asaltó antes de perder el sentido: ¿qué sería de Escipión? Las noticias que le habían llegado eran que había sido condenado al destierro. Así pagaba Roma a su mejor general: después de conquistar Hispania, de derrotarle en África y tras desbaratar los ejércitos de Antíoco, Roma condenaba a Escipión al destierro. Aníbal se sintió acompañado en la desgracia. Escipión. El único romano con el que mereció la pena hablar.

—Está ahí. —Un legionario señalaba desde la puerta que daba acceso a la terraza, sin atreverse a entrar. El oficial al mando llegó junto a él y, ante las miradas de sus soldados, decidió aventurarse y cruzó el umbral. Llevaba su espada desenvainada y la empuñaba en alto, con el brazo extendido, apuntando con su filo al general púnico que permanecía sentado en medio de aquella terraza.

—¡Levántate...! —dijo el oficial romano con voz temblorosa, sin saber muy bien cómo dirigirse a aquel rebelde, si llamarlo general o miserable, sin atreverse a pronunciar el nombre de Aníbal y sin osar lanzar ningún insulto. No fue una orden cargada de autoridad. La espada temblaba, su pulso era incierto. Se detuvo a cinco pasos del general cartaginés. Apretaba los labios—. Esperaremos al general al mando, esperaremos a Quincio Flaminino. Esperaremos.

Nadie dijo nada. Oscurecía sobre el reino de Bitinia. Una veintena de legionarios custodiaban el cuerpo inmóvil de Aníbal. Todos a una distancia de varios pasos. Nadie decía nada. Trajeron antorchas que iluminaban la escena. Había tensión y un miedo perpetuo. Aníbal pareció mover una mano y los legionarios se estremecieron. Varios desenfundaron las espadas. No pasó nada. Nadie se rio. Alrededor de la casa ochocientos legionarios habían tomado la montaña entera. El resto de las tropas estaban acampadas junto a la ciudad de Nicomedia. Flaminino ascendía a lomos de un caballo negro. Alcanzó la entrada de la mansión. Vio las puertas reducidas a cenizas y el destrozo que el fuego había causado por las paredes de la sala de entrada a la casa. Los oficiales le indicaron el camino que debía seguir. Quincio Flaminino, ex cónsul de Roma, enviado plenipotenciario a Asia para establecer los términos de paz entre Pérgamo y Bitinia y con la misión de apresar a Aníbal vivo y traerlo a Roma para ser exhibido por sus calles, se detuvo en el umbral de la puerta de la terraza. Los legionarios se hicieron a un lado. A la luz de las antorchas, Flaminino vio a un hombre sentado junto a una pequeña mesa en el centro de una terraza.

—¿Es él? —preguntó el ex cónsul.

—Eso creemos —dijo uno de los oficiales—. Es lo que nos han confirmado varios de los cartagineses que hemos apresado. Todos dicen que es Aníbal.

Flaminino asintió. Le correspondía a él, en función de su autoridad, aceptar aquello como un hecho o rechazarlo. Entró en la terraza y se situó frente al que todos decían que era Aníbal. Vio a un hombre mayor, con una generosa barba entre blanca y negra, con un parche en un ojo, y con el otro ojo abierto, mirando al infinito. La boca estaba cerrada y parecía que sonreía. Una mano estaba en el estómago, la mano izquierda; la derecha estaba sobre un muslo, cerrada en un puño pétreo. Ésa era la mano donde Aníbal debía lucir los anillos consulares arrebatados a los cónsules de Roma durante sus años de guerra sin cuartel. Flaminino se dio cuenta de que ésa era la única forma que tenía de reconocer al general cartaginés y es que nadie en Roma se había visto cara a cara con el general púnico. Nadie, esto es, excepto el único con las agallas suficientes para hacerlo: Publio Cornelio Escipión. Estaba el hijo de éste, y, si era cierto lo que se contaba, el hijo de Escipión también se había visto a solas con Aníbal, pero aquello no estaba probado. Y Lelio y algunos veteranos en Éfeso, eso decían. Pero que vieran y hablaran con Aníbal sin tenerle miedo, eso sólo Publio Cornelio Escipión, *Africanus*. Nadie más. Todo era tan confuso en la maraña de acusaciones en las que se vieron envueltos los Escipiones... Flaminino se dio cuenta de cuán injusto había sido el tratamiento de Roma para con Escipión y los suyos. Allí estaban ellos, ochocientos legionarios armados y preparados para el combate, una legión entera en la ciudad, y él al mando, un ex cónsul de la todopoderosa Roma, y todos estaban casi temblando ante un general enemigo abatido, abandonado por todos los suyos y traicionado por sus aliados; un enemigo, sin embargo, con el que Escipión no había tenido inconveniente en bañarse tranquilamente y departir durante horas en la ciudad de Éfeso. Eso aseguraban, eso contaban. Resultaba difícil de creer. En aquellos momentos de tensión e incertidumbre, frente al que parecía ser el cadáver de Aníbal, Flaminino comprendió la grandeza de Escipión: ellos tenían miedo incluso de acercarse al cadáver de alguien con el que el propio Escipión no temió en hablar, bañarse o combatir en vida. ¡Por todos los dioses, qué abismo separaba a los actuales gobernantes de Roma de su antiguo general! ¡Qué lejos estaban ya todos de la leyenda de Publio Cornelio Escipión! ¡Cómo se había empequeñecido Roma!

Pero Flaminino era un hombre disciplinado. En ausencia de grandeza lo único que le quedaba a Roma era la disciplina. Más les valía a todos mantenerla. Se arrodilló frente a Aníbal y con ambas manos tomó la mano derecha de Aníbal y giró aquel puño de hierro. La piel de la mano aún estaba caliente. Eso estremeció al ex cónsul de Roma e hizo que se le erizara el pelo de todo su cuerpo. Pero siguió con su misión.

—Acercadme una antorcha —ordenó Flaminino. Un legionario aproximó una de las lumbres que portaban. Bajo su luz varios anillos de oro resplandecieron en el anochecer de Bitinia—. Es Aníbal, sin duda —concluyó Flaminino, y se levantó—. Nadie en el mundo puede exhibir esos trofeos en una sola mano. Nadie en el mundo.

Todos guardaban silencio. Era Aníbal.

126

Las últimas visitas

Literno, Campania.
Diciembre de 184 a.C.

Nada más ver a Lelio en el vestíbulo con el demacrado general en sus brazos, Emilia reaccionó con rapidez e hizo que condujeran a su esposo al dormitorio y que le tendieran en el lecho. Laertes ayudó en todo momento y desvistió al general, le puso una cómoda túnica, lo tumbó en la cama y lo cubrió de mantas. La propia Emilia se sentó al lado de su esposo y le secó el sudor de la fiebre durante un buen rato, hasta que su marido recuperó algo de fuerza y pidió ver a todos sus hijos, uno a uno.

La primera en pasar fue la hija mayor. Con ella la conversación fue breve, pero sincera y emotiva. Publio le rogó que, como siempre, siguiera siendo una buena matrona y que ayudara a su hermana pequeña y a su hermano en todo lo que pudiera y que siempre velara por la unión de la familia. Su matrimonio con Násica la hacía especialmente importante en este aspecto, pues era el vínculo de unión entre diversas ramas de la *gens* Cornelia que fortalecía al clan y le agradeció que en su momento aceptara dicho enlace.

—La unión nos hará fuertes. Ése debe ser el camino hacia el futuro de nuestra familia, hija —dijo Publio al terminar de hablar con su hija mayor. Ella asintió y le tomó la mano sudorosa y la apretó con fuerza. Su padre se vio obligado a añadir unas palabras más—: Y no lloréis por mí. No le deis ese gusto a Catón. Caminad siempre con la cabeza bien alta. Siempre nos ha acusado de ser orgullosos. Seámoslo de veras.

La muchacha asintió, pero nada más darse la vuelta rompió a llorar al tiempo que salía de la habitación dejando solo a su padre un instante hasta que su hermano la reemplazó y entró en el dormitorio. El joven Publio no sabía muy bien dónde situarse y se quedó de pie junto a la puerta.

—No, hijo, siéntate aquí, a mi lado —dijo su padre desde el lecho—. No me queda mucha fuerza y mi voz es débil. Debemos hablar. Lo hemos hecho en tan pocas ocasiones... —Vio como su hijo se sentaba junto a él y suspiró aliviado—. Creo que en realidad nunca hemos hablado. Siempre te he dado órdenes, te he dicho lo que tenías que hacer y tú siempre lo has hecho.

—Lo he intentado, padre —respondió su hijo precisando, pues muchas veces no había conseguido hacer todo lo que su padre le exigía y lo explicitó—; siento no haber estado a la altura del hijo que habrías deseado tener, padre.

Pero Publio padre negó con la cabeza.

—He sido un imbécil contigo. Siempre intentando que fueras como yo. Siempre te presioné demasiado y eso casi te cuesta la vida.

Los dos compartieron un silencio mientras ambos recordaban, sin decir nada, el episodio de la captura de Publio hijo por el ejército de Antíoco y su prisión bajo el control del mismísimo Aníbal.

—Hijo, sólo tú y yo hemos hablado con Aníbal y hemos sobrevivido para contarlo. Es algo que nos une. Y me gusta que eso nos una. Escúchame bien, Publio: tú puedes ser mejor que yo, siempre he sido muy exigente contigo, he querido que fueras lo que no puedes ser; te pedía que fueras mejor soldado, mejor guerrero que yo y eso es difícil, y como no lo hacías te he menospreciado una y mil veces; un error imperdonable. —Y miró al cielo mientras inhalaba aire—. Puede que haya sido un gran general, pero he sido el peor de los padres posibles.

—Eso no es cierto, padre. Todos te admiramos.

—Todos me sufrís, eso es cierto, pero os he tratado mal. En especial, a tu madre, a ti y a tu hermana pequeña. Y con tu hermana mayor nunca he discutido porque siempre ha hecho todo sin replicar, pero a la mínima rebelión habría chocado con ella como lo hice contigo o con la pequeña. No, siempre he estado en guerra, o luchando en el Senado, y nunca os he escuchado.

—Has hecho a Roma más grande que ninguna otra ciudad...

—Y me lo pagan con el destierro —le interrumpió su padre—, y vosotros, a los que he maltratado, sin embargo, sois los que estáis aquí conmigo. Pero ya no puedo cambiar el pasado, no hay vuelta atrás, pero se pueden hacer cosas, hijo, se pueden hacer muchas cosas aún, sólo que yo ya no estaré ahí para hacerlas. Escúchame por última vez, hijo: siempre he estado equivocado al leer tu destino. Siempre creí que tú deberías combatir como yo en el campo de batalla, pero eso no será así. Tu destino no está ahí, en la guerra, sino en Roma. Debes volver a Roma, toda la familia debe hacerlo. El exilio es sólo contra mi persona. Muerto yo, nada os debe retener aquí más tiempo. Tú, hijo, debes combatir en el Senado, con la palabra, algo que manejas mejor que yo. El viejo Icetas, vuestro pedagogo, siempre alababa tu retórica, pero yo, cegado como estaba, me interesaba más por tus avances en el adiestramiento militar con Lelio; pero Catón, hijo, Catón me ha derrotado con palabras. Tú, en cambio, con tus propias palabras influiste en mí la noche fatal en la que podría haber mandado a todos nosotros al infierno. Sí, hijo, tus palabras influyeron en mí notablemente. Más de lo que imaginas. Hablas bien. Sabes hacerlo. Ése es tu don. Tú debes volver a Roma, al Senado, ocuparás mi asiento en el edificio de la *Curia* y desde allí contraatacarás. Es un trabajo colosal. Catón es un enemigo inabarcable. Yo no he podido con él, pero yo no he sabido luchar en su campo. Como ves, hijo, tienes la posibilidad de ser más grande que yo, de derrotar a quien yo nunca he sabido vencer.

—Padre, nadie puede ser más grande que tú.

Publio padre levantó su sudorosa mano derecha y rechazó el halago en un gesto seco.

—No quiero discutir sobre eso. Lo importante, hijo, es que vuelvas a Roma y luches desde el Senado. No puedo darte consejos sobre cómo hacerlo porque serían los consejos de un perdedor en esas lides. Si fueras a entrar en una batalla campal, ahí sí que valdría mi opinión. No, en el Senado, en Roma, tú mismo tendrás que encontrar el camino, pero estoy seguro que allí donde yo no supe combatir, tú saldrás victorioso. Estoy seguro de que encontrarás alguna forma que a mí ni tan siquiera se me ha ocurrido. Confío en ti, hijo. Te encomiendo un trabajo enorme, pero sé que lo harás.

—Haré todo lo que pueda, padre, por hacer que nuestra familia recupere su posición en Roma.

—Lo sé, lo sé. —Y fue Publio padre quien tomó con su mano el brazo fuerte de su joven hijo—. Lo harás. —Y calló.

—¿Quieres ver a mi hermana pequeña? —preguntó entonces Publio hijo.

—Sí, por favor, dile que pase —y el viejo general vio como su hijo se levantaba y se dirigía hacia la puerta con el semblante serio, preocupado—, y gracias por no guardarme rencor —añadió Publio padre desde la cama. Su hijo se volvió y miró una vez más hacia él y asintió. Luego lo vio desaparecer por la puerta. Apenas pasó un instante y la joven Cornelia entró entonces en la habitación. Publio la vio caminar con el sigilo que la caracterizaba, moviéndose despacio pero con agilidad y gracia en sus gestos, como siempre, y, como siempre, igual de preciosa, incluso más que la última vez que la vio, antes de partir para su exilio. Sí, la pequeña tenía una mirada brillante como nunca antes y se la veía sana y fuerte y decidida. La vio sentarse a su lado y sintió, por unos instantes, un destello de felicidad.

—¿Graco te trata bien? —fueron las primeras palabras que Publio pronunció. Quería haber dicho tantas otras cosas y, sin embargo, llegado el momento crucial, eso fue lo que brotó de sus labios. Ni tan siquiera al borde de la muerte podía retener su maldita rabia hacia ese hombre.

—Mi esposo me trata bien, padre —respondió Cornelia con una sonrisa al tiempo que posaba su mano sobra la pálida mano de su padre. Publio aceptó aquel regalo y aprisionó con ternura la suave piel de los finos dedos de su hija—. Es con el permiso de mi esposo que he venido a verte.

Publio asintió, pero persistió en su línea defensiva.

—Si te trata mal regresaré de entre los muertos si es necesario para protegerte. Díselo.

Cornelia mantuvo su sonrisa.

—Eso no hará falta. Tiberio es amable conmigo en todo momento y nos llevamos bien. Incluso me ha permitido este viaje pese a que... —Aquí, la joven se detuvo; iba a decir que pese a que Catón lo aprovecharía para criticar a su marido y volver a asustar al Senado sobre una posible conspiración de los Escipiones, pero Cornelia no quería hablar con su padre de Catón, ni tan siquiera quería que se mencionara ese nombre en la que seguramente sería la última conversación entre ambos, pero las palabras estaban ya en el aire y su padre estaba sorprendentemente atento incluso cuando la fiebre volvía a subir.

—¿Pese a qué? —inquirió Publio mirándola a los ojos y apretando su mano con la suya.

—Pese a que estoy embarazada de varias semanas.

Publio Cornelio Escipión abrió los ojos de par en par. Su hija mayor aún no les había regalado una noticia tan hermosa y su joven hijo aún estaba a la espera de casarse. Una vez más la pequeña Cornelia les adelantaba a los dos.

—¿Un nieto? —preguntó entre dientes el enfermo general de Roma.

—O una nieta, padre.

Publio sonrió.

—O una nieta. En cualquier caso un hijo tuyo, Cornelia. Ésa es una noticia que me hace muy feliz, muy feliz y viene en un momento y a un lugar donde no suelen llegar buenas noticias. Por todos los dioses, te lo agradezco de verdad. Y dices que Graco te dejó venir pese a tu estado. No es un viaje peligroso, pero sí son varias jornadas de polvo y largos desplazamientos. Sí que me sorprende un poco esa extraña generosidad suya. No debía haberte permitido viajar así. Es como pensaba. Ese hombre no te cuidará nunca. No te merece...

—Bueno, padre —empezó Cornelia bajando la voz y acercando sus labios a los oídos del general—; he hecho trampa.

—¿Trampa?

—No le dije a mi esposo que estaba, que estoy embarazada. Sólo le dije que mi padre estaba enfermo y que deseaba visitarle.

Publio suspiró. Tenía sentimientos dispares ante aquella respuesta.

—La parte mala de lo que dices es que Graco debe estar ya muy bien informado de lo avanzado de mi enfermedad y por eso te ha dejado venir. Sabe que voy a morir pronto y por eso sabe que nada de lo que diga el Senado importa ya con relación a mí. La parte buena, sin embargo —y Cornelia se alegró de ver sonreír a su padre mientras hablaba—, es que me has dado la noticia de tu embarazo primero a mí antes que a tu marido. Es una pequeña gran victoria que me llevaré conmigo al otro mundo. Una pequeña gran satisfacción de mi pequeña gran hija.

Y de pronto sintió un escalofrío que le recorrió todo el cuerpo y temblores que apenas podía controlar. Soltó la mano de su hija e intentó taparse mejor con las mantas, pero no podía. Fue Cornelia quien le ayudó a cubrirse bien hasta el cuello.

—Es la fiebre... —dijo Publio mientras se recomponía una vez pasados los temblores—. El final está cerca, pequeña. Es hora de que vea a tu madre.

Cornelia asintió y se levantó con cuidado. No quería separarse de su padre, pero sabía, como todos, que su padre y su madre tenían asuntos de los que tratar, asuntos públicos y privados que no podían esperar. Asuntos pendientes.

—Adiós, padre. Que los dioses te protejan siempre —dijo, y se dio media vuelta. Su padre quiso responder, pero la voz le falló y para cuando se recompuso, la puerta se había cerrado. Su hija se había marchado. Ya no la volvería ver, pero la noticia de que la sangre de la familia seguiría brotando de las entrañas mismas de la más valiente de sus hijas le insufló una última dosis de energía, fuerzas que, sin duda, necesitaba para encarar la conversación más difícil de todas. La puerta se volvió a abrir y la silueta pequeña, delgada, inconfundible de Emilia se recortó en el umbral. En cuanto se sentó, Publio empezó a hablar. Se alegró de tener asuntos que arreglar más allá de la larga infidelidad. Eso facilitaba iniciar aquella última conversación.

—Tienes que liberar a Laertes, Emilia. Se lo prometí a ese esclavo y ha cumplido bien. Le prometí que le liberaría cuando la pequeña se casara, pero con el exilio y mi rechazo a esa boda olvidé mi promesa. Una promesa más incumplida. Ahora he tenido tiempo de repasar todo lo que no he hecho bien. Ésa es una de las cosas.

—Laertes será manumitido. Me ocuparé de ello —respondió Emilia con voz seria.

—Bien —exhaló Publio.

Un largo silencio se apoderó de la habitación. Sólo se escuchaba la costosa respiración del enfermo. Al final, Publio reunió las fuerzas suficientes para decir lo que tenía que decir, para tener esa conversación que debían haber tenido hacía muchos meses, quizá años.

—Sé que te he decepcionado —empezó un ya muy débil Publio. La pequeña figura de su mujer, sentada en el *solium* dispuesto junto al lecho permaneció imperturbable, como una efigie muda. En la penumbra de la habitación, las arrugas de los años se difuminaron y Publio creyó ver de nuevo el rostro de aquella muchacha que le enamoró en el pasado. Se sintió más culpable que nunca—. Te he decepcionado y lo siento.

Vino entonces, de nuevo, el silencio, aún más profundo, aún más duro. Publio esperaba una respuesta mientras recuperaba el resuello. Las conversaciones anteriores le habían dejado exhausto. Emilia no parecía decidirse a dar réplica alguna. El ex cónsul sentía más dolor ante aquella frialdad.

—Has sido discreto —rompió al fin a hablar su esposa, y el viejo general se sintió aliviado—. Has sido discreto con esa muchacha y eso lo agradezco. Ya teníamos bastantes problemas en Roma como para añadir habladurías.

Publio afirmó con la cabeza.

—No fue nada planeado —empezó a explicarse Publio, y Emilia iba a interrumpirle, pero el general siguió con su débil hilo de voz y ella se detuvo—. No, no voy a darte excusas, sólo quiero contarte cómo fue. No fue nada planeado, nada que buscara. Estaba enfermo y lejos de ti y Aníbal tenía a nuestro pequeño y fui débil y estúpido y luego me hice acomodaticio con lo que obtenía de ella. Podría haberla dejado allí y no traerla a Roma, pero no lo hice. No busco el perdón para mí, Emilia, pero hay algo importante... —Se detuvo para recuperar el aliento—. Esa muchacha no debe pagar dos veces por las debilidades de un viejo ex cónsul. No pagues con ella lo que sólo ha sido fruto de la lascivia de un viejo. —Y terminó con una sonrisa amarga—. He sido como uno de los viejos griegos de las obras de Plauto.

El silencio recuperó el control del dormitorio. Las lámparas de aceite chisporroteaban en las esquinas. Las llamas se movían agitadas por una suave brisa de ventilación. Emilia había ordenado dejar entreabierta una de las ventanas altas. Las sombras temblaban por el suelo, por las paredes, por el techo. Emilia tomó un paño fresco de la mesita junto a la cama con una mano mientras que con la otra retiraba el paño ya más tibio de la frente de su marido y lo substituía por el nuevo.

—Ella también ha sido discreta —dijo la esposa del ex cónsul—. No pagaré con ella mi rabia por lo ocurrido. —Y no dijo más. Y Publio no pidió más aclaraciones. Emilia era parca en palabras, pero nunca decía una de más ni una de menos. Si había dicho que no pagaría con la muchacha la rabia que sentía por la infidelidad que había cometido estaba claro para Publio que no la maltrataría. Le gustaría haber obtenido un arreglo explícito para la joven que tan bien se había portado con él en los últimos años de su vida, no por acostarse con él, eso lo podía haber conseguido de cualquier esclava, sino por haberlo hecho con cariño, sincero o fingido, pero cariño; pero en las actuales circunstancias, desterrado de Roma, enfermo y con una esposa indignada era imposible conseguir más. Si al menos había logrado que el odio de Emilia no fuera contra la joven como un caballo desbocado, ya se había conseguido algo. También estaba claro que no sería posible despedirse de la muchacha, pero en cualquier caso no tenía fuerzas para más palabras.

—Me muero, Emilia... espero no haberte decepcionado en todo.

Los moribundos buscan palabras amables cuando están ante el final de su camino en este mundo, las buscan incluso entre aquellos a los que han herido. Emilia no era una persona cruel.

—No has sido un marido perfecto, pero no has sido ni con mucho el peor posible. Has sido un buen padre y has sido el mejor general de Roma. Has honrado a mis antepasados y a los tuyos y has derrotado a los enemigos de Roma en los confines del mundo y sé que hubo un tiempo en que me quisiste mucho, lo sé, y tengo buenos recuerdos de aquellos tiempos y con ellos me quedo. Nadie es perfecto. Yo también me he hecho fría con la edad, con los niños, con los ataques incesantes de Catón. Has sido un buen marido, Publio, con alguna imperfección, pero sin ti no existiría ya ni Roma ni Italia ni todo el imperio que dominamos desde el Tíber. Sin ti no existiría el mundo como es hoy. Por eso te odia tanto Catón. Quiere borrarte de la historia, pero no puede porque no puede borrar tus victorias. Yo cuidaré de la familia. El joven Publio no es el guerrero que tú has sido, pero es noble, y las dos hijas son buenas, la mayor discreta y la pequeña Cornelia intrépida pero leal, y su lealtad nos ayudará en el futuro. Saldremos adelante y nos ocuparemos de que la familia salga adelante. —Publio la escuchaba mientras se hundía en un sopor profundo; era como si Emilia hubiera estado escuchando las conversaciones que habían tenido lugar unos minutos antes y pensó, por un instante, que quizá así hubiera sido, pero pronto se dio cuenta de que pese al tiempo y los años y el distanciamiento, él y Emilia seguían tan íntimamente unidos que pensaban tan igual en todo, que habían llegado cada uno a las mismas conclusiones por caminos distintos; las palabras de Emilia le acompañaron mientras se dormía.

Areté se sentó en el *solium* junto a su amo. Era ya entrada la noche. Todos velaban en el atrio de la casa, pero apenas se escuchaban voces suaves, murmullos escondidos. Todos esperaban el desenlace final. Areté recordaba cómo hacía un rato se había acercado la señora a su habitación, detrás de las cocinas. Ella estaba medio desnuda, con la túnica de dormir sólo; la señora iba, como siempre, elegantemente vestida con su *stola* inmaculada de mangas largas y cubierta con una *palla* igual de limpia, siempre tan digna incluso en aquellas horas en las que el señor estaba a punto de morir, o eso decían todos. Emilia se había sentado en una *sella* que había junto a la puerta que daba acceso a la cocina.

—Estoy agotada, Areté, al igual que lo están todos —empezó Emilia—. Quiero que me sustituyas junto al lecho de mi marido. Ya le has cuidado en el pasado, ya conoces sus fiebres, sabes todo lo que se debe hacer. Al amanecer volveré a ocuparme yo.

Areté se había levantado, con las manos cruzadas sobre el pecho desnudo; asintió pero no tuvo tiempo de responder, pues la señora, sin esperar palabra alguna, desapareció como una exhalación. Era la primera vez que la señora se dirigía a ella en todos aquellos años, desde que le pidiera que retuviera a su esposo antes de ir a una sesión del Senado. Areté se vistió con rapidez y salió de su habitación y cruzó la cocina en dirección al atrio. Nadie le impidió que pasara por el amplio patio bajo un manto de estrellas que velaban junto con todos los familiares del que decían había sido el mayor general de Roma. Para ella, sin embargo, había sido un hombre que la había sacado de la triste obligación de tener que acostarse con cuantos hombres querían y podían pagar sus servicios en las costas de Asia. Ella no entendía de guerras, pero había aprendido que aquel hombre que durante noches enteras se relajaba con ella era uno de los más poderosos de todo aquel inmenso imperio que llamaban Roma. Su esposa siempre se había mantenido distante de ella, ¿por qué ahora la invitaba a cuidar de él, ahora que iba a morir? ¿Por qué no una de las hijas? Areté, nerviosa, asustada, temiendo una emboscada, un golpe, la cárcel, castigos, no sabía bien qué, cruzó el umbral de la puerta del dormitorio de su amo custodiado por Laertes. El *atriense*, como siempre, la miró con ojos de deseo, no insultante sin ser obsceno, pero de evidente interés por su persona. Areté, como hacía siempre también, fingió no darse cuenta y abrió la puerta.

En la habitación sólo había sombras, el murmullo de los que esperaban fuera, las llamas tintineantes de las lámparas y la respiración entrecortada del amo tendido en su lecho de enfermedad. Areté se sentó en el *solium*. El asiento aún estaba caliente. Quizá el general ya no despertara. Le cambió el paño de la frente por uno nuevo fresco y le puso paños frescos también en los brazos desnudos, musculados pero más delgados que de costumbre, engullida la energía del general por la implacable fiebre. Areté se levantó entonces y quitó las mantas y puso paños frescos también en las piernas, como le había enseñado el médico Atilio en Asia para ayudar a bajar la fiebre. Seguramente ya nada de aquello devolvería al amo a la vida, pero quizá le aliviara algo el sufrimiento en sus últimas horas. Eso la consolaba. Areté se encontró sollozando en silencio. En el fondo de su alma se daba cuenta de que, de algún modo, había querido a aquel hombre.

—¿Emilia...?

Era la voz del amo. Se estaba despertando. Areté se secó las lágrimas con rapidez con el dorso de las manos.

—Soy Areté, mi señor. El ama me ha ordenado que cuide que la fiebre no suba más. Soy Areté, mi señor.

—¿Areté...?

Y Publio entreabrió los ojos. En efecto, ante él estaba la resplandeciente belleza de su joven amante. ¿Era un sueño, un delirio final antes de partir o un regalo de su esposa?

—¿Eres tú realmente...?

—Sí, mi señor, pero el general no debe hablar. Está agotado. Debe descansar y dormir.

Publio sonrió y, alzando levemente su mano, capturó la muñeca de la joven. Allí estaba aquella piel tersa, suave, delicada y aquel pulso vital que latía por las venas de aquella muchacha.

—Eres tú, sin duda... —Y ya no dijo más, pero Areté observó que la leve sonrisa permanecía en los labios mientras volvía a dormirse. La muchacha se acercó al rostro del general para sentir su leve respiración en sus mejillas. El ex cónsul estaba muy débil, pero aún estaba allí, dormido de nuevo. No pudo contenerse, estando tan cerca sus labios de los labios del general y la joven le besó despacio, con dulzura bien adiestrada. Publio Cornelio Escipión permaneció plácidamente dormido. Areté volvió a sentarse en el *solium*. Una puerta que daba acceso a otra habitación, entre las sombras, pareció cerrarse movida por el viento. La muchacha se reclinó sobre el respaldo de la butaca y, despierta, con los ojos con diminutas lágrimas silenciosas, se quedó velando el moribundo cuerpo de un general de Roma hasta que se quedó dormida.

En medio de la noche, Publio Cornelio Escipión abrió los ojos. A la luz de las lámparas languidecientes vio a la bella Areté dormida, velándole. El viejo general se incorporó con dificultad, pero lo consiguió. Sabía que no tendría muchas fuerzas ya. Se levantó en silencio y descalzo, para no hacer ruido, llegó junto a la mesa debajo de la ventana. Abrió un pequeño cofre con una diminuta llave que le colgaba del cuello y extrajo uno de los varios rollos que se encontraban en el interior. Se sentó en la silla y con un *stilus* que humedeció con la tinta negra de un cuenco dispuesto junto al cofre escribió unas líneas. Eran sus últimas palabras. No era nada épico. Los últimos pensamientos de quien sabe que va a morir, pero se sintió mejor después de dejarlos por escrito. Luego, con la meticulosidad del último momento, sopló sobre el texto para que se secara. Esperó un rato mirando la luna por la ventana entreabierta. Enrolló la hoja y reintrodujo el rollo en el cofre. Sólo quedaba una *schedae* suelta. En ella anotó dos palabras.

«Para Lelio»

Y puso la nota asomando por debajo del cofre, atrapada por aquella pequeña caja, para evitar que pudiera volarse con una corriente de aire. Suspiró. Se reincorporó y, con aún mayor dificultad, regresó junto al lecho. Se sentó, se tumbó de costado y, al fin, se volvió a tumbar boca arriba. Areté dormía con el sueño profundo de la juventud. A Publio, sin embargo, le costaba respirar y tenía cada vez más frío, aunque ya no sudaba. Aquello le extrañó, pero en aquel momento sólo pensaba en dormir. Se tapó de nuevo con la manta y procuró relajarse. En un momento volvió a sumirse en un denso sopor que no era sueño pero tampoco vida.

La manta que cubría el cuerpo desfallecido de Publio Cornelio Escipión se movía lentamente hacia arriba y hacia abajo, marcando la pausada pero débil respiración del ex cónsul. Arriba y abajo. Arriba y abajo. Arriba y abajo.

Abajo.

Abajo.

Quieta.

Detenida.

127

La victoria de Catón

Roma, enero de 183 a.C.

Las noticias de la muerte de Escipión llegaron a Roma como llevadas por el viento. Era una tarde plomiza y las nubes surcaban el cielo con la velocidad que anticipa una gran tormenta. Ya no era hora de tratar asuntos públicos o privados en el foro, pero el centro de la ciudad estaba a rebosar de gente. A todos les costaba creer que lo que era inexorable, todos morimos, había ocurrido con alguien tan legendario como *Africanus*.

—¿Ha muerto?

—¡Por Cástor y Pólux!

—¿De verdad?

La gente compartía su sorpresa y su escepticismo, pero nuevos mensajes llegaban desde el sur de Roma. Todas las familias que habían tenido algún representante en el funeral que se había celebrado en Literno habían enviado mensajeros a sus respectivas residencias y de cada una de esas casas emergían nuevos mensajes para otros familiares y amigos que no hacían más que confirmar lo que acababa de ocurrir, de lo que todos hablaban sin parar.

Al poco tiempo, con el anochecer adelantado por la tormenta que estaba a punto de descargar sobre Roma, el pueblo pasó de las dudas y de la sorpresa a las lamentaciones y al miedo. Roma era poderosa, sí, pero lo era por hombres como *Africanus* y ahora él ya no estaría allí nunca para protegerlos. Algunos demandaban pruebas de que Aníbal también había muerto, como se había comentado, pero las noticias de Asia eran aún confusas. Unos decían que había huido, otros que se había encerrado en una fortaleza y que estaba asediado por Flaminino y sus tropas, otros que el propio Flaminino había muerto en el combate. En el fondo todos seguían temiendo que el cartaginés aún retornara desde Oriente al frente de un nuevo ejército, pero siempre sabían, hasta ese día, que estaba Publio Cornelio Escipión, *Africanus*, al que podrían recurrir, incluso si por sus enfrentamientos contra el Senado había terminado desterrado, incluso entonces, todos estaban seguros de que si era necesario *Africanus* retornaría de su destierro para ayudarles, pero de entre los muertos no era ya posible volver. Nadie, ni siquiera él que había podido con todo y contra todos los enemigos de Roma, podía vencer a la muerte. ¿Qué sería ahora de ellos sin él? Estaban Flaminino o Catón o Régilo u otros grandes generales que habían logrado grandes victorias y merecido entradas triunfales en Roma, pero nadie había como *Africanus.* Publio Cornelio Escipión era irreemplazable, irrepetible y nadie, ni los más próximos a él, como su hermano Lucio, ni los más contrarios a él como Catón o Graco eran ni la sombra de lo que él fue. ¿Qué sería ahora de ellos? Y, de pronto, con el miedo a lo desconocido les invadió a miles, a decenas de miles de ciudadanos de Roma, una sensación sucia de asco de sí mismos, de vergüenza, de miseria. A ése al que tanto debían, a ese hombre del que tanto dependían, a ese general que tanto los protegió en el pasado, le habían abandonado para que le juzgaran y le expulsaran de Roma sus enemigos en el Senado. Y de la vergüenza saltaron a la pena más profunda que nunca antes habían sentido por la desaparición de alguien que no fuera un familiar propio y entonces, sólo entonces, con la noche ya entrada, con el cielo a punto de reventar de agua, llegaron las lágrimas en tropel, un mar de llantos que se escuchaba por cada una de las esquinas de Roma. La gente bajaba entonces por la *Via Nomentana* desde el monte Quirinal, por la *Via Tiburtina Vetus* desde el Monte Viminal, por la *Via Labicana* desde el Esquilino, por la *Via Tusculana* y luego la *Via Sacra* desde el monte Celio, y por el *Vicus Tuscus* llegaban decenas de miles de ciudadanos que venían desde el Palatino y el Aventino, confluyendo así desde esas colinas en las faldas de la colina Capitolio, el monte central de Roma, donde emergía el foro de la ciudad. Era un imparable torrente de gente que primero venía sin nada y que, al poco, empezó a encender antorchas, primero unas tímidas decenas en el foro, pero luego a miles, a decenas de miles por todas las arterias de una ciudad, imitando los funerales humildes de quien no tiene *imagines maiorum* que exhibir, cuando los familiares se limitan entonces a pasear el cuerpo de su familiar fallecido arropado sólo por unas pocas antorchas. Sólo que ahora no eran unas pocas decenas de lumbres, sino un mar de miles y miles de lumbres ardiendo en medio de aquella triste noche. El funeral del Escipión había tenido que ser, por culpa del exilio obligado, fuera de Roma y los romanos no tenían cuerpo que llorar, ni imágenes que ver, ni ceremonias oficiales a las que asistir, de modo que todo surgió de forma improvisada, como los miles de antorchas y, acto seguido, las visitas a todos los templos de

Roma, las libaciones en honor de Escipión, los sacrificios de centenares de animales y el llanto permanente de las mujeres que lo inundaba todo.

Catón salió de su casa protegido por un nutrido grupo de legionarios de las *legiones urbanae* enviados por el *pretor urbano* que se presentaron en medio de aquella tormenta de luto incontrolado con un mensaje breve en una tablilla: «Sugiero que pases la noche fuera de Roma.» Catón arrojó la tablilla contra la pared del atrio, enfurecido.

—¿Cómo puede Escipión, aun después de muerto, exiliado y muerto, obligarme a salir de Roma?

Pero la puerta había quedado entreabierta y hasta Catón llegaron los ruidos del tumulto de personas que había por toda la calle. Se dirigió al umbral y los soldados se hicieron a un lado para dejarle pasar. El veterano senador no daba crédito a lo que veía: antorchas, llantos, animales arrastrados por ciudadanos posesos de una rabia extraña camino de sacrificios que parecían necesitar aquellos hombres como si la vida les fuese en ello; miles de mujeres sollozando o gimiendo sin control y entre todos aquellos seres que parecían haber perdido el sentido se veía a esclavos, libertos, patricios, comerciantes, prestamistas, pescaderos, mercaderes, putas, niños pequeños, artesanos, panaderos, soldados, veteranos de guerra heridos, veteranos de guerra con sus *torques* y *falerae*, incluso algún *triunviro* y legionarios en activo con sus uniformes relucientes.

—¿Qué está ocurriendo? —preguntó el senador y censor de Roma al oficial de los legionarios enviados por el pretor.

—Es por la muerte de Escipión. La gente está como loca. Vagan por las calles con antorchas, como si estuvieran perdidos y todos claman por el general.

«Por el general.» El legionario había usado el artículo definido «el», como si en Roma no hubiera más generales tan buenos o mejores que el maldito Escipión. Catón recordó entonces el mensaje del *pretor urbano*: «Sugiero que pases la noche fuera de Roma.»

—Rápido —dijo el senador—, vámonos de aquí. —Y, sin perder tiempo en procurarse mejor ropa que la que llevaba, con la túnica puesta, limitándose a coger una daga de uno de los anaqueles del *tablinium*, regresó a la puerta raudo, cruzó el umbral y, seguido de cerca por la veintena de legionarios que debían escoltarle se encaminó hacia la calle.

Marco Porcio Catón cruzó aquella noche las calles de Roma como un bandido que hubiera sido hecho preso por los soldados. Eso es lo que pensaban la mayoría de los que se cruzaban con él y el senador no hizo nada para desbaratar esa opinión; de hecho, sus acciones, como andar mirando siempre al suelo, con actitud humilde, casi culpable, parecían confirmar la percepción de la gente que observaba aquel extraño grupo que caminaba en dirección opuesta al resto, seguramente, coincidían muchos, en dirección a la cárcel o, si se cruzaban con él pasado ya el *Tullianum*, a una prisión militar; lo que nadie dudaba es que debía tratarse de un renegado que pronto pagaría con la muerte su alta traición.

De esa forma, Marco Porcio Catón consiguió salir de Roma aquella noche y coger una cuadriga dispuesta para él en la puerta Carmenta que le conduciría a toda prisa a su villa en donde se refugiaría el resto de la noche junto con su familia y, mejor ser cautos, donde permanecería el resto de la semana. Había habido suerte de que, al menos, su esposa e hijo ya estaban allí, pues a su mujer no le gustaba el bullicio de Roma, algo que su esposo comprendía. Eso facilitó la salida de la ciudad.

Justo al subir a la cuadriga, las nubes que tanto tiempo habían esperado reventaron por fin y sobre Roma descargó una lluvia infinita e inclemente que, sin embargo, no arredró a nadie. Las calles permanecieron atestadas e, incomprensiblemente, en una señal que muchos interpretaron como divina, las antorchas continuaban ardiendo en miles de llamas que luchaban contra el agua que parecía querer ahogar todo lo demás.

—¡Son los dioses que lloran! —gritó un legionario en el foro, y su grito se repitió de calle en calle hasta que todos miraban hacia el cielo convencidos de que todos y cada uno de los dioses de Roma lamentaban con congoja sin límites la desaparición del hombre que más les había honrado con sus hazañas desde la fundación de la ciudad.

Marco Porcio Catón dirigía su cuadriga en medio de la brutal tormenta apretando los dientes y sin mirar atrás.

—¡Le olvidarán! —gritaba una y otra vez—. ¡Le olvidarán todos! ¡Yo me ocuparé de ello! ¡No quedará de él ni el recuerdo! ¡Le olvidarán!

128

El atardecer en Literno

Literno, Campania.
Enero de 183 a.C.

Emilia paseaba en silencio entre los árboles. Era el décimo día desde que enterraron a Publio. Ayer mismo habían visitado la tumba de su marido, y tal y cómo correspondía según sus costumbres romanas, habían celebrado más sacrificios y nuevas libaciones junto al sepulcro y un nuevo banquete en que una vez más la mayoría de los que estuvieron en el funeral habían regresado para mostrar su apoyo a la familia. Algunos ni siquiera se habían ido en todo ese tiempo, como el bueno de Lelio, que tardó dos días enteros en recuperarse de su borrachera y casi cinco en volver a beber. Algo insólito en él. Tras el nuevo *silicernium* se repartió la herencia y el joven Publio se constituyó en nuevo *pater familias* del clan. El muchacho había estado digno y había prometido con vehemencia retornar a Roma para, desde el Senado, hacer que la familia recuperara la posición que merecía en función de los infinitos servicios prestados al Estado durante generaciones. Emilia no tenía claro que aquello fuera posible y menos con Catón dirigiendo, manipulando todo lo que ocurría en el edificio de la *Curia*, pero el joven había estado digno y hasta el propio Publio habría considerado que su parlamento había sido intachable.

El paseo había conducido a Emilia hasta la solitaria tumba de su esposo junto al camino que conducía a la lejana Roma. Se quedó un instante leyendo el epitafio.

STTL*
Ingrata patria, ne ossa quidem mea habes.
[Patria ingrata, ni siquiera tienes mis huesos.]

No había forma mejor de resumir el pensar de todos. Se dio la vuelta y volvió de regreso hacia la casa recogiéndose en sus pensamientos.

* Abreviatura frecuente en las tumbas romanas de la época que resume las siguientes palabras: *Sit tibi terra leuis* [que la tierra te sea ligera].

Después de la pequeña Cornelia, su hermana y su hermano también regresaron a Roma. La hija mayor debía volver junto a su familia política y el joven Publio a retomar el puesto de su padre en el Senado. El exilio pactado con el Senado sólo estaba obligado para Publio Cornelio Escipión padre, y no afectaba al resto de la familia, algo que el propio Tiberio Sempronio Graco había contribuido a clarificar ante todos los *patres conscripti*.

Emilia, en su lento volver, se sentó bajo un árbol, sin saber que era el mismo que su marido escogiera para refugiarse durante su último paseo por el bosque de Literno. ¿Debía regresar a Roma con sus hijos o permanecer en el exilio a modo de recuerdo permanente de la memoria de su esposo? Esto último era lo que tenía decidido cuando una idea cruzó su mente: Catón odiaba a los Escipiones y a los Emilio-Paulos y su victoria había sido conseguir exiliar a la familia durante un tiempo, pero fallecido Publio, el regreso de su hijo y de sus hijas empezaría a morderle en las entrañas como cuando uno ve revivir un viejo enemigo al que daba por derrotado. Si ella misma regresaba, si Emilia Tercia, esposa de Publio Cornelio Escipión, retornaba a Roma y se paseaba por el foro de la ciudad, entre las *tabernae novae* y las *tabernae veteres*, si iba a comprar verduras al *Macellum* y por carne al *Foro Boario*, si se paseaba por el *Clivus Victoriae* en dirección al templo de Vesta y allí ofrecía sacrificios públicos, todo eso sería como echar sal en la herida abierta y mal cicatrizada de la eterna envidia de Catón. Emilia asintió mientras se levantaba. No podía hacer mucho, pero rascar en las entrañas de la envidia infinita de Catón le produciría un inmenso alivio, y es que después de Publio, era ella misma la que más había sufrido en su ser la humillación de verse desterrada de la ciudad que había sido y que seguía siéndolo todo para ella: Roma. Además, en el fondo de su alma, estaba convencida de que si Publio no se hubiera visto tan acosado por Catón, los últimos años entre ella y su esposo no habrían estado tan llenos de murallas y distancia. Emilia no podía evitar echar la culpa hasta de sus problemas maritales a un Catón que, a la luz de sus ojos, no hizo sino trastornar a su esposo hasta desquiciarlo. Sí. Regresaría a Roma. Pero había un tema pendiente. Un asunto que resolver antes de abandonar Literno. Una cuestión personal.

Al mediodía del día siguiente, Areté entró temblorosa en el atrio de la *domus* de su ya fallecido amo en Literno. En el centro, junto al *impluvium* la persona a la que más temía la joven esclava se encontraba sentada en un gran *solium*. La luz del día caía a plomo sobre el ama de la casa, Emilia Tercia, sentada en aquella butaca, pero el invierno había enfriado el ambiente y se estaba bien a la luz del sol. Areté se aproximó mirando al suelo. Esperaba una condena ejemplar. Tenía miedo a miles de cosas: tenía miedo al dolor, a los castigos físicos, a los latigazos; tenía miedo a ser vendida de nuevo, algo muy probable, y eso después de un duro castigo; tenía miedo a morir. La vida la había conducido por caminos extraños en los que nunca pudo decidir sobre su destino. Ahora se daba cuenta de que había disfrutado de unos años de paz al lado de su amo ya muerto. En años de relación sólo había recibido una bofetada. Cualquier otro esclavo lo consideraría una bendición. Y la esposa se había mantenido al margen durante todo aquel tiempo. Seguramente, sus baños con vinagre para evitar quedar embarazada ayudaron algo, o quizá la enfermedad del amo le había dejado demasiado débil para poder dejar encinta a nadie ya. En todo caso estaba mejor así. Un hijo lo habría complicado todo aún más. Areté estaba turbada: hacía tiempo que había concluido que su comportamiento discreto no sería suficiente para reblandecer el ánimo airado de una patricia romana obligada a ser testigo de la infidelidad de su marido día tras día, noche tras noche.

—De rodillas, esclava. —Areté escuchó la voz de su ama, y los pensamientos que la aturdían se desbarataron mientras clavaba sus rodillas en la fría piedra del atrio y con una mano apretaba entre sus dedos la pequeña imagen del dios Eshmún que colgaba de su cuello. Areté cerró los ojos e imploró en silencio al dios que siempre la había protegido para que no la abandonara ahora, en su momento de mayor terror.

Emilia Tercia la miraba como quien observa un animal curioso. Llevó entonces su mano arrugada por los años y seca por los disgustos de los últimos acontecimientos de su vida a la barbilla de la joven que se humillaba ante ella y forzó que la muchacha alzara su rostro. La esclava dejó que su ama le levantara la cara, pero mantuvo sus ojos mirando hacia un lado.

Emilia Tercia admiró el contorno suave de aquellos pómulos ligeramente dorados por el sol, los labios carnosos y húmedos, los ojos, girados hacia el vacío del atrio, grandes, oscuros, profundos, rodeados de pestañas largas y, a la vez, a través de su piel seca sintió la suavidad de la joven piel de la esclava. Sin duda, aquélla era una muy hermosa mujer. Al menos, su marido había tenido la mínima decencia de ser infiel con una mujer hermosa. Otra cosa habría sido aún más humillante.

—¿No te atreves ni a mirarme? —preguntó Emilia apartando su mano y permitiendo así que la esclava pudiera, de nuevo, bajar el rostro.

—No quiero ofender a mi señora. —La respuesta de Areté era humilde pero intrépida. No había admitido tener miedo, pero la razón expuesta era inevitable que resultara del agrado de su ama. Emilia Tercia se quedó pensativa. ¿Sería además inteligente aquella esclava? Le vino a la memoria Netikerty, la que fuera esclava egipcia de Cayo Lelio: muy hermosa también, y dócil sólo en apariencia, pues luego resultó ser astuta y hábil más allá de lo imaginable. ¿Era Areté otra Netikerty?

—Hubo un tiempo en que pensé en que te daría muerte en cuanto tuviera ocasión —empezó Emilia Tercia; Areté tragó saliva sin levantar la mirada de las losas del suelo—; y también pensaba en ese tiempo que ni eso me satisfaría lo suficiente; entonces pensé en torturarte primero. ¿Qué piensas de esto, Areté? Me interesa saber qué tienes que responder a lo que estoy contando.

Areté estaba como petrificada, encogida por el pavor y los nervios. Sin alzar la mirada habló al suelo, pero su voz salió con una claridad sorprendente y el tono era suave y agradable para los sentidos. Emilia la escuchó y se dio cuenta de que nunca antes se había detenido a apreciar la dulce voz de aquella esclava. Era, sin lugar a dudas, un ejemplar único de mujer. Casi una sirena.

—Sé que mis acciones han ofendido a mi señora más allá de todo lo posible y sólo puedo decir que nunca he hecho nada en todos estos años al servicio de la señora que haya sido por mi elección...

—No mezcles a mi marido en todo esto. —Se levantó Emilia indignada y a punto estuvo de abofetearla—. No te atrevas ni a mencionar su nombre en mi presencia.

—No, señora —respondió Areté, y guardó silencio. Durante unos instantes sólo se escuchaba el canto de los pájaros que se cobijaban del frío en los árboles próximos a la *domus*. Emilia se volvió a sentar. Se sentía incómoda. La muchacha sólo había dicho la verdad, pero es que la verdad era tan hiriente... Era cierto: Areté se había acostado con su marido porque su marido así lo deseó. Emilia suspiró un par de veces hasta encontrar un punto de sosiego en su ánimo. Debía hacer lo justo, no importaba si eso era doloroso.

—Mi marido me pidió que no te castigara —dijo Emilia, pero en voz muy baja, casi como un rumor que lleva el viento. Areté, por primera vez, alzó el rostro y miró un instante a su ama, pero allí sólo encontró una gélida mirada de respuesta y la muchacha volvió a mirar hacia el suelo sin atreverse ni a moverse ni a decir nada. Emilia continuó hablando, despacio, con un fino hilo de voz, como si estuviera sola—: Hemos de reducir gastos. Las exequias de mi marido han costado mucho dinero y los ingresos de la familia se han reducido, especialmente después de que Lucio tuviera que hacer frente a los pagos que le exigió el Senado por la campaña de Asia. No podemos permitirnos dos casas. Vamos a cerrar esta villa. A Laertes le he manumitido esta misma mañana. Nos ha servido bien durante años. Merece ese premio. Así lo quería mi marido. Y también le he dado una importante cantidad de dinero para que pueda adquirir unas tierras en Campania y vivir bien. Se lo ha ganado. Nunca le agradeceré lo suficiente que protegiera a mi pequeña Cornelia en el *foro Boario*. Hemos liberado algunos otros esclavos y otros nos los llevamos a Roma, pero ¿qué hacer contigo, Areté? ¿Qué debo hacer contigo?

—Puedo trabajar en las cocinas y le juro a mi señora que nunca me verá. Siempre me ocultaré. Será como si no existiera, mi señora. —En la voz de la joven estaba implícita la súplica, pero Emilia negaba abiertamente con la cabeza.

—No. El solo hecho de saber que duermes bajo el mismo techo me revolvería las entrañas.

Areté calló. No se le ocurría nada más que sugerir. Sólo le restaba arrastrarse ante la señora y rogar por su vida. De pronto, una pregunta inesperada:

—¿Qué es eso? —inquirió Emilia con curiosidad señalando el pequeño amuleto que colgaba del cuello de la joven y que Areté apretaba entre los dedos de su mano derecha.

—Es una representación de Eshmún, mi dios —respondió Areté entre asustada y nerviosa.

—Déjame verlo. —Y Emilia estiró su brazo con la palma abierta hacia arriba. Areté dudó un instante, pero no era momento para supersticiones. Nunca se había quitado aquel amuleto desde que era niña. Se bañaba con él, hacía el amor con él, dormía con él. Sólo el amo se lo arrancó una vez del cuello, pero se lo devolvió en seguida. Pero en ese momento no era inteligente negarle nada a la señora. Areté supuso que ésa era la forma en la que su dios le decía que la iba a abandonar. La muchacha tomó el cordel de cuero del que colgaba la imagen de Eshmún y se la sacó por encima de la cabeza para depositarla en la palma abierta de su ama. Emilia cerró sus dedos arrugados sobre la imagen y cerró los ojos y, para su sorpresa, sintió una extraña paz en su interior.

—¿Crees en este dios? ¿Le rezas a menudo?

—Todos los días, mi señora. Sí, creo en él. Siempre me ha protegido.

Emilia abrió los ojos, observó con atención la imagen del dios y volvió a extender el brazo con el colgante en la palma de su mano.

—Es tuyo. Cógelo —dijo Emilia, y Areté recuperó la imagen de Eshmún y se la volvió a poner en torno a su cuello con rapidez.

—Te han comprado —descargó Emilia con una sequedad y una frialdad recuperadas.

Areté no se atrevió a preguntar quién era su nuevo amo. Estaba contenta con saber que no iba a morir, pero Emilia le aclaró las circunstancias de su venta:

—Laertes me ha ofrecido todo el dinero que le había entregado por sus servicios todos estos años y me lo ha ofrecido a cambio de tu vida. Está claro que causas una honda impresión en todos los hombres que te rodean, Areté, y queda patente que tu dios sigue protegiéndote. Por supuesto, me he negado a aceptar recibir dinero por ti. No quiero nada que pueda venir de ti. Si Laertes te quiere eres suya a cambio de nada. Ése es mi precio. Nada. Ahora eres su esclava. Lo he puesto todo por escrito. Él tiene todos los documentos. Ya está. Eso es todo. Ahora levántate. Sal de aquí y no vuelvas nunca jamás a cruzarte en mi vida. Con un poco de suerte conseguiré olvidarte algún día. —La muchacha se levantó despacio y Emilia vio que la joven quería decir algo, pero ella se mostró tajante—. No quiero oír más tu voz. Sal de aquí antes de que cambie de opinión. Si quieres hacer algo por mí reza a tu dios que tanto poder parece tener para que borre de mi memoria tu imagen, tu voz, tu vida entera. Rézale para que llegue un día en el que al acostarme pueda sentir que nunca exististe y que sólo fuiste un mal sueño.

Areté asintió. Se inclinó ante la majestuosa matrona romana, dio media vuelta y, sigilosa, como si temiera que sus pisadas pudieran despertar el rencor dormido en el corazón de su ama, salió del atrio hacia un nuevo y desconocido destino en manos de otro hombre. Areté tenía frescas en su mente las miradas intensas de Laertes y estaba segura de que sería feliz junto a aquel hombre que había estado dispuesto a darlo todo por ella. Habían hablado poco, pero si había algo que Areté había aprendido bien era a valorar la valía o la estupidez en un hombre. Laertes era un compendio de virtudes para ella: Laertes era fuerte pero no violento, se había desenvuelto con inteligencia a las órdenes del amo, pero sin ser nunca adulador. Con toda seguridad Laertes la deseaba, pero eso era común a todos los hombres y si algo sabía Areté era que el deseo bien satisfecho de un hombre bueno generaba enormes dosis de agradecimiento. Eshmún, tal y como había dicho el ama, por alguna extraña razón, quizá por la fuerza de la oración de su padre, seguía protegiéndola. Areté, a solas de regreso a su humilde habitación, se arrodilló, cerró los ojos, asió con ambas manos su colgante y musitó palabras que dirigió a su dios y a los espíritus de los que la habían dejado.

—Gracias, Eshmún. Gracias, padre.

129

Una petición a Cornelia

Roma.
Febrero de 183 a.C.

Cornelia miraba al pequeño Lelio de apenas cinco años. El niño se mantenía en pie a un paso de su padre, aunque Cornelia intuía con agudeza que el niño preferiría estar más cerca o quizá incluso detrás de su padre, pero que, a sabiendas de lo que se esperaba de él, el pequeño luchaba por mostrarse con la fortaleza que se le suponía. Pero era un niño. Cornelia sonrió. En su ser llevaba una nueva vida y no podía evitar sentir una gran proximidad hacia aquel pequeño que su padre le traía para que cuidara.

—Serán sólo unos meses —dijo Cayo Lelio con seguridad.

Cornelia se agachó y puso la suave palma de su mano derecha en la mejilla del niño. Cayo Lelio hijo no había sentido una mano tan suave nunca. A él sólo lo había acariciado su ama de cría, que era una buena mujer, pero que tenía las manos ásperas y agrietadas por años de duro trabajo en las cocinas de sus amos. La piel de aquella mujer, en cambio, era tan suave que el niño se quedó inmóvil. Cornelia percibió el vacío en el muchacho. Su madre murió al nacer. A Cornelia le encantaba aquel niño, pero su mente de matrona romana seguía trabajando con frialdad. Las cosas debían hacerse bien.

—¿Estás seguro de que quieres que se quede aquí, Lelio? —preguntó Cornelia volviéndose a levantar y, para tristeza del pequeño, alejando su mano de la mejilla del niño.

Lelio padre asintió.

—Tu madre aún no ha vuelto —se explicaba el veterano oficial y ex cónsul— y no sé cómo o cuándo lo hará. Y no debo dilatar este viaje. Ésta es la casa más segura en Roma para mi hijo. Sé que aquí estará bien cuidado y atendido, si aceptáis cuidarlo por mí unos meses... —Lelio pensó entonces que Cornelia tenía motivos para no aceptar de inmediato—; claro, esto es, por todos los dioses, no lo había pensado, soy muy torpe a veces, si esto no te indispone con tu esposo. Quizá Graco no vea con buenos ojos que mi hijo se quede; si va a ser así...

—¿Quién pronuncia mi nombre? —dijo Graco emergiendo del vestíbulo. Acababa de regresar del Senado y se quedó no ya sorprendido porque su joven esposa tuviera una visita, sino porque uno de los más próximos, o quizá, el más próximo de los aliados de Escipión, fuera quien estaba hablando con su joven esposa en su propia *domus*.

Cornelia, mientras indicaba con un gesto a un esclavo que le quitara la toga a su esposo para que éste se quedara más cómodo con la túnica suelta, resumió la situación rápidamente.

—Cayo Lelio va a dejar Roma por unos meses en un viaje que debe realizar y me ha pedido que cuidemos de su hijo.

Tiberio Sempronio Graco entregó su toga al esclavo y se situó junto a su esposa frente a Lelio padre y a Lelio hijo.

—¿Y qué le has respondido? —preguntó Graco a su mujer.

—Le he dicho que sí —mintió con habilidad y decisión la joven Cornelia, pues aún no había dado respuesta alguna a la petición de Lelio. El veterano ex cónsul guardó el secreto y estaba a punto de intervenir para explicar que él no quería importunar a nadie y que si a Graco no le parecía bien buscaría otra solución, pero que el viaje era muy largo y no era seguro para el niño pues éste era aún muy pequeño, pero todas esas palabras quedaron en su interior porque Graco habló nada más y su mujer terminó de decir «sí».

—Pues si mi esposa ha dado su palabra, en esta casa se honra la palabra de la matrona de esta familia. Por mi parte no hay más que hablar, a no ser... —Lelio miró a Graco mostrando que estaba dispuesto a responder—, a no ser que Cayo Lelio quiera aclarar por qué aquí y no en otro lugar.

Lelio asintió.

—Ésta es la casa más segura en estos momentos frente a Catón. Si mi hijo se queda aquí, sé que cuando vuelva estará bien.

Tiberio Sempronio Graco le miró con intensidad al tiempo que se reclinaba en un *triclinium* y, de pronto, sintió que algo le unía a aquel hombre que estaba confiándole nada más y nada menos que su primogénito; pero Graco, pese a su intuición, no supo discernir qué era exactamente lo que compartían. Ambos, Graco y Lelio, habían sido atacados por sicarios de Catón, pero el ataque sobre Graco había permanecido en secreto y muy pocos sabían de las extrañas peripecias de Lelio en el pasado.

—Y este viaje... —prosiguió Graco—, ¿vas muy lejos?

—Lejos, sí —respondió Lelio con parquedad. Graco comprendió que no sacaría nada más preciso sobre el destino de aquel viaje, pero la curiosidad, no podía evitarlo, le azuzaba.

—Debe de ser un viaje importante para ausentarte de Roma tanto tiempo y tener que dejar a tu hijo bajo la custodia de otros.

Lelio replicó con vehemencia pero con un tono conciliador.

—El viaje es importante y debo hacerlo, pero, como verás, no deseo dejar a mi hijo en manos de cualquiera.

Fue Graco el que asintió ahora.

—Sea, Cayo Lelio. Tal y como ha dicho mi esposa, custodiaremos a tu hijo como si fuera propio y nadie le hará ningún mal a no ser que antes acabe conmigo.

Cayo Lelio suspiró con alivio. Se agachó entonces y puso su mano sobre el hombro del pequeño. Cornelia vio la escena con ternura y con cierta lástima. Aquel niño no había recibido muchos besos aunque, eso sí, estaba claro que sabía que su padre se preocupaba por él.

—En esta casa estarás bien. Haz todo lo que te digan, no me avergüences y antes del nuevo invierno estaré de regreso, ¿de acuerdo, hijo?

—Sí, padre. —Y Cayo Lelio se levantó entonces, saludó a Graco y a Cornelia, se dio media vuelta y desapareció en el vestíbulo tras desearles que los dioses les fueran propicios. El niño se quedó solo frente a Cornelia y Graco sin saber bien qué hacer. La joven Cornelia se sentó en una *sella* y le ofreció una aceituna de la enorme fuente de aceitunas, fruta, queso y panes que un esclavo acababa de traer.

—¿Tienes hambre, joven Lelio? —dijo Cornelia con dulzura. El niño afirmó varias veces con la cabeza y, sin dudarlo, cogió la aceituna con la mano. Se la llevó a la boca y se quedó pensando si aquella mujer que tan amable parecía le volvería a poner la mano en la mejilla alguna otra vez.

—¿Adónde irá su padre? —preguntó Graco a su esposa mientras tomaba un trozo de queso de la fuente de comida.

—No lo sé, pero presiento que está aún siguiendo alguna instrucción de mi padre.

Graco masticaba despacio.

—Eso pienso yo también —confirmó, y se quedó pensativo, pero pronto desechó cualquier duda. Escipión había muerto, Catón estaba sujeto por el pacto con el Senado. Aquel combate entre Catón y Escipión había terminado. Otros serían pronto los problemas del Estado. Las fronteras en Grecia o Hispania, por ejemplo. Era posible que Lelio estuviera siguiendo las últimas órdenes de Escipión, pero debía tratarse de algún asunto privado y, aunque Graco no podía evitar tener cierto recelo ante cualquier cosa que proviniera de su suegro fallecido, prefirió olvidar el asunto y centrarse en aquella fuente de comida, en la agradable compañía de su esposa y en la disciplinada presencia de aquel niño que no hacía más que recordarle que pronto él mismo sería padre también.

130

El fin de la representación

Marzo de 183 a.C.

Cayo Lelio acababa de salir por la puerta. Se iba de Roma por un tiempo. Había venido a agradecerle su intervención en aquella terrible noche cuando Graco le hizo ir a casa de los Escipiones con aquel complejo pacto. Plauto se quedó mirando el vestíbulo estrecho de su modesta casa del Aventino. En cierta forma, la visita de Lelio le había conmovido. Estaba seguro de que aquel veterano ex cónsul no era hombre aficionado a dar gracias a nadie y menos a un pobre escritor. Sin duda, Lelio debía estar convencido de que el pacto había evitado muchas muertes, incluso quizá el final completo de los Escipiones. Si no, no se entendía aquella visita. Con aquel hombre se alejaba de Roma uno de los grandes amigos de los Escipiones. Ojalá sólo fuera por un tiempo, como decía. Aquélla era cada vez más la Roma de Catón y, si por Catón fuera, pronto se acabaría el teatro en toda la ciudad, en toda Italia, en todas las regiones sobre las que gobernaba Roma. A Plauto no le gustaban los últimos cambios. Nunca se había mostrado interesado en política, pero ahora los cambios le afectaban directamente. Su última representación, *Casina*, había sido un nuevo éxito de público y se había representado ya numerosas ocasiones en Roma, además de para el enfermo Escipión en su exilio, que se había dormido, eso le habían dicho los actores a su regreso de Literno, pero parecía haber disfrutado hasta que la fiebre se apoderó, una vez más, del general de Roma, así lo había llamado el actor. Plauto suspiró. El pueblo deseaba otra obra más. El pueblo era el único que podía salvarle. Los ciudadanos de Roma se habían aficionado tanto al teatro que Catón podía exiliar al mejor de los súbditos de Roma, pero aún no se había atrevido a prohibir las representaciones. Pero ya habían acabado con las fiestas en honor a Baco. Todo era cuestión de tiempo. O quizá las tornas cambiaran y los Escipiones se rehicieran y recuperaran el control de Roma junto con otras familias más prohelénicas. Él no era augur y no creía tampoco demasiado en los dioses. Le habían maltratado toda su vida y sólo cuando se encaró con ellos y los maldijo, tras más penurias, llegó su vida de éxito. ¿Es eso lo que los dioses buscaban, que te enfrentaras ellos, que les retaras? ¿Premiaban acaso la osadía con felicidad?

Tito Macccio Plauto se levantó de su *sella* y fue hasta el *tablinium* donde trabajaba. Por la mesa del centro de la estancia, por los estantes de las paredes y hasta por el suelo, los rollos en griego se desparramaban en un desorden aparentemente caótico pero en el que el escritor solía encontrar con rapidez el texto que buscaba. Había leído un par de obras de Menandro que tenían buenas posibilidades de adaptación para el público de Roma. Ya había utilizado a Menandro como modelo para otras comedias. Menandro era siempre una base segura sobre la que recrearse. Se sentó para trabajar de nuevo. Su mente, no obstante, aún estaba alejada de la escritura. Escipión había muerto y Aníbal también. El pueblo había llorado con la muerte del primero y había salido a las calles henchido de júbilo hacía sólo unas días, cuando por fin, después de multitud de rumores confusos, se confirmó la muerte del segundo. Todo lo exteriorizaban, todo lo lloraban o lo celebraban. Los romanos eran impulsivos y toscos. Aún se sorprendía de que el teatro hubiera calado entre ellos, pero así fue. Quizá era que sus obras eran así: impulsivas y toscas. A él le gustaba pensar que tenía algo de los grandes maestros griegos en sus versos, pero quizá no, seguramente no.

Sacudió la cabeza. Tenía que centrarse. Tomó un pequeño cuenco lleno de *attramentum* y mojó su *stilus* favorito, pero cuando llevó su punta hasta la blanca superficie vacía del papiro las palabras no brotaron de su mente. Dejó el *stilus* sobre la mesa despacio. Aquello no le había pasado jamás. Siempre tenía palabras. Hubo veces que no tuvo dinero, ni siquiera algo que comer. Hubo un tiempo en que no se tuvo ni a sí mismo pues fue medio esclavo, pero siempre tuvo palabras en su cabeza. Ese vacío tan repentino le extrañó, pero lo vivió con la calma fría de quien ha sufrido otros muchos desastres en su vida. Recordó la muerte de Druso junto al lago Trasimeno o cuando aquellos malditos borrachos le apalearon y arrojaron al Tíber su primera obra escrita. La tuvo que recomponer toda entera, línea a línea. Fue doloroso, pero se sobrepuso porque las palabras fluían por su ser. Ahora, sin embargo, se escuchaba por dentro y sólo oía silencio. Le pareció peculiar no tener ya nada que decir, pero tampoco se levantó de su asiento ni dijo nada ni llamó a nadie. Se limitó a quedarse allí quieto, callado, mudo. El *atriense* entró entonces en el *tablinium* con un vaso de agua. Después de todo parecía que sí había pedido agua. Plauto ya no tenía claro lo que había pensado y lo que había dicho. Era todo tan confuso... El esclavo se quedó frente a él con una expresión extraña. Dejó el vaso en la mesa y acercó su rostro hasta que sintió su aliento en la nariz, lo que le pareció a Plauto completamente impertinente, pero se sorprendió de no reaccionar ante el inaceptable comportamiento de aquel sirviente. Luego el esclavo se separó y habló en voz en alta.

—¡Llamad al médico! ¡El amo está mal!

Ésas fueron las últimas palabras que Plauto escuchó. De súbito, entre perplejo y aliviado, pues se sentía enormemente cansado, comprendió que había llegado al final de su propia obra, la que él no escribía. Los dioses, al fin, habían dictado sentencia. Era un final sin aplausos. No importaba. Se alegró de no sentir dolor. Después de tantos sufrimientos en el pasado se lo debían. Una muerte limpia. El esclavo regresó al *tablinium* y quizá algún otro, ¿el médico? ¿Tan pronto? Ya sólo veía sombras y los sonidos eran inarticulados, incomprensibles. Sólo le quedó una preocupación en su mente: ¿Qué sería de sus obras? ¿Cuánto tiempo más se representarían? ¿Se acordaría alguien de él pasados unos años? Tantas palabras vertidas en tinta negra, declamadas en centenares de representaciones para luego quedar en nada. Lo consideró una lástima, pero no sintió pena de sí mismo. Había disfrutado de una buena segunda vida. Escuchó como un trueno lejano, rotundo, solemne. No lo sabía, pero era el pálpito de su último latido. Luego nada. Como una obra inacabada, como un rollo sin terminar.

131

El viaje de Lelio

Mar Mediterráneo.
Marzo de 183 a.C.

Lelio dejó Roma con el ánimo más sosegado después de haber visitado a varios amigos y, en particular, después de que el propio Graco le confirmara que la seguridad de su hijo estaba garantizada. Sólo serían unos tres meses de viaje, pero aun así, el mar era peligroso y nunca se sabía lo que podía ocurrir, por eso le había dado un plazo mucho más largo a su hijo, para no defraudarlo si las cosas se complicaban. Por otro lado, si le pasaba algo, estaba convencido de que Cornelia y Graco velarían por él como si hubiera sido engendrado por ellos. Ahora debía centrarse y ocuparse del último encargo de Publio. Había embarcado en uno de los navíos mercantes que partían para Alejandría. Se trataba de un barco de mercancías especializado en el transporte de grano. Como barco mercante apenas llevaba marinería, para así dejar espacio amplio al trigo que debía cargarse. En Ostia se reunieron cuatro barcos de esas características y una *quiquerreme* que debía escoltar al convoy en su navegación hacia Egipto. Los piratas seguían acechando por todos los rincones del Mediterráneo y Roma había empezado a escoltar sus convoyes mercantes, aunque para los comerciantes una sola *quiquerreme* era una protección a todas luces insuficiente, pero muchos eran los convoyes de mercancías que iban y venían a Roma por mar, muchos los territorios y costas que proteger y muchos también los piratas, para una flota romana que había quedado insuficiente en cuanto a número para abarcar una creciente demanda de buques de guerra que cuidaran de mercaderes, pasajeros y ciudades costeras desde Hispania hasta las costas de Asia.

En cuanto el capitán de la *quiquerreme* supo que el veterano ex cónsul Cayo Lelio iba a navegar con el convoy con destino a Alejandría insistió en que el gran general, mano derecha de Escipión, se embarcara en la propia *quinquerreme*. Lelio, conocedor de que se trataba de la invitación de un militar a otro militar movida por la admiración, aceptó con gusto.

Los días de navegación se sucedieron con tranquilidad, costeando por la península Itálica en dirección sur hasta que llegó el momento de adentrarse en mar abierto para alcanzar la costa norte de África y los marineros y legionarios se encomendaron a los dioses, pues nunca se sabía qué podía deparar el dios Neptuno cuando uno se alejaba de la seguridad de la costa. Pero los dioses no tenían ganas de causar infortunios a aquellos devotos romanos y la travesía del mar fue plácida, con aguas tranquilas y vientos favorables. Una vez que la flotilla costeaba el norte de Libia, al amparo de las playas y su bahía en caso de que una tormenta les sorprendiera navegando, el peligro era otro muy distinto: piratas. En efecto, no habían dejado aún las costas libias cuando, nada más rodear una punta de tierra, dos barcos ilíricos les cortaban el camino. O bien venían navegando desde la propia Iliria o desde las estaciones piratas de Creta. El capitán de la *quinquerreme* romana no tenía claro cómo actuar. Él era un oficial joven, no llegaba a los treinta años y, aunque veterano en las luchas terrestres de Grecia, desconocía la forma adecuada de encarar los peligros del mar. El joven oficial no dudó entonces en recurrir a alguien que había sido almirante de la flota romana en Hispania en los tiempos de Escipión.

—¡Baja a los camarotes y pide al ex cónsul Lelio que suba a cubierta, y rápido, por Hércules! —ordenó el capitán a uno de los marineros.

Cuando Cayo Lelio subió a cubierta, la *quinquerreme* se había detenido ante el avance de los dos barcos ilíricos. El ex cónsul vio que varios marineros manipulaban el ancla. El capitán del barco le recibió visiblemente preocupado pero contento.

—Dos barcos de piratas —dijo el capitán resumiendo la situación.

—Piratas de Iliria —concluyó Lelio con rotundidad.

El capitán asintió con agrado de ver que el ex cónsul sabía de lo que estaban hablando.

—He pensado... he pensado... —el joven oficial dudaba en manifestar su plan de acción, pero, al fin, se aventuró a compartir sus ideas con el veterano ex cónsul—, he ordenado fondear. He detenido el convoy. Mi idea es mantenernos junto a los navíos mercantes y protegerlos del ataque de los piratas.

Lelio asintió despacio, pero el capitán observó el ceño fruncido del viejo militar y comprendió que aquel plan no satisfacía al ex cónsul en absoluto. El capitán no era soberbio.

—Pero si el ex cónsul tiene alguna sugerencia, me sentiría muy honrado de seguir sus órdenes si cree que podemos afrontar la situación de mejor manera.

Lelio miró al capitán con sorpresa. El veterano ex almirante, en su lento ascenso político al lado de los Escipiones, y en especial, en su asistencia al Senado, estaba tan acostumbrado a la soberbia y al orgullo fatuo, que encontrarse de pronto con alguien humilde y dispuesto a recibir consejos le trajo la nostalgia de pasadas campañas. Lelio correspondió al capitán con una sonrisa breve y luego con un plan de acción muy distinto.

—Yo no fondearía. Eso es lo que esperan. Nos rodearán y se harán con el mando de dos barcos mercantes antes de que podamos hacer nada y emprenderán la huída con, al menos, uno de los buques de transporte de grano. No. Yo seleccionaría uno de los dos barcos piratas y atacaría con todo lo que tenemos. Prepararía a los legionarios, armaría a los marineros y con el *corvus* abordaría uno de sus barcos. Seguramente perderemos uno de los mercantes, pero podremos reemplazarlo con el barco pirata apresado. Los soldados tendrán que combatir, pero si son hombres valientes saldremos con fortuna de este encuentro. ¿Son valientes tus hombres, capitán?

—Mis hombres son buenos soldados, general.

Lelio volvió a sonreír y puso su mano derecha sobre el hombro del capitán.

—Entonces venceremos, capitán.

El joven oficial, al instante, dio todas las indicaciones precisas para que sus legionarios desataran el *corvus* y lo dispusieran para el abordaje, al tiempo que anulaba su orden de fondear el barco. Luego volvió su mirada hacia el horizonte. Lelio estaba junto a él, protegiendo su cansada vista del sol mirando en la misma dirección.

—¿A cuál de los dos atacamos, general? —preguntó el capitán.

Lelio respondió sin mirarle, con los ojos fijos en las velas de los barcos enemigos.

—Al primero, capitán. Han de ver que estamos resueltos a embestir con nuestro espolón al primero que se cruce en nuestro camino. El viento es fuerte, pero sería bueno que los marineros remaran también para ganar impulso. Han de sentir nuestra determinación.

—La sentirán, general, la sentirán.

La *quiquerreme* impulsada por el viento y por la fuerza de los remeros apuntó con su afilado espolón contra el primero de los buques piratas. Entre ambas embarcaciones no habría ya más de media milla y, poco a poco, la distancia iba reduciéndose. El capitán se situó en el centro de la cubierta para supervisar la preparación de la pasarela del *corvus* para el abordaje del barco enemigo, cuando, de pronto, algo inesperado les sorprendió a todos; esto es, a todos menos a Cayo Lelio.

—¡Capitán, por Cástor y Pólux, los piratas se marchan; están virando y se marchan!

El joven oficial fue de nuevo junto al cónsul. Lelio respondió antes de ser preguntado.

—Era una posibilidad y ha ocurrido. Les hemos parecido una presa demasiado rabiosa. Son sólo dos barcos y están lejos de sus bases. O bien se marchan de regreso a Iliria, o a Creta, o bien nos rodearán y volverán a fondear a resguardo del viento en la bahía en la que estaban a la espera de una presa menos decidida a defenderse. Los piratas, capitán, no son guerreros, no son cartagineses, o etolios o sirios, sino sólo piratas. Si la victoria no está clara no entran en combate. Ahora, si me lo permites, me retiraré a mi camarote. Este sol es demasiado fuerte para un viejo guerrero como yo.

El capitán se hizo a un lado a la vez que saludaba al veterano general con respeto llevándose la mano al pecho aún sin salir de su asombro: habían derrotado a dos barcos piratas sin ni siquiera entrar en combate, sólo siguiendo los consejos de aquel hombre. Si aquel ex cónsul era tan bueno, ¿cómo sería aquel otro general, Escipión, *Africanus*, bajo el que Lelio sirviera tantos años?

Los legionarios celebraron con gritos y algo de vino repartido con generosidad, pero con moderación, por el capitán, aquella extraña victoria, mientras que en el vientre de la nave, Cayo Lelio se recostaba sobre un modesto pero confortable lecho.

El resto de la travesía transcurrió sin más incidentes hasta que una noche, unas horas antes del amanecer, uno de los vigías vislumbró en la distancia el resplandeciente e inconfundible brillo de la eterna llama del faro de Alejandría.

132

A orillas del Nilo

Alejandría, abril de 183 a.C.

Lelio se encontró en una estancia repleta de rollos de papiro. No había una sola esquina donde se pudiera ver la pared. Incluso en el alféizar de la ventana que iluminaba el cuarto estaba lleno de volúmenes amontonados unos sobre otros con cuidado. El griego de Lelio era esencialmente hablado y con fines comunicativos y leerlo le costaba mucho, pero como el gran bibliotecario de Alejandría tardaba en llegar, Lelio se entretuvo descifrando algunas de las etiquetas que colgaban de los rollos que le rodeaban. Homero, Eurípides, Hesíodo, Píndaro, Alcmán, Platón, Alceo, Safo, Anacreonte, Estesícoro, Íbico eran algunos de los nombres que con paciencia iba desentrañando de entre aquel océano de textos. Sobre la mesa se acumulaban decenas de volúmenes del mismo autor: Menandro. Aquel nombre le sonaba. Estaba casi seguro de que Publio lo había mencionado alguna vez como uno de los autores griegos que le gustaban a él y a Plauto, pero en todo lo referente a la literatura, sus memorias eran siempre confusas. A la derecha de aquellos volúmenes en la misma mesa, el viejo ex cónsul desentrañó el título de un texto que el propio bibliotecario estaba escribiendo: *Hypotheseis*. Más allá de eso Lelio no acertó a entender bien lo que seguía. El manuscrito, en letra pequeña, resultaba difícil de leer para alguien no familiarizado con el griego. Lelio volvió de nuevo su mirada hacia los rollos del alféizar.

—Hoy mismo tengo que retirar esos volúmenes de allí. Mis huesos me dicen que va a llover —se escuchó a la espalda de Lelio. El ex cónsul se volvió y descubrió a un hombre aún más viejo que él, quizá tuviera diez años más, ¿unos setenta y cinco? El anciano se presentó mientras tomaba asiento detrás de la mesa—. Soy Aristófanes de Bizancio. Me han dicho que querías hablar conmigo. —E hizo una señal invitando a Lelio a sentarse en un pequeño taburete frente a la mesa. Lelio aceptó con agrado.

—Yo soy... —empezó el ex cónsul, pero Aristófanes le interrumpió.

—Cayo Lelio, general de las legiones de Roma, ex cónsul, mano derecha de Publio Cornelio Escipión.

Lelio se mostró sorprendido.

—No pensaba que un bibliotecario pudiera conocer mi nombre. Estoy impresionado.

Aristófanes sonrió con cierta condescendencia, pero sin acritud.

—Bueno, el bibliotecario de la Gran Biblioteca de Alejandría no es un bibliotecario cualquiera y además de conocer el pasado es también obligación mía estar al corriente de los sucesos relevantes del presente. Pero el ex cónsul de Roma habla griego. Yo también estoy impresionado.

—Lo hablo poco y mal, como habrás comprobado.

Aristófanes le miró con más atención antes de responder.

—Veo que el ex cónsul es un hombre que conoce sus limitaciones. Eso es muestra de inteligencia.

Lelio se quedó admirado de cómo alguien podía decirle a la cara que, en efecto, su forma de hablar griego no era muy buena y, sin embargo, tornar en halago lo que podía ser una afrenta. Aristófanes retomó la conversación.

—¿Y en qué puede ayudar un bibliotecario viejo como yo a un general victorioso de Roma? Supongo que deseas consultar algún rollo. Estaré encantado de facilitarte el acceso, aunque he de confesar que me sorprende el interés de un general por los textos escritos de nuestros antepasados. ¿Quizá algún mapa? Tenemos la magnífica colección Eratóstenes.

Lelio carraspeó.

—Sí, he oído hablar de sus mapas. Sí, sería interesante consultar los originales, pero en realidad no he venido a consultar nada específico... más bien... venía a aportar unos documentos para la biblioteca. —Y Lelio extrajo de debajo de su *toga viril* hasta ocho pequeños rollos que llevaba en una bolsa de cuero y, con cuidado, los depositó sobre la mesa del bibliotecario. Aristófanes de Bizancio tomó uno de los rollos y, con la habilidad de quien no hace otra cosa en su vida, desplegó con rapidez el principio del rollo que venía marcado con el número I. Lelio, al principio, dio un respingo, pero pronto se dio cuenta de que nadie trataría con mayor cuidado un rollo de papiro que aquel anciano que tenía delante.

—En griego —dijo Aristófanes levantando las cejas en señal de aprobación, y empezó a leer en voz alta despacio—. «He sido el hombre más poderoso del mundo pero también el más traicionado.»

—Son las memorias de Publio Cornelio Escipión, el mayor general de Roma —explicó Lelio mientras Aristófanes dejaba el rollo entreabierto, con cuidado, sobre la mesa y miraba atento al ex cónsul—. Escipión ha sufrido muchos ataques personales en Roma en la última parte de su vida. El general pensó que era conveniente que él mismo dejara su punto de vista sobre todos esos acontecimientos y sobre las guerras del pasado en Hispania, África y Asia para que así también en el futuro se pudiera oír su voz y no sólo la de sus enemigos.

—Como Catón —apostilló Aristófanes. El bibliotecario se percató de que sólo el hecho de pronunciar el nombre de aquel senador romano fue como si le hubiera asestado un puntapié en el bajo vientre al ex cónsul que tenía delante, pero observó como Cayo Lelio se contenía y se limitaba a asentir con la cabeza.

—Es por causa de sus enemigos políticos que he decidido traer estos rollos hasta Alejandría. Publio, Escipión quiero decir, tenía miedo de que si se conocía la existencia de sus memorias alguien pudiera querer destruirlas. Por otro lado he pensado que también deben estar accesibles para aquellos que quieran obtener una visión completa del pasado reciente de Roma, por eso concluí que la Biblioteca de Alejandría era el sitio adecuado para estas memorias, siempre y cuando se aceptara custodiarlas con discreción.

Aristófanes asintió mientras respondía.

—La Biblioteca de Alejandría es el sitio adecuado. Las custodiaremos con discreción. No divulgaremos su existencia y seré yo o mis sucesores en el cargo los que decidan quién puede acceder a este documento. De ese modo lo preservaremos de la larga mano de los enemigos del general.

Cayo Lelio se sintió agradecido y aliviado, pero a la vez le surgió la duda de por qué el bibliotecario se mostraba tan colaborador.

Aristófanes leyó la duda en el entrecejo del ex cónsul y decidió relajar al veterano guerrero.

—Me consta el interés de Escipión por las obras griegas y de que ha promovido la cultura helénica en su círculo de amigos y clientes en Roma. El hecho de que haya escrito las memorias en griego atestigua su interés por dar a conocer su opinión y su reconocimiento del griego como lengua de cultura. Todo eso, a mi entender, le hace merecedor de un espacio en esta gran biblioteca.

Lelio se sintió satisfecho con la explicación.

—Bien —dijo, y se levantó con la decisión propia de un hombre acostumbrado a no perder ni hacer perder el tiempo a nadie—; creo que no debo abusar más de un hombre que tiene tanto que leer y que escribir.

Aristófanes se levantó en señal de respeto y estuvo a punto de recordar el tema de los mapas de Eratóstenes, pero su intuición le decía que la mente del ex cónsul estaba ocupada en otros asuntos, de modo que permaneció en pie sin decir nada hasta que el veterano guerrero abandonó la estancia. Luego se sentó de nuevo sobre su modesta silla, tomó con cuidado el primer rollo de las memorias de Escipión y reemprendió la lectura del manuscrito con interés. El griego no era el de Aristóteles ni mucho menos, pero era correcto y sencillo. El general no había querido embellecer su relato, sino sólo narrar los acontecimientos de su intensa vida. Desde la perspectiva del gran bibliotecario de Alejandría, ésa era una sabia elección.

La caída del sol sorprendió a Aristófanes de Bizancio en la penumbra de la estancia con el volumen último del general romano en las manos. Era imposible seguir leyendo y se había prohibido a sí mismo, por seguridad, encender velas en aquel cuarto atestado de documentos valiosos. Estaba cansado. Al amanecer terminaría de leer aquellas memorias. Era la historia reciente del mundo escrita por uno de sus más importantes protagonistas. Merecían su atención y, sin duda, atraerían la atención de generaciones futuras. Debían preservarlas bien.

De la gran Biblioteca de Alejandría, Lelio se dirigió al puerto. Llegado a los muelles y, siguiendo las indicaciones que recibiera en una carta antes de salir de Roma, encontró una calle en la que se levantaban amplias casas pertenecientes a los mercaderes que se enriquecían con el dinero del comercio del trigo. Ante una de esas casas se detuvo el veterano ex cónsul de Roma. Llamó a la puerta, un esclavo abrió y le indicó que esperara en el vestíbulo. Al instante, Casio, un hombre gordo, orondo, algo más joven que Lelio, pero pasada ya la cincuentena de años, bajó y saludó efusivamente al ex cónsul.

—¡Por Cástor y Pólux, el mismísimo Cayo Lelio, aquí en Alejandría! Esto sí que son buenas noticias. ¿De paso o para quedarte entre nosotros?

—Aún no sé si me quedaré unos días o quizá más tiempo, Casio —respondió Lelio contento de reencontrarse con otro guerrero como él, alguien con el que se sentía cómodo después de muchas semanas de viajes, primero desde Literno a Roma y después de Roma a Alejandría.

—Pero pasa, pasa —invitó Casio—. Ésta es una humilde morada, pero aunque modesta, mejor así, no atrae uno a ladrones y aprovechados, no me privo de nada, y Cayo Lelio es más que bienvenido a compartirlo todo conmigo. ¿Qué deseas? ¿Vino? ¿Comida? ¿Mujeres? Te advierto que tengo las mejores esclavas de Alejandría. —Y lanzó una fuerte carcajada.

—Algo de vino estaría bien.

Casio dio un par de palmadas al tiempo que vociferaba entrando en el atrio de aquella residencia.

—¡Vino, por todos los dioses, vino, que tenemos invitados en esta casa!

Dos hermosas esclavas, jóvenes, de tez morena pero diferentes a las egipcias, trajeron vino y copas.

—Son iberas —aclaró Casio en voz baja a Lelio—. Las traje conmigo desde Hispania. Es el mejor botín de guerra que he conseguido jamás. —Y volvió a reír con potencia.

Tras unos minutos de conversación intrascendente, Lelio fue directo al asunto que le traía allí.

—Quiero saber, Casio, qué ha sido del dinero que te he enviado todos los años.

Casio, nada más mencionarse la palabra dinero, dejó la copa que sostenía en la mano, se puso serio y adoptó una actitud de mercader profesional.

—Por supuesto. Ese dinero lo ofrecí a la mujer que me dijiste y le expliqué que cada año recibiría la misma cantidad y más si lo solicitaba, tal y como me comentaste en tus cartas.

—¿Y bien? —indagó Lelio.

—Pues, la mujer al principio no, pero luego ha venido cada año a por la cantidad convenida. Muy hermosa, por cierto, aunque claro, ya es mayor, pero los primeros años he de confesar que tuve que contenerme para no hacerle proposiciones deshonestas, pero claro, tratándose de una amiga de Lelio no podía interferir. —Y sonrió, pero se contuvo y no lanzó una carcajada; Lelio permanecía muy serio—. Eso es lo que ha pasado con tu dinero. Le hacía firmar recibos. Si quieres verlos los tengo...

—No es necesario —le interrumpió Lelio—. Siempre has sido honrado. Tu palabra me basta.

Casio se sintió reconfortado por aquella confianza. Eso azuzó su memoria.

—También vino una vez a enviar una carta a Escipión —dijo el mercader con cierta admiración.

—La carta llegó. Hiciste bien en hacerla llegar.

Casio estaba henchido de orgullo, el suficiente para acallar su curiosidad que le pedía preguntar sobre la importancia de aquel mensaje, pero la sequedad en la respuesta de Lelio no invitaba a seguir en esa dirección.

—También vino un día a rezar.

—¿A rezar? —preguntó Lelio extrañado.

—Sí.

Se hizo el silencio. A Lelio le pareció peculiar aquello, pero Netikerty era así: imprevisible. No le concedió más importancia a ese asunto y volvió a su habitual estilo directo.

—¿Sabes dónde vive esa mujer? —inquirió el ex cónsul.

—Bueno, sí. La verdad es que tampoco se oculta. Siguiendo tus instrucciones decidí asegurarme de que vivía sin ser molestada y el primer año la hice escoltar hasta su casa, e igualmente el resto de años, para que no le robaran de camino a su casa. Vive en una humilde casa, en el barrio de los nativos egipcios, justo a la ribera del Nilo. Es un lugar tranquilo si eres egipcio. En estos días todo anda revuelto, especialmente desde que Antíoco atacó Egipto hace unos años y el faraón decidió rearmar a los nativos; ahora no les gusta ver extranjeros por ese barrio, pero como la mujer es egipcia, nadie la molesta.

Lelio asintió. Se sentía más tranquilo. Bebió el vino que le quedaba en su copa y se levantó.

—¿Puede acompañarme uno de tus esclavos hasta ese lugar?

Casio se levantó también, aunque lo pesado de su barriga hizo que sus torpes movimientos requirieran de bastante tiempo para poder imitar al ex cónsul.

—Siempre tan al grano. Está visto que los años no pasan por ti, siempre en tensión. Sin descanso. Sí, claro, por supuesto. —Y dio una nueva palmada. Un hombre egipcio, de unos cuarenta años, apareció en el umbral de la puerta del vestíbulo—. Es mi *atriense*, lleva conmigo varios años. Habla demótico, griego y algo de latín. Es de confianza. Él te conducirá. —Y dirigiéndose al esclavo añadió una orden hablándole pronunciando cada sílaba, como si su interlocutor fuera tonto—. Acompañarás a este amigo a la casa de la mujer que viene cada año a por el dinero que llega de Roma. Indícale dónde está su casa y obedece a este hombre en todo lo que te diga.

—Sí, mi amo.

Casio, desde la puerta de su casa, vio a Cayo Lelio alejarse con su habitual paso rápido y resuelto adentrándose en el corazón de la ciudad.

El *atriense* se detuvo al principio de una calle y en un mal latín explicó a Cayo Lelio que la última casa, la que estaba más próxima al río, era la de la mujer que buscaba. A Lelio, que había visto como aquel esclavo le había conducido con presteza por las amplias avenidas primero y luego por la compleja red de estrechas calles junto al río, no le pareció que aquel *atriense* fuera tonto.

—Bien. Espérame aquí.

Lelio caminó descendiendo por la calle, pues allí todas las travesías bajaban hacia la ribera del Nilo como si cada callejuela fuera parte de una pléyade infinita de minúsculos afluentes que terminaban en la planicie inmensa del gran río. Cayo Lelio se detuvo frente a la puerta de la que debía ser la casa de su antigua esclava Netikerty.

Netikerty.

El nombre de la mujer que una vez llegó a amar. Cayo Lelio inspiró profundamente. Se sentía estúpido por estar nervioso. Él era un ex cónsul de Roma y aquélla era sólo una egipcia que en el pasado fue esclava suya, a la que manumitió y perdonó la vida más por el deseo de Escipión que por el suyo propio. Luego, pasados los años, agradeció que Publio le hubiera obligado a actuar de esa forma. Tener a su propio hijo le había cambiado la perspectiva de las cosas. De pronto todo gira en torno a tu pequeño vástago y te das cuenta de que los odios y envidias o luchas o guerras del pasado, todo parece insignificante en comparación con tu ansia por proteger a tu hijo. Todo eso se lo debía a su joven esposa muerta. Una matrona sin tacha a la que nunca llegó a amar, pero a la que respetó y trató con toda la dignidad que supo por deferencia a Escipión, a la familia de su esposa y a ella misma. Lelio no deseaba el mal de nadie, pero realmente amar, lo que era amar sin límite, eso sólo lo había conocido una vez aunque entonces, como les ocurre a muchos hombres, o eso había leído Lelio en algún sitio, no se había dado cuenta. Y, sin embargo, ahora estaba a punto de volver a ver a esa mujer que, sí, era cierto, sólo fue una esclava y él era todo un poderoso ex cónsul de Roma, pero ¿qué importaba todo eso cuando se trataba del amor, de la vida o la muerte? La mente de Cayo Lelio era un confuso torbellino de sentimientos y sensaciones cuando reunió el coraje para golpear con sus nudillos sobre la madera vieja de aquella puerta.

Sus golpes secos resonaron en su interior aunque en aquella calle angosta apenas se oían por encima del murmullo constante de conversaciones, carros, gritos de niños o de mercaderes, risas, y voces en todo tipo de lenguas que conformaban el bullicio permanente de las arterias de Alejandría.

La puerta no se abrió y Lelio golpeó una vez más, sólo un golpe, como quien duda si es mejor volver a llamar o no, de modo que lo hizo dándose ya un poco la vuelta, suspirando, pensando que quizá todo aquello era una tontería y que, a fin de cuentas, había hecho lo que había venido a hacer: había puesto a buen recaudo las memorias de su gran amigo, del general de generales. Ahora sólo le restaba regresar a Roma y cuidar de su hijo, protegiéndole del incansable acoso de Catón y sus secuaces. Sí, debía reunir fuerza suficiente en su pecho para afrontar esa última guerra. Una guerra intestina y silenciosa que se lucharía en el Senado, debate a debate, y luego en innumerables fronteras. Debía educar a su hijo con inteligencia y con energía pues sólo así podría sobrevivir.

En ese momento, la puerta se abrió y Cayo Lelio se volvió de nuevo hacia el umbral. Una mujer madura estaba bajo la luz del sol que caía sobre ella acariciando con sus rayos una piel oscura acostumbrada a aquellos baños de calor intenso de la emergente primavera egipcia.

Lelio no dijo nada. La mujer tampoco.

Se limitaron ambos a observarse durante unos lentos instantes, sin prisas. Al fin, la mujer habló primero:

—Ha pasado mucho tiempo, general.

Él asintió aún sin hablar. Netikerty había empleado la palabra general para referirse a él. No le pareció mal. Ya no era su amo y le gustaba que le recordara como alguien poderoso.

—Mucho tiempo, en efecto, Netikerty —respondió él exhalando aire con parsimonia—, ¿puedo pasar?

Ella no habló, pero se hizo a un lado facilitando que Lelio entrara en su casa. El ex cónsul de Roma paseó su vista por la estancia y descubrió cosas que le extrañaron. Había ropa por limpiar en una esquina, amontonada con cuidado y ropa limpia al lado doblada, pero lo curioso es que no sólo había túnicas de mujer, sino otras mucho más grandes que no podían valer para Netikerty y otras más manchadas, y varios pares de sandalias, algunos apropiados para la mujer que fue su esclava, pero otros eran, al igual que algunas túnicas, mucho más grandes. Eran sandalias de hombre y de un hombre grande y fuerte. Contempló entonces la faz de Netikerty y, a la luz del sol que entraba por una pequeña ventana, reencontró unas facciones de contornos suaves con muy pocas arrugas pese a la edad y los trabajos de la vida; un rostro atractivo pese a los años como el de quien se hace mayor al amparo del paso de un tiempo que le trata a uno con ese cariño que sólo reserva para las personas que envejecen con una conciencia tranquila. Lelio se sentó en una silla. Netikerty se situó junto a la ventana. Y no sólo su faz, sino el cuerpo esbelto, delgado, que se adivinaba bajo la túnica de la mujer la seguían haciendo claramente atractiva para cualquier hombre. Era normal que viviera con alguien y, en cierto modo, Lelio se alegró de saber que no estaba sola, que alguien la protegía, aunque a la vez sentía una rabia extraña que le corroía las entrañas, pero nada podía hacerse. Ya no era su esclava.

—Veo que vives con alguien —dijo Lelio.

Netikerty, más por ocupar sus manos y su mente que por ser hospitalaria, se entretuvo vertiendo agua en un vaso y cortando unos trozos de queso que ofrecer a su inesperado invitado.

—Sí.

—¿Te trata bien? —inquirió Lelio mientras tomaba un pedazo del queso que Netikerty le acercaba en plato de arcilla.

—Sí, me trata bien. Es un buen hombre y es alto y fuerte. Y me protege, sí.

—Entiendo. —Lelio dejó el queso de nuevo en el plato. De pronto ya no tenía hambre. Había pensado en quedarse y hablar un rato, pero ahora todas las palabras pesaban una barbaridad y moverlas era costoso. Hizo un último intento—: Casio me dijo que le has visitado poco, alguna vez por dinero y una vez, creo que dijo, ¿para rezar?

—Para hacer una plegaria a los dioses romanos, sí. Una vez —dijo

Netikerty, y estaba a punto de contarlo todo, de decirlo todo, de sincerarse, pero sentía que Lelio no estaba allí con su mente y no estaba segura, una vez más, de qué era lo correcto.

Lelio se levantó y se aproximó a la puerta mientras decía las que debían ser sus últimas palabras en aquella casa a la que, ahora estaba seguro, nunca debía haber ido; el pasado es mejor dejarlo como está y no tocarlo.

—De todas formas, seguirás teniendo dinero en casa de Casio por si alguna vez te hace falta. —Y, sin mirar atrás, encaró la puerta para salir. Netikerty, a su espalda, tomó con una mano el vaso de agua que Lelio ni tan siquiera había probado y el plato de queso con todos sus trozos intactos y fue a decir algo, pero para cuando levantó la vista, Cayo Lelio ya había desaparecido y ante sus ojos aún perplejos por aquella fugaz y sorprendente visita sólo estaba la luz blanca del sol. Netikerty corrió a la puerta y pensó en llamarlo y hablarle y decirle y contarle, pero al asomarse sólo vio la espalda de un hombre poderoso que se alejaba, una vez más, sin tiempo para aclarar nada, y sacudió levemente la cabeza, cerró los ojos y suspiró, y cuando volvió a abrirlos pasó algo extraño. Justo cuando Lelio alcanzaba el lugar donde le esperaba un esclavo que Netikerty reconoció en seguida como el *atriense* de Casio, por la esquina de la calle apareció la figura joven, alta y fuerte de su hijo Jepri. El muchacho, uniformado como soldado de la policía del Nilo, venía a casa de su madre, donde vivía, pues aún no había buscado esposa. Jepri y Cayo Lelio se cruzaron sin conocerse y Netikerty vio que Lelio miraba a aquel joven soldado y observó como el general de Roma volvía su cabeza y seguía con la mirada a Jepri, que caminaba sin detenerse hasta que debió sentir algo raro al ver que su madre miraba hacia lo alto de la calle, pero no hacia él, sino hacia alguien que estaba detrás de él. Jepri se detuvo entonces y miró por encima de su hombro. Las miradas de Jepri y Cayo Lelio se cruzaron un segundo. No se saludaron, no se dijeron nada, pero ni Jepri se sintió incómodo porque aquel oficial romano le mirara ni Lelio se puso nervioso. Los dos hombres dejaron de mirarse y Jepri continuó caminando hacia su casa donde su madre le esperaba. Lelio se quedó allí, petrificado, inmóvil observando como Jepri saludaba con un beso en la mejilla y usaba una palabra, que aunque él no podía entender egipcio, sin duda, significaba «madre». Observó también que el joven soldado tenía una larga cicatriz que se veía por la espalda desnuda de protecciones en medio del calor de aquella mañana y Lelio recordó una noche en la que se despertó con sueños extraños aterrado por que le hubiera pasado algo a su pequeño hijo en Roma y como Netikerty había ido a rezar a los dioses romanos en casa de Casio, y todo encajó en su mente en un momento, como un destello. Cayo Lelio miró hacia abajo, hacia la puerta donde Netikerty seguía inmóvil. Netikerty había dejado pasar a aquel joven hombre al interior de la casa, pero aún permanecía en pie y vio que su mejilla izquierda resplandecía por el reflejo de la luz del sol que, seguramente, provocaba una lágrima en su lento descenso. Lelio permaneció quieto, sin decir nada. El *atriense,* que no entendía qué pasaba sintió, con la agudeza del servidor inteligente, que aquél era un momento íntimo para aquel oficial romano y se alejó hacia lo alto de la calle. Lelio no se acercó ya a Netikerty ni volvió a verla nunca más, pero hizo dos cosas muy pequeñas y muy grandes al mismo tiempo: asintió levemente y sonrió con sinceridad. Netikerty se limpió la lágrima muda de su mejilla cálida por el sol y asintió a su vez a modo de respuesta. Luego entró en su casa y cerró la puerta sintiendo algo muy parecido a la paz.

Cayo Lelio se acercó al *atriense*.

—Llévame de vuelta a casa de Casio, rápido.

—Sí, mi señor.

Y esclavo y ex cónsul reemprendieron el camino de regreso hacia los muelles del puerto de Alejandría. Cayo Lelio avanzaba en silencio, ensimismado en sus propios pensamientos, rumiando con tiento si había hecho lo correcto o no, pero cuanto más vueltas le daba en su cabeza más se reafirmaba en que todo estaba bien. Aquel muchacho era un soldado de Egipto y su lugar estaba allí, en aquel país, en aquella ciudad, con su madre egipcia. Él tenía su propio hijo romano en Roma, a quien debía cuidar y educar. Ésa era su obligación y a ello debía dedicar sus últimos años. Eso sí, se aseguraría de que, por lo que pudiera traer el futuro, hubiera siempre dinero en casa de Casio para Netikerty, tal y como le había prometido. Ella no había pedido más, no había dicho más, luego debía de pensar que eso era lo mejor para todos y si recordaba algo de su relación con Netikerty era que aquélla era una mujer de gran agudeza para interpretar y entender a los hombres y su forma de ser. Todo estaba bien así. Y asentía con la cabeza en silencio mientras caminaba por las calles de la populosa Alejandría y se reafirmaba en su decisión: sí, el pasado es mejor no tocarlo, pero eso sí, era infinitamente agradable poder sentir que aquello que creía perdido para siempre, lo había recuperado. Había dedicado años a intentar olvidar a Netikerty, pero ahora, sin embargo, sabía que podría recordarla siempre porque el rencor de antaño había quedado borrado con un breve pero inmenso cruce de miradas.

133

Un discurso en el Senado

Roma.
Abril de 183 a.C.

Catón sabía que el joven Escipión no tenía la edad para entrar de forma oficial en el Senado y, además, él mismo, Catón, como censor en el período de aceptación de nuevas incorporaciones en el Senado, podía decidir sobre si el joven Escipión tenía derecho a ocupar el lugar de su padre en la *Curia* o no. Mil veces estuvo tentado de obrar con la frialdad de la ley y denegar la petición del joven heredero de su eterno enemigo, pero Marco Porcio Catón era un estratega en política y ponderó la situación con detenimiento infinito. Lo sopesó todo. La exhibición pública de dolor en la que Roma se sumió al conocerse la muerte efectiva de Escipión padre no podía despreciarse. Sí, la ley estaba con él, con el censor, y atendiendo a la letra de la ley podía denegar el acceso al joven Escipión al Senado durante unos pocos años, pero, al final, la edad cura la juventud y el muchacho ingresaría de todas formas en el Senado. Además, muchos de los amigos de los Escipiones estaban argumentado la excepcionalidad de la vacante que se había creado en el Senado porque el que había fallecido era precisamente el *princeps senatus* y, en consecuencia, tenía aún mucho más sentido no reparar tanto en la edad del hijo que debía reemplazarlo, no como *princeps*, eso era absurdo, pero si ocupando un asiento en la *Curia*. Por el contrario, pensaba Catón, si ahora cedía y dejaba que el joven Escipión se integrara en la gran asamblea de Roma ocupando el lugar de su padre, Marco Porcio Catón, el siempre implacable, aparecería, sin embargo, como magnánimo, compasivo ante el enemigo derrotado y, más allá de lo que ganaría su imagen ante el pueblo y ante los senadores menos proclives a su dureza, además de todo eso —y aquí Catón sonrió para sus adentros mientras cruzaba ya entre la *graecostasis* y el *senaculum* en dirección al edificio del Senado—, además de todo eso, si el joven Escipión ingresaba ya en la *Curia*, su propia juventud le conduciría inexorablemente a moverse con torpeza en las sesiones del Senado dejando siempre grandes posibilidades para ser ridiculizado por él mismo o por Spurino, por Quinto Petilio o por cualquier otro de sus partidarios. En pocos meses el muchacho sería el hazmerreír de Roma y la palabra Escipión dejaría de asociarse con el viejo héroe invencible ya fallecido y pasaría a ser casi el equivalente a llamar a alguien estúpido o bobo. No. No lo dudó. Aceptó la petición de la familia de los Escipiones cursada por Lucio Cornelio, el tío del interesado. Que entre el joven Escipión en la *Curia*. Esa misma mañana se ocuparía él mismo, Marco Porcio Catón, de que comprendiera su error. Pero para entonces ya sería tarde y el joven nuevo senador se vería en la triste obligación de tener que asistir a todas las sesiones, una tras otra, en silencio siempre ya para no escuchar las carcajadas de desprecio hacia su persona.

Y como un torbellino, saludando con leves asentimientos a sus más próximos, Marco Porcio Catón irrumpió aquella mañana de primavera del año 571 desde la fundación de la ciudad en el edificio de la *Curia*.

Para el joven Publio todo el principio de la sesión pasó casi como por ensalmo. De pronto era su turno para hablar. El presidente le concedió la palabra. El joven Publio se levantó entonces despacio. Parecía que tenía miedo, pero había estudiado cada movimiento con la misma atención con la que su padre preparaba las maniobras de cada manípulo en una batalla. Ésta era su gran batalla campal, su Zama, su Magnesia, y el joven Publio, ahora reconvertido en heredero del inmenso legado en popularidad de su padre, lo sabía. Esto era la guerra, la guerra de verdad, a veces incluso tan o más auténtica que la que se libraba en las fronteras de los dominios de Roma. Era la guerra en las entrañas del Senado, era la lucha sin condiciones ni reglas. Todo parecía estar regulado, pero todo valía. Todo. Y para empezar, el joven Publio estaba dispuesto a aparentar lo que no era. Tenía pensado empezar de forma dubitativa, débil, floja, decepcionante para los seguidores de su padre, de forma que los enemigos, empezando por Marco Porcio Catón, le infravaloraran de medio a medio. Esto último no requeriría de gran esfuerzo.

—Soy... soy... Publio... Publio Cornelio Escipión... el heredero de mi padre. —Y algunas carcajadas emergieron desde los bancos donde Catón, rodeado por Spurino, por Quinto Petilio y tantos otros correligionarios no pudieron evitar exhibir amplias sonrisas ante semejante tautología—. Soy el heredero de una de las más poderosas familias de Roma. No... quiero decir... —Las risas proseguían; se aclaró la garganta y elevó un poco la voz—. Soy el heredero del hombre que más ha dado por Roma y acepto servir a Roma desde el puesto de senador que mi padre ocupaba con honestidad y orgullo en esta misma sala, en la *Curia* de Roma, y espero hacerlo —continuaba ya con algo más de seguridad y elevando aún más el tono de voz hasta alcanzar un volumen de dignidad razonable—, espero hacerlo con la misma honradez y con el mismo acierto con el que lo hizo mi padre. Los Escipiones, pese a todo lo acontecido, tienen representación en este cónclave y procuraré que eso nunca se olvide. —Y miró a su tío Lucio Cornelio, que asintió, y al presidente, y éste, por su parte, más por deferencia al padre fallecido de quien había hablado que por el pobre discurso que se acaba de pronunciar, asintió también y el joven Publio retornó a su asiento desde el centro de la sala y exhaló un audible suspiro al sentarse.

Como era de prever, como todos esperaban, Marco Porcio Catón solicitó permiso al presidente de la sesión para hablar. Todos lo tenían claro: iba a apisonar al joven Publio como si el propio Catón fuera una estampida de elefantes. Del joven senador de los Escipiones no iba a quedar ni el recuerdo cuando Catón se sentara una vez finalizada su afilada diatriba. Emilio Paulo, Silano, el propio tío del joven Escipión, Lucio Cornelio, y el resto de seguidores y amigos del fallecido Publio, lamentaban la floja intervención del joven Senador, que, en honor a la justicia, tampoco había estado mal considerando que era su primera intervención en el Senado, pero es que todos ellos, por la irracional esperanza que siempre albergamos de que los que queremos cumplan a plena satisfacción nuestras más absurdas expectativas, habían esperado algo mejor del joven Publio. Ahora, sin embargo, todos tenían claro que ante el contraataque que se avecinaba del más pérfido, hábil y elocuente de los senadores, Marco Porcio Catón, aquella presentación del joven Publio era un muy endeble parlamento. Pero ya no se podía hacer nada. Sólo quedaba resistir con coraje la andanada de insultos y humillaciones que Catón tendría preparabas desde hacía semanas, desde el mismo día en que se supo que el joven Publio regresaba a Roma para ocupar el lugar de su padre en el Senado. Desde ese mismo día Catón habría estado preparando las palabras que iba a pronunciar y más aún al haber estado él mismo en posición, como censor, de aceptar la solicitud del joven. Las habría medido, cada palabra, las habría sopesado, las habría ensayado a solas, o con los Petilios, las habría memorizado una y mil veces y, ahora, en ese instante iba a arrojarlas contra el joven heredero de los Escipiones para masacrarlo y que quedara bien claro quién era el que controlaba de una vez por todas y durante muchos años el Senado de Roma.

—Sea bienvenido nuestro nuevo joven senador —empezó Catón con un tono cordial y una extraña y difícil sonrisa dibujada en el rostro—. Sí, siempre es una gran noticia que sangre nueva entre en el Senado. —Y estallaron las primeras carcajadas por el juego de palabras del veterano censor de Roma, y es que los hombres nuevos eran aquellos que llegaban a cónsul cuando nadie antes de su familia lo había hecho; aplicar el apelativo de hombre nuevo a un Escipión era, cuando menos, un grave insulto, y en seguida se alzaron Lucio Cornelio, Emilio Paulo, Silano y varios amigos más de los Escipiones; Tiberio Sempronio Graco se limitaba a sacudir la cabeza; le entristecía ver como un inexperto senador iba a ser devorado por la furia irrefrenable de Catón; por su parte, Catón, como quien cae de pronto en la cuenta de su error al haber usado el apelativo de hombre nuevo, levantó las manos pidiendo aparentes disculpas y se corrigió con rapidez—. Quiero decir que siempre es bueno que entre sangre joven en el Senado. Siempre es buena la juventud —dijo clavando sus ojos en los que se habían levantado y éstos, ante la corrección pública del censor, se sentaron de nuevo, insatisfechos, pero poco más podía hacerse si Catón se corregía ante todos. Y prosiguió así, Catón, con su discurso—. Sí, siempre es bueno que la juventud, aunque inexperta, entre en el Senado, incluso si es, como es el caso, de esta forma tan excepcional. Sé, pues —y miró entonces fijamente al joven Publio—, sé, pues, bienvenido al Senado, joven Publio Cornelio Escipión, sé bienvenido y siéntete cómodo, Publio Cornelio Escipión. —Al joven senador no se le pasó por alto la insistencia con la que Catón quería asociar ese *praenomen, nomen* y *cognomen* con su propia persona y no con la de su padre—. Sí, sé bienvenido porque ésta será tu casa igual que es lo es para nosotros. Todos te escucharemos con atención, porque cómo evitar escuchar al que tan grandes hazañas ha realizado en el campo de batalla; cómo no escuchar a quien ha conquistado un pequeño trozo de falange enemiga en una batalla del que luego ha tenido que ser rescatado. —Risas entre los seguidores de Catón nuevamente se levantaron los amigos de los Escipiones, mientras, el joven Publio, serio, permanecía sentado con sus ojos fijos en un Catón que proseguía, divertido, con su fácil, sencillo, pero eficaz discurso—. Cómo no vamos a escuchar a quien se deja atrapar por el enemigo y es devuelto a Roma tras dudosas negociaciones. —Insultos y puños blandidos amenazadoramente desde los bancos de los seguidores de los Escipiones—. Perdón, perdón, ¿he dicho acaso algo incierto? —Y Catón, sin arredrarse un ápice, levantó el volumen de su voz para hacerse oír con claridad por encima de todos los improperios que sus enemigos políticos lanzaban contra él—. ¿Acaso nuestro nuevo joven senador no ha sido apresado por el enemigo? ¿Acaso nuestro joven nuevo senador no cruzó una falange enemiga antes de que la posición estuviera asegurada? ¿Acaso digo mentiras o sólo expreso realidades? Pero sea, sea, sea, hoy es día de bienvenida. —Y alzó las manos en señal de que parecía pedir un respiro, una tregua. Los insultos se diluyeron y todos recuperaron sus asientos—. Sea, sea, quizá me he adentrado en territorios confusos y no es lo pertinente en un discurso, como pretendía ser el mío, de bienvenida a un joven nuevo senador. —El silencio parecía restablecerse y Catón no dudó un instante en aprovechar la circunstancia para rematar a su contrincante en ese momento en que uno, algo exhausto, baja la guardia para recuperar el aliento perdido—. Sé, pues, joven Publio Cornelio Escipión, bienvenido, y que tu inexperiencia, tu juventud y tu estupidez no impregne ni un solo rincón de esta sala, pues sólo así el Senado de Roma seguirá decidiendo con sabiduría sobre el futuro de esta gran república. Por otro lado, *Ceterum censeo Carthaginem esse delendam* [Y además opino que Cartago debe ser destruida].

Y así, entre una igualada mezcla de insultos y aplausos, Marco Porcio Catón abandonó sonriente y relajado el centro de la *Curia Hostilia*. No sólo había estado bien sino que había disfrutado como hacía tiempo. En una misma intervención había ridiculizado al joven hijo del que hasta hace poco era su más acérrimo enemigo y, a un tiempo, se había sacudido el sinsabor de aquella absurda última votación perdida contra Graco. A éste último le dedicó una mirada mientras se alejaba del centro de la sala, como diciendo, «que te quede claro quien manda aquí; ganaste aquella votación, cuando aún había un Escipión de verdad con vida, pero ahora no hay nada más que un petimetre, un fantoche de aquella misma familia que no vale nada, a parte de su tío condenado y liberado sólo por un pacto que ya nunca se repetirá; nadie te va a seguir, Graco, contra mí; que te quede claro». Y Tiberio Sempronio Graco leyó con rapidez aquella mirada, la interpretó bien e inspiró con profundidad y, al igual que Lucio Emilio y el resto de los seguidores de los Escipiones, lamentó que el joven senador no se hubiera presentado con algo más de gallardía. Un contrapeso a Catón vendría bien y él, Graco, sabía, que él sólo no era suficiente. Aquella era la Roma de Catón. Era lo que había y nada podía hacerse ya. Pensó entonces en cómo dibujar con tintes menos horribles aquel debate para que su joven esposa no sufriera al saber de la incontestable derrota de su hermano en el Senado. No, no se votaba nada aquel día, pero se medían fuerzas para el futuro y el pulso había sido demoledor en favor de Catón.

Publio Cornelio Escipión miraba al suelo. Era la imagen misma de la derrota. Era como Antípatro en Magnesia al ser arrasado por los arqueros de Pérgamo, sólo que él, Publio, ni tan siquiera había iniciado la carrera con sus carros escitas. Sí, sus tripas se le desgarraban por dentro. Las palabras de Catón, su retahíla interminable de insultos y humillaciones, se mezclaban en una confusa maraña de pensamientos con las palabras de su padre en su lecho de muerte: «Tú, hijo, debes combatir en el Senado, con la palabra, algo que manejas mejor que yo. El viejo Icetas, vuestro pedagogo, siempre alababa tu retórica, pero yo, cegado como estaba, me interesaba más por tus avances en el adiestramiento militar con Lelio, pero Catón, hijo, Catón me ha derrotado con palabras. Tú, en cambio, con tus propias palabras influiste en mí la noche fatal en la que podría haber mandado a todos nosotros al infierno. Sí, hijo, tus palabras influyeron en mí notablemente. Más de lo que imaginas. Hablas bien. Sabes hacerlo. Ése es tu don. Tú debes volver a Roma, al Senado, ocuparás mi asiento en el edificio de la *Curia* y desde allí contraatacarás.» Y se mezclaba también la diatriba inmisericorde de Catón con las palabras del mismísimo Aníbal: «Eres bueno con las palabras, hijo de Escipión. No sé si serás bueno en el campo de batalla, pero eres listo eligiendo las palabras. Quizá en eso seas más hábil que tu padre; quizá ésa sea tu arma y no la espada.»

Ahora quedaba sólo saber quién tenía razón, después de todos aquellos años, después de todas aquellas derrotas en el campo de batalla donde nunca había estado a la altura de su padre. Publio Cornelio Escipión se levantó con decisión y si hubiera tenido una espada la habría hecho girar trescientos sesenta grados trazando un círculo invisible anunciando a todos que un Escipión entraba en combate. Y dio un par de pasos al frente. ¿Quién tenía razón sobre su persona: Escipión y Aníbal o aquel implacable censor de Roma?

—Me gustaría, presidente, poder responder al discurso de bienvenida del senador Marco Porcio Catón.

Aquello era algo irregular, pero tampoco parecía que hubiera motivo alguno para negarle la palabra al nuevo senador. El presidente, pese a todo, cauteloso y consciente de quién era el nuevo gran poder en el Senado, miró a Catón con cierta reticencia a conceder la palabra. Catón se dio cuenta de que todos le miraban. Negarle la palabra al joven Publio sería una muestra innecesaria de debilidad. Nada había que pudiera decir aquel joven imberbe que pudiera ni tan siquiera sacudir lo más mínimo la fortaleza de su posición en el Senado ni minimizar en algo el ridículo en que aquel jovenzuelo había quedado ante los *patres conscripti*. Sería una pataleta pública de un joven engreído y dolido que se ridiculizaría aún más ante todos los presentes. Que hablara. Si el muchacho quería entrar ya en su sepulcro, que lo hiciera. Y Catón asintió levemente al presidente de la sesión y éste, a su vez, le concedió la palabra al joven Publio, quien, una vez más, se dirigió al centro de la sala, pero que en esta ocasión no avanzó ya con pasos pequeños y lentos sino con el aplomo de alguien que se siente extrañamente seguro.

—Gracias a Catón por sus amables palabras. Sí, mi nombre es el de Publio Cornelio Escipión. He oído muchas risas hoy ante estos *praenomen, nomen* y *cognomen*, pero os aseguro que nuestros enemigos en Cartago Nova, Ilipa, Baecula, Útica, *Campi Magni*, Zama o Magnesia no se ríen tanto cuando alguien se atreve a susurrar tan siquiera esos tres nombres en voz baja. No, allí nadie se ríe. Ni tan siquiera se atreven a decirlo en voz alta. Desde Hispania hasta Oriente, el nombre de Publio Cornelio Escipión silencia al mundo de la misma forma que ahora se ha hecho el silencio en esta sala. —Con esa fuerte entrada, captada la tención de todos, el joven Publio se dirigió directamente a Catón, que seguía mirándole con evidente desdén—. Sí, gracias al venerable Catón por sus palabras, aunque, he de decir, debe de ser por inexperiencia, sin duda, que si esto es un discurso de bienvenida no quiero pensar lo que será un ataque. —Las risas de sus partidarios fueran inevitables y, para preocupación de Catón, que parecía tener ojos en el cogote, las sonrisas de algunos de sus seguidores también; había sido una ocurrencia graciosa; hacía tiempo que nadie usaba el sentido del humor con finura en aquella sala. El joven senador continuaba hablando—. Ya me lo decía mi padre: hay en el Senado quien hasta para halagar salpica con la saliva. —Aquí las sonrisas de los partidarios de Catón se borraron y empezaron algunos insultos—. Perdón, perdón, por todos los dioses, ¿he sido grueso o inoportuno?, debe ser mi inexperiencia, mi juventud, quizá mi estupidez. Pero supongo que si alguien de tanta experiencia como el senador Marco Porcio Catón puede cometer un desliz al referirse a alguien de mi familia como hombre nuevo, igual es más probable que yo, joven e inexperto senador, cometa más deslices y diga cosas como que por donde pasa nuestro querido y venerado Catón la rebelión germina como regada por la impericia e incapacidad en el gobierno de una provincia, como todos sabemos que ha pasado con Hispania. —Los insultos y los gritos se transformaron en un vociferio brutal, pero el joven Publio aulló a pleno pulmón, y eran pulmones fuertes y jóvenes—. Una Hispania que mi padre apaciguó con conquistas y pactos y que Catón incendió hasta que al poco tiempo de su regreso el oro y la plata de las minas del sur de Hispania apenas si llega hasta nuestras arcas. Gran victoria, sí, gran general. —Y detuvo su discurso para que el presidente intentara infructuosamente durante varios minutos acallar el griterío incontrolable de los seguidores de Catón. Aprovechó Publio para darse la vuelta y mirar hacia los suyos: su tío Lucio, Emilio Paulo, Silano, todos le miraban con los ojos abiertos, sorprendidos, admirados, agradecidos. Publio inspiró con fuerza y se volvió de nuevo para encargar a sus enemigos, que habían reducido algo el volumen de sus improperios—. Perdón, disculpas a todos los *patres conscripti*, este joven senador ha debido cometer un desliz y se disculpa por ello. La rebelión en Hispania debe tener sus orígenes en alguna otra causa que desconocemos. —Se calmaron algo los ánimos, pero Catón, con los labios bien apretados estaba ya muy, muy pendiente de cada palabra; no sabía si interrumpir o dejar que aquel imbécil acabara su discurso, aunque ya no estaba seguro de si trataba con un estúpido o con un loco, que es aún peor. El joven Publio proseguía—. Pero, ¿qué quería recordarme Marco Porcio Catón con su discurso? ¿Que yo no soy como mi padre? Por supuesto que no. Ni yo ni el propio Catón ni nadie en esta sala, donde abundan los hombres valerosos, es como mi padre. No hay en esta sala nadie, pese a toda la valentía que se congrega en ella, que llegue a calzarle las sandalias a Publio Cornelio Escipión, *Africanus*. Y eso lo saben en este lado de la *Curia* —y señaló hacia sus seguidores—, igual que lo saben en los bancos de enfrente. Lo saben todos. Que mis opiniones no valen, entonces, porque no soy como mi padre, ése y no otro parece ser el gran argumento del censor de Roma para desacreditarme cuando aún ni tan siquiera he podido defender una ley o una moción entre mis muy respetados *patres conscripti*. Sí, eso le gustaría a Catón. Que no hable nunca. Eso le gustaría Catón. Que no existiera ya ningún Escipión. Eso le gustaría a Catón. Pero sea como sea yo vivo, yo existo y yo soy un Escipión, mucho más endeble y débil y flojo que mi padre en el campo de batalla, como lo es cualquiera en esta sala, pero en el Senado éste es mi primer día, y que sea el Senado, cada uno de vosotros, *patres conscripti*, los que me juzguéis por mis intervenciones y no a través de los evidentes prejuicios de otro senador, no importa la valía de este otro senador; no, que sean mis parlamentos los que hagan que se vote contra mis ideas o a favor de ellas, pero que no se me juzgue por las palabras emponzoñadas por la envidia hacia mi padre de quien ni tan siquiera desearía que estuviera aquí —y una vez más los murmullos emergían entre los senadores que rodeaban a Catón—, sí, alguien que no sólo no desearía que yo no estuviera aquí, sino alguien que no ha dudado en juzgar a mi familia una y otra vez cambiando los tribunales y los jueces tantas veces como hiciera falta hasta que al final se obtuviera la única sentencia que él deseaba oír. —Catón se levantó en ese momento y dio un paso hacia el joven Publio: la sala quedó, de pronto, en silencio, las manos de muchos senadores desaparecieron bajo las togas; Lucio Cornelio se levantó y sintió como a su lado se alzaban también Silano y Emilio Paulo con las manos bien hundidas en sus propias togas. El presidente tragó saliva. Si emergían las dagas habría mucha sangre derramada aquella mañana, pero, de pronto, el joven Publio dio un paso atrás, no por miedo, pero por cautela para estar más próximo a los suyos si al final las palabras no eran la única arma de aquella sesión—. Pero perdón, perdón, venerable senador, quizá me he vuelto a dejar llevar por inexperiencia, quizá he dicho cosas inapropiadas, es posible. —Catón se mantenía en pie rodeado por los suyos; Tiberio Sempronio Graco, al fondo de la sala entre un bando y otro de partidarios, era de los pocos que se mantenía sentado, con el semblante serio—; no he mencionado yo nombre alguno en la última parte de mi intervención, noble Catón —continuaba con ironía calculada el joven Publio—, ¿he mencionado yo el nombre de alguien al hablar de los procesos, a la hora de cambiar o no jueces o tribunales? ¿Alguien se ha dado por aludido? ¿He ofendido a alguien?

—La inexperiencia no te exime de lanzar insinuaciones de ese tipo —dijo con sequedad Catón sin solicitar permiso a un presidente de la sesión que se limitaba a rezar a todos los dioses de Roma para que aquel cónclave acabara lo antes posible.

—Sea, censor de Roma. Mediré mis palabras y responderé entonces yo ahora sólo a cosas referidas explícitamente en tu discurso de bienvenida.

—Sea —aceptó Catón, y volvió a sentarse y con él se sentaron todos en ambos lados del hemiciclo senatorial y las manos de todos los *patres conscripti* volvieron a quedar a la vista de todos.

—Soy Publio Cornelio Escipión, llevo ese nombre y lo llevo con orgullo. ¿Que caí en manos del enemigo? Cierto es, en manos del mismísimo Aníbal. Perdón, ¿es que alguien ha sentido algo de miedo? Bueno, es normal porque todos hemos tenido miedo de Aníbal y cuando digo todos, digo todos, me incluyo a mí e incluyo a nuestro venerable Catón, que se empeña siempre en recordarnos que Cartago debe ser destruida. Claro que no habría estado mal que él mismo hubiera destruido Numancia cuando estuvo al pie de sus murallas, pero supongo que es fácil no hacer algo pequeño y exigir a los demás que hagan algo grande. —Catón ya no estaba para más insultos e hizo ademán de volver a levantarse, pero una vez más el joven senador cambió de tema con rapidez y el censor detuvo sus movimientos—. Sí, yo tuve miedo cuando estuve con Aníbal a solas, pero, queridos *patres conscripti* —y se acercó Publio de nuevo hacia Catón hasta quedar a tan sólo dos pasos de él—, sí, sentí miedo de Aníbal como cualquier otro de los presentes lo habría sentido, pero, qué curioso —y dejó un espacio de silencio que magnificara el impacto de sus siguientes palabras—, qué curioso: no siento miedo aquí, en la *Curia*; no, aquí no siento miedo de nadie porque soy un Escipión y si he sobrevivido al presidio con Aníbal no veo nada ni nadie en esta sala que pueda causarme la misma sensación de horror que aquel enemigo. —Y en medio del silencio más completo en la *Curia Hostilia* como no se recordaba en meses—: No, este joven e inexperto senador no siente miedo de nadie de los presentes, pero claro, algunos pensarán que eso es sólo señal de mi inexperiencia o, como decía Marco Porcio Catón, de mi supuesta estupidez; pues bien, a esos respondo yo que no: no siento miedo porque he aprendido bien mi lección y sé que hay falanges más temibles que las de los ejércitos de Oriente y ahora sé que una falange de *patres conscripti* encabezada por Catón puede ser aún más mortífera que todos los *catafractos* de Asia, así que aunque se me abra un pasillo delante de mí por parte de mis enemigos en el Senado, que sepan todos que nunca cruzaré esa línea hasta estar seguro de que todos y cada uno de esos senadores ha sido abatido por un torrente irrefrenable de votos en su contra. Ésa será mi fuerza, ése es mi destino y por eso estoy y estaré aquí hasta el final de mis días. Publio Cornelio Escipión ha muerto para el campo de batalla por un tiempo, pero la sangre de los Escipiones sigue viva, vibrante, henchida de fuerza y de ansia, y la sabiduría de generaciones y generaciones corre por mis venas y esa sangre hablará en esta sala cada día, cada sesión aunque aquellos que se vanaglorien de haber conseguido derribar a mi padre aborrezcan esta idea. Brillante victoria: hacer que un general invicto abandone la ciudad para la que tantas victorias consiguió. Tantas victorias que algunos de los presentes convencisteis al resto de que mi padre era en sí mismo un peligro para la propia Roma, pero mi padre, antes de lanzarse contra la Roma que quería expulsarlo, agachó la cabeza, se arrodilló y aceptó el injusto e inmerecido castigo. Ahora sé que muchos le echáis de menos y que muchos, en silencio, os arrepentís de haber apoyado aquella sentencia; pues bien, sabed todos —y dejó de encararse con un estupefacto Catón que no dejaba de apretar los labios y cerrar los puños con fuerza, para mirar a todos los senadores dando vueltas, despacio, haciendo navegar sus ojos por todos los rincones de la gran sala—, sabed todos que yo estoy aquí para dar voz y dotar de palabras a ese silencio de la vergüenza que ha henchido tantos corazones. Y lo mejor de todo es que soy tan joven y mis hazañas militares tan inexistentes, que nadie puede persuadiros de que soy un peligro para el Estado, así que nadie podrá argumentar que yo también debo exiliarme. Qué curiosa contradicción esta bendición de los dioses: no tener un pasado brillante en el campo de batalla me hace más fuerte en este Senado ante las tergiversaciones de mis enemigos políticos. Esta reflexión quizá debería haceros pensar a todos la forma en que este Senado se ha comportado en sus últimas decisiones. Pero más allá de ello, y ya mirando al futuro, un joven Publio Cornelio Escipión está en esta sala, y si bien es posible que nunca blandiré la espada con la habilidad de mi padre, si os aseguro que afilaré bien las palabras que emerjan de mi boca con la piedra dura y poderosa de la verdad para así ayudar a Roma en cada momento de su gloriosa historia a decidir con sabiduría y no por rencor. —Y de nuevo, acercándose a Catón—: Que tenga un buen día el senador Marco Porcio Catón; por mi parte yo ya lo he tenido y, por cierto, que sepa el senador Catón que si Cartago tiene que ser destruida alguna vez, será destruida por un Escipión. —Y sin mirarle más, ni mirar a la presidencia, envuelto en la mayor ovación que se escuchaba en la sala desde los tiempos en que Publio Cornelio Escipión padre había conseguido arañar alguna tímida victoria contra Máximo o el mismísimo Catón, el joven Publio retornó a su asiento, donde fue recibido con vítores por su tío, por Lucio Emilio, Silano y el resto de amigos y familiares.

En el lado opuesto de la sala Marco Porcio Catón ponderaba si dar nueva respuesta a aquella larga y muy elaborada réplica, pero sólo había preparado el discurso de supuesta bienvenida que aquel joven Escipión acabado de tumbar en su respuesta, y el veterano censor consideró al fin más sensato reprimir sus impulsos. Había muchos temas que tratar en aquella sesión todavía y responder otra vez era dar demasiada importancia al nuevo joven senador. Los otros debates ahogarían aquellos parlamentos iniciales en el saco confuso del olvido.

Sin embargo, sus propias palabras al salir Catón del Senado, rodeado por todos sus partidarios, le traicionaron, pues dejaban ver a las claras que, pese a todos los asuntos tratados después de aquel intenso debate inicial, en su mente sólo parecía haberse hablado de una cosa aquella mañana.

—En la primera votación de importancia le aislaremos; aislaremos a ese maldito imbécil y engreído Escipión y acabaremos con él para siempre. En la primera votación. —Y todos asentían a su alrededor sin saber que el veterano censor se equivocaba. Se equivocaba, pero en el fondo lo sabía, pues si había algo en lo que era experto Catón era en reconocer un nuevo buen orador en su primera intervención y sabía contra lo que se enfrentaba, pero no estaba dispuesto a admitirlo delante de los suyos. ¡Por Cástor, Pólux y todos los dioses! ¡Qué infinita lástima que Escipión padre no se hubiera alzado en armas aquella noche! ¿Quién le convencería? ¿Quién convencería a alguien tan orgulloso como *Africanus* a aceptar algo tan humillante como el exilio? Si se hubiera levantado en armas aquella noche, no quedaría entonces ya ninguno de esos malditos Escipiones. ¿Quién le convencería? Intuía la respuesta y no le gustaba. No le gustaba.

Tiberio Sempronio Graco salió de los últimos del edificio de la *Curia*. En su ruta pausada por la gran plaza del *Comitium* se cruzó con el joven Publio, que estaba rodeado de senadores amigos saludando y departiendo con una amplia sonrisa dibujada en su faz. Las miradas de Graco y el joven Escipión se cruzaron. No se dijeron nada, pero Escipión asintió levemente y Graco le devolvió el saludo y sin detenerse prosiguió su marcha. Graco asintió entonces para sí mismo. No, no eran amigos ni mucho menos, pero después de aquella larga sesión, recordando el tenso debate inicial, se sintió feliz de tener algo divertido que contar a su esposa aquella noche.

134

Una extraña visita

Alejandría.
Mayo de 183 a.C.

Cayo Lelio pasó un mes en Alejandría, a orillas del Nilo, en compañía de Casio; fue un paréntesis, un intermedio en su vida que se permitió, que se concedió a sí mismo después de tantos años de lucha, de guerra. Aquellos días plácidos le valieron para reorganizar su mente y definir su futuro, un futuro sin Escipión, pero con un hijo al que cuidar en la Roma de Catón. Había vivido toda una vida para Publio Cornelio Escipión, y no lo lamentaba un ápice, pero ahora le tocaba vivir el resto de sus días para cuidar de su hijo romano. ¿Otro Cayo Lelio? El tiempo diría. Él había visto cómo el propio Escipión abrumó a su joven hijo con la responsabilidad de ser como él. De eso, al menos, había aprendido Lelio una buena lección: que su hijo fuera lo que quisiera. Le enseñaría a ser un buen romano, pero era difícil que pudiera verse involucrado en batallas y ejércitos como los del pasado. Que su propio hijo pequeño construyera su vida. Lo importante ahora era regresar a Roma y protegerle. Debía cuidarse y ser fuerte unos años más, hasta que el niño se hiciera hombre. Luego ya podría olvidarse de todo y dejar que los dioses se lo llevaran al Averno y descansar por fin de todo y de todos.

Cada atardecer, Lelio sacaba una de las sillas de la casa de Casio y se ponía junto a la orilla de los muelles a ver pasar el tiempo, con tranquilidad, mientras decenas de barcos cargaban y descargaban mercancías procedentes de todo el mundo. Le gustaba pensar que pronto se encontraría ante otras aguas, las del río Aqueronte, para el viaje definitivo y le animaba pensar que eso significaba que pronto podría reencontrarse con Publio, con su padre y su tío, con Marcio, Digicio, Valerio, Terebelio y tantos otros que habían dejado atrás en cada batalla, en cada combate. Pero aún no. Aún no. En su mano sostenía una carta que había llegado de Roma. Cornelia le confirmaba que todo iba bien con su pequeño, que estaba seguro, pero en la misma carta la joven matrona romana decía que el niño preguntaba cada día por su padre. Lelio sabía que no debía dilatar más su regreso. Ya había organizado todo con Casio. En dos días partiría una nueva flota con grano escoltada por varias *quinquerremes* rumbo a Roma. Embarcaría en una de las naves.

Desde donde se sentaba, si volvía la vista hacia atrás, podía ver una amplia avenida en su suave descenso hacia los muelles del puerto. Pero Lelio prefería mantener sus cansados ojos posados sobre la eterna línea de un horizonte sobre el que el faro de Alejandría proyectaba su llama incandescente encendida por la tarde para guiar a los bajeles de todo el Mediterráneo que se acercaban hasta aquellas costas, por eso no se percató de que un hombre joven, ataviado con una túnica de remates helenos, bajaba por la calle, despacio, mirando a un lado y a otro, como buscando a algo o alguien. El joven se detuvo al fin frente a la casa de Casio y golpeó la puerta un par de veces. Los chasquidos secos de los nudillos sobre la madera captaron la atención del viejo ex cónsul que se volvió hacia la casa de Casio. El joven, a su vez, dio un paso atrás y, ante la ausencia de respuesta, miró a su alrededor cruzando su mirada con la de Lelio. El extraño visitante caminó entonces hacia el ex cónsul y cuando se encontraba a sólo unos pasos habló en griego.

—No sé si puedes ayudarme. Busco la casa de un tal Casio, mercader romano. Me han dicho que con él vive Cayo Lelio, general de Roma.

Lelio le miró sin responder. Era consciente de que su presencia en la ciudad no pasaba desapercibida y que era conversación común en las tabernas del puerto que él, Cayo Lelio, lugarteniente de Escipión, estaba en Alejandría, por eso no se sorprendió de que aquel extraño pudiera haberlo encontrado, pero no tenía ni idea de por qué alguien podía querer buscarlo allí, en Egipto.

El visitante volvió a preguntar:

—¿Entiendes griego? —Pero ante el silencio de Lelio, el joven se encogió de hombros, dio la vuelta y empezó a ascender la calle por donde había venido.

—¿Quién le busca? —dijo Lelio levantando la voz. El visitante se detuvo, dio marcha atrás y regresó hasta situarse de nuevo a tres pasos de Lelio.

—Soy griego, aqueo. Estoy de visita en Alejandría. He venido a consultar algunos volúmenes de la gran Biblioteca. Mi nombre es Polibio. —El joven no estaba seguro de que todas aquellas explicaciones fueran entendidas, pero decidió terminarlas—. Me interesa la historia; quería conocer al hombre que fue mano derecha de Escipión. Quería hablar con él de la guerra contra Aníbal.

Lelio estudió con detenimiento la faz de aquel joven. Era el rostro de un hombre decidido, algo dorado por el sol, de pelo negro; las manos tenían dedos no demasiado gruesos, de modo que, aunque portaba espada, no parecía usarla demasiado. Parecía alguien más dedicado a las letras o a la política que a la guerra y, sin embargo, era de guerra de lo que quería hablar. Claro que quizá aquel visitante lo considerara historia.

—Yo soy Cayo Lelio.

El joven griego contuvo la respiración un instante y luego exhaló el aire despacio.

—Es para mí un honor conocer a Cayo Lelio. He venido con una delegación comercial para negociar el transporte de grano a Grecia desde Egipto y conocí a otro romano, Casio; hablamos del pasado reciente y ante mis preguntas sobre Roma, él me informó de la presencia de un gran general romano en Alejandría. Le pregunté dónde podía encontrarte. Eso es todo. Pero si he molestado pido disculpas y me marcho.

Lelio le siguió mirando atento. Frente a donde se encontraba sentado había unos fardos de grano aún por cargar en un mercante amarrado a los muelles. Lelio hizo un gesto invitando al joven visitante a tomar asiento sobre aquellos sacos. Polibio aceptó y se acomodó sobre aquellos fardos. El veterano militar romano y el joven aqueo recién llegado quedaron frente a frente. A su lado el agua salada del mar se mezclaba con el agua dulce del Nilo.

—¿Qué quieres saber? ¿Qué puede interesar a un aqueo el pasado de una guerra de hace años?

—Me interesa y mucho. Soy de la opinión que esa guerra fue clave para diseñar el mundo en el que vivimos hoy día. Desde la derrota de Aníbal por Escipión, Roma gobierna el Mediterráneo, desde Hispania hasta Asia y su poder sigue creciendo. Siempre me ha interesado la historia y, en especial, los hombres que son capaces de forjar la historia misma. Escipión era uno de esos hombres. Siento, si se me permite decirlo, siento una gran envidia de alguien que como Cayo Lelio ha podido permanecer tantos años junto a un hombre de ese nivel. He hecho ya algunos viajes y recopilado algunos datos sobre Aníbal, pero de Roma desconozco multitud de cosas y pensé que si Cayo Lelio estaba en Alejandría ésta era mi gran oportunidad de saber, de aprender de alguien que vivió todo aquello en primera línea, de alguien que participó en unos momentos tan importantes de la historia reciente.

Lelio inspiró con profundidad. No sabía si aquellas palabras las pronunciaba el visitante con el deseo único de adularle, pero era incuestionable que había captado su interés y se dio cuenta de que para su ánimo hablar con alguien de las heroicas campañas del pasado era algo realmente atractivo.

—No sabría por dónde empezar —se sorprendió Lelio a sí mismo al hablar—. Hay tanto que contar que parece una historia imposible de narrar. Nunca he sido bueno contando nada. Más allá de un breve informe militar carezco de la capacidad de resumir o relatar hechos con interés. —Y, de nuevo, repitió la primera frase—: No, no sabría por dónde empezar.

El joven aqueo le miraba admirado. Estaba ante uno de los mayores generales del mundo, que allí, sentado junto al Nilo, conocía todo el pasado mejor que nadie. No podía desaprovechar esa oportunidad que le brindaba el destino.

—Lo mejor es empezar por el principio —dijo Polibio—, ¿cómo conociste a Publio Cornelio Escipión?

—¿Cómo le conocí? —Lelio reiteró la pregunta al tiempo que cerraba los ojos y el aqueo veía como la mente del gran general retornaba hacia un pasado que se retrotraía decenas de años atrás a la vez que el mismo Lelio pensaba también en el presente: en dos días saldría de regreso a Roma, a cuidar de su hijo, pero nada le impedía dedicar aquellos últimos días en Alejandría a contar su historia con Escipión; además, ¿y si las memorias de Escipión se perdían? Nunca se sabía lo que podía ocurrir. Entonces sólo quedaría la versión de Catón. Lelio dibujó una sonrisa en su rostro y abrió los ojos. Sí, tenía que contar su propia historia—. Me confesó que tenía miedo de entrar en combate. Eso dijo Escipión. Él, que había de conquistar Hispania, África y Asia, me confesó que tenía miedo a luchar. Entonces era sólo un muchacho de diecisiete años. Sí, llevas razón, joven aqueo, lo mejor será empezar por el principio.

EPÍLOGO

Año 48 a.C.

(135 años después de la muerte de Publio Cornelio Escipión, *Africanus*)

El incendio de Alejandría

Egipto, 9 de noviembre de 48 a.C.

La reina Cleopatra VII, última descendiente de Cleopatra I, quien fuera esposa del faraón niño Ptolomeo V en los ya muy lejanos tiempos de Escipión, ascendió por las escaleras del palacio a toda velocidad. A los soldados egipcios de su guardia personal, que debían de subir por aquellas largas escaleras, cargados con sus corazas y pesadas espadas y lanzas, les costaba seguirla. La reina de Egipto llegó pronto a la gran terraza desde la que se divisaba la ciudad. Allí encontró la larga figura de Julio César recortada contra la luz que emergía del incendio de la ciudad.

—¡La Biblioteca de Alejandría...! —A la reina le costaba hablar; estaba sin resuello al haber ascendido corriendo por toda la infinita escalinata que conducía hasta aquel mirador, pero la tragedia era tal que encontró aire que emergía desde lo más profundo de sus entrañas—. ¡Por Osiris, la Biblioteca de Alejandría está en llamas!

—Lo sé —respondió César serio, con un vibrato tenso en su voz—. He ordenado a mis hombres que detengan el incendio.

—¿Los mismos hombres que lo iniciaron?

César tardó unos instantes en responder. Antes de hacerlo dejó de mirar a la reina y volvió sus ojos hacia las llamas que consumían la zona portuaria de la ciudad.

—Los mismos y más hombres. Los tengo a todos trabajando para evitar que el incendio alcance la Biblioteca. He tenido que ordenar incendiar la flota que nos acosaba enviada por los generales favorables a tu hermano. No había otra forma de defenderse, pero sólo están ardiendo los almacenes del Museo, no la Biblioteca, y detendremos el fuego antes de que eso ocurra.

La reina se acercó al poderoso general de Roma y contempló la desgracia que asolaba su ciudad sacudiendo la cabeza, pero en silencio.

Era cierto que César tenía que defenderse de la llegada de los nuevos soldados enviados por Ptolomeo, pues si éstos desembarcaban se harían con el control de la ciudad y los acorralarían en el palacio, pero aquel incendio... Quizá César tuviera razón y aún consiguieran detener el desastre. Quizá aún se pudiera salvar la mayor parte de los fondos de la mayor biblioteca del mundo. La reina de Egipto lloraba por dentro y lloraba por fuera. Su país se desangraba en una cruenta guerra civil y las llamas acechaban el mayor de sus tesoros. Cerró los ojos y rezó a Osiris y a todos los dioses de Egipto.

El bibliotecario de Alejandría corría por las diferentes salas de la grandiosa biblioteca que el rey Ptolomeo I fundara en la ciudad del Nilo hacía ya más de dos siglos. A su edad, rondaba ya los cincuenta años, y poco acostumbrado al ejercicio físico, el bibliotecario resoplaba y sudaba como un animal que fuera a su sacrificio. Además, para colmo de males, empezó a toser. El humo lo envolvía todo. Cruzó por las salas dedicadas a los inmortales filósofos griegos, corrió por las estancias dedicadas a los estudios sobre las palabras; allí observó que en su lugar privilegiado, en un gran estante a la derecha seguían los voluminosos rollos de Filitas titulados *Palabras misceláneas*, dedicado a las palabras más antiguas del griego, una ayuda inestimable para leer a Homero, aunque siempre confusa; al lado estaban los rollos con una obra similar de Zenodoto, pero con las palabras ordenadas por orden alfabético, una idea genial del primero de los bibliotecarios de Alejandría que hacía enormemente sencillo localizar cualquier término; ¿qué pensaría Zenodoto si viera lo que estaba ocurriendo? Jadeaba, pero seguía firme en su objetivo y continuaba trotando; no tuvo tiempo de comprobar si el *Lexeis* del gran Aristófanes de Bizancio, uno de sus antecesores en el puesto de bibliotecario, seguía allí o si lo habían trasladado a la zona del Museo, junto a los almacenes del puerto. La reina Cleopatra se había empeñado en regalar a los romanos, a esos malditos romanos que habían creado el incendio que ahora amenazaba miles de rollos, algunos de los ejemplares más valiosos de la Biblioteca como muestra de reconciliación con el nuevo poder de Roma, con el gran Julio César.

El bibliotecario tuvo que detenerse un momento. Se apoyó en unos estantes donde vio que los cestos donde se debían guardar las obras del magnífico geógrafo Eratóstenes también estaban vacíos. Gracias a Zeus que los poemas de Hesíodo, Píndaro y otros poetas seguían allí. Pero los mapas de Eratóstenes no podían perderse. El bibliotecario reemprendió la marcha abrumado por su responsabilidad. Había citado a todos los asistentes frente a la puerta que daba acceso al Museo, de donde parecían provenir las llamas. Julio César, temeroso del levantamiento de los egipcios que veían en él tan sólo a un general extranjero, un invasor codicioso, sublevados bajo el auspicio del hermano de Cleopatra, habían obligado al conquistador romano a reaccionar con furia ordenando el incendio de la flota egipcia. Militarmente la acción había sido un éxito, pero las llamas pasaron de los barcos egipcios a los muelles del puerto y de los muelles a la parte del Museo de la Biblioteca donde se acumulaban miles de rollos aún por evaluar, además de las obras que se querían regalar a Roma. Lo central era preservar el resto de la gran Biblioteca y salvar todo lo posible del Museo. Tenía las ideas claras, pero le faltaba el resuello constantemente y sabía que sin sus instrucciones los asistentes no sabrían cómo organizarse para defender la Biblioteca y rescatar los manuscritos más importantes. El anciano repasaba los estantes con su mirada a medida que avanzaba por los pasillos. Las obras de Esquilo y Eurípides estaban allí. Bien.

—¡Las *Pinakes*, por todos los dioses, las *Pinakes*!

El bibliotecario encontró fuerzas suplementarias para seguir corriendo al recordar que las *Pinakes* de Calímaco, la obra más exhaustiva de clasificación de todos los escritores griegos del mundo antiguo en interminables tablas donde se recogía todo tipo de información sobre cada autor, también habían sido trasladadas al Museo para restaurar algunos rollos dañados por el tiempo y la humedad. Ahora se encontraban a merced de las llamas. ¿Cómo iban a seguir clasificando las obras restantes sin tener la referencia de aquellas tablas de Calímaco? Hacía tiempo que tenían que haber hecho copias, pero había que copiar tantas cosas y disponía de tan pocos hombres válidos...

Llegó al final del último pasillo y abrió la puerta de la Biblioteca de Alejandría. Ante él el más terrible de los espectros: la furia de las llamas emergía por las ventanas superiores del Museo; el humo lo abrazaba todo, ascendiendo hacia el cielo como una torre destructora de consecuencias inimaginables para toda la humanidad. Al pie de la escalinata de acceso, una veintena de asistentes, pálidos, aterrados y desolados le aguardaban. No era momento ni de lágrimas ni de lamentaciones. El bibliotecario de Alejandría se dirigió a todos como un general antes de la batalla.

—Dividíos en grupos de tres. El primero ha de guiar a los otros dos, derribar obstáculos y abrir camino. Los otros dos detrás, deben cargar tantos rollos como sea posible. ¿Habéis traído los cestos húmedos y los paños mojados?

—Sí, bibliotecario, sí, lo hemos traído todo —dijo uno de los asistentes más veteranos.

—Bien. Ahora la humedad y los daños que pueda causar ésta a los rollos es el menor de nuestros problemas. Meted los volúmenes en los cestos y tapad cada cesto con un paño húmedo para protegerlo de las llamas y del calor y usad otro paño para cubriros la cara. Hay que salvar las *Pinakes* de Calímaco, los mapas de Eratóstenes, el *Lexeis* de Aristófanes, las obras de Zenodoto. ¿Está todo claro?

Los asistentes asintieron y se pusieron manos a la obra, pero uno de los más jóvenes se acercó al bibliotecario, nervioso, con las manos sudorosas. El bibliotecario vio que aquel muchacho era presa del pánico, pero la confesión del joven dejó al veterano bibliotecario sumido en una aún más profunda depresión.

—Hay que salvar también los dos libros de poética de Aristóteles, mi maestro; estaba encargado de copiarlos pero había tan poca luz en la sala de la biblioteca que los llevé al Museo. Lo siento, lo siento.

El bibliotecario pensó en matar allí mismo con sus propias manos a ese insensato. La *Poética* de Aristóteles. No era momento para reproches. Eso vendría luego.

—¿Dónde están?

—En la sala de los textos romanos.

En los últimos años, los bibliotecarios que habían precedido al bibliotecario general de Cleopatra habían compilado textos provenientes de la emergente Roma que habían juntado con otros procedentes de la misma ciudad que habían llegado a Alejandría en el pasado por muy diferentes cauces. El bibliotecario no tenía en mucha estima todos aquellos textos y había ordenado hacía tiempo trasladarlos a una sala del Museo de ventanas grandes donde la humedad procedente de los muelles parecía empaparlo todo, para de esa forma ganar espacio en la gran Biblioteca para otros textos griegos de más valor, y aquel estúpido jovenzuelo había llevado la *Poética* de Aristóteles a ese nefasto lugar.

—Tú vendrás conmigo y reza a los dioses por que salvemos la *Poética*, los dos libros, o de lo contrario ordenaré que te quemen vivo tras el incendio. Y tú y tú acompañadme también.

Los diferentes grupos de asistentes entraron en el Museo. Nada más abrir las puertas una bocanada de humo les recibió con su carga mortal de asfixia.

—¡Al suelo, al suelo! ¡Arrastraos si hace falta, pero entrad, malditos, entrad! —El bibliotecario aullaba sus órdenes y un par de grupos de asistentes se introdujo en el Museo, pero el resto, aterrorizado y tosiendo, se alejó de la puerta—. ¡Malditos cobardes, malditos seáis todos! —exclamó el bibliotecario y, sin dudarlo más, entró a gatas en el Museo de la Biblioteca de Alejandría repleto de humo. Sólo le siguió el joven asistente que había confesado el desgraciado traslado de la *Poética* de Aristóteles, quizá impulsado por la fuerza extraordinaria que proporciona el sentimiento de culpa.

En el exterior, centenares de legionarios venidos de todas partes se arracimaban alrededor del Museo y hacían largas colas en las que se pasaban con rapidez infinidad de odres de agua para, al menos, contener el incendio en la zona del Museo. Y el trabajo daba sus frutos: la gran Biblioteca podría salvarse de las llamas, pero el Museo estaba perdido. Perdido por completo.

Tosiendo, tapándose la nariz con paños húmedos que se habían atado a la cara, con los ojos llorosos y casi a ciegas, el bibliotecario y su joven asistente llegaron a la sala del Museo de las grandes ventanas que encaraba los muelles del puerto de Alejandría.

—¿Dónde... es... tán...? —preguntó el bibliotecario incorporándose apoyándose en una pared desnuda, opuesta a las ventanas, y a salvo aún de las llamas que trepaban por el muro del fondo.

El joven asistente se arrastró hasta una mesa repleta de rollos justo bajo uno de los grandes ventanales y señaló una colección de rollos que el bibliotecario reconoció en seguida.

—¿Has traído los cestos?

El muchacho parecía horrorizado ante la respuesta que tenía que dar.

—Los he perdido, mi maestro —respondió entre lágrimas fruto de la combinación de humo con culpa y abatimiento.

El bibliotecario le habría matado allí mismo, pero no había tiempo para eso. Miró a su alrededor. Quizá podrían lanzar los rollos por la ventana. Pegado a la pared, girando en la esquina de la estancia, llegó al ventanal, empujó a un lado la mesa y se asomó. La lengua feroz de una llama le chamuscó el pelo de la cabeza.

—El fuego trepa por las paredes exteriores. No podemos arrojar los rollos por aquí o arderán antes incluso de llegar al suelo. Además, los edificios de alrededor también arden y la ventana no da a la calle, sino a los tejados de las casas que están ardiendo. Estamos perdidos. —Pero el bibliotecario no se refería a ellos mismos, algo que le parecía superfluo, sino al hecho de que los volúmenes de la *Poética* de Aristóteles se iban a perder para siempre.

—Tengo los paños húmedos, maestro, es todo cuanto tengo —dijo el joven asistente, y de debajo de la túnica sacó varios paños aún empapados en agua.

El bibliotecario abrió bien los ojos, tomó los paños y los extendió sobre el suelo. Luego cogió los rollos del libro primero de la *Poética*, sobre tragedia y epopeya, y los envolvió como una mujer envuelve en pañales y mantas suaves a su recién nacido. A continuación repitió la misma operación con los diferentes rollos del segundo libro de la *Poética*, los que estaban dedicados a la comedia y a la poesía yámbica. Cada paquete era voluminoso al contener varios rollos y requería de un brazo para poder llevarlos. Pensó en coger él los dos, pero entonces no tendría al menos un brazo libre para abrirse camino. Estaba enrabietado, enfurecido con aquel ayudante estúpido, pero al menos el muchacho había demostrado valor y lealtad al confesar su estupidez y acompañarle hasta allí en medio del fragor de las llamas. La razón se impuso en su mente.

—Toma —dijo el bibliotecario, y le dio al joven el paquete con los rollos de Aristóteles dedicados a la tragedia y la epopeya—. Corre, corre y salva esto. Yo te seguiré en un momento. Corre, por Heracles, corre y salva estos rollos. Olvídate de mí. No mires atrás.

El joven tomó con un brazo el paquete, se agachó y encogido salió corriendo de la gran sala de los ventanales. En su interior quedó el bibliotecario, pasando su vista, turbia por las lágrimas que el humo generaba en sus ojos, por las etiquetas de las decenas, centenares de rollos que se apretujaban en las estanterías unos contra otros por la falta de espacio, aunque ahora pareciera que se apretaban unos con otros asustados ante lo que el destino les tenía deparado para dentro de unos instantes. El bibliotecario buscaba los escritos romanos más antiguos, pues sabía que había algunas piezas que podían tener un valor inestimable para muchos de los historiadores que se acercaban hasta Alejandría. En particular buscaba las memorias de un antiguo general romano del pasado, un tal Escipión, que siempre fue proclive a promocionar la cultura griega en Roma y que, cómo no, terminó desterrado de la propia Roma por unos salvajes e ignorantes conciudadanos. Era una orden que había pasado de bibliotecario a bibliotecario desde los tiempos de Aristófanes de Bizancio: preservad las memorias de ese general romano. Sus ojos se detuvieron. Allí estaba. Alargó la mano que tenía libre y tomó uno de los rollos que estaban en una de las estanterías de la esquina más alejada aún del fuego.

—*Las memorias de Publio Cornelio Escipión,* Africanus —leyó no sin cierto esfuerzo. Estaban en griego. Era un gran rollo resultado de pegar varios más pequeños en uno solo que ahora era mucho más grueso. Escipión. Un romano que defendió la difusión de la cultura griega y que además escribió en griego merecía ser salvado de las llamas, seguramente era lo único de Roma que merecía no quemarse allí aquella noche, sobre todo si Aristófanes de Bizancio dejó aquella instrucción, pero no tenía más paños húmedos y no estaba dispuesto a desenvolver los rollos de Aristóteles que él mismo llevaba sobre comedia y poesía para proteger esas memorias. Las cogió, pues, con la mano libre con la esperanza de que en el mejor de los casos sólo llegaran algo chamuscadas al exterior del edificio.

El bibliotecario avanzó por los pasillos llenos de humo. Se agachó y caminó en cuclillas, pues no podía gatear con las manos ocupadas. El esfuerzo era demasiado para su maltrecho cuerpo poco entrenado para pruebas físicas y muy maltratado ya por el humo y los constantes golpes que se daba contra paredes y puertas a medio abrir, pues avanzaba casi a ciegas, incapaz de abrir los ojos por más de un instante. Pronto se mareó y sintió náuseas y en medio de las llamas y el humo y el calor se arrodillo y vomitó a espasmos secos. Aquello le dolió primero, pero al poco le alivió algo y continuó en cuclillas avanzando pegado a una pared del largo pasillo que conducía a la salida del Museo. De pronto una viga cayó sobre la espalda del bibliotecario y el viejo hombre de letras cayó de bruces contra el suelo. Su cabeza chocó contra la piedra, escuchó un chasquido y se quedó inmóvil, sin sentir ya su cuerpo. Así permaneció un momento hasta que escuchó la voz del joven asistente que había regresado para ayudarle.

—Aguante, maestro, aguante y le sacaré de ahí —dijo el joven mientras se esforzaba por empujar la viga que aplastaba el cuerpo del bibliotecario.

—Déjalo, muchacho... ¿Y los rollos que te di... de Aristóteles...? —preguntó el herido sin atender a lo terrible de su situación.

—Están a salvo, a salvo, maestro.

—Pues toma este segundo paquete con el segundo libro de la *Poética* y sal de aquí corriendo antes de que se derrumbe todo el edificio.

—¡Pero maestro...!

—¡Coge los rollos, maldito seas... y sal de aquí con ellos... tú que puedes! ¡Yo no soy nadie, no soy nada... pero estos rollos son las palabras de uno de los mayores sabios! ¡Yo no merezco tus esfuerzos... estos rollos sí!

El joven tomó el segundo paquete, lanzó una mirada sollozante hacia su maestro apresado bajo aquella pesada viga humeante, se levantó y se alejó corriendo. Lo hizo porque tenía decidido poner a salvo ese segundo grupo de rollos de la *Poética* de Aristóteles para luego regresar de inmediato, si era posible acompañado de algún otro asistente y así, entre los dos, liberar al maestro bibliotecario de aquella pesada viga y salvarlo de morir en medio de aquel pavoroso incendio. El joven alcanzó la salida, tosiendo, escupiendo humo y cenizas por la boca. Cayó de rodillas y dos compañeros lo arrastraron lejos de las llamas. Le dieron la vuelta y lo tumbaron boca arriba para que se recuperara. El joven se esforzaba en hablar, pero tenía la garganta seca y no hacía más que toser. Nadie le entendía. Uno de los asistentes tomó el paquete que llevaba y lo puso a buen recaudo junto con las otras obras que se habían podido salvar. No muchas, pues los rollos de Zenodoto, las *Pinakes* de Calímaco, el *Lexeis* de Aristófanes y muchos de los mapas de Eratóstenes se habían perdido para siempre, al igual que muchos documentos provenientes de Roma, pero les quedaba el consuelo de que se habían salvado todos los volúmenes de la *Poética* de Aristóteles. Al menos por el momento, pues en aquel mundo envuelto en continuas guerras ¿quién podía predecir lo que ocurriría en el futuro con lo que consiguieran salvar aquella funesta noche de la insaciable sed de las llamas?

—¿Y el maestro? —preguntó al fin uno de los asistentes al muchacho. El joven, haciendo un esfuerzo sobrehumano, interrumpió su interminable tos y acertó a pronunciar unas pocas palabras.

—En el pasillo central, al final... próximo... salida... una viga... caído... —No pudo decir más, pero fue suficiente. Un grupo de los asistentes más valientes, de los que habían entrado al Museo aunque apenas consiguieran salvar obras menores y sin gran importancia en comparación con todo lo perdido, se arremolinaron frente a la puerta del Museo para intentar rescatar al bibliotecario, pero ya era demasiado tarde. La puerta misma era consumida por el fuego y el pasillo central estaba completamente en llamas. Ya nadie podía entrar ni salir. Ya no podía hacerse nada.

En el interior del Museo, el bibliotecario de Alejandría se mira la mano vacía y sonríe un segundo. Aristóteles ha sido salvado. Un momento de felicidad frente a la muerte más terrible que se avecina. Respira entrecortadamente. Gira la cabeza y ve como en su otra mano, apretujado, ahumado ya por el calor, el gran rollo del antiguo general romano permanece dispuesto a ser engullido por el incendio que lo consume todo.

—En la confusión te he olvidado... buen romano —dice entre dientes el bibliotecario al percatarse de su error, ofuscado como había estado en salvar a Aristóteles. La mano del bibliotecario pierde fuerza y se abre y el rollo de *Las memorias de Publio Cornelio Escipión* rueda por el suelo alejándose del hombre que había intentado salvarlo y, al girar sobre sí mismo, el rollo se aleja en parte desplegando su contenido de palabras, historia y sentimientos. Los ojos del veterano bibliotecario, apresado bajo la viga, incapaz de huir de la muerte, se entregan a la única actividad de la que su cuerpo era ya capaz: leer. Las llamas acercan la muerte tanto para el lector como para el texto que está siendo leído, pero eso sí, irónicamente, proporciona luz más que suficiente para desvelar cada palabra, cada frase, hasta desplegar por completo el último párrafo de las memorias de aquel antiguo romano.

La fiebre ha vuelto a subir. Me duele todo el cuerpo, pero sé que esto terminará pronto. Quizá esta misma noche. Me he levantado para escribir un último pensamiento: después de todo lo escrito parecerá irónico, después de toda una vida luchando contra Aníbal parecerá absurdo, pero creo que si Aníbal y yo hubiésemos sido los dos romanos o los dos cartagineses hubiéramos sido grandes amigos. Grandes amigos. Éste es un mundo extraño.

El bibliotecario deja de respirar y sus ojos abiertos, aunque posados sobre el texto que se desvanece, ya no son capaces de hacer llegar a su mente las palabras finales de un papiro que se deshace en cenizas, que se desintegra hasta quedar en nada, en humo silencioso sacudido por el rugido del incendio. Las últimas palabras del texto parecen consumirse en medio del fuego como lejanos vestigios de un tiempo que fue pero que ya ha desaparecido para siempre.

APÉNDICES

1

Nota histórica

Las memorias de Escipión se perdieron. Se desconoce el lugar o el modo en las que éstas desaparecieron, pero el incendio de parte de la Biblioteca de Alejandría provocado por el ataque sobre la flota egipcia de Ptolomeo XIII fue real. ¿Estaban allí esas memorias? Lo que no está claro es ni la cantidad exacta de rollos que ardieron en aquel desastre ni si el incendio afectó a la Biblioteca en sí o, como parece más probable, sólo a la parte del Museo más próxima a los muelles. De este modo, lo que nos ha llegado de la vida de Publio Cornelio Escipión hasta nuestros días se debe, en gran medida, al historiador griego Polibio.

Es posible que Polibio se desplazara a Alejandría en las fechas indicadas en *La traición de Roma* en una embajada de Grecia dirigida a entrevistarse con el faraón de Egipto, aunque otras fuentes aseguran que esta embajada se canceló por la muerte del faraón Ptolomeo V Epífanes, pero lo que sí es seguro es que, años más tarde, Polibio sería tomado como rehén por los romanos por luchar por la independencia de la liga Aquea. Su elevada cultura, no obstante, le hizo acreedor de la confianza de Lucio Emilio Paulo, que lo empleó como tutor de sus dos hijos que, a la postre, serían Quinto Fabio Máximo Emiliano y Publio Cornelio Escipión Emiliano, como se explica a continuación. Con los años, Polibio se ganó el favor del círculo de los Escipiones y de esta forma, Polibio, arropado por Escipión Emiliano, tendría acceso a la biblioteca personal de Escipión el Africano, a sus escritos y, más aún, acceso directo a muchos de los tribunos y oficiales que combatieron con Publio Cornelio Escipión, *Africanus*, especialmente Lelio, para el que era un pasado aún muy reciente. Los textos de Polibio sobre la guerra de Iberia, sobre Aníbal y sobre Escipión son la base sobre la que tanto historiadores de la Roma Antigua como historiadores más modernos han construido las diferentes visiones que se nos han trasladado hasta nuestros días de aquel largo y épico enfrentamiento. Tito Livio, Apiano o Plutarco, entre otros, han complementado la información de Polibio con datos relevantes sobre el resto de grandes personajes involucrados en la gran historia de Escipión, eso sí, quizá con algo menos de objetividad que el griego Polibio.

Tiberio Sempronio Graco se constituyó en uno de los hombres fuertes de la república de Roma tras el exilio de Escipión. De hecho, a él se debe la pacificación temporal de Hispania, donde tras una exitosa campaña consiguió un acuerdo con las tribus celtíberas que significó paz para la región durante varios años y un *triunfo* para él en Roma. De nuevo se demostraba que la política de pactos llevaba a mayores éxitos en Hispania, como ya hiciera Escipión, en contraposición con la cruenta campaña de Catón.

Tres cosas se saben con bastante seguridad del matrimonio entre Tiberio Sempronio Graco y Cornelia menor: tuvo lugar, fue un matrimonio feliz y tuvieron numerosos hijos, se habla de hasta doce, pero muchos murieron en la infancia y sólo se conoce con certidumbre la vida de: Tiberio Sempronio Graco, Cayo Sempronio Graco y Sempronia. Los dos hermanos Graco promovieron una revolución social sobre la base de una enorme reforma agraria en medio del siglo II a.C. en Roma. Una revolución social ésta, para la que las clases patricias no estaban en absoluto preparadas y que terminó en duros enfrentamientos en las calles de Roma con el resultado de que ambos Gracos fueron asesinados.

Pero la rama de los Escipiones continuó ejerciendo poder e influencia sobre Roma más allá de *Africanus* no sólo por la descendencia de Cornelia menor. Publio Cornelio Escipión hijo consiguió, con habilidad y esfuerzo, recuperar una fuerte posición de poder en el Senado para lo que, entre otras cosas, se valió de una estrategia genial: en una jugada maestra y, ante su imposibilidad de tener hijos, adoptó al hijo mayor de Lucio Emilio Paulo tras el prematuro fallecimiento del gran general. Lucio Emilio, héroe militar y tío de Escipión hijo, había tenido dos hijos, pero falleció pronto y Escipión hijo adoptó al primogénito en una maniobra que contribuía a afianzar la conexión entre los Escipiones y los Emilio-Paulos. El hijo adoptado pasó a llamarse Publio Cornelio Escipión Emiliano, combinando el nombre de la familia adoptante con su origen en el clan de la Emilio-Paulos y pasó así a convertirse en nieto adoptivo del legendario Publio Cornelio

Escipión, *Africanus*, tal y como se ilustra en el árbol genealógico de la familia en los Apéndices de la novela. Los Fabios, en un intento por responder a esta maniobra de los Escipiones, adoptaron a su vez al hermano menor de Escipión Emiliano, que pasó a denominarse Quinto Fabio Máximo Emiliano. Ambos hermanos, pese a crecer en facciones opuestas en el mundo político romano, se respetaron siempre e incluso combatieron juntos con efectividad en el sur de Hispania. Y, si bien los dos resultaron buenas apuestas políticas y militares para los dos clanes adoptantes, fue, sin lugar a dudas, Escipión Emiliano el que destacó por encima de ningún otro general o político romano de su época. Ya fuera por el peso de llevar el nombre de Escipión o porque en sí mismo tenía la intuición de un gran estratega y político, Escipión Emiliano fue el artífice de dos de las conquistas claves de la época que siguió a la segunda guerra púnica. En primer lugar fue Escipión Emiliano quien fue designado por el Senado para cumplir la demanda que un anciano Marco Porcio Catón seguía exigiendo en el Senado casi a diario, tal y como nos cuenta Plutarco: *Ceterum censeo Carthaginem esse delendam* [Por otra parte opino que Cartago debe ser destruida]. De esta forma Catón, si bien alcanzó al fin su objetivo de que se arrasara Cartago, tuvo que ver cómo esto se hacía con las legiones bajo el mando de un Escipión. Y aún más, años después, Roma debería recurrir de nuevo a Escipión Emiliano para resolver un pequeño problema que había terminado transformándose en un desafío que amenazaba con desestabilizar el poder de Roma en todo el mundo: Numancia. Y es que los numantinos, pese a estar en franca desigualdad con Roma, habían sido capaces de repeler en hasta cinco ocasiones los ataques de Roma, aniquilando legiones, destrozando ejércitos y humillando a una larga serie de cónsules y pretores. Se llegó a la vergonzosa situación de que nadie en Roma quería alistarse para combatir en Hispania, tal era el terror que la fama de los pertinaces e invencibles numantinos había generado. Fue entonces cuando, al igual que ya hiciera su abuelo por adopción, se presentó ante el Senado y ante el pueblo un ya muy veterano Escipión Emiliano para resolver el asunto. Así, Escipión Emiliano, tratando a los numantinos de tú a tú, sin menospreciar en absoluto su capacidad guerrera, como había hecho el resto de generales romanos que le habían precedido, planteó un largo conflicto de acoso total a Numancia y sus aliados que concluyó en uno de los más largos y terribles asedios de la historia.

Los Escipiones pues, ya por la rama de Cornelia menor, como por la rama adoptiva de Escipión hijo que conducía hasta Escipión Emiliano, se mantuvieron en el centro de la política de Roma durante dos generaciones más, sin que Catón pudiera hacer nada por evitarlo. En este contexto, Marco Porcio Catón, hastiado de la política de una Roma en la que la riqueza, la opulencia y el lujo crecía sin límites ni control, se retiró de la vida pública. Había conseguido que se pusiera en marcha una vez más la maquinaria de guerra romana para aniquilar Cartago, aunque él no llegara a ver en vida el último ataque sobre la ciudad que tuvo lugar poco después de su muerte, pero no había logrado borrar de la historia a los Escipiones. Se dedicó entonces, durante los últimos años de su vida, a una intensa labor literaria centrada especialmente en ensayos, muchos de los cuales nos han llegado hasta nuestra época suponiendo una enorme y muy rica fuente de conocimiento sobre la forma de vida de la Roma de aquella época. De entre ellos, por ejemplo, destaca su tratado sobre agricultura, *De Agri Cultura* o *De Re Rustica*, del que se extrae la cita sobre los puerros de principio del libro VI de esta novela. Según parece, Catón escribió muchos de estos textos para educar a su hijo mayor de la forma más recta posible, evitando así que tuviera que leer textos de perniciosa influencia extranjerizante. Catón, no obstante, no supo o no pudo estar a la altura de la moralidad sin tacha que predicaba y exigía a todos en la vida pública y privada y en los últimos años de vida no sólo tuvo devaneos con esclavas jóvenes y hermosas sino que, para escándalo de su hijo primogénito, Marco Porcio Catón Liciniano, así denominado ya que su padre se había casado con una mujer de la *gens* Licinia, Catón ya anciano tomó por esposa a la más joven y bella de sus esclavas, llamada Salonia, con la que tuvo un hijo que da nombre a la rama *saloniana* de la familia. Este último desliz, desde el punto de vista moral, le valió que su hijo legítimo y primogénito le negara la palabra para el resto de su vida. Sin embargo, esta relación del viejo Catón con su bella esclava dio sus frutos a largo plazo, pues así como de la rama de su hijo legítimo no hubo descendencia que destacara en la vida pública y militar de Roma, de su hijo ilegítimo desciende directamente Catón *el Joven*, bisnieto de Catón *el Viejo*, y que será uno de los grandes enemigos políticos de Julio César, repitiéndose así el enfrentamiento entre un Catón y alguien que destacaba por encima de todos los demás senadores, sólo que esta reedición de la historia tuvo un final diferente al enfrentamiento entre Catón *el Viejo* y Escipión.

No es ésta la única conexión entre César y los Escipiones, pues

Escipión Emiliano, antes de partir para combatir en Numancia, eligió con esmero sus tribunos y oficiales, conocedor de que iba a enfrentarse con un pueblo de tremenda astucia y capacidad militar. Y entre esos tribunos, Escipión Emiliano seleccionó a un tal Cayo Mario, que no es otro sino que el famoso Mario que a su regreso de Hispania iniciaría una fructífera carrera política hasta conseguir el consulado en numerosas ocasiones y reorganizar las legiones hasta transformarlas en las legiones que luego mantendrían al Imperio de Roma en la cima de su poder durante siglos. Fue, de hecho, el propio Escipión Emiliano quien animó a Cayo Mario a que hiciese carrera en política. Y, como es bien conocido, Cayo Mario no es otro sino que el tío de Julio César. O, dicho de otro modo, el tío de Julio César, que tanto influyó en quien debía acabar con la República y abrir las puertas del principado como nueva forma de gobierno en Roma fue, a su vez, tribuno militar a las órdenes del nieto adoptivo de *Africanus*. Después de todo, al final, se cumplió el peor de los presagios de Catón *el Viejo* y un hombre se erigió por encima de todos los demás, sólo que unos doscientos años después de lo que él había previsto. Acertó en lo que iba a ocurrir, pero se equivocó en quién iba a ejecutar ese cambio en el gobierno de Roma.

El resto del mundo fue evolucionando a la par que Roma crecía en poder: Egipto prosiguió en su imparable declive que, eso sí, como no podía ser de otra forma para una civilización de más de tres mil años, tuvo término de la forma más épica posible con los amores de su última reina, Cleopatra VII con el propio Julio César y con Marco Antonio. Por otro lado, Siria y el resto del Imperio seléucida continuó desintegrándose hasta quedar todos sus territorios en pequeños reinos independientes o absorbidos primero por Pérgamo y luego por los partos y los propios romanos. Eumenes II de Pérgamo, sin embargo, supuso una breve pero intensa revitalización del mundo helenístico en Asia y bajo su reinado la ciudad se constituyó en uno de los enclaves más importantes del mundo con un teatro y, sobre todo, un impresionante altar en honor a Zeus erigido por orden de Eumenes II pocos años después de la muerte de Escipión y Aníbal, altar que puede admirarse en el Museo de Pérgamo en la isla de los museos en el centro de Berlín.

Tito Maccio Plauto falleció el mismo año o en fechas muy próximas a la muerte de Escipión. Su vida fue azarosa, su intromisión en política sólo intermitente, pero su legado a la literatura es sublime. Nadie después de él consiguió un éxito similar en el teatro en Roma y sólo después de muchos siglos, el teatro recuperó su posición relevante en el mundo de la literatura. Pero más allá de las palabras están los hechos: las obras de Plauto siguen representándose, año tras año, en múltiples escenarios del mundo y tan recientemente como en 2008 su obra *Miles Gloriosus*, recreada en *Las legiones malditas*, volvía a representarse en el teatro de Mérida, más de 2.200 años después de su estreno. Eso es una capacidad de prevalencia en la historia de la literatura que muy pocos han conseguido o conseguirán jamás.

Cayo Lelio regresó a Roma y se mantuvo como fiel servidor del Estado durante varios años más, asumiendo los cargos de procónsul en la Galia Cisalpina y embajador ante el rey Perseo de Macedonia, puestos que ejerció, según los datos que nos han llegado, con su habitual eficacia y austeridad. En torno a 160 a.C., como he mencionado antes, más allá de otros posibles encuentros anteriores, proporcionó mucha información al historiador Polibio. Lelio educó a su hijo próximo al círculo de los Escipiones y Escipión Emiliano, reproduciendo la vieja amistad entre su abuelo adoptivo y Cayo Lelio, encontró en el hijo de Cayo Lelio otro gran apoyo y confidente que le acompañó con lealtad en numerosas de sus campañas militares hasta el punto que Cicerón escribió su tratado sobre la amistad, *De Amicitia*, tomando como modelo la estrecha relación entre Cayo Lelio hijo y Escipión Emiliano.

Netikerty es un personaje de ficción, al igual que su hijo Jepri, si bien los acontecimientos en los que se ven envueltos durante *Las legiones malditas* o *La traición de Roma* son hechos completamente históricos, como la enfermedad de Escipión, las redes de espionaje e información y desinformación entre las diferentes facciones senatoriales de la época, los informes que Escipión enviara al Senado desde África, el reinado del faraón niño y su famoso edicto en griego, demótico y jeroglífico que ha quedado recogido para la posteridad en la hoy denominada «piedra Roseta» exhibida en el Museo Británico de Londres, o las patrullas en el Nilo, entre otros acontecimientos sobresalientes. Por otro lado, el que un general poderoso de Roma, como Lelio, tuviera devaneos con esclavas hermosas y hasta hijos ilegítimos (si hasta el propio Catón los tuvo y hay constancia de ello), es más probable que improbable. Me gusta pensar que fue con alguien como Netikerty. Y ¿pudo una esclava tener en sus manos la vida de Escipión? Lo que es seguro es que Escipión estuvo gravemente enfermo en Cartago Nova, a punto de morir, de hecho el rumor de su muerte propició la rebelión de las tropas de Sucro, y tampoco sería descartable que sus enemigos políticos fraguaran algún intento de asesinato específico, aunque de eso no hay constancia, al contrario de lo que sucede con las redes de espionaje y contraespionaje que sí están referidas por la historiografía clásica.

Areté tiene nombre ficticio, pero Escipión, según el historiador Valerio Máximo del siglo I d.C., tuvo una amante entre una de sus esclavas y, sin duda, ese hecho afectó a la vida con su esposa. Su relación con esta amante se inició, siempre según Valerio Máximo, en torno a 191 a.C. y se mantuvo hasta la muerte del propio Escipión, tal y como se cuenta en la novela. Se desconoce el origen o la historia de esta esclava, pero, siempre según esta versión de la historiografía clásica, Emilia Tercia, en una muestra de suprema generosidad, liberó a esta esclava tras la muerte de su esposo y permitió que contrajera matrimonio con otro de sus esclavos manumitidos.

Sofonisba, otro de los grandes personajes de esta trilogía (en *Las legiones malditas*), es un personaje plenamente histórico, hija del general púnico Giscón, y todas las relaciones de la hermosa cartaginesa con los reyes númidas también son auténticas al igual que las implicaciones que dichas relaciones tuvieron durante la segunda guerra púnica.

Emilia Tercia sobrevivió veinte años a su marido, regresó a Roma y quién sabe si por despecho hacia Catón, se dedicó a vivir en medio de un gran lujo como muestra del poder de la familia de los Escipiones en su gran *domus* en el corazón de Roma. Lamentablemente, sobrevivió también a su hijo, pero vio compensada esta pérdida viendo cómo con la adopción de Escipión Emiliano, el poder de la familia seguía presente en Roma más allá de todas las maquinaciones de los viejos enemigos de su esposo.

¿Cayó preso el hijo de Escipión en la campaña de Magnesia? La respuesta es sí: fue hecho prisionero y Antíoco negoció, o, mejor dicho, intentó negociar con su padre y su tío. Los historiadores son rotundos en dos cuestiones: estuvo preso, en manos del ejército de Antíoco, y Aníbal era uno de sus máximos consejeros, pero, a partir de ahí, no se sabe bien cómo o por qué, pero el hijo de Escipión fue liberado y devuelto a su padre. Luego vino la batalla de Magnesia y el resto de la historia. Catón empleó con habilidad la confusión sobre este episodio para atacar a Escipión públicamente en combinación con la petición de los famosos 500 talentos de oro.

¿Hablaron realmente Escipión y Aníbal? Nuevamente la respuesta es que sí: la conversación previa a la batalla de Zama está recogida por varios historiadores, mientras que para otros el segundo encuentro en Éfeso está entre la historia y la leyenda, pero es cierto que Aníbal era, como hemos dicho, consejero de Antíoco y es cierto también que Escipión fue enviado a una embajada de negociación a Asia antes de la batalla final de Magnesia.

Finalmente, el cuerpo de Aníbal nunca fue llevado a Roma. El historiador Sexto Aurelio Víctor, del siglo IV d.C., identifica una tumba en Asia, que fue restaurada en el año 200 d.C. por el emperador romano Septimio Severo, de origen libio, pues nació en Leptis Magna, y sobre la que en su tiempo se podía leer la inscripción: «Aquí se esconde Aníbal.» Este punto parece ser una colina rodeada de cipreses en las ruinas de Diliskilesi, próxima a la ciudad industrial de Libisa, hoy denominada Gebze. Ahora bien, los historiadores actuales, en función de las excavaciones arqueológicas recientes, se muestran muy escépticos sobre la veracidad de todos estos datos hasta el punto de que en la actualidad se considera que se desconoce el emplazamiento exacto de la tumba del gran general de Cartago. Este pequeño gran secreto sea quizá la última de sus victorias. Descanse en paz. Curiosamente, lo mismo ocurre con la tumba de Publio Cornelio Escipión, *Africanus*: tampoco se conoce su emplazamiento preciso. Livio nos habla de una tumba de Publio y Lucio Cornelio Escipión, con estatuas suyas y de su poeta amigo Ennio en algún lugar de Roma. Si esto es cierto significaría que en algún momento se trasladaron los restos de Escipión de Literno hasta Roma, pero ningún hallazgo arqueológico hasta la fecha ha podido certificar la localización de esta tumba de la que nos habla Tito Livio. En suma, podemos afirmar que hoy día una densa nube de misterio envuelve por completo dónde puedan estar enterrados Escipión o Aníbal. Hasta en eso les sigue uniendo el destino.

2

Glosario

ab urbe condita: Desde la fundación de la ciudad. Era la expresión que se usaba a la hora de citar un año, pues los romanos contaban los años desde el día de la fundación de Roma, que corresponde tradicionalmente con el año 754 a.C. En *Africanus, el hijo del cónsul* y *Las legiones malditas* se usa de referencia el calendario moderno con el nacimiento de Cristo como referencia, pero ocasionalmente se cita la fecha según el calendario romano para que el lector tenga una perspectiva de cómo sentían los romanos el devenir del tiempo y los acontecimientos con relación a su ciudad.

ad tabulam Valeriam: Cuando en el antiguo Senado de Roma un orador se posicionaba junto al gran cuadro que Valerio Mesala ordenó pintar en una de sus paredes para celebrar su victoria sobre Hierón de Siracusa.

Aequimelium: Barrio que se extendió al norte del *Vicus Jugarius* y al sur del Templo de Júpiter Capitolino.

affectio maritales: Voluntad recíproca de dos personas de permanecer unidos más allá de otras circunstancias, como, por ejemplo, un *exsilium* que conlleva la pérdida del *connubium*.

agema: Se ha utilizado este término para referirse a diferentes cuerpos de élite de los ejércitos helenísticos, en muchos casos, unidades de infantería, pero en *La traición de Roma*, el término se aplica a la fuerza de caballería del rey Antíoco III, una unidad de élite que constituía una auténtica guardia imperial de unos mil jinetes que intervenían junto al rey acompañándole durante las batallas campales. Así intervinieron de forma activa tanto en la batalla de Rafia en el año 217 a.C. contra el ejército egipcio de Tolomeo IV como contra la caballería romana del ala izquierda en el año 190 a.C. en la batalla de Magnesia. Los jinetes de esta unidad no estaban acorazados y esto les dotaba de gran rapidez en sus desplazamientos, aunque los hacía más vulnerables que los poderosos y muy temidos *catafractos*.

agone: «Ahora» en latín. Expresión utilizada por el ordenante de un sacrificio para indicar a los oficiantes que emprendieran los ritos de sacrificio.

Africanus: Sobrenombre que adquirió Publio Cornelio Escipión tras su victoria sobre Aníbal en África. Fue la primera vez que un general romano fue conocido por el nombre de uno de los territorios que conquistó. Su hermano continuó con esta costumbre al autoproclamarse *Asiaticus* tras su victoria en Magnesia y luego otros muchos generales optaron por esta tendencia, como Escipión Emiliano, nieto adoptivo de Escipión Africano, quien al conquistar Numancia, decidió denominarse como *Numantinus*. Posteriormente los emperadores se arrogaron esta capacidad de añadir a sus nombres imperiales el de aquellos reinos que conquistaban.

Agonium Veiouis: Fiesta celebrada el 21 de mayo del calendario romano en la que se sacrificaba un carnero en honor de la diosa infernal Veiouis.

alcionios: Días de calma después de o entre días de fiesta.

Altar de Hierón: Gigantesco altar para sacrificar animales levantado por orden de Hierón, tirano de Siracusa.

Altercatio: Algarabía o tumulto de voces, gritos e insultos proferidos por los senadores en momentos de especial tensión durante una sesión en la *Curia*.

Amphitruo: «Anfitrión», personaje de una de las obras del teatro clásico latino que, además de dar nombre a una tragicomedia, a partir del siglo XVII pasará a significar la persona que recibe y acoge a visitantes en su casa.

anábasis: Término griego que hace referencia a un viaje o expedición. La más famosas, sin duda, es la *anábasis* de Alejandro Magno en su ruta hacia Oriente, pero se ha empleado la misma palabra para referirse a otras expediciones similares, como en el caso que ocupa a *La traición de Roma* a la *anábasis* o expedición de Antíoco III de Siria en su reconquista de los territorios orientales del Imperio seleúcida.

antica: Lo que quedaba ante un augur cuando éste iba a tomar auspicios o leer el vuelo de las aves. Lo que quedaba a sus espaldas se denominaba *postica*.

Apolo: En la mitología griega y romana *Apolo* era el dios de la luz y el sol, patrón de Delfos y muy adorado en Oriente, por ejemplo, en la Siria seleúcida bajo el reinado de Antíoco III.

Ara Máxima Herculis Invicti: Altar levantado en las proximidades de las cárceles del circo.

Argiletum: Avenida que parte del foro en dirección norte dejando el gran *Macellum* al este.

Arx Asdrubalis: Una de las colinas principales de la antigua Qart Hadasht para los cartagineses, ciudad rebautizada como Cartago Nova por los romanos.

as: Moneda de curso legal a finales del siglo III en el Mediterráneo occidental. El *as grave* se empleaba para pagar a las legiones romanas y equivalía a doce onzas y era de forma redonda según las monedas de la Magna Grecia. Durante la segunda guerra púnica comenzó a acuñarse en oro además de en bronce.

Asclepios: o *Asclepio* era el dios griego de la medicina.

Asfódelos: Primera región del Hades donde las almas vagan a la espera de ser juzgadas.

argiráspides: Unidades de infantería de élite de los ejércitos helenísticos también conocidos, según su nombre, como *escudos de plata*. Constituían una de las fuerzas de choque más importantes de los ejércitos de Oriente.

Asiaticus: Sobrenombre que adoptó Lucio Cornelio Escipión tras su victoria en Asia en la batalla de Magnesia contra el ejército seleúcida del rey Antíoco III de Siria.

Asinaria: Primera comedia de Tito Macio Plauto que versa sobre cómo el dinero de la venta de unos asnos es utilizado para costear los amoríos del joven hijo de un viejo marido infiel. Los historiadores sitúan su estreno entre 212 y 207 a.C. En esta novela su estreno se ha ubicado en el año 212 a.C. Aunque es una obra muy divertida, su repercusión en la literatura posterior ha sido más bien escasa. Destaca la recreación que Lemercier (1777-1840) hizo de la misma en la que incorporaba al propio Plauto como personaje. Algunos han querido ver en la descripción de la *lena* de esta obra la precedente del personaje de la alcahueta de *La Celestina*.

assa voce: Literalmente significa «sólo con la voz». Se refiere a aquellos cantos, sobre todo en los funerales romanos, que se hacían sin acompañamiento musical de ningún tipo. Así, por ejemplo, podemos leer como Varrón escribre «*Carmina antiqua, in quibus lau-*

des erant maiorum, et assa voce et cum tibicine», [«Cánticos antiguos en los que se alababa a los antepasados, cantados sólo con la voz, o con el acompañamiento de una flauta»]. En *La traición de Roma* el término se usa para explicar la forma en la que los sacerdotes *salios* interpretaban sus cantos de guerra.

Athlófora: Sacerdotisa que en los desfiles llevaba las insignias de la victoria.

attramentum: Nombre que recibía la tinta de color negro en la época de Plauto.

atriense: El esclavo de mayor rango y confianza en una *domus* romana. Actuaba como capataz supervisando las actividades del resto de esclavos y gozaba de gran autonomía en su trabajo.

augur: Sacerdote romano encargado de la toma de los auspicios y con capacidad de leer el futuro sobre todo en el vuelo de las aves.

auguraculum: Lugar puro donde el augur se situaba para leer el vuelo de las aves.

augurale: Lugar puro donde el augur se situaba para leer el vuelo de las aves dentro de un campamento militar.

Aulularia: o «comedia de la ollita» es una de las más famosas obras de Plauto. Su estreno se suele datar en torno a 194 a.C., coincidiendo con el segundo consulado de Publio Cornelio Escipión por la referencia directa que se recrea en *La traición de Roma* en relación a los privilegios que Escipión se concedió a sí mismo y otros magistrados para poder asistir sentados siempre en primera fila a las representaciones teatrales. La parte final de la obra está perdida, por eso en *La traición de Roma* la representación se interrumpe en ese momento.

auspex: Augur familiar.

autoritas: Autoridad, poder.

aves inferae: Aves en vuelo raso que presagiaban acontecimientos fatales.

aves praepetes: Aves de vuelo alto que presagiaban buenos acontecimientos.

Baal: Dios supremo en la tradición púnico-fenicia. El dios Baal o Baal Hammón («señor de los altares de incienso») estaba rodeado de un halo maligno de forma que los griegos lo identificaron con Cronos, el dios que devora a sus hijos, y los romanos con Saturno. Aníbal, etimológicamente, es el *favorecido* o el *favorito de Baal* y Asdrúbal, *mi ayuda es Baal*.

bacante: Técnicamente las *bacantes* eran las mujeres griegas que adoraban al dios Baco, pero luego su nombre se usó también para hacer referencia a las grandes fiestas que se organizaban en todo el mundo romano en honor de este mismo dios, aunque también se usaba el término *bacanales* para referirse a estos días de absoluto desenfreno donde el vino ocupaba un lugar privilegiado. Tal era el descontrol en estas fiestas que el Senado romano prohibió la celebración de estos ritos y sus excesivos banquetes a principios del siglo II a.C. Pese a la prohibición las *bacantes* o *bacanales* se siguieron celebrando con más o menos intensidad, dependiendo de la rigidez del control sobre el cumplimiento de la ley, hasta derivar en los carnavales que hoy día vemos en muchas ciudades del mundo entero.

Basileus Megas: o «Gran Rey» es el epíteto que se concedió a sí mismo el rey Antíoco III de Siria tras su reconquista de los territorios orientales del Imperio seleúcida.

bellaria: Postres, normalmente dulces, pero también dátiles, higos secos o pasas. Solían servirse durante la larga *comissatio.*

Bes: Dios egipcio protector del período del Imperio Nuevo, protector de los niños además de estar relacionado con el placer sexual. Suele representarse como un enano, barbudo y con melena que, con frecuencia, enseña la lengua.

buccinator: Trompetero de las legiones.

bulla: Amuleto que comúnmente llevaban los niños pequeños en Roma. Tenía la función de alejar a los malos espíritus.

caetra: Se trata de un escudo pequeño, de entre 50 a 70 centímetros de diámetro, normalmente de madera con refuerzos de metal que se usaba sobre todo en Iberia y Lusitania, pero también entre pueblos de Oriente como los licios. Resultaba muy manejable por sus dimensiones y apto para la guerrilla, pero no tan eficaz para proteger una formación o falange en una batalla campal.

calon: Esclavo de un legionario. Normalmente no intervenían en las acciones de guerra.

canéfora: Literalmente significa «portadora de canasto». Se trataba de jóvenes atenienses escogidas entre las mejores familias de la ciudad para participar en las fiestas Panateneas, que se celebraban en honor de Atenea. Las canéforas portaban los objetos para las ofrendas en la procesión, que al llegar al templo de la diosa le eran consagrados.

cardo: Línea de norte a sur que trazaba una de las avenidas principales de un campamento romano o que un augur trazaba en el aire para dividir el cielo en diferentes secciones a la hora de interpretar el vuelo de las aves.

Caronte: Dios de los infiernos que transportaba las almas de los recién fallecidos navegando por el río Aqueronte. Cobraba en monedas por ese último trayecto y de ahí la costumbre romana de poner una moneda en la boca de los muertos.

carpe diem: Expresión latina que significa «goza del día presente», «disfruta de lo presente», tomada del poema *Odae se Carmina* (1, 11, 8) del poeta Q. Horatius Flaccus.

Casina: La última comedia que compuso Plauto en torno a 183 o 184 a.C., contemporánea con la muerte de Publio Cornelio Escipión. Se trata de una farsa con la que el autor consiguió su último gran éxito.

cassis: Un casco coronado con un penacho adornado de plumas púrpura o negras.

castigatio: Flagelación a la que eran sometidos los legionarios por diversas faltas.

Cástor: Junto con su hermano Pólux, uno de los Dioscuros griegos asimilados por la religión romana. Su templo, el de los Cástores, o de Cástor y Pólux, servía de archivo a la orden de los *equites* o caballeros romanos. El nombre de ambos dioses era usado con frecuencia a modo de interjección en la época de *Africanus, el hijo del cónsul* y el resto de novelas de la trilogía.

Castra Cornelia: Sobrenombre que recibió el campamento que Publio Cornelio Escipión levantó en una pequeña península de difícil acceso, próximo a Útica, con el fin de protegerse del ataque de los ejércitos cartaginés y númida que le rodearon en su primer año de campaña en África.

catafractos: Caballería acorazada propia de los ejércitos de Persia y otros imperios de Oriente. Este tipo de unidades se caracterizaba porque tanto el caballo como el jinete iban protegidos por fuertes corazas que les hacían prácticamente invulnerables al enemigo. Los romanos sufrieron numerosas derrotas frente a este tipo de caballería hasta que poco a poco fueron incorporando unidades *catafractas* a la propia caballería de las legiones. El precursor de esta renovación sería el emperador Trajano.

cathedra: Silla sin reposabrazos con respaldo ligeramente curvo. Al principio sólo la usaban las mujeres, por considerarla demasiado lujosa, pero pronto su uso se extendió también a los hombres. Era usada luego por jueces para impartir justicia o por los profesores de retórica clásica. De ahí la expresión «hablar ex Cathedra».

causa extraordinaria: Proceso judicial promovido de forma extraordinaria, aunque cada vez resultaron más frecuentes a lo largo del siglo II a.C. en donde el encausado tenía que defender su inocencia ante un tribunal creado especialmente para dictaminar sobre las acusaciones que había declarado en su contra un tribuno de la plebe u otro magistrado.

circuli: Roscones elaborados con agua, harina y queso muy apreciados por los romanos.

Cistellaria: Obra de Plauto estrenada en torno al año 201 a.C., conocida también como «la comedia del cofre».

Ciudadela de Dionisio: Área fortificada próxima al istmo de la antigua ciudad de Siracusa al norte de la *Isla Ortygia.*

Clivus Victoriae: Avenida que transcurre en paralelo con el *Vicus Tuscus*, desde el *foro boario* hasta acceder al foro del centro de Roma por el sur a la altura del Templo de Vesta.

Clivus Argentarius: Avenida que parte del foro en dirección oeste dejando a la izquierda la prisión y a la derecha la gran plaza del *Comitium*. A la altura templo de Juno cruza la puerta Fontus y continúa hacia el oeste.

Cloaca Maxima: La mayor de las galerías del antiguo alcantarillado de la Roma antigua. Entra por el *Argiletum*, cruza el foro de norte a sur, atraviesa la *Via Sacra*, transcurre a lo largo del *Vicus Tuscus* hasta desembocar en el Tíber. Era famosa por su mal olor y durante muchos años se habló de enterrarla, pues transcurría a cielo abierto en la época de *Las legiones malditas.*

codo: Antigua unidad de medida de origen antropométrico que por lo general indicaba la longitud de un objeto tomando como referencia el espacio entre el codo y el final de la mano abierta. Esta unidad oscilaba de una civilización a otra aunque en la mayor parte del mundo helénico el codo equivalía, aproximadamente, a medio metro, 0,46m para los griegos y 0,44m para los romanos.

cognomen: Tercer elemento de un nombre romano que indicaba la familia específica a la que una persona pertenecía. Así, por ejemplo, el protagonista de *El Hijo del Cónsul*, de *nomen* Publio, pertenecía a la *gens* o tribu *Cornelia* y, dentro de las diferentes ramas o familias de esta tribu, pertenecía a la rama de los Escipiones. Se considera que con frecuencia los *cognomen* deben su origen a alguna característica o anécdota de algún familiar destacado.

Columna Maenia: Columna erigida en 338 a.C. en honor de Maenio, vencedor sobre los latinos en la batalla naval de Antium.

consulari potestate: «con poder consular». Expresión que se añadía a una magistratura a la que, de forma excepcional, se le atribuían poderes sólo propios de un cónsul de Roma.

comissatio: Larga sobremesa que solía tener lugar tras un gran banquete romano. Podía durar toda la noche.

comitia centuriata: La centuria era una unidad militar de cien hombres, especialmente durante la época imperial, aunque el número de este regimiento fue oscilando a lo largo de la historia de Roma. Ahora bien, en su origen era una unidad de voto que hacía referencia a un número determinado asignado a cada clase del pueblo romano y que se empleaba en los *comitia centuriata* o comicios centuriados, donde se elegían diversos cargos representativos del Estado en la época de la República.

comitiales: Días apropiados para celebrar elecciones.

Comitium: Tulio Hostilio cerró un amplio espacio al norte del foro donde poder reunir al pueblo. Al norte de dicho espacio se edificó la *Curia Hostilia* donde debería reunirse el Senado. En general, en el *Comitium* se congregaban los senadores antes de cada sesión.

conclamatio: Tras la muerte de un familiar y con el fin originario de asegurase de que en efecto esa persona había muerto, sus familiares y amigos lo llamaban en voz alta y clara mirándolo a los ojos. Después el cuerpo era paseado y exhibido y, al fin, incinerado y enterrado siempre fuera de la ciudad y muchas veces junto a un camino.

connubium: Dentro del derecho civil romano, el *connubium* es la capacidad de una persona para poder contraer matrimonio legal.

consentio Scipioni: «acepto lo propuesto por Escipión», fórmula para aceptar una propuesta presentada por Escipión en el Senado.

corona mural: Premio, a modo de condecoración especial, que recibían los legionarios u oficiales que conquistaban las murallas de una ciudad antes que ningún otro soldado. Quinto Terebelio y Sexto Digicio recibieron una corana mural cada uno por ser los primeros en escalar las murallas en el ataque a Cartago Nova en Hispania en 209 a.C.

corvus: Un gigantesco gancho asido a una muy gruesa y poderosa soga que sostenía la *manus ferrea* o pasarela que los romanos usaban para abordar barcos enemigos.

coturno: Sandalia con una gran plataforma utilizada en las representaciones del teatro clásico latino para que la calzaran aquellos actores que representaban a deidades, haciendo que éstos quedasen en el escenario por encima del resto de personajes.

cuatrirreme: Navío militar de cuatro hileras de remos. Variante de la *trirreme.*

cultarius: Persona encargada de sesgar el cuello de un animal durante el sacrificio. Normalmente se trataba de un esclavo o un sirviente.

cum imperio: Con mando sobre un ejército.

cúneo: Espacio de asientos entre escalinata y escalinata en los grandes teatros giregos y romanos. El de Siracusa estaba dividido en nueve *cúneos.*

curator: Administrador o responsable de una actividad concreta de la vida pública en Roma; en *La traición de Roma* se habla del *curator* designado por el Senado para organizar el *triunfo* de Publio Cornelio Escipión tras su gran victoria sobre Aníbal. El término se podía aplicar en la antigua Roma a otras responsabilidades como, por ejemplo, para indicar la persona encargada de los acueductos. En inglés se usa la misma palabra para referirse al conservador de un museo o al comisario de una exposición de arte.

Curculio: Comedia de Plauto estrenada en torno a 199 a.C. en donde un esclavo, al que se le denomina *curculio* (es decir, gusano o gorgojo), es enviado a Asia a rescatar a una mujer de la que está enamorado su amo.

Curia: Apocope de *Curia Hostilia.*

Curia Hostilia: Es el palacio del Senado, construido en el *Comitium* por orden de Tulio Hostilio, de donde deriva su nombre. En el año 52 a.C. fue destruida por un incendio y reemplazada por una edificación mayor. Aunque el Senado podía reunirse en otros lugares, este edificio era su punto habitual para celebrar sus sesiones. Tras su incendio se edificó la *Curia Julia*, en honor a César, que perduró todo el imperio hasta que un nuevo incendio la arrasó durante el reinado de Carino. Diocleciano la reconstruyó y engrandeció.

cursus honorum: Nombre que recibía la carrera política en Roma. Un ciudadano podía ir ascendiendo en su posición política a diferentes cargos de género político y militar, desde una edilidad en la ciudad de Roma, hasta los cargos de cuestor, pretor, censor, procónsul, cónsul o, en momentos excepcionales, dictador. Estos cargos eran electos, aunque el grado de transparencia de las elecciones fue evolucionando dependiendo de las turbulencias sociales a las que se vio sometida la República romana.

Dagda: Diosa celta de los infiernos, las aguas y la noche.

daha: Guerrero mercenario incorporado a las filas de los ejércitos seleúcidas de Oriente. Era frecuente que dos de estos guerreros compartieran montura en los enfrentamientos contra la caballería enemiga, donde uno de los dos desmontaba para, desde el suelo, herir a los caballos enemigos. Eran también excelentes arqueros.

damnatus: Maldito.

decumanus: Línea de este a oeste que trazaba una de las avenidas principales de un campamento romano o que un augur trazaba en el aire para dividir el cielo en diferentes secciones a la hora de interpretar el vuelo de las aves.

deductio: Desfile realizado en diferentes actos de la vida civil romana. Podía llevarse a cabo para honrar a un muerto, siendo entonces de carácter funerario, o bien para festejar a una joven pareja de recién casados, siendo en esta ocasión de carácter festivo.

deductio in forum: «Traslado al foro». Se trata de la ceremonia durante la que el *pater familias* conducía a su hijo hasta el foro de la ciudad para introducirlo en sociedad. Como acto culminante de la ceremonia se inscribía al adolescente en la tribu que le correspondiera, de modo que quedaba ya como oficialmente apto para el servicio militar.

de ea re quid fieri placeat: Fórmula mediante la cual el presidente del Senado invitaba a los senadores a opinar sobre un asunto con entera libertad.

defritum: Condimento muy usado por los romanos a base de mosto de uva hervido.

De Re Rustica: o *De Agri Cultura* es el único de los escritos de Catón que nos ha llegado en su totalidad. Es una serie de libros en donde Catón describe con detalle la forma más conveniente, a su juicio, para llevar una gran granja o hacienda. Explicita desde las formas adecuadas de recolección de cultivos tan claves en Italia como la aceituna hasta consejos sobre lo apropiado de vender esclavos mayores o enfermos para mantener una buena producción.

devotio: Sacrificio supremo en el que un general, un oficial o un soldado entrega su propia vida en el campo de batalla para salvar el honor del ejército.

domus: Típica vivienda romana de la clase más acomodada, normalmente compuesta de un vestíbulo de entrada a un gran atrio en cuyo centro se encontraba el *impluvium.* Alrededor del atrio se distribuían las estancias principales y al fondo se encontraba el *tablinium*, pequeño despacho o biblioteca de la casa. En el atrio había un pequeño altar para ofrecer sacrificios a los dioses Lares y Penates que velaban por el hogar. Las casas más ostentosas añadían un segundo atrio posterior, generalmente porticado y ajardinado, denominado peristilo.

et cetera: Expresión latina que significa «y otras cosas», «y lo restante», «y lo demás».

Eolo: Dios del viento.

escorpión: Máquina lanzadora de piedras diseñada para ser usada en los grandes asedios.

Eshmún: El dios fenicio de la medicina y la salud especialmente adorado en la ciudad de Sidón en donde el pueblo le había erigido un inmenso templo famoso en todo Oriente. Este templo fue construido en el siglo VI a.C. durante el reinado de Eshmunazar II y hasta los romanos hicieron adiciones a este gran santuario. Las excavaciones llevadas a cabo entre 1963 y 1978 descubrieron multitud de pequeñas estatuillas que simbolizaban las personas que habían sido curadas por intervención de este dios. Entre estas imágenes destacaban la gran cantidad de estatuillas que representaban a niños y niñas. Eshmún es para muchos el equivalente fenicio al dios griego Asclepio o Esculapio, en su versión latina.

exsilium: Literalmente «salir o abandonar la tierra (propia)». Era una de las más terribles sentencias que se podían imponer a un criminal en Roma. No está claro si el *exsilium* comportaba siempre la pérdida de la ciudadanía. Parece ser que el *exsilium* fue empeorando como pena de forma que en tiempos del emperador Tiberio casi todo exiliado perdía la ciudadanía. Nos ha llegado también el término *exsilium iustum* en donde se hace hincapié en el hecho de que el desterrado no perdía la ciudadanía. En el *exsilium* las autoridades podían confiscar las propiedades del desterrado, pero ésta era una acción extrema y, por lo general, las propiedades privadas pasaban a manos de los familiares más próximos al condenado. Éste sería el caso de Escipión tal y como se relata en *La traición de Roma.*

exsilium iustum: Se trataría de una versión más «suave» de la pena de destierro donde, como se explica en *La traición de Roma*, el condenado no perdía todos sus derechos. Se considera que ésta sería la versión de destierro que Graco propuso a Escipión para que éste aceptase la condena y evitar así una guerra civil.

ex profeso: De forma expresa o exclusiva.

falárica: En la novela *Africanus, el hijo del cónsul*, se refiere al arma que arrojaba jabalinas a enorme distancia. En ocasiones estas jabalinas podían estar untadas con pez u otros materiales inflamables y prender al ser lanzadas. Fue utilizada por los saguntinos como arma defensiva en su resistencia durante el asedio al que les sometió Aníbal. En *Las legiones malditas* se usa el término para referirse a las lanzas de origen ibero adoptadas por las legiones de Roma.

falcata: Arma blanca a modo de espada propia de las tribus iberas de la época prerromana; su filo, longitud y forma inspiraron el posterior desarrollo del *gladio* romano, muy similar a la *falcata* con la diferencia de que el arma ibera era ligeramente curva y la romana era recta.

falera: Condecoración en forma de placa o medalla que se colgaba del pecho.

far: Grano en generál, del cual extraían los romanos la harina necesaria para el pan y otros alimentos.

fasti: Días apropiados para actos públicos o celebraciones de toda índole.

fatum: El destino que, para los romanos, era siempre inexorable.

fauete linguis: Expresión latina que significa «contened vuestras lenguas». Se utilizaba para reclamar silencio en el momento clave de un sacrificio justo antes de matar al animal seleccionado. El silencio era preciso para evitar que la bestia se pusiera nerviosa.

februa: Pequeñas tiras de cuero que los *luperci* utilizaban para tocar con ellas a las jóvenes romanas en la creencia que dicho rito promovía la fertilidad.

feliciter: Expresión empleada por los asistentes a una boda para felicitar a los contrayentes.

Ficus Ruminalis o Ruminal: Una moribunda higuera partida por un rayo bajo la que se suponía que la loba amamantó a los gemelos Rómulo y Remo.

flamines mayores: Los sacerdotes más importantes de la antigua Roma. Los *flamines* eran sacerdotes consagrados a velar por el culto a una divinidad. Los *flamines maiores* se consagraban a velar por el culto a las tres divinidades superiores, es decir, a Júpiter, Marte y Quirino.

Foro boario: El mercado del ganado, situado junto al Tíber, al final del *Clivus Victoriae*.

fundamentum cenae: El plato principal de una cena o banquete romano.

gaesum: Arma arrojadiza, completamente de hierro, de origen celta adoptada por los ejércitos de Roma en torno al siglo IV a.C.

garum: Pesada pero jugosa salsa de pescado de origen ibero que los romanos incorporaron a su cocina.

gens: El *nomen* de la familia o tribu de un clan romano.

gladio: Espada de doble filo de origen ibérico que en el período de la segunda guerra púnica fue adoptada por las legiones romanas.

gradus deiectio: Pérdida del rango de oficial.

Graecostasis: El lugar donde los embajadores extranjeros aguardaban antes de ser recibidos por el Senado. En un principio se encontraba en el *Comitium*, pero luego se trasladó al foro.

Hades: El reino de los muertos.

hasta velitaris: Nombre usado para referirse en ocasiones a armas arrojadizas del tipo *gaesum* o *uerutum*.

hastati: La primera línea de las legiones durante la época de la segunda guerra púnica. Si bien su nombre indica que llevaban largas lanzas en otros tiempos, esto ya no era así a finales del siglo III a.C. En su lugar, los *hastati*, al igual que los *principes* en la segunda fila, iban armados con dos *pila* o lanzas más con un mango de madera de 1,4 metros de longitud, culminada en una cabeza de hierro de extensión similar al mango. Además, llevaban una espada un escudo rectangular, denominado *parma*, coraza, espinillera y yelmo, normalmente de bronce.

Heqet: Una de las diosas egipcias de la fertilidad representada por una rana o por una mujer con cabeza de rana, ya que tras cada crecida del Nilo nacían millones de ranas en sus orillas.

Hércules: Es el equivalente al Heracles griego, hijo ilegítimo de Zeus concebido en su relación, bajo engaños, con la reina Alcmena. Por asimilación, Hércules era el hijo de Júpiter y Alcmena. Plauto recrea los acontecimientos que rodearon su concepción en su tragicomedia *Amphitruo*. Entre sus múltiples hazañas se encuentra su viaje de ida y vuelta al reino de los muertos, lo que le costó un severo castigo al dios *Caronte*.

hetera: o *hetaira* era una cortesana o prostituta de lujo en Grecia y, por extensión de su cultura, en todo el mundo helenístico. Eran damas de compañía que además de hermosas estaban educadas en literatura, música o danza. Normalmente ejercían esta actividad extranjeras o antiguas esclavas. Su importancia social era grande, siendo las únicas mujeres que podían asistir a los simposios o banquetes griegos y sus opiniones eran respetadas. Hay quien ha querido ver en las *heteras* una forma de vida similar a la de las geishas japonesas.

hilarotragedia: Mezcla de comedia y tragedia, promovida por Rincón y otros autores en Sicilia.

Hymenaneus: El dios romano de los enlaces matrimoniales. Su nombre era usado como exclamación de felicitación a los novios que acababan de contraer matrimonio.

ignonimia missio: Expulsión del ejército con deshonor.

***in extremis*:** Expresión latina que significa «en el último momento». En algunos contextos puede equivaler a *in articulo mortis*, aunque no en esta novela.

insulae: Edificios de apartamentos. En tiempo imperial alcanzaron los seis o siete pisos de altura. Su edificación, con frecuencia sin control alguno, daba lugar a construcciones de poca calidad que podían o bien derrumbarse o incendiarse con facilidad, con los consiguientes grandes desastres urbanos.

intercalar: Éste era un mes que se añadía al calendario romano para completar el año, pues los meses romanos seguían el ciclo lunar que no daba de sí lo suficiente para abarcar el ciclo completo de 365 días. La duración del mes intercalar podía oscilar y era decidida, generalmente, por los sacerdotes.

interrex: Magistratura romana que, en la época de la república, correspondía a un cargo temporal cuya duración era de tan sólo cinco días. Se trataba de un magistrado encargado de organizar los comicios que debían realizarse en ausencia de los cónsules por encontrarse éstos fuera de Roma luchando en alguno de los numerosos frentes bélicos. Era frecuente que no fuera el primer *interrex* el que convocase las elecciones, sino el segundo o el tercero, ya que la puesta en marcha de unos comicios llevaban su tiempo y el *interrex* era siempre relevado a los cinco días.

imagines maiorum: Retratos de los antepasados de una familia. Las *imagines maiorum* eran paseadas en el desfile o *deductio* que tenía lugar en los ritos funerarios de un familiar.

impedimenta: Conjunto de pertrechos militares que los legionarios transportaban consigo durante una marcha.

imperator: General romano con mando efectivo sobre una, dos o más legiones. Normalmente un cónsul era *imperator* de un ejército consular de dos legiones.

imperium: En sus orígenes era la plasmación de la proyección del poder divino de *Júpiter* en aquellos que, investidos como cónsules, de hecho ejercían el poder político y militar de la República durante su mandato. El *imperium* conllevaba el mando de un ejército consular compuesto de dos legiones completas más sus tropas auxiliares.

impluvium: Pequeña piscina o estanque que, en el centro del atrio, recogía el agua de la lluvia que después podía ser utilizada con fines domésticos.

ipso facto: Expresión latina que significa «en el mismo momento», «inmediatamente».

Isis: Diosa egipcia, esposa de Osiris y madre de Horus. Se la considera la madre de los dioses y la facilitadora de la fecundidad. Se la conoce como la «Gran maga», «Gran diosa madre», «Reina de los dioses», «Fuerza fecundadora de la naturaleza», «Diosa de la maternidad y del nacimiento», «La Gran Señora», «Diosa madre», o «Señora del Cielo, de la Tierra y del Inframundo».

Isla Ortygia: Isla que corresponde a la parte más antigua de la ciudad de Siracusa, al norte tiene el puerto pequeño o *Portus Minor* y al sur el gran *Portus Magnus*.

iudicium populi: Era un juicio dictado por el pueblo. En esos casos el proceso se celebraba ante el pueblo congregado con frecuencia en el *Comitium* ante los *rostra*. Eran procesos confusos donde la sentencia final dictada por el pueblo dependía sustancialmente de la popularidad del encausado. De hecho, lo habitual es que quien estaba siendo acusado en el Senado o por un tribuno de la plebe, si era un ciudadano de gran popularidad, exigiera su derecho a un *iudicium populi*, algo que reclamaba en la seguridad de saberse absuelto por un pueblo que le admiraba y que no estaba dispuesto a dar crédito a las acusaciones, incluso si éstas estaban bien fundamentadas. Por ello, cada vez de forma más habitual, se recurría a *causas extraordinarias* donde aquellos senadores muy populares eran juzgados por tribunales alternativos compuestos por otros senadores. Esto, a su vez, dio también lugar a abusos claros, esta vez en perjuicio de los acusados que debían enfrentarse contra tribunales creados ex profeso para juzgarles y, con frecuencia, claramente predispuestos en su contra. De este modo, en el año 149 a.C., el tribuno de la plebe aprobó una ley por la que los casos de malversación de fondos o de abuso de poder de gobernadores en diferentes provincias serían tratados por una comisión permanente de senadores en un intento de mantener un tribunal más objetivo.

ius gentium: El marco jurídico dentro del derecho romano que se aplica a los extranjeros o las relaciones entre ciudadanos romanos y extranjeros. En el contexto de *La traición de Roma* hay que entender que la propuesta que se le hace a Publio Cornelio Escipión de aplicarle el derecho propio de un extranjero resulta claramente ofensiva y humillante. No es de extrañar su reacción de desprecio ante semejante propuesta, pues se está sugiriendo tratar como un extranjero al mismísimo *princeps senatus*.

iustum matrimonium: Se trata del matrimonio legal dentro del marco jurídico del derecho civil romano; también es denominado como *iustae nuptiae*.

Júpiter Óptimo Máximo: El dios supremo, asimilado al dios griego Zeus. Su *flamen*, el Diales, era el sacerdote más importante del colegio. En su origen *Júpiter* era latino antes que romano, pero tras su incorporación a Roma protegía la ciudad y garantizaba el *imperium*, por ello el *triunfo* era siempre en su honor.

kalendae: El primer día de cada mes. Se correspondía con la luna nueva.

laganum: Torta de harina y aceite.

Lapis Níger: Espacio pavimentado con losas de mármol negro que supuestamente correspondía con la tumba de Rómulo.

laterna cornea: Linterna portátil con paredes semitransparentes de cuerno de animal.

laterna de Jessica: Linterna portátil con paredes semitransparentes de piel de vejiga de animal.

Lares: Los dioses que velan por el hogar familiar.

laudatio: Discurso repleto de alabanzas en honor de un difunto o un héroe.

Lautumiae: Cárcel construida junto a la antigua prisión. El *Lautumiae* se empleaba para encerrar a los prisioneros de guerra y las condiciones, aunque extremas, eran algo mejores que las de la vieja prisión o *Tullianum*. El nombre hace referencia a la vieja cantera en la que se construyó según unos y, según otros, otra prisión en Siracusa que tenía el mismo nombre. Hay quien piensa que en realidad sólo existía una única prisión en Roma que unas veces era denominada *Tullianum* y, en otras ocasiones, *Lautumiae*. En esta trilogía se consideran prisiones diferentes, situándose el encierro de Nevio en las celdas de la *Lautumiae* en *Las legiones malditas* y la prisión de Lucio Cornelio en el *Tullianum* en *La traición de Roma*.

lectus medius: Uno de los tres *triclinia* en los que se recostaban los romanos para comer. Los otros dos *triclinia* eran el *lectus summus* y el *lectus imus*. El *lectus medius* y el *lectus summus* estaban reservados para los invitados, y, en especial, el *lectus medius* estaba reservado para los invitados más distinguidos. El *lectus imus* era el que utilizaba el anfitrión y su familia. En cada *lectus* o *triclinium* podían recostarse hasta tres personas.

legati: Legados, representantes o embajadores, con diferentes niveles de autoridad a lo largo de la dilatada historia de Roma. En *Las legiones malditas* el término hace referencia a los representantes de una embajada del Senado.

legiones malditas: Los supervivientes de Cannae, descontando los oficiales de mayor rango que fueron exonerados en un juicio en el Senado (véase novela *Africanus, el hijo del cónsul*), fueron desterrados de Italia sine díe, condenados a la vergüenza del olvido por haber huido frente a Aníbal. Con estas tropas se formaron dos legiones, la V y la VI, que permanecieron apartadas del combate durante años. A las legiones V y VI se unirían a lo largo del tiempo otros legionarios que tras sufrir otra humillante derrota en Herdonea siguieron la misma mala fortuna que sus antecesores de Cannae. De esta forma, las legiones V y VI estaba formadas casi enteramente por legionarios que habían sido derrotados por Aníbal y que Roma apartaba de su vista por desprecio y rabia. Particularmente duro fue Quinto Fabio Máximo con estas tropas a las que negó el perdón cuando el cónsul Marcelo intercedió por ellas tras la conquista de Siracusa (véase novela *Africanus, el hijo del cónsul*).

legiones urbanae: Las tropas que permanecían en la ciudad de Roma acantonadas como salvaguarda de la ciudad. Actuaban como milicia de seguridad y como tropas militares en caso de asedio o guerra.

lena: Meretriz, dueña o gestora de un prostíbulo.

lenón: Proxeneta o propietario de un prostíbulo.

lemures: Espíritus de los difuntos, generalmente malignos, adorados y temidos por los romanos.

Lemuria: Fiestas en honor de los *lemures*, espíritus de los difuntos. Se celebraban los días 9, 11 y 13 de mayo.

letterae: Pequeñas tablillas de piedra que hacían las veces de entrada para el recinto del teatro.

Lexeis: Se trata de una gran obra enciclopédica elaborada por uno de los grandes bibliotecarios de la legendaria Biblioteca de Alejandría. En ella, Aristófanes de Bizancio recopila aquí un sinfín de palabras del griego arcaico y contemporáneo y además lo hace siguiendo la gran innovación propuesta por Zenodoto: el orden alfabético. Tristemente, esta magnífica obra se perdió, quizá en el propio incendio de la Gran Biblioteca narrado en el Epílogo de *La traición de Roma* o en alguno de los desastres que siguieron a la progresiva descomposición del Imperio romano. Hasta nosotros nos han llegado sólo algunas entradas de esta basta enciclopedia del saber antiguo gracias a las referencias que otros autores hicieron en sus textos a las definiciones del *Lexeis.* Es un pequeño regalo del pasado donde se puede admirar el tremendo esfuerzo realizado por este autor.

Lex Oppia: Una famosa ley de austeridad promulgada por el senado de Roma tras la derrota de Cannae (216 a.C.). Según esta ley se promovía la austeridad en todos los actos públicos y privados estipulándose de forma específica las restricciones que debían seguir los ciudadanos, haciéndose mención expresa de que las mujeres no podían portar joyas ni exhibirse con ropas coloridas ni trasladarse por la ciudad en carruajes. La ley estuvo en vigor durante un decenio hasta que, derrotada Cartago, la opulencia de la victoria hizo insostenible el mantenimiento de esta norma. Pese a la frontal oposición de Catón, la ley fue derogada en torno a 195 a.C.

Liberalia: Festividad en honor del dios *Liber*, que se aprovechaba para la celebración del rito de paso de la infancia a la adolescencia y durante el que se imponía la *toga viriles* por primera vez a los muchachos romanos. Se celebraba cada 17 de marzo.

lictor: Legionario que servía en el ejército consular romano prestando el servicio especial de escolta del jefe supremo de la legión: el cónsul. Un cónsul tenía derecho a estar escoltado por doce *lictores* y un dictador, por veinticuatro.

linterna púnica: Las linternas más apreciadas de la antigüedad provenían de Cartago y de ahí el nombre. Eran las que poseían las paredes más finas, pese a ser de cuerno o vejiga de animal y que, en consecuencia, iluminaban más. Posteriormente, las linternas se hicieron de cristal.

Lituus: Un bastón lago terminado de forma curva típico de los augures romanos.

Lotus: Centenario árbol que estuvo plantado en el centro de Roma desde los tiempos de Rómulo hasta más allá del reinado de Trajano.

Lug: Dios principal de los celtas. Tal es su importancia que dio nombre a la ciudad de Lugdunum, la actual Lyon. Aparece bajo distintas apariencias: como el dios-ciervo Cerunnos, como el dios Taranis de la tempestad o como el luminoso Belenos.

Lupercalia: Festividades con el doble objetivo de proteger el territorio y promover la fecundidad. Los *luperci* recorrían las calles con sus *februa* para «azotar» con ellas a las jóvenes romanas en la creencia de que con ese rito se favorecería la fertilidad.

luperci: Personas pertenecientes a una cofradía especial religiosa encargada de una serie de rituales encaminados a promover la fertilidad en la antigua Roma.

Macellum: Uno de los más grandes mercados de la Roma antigua, ubicado al norte del foro. Sufrió un tremendo incendio, igual que todo su barrio, que llegó a extenderse hasta el mismísimo foro en torno a 210 o 209 a.C. Tito Livio menciona este incendio. Nunca se descubrió la cusa del mismo, aunque se atribuyó a criminales. En *Las legiones malditas* el incendio viene recreado en el capítulo «Una noche de fuego».

mamertinos: Fuerza mercenaria de origen itálico al servicio de Agatocles, tirano de Siracusa. Tras la muerte del tirano en el año 288 a.C., los autodenominados *mamertitos,* hijos del dios de la guerra Marte, se sublevaron en vez de retirarse tomando la ciudad de Mesina y convirtiéndose en una fuente de conflictos durante bastantes años. Los *mamertinos,* conocedores que desde Mesina se controlaba el estrecho del mismo nombre, clave para el tráfico marítimo de la época, negociaron y chantajearon a romanos y cartagineses.

Manantial de Aretusa: Manantial natural en la *Isla Ortygia* de Siracusa que da al mar y que los griegos atribuían a la presencia allí de la ninfa Aretusa.

Manes: Las almas o espíritus de los que han fallecido.

manumissio vidicta: Proceso por el cual se concedía la libertad a un esclavo al solicitarla ésta un ciudadano romano que actuaba como *adsertor libertatis* frente a un magistrado.

manus ferrea: Gran pasarela que los romanos tendían desde sus barcos hacia la cubierta de los navíos enemigos con un poderoso *corvus* o gran polea para abordarlos con sus tropas.

Marte: Dios de la guerra y los sembrados. A él se consagraban las legiones en marzo, cuando se preparaban para una nueva campaña. Normalmente se le sacrificaba un carnero.

Marsias: Estatua arcaica de Sileno en el centro del foro, con un hombre desnudo cubierto por el *pileus* o gorro frigio que simbolizaba la libertad. Por ello, los libertos, recién adquirida su condición de libertad, se sentían obligados a acercarse a la estatua y tocar el gorro frigio.

medius lectus (o lectus medius): De los tres *triclinia* que normalmente conformaban la estancia dedicada a la cena, el que ocupaba la posición central y, en consecuencia, el de mayor importancia social.

Mercator: Comedia de Plauto basada en un original griego de Filemón, poeta de Siracusa (361-263 a.C.). La mayoría de los historiadores la consideran la segunda obra de Plauto tras la *Asinaria*, aunque, como es habitual, la datación de la misma oscila, concretamente, entre 212 y 206. En esta novela se la ha situado en 211. Para muchos críticos es una obra inferior en la producción plautina con una acción lenta y de menor comicidad que otras de sus obras más famosas. Se considera que, en este caso, Plauto se limitó a traducirla sin incorporar sus geniales aportaciones, como haría en otros muchos casos.

Meseta de Epipolae: Gran meseta al oeste de la ampliada ciudad de Siracusa tras la anexión de nuevos terrenos con la construcción de la muralla de Dionisio.

Mesjenet: Diosa egipcia protectora de los partos y la maternidad. Era representada de diversas formas, y se utilizaba un útero de novillo como símbolo suyo.

Miles Gloriosus: Una de las obras más famosas de Tito Maccio Plauto. Su fecha de estreno, como es siempre el caso en las obras de Plauto, es origen de controversia aunque la mayoría de los expertos considera que se estrenó en el año 205 a.C., fecha que hemos tomado para introducirla en la novela. La obra muestra el conocimiento exhaustivo que Plauto tenía de la vida militar, probablemente fruto de su propio paso como soldado al servicio de las legiones de Roma (véase novela *Africanus, el hijo del cónsul*). El marcado carácter crítico del texto del *Miles Gloriosus* ha hecho que muchos críticos la consideren una de las primeras obras antibelicista de la historia de la literatura. Su propio título, que traducido significa «el soldado fanfarrón», da idea del tono general de la obra.

milla: Los romanos medían las distancias en millas. Un milla romana equivalía a mil pasos y cada paso a 1,4 o 1,5 metros aproximadamente, de modo que una milla equivalía a entre 1400 y 1500 metros actuales, aunque hay controversia sobre el valor exacto de estas unidades de medida romanas. En *Las legiones malditas* las he usado con los valores referidos anteriormente.

mina: Moneda de curso legal a finales del siglo III a.C. en Roma.

Minos, Radamanto y Eaco: Los temidos e implacables jueces del inframundo.

mola salsa: Una salsa especial empleada en diversos rituales religiosos elaborada por las vestales mediante la combinación de harina y sal.

mulsum: Bebida muy común y apreciada entre los romanos elaborada al mezclar el vino con miel.

munerum indictio: Castigo por el cual un legionario se veía obligado a realizar trabajos o actividades indignas a su condición, desde acampar fuera del campamento hasta tener que estar en pie toda la noche frente al *praetorium*. En casos extremos, podía suponer el traslado a destinos complicados o le encargo de misiones de alto riesgo.

muralla servia: Fortificación amurallada levantada por los romanos en los inicios de la República para protegerse de los ataques de las ciudades latinas con las que competía por conseguir la hegemonía en Lacio. Estas murallas protegieron durante siglos la ciudad hasta que decenas de generaciones después, en el Imperio, se levantó la gran muralla Aureliana. Un resto de la *muralla servia* es aún visible junto a la estación de ferrocarril Termini en Roma.

murez: Almejas rojas exquisitas especialmente valoradas por los romanos.

Neápolis: Nuevo barrio de la antigua Siracusa, añadido al ampliar Dionisio las murallas de la ciudad hacia el oeste.

Nequamquam ita siet: Fórmula por la que se votaba en contra de una moción en el antiguo Senado de Roma que significa «que de ningún modo sea así».

Nefasti: Días que no eran propicios para actos públicos o celebraciones.

Neftis: Diosa egipcia; *Neftis* es su nombre griego y Nebet-Het su nombre egipcio que significa «Señora de la casa». Representa la oscuridad.

Neptuno: En sus orígenes Dios del agua dulce. Luego, por asimilación con el dios griego Poseidón, será también el dios de las aguas saladas del mar.

Nihil vos teneo: «Nada más tengo (que tratar) con vosotros», fórmula con la que el presidente del Senado de Roma levantaba la sesión.

Nimbus: Joya de especial valor, normalmente formada por una lámina de oro y perlas que un fino hilo o cinta de lino mantenía sujetas a la frente. Es más pequeña que una diadema. Plauto menciona un *nimbus* en una de sus obras. Estas joyas eran apreciadas por hacer más pequeñas las frentes de las mujeres romanas, y es que en la antigua Roma no se consideraba bella una frente amplia y despejada en el caso de una mujer. El nombre de la joya hace referencia a la luz que rodea la cabeza de una diosa.

Nobilitas: Selecto grupo de la aristocracia romana republicana compuesto por todos aquellos que en algún momento de su *cursus honorum* habían ostentado el consulado, es decir, la máxima magistratura del Estado.

nodus Herculis o ***nodus Herculaneus:*** Un nudo con el que se ataba la túnica de la novia en una boda romana y que representaba el carácter indisoluble del matrimonio. Sólo el marido podía deshacer ese nudo en el lecho de bodas.

nonae: El séptimo día en el calendario romano de los meses de marzo, mayo, julio y octubre, y el quinto día del resto de meses.

nomen: También conocido como *nomen gentile* o *nomen gentilicium*, indica la *gens* o tribu a la que una persona estaba adscrita. El protagonista de esta novela pertenecía a la tribu Cornelia, de ahí que su *nomen* sea Cornelio.

Nova Via: Avenida paralela la *Via Sacra* junto al Templo de Júpiter Stator.

Nut: También conocida como «la Gran diosa que dio a luz a los dioses» era la deidad egipcia de del cielo, la que había creado el universo y los astros. Su iconografía era la de una mujer arqueada que simbolizaba la bóveda celeste, aunque, como en tantos otros casos con los dioses egipcios, otras representaciones eran posibles (como una vaca, o encima de su marido Geb (la Tierra), etc. Sus cuatro extremidades simbolizaban los pilares sobre los que se sostiene el cielo.

oppugantio repentina: Ataque sobre la marcha, sin detenerse. En estos casos, las legiones se lanzan sobre el enemigo, sobre su campamento o contra su ciudad sin detenerse, sin frenar su avance. Se intentaba así aprovechar el factor sorpresa, pues era más habitual que cuando dos ejércitos enemigos se encontraban frente a frente pasaran unos días antes del gran combate.

optio carceris: Castigo según el cual un legionario era condenado a una pena de prisión.

Palabras Misceláneas: Filitas, que vivió en torno a 300 a.C., llevó a cabo el primer intento serio de recopilar y definir todas aquellas palabras pertenecientes al griego más antiguo, el de Homero. Fue una obra que alcanzó notable éxito y popularidad en su tiempo, siendo muy conocida por todos los estudiosos del mundo helénico. Lamentablemente las palabras estudiadas estaban agrupadas sin ningún tiempo de orden, lo que hacían que esta obra, aún muy valiosa, fuera ineficaz como material de consulta o referencia a no ser que se conociera prácticamente de memoria.

paludamentum: Prenda abierta, cerrada con una hebilla, similar al *sagum* de los oficiales pero más largo y de color púrpura. Era como un gran manto que distinguía al general en jefe de un ejército romano.

panis militaris: Pan militar.

parasanga: Unidad de medida de longitud utilizada en el mundo helenístico, especialmente en los reinos de Oriente; equivalía a unos 5.940 metros.

Parentalia: Rituales en honor de los difuntos que se celebraban entre el 13 y 21 de febrero.

pater familias: El cabeza de familia tanto en las celebraciones religiosas como a todos los efectos jurídicos.

patres conscripti: Los padres de la patria; forma habitual de referirse a los senadores. Como se detalla en la novela este término deriva del antiguo *patres et conscripti*.

patria potestas: El conjunto de derechos, pero también de obligaciones, que las leyes de la antigua Roma reconocían a los padres con relación a las vidas y bienes de sus hijos.

pecuniaria multa: Castigo por el que se privaba a un legionario de una parte o de la totalidad de su *salario*.

Penates: Las deidades que velan por el hogar.

peristilium: o *peristylium*, fue copiado de los griegos. Se trataba de un amplio patio porticado, abierto y rodeado de habitaciones. Era habitual que los romanos aprovecharan estos espacios para crear suntuosos jardines con flores y plantas exóticas.

pileus: Gorro frigio de la estatua *Marsias* situada en el foro. El gorro simbolizaba la libertad y los libertos deseaban tocarlo tras ser manumitidos.

pilum, pila: Singular y plural del arma propia de los *hastati* y *principes*. Se componía de una larga asta de madera de hasta metro y medio que culminaba en un hierro de similar longitud. En tiempos del historiador Polibio y, probablemente, en la época de esta novela, el hierro estaba incrustado en la madera hasta la mitad de su longitud mediante fuertes remaches. Posteriormente, evolucionaría para terminar sustituyendo uno de los remaches por una clavija que se partía cuando el arma era clavada en el escudo enemigo, dejando que el mango de madera quedara colgando del hierro ensartado en el escudo trabando al enemigo que, con frecuencia, se veía obligado a desprenderse de su ara defensiva. En la época de César el mismo efecto se conseguía de forma distinta mediante una punta de hierro que resultaba imposible de extraer del escudo. El peso del *pilum* oscilaba entre 0,7 y 1,2 kilos y podía ser lanzado por los legionarios a una media de 25 metros de distancia, aunque los más expertos podían arrojar esta lanza hasta 40 metros. En su caída, podía atravesar hasta tres centímetros de madera o, incluso, una placa de metal.

Pinakes: La gran obra de Calímaco, uno de los bibliotecarios de la gran Biblioteca de Alejandría. Tolomeo II, rey de Egipto, encargó a Calímaco una catalogación de los fondos de la biblioteca. Calímaco, en respuesta a la petición del rey-faraón, escribió más de 120 «tablas» o *pinakes*, de ahí el nombre de la obra. De hecho el título completo era el siguiente: «Tablas de personas eminentes en cada rama del saber junto a una lista de sus obras.» Estas tablas suponen de hecho el primer intento de importancia en realizar una catalogación de tallada de los contenidos de una gran biblioteca, por ello Calímaco es, con frecuencia, considerado «el padre de los bibliotecarios». Las *Pinakes* no se han conservado y sólo sabemos de su existencia por las constantes referencias que muchos autores antiguos hacían a dichas tablas.

Pólux: Junto con su hermano Cástor, uno de los Dioscuros griegos asimilados por la religión romana. Su templo, el de los Cástores, o de Cástor y Pólux, servía de archivo a la orden de los *equites* o caballeros romanos. El nombre de ambos dioses era usado con frecuencia a modo de interjección en la época de *Africanus, el hijo del cónsul.*

pomerium: Literalmente significa «pasado el muro» o «más allá del muro». En la Roma clásica hacía referencia al corazón sagrado de la ciudad en donde, entre otras cosas, estaba prohibido portar armas, costumbre, que, en no pocas ocasiones, fue incumplida durante los tumultos de la Roma republicana e imperial. El *pomerium* fue establecido por el rey Servio Tulio y permanecería inalterable hasta que Sila lo amplió en su dictadura. Parece ser que una línea de monjos que recorría el interior de la ciudad marcaba el límite de este corazón sagrado.

pontifex maximus: Máxima autoridad sacerdotal de la religión romana. Vivía en la *Regia* y tenía plena autoridad sobre las *vestales*, elaboraba el calendario (con sus días *fastos* o *nefastos*) y redactaba los anales de Roma.

popa: Sirviente que, durante un sacrificio, recibe la orden de ejecutar al animal, normalmente mediante un golpe mortal en la cabeza de la bestia sacrificada.

porta praetoria: La puerta de un campamento romano que se encuentra en frente del *praetorium* del general en jefe.

porta decumana: La puerta de un campamento romano que se encuentra a espaldas del *praetorium* del general en jefe.

porta principalis sinistra: La puerta de un campamento romano que se encuentra a la izquierda del *praetorium* del general en jefe.

porta principalis dextera: La puerta de un campamento romano que se encuentra a la derecha del *praetorium* del general en jefe.

Portus Magnus: Nombre con el que se conocía el mayor de los dos puertos de Siracusa, una impresionante bahía para albergar una de las mayores flotas del Mediterráneo en la antigüedad.

portica: Lo que quedaba a la espalda de un augur cuando éste iba a tomar auspicios o leer el vuelo de las aves. Lo que quedaba ante él se denominaba *antica.*

praefecti sociorum: «Prefectos de los aliados», es decir, los oficiales al mando de las tropas auxiliares que acompañaban a las legiones. Eran nombrados directamente por el cónsul. Los aliados de origen italiano eran los únicos que obtenían el derecho de ser considerados *socii*.

praenomen: Nombre particular de una persona, que luego era completado con su *nomen* o denominación de su tribu y su *cognomen* o nombre de su familia. En el caso del protagonista de *El hijo del cónsul* el *praenomen* es Publio. A la vista de la gran variedad de nombres que hoy día disponemos para nombrarnos es sorprendente la escasa variedad que el sistema romano proporcionaba: sólo había un pequeño grupo de *praenomen* entre los que elegir. A la escasez de variedad, hay que sumar que cada *gens* o tribu solía recurrir a pequeños grupos de nombres, siendo muy frecuente que miembros de una misma familia compartieran el mismo *praenomen, nomen* y *cognomen*, generando así, en ocasiones, confusiones para historiadores o lectores de obras como esta novela. En *Africanus, el hijo del cónsul* se ha intentado mitigar este problema y su confusión incluyendo un árbol genealógico de la familia de Publio Cornelio Escipión y haciendo referencia a sus protagonistas como Publio padre o Publio hijo, según correspondiera. Y es que, por ejemplo, en el caso de los Escipiones, éstos, normalmente, sólo recurrían a tres *praenomen*: Cneo, Lucio y Publio.

praetorium: Tienda del general en jefe de un ejército romano. Se levantaba en el centro del campamento, entre el *quaestorium* y el foro.

prandium: Comida del mediodía, entre el desayuno y la cena. El *prandium* suele incluir carne fría, pan, verdura fresca o fruta, con frecuencia acompañado de vino. Suele ser frugal, al igual que el desayuno, ya que la cena es normalmente la comida más importante.

pretor peregrino: Se trata de un pretor paralelo al urbano que se creó para atender, ante la llegada de numerosos extranjeros a Roma con el crecimiento de su poder, los asuntos entre estos extranjeros y ciudadanos de Roma y también negocios o reclamaciones entre extranjeros entre sí dentro de la ciudad.

pretor urbano: Tenían poder legislativo centrando sus actuaciones dentro de la ciudad de Roma y sólo sobre los ciudadanos romanos. Iban precedidos por dos *lictores* dentro de Roma y por seis cuando salía de la ciudad. Era una magistratura anual y el número de *pretores* de la ciudad fue cambiando según los tiempos siendo en sus inicios sólo dos y llegando más adelante, con el crecimiento de Roma, a ser dieciséis. En ausencia de los cónsules podían convocar al Senado y realizar otras funciones propiamente consulares.

prima mensa: Primer plato en un banquete o comida romana.

primus pilus: El primer centurión de una legión, generalmente un veterano que gozaba de gran confianza entre los tribunos y el cónsul o procónsul al mando de las legiones.

princeps senatus: El senador de mayor edad. Por su veteranía gozaba de numerosos privilegios, como el de poder hablar primero en una sesión. Durante los años finales de su vida, esta condición recayó de forma continuada en la persona de Quinto Fabio Máximo. Posteriormente, el propio Publio Cornelio Escipión sería el príncipe del Senado durante varios años.

principes: Legionarios que entraban en combate en segundo lugar, tras los *hastati.* Llevaban armamento similar a los *hastati,* destacando el *pilum* como arma más importante. Aunque etimológicamente su nombre indica que actuaban en primer lugar, esta función fue asignada a los *hastati* en el período de la segunda guerra púnica.

Principia: Gran avenida de un campamento romano que une la *porta principalis sinistra* con la *porta principalis dextera* pasando por delante del *praetorium.*

pronuba: Mujer que actuaba como madrina de una boda romana. En el momento clave de la celebración la *pronuba* unía las manos derechas de los novios en lo que se conocía como *dextrarum iunctio.*

Proserpina: Diosa reina del inframundo, casada con Plutón después de que éste la raptara.

proximus lictor: *Lictor* de especial confianza, siempre el más próximo al cónsul.

Puerta o Porta Capena: puerta sur de Roma desde la que partía la *Via Appia.*

Puerta o Porta Carmenta: Puerta entre el foro holitorio y la colina capitolina que daba acceso al Campo de Marte.

Puerta o Porta Fontus: Puerta noroccidental de Roma que daba acceso a la *Via Flaminia.*

Puerta o porta triumphalis: Puerta de ubicación desconocida por la que el general victorioso entraba en la ciudad de Roma para celebrar un desfile triunfal.

pugio: Puñal o daga romana de unos 24 cm de largo por unos 6 cm de ancho en su base. Al estar dotado de un nervio central que lo hacía más grueso en esa zona, el arma resultaba muy resistente, capaz de atravesar una cota de malla.

puls: Agua y harina mezclados, una especia de gachas de trigo. Alimento muy común entre los romanos.

Qart Hadasht: Nombre cartaginés de la ciudad capital de su imperio en Hispania, denominada Cartago Nova por los romanos y conocida hoy día como Cartagena.

quaestor: En las legiones de la época republicana era el encargado de velar por los suministros y provisiones de las tropas, por el control de los gastos y de otras diversas tareas administrativas.

quaestorium: Gran tienda o edificación dentro de un campamento romano de la época republicana donde trabajaba el *quaestor.* Normalmente estaba ubicado junto al *praetorium* en el centro del campamento.

quinquerreme: Navío militar con cinco hileras de remos. Variante de la *trirreme.* Tanto *quinquerreme* como *trirreme* se pueden encontrar en la literatura sobre historia clásica en masculino o femenino, si bien el diccionario de la Real Academia recomienda el masculino.

Quod bonum felixque sit populo Romano Quiritium referimos ad vos, patres conscripto: Fórmula mediante la que el presidente del Senado solía abrir una sesión: «Por el bien y la felicidad del pueblo romano nos dirigimos a vosotros padres conscriptos.»

quo vadis: Expresión latina que significa «¿dónde vas?».

relatio: Lectura o presentación por parte del presidente del Senado de la moción que se ha de votar o del asunto que se ha de debatir en la sesión en curso.

rictus: El diccionario de la Real Academia define este término como «el aspecto fijo o transitorio del rostro al que se atribuye la manifestación de un determinado estado de ánimo». A la Academia le falta añadir que normalmente este vocablo comporta connotaciones negativas, de tal modo que *rictus* suele referirse a una mueca del rostro que refleja dolor o sufrimiento físico o mental, o, cuando menos, gran preocupación por un asunto.

rostra: En el año 338 a.C., tras el triunfo de Maenius sobre los Antiates, se trajeron seis espolones de las naves apresadas que se usaron para decorar una de las trinabas desde la que los oradores podían dirigirse al pueblo congregado en la gran explanada del *Comitium.* Estos espolones recibieron el sobrenombre de *Rostra.*

Ruminal: Véase *Ficus ruminalis.*

sagum: Es una prenda militar abierta que suele ir cosida con una hebilla; suele ser algo más largo que una túnica y su lana de mayor grosor. El general en jefe llevaba un *sagum* más largo y de color púrpura que recibiría el nombre de *paludamentum.*

salio: Literalmente significa «saltador», ya que en su danza guerrera en honor al dios Marte, al dios Quirino y a otros dioses ancestrales, el sacerdote debía realizar una espectacular danza guerrera con todo tipo de saltos. Los salios o *salii* tenían la obligación de custodiar los escudos sagrados del rey Numa, una distinción de gran honor entre los romanos y muy respetada en el ejército. Sus desfiles en el mes de marzo eran espectaculares, así como sus danzas de octubre. Su vestimenta, con túnicas bordadas de púrpura ceñidas con un fuerte cinturón de bronce, espada, daga y un bastón curvo, junto con un *apex* o gorro culminado en punto, les hacía diferentes al resto de colegios sacerdotales romanos. Publio Cornelio Escipión fue uno de los más famosos miembros de este colegio de elegidos.

sarisa: Lanza larga de dimensiones variables, entre 4 y 7 metros de longitud, que utilizaba la infantería de los ejércitos helenísticos. Fue introducida por Filipo II de Macedonia, padre de Alejandro Magno y luego usada por los ejércitos del propio Alejandro y de sus generales tras su prematura muerte.

Saturnalia: Tremendas fiestas donde el desenfreno estaba a la orden del día. Se celebraban del 17 al 23 de diciembre en honor del dios Saturno, el dios de las semillas enterradas en la tierra.

schedae: Hojas sueltas de papiro utilizadas para escribir. Una vez escritas, se podían pegar para formar un rollo.

scipio: «Bastón» en latín, palabra de la que la familia de los Escipiones deriva su nombre.

secunda mensa: Segundo plato en un banquete romano.

sella: El más sencillo de los asientos romanos. Equivale a un sencillo taburete.

sella curulis: Como la *sella*, carece de respaldo, pero es un asiento de gran lujo, con patas cruzadas y curvas de marfil que se podían plegar para facilitar el trasporte, pues se trataba del asiento que acompañaba al cónsul en sus desplazamientos civiles o militares.

senaculum: Había dos, uno frente al edificio de la *Curia* donde se reunía el Senado y otro junto al templo de Bellona. Ambos eran espacios abiertos aunque es muy posible que estuvieran porticados. Los empleaban los senadores para reunirse y deliberar, en el primer caso, mientras que el que se encontraba junto al templo de

Bellona era empleado para recibir a embajadores extranjeros a los que no se les permitía la entrada en la ciudad.

senatum consulere: Moción presentada por un cónsul ante el Senado para la que solicita su aprobación.

Serapis: Deidad egipcia fruto de una síntesis entre la religión griega y egipcia. Su culto fue promovido por Ptolomeo I en un intento por conciliar ambas religiones y culturas, consciente de que Egipto había rechazado reyes extranjeros anteriores que no respetaban las tradicionales deidades egipcias.

signifer: Portaestandarte de las legiones.

sibilinamente: De forma peculiar, extraña y retorcida, derivado de la *Sibila de Cumas*, la peculiar profeta que ofreció al rey Tarquino de Roma los libros cargados de profecías sobre el futuro de Roma y que luego interpretaban los sacerdotes, con frecuencia, de modo complejo y extraño, a menudo de manera acomodaticia con las necesidades de los gobernantes de Roma. Los tres libros de la *Sibila de Cumas* o *sibilinos* se guardaban en el Templo de Júpiter Óptimo Máximo en el Capitolio, hasta que en el año 83 un incendio los dañó gravemente. Tras su recomposición Augusto los depositó en el templo de Apolo Palatino.

solium: Asiento de madera con respaldo recto, sobrio y austero.

status: Expresión latina que significa «el estado o condición de una cosa». Puede referirse tanto al estado de una persona en una profesión como a su posición en el contexto social.

statu quo: Expresión latina que significa «en el estado o situación actual».

stilus: Pequeño estilete empleado para escribir o bien sobre tablillas de cera grabando las letras o bien sobre papiro utilizando tinta negra o de color.

stipendium: Sueldo que cobraban en las legiones. En tiempos de Escipión, según nos indica el historiador Polibio, un legionario cobraba dos óbolos por día, un centurión cuatro y el caballero un dracma.

stola: Túnica o manto propio de la vestimenta de las matronas romanas. Normalmente era larga, sin mangas y cubría hasta los pies, y se ajustaba por encima de los hombros con dos pequeños cierres denominados *fibulae* además de ceñirse con dos cinturones, uno por debajo de los senos y otro a la altura de la cintura.

strategos: En su origen el término se refería a un magistrado de la antigua Atenas. El término evolucionó hasta hacer referencia a un general o comandante del ejército en la Grecia antigua. En los reinos helenísticos también se aplicó para señalar a un gobernador militar y en la actualidad, en la Grecia moderna, aún se usa para referirse al comandante en jefe de los ejércitos.

sub hasta: Literalmente, «bajo el hasta o insignia de la legión». Bajo dicha hasta se repartía el botín tras una victoria que podía incluir la venta de los prisioneros como esclavos.

sufete: Cargo administrativo de Cartago equivalente al de cónsul en Roma. Aníbal fue elegido como *sufete* y en sus esfuerzos por sanear las cuentas del Estado se enfrentó institucionalmente contra el Senado y el Consejo de Ancianos de la ciudad.

tabernae novae: Tiendas en el sector norte del foro, generalmente ocupadas por carnicerías.

tabernae septem:Tiendas al norte del foro, incendiadas en 210 o 209 a.C. y reconstruidas como *tabernae quinque.*

tabernae veteres: Tiendas en el sur del foro ocupadas por cambistas de moneda.

Tablinium: Habitación situada en la pared del atrio en el lado opuesto a la entrada principal de la *domus*. Esta estancia estaba destinada al *pater familias*, haciendo las veces de despacho particular del dueño de la casa.

tabulae nupciales: Tablas o capítulos nupciales que eran firmados por los testigos al final de una boda romana para dar fe del acontecimiento.

Tanit: Diosa púnica-fenicia de la fertilidad, origen de toda la vida, cuyo culto era coincidente con el de la diosa madre venerada en tantas culturas del Mediterráneo occidental. Los griegos la asimilaron como Hera y los romanos como Juno.

Tefnut: Significa «la Señora de la llama» y era la diosa egipcia de la humedad y del rocío, representada con cabeza de leona.

Templo de Apolo: Uno de los grandes templos de Siracusa, con seis columnas en el lado corto y diecisiete en los laterales largos, todas de orden jónico. Levantado en el siglo VI a.C.

Templo de Artemisa: Templo dedicado a la diosa Artemisa levantado en el centro de la *Isla Ortygia* en Siracusa.

Templo de Atenea: En Siracusa, uno de los mayores templos de la ciudad, construido en el siglo V a.C. y que en la actualidad está reconvertido en catedral de la ciudad, con seis columnas frontales y catorce laterales, todas de orden jónico que aún son visibles y que aún actúan como soportes de la mayor parte de la estructura del edificio. Sus columnas son famosas por su enorme diámetro.

Templo de Iupitter Libertas: Templo levantado en el Aventino por Sempronio Graco en el año 238 a.C.

tessera: Pequeña tablilla en la que se inscribían signos relacionados con los cuatro turnos de guardia nocturna en un campamento romano. Los centinelas debían hacer entrega de la *tessera* que habían recibido a las patrullas de guardia, que comprobaban los puestos de vigilancia durante la noche. Si un centinela no entregaba su *tessera* por ausentarse de su puesto de guardia para dormir o cualquier otra actividad, era condenado a muerte. También se empleaban *tesserae* con otros usos muy diferentes en la vida civil como, por ejemplo, el equivalente a una de nuestras entradas al teatro. Los ciudadanos acudían al lugar de una representación con su *tessera* en la que se indicaba el lugar donde debía ubicarse cada espectador.

tituli: En la época de Escipión el Africano, los *tituli* eren unas tablillas que se exhibían durante un *triunfo* en donde se mostraban diferentes imágenes que ilustraban las hazañas que habían hecho a aquel general que desfilaba acreedor de semejante honor. Curiosamente, la Iglesia adoptó este término para referirse a las primeras y más antiguas iglesias de la Roma de Constantino.

toga praetexta: Toga blanca ribeteada con color rojo que se entregaba al niño durante una ceremonia de tipo festivo durante la que se distribuían todo tipo de pasteles y monedas. Ésta era la primera toga que el niño llevaba y la que sería su vestimenta oficial hasta su entrada en la adolescencia, cuando le será sustituida por la *toga virilis*.

toga virilis: o *toga viril*, era una toga que sustituía a la toga *praetexta* de la infancia. Esta nueva toga le era entregada al joven durante las *Liberalia*, festividad que se aprovechaba para introducir a los nuevos adolescentes en el mundo adulto y que culminaba con la *deductio in forum*.

tonsor: Barbero.

torque: Condecoración militar en forma de collar.

trabea: Vestimenta característica de un augur: una toga nacional con remates en púrpura y escarlata.

triari: El cuerpo de legionarios más expertos en la legión. Entraban en combate en último lugar, reemplazando a la infantería ligera y a los *hastati* y *principes*. Iban armados con un escudo rectangular, espada y, en lugar de lanzas cortas, con una pica alargada con la que embestían al enemigo.

triclinium, triclinia: Singular y plural de los divanes sobre los que los romanos se recostaban para comer, especialmente, durante la cena. Lo frecuente es que hubiera tres, pero podían añadirse más en caso de que esto fuera necesario ante la presencia de invitados.

trirreme: Barco de uso militar del tipo galera. Su nombre romano *trirreme* hace referencia a las tres hileras de remos que, a cada lado del buque, impulsaban la nave. Este tipo de navío se usaba desde el siglo VII a.C. en la guerra naval del mundo antiguo. Hay quienes consideran que los egipcios fueron sus inventores, aunque los historiadores ven en las trieras corintias su antecesor más probable. De forma específica, Tucídides atribuye a Aminocles la invención de la *trirreme*. Los ejércitos de la antigüedad se dotaron de estos navíos como base de sus flotas, aunque a éstos les añadieron barcos de mayor tamaño sumando más hileras de remos, apareciendo así las *cuatrirremes*, de cuatro hileras o las *quinquerremes*, de cinco. Se llegaron a construir naves de seis hileras de remos o de diez, como las que actuaron de buques insignia en la batalla naval de Accio entre Octavio y Marco Antonio. Calígeno nos describe un auténtico monstruo marino de 40 hileras construido bajo el reinado de Ptolomeo IV Filopátor (221-203 a.C.) contemporáneo de la época de *Africanus, el hijo del cónsul*, aunque, caso de ser cierta la existencia de semejante buque, éste sería más un juguete real que un navío práctico para desenvolverse en una batalla naval. Tanto *quinquerreme* como *trirreme* se pueden encontrar en la literatura sobre historia clásica en masculino o femenino, si bien el diccionario de la Real Academia recomienda el masculino.

triunfo: Desfile de gran boato y parafernalia que un general victorioso realizaba por las calles de Roma. Para ser merecedor a tal honor, la victoria por la que se solicita este premio ha de haber sido conseguida durante el mandato como cónsul o procónsul de un ejército consular o proconsular.

triunviros: Legionarios que hacían las veces de policía en Roma o ciudades conquistadas. Con frecuencia patrullaban por las noches y velaban por el mantenimiento del orden público.

tubicines: Trompeteros de las legiones que hacía sonar las grandes tubas con las que se daban órdenes para maniobrar las tropas.

Tubilustrium: Día festivo en Roma en el que se celebraba la purificación de las trompetas y tubas de guerra. Esto tenía lugar cada 23 de mayo.

Tueris: Era la diosa egipcia de la fertilidad, protectora de las embarazadas.

Tullianum: Prisión subterránea, húmeda y maloliente de la Roma Antigua excavada en las entrañas de la ciudad en los legendarios tiempos de Anco Mancio. Las condiciones eran terribles y prácticamente nadie salía con vida de allí.

túnica íntima: Una túnica o camisa ligera que las romanas llevaban por debajo de la *stola*.

túnica recta: Túnica de lana blanca con la que la novia acudía a la celebración de su enlace matrimonial.

turma, turmae: Singular y plural del término que describe un pequeño destacamento de caballería compuesto por tres decurias de diez jinetes cada una.

ubi tu Gaius, ego Gaia: Expresión empleada durante la celebración de una boda romana. Significa «donde tú Gayo, yo Gaya», locución originada a partir de los nombres prototípicos romanos de Gaius y Gaia que se adoptaban como representativos de cualquier persona.

uerutum: Dardo arrojadizo propio de la antigua falange serviana romana que progresivamente fue reemplazado por otras armas arrojadizas.

uti tu rogas: Fórmula de aceptación a la hora de votar una moción en el antiguo senado de Roma que significa «como solicitas».

Velabrum: Barrio entre el *foro Boario* y la colina capitolina; antes de la construcción de la *Cloaca Maxima* fue un pantano.

vélites: Infantería ligera de apoyo a las fuerzas regulares de la legión. Iban armados con espada y un escudo redondo más pequeño que el resto de legionarios. Solían entrar en combate en primer lugar. Sustituyeron a un cuerpo anterior de funciones similares denominado *leves*. Esta sustitución tuvo lugar en torno a 211 a.C. En esta novela hemos empleado de forma sistemática el término *vélites* para referirnos a las fuerzas de infantería ligera romana.

vestal: Sacerdotisa perteneciente al colegio de las vestales dedicadas al culto de la diosa Vesta. En un principio sólo había cuatro, aunque posteriormente se amplió el número de vestales a seis y, finalmente, a siete. Se las escogía cuando tenían seis y diez años de familias cuyos padres estuvieran vivos. El período de sacerdocio era de treinta años. Al finalizar las vestales eran libres para contraer matrimonio si así lo deseaban. Sin embargo, durante su sacerdocio debían permanecer castas y velar por el fuego sagrado de la ciudad. Si faltaban a sus votos, eran condenadas sin remisión a ser enterradas vivas. Si, por le contrario, mantenían sus votos, gozaban de gran prestigio social hasta el punto de que podían salvar a cualquier persona que, una vez condenada, fuera llevada para su ejecución. Vivían en una gran mansión próxima al templo de Vesta. También estaban encargadas de elaborar la *mola salsa*, ungüento sagrado utilizado en muchos sacrificios.

Verrucoso: Sobrenombre por el que se conocía a Quinto Fabio Máximo por una gran verruga que tenía en un labio.

Via Appia: Calzada romana que parte desde la puerta Capena de Roma hacia el sur de Italia.

Via Labicana: Avenida que parte del centro de la ciudad y transcurre entre el Monte Esquilino y el Monte Viminal.

Via Latina: Calzada romana que parte desde la *Via Appia* hacia el interior en dirección sureste.

Via Nomentana: Avenida que parte del centro de Roma en dirección norte hasta la *Porta Collina*.

Via Sacra: La avenida que conecta el foro de Roma con la *Via Tusculana*.

Via Tusculana: La calzada que parte de la *Via Sacra* y cruza la Puerta de Caelius.

victimarius: Durante un sacrificio, era la persona encargada de encender el fuego, sujetar la víctima y preparar todo el instrumental necesario para llevar a término el acto sagrado.

victoria pírrica: Un victoria conseguida por el rey del Épico en sus campañas contra los romanos en la península Itálica en sus enfrentamientos durante el siglo III. a.C. El rey de origen griego cosechó varias de estas victorias que, no obstante, fueron muy escasas en cuanto a resultados prácticos ya que, al final, los romanos se rehicieron hasta obligarle a retirarse. De aquí se extrajo la expresión que hoy día se emplea para indicar que se ha conseguido una victoria por la mínima, en deportes, o un logro cuyos beneficios serán escasos.

Vicus Jugarius: Avenida que conectaba el Forum Holitorium o mercado de las verduras junto a la puerta Carmenta con el foro del centro de Roma, rodeando por el este el monte Capitolino.

Vicus Tuscus: Avenida que transcurre desde el Foro Boario hasta el gran foro del centro d ela ciudad y que en gran parte transita en paralelo con la *Cloaca Maxima.*

Voti damnatus, voti condemnatus, voti reus: Diferentes formas de referirse al hecho de estar uno atado por una promesa que debe cumplir por encima de cualquier cosa. En la novela se refiere a la promesa que Cayo Lelio hiciera al padre de Publio Cornelio Escipión de proteger siempre, con su vida si era necesario, al joven Publio (véase novela *Africanus, el hijo del cónsul*).

Vucanal: El Vucanal era una plaza descubierta donde se levantó un templo en honor a Vulcano cuando Rómulo y Tatio hicieron las paces. Se ubicaba al noroeste del foro y al oeste del *Comitium*, ocupando parte del espacio que César emplearía para levantar su foro.

Zeus: El dios supremo en la mitología griega que se asimila a Júpiter en la religión romana. Era especialmente adorado en Pérgamo.

3

Árbol genealógico de Publio Cornelio Escipión, *Africanus*

Los nombres subrayados son aquellos que aparecen como personajes en *La traición de Roma*. En el centro del recuadro queda resaltado el protagonista de esta historia.

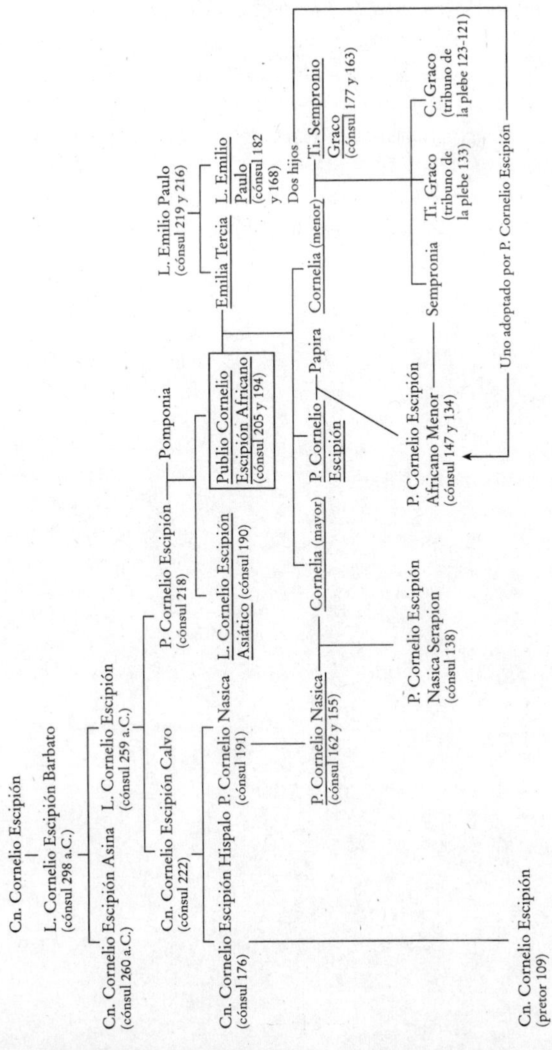

4

La corte de Antíoco III de Siria y su árbol genealógico

A continuación se muestra el árbol genealógico de los diferentes reyes y/o emperadores del Imperio seléucida que en el momento de su máximo poder, se extendía desde el Egeo hasta la India. En la época de *La traición de Roma*, los Escipiones deberán enfrentarse contra el sexto rey de esta dinastía, Antíoco III, también conocido como *Basileus Megas*, que reinó desde 223 hasta 187 a.C.

Todas las fechas del diagrama son a.C. Las líneas discontinuas indican que la relación no está completamente confirmada. La elipse muestra los dos reyes seléucidas, Antíoco III y su hijo Seleuco IV, que aparecen como personajes en *La traición de Roma*. Como se ve, se trata de monarcas en el momento central de la dinastía, el punto de máximo esplendor del Imperio seléucida hasta que tiene lugar la batalla de Magnesia.

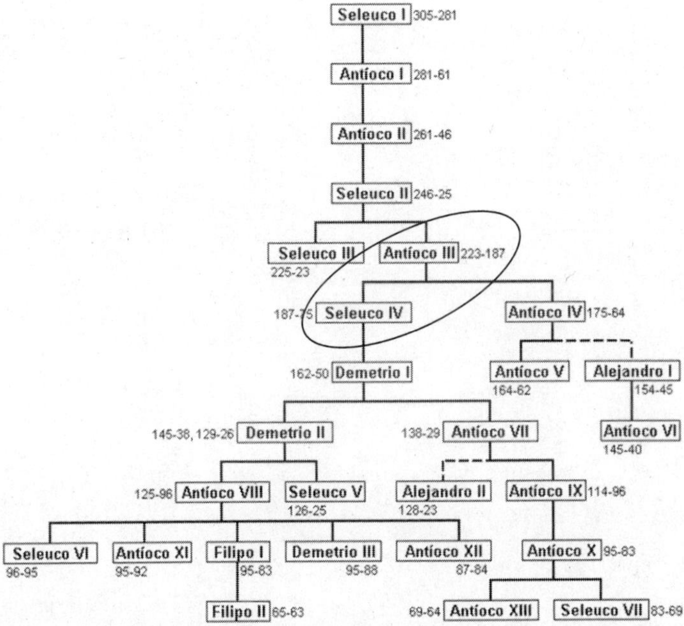

La corte de Antíoco III estaba compuesta por generales como Toante, Minión o Filipo, por su hijo Seleuco, que le sucedería en el trono como Seleuco IV (tal y como se puede ver en el diagrama), por su sobrino Antípatro y por dos importantes consejeros: Epífanes y Heráclidas. A este grupo de elegidos, se le uniría durante un tiempo el propio Aníbal Barca como asesor militar durante la guerra de Siria contra Roma.

5

Listado de cónsules de Roma

Se incluye un listado de los cónsules de la República de Roma (las magistraturas más altas del estado durante los años en que transcurre la acción de la trilogía sobre Escipión), desde el nacimiento de Publio Cornelio Escipión, es decir, desde 235 hasta 183 a.C., fecha de su fallecimiento. Los nombres en cursiva son aquellos cónsules que aparecen como personajes en esta trilogía o a los que se hace referencia directa durante el relato. El termino *sufecto* entre paréntesis indica que un cónsul es sustituido por otro, ya sea por muerte en el campo de batalla o porque el Senado plantea la necesidad de dicha sustitución.

235 a.C. Inicio de *Africanus, el hijo del cónsul*

(235 a.C.) T. Manlio Torcuato y C. Atilio Bulbo

(234 a.C.) L. Postumio Albino y Sp. Carvilio Máximo

(233 a.C.) *Q. Fabio Máximo* y M. Postumio Matho

(232 a.C.) M. Emilio Lépido y M. Publicio Melleolo

(231 a.C.) M. Pomponio Matho y C. Papirio Maso

(230 a.C.) M. Emilio Barbula y M. Junio Pera

(229 a.C.) Lucio Postumio Albino y Cn. Fulvio Centumalo

(228 a.C.) Sp. Carvilio Máximo y *Quinto Fabio Máximo*

(227 a.C.) P. Valerio Flaco y M. Atilio Régulo

(226 a.C.) M. Valerio Mesalla y L. Apustio Fullo

(225 a.C.) L. Emilio Papo y C. Atilio Régulo

(224 a.C.) T. Manlio Torcuato y Q. Fulvio Flaco

(223 a.C.) *Cayo Flaminio* y P. Furio Filo

(222 a.C.) *M. Claudio Marcelo* y *Cneo Cornelio Escipión*

(221 a.C.) P. Cornelio Escipión Asina, M. Minucia Rufo, M. Emilio Lépido (*sufecto*)

(220 a.C.) M. Valerio Laevino, Q. Mucio Scevola, C. Lutacio Cátulo, L. Veturio Filo

(219 a.C.) *L. Emilio Paulo*, M. Livio Salinator

(218 a.C.) *P. Cornelio Escipión*, Ti. Sempronio Longo

(217 a.C.) *Cn. Servilio Gémino*, *C. Flaminio*, *M. Atilio Régulo* (*sufecto*)

(216 a.C.) *C. Terencio Varrón*, *L. Emilio Paulo*

(215 a.C.) L. Postumio Albino, Ti. Sempronio Graco, *M. Claudio Marcelo* (*sufecto*), *Q. Fabio Máximo* (*sufecto*)
(214 a.C.) *Q. Fabio Máximo*, *M. Claudio Marcelo*
(213 a.C.) *Q. Fabio Máximo*, Ti. Sempronio Graco
(212 a.C.) *Q. Fulvio Flaco*, Ap. Claudio Pulcro
(211 a.C.) Cn. Fulvio Centumalo, P. Sulpicio Galba
(210 a.C.) *M. Claudio Marcelo*, M. Valerio Laevino
(209 a.C.) *Q. Fabio Máximo*, *Q. Fulvio Flaco*

209 a.C. Inicio de *Las legiones malditas*
(208 a.C.) *M. Claudio Marcelo, T. Quinctio Crispino*
(207 a.C.) *C. Claudio Nerón*, M. Livio Salinator
(206 a.C.) L. Veturio Filo, *Q. Cecilio Metelo*
(205 a.C.) ***P. Cornelio Escipión***, *P. Licinio Craso*
(204 a.C.) M. Cornelio Cetego, P.Sempronio Tuditano
(203 a.C.) Cn. Servilio Cepión, C. Servilio Gémino
(202 a.C.) M. Servilio Puplex Gémino, Ti. Claudio Nerón

201 a.C. Inicio de *La traición de Roma*
(201 a.C.) Cn. Cornelio Léntulo, P. Elio Peto
(200 a.C.) P. Sulpicio Galba Máximo, C. Aurelio Cotta
(199 a.C.) L. Cornelio Léntulo, P. Villio Táppulo
(198 a.C.) Sex. Elio Peto Catón, *T. Quincio Flaminino*
(197 a.C.) C. Cornelio Cetego, Q. Minucia Rufo
(196 a.C.) L. Furio Purpurión, M. Claudio Marcelo
(195 a.C.) *L. Valerio Flaco*, *M. Porcio Catón*
(194 a.C.) ***P. Cornelio Escipión***, Ti. Sempronio Longo
(193 a.C.) L. Cornelio Merula, Q. Minucia Termo
(192 a.C.) L. Quincio Flaminio, *Cn. Domicio Ahenobarbo*
(191 a.C.) *P. Cornelio Escipión Násica*, *M. Acilio Glabrión*
(190 a.C.) *L. Cornelio Escipión*, *Cayo Lelio*
(189 a.C.) M. Fulvio Nobilior, Cn. Manlio Vulsón
(188 a.C.) M. Valerio Mesala, C. Livio Salinator
(187 a.C.) M. Emilio Lépido, C. Flaminio
(186 a.C.) Sp. Postumio Albino, Q. Marcio Filipo
(185 a.C.) Ap. Claudio Pulcher, M. Sempronio Tuditano
(184 a.C.) P. Claudio Pulcher, *L. Porcio Licino*
(183 a.C.) M. Claudio Marcelo, Q. Fabio Labeón

6

Mapas

A continuación, se muestran mapas de las principales batallas relatadas en *La traición de Roma.* Al principio de la novela se pueden ver planos de Roma a finales del siglo III a.C. y en las guardas del libro hay mapas del Mediterráneo occidental y del Mediterráneo oriental y Asia de la época en la que transcurre la parte final de la vida de Publio Cornelio Escipión.

Batalla de Panion (fase I)

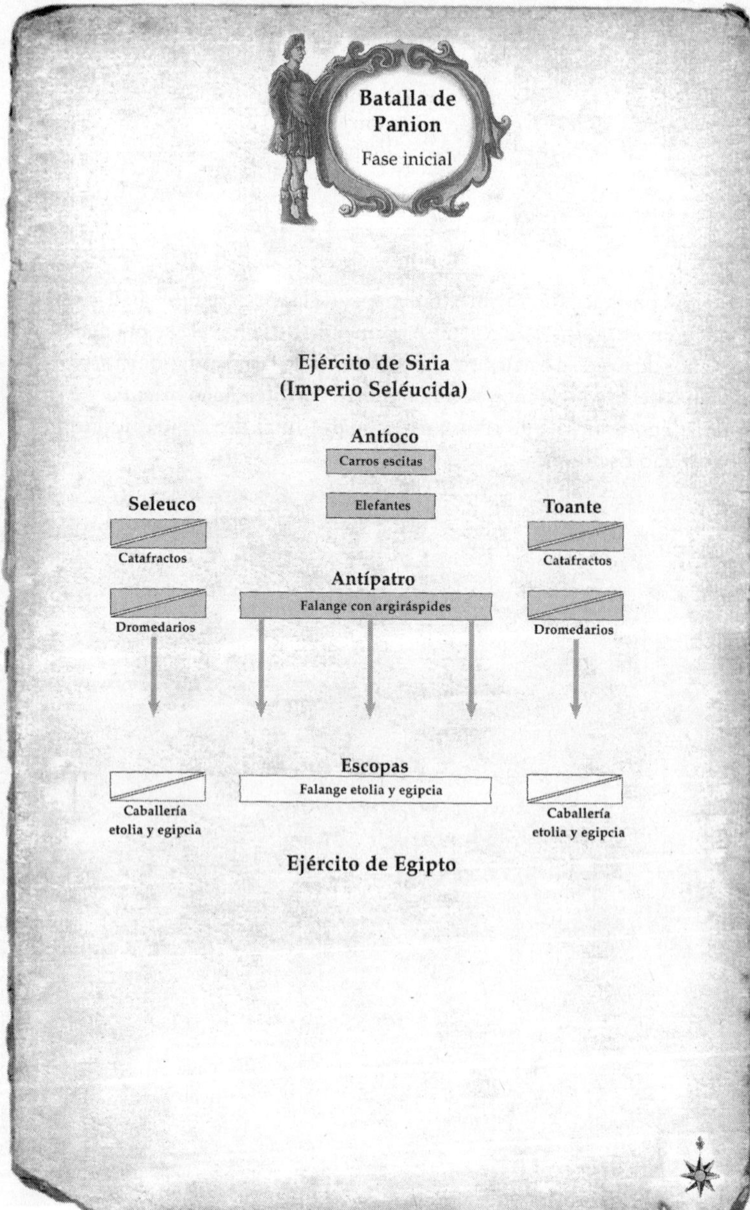

Batalla de Panion (fase II)

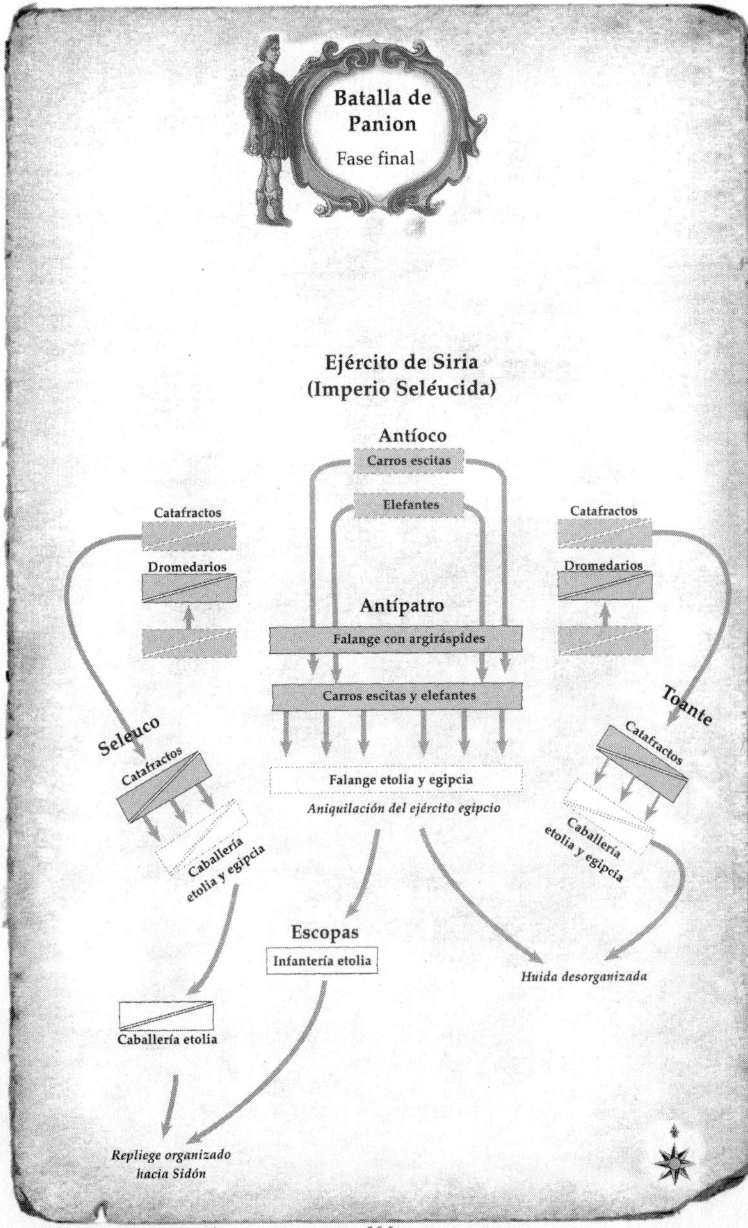

Batalla de Emporiae (fase I)

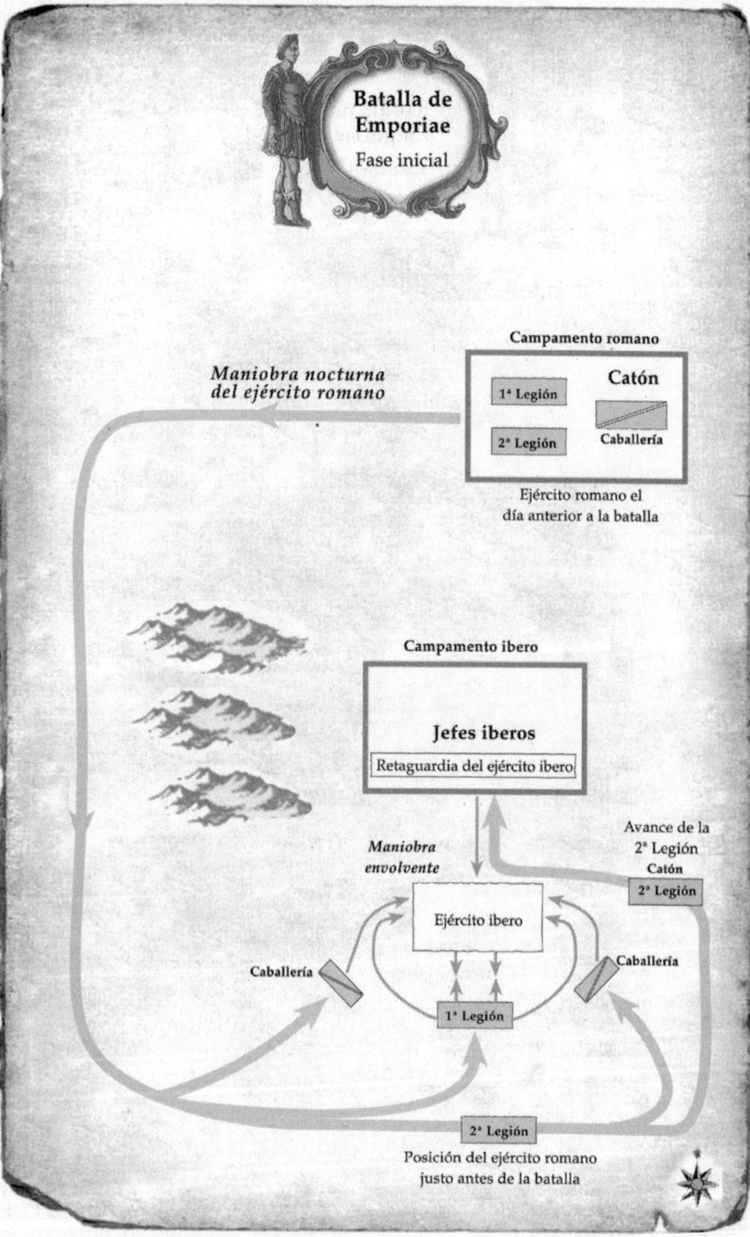

Batalla de Emporiae (fase II)

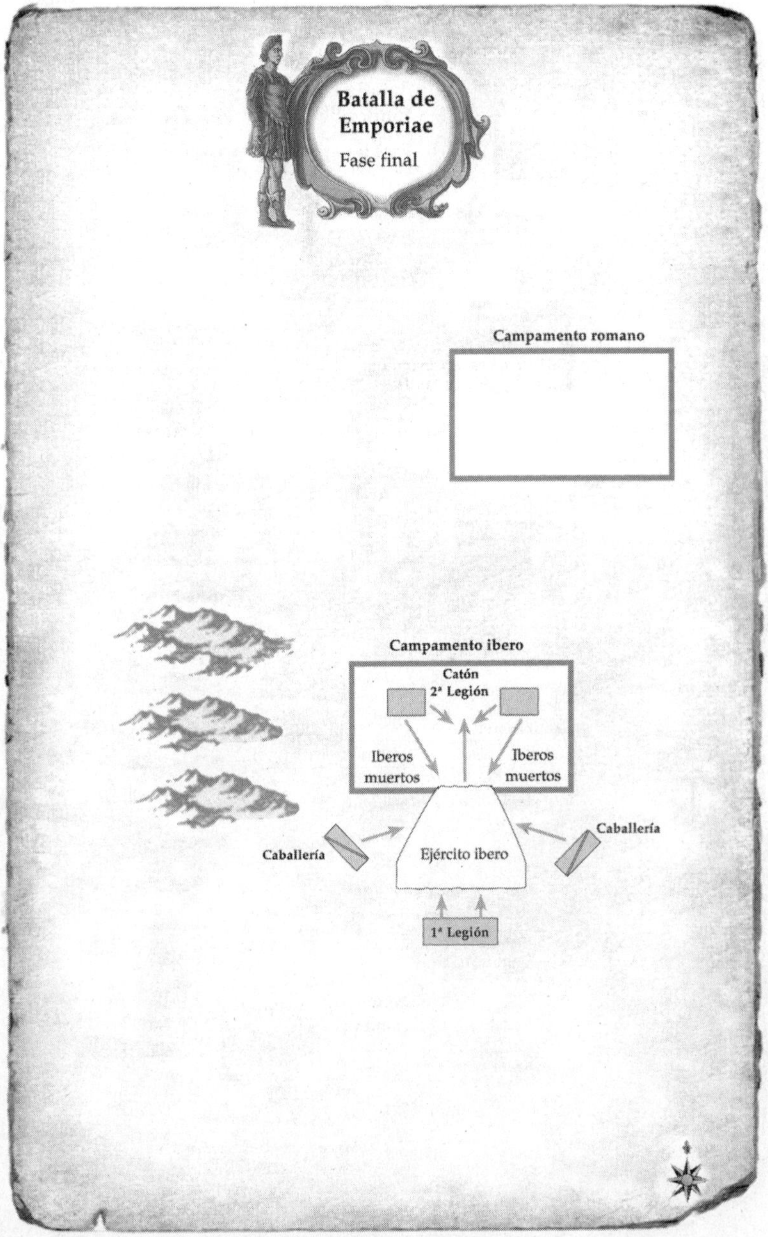

Batalla de Magnesia (fase I)

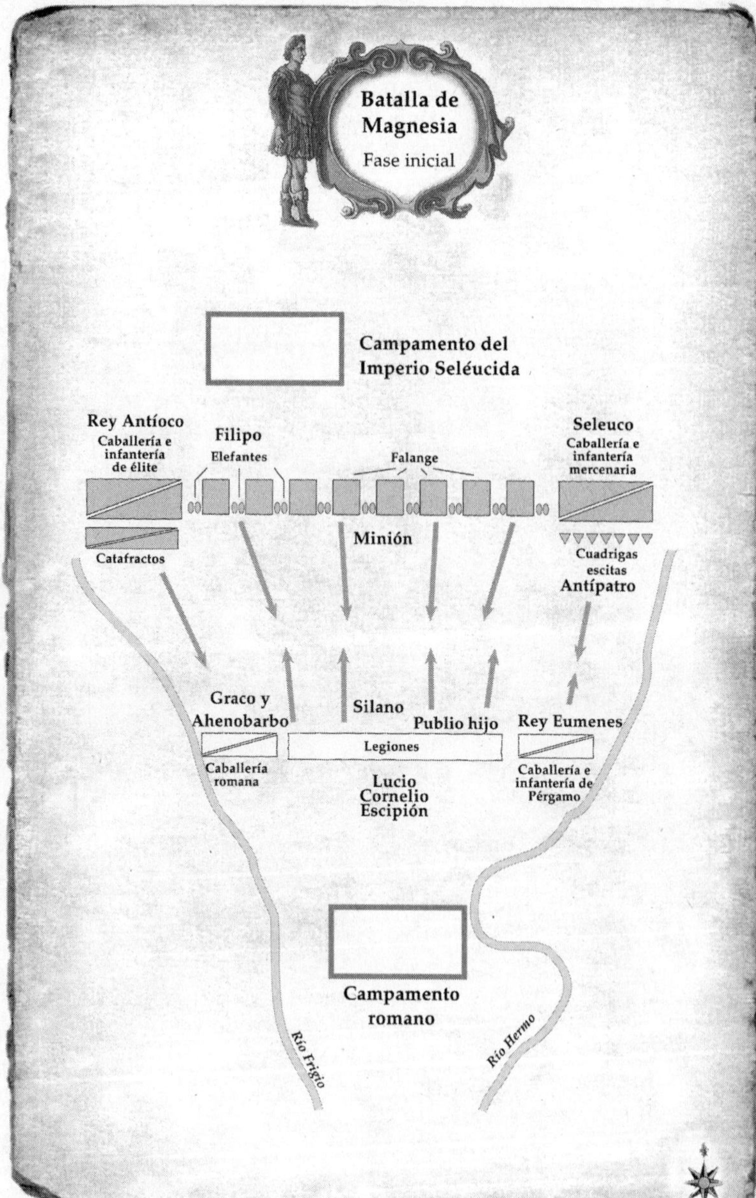

Batalla de Magnesia (fase II)

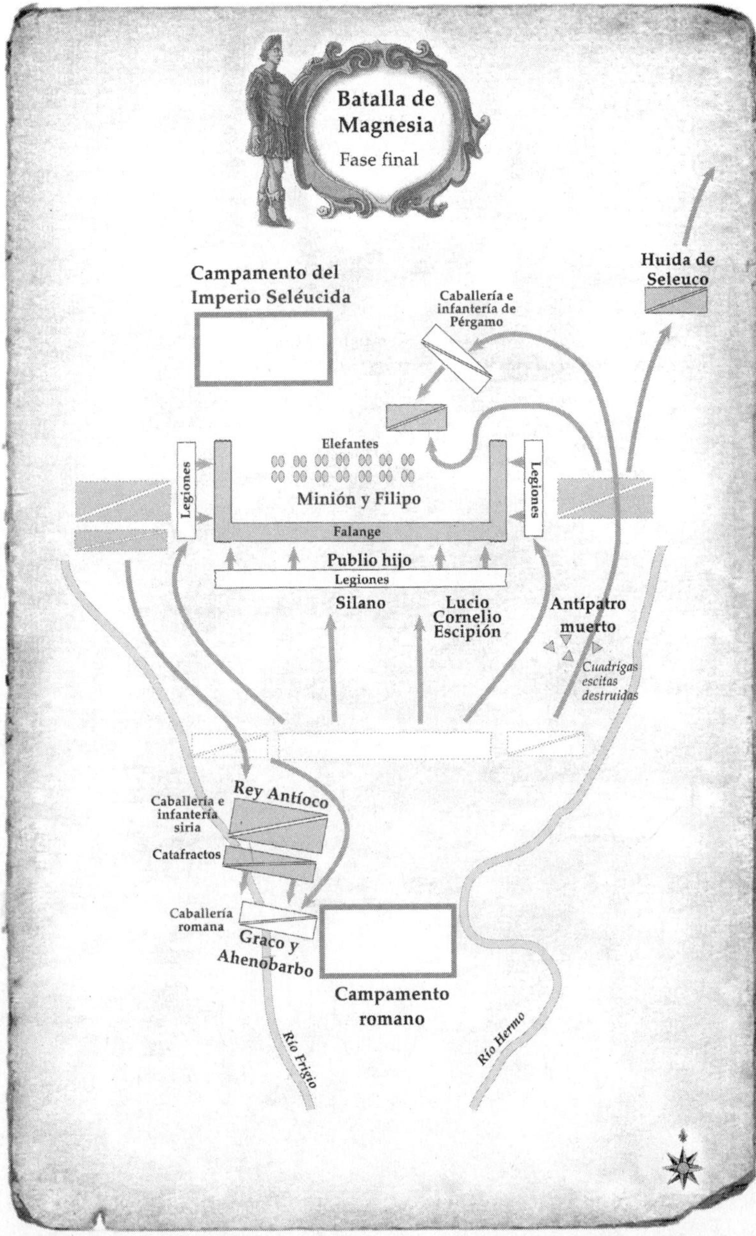

7

Bibliografía

Sin todos estos historiadores, investigadores, filósofos y escritores esta novela no habría sido posible. Si hay errores en *La traición de Roma* son responsabilidad única del autor. La documentación procede de estas obras referidas a continuación. En estos libros, los aficionados a la historia de Roma y el mundo antiguo encontrarán muchas horas de conocimiento.

ABAD CASA, L. y BENDALA GALÁN, M.: *Historia 16: El arte ibérico*, Maceda Distribuciones de Libros, Vizcaya, 1999.

ADKINS, L. y ADKINS, R.: *El Imperio romano: historia, cultura y arte*, Edimat, Madrid, 2005.

ADOMEIT, K.: *Aristóteles, sobre la amistad*, Servicio de Publicaciones de la Universidad de Córdoba, Córdoba, 1995.

ALFARO, C.: *El tejido en época romana*, Arco Libros, Madrid, 1997.

APIANO: *Historia de Roma I*, Gredos, Madrid, 1980.

ANGLIM, S., JESTICE, P. G., RICE, R. S., RUSCH, S. M. y SERRATI, J.: *Técnicas bélicas del mundo antiguo (3000 a.C. - 5000 d.C.): equipamiento, técnicas y tácticas de combate*, Editorial LIBSA, Madrid, 2007.

ARISTÓTELES: *Ética a Nicómaco. Libros I y VI*. Universitat de València, Valencia, 1993.

ARISTÓTELES: *Política. Introducción, traducción y notas de Carlos García Gual y Aurelio Pérez Jiménez*, Alianza Editorial, Madrid, 2005.

BARREIRO RUBÍN, VÍCTOR: *La Guerra en el Mundo Antiguo*. Almena, Madrid, 2004.

BOARDMAN, J., GRIFFIN, J. y MURRIA, O.: *The Oxford History of The Roman World.* Reading, Oxford University Press, UK, 2001.

Bovo, E. (coord.): *Gran Historia Universal: Época helenística*, Ediciones Folio, Barcelona, 2000.

Bravo, G.: *Historia de la Roma antigua*, Alianza Editorial, Madrid, 2001.

Buck, Ch. H.: *A chronology of the plays of Plautus*, Baltimore, 1940.

Burrel, G.: *Historia Universal Comparada. Volumen II*, Plaza y Janés, Barcelona, 1971.

Cabrero, J.: *Escipión el Africano. La forja de un imperio universal*, Aldebarán Ediciones, Madrid, 2000.

Casson, L.: *Las bibliotecas del mundo antiguo*, Edicions Bellaterra, Barcelona, 2001.

Ciprés, P.: *Guerra y sociedad en la Hispania indoeuropea*, Servicio de Publicaciones de la Universidad del País Vasco, Vitoria, 1993.

Clarke, J. R.: *Sexo en Roma. 100 a.C.-250 d.C.*, Océano, Barcelona, 2003.

Codoñer, C. (ed.): *Historia de la literatura latina*, Cátedra, Madrid, 1997.

Codoñer, C. y Fernández-Corte, C.: *Roma y su imperio*, Anaya, Madrid, 2004.

Crawford, M.: *The Roman Republic.* Cambridge, Harvard University Press, Massachusetts, 1993.

Della Corte, F.: *Da Sarsina a Roma. Ricerche plautine*, Florencia, 1962.

Dodge, T. A.: *Hannibal: A History of the Art of War among the Carthaginians and Romans down to the Battle of Pydna, 168 B.C., with a Detailed Account of the Second Punic War*, Da Capo Press, U.S.A., 1891, [1995].

Ennio, Q.: *Fragmentos*, Consejo Superior de Investigaciones Científicas, Salamanca, 1984.

Enrique, C. y Segarra, M.: *La civilización romana. Cuadernos de Estudio, 10, Serie Historia Universal*, Editorial Cincel y Editorial Kapelusz, Madrid, 1979.

Ermini, F. (coord.): *Gran Historia Universal. Época helenística*, Folio, Toledo, 2000.

Escarpa, A.: *Historia de la ciencia y de la técnica*, Akal, Madrid, 2000.

Espluga, X. y Miró i Vinaixa, M.: *Vida religiosa en la antigua Roma*, Editorial UOC, Barcelona, 2003.

Fernández-Galiano, M.: *Antología Palatina (Epigramas helenísticos)*, Gredos, Madrid, 1978.

FERNÁNDEZ VEGA, P. A.: *La casa romana*, Akal, Madrid, 2003.
FINLEY, M. I.: *Los griegos de la antigüedad*, Nueva Colección Labor, Barcelona, 1982.
FOX, R. L.: *El mundo clásico: la epopeya de Grecia y Roma*, Crítica, Barcelona, 2007.
GARCÍA GUAL, C.: *Historia, novela y tragedia*, Alianza Editorial, Madrid, 2006.
GARDNER, J. F.: *El pasado legendario. Mitos romanos*, Akal, Madrid, 2000.
GARLAN, Y.: *La guerra en la antigüedad*, Aldebarán Ediciones, Madrid, 2003.
GASSET, C. (dir.): *El arte de comer en Roma: Alimentos de hombres, manjares de dioses*, Fundación de Estudios Romanos, Mérida, 2004.
GERAS, A.: *Cleopatra: descubre el mundo de Cleopatra a través del diario de su sirvienta Nefret*, RBA Libros, Barcelona, 2007.
GOLDSWORTHY, A.: *Las guerras púnicas*, Ariel, Barcelona, 2002.
GOLDSWORTHY, A.: *Grandes generales del ejército romano*, Ariel, Barcelona, 2003.
GÓMEZ PANTOJA, J.: *Historia Antigua (Grecia y Roma)*, Ariel, Barcelona, 2003.
GRACIA ALONSO, F.: *Roma, Cartago, Íberos y Celtíberos*, Ariel, Barcelona, 2006.
GRIMAL, P.: *La vida en la Roma antigua*, Ediciones Paidós, Barcelona, 1993.
GRIMAL, P.: *La civilización romana: Vida, costumbres, leyes, artes*, Editorial Paidós, Barcelona, 1999.
GUILLÉN, J.: *Urbs Roma. Vida y costumbres de los romanos. I. La vida privada*, Ediciones Sígueme, Salamanca, 1994.
GUILLÉN, J.: *Urbs Roma. Vida y costumbres de los romanos. II. La vida pública*, Ediciones Sígueme, Salamanca, 1994.
GUILLÉN, J.: *Urbs Roma. Vida y costumbres de los romanos. III. Religión y ejército*, Ediciones Sígueme, Salamanca, 1994.
HAEFS, G.: *Aníbal. La novela de Cartago*, Haffmans Verlag, Zurcí, 1990.
HACQUARD, G.: *Guía de la Roma Antigua*, Centro de Lingüística Aplicada ATENEA, Madrid, 2003.
HAMEY, L. A. y HAMEY, J. A.: *Los ingenieros romanos*, Akal, Madrid, 2002.
HERRERO LLORENTE, VÍCTOR-JOSÉ: *Diccionario de expresiones y frases latinas*, Gredos, Madrid, 1992.

HOFSTÄTTER, H. H. y PIXA, H.: *Historia Universal Comparada. Tomo II: Del 696 al 63 antes de Cristo*, Plaza y Janés, Barcelona, 1971.

JAMES, S.: *Roma Antigua*, Pearson Alambra, Madrid, 2004.

JOHNSTON, H. W.: *The Private Life of the Romans. http://www.forumromanum.org/life/johnston.html*, 1932.

LARA PEINADO, F.: *Así vivían los fenicios*, Anaya, Madrid, 2001.

LE BOHEC, YANN: *El ejército romano*, Ariel, Barcelona, 2004.

LEWIS, J. E. (ed.): *The Mammoth Book of Eyewitness. Ancient Rome: The history of the rise and fall of the Roman Empire in the words of those who were there,* Carroll and Graf, Nueva York, 2006.

LIDDELL HART, B. H.: *Scipio Africanus, Greater Than Napoleon*, Da Capo Press, U.S.A., 1994.

LIVIO, T.: *Historia de Roma desde su fundación*, Gredos, Madrid, 1993.

LIVY, T.: *The War with Hannibal*, Penguin, Londres, 1972.

LÓPEZ, A. y POCIÑA, A.: *La comedia romana,* Akal, Madrid, 2007.

LOZANO VELILLA, ARMINDA: *El mundo helenístico*, Editorial Síntesis, Madrid, 1993.

LOZOYA, M. de: *Historia de España: Tomo primero*, Salvat editores, Barcelona, 1967.

MALISSARD, A.: *Los romanos y el agua: la cultura del agua en la Roma antigua*, Herder, Barcelona, 2001.

MANGAS, J.: *Historia de España 3: De Aníbal al emperador Augusto. Hispania durante la República romana*, Temas de Hoy, Madrid, 1995.

MANGAS, J.: *Historia Universal. Edad Antigua. Roma,* Vicens Vives, Barcelona, 2004.

MANIX, DANIEL P.: *Breve historia de los gladiadores*, Ediciones Nowtilus, Madrid, 2004.

MATYSZAK, P.: *Los enemigos de Roma*, OBERON-Grupo Anaya, Madrid, 2005.

MELANI, CHIARI; FONTANELLA, FRANCESCA y CECCONI, GIOVANNI ALBERTO: *Atlas ilustrado de la Antigua Roma: de los orígenes a la caída del imperio*, Susaeta, Madrid, 2005.

MIRA GUARDIOLA, M. A.: *Cartago contra Roma. Las guerras púnicas*, Aldebarán Ediciones, Madrid, 2000.

MOMMSEN, T.: *Historia de Roma, volumen IV, desde la reunión de Italia hasta la sumisión de Cartago y de Grecia*, Ediciones Turner, Madrid, 1983.

NAVARRO, FRANCES (ed.): *Historia Universal. Atlas Histórico*, Editorial Salvat-El País, Madrid, 2005.

OLCINA DOMÉNECH, M. y PÉREZ JIMÉNEZ, R.: *La ciudad ibero-romana de Lucentum*, MARQ y diputación de Alicante, Alicante, 2001.

PLAUTO, T. M.: *Miles Gloriosus*. Introducción, cronología, traducción y notas de José Ignacio Ciruelo, Bosch, Barcelona, 1991.

PLAUTO, T. M.: *El truculento o gruñón*, Ediciones clásicas, Madrid, 1996.

PLAUTO, T. M.: *Miles Gloriosus*, Ediciones clásicas, Madrid, 1998.

PLAUTO, T. M.: *Comedias I*, Cátedra, Madrid, 1998.

PLUTARCO: *Vidas paralelas: Timoleón-Paulo Emilio, Pelópidas-Marcelo*, Espasa-Calpe, Buenos Aires, 1952.

PLUTARCO: *Vidas paralelas II: Solón-Publícola, Temístocles-Camilo, Pericles-Fabio Máximo*, Gredos, Madrid, 1996.

PAYNE, R.: *Ancient Rome*, Horizon, Nueva York, 2005.

POCIÑA, A. y Rabaza, B. (eds.): *Estudios sobre Plauto*, Ediciones clásicas, Madrid, 1998.

POLYBIUS: *The Rise of the Roman Empire*, Penguin, Londres, 1979.

POMEROY, S.: *Diosas, rameras, esposas y esclavas: mujeres en la antigüedad clásica*, Akal, Madrid, 1999.

QUESADA SANZ, FERNANDO: *Armas de Grecia y* Roma, La Esfera de los Libros, Madrid, 2008.

ROLDÁN, J. M.: *Historia de Roma I: La República de Roma*, Cátedra, Madrid, 1981.

ROLDÁN, J. M.: *El ejército de la república romana*, Arco, Madrid, 1996.

ROLDÁN, J. M.: *Historia de la humanidad 10: Roma republicana*, Arlanza ediciones, Madrid, 2000.

ROSTOVTZEFF, M.: *Historia social y económica del mundo helenístico - Volumen I*, Espasa-Calpe, Madrid, 1967.

ROSTOVTZEFF, M.: *Historia social y económica del mundo helenístico - Volumen II*, Espasa-Calpe, Madrid, 1967.

SÁNCHEZ GONZÁLEZ, L.: *La Segunda Guerra Púnica en Valencia: Problemas de un casus belli*, Institució Alfons El Magnànim - Diputació de Valencia - 2000, Valencia, 2000.

SANMARTÍ-GREGO, E.: *Ampurias. Cuadernos de Historia 16, 55*, Mavicam/SGEL, Madrid, 1996.

SANTOS YANGUAS, N.: *Textos para la historia antigua de Roma*, Ediciones Cátedra, Madrid, 1980.

SAQUETE, C.: *Las vírgenes vestales. Un sacerdocio femenino en la religión pública romana*, Consejo Superior de Investigaciones Científicas, Madrid, 2000.

SCARBE, CHRIS: *Chronicle of the Roman Emperors*, Thames & Hudson, Londres, 2001.

SEGURA MORENO, M.: *Épica y tragedia arcaicas latinas: Livio Andrónico, Gneo Nevio, Marco Pacvvio*, Universidad de Granada, Granada, 1989.

SEGURA MURGUÍA, S.: *El teatro en Grecia y Roma*, Zidor Consulting, Bilbao, 2001.

SCHUTTER, K. H. E.: *Quipus annis comoediae Plautinae primum actae sint quaeritur*. Groninga, 1952.

VALENTÍ FIOL, EDUARDO: *Sintaxis Latina*, Bosch, Barcelona, 1984.

WILKES, J.: *El ejército romano*, Ediciones Akal, Madrid, 2000.

Índice

LIBRO III. El ascenso de Catón

LIBRO IV. La campaña de Asia

LIBRO V. La batalla de Magnesia

LIBRO VI. El juicio de Escipión

LIBRO VIII. La muerte de los héroes

Epílogo. Año 48 a.C.

Apéndices

MEDITERRÁNEO ORIENTAL
Finales del Siglo III a C.
0
500 km
ILIRIA
MAESIA
PONTO
TRACIA
Heraclea
Epidamno
MACEDONIA
PROTECTORADO ROMANO
Propóntide
Nicomedia
BITINIA
Brundisium
Pella
Tesalónica
Helesponto
Apollonia
Abydos
Tarento
MISIA
Golfo de Tarento
ÉPIRO
Crotona
Farsalia
Mar Egeo
Pergamo
Elea
LIGA ETOLIA
Termópilas
Magnesia
Esmirna
Amfisa
LIDIA
Atenas
Mar Jónico
LIGA AQUEA
Corinto
Éfeso
LICIA
Esparta
Rodas
RODAS
CRETA
Cnossos
MAR MEDITERRÁNE
Gran Syrte
Alejandría
CIRENAICA